中華書局

學生

同義詞

反義詞

詞典

第 2 版

□ 封面設計：明日設計事務所

學生同義詞反義詞詞典
（第 2 版）

□

編著

中華書局教育編輯部

□

出版

中華書局（香港）有限公司

香港北角英皇道 499 號北角工業大廈一樓 B
電話：(852) 2137 2338　傳真：(852) 2713 8202
電子郵件：info@chunghwabook.com.hk
網址：http://www.chunghwabook.com.hk

□

發行

香港聯合書刊物流有限公司

香港新界荃灣德士古道 220-248 號
荃灣工業中心 16 樓
電話：(852) 2150 2100　傳真：(852) 2407 3062
電子郵件：info@suplogistics.com.hk

□

印刷

美雅印刷製本有限公司

香港觀塘榮業街六號海濱工業大廈四樓 A 室

□

版次

2015 年 7 月第 1 版
2021 年 6 月第 2 版第 1 次印刷
© 2015 2021 中華書局（香港）有限公司

□

規格

32 開（168 mm × 118 mm）

□

ISBN：978-988-8759-09-5

總　目

目 錄

凡　例

1. 條目安排：

（1）本詞典的主要使用對象為中小學生、語文教師和其他中等文化程度的讀者。

（2）本詞典收入具有相同、相近意義的現代漢語常用同義詞語以及具有相反、相對意義的反義詞語合共 6000 餘組。

（3）正文條目按首字的漢語拼音順序排列，條目首字同音時則依筆畫由少到多排列。

（4）正文內容包括：詞目、拼音、釋義、舉例、對應的同義詞及反義詞、辨析。

以常見、多用者為詞目，包括單音詞、雙音詞和四字詞語。

2. 注音：

（1）詞目與對應的同反義詞均按《漢語拼音方案》標注普通話讀音。

（2）多音節詞或短語的注音一律分寫，輕聲字不標調號。一般輕讀、間或重讀的字，注音上標調號，注音前再加圓點。「一」、「不」若有變調，則按變調標注。

3. 釋義：

（1）釋義力求簡潔明瞭。

（2）一個詞有多個義項時，只列出有同義或反義關係的義項。

（3）多個義項用 1. 2. 3. 等分列。

4. 舉例：

(1) 單音節詞目的舉例儘量選用多音節詞，多音節詞目的舉例則用短語或句子。

(2) 例子中用「～」表示詞目，用「｜」分隔例子。

5. 對應的同義詞及反義詞：

(1) 詞目有多個義項時，對應的同義詞及反義詞分別列在各個義項之下，以 🟡 及 Ⓡ 列明。

(2) 對應的同義詞語不舉例；對應的反義詞舉例。

6. 辨析：

對有些詞的詞義、用法等作簡要説明。

7. 檢字：

本詞典正文條目按首字的漢語拼音順序排列，另附筆畫檢字表，方便讀者查閱。

筆畫檢字表

忍辱負重	504	放大	184	祈禱	466	協作	675	招考	762
改變	208	放蕩	184	空洞	357	取	495	招徠	762
改動	208	放開	184	空話	357	取締	495	招惹	762
改革	208	放慢	184	空幻	357	取得	495	招聘	762
改進	208	放棄	184	空曠	358	取款	495	招認	763
改邪歸正	208	放任	185	空氣	358	取勝	496	拓荒	612
改正	209	放手	185	空前	358	取消	496	拔高	14
災害	751	放肆	185	空談	358	取信	496	拋棄	450
迅即	697	放鬆	185	空想	358	坦白	578	拋售	451
迅速	697	放心	185	空虛	358	坦率	578	抨擊	452
那	431	放行	185	空中樓閣	358	坤	368	抽泣	99
防備	182	放逐	185	空缺	359	奉承	198	抽象	100
防守	182	放縱	185	空隙	359	奉公	198	拙劣	797
防微杜漸	183	泣	470	空間	359	奉還	198	拙作	797
防禦	183	注意	791	【一】		奉勸	198	押解	699
八畫		沮喪	338	事故	547	奉獻	198	抵觸	150
【、】		泥牛入海	437	事後	547	奉養	198	抵達	150
並	50	沾染	758	事跡	547	奇	284	抵擋	150
並列	50	波動	50	事前	547	奇怪	466	抵抗	150
並重	50	波及	51	來	370	奇妙	466	抵賴	150
享福	666	波瀾	51	來電	370	奇特	467	抱殘守缺	26
享樂	666	波瀾壯闊	51	來臨	371	奔波	31	抱歉	26
刻板	355	波折	51	來日	371	奔馳	32	抱怨	26
刻薄	355	法則	176	來往	371	奔放	32	拘捕	337
刻不容緩	355	泄勁	676	來由	371	幸而	684	拘謹	337
刻畫	355	泄露	676	來源	371	幸福	684	拘束	337
夜幕	710	泄密	676	其他	466	幸運	685	拖拉	610
夜以繼日	710	泄氣	676	刺耳	114	或許	282	拖累	610
官	236	油滑	736	刺骨	114	拉	370	拖沓	611
底細	149	油膩	736	刺目	114	拉攏	370	拖延	611
怯懦	482	沿海	701	到達	142	拂曉	200	拗口	12
怪罪	236	沿襲	701	到底	142	抹	426	拆	69
性格	684	沿用	701	到任	142	抹黑	426	拆除	69
性命	684	治本	781	協定	674	抹殺	426	拆穿	69
性能	684	治療	781	協商	675	拒絕	339	拆散	69
怕羞	446	治世	781	協調	675	招標	762	拆台	69
放	184	炎熱	701	協同	675	招待	762	拆卸	70
		盲目	409	協助	675	招架	762	抬高	576

持重	92	毒辣	160	咬文嚼字	710	茂密	411	保證	25
拮据	319	珍寶	766	品嘗	458	苛刻	353	保重	25
指出	780	珍貴	766	品德	458	苗條	419	俊	344
指導	780	珍惜	766	哄騙	263	苗裔	419	俊傑	344
指點	780	珍重	766	幽暗	732	英豪	725	俊美	344
指派	780	甚至	528	幽魂	733	英魂	725	俊俏	344
指正	780	相稱	663	幽禁	733	英俊	725	俊秀	344
拯救	771	相對	663	幽靜	733	英明	725	俗	571
拾	540	相反	663	幽默	733	英勇	725	俗氣	571
拾掇	540	相干	664	幽深	733	英姿	725	俚俗	382
拾取	540	相關	664	幽香	733	虐待	443	利那	68
挑撥	591	相互	664	思考	567	【丿】		勉勵	418
挑逗	591	相繼	664	思路	567	信奉	680	垂	110
挑釁	592	相似	664	思念	567	信服	680	垂死	111
挑戰	592	相同	664	昭雪	763	信件	680	待業	133
故	234	相信	664	是	547	信口開河	680	後	264
故步自封	234	相宜	665	映射	728	信賴	680	後輩	264
故而	234	相左	665	星辰	681	信念	680	後方	264
故居	234	相貌	667	星河	681	信任	681	後果	264
故里	235	研究	702	毗連	454	信仰	681	後悔	264
故意	235	耐煩	431	畏懼	635	信用	681	後進	264
春	111	耐心	431	界線	323	侵犯	482	後來	264
封閉	194	胡亂	266	盼望	449	侵害	482	後天	265
枯槁	361	要求	709	背	30	侵吞	482	後退	265
枯黃	361	要挾	709	背地	30	侵襲	482	徇情	697
枯竭	361	要隘	710	背後	30	便捷	42	徇私	698
枯瘦	361	要害	710	背靠背	31	便利	42	急	289
枯燥	361	述說	560	背離	31	便宜	455	急匆匆	289
枷鎖	297	面對	418	背面	31	俏	481	急促	289
查訪	67	面貌	419	背叛	31	保持	23	急流勇退	289
查封	67	面生	419	背棄	31	保存	23	急忙	290
查看	67	革除	221	背陰	31	保護	24	急迫	290
查問	68	革新	221	背約	31	保留	24	急速	290
歪	615	【丨】		苦	362	保密	24	急躁	290
歪理	615	冒充	411	苦楚	362	保守	24	怨	747
歪曲	615	削減	695	苦惱	362	保衛	25	怨恨	747
歪斜	615	削弱	695	苦澀	362	保養	25	怨言	747
毒害	160	削足適履	696	苦頭	363	保障	25	拜訪	17

淡	137	清醒	487	粗糙	118	【一】		專程	793
淡泊	137	清秀	487	粗大	118	乾	210	專斷	793
淡薄	138	淹沒	700	粗獷	118		476	專橫	793
淡季	138	混充	280	粗活	119	乾巴巴	210	專任	793
淡漠	138	混亂	280	粗劣	119	乾癟	210	專心	793
淡然	138	混同	280	粗陋	119	乾脆	211	專業	793
淡水	138	混雜	280	粗魯	119	乾淨	211	專職	793
淡忘	138	淵博	744	粗略	119	乾枯	211	專制	793
淡雅	138	妻慘	465	粗淺	119	乾冷	211	帶領	133
添補	589	妻涼	465	粗疏	119	乾燥	211	捲土重來	341
添加	589	涵養	250	粗率	120	副	204	掠奪	402
添色	589	淪亡	402	粗俗	120	副本	204	控告	359
淺	476	淪陷	402	粗通	120	勒索	376	控制	360
淺薄	477	深	525	粗心	120	勘測	350	探索	578
淺見	477	深奧	525	粗野	120	匿名	438	探聽	579
淺近	477	深長	525	粗製濫造	120	區分	494	探問	579
淺顯	477	深沉	526	粗重	120	基本	284	接	316
清	485	深厚	526	粗壯	120	基礎	284	接待	316
清澈	485	深究	526	訪問	183	堵	161	接近	317
清晨	485	深刻	526	訣竅	342	堵塞	162	接洽	317
清除	485	深情	526	許多	691	執拗	779	接收	317
清楚	485	深入	526	許久	692	執行	779	接受	317
清脆	485	深邃	526	許可	692	培養	451	接通	317
清淡	485	深湛	526	許諾	692	培育	451	接續	317
清寒	486	淨	334	設備	523	奢侈	522	措施	123
清潔	486	淨化	334	設防	523	奢華	522	掩蔽	704
清淨	486	淨重	334	設立	523	奢談	522	掩耳盜鈴	704
清靜	486	烽火	195	設想	523	娶	496	掩蓋	704
清冷	486	牽掛	473	設置	524	堅	300	掩護	705
清明	486	牽強	473	訛詐	168	堅持	300	掩埋	705
清貧	486	牽涉	473	這	766	堅定	300	掩飾	705
清癯	486	率領	562	逍遙	670	堅固	300	掉隊	154
清掃	487	產生	70	部隊	57	堅強	301	掃除	515
清算	487	眷戀	341	部分	57	堅實	301	掃興	515
清晰	487	粗	117	竟然	334	堅信	301	掛彩	236
清閒	487	粗暴	117	麻痺	405	堅毅	301	掛念	236
清香	487	粗笨	118	麻煩	405	堅硬	301	推	605
清新	487	粗鄙	118	麻利	405	專長	793	推波助瀾	605

偵察	768	從寬	116	貧	457	強大	478	通例	595
側面	66	從來	116	貧乏	457	強盜	478	通盤	595
側重	66	從命	116	貧寒	457	強攻	479	通衢	595
偷	598	從前	116	貧瘠	457	強橫	479	通融	595
偷盜	598	從容	116	貧賤	457	強健	479	通順	596
偷懶	599	從容不迫	117	貧困	457	強勁	479	通俗	596
偏	455	從屬	117	貧苦	457	強烈	479	通通	596
偏廢	455	徘徊	447	貧窮	458	強勢	479	通宵	596
偏見	455	悠久	733	貧弱	458	強硬	479	通信	596
偏頗	455	悠閒	734	造訪	754	強佔	479	通知	596
偏向	455	敏感	421	造謠	755	強制	480	陪伴	451
偏心	455	敏捷	422	透徹	601	強壯	480	陪襯	451
偏重	455	敏銳	422	透露	601	強迫	480	陳	83
動	158	敘述	692	透明	601	細	652	陳腐	83
動盪	158	殺	515	透關	601	細長	652	陳舊	83
動工	158	殺害	516	透支	602	細密	652	陳設	83
動機	158	猜測	58	途徑	603	細膩	652	陳述	83
動身	158	猜忌	58	釣餌	154	細微	653	陸地	401
動手	158	猜疑	58	鳥瞰	439	細細	653	陰	721
動態	159	猛烈	414	啟齒	470	細小	653	陰暗	721
動聽	159	猖獗	72	啟發	470	細心	653	陰毒	722
動搖	159	甜	590	【一】		細緻	653	陰間	722
動員	159	甜美	590	務實	645	組成	807	陰謀	722
動作	159	甜蜜	590	參加	60	組裝	807	陰森	722
售	556	甜頭	590	參軍	60	終	784	陰文	722
得	144	移花接木	715	參考	60	終場	784	陰險	722
得逞	144	笨	34	參與	60	終點	784	陰性	722
得寵	144	笨口拙舌	34	參差	66	終歸	785	陷害	663
得寸進尺	144	笨重	34	參差不齊	66	終了	785	陷落	663
得當	144	笨拙	34	婉約	622	終年	785	陶冶	580
得到	145	符合	201	婉轉	622	終身	785	陶醉	580
得隴望蜀	145	脫	611	將來	309	晝	787		
得勝	145	脫離	611	將信將疑	309	習慣	649	十二畫	
得勢	145	脫身	611	屠戮	604	貫穿	239	【、】	
得悉	145	脫俗	612	屠殺	604	通常	594	勞累	374
得意	145	脫險	612	張口結舌	760	通暢	594	勞碌	374
得志	146	貪官	577	張望	760	通達	595	勞神	374
從犯	116	貪婪	577	強	478	通過	595	寒	250

字詞	頁	字詞	頁	字詞	頁	字詞	頁	字詞	頁
寒假	250	減色	302	補貼	54	惡意	169	散失	514
寒冷	250	減少	303	補綴	54	惡語	170	斑駁	19
寒門	251	湮沒	700	視察	547	惡濁	170	斑斕	19
寒戰	251	渴望	355	視而不見	547	描寫	419	替代	586
富	204	渺小	420	註解	791	揠苗助長	700	斯文	567
富貴	204	湍急	604	註釋	791	揣測	108	期待	465
富麗	205	渾	279	註銷	792	揣摩	108	期求	465
富強	205	渾厚	279	詛咒	807	插	67	期望	465
富饒	205	渾渾噩噩	279	評價	461	提拔	583	朝	78
富裕	205	渾然	279	詐騙	757	提倡	583		763
富足	205	渾然一體	280	詆譭	151	提出	583	朝氣	763
寓居	742	渾濁	280	【一】		提綱	584	朝霞	763
尊	808	渙散	272	博大	51	提高	584	朝陽	763
尊崇	808	滋生	799	博得	52	提前	584	款待	366
尊貴	808	滋潤	799	博識	52	提升	584	款式	366
尊重	809	滋事	799	喜	650	提示	584	欺負	465
就任	336	滋味	799	喜愛	650	提問	584	欺騙	466
就手	336	曾經	67	喜好	650	提議	585	棘手	292
就業	336	痛恨	597	喜歡	650	提早	585	殘	61
就義	336	痛苦	598	喜劇	651	揭	317	殘敗	61
就職	337	痛快	598	喜聯	651	揭穿	318	殘暴	61
慨歎	350	盜	143	喜人	651	揭發	318	殘存	61
惱恨	434	盜版	143	喜色	651	揭露	318	殘害	61
惱怒	434	盜竊	143	喜悅	651	揭幕	318	殘酷	61
惱人	434	竣工	344	喪失	514	揭示	318	殘年	61
惶恐	273	善	517	喪事	514	揮動	274	殘破	61
愉快	741	善報	517	場合	75	揮霍	275	殘缺	62
普遍	464	善良	517	場面	75	援救	746	殘忍	62
普及	464	善意	518	報答	26	援用	746	殘殺	62
普通	464	善於	518	報喜	26	援助	746	焚	193
湧現	732	着慌	763	惡	168	散居	513	焚燒	193
湊合	117	着急	763		645	散漫	513	琢磨	809
湊巧	117	着迷	764	惡報	169	散播	513	甦醒	570
減	302	着落	798	惡臭	169	散步	513	硬	728
減產	302	着實	798	惡感	169	散發	514	硬邦邦	729
減緩	302	着手	798	惡化	169	散會	514	硬化	729
減輕	302	補償	53	惡劣	169	散伙	514	硬抗	729
減弱	302	補充	53	惡性	169	散開	514	硬朗	729

裂縫	392	唾棄	613	貶抑	42	開銷	349	悲哀	28
裁併	59	圍殲	629	貶義	42	開心	349	悲慘	29
裁減	59	圍繞	629	貶值	42	開業	349	悲觀	29
裁軍	59	幅員	201	貶職	42	開展	349	悲劇	29
超出	77	掌握	761	貼近	592	開戰	350	悲苦	29
超前	77	敞開	75	貴	244	開張	350	悲涼	29
超羣	77	敞亮	76	貴重	244	閏年	511	悲泣	29
超支	77	晴	492	買	406	閒	659	悲切切	29
趁便	84	晴朗	492	買方市場	406	閒事	659	悲傷	30
趁勢	84	晶瑩	328	買賣	407	閒適	659	悲痛	30
酣暢	249	景氣	333	買通	407	閒談	660	悲痛欲絕	30
酣戰	249	景色	333	跋扈	14	閒暇	660	智	782
雅	700	景物	333	開	345	間諜	308	欽佩	483
雅致	700	景象	333	開拔	345	間斷	308	鈍	165
雄	686	景致	333	開辦	345	間隔	308	焦急	313
雄厚	686	暑	560	開場	345	間或	308	焦躁	313
雄健	686	暑假	560	開除	345	間接	308	無	641
雄圖	687	華麗	267	開創	346	悶熱	413	無邊	642
雄偉	687	著名	792	開導	346	跌	155	無妨	642
雄姿	687	著述	792	開端	346	黑	260	無怪	642
黃昏	274	菲薄	188	開發	346	黑暗	260	無關	642
【丨】		萎縮	633	開放	346	黑沉沉	260	無害	642
勛績	696	虛	689	開工	347	黑糊糊	261	無愧	642
喧賓奪主	694	虛詞	690	開火	347	**【丿】**		無論	642
喧嘩	694	虛浮	690	開局	347	傍晚	21	無名	642
喧鬧	694	虛構	690	開卷	347	傑出	319	無窮	643
喧囂	694	虛幻	690	開口	347	創傷	109	無視	643
單	134	虛假	690	開闊	347	創辦	110	無私	643
單薄	134	虛誇	690	開朗	347	創建	110	無味	643
單純	134	虛情	690	開門見山	347	創始	110	無畏	643
單調	135	虛弱	690	開明	348	創業	110	無限	643
單獨	135	虛偽	691	開幕	348	創造	110	無心	643
單幹	135	虛心	691	開闢	348	勝	536	無須	644
單親	135	貯藏	791	開啟	348	勝利	536	無意	644
單身	135	貽害	715	開始	348	勝訴	536	無與倫比	644
單數	135	貽誤	715	開通	349	勝仗	536	猶疑	736
單線	135	貶斥	42	開頭	349	復學	206	猶豫	736
單一	136	貶低	42	開脫	349	復職	206	猥瑣	633

稟賦	50	道路	144	搶手	480	鼓舞	233	當地	139
痴呆	91	道歉	144	搶先	480	勢利	548	當機立斷	139
痴情	91	道喜	144	搖擺	709	勢如破竹	548	當即	139
福	201	【一】		搖撼	709	【丨】		當面	140
福分	201	剽竊	456	搗亂	141	募捐	429	當日	140
禍	282	勤奮	484	楷模	350	嗜好	548	當時	140
禍害	282	勤儉	484	極度	292	圓	746	當心	140
羨慕	663	勤快	484	極端	292	圓滿	747	當選	140
義不容辭	719	匯合	277	極力	292	愚	741	當中	140
義務	719	匯集	278	概況	209	愚笨	741	當眾	140
裏	383	匯聚	278	概括	209	愚蠢	742	當日	141
裸露	403	塌陷	576	碰巧	453	愚昧	742	當時	141
詫異	68	填	590	禁止	327	惹事	500	睜	771
詳	665	幹練	214	禁受	324	敬慕	334	置辦	782
詳盡	665	幹流	214	聘請	458	敬仰	334	署名	560
詳情	665	幹線	214	聘用	458	暗	10	罪	807
詳細	666	感到	212	達到	125	暗淡	10	罪惡	807
誇大	363	感動	212	逼近	35	暗地	10	罪過	808
誇獎	363	感恩戴德	212	逼迫	35	暗箭	10	罪魁	808
誇耀	364	感懷	212	逼真	35	暗殺	10	葷	279
試驗	548	感激	212	酬報	101	暗示	10	落	370
詰問	320	感慨	213	雷同	377	暗中	11		403
誠懇	89	感情	213	零	394	暖	443	落潮	403
誠然	89	感染	213	零件	394	暖烘烘	443	落第	403
誠實	89	感受	213	零售	394	暖和	443	落後	404
誠摯	89	感性	213	零碎	394	暖流	443	落幕	404
詭辯	244	想念	666	頑固	620	暖色	443	落魄	404
詭計	244	想像	666	頑抗	620	業內	711	落選	404
詢問	696	搪塞	579	頑強	621	業餘	711	葬送	753
詬罵	230	搭檔	124	頓開茅塞	166	歇息	674	號令	256
資料	799	搭伙	124	馳騁	92	歇業	674	蛻化	610
資質	799	搭救	124	馳名	92	照顧	764	蜂擁	195
運動	749	搏鬥	52	馴服	698	照管	764	路程	401
運行	749	損害	573	馴良	698	照舊	765	路徑	401
遊覽	736	損壞	573	鼓吹	232	照射	765	農村	440
遊刃有餘	736	損傷	574	鼓動	233	照應	765	農忙	441
遊玩	736	搶奪	480	鼓勁	233	當	141	遏止	170
道地	143	搶救	480	鼓勵	233	當初	139	過	246

過程	246	奧妙	13	解散	322	違約	630	弊端	40
過錯	246	愛	2	解脫	323	遐想	655	彆扭	48
過度	246	愛不釋手	2	解圍	323	羣體	499	慷慨	352
過分	247	愛財如命	2	躲	166	羣言堂	499	慳吝	473
過激	247	愛戴	2	躲避	166	羣眾	499	慚愧	62
過去	247	愛國	3	躲藏	167	隔斷	222	慢	408
過剩	247	愛好	3	遍及	42	隔閡	222	慢性	409
過失	247	愛護	3	遍體鱗傷	43	預報	742	慢悠悠	409
過時	247	愛慕	3	逾越	741	預備	742	慣例	239
遇	743	愛惜	4	頒佈	19	預定	743	慣用	239
遇險	744	愁	101	頌揚	570	預感	743	慘白	62
【丿】		愁悶	101	飽	25	預料	743	慘敗	62
亂	402	愁容	101	飽經風霜	25	預先	743	慘屬	62
亂世	402	會見	278	飽滿	25	預兆	743	慘重	63
傲骨	12	會談	278	飽暖	26			歎	478
傲慢	12	會心	278	飽食終日	26	**十四畫**		歎收	478
傳播	108	毀壞	277	**【一】**		**【丶】**		敲詐	480
傳染	108	毀滅	277	嫉妒	292	寧靜	439	旗幟	467
傳授	109	毀容	277	嫁	299	寧可	440	榮耀	507
傳誦	109	毀約	277	嫌棄	660	寡	236	演變	706
傳統	109	矮	1	經常	328	寡情	236	演出	706
傳聞	109	矮小	2	經過	328	實	543	演繹	706
傾慕	488	稱	101	經歷	329	實詞	543	漠然	427
傾訴	488	稱密	101	經驗	329	實幹	543	漠視	427
傾聽	488	節儉	320	綁	21	實話	543	漂泊	456
傾銷	488	節省	320	裝	794	實際	543	漂浮	456
傾注	488	節約	321	裝扮	795	實踐	543	漂亮	457
傷感	519	節制	321	裝備	795	實情	543	漏洞	400
傷害	519	頎長	467	裝點	795	實現	543	滿意	407
傷痕	519	腳印	314	裝潢	795	實行	544	滿足	408
傻	516	腹	206	裝配	795	實在	544	滯銷	782
微薄	627	腦力	434	裝置	795	實在	544	漆黑	466
微觀	627	解除	321	違拗	629	實則	544	漸變	308
微賤	627	解凍	321	違背	629	實戰	544	漸漸	308
微妙	627	解放	322	違法	630	實質	545	漸進	309
微弱	628	解救	322	違反	630	察覺	68	漫步	408
微微	628	解聘	322	違犯	630	廓清	368	漫不經心	408
微小	628	解氣	322	違抗	630	弊病	40	漫長	408

漫談	408	精湛	332	奪取	166	輕蔑	489	對症下藥	165
漫遊	408	精緻	332	截止	321	輕巧	490	嶄新	758
漲	761	腐敗	202	摧殘	121	輕視	490	幕後	429
漲潮	761	腐化	202	摘	757	輕率	490	暢快	76
滲入	529	腐爛	203	摻和	70	輕鬆	490	暢通	76
熄滅	649	誣害	641	斡旋	640	輕佻	490	暢想	76
煽動	517	認為	505	榜樣	21	輕微	490	暢銷	77
瘋狂	195	認賬	505	構造	230	輕易	490	罰	176
瘦	556	認真	505	歌頌	221	輕盈	491	瞅	102
瘦弱	556	認罪	505	爾後	171	遠	747	聞名	638
瘦小	556	誤點	645	爾虞我詐	172	遠大	747	蓄積	693
瘦削	557	誤會	645	瑣事	575	遠郊	747	蓄意	693
複	206	誤診	645	瑣碎	575	遠景	747	蒙昧	413
複習	206	說	566	瑰寶	243	遠眺	747	蒙難	414
複雜	206	說服	566	瑰麗	243	遠洋	747	蒙受	414
窩藏	639	說明	566	監督	301	酷愛	363	蒙冤	414
端詳	162	誘餌	740	監禁	301	酷寒	363	蒞臨	385
端正	162	誘惑	741	碧綠	40	酷熱	363	蓋	209
精彩	329	誘騙	741	緊	324	酷暑	363	蒸發	771
精粹	329	豪放	252	緊湊	324	需求	691	蒸蒸日上	771
精幹	329	豪華	252	緊急	324	駁斥	52	蒼白	63
精悍	329	豪傑	252	緊密	325	駁雜	52	蒼翠	64
精華	329	豪門	252	緊迫	325	【丨】		蒼勁	64
精簡	330	豪情	252	緊缺	325	嘍囉	400	蒼涼	64
精練	330	賓	49	緊張	325	嘈雜	65	蒼茫	64
精良	330	齊備	467	聚會	340	團結	604	蜿蜒	617
精美	330	齊心	467	聚集	340	團聚	605	鄙薄	37
精密	330	齊整	467	聚居	340	團體	605	鄙陋	37
精妙	330	【一】		誓詞	548	團圓	605	鄙棄	37
精明	330	匱乏	367	趕緊	214	夢話	414	鄙視	37
精巧	330	厭煩	706	輔助	202	夢幻	415	鄙俗	37
精確	331	厭倦	706	輕	488	夢想	415	鄙夷	37
精深	331	厭棄	707	輕便	489	對	164	雌	113
精神	331	厭惡	707	輕浮	489	對比	164	骯髒	11
精神	331	厭戰	707	輕捷	489	對待	165	【丿】	
精通	331	嘉獎	297	輕快	489	對付	165	僥倖	314
精細	331	境地	334	輕慢	489	對抗	165	稱心	84
精益求精	332	壽辰	556	輕描淡寫	489	對立	165	稱道	84

擁戴	730	遼闊	391	【丿】		選舉	695	燦爛	63
擁護	730	醒	683	學	696	選修	695	糜爛	416
擁塞	731	醒悟	684	獨裁	160	選擇	695	糟	753
擁有	731	霎時	516	獨出心裁	161	遲	93	糟糕	753
撼動	251	靜	334	獨創	161	遲到	93	糟踐	754
操持	64	靜謐	335	獨斷	161	遲鈍	93	糟粕	754
操心	65	靜悄悄	335	獨立	161	遲緩	93	糟蹋	754
操行	65	靜態	335	獨特	161	遲疑	93	謙恭	474
操縱	65	靜止	335	積案	286	遲滯	94	謙和	474
撿	303	靦腆	418	積極	287	隨便	573	謙讓	474
擔當	136	頭	600	積聚	287	隨和	573	謙虛	474
擔心	136	頭領	600	積累	287	隨同	573	講	310
擔憂	136	頭目	600	積少成多	287	險惡	660	講解	310
整	772	頭腦	600	積蓄	287	險峻	661	講究	310
整飭	772	頭緒	601	築	792			謊話	274
整機	772	頤養	716	篡奪	121	**十七畫**		謠言	709
整潔	772	駭異	249	篡改	121	【、】		謝世	677
整理	772	【丨】		翱翔	12	應該	725	禮讓	383
整齊	772	冀望	295	膩煩	438	應屆	726	豁達	283
整體	773	嘴笨	807	膨脹	453	應答	729	【一】	
樸實	464	器具	472	興	681	應付	729	壓低	699
樸素	464	器重	472	興辦	681	應試	729	壓迫	699
橫	261	戰	759	興奮	682	應用	729	壓縮	699
橫亙	261	戰場	759	興建	682	應戰	730	壓抑	699
橫徵暴斂	261	戰抖	759	興隆	682	懂得	157	尷尬	212
樹立	561	戰火	760	興起	682	懦夫	444	幫	20
機動	284	戰士	760	興盛	682	懦弱	444	幫兇	21
機會	284	戰線	760	興旺	682	濫用	372	幫助	21
機警	285	戰爭	760	興高采烈	685	濫竽充數	372	戴	134
機靈	285	蕪雜	644	興趣	685	濕	539	擯棄	49
機密	285	踩躪	509	錯	123	濕淋淋	539	擦	58
歷來	386	遺跡	716	錯落	123	濕熱	539	擱	221
融合	507	遺棄	716	錯誤	123	濕潤	539	檢查	303
融化	508	遺失	716	雕刻	154	營建	727	檢舉	303
融洽	508	遺忘	717	頹廢	608	營生	727	檢修	304
賴賬	371	遺言	717	頹唐	608	營私	727	環顧	270
輸	559	默讀	428	【一】		營養	727	環球	270
輸贏	559	曉暢	672	縝密	768	營業	728	環繞	270

A

哀 āi　心中悲傷；很悲痛　～愁｜悲～｜喜怒～樂｜來人一再～求，想跟老闆見上一面。

回【悲】bēi

反【樂】lè　快～｜歡～｜～不可支。

反【喜】xǐ　～悅｜～慶｜～滋滋的｜露出～的神情。

反【歡】huān　～樂｜～歌笑語｜他們開始還好好的，後來竟鬧得不～而散。

「哀」屬於書面語，多組成合成詞或短語中使用。

哀愁 āi chóu　悲愁；憂愁　滿腹～｜～的情緒｜眼中充滿了～的神情。

回【哀戚】āi qī

「哀戚」比較莊重，屬於書面文言詞語，如説「哀戚萬分」、「分外哀戚」。

哀求 āi qiú　央告；苦苦地請求　～了半天也沒用｜來訪者帶着～的表情訴説個不停。

回【請求】qǐng qiú

回【央求】yāng qiú

回【懇求】kěn qiú

「哀求」強調情緒方面，多指可憐地向人請求，突出哀告請求，多用於弱者對強者、下級對上級、無權勢者對有權勢者等。「央求」強調懇切，如説「一再央求經理不要炒他魷魚」。「懇求」突出誠懇的態度。「請

求」突出提出要求，希望得到滿足或同意，如説「戰士們請求馬上出征」。

哀傷 āi shāng　心裏十分傷心；悲傷　～至極｜神情中露出～｜唱機播放着～的樂曲。

回【悲傷】bēi shāng

反【歡樂】huān lè　～的舞曲｜呈現出～的氣氛｜公園裏飄盪着孩子們～的歌聲。

反【高興】gāo xìng　別～得太早｜我向大家説一件～的事｜比賽結果令大家特別～。

反【快樂】kuài lè　～無比｜祝各位朋友節日～。

反【歡欣】huān xīn　聽了這個消息，同學們～鼓舞。

反【快活】kuài huo　老人退休後，日子過得挺～的。

挨近 āi jìn　靠近　孩子慢慢～老師｜你那台電腦不要～牆壁。

反【遠離】yuǎn lí　～家園｜教育學生～毒品｜老人自小～故鄉，外出謀生。

矮 ǎi　1.（人）身材短小　兩人一高一～｜那孩子長得太～。

反【高】gāo　增～｜你看，又來了一個～個兒。

2. 上下距離比較短的　東西都放在～牆後面｜那屋子顯得比較～。

回【低】dī

「矮」可以用於指身材短小。「低」不可用以指身材，只用於物體、建築等，如説「地勢低」、「現在潮位比較低」、「那幅畫兒你掛得太低了」。

A

反【高】gāo　登～｜～空作業｜山～路遠｜只有站得～才能看得遠。

3. 等級、地位低的　～一級｜自己的條件不好，常常覺得～人一等。

同【低】dī

反【高】gāo　～檔｜～級｜～層次｜此人棋藝～超，不可小覷。

矮小 ǎi xiǎo　又矮又小　身材～｜～的個頭｜～的櫃子放不下多少東西。

同【短小】duǎn xiǎo

> 「矮小」一般用於人，多指人的身材，也可指其他有形物體，如樹木、建築物、山脈等。「短小」除了指人，還可用於器物，如說「那把刀的柄過於短小，實在無法使用」。

反【高大】gāo dà　身子～｜形象～｜～的招牌｜那個男人長得～而肥胖。

反【魁梧】kuí wú　身子～高大，像座鐵塔。

反【偉岸】wěi àn　～的身軀｜村口有一棵～挺拔的大樹。

愛 ài　1.（因感情深而）喜歡、熱愛　～國｜才半年他就～上了這份工作｜小伙子一直～着那位姑娘。

反【恨】hèn　～之入骨｜產生～意｜～鐵不成鋼。

反【憎】zēng　愛～分明｜這人面目十分可～。

反【厭】yàn　令人生～。

2.（對某事）感興趣　她就～説笑話｜我平時～聽流行音樂。

反【厭】yàn　～食｜這類故事我早就聽～了。

反【惡】wù　各人的好～不同。

反【嫌】xián　他們都～我老了｜你可

別～祖母嘮叨。

愛不釋手 ài bú shì shǒu　因非常喜歡而不捨得放下　那本書雖然已經看了多遍仍然～。

反【不屑一顧】bú xiè yí gù　她對來人～｜很多人對舊衣服～。

> 「愛不釋手」突出不忍心放下。「不屑一顧」強調不值得看，表示看不起。

愛財如命 ài cái rú mìng　十分吝惜錢財，就像吝惜生命一樣　人們都知道他是一個～的守財奴。

反【揮金如土】huī jīn rú tǔ　他家祖上本來很興旺的，遇上這麼個～的二世祖就不行了。

> 兩個成語都用於貶義。「愛財如命」突出過於愛惜錢財，一點也不捨得用。「揮金如土」強調任意揮霍而毫不愛惜。

愛戴 ài dài　敬愛、熱愛並誠心擁護　領袖深受～｜學生～老師｜作品體現着對逝者的～之情。

同【擁戴】yōng dài

同【敬愛】jìng ài

> 「愛戴」感情色彩莊重，突出敬重而擁護，常用於對領袖、導師、德高望重的專家或英雄等。「擁戴」側重於擁護某人出任某職務，如說「選民擁戴他出任市長」。「愛戴」和「擁戴」只用作動詞。「敬愛」含有親切的意思，可用作動詞或形容詞，如說「敬愛父母」、「敬愛的讀者」、「敬愛的客戶」等。

A

愛國 ài guó　熱愛自己的祖國　發揚~精神｜老人一貫~｜支持國貨是一種~行為。

（反）【賣國】mài guó　漢奸~｜師生們痛斥那伙人可恥的~行徑。

（反）【叛國】pàn guó　~投敵。

愛好 ài hào　1. 喜愛；喜好　~和平｜~體育活動。

（同）【喜好】xǐ hào

（反）【憎惡】zēng wù　臉上顯出~的神情｜這種行徑使人~。

（反）【討厭】tǎo yàn　我很~他的那些做法｜他這麼一次次來煩人，你不覺得~嗎？

（反）【厭惡】yàn wù　令人~｜對此感到非常~。

2. (對某些事物)興趣濃厚　~集郵。

（同）【嗜好】shì hào

「愛好」帶褒義，可用於具體事物或抽象事物，如說「愛好數學」、「愛好動漫」、「愛好打保齡球」等；也用作名詞，如說「這是他多年的愛好」。「喜好」突出對事物的愛意並積極參與，如說「喜好山水畫」、「她歷來喜好綠茶」。「嗜好」屬中性詞，指特別深的愛好，能用於有益的活動，如「嗜好園藝」；亦能用於不良的習慣、行為，如說「嗜好煙酒」、「嗜好打麻將」、「不良的嗜好傷害了他的身體」。

愛護 ài hù　珍愛並加以保護　~兒童｜~公共財產｜請保護環境，~我們的家園。

（同）【愛惜】ài xī

（同）【珍惜】zhēn xī

「愛護」兼有「愛惜」和「保護」的意思，偏重於「護」，適用範圍較廣。「愛惜」突出「惜」，強調因喜歡、重視而不捨得損壞及浪費，適用對象多為容易消耗的事物，如說「愛惜財物」、「要愛惜糧食」；也用於人和時間，如說「要愛惜大好時光」、「請愛惜自己」。「珍惜」的對象多是貴重物品或人的感情，如說「十分珍惜這枚結婚戒指」、「珍惜友誼」、「珍惜真摯的情誼」等。

（反）【傷害】shāng hài　受到極大的~｜你不能去~她。

（反）【破壞】pò huài　肆意~公物｜不准任意~公共財物。

（反）【摧殘】cuī cán　橫加~｜~幼小的心靈。

（反）【損害】sǔn hài　嚴重~｜不能如此~公司的利益。

（反）【殘害】cán hài　他的那些~兒童的行為令人髮指。

（反）【戕害】qiāng hài　~健康｜~身心｜~婦女兒童。

「愛護」多指愛惜並保護，對象是人、生物或其他事物。「戕害」屬於書面語。

愛慕 ài mù　因內心嚮往、喜歡或者敬重而樂於接近　互生~之情｜別這麼~虛榮｜~之心溢於言表。

（同）【傾慕】qīng mù

（同）【羨慕】xiàn mù

「愛慕」偏重於「愛」，適用於人及思想或意識方面。「傾慕」側重於「傾」，只用於人，如說「相互傾

慕」、「令人傾慕」。「羨慕」指因見到他人條件比自己優越而希望自己也能獲得，如說「十分羨慕他家的條件」、「她以羨慕的眼光看着對方」。

反【嫌棄】xián qì　遭人～｜不應該～老人。

反【憎惡】zēng wù　我～那種虛偽的腔調。

反【討厭】tǎo yàn　我很～那個人的虛浮作風。

反【痛恨】tòng hèn　十分～｜我～自己覺悟得太晚，給大家帶來諸多麻煩。

反【鄙視】bǐ shì　人們極為～不勞而獲的做法。

愛惜 ài xī　非常愛護；很珍惜　～糧食｜～財物｜～大家努力的成果。

反【浪費】làng fèi　～資源｜～時間｜我們反對這種～行為。

反【糟蹋】zāo·tà　不能如此～自己｜別～自己的身體｜當地的自然環境被～得不像樣子。

「愛惜」多用於時間、人力和財物等。

曖昧 ài mèi　1.（態度、意思）含糊、不清晰、不明朗　態度～｜觀點比較～。

同【含糊】hán hu

反【明朗】míng lǎng　～的觀點｜～的敘事風格｜你的態度應該更加～一些。

反【鮮明】xiān míng　立場～｜～的觀點｜我方的態度很～。

2.（行為）不光明；關係不正常（常用於男女關係）　行為～｜他倆的關係很～。

反【光明】guāng míng　～磊落｜行為～｜我覺得這些事都很～正大。

3. 光線暗淡　這條林間小路～不明。

反【光亮】guāng liàng　～的桌面｜大廳裏一片～。

安 ān　1.安穩；平靜　～如泰山｜國泰民～｜得知那件事情後，他天天坐立不～。

反【煩】fán　覺得很～｜心～意亂。

反【亂】luàn　心～如麻｜你們一鬧，現在事情都～了。

2.平安；安全　居～思危｜轉危為～。

反【危】wēi　～在旦夕｜～如累卵。

安定 ān dìng　1.（生活、時局、秩序等）情況穩定、平穩正常而沒有騷擾　心神～｜生活～｜尋求～的環境。

同【安寧】ān níng

同【穩定】wěn dìng

「安定」偏重於「安」，多用作形容詞；也可作動詞，突出使平穩，如說「安定人心」、「你去安定一下她的情緒」。「安寧」不作動詞用。「穩定」突出穩而不亂，如說「情緒穩定」、「穩定局面」、「穩定物價」。

反【動盪】dòng dàng　～不安｜防止社會～。

反【動亂】dòng luàn　蓄意製造～。

反【騷亂】sāo luàn　發生局部～。

2. 使安穩平靜　～人心。

反【擾亂】rǎo luàn　～人們的情緒｜這種做法～了正常的教學秩序。

「安定」突出安，強調各方面都很正常，沒有紛擾，多指形勢、局勢及

生活，也指心情、情緒。「動亂」指
社會發生嚴重騷亂。

安分 ān fèn　規矩而守本分　他
很~守己｜為人要~一些才好。

圓【本分】běn fèn

⊘【非分】fēi fèn　~的企圖｜你們不
要對此有~之想。

安分守己 ān fèn shǒu jǐ　安於
本分，不違法，保持品節　老人一生
~｜我做人歷來~，不會無事生非。

⊘【惹是生非】rě shì shēng fēi　你們
別在那裏~了｜我老是擔心那幾個人
會~。

「安分守己」突出安於自己的本分，
不做違法亂紀的事情。「惹是生非」
突出常常招惹他人，惹出麻煩或事
端。

安靜 ān jìng　沒有聲音，不吵不
鬧　環境~｜請保持｜我需要一個
~的空間｜為了這事，她的心情一直
~不下來。

圓【寧靜】níng jìng
圓【寂靜】jì jìng
圓【平靜】píng jìng
圓【恬靜】tián jìng
圓【清靜】qīng jìng

「安靜」語意較輕，突出環境不嘈雜，
沒有聲音，也可用於生活的狀態。
「寧靜」突出安寧而沒有攪擾，多用
於文學語體，如說「寧靜的江面」、
「近日心中頗不寧靜」。「寂靜」突出
沒有一點兒聲響，只指環境情況，如

說「寂靜的夜晚」、「寂靜的森林」。
「平靜」突出心情沒有動盪或波動，
如說「心情不能平靜」、「激動的情
緒慢慢平靜下來」。「恬靜」突出「靜」
的狀態；還指文靜，屬於書面語，如
說「恬靜大方」、「恬靜的氣氛」、「環
境恬靜幽雅」。「清靜」突出「清」，
強調不雜亂、沒有干擾，如說「清靜
的街角」、「落得耳根清靜」。

⊘【嘈雜】cáo zá　人聲~｜~的叫賣
聲｜過於~的環境，使我無法安心學
習。

⊘【喧鬧】xuān nào　環境非常~｜
~的會場裏偶爾也有柔美的樂曲聲傳
來。

⊘【喧囂】xuān xiāo　一片~｜到處
是~的聲浪。

安居樂業 ān jū lè yè　生活安
定，工作愉快，指安定的社會環境
人民追求~的生活。

⊘【顛沛流離】diān pèi liú lí　多年來
~，生活無着。

「顛沛流離」指生活相當困苦，四處
流浪。

安樂 ān lè　生活富足而安樂　生
活~｜當地經濟繁榮，民眾~。

⊘【憂患】yōu huàn　即使很富足，也
應當有~意識｜古語云「生於~，死
於安樂」。

⊘【艱辛】jiān xīn　生活~｜牢牢記
住先輩們創業的~。

「安樂」突出安定富足並且快樂。「憂
患」突出艱難而讓人感覺憂慮。

A

安謐 ān mì （環境、地方）安寧、平靜　環境～｜分外～｜～的夜晚。

同【靜謐】jìng mì

> 「安謐」強調環境安靜，令人心情平靜。「靜謐」突出毫無聲息，多用於文藝描寫，如「靜謐的河岸」。「安謐」、「靜謐」均屬於書面語。

安眠 ān mián　安穩地熟睡着　吃了這種藥會使人～｜煩得讓人無法～。

同【安息】ān xī

> 「安眠」突出睡得安穩，有很強的形象色彩。「安息」強調停止一切活動，多用於對死者表示悼念，如說「爺爺，您安息吧！」

反【失眠】shī mián　他為此整夜～｜她最近常常～，是因為比較緊張的緣故。

安寧 ān níng　1. 安定而沒有騷擾　確保一方～。

反【混亂】hùn luàn　局面～｜製造～狀況｜一片～。

反【動盪】dòng dàng　～不安｜那是個～的年代。

2.（心情）平靜　最近工作上事情太多，使人不得～。

反【煩亂】fán luàn　～不寧｜心裏老是～不定。

安排 ān pái　有秩序地處理或籌辦　精心～｜～勞動力｜合理～時間｜～好一天的工作。

同【安頓】ān dùn

同【安置】ān zhì
同【佈置】bù zhì
同【部署】bù shǔ

> 「安排」突出區分先後主次、輕重緩急，有條不紊地處理人或事，多與「時間」、「住所」、「食宿」等詞搭配，適用範圍較廣，但不用於具體動作。「佈置」突出在某個地方安排、陳列物件，使之符合需要，多與「任務」、「環境」等詞搭配，如說「佈置會場」。「部署」多用於比較重要的場合和比較重大的事情，如說「部署兵力」、「部署救災措施」。

安全 ān quán　沒有危險；（事情的進行）有保障　～返航｜～抵達｜請注意交通～｜加強～防範措施。

同【平安】píng ān

> 「安全」突出有保障，不受威脅，多用於生命、環境等，常與「生產」、「交通」、「操作」、「財產」、「感覺」等詞搭配。「平安」突出太平無事，多用於人身，如說「平安到達」、「平安度過每一天」、「好人一生平安」。

反【危急】wēi jí　情況十分～｜～關頭他挺身而出。

反【危險】wēi xiǎn　他們冒着生命～搶救受災者｜部隊無意中走進了～地段。

安如泰山 ān rú tài shān　指像泰山那樣穩固，不可動搖　地位～。

反【危如累卵】wēi rú lěi luǎn　整個基業～，即將崩塌。

A

安適 ān shì　安靜而舒適　生活～｜環境～，設施齊全。

📋【安逸】ān yì

📋【閒適】xián shì

「安適」側重「適」，強調因生活安靜舒服而心情暢快。「閒適」強調有空閒而舒服，如說「心情閒適」、「生活閒適」。

📛【艱辛】jiān xīn　歷盡～｜老人備嘗生活的～。

📛【辛勞】xīn láo　終年～｜他為此一生，我們當然要紀念他。

安慰 ān wèi　1.心情安靜舒適　心裏覺得～。

📋【寬慰】kuān wèi

2. 慰問，使對方心裏安適　～病人｜～災民。

📋【安撫】ān fǔ

📋【撫慰】fǔ wèi

📋【寬慰】kuān wèi

📋【勸慰】quàn wèi

「安慰2」強調使人心情舒暢平靜，語意較輕。「寬慰」指人不再憂愁，如說「用親切的話語寬慰病人」、「他病癒後家人寬慰多了」。「安撫」語意較重，屬於書面語，如說「安撫民心」、「安撫災民」。「撫慰」指安撫、慰問，屬於書面語，如說「撫慰焦灼的心」。「勸慰」突出勸解安慰，如說「來信勸慰受傷的心靈」。

📛【傷害】shāng hài　別去～他人｜這樣做事情會令～感情。

「安慰」突出使人心情舒適。「傷害」用於人的感情或事物。

安穩 ān wěn　1.平穩；穩當　住得～｜地位～｜車開得十分～。

📋【平穩】píng wěn

「安穩」強調安全，多用於形容車、船、飛機等交通工具行駛平穩，也用於形容國家、社會等安定。「平穩」着重表明無波折，如說「平穩地航行」。

2. 平靜；安定　長期以來她一直過着～的日子。

📛【動盪】dòng dàng　～不安｜注意應付～的局面。

安詳 ān xiáng　神態穩重，不慌不忙　舉止～｜神態～｜嬰兒～地睡着了。

📋【慈祥】cí xiáng

「安詳」突出言行從容不迫。「慈祥」多形容人的外部表情，如說「面容慈祥的老人」。

📛【驚慌】jīng huāng　～失措。

📛【慌亂】huāng luàn　～中難免會出錯｜因經驗不足，稍有些事就～起來。

📛【倉皇】cāng huáng　～之中，哪顧得了許多｜案發後，這伙盜賊～出逃。

📛【慌張】huāng zhāng　～不安｜神色極為～。

安心 ān xīn　心中安定　你就～休養吧｜有你在家照看小孩，我出門就～多了。

📋【放心】fàng xīn

「安心」突出人的心情安定，用於生活、工作、休息等。「放心」突出不為某事擔心，如說「我真放心不下」、「對這事我當然很放心」。

反【煩亂】fán luàn　心思～。

反【焦急】jiāo jí　顯得非常～｜流露出～的心情。

反【着急】zháo jí　你別為他～｜出了事故大家都非常～。

反【擔心】dān xīn　真為他的健康～｜儘管作了努力，還～來不及。

安逸 ān yì　生活安閒舒適　追求～的生活｜不應該貪圖～而不思進取。

反【勞碌】láo lù　老人～一生，當小輩的理應報答。

反【艱苦】jiān kǔ　～奮鬥｜～創業｜具有不怕～的精神｜當時這裏的環境比較～。

反【艱辛】jiān xīn　生活～｜歷盡～。

反【辛勞】xīn láo　老人為此～了一輩子，沒享過福。

安葬 ān zàng　埋葬　舉行～儀式｜決定將母親的遺體～在父親的墳墓旁邊。

同【埋葬】mái zàng

同【掩埋】yǎn mái

「安葬」語意較重，要舉行一定儀式，多用於較鄭重場合。「埋葬」的對象是屍體或骨灰，不一定舉行儀式；還用於比喻，指將沒落、腐朽的東西消滅或剷除，如說「徹底埋葬腐朽的制度」。「掩埋」突出將泥土覆蓋在上面的具體動作，如說「迅速掩埋好屍體」。

安之若素 ān zhī ruò sù　遭遇到不利情況或反常現象時，像平常那樣毫不緊張地對待　英雄面臨危險，

～，從容對付。

反【如坐針氈】rú zuò zhēn zhān　在事實面前，他～。

「安之若素」突出平靜如常，毫不畏懼。「如坐針氈」指好像坐在帶有針刺的氈墊上，突出因緊張、驚慌、恐懼等而坐不住。

安置 ān zhì　通過適當處理，使人或事物有着落　～傷病員｜將行李～好。

同【安頓】ān dùn

同【安放】ān fàng

「安置」強調妥善處理，使有個適宜的場所。「安頓」多用於人，也可用於事物，指安排好，如說「安頓好孩子」、「快安頓好行李」、「安頓好家務再出門」、「先安頓好來客再談吧」。「安放」多用於具體動作，如說「安放花籃」。

安裝 ān zhuāng　將零件或半成品器件等按照設計或預定要求裝配成整體；把材料、器具裝置在要求的地方，使能夠使用　～電話｜～通信設備｜電腦設～攝像頭。

同【裝置】zhuāng zhì

「安裝」較常用，多指對新添設備的安置。「裝置」強調放妥在某一個位置上，如說「裝置了智能防盜設備」。

反【拆除】chāi chú　～舊電話線｜～路障，保證暢通｜你們趕緊把腳架～。

反【拆卸】chāi xiè　將機器～後運走｜設備還沒～怎麼就佔了這麼大一塊地方？

「安裝」多指對新添設備的安置，強調通過裝配使完整可用，或指將完整設備裝置在需要的地方供使用。「拆除」突出去掉而不要。「拆卸」強調使整體分解開來。

諳熟 ān shú 對某事相當熟悉 ～電腦製圖技術｜老先生～書畫裱褙。

圓【熟悉】shú xī

圓【熟練】shú liàn

圓【嫻熟】xián shú

「熟悉」適用面廣，可用於人或事物、路線、文字及歷史等，如說「熟悉業務」、「我對那些事都很熟悉」。「熟練」突出因常做而不生疏，適用面較廣，如說「熟練運用」、「業務相當熟練」。「嫻熟」屬於書面語，如說「技術嫻熟」。「諳熟」只用於事而不用於人，屬於書面語。

反【生疏】shēng shū 早年學的技藝早已～。

按部就班 àn bù jiù bān 照着一定的條理去做 他覺得～地做就可以了，不必那麼着急。

圓【循序漸進】xún xù jiàn jìn

「按部就班」突出辦事照着一定條理，也指因循守舊地做。「循序漸進」突出按照一定的程序或步驟一步步地去做，如說「學習要循序漸進」、「不要急於求成」。

按期 àn qī 按照規定時間（去做）～完成任務｜你們必須～交貨，不得延誤。

圓【按時】àn shí

「按期」突出按照規定期限，多指有關的雙方或多方已經約定的情況。「按時」指一方或多方按照要求的某個時間去做，如說「按時到場」、「你必須按時服藥」。

按時 àn shí 依照預先定下的時間（去做）～出發｜我們保證～完成任務。

反【誤時】wù shí 因天氣原因～｜這次你可不要再～了。

反【誤點】wù diǎn 列車已經～兩個多小時了。

反【晚點】wǎn diǎn 這條線路的班車老是～。

「按時」突出準時不誤。「誤時」、「誤點」、「晚點」都指比原定時間晚。

按照 àn zhào 以某種事物為根據着着進行；依照着（做）～計劃進行｜～決議行事｜～政策開展工作。

圓【遵照】zūn zhào

圓【依據】yī jù

「按照」不帶尊敬色彩，用於各種語體，適用範圍較廣。「遵照」突出遵從依照，屬於書面語，如說「遵照上級指示執行」、「遵照法律辦事」。「依據」多用於法規、文告等，如說「依據規定辦理」、「依據軍法懲處」、「依據法律行使職權」；作動名詞，指可作證明的憑據，如說「你們這樣做是沒有依據的」。

反【違背】wéi bèi ～諾言｜你這樣做就～了眾人的意願。

反【違反】wéi fǎn　～法規｜～制度｜經濟活動不要～客觀規律。

> 「按照」適用範圍較廣，多表示根據某個規定或現成的例子去做。「違背」突出不按要求，不遵守。「違反」突出不符合、不實行。

暗 àn

1. 光線不足　小屋裏比較～｜燈光慢慢～了下來。

反【亮】liàng　光線很～｜天還沒～｜教室裏一堂堂的。

反【明】míng　走進去後，只見窗～几淨，擺設簡樸，感覺真好。

2. 不公開的；隱藏不露的　～殺｜～中攻擊｜～自歡喜｜明人不做～事。

反【明】míng　～察暗訪｜～令禁止｜你有甚麼話就～說吧，別老是躲躲閃閃的。

暗淡 àn dàn

1. 光線昏暗或顏色不亮　天色～｜光線～。

同【黯淡】àn dàn

同【昏暗】hūn àn

同【陰暗】yīn àn

同【幽暗】yōu àn

> 「暗淡」也寫作「黯淡」，指光線模糊，看不真切；還用來比喻不景氣或沒有希望，如說「前景十分暗淡」。「昏暗」只指光線微弱、昏黃，如說「只見一片昏暗的夜色」。「陰暗」多用於環境、心理等，如說「陰暗心理」、「陰暗的角落」。「幽暗」突出光線不明亮，如說「光線幽暗」、「幽暗的山谷」。

反【明亮】míng liàng　光線～｜新修的電腦房燈光～得很。

反【燦爛】càn làn　星光～。

反【亮堂】liàng tang　寬敞～的教室。

2. 比喻不景氣、沒有希望　世界經濟衰退，年輕人前景很～。

反【光明】guāng míng　前途～｜走向～的未來。

暗地 àn dì

也説「暗地裏」。背地裏；私下　別～另行一套｜不要老是在～惡語傷人。

反【公開】gōng kāi　～宣佈｜他一再～表明自己的態度。

暗箭 àn jiàn

暗中發出的箭。比喻暗中傷害他人的詭計　～傷人最可恥。

反【明槍】míng qiāng　～易躲，暗箭難防。

暗殺 àn shā

在對方不備時將其殺死　發生多起～事件｜對方竟然僱用兇手進行～。

同【暗害】àn hài

同【暗算】àn suàn

> 「暗殺」多指兇手祕密殺人，也用於設圈套害殺人，對象多為著名的人物。「暗害」指祕密殺害或陷害，如說「遭到暗害」。

暗示 àn shì

用含蓄的話或間接的方式告訴某人某事　他一再以眼神～對方｜我多次～他離開這裏，他就是不動。

反【明説】míng shuō　有甚麼問題還是～了好｜她這次雖沒有～，但意思已經表露清楚了。

> 「暗示」突出讓對方領會。

暗中 àn zhōng　背地裏，別人不知道的時候　～加強觀察｜他倆老是～較勁｜來人長期～從事祕密活動。

回【祕密】mì mì

> 「祕密」突出隱蔽地，如說「祕密來往」、「雙方祕密地交換了材料」；還是名詞，指不公開的事情，如說「嚴守祕密」、「泄露了祕密」。

反【公然】gōng rán　～進行對抗｜～唆使他人吸毒｜那幾個人竟～襲擊警察。

反【公開】gōng kāi　～作出道歉｜必須～表明自己的態度。

黯淡 àn dàn　暗淡；光線不明　色彩～｜～無光。

回【暗淡】àn dàn

回【昏暗】hūn àn

回【陰暗】yīn àn

回【幽暗】yōu àn

> 「黯淡」也作「暗淡」，還指缺乏生氣，多形容人的臉色、神態；也形容景象悲慘的樣子。

骯髒 āng zāng　1. 不乾淨　～的角落｜這麼～的地方怎麼能坐，咱們走吧。

回【污穢】wū huì

反【清潔】qīng jié　注意環境～｜～衛生需要靠大家共同來維持。

反【乾淨】gān jìng　快，弄～後回去｜大家把教室打掃～。

反【潔淨】jié jìng　～無塵｜～幽雅｜～的水源。

> 「骯髒」指具體的不乾淨，多用於比喻，比較口語化，適用範圍較廣，也可用於指人醜陋或事物不潔淨。「污穢」語意較重，只用於事物、處所、言語等，一般不用於人，如說「言語污穢」、「滿地污穢」。

2. 比喻人的內心卑鄙、醜惡　心地～｜～的交易。

回【齷齪】wò chuò

> 「齷齪」突出不乾淨，可比喻人品惡劣，如說「靈魂齷齪」、「齷齪卑鄙的小人」。

反【純潔】chún jié　～美好的心靈。

反【高尚】gāo shàng　心靈～｜品德純潔～。

昂 áng　抬頭向上　～首闊步向前邁進。

反【垂】chuí　～頭低聲抽泣｜柳枝～得很低。

反【俯】fǔ　～視｜～看｜～首。

昂貴 áng guì　價格非常高　物價～｜～的商品｜他們為此付出了～的代價。

反【低廉】dī lián　物價～｜以～的價錢購置｜商品價格～。

反【便宜】pián yi　我一直在找又～又實用的替代品。

昂首 áng shǒu　向上抬着頭　～闊步｜～仰望。

反【俯首】fǔ shǒu　～沉思｜～疾書。

昂揚 áng yáng　精神振奮；情緒高漲　士氣～｜鬥志～｜羣情～。

回【高昂】gāo áng

「昂揚」強調振奮、上揚，多形容精神狀態。「高昂」多形容情緒、聲音等，如說「情緒高昂」、「廣場上的歌聲愈來愈高昂」。

⟨反⟩【低沉】dī chén　惡劣氣候下士氣比較～。

⟨反⟩【低落】dī luò　別因為一次失誤就情緒～｜信心～的時候差錯就容易增多。

凹 āo　低於周圍　～陷｜地面～了下去。

⟨反⟩【凸】tū　～起一點兒｜那裏都是凹～不平的山路。

⟨反⟩【鼓】gǔ　孩子一着嘴巴不高興｜背包裝得～起來了，提都提不動。

⟨反⟩【突】tū　峯巒一起｜小心～在路面的東西絆腳。

凹陷 āo xiàn　向下、向內陷入　地面～下去｜他的面部特徵是顴骨～。

⟨反⟩【凸起】tū qǐ　他手背上有一個～的小瘤。

⟨反⟩【凸出】tū chū　～在外｜顴骨顯得比較～。

遨遊 áo yóu　漫遊；遊歷　～太空｜～世界。

⟨同⟩【漫遊】màn yóu

「遨遊」突出遊歷的意思，含有玩得盡興的意味。「漫遊」突出遊玩的隨意性，如說「漫遊太湖」、「漫遊水城威尼斯」。

翱翔 áo xiáng　在空中來回地飛　盡情～｜雄鷹在藍天～。

⟨同⟩【飛翔】fēi xiáng

「翱翔」突出迴旋地飛，含有自豪、神聖的讚美意義，多用於飛行能力較強的鳥。「飛翔」突出飛行的隨意性，如說「展翅飛翔」、「飛翔的小鳥」。

鏖戰 áo zhàn　苦戰；激烈地戰鬥　～不止｜街巷～｜～在太行山上。

⟨同⟩【激戰】jī zhàn

「鏖戰」側重長期激戰。「激戰」常指一次戰鬥，如「展開激戰」、「激戰持續了幾個小時」。

拗口 ào kǒu　言語彆扭，不順口　文章寫得這麼～，叫我怎麼唸呢？

⟨反⟩【上口】shàng kǒu　琅琅～｜他發言用的都是些不～的文言詞。

傲骨 ào gǔ　高傲不屈的精神、性格　一身～｜人不可有傲氣，但不可無～。

⟨反⟩【媚骨】mèi gǔ　奴顏～，醜態百出。

「傲骨」突出不屈。「媚骨」多組合成「奴顏媚骨」，指那種卑躬屈膝的樣子。

傲慢 ào màn　因看不起而無禮；十分驕傲　舉止～｜～的神態｜～地抬起了頭。

⟨同⟩【高傲】gāo ào

「傲慢」一般形容人的外在表現，突出待人態度輕慢，目中無人，多與「表情」、「態度」、「神色」等詞搭配。「高傲」突出感覺上自命不凡，

如說「舉止高傲」、「表現出一副高傲的樣子」。

㊂【謙恭】qiān gōng　為人～有禮。
㊂【謙虛】qiān xū　我們應～謹慎地處理這些事情。
㊂【虛心】xū xīn　～請教｜～使人進步｜你應～接受正確意見。

奧妙　ào miào　含義深而意味微妙　～無窮｜探求科學～｜我始終不明白其中的～。

㊀【微妙】wēi miào
㊁【玄妙】xuán miào

「奧妙」強調內容艱深，難以理解。「微妙」突出深含不明的道理或關係，如說「兩人關係微妙」、「事情發生了微妙的變化」。「玄妙」突出難以捉摸，如說「玄妙莫測」。

懊悔　ào huǐ　做錯事或說錯話後自恨不該如此　非常～｜為此～不已｜心裏實在～。

㊀【懊惱】ào nǎo
㊀【懊喪】ào sàng

㊁【後悔】hòu huǐ
㊁【悔恨】huǐ hèn

「懊悔」突出「懊」，對以前的作為懊惱、悔恨。「懊惱」表示煩惱、不痛快，如說「懊惱萬分」、「你不必為此懊惱」。「懊悔」、「懊惱」和「懊喪」在語義上一個比一個重。「懊悔」多是由自己引起的，「懊惱」多由客觀原因引起。

懊惱　ào nǎo　覺得很後悔、不痛快　心裏覺得～得很｜那個人～地走了出去。

㊁【愉悅】yú yuè　心中～。

懊喪　ào sàng　因事情不順心而情緒低沉，精神不振作　非常～｜～得哭了起來。

㊀【沮喪】jǔ sàng

「懊喪」語意較輕，多指因辦事不順利而情緒欠佳。「沮喪」突出灰心失意或無精打采，程度較高，屬於書面語，如說「表情沮喪」、「雖遭挫折仍無沮喪情緒」。

B

八斗之才 bā dǒu zhī cái　比喻
人富有才華　崇拜索有～聲譽的大師。

⟨反⟩【無能之輩】wú néng zhī bèi　我們
被認為是～，能做甚麼？

> 「八斗之才」源於唐代李商隱詩《可
> 歎》：「宓妃愁坐芝田館，用盡陳王
> 八斗才。」現多比喻高才。

拔高 bá gāo　1. 不適當地抬高地
位　人為～|不要任意～|你們怎麼
能這樣～產品數量？

⟨同⟩【抬高】tái gāo

> 「拔高」突出向上方用力，主要用於
> 地位、影響力。「抬高」多用於物價
> 等，如說「抬高物價」、「盲目抬高
> 產品價格」。

⟨反⟩【貶低】biǎn dī　有意～|竟然～對
方的成績。

⟨反⟩【壓低】yā dī　沒必要～那件商品
的價錢。

2. 提高，使更高　～音調|～嗓門大
叫|你們別把聲音～。

⟨反⟩【壓低】yā dī　他～聲音悄悄地告
訴了我。

> 「拔高」指在原來的基礎上提高，多
> 用於對某些人的地位、聲望或作品
> 的影響，也用於聲響。「壓低」突出
> 使降低。

跋扈 bá hù　專橫無禮，欺上壓
下　飛揚～|為人～|此人的作風～

得很，真無法跟他打交道。

⟨同⟩【專橫】zhuān hèng

> 「跋扈」屬於書面語。「專橫」的使用
> 面較廣，如說「專橫無禮」、「那人
> 的舉動過於專橫」。

把持 bǎ chí　獨佔位置、權力等，
不讓別人參與　～大權|～大小事
務|～國家的經濟命脈。

⟨同⟩【操縱】cāo zòng
⟨同⟩【控制】kòng zhì

> 「把持」是貶義詞，強調公開地控制
> 而不讓別人參與。「操縱」本意指掌
> 管、使用機械等，引申為貶義詞，
> 指採用不正當的手段支配、控制，
> 多在幕後進行，如說「操縱局勢」、
> 「暗中操縱」、「幕後操縱比賽」。「控
> 制」強調掌握住而不使任意活動或越
> 出範圍，對象多是速度、數字、生
> 產及感情、意識等，如說「控制自己
> 的情緒」、「控制人口增長速度」。

把守 bǎ shǒu　以武力守衛緊要地
段，不使失去　～渡口|～關卡|將
士們～着祖國的邊疆。

⟨同⟩【扼守】è shǒu
⟨同⟩【看守】kān shǒu

> 「把守」突出牢牢地控制住，不讓走
> 走，用於軍事要地等。「扼守」多用
> 於軍事要地或其他要緊地方，如說
> 「扼守在前沿陣地」。「看守」範圍較
> 廣，強調照料看管，如說「看守倉
> 庫」、「看守住犯罪嫌疑人」。

把握 bǎ wò　掌握；抓住　～船

舵｜～戰機｜～方向｜作品很好地～了時代的脈搏。

🔵【掌握】zhǎng wò

> 「把握」突出握住或抓住某種具體事物或方向、實質、規律、機會等抽象事物，語意較輕。「把握」作名詞時指能夠辦成事情的可能性及信心，如說「他當然有把握」、「我還沒有百分之百的把握」。「掌握」多指能夠控制住某些比較大的事物，如說「掌握政權」、「掌握原則」、「掌握命運」、「掌握規律」；也用於控制比較具體的事物，如說「掌握住方向盤」等。

把戲 bǎ xì　矇騙人的手段；花招　～已被戳穿了｜別在那裏玩～｜有甚麼～儘管使出來吧！

🔵【花樣】huā yàng

🔵【花招】huā zhāo

罷黜 bà chù　撤去擔任的職務　～官職

Ⓐ【任用】rèn yòng　～新人。

Ⓐ【任命】rèn mìng　接受新的～｜～一位新經理。

罷了 bà le　表示「僅此而已，算不了甚麼」，對句子的意思起緩解作用　我無非是想盡自己一點力量～｜這只不過是我的心意～。

🔵【而已】ér yǐ

> 「罷了」多用於口語，多與「不過」、「無非」、「只是」等詞搭配。「而已」屬於書面語，如說「他們的手段不過如此而已」。

罷免 bà miǎn　撤銷所選人員擔任的職位；免除職務　～不稱職的人員｜會上依法～了他的代表資格。

Ⓐ【任用】rèn yòng　重新～｜～新聘人員｜決定不再繼續～。

霸道 bà dào　1. 古代君王憑藉強勢、武力等進行統治的政策　實施～。

Ⓐ【王道】wáng dào　實行～。

2. 蠻橫無理；強橫　橫行～｜做人不能那麼～。

Ⓐ【謙和】qiān hé　他為人一貫～。

霸佔 bà zhàn　倚仗權勢，將屬於別人的佔為己有　～良田｜房屋被～了｜～他人的財產。

🔵【佔領】zhàn lǐng

> 「霸佔」是貶義詞，突出借勢佔為己有，可用於人或物。「佔領」是中性詞，指以武力取得土地、領土等，如說「佔領制高點」；也指佔有某個領域，如說「積極佔領市場份額」。

白 bái　1.（顏色）像雪、霜那樣的；光亮　～皚皚｜大地一片～茫茫｜時間久了，牆壁看都看不出原來的～顏色了。

Ⓐ【黑】hēi　墨～｜漆～一片。

Ⓐ【皂】zào　別不分青紅～白。

2. 白話；現代語　他的文章常常是半文半～的，讓人難懂。

Ⓐ【文】wén　～白參半。

3.（字音、字形等）錯成其他的形式　那個字你唸～了｜～字一多，人家都不想看了。

Ⓐ【正】zhèng　字～腔圓。

> 「皂」屬於書面語，一般不單用。

白道 bái dào

正當的合法的行為、方法，仿「黑道」而來　走的都是～｜應相信這些物品都來自～。

〔反〕【黑道】hēi dào　～頭目｜打擊～活動｜墮落成～殺手。

> 「黑道」指非法或不正當的行徑，也指黑社會組織。

白費 bái fèi

白白浪費　～力氣｜你們別再～心思了｜一年多來的心血真沒有～。

〔同〕【枉費】wǎng fèi

> 「白費」多用於口語，強調過多消耗而沒有價值。「枉費」突出空費而沒有價值，如說「枉費心機」、「不要再如此枉費脣舌了」。

白話 bái huà

指區別於文言的現代漢語書面形式　～詩歌｜～散文｜提倡～。

〔反〕【文言】wén yán　老先生至今喜歡用～寫作。

> 「文言」指新文化運動前以古代漢語為基礎的書面語。

白淨 bái jing

（人的皮膚）白皙而潔淨　臉龐～｜長得很～｜孩子的小手～柔滑。

〔同〕【白皙】bái xī

> 「白淨」比較口語化。「白皙」屬於書面語，如說「姑娘長得清秀白皙」。

〔反〕【黝黑】yǒu hēi　～的臉龐｜他從非洲旅行回來膚色～，顯得更健壯了。

白蒙蒙 bái mēng mēng

白色而模糊不清的一片　遠處山上～的甚麼也看不見。

〔反〕【黑洞洞】hēi dōng dōng　夜裏工地上～的，甚麼也看不清。

〔反〕【黑糊糊】hēi hū hū　油污弄得到處～的，真難看。

> 「白蒙蒙」多用於煙、油、霧、氣之類。

白天 bái tiān

從天亮到天黑前的一段時間　～黑夜｜有些動物只在～活動。

〔同〕【白晝】bái zhòu

> 「白天」多用於口語。「白晝」屬於書面語，如說「黑夜即將過去，白晝終將到來」。

〔反〕【黑夜】hēi yè　冬日裏～比較長。

百發百中 bǎi fā bǎi zhòng

形容射箭或射擊非常準　即使神槍手也很難做到～。

〔同〕【百步穿楊】bǎi bù chuān yáng

> 「百發百中」突出每次都能做到準確地射中目標。「百步穿楊」強調遠距離射擊的準確。

百孔千瘡 bǎi kǒng qiān chuāng

到處是破敗的樣子，處處是毛病。指環境破敗或戰爭、災害後被破壞的景象　戰後，一片～的景象｜迅速處理災後～的局面。

〔同〕【滿目瘡痍】mǎn mù chuāng yí

> 「百孔千瘡」突出被破壞的景象。「滿目瘡痍」突出破壞的嚴重程度。

擺佈 bǎi·bù　支配（別人的行動等）；操縱　～他人｜不能如此受人～｜任意～別人的命運。
同【擺弄】bǎi nòng

「擺佈」語意較重，含貶義。「擺弄」突出支配或玩弄，對象一般比較小，如說「擺弄幾隻小鳥」、「隨意擺弄石塊」、「只是擺弄擺弄小玩意而已」。

擺動 bǎi dòng　晃動不定　樹枝隨風～。
同【搖動】yáo dòng

擺闊 bǎi kuò　以錢、物等向人顯示闊氣；過分講究排場　他這是在故意～｜勸各位節日期間不要～。
反【裝窮】zhuāng qióng　他明明收入還可以，偏要在此～。
反【哭窮】kū qióng　別整天～，你的話還有誰信？

擺設 bǎi shè　1. 佈置；安放　所有東西都～到位了｜那些酒具～得很整齊｜舞台上～着一些道具。
同【陳設】chén shè

「擺設」突出按一定的設計，擺放在合適的地方。「陳設」突出陳列或擺放出來，如說「陳設着古董」、「櫃子裏陳設着一些線裝書」。

2. 佈置、安放着的東西　只是一些小～｜這些只是拿來當～的。
同【陳設】chén shè

「陳設」作名詞時是指擺放出來的物品，如說「豪華的陳設」、「櫥窗裏的項鏈只是店家的陳設」。

擺脫 bǎi tuō　通過努力，脫離某種不良情況或不利環境　～困境｜～追擊｜～悲慘的命運｜及時～對方的無理糾纏。
同【解脫】jiě tuō
同【掙脫】zhèng tuō
同【脫身】tuō shēn

「擺脫」的對象多指自身以外的人或事物，多與「困境」、「羈絆」、「災難」等詞搭配。「解脫」多用於指從某種事情、狀況中脫身出來，多與「苦難」、「厄運」等詞搭配，如說「終於得到了解脫」。「掙脫」的對象是物，多與「束縛」、「鎖鏈」、「枷鎖」等詞搭配，如說「掙脫羅網」。「脫身」指身子脫開束縛或困境，如說「應設法脫身」、「今天忙得一時無法脫身」。

反【依附】yī fù　～於他人｜～豪強勢力生存。
反【糾纏】jiū chán　整日被雜事～｜別～於一些小事。
反【陷入】xiàn rù　～泥潭｜～他人的圈套｜～繁雜的事務之中。

拜訪 bài fǎng　訪問　～大師｜登門～｜前去～多年不見的朋友。
同【造訪】zào fǎng
同【拜會】bài huì
同【拜見】bài jiàn
同【拜謁】bài yè

「拜訪」、「拜會」均為敬辭，適用範圍較廣。「拜訪」指拜見尊長。「拜會」一般指外交上地位平等的雙方正式會面。「造訪」指訪問，屬於書面語。「拜謁」屬於書面語，有尊敬、

推崇的色彩，多用於訪問名人、高官或德高望重的前輩，如說「拜謁外交部長」、「出訪英國時拜謁了女王陛下」；也可用於瞻仰陵墓、碑碣等，如說「拜謁黃帝陵」。

拜服 bài fú　十分佩服　不勝~｜萬分~｜令人~。
🔄【佩服】pèi fú

「拜服」屬於書面語，突出尊敬，重在「拜」，語意較重。「佩服」多用於口語，適用範圍較廣，如說「對選手十分佩服」、「我很佩服他過目不忘的本領」。

拜託 bài tuō　敬辭，用於請別人幫自己辦事　~好友辦理了手續｜~您幫我照顧一下小孩。
🔄【委託】wěi tuō
🔄【託付】tuō fù

「拜託」多用於口語，語調比較婉轉。「委託」比較正式，如說「受人委託」、「委託律師辦理」。「託付」強調將具體東西等當面交給對方，請對方給予幫助，如說「出門時將孩子託付給了鄰居」。

拜望 bài wàng　去看望　一回到家鄉，我就去~了老師。
🔄【探望】tàn wàng

「拜望」指對長輩、長者或上級的拜訪，是尊敬用語。「探望」的對象可以是尊長或平輩，如說「去醫院探望朋友」；還指張望，如說「只見他不斷地從窗口向外探望」。

敗 bài　失敗；輸　勝不驕~不餒｜立於不~之地｜紅隊已經~於黃隊。
🔄【勝】shèng　戰~對方球隊。
🔄【贏】yíng　上半場我們隊只~了一球。
🔄【成】chéng　功敗垂~｜~敗在此一舉。

敗筆 bài bǐ　（詩文、書畫）寫或畫得不好或有明顯失誤的部分　這個例證與實際出入太大，實為~。
🔄【妙筆】miào bǐ　這一處含而不露，堪稱~。
🔄【絕唱】jué chàng　千古~。

敗壞 bài huài　1. 損害　~門風｜~紀律｜不良風氣嚴重~了我們的名譽。
🔄【維護】wéi hù　積極~公眾利益｜~個人的尊嚴。
2. 壞；低劣　道德~。
🔄【高尚】gāo shàng　品德~｜以~的音樂陶冶情操。

敗局 bài jú　失敗或輸的局面　~已定｜努力扭轉~。
🔄【勝券】shèng quàn　我隊穩操~。

敗露 bài lù　壞事或隱蔽的事情顯露出來　陰謀~｜醜事全然~了。
🔄【掩蓋】yǎn gài　竭力~罪行。
🔄【隱瞞】yǐn mán　~自己的動機。

敗訴 bài sù　訴訟中不利於自己的判決　他們在這場曠日持久的經濟官司中~。
🔄【勝訴】shèng sù　雖已~，但我們卻高興不起來。

敗興 bài xìng　因遭遇不希望發生的事而情緒低落，提不起精神，興致很低　乘興而來，～而歸｜整件事令人～。

回【掃興】sǎo xìng

「敗興」有因運氣不好而興致減退的意味，屬於書面語。「掃興」突出心情很快由好轉為不好，多用於口語。

反【盡興】jìn xìng　今天大家應該～地玩樂。

班師 bān shī　召回出征的軍隊。也指出征的軍隊獲勝歸來　～回朝。

反【出師】chū shī　～不利｜未捷身先死。

斑駁 bān bó　也寫作「斑駮」。以一種顏色為主，夾雜了其他顏色　～的牆面｜色彩～｜依稀可見～的影子。

回【斑斕】bān lán

「斑駁」突出顏色花紋相雜，屬於書面語，用於指牆壁、青苔等具體事物。「斑斕」指燦爛多彩，突出色彩錯雜而燦爛，如說「色彩斑斕」。

斑斕 bān lán　顏色多而鮮明　五彩～。

反【淡雅】dàn yǎ　底色～｜她喜歡用～的顏色裝飾客廳。

反【素淨】sù jing　你別老是一身～，也換換風格吧。

頒佈 bān bù　（政府等）發佈（法令、條例等）　～法律｜～新的稅收政策。

回【發佈】fā bù

回【公佈】gōng bù

「頒佈」指上級向下級或社會大眾發佈。「發佈」強調面向公眾，如說「發佈信息、發佈新聞」。「公佈」突出公開通告，對象多是方案、真相、成績、名單、賬目等具體而細緻的內容。

反【收回】shōu huí　現在已經無法～成命。

版圖 bǎn tú　國家的領土範圍　中國的～很大｜將侵略來的地方劃入自己的～。

回【幅員】fú yuán

回【疆域】jiāng yù

「版圖」較正式，多與「劃入」、「神聖」等詞搭配。「幅員」突出國土面積的寬度，如說「幅員遼闊」、「幅員廣袤」。「疆域」用於指國土的面積大小，如說「擴展疆域」。

半途而廢 bàn tú ér fèi　事情還沒結束就停止不做　這項工作雖有困難，但意義重大，千萬不能～。

反【有始有終】yǒu shǐ yǒu zhōng　做事情要～，儘管只是一件細微小事。

「有始有終」指做事能堅持到最後。

半信半疑 bàn xìn bàn yí　既相信又不太相信　你爽快些，不要總是～的。

反【深信不疑】shēn xìn bù yí　他一直對此～｜大家對她的這番話～。

「半信半疑」突出不很相信而辦事猶豫不定。「深信不疑」突出毫無懷疑之心。

伴 bàn　陪着；在一起（做）～奏｜～唱｜～着音樂翩翩起舞。
圓【陪】péi

「伴」屬於書面語，一般不直接帶賓語。「陪」適用範圍較廣，多要帶賓語，可用於口語或書面語，如說「陪着參觀」、「陪客人出去玩」。

伴隨 bàn suí　隨同；在一起　～左右｜相約～到老｜～着節拍起舞｜～着寒冷的天氣而來。
圓【伴同】bàn tóng
圓【陪同】péi tóng
圓【隨同】suí tóng

「伴隨」突出伴，可用於人和事，強調同時。「伴同」、「隨同」、「陪同」的對象是人。「伴同」突出一起做。「隨同」、「陪同」突出跟隨着做，如說「隨同視察」、「陪同首長前往現場」。

辦法 bàn fǎ　方法，處理事情的方式或步驟　想盡各種～｜真拿他沒～｜必須馬上制訂具體～。
圓【方法】fāng fǎ
圓【措施】cuò shī

「辦法」指一般的處理事情或問題的方法，適用範圍較廣。「方法」多指解決問題的具體途徑或程序，如說「注意方法」、「改善方法」。「措施」突出針對具體情況而採取的辦法，

用於較大而較具體的事情，屬於書面語，如說「制訂應急措施」、「加強保護措施」、「採取安全措施」。

辦理 bàn lǐ　（對事務）作出處理　及時～｜～登記手續｜他說要馬上～房屋過戶手續。
圓【操持】cāo chí
圓【處理】chǔ lǐ
圓【料理】liào lǐ

「辦理」強調「做」某事，態度較莊重，多用於正式場合。「操持」多指具體的工作事務，如說「操持家務」、「操持農活」。「料理」突出看管、照顧、收拾的意思，如說「料理牲口」、「親手料理全家人的飲食」、「料理家務」。「處理」突出安排、解決事情，如說「及時處理事故」、「那堆垃圾至今還沒處理」。

邦 bāng　國家　友～｜聯～｜～交｜友好鄰～。
圓【國】guó

「邦」、「國」均屬於書面語，一般不單獨使用，都有固定的搭配。「國」適用範圍較廣，如說「國事」、「強國」、「國破家亡」。

幫 bāng　幫助　請～一下忙｜母親身體不好還～人做事｜回來時我順手～他們把事情辦完了。
圓【助】zhù

「幫」多用於口語，「助」屬於書面語。二者的不同主要在搭配上，如

説「幫扶」、「幫忙」和「助跑」、「助攻」、「助人為樂」。

幫兇 bāng xiōng　協助主要兇犯作惡或幫助傷害別人的人　走狗和～｜案件的首惡及～被繩之以法。
圖【鷹犬】yīng quǎn
圖【爪牙】zhǎo yá

「幫兇」強調對行兇作惡的行為推波助瀾、起幫助作用。「鷹犬」、「爪牙」都指壞人的黨羽，比喻受驅使當幫兇的人，屬於書面語，如說「充當惡勢力的鷹犬」、「堅決打擊匪首及其爪牙」。

反【元兇】yuán xiōng　懲治殺人～。

幫助 bāng zhù　給別人以物質、精神上的支持或出主意、出力幫別人　互相～｜～孤兒｜盡力～有困難的人。
圖【贊助】zàn zhù
圖【援助】yuán zhù
圖【扶助】fú zhù
圖【協助】xié zhù

「幫助」適用範圍較廣。「贊助」通常指以錢物支持某項事業，如說「由製造商贊助比賽」、「他們贊助了一批體育用品」。「援助」突出指以人力、物力支持他人或別的機構、國家，多用於政治、軍事或外交方面，如說「國際援助」、「援助災區」、「援助受難者」。「扶助」突出給在生活和經濟方面有困難的人以幫助，如說「扶助孤寡老人」、「扶助弱勢群體」。「協助」強調幫助主要的責任者做事，如說「協助他拍了新片」、「在他的協助下圓滿地完成了任務」。

反【欺負】qī fu　你竟然～孩子，真不講理。

「幫助」突出給人出力、出點子、辦事情等。「欺負」突出用蠻橫手段侵犯、壓迫、侮辱他人。

綁 bǎng　（用繩子、帶子等線條狀物）捆紮　～得太鬆｜～得比較緊。
反【解】jiě　～開繩結。

榜樣 bǎng yàng　值得他人學習或仿效的人或事　光輝的～｜以優秀事跡為～｜為學生樹立了～｜～的力量是無窮的。
圖【模範】mó fàn
圖【楷模】kǎi mó
圖【典範】diǎn fàn
圖【表率】biǎo shuài

「榜樣」語意較輕。在強調值得學習時，「榜樣」和「模範」可以通用，但某些搭配不同，如可說「光輝榜樣」、「模範老師」而不能說「光輝模範」、「榜樣老師」。「表率」多用於較正式的場合，屬於書面語，如說「堪稱表率」、「為人表率」、「老師應該成為學生的表率」。「楷模」、「典範」屬於書面語，如說「堪稱楷模」、「嚴於律己的典範」。

傍晚 bàng wǎn　接近晚上時　他～時分才到｜～過後，天氣轉涼了。
圖【黃昏】huáng hūn

「傍晚」指臨近夜晚，語意較輕。「黃昏」強調天色暗而不明，有書面語色彩，如說「黃昏將近」、「冬日黃昏」。

⊘【凌晨】líng chén　今天～下過一場暴雨。

⊘【拂曉】fú xiǎo　按規定必須～前抵達目的地。

⊘【清早】qīng zǎo　登山隊員今天～就動身了。

包庇 bāo bì　(對壞人壞事) 縱容或袒護　～罪犯｜不能～腐敗行為｜你怎麼可以這樣～壞人？

◉【庇護】bì hù

◉【袒護】tǎn hù

> 「包庇」是貶義詞，對象多為違法犯罪的人，強調有意識地掩護壞人壞事，語意比「袒護」重。「庇護」可作保護、袒護講，如說「他幸虧得到警察的庇護才保住了性命」。「袒護」偏重於「袒」，突出支持某一方，如說「袒護錯誤」、「你別一再袒護自己的孩子」。

⊘【檢舉】jiǎn jǔ　～貪污罪行。

⊘【揭發】jiē fā　以充分證據～他行賄受賄的行徑。

⊘【揭露】jiē lù　徹底～敵人的陰謀。

⊘【舉報】jǔ bào　匿名～｜～違法犯罪行為。

> 「包庇」突出袒護或掩護壞人壞事，用於貶義。「揭發」是主動揭露隱祕的壞人壞事。

包含 bāo hán　裏面包着；含有～各種矛盾｜～諸多危險｜這部作品～了他各個時期的思想｜他的這句話～了好幾層意思。

◉【包括】bāo kuò

◉【包羅】bāo luó

◉【蘊含】yùn hán

> 「包含」突出裏面含有，多用於精神、道理、矛盾、性質、意義等抽象事物。「包括」指包進來、容納在內，突出總括在一起，多從數量及範圍上進行列舉，可用於具體事物或抽象事物，如說「包括許多複雜因素」、「考試包括筆試和口試」、「包括你在內一共才四人」。「包羅」強調無所不包，有通攬一切的意思，一般用於大範圍的事物，如說「包羅無遺」、「包羅萬象」。

包容 bāo róng　1. 容納在內或存在着　～甚廣｜無法～一切。

◉【容納】róng nà

2. 寬容　大度～｜請各位長者多加～。

◉【寬容】kuān róng

包圍 bāo wéi　四面圍住，也指在正面進攻的同時，從敵對方側面或後方進攻　陣地已經被團團～｜消毒水的氣味～着這間小屋。

◉【包抄】bāo chāo

> 「包圍」指從四周或側面等圍起來，對象是人或事物。「包抄」多是從側面或背後，對象多是人或人的居所，如說「派幾個人包抄過去」。

⊘【突圍】tū wéi　部隊計劃在半夜時分～。

⊘【解圍】jiě wéi　虧你及時來給我們～，不然麻煩就大了。

褒 bāo　讚揚或誇獎　～獎｜他們對此～得有些過頭，我們接受不了。

B

〔反〕【貶】biǎn　～抑｜褒～不一｜你們可不能這樣在背地裏～人家。

褒獎 bāo jiǎng　表揚並獎勵　～作出貢獻的研究人員｜對有功人員及時給予～。

〔同〕【誇獎】kuā jiǎng

〔同〕【嘉獎】jiā jiǎng

〔反〕【處罰】chǔ fá　他因嚴重違規而受到了～。

〔反〕【懲處】chéng chǔ　對此事要及時嚴肅地加以～。

褒揚 bāo yáng　表揚；表彰　他因為成績優異，受到～。

〔反〕【貶抑】biǎn yì　人人都應～這種不良風氣。

〔反〕【貶斥】biǎn chì　～不良分子｜遭到眾人嚴厲～。

〔反〕【批評】pī píng　加強～監督。

> 「褒揚」突出讚揚喜歡的人或事情，屬於書面語。「貶抑」突出壓制、貶低厭惡的人或事情。

褒義 bāo yì　詞或句子中包含讚揚的意思　美麗是一個～詞｜這個詞一般不用於～。

〔反〕【貶義】biǎn yì　醜陋一般只用於～。

薄 báo　1.（扁平物）不厚的　他把木板削成了～片｜她說我的這牀被子太～。

〔反〕【厚】hòu　～紙｜那件大衣很～。

2. 交情、感情不深　他待你一向不～。

〔反〕【深】shēn　～交｜滿懷～情。

3. 基礎不厚實、不紮實　我的外語底

子比較～。

〔反〕【厚】hòu　那人的家底比較～。

4. 味道不濃　酒味～。

〔同〕【淡】dàn

〔反〕【濃】nóng　以一杯～茶提神。

保持 bǎo chí　留住原狀，使不消失、削弱或改變　～平衡｜～聯繫｜～優良傳統｜請同學們繼續～安靜。

〔同〕【維持】wéi chí

> 「保持」突出原有狀況不消失並維持一段較長的時間，多與「安靜」、「平衡」、「傳統」、「水土」、「沉默」、「距離」、「榮譽」、「水平」、「警惕」等詞搭配。「維持」突出不改變現狀，指防止情況變壞，多與「秩序」、「現狀」、「治安」、「生命」等詞搭配，如說「維持車站秩序」、「無法再維持目前局面」。

〔反〕【捨棄】shě qì　無法～｜全然～。

〔反〕【拋棄】pāo qì　～前嫌｜舊的觀念。

〔反〕【喪失】sàng shī　～陣地｜～機會。

〔反〕【流失】liú shī　水土～｜人才～｜國有資產～。

〔反〕【放棄】fàng qì　～不管｜別輕易～自己的觀點。

〔反〕【破壞】pò huài　～公物｜～生態的平衡。

保存 bǎo cún　留着不丟棄，使能夠維持下去　～完整｜～實力｜經修葺，故居～了原貌｜所有票據請妥善～。

〔同〕【保留】bǎo liú

〔同〕【保藏】bǎo cáng

「保存」突出存，跟「銷毀」相對，指使事物長時間存在，不失去、不受損或不發生變化，適用範圍較廣。「保留」與「去除」相對，強調留下來，不拿出來，如說「毫無保留」；也指暫時留着不處理，如說「保留意見」。「保藏」重在藏，指將物品妥善保管好，不使損壞或遺失，屬於書面語，如說「妥善保藏藝術品」、「若保藏得法可以留傳後世」。

⑤【廢棄】fèi qì　～不用｜那兒有一口～的舊井。

⑤【銷毀】xiāo huǐ　～證據。

⑤【丟棄】diū qì　～幻想。

「保存」突出維護使繼續存在下去。「銷毀」突出毀掉使不存在。

保護 bǎo hù　採取措施盡力照顧或照料，使不受損害或破壞　～視力｜全力～環境｜～公民權利｜應～珍稀瀕危動物。

⑩【愛護】ài hù

⑩【維護】wéi hù

「保護」適用範圍較廣。「維護」一般不用於人，而用於較抽象和較大型的事物，如說「維護通訊設備」、「維護世界和平」、「維護集體利益」、「維護領土完整」、「維護公共秩序」等。

⑤【破壞】pò huài　～文物｜～秩序｜～雙方的友好關係。

⑤【損害】sǔn hài　～他人利益。

⑤【損壞】sǔn huài　～公物。

⑤【傷害】shāng hài　～感情｜～了自尊心。

「保護」突出照顧並使不受損害，可用於對人或事物的態度、做法。「傷害」強調使感情、精神或身體受到損害。「損壞」突出對物體的損傷、破壞。

保留 bǎo liú　保存並留着　毫無～｜允許～個人意見｜這幾張畫根本沒有～價值。

⑤【撤銷】chè xiāo　～處分｜～過時或不合適的規定。

⑤【放棄】fàng qì　暫時～｜別～這個機會｜～原有的打算。

⑤【取消】qǔ xiāo　～資格｜這個項目已經～。

「保留」強調留下來，不去掉、不使離開或變動，用於意見、做法等。「取消」突出去掉、消除，使失去原有情況或作用。

保密 bǎo mì　保守有關機密，使不泄漏　注意～｜加強～的程度｜這件事須絕對～。

⑤【竊密】qiè mì　當局對這次～事件大表震怒。

⑤【泄密】xiè mì　不准～｜事關大局，千萬不可～。

保守 bǎo shǒu　1.（思想、觀念）守舊，不求革新或改進　～勢力｜思想觀念比較～｜年紀雖然大了，思想可不能～。

⑤【開明】kāi míng　思想～。

⑤【激進】jī jìn　那幾個人的觀點總是比較～。

2. 保住，不傳出　～國家機密。

（反）【泄露】xiè lòu　記住，千萬別將這事～出去。

保衛 bǎo wèi　保護，使安全而不受侵犯　～國家｜～神聖領土｜節日期間必須加強安全～工作。
（同）【捍衛】hàn wèi

「保衛」語意較輕，適用範圍較廣。「捍衛」多用於重大、抽象的事物，語意較重，如說「捍衛真理」、「捍衛做人的尊嚴」、「捍衛國家領土完整」等。

保養 bǎo yǎng　保護調養　～身體｜注意～皮膚｜那位老人～得不錯。
（同）【頤養】yí yǎng

「保養」強調保護、珍惜並加以調養，適用範圍較廣。「頤養」不可帶賓語，多用於老年人，如說「頤養天年」。

保障 bǎo zhàng　保護防衛，使不受損害或破壞　～供給｜加強社會～｜～國家安全。
（反）【破壞】pò huài　～秩序｜～環境｜～社會穩定。

「保障」多用於比較重大而抽象的事物。

保證 bǎo zhèng　作出擔保；承諾（能做到）　～按時到達｜～完成任務｜～實現預定目標。
（同）【保障】bǎo zhàng

「保證」突出確保做到，語意較輕。「保障」突出用心保護，使不受侵犯或遭受損失，語意較重，如説「保障供給」、「社會保障事業」、「保障公民的合法權利」。

保重 bǎo zhòng　（提醒別人）注意身體健康　千萬～｜請各位多加～。
（同）【珍重】zhēn zhòng

「保重」多用於希望別人注意身體健康，語意較輕，適用範圍較寬。「珍重」適用對象多是人或抽象事物，有珍愛、愛惜的意思，屬於書面語，如說「分手時互道珍重」、「珍重之情」。

飽 bǎo　不餓　還沒吃～｜不知飢～｜我已經吃～了。
（反）【餓】è　肚子～了｜你這副吃相，真像～虎撲食。
（反）【飢】jī　～寒交迫｜～不擇食。

飽經風霜 bǎo jīng fēng shuāng　經歷過很多艱苦鍛煉或磨難　老人～，非常珍惜今天的幸福生活。
（反）【初出茅廬】chū chū máo lú　他～就顯示出非凡的才能。

飽滿 bǎo mǎn　1.豐滿　穀粒相當～｜場上堆放着～的稻穗。
（同）【充實】chōng shí
（同）【豐滿】fēng mǎn
（反）【乾癟】gān biě　～的果子。
2.（精神等）充足　～的熱情｜情緒不夠～。
（同）【充沛】chōng pèi
（反）【頹廢】tuí fèi　情緒相當～。

〔反〕【頹喪】tuí sàng　神情～。

> 「飽滿」有充實、充足的意思，可指具體事物或人的精神、情緒等。

飽暖 bǎo nuǎn　又飽又暖　～還是貧困地區的奮鬥目標。

〔反〕【飢寒】jī hán　～交迫。

飽食終日 bǎo shí zhōng rì

整天吃飽了不幹任何事情，多指毫無志向，生活無聊　這些人～無所用心，很容易滋生。

〔反〕【廢寢忘食】fèi qǐn wàng shí　很多學生～地攻讀，爭取早日成才。

寶貴 bǎo guì　可貴而有價值　～的文物｜積累了～的經驗｜這項課題為深入研究作出了～的貢獻｜小分隊的出擊為大部隊贏得了～的時間。

〔同〕【珍貴】zhēn guì

〔同〕【可貴】kě guì

> 「寶貴」語意較輕，適用範圍較廣，多與「生命」、「時間」、「經驗」、「意義」、「資料」等詞搭配。「珍貴」語意較重，如說「彌足珍貴」、「珍貴的禮物」、「珍貴的藥材」。「可貴」指值得珍視或重視，如說「難能可貴」、「精神可貴」。

抱殘守缺 bào cán shǒu quē　守着陳規陋習，不作改進和革新　在當今飛速發展的形勢下不能～。

〔反〕【革故鼎新】gé gù dǐng xīn　面臨新局面，必須有～的精神。

抱歉 bào qiàn　心裏過意不去，

覺得對不住人　十分～｜向對方表示～｜真是～得很。

〔同〕【道歉】dào qiàn

> 「抱歉」語意較輕。「道歉」突出道，多要用言語對人表示對不起，如說「賠禮道歉」、「公開道歉」、「向你道歉」等。

抱怨 bào yuàn　心中存有不滿和埋怨情緒，對他人進行責怪　遇到挫折的時候不要一味地～他人。

〔同〕【埋怨】mán yuàn

> 「抱怨」的程度較重，適用範圍較廣，多用於對別人。「埋怨」含責怪意，語意較輕，可用於對自己或對別人，也可用於事物，如說「他總是埋怨別人」、「別老是埋怨這裏條件差」。

〔反〕【感激】gǎn jī　十分～｜～不盡｜對他的無私幫助充滿了～之情。

〔反〕【體諒】tǐ liàng　我能～他現在的處境｜多～他人也是一種美德。

> 「抱怨」突出因不滿意而埋怨或責備他人。「體諒」指給予原諒。

報答 bào dá　以實際行動表達謝意　～恩情｜受人恩惠，理應～。

〔同〕【報效】bào xiào

> 「報效」屬於書面語，後面常帶賓語，如說「報效國家」、「報效生我養我的父母」。

報喜 bào xǐ　向上級或公眾報告喜慶的消息或成果　～鑼鼓震天響。

〔反〕【報憂】bào yōu　報喜不～。

「報憂」指報告不利的消息或是情況。

暴跌 bào diē　（價格、名聲等）
猛烈下降　股價～｜行情～｜聲價
～。

㊏【暴漲】bào zhǎng　物價～｜最近
股價～。

「暴漲」指價格等大漲。

暴利 bào lì　在短時間內獲得的
巨額利潤　獲取～｜那伙人以造假手
段得到～。

㊏【薄利】bó lì　～多銷｜我們做點小
生意只是想得些～而已。

暴露 bào lù　（祕密或隱蔽的人、
事、物）公開或顯露出來　～目標｜
合作中～了許多問題。

㊒【表露】biǎo lù
㊒【揭露】jiē lù

「暴露」多指事物、問題等無意間顯
露出來。「揭露」是有目的地揭開
被掩蓋的其他事物，一般不用於指
自己，如說「揭露本質」、「揭露醜
惡」、「無情揭露」、「揭露敵人的
陰謀」等。「表露」指顯示出來，
多用於指神情，如說「感情表露無
遺」、「喜悅表露在臉上」。

㊏【隱藏】yǐn cáng　～在公司中的奸
細｜這裏一定～着許多奧祕。
㊏【隱瞞】yǐn mán　無須～自己的真
實觀點。
㊏【掩蓋】yǎn gài　將真相～起來｜他
們企圖～住矛盾，但還是暴露出來了。
㊏【包藏】bāo cáng　～禍心。

「暴露」突出使隱祕的事物、情況、
問題、缺陷等顯露出來。「隱藏」、
「隱瞞」和「掩蓋」都指將真相、事實
遮蓋起來，不讓別人知道。

暴躁 bào zào　性情急躁，不能
抑制住自己的感情　～不安｜性情十
分～。

㊏【溫和】wēn hé　態度很～｜始終～
的目光。
㊏【溫柔】wēn róu　性情～。

「暴躁」突出急躁，指不冷靜、不能控
制自己情緒的心理狀態。

暴政 bào zhèng　統治者採用殘
暴剝削或鎮壓的政治措施　不得人心
的～。

㊏【仁政】rén zhèng　施以～。

爆發 bào fā　（力量、情緒等）
突然發作，（事變）突然發生　火山
～｜～瘟疫｜憤怒從內心～出來｜場
內不斷～出掌聲。

㊒【暴發】bào fā

「爆發」多用於彈藥、火山、打雷、
戰爭、運動等氣勢猛烈的方面或掌
聲、情緒、歡呼聲等比較抽象的事
物。「暴發」多用於與水相關的具體
事物，如山洪、大水，如說「山洪暴
發」、「暴發了一場大水」；也指突
然得勢或用不正當手段發財，如說
「聽說他家祖上曾經暴發過」。

杯弓蛇影 bēi gōng shé yǐng
比喻疑神疑鬼，妄自驚慌　那幾個人

B

聽了這事，好似～，臉上立即露出驚
恐之色。

同【風聲鶴唳】fēng shēng hè lì

「杯弓蛇影」源於《風俗通義》中的故
事。說有人在赴宴時，以為酒杯裏
有蛇，其實那是牆上掛着的弓映在
酒杯中的像。那人回家後疑心中了
蛇毒，就生病了。「風聲鶴唳」源於
《晉書》，指潰敗逃跑時聽到風聲和
鶴叫，以為是追兵來到而十分驚慌。

卑鄙 bēi bǐ　(品質、言行)惡劣、
下流、不道德　～小人｜～下流｜～
無恥｜揭露這種～醜醜的行徑。

同【卑劣】bēi liè

同【卑賤】bēi jiàn

「卑鄙」突出鄙，強調心靈骯髒。「卑
劣」突出劣，指人的品質低下而惡
劣，語意較重，如說「卑劣無恥的小
人」、「必須抵制這種卑劣的行徑」。
「卑賤」突出地位低下或行為醜惡，
如說「地位卑賤」、「這個工作實在
太卑賤了」。

反【高尚】gāo shàng　品質～｜～的
情操。

反【崇高】chóng gāo　致以～的敬禮。

卑賤 bēi jiàn　1. 舊指出身或地
位低下；低微　自甘～｜處在～的地
位，還能說甚麼？

同【低微】dī wēi

反【高貴】gāo guì　～的血統。

反【尊貴】zūn guì　～的來賓。

2. (品行、思想)低級；低下　～小
人｜行為～。

同【卑鄙】bēi bǐ

同【卑下】bēi xià

反【崇高】chóng gāo　從小樹立了～
的理想。

卑劣 bēi liè　品行卑鄙惡劣　人
品～｜那人居然使出如此～的手段，
真是不知羞恥。

反【高尚】gāo shàng　品德～。

反【方正】fāng zhèng　行為～。

卑微 bēi wēi　(身份地位)低下、
渺小，不被重視　～可憐｜出身｜
不要自己懷有～之感。

同【低微】dī wēi

同【微賤】wēi jiàn

「卑微」側重於因渺小、低下而被瞧
不起，可用於人或思想行為等，適
用範圍較廣。「微賤」只用於社會地
位，屬於書面語。

反【顯達】xiǎn dá　他為人淡於名利，
不求～。

反【顯赫】xiǎn hè　地位～。

卑下 bēi xià　(品格、風格、地
位等)低下　志趣～｜～的工作｜文
章風格～。

同【卑賤】bēi jiàn

同【低賤】dī jiàn

悲哀 bēi āi　傷心；痛苦　感到
～｜處境無比～｜顯出～的神色｜老
人強忍住～。

同【悲傷】bēi shāng

同【悲痛】bēi tòng

「悲哀」突出哀，指內心的悲愁，語
意較輕，可用於人或動物，形容心

情、神色、聲音等。「悲傷」突出傷，多用於情緒、心情、話語、行為等，如說「流下了悲傷的眼淚」、「為此悲傷了好長一段時間」、「各位不宜過於悲傷」。「悲痛」重在指內心痛苦，語意較重，僅用於人，如說「悲痛欲絕」。「悲痛」語意比「悲哀」、「悲傷」為重。

⊜【歡樂】huān lè　甚感～｜幾家～幾家愁。

⊜【喜悅】xǐ yuè　無比～｜分享眾人的～。

⊜【高興】gāo xìng　十分～｜心裏覺得非常～。

悲慘 bēi cǎn　處境或遭遇極其不幸，令人傷心或同情　～的一生｜她的遭遇太～｜老奶奶説了一個～的故事。

◉【悽慘】qī cǎn

「悲慘」突出處境不幸或遭遇痛苦，多與「故事」、「現實」、「結局」等詞搭配。「悽慘」除「悲慘」之意外，還兼有「淒涼」的意思，包括自然景象在內，適用範圍較廣，如說「景象悽慘」、「悽慘的哭叫聲」。

⊜【幸福】xìng fú　為民眾謀～｜生活～美滿。

悲觀 bēi guān　對事情缺乏信心　～情緒｜不要老是～失望。

⊜【樂觀】lè guān　持謹慎～的態度。

「悲觀」強調沒有信心而精神不振作。「樂觀」指對事情的未來充滿信心。

悲劇 bēi jù　結局悲慘的戲劇　～作品｜不幸釀成～。

⊜【喜劇】xǐ jù　一場～。

「悲劇」多比喻人生的不幸遭遇。

悲苦 bēi kǔ　傷心痛苦　露出一副～的神態｜心中之～，難以言狀。

⊜【甜美】tián měi　生活～。

⊜【歡樂】huān lè　剛進校門就聽到～的歌聲。

悲涼 bēi liáng　（環境）冷落；悲哀淒涼　～的歌聲｜身世～｜～的心緒｜心情沉重～。

◉【淒涼】qī liáng

◉【淒切】qī qiè

「悲涼」常從神態或言語中表現出來。「淒涼」多用於環境和境遇，也用於心情，如說「晚景淒涼」、「洪水過後一派淒涼的景象」。「淒切」多形容聲音，如說「寒蟬淒切」、「淒切的欷歔聲」。

⊜【幸福】xìng fú　生活～｜過着～美滿的生活。

悲泣 bēi qì　悲痛地哭　聽到這個消息後她暗自～了一陣。

⊜【歡笑】huān xiào　～的場面｜她在孩子面前強顏～。

悲切切 bēi qiè qiè　十分悲傷的樣子　災民～的樣子。

⊜【喜洋洋】xǐ yáng yáng　一派～的節慶氣氛。

⊜【興沖沖】xìng chōng chōng　聽到消息她就～地跑來了。

B

反【樂滋滋】lè zī zī　看他~的樣子好像中了大獎。

悲傷 bēi shāng

傷心難過　~地流下眼淚｜發生不幸的事是難免的，千萬別~過度。

反【高興】gāo xìng　分外~｜孩子~地收下了物禮。

悲痛 bēi tòng

悲哀；傷心　~欲絕｜發生如此事件，大家的心情都十分~。

反【歡喜】huān xǐ　滿心~｜~萬分。

悲痛欲絕 bēi tòng yù jué

悲痛得快要死掉的樣子　遭遇如此大的打擊，老人~。

反【欣喜若狂】xīn xǐ ruò kuáng　得知孩子比賽獲獎的喜訊，全家~。

「悲痛欲絕」突出悲傷程度極高。「欣喜若狂」指高興到快要發狂的程度。

北 běi

面朝太陽升起方向的左手邊　~風｜~方｜請一直往~走。

反【南】nán　~半球｜走~闖北｜~征北戰。

北方 běi fāng

北部地區。中國一般指黃河流域及其以北地區　出生於~｜她至今還不習慣~的生活。

反【南方】nán fāng　~風味｜這些水果都出自~。

北上 běi shàng

出發去北方；去本地以北的地區　最近常常要~出差。

反【南下】nán xià　大軍揮師~｜他們~經商已經多年。

背 bèi

1. 身體軀幹的一部分，跟胸腹相對　後~｜~影｜腹~受敵。

反【腹】fù　~部｜~腔。

2. 背部對着；朝相反方向；離開　~風｜~道而馳｜~水一戰｜~井離鄉｜你把臉~過去｜人心向~是影響戰局的一大因素。

反【向】xiàng　葵花~陽。

反【面】miàn　這屋子~南坐北，冬暖夏涼。

反【朝】cháo　坐南~北｜房間全部都~南。

反【迎】yíng　~風招展｜~面而來。

3. 違反　~棄｜~約｜切勿~信棄義。

反【守】shǒu　~約｜恪~信用。

背地 bèi dì

私下；不當面　不要~自行處理｜他們一定是在~裏做了手腳。

同【背後】bèi hòu
同【暗中】àn zhōng

「背地」、「背後」、「暗中」都指行事不光明磊落，在暗中進行。「背地」還可說「背地裏」。「背後」較口語化，適用範圍較廣，如說「不要背後亂講」、「背後別這麼議論別人」。

反【當面】dāng miàn　你得~把那事講清楚。

背後 bèi hòu

1. 後面　大樓~｜東西都放在門~。

反【面前】miàn qián　商店~有個公交車站。

反【前面】qián miàn　小屋~有棵樹。

2. 不當着對方的面　你不要~議論他人。

⑤【當面】dāng miàn　～責問。

背靠背 bèi kào bèi　背部靠着

背部　他們～地坐在那兒不説一句話

⑤【面對面】miàn duì miàn　两人～地站在那兒。

背離 bèi lí　違反；不遵守　～軌道｜這樣做～了根本原則。

⑩【違背】wéi bèi

> 「背離」多指言行有意違反規章制度，語意較重。「違背」突出與原先約定有差異，如説「違背了誓言」、「你這樣做是違背祖父意思的」。

⑤【遵照】zūn zhào　～基本原則。

⑤【遵循】zūn xún　必須～客觀規律。

⑤【遵從】zūn cóng　～上級命令。

背面 bèi miàn　物體的反面　請你在單子～簽個名。

⑤【正面】zhèng miàn　請在～簽署名字。

背叛 bèi pàn　背離自己一方而投向敵方　～祖國｜～親友。

⑤【歸順】guī shun　走上～之路。

背棄 bèi qì　背離諾言或條約　～盟約｜～誓言。

⑤【恪守】kè shǒu　～諾言。

背陰 bèi yīn　太陽光照不到的地方　～處放着一盆五針松。

⑤【朝陽】cháo yáng　～的一面。

⑤【向陽】xiàng yáng　東西都放在～的一邊。

背約 bèi yuē　違背約定　～毀誓。

⑤【守約】shǒu yuē　～是商業信譽的根本。

⑤【履約】lǚ yuē　經商必須按時～，講求信譽。

被捕 bèi bǔ　被逮捕　因犯罪～｜那人～已多時。

⑤【獲釋】huò shì　～出獄。

⑤【釋放】shì fàng　無罪～｜那人近日剛被～。

被動 bèi dòng　依靠外力推動幹某事　～捱打。

⑤【主動】zhǔ dòng　～請戰｜～出擊｜～發起攻擊。

> 「被動」突出依靠外力才能行動。「主動」則突出不必靠外力就能行動。

被告 bèi gào　也説「被告人」。案件中被控告、起訴的一方　請將此事及早通知～一方。

⑤【原告】yuán gào　訴訟的結果是～獲勝。

被迫 bèi pò　不自願地（做）　～承認｜他這樣做完全是～的。

⑤【自願】zì yuàn　～加入｜～參與。

奔波 bēn bō　忙碌地來回奔走　到處～｜勞碌～｜～半生｜為生活～。

⑩【奔忙】bēn máng

⑩【奔走】bēn zǒu

> 「奔波」突出歷盡艱辛，適用範圍較窄，多用於人的生活或事業。「奔忙」突出勞累辛苦、事情繁多並缺少休

息，也用於車船往返穿梭，如説「奔忙不休」。「奔走」突出快跑、奔忙，如説「奔走相告」、「奔走呼號」、「四處奔走」、「奔走於風沙泥濘之中」。

奔馳 bēn chí　（車、馬）飛快地奔跑　列車～｜駿馬～｜～在廣闊的草原上。

⑩【奔跑】bēn pǎo

「奔馳」突出速度極快，一掠而過，多用於車、馬等，有文藝風格色彩，前面一般不再加「飛快」、「飛速」等表示速度的詞。「奔跑」強調跑的運動或變動過程，適用對象一般是人或載着人的動物和車輛，如説「光着腳奔跑」、「沿着街邊奔跑」、「在山路上拚命奔跑」。

奔放 bēn fàng　（思想、感情、氣勢等）不受拘束地盡情流露　熱情～｜氣勢～｜作品體現出～的情懷。

⑩【豪放】háo fàng

「奔放」突出思想情感或文章氣勢等盡情流瀉。「豪放」強調氣魄宏大，多用於人的性格、氣質；也用於文藝流派、文章風格等，如説「作品風格豪放」。

⑤【含蓄】hán xù　詩人説話十分～。
⑤【拘謹】jū jǐn　為人太～｜他在領導面前表現得過於～。

本地 běn dì　説話人或所説事情的地方；敍事時所在的地區　～人｜操着～口音｜～特產。

⑩【當地】dāng dì

「本地」有很強的現場感，多用於當面交談。「當地」指正説着的這個或那個地方，如説「當地風味」、「他不可能是當地人」。

⑤【外地】wài dì　～來客｜他要去～參觀。
⑤【異地】yì dì　～相逢。

本分 běn fèn　1. 責任內應做的事情　這是我的～工作。
⑩【分內】fèn nèi
⑤【分外】fèn wài　熱心於～事情。
⑤【額外】é wài　～任務。
2. 安於所在環境的；很遵守規矩的　守～｜當個～人。
⑩【安分】ān fèn
⑩【規矩】guī ju
⑤【非分】fēi fèn　懷有～之想。

本來 běn lái　先前　～面目｜～的打算｜～他身體很結實。
⑩【原本】yuán běn
⑩【原來】yuán lái
⑩【原先】yuán xiān

「本來」突出先前本身的狀況，多用於上半句。「原來」突出先前如此現在有所變化。「原本」兼有本和原的意思，突出本來的情況，屬於書面語，如説「他原本是個漁民」、「他原本想過經商」。「原先」指從前、起初、沒有改變的意思，如説「放回原先的地方」、「這裏原先是一片荒地」、「她還住在原先的老房子裏」。

本領 běn lǐng　技能；（做事的）能力　沒有～｜有高超的～｜～大就

能成為贏家。

◉【本事】běn shi

◉【能耐】néng nai

◉【身手】shēn shǒu

> 「本領」多指需要經過特別學習或訓練才能掌握的技藝。「本事」常常用於指能力，多用於口語，如說「毫無本事」、「有本事你自己幹」、「你有甚麼本事都拿出來瞧瞧」。「能耐」多用於感歎或評論，如說「真有能耐啊」、「那人就那麼點能耐」。「身手」突出已有的本領，含襃義，如說「大顯身手」、「身手不凡」、「身手十分敏捷」。

本錢 běn qián　也說「本金」。用以營利、生息等的錢款　～不多｜做生意的～。

◉【利息】lì xī　才獲得 3% 的～。

本人 běn rén　說話人稱自己　你好，～姓何｜～並未知曉｜～來自農村。

◉【自己】zì jǐ

> 「本人」指說話人，也可以指當事人或前邊已提及的人，如「這事得本人同意才行」。「自己」複指前邊的名詞或代詞，如說「請你自己保重」、「這事由他自己決定吧」、「杯子不會自己掉下來，準是有人碰了它」、「自己的事應該自己做」。

◉【他人】tā rén　不關心～。

◉【別人】bié ren　多為～着想。

本身 běn shēn　自身；自己　這事故的責任在企業～｜生活～就充滿

哲理｜植物能利用～的葉綠素進行光合作用。

◉【自身】zì shēn

> 「本身」多指集團、單位或事物。「自身」強調不是別的人或事物，如說「現在自身難保」、「你能管住自身就不錯了」。

本土 běn tǔ　故鄉；原來生長的地方　～意識｜～情結｜遠離～。

◉【本鄉】běn xiāng

> 「本土」適用範圍較廣，多指自己所處國家的領土。「本鄉」適用對象、範圍較窄，多指自己生長的鄉鎮、山村、小城市等，如說「返回本鄉」、「本鄉特產」。

◉【外鄉】wài xiāng　流落～｜操着～口音。

本性 běn xìng　原先具有的個性或性質　江山易改，～難移。

◉【天性】tiān xìng

> 「本性」突出本來的個性，用於人。「天性」指先天具有的性情或品質，可用於人或動物，如說「這是孩子的天性」、「那孩子天性好動」。

本義 běn yì　詞語原來的意義　「兵」的～是武器。

◉【轉義】zhuǎn yì　既要了解詞語的本義，也要了解其～。

本源 běn yuán　事物產生的根本來源　萬物～｜悉心研究其～。

◉【根源】gēn yuán

B

「本源」突出一般事物的起源。「根源」強調起因,如說「尋找事故根源」;也可作動詞,如說「這種習俗根源於上個世紀初」。

本質 běn zhì　事物自身具有的、帶有根本性的屬性　透過現象看～|看到問題的～|一定要深入事物的～。

同【實質】shí zhì

同【本色】běn sè

「本質」突出根本的決定性的性質,多用以説明人或物的本性、品質、根本規律,多與「現象」、「形式」等成對使用。「實質」的適用對象一般為抽象事物,如說「精神實質」、「解決實質問題」、「你們別迴避實質」。「本色」指原來的面貌,如說「顯出英雄本色」。

反【現象】xiàn xiàng　自然～|出現不良的～。

反【表象】biǎo xiàng　不要只注意事物的～。

笨 bèn　1. 不聰明　愚～|腦子太～。

同【蠢】chǔn

同【傻】shǎ

同【愚】yú

「笨」語意較重,強調反應遲鈍,腦子理解能力差,含貶義。這幾個單音節詞都有固定的搭配或使用場合,如說「愚蠢」、「蠢笨」、「蠢得不可理喻」、「傻瓜」、「傻子」、「別一味傻幹」、「愚昧」、「愚鈍」。

反【智】zhì　～者。

2. 不靈活;不靈巧　～手～腳|這些東西又沉又～。

反【巧】qiǎo　小～玲瓏|心靈手～。

反【靈】líng　機～|～便|～巧。

笨口拙舌 bèn kǒu zhuō shé　嘴比較笨,不善於講話　我這人～的,不善於跟人打交道。

反【伶牙俐齒】líng yá lì chǐ　這孩子～的,真討人喜歡。

笨重 bèn zhòng　1. 大而重;(行動或使用)不方便、不靈巧　我們無法搬動這～的舊傢具。

同【沉重】chén zhòng

「笨重」突出笨,多指具體的人或事物不靈巧。「沉重」多用於抽象事物或心情狀態,如說「心情沉重」、「邁着沉重的腳步」、「肩上的擔子很沉重」。

反【輕巧】qīng qiǎo　身子～|動作相當～。

反【精巧】jīng qiǎo　～的擺設|這台數碼相機真～。

反【靈便】líng biàn　老人的腿腳已不太～。

2. 繁重而費力　～的體力活。

反【輕便】qīng biàn　這台手提電腦帶起來真～。

反【輕鬆】qīng sōng　做事不能光貪圖～|這樣出門還比較～。

笨拙 bèn zhuō　1. 不聰明　做法過於～|你出的是個～的點子。

同【蠢笨】chǔn bèn

同【愚笨】yú bèn

同【愚蠢】yú chǔn

「笨拙1」貶義的程度較輕，多用於指動作、形態、口舌、手腳等。「蠢笨」突出不靈活，如說「蠢笨的牛車」。「愚笨」突出不聰明，如說「天資極為愚笨」。「愚蠢」多用於口語，如說「愚蠢之極」、「愚蠢的舉動」。

2. 體積大；不靈巧　動作～｜做起事來非常～｜～的器具。
圓【粗笨】cū bèn

「粗笨」突出體積較大，如說「粗笨的身子」、「粗笨的器械」。

反【靈巧】líng qiǎo　～的雙手。

崩潰　bēng kuì　徹底垮台；完全解體　經濟～｜精神～｜到了～的邊緣。
圓【解體】jiě tǐ
圓【瓦解】wǎ jiě

「崩潰」語意較重，指根本上毀滅和徹底垮台，無可救藥，多用於國家、政治、經濟、軍事或人的精神等，不帶賓語。「解體」突出原先的整體分開為若干個體，如說「這個電器集團行將解體」、「失事的飛機已經完全解體了」。「瓦解」突出像瓦片破碎那樣迅速破裂，語意比「崩潰」輕，可用於指士氣、思想、組織等，可以帶賓語，如說「瓦解敵人的攻勢」、「瓦解敵軍意志」。

逼近　bī jìn　逐步靠近　偵察員迅速～敵軍陣地。
圓【迫近】pò jìn

「逼近」強調距離逐漸減小。「迫近」側重於事情緊迫，有即將到達的意思，如說「勝利迫近」、「年關迫近」。

反【遠離】yuǎn lí　～故鄉｜～父母，外出謀生。

逼迫　bī pò　以壓力使對方服從　為局勢所～｜不應如此～他們。
圓【強迫】qiǎng pò

「逼迫」重在緊緊催促或以壓力促使，多用於形勢嚴重時或發生重大困難時，多用於消極方面。「強迫」重在用壓力強使對方服從，多以政治、法令、武力等強使，可用於消極或積極方面，如說「強迫執行命令」、「強迫接受」。

逼真　bī zhēn　1. 清楚確實；一點也不模糊　看得～｜聽得～。
圓【真切】zhēn qiè

「逼真」強調清清楚楚，一點不假。「真切」多用於文藝描寫，如說「真切地記得那裏的一切」、「件件往事真切地浮現在眼前」。

反【模糊】mó hu　這張舊時的照片已經～不清。
反【依稀】yī xī　雖然這幅畫歷時久遠，但上面的字跡～可辨。
2. 接近真的；像真的　形象～｜這幅畫臨摹得非常～。
反【失真】shī zhēn　效果不好，圖像聲音都有些～了。
反【走樣】zǒu yàng　事情到了他那兒總要～。

比較　bǐ jiào　分辨事物異同、高下、優劣等區別　會上大家～了幾個方案｜請各位仔細～後再作出決定。
圓【對比】duì bǐ

「比較」突出互相比，以認定相同或高下區別。「對比」是將兩種以上事物進行比較，意思和用法接近「比較」，如說「請對比一下效果」、「對比兩種方法的優劣」。

比賽 bǐ sài　互相競賽比高低　進行一場足球～｜現在已經無法改變～時間了｜請各位維持好～場地的秩序。

同【競賽】jìng sài

「比賽」強調通過比較顯出高低區別，多用於一般的文化娛樂或體育活動。「競賽」適用範圍較廣，可用於體育或文化藝術創作、社會生產活動等，如說「體育競賽」、「作文競賽」。「比賽」可帶賓語，如說「比賽高低」，「競賽」不能帶賓語。

比照 bǐ zhào　比較對照　互作～｜～別人的成績，再想想自己的差距在甚麼地方。

同【對比】duì bǐ
同【對照】duì zhào

「比照」強調互相對照着比較鑒別，判定優劣，可以是在多個事物中進行。「對比」一般是在兩種事物之間進行，如說「新舊對比一下」、「兩者形成了強烈的對比」。「對照」突出相互之間參考比較，如說「漢英對照」、「經過對照才最終定下這個方案來」、「請你對照新標準再修改一下」。

筆試 bǐ shì　以書面形式作答卷

的考試　～成績合格。

反【口試】kǒu shì　她已順利通過了英語～。

筆挺 bǐ tǐng　1. 很直的　～的樹木。

同【筆直】bǐ zhí

「筆挺」突出挺拔的意思。「筆直」突出「直」，範圍較廣，多用於很直的物體如樹木、山峯、建築物等；也可指抽象事物，如「前進的道路不可能是筆直的」。

反【彎曲】wān qū　～的鄉間小路。
2.（服飾）平整有線條　他穿着～的西裝。

反【皺巴】zhòu ba　衣服、被單等～成了一團，你快整理一下。

筆譯 bǐ yì　用文字翻譯或從事這項工作的人　擔任進口機械資料的～。

反【口譯】kǒu yì　提高～水平｜充當臨時～。

筆戰 bǐ zhàn　用文章進行爭論　他們為此已經～了好幾年。

反【舌戰】shé zhàn　展開了一場激烈的～。

筆直 bǐ zhí　很直　～的樹幹｜～的新馬路。

反【曲折】qū zhé　山路～｜一條～的小溪。
反【彎曲】wān qū　道路～。
反【蜿蜒】wān yán　～的山脈。
反【歪斜】wāi xié　村後有一棵～的老柳樹。

「筆直」突出像筆那樣直，多用於樹木、道路、線條等。「彎曲」突出不直。

鄙薄 bǐ bó　輕視；看不起　他露出~的眼神｜~瑣碎的小事。

◉【鄙視】bǐ shì

◉【鄙夷】bǐ yí

◉【蔑視】miè shì

「鄙薄」突出把人或事物看得很低，從而看不起，屬於書面語。「鄙視」突出從內心將人或事物看得卑劣，適用對象通常是人，感情色彩濃厚，語意較重，如說「極其鄙視」、「帶有鄙視的口吻」、「從內心鄙視對方」。「鄙夷」多指視為平庸，因而不屑一顧，適用對象一般為人，屬於書面語，如說「歷來鄙夷阿諛奉承之人」。「蔑視」突出將人或事物看得很渺小而覺得沒有甚麼大不了，如說「蔑視他的阻撓」、「蔑視競爭對手」。

⊗【崇尚】chóng shàng　~素質教育｜~以人為本的理念。

⊗【重視】zhòng shì　~養生｜~環境保護工作｜能~貧富懸殊的問題。

鄙陋 bǐ lòu　（見識、水平）淺薄；低下　~無知。

⊗【博識】bó shí　多聞~。

鄙棄 bǐ qì　看不起；嫌惡　~骯髒的思想｜~不正當行徑。

◉【唾棄】tuò qì

「鄙棄」適用範圍較廣，可以是人、人的思想行為或事物，所指事情可好可壞。「唾棄」語意較重，所指一

般是壞的，屬於書面語，如說「遭到唾棄」、「被公眾唾棄」。

鄙視 bǐ shì　看不起　遭人~。

⊗【尊重】zūn zhòng　~知識｜~人才｜應~別人的努力。

⊗【崇敬】chóng jìng　懷着~的心情瞻仰了紀念館。

⊗【重視】zhòng shì　引起各界的普遍~。

⊗【敬重】jìng zhòng　~老人｜受到年輕人的~。

「鄙視」突出對他人的品行厭惡而輕視，語意較重。「敬重」突出對他人的品行等敬仰而推崇。

鄙俗 bǐ sú　粗俗；庸俗　影片內容~｜舉止過於~。

◉【俚俗】lǐ sú

◉【庸俗】yōng sú

「鄙俗」突出格調低下、不高尚，屬於書面語。「俚俗」有地方色彩，「庸俗」是一般用詞，如說「俚俗的話語」、「庸俗而無聊的電影」。

⊗【高雅】gāo yǎ　情趣~｜舉止~。

⊗【雅致】yǎ zhì　~的室內裝潢。

⊗【脫俗】tuō sú　高雅~。

鄙夷 bǐ yí　輕視，看不起　~不屑的眼光｜他很長一段時間受人~，內心非常痛苦。

⊗【敬慕】jìng mù　產生~之情。

⊗【景仰】jǐng yǎng　令人~。

⊗【敬佩】jìng pèi　受到大家的~｜十分~這種無私的精神。

必定 bì dìng　表示判斷或推測的正確或必然　這事～有原因｜你這樣下去～要吃虧｜有全組同事的共同努力，這項任務～能完成。

同【必然】bì rán

同【肯定】kěn dìng

同【一定】yí dìng

> 「必定」突出說話者的判斷或推論確鑿無疑；還可表示意志堅決。「必然」突出事理上確定會出現某種結果，多與「結果」、「下場」、「趨勢」等詞搭配，如說「這是必然的趨勢」、「單一必然導致枯燥」。「一定」突出說話人主觀上堅決或確定的看法，可以用於表示命令；還可表示相當、相當的等意思，如說「我已經有了一定的把握」等。

反【未必】wèi bì　這～是事實真相｜他的情況～真的如此糟糕。

反【恐怕】kǒng pà　那人～不是本地的居民。

反【可能】kě néng　事實～不是如此。

必然 bì rán　表示事理的肯定　～結果｜看天色下午～有雨。

反【偶然】ǒu rán　～機會｜這完全是～發生的事情。

反【未必】wèi bì　結果～如此。

必修 bì xiū　學校規定學生一定要學的課程　～科目。

反【選修】xuǎn xiū　本學期我～了一門西方哲學基礎課。

必須 bì xū　（事理或情理上）一定要（做）　理論～聯繫實際｜～按照規定進行操作。

同【必需】bì xū

> 「必須」是副詞，表示事理或情理上非此不可（做），突出應當要（做），有時含有命令語氣，與「不須」、「不必」相對。「必需」是形容詞，突出必不可少，多針對物質、資金、條件而言，表示一定要有的，多作謂語或定語修飾名詞，如說「購置生活必需的用品」、「煤和鐵都是發展工業的必需原料」。

反【無須】wú xū　～過問｜這事你～多慮。

反【不必】bú bì　你～再去麻煩他們。

反【不須】bù xū　此事～他們同意。

必需 bì xū　一定要有的　開學前購買了～的學習用品。

反【多餘】duō yú　別盡說～的話｜你買這些東西純粹～。

庇護 bì hù　故意地保護（壞人壞事）　～犯罪嫌疑人。

反【揭發】jiē fā　大膽～違法事實。

反【揭穿】jiē chuān　偵探～了罪犯的本來面目。

反【揭露】jiē lù　～事情的真相。

閉 bì　1. 關；合上　～關鎖國｜～目塞聽｜～上你的嘴。

同【關】guān

同【合】hé

> 「閉」、「關」、「合」的使用都有比較固定的搭配和使用場合，如說「關門」、「關窗」、「快關上抽屜」和「合上課本」、「笑得合不攏嘴」。

反【開】kāi　笑口常～。

〖反〗【睜】zhēng　你～大了眼睛仔細瞧瞧這東西。

〖反〗【啟】qǐ　難以～齒。

2. 塞住　～塞｜～氣。

〖反〗【通】tōng　暢～｜鼻子不～。

3. 結束　～會。

〖反〗【開】kāi　節目就要～演了。

閉關自守 bì guān zì shǒu　國家閉塞關口，不與外界交往　～曾經使國家無法發展。

〖反〗【對外開放】duì wài kāi fàng　實行～後，中國發生了巨大變化。

閉會 bì huì　會議正式結束　這次貿易洽談會，從開會到～一共用了八天。

〖同〗【休會】xiū huì

> 「閉會」通常指整個會議結束。「休會」指會議期間暫時休息，如說「休會一天」、「大會主席宣佈休會」。

〖反〗【開會】kāi huì　變更～時間｜咱們繼續～吧。

閉攏 bì lǒng　合上　雙眼～｜無法～。

〖反〗【開啟】kāi qǐ　～易拉罐｜地鐵的門會自動～。

〖反〗【打開】dǎ kāi　～蓋子。

> 「閉攏」突出自身關閉，多用於眼睛或能自行關上的東西。

閉幕 bì mù　會議或大型展覽等結束　會議～｜主席宣佈展覽會～。

〖同〗【落幕】luò mù

> 「閉幕」和「落幕」可以換用，正式會議一般用「閉幕」；文娛活動一般用「落幕」。

〖反〗【開幕】kāi mù　舉行～式｜運動會冒雨～。

閉塞 bì sè　1. 塞住不通　管道～很嚴重。

〖同〗【阻塞】zǔ sè

> 「閉塞」指無法與外界溝通或信息不暢，突出閉而不通暢。「阻塞」突出有東西堵住而不通，多用於道路交通、管道等，如說「線路阻塞」、「交通一再阻塞」。

〖反〗【暢通】chàng tōng　水道～。

2. 因阻隔，與外界沒有交往而不知消息十分～。

〖同〗【阻塞】zǔ sè

〖反〗【靈通】líng tōng　消息～。

閉庭 bì tíng　（審判）結束　法官宣佈～。

〖同〗【休庭】xiū tíng

> 「閉庭」指一次或整個審判過程的結束。「休庭」指審判期間的暫時停頓，如説「休庭後將正式宣判」。

〖反〗【開庭】kāi tíng　及時～審理。

敝 bì　1. 破舊　～衣～履｜～帚自珍。

〖反〗【華】huá　～服美食。

2. 客氣地稱自己或自己方面的事物　～處｜～人姓陳。

〖反〗【尊】zūn　請問～姓大名。

〖反〗【貴】guì　～府｜～校｜～公司。

畢竟 bì jìng　表示（事情）追根究底仍得出這樣的結論　他～還是個孩子｜～人還是比動物聰明。

同【到底】dào dǐ

同【究竟】jiū jìng

同【終歸】zhōng guī

同【總歸】zǒng guī

同【終究】zhōng jiù

> 「畢竟」突出原因，不用於疑問句。「究竟」多用於疑問句，突出追究事情的真實情況，如說「究竟是誰幹的」、「這次旅遊你究竟用了多少錢」。「到底」用於疑問時，意思同「究竟」。「終歸」、「總歸」指最後，有終於、最終的意思，如說「事情終歸會解決的」、「我總歸躲不過這一劫」。「終究」指規律如此或常常如此，如說「一個人的力量終究是有限的」。

畢生 bì shēng　一生；終生　～心血｜～為之努力｜這是家父～追求的結果。

同【終生】zhōng shēng

同【終身】zhōng shēn

> 「畢生」強調從生到死不間斷的過程，較為常用。「終生」多與事業有關，如說「終生忙碌」、「終生的奮鬥目標」。「終身」多用於關係到切身利益的事，如婚姻和家庭等，如說「還沒解決終身大事」。

碧綠 bì lǜ　青綠色　～的青菜｜～的草地｜到處是～的葉子。

同【蒼翠】cāng cuì

> 「碧綠」多描寫小面積的事物，常用

於植物、田地、水等。「蒼翠」屬於書面語，如說「滿目蒼翠」、「蒼翠的青山」。

弊病 bì bìng　（因工作處理不當而發生的）有害於事情的毛病、缺點　～百出｜社會～｜這些～將在一定範圍內長期存在。

同【弊端】bì duān

同【毛病】máo bìng

> 「弊病」指事物時強調問題嚴重，適用於社會、事業、方法等。「弊端」重在指因有漏洞、疏忽而發生損害公益的事情，適用於制度、方式方法等，不用於指人的缺點，如說「不合理的制度帶來了種種弊端」。「毛病」指缺點，常指責任心不強或經驗不足等失誤，程度較輕；也可指身體的疾病。

弊端 bì duān　害處；不好的事　消除～｜體制上的～影響了經濟的發展。

反【益處】yì chu　～多多。

反【好處】hǎo chu　經常鍛煉大有～。

編輯 biān jí　對資料、已完成的作品等進行加工整理，使之出版或發表　～精品圖書｜儘快把這部作品～出版。

同【編纂】biān zuǎn

同【編撰】biān zhuàn

> 「編輯」的對象多是書刊和文章。「編纂」的對象多是詞典、選集等，如說「編纂大型詞典」、「編纂百科知識讀物」。「編撰」突出撰寫並編成，

如説「及時編撰成書」、「本叢書由眾多專家編撰」。

編造 biān zào 1.憑想像創造 小説～了一個荒誕的故事｜你們別再在那兒～浪漫故事了。
圓【假造】jiǎ zào
2. 捏造；偽造 無端～｜～謊言｜～假賬｜～了多項罪狀。
圓【捏造】niē zào

「編造」突出憑空而造，企圖以假亂真，常常有情節或材料，程度比「假造」輕，多與「事實」、「謠言」、「理由」、「書籍」、「材料」等詞搭配。「假造」突出作假，多是某個書面材料，程度比「捏造」輕，如説「假造遺囑」、「假造文憑」、「涉嫌假造證明」。「捏造」多與「罪名」搭配，如説「故意捏造」、「捏造多種罪名」。

鞭策 biān cè 用鞭和策趕馬。比喻嚴格地督促 有力的～｜～學生努力進取，早日成材。
圓【督促】dū cù

「鞭策」語意比「督促」重，突出嚴加催促，使其進步，屬於書面語，只用於對人。「督促」指監督、催促，如説「應該經常督促孩子複習功課」。

鞭撻 biān tà 用鞭子打。常用於比喻嚴厲批判、抨擊 對歪理邪説進行～。
圓【抨擊】pēng jī

「鞭撻」多是對抽象的制度、勢力、錯誤思潮的批判。「抨擊」突出用評論進行批判或攻擊，如説「發表文章以抨擊時弊」、「嚴厲抨擊醜惡現象」。

邊疆 biān jiāng 靠近國界的本國領土 保衛～｜積極支援～建設。
圓【邊界】biān jiè
圓【邊境】biān jìng
圓【邊陲】biān chuí

「邊疆」指靠近國界呈塊狀的大片領土（疆域），地域比較廣，有時也僅指邊境。「邊界」突出分界或區別，可用於國及省份、市、區、縣的界限，如説「已經越過邊界」、「再往前幾公里就到兩省邊界」。「邊境」指緊靠國界的狹長地帶，適用範圍較廣，但只指國家之間接壤的地方，如説「邊境檢查」、「偷越邊境」、「發生邊境衝突」、「發展邊境貿易」。「邊陲」指邊界地區，突出偏遠的意思，屬於書面語，如説「扼守邊陲」、「邊陲哨所」。

反【內地】nèi dì ～要積極支援邊疆。
反【腹地】fù dì 深入～。

邊緣 biān yuán 沿邊的部分 叢林～｜提包的～上有個標記｜病人已經到了死亡的～。
圓【邊際】biān jì

「邊緣」指臨近邊線的一部分，可用於具體事物如森林、草地、屋室等；也可以比喻抽象事物，如説「到了崩潰的邊緣」；還作形容詞，指跨界限、靠近界限的，如「邊緣學科」、「邊緣地帶」。「邊際」強調靠近分界或正處在邊界上，多用於遼闊的

區域或空間；也可指盡頭、最後地界，如說「大海漫無邊際」、「不着邊際」、「大草原看不到邊際」。

貶斥 biǎn chì　貶低並排斥或指責　無端~他人｜惡意進行~。
同【貶抑】biǎn yì
同【貶損】biǎn sǔn

「貶斥」突出斥，指將別人排斥在外，不讓其享有正常的權利。「貶抑」重在抑，指壓制或壓低別人，如說「不要胡亂貶抑他人的人格」、「不能如此貶抑他人的成果」。「貶損」突出損害名譽，如說「惡意貶損他人為法律所不容」。

貶低 biǎn dī　故意給予較低的評價；將某方說得比實際壞些　企圖~他們的功績。
反【拔高】bá gāo　人為地~。
反【抬高】tái gāo　別老~自己，打擊他人。

貶抑 biǎn yì　貶低並壓抑　遭到~｜有意~。
反【褒揚】bāo yáng　~見義勇為的好人好事。

貶義 biǎn yì　詞語中包含批評或貶低的意思　~詞｜這幾個詞僅用於~場合。
反【褒義】bāo yì　這幾個詞都含~。

貶值 biǎn zhí　降低價值　貨幣~。
反【升值】shēng zhí　早年買入的股票已經~不少。

貶職 biǎn zhí　降低職務　受到~處分。
反【升官】shēng guān　~發財。
反【升遷】shēng qiān　因政績突出而~此職。

便捷 biàn jié　1.(動作)輕快　老人行動倒十分~。
反【遲緩】chí huǎn　動作~。
2. 快而方便　走這條路最~。
反【不便】bú biàn　用這樣落後的工具真是~。

便利 biàn lì　不覺得困難；容易達到目的　交通~。
同【方便】fāng biàn

「方便」突出困難少、很順利，如說「居住在這個地方生活很方便」；還可以作名詞，如說「與人方便與己方便」、「把方便讓給他人」；也可作動詞，如說「儘量方便居民」。「便利」突出事情不難，容易辦到，多用於交通、條件、工具或日常事情等，如說「交通愈來愈便利」、「那裏買東西還不太便利」。「便利」還可作動詞，如說「便利附近居民」。

反【不便】búbiàn　出行有些~。
反【困難】kùn nan　克服~｜~重重。
反【麻煩】má fan　他做事總不怕~。

遍及 biàn jí　到處都達到　~全國｜~天下｜網路~大江南北。
同【普及】pǔ jí

「遍及」指事物數量多到處可見，後面一般帶表示地方的詞語。「普及」跟「提高」相對，突出普遍推廣，

使原本不普遍的事物得到推廣，如說「迅速普及」、「普及科普知識」、「法制意識逐漸普及」。

遍體鱗傷 biàn tǐ lín shāng
渾身受傷　被打得～｜受害者～，渾身是血。

同【體無完膚】tǐ wú wán fū

「遍體鱗傷」突出傷痕形狀像魚鱗那樣又多又密，強調受傷很重，有比喻意義。「體無完膚」突出身上沒有完好的皮膚，指傷勢重；也可指論點被駁倒，含貶義，如說「這種謬論早已被批判得體無完膚」。

辨別 biàn bié
加以區分　～真偽｜～方向｜～優劣｜～是非。

同【分別】fēn bié
同【區別】qū bié
同【區分】qū fēn
同【鑒別】jiàn bié

「辨別」突出在不同事物的特徵上加以區別。「鑒別」突出通過審察而確定事物的性質或特徵，如說「鑒別血型」、「鑒別筆跡」。「分別」、「區別」、「區分」都強調分出不同，以便認定。

辨認 biàn rèn
分析並作出判斷　～筆跡｜請失主前來～｜這些刻在石碑上的字已經無法～。

同【識別】shí bié

「辨認」強調根據事物的特點認真分辨後作出認定。「識別」強調看清楚易混淆事物之間的不同，如說「識別

真偽」、「識別良莠」、「識別騙子的伎倆」。

辨析 biàn xī
辨別；作出分析　字形～｜詞義～｜同義詞～。

同【分析】fēn xī

「辨析」強調把表面相似的事物區分開來，對象多是兩個以上的事物。「分析」著重於認清事物內部的情況或性質，如說「分析事故原因」、「深入分析問題產生的原因」。

辯白 biàn bái
也寫作「辨白」。講明事情的真相，以消除誤會或隔閡　這事無須～｜他一再為自己～。

同【辯解】biàn jiě
同【辯護】biàn hù

「辯白」突出白，用於產生誤會或遭到指責時作說明性辯解，力圖使別人明白。「辯解」突出解，多指不同意對方指責而作出解釋，說明自己所做的事正確或沒有對方說的那麼嚴重，如說「百般辯解」。「辯護」重在護，多是為自己或別人的利益而提出理由、事實，用以說明自己或別人正確、無錯或錯得並不嚴重等，如說「作無罪辯護」、「一再為自己辯護」。

辯護 biàn hù
說出理由、事實等為某人、某事、某觀點辯解維護　律師為當事人作了～。

反【批駁】pī bó　～錯誤觀點｜大家對那些謬論作了有力的～。

「辯護」多用於法律方面。「批駁」可

用於各種場合的批評，但程度比一般批評高。

辯論 biàn lùn

（持有不同意見的人們）各自說明自己的觀點，並力求駁倒對方　互相展開～｜激烈～了一番。

同【爭辯】zhēng biàn
同【辯駁】biàn bó
同【爭論】zhēng lùn

「辯論」比較莊重，強調擺出事實來辯清是非、正誤等，多用於原則性問題，並要在最後有個結論。「爭辯」突出爭論或辯論，如說「反覆爭辯」、「爭辯是非」。「辯駁」突出用充分的理由來否定對方的意見，有認為別人說得不正確而予以還擊的意思，如說「無可辯駁的事實」。「爭論」指互不相讓地各執己見，常常沒有結論，如說「別在這裏爭論不休」。

變動 biàn dòng

原有的有所改變　計劃～｜～位置｜職務有所～。

反【固定】gù dìng　～收入｜～財產。
反【穩定】wěn dìng　物價～｜～人心。

變革 biàn gé

改革事物的本質　～現實｜社會～｜歷史～。

同【改革】gǎi gé
同【改造】gǎi zào
同【革新】gé xīn

「變革」程度比較高，突出改變事物的本質，多用於社會、制度、自然界等，語意較重。「改革」多用於社會事業及大政方針，如說「改革開放」、「銳意改革」、「改革經濟體制」。「改造」可用於事物、社會及個人，如說「房屋改造」、「改造一新」。「革新」多用於技術、技藝方面，如說「技術革新」。

變更 biàn gēng

改變原來的情況　無法～｜出發日期已經～。

同【變革】biàn gé
同【變化】biàn huà

「變更」指改變或變動，用於具體的計劃、方案、措施、意見等。「變革」突出改變本質，多用於社會制度，如說「變革社會」、「實行重大變革」。「變化」突出事物在形態上或本質上出現新的東西，多用於人的相貌、年齡、口味或人的思想、感情等，也適用於社會、形勢、天氣等，如說「她的觀念發生了變化」、「她的性格變化多端」、「注意天氣變化」、「情況並沒有變化」。

變化 biàn huà

事物出現與以前不同的狀況　～多端｜近來市容～很大｜那裏的經濟狀況已經發生了較大的～。

同【變革】biàn gé
同【轉化】zhuǎn huà
同【轉變】zhuǎn biàn

「變化」多指事物在形態或本質上出現新的狀況，可以是物質的也可以是思想感情方面的，可用於書面語或口語，不帶賓語。「轉化」突出變成另外的事物，如說「水轉化成冰」、「科學可以轉化成生產力」。「轉變」突出抽象事物的變化，如說「思想轉變」、「轉變觀念」。

變化萬千 biàn huà wàn qiān

變化繁多　現實社會～，常令人跟不上。

- 【變化多端】biàn huà duō duān
- 【瞬息萬變】shùn xī wàn biàn

> 「變化萬千」突出多種多樣，用於形狀、手段、藝術手法等。「變化多端」突出令人不可捉摸，如說「騙子的手法變化多端」。「瞬息萬變」突出很快地發生令人捉摸不定的變化，如說「信息社會，瞬息萬變」。

變節 biàn jié

喪失意志、違背原來的信念；向敵方屈服，改變節操　投降～｜在任何威脅利誘下都不應～。

- 【叛變】pàn biàn

> 「變節」突出喪失自己的節操，在敵人面前屈服。「叛變」指背叛自己的國家或政黨等而向敵人投降，性質比「變節」嚴重，如說「叛變投敵」。

- ⊗【守節】shǒu jié　君子雖然貧窮也能～。

變賣 biàn mài

將家產或其他值錢的東西賣出以換取現款　～家產｜後來她只得～全部首飾為他治病。

- ⊗【購置】gòu zhì　～設備｜家裏最近～了一台電腦。

> 「變賣」指將擁有的物品賣出，以換取現金，多是出於無奈的做法。「購置」的物品多是耐用並長期需要的。

變通 biàn tōng

根據實際變化了的情況作靈活改變　允許～處理。

- ⊗【拘泥】jū nì　～成規｜別老是～於細枝末節。
- ⊗【死板】sǐ bǎn　那人辦事過於～，令人生厭。

標記 biāo jì

標明某種事物、現象的記號　商品～｜每個包裝上都有～｜佩帶着警察的～｜他在車後做了個小小的～。

- 【標誌】biāo zhì

> 「標記」重在記，強調可用來記認所標明的事物、現象，多指有形事物。「標誌」也寫作「標識」，突出說明事物現象的特徵，多用於抽象事物，如說「這是勝利的標誌」。「標誌」也作動詞，指象徵、表明，如說「互聯網的誕生標誌着資訊爆炸時代的開始」。

標題 biāo tí

表示文章或作品主要意思或內容的簡短語句　別忘了寫上～｜我覺得這個～還不太醒目。

- 【題目】tí mù

> 「標題」突出指標明文章內容的語句，可以有大標題、小標題。「題目」範圍較廣，可以是總括文章或講話內容的簡短語句，如說「起個好題目」、「演講的題目還沒想好」；也指練習及考試時求答的問題，如說「答題時請看清題目」。

標致 biāo zhì

(人)長得漂亮　這小女孩長得真～。

- 【俊俏】jùn qiào
- 【漂亮】piào liang
- 【美麗】měi lì

「標致」多用於指女子的相貌、體態好看。「俊俏」含有伶俐、可愛的意思，可用於青年男女。「漂亮」常用於口語，「美麗」常用於書面語，都可指風景或處所，指人時多用於女子。

⊗【難看】nán kàn　這杯子的樣子實在很。

⊗【醜陋】chǒu lòu　～不堪。

標準 biāo zhǔn　衡量某事物的尺度或依據　～音｜必須以此為～｜實行國家統一～。

◉【規範】guī fàn

◉【尺度】chǐ dù

◉【準繩】zhǔn shéng

「標準」適用範圍較廣。「規範」語意較重，用於有明確規章制度的情況，如說「規範化」、「道德規範」、「使用規範」。「尺度」指某種準則，適用範圍較小，如說「道德尺度」。「準繩」屬於書面語，用於比較莊重的地方，如說「必須以法律為準繩」。

表 biǎo　外面；外表　～面｜裏不一｜此人真是虛有其～。

⊗【裏】lǐ　由表及～｜所謂表壯不如～壯。

表白 biǎo bái　向人說明自己的某種意思　他一再向大家～｜這完全是多餘的～。

◉【表達】biǎo dá

◉【表示】biǎo shì

「表白」突出白，指解釋說明，以避免誤會。「表達」突出用言語或動作講清楚，如「真不知如何表達自己的

心情」。「表示」突出顯示某種思想或感情，如說「表示歡迎」、「他已明確表示了自己的態度」。

表裏如一 biǎo lǐ rú yī　比喻言行和思想一致　他一貫～，深受大家信賴。

⊗【口是心非】kǒu shì xīn fēi　大家都不喜歡那種～的人。

表露 biǎo lù　表現出來；顯示出來　～心跡｜臉上～出喜悅的心情。

◉【流露】liú lù

「表露」突出將自己的情緒或對事情的看法明顯地表示出來。「流露」多指不由自主地表現出來，如說「感情流露」、「流露出不滿情緒」。

⊗【掩蓋】yǎn gài　故意～真相｜他極力～內心的慌亂。

⊗【隱瞞】yǐn mán　～自己的觀點。

表面 biǎo miàn　1. 物體最外面的部分　大地～｜他在傢具～做了一個記號。

⊗【內在】nèi zài　～質量。

⊗【內中】nèi zhōng　了解～的祕密。

2. 事情外在的非本質的部分　我們看問題一定不能光看～。

◉【外表】wài biǎo

「表面」強調不是內在的、本質的東西，多用於抽象事物。「外表」多用於有形物體，如說「那人外表很漂亮」、「外表貌似强大，其實不然」。

⊗【實質】shí zhì　～問題依然沒能得到解決。

3. 人的外在表現　～看來，那人很老實。

⑤【內心】nèi xīn　不要試圖了解他人～深處的祕密。

⑤【心裏】xīn li　她～的疙瘩至今沒有解開。

表示 biǎo shì
用言語、行動等顯示出來，讓人知道思想、感情、態度等　～贊同｜紅燈～停止。

◉【指出】zhǐ chū

◉【表明】biǎo míng

> 「表示」用於人時多指態度，用於事物時多指事物的內在含義。「表明」突出顯示清楚。「指出」強調幫別人找出缺點、錯誤，或作出特別的說明，如說「指出缺點」、「指出問題所在」、「及時給予指出」。「表明」突出闡明自己對事件、問題等的觀點、態度、看法，如說「表明各自的態度」、「事實表明了這項制度有很大缺陷」、「他一再表明了自己的看法」。

表現 biǎo xiàn
使自己的作風、狀況、思想、態度等體現出來　他在工作中～十分突出｜小說的～手法非常新穎｜在搶險中他～得很勇敢。

◉【表示】biǎo shì

> 「表現」突出使某些特徵如精神、思想等顯現出來，強調結果。「表示」突出通用言語行動顯示出某種態度、感情、思想等，如說「她撇撇嘴表示反感」、「鄰居喜得貴子，我們應當有所表示」、「對這件事應表示一下態度」；也指憑藉某種事物顯示

某個意思，適用範圍較廣，如說「紅牌表示罰其退出比賽」。

表象 biǎo xiàng
事物外在的現象　不要被事物的～迷惑住。

⑤【內情】nèi qíng　了解～。

⑤【底細】dǐ xì　不了解～｜查明那人的～。

⑤【實質】shí zhì　～性問題尚未得到解決。

表揚 biǎo yáng
用語言、文字等對好人好事進行讚美　值得～｜～工作積極的職員。

◉【褒揚】bāo yáng

◉【表彰】biǎo zhāng

> 「表揚」適用範圍較廣，多用於公開場合。「褒揚」語意較莊重，強調給予高度的評價，屬於書面語，如說「褒揚好人好事」、「英雄的精神應該大加褒揚」。「表彰」只能由組織或上級部門等提出，對突出功績、壯烈事跡的表揚或獎勵，如說「召開表彰大會」、「決定予以表彰」。

⑤【批評】pī píng　嚴肅～他的錯誤。

⑤【指責】zhǐ zé　無端～｜一味～。

表彰 biǎo zhāng
表揚　～抗擊病疫的英雄。

⑤【懲處】chéng chǔ　嚴懲～製售假冒偽劣商品的行為。

⑤【懲罰】chéng fá　受到～。

憋悶 biē men
感覺不舒暢　覺得有些～｜多次辦不成此事，心中～極了。

㊍【暢快】chàng kuài　心情無比～。
㊍【舒暢】shū chàng　剛游完泳感覺
～極了。
㊍【痛快】tòng kuài　朋友們在那裏玩
得十分～。

> 「憋悶」突出因心中的疑問難以解除
> 而引起的不舒服的感覺，也指環境
> 原因引起不舒暢的感覺。

別離 bié lí　離別；跟熟悉的對方

分離　～母校｜～多年，竟音信不
通。
㊀【分別】fēn bié
㊀【分離】fēn lí
㊀【分手】fēn shǒu
㊀【離別】lí bié

> 「別離」與「離別」都指較長時間的分
> 開，但「別離」有依依不捨的感情色
> 彩，屬於書面語。「分別」、「分手」
> 都指互相告別離開，「分離」屬於書
> 面語。

㊍【團圓】tuán yuán　闔家～。
㊍【團聚】tuán jù　分離十幾年才～。
㊍【相逢】xiāng féng　兩人異地～，
格外高興。

別具一格 bié jù yì gé　另有一

種特別的風格　飾品～，很受大家喜
歡。
㊍【千篇一律】qiān piān yí lù　文章內
容～，沒人愛看。

別人 bié ren　自己以外的人　你

少管～的事｜他就喜歡跟～爭論。
㊀【他人】tā rén
㊀【外人】wài rén

「別人」突出自己以外的人，適用範
圍較廣。「他人」指另外的或跟自己
無關的人，如說「關心他人」。「外
人」強調沒有直接關係或自己組織以
外的人，如說「這件事目前還不能讓
外人知道」。

㊍【本人】běn rén　符合～意願。
㊍【自己】zì jǐ　～的事應該～做。

別致 bié zhì　不同於一般；新奇

造型～｜精巧～的裝飾。
㊀【新穎】xīn yǐng

> 「別致」多用於口語，一般指工藝
> 品、建築物、設計、包裝等新奇而
> 有特色，另有一番情趣。「新穎」突
> 出新，可用於抽象事物，如說「題材
> 新穎」、「新穎的風格」。

㊍【普通】pǔ tōng　式樣很～。
㊍【一般】yì bān　這東西顯得很～。
㊍【平常】píng cháng　這種式樣在當
地很～。

彆腳 bié jiǎo　質量差；技藝不高

～貨｜～的表演｜他的技術很～。
㊍【精良】jīng liáng　製作～｜裝備極
為～。
㊍【優良】yōu liáng　～品種｜學習成
績～。

> 「彆腳」來自方言，突出指質量不好
> 或本領差，可用於人或物品。

彆扭 biè niu　1. 不順心；很難對

付　那人的脾氣真～。
㊍【順心】shùn xīn　日子過得很～。
㊍【稱心】chèng xīn　～如意。

2. 意見不相合　他倆常鬧～。

反【融洽】róng qià　關係十分～。

3. (言辭、文章等)不通暢　這篇文章讀起來實在太～了。

反【通暢】tōng chàng　寫好文章的基本要求是～。

反【流暢】liú chàng　語言～｜此文文筆～。

賓 bīn　客人　外～｜使人～至如歸。

反【主】zhǔ　客隨～便｜喧賓奪～。

擯棄 bìn qì　堅決地丟掉；拋棄～惡習｜陳舊落後的思想　必須～那些不科學的想法。

同【摒棄】bìng qì

同【拋棄】pāo qì

> 「擯棄」語意較重，多用於思想、觀點、文化糟粕等抽象事物，屬於書面語。「拋棄」可用於具體或抽象事物，如說「拋棄雜物」、「拋棄同盟者」、「拋棄不必要的顧慮」。「摒棄」，屬於書面語，如說「摒棄不合理的方案」。

反【採納】cǎi nà　我會盡量～他們的好意見。

反【保留】bǎo liú　可以～個人意見。

反【吸納】xī nà　～新成員。

冰點 bīng diǎn　一個標準大氣壓下水開始凝結成冰的溫度，攝氏溫度計的冰點是零度　水到～就凍成冰了。

反【沸點】fèi diǎn　在高原上，水的～會降低。

冰冷 bīng lěng　1. 非常冷；像

冰那樣冷　手腳～｜將～的飯菜重新加溫。

同【冰涼】bīng liáng

> 「冰冷」語意較重，多用於水、鋼鐵、冰雪等；也指人態度不熱情、不溫和，如說「我可不要看他冰冷的臉色」。「冰涼」語意稍輕，多用於水、雨、石頭、土地、人體等，如說「冰涼的飯菜」、「冰涼的桌面」、「摸上去感到冰涼」，還含有「覺得清涼舒心」的意思，但不指人的冷漠態度。

反【火熱】huǒ rè　～的太陽。

反【滾熱】gǔn rè　～的水。

2. 比喻情緒很低或對人對事態度冷淡，不熱情　待人～｜表情～。

同【冷淡】lěng dàn

反【火熱】huǒ rè　～的心。

反【熱忱】rè chén　滿腔～。

反【熱心】rè xīn　～人。

> 「冷淡」指待人態度不熱情，如說「態度相當冷淡」。「火熱」可指自然的溫度和人的態度。

冰涼 bīng liáng　1. 很涼；像冰那樣涼　～的消暑食品。

反【滾燙】gǔn tàng　喝口～的茶，也好暖暖身子。

2. 比喻心灰意冷　到了這個分上，我的心早已～。

反【火熱】huǒ rè　～的心腸。

兵 bīng　軍隊中的基層成員；軍人　老～｜士～｜軍中一～。

同【卒】zú

> 「兵」通用於口語和書面語，可以單

獨使用。「卒」屬於書面語，多組合成「小卒」、「馬前卒」、「身先士卒」等。

兵器 bīng qì　直接用於作戰的器械、裝置等　配備各種~｜這支隊伍擁有精良的~。
同【武器】wǔ qì

「兵器」指士兵作戰時用於殺傷敵人的具體器械。「武器」可指直接作戰的器械，也可用作比喻，如「口才是他縱橫政壇的武器」，「作家以筆為武器諷刺時弊」。

兵士 bīng shì　士兵，軍隊中的基層成員　英勇的~｜漫山都是敵人的~。
同【戰士】zhàn shì

「兵士」屬於書面語。「戰士」帶尊敬色彩，可用於比喻，指為某種事業奮鬥努力的人，如說「白衣戰士」。

秉公 bǐng gōng　按照公認的道理（辦理或處理）　~執法｜~處理。
反【徇私】xún sī　~舞弊。
反【徇情】xún qíng　~枉法。

屏除 bǐng chú　也說「摒除」。除掉，使消失　~私心雜念處理案件。
反【存留】cún liú　女友的情影依舊~在他的心中。

稟賦 bǐng fù　先天賦予的體魄、智力等方面的素質　他如果不改變態度，即使~再好也不會成功的。
同【天賦】tiān fù

「稟賦」屬於書面語。「天賦」突出生來就有的某種條件，如說「不可自以為天賦好就不努力」。

並 bìng　一起，同時　齊頭~進｜三步~作兩步｜這兩件事你可以~在一起做。
反【分】fēn　~開進行｜全體人員~為三批出發。

並列 bìng liè　若干項事物不分主次地並排平列　兩人得了~第一名。
反【先後】xiān hòu　文件署名排列不分~。

「並列」的事物次序不分先後。

並重 bìng zhòng　認為同樣重要，都應重視　兩者~｜講解和操練~。
反【偏重】piān zhòng　~於事情的某一個方面。
反【偏廢】piān fèi　兩者不可~。

病人 bìng rén　生病的人　多關心一下~｜現在醫生在給~開藥方。
同【患者】huàn zhě

「病人」用於一般口語。「患者」屬於醫療專業用語，如說「快去給患者換藥」。

波動 bō dòng　1.（物理上）上下、高低起伏；不平穩　水面~｜海水~。
同【顛簸】diān bǒ
2. 不穩定　思想~｜情緒~｜局勢~｜這次事故在當地引起了不小的~。

圓【動搖】dòng yáo

圓【動盪】dòng dàng

> 「波動」多指起伏或動盪不定，可指實則或抽象性事物，一般不用於否定。「動搖」適用範圍較廣，如說「不會動搖」、「信心動搖」。「動盪」突出社會局面、形勢等不穩，如說「動盪不安」、「局面比較動盪」。

反【穩定】wěn dìng　局勢～｜病情漸漸～下來。

反【安定】ān dìng　情緒～。

反【平靜】píng jìng　心中十分～。

波及　bō jí　影響到某方面；牽涉到　此事～的面很大。

反【無關】wú guān　與己～｜此事不可能跟你～。

反【無涉】wú shè　這事與我～｜此案與他～。

波瀾　bō lán　江河湖海等闊大水面上的巨大波浪　～壯闊｜～起伏｜無邊無際的～。

圓【波濤】bō tāo

> 「波瀾」突出水面波浪的氣勢宏大；也可表示心情或心態等不平靜，如「感情的波瀾」。「波濤」形容水面起伏的波浪，如說「萬頃波濤」、「波濤滾滾」、「波濤洶湧」。

波瀾壯闊　bō lán zhuàng kuò　聲勢浩大　發起～的運動。

圓【洶湧澎湃】xiōng yǒng péng pài

> 「波瀾壯闊」指水的波濤大，多比喻氣勢雄壯、規模宏大；也用於形容

文章氣勢很大。「洶湧澎湃」指水沖擊的聲響，形容氣勢大；也可指感情激盪。

波折　bō zhé　事情發展過程中出現的挫折或反覆　～重重｜幾經～才將此事完成｜這事費了一番～。

圓【曲折】qū zhé

> 「波折」突出起伏不定，多含有「反覆」的意思。「曲折」多指事情在進行中不順利，困難很多，如說「道路曲折」、「請他講述一下曲折的經歷」。

播送　bō sòng　通過電台或其他有線、無線渠道向外發送　～音樂｜～最新消息。

圓【廣播】guǎng bō

> 「播送」適用範圍較廣。「廣播」指以無線或有線形式發送節目，如說「廣播新節目」、「廣播尋人故事」；也可指廣泛傳播，如說「英名廣播」。

播種　bō zhòng　種植農作物　抓緊時間～｜現在正是繁忙的～季節。

反【收穫】shōu huò　即將進入葡萄的～季節。

博大　bó dà　範圍寬廣；數量豐富　胸懷～｜先生學識～精深，深得學生敬仰。

圓【廣博】guǎng bó

> 「博大」除指學問精深廣闊，也可用來形容頭腦、胸襟等。「廣博」指知識多，如說「知識廣博」、「愛好廣博」。

反【淺薄】qiǎn bó　本人見識～得很。

反【淺陋】qiǎn lòu　見識～。

反【貧乏】pín fá　知識～。

博得 bó dé　得到；取得　～陣
陣掌聲｜力圖～女友的歡心｜電視劇
中的女主角～了觀眾的同情。

同【贏得】yíng dé

「博得」突出通過積極進取而得到信
任、好感、同情等，語意較重。「贏
得」側重因為取得成功而當然獲得，
如說「贏得勝利」、「贏得殊榮」、「終
於贏得了決賽權」。

博識 bó shí　知識豐富　～之士。

反【淺薄】qiǎn bó　學識～。

反【淺陋】qiǎn lòu　～之見。

反【無知】wú zhī　～之徒｜請原諒我
的～。

搏鬥 bó dòu　徒手或用棍棒、刀
槍等與別人展開激烈對打　一場激烈
～｜展開生死～｜與歹徒奮勇～。

同【格鬥】gé dòu

同【肉搏】ròu bó

「搏鬥」突出人與人打鬥激烈；也可
比喻激烈地鬥爭，用於人對物，對
象可以是「洪水」、「困難」等。「格
鬥」突出緊張地搏鬥，徒手或用短兵
器打鬥，如說「擒拿格鬥」、「場上
格鬥」。「肉搏」突出不用兵器或僅
用短小器械的近身打鬥，如說「用刺
刀跟敵人肉搏」。

駁斥 bó chì　對錯誤的觀點、意
見等予以反駁　嚴加～｜～錯誤觀點｜

嚴屬～謬論。

同【批駁】pī bó

「駁斥」多用於對錯誤或荒謬言論等
進行斥責。「批駁」語意較輕，如說
「逐一批駁對方觀點」、「批駁愚昧
的思想」。

駁雜 bó zá　混雜；不純淨　～
不純｜內容顯得很～｜幾種色彩混在
一起，看上去非常～。

同【混雜】hùn zá

「駁雜」多指事物不純淨，雜有其他
東西。「混雜」強調各種不同的東西
雜在一起，動作性較強，如說「魚龍
混雜」、「菜裏混雜了泥沙」。

反【純粹】chún cuì　製作這些工藝品
的材料比較～。

反【單純】dān chún　這個劇本的情節
～得很。

薄 bó　1. 少；輕微　～禮｜～利
多銷｜廣種～收。

反【厚】hòu　為節日獻上一份～禮。

反【重】zhòng　禮輕情意～。

2. 不厚道；不莊重　刻～｜為人輕～。

反【厚】hòu　敦～｜忠～長者。

3. (命運) 不好　紅顏～命。

反【鴻】hóng　～運。

4. 看不起　鄙～｜厚此～彼。

反【厚】hòu　～今薄古。

薄命 bó mìng　命運很不好　～
女子｜自古紅顏多～。

反【幸運】xìng yùn　～兒｜～之星。

「薄命」有迷信色彩，多用於形容女子。

薄情 bó qíng　毫無情義　可惡的～郎。

〔反〕【痴情】chī qíng　～女子。

〔反〕【多情】duō qíng　～劍客。

> 「薄情」用於男女愛情方面。

薄弱 bó ruò　1.容易動搖；不堅強　意志～。

〔同〕【脆弱】cuì ruò

〔反〕【堅強】jiān qiáng　意志極～｜～的性格。

2.底子差；（人力、物力）不雄厚、力量較小　兵力～｜財力～。

〔同〕【微弱】wēi ruò

〔同〕【單薄】dān bó

〔反〕【雄厚】xióng hòu　實力相當～｜那家公司的資金非常～。

薄田 bó tián　不肥沃的、較差的田地　那塊田地被開墾過度，是一塊～。

〔反〕【沃土】wò tǔ　一片～。

〔反〕【良田】liáng tián　萬頃～。

捕 bǔ　捉；捉住　搜～｜～魚｜～鳥｜～捉犯罪嫌疑人。

〔同〕【抓】zhuā

〔同〕【捉】zhuō

〔同〕【逮】dǎi

> 「捕」多指有計劃、有準備地去捕捉對象。「抓」、「捉」、「逮」都屬於口語，如說「抓住」、「捉拿」、「逮了個正着」。

〔反〕【放】fàng　把鳥兒～回自然。

〔反〕【縱】zòng　～虎歸山。

捕風捉影 bǔ fēng zhuōyǐng　比喻似是而非、不很準確的跡象作為說話或辦事的依據　這事傳到這個份上，都是～的結果。

〔同〕【疑神疑鬼】yí shén yí guǐ

> 「捕風捉影」突出以不準確的東西作依據，特別指輕信。「疑神疑鬼」突出心裏疑惑而不能斷定，如說「你整天疑神疑鬼的，累不累呀」。

哺育 bǔ yù　1.餵養（嬰兒或小動物），使成長　專心～｜孩子是由阿姨～長大的。

2.引申指培養教導　學生在老師的～下茁壯成長。

〔同〕【培養】péi yǎng

> 「哺育」突出餵養；也指教育培養。「培養」可用於人，如說「培養後備人才」；也用於細菌等，如說「在實驗室培養細菌」。

補償 bǔ cháng　抵消損失或消耗；補充不足　～一切損失｜終於獲得～。

〔同〕【補助】bǔ zhù

> 「補償」突出償，多指用價值相當的事物抵償消耗或損害。「補助」突出從經濟上進行幫助，適用於集體對個人、上級對下級，如說「膳食補助」、「交通補助」。

補充 bǔ chōng　增加一部分　～能量｜互為～｜～新的知識。

〔同〕【補償】bǔ cháng

〔同〕【彌補】mí bǔ

「補充」適用範圍較廣，用於口語和書面語。「彌補」着重強調填補空缺或挽回損失，多與「損失」、「不足」、「虧損」、「缺陷」、「空白」、「漏洞」等詞搭配。

補貼 bǔ tiē　1. 貼補　靠額外打工～家用。
圓【補助】bǔ zhù
2. 用於貼補的費用　福利～｜決定減少～。
圓【補助】bǔ zhù

「補貼」多指對親友或家人在財物上的幫助。「補助」多用於組織、單位、集體對個人生活上的幫助，如說「季節性補助」。

補綴 bǔ zhuì　用針線使破損的織物連接或恢復完整　～破衣服｜幾經～，才成了現在這種樣子。
圓【縫補】féng bǔ

「補綴」屬於書面語，是對已經成形的織物進行縫補。「縫補」強調縫和補兩個動作，如說「沒有時間縫補衣衫」。

不必 bú bì　不需要　此事大可～｜你們～如此費心｜各位～過於擔心。
圓【不用】bú yòng
圓【無須】wú xū

「不必」屬於書面語。「不用」多指沒有必要（這樣做），如說「不用着急」、「不用多費口舌」、「自己人不用客氣」、「你不用再去麻煩他」。

「無須」屬於書面語，如說「無須多慮」、「各位無須緊張」。

不便 bú biàn　1. 不太方便　行走～｜手腳～。
反【便利】biàn lì　交通相當～。
反【方便】fāng biàn　把～讓給他人。
2. 指經濟不寬裕時缺少錢用　家裏電器一件接一件壞掉，最近手頭有些～。
反【寬裕】kuān yù　最近發了雙糧，手頭～。

不曾 bù céng　沒有過；（事情）未發生過　他～來過｜這類事情以前～有過。
圓【未曾】wèi céng
圓【沒有】méi yǒu

「不曾」用於對曾發生過或出現過的否定，與「曾經」相對，屬於書面語。「未曾」意思和用法同「不曾」，屬於書面語，如說「未曾經歷過」、「食物未曾消化」。「沒有」多用於口語，如說「這事沒有討論過」。

反【曾經】céng jīng　我～去過那兒。
反【已經】yǐ jīng　這件事我～通知了對方。

不當 bú dàng　不妥；不合適　由於處理～，引起很多麻煩。
反【妥當】tuǒ dang　你這個樣子出門很不～。
反【恰當】qià dàng　在你認為～的時候再來吧。
反【得體】dé tǐ　言詞～｜他這樣說顯得很不～。
反【得當】dé dàng　處理～。

不法 bù fǎ　　違背法律有關規定的 ～行為｜～經營｜～分子。
反【合法】hé fǎ　～繼承人。
反【守法】shǒu fǎ　應當～經營。

不凡 bù fán　　不平常　出手～｜別這麼自命～。
同【非凡】fēi fán

> 「不凡」多用於人。「非凡」可用於人或事物，如說「熱鬧非凡」、「展現了非凡的才能」。

反【平凡】píng fán　～之中見偉大。
反【一般】yì bān　～道理｜這技術～得很。
反【平常】píng cháng　～心｜這事實際上很～。

不妨 bù fáng　　表示允許這樣做事，不會有妨礙　你～試一試｜～放長線，釣大魚。
同【無妨】wú fáng

> 「不妨」較口語化，有如此也不錯的意思，一般只跟其他詞語搭配使用。「無妨」屬於書面語，如說「這事現在說說也無妨」。

不管 bù guǎn　　表示在任何情況下都不會改變　～怎樣，路總得要走下去｜～誰要出去，都必須請假。
同【無論】wú lùn
同【不論】bú lùn

> 「不管」後面常接兩種相對照的事物，以表示選擇，多用於口語。「不論」後面多要出現選擇或特殊疑問的形式，如說「不論你怎麼說我都不相

信」、「不論好不好都想去看看」、「不論早還是晚都沒關係」。「無論」多用於書面語。

不軌 bù guǐ　　指違反法紀　圖謀～。
反【合法】hé fǎ　維護～權益。

不和 bù hé　　(關係等)不和好　感情～。
反【和睦】hé mù　～相處。

不近人情 bú jìn rén qíng　　不合乎人的常情　～之舉｜這樣做簡直～。
反【通情達理】tōng qíng dá lǐ　現在這個決定是～的。

不力 bú lì　　不盡力、未用心力　辦事～。
反【得力】dé lì　～的助手。

不利 bú lì　　不順利；無好處的　～局面｜現在的形勢對我方很～。
反【有利】yǒu lì　～局面｜搶先佔據～的地形。

不滿 bù mǎn　　不合心意、不滿意　感到～｜極為～。
反【滿意】mǎn yì　旅客高興而來，～而歸。
反【滿足】mǎn zú　得到～。
反【知足】zhī zú　現在的條件你應該～了。

不毛之地 bù máo zhī dì　　貧瘠、荒涼的土地或地帶　那是一片～，寸草不長。

（反）【沃野千里】wò yě qiān lǐ　極目遠望，～。

（反）【魚米之鄉】yú mǐ zhī xiāng　當地是著名的～，現在去旅遊正是好季節。

「不毛之地」原指不生長任何莊稼的地方，泛指荒涼貧瘠的地方。「沃野千里」指肥沃的土地非常廣闊。

不免 bù miǎn　免不了，指因某種原因而導致不如意的結果　第一次上台表演～心慌｜看了這段文字，～想笑｜出了這樣的事，～費一番口舌。

（同）【難免】nán miǎn

「不免」是副詞，指免不了，後面是肯定形式。「難免」是形容詞，指不容易避免，後面一般不用否定，如說「剛工作時出錯是難免的」、「在外地過節難免思念親人」。「難免」後面如用否定形式，意思則是肯定的，如說「難免不出問題」，意思是要出問題。

不時 bù shí　1. 時時；經常　～發現疑點｜～觀察天色｜場內～爆發出陣陣笑聲｜遠處～有隆隆炮聲傳來。

（同）【時時】shí shí

「不時」只用於肯定句。「時時」可用於肯定或否定句子，如說「時時不忘自己的職責」、「多年來我時時想起這件事」。

（反）【偶爾】ǒu ěr　他只是～來一次。

（反）【難得】nán dé　我們真是～見面。

2. 無固定時間　～之需。

（反）【定時】dìng shí　～服藥。

不爽 bù shuǎng　1.（身體）不太舒服　近來身子有些～。

（反）【健康】jiàn kāng　祝願各位朋友身體～。

2. 心情不好　心中～。

（反）【愉快】yú kuài　朋友們～地談笑｜那兒傳來一陣～的歌聲。

不妥 bù tuǒ　不恰當、不宜　你這樣講話很～。

（反）【妥帖】tuǒ tiē　事情辦得十分～。

不修邊幅 bù xiū biān fú　不講究衣着，不注意儀表　這位教授常～，反而很引人注目。

（反）【衣冠楚楚】yī guān chǔ chǔ　這些人每天都～，我有些不適應。

「邊幅」為布的邊緣，借指人的衣着、儀表。

不學無術 bù xué wú shù　沒有學問和能力　別把～當作光彩。

（反）【學富五車】xué fù wǔ chē　家學淵源，｜～的碩儒。

（反）【博學多才】bó xué duō cái　欽慕那些～的才子。

「五車」指存有五車書，「學富五車」指讀書多，很有學問。

不知所措 bù zhī suǒ cuò　不知怎麼辦才好　發生這樣的情況讓我一時～。

（同）【手足無措】shǒu zú wú cuò

「不知所措」突出想法上不知道應該怎麼辦。「手足無措」突出因沒有辦法應付而舉動慌亂，程度更高。

不足 bù zú　不充足或數量不夠

先天～｜資金～｜理由～｜人手明顯～。

🔵【緊缺】jǐn quē
🔵【缺乏】quē fá

「不足」突出客觀上數目不充足。「緊缺」和「缺乏」強調所需要的或該有的東西沒有或不夠，如說「物資緊缺」、「加快培養緊缺人才」、「缺乏經驗」、「資金比較缺乏」。

🔴【充足】chōng zú　存貨相當～。
🔴【充分】chōng fèn　這次比賽，我們準備得很～。
🔴【有餘】yǒu yú　略顯～｜損～而補不足。
🔴【過剩】guò shèng　同類產品已經～，怎麼還繼續生產？

布衣 bù yī　平民　～出身｜～之交。

🔴【貴族】guì zú　屏除～習氣。

「布衣」原指平民穿着，屬於書面語。

佈防 bù fáng　安排、佈置防守兵力　必須在這一線～。

🔵【設防】shè fáng

「佈防」重在佈，指對防守人員和設備進行合理調度和安排。「設防」指早有防備，預先佈置好兵力，如說「步步設防」。

🔴【撤防】chè fáng　及時～。

佈置 bù zhì　安排；分派　～工作｜～會場｜～生產任務。

🔵【安排】ān pái

部署 bù shǔ

「佈置」語意較輕，突出加以設置，着眼於局部，多用於上級對下級。「部署」多指全面地、有意識、有計劃地對人員、兵力、設施等進行調度和安排，有莊重的書面語色彩，如說「戰略部署」、「決定在此部署重兵」、「有關方面正在部署防汛工作」。「安排」突出分先後主次、輕重緩急來處理人、工作、時間、事情，如說「刻意安排」、「合理安排時間」、「這事現在還無法安排」。

部隊 bù duì　軍隊的統稱　野戰～｜武警～｜他曾經在～服役多年。

🔵【軍隊】jūn duì

「部隊」泛指軍隊；也指軍隊的一部分，如「我已經回到部隊」。「軍隊」是武裝組織的統稱，相對於非軍事的概念，如說「軍隊和民眾」。

部分 bù fen　整體中的局部或一些個體　一小～｜拿出一～給對方。

🔵【局部】jú bù

「部分」突出數量，與「全部」相對，強調是全體中的一些，可用於人或事物。「局部」與「全局」相對，屬於整體中的一些，只指事物，多用於跟全局作比較，如說「局部地區有雨」、「局部應當服從整體」。

🔴【全局】quán jú　有關～的利益。
🔴【全體】quán tǐ　～人員。
🔴【整體】zhěng tǐ　部分利益必須服從～利益。

C

擦 cā　1. 用手、紙或布等摩擦另一物體，使乾淨　來，給我~把汗｜大家輪流~黑板。
- 圖【揩】kāi
- 圖【抹】mǒ
- 圖【拭】shì

2. 通過摩擦，把水、油等物品塗抹在另一物品上　~點兒香水｜臉上的粉底別~得太多。
- 圖【塗】tú

> 「擦」、「揩」、「抹」多用於口語，如說「把手擦乾」、「用抹布揩去桌上的水漬」、「他習慣吃完飯用毛巾抹嘴」。「拭」屬於書面語，多組合成「擦拭」、「拭目以待」。

猜測 cāi cè　根據現有的線索或憑想像來找到答案或作出推測　大家都在~事情的結局｜破案不能靠~，一定要掌握確鑿的證據。
- 圖【猜度】cāi duó
- 圖【猜想】cāi xiǎng
- 圖【推測】tuī cè

> 「猜度」、「猜想」重在想像，如說「你別無憑無據地瞎猜度」、「合理的猜想」，口語中多用「猜」或「想」。「推測」重在推理，如說「根據目前掌握的情況，刑偵人員還很難推測事發原因」。

猜忌 cāi jì　懷疑別人對自己不利因而心生不滿　別互相~｜有話當面講，不要在暗地裏~。
- 圖【猜嫌】cāi xián
- 圖【猜疑】cāi yí
- 圖【懷疑】huái yí

> 「猜忌」突出有利害衝突時疑恨對方，如說「他總喜歡猜忌別人」、「猜忌心理導致他失去機會」。「懷疑」只表示對某人某事有疑心，如說「他做賊心虛的表情引起了大家的懷疑」、「我懷疑他今天來不了」。「猜疑」突出不放心，擔憂的程度較高，除表示有疑問外，往往已經生出很多不滿，如說「猜疑四起」、「別相互猜疑」、「不要無端猜疑他人」。

- 反【信任】xìn rèn　值得~｜互相~。
- 反【相信】xiāng xìn　彼此都~對方的為人。

猜疑 cāi yí　（對人或對事）不放心，無端地產生懷疑　請別胡亂~｜他的~心很重｜經常~他人，對人對己都很痛苦。
- 反【信賴】xìn lài　可~的朋友｜大家都非常~他。
- 反【相信】xiāng xìn　難以讓人~｜我們都應該~自己的能力。
- 反【信任】xìn rèn　應該互相~｜友誼應該以~為基礎。

才幹 cái gàn　做事情的能力　增長~｜年富力強，又有~｜儘量發揮每個人的~。
- 圖【才能】cái néng
- 圖【才華】cái huá
- 圖【才智】cái zhì
- 圖【才氣】cái qì

「才幹」多用於工作實踐。「才能」適用範圍較廣，也可以用於思維活動方面，如說「作曲才能」、「管理才能」、「顯示出超卓的文學創作才能」等。「才華」多指科學文化藝術等方面的特殊才能，如說「藝術才華」、「才華橫溢」、「顯示出超人的才華」。「才智」重在智，突出智慧、思維活動方面，如說「發揮聰明才智」。「才幹」重在能幹，「才氣」泛指富有才華、才能，如說「富有才氣」、「才氣逼人」。

才疏學淺 *cái shū xué qiǎn*　見識少而學問不深　本人～，無法承擔如此重大的任務。

⊜【博學多才】*bó xué duō cái*　來作演講的是位～的年輕學者。

⊜【滿腹經綸】*mǎn fù jīng lún*　他是個～的學者，深受學子的歡迎。

材料 *cái liào*　可供參考或作為依據的事實　寫匯報～｜發放技術～｜搜集寫作～。

◉【資料】*zī liào*

「材料」突出未經加工整理的原始素材；還指製造物質成品的素材，如木材、鋼材、水泥等，如說「建築材料」、「裝修材料」。「資料」多指已經記錄下來、可作依據的事實或已作加工的材料，如說「教學資料」、「整理研究資料」。

財產 *cái chǎn*　有價物質財富　～積累｜公共～｜私有～｜進行～公證｜合法繼承～｜保護國家～。

財富 *cái fù*

「財產」多指錢財、房屋等可以用貨幣衡量的物質。「財富」指一切具有價值的東西，可說「增加財富」、「物質財富」；還用於精神思想方面，如說「精神財富」、「社會財富」、「這是一筆可觀的思想財富」。

裁併 *cái bìng*　削減合併　實行機構～。

⊝【擴充】*kuò chōng*　～人員｜正在～規模。

裁減 *cái jiǎn*　削減　～機構｜～冗員。

⊝【擴充】*kuò chōng*　～設備｜他們正在～隊伍。

⊝【增添】*zēng tiān*　他家上個月～了一個新成員｜年輕人的參與給整個團體～了新的活力。

⊝【增補】*zēng bǔ*　～候選人｜作為一名新～的委員，許多事情他還不熟悉。

「裁減」多用於機構、人員、裝備、設施等。

裁軍 *cái jūn*　削減武裝人員和軍隊裝備　即將簽訂～協定｜聯合國～大會將在近期召開。

⊝【擴軍】*kuò jūn*　不斷～｜～備戰。

採納 *cǎi nà*　接受並採用　～意見｜～第一套方案｜廣泛～各家之言。

◉【採取】*cǎi qǔ*

◉【採用】*cǎi yòng*

「採納」突出「納」，指接受並採用別人的意見、建議、要求等。「採取」突出取，指有選擇地利用，對象多指方針、措施、手段、形式、態度等，如說「採取緊急措施」、「採取不良手段」、「採取積極態度」。「採用」突出用，強調認為合適而進行利用，對象可以是經驗、技術等抽象事物或稿件、方案、工具等具體事物，如說「採用新辦法」、「採用先進工藝」、「採用高科技材料」。

⟨反⟩【摒棄】bìng qì　～舊的風俗習慣｜～阻礙社會發展的舊觀念。

⟨反⟩【拒絕】jù jué　嚴辭～｜～對方的意見｜～了他們的邀請。

「採納」的對象多為意見、建議、觀點、方案等。「摒棄」指捨棄，用於對觀念、意見等。「拒絕」適用範圍較廣。

踩 cǎi　腳踏（物體）　別在上面亂～｜～在水坑裏｜當心～壞東西｜你別～在毛毯上。
⟨同⟩【踏】tà

「踩」的適用對象是具體的有形的東西。「踏」多用於固定短語中，如說「踐踏」、「腳踏實地」、「原地踏步」；也可用於抽象事物，指走上、走向，如說「踏上新的征途」、「他今年剛踏上工作崗位」。

參加 cān jiā　加入某個組織或參與某項活動　～討論｜～俱樂部｜報名～課外興趣小組。
⟨同⟩【加入】jiā rù
⟨同⟩【參與】cān yǔ

「參加」兼有加入和參與的意思，對象既可以是組織，也可以是活動。「加入」的賓語常是某些表示組織的詞，如說「加入天文學會」、「加入遊行隊伍」。「參與」突出成為其中一員，賓語多是表示集體活動的詞，如說「參與策劃」、「參與研製工作」、「參與計劃的制訂」。

⟨反⟩【退出】tuì chū　他的腿受傷了，所以只能～下半場的比賽。

參軍 cān jūn　加入軍隊並成為軍人　報名～｜～上戰場。
⟨同⟩【從軍】cóng jūn
⟨同⟩【從戎】cóng róng

「參軍」適用範圍較廣。「從軍」和「從戎」都屬於書面語，如說「投筆從戎」。「從軍」現在較少使用。

參考 cān kǎo　利用相關材料幫助了解情況　～意見｜僅供～｜作品～了前人的成果。
⟨同⟩【參照】cān zhào

「參考」指通過研究、分析有關材料而對事物有所了解或進行深入研究。「參照」強調在參考方法、經驗後仿照着做，如說「參照實行」、「可供參照的辦法」。

參與 cān yù　也寫作「參預」。參加進去，一起做　重在～｜學校組織的各項活動，學生們積極～。
⟨反⟩【觀望】guān wàng　在旁～｜採取～態度｜你們別一再～，應該有行動了！

殘 cán　1.不完整；缺少一部分　身
～志堅｜～缺不全。

⊘【完】wán　～整｜～好｜覆巢之下
無～卵。

⊘【全】quán　周～｜保～｜～身而
退。

2. 臨近結束的　～冬｜他已是一個風
燭～年的老人了。

⊘【早】zǎo　～春二月｜他～年曾隨
考察隊去過大西北。

3. 兇惡狠毒　～暴｜兒～｜～酷的事
實。

⊘【仁】rén　～愛｜～至義盡。

殘敗 cán bài　殘缺衰敗　～不
堪的花朵。

⊘【旺盛】wàng shèng　田裏的莊稼長
得相當～。

⊘【繁榮】fán róng　一片～的景象。

殘暴 cán bào　兇惡殘忍　生性
～｜～的匪徒趁着黑夜血洗了村莊。

◎【殘忍】cán rěn

◎【兇殘】xiōng cán

◎【殘酷】cán kù

> 「殘暴」強調性情暴虐。「殘忍」突出
> 心腸很毒，如說「殘忍的劊子手」、
> 「兇手用極為殘忍的手段殺害了
> 他」。「兇殘」突出手段惡劣，如說
> 「敵人兇殘暴虐的行徑，令人髮指」、
> 「手段兇殘」、「兇殘無情」。

⊘【仁慈】rén cí　他有一顆～的心｜
她總是～地對待身邊每一個人。

殘存 cán cún　未被徹底消除而
不完整地保留下來　～的記憶｜保留
～的資料｜樹上還有～的枯葉｜採取

措施消滅～害蟲。

◎【殘餘】cán yú

> 「殘存」重在存，指本該被消除的東
> 西還存在。「殘餘」強調剩下來、留
> 下來的東西，可用於人或思想意識
> 等，如說「封建思想殘餘」、「一舉
> 殲滅殘餘勢力」。

殘害 cán hài　嚴重地傷害或殺
害　嚴厲打擊～兒童的行為｜歹徒～
了一批無辜民眾。

⊘【保護】bǎo hù　嚴加～｜採取～措
施｜～婦女兒童的合法權益。

殘酷 cán kù　兇狠冷酷　～的鬥
爭｜手段極為～｜當時的環境相當
～。

◎【嚴酷】yán kù

◎【冷酷】lěng kù

> 「殘酷」多用於人的行為，也可表示
> 環境險惡或鬥爭尖銳。「冷酷」多指
> 人心，突出待人的無情，如說「冷酷
> 無情」、「表情冷酷」。

⊘【仁慈】rén cí　善良～｜待人應該
～一點。

⊘【仁愛】rén ài　以～之心待人｜他
為人向來～寬厚。

殘年 cán nián　人的晚年階段　風
燭～｜老人雖至～，但依然熱心公益。

⊘【盛年】shèng nián　處於～｜他一
直想在～時期大有作為。

殘破 cán pò　殘缺而有損壞　～
不全｜～的書稿｜這些～的文物歷史
相當悠久。

C

同【殘缺】cán quē

「殘破」語意較重，突出事物遭受侵害或破壞而造成缺損。「殘缺」指事物缺少一部分而變得不完整，語意較輕，如說「殘缺不齊」、「殘缺的心靈」。

反【完好】wán hǎo 　～無損｜這件珍品保存得如此～，真不容易。

殘缺 cán quē 　不完整　文件～不全。
反【完好】wán hǎo 　雖然歷經洗劫，那些書卻～如初。
反【完整】wán zhěng 　結構～｜為保持領土～而浴血戰鬥。

殘忍 cán rěn 　（手段）十分殘酷狠毒　手段～｜綁匪～地殺害了人質｜這個表面文質彬彬的人居然是個～的兇手。
反【仁慈】rén cí 　～寬厚｜根本不能跟敵人談甚麼～。

殘殺 cán shā 　殘酷殺害　～百姓｜～無辜｜自相～。
同【屠殺】tú shā

「殘殺」突出殺人手段殘酷惡劣。「屠殺」突出殺戮的規模很大，被害人數量很多，如說「遭遇一場血腥屠殺」。

慚愧 cán kuì 　因做錯了事或未能盡職、盡責而感到內心不安　他對自己的無知～不已｜萬分～，無地自容。
反【無愧】wú kuì 　問心～｜於眾人｜他～於教師的稱號。

蠶食 cán shí 　（像蠶吃桑葉那樣）一步步地佔有　～周邊國家的領土｜他們一步步地實行～鄰國的計劃。
反【鯨吞】jīng tūn 　戰亂時代，強大諸侯各個勵兵秣馬，隨時準備～小國。

「蠶食」強調漸漸地吞食或佔有，多用於逐步佔有別國領土。「鯨吞」指像鯨魚一樣吞食，亦多用以比喻兼併別國的土地。

慘白 cǎn bái 　（面容）白而略微有些發青灰白，沒有一絲血色　病後初癒，他的臉色～｜他～的臉上擠出一絲乾笑。
同【蒼白】cāng bái

「慘白」語意較重，形容人身體欠佳或心虛時的臉色，多用於文學作品。「蒼白」多用於口語，除臉色外，還形容沒有旺盛的生命力，如說「臉色蒼白」、「人物形象顯得蒼白而單調」。

反【紅潤】hóng rùn 　面色～｜～的臉上洋溢着青春的光芒。

慘敗 cǎn bài 　慘重的失敗　～而歸｜無法逃脫其～的命運｜那個足球隊客場以一比六～。
反【全勝】quán shèng 　出征奧運會的代表隊大獲～。

慘厲 cǎn lì 　淒涼；悲慘　情形～｜～的風聲｜森林裏發出一陣～的呼叫。
同【慘烈】cǎn liè

「慘厲」強調眼前的景象、情形等使人覺得非常痛苦。「慘烈」突出戰

鬥、屠殺等壯烈而淒慘的場面，如說「場面無比慘烈」、「一副慘烈的景象」。

慘重 cǎn zhòng

（失敗或損失的）程度非常嚴重　遭受了～的失敗｜他們在鬥爭中損失～。

(反)【輕微】qīng wēi　～扭傷｜大家都認為這個處分過於～了。

「慘重」用於不利、失敗的事，或指遭受損失的程度非常高。

燦爛 càn làn

光彩明亮，耀眼奪目　陽光～｜臉上綻放出～的笑容｜～的中國歷史文化｜希望你將來有個～的前程。

(同)【輝煌】huī huáng

(同)【璀璨】cuǐ càn

(同)【絢爛】xuàn làn

「燦爛」有光輝、偉大的意思，多修飾文明、歷史、成就等抽象事物；也可用於光明美好的具體事物，如太陽、星光等。「輝煌」強調引人注目，多形容人們努力後獲得的巨大成果，如說「業績輝煌」、「再現輝煌」、「取得輝煌的成果」。「璀璨」突出珠寶玉石等色彩奪目、光澤鮮明，屬於書面語，如說「明珠璀璨」、「璀璨的藍寶石」。「絢爛」突出色彩豐富華麗，屬於書面語。

(反)【暗淡】àn dàn　神色～｜臉上～無光｜前景～。

(反)【黯然】àn rán　～神傷｜不禁～淚下｜聽到這不幸的消息，他的臉上頓時～失色。

倉促 cāng cù

也作「倉猝」。匆忙急促，時間短暫　～行動｜～啟程。

(同)【匆促】cōng cù

(同)【短促】duǎn cù

「倉促」突出時間不充足，如說「倉促出征」、「倉促應戰」、「時間過於倉促」、「倉促地記了一些筆記」。「匆促」突出行動急急忙忙，強調因匆忙而有所忽略，語意稍重，如說「匆促中竟然丟了資料」。「短促」多用於口語，突出時間不長或急促，如說「短促的訪問」、「呼吸短促」。

(反)【從容】cóng róng　～不迫｜談判時，他總是神色～。

倉皇 cāng huáng

也寫作「倉惶」、「愴愴」。匆忙之中顯得很慌張　～出逃｜敵人在我軍的進攻之下～撤退。

(反)【鎮定】zhèn dìng　～自若｜危難面前依然保持～。

(反)【鎮靜】zhèn jìng　故作～｜只有保持～，才能夠從容應對突如其來的變故。

(反)【沉着】chén zhuó　～冷靜｜雖然比分落後了，教練仍然在場外～地指揮｜面對事故的發生，他表現得很～。

「倉皇」用於貶義。

蒼白 cāng bái

1. 白得有些發青；灰白色的　鬢髮～｜病魔把他折磨得臉色～。

(反)【紅潤】hóng rùn　臉色～｜孩子～的臉上露出甜美的笑容。

2. 形容缺乏生命力　～無力｜這篇小說的人物形象很～。

〔反〕【豐滿】fēng mǎn 　～的藝術形象｜
他塑造的人物～、鮮亮、真實。

蒼翠 cāng cuì　（樹木等）顏色
深綠　山巒～｜～的古樹｜滿目～。
〔同〕【碧綠】bì lǜ

「蒼翠」顏色比「碧綠」深，多用於草
叢、山林等大面積的綠色，不用於
水面。「碧綠」多描寫田野、湖面等，
如說「碧綠的稻田」、「湖泊寬闊碧
綠」。

〔反〕【枯黃】kū huáng 　草木～｜～的秋
葉在風中舞動。

蒼勁 cāng jìng 　老練而剛勁有
力　筆力～｜雪天中～的松柏依然挺
立｜他的草書～有力，極有鑒賞價值。
〔反〕【稚嫩】zhì nèn 　文筆～｜～的小
樹苗｜孩子～的嗓音令人感動。

「蒼勁」多用於形容書法、繪畫的風
格，及樹木挺拔的樣子。

蒼涼 cāng liáng 　寂寞冷落；淒
涼悲慘　滿目～｜寂寞～｜更增添了
一分～。
〔同〕【淒涼】qī liáng

「蒼涼」突出環境蕭條、寂寞。「淒
涼」突出主觀心情上感覺孤獨難受，
如說「殘垣斷壁，一片淒涼」。

蒼茫 cāng máng 　空闊遼遠，無
邊無際　～大地｜夜色～。
〔同〕【蒼莽】cāng mǎng

「蒼茫」強調沒有盡頭，邊界模糊不

清。「蒼莽」強調遼闊、宏大，屬於
書面語，如說「蒼莽的林海」。

藏匿 cáng nì 　隱藏（人和物），
不讓別人發現　私自～文物｜那事嚇
得他到處～。
〔同〕【躲藏】duǒ cáng
〔同〕【隱藏】yǐn cáng
〔同〕【隱匿】yǐn nì

「藏匿」、「隱匿」語意較重，可用於
人和物，強調地點隱祕，不為人所
知，屬於書面語。「躲藏」、「隱藏」
多用於口語，可用於人或動物，如
說「躲藏在門後」。「隱藏」可以用
於事物，如說「他把收據都隱藏起來
了」。

〔反〕【暴露】bào lù 　～身份｜他的醜惡
嘴臉～無遺。
〔反〕【顯露】xiǎn lù 　～身手｜在眾人面
前～了他的絕技｜他很想在晚會上～
一下自己的才能。

藏頭露尾 cáng tóu lù wěi 　形
容對事實有所保留，不完全表露　瞧
他說話，～的，聽了叫人難受。
〔反〕【和盤托出】hé pán tuō chū 　把事
實經過～。

操持 cāo chí 　處理；辦理　全力
～｜盡心～家務。
〔同〕【辦理】bàn lǐ
〔同〕【料理】liào lǐ

「操持」、「料理」強調花心思去做，
如說「精心料理」、「料理得十分妥
帖」。「辦理」突出按程序進行處理，
多用於公務或有規定程序的事情，

如說「辦理入學手續」、「辦理結婚手續」。

操心 cāo xīn　花費心思去做　你別過於～了｜他一輩子都在為兒女～。

🈺【放心】fàng xīn　這孩子，總叫人～不下｜這事交給我，你儘管～。

🈺【省心】shěng xīn　有你幫助，我就～了｜這孩子總沒有讓人～的時候。

操行 cāo xíng　品行　～尚可｜其高尚的～廣為人知。

🈺【品行】pǐn xíng

「操行」屬於書面語。「品行」更口語化一些，如說「品行端正」、「品行不端」。

操縱 cāo zòng　1.掌管、使用機械等　～機器｜～自如。

🈺【控制】kòng zhì

2.用不正當的手段控制或支配　幕後～｜～對方｜～局勢｜暗中～比賽。

🈺【把持】bǎ chí

🈺【控制】kòng zhì

🈺【支配】zhī pèi

嘈雜 cáo zá　（聲音）雜亂而喧鬧　～不安｜人聲～｜～刺耳｜工場間傳出陣陣～聲。

🈺【喧鬧】xuān nào

🈺【喧囂】xuān xiāo

「嘈雜」指聲音雜亂無章，給人帶來不安。「喧鬧」指聲音很大、場面十分熱鬧，如說「街頭異常喧鬧」、「喧鬧的菜市場」。「喧囂」指聲音相當

雜亂、不清靜，如說「喧囂的塵世」、「喧囂的車馬聲」、「行走在喧囂的街上」。

🈺【寧靜】níng jìng　～的夜晚｜森林裏一片～｜～的湖面上飄着一葉扁舟。

🈺【安靜】ān jìng　病房需要保持～｜真希望有個～舒適的環境。

🈺【清靜】qīng jìng　尋找～的住處｜別煩我，讓我～一會兒。

「寧靜」除環境外還可用於心情的平靜。

草擬 cǎo nǐ　起草；打草稿　～文件｜～發言稿｜～會議程序｜祕書正在～訂貨合同。

🈺【起草】qǐ cǎo

「草擬」多用於公務中手寫文件、合同、信函的初稿；也指初步設計。「起草」可用於公務活動或學生寫作文章等，適用範圍較廣，如說「起草文件」、「正在起草新條例」、「今天的作文還沒起草呢」。

草率 cǎo shuài　（說話、做事）粗心大意；馬虎隨便；不細緻　～從事｜～收場｜～辦理。

🈺【潦草】liáo cǎo

🈺【輕率】qīng shuài

「草率」語意較重，含貶義突出考慮不周全，如說「作風草率」、「不能如此草率地理解他說的話」。「潦草」現在一般指寫字不工整。「輕率」突出不慎重，如說「辦事過於輕率」、「別那麼輕率就作決定」。

（反）【認真】rèn zhēn　～對待｜嚴肅～｜～的態度｜～做事是每個人的本分。

（反）【仔細】zǐ xì　～領會文義｜～地計算了一下｜～觀察周圍發生的各種事情。

（反）【負責】fù zé　認真～｜每個人都應該培養辦事～的作風。

側面 cè miàn　旁邊的一面　要拍張～照｜攻擊敵方～｜打算從～通過｜你～打聽一下那事情的進展。

（反）【正面】zhèng miàn　部隊決定發動～進攻｜證件上貼着他的～彩色照片｜請對方辯友～回答我們的提問。

側重 cè zhòng　突出、偏重於某一方面　有的人～於理論，有的人～於實踐｜這次～於考核基本技能。

（同）【偏重】piān zhòng
（同）【着重】zhuó zhòng

> 「側重」多用於觀點、認識、標準等。「偏重」多用於做法、態度、技巧等，如說「偏重業務」、「偏重操作技術」、「不能偏重記憶而忽視領會」。「着重」突出將重點放在某一邊，如說「着重研究」、「會議着重討論了公司搬遷的事」。

（反）【並重】bìng zhòng　兩者～｜工作、學習～｜質量和效率～。

策動 cè dòng　鼓動別人行動起來　～侵略｜～謀反。
（同）【煽動】shān dòng

> 「策動」語意較重，多指祕密地鼓動別人或集團做不義之事，如說「策動

政變」、「策動戰爭」等；與「起義」搭配時不含貶義。「煽動」適用範圍較小，如說「煽動鬧事」、「煽動兩方對抗」，多帶貶義。

策劃 cè huà　籌劃；出主意並制定辦法　～政變｜精心～｜～組建公司。

（同）【籌劃】chóu huà
（同）【謀劃】móu huà

> 「策劃」適用對象多是重大事件、重大活動或政治、軍事方面的行動，突出在總體上出主意、定策略。「籌劃」、「謀劃」強調出主意、確定方法，如說「祕密籌劃」、「籌劃建立新網站」、「精心謀劃賑災義演」。

參差 cēn cī　不整齊；不相一致　孩子們的個頭～不齊｜同學們的水平～不齊｜～錯落的大廈在都市的夜景中格外引人注目。

（反）【整齊】zhěng qí　東西擺放得非常～｜士兵們邁着～的步伐｜水上芭蕾運動員的動作～劃一。

參差不齊 cēn cī bù qí　長短、大小、高低、水平等不一樣　這孩子牙齒長得～｜學生的學習能力～｜當前各地的教育質素～。

（同）【長短不一】cháng duǎn bù yī

> 「參差不齊」突出在某種標準衡量下出現差別，適用範圍較廣。「長短不一」用於時間、週期、有效期、長度等，如說「倉庫裏的鋼材長短不一」、「街頭很多小店的營業時間長短不一」。

曾經 céng jīng　以前有過；從前做過　他~學過德語｜他~試探過一次｜她~有過寫長篇小說的念頭。

⊗【不曾】bù céng　這問題我~考慮過｜這個人從小到大~掉過一滴眼淚。

⊗【未曾】wèi céng　那座山峯~被人征服過｜人類還有許多~涉及的領域。

差別 chā bié　不同　縮小~｜兩者~很大｜沒有明顯的~。

⊜【差異】chā yì

⊜【區別】qū bié

⊜【分歧】fēn qí

> 「差別」側重於彼此間相異的部分。「差異」屬於書面語，如說「性格差異」、「了解南北氣候差異」、「兩人的水平有很大差異」。「區別」指彼此間可比較區分的部分，前面多配搭「根本」、「原則」、「本質」、「明顯」等詞；還可作動詞，如說「區別不同性質」。「分歧」指意見、看法不同，如說「產生分歧」、「目前雙方分歧很大」。

差錯 chā cuò　錯誤　避免~｜~在所難免｜別再出~。

⊜【錯誤】cuò wù

⊜【過錯】guò cuò

⊜【過失】guò shī

⊜【偏差】piān chā

> 「差錯」程度較輕；也可表示意外的變化，如說「萬一有甚麼差錯，那可不得了」。「偏差」多用於數字或方向，如說「飛機導航系統不允許有半

點偏差」、「這次又出現了很大的偏差」。

插 chā　把長條狀或片狀的東西塞進其他東西之中　把花~在花瓶裏｜高高的山峯~入雲端。

⊗【拔】bá　~劍四顧心茫然｜~苗助長｜這釘子已生鏽了，根本沒法~出來。

查訪 chá fǎng　（對案情）進行調查、訪問　暗中~｜~有關證人｜立即向當事人~。

⊜【察訪】chá fǎng

> 「查訪」突出作深入了解。「察訪」強調通過觀察或訪問進行周密調查，用於對政情或民情的了解，如說「實地察訪」、「深入察訪」。

查封 chá fēng　檢查後貼上封條或其他標誌，表示不准動用　~違禁品｜一經~，就不能隨意動用。

⊗【啟封】qǐ fēng　尚未~｜這些東西，任何人都不得擅自~。

查看 chá kàn　檢查並觀察　四處~｜~信件｜仔細~記錄｜反覆~來貨｜~機器受損情況。

⊜【察看】chá kàn

⊜【觀察】guān chá

⊜【檢查】jiǎn chá

> 「查看」的對象一般是靜止的。「察看」的對象多是動態的，如說「細緻察看」、「察看敵軍的動靜」、「隨時注意察看颱風的變化趨勢」。「觀察」適用範圍較廣，如說「氣象觀

察」、「仔細觀察化學反應」。「檢查」適用範圍較廣，突出查找並發現問題，如說「檢查安全設施」、「醫生仔細為患者檢查病情」。

查問 chá wèn　調查詢問或追問，力圖發現真相　反覆～｜這件事必須～清楚｜再三～事件的經過。

◉【查詢】chá xún
◉【盤問】pán wèn

「查問」語意較重。「查詢」語氣比較婉轉，如說「查詢航班信息」、「查詢氣象資料」。「盤問」多用於對有疑點的人，如說「盤問俘虜」、「盤問過路行人」。

察覺 chá jué　發現；看出真實情況　對此早有～｜他竟然會～不出妻子的異常｜那人的意圖早被大家～了。

◉【發覺】fā jué
◉【發現】fā xiàn

「察覺」指敏銳地發現一些祕密的、不易為人所知的事情。「發覺」指開始知道，初次了解，如說「剛發覺錶已經停走了」、「我才發覺電池裝反了」。「發現」突出通過視覺知曉或通過研究揭示，如說「發現新材料」、「我發現他長得挺英俊」。

剎那 chà nà　表示時間極短　一～就不見了。

◉【瞬息】shùn xī
◉【霎時】shà shí
◉【頃刻】qǐng kè

「剎那」原為佛教用語，指「一閃即逝」，形容時間極短。「瞬息」形象較具體，指跟眨一下眼、呼吸一口氣一般短的時間，如說「瞬息萬變」、「瞬息間發生了巨大變化」。「霎時」也說「霎時間」，如說「霎時間陰雲密佈」。

姹紫嫣紅 chà zǐ yān hóng　形容色彩艷麗好看的花叢　春天的花園～。

◉【萬紫千紅】wàn zǐ qiān hóng

「姹紫嫣紅」多形容大片的多姿多彩的花叢。「萬紫千紅」除了描繪花卉外，還可比喻事物的豐富多彩，如說「家鄉的建設呈現出萬紫千紅的喜人局面」。

差 chà　（質量、水平等）不好；低劣　這產品質量太～｜老人最近身體很～，需要好好調養一陣。

◉【好】hǎo　質量～｜他身體～，能力也強。

差勁 chà jìn　（能力、質量等）低下；差　他處理問題的能力很～｜這人的素質太～，人們都不願跟他來往。

◉【優秀】yōu xiù　他曾創作過非常～的作品｜他是～的技術人才。
◉【精良】jīng liáng　裝備十分～｜這件藝術品做工～｜這幅作品採用了非常～的裝裱工藝。

詫異 chà yì　感到很驚奇訝異　他的決定令人十分～。

圓【驚奇】jīng qí

圓【驚訝】jīng yà

圓【驚異】jīng yì

圓【驚詫】jīng chà

圓【駭異】hài yì

「詫異」屬於書面語，兼有「驚奇」和「驚異」的意味。「驚奇」突出因特殊、少見而出現的內心情態，強調奇，如說「對她的這些改變，大家都十分驚奇」。「驚訝」多用於口語。「驚異」突出異，如說「久居山裏的孩子們驚異地看着他手中的相機」。「驚詫」、「駭異」都屬於書面語。

拆 chāi　1. 拆除　～房｜儘快把違規建築～了｜咱不能老是做這種東牆補西牆的事情。

囫【建】jiàn　～新屋｜～橋修路｜那房子是三年前～的。

2. 把整體的東西分開　～卸｜這孩子一上午都在玩拼拼～～的遊戲｜她常把舊毛衣～了重新再織。

囫【搭】dā　～建｜在屋裏～了一個小閣樓。

囫【裝】zhuāng　窗框沒～上玻璃｜車上～了功能齊全的音響設備。

拆除 chāi chú　拆毀、除去（建築物等）　～舊門｜只用了一個晚上就把所有路障～了｜他們打算～圍牆，在原地建造綠化帶。

囫【安裝】ān zhuāng　大暑天～空調的人增加了許多倍｜我的電腦需要～最新的防毒軟件。

囫【修建】xiū jiàn　大樓～工程｜地鐵的～速度出乎人們預料｜希望工程每年都要～幾十所學校。

囫【建造】jiàn zào　～高速公路｜打算～智慧化科技樓。

拆穿 chāi chuān　也說「戳穿」。揭露，使隱蔽的內容、意圖暴露出來　～西洋鏡｜他們的陰謀終於被～了｜這樣的騙局總有一天會被～的。

囫【掩飾】yǎn shì　～錯誤｜再～也擺脫不了尷尬的結局｜～不住自己的感情。

囫【遮蓋】zhē gài　他們竭力～事故真相｜這件事看來無法～了。

囫【遮掩】zhē yǎn　他盡力～他的真實目的。

「拆穿」用於揭露不好的事情，多用於口語。「掩飾」一般為貶義詞，指想辦法遮掩住不好的一面。

拆散 chāi sàn　使人或部門、機構分開　親人被～｜將這支隊伍～後重組｜殘酷的戰爭～了無數幸福的家庭。

囫【撮合】cuō hé　身邊的人都有意～他們倆｜這樁買賣是我給他們～成的。

囫【歸攏】guī lǒng　把零散之物～來｜災後家庭成員又～在一起了。

囫【組合】zǔ hé　～在一起｜決定重新～這兩個分公司。

「拆散」的對象是原在一起的或有親情關係的人，也用於完整的部門及機構。

拆台 chāi tái　使用手腕使事情不能順利進行或使他人下台　別給自己人～｜這事你別去～，讓他們自己處理。

反【補台】bǔ tái　拆台容易～難｜已到這地步了，只有想辦法～了。

反【捧場】pěng chǎng　初次登台少不了要人～｜我朋友的店今天開張，我定要去～。

「拆台」用於貶義，多採用破壞的手法。「補台」有補救之意，想方設法修補原先已搞砸了的狀況。

拆卸 chāi xiè　把完整的東西拆掉並取下零部件　把汽車的前蓋～下來｜警察在～定時炸彈上的計時器。

反【裝配】zhuāng pèi　他自己～了一台電腦｜車間的工人們正夜以繼日地～那台機器。

反【組裝】zǔ zhuāng　這台空調是國內～的｜～一台精密儀器需要很多人的配合。

差遣 chāi qiǎn　分派有關的人外出（做事）　不服從～｜隨時聽候～。

同【派遣】pài qiǎn

「差遣」突出差使，指上級對下級分派工作，屬於書面語。「派遣」比較鄭重，強調命令的強制性，涉及的多為政府、機關團體等的公事。

摻和 chān huo　使混在一起　你別在這裏瞎～｜別把黃泥和沙～在一起。

同【摻雜】chān zá

「摻和」強調使不同的東西混為一體；有時有故意攪和、添麻煩的意思。「摻雜」強調把幾種性質不同的東西混雜起來，適用範圍較廣，如

説「這酒摻雜了水」、「別把不同的種子摻雜在一起」。

孱弱 chán ruò　（身體）瘦弱，虛弱　他自小身體～｜近親繁殖多半會產下～的後代。

反【強壯】qiáng zhuàng　一場大病使他～的身體垮了下來｜他雖然上了年紀，但身體仍然十分～。

讒言 chán yán　挑撥離間或詆譭他人的話　尋隙進～｜你可不要輕信那種～。

反【忠言】zhōng yán　良藥苦口，～逆耳｜他總是在別人意氣用事的時候～告誡。

產生 chǎn shēng　出現新的事物　～誤會後應該及時溝通｜～副作用｜～巨大影響｜～無窮的力量。

同【發生】fā shēng

同【出現】chū xiàn

「產生」突出在已有的事物中生出新的，對象可以是矛盾、影響、變化、作用等，也可以是英雄、文字、作品等具體的人或者事物。「發生」指出現原來沒有的，不用於具體的人和物，如説「發生事故」、「發生轉折」、「藥沒發生作用」、「發生技術故障」。「出現」多用於口語，如説「出現新式手機」、「市場上出現一些假冒商品」。

反【消亡】xiāo wáng　舊事物～｜舊制度的～是歷史的必然趨勢｜許多古老的民族文化在現代文明的影響下～了。

⟨反⟩【消失】xiāo shī　那些可疑的跡象
～了｜他滿面的愁容終於～了。

剷除 chǎn chú　完全清除；消滅

～雜草｜～社會醜惡現象｜～邪惡勢
力。

⟨同⟩【根除】gēn chú
⟨同⟩【革除】gé chú

「剷除」指用鏟子去除，對象可以是
抽象的，也可以是草、木、上、石
等。「根除」指連根除去，強調徹底
消滅，對象多為抽象事物，如說「根
除陳腐思想的影響」。說去除「病
根」、「禍根」時，多用「剷除」。「革
除」的對象還可以是職位，如說「革
除市長職位」、「這幾名貪官全被革
除了職務」。

⟨反⟩【培植】péi zhí　～花木新品種｜大
面積～杉樹苗｜這是人工～的淡水珍
珠。

⟨反⟩【扶植】fú zhí　～親信｜～傀儡｜
熱心～新生事物｜大力～落後地區的
經濟開發。

諂媚 chǎn mèi　用卑賤的態度取

悅人　你別一味～上司｜他歷來不屑
那種～話語。

⟨同⟩【諂諛】chǎn yú
⟨同⟩【討好】tǎo hǎo

「諂媚」、「諂諛」屬於書面語，口語
中多用「討好」。

闡發 chǎn fā　說明；講述並據

此引申發揮　～真諦｜他的講話深刻
地～了活動的意義。

⟨同⟩【闡明】chǎn míng

⟨同⟩【說明】shuō míng

「闡發」重在發，指在說清楚的基礎
上加以發揮。「闡明」突出將一般人
不易明白的道理或事情說清楚，多
用於事理、思想、觀點、規律等，
如說「闡明客觀規律」、「闡明關鍵
所在」、「必須闡明利害關係」。「說
明」多用於對一般問題、事件的解
釋，如說「詳細說明使用方法」、「說
明事情的來龍去脈」。

闡述 chǎn shù　分析說明並加以

敘述　系統～論文要點｜發言人清楚
地～了我方觀點。

⟨同⟩【論述】lùn shù

「闡述」強調述的過程，是對問題作
有條理的解釋和說明，如說「辯論雙
方先後闡述了自己的觀點」。「論述」
突出邊論邊述，如說「他在會上對這
個問題進行了全面論述」。

顫動 chàn dòng　急速、短促而

頻繁地抖動　門窗都在～｜全身～不
已。

⟨同⟩【顫抖】chàn dǒu
⟨同⟩【打顫】dǎ chàn
⟨同⟩【哆嗦】duō suo
⟨同⟩【發抖】fā dǒu
⟨同⟩【戰抖】zhàn dǒu
⟨同⟩【戰慄】zhàn lì

「顫動」可用於人或物。「顫抖」突出
抖動，用於因受驚、痛苦、激動而
不由自主地發生抖動，如說「緊張
得顫抖了起來」。「哆嗦」指因外界
刺激而身體顫動，適用範圍較廣，

如說「冷得直哆嗦」。「發抖」用於因為害怕、生氣或受寒冷而身體顫動，適用範圍較廣。「戰抖」突出因害怕或寒冷而身子發抖、哆嗦，屬於書面語，如說「渾身不斷地戰抖」。「戰慄」用於因驚恐害怕而哆嗦，語意較重，屬於書面語，如說「全身戰慄不已」。

昌盛 chāng shèng

興旺；發達
繁榮～｜經濟逐漸～｜建設～的家鄉。

同【繁盛】fán shèng
同【興隆】xīng lóng
同【興盛】xīng shèng
同【興旺】xīng wàng

「昌盛」指經濟或事業蓬勃發展，前途廣闊，屬於書面語，多與「國家」、「繁榮」等詞搭配。「興隆」突出盛大發達，生意發展，如說「企業興隆」、「這家小店生意興隆」。「興盛」突出繁榮發展的景象，多用於國家、事業等，如說「舉國上下到處是一片興盛的景象」。

猖獗 chāng jué

囂張兇猛；十分放肆　謠言～｜匪徒活動極其～｜終於抓獲了～一時的偷盜團伙。

同【猖狂】chāng kuáng
同【瘋狂】fēng kuáng

「猖獗」多比喻急速發展至狂妄放肆的禍害，程度很重。「猖狂」適用範圍較窄，用於敵人的行動，多與「進攻」、「挑釁」、「迫害」等詞搭配，如說「猖狂進攻」、「你們別太猖狂了」、「那伙盜賊猖狂不了多久了」。「瘋狂」突出理智失常，像發瘋一樣

做事，如說「瘋狂報復」、「瘋狂購物」、「瘋狂叫囂」。

長 cháng

1. 空間距離遠的　～途運輸｜放～線釣大魚｜這輛車的車身特別～。
反【短】duǎn　～兵相接｜～跑道滑冰運動員。
2. 時間長久的　～壽｜年累月｜音樂會結束後，觀眾報以～時間的掌聲。
反【短】duǎn　～～一個星期｜長痛不如～痛｜～時間內這種狀況不會改變。
3. 某一方面突出的優點或特長　～處｜靠自己的一技之～在外面闖生活。
反【短】duǎn　～處｜揭人不揭～｜善於取長補～｜揚長避～。

長處 cháng chu

某方面的特長；優秀之處　各有各的～｜充分發揮自己的～｜善於篆刻是他的～。

同【優點】yōu diǎn

「長處」突出比別人強，與「短處」相對。「優點」突出本身表現出色，與「缺點」相對，如說「應保持優點」、「她的優點是謙虛好學」。

反【短處】duǎn chu　別總是掩飾自己的～｜正視自己的～是明智的｜要以寬容和忍耐的態度對待別人的～。
反【缺點】quē diǎn　改正～｜努力克服自身的～｜那人最大的～就是驕傲。

長久 cháng jiǔ

很長時間　～的心願｜這種混亂狀況不會～的｜他們

並沒有～打算｜老人～地注視着那幅油畫。

同【悠久】yōu jiǔ
同【久長】jiǔ cháng

> 「長久」適用範圍較廣，所指的時間可以是客觀的、絕對的，也可以是說話人的主觀感覺。「悠久」有相距時間非常久遠的意思，多用於文化、歷史、傳統等，如說「歷史悠久」、「悠久的華夏文明」。「長久」可指過去的時間或將來的時間，如說「這件事將長久留存在我心中」。「悠久」一般只能指過去的時間。

反【短暫】duǎn zàn　時光～｜～的逗留｜人的一生實際上是非常～的。
反【短促】duǎn cù　警報器發出～的鳴叫｜地下室傳來～的呼救聲｜病人的呼吸愈來愈～。
反【片刻】piàn kè　～不離｜休息～｜～之間變化萬千｜錄音設備還沒有安裝好，請稍等～。

長眠 cháng mián　指人死亡的婉轉說法　～在青山中｜這裏～着幾十名犧牲的將士。

同【長逝】cháng shì

> 「長眠」含有說話人對死者的敬仰和思念之情。「長逝」突出死者與人世永遠分離，帶有惋惜意味，如說「溘然長逝」、「因病長逝」。

長命 cháng mìng　生命很長　祝您老人家身體健康，～百歲。

同【長壽】cháng shòu

> 「長壽」書面色彩較濃。兩詞搭配有

所不同，如說「長命百歲」、「健康長壽」、「長壽老人」、「研究長壽之謎」。

長年 cháng nián　一年到頭　～累月｜～堅持鍛煉｜為生活操勞｜老人～臥病在牀。

同【常年】cháng nián
同【終年】zhōng nián

> 「長年」突出整個一年都如此或一年又一年、年年連續不斷。「常年」指長期，突出經常，如說「常年早出晚歸」、「老人常年得不到照顧」、「那座小島常年有大風」；還指平常的年份，如說「當地棉花常年產量低」、「今年春天的氣溫比常年低一些」。「終年」強調在一年的時間之內，如說「終年缺水」、「終年不回家」、「終年在野外考察」。「終年」還指人去世時的年齡，如說「老人終年86歲」。

長篇大論 cháng piān dà lùn
滔滔不絕的言論或篇幅極長的文章　他的～，我已經拜讀了｜他還在～地演講，聽眾差不多要睡着了。

反【三言兩語】sān yán liǎng yǔ　我寫報告喜歡～，簡明扼要｜他不愛說話，最多也就是～而已｜～就能說清楚的話請不要搞得那麼複雜。

長期 cháng qī　長時間內　～在野外作業｜這是老人們～積累下來的經驗｜你～堅持鍛煉一定可以見效。
反【短期】duǎn qī　～訪問｜這是一種～行為｜今年夏天他們要回校作～進修。

長壽 cháng shòu　壽命長　～老人｜健康～是人們對老人的美好祝願。

⟨反⟩【短命】duǎn mìng　他的大哥三十歲時染上時疫，不幸～死了。

長於 cháng yú　在某方面有特長或做某事做得特別好　～音樂製作｜～文學創作｜～經濟案件的辯護。

⟨同⟩【善於】shàn yú

⟨同⟩【擅長】shàn cháng

> 「長於」突出在某一範圍內比別人強，多用於技能。「善於」多用於行為，多要與動詞連用，如說「善於狡辯」、「善於調解矛盾」、「善於討價還價」、「在商業競爭中善於捕捉機會」。「擅長」是形容詞，多突出個人能力、特長，如說「擅長繪畫」、「他很擅長編故事」、「這是他擅長的工作」。

長遠 cháng yuǎn　（未來的）時間跨度長　目標～｜正在制訂～規劃｜必須注重～利益｜大家一致認為對此作～考慮。

⟨同⟩【久遠】jiǔ yuǎn

> 「長遠」多用於現在至將來的時間，與「眼前」、「暫時」相對。「久遠」可用於回憶過去，如說「追溯那個久遠的故事」、「那首久遠的歌依舊在耳邊回響」，也用於對將來的期望，如說「留給人們的享受將會更加久遠」。

⟨反⟩【眼前】yǎn qián　～利益｜有一項重要任務｜～雖然一無所成，但將來可成大器。

⟨反⟩【當前】dāng qián　～急需的｜既要有長遠的計劃，又要有～的合理安排。

常常 cháng cháng　次數很多，且間隔很短，重複發生　最近他～遲到｜這批學生～受到表揚。

⟨同⟩【經常】jīng cháng

⟨同⟩【時常】shí cháng

⟨同⟩【時時】shí shí

⟨同⟩【往往】wǎng wǎng

> 「常常」突出出現次數相當多，語意較重。「時常」強調的是有些時候常發生，如說「他倆時常為此事爭得面紅耳赤」。「經常」突出多次，如說「他經常熬到深夜」、「近來他經常去圖書館」；還指連接不斷的、有規律的行為，如說「做練習是學生的經常作業」。「時時」是口語，強調次數多，但一般不用於不好的事情，如不說「時時遲到」、「時時挨批評」，而說「時時準備上場」、「時時想起那件事」等有正面意義的事。「往往」多用於過去出現的具有規律性的事，不用於未來的事情，如說「他往往一忙就不吃早飯」、「他往往深夜一點才睡覺」。

⟨反⟩【偶然】ǒu rán　他～也會去公園走一走。

⟨反⟩【偶爾】ǒu ěr　他～會來看看｜他們倆～也會發生一些口角。

常規 cháng guī　長期實行的為一般人所遵循的規矩　～做法｜打破～｜按～，護士不能直接給病人開藥。

⟨同⟩【慣例】guàn lì

⟨同⟩【通例】tōng lì

「常規」強調慣常奉行的規矩，如說「常規管理」、「護理常規」。「慣例」是已經被公眾接受和承認的做法，如說「根據國際慣例」、「按照商業運作的慣例」。「通例」與「特例」相對，指在較大範圍內通用的做法，如說「按照國際通例執行」。

常見 cháng jiàn
經常見到　積極預防～病｜此地～有老人清晨打太極拳。
反【罕見】hǎn jiàn　人跡～｜～的氣候｜這是一種～的病症。

常例 cháng lì
一般的、常常有的例子　按～，這件事應交給市場部處理。
同【慣例】guàn lì

「常例」指通常情況下如此，如說「戰無常例」、「文體不拘常例」。「慣例」突出因常常如此而變得通常，如說「當天任務未完成就不下班，這早已是我們的慣例」。

常設 cháng shè
非臨時的、相對固定設立的　～部門｜～機構。
反【臨時】lín shí　～機構｜～接待人員｜戰後成立了～政府。

「常設」多用於組織、機構等。

償還 cháng huán
歸還所欠的債務　前年的貸款都已～｜所欠下的血債定要～。
反【借貸】jiè dài　～無門｜有能力～卻無能力償還。

場合 chǎng hé
一定的地點、時間、情況等　外交～｜正式～｜你說話要注意～｜他最近沒在公開～露過面。
同【場所】chǎng suǒ

「場合」指人的一定的活動地方。「場所」可以是人活動的地方，如說「公共場所」、「娛樂場所」，也可指動物活動的地方，如說「森林和曠野是各種動物生活的場所」。

場面 chǎng miàn
事物在一定場所或環境下表露出的情況　～很紅火｜慶典的～｜婚禮的～｜運動會開幕，～十分壯觀。
同【局面】jú miàn

「場面」突出較為具體的事情的情況。「局面」強調抽象、宏大的情況，如說「政治局面」、「鬥爭局面」、「動盪的社會局面」。

敞開 chǎng kāi
1.完全打開　～院門｜～衣襟。
同【洞開】dòng kāi
反【關閉】guān bì　工廠大門緊緊地～着｜機場因大霧～了三個小時。
2. 沒有限制地放開　～門戶｜價格都已經～。
同【放開】fàng kāi

「敞開」可指具體事物或抽象事物，如說「敞開心扉」、「敞開懷抱」。「洞開」多用於具體事物，如說「深夜宿舍大門竟然洞開着」。「放開」突出沒有任何限制和束縛，如說「放開手腳大幹一場」。

3. 不隱瞞；徹底露出　他難得對人～心扉｜各位可以～思想來討論｜～了說話其實是一件很痛快的事情。

⑫【隱藏】yǐn cáng　～罪證｜無法～其險惡用心｜他竭力～自己的不良動機。

敞亮 chǎng liàng　寬闊明亮　心頭～｜～的健身房。
⑯【明亮】míng liàng

> 「敞亮」、「明亮」都有亮堂、看得清楚的意思，都可引申為心中明白。「敞亮」突出寬敞而明亮，「明亮」多指光線充足，如說「燈光明亮」、「小屋不很明亮」。「明亮」還指發亮，如說「一雙明亮的眼睛」。

倡導 chàng dǎo　帶頭提倡　～新文化｜積極～綠色消費｜～健康的生活方式。
⑯【提倡】tí chàng

> 「倡導」強調帶頭實行，並積極鼓動別人，突出引導、指導的意思，用於褒義。「提倡」強調提出的意思，如說「提倡文明用語」、「為了環保不提倡使用一次性餐具」。

悵然 chàng rán　心中因不如意而不愉快　～若失｜再度失之交臂，令人～。
⑯【悵惘】chàng wǎng
⑯【惘然】wǎng rán
⑯【迷惘】mí wǎng

> 「悵然」語意較輕，屬於書面語。「悵惘」語意較重，如說「神情悵惘」、「小說的結局給她帶來無限的悵惘」。「惘然」突出失意，如說「惘然若失」。「迷惘」突出不明白、不理解或失去方向，語意較重，如說「我無法忘記戰亂中孩子們迷惘的眼睛」。

⑫【欣然】xīn rán　～赴宴｜～答應了大家的請求｜～接受了邀請。

暢快 chàng kuài　心中舒暢愉快，稱心如意　心情～｜這事辦得實在～。
⑯【舒暢】shū chàng
⑯【痛快】tòng kuài

> 「暢快」突出舒心順意，含有因為滿意而感到高興的意味，屬於書面語。

⑫【煩悶】fán mèn　跟他在一起真讓人～｜感覺～的話，最好出去走一走｜他最近心情～，不希望有人打擾。
⑫【鬱悶】yù mèn　難以排解的～｜天氣不好的時候容易感到～。

暢通 chàng tōng　能順利地通行　從蘇州到上海，路上～無阻｜病人排泄系統不太～｜報告遞上去後，一路～，幾天就批下來了。
⑫【堵塞】dǔ sè　交通～｜管道～｜必須～審計不嚴等各種漏洞。
⑫【阻塞】zǔ sè　信息～｜路上已～半個小時了｜那裏放了許多廢舊物品，把通道給～了。

暢想 chàng xiǎng　自由自在、不受拘束地展開聯想　春天～曲｜～美好的明天。
⑯【遐想】xiá xiǎng

C

兩詞一般可以互換。「暢想」突出思路開闊、無拘無束地發揮想像，含有快樂地想像的意味。「遐想」只強調思路不受拘束，如說「大膽的造型引起無限遐想」。

暢銷 chàng xiāo　（商品）受到歡迎，出售很快　～商品｜～全國｜這個型號的彩電不太～｜這款數碼相機目前非常～。

⊗【滯銷】zhì xiāo　庫存的貨品多數已～｜這些打折的衣服多半是～產品。

抄襲 chāo xí　把別人的作品或語句抄來（當做自己的作品）　～別人文章是不道德的。

⊜【剽竊】piāo qiè

「抄襲」語意比「剽竊」輕，強調照原樣將別人的文章等搬用到自己的作品中當成自己，適用範圍較廣。「剽竊」帶有明顯的感情色彩，表示說話人極其鄙視的態度，如說「抵制剽竊」、「竟然剽竊別人的研究成果」。

抄寫 chāo xiě　照原來的文字寫下來　～文稿｜請重新～一遍｜必須認真～清楚。

⊜【抄錄】chāo lù

⊜【繕寫】shàn xiě

⊜【謄寫】téng xiě

「抄寫」適用範圍較廣，可用於各種文字性資料的書寫。「抄錄」突出記錄的意思，如說「抄錄筆記」、「抄錄當日牌價」、「派人抄錄同類商品的價格」。「繕寫」、「謄寫」都屬於書面語。

超出 chāo chū　多出或越過一定的範圍　～規定｜噪音已～標準｜考試～了課本內容｜盈利大大～預計。

⊜【超過】chāo guò

⊜【超越】chāo yuè

⊜【逾越】yú yuè

「超越」兼有超出和越出的意思，指突破原有束縛，語氣較強，如「超越自我」、「超越前人」。「逾越」屬於書面語，多用於否定，如說「難以逾越」、「不可逾越」、「無法逾越的鴻溝」。

超前 chāo qián　超越當前的　～消費｜要～發展，必須有～意識。

⊗【落後】luò hòu　觀念～｜必須改變當地～的狀況｜他的思想從不～於人。

「超前」多用於觀念、意識等。

超羣 chāo qún　（才能、學識等）超過一般水平　智力～｜～的實力｜寺內武僧的功夫個個～。

⊗【一般】yì bān　成績～｜這批畢業生的能力～｜電影上映後，公眾的反應很～。

超支 chāo zhī　支出（的錢款）超出了計劃　大量～會給公司帶來不良後果｜今年的預算很緊，可能會～。

⊗【節餘】jié yú　他當家以後，每月都有～｜～了不少資金｜希望年終可以稍有～。

⊗【盈餘】yíng yú　公司的財政預算每一項都不能刪減，又怎可能有～？

朝 cháo

1.向着；從一點向另一點移動　請～前走一步｜人們喜歡坐北～南的房子｜他艱難地～前方走去。

同【向】xiàng
同【往】wǎng

> 「朝」多與表示方向、地點的詞搭配，不用於抽象的活動，也不放在動詞之後。「向」適用範圍較廣，如說「向東走去」、「飛向南方」、「向優秀者學習」。「往」多表示方向性移動，如說「水往低處流」、「列車馳往西部」、「軍隊開往前線」。

反【背】bèi　這屋子～光｜名字請寫在～面｜他們已彈盡糧絕了，只好～水一戰。

2. 朝廷；官府　在～當官｜等候上～｜～野震動。

反【野】yě　下～｜在～。

潮濕 cháo shī

水分含量較多的　剛下過雨，地面很～｜～的地下室裏有一股霉味｜那裏一年四季空氣都比較～。

反【乾燥】gān zào　當地氣候很～｜孩子～的嘴唇不停地翕動着｜～的土地上，枯黃的莊稼隨風沙沙的作響。

嘲諷 cháo fěng

嘲笑諷刺　辛辣地進行～｜詩人把貴族們狠狠地～了一番。

同【嘲笑】cháo xiào
同【譏嘲】jī cháo
同【譏笑】jī xiào
同【諷刺】fěng cì
同【譏刺】jī cì
同【譏諷】jī fěng

> 「嘲諷」兼含嘲笑、諷刺之義，指不僅嘲弄而且挖苦別人，語意較重。「嘲笑」突出對對方的缺點進行詩大並引以為笑，語意較輕，如說「不能嘲笑別人的生理缺陷」；還含有開玩笑的意味，如說「她總是嘲笑我這身過時的服裝」。「譏笑」語意較重，如說「你別譏笑他」、「他就怕別人譏笑」。「諷刺」突出用比喻、誇張等手法作批評嘲笑，語意較重，如說「諷刺浮誇作風」、「高度評價小說的諷刺意義」。「譏刺」屬於書面語，如說「譏刺時政」。「譏諷」程度比「譏刺」輕，如說「她被那幾個人譏諷的話語傷害了」。

吵鬧 chǎo nào

(大聲地)爭吵；擾亂　～不休｜這幾個孩子～了一整天｜環境過於～，根本無法學習。

反【安靜】ān jìng　這小區很～｜手術室內需要保持絕對～｜一堂～的討論課肯定是失敗的。

反【清靜】qīng jìng　耳朵不好，耳根也就相對～一點了｜這孩子老在那裏吵鬧，讓人沒法子～。

> 「吵鬧」突出大聲地、不顧別人地爭執或擾亂。

吵嚷 chǎo rǎng

胡亂叫喊　不要大聲～｜那伙人一直在～｜～了半天，也沒想出甚麼有用的辦法來。

同【喧嚷】xuān rǎng

> 「吵嚷」指一個或幾個人為某事大聲爭論、叫喊。「喧嚷」指眾人大聲、雜亂地叫喊，如說「這麼小的事，為何要大肆喧嚷」。

車載斗量 chē zài dǒu liáng　指數量相當多　他家的藏書很多，完全可以用～來形容｜他這樣的人～，算得上甚麼人才。

反【鳳毛麟角】fèng máo lín jiǎo　這種民間手藝早已失傳，略知一二的人也是～。

扯謊 chě huǎng　為矇騙人、遮掩真相或搪塞事實而故意說不真實的話　胡亂～｜你不應譁眾。

同【說謊】shuō huǎng

同【撒謊】sā huǎng

> 「扯謊」包括漫無邊際地亂說的意思，語意較重，如說「輿論猛烈抨擊那份扯謊的報告」。「說謊」、「撒謊」多用於個人行為。

撤防 chè fáng　撤除用於防禦的軍隊、工事等　因兵力不足，這裏要～｜為了顧全大局而迅速～｜剛才接到了上級的～命令。

反【佈防】bù fáng　在城下～｜加緊～，爭取在演習開始前一週結束準備工作。

反【設防】shè fáng　加緊～｜決定不再在此～｜不～的城市。

撤離 chè lí　撤退離開　火速～現場｜接到命令後官兵們陸續～了駐地｜當地政府幫助災民安全～災區。

反【進駐】jìn zhù　部隊急速～營地。

撤退 chè tuì　（軍隊）退出陣地；退出所佔之地　為保全實力而全線～｜奉命～到後方去。

反【進攻】jìn gōng　全面～｜客隊突

然在主隊門前發起～｜在我方的猛烈～下，敵軍開始敗退。

撤消 chè xiāo　也寫作「撤銷」。取消；除去　他被～了職務｜～多餘的辦事機構｜畢業前，學校～了對他的處分。

同【取消】qǔ xiāo

> 「撤消」突出下令取消，有正式收回的意思，一般適用於上級對下級，對象多是職務或法律條文，適用範圍較窄。「取消」表示讓原定的事情不發生或使權利、資格等不再存在，如說「取消約會」、「取消團體優惠」。

反【成立】chéng lì　～新機構｜～學生詩社是大多數學生的願望。

反【設立】shè lì　～臨時機構｜按預定步驟～工作委員會。

反【建立】jiàn lì　～合作關係｜在當地～新的工業基地。

反【保留】bǎo liú　若有不同意見可以～｜～原有制度中的合理部分。

撤職 chè zhí　被除掉職務　他因瀆職而被～｜多名官員被～查辦。

同【免職】miǎn zhí

> 「撤職」強調因犯錯而被撤消職務。「免職」適用範圍較廣。

反【復職】fù zhí　最近他～了，還做原來的工作。

徹夜 chè yè　通宵；一整夜　～未眠｜～工作｜為了這項工程他常常～伏案。

同【通宵】tōng xiāo

「徹夜」指一整個夜晚的所有時間，只用在動詞之前。「通宵」可以修飾動詞和名詞，前面還能加數量詞，如說「通宵服務」、「你別通宵看影碟」、「他熬了幾個通宵才完成」。

沉 chén　1. 沉入水中　破釜～舟｜石～大海｜小船慢慢地～到了河底。
〖反〗【浮】fú　漂～｜水面上～着垃圾山｜下水後他一直～在水面上。
2. 分量重　這袋東西相當～｜～甸甸的果子掛在枝頭上｜他今天步子很～，大概有甚麼不開心的事情。
〖同〗【重】zhòng

「沉」多形容具體東西，「重」可用於比喻，形容抽象事物，如說「情深意重」、「心理負擔過重」。

〖反〗【輕】qīng　病了很久，腳步有點～｜飄飄｜他～手～腳地出去了｜這個包裹沒有裝太多東西，所以很～。
3. 降落；下陷　這樓的地基在下～｜這幾天沒有風，所以灰塵都～在地面了。
〖反〗【升】shēng　熱氣球～空而去｜初～的太陽如同一個絢麗的火球般耀眼。
4.（程度）深　～睡｜～痛｜～醉不醒。
〖反〗【淺】qiǎn　交情還很～｜她只是～～一笑。

沉甸甸 chén diān diān　形容很沉重　枝頭～的果實真是誘人｜這包袱～的，不知道裝了甚麼東西｜那些事情沒有落實，老人心裏總是～的。
〖反〗【輕飄飄】qīng piāo piāo　説話別

那麼～｜看他走路的樣子～的，好像隨時都會倒下去。

「沉甸甸」可指東西的分量很重，也可以指心情有壓力，覺得負擔很重。「輕飄飄」可指實物重量，亦能指心情等。

沉澱 chén diàn　液體中難以溶解的物質落到容器底部　瓶底有一層～物｜泥沙～下去，水就變得清澈了。
〖反〗【漂浮】piāo fú　水面上～着幾片枯樹葉｜空氣中～着許多二氧化硫顆粒。

沉寂 chén jì　沒有聲響；十分安靜　～的港灣｜夜晚的～被突然的騷擾打破了｜他的發言使得～一片的會場熱鬧了起來。
〖同〗【寂靜】jì jìng
〖同〗【沉靜】chén jìng

「沉寂」突出從鬧到靜變化後的狀態，多用於形容環境；也可指失去音信，如說「那歌星沉寂五年後又復出了」。「寂靜」突出狀態很平靜，如說「寂靜的夜晚」。「沉靜」語意較輕，還可以形容人的性格、神態等，如說「那孩子向來沉靜少言」。

〖反〗【喧鬧】xuān nào　～不已｜那兒不時傳來～的聲音｜深夜，～了一天的都市仍然不能安靜下來。

沉靜 chén jìng　沒有聲音；平靜　～的小屋｜～的女孩｜人羣終於～了下來。
〖反〗【喧鬧】xuān nào　～了一上午｜店門口擠滿了～的人羣。

C

反【喧騰】xuān téng　～的工地｜本來～的礦山因這突然的變故而沉寂下來｜舉國上下一片～，歡慶這美好的節日。

反【喧嘩】xuān huá　法庭內不得～｜突如其來的～打破了醫院原有的平靜。

沉悶 chén mèn　（氣氛等）使人感到壓抑；不暢快　討論會空氣很～｜他的出現使大家都感到很～。

反【爽朗】shuǎng lǎng　秋天的天氣一直很～｜人們都喜歡他那～的性格｜走廊傳來一陣～的笑聲。

反【舒暢】shū chàng　心情特別～｜好消息令人感到～｜他家的日子一直過得很～。

反【活躍】huó yuè　讓孩子們做遊戲可以～氣氛｜她的性格很～，容易跟人打成一片。

沉湎 chén miǎn　深陷於不良的生活習慣等而無力自拔　千萬不要～於酒色｜別讓孩子～在網路遊戲中｜丈夫～於賭桌，妻子苦苦相勸。

同【沉溺】chén nì

同【沉淪】chén lún

「沉湎」多用於過分或不正當的娛樂，屬於書面語。「沉溺」可用於一般的生活行為、不良習慣和悲哀、回憶等感情活動，如說「別整天沉溺於網吧」、「沉溺在痛苦的回憶中」。「沉淪」用於指陷在痛苦、罪惡的境地之中，如說「別讓他在毒品中沉淪」、「就此沉淪下去。」

沉沒 chén mò　沒入水中　東西

都～在河裏了｜他們還沒找到那艘渡輪～的地方。

反【漂浮】piāo fú　河邊有不少～的雜物｜他們幾個人正在打撈～的雜物。

沉默 chén mò　不説話，不出聲　她～了片刻又説起來｜大伙兒互相對視，陷入了～｜他甚麼也不想説，只是一個人～着。

同【緘默】jiān mò

同【默然】mò rán

「沉默」突出有人在場而不説話並顯得十分安靜。「緘默」屬於書面語，如説「保持緘默」。「默然」多與動詞連用，如説「她只看了一眼就默然離開」、「兩人默然相視」。

沉睡 chén shuì　睡得很熟　～不醒｜對一個～中的人説再多的話也沒用。

反【甦醒】sū xǐng　春天萬物都～了｜他終於從昏迷中～過來。

沉思 chén sī　認真專心地思考　～許久｜他一旦陷入～之中，便留意不到身邊狀況｜人們冷靜地～歷史。

同【深思】shēn sī

「沉思」側重於思考的神態和程度，強調安靜、專心致志地想事情。「深思」突出對某件事情進行深入、細緻的思考，如説「事故原因值得大家深思」。

沉痛 chén tòng　深切的悲痛　～悼念犧牲的戰友｜懷着～的心情瞻仰烈士陵園｜事故對所有的人來説都是～的。

反【快樂】kuài lè　同學們都祝他生日～｜擁有一個～的童年真是一件幸事。

反【愉快】yú kuài　一陣～的笑聲｜晚會上，學生們～地跳起了舞。

沉毅 chén yì　沉着而不慌張　～果敢｜～堅定｜表情相當～。
同【沉着】chén zhuó
同【鎮靜】zhèn jìng

> 「沉毅」除了指待人處事不慌不忙外，還指性格堅強，在困難面前不退縮。「鎮靜」強調處事不慌，如說「鎮靜自若」。「沉着」突出處事鎮靜，多與「機智」、「勇敢」等詞連用，如說「沉着自信」、「他在火災現場沉着地指揮」。

沉重 chén zhòng　分量或負擔很重；程度比較深　～的擔子｜心情一下子～起來｜一再遭受～的打擊｜他們為此付出了～的代價。
同【笨重】bèn zhòng
同【繁重】fán zhòng
同【深重】shēn zhòng

> 「沉重」可指物體的重量；也可形容心理狀態。「笨重」不僅指分量重，也指不靈便不輕巧，如說「應淘汰那笨重的鐵梯」。「繁重」突出複雜而且量大，常與「工作」、「任務」等詞搭配，如說「教學任務繁重」、「他多年來承擔了繁重的工作」。「深重」不用於具體事物，常與「災難」、「危機」、「罪惡」、「情義」等詞搭配，如說「危機深重」、「陷入深重的災難」。

反【輕鬆】qīng sōng　～上陣｜一陣～愉快的歌聲打斷了他的思路｜考完試以後，大家打算到郊外去～一下。

反【輕快】qīng kuài　音樂節奏很｜一直困擾的問題解決了，腳步也就～多了｜幾段～的舞曲讓會場的氣氛活躍了許多。

沉着 chén zhuó　情緒冷靜平定；不慌亂　～應戰｜～面對眼前的一切｜～應對棘手問題。
反【慌張】huāng zhāng　他神色～地跑了過去｜很少看到他臉上有～的表情｜如此～會導致甚麼事情都做不好。

反【慌忙】huāng máng　他～回到自己的座位上去｜他～從錢夾中掏出錢遞給那人｜聽到空襲警報，他們～躲進了地窖。

反【慌亂】huāng luàn　腳步～｜人們～地互相擁擠｜她不知不覺地坐過了站，於是在匆忙和～中下車。

反【倉皇】cāng huáng　賊人～出逃了｜歹徒見狀～逃竄。

反【急躁】jí zào　脾氣不要那麼～｜人～的時候往往會出亂子｜落後之下，下半場隊員們明顯地更加～了。

沉醉 chén zuì　1. 被麻醉的程度很深　～如爛泥｜～於美酒之中｜那人竟會～於毒品之中不能自拔。
反【清醒】qīng xǐng　他剛睡醒，頭腦還不太～｜目前老人家的神智仍不很～｜等他～過來時，才發現自己還躺在地上。
2. 比喻沉浸在某種良好的氣氛之中　人們～在歡樂的海洋中｜這般良辰美景讓人不由得～其中。

C

@【陶醉】táo zuì

> 「沉醉」多用於比喻，語意較重。「陶醉」強調對眼前的情景覺得很滿足，如說「孩子甜甜的笑臉讓他陶醉」。

⊘【清醒】qīng xǐng　應～地審視當前的處境｜～的頭腦是取得勝利的保障。

陳 chén　經歷時間久；不新鮮；舊的　～腐｜～規｜～酒｜～年舊事｜新～代謝。

@【舊】jiù

> 「陳」多指所經歷的時間長，失去了原有的功效，已不適合目前的要求。「舊」口語中常用。

⊘【新】xīn　～衣服｜～舉措｜推陳出～｜～手機型號剛上市就被搶購一空了。

⊘【鮮】xiān　時令～菜｜～魚活蝦｜～冰箱裏還有兩盒～奶。

陳腐 chén fǔ　（思想、觀念等）陳舊、腐朽　～的禮節｜故事內容～｜必須摒棄這種～觀念。

@【陳舊】chén jiù

> 「陳腐」不僅指不合時宜，還突出性質很壞，應該堅決摒棄。「陳舊」強調不新鮮，已經過時，可用於具體事物或抽象事物，如說「小說題材陳舊」、「拋棄陳舊的意識」、「衣服款式相當陳舊」。

⊘【清新】qīng xīn　文風～｜他用～動人的筆觸謳歌時代的新氣象｜他帥氣、單純，就像一股～的風。

⊘【新奇】xīn qí　～的視角｜一味追

求～｜從貧困的小山村來到城鎮，看甚麼都覺得～。

陳舊 chén jiù　過時而不合時宜的　他的觀念過於～｜～的方法是產生不出新東西來的。

@【陳腐】chén fǔ

⊘【新鮮】xīn·xiān　～的水果｜大家都在聽他講外面的～事。

⊘【清新】qīng xīn　這首新詩風格～｜新房裝飾得～雅致。

⊘【新穎】xīn yǐng　款式～的手袋｜他繪畫的筆法極其～｜昨晚的音樂會藝術構思精巧～，節目編排也別具匠心。

⊘【嶄新】zhǎn xīn　客廳裏放着一套～的音響設備｜他的研究成果為大家提供了～的思路。

陳設 chén shè　擺放物品　～藝術品｜～得簡潔而雅致｜客廳～得過於豪華。

@【擺設】bǎi shè

> 「擺設」突出按一定的審美觀點陳列、擺放或佈置物品，以供他人或自己觀看，欣賞。「陳設」突出陳列、擺放出來，如說「櫥窗裏陳設着閃閃發光的寶石」。

陳述 chén shù　條理分明地說　把理由～清楚｜在法庭上～事實｜法官耐心地向她～了利害關係。

@【陳說】chén shuō
@【述說】shù shuō

> 「陳述」強調客觀、不帶感情傾向地將要說的內容清楚地講述出來。「陳

説」多包含主觀色彩，用於表述個人的意見、觀點、看法等，如説「受害者向媒體陳説了事情的經過」、「他還沒向大夫陳説病情」。

晨曦 chén xī　早晨初現的陽光

他迎着東方明亮的～走向曠野。

(反)【暮靄】mù ǎi　沉沉楚天闊｜～籠罩着田野。

「晨曦」、「暮靄」都屬於書面語。

趁便 chèn biàn　也説「乘便」。

順便，不是特意的　你去書店時，～給我買本詞典。

(同)【乘便】chéng biàn
(同)【順便】shùn biàn

「趁便」突出趕上和抓住時機，隱含抓緊時間，提高辦事效率的意思。「乘便」強調抓緊有利時機開展活動，如説「出差時我乘便遊覽了當地名勝」。

(反)【專程】zhuān chéng　～拜訪｜公司總裁下個月將～赴日本考察｜很多市民～趕到報社遞交建議。
(反)【特地】tè dì　她～對此作了説明｜這是～為您做的菜｜他～取樣請專家進行了鑒定。
(反)【特意】tè yì　～邀請您出席｜這個活動是～為了吸引內地遊客而舉辦的｜老師～將學生的座位作了調整。
(反)【專門】zhuān mén　政府～制定了優惠政策｜他～給大家講了辦事流程｜這是一場～為災區募捐而舉行的義演。

趁勢 chèn shì　順着有利形勢（做）

～發起進攻｜～衝出重圍｜抓住機遇，～而上｜當地產品～進入市場。

(同)【順勢】shùn shì

「趁勢」突出主動抓住時機並加以運用。「順勢」突出自然地順着事物發展的趨勢進行，如説「醫學上有順勢療法」、「目前股價順勢反彈」。

稱心 chèn xīn　合乎心意　～如

意｜這套衣服買得很～｜難得有件令人～的事情。

(同)【順心】shùn xīn

「稱心」強調覺得合乎心意。「順心」側重做事順利，沒有遇到麻煩，如説「天氣很好，做事起來也格外順心」。

襯托 chèn tuō　烘托；附在別的

人或物旁，以突出那一方　加以～｜藍天～着白雲。

(同)【陪襯】péi chèn
(同)【烘襯】hōng chèn
(同)【烘托】hōng tuō

「襯托」強調以某事物作對照，使要説明的事物顯得突出，如説「用綠葉襯托紅花」。「陪襯」突出陪，指一般事物陪着主要事物，如説「紅花需要綠葉的陪襯」。「陪襯」還指陪襯的事物，作名詞使用，如説「在劇中當陪襯」、「她成了主角的陪襯」。

稱道 chēng dào　稱讚、讚揚　值

得～｜區區小事，不足～。

(反)【批評】pī píng　作自我～｜大家～

你是為了你好｜大家對此提出了尖銳的～。

稱呼 chēng hu

1. 叫，指用某個名稱來說事物、集體或人　他～我大哥｜現在怎麼～女性，真是個問題。

回【稱說】chēng shuō

2. 當面招呼時用的表示彼此關係的名稱　時髦的～｜他對這個～不滿意。

回【稱謂】chēng wèi

「稱呼」適用範圍較廣，可用於非正式的場合。「稱謂」指由於親屬或其他方面的相互關係，以及身份、職業等而得來的名稱一般不能隨意改動，如說「稱謂比較複雜」、「對教師的稱謂隨時代的發展有了變化」。「稱說」多用於正式場合，如說「人們常用美麗的字眼來稱說梅花」。

稱許 chēng xǔ

稱讚；讚許　一致～她出色的表演｜得到眾人的～｜值得～的設計方案。

回【讚許】zàn xǔ

「稱許」語意較輕，多用於具體的行為、方法等。「讚許」指認為很好而加以肯定，屬於書面語，如說「此方案得到大家讚許」。

稱譽 chēng yù

對美好事物高度肯定　～一時｜牡丹被～為「百花之王」。

回【稱讚】chēng zàn
回【誇獎】kuā jiǎng
回【讚美】zàn měi
回【讚歎】zàn tàn

回【讚譽】zàn yù

「稱譽」突出對人或事物高度評價，有「給予榮譽稱號或高度評價」的意思。「稱讚」比較口語化，如說「大加稱讚」、「稱讚他們勇於創新的精神」、「大家一致稱讚那個孩子聰明能幹」；也可用於書面。「誇獎」多用於口語，對象一般為人。

稱讚 chēng zàn

對某人或某事說好話；讚揚　他的優秀品格受到一致～｜老師時常～學生的創造能力｜有的人經得起批評，卻經不起～。

反【責備】zé bèi　大加～｜別給孩子太多的～｜你不要一味～部下。

成功 chéng gōng

將計劃的事情圓滿完成；取得預定的結果　試驗終於～了｜～地解決問題｜這次會談取得巨大～｜～地塑造了英雄的形象。

反【失敗】shī bài　～是成功之母｜飛船升天是由無數次～作基礎的。

反【落空】luò kōng　計劃～｜敵人的陰謀～了｜我怎麼會次次都～？

成果 chéng guǒ

工作或事業上取得的好的結果　～輝煌｜舉行科技～展覽。

回【結果】jié guǒ
回【後果】hòu guǒ

「成果」是褒義詞。「後果」多含貶義，如說「你應承擔一切後果」、「沒想到會有如此嚴重的後果」。「結果」是中性詞，如說「盼望出現好結果」、「做了兩年也沒一個結果」。

成績 chéng jì （學習或工作）取得的成果及收穫 ～優異｜取得好～｜全市治污～比較突出｜有的人很喜歡誇耀自己的～。

同【成就】chéng jiù

同【造詣】zào yì

「成績」指學習或工作上取得的收穫，適用範圍較廣。「成就」是褒義詞，多指在事業上取得了不同一般的成果，如說「獲得重大成就」、「工程建設成就喜人」；還可作動詞，如說「希望自己能儘早成就一番事業」。「造詣」一般指個人在學術、藝術、技能或研究等方面達到的程度，多用「深」、「高」等詞修飾，屬於書面語。

反【錯誤】cuò wù 這篇文章在論證上～百出｜這個嚴重～導致了可怕的後果。

反【缺點】quē diǎn 正視自身的～｜從一開始就有難以克服的～。

反【過失】guò shī 做事難免有～。

成見 chéng jiàn 對人或事物先入為主的、定型了的意見 老李對網路～很深｜不能帶着～看問題｜小王對老張有～。

同【偏見】piān jiàn

「成見」強調對人或事物的意見、看法固定，不易改變。「偏見」強調所持的意見、看法不正確或不全面，如說「對頑皮的孩子不應該抱有偏見」。

成立 chéng lì （組織、機構等）籌備成功後正式存在；宣佈建立 ～

航天興趣小組｜他們～了一個專案組。

同【設立】shè lì

「成立」的適用對象一般為組織、機構等；也可用於某個意見、理論等站得住，如說「這個論點完全可以成立」。「設立」的對象為根據規定、要求或上級指示而存在的團體機構等，如說「這家百貨公司設立了四個門市部」。

反【解散】jiě sàn ～議會｜就地～這支隊伍。

反【撤銷】chè xiāo 經投票～了這項議案｜～他擔任的一切職務｜～重疊的機構是這次改革的一個重大步驟。

成品 chéng pǐn 已加工完成的、可出售的產品 她買了許多半～｜提高產品的～率是今後生產的一個重要目標。

反【廢品】fèi pǐn ～回收｜他們夫婦一直以收購～為生｜努力降低生產過程中的～率。

成熟 chéng shú 形容人或事已經發展完善 他考慮問題還不太～｜希望年輕人早日～起來｜經過幾次反覆，這個方案已經相當～了。

反【幼稚】yòu zhì 你的想法太～了｜別看他長得五大三粗，其實還很～｜你太～了，這種好事怎麼可能輪到我們頭上呢？

反【稚嫩】zhì nèn ～的嗓音｜你現在還太～了點｜他～的嘴角上稍稍長了些絨毛樣的鬍子。

「成熟」原指植物生長完成，如說「莊稼已經成熟」。

成效 chéng xiào
功效；好的效果　～甚微｜經濟改革取得一定～｜該地區治污～明顯｜卓有～。

🔘【功效】gōng xiào
🔘【收穫】shōu huò
🔘【效果】xiào guǒ

「成效」語意較重，多用於重大事件。「功效」用於具體事物，適用範圍較窄，如說「該療法功效卓著」、「該藥品毫無功效」。「收穫」原指取得的成熟農作物，多比喻得到的經驗、成績等，如說「這次學術交流會收穫頗豐」、「到外地看看會有很大的收穫」。「效果」多指好的結果，如說「他試用了新藥，覺得效果不錯」。

成心 chéng xīn
故意地、特意地（做）　別～為難她｜～干擾對方｜他是～和大家過不去。

🔘【故意】gù yì

「成心」多含有「對某人有成見而存心報復」的意思，是貶義詞。「故意」只表示有意識地做某事情，如說「他故意躲在門後嚇唬她」、「他故意放慢速度以便跟她拉開距離」。

🔴【無意】wú yì　～之中發現了桌上的碟片｜我本～冒犯你，還請多多原諒｜你若真的～於此，可以跟我明說。
🔴【無心】wú xīn　～戀戰｜言者～，聽者有意｜你雖然是～的，可他卻不這樣想。

呈現 chéng xiàn
顯現出；表現出；清楚地露出　經濟～快速增長的勢頭｜春天的大自然～出勃勃生機｜大街上～出一片節日的氣氛。

🔘【出現】chū xiàn
🔘【顯現】xiǎn xiàn
🔘【閃現】shǎn xiàn
🔘【浮現】fú xiàn

「呈現」多用於狀態、景象、顏色等，屬於書面語。「出現」強調原來沒有，現在產生了，如說「這個花瓶瓶口出現了裂縫」、「天邊出現了曙光」、「兩個人之間出現了矛盾」。「閃現」是一瞬間出現後很快便消失，如說「腦中閃現出一個陰險的念頭」、「那個場面在眼前閃現了一下」。「浮現」多用於人的形象、印象、表情等，如說「他的臉上浮現出笑容」；也指過去經歷的事情，在腦內顯現，如說「往事一一浮現在眼前」。

🔴【消逝】xiāo shì　歲月～｜永不～｜往日的風采～淨盡｜烏雲一點點地～了。

承擔 chéng dān
負擔起；承受　開拓新市場要～一定風險｜她獨自～全部費用｜他們公司～着沉重的壓力。

🔘【承當】chéng dāng
🔘【擔當】dān dāng
🔘【擔負】dān fù

「承擔」一般指較為重大的任務、責任或者數額較大的費用等。「承當」指接受並擔當，多用於責任或職務，如說「自願承當」、「承當經理一職」。「擔當」的對象多是艱巨的工作、重大的責任或者風險，詞義比「擔負」重，如說「擔當着許多任務」、「擔當起重要角色」、「警察

擔當起節日執勤的任務」。「擔負」指擔起來，沒有勇敢承當的意思，多與「費用」、「任務」、「義務」等詞搭配。

反【推脫】tuī tuō　～責任｜無論發生甚麼都不要互相～｜我們多次邀請他，他都藉故～了。

反【推卸】tuī xiè　無法～的職責｜他把事故的責任～得一乾二淨｜子女不應～贍養老人的義務。

承認 chéng rèn
對自己的言行不否認　～罪行｜他勇敢地在眾人面前～了錯誤｜～也好，不～也好，事實總是事實。

反【否認】fǒu rèn　～過錯｜他一再～事實真相｜每次問他，他都矢口～，真拿他沒辦法。

反【否定】fǒu dìng　～了一切｜你別對甚麼都持～態度。

反【抵賴】dǐ lài　～罪責｜他雖然百般～，還是無法逃脫罪責。

反【狡賴】jiǎo lài　無恥～之徒｜他的～絲毫不起作用｜企圖用～躲過懲罰。

承上 chéng shàng
承續、連接上面　這段文字起到了很好的～作用。

反【啟下】qǐ xià　每一代人都擔負着承上～的責任。

承受 chéng shòu
承擔、接受；禁受　～壓力｜～孤獨｜坦然～自己釀成的苦果。

同【接受】jiē shòu

同【禁受】jīn shòu

「承受」含有考驗意志、力量的意思，對象多是不好的情況。「接受」適用範圍較廣，接受者一般處於主動，接受的對象可以是好的或者壞的人、事、物等，如說「接受禮物」、「接受任務」、「默默地接受了這個不幸的事實」。「禁受」語意比「承受」輕，如說「禁受得住」、「實在禁受不起」。

反【施加】shī jiā　～影響｜別再給孩子～壓力了。

承襲 chéng xí
繼承、沿用舊的或傳統的方法　這家藥房～了祖上的經營模式｜藝術上一味～是沒有出路的｜這首詩一定程度上～了古人的風格。

反【創新】chuàng xīn　力求～｜有～意識才會有～行動｜改革～才是企業立足於市場的根本。

反【創造】chuàng zào　～財富｜共同努力，～美好的未來。

城 chéng
城市　～鎮｜～鄉結合｜這樣一件小事怎麼會鬧得滿～風雨呢？

反【鄉】xiāng　發展～鎮旅遊｜入～隨俗，客隨主便。

城市 chéng shì
人口與建築物集中、工商業發達、非農業人口為主要居民的地方　～人口不斷增加｜加快～建設步伐。

反【農村】nóng cūn　近年來～人口有所減少。

反【鄉村】xiāng cūn　這個從～來的小伙子仍然保持着早起的習慣｜～美麗的田園風光使人陶醉。

程度 chéng dù

文化、教育、知識、能力等在一定時期內所達到的高度　文化～較高｜自動化～很高｜只是中等～而已。

⊜【水平】shuǐ píng
⊜【水準】shuǐ zhǔn

「程度」突出在事物的發展過程中處於一定的位置，多用於文化、認識、教育等；也表示事物發展變化所處的狀態，如說「高興的程度」、「緊張的程度」、「興奮的程度」。「水平」指事物跟一定的標準相比所處的位置，主要用於指在某一專業方面所達到的高度，如說「鼓勵人的水平很高」、「他下棋的水平數一數二」。「水準」屬於書面語，如說「生活水準提高了」、「對藝術水準的評價沒有統一的尺度」。

誠懇 chéng kěn

態度真實而懇切　待人～｜這些意見非常～｜她以～的話語打動了眾人。

⊜【誠實】chéng shí
⊜【懇切】kěn qiè
⊜【誠心】chéng xīn
⊜【誠信】chéng xìn
⊜【老實】lǎo shi

「誠懇」多用於態度、說話等。「誠實」多用於人的品性，如說「誠實本分」、「他是個誠實的孩子」。「懇切」多用於言辭、要求和態度等，如說「懇切的目光」。「誠心」多用於勸告、行動，如說「如果你誠心想買的話，價錢可以商量」。「誠信」原指做生意要講究誠實並遵守信用，現可用於指社會信用道德和真誠態度，如說「誠信可靠」、「缺乏誠信」、「應以誠信為本」。「老實」多用於對待工作、組織、他人的態度，如說「說老實話或做老實事」、「老實交代」。

⊝【虛偽】xū wěi　為人別如此～｜他說話的樣子怎麼那麼～｜時間長了，～的人總會讓人識破的。

誠然 chéng rán

當然　人多～好，但關鍵還是在於團結。

⊜【固然】gù rán

「誠然」表示承認某個事實，一般須跟表示轉折的關聯詞相呼應，屬於書面語。「誠然」還有確實的意思，如說「經調查後證實，真相誠然如他在警局所招供的那樣」。

誠實 chéng shí

思想與行為一致；說的跟做的、想的一致　他從小就養成了～的好品格。

⊝【虛偽】xū wěi　～的人總是讓人生厭｜聽了他那些～的話，我身上雞皮疙瘩都起來了。
⊝【奸猾】jiān huá　不能跟這個～的人共事｜那些～的不法商人總想鑽法律的空子。
⊝【虛假】xū jiǎ　～廣告｜做人、做學問都來不得半點～。

「誠實」多用於形容人的品行，用於褒義。

誠摯 chéng zhì

真摯誠懇　態度～｜～的目光｜致以～的謝意。

⊜【真誠】zhēn chéng

同【誠懇】chéng kěn
同【真摯】zhēn zhì

「誠摯」多用於人的感情、神態，適用範圍較窄。「真誠」突出真心、誠實，不虛偽，如說「為人真誠」、「困境中顯示出真誠」。「真摯」突出情感真切深厚，如說「真摯的感情」、「真摯的情誼」。

澄清 chéng qīng　把混淆的事情弄清楚　～事實｜～責任｜真相得到～｜刊登～公告｜我們個人的恩怨可以不計較，但是非曲直一定要～。

同【廓清】kuò qīng

「澄清」突出主觀上將事實說清楚。「廓清」強調將不正確的觀點清除掉，屬於書面語，如說「廓清思路，謀求發展」。「澄清」還指清亮，如說「湖水澄清」。

反【攪渾】jiǎo hún　他把事情～了｜剛剛弄明白的事又被那幾個人給～了。

反【混淆】hùn xiáo　～是非｜善惡界限不能～｜那真是一個黑白顛倒、是非～的世界。

懲辦 chéng bàn　對錯誤行為或犯錯誤的人進行懲罰　對搶劫犯必須嚴加～｜～違反法律者。

同【懲處】chéng chǔ
同【懲罰】chéng fá
同【懲治】chéng zhì
同【處罰】chǔ fá
同【處分】chǔ fèn
同【責罰】zé fá

「懲辦」指按規章制度進行必要的懲戒，語意較重。「懲處」突出懲治處罰，屬於書面語，語意較重，如說「加大懲處力度」、「受到法律的嚴厲懲處」。「懲罰」適用範圍較廣，可用於小過錯或嚴重的罪行，如說「從重懲罰」、「用留堂懲罰他的遲到」、「得到應有的懲罰」。「懲治」強調用一定的手段對犯錯的人或壞人實施懲戒，屬於書面語，如說「懲治叛徒」、「懲治毒品偷運者」。「處罰」強調給犯錯誤者或犯罪者以應有的懲戒，如說「處罰肇事者」、「處罰參與賭博的人」、「那人終於受到處罰」。「處分」語意較輕，如說「處分了幾個打架的學生」、「對曠課的學生應給以必要的處分」、「因事故責任公司處分了他」。「責罰」語意較輕，強調言語責備，如說「不要責罰幼兒」、「破壞環保的人應受到責罰」。

懲處 chéng chǔ　處罰；懲罰　從嚴～｜依法～罪犯。

反【表揚】biǎo yáng　他的言行受到老師和同學們的一致～。

反【表彰】biǎo zhāng　最近要召開大會｜公司將會對所有有功人員進行～。

反【獎勵】jiǎng lì　設立～基金｜物質～與精神～並重。

懲罰 chéng fá　處置、懲辦　～屢教不改者｜他的罪惡行徑終將受到～。

反【獎勵】jiǎng lì　司法機關～了舉報之人｜政府～了研製中心的有功人員。

反【表彰】biǎo zhāng　慶功大會上～
了獲獎的運動員。

逞強 chěng qiáng　力量不足卻
刻意顯示自己能力強　～好勝｜不要
一味～，否則弄壞了身體就不值了。

反【示弱】shì ruò　不甘～｜他的性格
大伙兒都知道，就是強手面前決不～。

> 「逞強」用於貶義。「示弱」有多帶刻
> 意的意思，屬中性詞。

吃苦 chī kǔ　經受艱苦　～耐勞｜
具有～精神｜他從小就不怕～。

同【受苦】shòu kǔ
同【受罪】shòu zuì

> 「吃苦」含有心甘情願經受考驗、經
> 歷磨難的意思。「受苦」是遭受痛苦
> 的意思。「受罪」突出經受折磨，也
> 指遭遇不愉快的事。

反【享樂】xiǎng lè　～主義｜慣於～
｜別過於貪圖，那樣會一事無成。

反【享受】xiǎng shòu　他是個～慣了
的人｜不要一味追求～｜努力工作的
人也應懂得～生活。

吃虧 chī kuī　1. 受到損失或傷害
他這個人甚麼都不肯～｜寧可自己
～，也要把大家的事情做好。

反【上算】shàng suàn　還是走路去～
些｜那樣做其實很不～｜我覺得燒煤
氣比燒煤～｜你別事事都想着～不
～。

反【划算】huá suàn　東西買得很～｜
雖然多費了點時間，可想想還是很～
的。

2. 在某方面條件不利　考試的時候，

我的聽力會比較～｜這次比賽我們隊
在身高上～了。

反【便宜】pián yi　高個子去打籃球就
佔～了｜他外語水平高，得了不少～。

吃力 chī lì　1. 花費很多的力氣、
精神；困難　他學習起來真的很～｜
跟他那種人說話實在太～了｜我看這
件事情有一點～不討好。

反【省力】shěng lì　這事辦起來既省
錢又～｜把方法說清楚了，大家可以
～一些｜那根本不是你該做的事情，
你還是～點吧。

2. 身體感到很疲乏、困倦　老人～地
往前走｜開了幾天夜車，回家後～得
都不想說話了。

反【輕鬆】qīng sōng　有你的幫助，
我真是～多了｜這份工作對你來說～
得很｜他的行李最少，所以也就最～。

反【省勁兒】shěng jìnr　騎自行車比
走路～｜用工具比用手～｜你管那麼
多幹甚麼，不會～休息一下？

痴呆 chī dāi　智力低下；很傻　～
兒｜這好像是老年～｜經過那些變
故，他幹活時總有點～的樣子。

反【聰慧】cōng huì　～過人｜這個人
看上去就是個～敏捷的人｜天資～的
孩子實在讓人羨慕。

痴情 chī qíng　男女之間深切的
戀情　～不改｜一片～。

反【薄情】bó qíng　棒打～郎｜他雖
～，我卻不能寡義｜想不到他是個如
此～的人。

弛 chí　放鬆；鬆開　～緩｜～懈｜
鬆～｜～而不張。

反【張】zhāng　～弓放箭｜形勢劍拔弩～｜有～有弛。

弛緩 chí huǎn　和緩；不緊張

交談時氣氛～｜見到這樣的場面，他～下來的心情又緊張了起來。

反【緊張】jǐn zhāng　考試的時候你不要太～｜雙方形成了一對峙的局面｜老師一點到他的名字，他就～起來了。

反【緊迫】jǐn pò　時間很～｜這項任務十分～，必須加緊組織人手進行。

持久 chí jiǔ　時間延續長久　這

種藥的藥效比較～｜政治～穩定是經濟持續發展的重要保障。

反【短暫】duǎn zàn　在當地～停留後還要去北方｜兩國領導人進行了～的會晤｜我跟他只有過～的接觸，不能算很了解。

反【短促】duǎn cù　病人的呼吸愈來愈～｜他說話的聲音～有力。

持續 chí xù　連續；不停歇　～

增產｜～發展｜爭論～了很久｜雨～下了好幾天。

同【繼續】jì xù

同【連續】lián xù

同【延續】yán xù

「持續」強調動作連續不斷，中間不停。「繼續」強調連下去，可能有間斷，如說「繼續探討」、「休息十分鐘後繼續上課」。「連續」突出動作或某種情況一個接着一個，如說「電視連續劇」、「報紙在連續報道該事件」。「延續」強調跟原來一樣延長下去，如說「會談延續了兩個小時」。

反【中斷】zhōng duàn　合作～｜信號～｜～外交關係｜如果～了水電供應，後果不堪設想。

持重 chí zhòng　穩重；沉穩　冷

靜｜他雖然年輕，但看為人老成～。

同【穩健】wěn jiàn

同【穩重】wěn zhòng

「持重」突出處事穩妥得體，不慌不忙，屬於書面語。「穩健」突出辦事沉着有力且有分寸，如說「步伐穩健」、「穩健可靠」、「投資前做好穩健踏實的調查」。「穩重」突出做事有分寸，老練沉着，也形容人的性格作風，如說「穩重與時尚並存的手機款式」、「選拔剛毅穩重的人士承擔這一重任」。

反【浮躁】fú zào　你的性情太～了｜別那麼～，急功近利。

反【輕率】qīng shuài　說話～｜作決定不能如此～｜這件事情你們處理得過於～了。

反【冒失】mào shi　那樣做顯然過於～了｜～的言行將鑄成大錯。

馳騁 chí chěng　騎着馬飛快地

奔跑　縱橫～｜～疆場｜～曲壇。

同【馳驅】chí qū

「馳騁」突出跑得極有氣勢，多用於比喻。「馳驅」強調騎馬往前衝，多用於文藝作品，如說「騎着駿馬在荒野上馳驅」。

馳名 chí míng　聲名傳得很遠　～

中外｜～全國｜桂林山水～天下。

同【馳譽】chí yù

同【聞名】wén míng

「馳名」的適用對象一般為商品、地方、團體等。「馳譽」的適用對象多為個人或產品，如說「他如今已馳譽藝壇」、「此品牌馳譽四海」。

遲 chí　時間晚；慢　事不宜~｜雖是個~來的好消息，但仍讓人感到欣慰。

反【早】zǎo　~到的同學往後坐｜他有事，要~走一步｜我~就料到事情不會那麼順利。

遲到 chí dào　到達時間比原定的晚了　上課~會影響其他同學聽課｜這個~的消息讓人興奮不起來。

反【早退】zǎo tuì　你又遲到，又~，究竟怎麼了？

遲鈍 chí dùn　反應不快；動作緩慢　他今天如此~，似乎有甚麼心事｜那幾個人反應都比較~｜沒有養成思考的習慣，大腦就會變得愈來愈~。

反【機靈】jī ling　他可真是個~鬼｜那個~的孩子一轉身就不見了。

反【靈敏】líng mǐn　嗅覺相當~｜他反應~，馬上就跟蹤而去｜這台精密儀器的~度很高。

反【敏感】mǐn gǎn　他是個~的人｜你不要那麼~，否則身邊的人壓力太大。

反【敏捷】mǐn jié　身手~的警察立刻制服了歹徒｜和思維~的人一起探討問題真是一種享受。

反【敏銳】mǐn ruì　思想非常~｜他~的目光可以看透一切｜一個領導者應該具有~的洞察力。

「遲鈍」多指思想、感官、動作等不靈敏。

遲緩 chí huǎn　（行動）緩慢；不迅速　舉止~｜行動~｜工程進展~。

同【緩慢】huǎn màn

「遲緩」重在遲，突出時間因為動作的緩慢而仿佛被拉長，具有形象感，屬於書面語。「緩慢」突出動作比較慢，如說「行動緩慢」。

反【敏捷】mǐn jié　快速~｜身手~的運動員創造出了一項佳績。

反【迅速】xùn sù　~出擊｜經濟~發展｜這些事必須~處理，否則後果不堪設想。

遲疑 chí yí　猶豫不決；拿不定主意　~不決｜別再~了，不然就會錯失良機｜他~再三，還是沒有採納大家的建議。

同【躊躇】chóu chú

同【猶疑】yóu yí

同【猶豫】yóu yù

「遲疑」突出處理事情不果斷，不能很快作出決定。「躊躇」多用於人的行動、舉止、神情，屬於書面語，如說「躊躇不決」、「別再三躊躇」、「來人躊躇地搔着頭皮」。「猶豫」側重反覆思考而無法決定，如說「猶豫再三」、「他毫不猶豫地衝了進去」。「猶疑」突出心中有疑問而難以作出判斷，如說「她總在關鍵時刻徘徊猶疑」。

反【果斷】guǒ duàn　處理問題要迅速~｜經理精明~的作風給人留下了深

刻的印象｜警察立即採取～行動，避免了一起事故的發生。

遲滯 chí zhì　緩慢；不通暢　人流～，一時難以疏散。

(反)【通暢】tōng chàng　高架路修好後，道路就～多了｜對外交流的渠道必須保持～｜你這病是血脈不～引起的。

侈靡 chǐ mí　也寫作「侈糜」。奢侈浪費　生活～｜～的宮廷生活。
(同)【奢侈】shē chǐ
(同)【奢靡】shē mí

> 「侈靡」突出追求過度享受，屬於書面語。「奢侈」適用範圍較廣，語意較輕，如說「拒絕奢侈消費」、「這酒完全是一種奢侈品」、「你這樣做也太奢侈了」。「奢靡」多用於生活作風，如說「追求奢靡的生活」、「浮華奢靡的裝飾風格」。

侈談 chǐ tán　誇大而不切實際地談論　～理想｜～前途。
(同)【奢談】shē tán

> 「侈談」屬於書面語，突出不切實際、誇誇其談。「奢談」強調說得太多而做得太少，並不切實際，如說「生活都有困難還奢談甚麼出國旅遊」、「沒有科學的方法還奢談甚麼社會進步」。

恥辱 chǐ rǔ　名譽方面受到的侵害；可恥的事情　蒙受～｜這真是天大的～｜遭受～時尤其要知道如何自處。

(同)【羞恥】xiū chǐ
(同)【羞辱】xiū rǔ

> 「恥辱」語意較重，指因被人輕視或污辱而覺得難以忍受，適用對象可以是個人、集體或國家、民族。「羞恥」語意較輕，指因聲譽受損而難為情，如說「感到羞恥」、「竟然不覺得羞恥」。「羞辱」可作名詞或動詞，如說「被人羞辱了一頓」、「失利時所受的羞辱讓他銘刻在心」。

(反)【光榮】guāng róng　這是我們大家的～｜屬於勤奮努力的人。
(反)【光彩】guāng cǎi　全家人都因此而覺得很～。
(反)【榮譽】róng yù　～只能說明過去｜～面前要保持冷靜的頭腦｜人們把極大的～給了這個一心為民的公僕。

叱罵 chì mà　大聲責罵　竟然為這點小事～不已｜別當着外人的面～小孩子｜冷落、刁難和～伴隨着他。
(同)【斥罵】chì mà
(同)【責罵】zé mà
(同)【斥責】chì zé
(同)【叱責】chì zé
(同)【責備】zé bèi

> 「叱罵」突出毫無顧忌地大聲責罵，語意較重。「叱責」突出大聲而尖銳地進行叱呵，如說「當面叱責」、「叱責佣人」、「大聲叱責」。「斥罵」多用於非正式場合，話語一般比較粗野、放肆，如說「怒聲斥罵」、「遭到對方無理斥罵」。「斥責」強調抨擊、責罵的言辭比較激烈，多用於正式場合，不包含大聲的意思，如

說「別斥責部下」、「受到嚴厲的斥責」。「責備」語意較輕，用於一般批評，如說「遭到責備」、「責備那些人不負責任」、「他連聲責備自己的粗心」。

赤手空拳 chì shǒu kōng quán

兩手空空，沒有可依靠使用的東西 ～打天下｜老人就這樣～制服了歹徒。

反【荷槍實彈】hè qiāng shí dàn　～的侵略者闖進了村莊｜街上站滿了～的警察。

赤心 chì xīn　忠誠之心　～相待｜～之人｜～報國。

同【丹心】dān xīn

「赤心」較為常用。「丹心」文藝色彩更濃。

熾烈 chì liè　溫度很高；旺盛熱烈　誰都能感受到他對愛人～的情感｜～的火勢正在逐步地向東南方蔓延。

反【冰冷】bīng lěng　考察隊員們冒着凜冽的寒風，艱難地行進在～的雪地上。

「熾烈」多突出感情非常強烈，氣氛非常熱烈。

熾熱 chì rè　酷熱；非常熱烈　陽光～｜～的故鄉情懷｜～的地帶。

同【灼熱】zhuó rè

「熾熱」突出溫度極高，多用於氣溫；也可用於指情感程度極高，如說「懷

着熾熱的情感投入戰鬥」。「灼熱」指具體物質很燙，溫度高到火燒般，熱程度更高，如說「灼熱的鐵板」、「灼熱的煉鋼爐」。

充當 chōng dāng　擔當某種身份或職務　～傀儡｜～間諜｜～主角｜～劊子手。

同【充任】chōng rèn

「充當」的適用對象可以是個人或團體。「充任」只用於個人，如說「充任經理」、「充任班長」。

充分 chōng fèn　1. 足夠　～信任｜對事物必須有～的認識，這樣才能有的放矢。

同【充足】chōng zú

反【不足】bù zú　思想準備～｜原料嚴重～。

反【缺乏】quē fá　這種推理～理論依據｜他們在辦事過程中最～的就是冷靜的頭腦。

2. 使達到最大程度　必須～利用時間｜眾人的積極性得到～調動。

同【充沛】chōng pèi

同【充足】chōng zú

同【充實】chōng shí

「充分」多與「理由」、「信心」、「準備」、「發揚」、「發揮」等詞搭配，多用於抽象事物。「充沛」指數量充足而旺盛，多與「精力」、「雨量」等詞搭配，如說「雨量充沛」、「精力十分充沛」、「充沛的工作熱情」。「充足」表示數量足夠，多與「理由」、「力量」等詞搭配，如說「儲備充足」、「充足的養料」、「屋內

光線很充足」、「必須提供充足的證據」。「充實」指裏面不空，多與「精神」、「內容」等詞搭配，如說「生活很充實」；還作動詞，表示使某事物加強，如說「這篇文章內容再充實一下就更好了」。

⟨反⟩【不足】bù zú　思想準備～｜原料嚴重～。

⟨反⟩【缺乏】quē fá　這種推理～理論依據｜他們在辦事過程中最～的就是冷靜的頭腦。

充滿 chōng mǎn
填滿、充實；充分具備　～矛盾｜～信心｜～青春活力｜會場～了笑聲。

⟨同⟩【充斥】chōng chì

⟨同⟩【充溢】chōng yì

⟨同⟩【充盈】chōng yíng

「充滿」適用範圍較廣。「充溢」多用於文藝描寫，如說「笑聲充溢林間」、「晚會充溢着快樂的氣氛」、「心頭充溢着喜悦之情」。「充盈」多用於文藝描寫，屬於書面語，如說「充盈着濃郁的文化氛圍」。「充斥」含貶義，對象是壞的或消極的東西，如說「屋後充斥垃圾」、「別讓低俗小説充斥出版市場」。

充實 chōng shí
1. 充足；豐富實在　小説內容～，很有生活氣息｜他們每天的生活很平淡，也很～。

⟨反⟩【空虛】kōng xū　那些人精神上其實很～｜沒有信仰的人思想很～｜即使這樣虛張聲勢，也掩蓋不住他內心的～。

⟨反⟩【貧乏】pín fá　～的語言無法表達豐富的情感｜這個國家的礦產資源極其～。

2. 使變得充足，使得到加強　～國庫｜及時～基層的力量｜年輕人也要不斷～自己的知識。

⟨反⟩【削弱】xuē ruò　～勢力範圍｜因為內耗不斷，抵抗自然災害的能力被大大地～了。

「充實」多指所含內容或人員、物力的配備等。

充裕 chōng yù
充足富裕；有節餘　時間還很～｜經濟條件比較～｜資金～是項目可以從容進行的保證。

⟨同⟩【富餘】fù yú

⟨同⟩【富裕】fù yù

⟨同⟩【富有】fù yǒu

⟨同⟩【寬餘】kuān yú

⟨同⟩【寬裕】kuān yù

⟨同⟩【富足】fù zú

「充裕」強調很多、很充分，多用於時間、資金、商品等。「富裕」突出財物豐富，多指生活水平高，如說「家庭不太富裕」、「日子過得挺富裕」。「富有」指大量地擁有，除財產外還用於精神方面，如說「精神上很富有」。「富餘」指多而有餘，一般形容錢財、物品，如說「設備尚有富餘」、「現在我根本沒有富餘的錢」。「寬餘」突出還留有餘地，如說「這幾天手頭不太寬餘」、「出門時錢儘量帶得寬餘些」。「寬裕」指錢財很豐富，如說「生活日益寬裕起來」。「富足」指豐富而充足，如說「讓市民們的生活更加富足」。

⟨反⟩【匱乏】kuì fá　資源極度～｜那時

商品嚴重～。

⟨反⟩【短缺】duǎn quē　最近公司的資金有點～|～物資如果不能及時備齊，勢必影響生產進程。

⟨反⟩【缺乏】quē fá　材料～|～足夠的時間|這樣～準備，不會有太好的成績。

充足 chōng zú　數量多，完全能滿足需要　理由很～|資金還不太～|市場貨物十分～。

⟨反⟩【不足】bù zú　勞動力～|投入～，產出也就難以保證。

⟨反⟩【短缺】duǎn quē　彈藥～|當地物資～是預料中的事情|雖然各國正加大石油的開採量，油料仍十分～。

⟨反⟩【緊缺】jǐn quē　戰時食品嚴重～|高級人才～。

⟨反⟩【缺乏】quē fá　～鍛煉|他們對此都～足夠的思想準備|因為～經驗，他在那種情況下一籌莫展。

沖淡 chōng dàn　使感情、效果、氣氛等減弱　時間把人們的愛、恨都～了|朋友的關懷～了她的孤獨感|他適時的幽默～了當時的緊張氣氛。

⟨反⟩【加強】jiā qiáng　～聯絡|～警戒心|～實驗效果|～喜劇色彩。

⟨反⟩【加深】jiā shēn　～了作品的意蘊|～了彼此間的了解。

憧憬 chōng jǐng　希望得到；嚮往　美好～|滿懷～|～幸福生活。

⟨同⟩【嚮往】xiàng wǎng

⟨同⟩【神往】shén wǎng

「憧憬」的對象不十分具體，不用於過去的事物或某個地方，屬於書面語。「嚮往」突出心向神往，希望實現或得到，如說「嚮往去留學深造」、「人們嚮往美好的生活」。「神往」強調無限嚮往，如說「山色讓人心馳神往」、「令人神往的香格里拉」。

衝動 chōng dòng　因受外界刺激而情緒強烈，以致理智無法控制　感情～的時候最好甚麼都不要說|一時～造成遺憾。

⟨同⟩【激動】jī dòng

「衝動」語意較重，突出受到刺激而情緒波動很大，以致做出不冷靜的舉動，有輕微的貶義，如說「過於衝動」、「衝動之下把他打了一頓」。「激動」多伴隨一些體態語言，如說「激動得哭了」、「激動得全身發顫」、「激動得跳了起來」。

⟨反⟩【冷靜】lěng jìng　～觀察|你～地思考一下吧|無論發生甚麼事情都要保持頭腦～。

⟨反⟩【平靜】píng jìng　心態～|當事雙方的情緒終於～下來。

衝鋒 chōng fēng　1. 進攻的部隊快速前進，打擊敵人　戰士們在前方～陷陣|他們向敵人發起了猛烈的～。

⟨反⟩【退卻】tuì què　一路～|這次隊伍主動～，是為了保存實力。

2. 形容不怕困難，幹勁很足地帶頭做　～在前|我們應該拿出在戰場上～的勁頭來處理工作中的問題。

⟨反⟩【退卻】tuì què　別在困難面前～|前一陣子呼聲很高的客隊在強手面前～了。

衝破 chōng pò

迅速突破障礙，闖過封鎖　～壁壘｜～防線｜～敵人的封鎖｜～傳統觀念的束縛。

同【突破】tū pò

「衝破」強調迅速改變原有格局，衝出障礙、包圍圈等。「突破」強調出其不意地攻破或超越，如說「突破生產指標」、「突破限制」、「取得重大突破」、「研究有了新突破」。

衝突 chōng tū

矛盾尖銳而引起激烈爭鬥　發生警民～｜避免直接～｜最近雙方又～起來。

同【抵觸】dǐ chù

同【抵牾】dǐ wǔ

同【矛盾】máo dùn

同【摩擦】mó cā

「衝突」語意較重，往往伴隨強烈的動作。「抵觸」指有矛盾時一方不順從另一方，如說「產生抵觸情緒」。「抵牾」指相互之間的矛盾，屬於書面語。「矛盾」是常用詞，如說「產生矛盾」、「發生矛盾」、「矛盾相當尖銳」。「摩擦」以物理現象來比喻人或者團體之間發生的矛盾，如說「各種思想觀念發生了摩擦和碰撞」。

重複 chóng fù

1.（同樣的事物）再次出現　內容～｜請刪除文章中～的語句｜註冊電子郵箱要取有特色的名字，否則容易跟別人～。

同【反覆】fǎn fù

2. 按原來的樣子再次做　你把剛才的動作再～一遍｜別一再～說過的話。

同【反覆】fǎn fù

「重複」突出以相同的樣子再度出現。「反覆」突出多次進行，強調到了一定程度或階段後再返回去重新開始，如說「反覆檢查」、「反覆思考」。

重新 chóng xīn

1. 再一次　～播放｜～啟動｜～試驗｜～來到母校補習。

同【從新】cóng xīn

2. 從頭開始　～做人｜～排列｜～部署。

同【從新】cóng xīn

「從新」、「重新」大多可以換用。「從新」還指成為新的，如說「改過從新」。

崇拜 chóng bài

非常欽佩、崇仰　別盲目～｜許多年輕人都～當紅歌星。

反【蔑視】miè shì　採取～態度｜沒有骨氣的人一向受到人們的～。

崇奉 chóng fèng

尊敬信仰　～佛教｜～儒家思想｜～尼采哲學。

同【信奉】xìn fèng

同【信仰】xìn yǎng

「崇奉」突出崇，強調尊崇、信任並按其所說去做。「信奉」強調因為相信而奉行，如說「信奉科學」、「信奉和氣生財的道理」。「信仰」強調宗教性質，如說「宗教信仰」、「信仰基督教」。

崇高 chóng gāo

（道德、品質、地位）極為高尚　樹立～的理想｜表現出～的氣節｜致以～的敬禮｜確立

~的人生目標。

🔵【高尚】gāo shàng

> 「崇高」突出道德水平高，語意較重，有尊敬、景仰的色彩。「高尚」突出道德水準高或有較高的情趣，如說「高尚的品德」、「高尚的情操」、「高尚的生活方式」。

🔻【卑鄙】bēi bǐ　～下流｜～小人｜~的手段可以蒙蔽人們一時，但不能蒙蔽長久。

🔻【卑下】bēi xià　人格~｜地位~｜~的諂笑。

崇敬 chóng jìng　十分敬仰　懷着~的心情｜~偉人們的高風亮節。

🔵【欽敬】qīn jìng

🔵【尊崇】zūn chóng

🔵【尊敬】zūn jìng

🔵【尊重】zūn zhòng

🔵【崇拜】chóng bài

🔵【崇尚】chóng shàng

> 「崇敬」突出因崇拜而尊敬，可用於人或神等，現多用於領袖、英雄、優秀人士等。「欽敬」指因為欣賞而欽佩、敬重，屬於書面語，如說「高風亮節令人欽敬不已」、「他以高尚的人格贏得了眾人的欽敬」。「尊崇」含有因為尊敬而推崇的意味，如說「很多商業界人士都很尊崇《孫子兵法》」。「尊敬」側重態度的恭敬，對象是個人或集體，如說「受人尊敬的老師」、「尊敬的總理閣下」。「尊重」突出敬重的心情，對象可以是人、集體或其他抽象的事物，如說「尊重知識，尊重人才」、「尊重各國的風俗習慣」、「尊重個人的選擇自由」。

> 「崇拜」突出景仰佩服，並產生順從之心，對象可以是人、鬼神及其他事物，如說「崇拜偶像」、「別盲目崇拜金錢」、「過於崇拜英雄」。「崇尚」突出將所指對象看作是一種理想而不懈追求，程度很高。

🔻【鄙視】bǐ shì　～可惡小人｜他的言談舉止為正直的人們所~。

寵 chǒng　受到特別喜愛；溺愛　~愛｜那人很得~｜他只說了一句話，你就受~若驚，至於嗎？

🔻【辱】rǔ　～罵｜寵~不驚｜因為家境貧困，他早年常在外受~。

🔻【嫌】xián　那像伙真惹人~｜你怎麼總是~這~那的？

🔻【恨】hèn　～鐵不成鋼｜你對他~之入骨也沒有用。

寵愛 chǒng ài　特別偏愛　備受~｜~小女兒｜別對子女~得太過分了。

🔵【溺愛】nì ài

🔵【鍾愛】zhōng ài

> 「寵愛」用於上級對下級、長輩對晚輩。「溺愛」多用於對自己的孩子，如說「一味溺愛反倒害了孩子」、「過於溺愛造成孩子嬌氣十足」。「鍾愛」用於長輩對晚輩，如說「老人特別鍾愛小孫女」；也用於興趣愛好，如說「鍾愛藝術」、「最受年輕人鍾愛的職業」。

抽泣 chōu qì　抽搭着，一吸一頓地哭　暗自~｜不停地~｜她聽完這話禁不住~起來。

同【啜泣】chuò qì
同【嗚咽】wū yè
同【抽噎】chōu yē
同【抽咽】chōu yè

「抽泣」突出氣息很緊的抽搭動作，屬於書面語。「啜泣」指哭得很傷心，以至流出眼淚、鼻涕來，如說「啜泣不止」、「她一直低着頭在屋角啜泣」。「嗚咽」指短促抽搭，如說「長啜泣短嗚咽，一片悲傷氣氛」。「抽噎」強調因喘氣而哭不出聲來。「抽咽」指不連貫地哭，間雜着急促的喘氣，如說「抽咽着斷斷續續地說」。

抽象 chōu xiàng

籠統而不明確；不能具體體驗到的　～名詞｜他擅長於～思維｜你舉的例子太～，大家都不明白。
反【具體】jù tǐ　請你講得～點｜各位談談自己的～感受｜～事物要～分析，不能籠統地硬套。

仇 chóu

強烈的憎恨　～深似海｜無冤無～｜你倆沒有深～大恨，幹嗎老是互相過不去呢？
反【恩】ēn　知～圖報｜忘～負義｜他對我家～重如山，我一定要好好報答。

仇敵 chóu dí

仇人，敵人　視若～｜～很多｜與～展開殊死搏鬥。
同【仇人】chóu rén

「仇敵」可指個人，也可指集團。「仇人」指有仇的人，如說「不共戴天的仇人」。

仇恨 chóu hèn

1. 由於彼此存在矛盾衝突而產生的強烈厭恨、不滿情緒　懷有～心理｜刻骨的～｜埋下～的種子
同【仇怨】chóu yuàn
同【冤仇】yuān chóu
同【痛恨】tòng hèn
同【憎恨】zēng hèn

「仇恨」可用於個人之間、集團之間以及國家之間或民族之間。「仇怨」屬於書面語，如說「消除仇怨」、「無盡的仇怨」。「冤仇」只用於人與人之間，如說「兩家結下了很深的冤仇」。

反【恩德】ēn dé　～如山｜我們不可忘記前人的～。
反【好感】hǎo gǎn　充滿～｜彼此懷有～｜我對那人深有～。
2. 十分憎恨　～敵人。
反【友愛】yǒu ài　同學之間應該要互相～。

仇人 chóu rén

有冤仇而互相敵視的人　～相見，分外眼紅｜這兩個孩子，怎麼老是～似的？
反【恩人】ēn rén　救命～｜報答～｜父親說過，他是我家的～。

仇視 chóu shì

懷着敵意看別人、對待別人　～來犯之敵｜懷着～的目光。
同【敵視】dí shì

「仇視」程度較深，敵意很強。「敵視」是指當作敵人看待，如說「採取敵視態度」。多指不友善的態度，如說「那孩子遠遠地敵視着我，不肯靠近」，這時程度較弱。

愁 chóu

擔憂；憂傷的心緒　犯～｜～苦｜～得頭髮都白了。

【同】【憂】yōu

> 「愁」突出苦惱，多用於口語。「憂」一般不單獨使用，可組成「愁愁」、「憂傷」、「憂慮」、「憂國憂民」、「憂心如焚」等詞。

愁悶 chóu mèn

憂愁煩惱　心情有點～，獨自一人去散步了｜如果長期把～鬱積在心裏，對身體不利｜聽到這樣的結局，老人十分～。

【同】【憂鬱】yōu yù
【同】【鬱悶】yù mèn
【同】【憂悶】yōu mèn

> 「愁悶」突出心中苦悶、煩悶的樣子。「憂鬱」強調傷感，如說「不要如此憂鬱」、「神情十分憂鬱」。「憂悶」同「煩悶」。「鬱悶」指心中煩悶，突出不舒暢，如說「別為這事整日鬱悶不樂」。

【反】【歡快】huān kuài　～的歌聲｜姑娘們～的舞姿給觀眾帶來了美的享受。
【反】【快樂】kuài lè　年輕人的故事不免有痛苦的眼淚，但也有～的笑聲。

愁容 chóu róng

憂愁的臉色　他進來的時候面帶～，似乎有甚麼心事｜家裏的境況讓年老的父母終日～不展。

【反】【笑容】xiào róng　～可掬｜他不動聲色，臉上露出一絲～。

稠 chóu

1. （液體）厚或濃　這東西怎麼～乎乎的｜他不喜歡太～的粥。

【反】【稀】xī　喜歡營養～飯｜這幅山水畫筆淡墨～，意味無窮。

【反】【薄】báo　這粥太～了｜～～的膠水甚麼也黏不住。

2. 密度較大；多而密　～密｜這個地方人～物穰，是個好去處。

【反】【稀】xī　地廣人～｜月明星～｜他家的院落～～地種着幾根竹子。

【反】【疏】shū　～影橫斜水清淺｜頭髮怎麼愈來愈～了。

稠密 chóu mì

又多又密　人煙～｜分佈～｜樹木非常～。

【同】【濃密】nóng mì

> 「稠密」強調多而密，與「稀疏」、「疏落」、「稀少」相對，適用對象為大面積的事物或地方。「濃密」只對應「稀疏」，多用於枝葉、煙霧、鬢髮等，如說「濃密的枝葉遮蓋了庭院」、「清晨濃密的大霧籠罩着山城」。

【反】【疏落】shū luò　山坡上散佈着～的羊羣｜晨星雖然～，但畢竟是黎明了。
【反】【稀少】xī shǎo　那裏人煙～｜清晨的街道行人～。
【反】【稀疏】xī shū　～的頭髮｜遠處響起～的槍聲。

酬報 chóu bào

1. 用行動或錢物來表示謝意或報答　無以～｜～救命之恩。

【同】【酬謝】chóu xiè
【同】【酬勞】chóu láo

2. 表示報答的錢物　微薄的～｜拒絕接受～。

【同】【酬勞】chóu láo

「酬報」突出給對方報答或感謝。「酬勞」有慰勞之意，強調對方做事辛苦，理應獲得報酬，如說「是得好好酬勞一下」；亦指報答的物品，可作名詞。「酬謝」突出對別人的幫忙表示感謝，如說「酬謝前來捧場的人」、「謝謝所有幫過我忙的人」。

籌備 chóu bèi　預先準備計劃　～運動會｜～學生航天興趣小組｜大家緊張地～明天的活動。

- 同【籌措】chóu cuò
- 同【籌辦】chóu bàn
- 同【準備】zhǔn bèi

「籌備」適用範圍較廣，多指慎重而重大的事情，可用於建立組織、機構和籌備資金、事件等。「籌措」多指籌集金錢、費用等，如說「籌措活動經費」、「籌措的資金已經基本到位」。「準備」用於一般的事，如說「準備做飯」、「準備發言」、「準備回家」。

籌劃 chóu huà　籌辦；謀劃　～開展覽會｜～在河邊建一座水電站。

- 同【策劃】cè huà
- 同【打算】dǎ·suàn
- 同【統籌】tǒng chóu
- 同【計劃】jì huà
- 同【謀劃】móu huà

「籌劃」強調事先定下計劃並早作準備，含有周全考慮及設想的意味。「計劃」強調具體要做的事，如說「計劃分三步走」、「制訂詳細計劃」。「謀劃」強調用計謀做安排，如說「謀劃新發展策略」。「打算」多用於口語

躊躇 chóu chú　也寫作「躊躕」。拿不定主意；猶豫　辦事不能～不決｜他～再三，最後還是放棄了。

- 反【果斷】guǒ duàn　～的決定｜堅決～｜他向來～，從不拖泥帶水。
- 反【決斷】jué duàn　無從～｜雖然大家都一再勸說，他還是無法作出～。

瞅 chǒu　看　～了幾眼｜我真的沒～見他｜她～我來了，就打了個招呼。

- 同【看】kàn
- 同【瞥】piē
- 同【望】wàng

「瞅」是北方方言，指較為注意地看，可單獨使用。「看」屬於常用詞。「瞥」強調快速地看一下，如說「往事一瞥」、「各地小吃一瞥」、「冷淡地瞥了他一眼」。「望」指向遠處看，可組合成「望遠鏡」、「望穿秋水」。

醜 chǒu　1. 容貌難看　～陋｜～八怪｜長相非常～。

- 反【美】měi　～麗｜～貌｜～女｜～男子。
- 反【俊】jùn　～美｜～俏｜～男靚女。

2. 令人覺得厭惡　～惡｜醉得～態百出。

- 反【美】měi　～滿｜～中不足｜價廉物～。

醜惡 chǒu è　醜陋惡劣，令人厭惡　～的思想導致了荒唐的行為｜內心～｜一副～的嘴臉。

- 同【醜陋】chǒu lòu

「醜惡」含貶義，指又醜陋又可惡，令人厭煩。「醜陋」指外貌長得難看，但不涉及人的品質，如說「外貌醜陋」、「她長得醜陋不堪」。

(反)【美好】měi hǎo　～的心靈｜憧憬～的未來｜我想你這～的願望會實現的。

(反)【善良】shàn liáng　勤勞～｜心地很～｜這個～的老人怎麼也沒有想到自己會落到這樣的結局。

醜化 chǒu huà　故意説得很醜；把好的説成壞的　～現實｜刻意～他人。

(反)【美化】měi huà　～環境的同時也～了生活｜他總是想辦法～自己｜商家常竭盡全力～自己的商品。

醜陋 chǒu lòu　相貌難看　外表～｜面容～｜他雖長了一副～的容貌，卻有一顆善良的心。

(反)【美麗】měi lì　～可人｜端莊～｜廣場上～的夜景不知迷倒了多少遊人。

(反)【俊俏】jùn qiào　～的小姑娘｜～的臉龐上浮現甜美的笑容。

(反)【秀美】xiù měi　～的山河怎能讓人不為之傾倒？

(反)【秀麗】xiù lì　寫出一手～的好字｜～的湖光山色讓人流連忘返。

臭 chòu　氣味難聞　腥～難聞｜聞到了～味｜這魚已腐爛發～｜那些～烘烘的東西招來了許多的蒼蠅。

(反)【香】xiāng　氣味很～｜～氣撲鼻｜～噴噴的點心放滿一桌，等着大家大快朵頤。

臭烘烘 chòu hōng hōng　氣味很臭的狀態　～的襪子｜這公廁老是～的讓人難以忍受。

(反)【香噴噴】xiāng pēn pēn　她會做～的飯菜｜孩子～的小手在她眼前晃啊晃的。

出 chū　1. 從裏到外　～口成章｜～境旅客要在此填寫表格｜怎麼大家都喜歡從這扇門～去？

(反)【進】jìn　～山｜～門｜外面冰天雪地的，快～屋來暖和暖和。

(反)【入】rù　～獄｜～學｜～夏後氣溫一直居高不下。

2. 往外拿出　～讓｜～借｜～主意　關於放假的事情，你們～個通知吧。

(反)【進】jìn　～貨渠道不暢通。

3. 支出　要是我們能保證量入為～，就不會出現太大的赤字。

(反)【入】rù　竟然連續幾年～不敷出｜她來了以後，～賬的錢款才漸漸有所增加。

4. 從水中浮現出來　～水芙蓉｜水落石～。

(反)【沒】mò　水已～到膝蓋了｜一轉眼她又～入了河裏｜大雨使路上水深～脛。

(反)【落】luò　～水｜～井下石。

出產 chū chǎn　自然生長或人工生產　當地～橘子｜此地～石油｜山上～珍貴的藥材。

(同)【生產】shēng chǎn

「出產」強調自然生長的、對人類有用的物品，如說「當地出產獼猴桃」。「生產」多用於人工製造的物品，如說「70 年代生產的電器現在幾乎都被淘汰了」。

出發 chū fā　動身（去）；離開所在地到別處去　我們明天～去旅行｜～的時間到了。

同【動身】dòng shēn
同【啟程】qǐ chéng
同【起程】qǐ chéng

> 「出發」突出離開所在地路上行程，可用於人或交通工具；也可表示起點或着眼點，如說「從發展的願望出發」、「計劃應該從實際需要出發」。「動身」用於個人或少數人，如說「我打算下週一動身」。「起程」也作「啟程」，屬書面語，多指去遠方，人數往往比較多，如說「糧草已經起程」、「訪問團即將起程」。

反【到達】dào dá　～目的地｜列車尚未～終點｜已經～營地的人趕忙支起帳篷。

反【返回】fǎn huí　迅速～｜～原處｜因為搶跑犯規，運動員們不得不～起跑線。

出擊 chū jī　出動各種力量進行攻擊　主動～｜把握～的最佳時機｜因我軍及時～，敵人的防禦工事很快就被攻破了。

反【防衛】fáng wèi　這屬於正當～｜客隊～很嚴密｜我們～周全，不怕攻擊。

> 「出擊」用於軍隊、警察等執行攻擊性戰鬥，也可用於其他鬥爭或競賽。

出家 chū jiā　離家去當僧、尼或道士　～為僧｜～人要以慈悲為懷｜他早年～到山裏去修行了。

反【還俗】huán sú　尼姑～｜沒有佛緣，又～了｜～以後，他一直在鄉下生活。

出借 chū jiè　借出去　本商場免費～雨具｜儀器未經審核暫不～｜～圖書必須辦理手續。

反【歸還】guī huán　～銀行的貸款｜東西借去後要及時～｜他們把東西～給失主。

出境 chū jìng　離開國境或某個特定的地區　那人已被驅逐～了｜出國都要經過～檢查｜嚴禁文物走私～。

反【入境】rù jìng　非法～｜～問俗｜辦理～簽證｜越洋訂購的一批器材已經空運～了。

出口 chū kǒu　1. 本國或本地區的貨物出售到別國或別的地區　～貿易繼續增長｜近年來，我們公司的產品～到了鄰國。

反【進口】jìn kǒu　～家電｜～項目｜～貨物必須報關。

2. 出去的門口　很多人擠在～｜他正在機場～處接機。

反【入口】rù kǒu　請到商場～等我｜參加會議者必須先在～處簽到。

出賣 chū mài　1. 向敵方、對立方提供不利於自己國家、民族、朋友等的情況　絕不可～朋友｜～靈魂的人不會有好下場｜他竟然以～國家利益來獲取錢財。

反【收買】shōu mǎi　～人心｜～變節分子。

2. 賣出　～貨物｜～房屋｜～勞動力｜他近來靠～古董度日。

回【出售】chū shòu
回【發售】fā shòu
回【銷售】xiāo shòu

「出賣」多指買賣交易；還指為謀私利背叛國家、民族、親友的利益，如說「出賣靈魂」、「出賣國家利益」、「出賣重要情報」。「出售」用於營業，如說「非法出售」、「廉價出售」、「出售偽劣商品」。「發售」指某商品開始大量地出售，如說「發售福利彩票」、「奧運紀念郵票開始發售」。「銷售」屬於書面語，如說「銷售渠道」、「銷售技巧」、「建立銷售網路」。

反【購入】gòu rù　少量～｜～耐用消費品｜上半年～的配件已經全用完了。

出名 chū míng　很有名聲　極其～｜～的人物｜～的建築。
回【聞名】wén míng
回【有名】yǒu míng
回【知名】zhī míng
回【著名】zhù míng

「出名」語意較輕，突出顯示出影響或為人所知。「聞名」、「有名」突出已經產生影響，如說「世界聞名」、「有名的演員」。「著名」強調突出、顯著，可用於人或事物，如說「那是一所著名的綜合性大學」、「吐魯番的葡萄非常著名」、「著名畫家徐悲鴻擅長畫馬」。「知名」只用於人而不用於人以外的事物，如可說「知名人士」、「知名球星」，而不說「知名小說」、「知名衛生潔具」。

出其不意 chū qí bú yì　利用對方沒作準備的時機採取針對對方的行動　今晨就出擊，給他們個～。
回【出人意料】chū rén yì liào

「出其不意」突出針對性，所採取的行動、措施都針對對方，既讓對方沒法料到，又對對方不利。「出人意料」也說「出人意表」，指情況好壞、數量多少、程度高低等出乎意想，涉及的事不具針對性，如說「他前天還在美國，今天竟來上班了，真出人意料」。

出勤 chū qín　員工按照規定到達崗位工作　～的人數很多｜本月～情況跟過去沒多大區別。
反【缺勤】quē qín　他最近沒有～｜這個部門的～率不斷下降｜沒有特別的事情，他不會無故～的。

出去 chū qù　從裏面到外面去　一起～春遊｜這裏太嘈雜了，我們～說話吧｜病人怕風，～時請隨手關門。
反【進來】jìn·lái　他只是～坐坐｜有甚麼話請～說吧。

出色 chū sè　特別好；超出一般地好　成績～｜表演得相當～｜他們～地完成了艱巨的任務。
回【傑出】jié chū
回【卓越】zhuó yuè

「出色」可用於人或人的行為，也用於作品等事物。「傑出」指人的才能、成就出眾，如說「傑出的理論家」、「作出傑出的貢獻」；也用於作品等，如說「傑出的油畫作品」。

「卓越」強調特別優秀，如説「卓越的領導人」、「建立了卓越的功勳」。

反【遜色】xùn sè　他的成績並不比我～｜比起他們來，我們就～不少了｜我們只是略微～一點，別喪失信心。

反【差勁】chà jìn　你這字也太～了｜那人很～的，你少跟他來往｜上個月我買的電飯煲，質量很～。

出生 chū shēng　胎兒從母體中產出　老人～於上世紀中葉｜他們兄弟倆～在北方的一個小山村裏

反【死亡】sǐ wáng　在這場事故中，他不幸～｜戰勝～需要有極大的勇氣和毅力。

出師 chū shī　出動軍隊前去作戰　～不利｜～未捷｜他們神不知、鬼不覺地～敵後，搗毀了匪巢。

反【班師】bān shī　～回朝｜大軍～回城｜等到～那一天，我們再喝慶功酒。

出世 chū shì　1. 產生　微型電腦的～。

同【誕生】dàn shēng
2. 胎兒出生　孩子剛剛～｜老人～時正值戰爭年月。

同【出生】chū shēng
同【誕生】dàn shēng
同【降生】jiàng shēng

「出世」常可用來描述重大人物或新興事物的出現。「出生」、突出生命開始。「降生」多指不平凡的人或宗教創始人出世，是較莊重的表達。「誕生」屬於書面語，用於莊重場合和受到尊敬的人；也用於國家或團體。

反【去世】qù shì　教授因病於去年秋天～｜長年操勞，他溘然～。
3. 超脱世俗社會；擺脱煩惱世事的束縛　他有着很深的～觀念｜年輕人應該積極向上，～思想不可取。

反【入世】rù shì　這孩子～尚淺，口氣卻很大｜正因～不深，所以言語舉止都要謹慎。

出售 chū shòu　賣出　本店不～食品｜商店中許多時令商品正在降價～。

反【收購】shōu gòu　～油料｜他把～來的古董賣出去了｜他很喜歡～名人字畫。

出息 chū xi　取得進展，有長進　學習比上一年有～｜這樣做真沒～。

同【長進】zhǎng jìn

「出息」隱含發展趨勢良好的意味。「長進」強調客觀上有進步，側重技能，如説「她雖努力了但還不見長進」、「他的英語最近很有長進」。

出席 chū xí　到場參加　～人數不多｜應準時～大會｜～會議的人數竟是預定人數的兩倍。

反【缺席】quē xí　她上週因病～。

出現 chū xiàn　1. 表現出；顯現出　江上～片片白帆｜太陽～在天邊。

同【呈現】chéng xiàn
同【顯現】xiǎn xiàn

反【消失】xiāo shī　優勢逐漸～｜黑暗～在晨光之中。

反【隱沒】yǐn mò　～在叢林中｜一

眨眼的工夫，他就～在茫茫的人羣之中。

2. 產生；發現　～轉機｜～矛盾｜～新問題。

（同）【產生】chǎn shēng

出眾 chū zhòng

超出一般人　人品～｜手藝～｜這個年輕人才華～，可以造就。

（反）【尋常】xún cháng　～人家｜不同～的事｜雖然他們的廣告做得很大，但產品～。

（反）【平常】píng cháng　他的表現挺～的｜這批學生的基本功很～｜這種東西很～，怎麼能賣那麼高的價錢？

（反）【低下】dī xià　智力～｜這種質量～的產品不能讓它流入市場。

處罰 chǔ fá

對有過錯或罪行的人進行懲罰　對不法商販必須嚴厲～｜考慮到他的實際情況，決定對他從輕～。

（同）【處分】chǔ fèn

（同）【責罰】zé fá

（反）【獎勵】jiǎng lì　～科技人員。

（反）【獎賞】jiǎng shǎng　當眾給予～｜這次行動中的有功人員都得到了上級的～。

（反）【嘉獎】jiā jiǎng　受到～｜通令～英雄｜政府～了作出傑出貢獻的專家。

處理 chǔ lǐ

辦理（事情）；解決（問題）　～案件｜果斷～｜～來往信件｜～交通事故｜委託對方～貿易事務。

（同）【處置】chǔ zhì

（同）【辦理】bàn lǐ

「處理」適用範圍較廣，通用於口語和書面語。「處置」強調合理安排，使所處理的對象處於一定的地位，如說「妥善處置」、「請及時處置這些過期的材料」。「辦理」態度較莊重，多用於正式場合，如說「儘快辦理」、「辦理登記手續」。

處心積慮 chǔ xīn jī lù

心裏反覆盤算，蓄謀以久　別～地算計人家｜他整天～地想獨吞家產。

（同）【挖空心思】wā kōng xīn sī

「處心積慮」是貶義詞，突出盡力盤算着做壞事。「挖空心思」也是貶義詞，主要指費盡心機，但不全指做壞事，如說「他整天挖空心思挣錢」、「那幾個人挖空心思地找機會吃喝」。

儲藏 chǔ cáng

1. 收藏；保藏着　～糧食｜～禦寒物品。

（同）【貯藏】zhù cáng

2. 貯藏；蘊藏　地下的煤礦目前～量已不多｜當地鐵礦～豐富。

（同）【蘊藏】yùn cáng

「儲藏」多用於礦產資源、糧食、水等具體物品。「貯藏」突出保藏好物品，使其不壞，如說「蔬菜貯藏保鮮技術」。「蘊藏」強調深藏在裏面，表面上看不出來，如說「蘊藏着豐富的資源」、「蘊藏着無限商機」。

矗立 chù lì

高高聳立　高樓～｜廣場上～着紀念碑。

（同）【聳立】sǒng lì

同【屹立】yì lì

同【挺立】tǐng lì

「聳立」含有莊嚴、尊敬的意味。「聳立」多形容尖狀物體，如說「巍然聳立的發射塔」。「挺立」強調直立不彎曲，多用於高大樹木或比喻人的高大形象，如說「大樹挺立在村頭」、「他在一連串的打擊面前依然頑強挺立」。「屹立」比喻堅定穩固地豎立，含褒義，如說「羣山屹立」、「英雄高大的身影屹立在前方」。

揣測 chuǎi cè　　估計；猜測　互相～｜～形勢｜你們的～是對的。

同【推測】tuī cè

「揣測」強調在心裏作某種估計，主觀性較強。「推測」按照所見事實配合經驗分析，推論判斷事情真相。

揣摩 chuǎi mó　　反覆推敲思考　仔細～作品的主旨｜～來人的意圖。

同【琢磨】zuó mo

「揣摩」強調反覆多次地進行推求，有一時作不了判斷的意思，屬於書面語。「琢磨」強調思索考慮，如說「我對他的話琢磨了半天才明白」。

穿 chuān　　把衣褲或鞋襪套在身上　短跑運動員～上了釘鞋｜天氣一下子冷了，可年輕人還是～得很單薄。

反【脫】tuō　他～掉了那雙濕透了的運動鞋｜下午突然熱了，只好～去外套。

穿插 chuān chā　　相互交錯地（做）

互相～｜～進行｜別在車流中～｜大家～着輪流上陣。

同【交叉】jiāo chā

「穿插」突出時間的先後交替。「交叉」強調形狀的交錯，如說「交叉列隊」、「兩臂交叉成十字形」。

穿着 chuān zhuó　　裝束；打扮
～樸素｜～時髦｜此人一向講究～。

同【衣着】yī zhuó

「穿着」指個人日常生活中的一般穿戴。「衣着」多指個人具體的衣、帽、鞋、襪等，如說「衣着華美」、「樸素的衣着」、「看人不能只根據衣着」。

傳播 chuán bō　　廣泛散佈傳送
～疾病｜蜜蜂～花粉｜在網上～信息｜你們不要到處～小道消息。

同【傳佈】chuán bù

同【傳揚】chuán yáng

「傳播」適用範圍較廣，強調向各處傳送。「傳佈」指向公眾陳述，屬於書面語，如說「傳佈文告」、「在各處傳佈」、「這篇小說傳佈到了國外」。「傳揚」突出使很多人都知道事跡、名聲等，如說「到處傳揚他的英雄事跡」、「這件事很快就傳揚開了」。

傳染 chuán rǎn　　1. 某一生物體內的病原體通過病菌等傳到其他生物體內　～病毒｜老鼠會～鼠疫。

同【感染】gǎn rǎn

2. 引申為一方給另一方以影響　～

不良風氣｜他的笑聲使我們都受到了
～。

◉【感染】gǎn rǎn

「傳染」強調對另一方面的影響，除
指病菌以外，也可指情緒、風氣等
受到影響，如說「老師的情緒傳染了
班上的學生」。

傳授 chuán shòu　將學問、技藝
等教給別人　親自～｜～健身祕訣｜
～祖傳祕方。

◉【教授】jiāo shòu

「傳授」突出完整地將內容告訴別
人。「教授」強調兩者之間是師生關
係，突出講授知識，如說「教授營銷
學基礎」、「教授航天科學知識」。

傳誦 chuán sòng　輾轉傳佈、誦
讀或稱道，並給以高度評價　～一
時｜～於大江南北｜他的詩歌被廣泛
～。

◉【傳揚】chuán yáng

「傳誦」含褒義，突出好的評價流傳
很廣。「傳揚」是中性詞，對象可以
是好的或不好的，突出使很多人都
知道，如說「傳揚開來」、「媒體到
處傳揚他的風流作風」。

傳統 chuán tǒng　代代相傳的某
種社會人文因素　劇團保留了許多
～劇目｜我們要尊重不同的文化和
～。

◉【時尚】shí shàng　推銷～服飾｜染
髮已經成為一種～｜房產開發商向客
戶介紹了～家居的新理念。

傳聞 chuán wén　僅僅聽別人述
說而自己未曾經歷　～她到海南去經
商了｜～鄰居老劉家前天來了一位明
星。

◉【風聞】fēng wén

「傳聞」突出是聽說的事，可用於現
時或過去的情況。「風聞」多指現時
聽到的消息或情況，如說「風聞這次
颱風會吹襲本地」、「風聞那人十幾
歲就在海外闖蕩」。

舛誤 chuǎn wù　錯誤；差錯　這
篇文章～很多。

◉【謬誤】miù wù

「舛誤」含有與正確相違背的意味，
態度較莊重，屬於書面語。「謬誤」
語意較輕，比較常用，如說「及時指
出謬誤」、「怎麼會弄得謬誤百出」。

串通 chuàn tōng　暗中勾結，使
彼此之間互有關聯　～一氣｜暗中
～。

◉【勾結】gōu jié

「串通」突出彼此通連，互通聲氣。
「勾結」強調雙方緊密聯繫在一起做
壞事，如說「勾結社會黑暗勢力」、
「相互勾結起來徇私舞弊」。

創傷 chuāng shāng　傷痕　～累
累｜深深的～｜肉體上的～。

◉【傷痕】shāng hén

「創傷」屬於書面語，多用於文藝描
寫。「傷痕」用於一般場合，如說「留
下傷痕」、「傷痕滿身」。

創辦 chuàng bàn　開始興辦　～學校｜～報紙｜這間工廠是祖父一手～的。

圓【創設】chuàng shè

圓【開辦】kāi bàn

圓【興辦】xīng bàn

> 「創辦」突出從無到有地興辦起來。「創設」語意較重，適用對象一般為具體的組織單位，屬於書面語，如說「創設老年療養院」、「積極創設新型媒體」。

創建 chuàng jiàn　開始建立　～政黨｜～組織｜他跟昔日的朋友一起～了一家新公司。

圓【創立】chuàng lì

圓【建立】jiàn lì

> 「創建」強調首次建成，適用對象一般是國家、機構、制度等。「創立」強調最早建立，適用範圍較廣，如說「創立了儒家學說」、「這個研究院由他領頭創立」、「創立信息技術學院」。

反【廢除】fèi chú　～舊制度｜凡是不平等條約都應該～。

創始 chuàng shǐ　開創；建立　～國家之一｜他是該學派的～人。

圓【開創】kāi chuàng

圓【首創】shǒu chuàng

> 「創始」適用對象一般為人、政黨、學說、國家、社會制度等。「開創」適用於事業、局面、朝代，如說「開創新紀元」、「開創新局面」。「首創」適用於制度、理論、方法、著作等，如說「這項專利屬國內首創」。

創業 chuàng yè　創立事業　那些年輕人正成為～的精英｜他們是在艱苦的條件下艱難～的。

反【守業】shǒu yè　創業難，～更難｜他不是一個能～的人。

創造 chuàng zào　最先提出新理論、新方法，想出、做出或建立原先所沒有的東西　～新記錄｜～歷史奇跡｜～物質財富。

圓【發明】fā míng

圓【創制】chuàng zhì

> 「創造」適用範圍較廣，對象既可以是具體勞動成果，也可以是幸福、光明、未來等抽象事物。「發明」突出做出原來沒有的東西，對象只是具體的事物，如說「發明指南針」、「火藥是一項偉大的發明」。「創制」指開始確立或制定，多用於具體的勞動工具或勞動產品；也可用於文字、制度等，如說「創制文字」、「創制新型機器」。

吹捧 chuī pěng　極力吹噓捧場　大加～｜別胡亂～｜他從不～別人。

圓【吹噓】chuī xū

> 「吹捧」用於對別人，一般不用於自己。「吹噓」適用的對象可以是自己或他人，但多用於對自己，如說「自我吹噓」、「千方百計吹噓過去的業績」。

垂 chuí　下垂　～頭喪氣｜～涎欲滴｜門框邊～掛着一串大紅的辣椒。

反【昂】áng　～首挺胸。

反【翹】qiáo　～首駐足｜～望星空。

垂死 chuí sǐ　瀕臨死亡　作～掙扎｜已處於～狀態。
同【垂危】chuí wēi

「垂死」語意較重，強調即將死去。「垂危」指人病重將死，如說「生命垂危」；也可指國家、民族臨近滅亡，如說「拯救垂危的國家」。

錘煉 chuí liàn　1. 磨煉　在艱難困苦中～意志。
同【鍛煉】duàn liàn
2. 經過鑽研琢磨，使水平等逐步提高　反覆～｜～技巧｜～藝術手法。
同【砥礪】dǐ lì
同【鍛煉】duàn liàn
同【磨煉】mó liàn

春 chūn　春季，一年中的第一個季節　～耕｜～播｜雨後～筍｜綿綿不斷的～雨。
反【秋】qiū　到野外～遊｜～去冬來，一眨眼一年又過去了。

純 chún　純淨；不含其他成分或雜質　～水｜爐火～青｜他的口音一點都不～。
反【雜】zá　顏色很～｜這一帶人流很～｜驅除心中的～念。

純粹 chún cuì　純淨；不含其他雜質　資質～｜～的鄉音｜品嘗～的法國葡萄酒｜～的精神生活。
同【純正】chún zhèng
同【地道】dì dao

「純粹」強調不含雜質，適用範圍很廣；還指完全，如說「純粹是在搗亂」、「他們這樣做純粹是為了錢」。
反【混雜】hùn zá　魚龍～，良莠不齊。

純潔 chún jié　純粹潔淨　～無瑕｜～的心靈｜擁有一份～的感情。
反【骯髒】āng zāng　～的靈魂｜這筆～的交易就這樣談成了。
反【醜惡】chǒu è　～的嘴臉｜～的靈魂｜這種～的行徑必將遭到萬人唾罵。

純淨 chún jìng　非常潔淨　～的山泉。
反【污濁】wū zhuó　～的廢水｜空氣很～。

純樸 chún pǔ　樸實淳厚　外貌～｜～的民風｜～的話語。
同【淳厚】chún hòu
同【憨厚】hān hòu

「純樸」強調純潔、樸實，讓人信任。

純熟 chún shú　十分熟練　劍法～｜技術～｜他的外語講得非常～。
同【諳熟】ān shú
同【熟練】shú liàn
同【嫻熟】xián shú
同【熟悉】shú xī

「純熟」語意較重，強調所掌握的技術或技巧已經非常熟練，屬於書面語，多用來形容功夫、技藝、技巧等。「諳熟」屬於書面語，只用於事而不用於人，如說「諳熟書畫裱褙」。「熟悉」可用於人或事物、路

線、文字及歷史等，如說「熟悉業務」、「熟悉網路技術」、「我對那段歷史很熟悉」。

⑤【生疏】shēng shū　技藝~｜他的業務確實已經~了。

⑤【荒疏】huāng shū　功夫~｜昔日嫻熟的技法已經~｜千萬不要讓學業再~下去了。

純正 chún zhèng　1. 單一；純粹　這咖啡口感~｜他說的是一口~的北京話。

⑥【純粹】chún cuì

⑥【地道】dì dao

⑤【混雜】hùn zá　方言~。

⑤【駁雜】bó zá　內容~｜~不一｜這隻小狗毛色~不純。

2. 純潔端正　品行~｜動機~。

⑥【純潔】chún jié

淳厚 chún hòu　也寫作「醇厚」。質樸敦厚　~樸實｜~的風俗。

⑥【純樸】chún pǔ

⑥【憨厚】hān hòu

⑥【渾厚】hún hòu

⑥【淳樸】chún pǔ

⑥【質樸】zhì pǔ

> 「淳厚」強調單純、老實，屬於書面語。「淳樸」強調純潔、樸實，不虛偽，如說「淳樸的話語」、「淳樸的笑臉」。

⑤【澆薄】jiāo bó　人情~。

醇 chún　（酒味）純正　飄來一陣~酒的香味。

⑤【薄】bó　略備~酒待客。

⑤【淡】dàn　酒味太~了｜三杯兩盞~酒。

蠢 chǔn　笨；反應慢；理解能力差　~豬｜~材｜這個人真~。

⑥【笨】bèn

⑥【傻】shǎ

> 「蠢」強調判斷力差，思維不敏捷，常用於罵人或指責。「笨」和「傻」語意較輕，有些情況下還帶點親暱意味，如「你這個小笨蛋」等。

蠢笨 chǔn bèn　笨拙，不靈活　龐大的身軀顯得過於~｜犯了一個~的錯誤。

⑥【愚蠢】yú chǔn

⑥【愚笨】yú bèn

⑥【笨拙】bèn zhuō

> 「蠢笨」語意很重，兼含蠢和笨的意思，含有無能、沒用，讓人瞧不起的意思。

⑤【靈活】líng huó　機智~。

戳穿 chuō chuān　將被掩蓋的不良意圖揭露出來；說破（對方的騙局、謊言、陰謀等）　把戲被當場~｜~對手的陰謀。

⑥【拆穿】chāi chuān

⑥【揭穿】jiē chuān

> 「戳穿」有一下子將對方所設置的假像捅破的意思；還指用尖銳物刺穿另一物體，如說「這刀竟然戳穿了木板」。「揭穿」、「拆穿」指揭露，對象是謊言、陰謀等，如說「揭穿謊言」、「揭穿陰謀」、「拆穿騙局」、「拆穿鬼把戲」。

反【遮蓋】zhē gài　～險惡用心｜～真實用意｜在人前～自己的過錯。

反【掩蓋】yǎn gài　～事實真相｜他們互相～對方的罪惡行徑。

慈愛 cí ài （年長者對年幼者的）慈祥、關愛　～的話語｜～的神情｜～地撫摸。

同【慈祥】cí xiáng

「慈愛」多形容感情、目光等。「慈祥」多形容長輩的神態，如說「慈祥的目光」、「慈祥的老大爺」。

慈悲 cí bēi　對人關愛、憐憫　～心腸｜～為懷｜～的菩薩。

同【慈善】cí shàn

「慈悲」原是宗教用語，側重指憐憫、同情他人，多與「菩薩」、「活佛」等詞連用。「慈善」突出為人善良、心地好，富於愛心，關愛別人，如說「心地慈善」、「籌辦慈善義捐活動」。

慈善 cí shàn　對人仁和；心地善良　發展～事業｜老人家總是一副～心腸。

同【慈悲】cí bēi

反【兇殘】xiōng cán　～惡毒｜～成性｜那個團伙的犯罪手段極其～。

反【狠毒】hěn dú　心腸～｜陰險～｜大家都怕這個～的傢伙。

慈祥 cí xiáng　（年長者）面目和藹安祥　老人露出了～的笑容｜他的眼神讓人感到安慰。

反【惡毒】è dú　～的言語｜這個～的女人其實很可憐。

反【兇惡】xiōng è　眼神～｜他的相貌十分～。

反【兇悍】xiōng hàn　～的盜賊｜這副～的樣子讓人生畏。

雌 cí　陰性的；母的；植物中能結出果實的　～性動物｜其實，很多水果也是分～雄的。

反【雄】xióng　～雞｜～蕊。

辭世 cí shì　離別人世　不幸因病～｜恩師～已久。

同【謝世】xiè shì

「辭世」指去世，屬於書面語。

辭退 cí tuì　停止雇用　～員工｜遭到～｜公司早把他～了。

同【解雇】jiě gù

「辭退」比較委婉，指終止雙方的雇傭關係。

辭職 cí zhí　自己請求除去擔任的職務　申請～｜他～經商去了｜他已經提交了～報告。

反【就職】jiù zhí　～演說｜宣誓～｜他～以後馬上進行機構改革。

此 cǐ　這；這個　～時～刻｜不枉～生｜他是～地最有名的心理醫生。

反【彼】bǐ　知己知～｜～一時，～一時｜會場上掌聲此起～伏。

此岸 cǐ àn　指水道的這一邊　自～出發。

反【彼岸】bǐ àn　向往～的生活｜這郵件可即時到達大洋～。

「此岸」、「彼岸」也指佛教教義中的人有生死或超脫生死的境界，如說「留戀此岸生活」、「棄絕此岸的一切享受」。

此後 cǐ hòu　在這以後　上次在那兒見了一面，～我們再也沒見過。

圓【爾後】ěr hòu

圓【然後】rán hòu

「此後」、「爾後」指在前面所指的事件發生以後，屬於書面語。

次 cì　1. 差；不好的　～品｜～貨｜這種質～價高的產品怎麼賣得出去？

反【好】hǎo　～人｜～東西｜商人重名譽，不能做以次充～的事情。
2. 非主要的　～要｜他老是主～不分，眉毛、鬍子一把抓。

反【主】zhǔ　以我為～｜～次分明。

次第 cì dì　事物的排列順序　別顛倒了～｜辦事應各有～。

圓【次序】cì xù

圓【順序】shùn xù

圓【秩序】zhì xù

「次第」突出事物各居其位，屬於書面語。「次序」突出依次排列，多與「前後」、「先後」、「挨著」、「按照」等詞搭配，如說「調整次序」、「挨著次序進入」。「秩序」多用於社會、環境，如說「維持秩序」、「請大家自覺遵守秩序」。

次要 cì yào　比較不重要的　～

問題｜～因素｜甚麼都是～，健康才是最重要的。

反【主要】zhǔ yào　～矛盾｜事故的～原因正在調查之中。

反【首要】shǒu yào　～任務｜的成員｜成功的一條件在於勤奮。

刺耳 cì ěr　1. 聲音尖銳，刺激耳朵　～的響聲｜～的尖叫聲｜警報的聲音很～。

反【悅耳】yuè ěr　～動聽｜～的琴聲｜婉轉～的鳥鳴聲。

反【動聽】dòng tīng　～的歌聲｜客廳傳來美妙～的旋律。
2. 說話的內容很刻薄，讓人覺得不舒服　用～的話傷人｜規勸的話有時聽起來很～｜你這人說話怎麼這麼～？

圓【逆耳】niè ěr

「刺耳」突出說話內容尖酸刻薄，令人心裏不快；也可指聲音嘈雜，如說「汽笛聲嘈雜刺耳」、「刺耳的鋸木聲」。「逆耳」多用於向人提意見或建議而可能引起抵觸情緒的情況，如說「忠言逆耳利於行」。

反【順耳】shùn ěr　這話聽起來很～｜～的話不一定是好話。

刺骨 cì gǔ　寒氣刺入骨頭，形容極冷　寒風～｜～的西北風｜冬天的水冰冷～。

反【熾熱】chì rè　～的陽光。

「熾熱」除了指溫度高，還可以形容感情熱烈，如說「熾熱的情感」、「那熾熱的目光簡直讓人無法承受」。

刺目 cì mù　1. 光線過強，使眼睛

感到不舒服　正午的陽光十分～。

〔同〕【刺眼】cì yǎn

2. 惹人注意且使人感覺不順眼　這樣過於～｜她的打扮太～了。

〔同〕【刺眼】cì yǎn

〔同〕【扎眼】zhā yǎn

〔反〕【順眼】shùn yǎn　瞧着～｜他看甚麼都覺得不～。

〔反〕【悦目】yuè mù　賞心～的美景。

〔反〕【中看】zhōng kàn　～不中用｜這款式很～｜還沒找到～的樣式。

賜予 cì yǔ　也寫作「賜與」。賞給　～榮譽｜～財物｜～名譽稱號。

〔同〕【賞賜】shǎng cì

> 「賜予」適用對象除了財物外，還可以是表示抽象事物的名譽、稱號等。「賞賜」的對象一般是財物。兩詞均屬於書面語。

〔反〕【奪取】duó qǔ　～財產｜～權力｜～他人功勞。

> 「賜予」用於長輩或地位高的人賞財物予給晚輩或地位低的人。「奪取」跟雙方地位高低無關。

匆匆 cōng cōng　急急忙忙　行色～｜來去～｜他拿起包～向外走去。

〔同〕【匆忙】cōng máng

> 「匆匆」突出忙碌的樣子，屬於書面語。「匆忙」突出行動的迅速，適用範圍較廣，如說「這次走得過於匆忙」、「匆忙中竟忘了帶課本」。

〔反〕【徐徐】xú xú　～而行｜輪船～駛出港口。

匆忙 cōng máng　急而忙亂　～決定｜～上陣｜這事辦得有點兒～。

〔同〕【匆匆】cōng cōng

〔反〕【從容】cóng róng　～不迫｜神態～而鎮定｜他辦事歷來這樣～。

蔥翠 cōng cuì　(草木等)青翠，生長茂盛　～繁茂｜山巒～｜～的枝葉。

〔同〕【蔥蘢】cōng lóng

〔同〕【蔥鬱】cōng yù

〔同〕【蒼翠】cāng cuì

> 「蔥翠」重在翠，指草木鮮綠而有生氣。「蔥蘢」突出枝繁葉茂，生命力強，如說「蔥蘢的原野」。「蔥鬱」突出茂密、濃厚，屬於書面語，如說「蔥鬱的松樹林」。「蒼翠」突出顏色碧綠，用於樹木、草叢、山林等大面積的綠色，不用於水面，如說「山巒蒼翠」、「滿目蒼翠」。

〔反〕【枯黃】kū huáng　莊稼～｜～的樹枝｜地上滿是～的樹葉。

聰慧 cōng huì　聰明而有智慧　頭腦～｜～美麗｜一副～的模樣。

〔同〕【聰穎】cōng yǐng

〔同〕【聰明】cōng·míng

> 「聰慧」指思考和理解能力強，亦帶有做人處世心思敏銳的意思，屬於書面語。「聰明」適用範圍較廣，指智力發達，記憶力和理解力強，如說「聰明能幹」、「這是個聰明絕頂的點子」。「聰穎」突出智力比一般人強，屬於書面語，如說「聰穎過人」、「聰穎機靈的孩子」。

聰明 cōng·míng　智力高，記憶力、理解力強　～活潑｜有一個～的腦袋比甚麼都強。

（反）【糊塗】hú tu　腦子～｜真是聰明一世，～一時。

（反）【愚笨】yú bèn　～的腦子就是不開竅｜看自己聰明，看別人～。

（反）【愚蠢】yú chǔn　～的方法｜這麼～的點子怎麼會是他出的？

（反）【笨拙】bèn zhuō　頭腦～。

從犯 cóng fàn　共同犯罪過程中起次要作用的罪犯　他只是個～｜對～的發落應從輕。

（反）【主犯】zhǔ fàn　他們已經擒獲這個犯罪集團的～。

（反）【元兇】yuán xiōng　那人就是這起血案的～。

（反）【首惡】shǒu è　～必辦｜要嚴懲～分子。

從寬 cóng kuān　依循較寬鬆的標準（處置）　～發落｜坦白～｜對初犯還是～處理吧。

（反）【從嚴】cóng yán　抗拒～｜～治軍｜一律～處置。

「從寬」用於處置罪犯或犯罪活動。「從嚴」指採取嚴屬的處置辦法，也用於表示嚴格地做事，如說「從嚴掌握」。

從來 cóng lái　從過去一直延續到現在　他～都是獨來獨往｜我～沒想過這樣的問題｜那幾個人～沒出過好主意。

（同）【歷來】lì lái

（同）【向來】xiàng lái

「從來」後一般用否定形式。「歷來」多用於肯定，如說「歷來主張辦事靠大家」、「這關隘歷來是兵家必爭之地」。「向來」語氣稍弱，肯定否定都常用，如說「我向來喜歡熬夜」、「他向來不計較這樣的事」。

從命 cóng mìng　聽從命令或吩咐　不敢～｜欣然～｜恭敬不如～。

（反）【抗命】kàng mìng　豈可～｜膽敢～｜他竟然～不從。

從前 cóng qián　過去；較久以前的時候　忘記～｜～的樣子｜～這兒有座小橋。

（同）【過去】guò qù

（同）【往昔】wǎng xī

（同）【以前】yǐ qián

（反）【如今】rú jīn　事到～還圖甚麼｜～的日子愈過愈好了。

（反）【目前】mù qián　～局勢對我隊很有利｜～的任務是學習技術｜這是～最緊要的事情。

（反）【現在】xiàn zài　我～沒有時間｜別拿以前與～相比｜～的情況還是不錯的。

從容 cóng róng　不慌不忙；冷靜沉着　～不迫｜～對待｜他舉止～，真有大將風範。

（反）【倉促】cāng cù　～上陣｜～行動｜這個決定作得過於～了。

（反）【匆忙】cōng máng　來去～｜～中多次出錯。

（反）【慌忙】huāng máng　～逃竄｜想像得出，他當時很～。

（反）【慌張】huāng zhāng　不必～｜心

裏～不安｜你看他神色～的樣子。

「從容」還表示寬裕、充分，如說「時間很從容」、「最近手頭比較從容」。

從容不迫 cóng róng bú pò

鎮靜而不慌不忙的樣子　做事情～｜～地迎上前去｜行文之間顯得～。

⑤【手忙腳亂】shǒu máng jiǎo luàn　他常常弄得～｜你怎麼老是～，顧此失彼的｜你這樣～，肯定要出差錯的。

從屬 cóng shǔ　附屬；依從　處在～地位｜分公司～於總公司。

⑥【附屬】fù shǔ
⑥【隸屬】lì shǔ

「從屬」突出與另一種事物間存在主次關係。「隸屬」突出被支配或被管轄，屬於書面語，如說「該研究院隸屬於市政府」。

湊合 còu he　勉強適應不很合意的事物或環境，不作更高要求　～着用吧｜隨便～算了｜你暫時～一下。

⑥【將就】jiāng jiu

「湊合」多用於口語，多與「着」連用。

湊巧 còu qiǎo　正好；正巧　事情十分～｜我正想給他打電話，～他來了｜真不～，剛要走就下起雨來了。

⑥【恰好】qià hǎo
⑥【碰巧】pèng qiǎo
⑥【恰巧】qià qiǎo

「湊巧」有出乎意料、不曾想到的意思，可用於希望的或不希望的事。

「恰巧」、「恰好」指正好，多用於時間、機會、條件等的巧合，如說「他找的書恰巧我有」、「我認識的一位網路高手恰好可以幫他」。

粗 cū　1. 粗糙；不精細　幹～活｜～茶淡飯｜現在又流行吃～糧了。
⑫【精】jīng　～工細作｜～益求～。
⑫【細】xì　～木工｜這活做得很～。
2.（長條狀的東西）橫截面較大　針｜筆芯很～。
⑫【細】xì　～紗｜～麵條｜用～絨線織毛衣肯定很慢。
3.（長條形物體）兩長邊距離較大　～眉大眼｜又～又重｜他在旁邊劃了一道～線。
⑫【細】xì　～長的眉毛｜～～的柳葉眉｜這幾個字筆畫很～。
4. 顆粒狀物較大　～沙｜粒子較～｜現在市場上沒有～鹽。
⑫【細】xì　～黃沙｜砂糖把芝麻磨得很～。
5. 物體表面不光滑　～糙｜牆面很～｜手感比較～｜臉上的皮膚很～。
⑫【光】guāng　～潔度｜～亮如新　桌面已經磨得很～了。
6. 聲音低沉，音量大　～聲｜說話嗓門不要那麼～。
⑫【細】xì　尖～嗓子｜～聲～氣｜～～的喘息聲。

粗暴 cū bào　行事魯莽；粗野暴躁　～干涉｜～地指責｜態度十分～。
⑥【粗魯】cū lǔ
⑥【粗野】cū yě

「粗暴」適用範圍較廣，可與表示言行、作風、工作方法的詞搭配。「粗

魯」用於舉止、行為或思想、性格等，側重指不文雅，如說「言語粗魯」、「舉止粗魯無理」。「粗野」多指行為不文明，缺乏禮貌，含有沒教養、不守規矩的意思，如說「行為粗野」、「話説得十分粗野」。

反【和藹】hé ǎi　～慈祥｜～可親｜那個～的老人已去世了。

反【温和】wēn hé　性格～｜臉色～｜～的目光｜她的態度總是那麼～。

反【温順】wēn shùn　性情～｜～的小綿羊。

反【温柔】wēn róu　～可愛｜～體貼。

粗笨 cū bèn
1.（身體、動作等）不靈巧　～的身子｜手腳太～。

反【輕巧】qīng qiǎo　動作～｜～地轉過身去｜這些～的舞蹈動作都是她自編的。

反【靈活】líng huó　～多變｜手腳～｜～的手指在鋼琴上游動。

2.（物體）大而笨重，不精細　～的傢具｜～的器物｜房間裏盡是些～的擺設。

反【輕巧】qīng qiǎo　～的舞鞋｜他有一台～的電腦。

反【輕便】qīng biàn　～的拉桿箱｜這款鞋穿起來很～。

粗鄙 cū bǐ
不文雅；粗俗　言行～｜來人～地説着低級笑話。

同【粗俗】cū sú

「粗鄙」語意較重，是貶義詞，屬於書面語。「粗俗」突出言語、舉止品位不高或趣味低級，缺乏文化修養，如說「粗俗的話語」、「粗俗不堪的小説」。

粗糙 cū cāo
1.（做事）馬虎，不細緻　辦事有點～｜這件衣服的做工比較～。

反【精細】jīng xì　這條領帶做得比較～。

反【細緻】xì zhì　工作～｜制定～的計劃｜她～的工作態度讓人感動。

反【細膩】xì nì　感情～｜她的文字～而生動。

2.（物體質料或表面）不光滑；不精細　皮膚很～｜～的木板刮傷了他的手。

同【毛糙】máo cao

「粗糙」突出質料不精細，也可用於指工作等草率、不細緻。「毛糙」多指器具製作過粗及行為粗放馬虎等，如說「做事太毛糙」、「真是個毛糙的小伙子」。

反【光滑】guāng huá　～如鏡｜表面很～｜孩子的皮膚非常～。

反【細膩】xì nì　口感～｜質地～｜手感～的絲巾。

粗大 cū dà
身軀大或物體體積大　～有力｜～的樹幹｜他～的手讓人產生一種安全感。

反【細小】xì xiǎo　～的雨點｜～的水稻秧苗。

粗獷 cū guǎng
豪放；不拘束　性格～｜～的小伙子｜～的線條。

同【粗豪】cū háo

「粗獷」突出行為、性格、作風等豪放，屬於書面語，如說「粗獷的性格」。「粗豪」強調氣勢宏大，不纖巧，屬於書面語。

粗活 cū huó　技術含量低而勞動強度大的工作　他只會幹～｜這些～都需要有人來做｜你可不要看不起這些～。

⊜【細活】xì huó　慢工出～｜修手錶可是個～，你慢慢來吧。

粗劣 cū liè　粗糙而質量低　質量～｜～的材質｜寫作最忌～地模仿。

⊜【精巧】jīng qiǎo　構思十分～｜～雅致的藝術品。

⊜【精緻】jīng zhì　工藝～｜製作～｜～的手錶着實惹人喜愛。

⊜【精細】jīng xì　～雕刻｜計劃～周全｜工藝～的服飾。

⊜【工巧】gōng qiǎo　對仗～｜～的裝飾品。

粗陋 cū lòu　粗淺簡陋；不精細　飯食～｜設備過於～。

⊜【簡陋】jiǎn lòu

> 「粗陋」突出不精細，可用於穿着、飲食、文字、房屋等。「簡陋」重在簡，簡單而不完備。

粗魯 cū lǔ　粗暴魯莽　動作～｜性格～｜你們不要～地打斷他人的談話。

⊜【文雅】wén yǎ　～有禮｜～大方的樣子讓人喜歡。

⊜【溫文】wēn wén　～爾雅｜舉止～的書生。

粗略 cū lüè　大體上；不很精細　～地計算｜他把行動方案向大伙～地說了一遍｜她只是～地看了看，實際上並沒領會文章的意圖。

⊜【大略】dà lüè

⊜【簡略】jiǎn lüè

> 「粗略」強調大體上把握，並不精確，不注重具體細節。

⊜【精確】jīng què　～測算｜力求～無誤｜他辦事有～的時間概念。

⊜【詳盡】xiáng jìn　～記載｜對細節描述得很～｜老人～地介紹了當地的人文情況。

⊜【準確】zhǔn què　～計時｜～地記錄｜他們的回答都很～。

粗淺 cū qiǎn　簡單易懂；不深奧　～的看法｜分析過於～｜他對這事只作了～的調查。

⊜【淺近】qiǎn jìn

⊜【淺顯】qiǎn xiǎn

⊜【淺易】qiǎn yì

> 「粗淺」突出不細密。

⊜【深刻】shēn kè　思想～｜理解得非常～。

⊜【深奧】shēn ào　～的理論｜～的專業知識｜真理並不一定都是很～的。

⊜【精深】jīng shēn　博大～｜～的造詣｜他的研究已經到了非常～的地步。

粗疏 cū shū　1. 粗心；馬虎　考慮得比較～｜這麼～的作風一定會誤事的。

⊜【細緻】xì zhì　～入微｜作風～｜這些做法確實周到～。

2. 粗而稀疏　線條～｜～的籬笆。

⊜【精細】jīng xì　～的工筆畫。

粗率 cū shuài　草率　辦事急躁

～｜作風～｜他就是這麼個～的性格。

[反]【仔細】zǐ xì　～認真｜～核查｜他是一個很～的人。

粗俗 cū sú　（談吐、舉止等）庸俗，不文雅　～無禮｜不堪｜這人～的談吐讓人生厭。

[反]【典雅】diǎn yǎ　舉止～｜風格～的藝術品｜喜歡欣賞｜優美的古典舞蹈。

[反]【高雅】gāo yǎ　品位～｜崇尚～藝術｜他家的客廳佈置得十分～。

[反]【文雅】wén yǎ　談吐～｜舉止～｜那個～的姑娘是誰？

[反]【優雅】yōu yǎ　動作～｜～的宮廷舞蹈｜他說話時的手勢非常～。

粗通 cū tōng　大致知道一些　本人～文墨｜經過培訓她已經～電腦知識｜這幾位主管只是～商務管理。

[反]【精通】jīng tōng　～英語｜～現代電子技術｜那位員工～電腦程序設計。

粗心 cū xīn　馬虎大意；不細心　～大意｜工作～｜你們做功課不要那麼～。

[同]【大意】dà yi
[同]【馬虎】mǎ hu

「粗心」指沒有經過認真、細緻地考慮。

[反]【細心】xì xīn　～體會作品的內涵｜～觀察氣候變化。

[反]【小心】xiǎo·xīn　～路滑｜～謹慎｜她老是～翼翼地跟人交往。

粗野 cū yě　粗魯無禮　舉止～｜來人話語十分～｜他～地將那人推了出去。

[反]【文雅】wén yǎ　～大方｜舉止～｜～雍容。

[反]【文明】wén míng　～禮貌｜～風尚深入人心。

粗製濫造 cū zhì làn zào　製作粗糙，不顧質量　杜絕～｜是出不了好作品的｜這些～的產品都要報廢。

[反]【精雕細刻】jīng diāo xì kè　一件～的工藝品｜長時間的～終於有了結果。

粗重 cū zhòng　1. 聲音低沉有力　嗓音～｜～的喘息聲｜走廊傳來的腳步聲。

[反]【尖利】jiān lì　～的嘯聲｜她的嗓音～刺耳。

2. （條狀物）兩長邊較寬且顏色較濃　落筆～｜圖紙上的～線條很醒目。

[反]【纖細】xiān xì　～小巧｜線條～｜那姑娘～的手指有力地落在琴鍵上。

粗壯 cū zhuàng　1. 身體壯實　身軀～｜～的大腿｜來人是個～的漢子。

[反]【嬌小】jiāo xiǎo　～玲瓏｜～的身子｜那女孩身材～。

2. 物體粗大結實　～的鐵索｜～的原木｜那棵～的大樹早已成了我們村莊的象徵。

[反]【細小】xì xiǎo　～的雨絲｜～的幼苗。

[反]【纖細】xiān xì　這個木雕很～。

3. 聲音粗重　嗓門～｜他的聲音～如牛｜他們的歌聲～有力。

反【細微】xì wēi ～的呻吟｜～的鼾
聲｜鼻息漸漸～下來。

反【細弱】xì ruò 話音～｜～的呼救
聲｜哭鬧聲愈來愈～。

簇新 cù xīn 全新；非常新 ～
的機器｜～的課本｜職員們都穿着～
的制服。

同【嶄新】zhǎn xīn

反【陳舊】chén jiù 過於～｜式樣
～｜家中物品都已～。

反【破舊】pò jiù ～的衣服｜～的電
視機該換了｜他還住在那棟～的老屋
裏。

簇擁 cù yōng 很多人聚集在一起
緊圍着某人 歌迷～着歌星｜冠軍被
大家～着。

同【蜂擁】fēng yōng

「簇擁」指一羣人圍着同一個目標。
「蜂擁」指很多人毫無規則地擁擠移
動，如說「蜂擁而上」。

篡奪 cuàn duó 用不正當手段取
得權力或職位 ～國家政權｜陰謀～
領導權。

同【奪取】duó qǔ

「篡奪」是貶義詞。「奪取」突出以強
力得到，如說「奪取勝利」、「奪取
決賽權」、「奪取前沿陣地」。

篡改 cuàn gǎi 歪曲理論、政策
等 ～歷史｜～經典理論。

同【改動】gǎi dòng

「篡改」突出用作偽手段進行改動或

曲解，對象是理論、政策、學說、
觀點等比較抽象的事物。「改動」指
一般調整變動，如說「改動程序」、
「文章只改動了幾個字」。

摧殘 cuī cán 迫害並使受到嚴重
損害 ～心靈｜～傳統文化｜原始森
林正遭到嚴重～。

同【摧毀】cuī huǐ

「摧殘」指人或物受到嚴重打擊或破
壞，可用於政治、經濟、文化等社
會現象，也可用於動物、植物等。
「摧毀」指進行毀滅性的打擊，將對
象完全擊垮，如說「迅速摧毀敵人的
工事」、「小村莊被猛烈的炮火摧毀
了」、「徹底摧毀了心靈上的防線」。

反【愛護】ài hù 請～動物｜提倡～
環境｜全社會都要關心～下一代。

反【培育】péi yù ～嫩苗｜～精品｜
～社會的棟樑。

反【護衛】hù wèi ～國家安全｜～自
然保護區。

反【保護】bǎo hù 文物～｜～珍稀動
物｜～婦女兒童的合法權益。

反【扶植】fú zhí ～親信｜～幼苗｜
積極～新生事物。

脆弱 cuì ruò 柔弱，不堅強 神
經太～｜～而敏感｜～的情感。

同【軟弱】ruǎn ruò

同【懦弱】nuò ruò

「脆弱」強調禁不起外界事物的打
擊、侵蝕，多用於個人。「軟弱」指
自身無能，不堅強，如說「軟弱無
能」、「與強者比顯得過於軟弱」。
「懦弱」屬於書面語。

⑤【堅強】jiān qiáng　～不屈｜意志很～｜她一直想當一個～的母親。

⑤【剛毅】gāng yì　性格～｜神色～｜沒想到向來果斷～的隊長也有猶豫的時候。

村莊 cūn zhuāng　農村中農民集中居住的地方　遠離～｜老人正向～的東頭走去。

◎【村子】cūn zi

◎【村落】cūn luò

> 「村莊」、「村子」、「村落」都指農民集中居住的地方。「村子」多用於口語，「村落」屬於書面語。

存放 cún fàng　（把錢、物等）儲存、寄存　～衣物｜將食物單獨～｜自行車～在車庫裏。

◎【寄存】jì cún

◎【寄放】jì fàng

> 「存放」強調東西的放置、保管。「寄放」突出委託他人保管。「寄存」、「寄放」指把東西給別人保管，如說「我的物品暫時寄存在你那兒」、「把車子寄放在學校」。

⑤【支取】zhī qǔ　～存款｜～利息｜隨時～。

⑤【取回】qǔ huí　～寄存物｜～全部本金｜通知～所有物品。

存款 cún kuǎn　把錢存入銀行　去銀行～｜會計在統計每月的～額度。

⑤【貸款】dài kuǎn　我們打算明年向銀行～購房。

⑤【取款】qǔ kuǎn　在自動櫃員機上～｜今天等待～的人比往常多。

> 「存款」指將錢款存進有關的機構，包括商業銀行或證券營業機構等，作名詞時指存放的錢款，如說「我現在沒有存款」、「存款已全部取出」。

存留 cún liú　保留；存下　尚有～｜資料～已不多。

◎【保存】bǎo cún

◎【保留】bǎo liú

> 「存留」突出還存在着、留着，或指還沒遺失。「保存」、「保留」突出妥善地放着或留着，如說「舊雜誌都保存在書庫裏」、「這些老照片他還保留得很好」。

存心 cún xīn　1. 心懷某種想法　～不良｜～險惡。

◎【居心】jū xīn

◎【用心】yòng xīn

2. 也説「成心」。故意　～搗亂｜～害人｜別～跟大家過不去。

◎【蓄意】xù yì

⑤【無意】wú yì　此事實屬～｜她在～中得罪了一些人。

⑤【無心】wú xīn　～致錯｜～插柳柳成蔭。

存在 cún zài　持續占據時間或空間，尚未消失　矛盾依然～｜各位不能無視問題的～。

⑤【消失】xiāo shī　身影～｜永不～。

⑤【消亡】xiāo wáng　漸漸～｜物種也會～。

磋商 cuō shāng　互相商議，交換意見　與有關方面進行～｜未經～

就擅自行動。

🔵【商量】shāng liáng

「磋商」屬於書面語，有反覆討論、認真研究的意思。

撮合 cuō he　介紹促成　有意～｜～他倆的婚事。

🔴【拆散】chāi sàn　～有情人｜戰爭～了他們一家人｜好好的家庭被第三者～了。

🔴【離間】lí jiàn　從中｜挑撥～｜小心中了他人的～計。

🔴【挑撥】tiǎo bō　故意～｜有人在～我們的關係。

「撮合」多用於介紹並成全婚姻，也指使某種有利的事成功。

矬 cuó　身材矮小　～個兒｜長得黑～黑～的｜那個～老頭在後面跟着。

🔴【高】gāo　～頭大馬｜孩子長得真～啊。

「矬」為方言。

措施 cuò shī　根據具體情況制定、安排的具體做法　必須採取緊急～｜你們應儘快落實補救～。

🔵【辦法】bàn fǎ

「措施」色彩較莊重，多用於大的事情，如說「援救措施」、「制定安全措施」、「採取防偽措施」、「預防流感的措施」。「辦法」可用於大小事情，如說「想盡一切辦法」、「積極採用新思路和新辦法」。

錯 cuò　錯誤；不正確　冤假～案｜這是個～覺｜法院～判了這個案件。

🔴【對】duì　回答～了｜這道題目做～了｜～錯自有分曉。

🔴【正】zhèng　～確｜判斷～誤。

錯落 cuò luò　參差相雜的樣子　～分佈｜～有致｜院裏～地擺放着盆景。

🔴【整齊】zhěng qí　～劃一｜～有序的隊列｜學生們步伐～。

錯誤 cuò wù　不對；不正確　自覺改正～｜～的決定｜他們都～地估計了形勢。

🔵【差錯】chā cuò

🔵【過錯】guò cuò

🔵【過失】guò shī

🔵【失誤】shī wù

「錯誤」語義較重。「差錯」往往因為不夠精確、有誤差而引起，如說「確保無差錯」、「工程不能出一點兒差錯」。「過錯」多用於個人或者組織的具體行為，如說「雙方都有過錯」。「失誤」多因粗心或水平有限引起，如說「一時失誤，鑄成大錯」。「過失」常因不小心或麻痹大意引起，如說「過失殺人」、「及時彌補自己的過失」。

🔴【正確】zhèng què　計算～｜～領會文章的含義｜～地認識當前的問題。

D

搭檔 dā dàng
協作共事的人　她剛換了～｜咱是多年的老～｜現在開始評選晚會最佳～。

同【伙伴】huǒ bàn
同【同伴】tóng bàn

> 「搭檔」指協作者。「伙伴」指同參加某種組織或者活動的人，如說「尋找合作伙伴」、「他倆是一對好伙伴」、「他是我最好的伙伴」。「同伴」強調在某項活動中在一起的人，如說「同伴遇險，大家一起相救」。

搭伙 dā huǒ
合在一起(做)　～為伴｜～同行｜他們決定～經營｜大家都是多年～做生意的老朋友了。

反【散伙】sàn huǒ　不同心還是趁早～的好｜～的話少說為好。

> 「搭伙」還指入伙就餐，如說「他們在學校食堂搭伙」。

搭救 dā jiù
營救；幫助別人脫離危險或擺脫困難　～成功｜全力～｜～落海的船員。

同【營救】yíng jiù
同【援救】yuán jiù
同【解救】jiě jiù

> 「搭救」多指出於同情而對有困難或有危險的人進行救援。「營救」突出設法去搭救，如說「營救落水者」、「火速制訂營救方案」。「援救」突出支援，如說「派出援救人員」。「解

> 救」突出使受害者或受難者解放，只用於人，如說「解救被騙少女」、「這次對被拐賣兒童的解救行動非常驚險」。

反【陷害】xiàn hài　～無辜｜他這是蓄意～｜怎能容忍～忠良？

答應 dā ying
許可；同意；應允　她勉強地～了｜這件事我還沒～呢｜不能～他的無理要求｜我們根本無法～對方的全部條件。

同【容許】róng xǔ
同【許可】xǔ kě
同【允許】yǔn xǔ
同【准許】zhǔn xǔ

> 「答應」指一般的同意，不用於自己對自己；還表示應聲回答，如說「我叫了好幾聲都沒人答應」。「容許」突出容忍某種情況或接受某種現象，如說「要容忍別人犯錯誤」、「現在只能容許你一個人進去」。「允許」突出同意或許可，如說「允許進入」、「不允許照相」、「允許下載軟件」。「許可」突出個人或組織同意別人的要求，如說「得到許可」、「經過許可」、「一般不許可這樣」。「准許」側重批准，如說「獲得准許」、「准許開設私立大學」。

反【回絕】huí jué　他已一口～了｜不是正當的要求理應～｜你們這樣～人家真是不通人情。

反【拒絕】jù jué　不好意思～對方｜我斷然～了他的請求｜應當～那些不合理的收費。

答 dá
回答；解答　搶～｜他沒

有～話｜解～難問題｜～題時間已
經超過了。

⃝【問】wèn　詢～｜就他們倆在一～
一答｜你這是所答非所～。

答覆 dá fù　對別人的話語及要求
等給出結果　給予～｜儘快～｜等研
究後再～對方｜他們的申請很快就有
了～。

⃝【回答】huí dá
⃝【回覆】huí fù

「答覆」多用於正式場合，一般採用
書面形式。「回答」可用於各種場
合，多以口頭形式，如說「回答問
題」、「回答記者的提問」、「一時
竟回答不出來」。「回覆」多指用函
件、電信等形式回信或作回答，如
說「請儘快用電子郵件回覆」。

達到 dá dào　到；得到　～目
的｜～出口標準｜～預定目標｜～高
級水平｜～國際水平。

⃝【到達】dào dá

「達到」多用於抽象事物，強調符合
某種境況或程度的目標、標準、設
想、願望、要求等。「到達」多用
於具體的目的場所，如說「到達車
站」、「到達集合處」、「飛機準點
到達機場」。

打扮 dǎ ban　裝飾，使變得好看
精心～｜忙於工作就懶得～｜別整天
～得花枝招展。

⃝【裝束】zhuāng shù
⃝【裝扮】zhuāng bàn

「打扮」的對象是容貌、衣着等外
表方面，多指美化儀容的行為或過
程。「裝束」突出衣着，如說「裝束
入時」、「新穎的裝束」、「一身樸
素的裝束」。「裝扮」指在原有基
礎上打扮得漂亮一些，突出從服飾
方面美化或者改變，如說「悉心裝
扮」、「她麗質天生平時用不着怎麼
裝扮」；還指化裝，如說「她裝扮成
一個老太婆」。

打倒 dǎ dǎo　嚴厲打擊使垮台　～
侵略者。

⃝【推翻】tuī fān

「打倒」的對象是人或階層。「推翻」
的對象是政權、政府，含褒義，如
說「推翻了腐朽的政權」、「辛亥革
命推翻了清王朝的統治」；也指從根
本上否定原先的理論、結論、計劃、
決定等，如說「推翻謬論」、「計劃
被推翻了」、「推翻原先的結論」。

打動 dǎ dòng　使感動　～人心｜
～了廣大聽眾｜這人鐵石心腸，很難
～。

⃝【感動】gǎn dòng

「打動」須直接帶賓語。「感動」可帶
賓語，如說「他的發言感動了在座的
人」；也可不帶賓語，如說「令人感
動」、「深受感動」、「她感動得哭
了出來」。

打擊 dǎ jī　攻擊；使人受到挫折
或傷害　～報復｜～犯罪活動｜嚴厲
～色情網站｜不要～大家的積極性。

圓【攻擊】gōng jī

「打擊」語意較輕，適用範圍較廣。「攻擊」多用於軍事，如說「發動全線攻擊」、「向敵人發起猛烈攻擊」；用於其他場合時突出惡意指責或侵犯，語意較重，如說「網站遭黑客攻擊」、「不要無端地進行人身攻擊」。

反【鼓舞】gǔ wǔ　～鬥志｜在座的人都深受～｜他們的熱情～了那些年輕人。

反【鼓勵】gǔ lì　以資～｜應多加～｜～大家的工作熱情｜～家人出門旅行。

打攪 dǎ jiǎo　攪亂，使分神　別來～我｜不要～別人｜已是深夜，還是別去～他吧。

圓【打擾】dǎ rǎo

「打攪」語意較重。「打擾」語意較輕，突出攪亂正常的學習、生活秩序，多用於口語，如說「別去打擾他看書」、「最怕週末還有公事來打擾」。

打開 dǎ kāi　使關閉的東西展開或開啟　～窗戶｜同學們～了課本｜包裝一直沒有～過。

反【關閉】guān bì　～門窗。

打量 dǎ liang　注意地觀察　細細～｜上下～一番｜暗暗～那個來客。

圓【端量】duān liang

圓【端詳】duān xiang

「打量」、「端量」突出對人的外貌、衣着或別的物品進行觀察並加以估量評價。「打量」多用於口語。「端量」強調認真、仔細地觀察，屬於書面語，如說「端量陳列品」、「一再端量那名來客」。「端詳」突出十分認真、注意地看，如說「久久端詳着牆上的畫」、「她好奇地端詳奶奶手中的那張老照片」。

打破 dǎ pò　突破原有的障礙、限制、拘束等　～沉默｜～世界紀錄｜他的行動～了常規。

圓【突破】tū pò

「打破」突出完全破壞或消除原有的限制等，語意較重。「突破」指從某一點出發，衝開缺口，有較強的形象色彩，如說「突破封鎖」、「突破指標」、「研究工作有了質的突破」。

打掃 dǎ sǎo　掃除；清理髒東西　～房間｜～教室｜請好好～一下會場。

圓【清掃】qīng sǎo

圓【掃除】sǎo chú

「打掃」突出清理以求整潔，用於場所或具體事物。「清掃」突出徹底地打掃，用於場所或具體事物，如說「清掃垃圾」、「清掃馬路」、「清掃院子裏的雜物」。「掃除」的對象可以是具體事物，如說「掃除污垢」；還可用於抽象事物，如說「掃除歪風邪氣」、「掃除精神垃圾」。

打算 dǎ·suàn　1. 考慮或計劃　～

放棄｜～明日啟程｜你～怎麼處理這事？

同【籌劃】chóu huà
同【計劃】jì huà
同【盤算】pán suan

「打算」適用範圍較廣，無論大小行動安排都適用，多用於口語。「計劃」用於比較重大的事情，如說「計劃在三年內完成」、「制訂了詳細的學習計劃」。「籌劃」多用於資金及較大的工程、規劃等，如說「籌劃到外景地拍攝事宜」。「盤算」突出在心中考慮，大小事情都可用，如說「他為那事盤算了好幾天」。

2. 想法；念頭　談談自己的～｜我們有個共同的～。

同【計劃】jì huà

打探 dǎ tàn　打聽　暗中～｜～消息｜～內部情況｜～對方祕密｜四處～失蹤孩子的消息。

同【刺探】cì tàn
同【探聽】tàn tīng

「打探」強調力求從所打聽的內容中有所發現，大多是祕密進行。「刺探」突出暗中打聽，多用於軍事方面，如說「刺探軍事情報」。「探聽」語意較輕，強調祕密而含蓄地了解，如說「探聽虛實」、「探聽教練的口氣」、「記者們正在會場外探聽情況」。

打聽 dǎ ting　試着詢問　～消息｜不要到處～｜我想～一下行情｜～當年同伴的下落。

同【了解】liǎo jiě

「打聽」多指探問跟聽話人無關的小事情，行為較公開，多用於口語。「了解」強調調查以後弄明白，如說「了解中國歷史」、「了解競爭對手的詳細情況」。

打消 dǎ xiāo　消除；使消失　～念頭｜～顧慮｜他～了對來人的懷疑。

同【取消】qǔ xiāo
同【消除】xiāo chú

「打消」突出去掉某個想法，如顧慮、念頭和設想、計劃等，多用於口語。「取消」突出用某種手段使原有的規章、制度、權利、計劃、資格等失去效力，如說「取消參賽資格」、「取消原定計劃」、「取消不合理的規章制度」。「消除」表示使事物逐漸減少直至消失，如說「消除疲勞」、「消除恐懼心理」。

打戰 dǎ zhàn　也寫作「打顫」。發抖　凍得～｜雙腿直～。

同【顫抖】chàn dǒu
同【哆嗦】duō suo
同【發抖】fā dǒu
同【戰抖】zhàn dǒu
同【戰慄】zhàn lì

這幾個詞都表示因害怕、寒冷等引起的身體或者四肢的抖動。「打戰」抖動的幅度一般較輕。「顫抖」用於因受驚、痛苦或激動時不由自主地發生抖動，如說「緊張得顫抖起來」。「哆嗦」多用於口語，如說「冷得直哆嗦」；還作名詞，如說「打了一個哆嗦」。「發抖」口語和書面語

中都常用，如說「嚇得發抖」、「穿着單薄的她在北風中凍得直發抖」。「戰抖」突出身子發抖、哆嗦，屬於書面語，如說「渾身不斷地戰抖」。「戰慄」語義較重，屬於書面語，如說「全身戰慄不已」。

大 dà　（體積、容量、面積、數量、力量、規模、程度等方面）超過一般或超過對方　巨～｜～風｜～房子｜～局為重｜深宅～院｜龐然～物｜聲勢浩～。
反【小】xiǎo　～型｜～百貨｜～題大作｜～巧玲瓏｜～手凍得紅通通的｜他們最後只得到了一個～型的項目。

大敗 dà bài　慘敗；慘重的失敗　～而歸｜～之後繼續努力。
反【全勝】quán shèng　大獲～。

大膽 dà dǎn　膽子大；不懼怕　～進言｜這個設想十分｜學生應有～的創新精神。
反【怯弱】qiè ruò　這孩子天性～｜這種樣子正是～的表現。
反【膽怯】dǎn qiè　困難面前不要～｜鼓勵自己別那麼～｜她～地看了對方一眼。

大道 dà dào　寬敞平坦的道路　她漫步在江邊的～上｜通往成功的路往往不是平坦～。
反【小道】xiǎo dào　羊腸～｜鄉間～上瀰漫着陣陣花香。

大抵 dà dǐ　大致；大體上　～相同｜今年的收成～還可以｜結果～如

此｜文無定法，～以自然為上。
同【大略】dà lüè

「大抵」指大體情況，屬於書面語，不修飾動詞。「大略」指大體上、約略，如說「情況複雜，我只能大略說一下」；還指事情的大體情況，如說「情況我只知道個大略」。

大度 dà dù　氣量大　寬宏～｜豁達～。
同【大方】dà fang
反【小氣】xiǎo qi　他真是個～鬼｜你這麼～實在沒有必要。

大方 dà fang　1. 對於錢物不吝嗇　出手～｜今天就讓那個～的人請客吧。
同【慷慨】kāng kǎi
反【吝嗇】lìn sè　別過於～｜～的人交不到好朋友。
反【小氣】xiǎo qi　掏錢買吧，別～｜你這麼做未免太～了。
2. 言語及舉止不拘束　落落～｜他待人誠懇｜在眾人面前還是～一點好。
同【自然】zì ran
反【拘謹】jū jǐn　不必～｜你怎麼～得跟姑娘似的｜孩子初來乍到，難免有點～。
反【拘束】jū shù　顯得過於～｜你別那麼～，自然點。
反【靦腆】miǎn tiǎn　生性～。
反【害羞】hài xiū　顯得有些～｜這孩子見了生人就～。
反【羞澀】xiū sè　她～得不敢抬起頭看人｜孩子那～的樣子實在讓人疼愛。

反【猥瑣】wěi suǒ　舉止～，不登大雅之堂。

3.（顏色、樣式等）不俗　衣着很～｜～的擺設｜旅館的房間佈置得很～。

反【俗氣】sú qi　這種式樣太～了｜大紅大綠的，～得很｜她怎麼總是打扮得那樣～？

大概 dà gài

1. 大體；大致的情況　事情的～｜他說的那些話我只能記個～。

同【大略】dà lüè

反【詳情】xiáng qíng　他被要求告知事件～｜～已調查清楚了｜初來乍到的，當然不了解～。

2. 簡要而不十分詳盡　～的印象｜～的情況｜你～說明一下就可以了。

同【大約】dà yuē

同【大致】dà zhì

同【大體】dà tǐ

反【詳盡】xiáng jìn　～描述了當地的生活情況｜老師～地介紹了電腦的編程原理。

反【詳細】xiáng xì　他對此作了～的說明｜～介紹了當事人的背景｜我們～詢問了事故的緣由。

3. 有很大的可能（表示猜測或估計）看情形～出事了｜～要下雨了。

同【大約】dà yuē

反【肯定】kěn dìng　他～會去的｜今天下午～要下雨｜這樣～會有很多麻煩。

大綱 dà gāng

重要綱領；大概的內容或情形　著作～｜宣傳～｜編寫考試～｜根據教學～安排課程。

同【提綱】tí gāng

同【綱要】gāng yào

「大綱」所指內容簡明扼要，多用於著作、教學、宣傳、計劃等。「提綱」多用於主題較單一的、小範圍的事項，如說「演講提綱」、「論文提綱」、「你快擬個發言提綱」。「綱要」指文件或言論等的內容要點，多用作書名或檔案名，如說「教育學發展綱要」。

大家閨秀 dà jiā guī xiù

很有名望的家族中的女兒，或指富貴人家的小姐　人家是～，你別去惹她。

反【小家碧玉】xiǎo jiā bì yù　雖說她不是大戶人家出身，可也算是個～啊。

「小家碧玉」指小户人家年輕貌美的女子。

大街 dà jiē

路面較寬的街道　他就喜歡逛～｜這條～的小商品聞名全國｜～上人來車往，十分擁擠。

反【小巷】xiǎo xiàng　走大街，穿～｜～深處有一家小酒店｜他家住在一條偏僻的～盡頭。

大節 dà jié

涉及重大原則的事應以～為重｜～方面忠誠不貳。

反【小節】xiǎo jié　你別不拘～｜他總認為這是生活～｜做人辦事過分在意～也不好。

反【枝節】zhī jié　忽略了許多的～問題｜別拘泥於～部分｜～方面該放棄還是要放棄。

大驚小怪 dà jīng xiǎo guài

對不足為奇的小事情感到很驚訝　這事算不了甚麼，你別～｜她常常對那類事情～。

D

㊃【見怪不怪】jiàn guài bú guài　這種情況見得多了，就會～了。

大力 dà lì
花很大力氣（去做）　～支持｜～援助｜～推廣現代教育技術。

㊂【鼎力】dǐng lì

> 「大力」強調付出很多力量做某事，適用範圍較廣。「鼎力」屬於書面語，多在有事相託或感謝時使用，如說「承蒙各位鼎力相助」。

大量 dà liàng
數量很多　救治～傷員｜安置～難民｜為備荒儲存了～糧食。

㊂【大批】dà pī
㊂【大宗】dà zōng

> 「大量」可用於人、具體事物或抽象事物。「大批」突出數量多，有一大撥的意思，適用於同一時期內連續或同時出現的許多人或事物，如說「西瓜大批上市」、「出土大批文物」、「截獲大批走私貨」、「準備了大批防汛物資」。「大宗」多用於具體的貨物、款項等，不用於人，多與「貨物」、「財產」、「買賣」等詞搭配，如說「大宗貨物」、「大宗買賣」、「大宗財產」。

大名 dà míng
人的正式名字　請問尊姓～｜先生的～早有所聞。

㊂【學名】xué míng

> 「大名」多含有尊敬的意味；還可指盛名，如說「大名鼎鼎」。「學名」指戶籍或身份證件上正式使用的名

字，如說「上了學應當用學名」、「當地的孩子剛出生時都沒有學名」。

大名鼎鼎 dà míng dǐng dǐng
名氣極大　～的北京胡同｜～的敦煌莫高窟｜他就是～的當代偵探。

㊂【赫赫有名】hè hè yǒu míng

> 「大名鼎鼎」多用於人或事物。「赫赫有名」突出名聲顯赫，可用於人、事物或事件，如說「他在當地赫赫有名」、「這是樁赫赫有名的間諜案」。

大年 dà nián
果樹、莊稼等收成好的年份　今年麥子又逢～｜估計今年棗子是～｜今年是～，所以本鄉收成特別好。

㊃【小年】xiǎo nián　蔬菜分～大年｜水果要是逢～就又少又貴。

大人物 dà rén wù
地位高、名氣大的人　那些～總是自以為是｜這位是上邊來的～｜即使是～也得遵守這項規定。

㊃【小人物】xiǎo rén wù　你可別輕看了～｜～也需要得到尊重｜雖然他們都是些～，但工作做得相當出色。

大師 dà shī
在某方面有很深造詣，並被眾人極力推崇的人　國畫～｜鋼琴演奏～｜老作家真不愧為語言～。

㊂【巨匠】jù jiàng

> 「大師」多指所提及的人在學問或藝術方面造詣極深，並受人尊敬，多用於文學、藝術或技藝界的傑出人物。「巨匠」突出成就極其巨大，影

響深遠，如說「文壇巨匠」、「一代巨匠」。

大庭廣眾 dà tíng guǎng zhòng

人很多的公開場合　暴露在～之下｜我怕在～之下發言｜歹徒竟然在～下搶劫。

🔘【眾目睽睽】zhòng mù kuí kuí

「大庭廣眾」突出人多的場合。「眾目睽睽」突出在眾多目光的注視下，多用於不好的甚至惡劣的事件，如說「那些人竟在眾目睽睽下調戲婦女」。

大搖大擺 dà yáo dà bǎi

形容走路的時候滿不在乎，很神氣　匪徒～地闖進民宅｜那匹牛竟～地在大街上閒逛｜犯罪嫌疑人竟～通過了檢查。

🔘【大模大樣】dà mú dà yàng

「大搖大擺」突出行走時滿不在乎的狀態。「大模大樣」突出人或動物行為動作公開的狀態，如說「那人竟然大模大樣地將公物拿回了家」。

大意 dà yi

粗心馬虎；不注意　粗心～｜雨天開車，你千萬別～｜這次真是太～了。

🔘【粗心】cū xīn
🔘【馬虎】mǎ hu

「大意」突出想問題或思考事情不細緻、不深入。「粗心」有不在乎的意思，強調沒有經過認真、細緻地考慮，其結果多是無意中造成的，如說「工作粗心」、「他這人很粗心」。

「馬虎」多用於口語，如說「你也太馬虎了」。

🔄【留神】liú shén　請多～｜～來往車輛｜打起精神，～觀察。
🔄【小心】xiǎo·xīn　望多加～｜～牆上的油漆｜他～地把花扶直了。

大眾 dà zhòng

民眾　～文學｜～餐廳。

🔘【公眾】gōng zhòng
🔘【民眾】mín zhòng
🔘【羣眾】qún zhòng

「大眾」包含範圍較廣，多與「人民」連用。「公眾」指社會上的大部分人，如說「公眾輿論」、「他成為公眾領袖」、「公眾利益」。「民眾」範圍最廣，如說「喚起民眾的覺醒」、「民眾福利」、「關心民眾生活」、「從民眾利益出發」。「羣眾」泛指廣大人民，如說「深入羣眾的生活」、「了解羣眾的疾苦」。

呆板 dāi bǎn

1. 動作緩慢而不靈巧　動作～｜那些手腳～的人總是做不好。
🔄【靈巧】líng qiǎo　～的身姿｜用～的雙手美化生活。
2. 死板；缺少變通或變化；不靈活　頭腦～｜表情實在～｜經營方式過於～｜這樣佈置顯得有些～。
🔘【古板】gǔ bǎn
🔘【刻板】kè bǎn
🔘【死板】sǐ bǎn

「呆板」突出不靈活、不自然，常修飾神態、表情等，多用於人，也可用於某些事物。「古板」強調守舊不

變化，如說「樣式古板」、「真不喜歡那個腦筋古板的人」。「刻板」突出固守某種模式，不善於變化，如說「辦事刻板」、「朝九晚五的刻板生活」、「應改變展覽會的刻板形式」。「死板」突出處理事情僵化不變通，如說「衡量標準不應過於死板」。

(反)【靈活】líng huó　～多變｜採取～的策略｜這些原則也要～運用。

(反)【活潑】huó po　性格開朗～｜生動～的學校生活｜那是一個～可愛的孩子。

(反)【自然】zì ran　～流暢的線條｜說話～得體，應對自如。

呆滯 dāi zhì　1. 沒有活動，缺少變化　表情～｜～的眼神｜他這人向來～無趣。

(同)【僵滯】jiāng zhì

(同)【凝滯】níng zhì

「呆滯」強調笨拙、不靈活，可用於表情、神態、氣氛等。「僵滯」突出因事情難以處理而停頓下來，如說「談判因意見分歧而僵滯」、「臉上的笑容突然僵滯起來」。「凝滯」突出凝固、不流動，如說「血液凝滯」、「凝滯的神態」、「凝滯的池水」、「時間在那一刻凝滯下來」。

(反)【靈動】líng dòng　～的眼神｜畫面空明～。

(反)【靈活】líng huó　～多變的策略｜機智～的偵察兵｜她～的手指在琴鍵上歡快地游動着。

2. 不流通；不週轉　每年都會有一批～賬。

(反)【流通】liú tōng　商品～｜必須保證～渠道的暢通｜這些票據只限於內部～使用。

歹毒 dǎi dú　(用心、手段、話語等)陰險狠毒　心腸～｜～的念頭｜～的話語。

(同)【惡毒】è dú

(同)【陰毒】yīn dú

「歹毒」突出毒的程度很高，可用於心術、手段、言語等，如說「歹毒的主意」、「歹毒的兇手」。「陰毒」突出毒得陰險，一般不用於言語，如說「陰毒的目光」、「陰毒的招數」。「惡毒」突出陰狠、毒辣，適用範圍較廣，如說「惡毒攻擊」、「惡毒用心」、「設下惡毒的圈套」。

歹徒 dǎi tú　壞人　勇鬥～｜無恥的～。

(同)【暴徒】bào tú

「歹徒」指作惡的人。「暴徒」突出採用強暴的手段，如說「不能眼看着攜槍暴徒殺害無辜市民」。

歹意 dǎi yì　壞的用意　並無～｜萌生～｜討錢不成起～｜別把好心當～。

(同)【惡意】è yì

「歹意」屬於書面語。「惡意」書面語、口語都常用，如說「出於惡意」、「毫無惡意」、「那人惡意修改了主頁」。

逮 dǎi　追捕、捉拿；抓　貓～住了老鼠｜當心讓我～着你。

🔘【捉】zhuō
🔘【捕】bǔ
🔘【抓】zhuā

「逮、抓」屬於口語。「捕」多指有計劃、有準備地去捉，如說「搜捕」、「捕魚」、「捕鳥」、「捕捉小雞」。

⊘【放】fàng　～生｜這麼做等於～虎歸山｜警察最後還是把他～了。

代替 dài tì

用 B 換 A，仍起到 A 的作用　互相～｜不可～｜書本～不了現實生活｜用塑膠～金屬做生產原料｜沒有人能～他在這女孩心目中的地位。

🔘【替代】tì dài
🔘【取代】qǔ dài

「代替」突出 A 和 B 是同等的，也可說成「替代」，但「替代」較少使用，如說「相互替代」、「沒有別的人可以替代這個角色」。「取代」用於人或地位時多指通過某種手段使對方非自願地讓出其地位，如說「總經理的職位被別人取代」、「新秀取代了歌壇老將」；也可用於物品，如說「傳統的唱機已被各種新式播放器取代」。

待業 dài yè

暫無工作，等待就業　～青年｜解決～婦女就業問題｜他最近～在家，所以心情不太好。

⊘【就業】jiù yè　增加～機會｜進行～指導｜組織～培訓。

怠惰 dài duò

懶惰；不勤快　為人～｜作風～｜～地躺着｜對此事誰也不敢～。

🔘【懶惰】lǎn duò
🔘【懶怠】lǎn dài

「怠惰」屬於書面語，如說「春暖花開的時節總讓人有些怠惰」。「懶惰」強調主觀上懶，突出不愛工作、勞動等，如說「懶惰成性的人總希望天上掉餡餅」。「懶怠」指鬆懈、不勤快，如說「行為懶怠」、「這人做事真懶怠」；還指沒興趣或不願做，如說「她對學習一貫懶怠」。

⊘【勤快】qín kuai　～的老人｜手腳很～｜他做事歷來～。
⊘【勤奮】qín fèn　～刻苦｜～學習｜老人為科學發展～工作了一生。

帶領 dài lǐng

走在前面起引導作用；領導及指揮　～球隊參加比賽｜老師～學生去養老院做義工。

🔘【率領】shuài lǐng
🔘【帶頭】dài tóu

「帶領」強調起帶頭作用，語意較輕，適用範圍較廣。「率領」突出帶領並指揮一個集體，如說「率領學生參觀博物館」、「率領大軍出發」、「主教練率領新兵出征」。「帶頭」突出自己先做，以帶動別人，如說「帶頭打掃衛生」、「班長帶頭為患重病的同學捐款」。

貸款 dài kuǎn

1. 向金融機構借入錢款或金融機構向外借出錢款　～給重點建設工程。

⊘【存款】cún kuǎn　去銀行～。

2. 用款人借入的錢款　希望儘早歸還～｜工程～已全部還清｜這只是～的一小部分。

反【存款】cún kuǎn ～已經不多了。

逮捕 dài bǔ
正式捉拿（罪犯或犯罪嫌疑人） ～刑事犯｜～在逃詐騙嫌疑人｜經警署批准，他被～了。

同【拘捕】jū bǔ

反【釋放】shì fàng 刑滿～｜宣判無罪～｜～關押的犯人。

戴 dài
把東西安放或固定在頭、臉、頸、胸、臂、手等處 ～花｜～帽｜～口罩｜～戒指｜～項鏈｜～眼鏡｜他手腕上～着一塊新穎的電子手錶。

反【摘】zhāi ～帽子｜～下徽章｜睡覺前她把首飾～了｜我一～下眼鏡就甚麼也看不清了。

「戴」的東西多放於身體的胸部以上部位（包括手端、臂端）。

耽擱 dān ge
拖延；耽誤 ～時日｜這事已～好幾天了｜路上～的時間太長了。

同【耽誤】dān wu

同【延誤】yán wù

「耽擱」突出擱，表示時間的拖延或行動上的停留。「耽誤」突出誤，強調因時間或行動上的拖延而錯過機會或誤了事，如說「耽誤學習」、「耽誤工作」、「前途被耽誤了」。「延誤」只指因為時間的拖延而誤事，如說「航班因濃霧而延誤」。

單 dān
1. 一個；獨 ～程｜～身｜～線聯繫｜他怎麼老是這麼形影隻的？

反【多】duō ～邊｜～角度｜～層次解構主題。

反【複】fù ～合｜～數｜有的昆蟲有～眼｜～句一般都有關聯詞。

2. 成雙中的一個 ～親家庭｜只有隻手套｜他們決定～方面採取行動。

反【雙】shuāng ～親健在｜男女混合～打｜他們成～成對地出入於鬧市。

3. 奇數的(1、3、5、7、9等) ～號｜～週值日。

反【雙】shuāng ～數｜每逢～日出車一次。

反【偶】ǒu ～數。

單薄 dān bó
1. 身體瘦弱 ～的身子｜～的身軀上壓着沉重的擔子。

反【厚實】hòu shi ～的肩膀｜～的身板｜身子～有力。

2.（力量、論據等）弱而不充實 兵力～｜小說內容過於～｜這樣說理顯得～無力｜這支球隊的前鋒力量顯得較為～。

同【薄弱】bó ruò

「單薄」多用於力量、論據等抽象事物，以及衣着、身體等某些具體事物。「薄弱」多用於抽象事物，如說「兵力薄弱」、「基礎薄弱」、「薄弱環節」、「意志薄弱」。

反【堅實】jiān shí 基礎～｜力量～｜有他們～有力的後盾，我還怕甚麼呢？

反【強大】qiáng dà 公司實力～｜發動了～的攻勢｜部隊具有～的戰鬥力。

單純 dān chún
簡單；不複雜 故事情節～｜這孩子的頭腦向來～｜

那些學生的想法還比較～。

〈反〉【複雜】fù zá　那時她的表情很～｜現在問題愈來愈～了｜你們可不要把事情弄得～起來。

〈反〉【繁雜】fán zá　～的家務｜內容～的作品｜整天被～的事務纏得脫不開身。

單調　dān diào　單一重複而缺少變化　音色～｜色彩～｜每天的生活都很～｜這部小說的內容比較～。

〈反〉【豐富】fēng fù　～多彩｜物質的～並不能說明精神的～。

單獨　dān dú　不跟別的結合在一起；獨個地（做）　～行動｜～進行研究｜想～跟你談談｜對個別學生～進行輔導。

〈同〉【獨自】dú zì

> 「單獨」突出不與別的人或部門在一起。「獨自」多指自己單個，如說「獨自經營」、「別獨自喝悶酒」、「應該獨自完成這項任務」。

〈反〉【共同】gòng tóng　～完成工作｜～承擔任務｜～提高業務水平｜攜手並進，～成長。

〈反〉【協同】xié tóng　～配合｜這是他們首次～作戰。

〈反〉【聯合】lián hé　～經營｜兩個公司～投資｜～舉辦演講比賽。

〈反〉【一起】yì qǐ　～討論｜～工作｜打算～去外地學習｜他倆是從小～長大的伙伴。

單幹　dān gàn　不與別人結合，個人或自己家人單獨幹活　以前他們只知道盲目～｜他不太合羣，就喜歡～。

〈反〉【合作】hé zuò　友好～｜～研究的成果已充分顯現｜他們～完成了三個項目。

單親　dān qīn　只有父親或母親一方的　這是一個～家庭。

〈反〉【雙親】shuāng qīn　～都健在｜這事得徵求一下～的意見。

單身　dān shēn　1. 沒有配偶　參加～俱樂部｜四十五歲的他至今～。

〈同〉【獨身】dú shēn

2. 獨自一個人（過日子）　～一人｜～宿舍｜～在外打拼。

〈同〉【孤身】gū shēn

> 「單身」指沒有家屬或沒有跟家屬在一起生活的人，適用範圍較廣。「獨身」指獨個生活，不結婚成家，如說「她至今獨身」。「孤身」多指一個人單獨地做，如說「孤身深入匪徒巢穴」、「孤身擒獲匪首」。

單數　dān shù　1. 也稱「奇（jī）數」。指個位是 1、3、5、7、9 的數　兩個～之和一定是雙數｜數來數去怎麼都是～？

〈反〉【雙數】shuāng shù　螃蟹腳的數目一定是～。

2. 某些語言系統中表示單個數量的詞　這個詞是表示～的｜英文中的 child 是～。

〈反〉【複數】fù shù　英文中的 children 是～。

單線　dān xiàn　僅有一組的軌道或行車路線　～開行｜保持～來往｜這段路全是～軌道，所以特別繁忙。

反【複線】fù xiàn　計劃在此修建～｜這裏將建設新的鐵路～。

單一 dān yī　簡單；僅有一種　方法～｜～經濟模式｜那家店服裝式樣比較～。

反【繁多】fán duō　名目～｜品種～｜節日的貨架上商品～。

擔當 dān dāng　接受並承擔責任　～重任｜～罪責｜～風險｜～監護人｜～重要角色｜～起指揮的責任。

同【承擔】chéng dān
同【承當】chéng dāng
同【擔負】dān fù

「擔當」強調接受並承擔責任重而困難大的事情。「承擔」突出勇敢地接受任務或擔負起責任，如說「由我承擔」、「共同承擔」、「獨自承擔全部費用」。「承當」突出接受並負擔，多用於責任或職務，如說「自願承當責任」、「承當總理一職」。「擔負」語意較輕，多與「費用」、「任務」、「義務」等詞搭配，一般不與具體職務或名稱搭配，如說「擔負會費」、「擔負責任」、「擔負孩子的上學費用」。

擔心 dān xīn　不放心　你別～｜很～同伴的安全｜～藥物的副作用。

同【擔憂】dān yōu

「擔心」語意較輕，突出牽掛。「擔憂」突出發愁、憂慮，如說「別過於擔憂」、「常為自己的前途擔憂」。

反【放心】fàng xīn　你～地去吧｜請各位～，我會努力的。

擔憂 dān yōu　發愁；不放心　為考試～｜別～，血壓沒問題｜他總是為想像中的事情～。

反【寬心】kuān xīn　她成功了，我就～多了｜讓他～的是，他的孩子很有出息。

反【放心】fàng xīn　～不下孩子｜老不～也不是個事兒｜～，這件事包在我身上了。

膽大包天 dǎn dà bāo tiān　做事時膽子極大　犯罪嫌疑人～地頂風作案｜那人竟然敢在白天入室偷竊，真是～。

反【膽小如鼠】dǎn xiǎo rú shǔ　這麼簡單的測試也不敢接受，真是～。

「膽大包天」、「膽小如鼠」用於貶義。

膽寒 dǎn hán　心中害怕　心驚～｜他也有～的時候｜他一身正氣令匪徒～。

同【害怕】hài pà
同【懼怕】jù pà
同【恐懼】kǒng jù
同【畏懼】wèi jù

「膽寒」屬於書面語。「害怕」適用範圍較廣，如說「害怕困難」、「害怕得罪別人」、「害怕無意中暴露了秘密」。「懼怕」程度較深，如說「懼怕死亡」、「懼怕傳染病」。「恐懼」程度較高，不帶賓語，如說「克服恐懼心理」、「家都恐懼極了」。「畏懼」強調非常害怕，屬於書面語，如說「重壓下無所畏懼」、「那是一雙讓他感到畏懼的眼睛」。

膽怯 dǎn qiè　膽量小；心裏害怕 ~得厲害 | ~的神態 | 幫孩子走出~的陰影。

同【怯懦】qiè nuò

「膽怯」適用範圍較廣。「怯懦」屬於書面語，如說「性格怯懦」、「為人向來怯懦」。

旦 dàn　天亮的時候 ~夕之間 | 枕戈待~ | 你這樣通宵達~地幹活，身體是受不了的。

反【夕】xī　~陽 | 危在旦~ | 朝~相處 | 人有旦~禍福。

但凡 dàn fán　所有；只要是 ~路過這裏的人，總愛停下來看看這美麗風景 | ~有一線希望，也要努力爭取。

同【凡是】fán shì

「但凡」指某個範圍內的一切事物，屬於書面語。「凡是」多與「都」、「全」搭配，表示沒有例外，如說「凡是重要事都應由董事會決定」、「凡是新抗菌素全是經過了試驗的」。

但是 dàn shì　與上句關聯，表示轉折 雖然他說會來，~到現在還不見影子。

同【可是】kě shì

同【不過】bú guò

「但是」表示轉折，語氣較重。「可是」多用於口語，如說「我很想去，可是實在沒空」。「不過」轉折的意味輕一些，如說「文章寫得很不錯，不過還有幾個詞需要修改」。

淡 dàn　1. 稀薄 天高雲~ | 江面上籠罩着~~的霧氣。

反【濃】nóng　~墨重彩 | ~霧鎖江。

反【厚】hòu　雲層並不很~ | 飛機終於穿過了~~的雲霧。

2.（顏色）比較淺 ~綠 | 這顏色太~ | 她的妝化得很~。

反【深】shēn　~紅 | ~藍色 | ~咖啡的上裝 | 你別把客廳漆成~色。

3. 味道不濃 ~酒 | 這些菜都~而無味 | 她喜歡~一些的香水。

反【厚】hòu　這酒味極~。

反【醇】chún　敬上~酒一杯。

反【鹹】xián　~魚 | ~菜 | 你這菜做得太~了。

4. 不深刻 平~ | ~漠 | 時間長了這事會~化的 | 大家對那事的印象都很~。

反【深】shēn　~明大義 | 理解得並不~ | 我們對此事印象比較~。

5. 生意不太好 ~季 | ~月 | 銷售清~。

反【旺】wàng　~舖 | 產銷兩~ | 這種產品在市場上~得很。

淡泊 dàn bó　也寫作「澹泊」。（對名利等事）缺少熱情；不追求 態度~ | ~名利 | 一生過得十分~。

同【冷淡】lěng dàn

同【冷漠】lěng mò

同【淡漠】dàn mò

「淡泊」語意較輕，是中性詞，屬於書面語。「冷淡」突出對人對事沒有感情、不熱心或比較疏遠，如說「冷淡無情」、「態度很冷淡」、「他倆關係冷淡」；還作動詞，如說「別冷淡了朋友」、「你可不要冷淡那些窮

人」。「冷漠」表示心腸硬，屬於書面語，如說「為人冷漠」、「表情冷漠」、「她冷漠地看了一眼便離去」。「淡漠」突出不熱心，不當一回事，如說「露出淡漠的神情」。

淡薄 dàn bó　1.（煙霧、雲層、氣味等）不濃厚；密度小　酒味～｜霧氣逐漸～起來了。
同【稀薄】xī bó
反【濃厚】nóng hòu　～的香氣｜天空中堆積着一層～的雲。
2. 感情、興趣等較淺　人情～｜最近他對圍棋的興趣有些～了。
同【淡然】dàn rán

「淡薄」指密度小時，可與「稀薄」互換，如說「稀薄的高原空氣」。「淡然」突出興味不濃，很不在意，如說「興致淡然」、「她只淡然應付一陣就走了」。

反【深厚】shēn hòu　情意～｜兩人結下了～的友誼。

淡季 dàn jì　出產物品較少或營業不旺盛的時節　水果～｜節後正是旅遊購物～。
反【旺季】wàng jì　蔬菜～｜現在正處於年銷消費～。

淡漠 dàn mò　1. 冷淡；沒有熱情表情～｜待人不能太～｜他們之間關係～。
反【熱心】rè xīn　～待人｜～幫助孤寡老人｜～為他人排憂解難。
2. 印象、記憶不確切、不深刻　我對那事的印象已～了。

反【深刻】shēn kè　留下了～印象｜必須～反省自己的問題。

淡然 dàn rán　1. 也寫作「澹然」。不經心；隨便　～置之｜態度很～｜～地回答。
同【漠然】mò rán
2. 微微　喜色～顯現｜姑娘衝他一笑。
同【淺淺】qiǎn qiǎn

淡水 dàn shuǐ　含鹽分極少的水～魚｜～養殖珍珠｜鄱陽湖是中國最大的～湖。
反【海水】hǎi shuǐ　苦澀的～｜倒灌進來｜計劃實施～淡化工程。
反【鹹水】xián shuǐ　陸地上極大部分的河、湖都是淡水，也有少量～湖泊。

淡忘 dàn wàng　因印象逐漸變淡而慢慢忘記　～一切｜痛苦的經歷不會輕易～｜當年轟動一時的事已漸漸被人們～。
反【牢記】láo jì　～父母的教誨｜～恩師的囑託｜應時刻～那次慘痛的教訓。
反【銘記】míng jì　往事～在心頭｜這教訓值得一輩子～。

淡雅 dàn yǎ　樸素雅致　格調～｜色彩～｜～的服飾｜打扮得～高貴。
反【濃艷】nóng yàn　色彩～｜一身～俗氣的裝束。

誕辰 dàn chén　出生的日子　百年～｜紀念偉人的～。
同【生日】shēng rì

同【壽辰】shòu chén

「誕辰」多用於偉人、所尊敬的人。「生日」適用於所有的人。「壽辰」多用於老年人，有莊重的色彩，如「恭賀教授八十壽辰」。

誕生 dàn shēng
出生　平安～｜終於～｜講述智能機器人～的過程。

同【出生】chū shēng

同【出世】chū shì

同【降生】jiàng shēng

「誕生」屬於書面語，用於莊重場合或受到尊敬的人；也用於國家或團體；還表示事物首次出現，如說「新型防毒面具的誕生」。「出生」「出世」指人生育出來或指事物的產生、出現等，可用於人或動物，如說「孩子出生才三個月」、「這是剛出生的羊羔」。「降生」多指不平凡的人或宗教創始人出世，如說「偉人降生」、「他降生在音樂之家」。

反【逝世】shì shì　不幸～｜那個著名學者過早地～了｜他～的時候只有 53 歲。

當初 dāng chū
當時；起初那時候　保留～的風俗習慣｜沒有～的積累，哪有今日的成就？

反【今日】jīn rì　早知～，何必當初｜～的成功是長期努力的結果。

反【現在】xiàn zài　應多着眼～｜一切從～做起｜你～說這件事真不是時候。

當地 dāng dì
本地；說話的人所在的地方或事情發生的地方　～土產｜想了解～的民俗｜～的礦產資源極其豐富。

同【本地】běn dì

「當地」指說話人所提及的那個地方。「本地」有很強的現場感，多指說話人正處在的地方，如說「我不是本地人」、「操本地口音」、「這是本地的農產品」。

反【外地】wài dì　～產品｜～遊客｜我曾利用去～出差的機會遊覽風景名勝。

反【異地】yì dì　身處～，行動要格外警惕。

當機立斷 dāng jī lì duàn
關鍵時刻毫不猶豫地作出決斷　應該～｜把握機會，～｜再不～，就會誤了大事。

反【舉棋不定】jǔ qí bú dìng　他辦事總有點～的｜若是～，你們就會錯失良機。

當即 dāng jí
立刻；馬上　～答覆｜救援人員～趕到事發現場｜警察～採取了行動。

同【立即】lì jí

同【立刻】lì kè

同【馬上】mǎ shàng

同【迅即】xùn jí

「當即」突出緊接着有所行動，多用於描述已經發生的事情，屬於書面語。「立即」屬於書面語，如說「決定立即行動」、「國際社會立即伸出援助之手」。「立刻」通用於口語和書面語，如說「部隊立刻出發」、「吃藥後肚子立刻就不疼了」。「迅即」屬於書面語。

當面 dāng miàn　面對面地（做）
～對質｜～解釋｜各位應～把問題説
清楚。

反【背後】bèi hòu　～議論｜別在～
搞鬼｜她就喜歡～説人壞話。

當日 dāng rì　過去行動或事情發
生的那一天　～的恩情我永誌不忘｜
事發～他們沒有一個幫過我。

當時 dāng shí　指過去發生事情
的時候　～我真的沒注意｜～他正在
讀高中｜我們～都不明白發生了甚麼
事情。

反【事後】shì hòu　～孔明｜～的説
明｜～才明白真相。

反【事前】shì qián　～進行預測｜～
並沒有任何症狀｜誰都不知道這件
事會如此。

反【事先】shì xiān　～沒請過假｜你
們應～通知大家集合的地點。

當心 dāng xīn　1.小心；留神　千
萬～｜～有電｜雨天～路滑｜～別凍
着了。

同【留神】liú shén

同【小心】xiǎo·xīn

同【留心】liú xīn

同【留意】liú yì

同【注意】zhù yì

反【粗心】cū xīn　別老是～｜做作業
不要那麼～｜觀察得仔細些，不要～。

反【大意】dà yi　太～了｜粗心～｜
～失荊州。

2.特別注意；警惕　～有人暗中破壞。

同【警惕】jǐng tì

「當心」有小心提防的意思，多用於

提醒別人要注意不利的事物。「留
神」突出防備不利的、不幸的事情，
如説「下雨路滑，開車一定要留
神」。「小心」強調謹慎，如説「他
小心地把水晶花瓶帶回了家」。「留
心」突出細心觀察，如説「留心自然
界的四季變化」。「留意」表示特別
注意，對象可好可壞，如説「請留意
佈告中的信息、在巴士上要特別留
意扒手」。「注意」突出非常關注，
如説「請注意安全」、「注意個人衛
生」。「警惕」語意較重，對象多為
不利的事情，如説「警惕敵人的破
壞」、「要警惕身體的亞健康狀態」。

反【鬆懈】sōng xiè　思想別～｜這事
來不得半點～｜差錯往往就出在～的
時候。

當選 dāng xuǎn　被選舉上　她
多次～班長｜他已～為議員｜主任再
次以全票～。

反【落選】luò xuǎn　以一票之差～｜
我們真沒想到他會～。

當中 dāng zhōng　正中間　～
的位置｜東西都放在客廳～。

同【中間】zhōng jiān

「當中」突出位置大致居中。「中間」
可表示位置居中，如説「廚房中間放
了一張木椅」；也指之內，如説「我
發現他們中間有的人很小氣」；還
指兩者之間的，如説、「社會中間階
層」。

當眾 dāng zhòng　面對着眾人
（做）　～拍賣｜經理～承諾了這事｜

校長～宣佈了事情的解決方案。

反【私下】sī xià ～交易｜別這麼～了結｜他們～交換了看法。

當 dàng　以值錢的東西作抵押向當舖借入錢款　典～｜～票｜～舖｜她已把首飾拿去～了。

反【贖】shú　～當｜～金｜他本想當月～回抵押的小舖，現在看來不行了。

當日 dàng rì　同一天　兩地相距不遠，～可以往返。

同【當天】dàng tiān

「當日」屬於書面語。「當天」多用於口語，如說「當天晚上就走」、「她當天就知道了事情的真相」。

當時 dàng shí　就在那個時候；立刻；馬上　一看到這封律師信，他～就暈倒了。

倒閉 dǎo bì　企業因經營虧損而關閉　破產～｜融資危機令那家工廠～。

反【開張】kāi zhāng　擇吉～｜～大酬賓｜我朋友的店今天～，我得去祝賀。

倒霉 dǎo méi　也寫作「倒楣」。遇事不利不順；運氣境遇不好　自認～｜～透頂｜在我最～的日子，她熱情地幫助了我。

同【晦氣】huì qì

「倒霉」突出遭遇不好，有特別糟糕、始料未及的意思。「晦氣」突出遇到不順心或不吉利的事，如說「算我晦

氣，撞見了這種事」；還表示氣色不好，如說「一臉晦氣」。

反【走運】zǒu yùn　祝你～｜你真是不～｜他一向都很～。

反【幸運】xìng yùn　～之神甚麼時候能降臨｜她真～，第一次考試就通過了。

反【吉利】jí lì　這麼做就為圖個～｜他說這個號碼很～。

倒台 dǎo tái　下台，多指政府或官員失去權位　面臨～危機｜政府～，引發經濟地震。

同【垮台】kuǎ tái

「倒台」多用於比喻，適用於政權、統治地位等。「垮台」常用於政權、局面等。

搗亂 dǎo luàn　故意找麻煩，擾亂別人；搞破壞　你別在此～｜他淨跟我～｜必須制止電腦黑客～。

同【攪亂】jiǎo luàn
同【搗蛋】dǎo dàn
同【搗鬼】dǎo guǐ

「搗亂」突出故意破壞；也指存心給別人惹麻煩，語意較重。「攪亂」突出將原先有序的事物、程序等弄亂，使無法開展或進行下去，有時指無意中給別人造成混亂或損失，如說「那些人專門攪亂人心」、「好好的聚會被攪亂了」、「他的話攪亂了大家的思想」。「搗鬼」突出使用詭計，含貶義，如說「表面忠誠背後卻在搗鬼」。「搗蛋」多用於頑皮的孩子無理取鬧，如說「這孩子特別調皮，常跟老師搗蛋」。

禱告 dǎo gào　信仰宗教的人向神默告自己的心願，祈求保佑　默默地～｜虔誠地向上蒼～。
同【祈禱】qí dǎo

「禱告」多用於具體的宗教儀式中。「祈禱」適用範圍較廣。

到達 dào dá　抵達；到了某地　車還沒～縣城｜學生們尚未～指定位置｜終點站你就會看見那家超市。
反【出發】chū fā　～去山區考察｜我們將準時～。
反【離去】lí qù　快速～｜匆忙｜他從這兒～已有一個多小時了。

「到達」指進入、抵達某個具體的目的地。

到底 dào dǐ　1. 用於疑問句，表示進一步追究　你～想怎樣｜～誰是這裏的負責人｜你家的門～關沒關上？
同【究竟】jiū jìng
2. 用於句首或句中，表示情況最後還是發生了　他～還是來了｜～還是女人心更細。
同【畢竟】bì jìng
同【終歸】zhōng guī
同【終究】zhōng jiū
同【終久】zhōng jiǔ
同【總歸】zǒng guī

到任 dào rèn　到所指定的新地方就職　新官～｜他～不久，就遇上了棘手的事件。
同【到職】dào zhí
同【就任】jiù rèn

「到任」指去新的工作崗位開展工作，如說「新教練年底到任」。「到職」側重指到達新的崗位並成為其中的一員，如說「畢業生剛剛到職」、「新官員們陸續到職」。「就任」指上任、接受職務，賓語多是職務，如說「就任新職」、「就任中國區總裁」。

反【離任】lí rèn　即將～｜父親～後過着清靜的生活。
反【卸任】xiè rèn　經理剛～｜～不久他又被委派到新的崗位上去了。
反【離職】lí zhí　他馬上就要～了｜他們早就提出了～申請。

「到任」、「離任」多用於擔任某職務的官員或執行某使命的有關人員。

倒 dào　1. 上下的位置相反　～懸在空中｜他在練習～立｜水中的～影異常美麗。
反【正】zhèng　擺～位置｜這幅畫你沒放～。
2. 前後相反　頁碼裝～了｜順序別～了｜這個字筆畫寫～了。
反【順】shùn　～次序入場｜理～紛亂的思緒｜應及時理～各業務部門之間的關係。
3. 與一般情況相反　～貼｜～插門女婿｜你們不要喝～彩。
反【正】zhèng　樹立～面形象｜他們是辯論的～方。
反【順】shùn　～水推舟｜這麼做才～理成章。

倒退 dào tuì　1. 從現在的位置往後面退　他不禁～了幾步｜他慢慢地～到了門外。

D

反【前進】qián jìn　艱難地～了幾步｜他們彼此鼓勵，努力划動，船終於開始～了。

2. 從現在的地位、年代、階段等向以前或落後方面變化　價值觀念不能～｜因為政策不當，經濟發生了～。

反【發展】fā zhǎn　～生產｜改革開放使經濟有了極大的～。

倒敘 dào xù　先說結果回頭再敘述過程　～場景｜小說採用了～的手法｜畫面上出現了一組～鏡頭。

反【順敘】shùn xù　採用～表達方式｜作品以第一人稱～事件的發生、發展。

「倒敘」多用於文學、電影、戲劇等的敘事手法。

悼念 dào niàn　懷念死者，以示哀痛　沉痛～｜～故人｜舉行～儀式｜～死去的親人。

同【懷念】huái niàn
同【弔唁】diào yàn

「悼念」的對象為已經去世的人。「懷念」的對象可以是死者，也可以是活着的人，還可以是特殊的處所、時光等，如說「懷念故鄉」、「懷念我的大學生涯」。「弔唁」屬於書面語，用於祭奠死者並慰問其親屬，如說「參加弔唁活動」、「弔唁事故的遇難者」。

盜 dào　1. 搶奪別人財物的人　海～｜強～｜擒獲～賊。

同【匪】fěi
2. 將別人的東西竊為己有；偷　～墓｜～為己有。

同【竊】qiè
同【偷】tōu

「盜」語意較重，多用於偷盜價值重大的物品，可組合成「偷盜」、「盜竊」、「盜賊」、「監守自盜」等。「竊」的對象可大可小，可組合成「竊賊」、「行竊」、「剽竊」、「竊取成果」等，用於書面語。「偷」口語中常用，如說「偷東西」、「偷雞摸狗」、「錢包又被偷了」。

盜版 dào bǎn　未得到版權所有人允許，對出版物進行偷印、偷錄　制止～侵權行為｜這是新發現的～書｜這部新片還未首發，據說外面已有～了。

反【正版】zhèng bǎn　我們承諾使用～軟件｜這店出售的都是～書刊。

盜竊 dào qiè　竊取　～財寶｜～文物｜珠寶店接連遭到～。

同【偷盜】tōu dào
同【偷竊】tōu qiè

「盜竊」語意較重，多指偷取祕密的、價值重大的東西，如說「盜竊軍事情報」、「盜竊國家機密」。「偷盜」突出暗中盜取一般的錢財或貴重物品，如說「偷盜名木古樹」、「偷盜公共財物」。「偷竊」語意較輕，如說「偷竊錢物」、「偷竊銀行卡密碼」、「專門在巴士上偷竊手機」。

道地 dào dì　像樣的；夠標準的　唱功～｜品嘗～的法國菜｜老人至今仍然操着一口～的家鄉話。

反【虛假】xū jiǎ　杜絕～報道｜堅決

取締～的廣告。

⊗【差勁】chà jìn　這飯菜實在～｜這家服裝店的服務真～。

道路 dào lù　供人和車馬行走的那部分路面　～交通標誌｜寬敞平坦的～｜前方～施工，請車輛繞道行駛。

◉【途徑】tú jìng

「道路」除表示具體意義的路外，還用於比喻，如說「討論搖滾音樂的發展道路」。「途徑」多表示抽象意義的門徑，如說「解決問題的途徑」、「控制病毒傳染的途徑」。

道歉 dào qiàn　認錯，向人表示歉意　賠禮～｜公開～｜必須真心誠意。

◉【抱歉】bào qiàn

「道歉」突出向對方承認錯誤並表示歉意。「抱歉」突出心中過意不去，覺得對不住他人，如說「因錯怪了她，真想對她說聲抱歉」；還作禮貌用語，如說「抱歉，我得先走一步」。

道喜 dào xǐ　祝賀別人喜慶的事情　特地登門～｜向得獎的同學｜親朋好友都來向她～。

◉【賀喜】hè xǐ

「道喜」突出用話語表示祝賀，多用於口語。「賀喜」多用於書面語，如說「新春賀喜」、「門上貼着賀喜對聯」。

得 dé　獲得　～到讚賞｜旗開～勝｜金彈子打鳥，～不償失。

⊗【失】shī　～而復得｜他已經～勢了。

得逞 dé chěng　得到實現　陰謀～｜害人詭計終未～｜要是讓他～，後果不堪設想。

⊗【未遂】wèi suì　犯罪～｜那人曾因殺人～而獲罪。

「得逞」的對象是壞的主意、點子等，用於貶義。「未遂」指原本打的主意或想做的事未能達成，用於正負面均可，如「未遂其志」、「未遂其謀」。

得寵 dé chǒng　得到特別的喜愛　這名妃子曾很～｜奸臣～，忠良就要遭殃了｜真是一副小人～的嘴臉。

⊗【失寵】shī chǒng　因為～，他再也不像往日那麼驕縱了｜貴妃～以後日子過得很淒慘。

「得寵」多用於貶義。

得寸進尺 dé cùn jìn chǐ　得到一點好處後就想得到更多的好處　我們已讓步了，你就不要再～｜這個人總是～，得好好治治他。

◉【得隴望蜀】dé lǒng wàng shǔ

⊗【適可而止】shì kě ér zhǐ　凡事都要～｜今天玩得高興，也應當～。

「得寸進尺」強調索要東西時貪得無厭。

得當 dé dàng　恰當；很有分寸　言辭～｜措施～｜你們對這件事情的處理不太～。

◉【妥當】tuǒ dang

D

⊜【妥帖】tuǒ tiē

「得當」突出說話、處理事情得體、正確。「妥當」突出穩妥可靠，如說「讓他辦這件事最妥當了」。「妥帖」突出符合要求，特別合適，如說「作家對孩子們的生活描寫得傳神而妥帖」。

㊀【失當】shī dàng　做法～｜防衛～｜你們這樣安排有些～。

得到 dé dào　擁有事物；獲得　～資助｜～獎勵｜～幫助｜～諒解｜～一致好評。
⊜【獲得】huò dé
⊜【取得】qǔ dé

「得到」的對象可以是具體物品或抽象事物，適用範圍較廣。「獲得」多用於正式場合，如說「獲得冠軍」、「獲得勝利」、「獲得寶貴的經驗」、「獲得了巨大的成功」。「取得」突出經過努力而得到所希望的結果，如說「取得信任」、「取得新成果」、「工程取得了重大進展」。

㊀【失去】shī qù　～聯繫｜我對此已～信心了｜他～了最好的朋友。

得隴望蜀 dé lǒng wàng shǔ
比喻貪得無厭　要適可而止，切忌～｜獲得之後，他仍不滿足，又開始～。
⊜【得寸進尺】dé cùn jìn chǐ

「得隴望蜀」源自《後漢書·岑彭傳》「人苦不知足，既平隴，復望蜀」。突出不知足，屬貶義詞。「得寸進尺」突出在數量上無法滿足，想更多地得到，也是貶義詞，如說「我們已經

很讓步了，他卻得寸進尺，一再提高價格」。

㊀【適可而止】shì kě ér zhǐ　所謂過猶不及，做人處事都要留有地步，～。

得勝 dé shèng　獲得勝利　他們終於～而歸｜今天的比賽真是旗開～。
㊀【失利】shī lì　初戰～｜總結戰鬥～的教訓｜他們正在查找比賽～的原因。
㊀【失敗】shī bài　一再～｜不能再～了｜～是成功之母｜試驗經歷了無數次的～。

得勢 dé shì　得到權柄；獲得有利形勢　別像個～小人似的。
㊀【失勢】shī shì　這個沒落家族已經徹底～。

得悉 dé xī　知道；聽說　～貴體欠安，甚為牽掛｜～父親去世的消息，他立即暈了過去。
⊜【得知】dé zhī
⊜【獲悉】huò xī

「得悉」、「獲悉」都有莊重色彩，屬於書面語，如「從電視中得悉當地洪水已經退去」、「有關情況他是從外地來的那位朋友那裏獲悉的」。

得意 dé yì　如其心意而有所成就或引以自豪；感到滿足　這是他惟一的～門生｜那人～揚揚地走了進來｜一個人～了就容易忘形。
㊀【失意】shī yì　年少～｜這個商人多年來一直很～。

D

得志 dé zhì

志願得到實現　他一生都抑鬱不~｜他怎麼老是一副小人~的嘴臉啊？

反【失意】shī yì　落魄~｜賭場~。

「得志」多指有了名利地位後自己覺得滿足。

登場 dēng chǎng

出現在戲劇舞台上　~亮相｜粉墨~。

反【退場】tuì chǎng　卸妝~｜話劇的配角已經~。

登記 dēng jì

記錄在案，以備查考　~在冊｜工商~｜他們倆去年就~結婚了。

反【注銷】zhù xiāo　~戶籍｜因為非法經營而被~了營業執照。

「登記」用於有關部門對某些必需的事項記錄下來。

登時 dēng shí

立刻　他們~就打起來了｜大火~就朝這邊蔓延過來｜會場~響起了熱烈的掌聲。

同【頓時】dùn shí

同【即時】jí shí

同【立時】lì shí

「登時」突出動作或行為發生得急促、突然，多用於描述過去的情況。「頓時」突出眼下動作發生得很快，如說「聽我說完，他頓時就傻眼了」。「即時」屬於書面語，突出馬上按照預定的計劃行動，如說「有事情就要即時處理」；還指當時，如說「即時信息」、「即時行情」。「立時」屬於書面語，如說「立時暴露了身

份」、「消息傳來，股價立時大漲」。

登載 dēng zǎi

（新聞、文章等）在報刊上發表　~消息｜~新聞｜文章~在晚報上。

同【刊登】kān dēng

同【刊載】kān zǎi

「登載」、「刊載」都屬於書面語。「刊登」較常用，可用於書面語或口語，如說「今天的晨報刊登了這個消息」。

等待 děng dài

一直等着，直到希望的人、事物或情況等出現　~時機｜耐心~｜~答覆｜禁不起~｜急切地~出差的父親回家。

同【等候】děng hòu

「等待」的對象可以是具體的或抽象的。「等候」一般比較莊重，如說「等候回音」、「請耐心等候」。

低 dī

1. 上下距離短；離地近　~矮｜~超｜~空飛行｜這個房間的窗戶有點~。

同【矮】ǎi

反【高】gāo　~山峻嶺｜~樓萬丈平地起｜廣告牌矗立在~處。

2. 排列在後　在學校裏我比他~兩級。

反【高】gāo　~年級的學生｜在大學裏，她比我~一屆。

3.（級別、地位）在下的；在一般標準、平均程度之下的　~聲｜~級｜~水平。

同【矮】ǎi

反【高】gāo　~級｜水平很~｜學問

D

～深｜～標準，嚴要求。

4. 頭向下 她～頭走了｜他從來都不肯～頭的。

⑤【仰】yǎng ～面朝天｜～望星空｜～起頭看着對面的高樓。

⑤【抬】tái ～頭向上看｜～頭不見低頭見。

低潮 dī cháo

1. 潮汐變化中較低的水位 ～時海灘上可找到很多貝殼。

⑤【高潮】gāo cháo 錢塘江的～出現在每年的農曆八月十八。

2. 比喻事物發展中所處的低落階段 ～期｜事業正處於～｜他的情緒常出現～。

⑤【高潮】gāo cháo 事態發展已到了～｜演奏的～已經到來。

低沉 dī chén

1. (情緒) 不好；消沉 ～的心情｜情緒比較～｜這幾天他非常～。

⑥【低落】dī luò

⑥【消沉】xiāo chén

「低沉」強調一時情緒不高，語意較輕；還用於聲音、天色等，如說「音色低沉」、「低沉的雲層」。「低落」突出情緒不高已持續了一段時間，如說「士氣低落」、「因失誤過多而情緒低落」、「一直這麼低落下去也不能解決問題」；還指聲音往下降，如說「聲氣低落」、「語調低落」。「消沉」突出情緒由高昂向低落變化的狀態，含貶義，如說「意氣消沉」、「不能再消沉下去了」。

⑤【高昂】gāo áng 情緒～｜保持～的士氣。

⑤【昂揚】áng yáng 意氣風發，鬥志～｜以～的精神迎接新時代。

2. (聲音) 低而沉重 ～的琴音｜～的號角聲。

⑥【低落】dī luò

⑤【高昂】gāo áng 音調～｜～嘹亮的歌聲回盪在山谷中。

⑤【洪亮】hóng liàng 嗓音～｜～的回聲。

低檔 dī dàng

價格、質量、品位較低 ～產品｜這款照相機屬於～品｜一般市民只能享受～消費。

⑤【高檔】gāo dàng ～商品｜他買的都是些～玩具｜這麼～的化妝品我可買不起。

「低檔」、「高檔」用於商品或消費。

低端 dī duān

技術含量較少或等級較低的 本公司的產品已擺脫～階段｜科研成果充分顯示出該產品已由～進入高端行列。

⑤【高端】gāo duān ～產品｜公司已開發了～技術的新型手機。

「高端」指技術含量較多或等級較高的。

低級 dī jí

1. 等級低的；形式簡單的 ～階段｜處於～水平｜人沒有高級～之分。

⑤【高級】gāo jí 公司～職員｜這艘客輪很～｜年輕人不要一味追求～享受。

⑤【高等】gāo děng ～院校｜研究～數學｜他目前在一所～專科學校就讀。

2.庸俗無聊的　～趣味｜～粗俗的玩笑。

<small>反</small>【高尚】gāo shàng　品格～｜～的情操｜努力做一個品德～的人。

低賤 dī jiàn　（社會地位）低下

地位～｜出身～｜職位無高貴～之分。

<small>同</small>【卑賤】bēi jiàn

<small>同</small>【卑下】bēi xià

> 「低賤」突出地位低下，被人瞧不起，多用於職業、身份、地位等。「卑賤」多突出地位低，如說「卑賤的職位」；還表示不高尚，如說「品格卑賤」。「卑下」突出品格、情操等下等、低劣，如說「情操卑下」、「風格卑下」。

<small>反</small>【高貴】gāo guì　～的身份｜～的來賓｜他身上透着一種～的氣質。

低廉 dī lián　（商品）價格低　售

價～｜～的成本｜～的收費標準。

<small>同</small>【便宜】pián yi

> 「低廉」屬於書面語。「便宜」多用於口語，適用範圍較廣，如說「價格十分便宜」、「最好能再便宜一些」。

<small>反</small>【昂貴】áng guì　價格～｜對方的要價很～｜這代人為此付出了～的代價。

低劣 dī liè　（品質或品行）非常

不好　～化妝品｜質量如此～的東西居然也賣出去了｜他的人品非常～。

<small>反</small>【高超】gāo chāo　～的見解｜茶藝表演者有～的技藝。

<small>反</small>【優良】yōu liáng　性能～｜～作

物品種｜～的文化傳統｜～的學習成績。

> 「低劣」多用於質量、水平，也能用於形容品格。「高超」不能應用於品格方面。「優良」可以用於品格，「品格優良」可以；「為人優良」則不行。

低落 dī luò　低沉、降低、消

沉　物價～｜士氣～｜～的情緒。

<small>反</small>【高漲】gāo zhǎng　水位仍在～｜近年來，房價不斷～。

<small>反</small>【高昂】gāo áng　～的激情｜青年們懷着～的熱情投入工作。

低微 dī wēi　1.（聲音）輕　～的

呻吟｜～的歎息聲｜她用～的聲音訴說着。

<small>反</small>【洪亮】hóng liàng　嗓門～｜～的軍號聲｜山上寺廟傳來～的鐘聲。

2.（社會地位）低下、卑微　出身～｜做這工作，我一點也不覺得～。

<small>同</small>【卑微】bēi wēi

<small>同</small>【微賤】wēi jiàn

> 「低微」突出人的地位低下，不受重視；還用於聲音、收入等，如說「低微的薪金」、「低微的呻吟聲」。「卑微」適用範圍較廣，可用於人的地位、行為及其他一些事物，如說「人格卑微」、「身份卑微」、「卑微而可憐」。「微賤」只用於社會地位，屬於書面語，如說「在廣袤的宇宙中，生命是微賤的」。

<small>反</small>【高貴】gāo guì　～的女皇｜他言談舉止中透着一種～。

低溫 dī wēn　較低的溫度　～運

輸｜這些食品需要～冷藏｜必須經過～處理程序。

⊘【高溫】gāo wēn　今年夏天的持續～使很多老年人病倒了。

低壓　dī yā　物理學上稱較低的壓力為「低壓」～電器｜本市正處於槽控制之下。

⊘【高壓】gāo yā　～電纜｜～容器。

低音　dī yīn　1. 處在較低位置的音域　渾厚的～｜～提琴的音質非常好｜鋼琴的～部分琴鍵有點問題。

⊘【高音】gāo yīn　～喇叭｜真討厭這種～叫囂。

2. 音域較低的歌手　男～的獨唱非常動聽。

⊘【高音】gāo yīn　她是花腔女～。

的確　dí què　確實如此　這布料～很好｜這些材料～重要｜他們的業務～都很出色。

◎【確實】què shí

◎【委實】wěi shí

「的確」是副詞，突出事實如此，表示肯定語氣。「確實」突出真實可靠，不虛假，如說「消息確實」、「數據確實可信」；還作形容詞，如說「提供確實的證據」。「委實」是副詞，屬於書面語，如說「委實不易」、「委實有誤」、「這個結果委實不曾想到」。

敵　dí　1. 有根本的利害衝突而無法相容的　～方｜～軍｜充滿～意。

⊘【我】wǒ　～方｜～軍陣地。

⊘【友】yǒu　～軍｜～人｜招待～邦

人士。

2. 敵對方；敵人　大～當前｜～強我弱｜大家一起想出一個克～制勝的辦法。

⊘【我】wǒ　分清敵～。

⊘【友】yǒu　摯～｜親朋好～｜良師益～。

敵對　dí duì　彼此因利害相衝突，或所據立場不同，而採取的一種對抗，甚或仇視的態度　持～態度｜採取～行動｜時刻提防～勢力。

⊘【友好】yǒu hǎo　～往來｜～鄰邦｜他們見面時態度很～｜各國之間應當～相處。

敵人　dí rén　敵對的人　民族的～｜～的～是朋友｜消滅入侵的～。

⊘【朋友】péng you　親密的～｜在家靠父母，出門靠～｜～的關心給了他溫暖。

敵視　dí shì　仇視；像看待敵人似的　遭人～｜採取～態度｜懷着～情緒。

◎【仇視】chóu shì

「敵視」突出敵，強調所指對象與自己一方有着無法調和的敵對關係。「仇視」語意較重，敵意很強，如說「仇視來犯之敵」、「懷着仇視的目光」。

底細　dǐ xì　（人或事情的）根底；內情　她的～誰也不知道｜簽合同前一定要摸清對方的～。

◎【內情】nèi qíng

◎【內幕】nèi mù

「底細」多用於不為外人所知的內部情況，可指個人、團體或事件。「內情」多用於事件或團體，如說「旅遊業的內情」、「該上市公司首次披露內情」。「內幕」多用於較重要的事件等，如說「揭露企業破產內幕」、「公佈內幕」、「探聽內幕消息」。

抵觸 dǐ chù　跟另一方對立；相矛盾　有~情緒｜兩種意見互相~。
回【衝突】chōng tū
回【抵牾】dǐ wǔ
回【矛盾】máo dùn

「抵觸」語意較輕。「衝突」語意較重，如說「發生暴力衝突」、「衝突中有多人傷亡」。「抵牾」屬於書面語。「矛盾」口語、書面語都常用，如說「產生矛盾」、「供需矛盾」、「不要讓矛盾升級」。

抵達 dǐ dá　到達　代表團按期~｜奧運聖火~北京｜請預先告知~時間。
回【到達】dào dá

「抵達」屬於書面語。「到達」突出到目的地，如說「火車準時到達」、「警方在第一時間到達了現場」。

抵擋 dǐ dǎng　擋住　無法~｜~酷暑｜孩子常常會~不住美食的誘惑｜堅硬的盔甲足夠~射來的子彈。
回【招架】zhāo jià

「抵擋」突出主動性較強。「招架」以被動防守為主，常與具有否定意味的詞連用，多有不良結果，如說「招架不住」、「無法招架」、「難以招架如此迅猛的攻勢」。

抵抗 dǐ kàng　用自己的力量奮力抗擊敵方的進攻　積極~｜全力組織~｜面對敵人入侵，必須殊死~。
回【抵禦】dǐ yù
回【抵制】dǐ zhì

「抵抗」突出不屈服於敵對勢力，對象多是進攻或威脅自己的人或事物，比如敵人、侵略、寒冷、疾病等。「抵禦」含有抵抗和防禦的意思，強調用人力或物力進行抵擋，以達到不讓敵人或有害事物侵入的目的，屬於書面語，如說「抵禦恐怖襲擊」、「抵禦市場風險」、「抵禦外界的壓力」。「抵制」突出拒絕不良事物，如說「抵制假冒商品」、「堅決抵制盜版行為」。

反【投降】tóu xiáng　繳械~｜他曾經~敵人｜敵軍終於無條件~了。
反【降服】xiáng fú　以武力~。

抵賴 dǐ lài　否認說過的話或做過的事　那人還在拼命~｜對這個失誤，他矢口~｜他~曾經借過錢。
反【承認】chéng rèn　~錯誤｜主動地~｜最後他勉強~了自己所做的一切。

「抵賴」多用於否認過失或罪行，用於貶義。

砥礪 dǐ lì　磨煉　~意志｜愈是困難，愈能~自己。
回【磨煉】mó liàn

D

圖【錘煉】chuí liàn
圖【鍛煉】duàn liàn

「砥礪」突出長時間堅持不懈地努力實踐，以得到鍛煉，屬於書面語。「磨煉」指在困境中鍛煉，如說「磨煉才幹」、「磨煉心智」、「逆境最能磨煉人」。「錘煉」的對象是意志、能力，還可表示寫作中對遣詞造句的反覆琢磨，如說「錘煉詞語」。「鍛煉」表示通過體育運動提高身體素質；也可表示通過工作實踐增長才幹，如說「暑期去工廠見習鍛煉」。

詆譭 dǐ huǐ

誹謗他人　存心～｜～好人｜不准～同行，抬高自己。

圖【誹謗】fěi bàng
圖【譭謗】huǐ bàng

「詆譭」突出以不正當手段毀壞別人的名譽。「誹謗」語意較重，如說「忠臣常被奸臣誹謗」。「譭謗」屬於書面語，程度較深，如說「大肆譭謗」、「譭謗中傷」。

地 dì

人類萬物棲息生長的場所。有時直接指地球　～表｜～層｜太陽冉冉地升上了～平線。

反【天】tiān　～空｜上～入地｜～壤之別｜～誅地滅｜航～人員正在日夜奮戰。

地步 dì bù

達到的程度或所處的境況　進退兩難的～｜他興奮得到了睡不着的～。

圖【田地】tián dì
圖【境地】jìng dì

「地步」多用於不良的境況，較少用於好的境況。「田地」用於較嚴重的壞的狀況或處境，如說「事情弄到今天這個田地，你我都有責任」。「境地」多指不好的情況，如說「他陷入了難堪的境地」、「沒想到他會落到如此境地」；還指程度、境界，如說「技術到了爐火純青的境地」。

地道 dì dao

本色的；純正　這可是～的川菜｜她普通話說得真～。

圖【純粹】chún cuì
圖【純正】chún zhèng

「地道」突出真正的、不是假冒的，多用於語言能力、商品貨色及人物的身份等。「純粹」突出不摻雜其他成分，如說「純粹的友誼」、「純粹的原材料」。「純正」突出原汁原味的，屬於書面語，如說「口感純正」、「一口純正美式英語」；還指純潔端正，如說「動機純正」、「目的不太純正」。

地方 dì fāng

各級行政區劃一的統稱（中央統轄的除外）　～財政部門｜辦成有～特色的企業。

反【中央】zhōng yāng　～機關｜這事只能由～銀行統籌解決。

地廣人稀 dì guǎng rén xī

地域廣闊而很少有人　當地～，無法發展經濟｜探險者常喜歡去～的地區。

反【人煙稠密】rén yān chóu mì　此地～，發展空間太小｜他選擇到～的地方開店，這樣生意好。

地面 dì miàn　地表面　～部隊｜～作戰｜飛船返回～。
（反）【天空】tiān kōng　飛向～｜飛行器在～穿梭｜翱翔在廣闊的～。

地區 dì qū　面積、範圍較大的地方　多山～｜這個～經常下雨。
（同）【地域】dì yù

> 「地區」指有別於相鄰區域的較大範圍，如說「丘陵地區」、「晴旱少雨地區」；也可指某個行政區域，如說「華東地區」、「華南地區」。「地域」突出以地理狀況為依據劃分出來的大面積地方，如說「地域文化」、「地域性特徵」、「地域研究與開發」。

地位 dì wèi　個人或團體、國家等在社會關係中所處的位置　學術～｜國際～｜平等的社會～｜研究魯迅小說的歷史～。
（同）【位置】wèi zhi

> 「地位」只指在社會關係中的位置。「位置」突出在空間中所佔的位子，如說「該樓盤所處位置優越」、「在報紙的顯要位置刊登了這一報道」。

地獄 dì yù　某些宗教指人死後靈魂受難的居所。也比喻黑暗而凄慘的地方　下～｜十八層～。
（反）【天堂】tiān táng　升入～｜他們過着～般的幸福生活。

遞升 dì shēng　一次比一次上升　氣溫逐步～｜飛機從低空盤旋～｜消耗速度逐年～。
（反）【遞降】dì jiàng　～勢頭放緩｜溫度呈～趨勢。

遞送 dì sòng　投遞，傳送　～情報｜～快件｜～速度遲達不到要求。
（反）【接收】jiē shōu　～快遞包裹｜準備～一批災民｜他們一直負責做～工作。

> 「遞送」多指公文或信件的投遞。「接收」可用於實物或人員。

遞增 dì zēng　一次比一次增加　人數迅速～｜成本繼續～｜出口額連年～｜電腦從業人員不斷～。
（反）【遞減】dì jiǎn　儲蓄額～｜產量逐年～｜入學人數呈～趨勢｜水土流失嚴重，森林面積逐年～。

顛簸 diān bǒ　上下起伏震盪　歷經～｜一路～，終於來了山村｜海浪使小船～不定。
（反）【平穩】píng wěn　風雨過後，船終於～下來。

顛倒 diān dǎo　把正反兩面弄錯　～黑白｜是非是不容～的。
（反）【澄清】chéng qīng　～是非｜必須及時～事實真相。

顛覆 diān fù　從內部推翻合法的政府　進行～破壞｜從事祕密～政府活動。
（同）【推翻】tuī fān

> 「顛覆」突出用不合法的手段推翻政府，多從內部進行，含貶義。「推翻」多指從外部打垮，如說「推翻腐朽政權」、「推翻獨裁者的統治」。

顛沛流離 diān pèi liú lí

生活艱難，到處流浪　大災以後，那些人過着～的生活。

⊗【安居樂業】ān jū lè yè　社會穩定，經濟發展，人民～。

「安居樂業」指安定地生活，愉快地勞動。

典範 diǎn fàn

值得學習、仿效的人或事物　堪稱學習的～｜人物｜蘇軾的散文是那個時代的～。

⊜【榜樣】bǎng yàng

⊜【模範】mó fàn

⊜【楷模】kǎi mó

⊜【典型】diǎn xíng

「典範」讚揚的人或物已成為公認的標準，值得大家效仿。「榜樣」用於人或物，如說「居里夫人是我心中的榜樣」、「該地區成為城市環境改造的榜樣」。「模範」作名詞時只指人，如說「他成了全企業的模範」；作形容詞時可用於其他方面，如說「模範班級」、「模範企業」。「楷模」只作名詞，一般指人，如說「時代楷模」、「自強不息的楷模」。「典型」強調具有代表性，好壞都可以用，如說「典型事跡」、「分析典型案例」。

典雅 diǎn yǎ

優美雅致　端莊～｜文筆～｜舉止～｜～的藝術風格。

⊗【粗俗】cū sú　談吐～不堪｜趣味低級～。

⊗【粗鄙】cū bǐ　言語～｜他不習慣這裏～的風氣。

點綴 diǎn zhuì

進行襯托，使顯得更加美觀　用綠色植物～家居｜用明麗的色彩～生活。

⊜【裝點】zhuāng diǎn

「點綴」突出用相對較小的東西襯托較大的事物，使更加美觀。「裝點」可用於修飾較大、較抽象的事物，如說「整個城市裝點一新」、「用霓虹燈裝點節日的街道」。

惦記 diàn jì

心裏總是想着而不放心（某人或某事）　自從他走後，我們都很～他｜已經退役的他還～着足球｜那事已過去很久了，可我還是～。

⊜【惦念】diàn niàn

「惦記」突出牽掛，放心不下。「惦念」強調思念，適用對象可以是人或物，屬於書面語，如說「惦念家人」、「時時惦念過去的那些事」。

⊗【放心】fàng xīn　～大膽地去做｜孩子長大了，～讓他去闖吧。

惦念 diàn niàn

惦記；想念　他日夜～着家鄉的親人｜老人～着遠在異鄉的兒女。

⊜【惦記】diàn jì

⊗【遺忘】yí wàng　他早把我們～了｜該～的還是儘早～吧。

刁滑 diāo huá

刁鑽狡猾　為人～｜～的伎倆。

⊜【狡猾】jiǎo huá

「刁滑」突出刁鑽古怪，不太老實。「狡猾」突出詭計多端，如說「陰險狡猾」、「狡猾的騙術」。

反【敦厚】dūn hòu　～老實｜溫良～｜他是一個～的老農民。

刁難 diāo nàn　故意為難他人　百般～｜從中～｜你們不要去～他了。

反【通融】tōng róng　可以～的話，事就成了｜務請幫忙～一下｜他歷來不會無原則～。

凋敝 diāo bì　衰落；衰敗　百業～｜家業～。

反【繁榮】fán róng　經濟～｜國力～昌盛｜人們盼望已久的～景象終於出現了。

反【興盛】xīng shèng　跳蚤市場不再～｜教育事業的～是子孫後代的福祉。

凋零 diāo líng　（草木）枯萎零落　草木～｜百業～｜一派～的景象。

同【凋落】diāo luò

同【凋謝】diāo xiè

「凋零」突出草木枯萎後顯得淒涼，多比喻事物衰落。「凋落」突出草木花葉因氣候等原因而枯萎脫落，如說「冬日，林木與花草逐漸凋落」。「凋謝」突出草木花葉脫落；也可形容人的容貌衰老甚至死去，如「年輕的生命過早地凋謝了」。

凋謝 diāo xiè　（樹木花草等）枯敗脫落　百花～｜永不～的玫瑰花。

同【凋落】diāo luò

同【凋零】diāo líng

反【綻放】zhàn fàng　競相～｜鮮花悄然～在原野上。

雕刻 diāo kè　（在金屬、象牙等器物、材料上）刻出花紋或圖像　～石頭｜～圖案｜精心～｜刻苦鑽研～技術。

同【雕塑】diāo sù

「雕刻」以平面形象居多。「雕塑」多為立體形象，如說「人體雕塑作品展覽」、「這些動物雕塑得非常逼真」。

弔喪 diào sāng　到死者的家中祭奠死者　前往～｜到親戚家去～。

同【弔唁】diào yàn

「弔喪」多用於非正式場合，指熟人死去後進行祭奠。「弔唁」用於莊重的正式場合，如說「前往弔唁」、「舉行弔唁儀式」、「弔唁遇難同胞」。

掉隊 diào duì　1. 跟不上行進的隊伍，落在後面　傷員～了｜行軍中無人～。

同【落伍】luò wǔ

2. 比喻學習、業務水平等落後於別人　學習～了｜不能讓一個同學～。

同【退步】tuì bù

同【落後】luò hòu

「落伍」屬於書面語，多指處在時尚之外，跟不上形勢，如說「你的觀念落伍了」、「這款手機早已落伍了」。「落後」與「先進」相對，突出落在客觀形勢後面，適用範圍較廣，如說「經濟落後」、「那人的想法真落後」。

釣餌 diào ěr　用以釣魚的食物　自製～｜撒下香噴噴的～｜以金錢做～，誘他下水。

圓【誘餌】yòu ěr

「釣餌」指釣魚時引魚上鉤的食物。「誘餌」原指捕捉動物時以引誘的食物，現多比喻引人上鉤的圈套，語意較重，如說「以金錢作誘餌」、「騙子總以錢財為誘餌」。

調換 diào huàn　也寫作「掉換」。

彼此互換；更換　～座位｜～房間｜～零件｜～工作。

圓【調動】diào dòng
圓【更換】gēng huàn
圓【替換】tì huàn

「調換」強調換，指與別人或別的事物互換。「調動」強調動，突出位置的變化，如說「調動次序」、「工作調動」；還表示調集動員，如說「調動大家學習的積極性」。「更換」強調變更，如說「更換新衣」、「更換新軟件」、「更換新身份證」。「替換」突出以一物替代另一物，如說「替換體力不支的隊員」、「走得太匆忙以致忘記帶可替換的衣服」。

調集 diào jí　調動並使集中　～軍隊｜～物資｜～技術力量。

圓【糾集】jiū jí
圓【糾合】jiū hé

「調集」指為了一定的目的而進行調動。「糾集」指集中一批人，含貶義，如說「糾集痞子鬧事」、「糾集了一幫烏合之眾」。「糾合」也寫作「鳩合」，突出聚集在一起，有臨時拼湊的意思，含貶義，如說「他糾合了一些不務正業之人到處胡鬧」。

跌 diē　1. 從高處往下落　～入水中｜～到深谷裏｜從欄杆邊～下來。

反【升】shēng　～起｜～旗儀式｜火箭即將點火～空。
2. 價格下降　～價｜物價～了不少｜匯率早已～破歷史記錄。
反【漲】zhǎng　～價｜油價～了百分之三。
反【升】shēng　控制物價～幅｜股票指數已經～到技術高點。

叮嚀 dīng níng　也寫作「丁寧」。

再三囑咐　反覆～｜特意～｜千～，萬囑咐。
圓【叮囑】dīng zhǔ
圓【囑咐】zhǔ·fù

「叮嚀」多用於長輩對晚輩，屬於書面語。「叮囑」突出所說的話或託付的事情很緊要，不能忘記，屬於書面語，如說「耐心地叮囑孩子」。「囑咐」指關照對方應該如何（去做），可用於長輩對晚輩或平輩之間，語氣比較委婉，如說「臨終囑咐」、「朋友的囑咐不敢忘」、「老師一再囑咐學生路上小心」。

頂 dǐng　人或物體的最上部分　～層｜頭～｜樓～｜山～有一座古廟。

反【底】dǐ　～座｜腳～｜河～｜鞋～一滑，摔了一跤。

頂風 dǐng fēng　迎着風；前進時方向與風相反　～行船｜～冒雪去慰問災民。

圓【迎風】yíng fēng

「頂風」多突出對惡劣環境無所畏懼；也比喻故意對着，如說「頂風作案」。「迎風」指正對着風或隨着風，如說「迎風傲立」、「彩旗迎風飄揚」。

頂峯 dǐng fēng　1. 山的最高峯
直上～｜到達～｜登上大山的～。
圓【高峯】gāo fēng
2. 比喻事物發展的最高點　事業～｜處於～時期｜經濟發展達到了～。
圓【高峯】gāo fēng

「頂峯」突出絕對的最高點。「高峯」指相對程度較高的階段，如說「出遊的高峯期」、「攀登科學高峯」、「他正處於運動生涯的高峯」。

訂立 dìng lì　雙方把商定的事情
用條約或合同確定下來　～合作協定。
反【廢除】fèi chú　～協定｜堅決～不平等條約。

訂正 dìng zhèng　（對文字錯誤）
進行修改　～訛誤｜～錯別字｜及時～文稿錯誤。
圓【改正】gǎi zhèng
圓【修正】xiū zhèng

「訂正」多用於文字上的錯誤，所作的改動比較小。「改正」用於各種缺點、錯誤或者偏差，如說「改正錯誤」、「請自覺改正」、「責令限期改正」。「修正」多用於對草案、條文等的修改，如說「憲法修正案」、「修正教科書的部分內容」。

丟棄 diū qì　扔掉；拋棄　隨意

～｜～垃圾｜不用的東西就應該～。
圓【拋棄】pāo qì

「丟棄」突出不重視而隨便將其扔出。「拋棄」多用於抽象事物，如說「拋棄陋習」、「拋棄財產」、「拋棄名譽與地位」、「必須拋棄陳腐觀念」；也用於人，如說「他被朋友拋棄」。

反【保存】bǎo cún　～完好｜妥善～｜～多年的心愛之物。

丟失 diū shī　丟掉；遺失　～鑰
匙｜車票～了｜重要證據莫名其妙就～了。
圓【喪失】sàng shī
圓【失落】shī luò
圓【遺失】yí shī

「丟失」指不慎造成的遺失，適用對象為具體物品。「喪失」屬於書面語，多用於抽象事物，如說「喪失原則」、「你別喪失信心」、「老人已喪失活動能力」。「失落」可用於具體物品，指遺失、丟失，如說「錢物全都失落了」；也用於抽象事物，指精神上空虛或失去寄託，如說「失落的文明」、「感覺十分失落」。「遺失」的對象多是重要的東西，如說「遺失錢包」、「遺失身份證」、「遺失營業執照」。

反【獲得】huò dé　～機會｜～資格證書｜經過多年的努力，終於～了這項成果。

冬 dōng　冬季；四季中最後的一
季　越～｜～令進補｜寒～臘月，家給人更多溫柔的暖意。

⊗【夏】xià　～季｜～令時｜～糧｜盛～酷暑｜～日炎炎。

東 dōng
太陽升起的一邊　～方｜旭日～升｜大江～去｜一江春水向～流。

⊗【西】xī　～風｜～部｜～海岸｜太陽已從～邊落下。

東方 dōng fāng
1. 太陽升起的方位　日出～｜～欲曉｜～剛現出亮光，他就起牀了。

⊗【西方】xī fāng　～的彩虹｜～的天空霞光一片。

2. 習慣上指亞洲　～國家｜～文明｜～的傳統文化歷史悠久。

⊗【西方】xī fāng　～世界｜～發達國家｜基督教是由～傳到東方的。

懂得 dǒng dé
知道事物的實質或道理　～別人需要甚麼｜～如何欣賞音樂｜懂當學會選擇，～放棄。

⊜【理解】lǐ jiě

⊜【了解】liǎo jiě

⊜【領會】lǐng huì

「懂得」突出很肯定地明白了。「理解」突出理性地認識事物的所以然，如說「表示理解」、「應理解問題的實質」。「了解」突出較深入全面地知道，如說「讓世界了解中國」、「學生應了解歷史」。「領會」突出在認識的過程中有所領悟，如說「領會意圖」、「充分領會書中蘊涵的哲理」。

洞察 dòng chá
觀察得非常清楚、透徹　～商業先機｜～是非曲直｜人

心深奧，難以～。

⊜【洞悉】dòng xī

「洞察」突出通過觀察深入細緻地了解情況。「洞悉」強調對情況了解得非常透徹，如說「洞悉利弊」、「洞悉其中的奧妙」。

⊗【茫然】máng rán　～不知所措｜～不解的目光｜心中～。

洞開 dòng kāi
大開　大門～着｜窗戶都～着。

⊜【敞開】chǎng kāi

「洞開」多用於具體事物。「敞開」指大幅度地打開，如說「院門敞開着」、「敞開衣襟」；還用於抽象事物，如說「敞開心扉」、「大家敞開思想來討論吧」；也可以指沒有限制地打開，如說「敞開價格」、「敞開天窗說亮話」。

恫嚇 dòng hè
恐嚇；嚇唬　武力～｜你不要～小孩｜採取～手段。

⊜【恐嚇】kǒng hè

⊜【威嚇】wēi hè

⊜【嚇唬】xià hu

「恫嚇」的對象可以是人或動物，屬於書面語。「恐嚇」強調用語言或暗示手段使對方害怕，如說「寫信恐嚇」、「打電話恐嚇」、「最近接連遭到騷擾與恐嚇」。「威嚇」突出用勢力讓對方屈服，如說「威嚇手無寸鐵的民眾」。

凍結 dòng jié
1. 液體或含水分的東西因低溫而凝結在一起　水～

了｜江面～得很快｜一夜工夫，湖水就～了。

⟨反⟩【解凍】jiě dòng　用微波爐～｜這些食品不必～，直接蒸煮。

⟨反⟩【融化】róng huà　太陽～了冰雪｜雪櫃一壞，雪糕都～了。

2. 比喻使某物某人停止流動或活動　資金～｜～戶口｜後衛迅速將那個前鋒～起來了。

⟨反⟩【解凍】jiě dòng　戶口還沒～｜這些資金不知甚麼時候才能～。

動 dòng　事物改變原來的位置或靜止的狀態　原封不～｜這些東西請你別～｜那人怎麼老是～個不停？

⟨反⟩【靜】jìng　安～｜坐片刻｜～候佳音｜以～制動，克敵制勝。

動盪 dòng dàng　1. 水波起伏不定　～的水面｜大風使湖水～不定。

⟨反⟩【平靜】píng jìng　小船掠過～的湖面。

2. 比喻局勢、情況不穩定、不平靜　社會～｜～的年代｜～的生活。

⟨同⟩【動亂】dòng luàn

⟨同⟩【騷動】sāo dòng

「動盪」多突出局勢不穩定。「動亂」突出社會，形勢等混亂，缺乏秩序，如說「制止動亂」、「發生嚴重動亂」。「騷動」語意較輕，如說「發生球迷騷動」、「會場上一陣騷動」。

⟨反⟩【安定】ān dìng　生活～｜天下～。

⟨反⟩【平靜】píng jìng　局勢～｜人心已經～｜應時刻保持～的心態。

⟨反⟩【平穩】píng wěn　～過渡｜政局保持～｜～的發展勢頭。

動工 dòng gōng　也說「開工」。開始建造　～興建｜幾個項目一起～｜日期定在下月。

⟨反⟩【竣工】jùn gōng　工程可以如期～｜爭取當年開工，當年就～。

「動工」、「竣工」都用於建設項目或土木工程。

動機 dòng jī　（做某事之前）促使人去做的主觀意願或設想　創作～｜～不良｜他的～本來是好的。

⟨反⟩【效果】xiào guǒ　～顯著｜取得良好的～｜目前～還不明顯。

動身 dòng shēn　出發；上路（去外地）　～去外地打工｜我打算明天一早就～

⟨反⟩【歸來】guī lái　海外～｜學成～｜捕魚～｜放學～。

動手 dòng shǒu　開始（做）　親自～｜～解決問題｜大家一齊～吧｜他磨蹭了半天，總算～了。

⟨同⟩【入手】rù shǒu

⟨同⟩【下手】xià shǒu

⟨同⟩【着手】zhuó shǒu

「動手」突出開始用手去做；還指用手接觸，如說「參觀展品只許看不許動手」；也可以指打人，如說「可以大聲爭論，但不可動手」。「入手」突出做某事的切入點，如說「必須從調查入手」、「學好外語要從語音入手」。「下手」突出動作的果斷性，有時帶貶義，如說「下手太重」、「伺機下手」、「先下手為強」、「多方下手搶佔地盤」。「着手」突出開始

實施計劃、行動，多用於比較抽象或大型的事務，屬於書面語，如說「着手改制」、「着手研究」、「着手處理」、「警方已着手調查此案」。

動態 dòng tài
事物發展過程中相對運動變化的狀態 進行~分析 | ~平衡 | 這完全是在~狀況下收集的數據。

反【靜態】jìng tài ~觀察 | 作~分析。

動聽 dòng tīng
1.(説話的內容) 使人聽着覺得舒服 講得娓娓~ | 你講的故事真~。

反【刺耳】cì ěr ~的批評 | 他説的話總是有些~ | 這話聽起來實在太~了。

反【難聽】nán tīng 你別説得那麼~ | 這麼~的髒話虧你説得出口。

2.聲音悦耳好聽 ~的旋律 | ~的江南絲竹 | 這麼~的歌聲真使人陶醉。

反【刺耳】cì ěr ~的噪音 | 忽然傳來~的尖叫聲。

反【難聽】nán tīng 他演奏得極~ | 那人唱得太~了。

動搖 dòng yáo
1.(狀態、思想) 搖擺不定 決心~了 | 信仰根基毫不~ | 意志薄弱的人很容易~。

同【波動】bō dòng

同【搖動】yáo dòng

「動搖」突出基礎不穩。「波動」強調有起伏，如說「人心波動」、「情緒波動」。「搖動」多用於具體事物上下左右的晃動，如「搖動樹枝」、「搖動扇子」、「孩子的小手在不停地搖動」。

反【堅定】jiān dìng ~不移 | 意志很~ | ~的立場。

反【穩固】wěn gù 政權~ | 他們中學時打的基礎非常~。

2.使搖擺不定 不可~軍心 | 絕不能~立國之本。

同【搖動】yáo dòng

反【堅定】jiān dìng ~立場 | ~自己的理想和信念。

動員 dòng yuán
鼓勵、引導人們參加(某項活動) ~羣眾 | 全民~ | ~市民參加義工隊伍。

同【發動】fā dòng

「動員」強調通過宣傳、説服而調動積極性，使個人或團體投入到某項活動中去。「發動」突出激起人們參與活動的熱情，對象為團體，如說「發動全班同學參加」；也表示使某行動開始，如說「發動政變」、「發動大規模的軍事行動」。

動作 dòng zuò
1.身體的活動或行動 ~優美 | ~相當輕盈 | ~很有節奏感。

同【舉止】jǔ zhǐ

同【舉動】jǔ dòng

2.比喻出現某種行動 公司近期內將有大~ | 為得到這土地的開發權，許多開發商都在祕密地搞小~。

同【舉措】jǔ cuò

同【舉動】jǔ dòng

「動作1」適用範圍較廣，突出活動的全過程。「舉止」突出人在活動中表現出來的姿態風度，如說「舉止大方」、「舉止優雅」。「舉動」突出

動作性，如說「時時關注他們的舉動」、「他的舉動惹惱了老奶奶」。「動作2」多用於比喻。「舉措」突出採用某種方法，屬於書面語，如說「採取積極舉措」、「文物保護推出新舉措」。

抖擻 dǒu sǒu

使精神奮發、旺盛　～神威｜他精神～地走進了會場。

🔘【振作】zhèn zuò

「抖擻」適用範圍較窄，突出情緒強有力地高揚起來。「振作」突出使精神旺盛或高漲，多與「精神」、「情緒」、「鬥志」、「士氣」等詞搭配，如說「重新振作起來」、「請各位振作精神」。

🔄【沮喪】jǔ sàng　神情～｜露出～的表情｜聽到這個消息，他心情格外的～。

陡峭 dǒu qiào

地勢高而坡度大　～的懸崖｜山勢～｜有的海岸～曲折，有的海岸較為平緩。

🔘【峻峭】jùn qiào

「陡峭」突出坡度大，用於山地直而高。「峻峭」突出雄偉而險峻，如說「峻峭挺拔」、「峻峭高聳」。

🔄【平緩】píng huǎn　坡度～｜地勢十分～｜～的山坡。

🔄【平坦】píng tǎn　地面～｜行進在～的大道上。

鬥爭 dòu zhēng

1. 雙方發生激烈衝突　～激烈｜頑強｜新舊思想

的～。

🔄【妥協】tuǒ xié　互相～｜雙方還沒達成～｜其實當時我的內心已開始～。

2. 為達到一定的目的而努力地做　頑強～｜為和平而～。

🔁【爭鬥】zhēng dòu

「鬥爭」強調為實現某目標而努力；也指矛盾雙方的相互衝突，如說「集團內部鬥爭」。「爭鬥」突出爭奪活動，用於比較日常的矛盾或競爭，如說「職場爭鬥」、「同門爭鬥」、「言語不合起爭鬥」。

毒害 dú hài

使人受到有害事物的侵害　～天真無邪的學生｜受迷信思想的～。

🔁【荼毒】tú dú

「毒害」適用範圍較廣，其主體可以是具體的有毒物或者抽象的、有害的思想意識。「荼毒」語意較重，屬於書面語，如說「荼毒生靈」。

毒辣 dú là

狠毒殘酷　陰險～｜～的心腸。

🔁【狠毒】hěn dú

「毒辣」語意較重，如說「手法毒辣」、「毒辣的刑罰」。「狠毒」一般用於人，如說「手段狠毒」、「狠毒的用心」。

🔄【仁慈】rén cí　～善良｜心地～｜～的老人。

🔄【慈悲】cí bēi　～為懷。

獨裁 dú cái

獨自掌控大權，實

行專制統治　～政權｜反對～統治。
🔵【專制】zhuān zhì

> 「獨裁」突出個人獨攬大權。「專制」
> 指以君主等為代表的整個統治階級
> 掌握權力，如說「廢除專制制度」。

🔴【民主】mín zhǔ　～建設｜～體
制｜新領導的作風比較～。

獨出心裁 dú chū xīn cái　想
出來的辦法十分獨特、與眾不同　這
批首飾的設計～｜廣告設計講究～。
🔵【別具匠心】bié jù jiàng xīn

> 「獨出心裁」多用於做計劃、進行籌
> 劃等方面。「別具匠心」多用於手
> 藝、技能與文藝構思方面，如說「移
> 景入室，別具匠心」。

獨創 dú chuàng　獨特的創造　風
格～｜～先進工藝｜～的治療方法。
🔵【首創】shǒu chuàng

> 「獨創」突出與眾不同。「首創」強調
> 前所未有，如說「科學研究要有首創
> 精神」。

🔴【模仿】mó fǎng　簡單～｜～前人
的創作｜創作上一味地～是沒有出路
的。

獨斷 dú duàn　行事專斷，不願
聽取他人的意見　～專行｜處理問題
很～｜建立防止個人～的決策機制。
🔵【專斷】zhuān duàn

> 「獨斷」突出由自己一人評判處理問
> 題，是貶義詞，多與「專行」連用。
> 「專斷」語意較重，突出一貫不民主，

做事專橫而不容他人插手，是貶義
詞，如說「蠻橫專斷」、「反對這種
個人專斷作風」。

🔴【集思廣益】jí sī guǎng yì　通過
～，終於找到了解決辦法。

獨立 dú lì　國家或政權自主；憑
藉自身的力量而自主地存在或做事
～自主｜～生活｜只有～思考，才能
有所得益。
🔴【依附】yī fù　～於貴族階層｜～別
國的經濟是很危險的。
🔴【依賴】yī lài　別～他人生活｜對
他人過多的～會導致自己能力的喪
失。
🔴【從屬】cóng shǔ　～地位｜他們這
個單位～於環保局。

獨特 dú tè　獨有的；與眾不同而
顯得特別　～的風俗｜～的配方｜～
的構思｜～的表現手法。
🔵【奇特】qí tè

> 「獨特」突出獨，強調其他人或別的
> 地方沒有，多用於抽象事物。「奇特」
> 突出奇，強調跟平常不同，多用於
> 具體事物，如說「奇特的景象」、「奇
> 特的地貌」、「造型非常奇特」。

🔴【一般】yì bān　表現～｜這手機款
式～｜舞台燈光效果顯得很～。
🔴【共同】gòng tóng　～特徵｜～的
處理方法｜兩者毫無～之處。

堵 dǔ　阻塞；使通道不暢　～車｜
你～着門幹甚麼呀｜你們快把決口～
住。
🔴【疏】shū　～浚河道。

D

（反）【通】tōng　～電｜～航｜路已～到了山區｜下午工人們就會來～下水道。

堵塞 dǔ sè （洞穴、通道等）阻塞不通　交通～｜～毛孔｜下水管～了｜公路被亂石～了。

（同）【梗塞】gěng sè

（同）【阻塞】zǔ sè

> 「堵塞」突出受到阻擋而不能通過，適用範圍較廣，可用於比喻，如說「堵塞權財交易的漏洞」。「梗塞」多作醫學用語，如說「腦梗塞」、「心肌梗塞」；也可用於交通、管道等。「阻塞」突出有障礙而不能正常通過，如說「路障阻塞了通道」。

（反）【暢通】chàng tōng　～無阻｜今天高速公路比較～。

（反）【疏通】shū tōng　～路障｜～下水道｜必須及時～高架路上的擁堵車輛。

賭氣 dǔ qì 用任性的行動表示自己不滿　別自己跟自己～｜他們幾個人一～就都走了。

（同）【負氣】fù qì

（同）【生氣】shēng qì

> 「賭氣」多用於口語。「負氣」屬於書面語，如說「負氣而走」、「他一負氣就鬧脾氣了」。「生氣」突出不滿，不含任性的意思，多用於口語，如說「你別為他生氣」、「她就為這點小事生氣」。

賭咒 dǔ zhòu 發誓言　～並發誓。

（同）【發誓】fā shì

（同）【起誓】qǐ shì

> 「賭咒」突出用詛咒自己如果違約將受惡報的方式來表示自己的決心，內容多含不吉利的話，如說「他賭咒自己不得好死」。「發誓」強調莊嚴地表示決心或提出保證，如說「大家發誓要獲得這枚獎牌」。「起誓」突出提出保證，用於跟自己行動有關的事情，如說「對天起誓」。

妒忌 dù jì 看到別人的長處、優勢時心中產生嫉恨　～心理｜產生～｜那人的心向來很重。

（反）【羨慕】xiàn mù　～的神情｜大家都很～他有這麼一份薪高糧準的好工作。

端詳 duān xiáng 仔細地看　細細地～｜我們～了半天，仍不知其為何物。

（同）【打量】dǎ liang

（同）【詳察】xiáng chá

（反）【瀏覽】liú lǎn　～市容｜粗略～一下｜他每天都在網路上～各種各樣的信息。

端正 duān zhèng 物體不歪斜　坐姿～｜五官～｜你的字寫得很～。

（反）【歪斜】wāi xié　肩膀向右～｜你別～着嘴巴｜這些字寫得～難看。

短 duǎn 1. 兩端距離小　～袖襯衫｜～跑冠軍｜～小精悍｜～兵相接。

（反）【長】cháng　～城｜～江｜～途旅

D

行｜發表～篇大論。

2. 時間少　～暫｜～期進修｜長吁～
歎｜停車時間太～了。

⊘【長】cháng　～期逗留｜他們昨天
～談了三個小時。

3. 缺點　揭～｜說長道～｜揚長避
～。

⊘【長】cháng　取～補短。

4. 缺少；欠缺　理～了｜不該～斥缺
兩｜他還～我一些錢｜大家都到了，
就～陳先生一人。

⊜【缺】quē

⊜【欠】qiàn

> 「短」強調不全，多用於口語。「缺」
> 突出不夠充分，如說「缺水缺電」、
> 「儘快改變缺資金的局面」。「欠」表
> 示不夠，屬於書面語，如說「身體欠
> 佳」、「此話欠妥」、「此事還欠考
> 慮」。

短處 duǎn chu　欠缺之處；缺點；
毛病　自揭～｜每個人都有自己的長
處和～。

⊜【缺點】quē diǎn

> 「短處」與「長處」相對。「缺點」與
> 「優點」相對，強調不完善之處，語
> 意較輕，如說「自覺改正缺點」、「還
> 有不少缺點」。

⊘【長處】cháng chu　發揮～｜吸收
他人的～｜他的～是謙虛好學。

短促 duǎn cù　（時間）很短暫；
急促　時間～｜～的生命｜遠處傳來
一聲～的槍聲。

⊜【倉促】cāng cù

⊜【急促】jí cù

> 「短促」突出時間很短。「倉促」突出
> 時間不充足、準備不足，如說「倉促
> 起程」、「倉促應戰」、「時間過於
> 倉促」。「急促」更突出節奏快或時
> 間緊，如說「急促的呼吸」、「急促
> 的腳步聲」、「急促的報警聲」。

⊘【漫長】màn cháng　～的歲月｜～
的人生道路｜經過～的等待，他們終
於得到了想要的結果。

短命 duǎn mìng　壽命短　～鬼｜
～的國王｜這是一個～的過渡政權。

⊘【長命】cháng mìng　～百歲｜我斷
定這種狀況不會～。

⊘【長壽】cháng shòu　健康～｜尋找
～的祕訣｜誰都希望自己～。

短淺 duǎn qiǎn　（看法、見識）
狹窄膚淺　目光～｜見識這麼～，怎
麼做大事啊？

⊘【遠大】yuǎn dà　目光～｜有～的
抱負，才會有前進的動力。

⊘【深遠】shēn yuǎn　此舉意義～｜
～的目光。

短缺 duǎn quē　（物資等）缺乏不
足，難以滿足需要　能源～｜商品嚴重
～｜我們公司現在最～的就是人才了。

⊘【充足】chōng zú　糧食儲備～｜當
地有～的石油資源｜需要～的時間才
能幹完這些事。

⊘【齊全】qí quán　資料～｜手續
～｜這台空調功能相當～。

短暫 duǎn zàn　時間很短　～交
談｜作～停留｜經過～休整，馬上又
投入了訓練。

D

⊘【長久】cháng jiǔ　～居住｜護照不可能～有效。

⊘【漫長】màn cháng　～的等待｜他在鄉村度過了～的歲月。

斷定 duàn dìng　決斷性的認定；經判斷而得出結論　無法～｜可以～這幅畫是仿製品｜警方～他會再次作案。

◎【判定】pàn dìng
◎【判斷】pàn duàn
◎【確定】què dìng

「斷定」突出結論肯定無疑。「判定」多用於法官、裁判等依據事實作出裁定，如說「判定病人腦死亡」、「那家企業被判定屬不正當競爭」。「判斷」是一種思維形式，突出對是非正誤的看法，如說「判斷正誤」、「判斷自己是否健康」；也可用作名詞。「確定」突出正式定下來，如說「確定結算標準」、「參賽名單尚未確定」；還作形容詞，如說「確定的目標」、「給予確定的答覆」。

斷交 duàn jiāo　斷絕外交關係　兩國～｜正式宣佈～｜～期間兩國互設辦事處。

⊘【復交】fù jiāo　進行～談判｜商談～事宜｜～以後，兩國貿易有了正常發展。

⊘【建交】jiàn jiāo　正式～｜發佈～公報｜～談判正在進行之中。

斷絕 duàn jué　原有的聯繫或相連的狀況不再保持　～邦交｜～往來｜因為欠費太多而被～水電供應。

⊘【恢復】huī fù　～關係｜～來往｜處理完交通事故，很快就～了正常通車。

斷然 duàn rán　表示絕對肯定，毫無商量餘地；果斷　～拒絕對方的無理要求｜董事會～否決了這個方案。

◎【斷乎】duàn hū

「斷然」表示態度堅決，不可改變。「斷乎」多用於否定，如說「斷乎不可能」、「這是斷乎不許可的」。

斷送 duàn sòng　喪失；使不復存在　～江山｜青春被～了｜～了勝利果實。

◎【葬送】zàng sòng

「斷送」強調正在發展、成長的美好事物遭到毀滅，多用於前途、勝利、青春等。「葬送」強調美好的事物被徹底毀滅，如說「葬送希望」、「葬送了大好前程」、「葬送了自己的聲譽」。

對 duì　正確　分清～錯｜這件事你做得很～｜他的觀點肯定是～的。

⊘【錯】cuò　～事｜～字｜改～練習｜你的答案肯定有～。

對比 duì bǐ　兩種事物進行比較　手機性能～｜進行～分析｜～兩本書的優劣。

◎【比照】bǐ zhào
◎【對照】duì zhào

「對比」突出相互比較以區別異同，一般是兩種事物。「比照」強調比較並參照，判定優劣，可以是多個進行，如說「比照類似的案例來制訂計劃書」、「比照各地價格水平制定收

費政策」。「對照」突出互相參照，如說「中英對照」、「請對照標準答案」、「中外星座名稱對照」。

對待 duì dài　對人或事採取的態度、看法、行動等　嚴肅～｜冷靜～｜朋友應真誠｜應理性～愛滋病毒帶菌者。

圓【看待】kàn dài

「對待」突出加之於人或事物的動作、行為，重在如何做，語意較重。「看待」突出對人或者事情的態度、看法，如說「我把你當兄弟看待」、「不知你如何看待網路遊戲」。

對付 duì fu　1. 對待；應付　這個無賴，讓我來～他｜安裝殺毒軟件以～病毒。

圓【應付】yìng fù

圓【敷衍】fū yǎn

2. 湊合；將就　這塊手錶還能～着用幾年。

圓【湊合】còu he

圓【將就】jiāng jiù

「應付」突出解決突然出現的、沒有防備的問題，如說「如何應付旅途中的意外」、「不要只是為了應付檢查」。「敷衍」指用消極的、不真誠的態度對待，是貶義詞，如說「隨口敷衍」、「對工作不能敷衍了事」。「湊合」指馬馬虎虎，勉強過得去，多用於口語，如說「這桌子就湊合着用吧」。「將就」突出遷就不太滿意的事情或環境，如說「這車雖然舊些，但沒甚麼毛病，你將就着用吧」。

對抗 duì kàng　1. 矛盾雙方相持，互不容納　形成～局面｜新舊思想之間的～｜本產品有實力～世界品牌。

圓【抗衡】kàng héng

2. 抵抗　～情緒｜蓄意～｜～上級的命令。

圓【反抗】fǎn kàng

「對抗」突出僵持、不服從。「反抗」突出與對方展開不妥協的鬥爭。「抗衡」突出雙方力量相當，如說「有信心跟對方抗衡」。

對立 duì lì　互相對峙；兩種事物或者同一事物內部兩個方面相互矛盾、相互排斥或相互鬥爭　新舊勢力～｜同學之間，何必鬧～。

圓【對峙】duì zhì

「對立」適用範圍較廣，可用於多種場合。「對峙」可用於山峯面對面的矗立或軍隊相持不下，屬於書面語，如說「雙峯對峙」、「兩軍對峙」、「雙方對峙了整整三個月」。

反【統一】tǒng yī　觀點比較～｜各人的意見暫時無法～。

對症下藥 duì zhèng xià yào　根據具體情況決定具體做法　他們研究了整個事件的情況，～，取得了初步成效。

反【無的放矢】wú dì fàng shǐ　你這麼～地說了一大通，沒有用。

鈍 dùn　不銳利　～器｜這刀已～了｜你這是～刀殺豬。

反【快】kuài　刀口很～｜磨得很～｜～刀斬亂麻。

（反）【利】lì　～齒｜～刃在手｜～劍在握，成竹在胸。

（反）【銳】ruì　～利｜～器｜～不可當。

頓開茅塞 dùn kāi máo sè　也説「茅塞頓開」。指忽然明白或領會　經他這麼一提示，眾人～。

（同）【恍然大悟】huǎng rán dà wù

> 「頓開茅塞」指原先好像心頭有茅草塞住，現在一下子被打開，形容突然明白事理。「恍然大悟」突出很快或突然間醒悟，如説「見了那人騙我的證據，我才恍然大悟」。

多 duō　1.數量大　～次｜～數｜～人～勢眾｜積少成～｜～～益善。

（反）【少】shǎo　～量｜～許｜～則一兩天就可以了｜爭取～花些錢，多辦些事。

（反）【寡】guǎ　鬱鬱～歡｜言少語｜終因～不敵眾而敗下陣來。

2.比原有或應有的數大　～了一個位子｜～一兩個人沒關係｜他喜歡在湯裏～加點胡椒。

（反）【少】shǎo　錢給～了｜這段引文～了好幾個字。

多情 duō qíng　很注重感情的　～女子｜你別自作～｜～卻被無情惱。

（反）【薄情】bó qíng　～寡義｜他真沒有想到，女朋友會這麼～。

> 「多情」多用於男女間的愛情。

多如牛毛 duō rú niú máo　比喻數量多得數不清　這種人～，沒甚麼可惜的。

（同）【恆河沙數】héng hé shā shù

（反）【寥若晨星】liáo ruò chén xīng　像他這樣的人才簡直～。

多餘 duō yú　超過所需數量　～的人｜把～的東西分給別人。

（反）【欠缺】qiàn quē　人員｜物資十分～｜趕快補上～的資金。

奪取 duó qǔ　用強力得到；努力取得　～大量錢財｜～最後的勝利｜戰士們最終～了那塊無名高地。

（反）【賜予】cì yǔ　～爵位｜～領地。

（反）【給予】jǐ yǔ　～無私幫助｜及時～資助｜對於能力稍弱的同學應該多多～鼓勵。

躲 duǒ　避開，不讓人看見　～藏｜～雨｜～債｜小貓在門後～了起來。

（同）【避】bì

（同）【藏】cáng

（同）【匿】nì

> 「躲」的行為者是人或動物，多用於口語。「避」指躲開，用於人或事物，可組合成「避難」、「避暑」、「避雷針」、「避風港」、「趨利避害」等。「藏」突出處於某物體內而不被發現，可用於人和物，如説「包藏」、「收藏」、「窩藏」、「藏龍臥虎」、「把東西藏在角落」、「你別把心思藏起來」。「匿」屬於書面語，可組合成「匿藏」、「隱匿」、「匿名」、「銷聲匿跡」等。

躲避 duǒ bì　故意隱藏躲開，不讓人發現　～空襲｜～搜查｜～對方的視線。

回【迴避】huí bì

回【逃避】táo bì

> 「躲避」突出有意識地悄悄離開或隱避起來，使不被發現。「迴避」突出因某種原因而躲走、讓開，不與對象接觸，如說「迴避矛盾」、「請各位迴避一下」、「無法迴避環境正在惡化的現實」。「逃避」突出遠離不願面對的人或物，語意較重，如說「逃避現實」、「逃避責任」、「逃避仇人的追殺」。

躲藏 duǒ cáng　將身體隱蔽起來，不讓別人看見或發現　～在牀底下｜兇手～起來了｜這裏還可以～一個人。

回【藏匿】cáng nì

回【隱藏】yǐn cáng

回【隱匿】yǐn nì

> 「躲藏」可用於人或動物。「隱藏」可用於事物，如說「他把收據都隱藏起來了」。「藏匿」、「隱匿」都指祕密地藏在掩蔽物內，突出地點隱祕，不為人知，屬於書面語，如說「藏匿文物」、「他嚇得到處藏匿」。

墮落 duò luò　（思想、行為）往壞的方向轉變　腐化～｜思想～｜沒想到那人會～得這麼快。

回【腐化】fǔ huà

回【蛻化】tuì huà

> 「墮落」突出思想道德或行為由好向壞轉化。「腐化」突出過分貪圖生活享受而糜爛變壞，如說「被金錢腐化的心靈」、「制止官員貪污腐化」；也用於物，如說「棺木與骸骨都已經腐化」。「蛻化」指蟲類脫皮，轉變形態，比喻人的品質變壞，多與「變質」連用。

E

訛詐 é zhà　假造或憑藉某種理由威脅別人，強行索取財物　進行～｜他人財物｜多次被人～。
圓【勒索】lè suǒ
圓【敲詐】qiāo zhà

> 「訛詐」和「敲詐」都指公然欺詐。「訛詐」指捏造某種虛假的理由進行奪取；還指威脅恫嚇，如說「政治訛詐」、「核訛詐」。「敲詐」、「勒索」側重於抓住把柄或以強勢相逼，多以獲得錢財為目的，如說「惡意勒索錢款」、「拍下對方視頻進行敲詐」。

額外 é wài　超出定額以外、另外的部分　～的工作｜～的勞動｜這項工作能夠早日完成，老闆會付給大家～的報酬。
反【分內】fèn nèi　光管好～的事還遠遠不夠｜給我多餘的錢我也不要，我只要～的那一份。

扼殺 è shā　掐住脖子，使窒息而死。比喻用強力壓制、摧殘、消滅發展中的事物　～生命｜被無情地～在搖籃中。
反【培育】péi yù　辛勤～｜～幼苗｜～人才。
反【培植】péi zhí　～新手｜熱心～｜～新生事物。
反【栽培】zāi péi　沒有師長的悉心～，他不會進步得這麼快。
反【培養】péi yǎng　～新生力量｜除了加強知識教育，還要加強品德方面

的～。

扼守 è shǒu　守住（險要的地方）　～關口｜～山寨｜全力～軍事要地。
圓【把守】bǎ shǒu

> 「扼守」突出把守關係全局的險要地勢。「把守」語意較輕，如說「把守監獄大門」、「現在可以用指紋鎖把守密室」。

扼要 è yào　（言語或作品）抓住要點；簡單明了　～地分析｜文字簡明｜～地闡述了故事梗概。
圓【簡要】jiǎn yào

> 「扼要」突出寫文章或發言抓住要點，常與「簡明」連用。「簡要」強調用簡單明白的語言表達，如說「對公司情況作了簡要介紹」、「請你簡要分析一下當前局勢」。

反【詳細】xiáng xì　～說明｜～論述｜～地彙報｜他每個細節都問得很～｜實驗的每個步驟他都闡述得非常～。

惡 è　1. 壞；惡劣　善～不分｜善有善報，～有～報。
反【美】měi　盡善盡～｜十全十～。
反【良】liáng　經專家會診，腫瘤被確診為～性。
反【好】hǎo　～意｜～感｜你不～言相勸，反而惡語相加，實在可惡。
反【善】shàn　人之初，性本～｜真、～、美與假、惡、醜是水火不相容的。
2. 壞的行為；壞事　作～多端｜～貫滿盈｜疾～如仇。
反【善】shàn　行～積德｜勿以惡小

而為之，勿以～小而不為。

「惡」多與貶義的「醜」、「兇」、「假」、「臭」、「濁」等並舉，如說「醜惡的嘴臉」、「兇惡的目光」，也可與褒義的「美」、「好」、「良」、「善」等對舉，如說「善惡不分」、「善惡有報」。

惡報 è bào 做壞事而得到的不好的報應 惡有～｜作惡多端的人必遭～。
(反)【好報】hǎo bào 得到～｜只要行善積德，好人總會有～。
(反)【善報】shàn bào 善有～｜平時行善，怎麼會得不到～呢？

惡臭 è chòu 非常難聞的氣味 ～逼人｜傷口發出陣陣～。
(反)【芳香】fāng xiāng ～撲鼻｜沁人的～｜中秋的西湖到處飄盪着桂花的～。
(反)【芬芳】fēn fāng 桃李～｜深情呼吸泥土的～。

惡感 è gǎn 對人不滿或憎惡的情緒 產生～｜相處時間久了，人們最初對她的～自然也就消除了。
(反)【好感】hǎo gǎn 充滿～｜頓生～｜上過一次當以後，他對這位昔日好友的～蕩然無存。

惡化 è huà 情況向不好的方面轉化 關係～｜病情～｜由於環境污染，人類的生存環境會進一步～。
(反)【好轉】hǎo zhuǎn 經濟形勢～｜兩國關係出現～｜隨着暖空氣南下，天氣情況將進一步～。

惡劣 è liè 非常壞 態度～｜～的氣候環境｜此事已經造成了～的社會影響。
(同)【卑劣】bēi liè

「惡劣」可用於品質、行動、態度、作風等。「卑劣」突出手段、方式等的邪惡，如說「人格卑劣」、「被世人鄙棄的卑劣小人」。

(反)【高尚】gāo shàng ～的情操｜行為～｜努力使自己成為一個道德～的人。
(反)【美好】měi hǎo 前景無限～｜向往～的生活｜她的熱情服務給顧客留下了深刻而～的印象。
(反)【優良】yōu liáng 成績～｜產品以它～的品質和完善的售後服務吸引消費者。
(反)【良好】liáng hǎo ～的品質｜～的服務態度｜～的生態環境｜這種西瓜經不斷改良，顧客反應～。

惡性 è xìng 性質嚴重，產生或引起不良後果的 ～腫瘤｜～循環｜因車輛超載而引發多起～事故。
(反)【良性】liáng xìng ～運轉｜工廠的管理體制進入了～循環｜這種腫瘤是～的，不必施行手術。

惡意 è yì 不良的居心；非常不好的用意 ～誹謗｜～中傷｜那人～地修改了公司主頁。
(同)【歹意】dǎi yì

「惡意」書面語、口語都常用。「歹意」多與「生」、「起」等詞搭配，屬於書面語，如說「萌生歹意」、「頓起歹意」。

E

〔反〕【好心】hǎo xīn　～相助｜～當作驢肝肺｜我看他沒安甚麼～。

〔反〕【好意】hǎo yì　好心～｜～成全您的～我心領了。

〔反〕【善意】shàn yì　～的玩笑｜大家對他提出了～的批評。

惡語 è yǔ　惡毒、粗俗的話　～中傷｜穢言～｜～相向。

〔反〕【良言】liáng yán　金玉～｜他説的句句都是～。

〔反〕【好言】hǎo yán　相罵無～｜儘管母親～勸她，她還是一意孤行。

〔反〕【好話】hǎo huà　淨説～｜～説了千千萬，不知道他聽進去了沒。

惡濁 è zhuó　不乾淨；充滿污穢　空氣～｜～不堪｜～的酒臭味兒。

〔同〕【骯髒】āng zāng

〔同〕【齷齪】wò chuò

〔同〕【污穢】wū huì

> 「惡濁」多指空氣、水源等渾濁不清、不純淨，使人感覺不舒服，覺得噁心。「骯髒」可用於具體的人或事物，如説「骯髒的外套」；也比喻交易、靈魂等卑鄙、醜惡，如説「骯髒的思想」。「齷齪」是書面語，可用於人或物，如説「齷齪不堪」、「那地方實在太齷齪了」；也比喻人的品質等，如説「靈魂齷齪」、「思想很齷齪」。「污穢」屬於書面語，如説「遍地污穢」、「污穢的語言」。

〔反〕【清新】qīng xīn　這裏環境優美，空氣～，適宜旅遊。

遏止 è zhǐ　用力阻止　不可～｜勢頭極難～｜儘快～傳染病的蔓延。

〔同〕【抑止】yì zhǐ

〔同〕【制止】zhì zhǐ

> 「遏止」多指以猛力阻止，使不再繼續發展，多用於來勢兇猛而突然的事物，屬於書面語。「抑止」突出控制住，多用於想法、慾望等，如説「抑止食慾」、「抑止不住內心的喜悦」。「制止」突出不允許某種行動繼續下去，如説「制止盜版行為」、「堅決制止非法貿易」。

噩耗 è hào　不幸的消息　父親病逝的～令他痛不欲生。

〔反〕【佳音】jiā yīn　傳出～｜我在此靜候你的。

〔反〕【喜訊】xǐ xùn　～頻傳｜～傳來，全班同學都為之歡欣鼓舞。

餓 è　肚子空，想吃東西　～死｜～極了｜～虎撲食。

〔同〕【飢】jī

> 「餓」多用於口語。「飢」屬於書面語，可組合成「飢不擇食」、「飢腸轆轆」、「如飢似渴」等。

〔反〕【飽】bǎo　～餐一頓｜飢一頓，～一頓｜～漢不知餓漢飢。

恩 ēn　恩惠；深厚的情義　滴水之～｜忘～負義｜師～終生難忘｜報答父母的養育之～。

〔反〕【仇】chóu　深～大恨｜殺子之～，奪妻之恨，永誌不忘！

〔反〕【怨】yuàn　以德報～｜應把從前的恩～暫時拋在腦後。

恩賜 ēn cì　現泛指因同情、憐憫

而施捨│幸福生活要靠自己創造,不能靠別人~│乖巧的女兒簡直是上帝的~。

同【賞賜】shǎng cì

「恩賜」原指帝王給臣民東西,現多指基於同情心理而付出。「賞賜」指地位高的人給予地位低的人東西或長輩給晚輩東西,如說「給予賞賜」;也用於比喻,如說「大自然的賞賜」。

反【乞求】qǐ qiú　~食物│上蒼~│他一再~父母的原諒。

恩德 ēn dé　恩惠;給予的或得到的好處　~如海│您的~我沒齒難忘。

同【恩典】ēn diǎn

同【恩惠】ēn huì

同【恩情】ēn qíng

「恩德」突出得到好處者對給予者的感激之情,屬於書面語。「恩典」語意較重,屬於書面語,如說「祖上的恩典」。「恩惠」突出物質方面得到好處,如說「施以恩惠」、「牢記別人給予的點滴恩惠」。「恩情」突出情感方面得到的好處,如說「父母的恩情」、「恩情深似海」。

反【仇恨】chóu hèn　滿腔~│露出~的目光。

反【怨恨】yuàn hèn　心生~│他對繼母滿腹~。

「恩德」只作名詞。「怨恨」和「仇恨」可作名詞或動詞,在程度上也存在差異,「仇恨」語意較重。

恩人 ēn rén　給予一方幫助或施

予恩惠的人　救命~│~救我於危難之中│我對~的恩情永誌不忘。

反【仇人】chóu rén　真是~相見,分外眼紅。

耳熟 ěr shú　聽起來感覺熟悉　~能詳│這首曲子~得很│電話那邊傳來的聲音似乎有些~。

反【耳生】ěr shēng　這名字聽上去有點~。

同類的詞還有「眼熟」、「眼生」等。

而後 ér hòu　然後　有伯樂~有千里馬│我們幾個人先在一起聊天,~去唱歌。

同【然後】rán hòu

「而後」不能單用,屬於書面語。「然後」較常用,如說「電腦上先裝了殺毒軟件,然後又裝了防火牆」。

而已 ér yǐ　在陳述句句末表示「僅此」　只是講講~,不必當真│他們的手段不過如此~。

同【罷了】bà le

「而已」用在句末,屬於書面語,常與「僅僅」、「僅此」、「如此」、「只是」、「不過」等呼應。「罷了」表示僅此而已,算不了甚麼,多用於口語,常與「不過」、「無非」、「只是」等詞搭配使用,如說「只是自我安慰罷了」、「這僅僅是遊戲罷了」。

爾後 ěr hòu　從此以後　~他便沒了音信│~的問題可自行解決│~他也再不提那件事了。

㊂【以後】yǐ hòu

「爾後」表示從現在開始，屬於書面語，一般可單用。「以後」口語和書面語都常用，如說「以後怎麼辦」、「以後的事情以後再說」。

爾虞我詐 ěr yú wǒ zhà　彼此猜疑、互相欺騙　商場上鈎心鬥角、～的事屢見不鮮。

㊂【鈎心鬥角】gōu xīn dòu jiǎo

「爾虞我詐」突出彼此欺騙。「鈎心鬥角」比喻相互間用心計排擠，如說「官場中的鈎心鬥角」、「我對鈎心鬥角的事情不感興趣」。

㊂【肝膽相照】gān dǎn xiāng zhào　經過多年的甘苦與共，他們～，成了莫逆之交。

㊂【披肝瀝膽】pī gān lì dǎn　屈原對楚懷王～，忠心耿耿。

㊂【披肝瀝血】pī gān lì xuè　劇中的侍衛為了保護主人的孩子可以說是～，忠心不渝。

㊂【推心置腹】tuī xīn zhì fù　兩人～地交換了意見，達成了共識。

二心 èr xīn　也寫作「貳心」。異心；不忠實　臣子對君王不能懷有～。

㊂【一心】yì xīn　～報國｜～為公｜～一意

㊂【忠心】zhōng xīn　～耿耿｜一片～報國。

「一心」、「二心」、「三心」與「一意」、「二意」等多組合成成語，如說「三心二意」、「一心一意」、「一心不二」。

F

發 fā 1. 支付；發放　按時~工資｜~學習資料｜年底~花紅的時候，大家都很開心。

反【領】lǐng　~錢｜他高高興興地上台~獎。

2. 發送　~信號｜~短消息｜我昨天剛給他~了電子郵件。

反【收】shōu　~信｜我好幾天沒上網~郵件了。

3. 打出　~了一個旋轉球｜~球功夫還不到家。

反【接】jiē　~球連續出錯｜無法~住對方發來的球。

> 「發」與「領」相對時多用於錢、物方面，發出者多為上級或政府、機構，領取者為下級或需要的人。「發」與「收」相對時，多用於信件、信息、信號等方面。「發」與「接」相對時，用於球類比賽。

發佈 fā bù　（向外）公佈　~命令｜~消息｜召開新聞~會。

同【公佈】gōng bù
同【宣佈】xuān bù

> 「發佈」突出有針對性地發表、宣佈新聞、命令、指示等，有其特定的對象，具有鄭重色彩。「公佈」指公開宣佈，對象是所有人，如說「公佈法令」、「在報紙上公佈結果」。「宣佈」突出告訴公眾，如說「宣佈名單」、「宣佈考場紀律」、「宣佈大會開幕」。

發達 fā dá　（事物）已充分發展，各方面都很先進　經濟~｜肌肉~｜當地旅遊業非常~。

同【興盛】xīng shèng
同【興旺】xīng wàng

> 「發達」適用範圍較廣，對象可以是事業、文化或部分器官等，着重形容事物充分發展的狀態。「興盛」、「興旺」突出事物蓬勃發展的態勢，如說「國家興盛」、「人口興旺」等。

反【落後】luò hòu　技術~｜改變~狀況｜經過改革，~地區改變了原來的面貌。

發動 fā dòng　1. 使（事情）開始　~政變｜~反攻｜~侵略戰爭。

同【發起】fā qǐ

2. 使（人羣）行動起來進行某種活動　~民眾｜政府~市民參加全民健身運動。

同【動員】dòng yuán

發抖 fā dǒu　（因激動、害怕、生氣、遇冷而引起的）身體顫動　嚇得~｜氣得渾身~｜寒冬臘月，北風刺骨，穿着單薄的女人凍得直~。

同【顫抖】chàn dǒu
同【打戰】dǎ zhàn
同【哆嗦】duō suo
同【戰抖】zhàn dǒu
同【戰慄】zhàn lì

> 「發抖」用於因為害怕、生氣或受寒冷而身體顫動，適用範圍較廣。「顫抖」突出抖動，多用於因吃驚、痛苦或激動時不由自主地發生抖動，如說「緊張得顫抖起來」。「打戰」突

出不由自主地發抖，程度較輕。「哆嗦」指因外界刺激而身體顫動，多用於口語，如說「冷得直哆嗦」。「戰抖」突出因害怕或寒冷而身子發抖、哆嗦，屬於書面語，如說「驚嚇得不斷戰抖」。「戰慄」用於因驚恐害怕而哆嗦，屬於書面語，如說「全身戰慄不已」。

發放 fā fàng　（政府、機構）把錢、物等發給需要的人　～救濟金｜～經營牌照｜向災民～救災物資。
⑥【收回】shōu huí　～成本｜～成命｜銀行及時～了發錯的錢款。
⑥【領取】lǐng qǔ　～救濟金｜新生們註冊後正在～校服和住宿用品。

「收回」與「發放」相對，指發放者發放物品後再將其收回。「領取」指領取者接收發放的物品。

發奮 fā fèn　振作努力　～有為｜～努力｜～學習。
⑥【奮發】fèn fā
⑥【振作】zhèn zuò

「發奮」突出鼓起信心、勇氣，積極上進，常與「有為」、「努力」等詞搭配。

⑤【氣餒】qì něi　毫不～｜儘管比賽失敗了，但隊員們卻沒有～。
⑤【鬆懈】sōng xiè　意志～｜學習有些～｜現在的競爭非常激烈，稍有～就會被淘汰。

發揮 fā huī　使內在的性質、能力得以表現出來　～作用｜～威力｜

～技術水平｜教師應使學生充分～出他們的積極主動性。
⑥【發揚】fā yáng

「發揮」突出把內在的性質、能力充分展現出來，多與「積極性」、「創造性」、「特長」、「潛力」等詞搭配。「發揚」突出把好的事物推廣、擴大，加以提倡並使之發展，多與「傳統」、「精神」、「風格」、「民主」、「作風」等詞搭配。

發火 fā huǒ　發脾氣　你別～｜事情已經這樣了，你再～也沒用｜有話好好說，不要動不動就～。
⑥【發作】fā zuò

「發火」指一般的發脾氣，詞義範圍較大，程度較輕。「發作」突出隱伏的事物突然爆發或起作用，詞義範圍較小，程度較重，如說「歇斯底里大發作」、「他心頭火頓時發作了」。

發掘 fā jué　把深藏不露的東西挖出來　～寶藏｜～潛能｜我們要～優秀人才的潛力。
⑥【挖掘】wā jué

「發掘」指努力去發現隱藏的東西，有發現並挖掘的意思，可用於比喻。「挖掘」既指挖，又指往深處挖，把深藏的東西找出來，如說「挖掘文物」、「挖掘潛力」、「挖掘出深刻的內涵」。

⑤【埋藏】mái cáng　墓中～着珍寶｜這個在他心中～了幾十年的祕密，今天說出來了。

反【埋沒】mái mò　～人才｜我們不能～他的功勞。

反【掩埋】yǎn mái　～屍體｜地震過後，人們開始尋找被～在廢墟中的親人。

「發掘」用於對地下物的開發、挖掘，也可比喻能力方面的開發。「埋藏」、「掩埋」多指實物被埋於地下。「埋沒」強調功勞、聲名等不為人知。

發覺 fā jué　開始知道（隱藏的或以前沒有注意到的事）　大火撲滅後他才～自己受了傷｜他那細微的表情變化還是被老師～了。

同【察覺】chá jué
同【發現】fā xiàn

「發覺」側重於通過各種感官（視覺、聽覺、嗅覺、觸覺）而察覺。「發現」側重於通過視覺初次知曉或通過研究分析揭示，如說「發現祕密所在」、「我發現她笑起來其實很好看」。「察覺」屬於書面語，指敏銳地發現祕密的事情，如說「對此事早有察覺」、「我還真的察覺不出來」。

發明 fā míng　創造出（新事物、新方法）　～指南針｜～了機器人｜火藥是中國最早～的。

同【創造】chuàng zào

「發明」和「創造」都指原先沒有的東西經過努力而做出來，對象多指新事物或新方法。「創造」強調做出新的，如說「創造出新機器」、「創造了科學的研究方法」。

發生 fā shēng　新近產生；出現了原先沒有的事情　～作用｜～兩起車禍｜我們都十分驚奇當地的巨大變化。

同【產生】chǎn shēng

「發生」指出現原先沒有的事情，它和原來的事物一般沒有甚麼關係。「產生」突出從已有的事物中生出新的來，它必須依賴原有的事物，如說「代表從選民中選舉產生」、「他們在工作中產生了矛盾」。

發售 fā shòu　出售　～六合彩｜～情況很好｜郵政局～紀念郵票。

同【出售】chū shòu
同【銷售】xiāo shòu

「發售」有大量賣出商品的意思，用於規模較大的銷售活動。

發問 fā wèn　口頭向別人提出問題　輪流～｜站起來～｜現在各位可以自由～。

同【提問】tí wèn

「發問」突出向對方口頭提出問題。「提問」多用於課堂教學或記者招待會，如說「今天老師沒有提問」、「請後排的記者提問」。

發展 fā zhǎn　事物由小到大、由簡單到複雜、由低級到高級的變化　事業～｜事態向好的方面～｜社會在不斷～，我們對世界的認識也在不斷提高。

反【停滯】tíng zhì　～不前｜生產～｜陷於～狀態。

罰 fá　對過失、錯誤、罪行等作某種處分　～酒｜～款｜你來晚了，我們要～你唱歌。

反【獎】jiǎng　得～｜小寶寶自己會穿衣服了，媽媽～了他一塊蛋糕。

反【賞】shǎng　～罰分明｜舉報不法行為者有～。

法則 fǎ zé　規律　自然～｜經濟～。

同【規律】guī lǜ

> 「法則」多用於哲學或社會科學理論中。「規律」指事物之間的、內在的本質聯繫，如說「普遍規律」、「認識規律」、「一定要按客觀規律辦事」。

凡人 fán rén　塵世的人；普通的人　他是個～，沒有通天徹地之能｜他雖然是個～，卻有着極不平凡的經歷｜你別看他貌不驚人，他可不是個～哪！

反【偉人】wěi rén　一代～｜～風範。

反【神仙】shén xiān　黃梅戲《天仙配》中的董永是個凡人，他的妻子卻是個～。

> 「凡人」指普通人時，與「偉人」相對；指現實世界中肉身凡胎的人時，與「神仙」相對。

煩悶 fán mèn　心裏厭煩，不痛快　內心～｜事沒辦成，總覺得有些～。

反【暢快】chàng kuài　與好友飲酒賞月，心情真～｜能心想事成是人生最～的事。

煩惱 fán nǎo　心中煩悶苦惱　自尋～｜～極了｜你不必為區區小事而～。

同【懊惱】ào nǎo

> 「煩惱」語意較輕，較常用，指因事情進展不順利而心情不快。「懊惱」語意較重，突出懊悔、惱恨，常因事情不如意而產生埋怨自己、責怪他人的情緒，屬於書面語，如說「懊惱萬分」、「你何必為此懊惱」。

反【愉快】yú kuài　心情～｜生活～｜希望你度過一個～的週末。

煩擾 fán rǎo　煩瑣攪擾　別來～我｜他太累了，我實在不忍心再去～他。

同【干擾】gān rǎo
同【攪擾】jiǎo rǎo
同【擾亂】rǎo luàn

> 「煩擾」還指因受到打擾而心情煩躁，如說「近來梅雨，真覺得煩擾」。

煩冗 fán rǒng　也寫作「繁冗」。事情多而雜亂；繁瑣忙碌　事務～｜語言～無味。

同【煩雜】fán zá
同【冗雜】rǒng zá

> 「煩冗」突出事務過多或文章過長而顯得繁雜。

煩瑣 fán suǒ　也寫作「繁瑣」。繁雜瑣碎　言辭～｜～的考據｜改革～無用的規章｜請你說話不要太～。

同【繁縟】fán rù

「煩瑣」多指文章或説話等沒抓住要害。「繁縟」突出做事的細節過於瑣碎，多用於禮節、應酬等，屬於書面語，如説「應摒除繁縟禮儀」。

⃝【簡便】jiǎn biàn　手續～易行｜～的操作方法｜數碼相機的操作愈來愈～了。

煩雜 fán zá　也寫作「繁雜」。
事情多而雜亂　手續～｜～的裝飾｜～的事務令人無法忍受。

⃝【煩冗】fán rǒng

⃝【複雜】fù zá

⃝【龐雜】páng zá

⃝【冗雜】rǒng zá

「煩雜」突出因事情繁多而顯得雜亂，缺乏條理，適用範圍較窄。「複雜」除用於工作事務外，還常用於環境、心情、思想等方面，適用範圍較廣。「龐雜」突出巨大、複雜而且多餘，如説「龐雜的機構」。

⃝【單一】dān yī　～的程序｜結構比較～。

⃝【簡便】jiǎn biàn　方法～｜手續非常～。

煩躁 fán zào　煩悶急躁　心情～｜～得坐立不安｜低沉潮濕的空氣使人異常～。

⃝【急躁】jí zào

⃝【焦躁】jiāo zào

「煩躁」突出煩悶、不舒暢，側重於形容人的心境。「急躁」突出着急、不安，側重於形容人的情緒、脾氣、性格等，如説「脾氣急躁」、「性子別過於急躁」。「焦躁」突出焦急、

脾氣暴躁，程度較重，屬於書面語，如説「焦躁地等待」、「心中焦躁不安」。

繁 fán　多而雜　頻～｜紛～複雜｜刪～就簡。

⃝【簡】jiǎn　言～意賅｜社會上很多人呼籲喪事從～。

繁多 fán duō　種類多，數量大　名目～｜花樣～｜市場上貨品種類～，令人目不暇接。

⃝【單一】dān yī　花色～｜種類～｜這幅圖畫構思獨特，就是顏色有些～。

繁複 fán fù　繁多複雜　～的計算｜早期電腦的操作有些～｜宇航員的每項訓練都很～。

⃝【簡約】jiǎn yuē　～的説明｜中國意筆畫用筆～，意蘊深遠。

繁華 fán huá　繁榮熱鬧　地段～｜～的景象｜王府井是北京～的商業街。

⃝【繁榮】fán róng

⃝【繁盛】fán shèng

「繁華」常形容城鎮、街市的興旺、熱鬧景象。「繁榮」、「繁盛」原指草木茂盛，引申指國家或行業領域的蓬勃發展，如説「草木繁盛」、「繁榮的經濟」、「城市愈來愈繁盛了」。「繁榮」還可作動詞，如説「繁榮經濟」、「繁榮校園文化」。

⃝【荒涼】huāng liáng　一片～｜～的原野｜從繁華的都市來到了～的山村。

反【蕭條】xiāo tiáo 經濟～｜以前這裏非常繁華，怎麼現在如此～？

> 「繁華」指城市、街道等人多而熱鬧，經濟景氣。「荒涼」突出地方偏遠，人煙較少。「蕭條」突出地方不熱鬧或經濟不景氣。

繁忙 fán máng

事情很多，沒有空閒　工作～｜～的季節｜春節期間，鐵路運輸非常～。

同【忙碌】máng lù

> 「繁忙」突出事情多、時間緊，沒有空閒。「忙碌」突出忙着做各種事情，給人以辛辛苦苦的感覺，如說「整天忙碌」、「忙碌一生」、「他一天到晚都在忙碌」。

反【清閒】qīng xián 工作～｜孩子送到老家後，她～多了。

反【悠閒】yōu xián ～地釣魚｜假期接近尾聲，～的生活即將結束。

繁茂 fán mào

（草木等）生長得繁密茂盛　青藤長得特別～｜花木～，蒼翠欲滴。

同【茂盛】mào shèng

> 「繁茂」突出植物生長狀況良好，枝繁葉密。「茂盛」指長得茁壯，如說「枝葉茂盛」；也指經濟興旺，如說「財源茂盛」。

繁難 fán nán

複雜而困難　不怕～｜不管工程多麼～，專家們還是設計出了最佳方案。

反【簡易】jiǎn yì 方法～｜在～工棚辦公。

繁榮 fán róng

1.（經濟或事業）蓬勃發展，昌盛發達　國家～昌盛｜文化藝術事業非常～。

同【昌盛】chāng shèng
同【繁華】fán huá
同【繁盛】fán shèng
同【興隆】xīng lóng
同【興盛】xīng shèng
同【興旺】xīng wàng

> 「繁榮」適用範圍較廣，可形容市場、城市等具體事物或文化、經濟等抽象事物；還作動詞，如說「努力繁榮當地經濟」。「昌盛」指經濟或事業蓬勃發展，前途廣闊，多與「國家」、「繁榮」等詞搭配，屬於書面語。「繁盛」突出氣勢宏大，多用於時代、地方、商業、家庭等，着重於景象熱鬧，屬於書面語。「興隆」突出盛大發達，生意發展，如說「企業興隆」、「生意興隆」。「興盛」突出繁榮發展的景象，多用於國家、事業等，如說「到處是一片興盛的景象」。

反【凋敝】diāo bì 百業～｜多年的戰亂使得民生～，經濟衰退。

反【蕭條】xiāo tiáo ～冷落｜餐館因經營不善，生意愈來愈～。

2. 使發展興旺　～經濟｜～地區文化事業。

反【摧殘】cuī cán ～民間文化｜～藝術奇葩。

繁冗 fán rǒng

1.（語言文字）瑣碎、雜亂　行文過於～｜文章～艱澀。

同【冗雜】rǒng zá
同【龐雜】páng zá

2. 事物多而亂　事務～｜～瑣事。

同【繁雜】fán zá

回【複雜】fù zá

「繁冗」強調存在許多瑣碎的、無關緊要的部分，屬於書面語。「繁雜」突出因事務繁多而顯得雜亂，多用於工作、事情、現象等，較常用。如說「內容繁雜」、「繁雜的家務活」。

繁殖 fán zhí　生物不斷地產生新的個體以傳宗接代　～後代｜細胞在～｜這類昆蟲的～速度很快。
回【滋生】zī shēng
回【孳生】zī shēng

「繁殖」適用於所有生物，突出個體數量逐漸增多。「孳生」和「滋生」多用於細菌及幼小昆蟲，如說「幼蟲滋生」、「孳生蚊蠅害蟲」、「抹布上滋生了許多細菌」。「滋生」還用於比喻，如說「滋生事端」。

繁重 fán zhòng　（工作、任務等）又多又重　家務～｜賦稅～｜機械化取代了～的體力勞動。
回【沉重】chén zhòng

「繁重」突出分量多、程度深，多用於形容工作、任務等。「沉重」多形容抽象事物，如說「沉重的代價」、「這件事對他來說是個沉重的打擊」。

反【輕鬆】qīng sōng　工作～｜幸虧有大家幫助，否則這項任務哪會完成得如此～？

反 fǎn　相背的；顛倒的　適得其～｜～其道而行之｜他把襪子穿～了。
反【正】zhèng　這才是～面，你別搞反了。

反常 fǎn cháng　違背常情；跟正常情況相反或者不同　天氣～｜～的行為｜最近他的情緒有些～。
反【正常】zhèng cháng　～現象｜體溫～｜天氣不太～。

反對 fǎn duì　不同意，不贊成　～意見｜遭到強烈～｜～浪費用水行為。
反【同意】tóng yì　表示～｜～改革方案｜我的請求終於得到了～。
反【擁護】yōng hù　～大會決議｜新任市長受到大部分市民的～。
反【贊成】zàn chéng　～這項建議｜擴建綠地得到了廣大市民的～。
反【贊同】zàn tóng　～調整方案｜我不太～他的那些看法。
反【支持】zhī chí　不～這種做法｜學校～學生參加社會實踐活動。

反覆 fǎn fù　1. 一遍又一遍地　～思考｜～核對賬目｜對廣大市民～進行衛生教育。
回【重複】chóng fù
2. 同一事物不止一次出現　這個鏡頭已經多次～。
回【重複】chóng fù

反感 fǎn gǎn　不喜歡或不滿意的感覺　產生～｜對這種作風很～｜此事已引起眾人的～。
反【好感】hǎo gǎn　頓生～｜頗有～｜他一直對此懷有強烈的～。

反躬自問 fǎn gōng zì wèn　也說「撫躬自問」。反過來問問自己出了問題要～，在自己身上尋找原因。
反【諉過於人】wěi guò yú rén　做錯了就要敢於承擔責任，不要～。

反擊 fǎn jī

對向自己進攻的敵人予以還擊　開始～｜發起自衛～｜在戰鬥中我們要把握好～的時機。

同【還擊】huán jī

同【回擊】huí jī

> 「反擊」語意較重，多用於軍事行動。

反詰 fǎn jié

反過來有針對性地提問對方　～對方｜立即進行～。

同【反問】fǎn wèn

> 「反詰」屬於書面語。「反問」多用於口語，如說「我講完後她反問了一句『這可能嗎？』」。

反抗 fǎn kàng

用行動反對；抵抗　奮勇～｜頑強～｜～侵略。

同【對抗】duì kàng

同【掙扎】zhēng zhá

> 「反抗」有不甘受壓迫而奮勇抗擊的意思，可指身體行動的抵抗，也可以指精神和意志上的抵抗。「對抗」突出雙方針鋒相對地抵抗，勢不兩立，如說「武裝對抗」。「掙扎」指用力支撐，如說「垂死掙扎」、「掙扎着站起來」。

反【屈服】qū fú　～於壓力｜面對敵人的拷打，戰士們寧死不～。

反【投降】tóu xiáng　繳械～｜決不向敵人～。

反【服從】fú cóng　～命令｜～安排。

反【妥協】tuǒ xié　決不～｜這是雙方～的結果。

反目 fǎn mù

原先和睦友好的轉變為對立　他們原來還挺要好的，怎麼突然就～成仇了？

反【和好】hé hǎo　～如初｜兩人已重新～。

反叛 fǎn pàn

背叛自己所屬集團或組織而投向他方或敵方　他極具～精神｜～傳統思想。

同【叛變】pàn biàn

> 「反叛」是中性詞。「叛變」是貶義詞。

反響 fǎn xiǎng

行為、事件等所引起的回響、反應　該電視劇播出後～十分強烈｜人們對他的演出～不一｜他的科學報告在大會上引起了極大的～。

同【反應】fǎn yìng

> 「反響」語意較重，對象一般為大眾、集體。「反應」語意較輕，對象可以是個人或集體，如說「他聽到這個消息後沒甚麼反應」。「反應」還可指人或事物因刺激引起的狀態，如說「過敏反應」、「無不良反應」、「這孩子反應很快」。

反省 fǎn xǐng

省察自己過去言行的是非好壞　自我～｜停職～｜你回去好好～一下。

同【檢查】jiǎn chá

同【檢討】jiǎn tǎo

> 「反省」突出回憶自己所做的事，檢查是否犯了錯誤。「檢查」、「檢討」突出找出缺點和錯誤，並作自我批評。

返航 fǎn háng

（船、飛機）返回出發地的航行　順利～｜接到命令後及時～。

＠【出航】chū háng　首次～｜這次出海從～到返航歷時一個多月。

返回 fǎn huí　回到原先出發的地方　～故鄉｜～母校｜人造衛星順利～地面。

＠【離開】lí kāi　～宿舍｜～家鄉｜他～原來的單位已經多年了。

＠【出發】chū fā　明天下午～｜列車是從上海～的，還要返回上海。

犯法 fàn fǎ　違反法律、法令　不能知法～｜官員～，與民同罪｜無論誰～都要受到法律的制裁。

＠【犯罪】fàn zuì
＠【犯案】fàn àn

「犯法」指違法，但不一定犯罪。「犯罪」必定犯法，比「犯法」的程度重，通常指刑事罪行。「犯案」僅指作案後被發覺，語意比較輕，如說「犯案後他已如實作了交代」。

犯罪 fàn zuì　做出違犯法律、應受刑法處罰的事　預防～｜追捕～嫌疑人｜這類～現象已引起社會的廣泛重視。

＠【犯法】fàn fǎ
＠【犯案】fàn àn
＠【立功】lì gōng　為國～｜～贖罪｜服刑期間如有～表現可以減刑。

範疇 fàn chóu　類型；範圍　基本～｜漢字屬表意文字的～。

＠【範圍】fàn wéi

「範疇」所指的界限一般比較抽象，突出概括和反映，屬於哲學術語，

適用範圍較小。「範圍」指一般事物的界限，適用範圍較廣，如說「擴大範圍」、「縮小範圍」、「老師沒有告訴我們考試範圍」。

範例 fàn lì　可以當作典範的事例　魯迅的後期雜文是諷刺文學的～。

＠【典範】diǎn fàn

「範例」只用於事物，適用範圍較小。「典範」可用於人或事，適用範圍較廣，如說「他是青年人的典範」。

方案 fāng àn　工作的計劃　施工～｜教學～｜我們已經制定了解決問題的～。

＠【計劃】jì huà

「方案」多用於具體的有針對性的事物。

方便 fāng biàn　做事情或行動不費事，沒有麻煩　買東西很～｜這個樓盤在鐵路上蓋，出入交通～極了。

＠【便利】biàn lì

「方便」突出不麻煩、不費事，較常用；作形容詞時有適宜的意思，如說「方便的時候常來我這兒坐坐」。「便利」突出具有某種有利條件，從而有利於達到目的，如說「這機器操作起來很便利」。

＠【麻煩】má fan　～他人｜故意製造～｜八達通為人們乘車減少了許多～。

方才 fāng cái　剛剛；不久以前　他們～來過｜～下了一場雨｜～的情形，他都知道了。

回【剛才】gāng cái
回【適才】shì cái

「方才」指事情在不久前發生，屬於書面語。「適才」多用於早期白話，如說「適才聽君良言，受益匪淺」。

方法 fāng fǎ
有關解決各種問題的門路、程序等　注意工作~｜我們提倡理論與實踐相結合的學習~。
回【辦法】bàn fǎ
回【方式】fāng shì
回【法子】fǎ zi

「方法」多用於相對鄭重的場合。「辦法」突出針對具體事情所採取的手段、措施等，具有直接操作的特點，如說「我們有辦法解決這個問題」、「我不同意採用他說的辦法」。「方式」突出形式，如說「方式太呆板」、「應採用靈活的方式」。「法子」多用於口語，如說「你得趕快想個法子才行」。

方興未艾 fāng xīng wèi ài
剛興起還沒有停止，指事物正在蓬勃發展　經濟改革~。
反【日暮途窮】rì mù tú qióng　~的清王朝即使實行變法維新，也難以改變滅亡的結局。

芳香 fāng xiāng
花、草等芬芳清香的氣味　~撲鼻｜泥土散發出特有的~｜梅花的~，沁人心脾。
回【芬芳】fēn fāng
回【馨香】xīn xiāng

「芬芳」形容香，如說「花朵芬芳」、「桃李芬芳」，多用於文藝描寫，有美好而典雅、高貴的意思；還用於比喻，如說「生活是多麼廣闊，又是多麼芬芳」。「馨香」指散佈很遠的香氣，屬於書面語，如說「桂花開了，滿街馨香」。

反【惡臭】è chòu　被污染的河水散發陣陣~。

防備 fáng bèi
為應付攻擊或避免受害而事先做好準備　早有~｜~森嚴｜~敵人突然襲擊。
回【提防】dī fang
回【防範】fáng fàn

「防備」突出備，指事先做好有針對性的準備，以應付可能出現的不利情況。「提防」突出小心謹慎，警惕別人的壞心或可能發生的危害，多用於口語，如說「你得提防他要陰謀」。「防範」突出防止不利局面的產生，屬於書面語，強調制定措施，如說「加強防範」、「必須嚴加防範」、「要認真做好防範工作」。

防守 fáng shǒu
警戒；守衛　~前沿陣地｜~軍事重鎮｜足球隊採取~的戰術。
回【防衛】fáng wèi
回【防禦】fáng yù

「防守」一般適用於陣地、國土、城池等；也指在鬥爭或比賽中防備對方的進攻。「防衛」用於軍事行動，也用於人身保護，如說「正當防衛」、「加強防衛力量」。「防禦」突出不讓對方進入己方勢力範圍，一般是被動抗擊，如說「消極防禦」、

「防禦風沙襲擊」、「立即採取防禦措施」。

⊜【進攻】jìn gōng　猛烈～｜展開全面～｜發起主動～。

防微杜漸 fáng wēi dù jiàn
指在錯誤或壞事萌芽之初及時制止，不使其繼續發展　對孩子的一些不良行為，應～，及時教育制止。

⊜【防患未然】fáng huàn wèi rán

「防微杜漸」多針對不良品德、行為。「防患未然」也說「防患於未然」，指在事故或災害發生之前就加以防備，如說「倉庫重地，嚴禁吸煙，防患未然」。

防禦 fáng yù
防守，抵禦　～計劃｜～工事。

⊜【防衞】fáng wèi
⊜【防守】fáng shǒu
⊜【進攻】jìn gōng　擊退敵人的～｜加強～火力｜重點～敵軍指揮部。

妨礙 fáng ài
干擾；阻礙，使事情不能順利進行或完成　別～他人休息｜暴風雨～了航行｜櫃子放在走廊，會～走路的。

⊜【妨害】fáng hài
⊜【阻礙】zǔ ài

「妨礙」語意較輕。「阻礙」突出有阻隔而不順利，如說「阻礙交通」、「隊伍前進受到惡劣天氣的阻礙」。「妨害」語意較重，多與「健康」、「生長」、「成長」等詞搭配，如說「大量飲酒妨害健康」、「雜草妨害了花木的生長」。

房屋 fáng wū
房子的總稱　～裏空空的｜這裏的～雖然古舊，但結構卻很堅固。

⊜【屋宇】wū yǔ

「房屋」指一般的房子，屬於總稱。「屋宇」多指成片的高大房子，屬於書面語。

仿佛 fǎng fú
又寫作「彷彿」，似乎；好像　～簡單，其實很難｜他工作起來～不知疲倦｜我～聽到了春天的腳步聲。

⊜【好像】hǎo xiàng
⊜【似乎】sì hū

「仿佛」、「似乎」突出不十分確定，屬於書面語。「好像」較常用，多用於口語。

仿造 fǎng zào
模仿已有的樣式製造　～進口機器｜～最新式飛機｜這些古瓶都是～的。

⊜【仿製】fǎng zhì

「仿造」突出以某種事物為參照物進行製造，常用於建築物或大型器物，多用於口語。「仿製」多用於較小的商品或藝術品等，如說「仿製藝術品」、「這些瓷器是仿製品」。

⊜【創新】chuàng xīn　銳意～｜藝術貴在～。

訪問 fǎng wèn
有目的地去探望某人並跟他談話　老師每個月都要做家庭～｜記者～老教授。

⊜【拜訪】bài fǎng
⊜【造訪】zào fǎng

圙【走訪】zǒu fǎng

> 「訪問」適用範圍較廣，參加訪問的可以是個人或集體，被訪的對象可以是人或國家等。「拜訪」帶有尊敬、客氣的感情色彩，如說「拜訪老師」、「拜訪藝術家」。「造訪」較莊重，屬於書面語，如說「月夜造訪」。「走訪」常用於公務採訪、看望，如說「記者走訪了受害者的家庭」。

放 fàng 1. 放置　存～｜書～在桌上｜把手～下來｜給豆漿～點糖。
圙【擱】gē
圙【置】zhì

> 「擱」突出使某物處於一定位置，如說「把舊雜誌都擱在一邊」；還指暫時不做，如說「這事先擱一下再說」。「置」屬於書面語，如說「置之不理」、「漠然置之」。

2. 暫時不做，擱置　這事不急，你現可以～一～｜你怎麼將如此緊急的事～着不理？
圙【擱】gē
3. 釋放；解除約束　～走兇手｜～虎歸山｜你怎麼把好不容易捉來的獵物給～了？
反【捕】bǔ　～捉｜～獲｜～搜｜～追～逃犯。
反【抓】zhuā　～獲｜～起來｜～捕罪犯｜被～進監獄。
反【捉】zhuō　～拿｜捕～｜～小雞｜貓～老鼠｜～賊見贓。

放大 fàng dà　使圖像、聲音、功能等變大　～照片｜畫面～了好幾倍。

反【縮小】suō xiǎo　～尺寸｜把圖像～到原來的三分之一。

放蕩 fàng dàng　放縱自己而不受約束　不能如此～｜行為～。
反【檢點】jiǎn diǎn　有失～｜行為不夠～。

放開 fàng kāi　解除禁令或限制，使有更多的自由與空間　～思想｜～政策｜～手腳準備大幹一場。
圙【敞開】chǎng kāi

> 「放開」突出解除限制，強調沒有束縛。「敞開」指沒有限制地打開，多用於抽象事物，如說「敞開心扉」、「敞開懷抱」。

放慢 fàng màn　使速度或速率變慢　～腳步｜～速度｜音樂的節奏～一點。
反【加快】jiā kuài　～步伐｜～速度｜盲目～進程會導致負面影響。

放棄 fàng qì　丟棄，不堅持　～尋找｜別～努力｜為了事業，他～了家庭。
圙【廢棄】fèi qì

> 「放棄」多用於權利、主張、意見等抽象事物或地域、領土等具體事物，適用範圍較廣。「廢棄」突出廢掉、不再使用，多用於具體的人或事物，如說「廢棄舊井」、「廢棄老條例」。

反【保留】bǎo liú　～意見｜～下來。
反【保持】bǎo chí　～本色｜～風度｜雖然生活條件已大大改善，母親還～着勤儉的習慣。

反【堅持】jiān chí　～真理｜～己見｜我還～原來的看法。

放任 fàng rèn　不加約束，聽其自然　別對此事～不管｜如果～亂砍亂伐，後果將不堪設想。

反【約束】yuē shù　思想受到～｜～自己的言行｜兒童身心成長發育期間特別不願受～。

放手 fàng shǒu　解除顧慮或限制　～使用年輕技術人員｜你儘管～去做，不要有任何顧慮。

同【放任】fàng rèn

「放手」突出解除原有的顧慮及限制。「放任」指聽之任之、不加約束，如說「放任自流」、「對這種現象你不能放任不管」。

放肆 fàng sì　言行輕率而毫無顧忌　他竟在公開場合打人，也太～了！

反【收斂】shōu liǎn　～自己的言行｜最近他的行為已有所～。

反【謹慎】jǐn shèn　天雨路滑，請～駕駛｜他在處理複雜問題時，態度非常～。

放鬆 fàng sōng　由緊張變得鬆弛　～學習｜比賽結束了，隊員們總算可以～一下了。

反【抓緊】zhuā jǐn　～時間｜～準備一下｜改革需要～時機。

放心 fàng xīn　心情放鬆而不牽掛，不擔心　～不下｜你只管～，出不了錯｜看到一切都安排好了，她才～。

同【安心】ān xīn

「放心」突出不為某人某事擔心。「安心」突出心情安定，用於生活、工作、休息等，如說「安心讀書」、「他來了我就安心多了」。

反【擔心】dān xīn　～質量有問題｜～患病，顧慮重重。

反【操心】cāo xīn　為子女～｜這孩子很讓父母～。

放行 fàng xíng　准許通過　不准～｜驗明證件之後，海關予以～。

反【阻攔】zǔ lán　因衣冠不整被～在外｜警察根本～不住向前奔湧的人羣。

「放行」多用於崗哨、關卡等准許通過。

放逐 fàng zhú　古時將被判罪的人流放至邊遠地區　～欽犯｜他被～到寒冷的西伯利亞。

同【流放】liú fàng

「放逐」突出將犯人驅逐到人煙罕至的地方，語意較重。

放縱 fàng zòng　1. 放任縱容，不加約束　～自我｜～感情｜只到了週末，他才能稍微～一下。

同【放任】fàng rèn

同【縱容】zòng róng

反【節制】jié zhì　～飲食｜凡事都要有個～。

2. 不守規矩，沒有禮貌　行為～｜驕奢｜言行舉止不能過於～。

同【放蕩】fàng dàng

◉【放浪】fàng làng

「放縱」可用於自己或他人。「放任」突出對別人的行為不加干涉，如說「對孩子不能太放任」。「放蕩」指行為超出正常，含貶義，如說「放蕩不羈」、「作風放蕩」。「放浪」語意較重，屬於書面語，如說「放浪形骸」、「行為放浪」。「縱容」指對錯誤言行不加制止，語意較重，如說「縱容包庇」、「縱容不良現象」。

非 fēi　錯誤　痛改前～｜大是大～｜人們應該具有明辨是～的能力。
⊗【是】shì　實事求～｜自以為～｜回首往事，所有的～～非非都煙消雲散了。

非常 fēi cháng　1. 不同於一般的　～時期｜～情況｜病情複雜，需要採取～措施進行治療。
⊗【平常】píng cháng　這次會議的內容很不～。
⊗【尋常】xún cháng　～生活｜～的人家｜這次洪水災害造成的損失非同～。
2. 十分；極　～容易｜～高興｜～會說話｜他是個～優秀的青年。
◉【十分】shí fēn
◉【異常】yì cháng

「非常」指程度很高；也指異乎尋常的、特殊的，如說「非常時期」、「非常會議」。「異常」語氣比「非常」重，如說「他今天異常興奮」；還可指不同尋常，如說「她臉色有點兒異常」。

非法 fēi fǎ　不合法　追查～貨物｜收受賄賂屬於～行為。
⊗【合法】hé fǎ　～手段｜為維護自己的～權益而鬥爭。

非凡 fēi fán　超越一般情況或水平；不尋常　氣質～｜取得了～的成就｜廣場上熱鬧非～。
◉【不凡】bù fán

「非凡」突出超出一般、不同一般的人或事，有稱讚的色彩。「不凡」僅指不平凡、不尋常，如說「相貌不凡」、「自命不凡」等。

⊗【平凡】píng fán　～的人生｜～的崗位｜他向人們講述了他在西藏探險的不～經歷。
⊗【一般】yì bān　成績～｜～情況｜他的打扮很～。
⊗【普通】pǔ tōng　～百姓｜～工作人員｜經過人生的大起大落，他如今只想做個～人。

非難 fēi nàn　指責　遭到～｜何必老是～我們｜他這樣做是對的，無可～。
◉【責難】zé nàn

「非難」指不合情理地指責，語意較輕，有指責得不對或不合情理的意思。「責難」語意較重，屬於書面語，如說「遭到責難」、「不必如此責難一個小職員」。

飛奔 fēi bēn　像飛一樣地快跑　列車～而過｜他向我～過來｜駿馬在原野上～。
◉【飛馳】fēi chí

「飛奔」多用於人和動物，也可用於汽車、火車等。「飛馳」一般只用於車馬。

飛黃騰達 fēi huáng téng dá

比喻官職、地位上升得很快　官運亨通，~｜一人~，全家雞犬升天。

圓【平步青雲】píng bù qīng yún

「飛黃騰達」出自韓愈詩《符讀書城南》「飛黃騰踏去，不能顧蟾蜍」。「飛黃」為古代傳說中的神馬名。

飛快 fēi kuài

非常迅速　跑得~｜列車~地行駛在平原上。

反【緩慢】huǎn màn　請~過橋｜動作過於｜老人~地走着。

飛翔 fēi xiáng

盤旋着飛；泛指一般的飛　展翅~｜~的鳥｜我的思想像長了翅膀，正在自由地~。

圓【翱翔】áo xiáng

「飛翔」較常用，突出自由自在地飛，多用於比喻。「翱翔」突出飛得莊嚴、自豪，屬於書面語，如說「雄鷹在海天之間翱翔」。

飛行 fēi xíng

在空中航行　低空~｜火箭的~速度極快。

圓【飛翔】fēi xiáng

「飛行」指飛機、火箭等在空中運動。「飛翔」帶有讚美的感情色彩，含褒義，比喻用法適用於抽象事物，如說「心靈在藍天飛翔」、「思緒飛翔」等。

肥 féi

1. 含脂肪多　~肉｜減~｜~頭大耳｜馬無夜草不~。

圓【胖】pàng

反【瘦】shòu　~削｜~弱的身體。

「肥」與「瘦」相對，多用於動物或人體的某個部位，除「肥胖」、「減肥」外，一般不用於人。

2. 土地肥沃　地~水美｜這片地很~，適合種莊稼。

反【薄】báo　這塊地太~，連草都長不出來。

反【瘦】shòu　~瘠｜科學方法使這塊~地變成了肥田。

肥大 féi dà

1. 衣服又寬又大　褲腿~｜爸爸的衣服套在兒子身上，顯得非常~。

反【瘦小】shòu xiǎo　孩子長得很快，去年的衣服今年穿起來已經有些~了。

2. 身體或身體的某一部位大而胖　腰身~｜~的耳朵｜北極熊體形~。

反【瘦小】shòu xiǎo　身材~｜顯出~的腰身。

肥胖 féi pàng

（身上）脂肪非常多　身子~｜臉部~｜體形很~。

反【瘦削】shòu xuē　~的四肢｜她身材~，個頭高挑。

反【乾瘦】gān shòu　~如猴｜那人看上去很~。

肥沃 féi wò

（土地）有充足的適合植物生長的養分、水分　~的土地｜小麥生長需要~的土壤。

反【貧瘠】pín jí　土地~｜~的田地不適合種植農作物。

肥壯 féi zhuàng　體形粗大健壯　~的公牛｜相撲選手個個體格~。

⟨反⟩【瘦弱】shòu ruò　體形~｜~的身軀｜他的身體因為過於勞累而日漸~。

「肥壯」可合成「膘肥體壯」、「又肥又壯」。

匪徒 fěi tú　土匪　圍剿~｜~佔領了山寨｜財物被~搶劫一空。

⟨同⟩【強盜】qiáng dào

「匪徒」突出盤踞一方作惡的不法之徒，屬於書面語。「強盜」指強行搶劫財物的人。

菲薄 fěi bó　微薄，指數量少、質量差　待遇~｜這件禮物~得很，希望閣下笑納。

⟨同⟩【微薄】wēi bó

⟨同⟩【綿薄】mián bó

「菲薄」突出數量少而且質量不高，多用於待遇、禮品、工作條件等。「菲薄」還可作動詞，意為瞧不起，如說「妄自菲薄」、「菲薄他人」。「微薄」指微小單薄，突出量少，如說「力量微薄」、「微薄的收入」。「綿薄」是謙詞，指自己薄弱的能力，如說「稍盡綿薄之力」。

⟨反⟩【豐厚】fēng hòu　~的回報｜來人帶來了~的禮品。

誹謗 fěi bàng　無中生有地說人壞話，詆毀和破壞他人名譽　惡意~｜~中傷｜公眾人物所要面對的不僅僅是讚美，還有惡意的~。

⟨同⟩【詆毀】dǐ huǐ

⟨同⟩【譏謗】huǐ bàng

⟨同⟩【誣衊】wū miè

「誹謗」突出惡意中傷，毀人名譽，較常用。

⟨反⟩【歌頌】gē sòng　~英雄｜~美好事物｜我們要永遠~這種精神。

費 fèi　財物、精力等消耗過多　~時~力｜照顧孩子很~神。

⟨反⟩【省】shěng　~錢｜~吃儉用｜坐飛機不~錢，但~時間。

費解 fèi jiě　不容易弄懂　他的那番話令人~。

⟨反⟩【易懂】yì dǒng　通俗~｜多用~的詞語，是為了給別人看。

「費解」多用於文章的詞句、話語的意思等。

費勁 fèi jìn　耗費力氣　這事辦起來真~｜老人腿腳不好，上樓真~。

⟨同⟩【費力】fèi lì

「費勁」多用於口語。「費力」屬於書面語。

⟨反⟩【省力】shěng lì　有了電腦，搜索資料比原來~多了｜用這種洗滌劑非常~。

費神 fèi shén　耗費精神　這件事真令人~｜麻煩您~關照一下｜這篇稿子您~看看吧。

⟨同⟩【費心】fèi xīn

⟨同⟩【勞神】láo shén

「費神」常用作請託時的客套話；還指實際上的耗費精神。「費心」多用於請託或致謝時，有用心、操心的意思，如說「這事讓您費心了」。「勞神」除耗費精神外，還有麻煩、勞駕的意思，口語中多用於請託，如說「勞神代為照顧一下」。

廢除 fèi chú

取消，宣佈無效，不再執行　～合同｜～陳規陋習｜～不平等條約｜辛亥革命推翻了清王朝，～了帝制。

同【破除】pò chú
同【廢止】fèi zhǐ

「廢除」突出以行政力量強制地取消或去掉，多用於法令、條約、制度等。「破除」突出從思想意識上衝破原來被人尊重或信仰的不科學、不合理的事物，如說「破除迷信思想」、「破除落後觀念」。「廢止」突出宣佈終止，使其不再發揮作用，屬於書面語，如說「廢止舊章程」。

反【建立】jiàn lì　～新秩序｜～現代企業制度。
反【採用】cǎi yòng　～新技術｜你們的建議已被～。

廢止 fèi zhǐ

取消，不再產生效力　舊的條例被～，新的條例開始施行。

反【施行】shī xíng　～新方案｜新條例自公佈之日起～。

「廢止」的對象多是法令、條例等。

分 fēn

1. 使整體變成幾個部分　～門別類｜難～難解｜～成兩個小組。

反【合】hé　～為一體｜～資企業｜天下～久必分，分久必～。

2. 離別　～手｜兒時的朋友長大後因志向不同而～道揚鑣了。

反【合】hé　悲歡離～｜祝新婚夫婦百年好～。

3. 部分；分支　～冊｜～隊｜～校｜我們在上海也有～公司。

反【總】zǒng　～部｜～公司｜他是公司的～經理。

分崩離析 fēn bēng lí xī

形容集團、國家等分裂瓦解　～的局面｜面臨～的邊緣。

同【四分五裂】sì fēn wǔ liè
同【土崩瓦解】tǔ bēng wǎ jiě

「分崩離析」突出分裂瓦解，局面不可收拾。「四分五裂」突出分散、不完整、不團結，如說「原來的大家族現在鬧得四分五裂」。「土崩瓦解」比喻徹底崩潰，如說「軍閥混戰，國家土崩瓦解」。

分辯 fēn biàn

用言語解釋清楚事實或觀點　證據確鑿，你不用再～｜無論怎麼～都無濟於事｜他們說甚麼就是甚麼，我不想～。

同【辯白】biàn bái

「分辯」着重指通過辯論、解釋來辨明是非，表明真相。「辯白」着重在被誤解或被指責的情況下進行辯解，洗清冤情，如說「無法辯白」、「竭力為自己辯白」。

分別 fēn bié

1. 對彼此之間的不同作區別　～優劣｜～是非｜這對雙

胞胎常讓父母都難以～。

同【辨別】biàn bié

同【分辨】fēn biàn

同【區別】qū bié

同【區分】qū fēn

反【混淆】hùn xiáo　～黑白｜～公眾視聽。

2. 離別　匆匆～｜他倆～了好多年｜這只是暫時～，不久就能相見。

同【離別】lí bié

同【別離】bié lí

同【分離】fēn lí

同【分手】fēn shǒu

反【團聚】tuán jù　夫妻～｜親人｜幾經周折，被拐賣的兒童終於與父母～了。

反【團圓】tuán yuán　骨肉～｜盼望親人早日～。

3. 各自　～進行｜～負擔各自的費用。

反【共同】gòng tóng　～作戰｜～完成工作｜我們有～的祖先。

反【一起】yì qǐ　～生活｜～解決困難和問題。

分佈 fēn bù　在一定的地區或地域內散佈　人口～｜～不太合理｜各分店～在城中各處。

同【散佈】sàn bù

同【散播】sàn bō

「分佈」適用範圍較廣，可用於人、動植物、礦物等，強調客觀攤開。「散佈」指分散在各處，可用於人或動物，如說「馬羣散佈在河灘上」；還可用作動詞，指廣泛傳播，多含貶義，如說「散佈謠言」、「散佈租賃廣告」。「散播」突出人主動使之

散佈開來，如說「散播流言」、「散播種子」、「散播不實之言」。

分道揚鑣 fēn dào yáng biāo
指原先在一起的人們因目標不同而各奔前程　早年的朋友多已～。

反【志同道合】zhì tóng dào hé　他倆～，在一起生活了二十多年。

分割 fēn gē　把一個整體或有聯繫的事物分開　財產～｜母子親情是不可～的。

反【聯繫】lián xì　有機～｜學習要理論～實際。

反【拼合】pīn hé　勉強～｜把多個零件～在一起。

反【連接】lián jiē　把給出的點～成一條曲線｜管線要是～在一起的話，可以繞地球一周。

分工 fēn gōng　按不同技能或社會要求分別做不同而又互相補充的工作　社會～｜～精細｜這項工作非常複雜，需要嚴密的～才能順利完成。

反【合作】hé zuò　與人～｜雙方需要加強～。

分解 fēn jiě　整體分成部分　因式～｜經過電解，水分子～成氫和氧。

反【合成】hé chéng　～材料｜這是一種新的～纖維。

分開 fēn kāi　彼此分離或使彼此分離　孩子和母親不能～｜內衣和外衣應該～洗。

反【合併】hé bìng　班級～｜兩個工廠已～｜把兩個文件～一下，組成一

個新文件。

⊜【結合】jié hé　～現實進行分析。

分離 fēn lí
1. 與事物的整體、主體或者其他部分分開　火箭與衛星～成功。

⊜【結合】jié hé　緊密～｜～為一體。

2. 別離；分手　不忍～｜與友人～｜～了多年的兄弟又重逢了。

⊜【別離】bié lí

⊜【分別】fēn bié

⊜【分手】fēn shǒu

⊜【離別】lí bié

> 「分離」突出相互隔開，不再在同一個地方；另有使分開的意思，如說「從空氣中分離出氮氣來」。「分別」、「分手」都指互相告別離開，「分手」突出分開前關係緊密或親切，如說「就在路口分手吧」、「天色已晚，但我還不想與他分手回家」；還指就此不再相見，可引申為斷絕關係，如說「他倆終於分手」、「感情不合就分手」。「別離」與「離別」突出較長時間地分開。

⊜【團聚】tuán jù　親人～｜失散多年的母子在媒體幫助下終於～了。

⊜【聚集】jù jí　～在一起｜小時候，我們喜歡～在河邊捉小蝌蚪。

分裂 fēn liè
整體事物分開，也指整體的事物分開　細胞～｜意見～為兩派。

⊜【破裂】pò liè

> 「分裂」語意較輕，後面可帶賓語。「破裂」語意較重，後面不帶賓語，如說「關係破裂」、「感情破裂」等。

⊜【統一】tǒng yī　～管理｜實行～指揮｜～入場觀看比賽。

⊜【團結】tuán jié　加強～｜～各個部門。

分明 fēn míng
清楚明白　黑白～｜愛憎～｜在工作中要注意公私～。

⊜【清楚】qīng chu

> 「分明」突出一目了然，很容易分辨。

⊜【模糊】mó hu　～不清｜對那裏的印象已經～。

⊜【隱約】yǐn yuē　～可見｜河對岸傳來～的歌聲。

分歧 fēn qí
（思想、觀點、意見、立場等）不一致　～不大｜產生～｜我們應該通過協商努力縮小相互之間的～。

⊜【差別】chā bié

> 「分歧」突出意見不一致或暫時未能統一。「差別」多指內容或形式上的不同，如說「縮小差別」、「指出兩者的差別」。

⊜【一致】yí zhì　觀點～｜達成了～的意見。

分散 fēn sàn
分在各處；使不集中　～隱蔽｜醫生想盡辦法～病人對疼痛的注意力。

⊜【集中】jí zhōng　～管理｜～優勢兵力｜精神～不起來。

⊜【匯集】huì jí　～人才｜這次展覽～了各大城市的優秀書畫作品。

⊜【聚集】jù jí　候機廳裏～着數千候機的乘客。

分析 fēn xī
把一件事物、一種現象或一個概念分成較簡單的部分，找出這些部分的本質屬性和彼此之間的關係　～問題｜化學～｜～句子結構｜部長在記者招待會上對當前國際形勢作了全面的分～。

同【分解】fēn jiě

同【辨析】biàn xī

同【剖析】pōu xī

「分析」適用範圍較廣。「分解」多用作科學術語，突出將事物分成幾個部分，如說「因式分解」、「對文章結構進行分解」。「辨析」突出對事物進行辨別分析，如說「詞義辨析」、「辨析容易寫錯的字形」。「剖析」突出嚴謹、認真的態度，可用於人或物，如問題、形勢、社會現象、人物性格等，如說「剖析事故原因」、「深入剖析其內部結構」。

反【歸納】guī nà　～總結｜～一下大家的意見｜通過表象～出本質。

反【綜合】zōng hé　～分析｜進行～研究｜會議～了各家意見，提出了一個新的方案。

分心 fēn xīn
精神不集中　做作業時不要～｜比賽時運動員稍一～就可能導致失準。

反【專心】zhuān xīn　～致志｜他一進入思考狀態，就變得異常～。

吩咐 fēn·fù
也寫作「分付」。口頭指派或命令　他臨走時～我照看好家｜父親～大哥務必在月底前趕回家｜我該做些甚麼，請您～。

同【叮嚀】dīng níng

同【叮囑】dīng zhǔ

同【囑咐】zhǔ·fù

「吩咐」多用於長輩對晚輩或上級對下級，有多少命令的意味。「叮嚀」和「叮囑」突出再三囑咐，如說「老師多次叮嚀我要抓緊時間」。「囑咐」語氣比較委婉，有勸勉的意思，如說「他一再囑咐我好好養病」。

氛圍 fēn wéi
周圍環境的氣氛；某種較大場面帶給人的情緒　特殊～｜神祕的～｜人們在歡樂的～中迎來了新的一年。

同【氣氛】qì fēn

「氛圍」指周圍籠罩着的情調、氣息，多用於文藝作品。「氣氛」指一定環境帶給人某種強烈的感覺，多用於比較莊重的場合，如說「會場上充滿了友好的氣氛」。

紛繁 fēn fán
多而雜　～蕪雜的事務｜定要在～的線索中理出一個頭緒來。

反【單一】dān yī　方法～｜品種～｜形式顯得比較～。

紛亂 fēn luàn
混亂；雜亂　思緒～｜～的腳步聲｜平時～的碼頭，此時卻異乎尋常地冷清。

同【繚亂】liáo luàn

同【凌亂】líng luàn

「紛亂」突出頭緒繁多，難以把握，常用於政局、戰局等較大場面的動亂不安和事務、環境、心情、思想的混亂。「繚亂」多用於心緒、視覺，如說「眼花繚亂」。「凌亂」突出不

整齊、無秩序，多用於工作、程序、擺設等，如說「房間凌亂不堪」。

反【整齊】zhěng qí　邁着～的步伐｜書櫃裏～地放着電腦書｜她的房間收拾得很～。

焚 fén　用火燒　～香｜憂心如～｜玩火自～。
同【燃】rán
同【燒】shāo

焚燒 fén shāo　燒燬；燒掉　～樹枝｜縱火～｜將沒收的走私毒品全部～。
同【燃燒】rán shāo

「焚燒」突出燒的過程，屬於書面語。

墳墓 fén mù　埋葬死人的穴及上面的墳頭　帝王的～｜把不堪回首的往事埋進～。
同【墳塋】fén yíng

「墳墓」較常用。「墳塋」屬於書面語。

粉飾 fěn shì　塗飾表面，掩蓋污點或缺點　～門面｜～現實｜～太平。
同【掩飾】yǎn shì
同【修飾】xiū shì

「粉飾」多用於掩蓋不好的行為表現或社會現實，是貶義詞。「掩飾」突出掩蓋真相，只用於抽象事物，如說「掩飾錯誤」、「掩飾虛弱的內心」、「掩飾緊張不安的心情」。「修飾」多指對表面修整裝飾，使整齊美觀，如說「客廳修飾一新」。

分量 fèn liàng　物體或事物的重量　～不夠｜～很足｜這個南瓜的～不下十公斤。
同【重量】zhòng liàng

「分量」可用於抽象事物，常比喻說話或文字很有力，起到重要作用，如說「他最後的這幾句話說得很有分量」。「重量」指實際的量，不用比喻，如說「物體的重量」。

分外 fèn wài　超乎尋常；特別　～高興｜～香甜｜月到中秋～明。
同【格外】gé wài

「分外」突出比平常或一般顯得特別不同。「格外」突出更加，比「平常」更進一層，如說「格外醒目」、「格外靚麗」、「她今天的穿着格外引人注目」。

憤激 fèn jī　憤怒而激動　言語～｜圍着一批～的路人｜兩車相撞，雙方司機情緒～，互不相讓。
同【憤慨】fèn kǎi
同【憤懣】fèn mèn
同【氣憤】qì fèn
同【憤恨】fèn hèn
同【憤怒】fèn nù

「憤激」突出情緒激動，有言行偏激的意思。「憤慨」多用於重大事件，有鄭重色彩，屬於書面語，如說「羣情憤慨」、「這種行徑令人憤慨」。「憤懣」突出內心抑鬱不平，屬於書面語，如說「抒發內心的憤懣」、「憤懣之情溢於言表」。「憤怒」突出極度不滿而情緒激動，適用範圍

較廣，是中性詞，如說「感到極為憤怒」、「人們憤怒地聲討恐怖主義的罪行」。

奮鬥 fèn dòu
為達到一定目的而努力做　艱苦～｜不屈不撓地～｜為實現理想而～。

同【鬥爭】dòu zhēng
同【搏鬥】bó dòu

「奮鬥」有振作、奮起的意味，表示努力上進，力圖有所成就。

奮發 fèn fā
精神振作，情緒高漲　～有為｜精神～｜做一名～向上的青年。

同【發奮】fā fèn
同【發憤】fā fèn

「奮發」突出精神狀態，有情緒高昂、積極行動的意味，多與「向上」、「有為」等詞連用。「發奮」突出振作起來，有勤奮不懈的意味，多與「讀書」、「進取」等詞搭配。「發憤」突出下決心求強盛，多與「學習」、「圖強」等詞搭配。

封閉 fēng bì
遮蓋通道或關閉口子，使不能使用、通行或交往　～城門｜用蠟封～瓶口｜大雪～了道路。

反【開放】kāi fàng　對外～｜～門戶｜人們的思想觀念也逐漸～了。
反【開啟】kāi qǐ　～心扉｜勤奮是～成功大門的鑰匙。

風采 fēng cǎi
也寫作「丰采」。美好的風度、神采　～動人｜好久不見，她的～依然不減。

同【風度】fēng dù
同【風韻】fēng yùn
同【風姿】fēng zī
同【風致】fēng zhì

「風采」突出個人的儀表舉止。「風度」突出舉止、姿態露出的氣質或氣度，只用於人，如說「風度翩翩」、「一副學者的風度」、「他保持着軍人的習慣和風度」。「風韻」也寫作「丰韻」，多用於形容女子優美的姿態，如說「她儘管已不年輕，但風韻猶存」。「風姿」也寫作「丰姿」，突出儀表、姿態美好，多用於年輕人，不用於老人，屬於書面語，如說「風姿端雅」、「風姿綽約」、「顯得風姿秀逸」。「風致」突出姿態、儀容別具特色，給人美的感覺，屬於書面語，如說「風致極佳」。

風光 fēng guāng
風景；景致　～無限｜青山綠水～好｜北國～，千里冰封，萬里雪飄。

同【風景】fēng jǐng
同【景色】jǐng sè
同【景致】jǐng zhì

「風光」多用於文藝描寫。「風景」泛指一定地域中由山水、樹木、建築物以及某些自然現象形成的景象，適用範圍較廣，如說「風景區」、「風景畫」、「當地風景宜人」、「風景格外美麗」。「景色」突出景象色彩美好，能表現季節和地方特色，詞義範圍比「風景」小，比「景致」大。「景致」突出別致的、有情趣的景象或觀賞處，屬於書面語。

風氣 fēng qì　社會上長期形成的風尚、禮節、習慣的總和　社會～｜不良～｜在喪禮上奏歡快的曲子已成為當地的一種～。

同【風尚】fēng shàng
同【習尚】xí shàng
同【風俗】fēng sú
同【習俗】xí sú

「風氣」指一時普遍流行的愛好或習慣，是中性詞。「風尚」是社會上共同崇尚的風氣，多指好的思想、道德或精神風貌，如說「倡導艱苦奮鬥的風尚」、「發揚文明新風尚」。「風俗」着重指民族、地方的風土人情，常和「禮節」、「習慣」連用，如說「了解風俗人情」、「應尊重當地人的風俗習慣」。「習俗」指習慣和風俗。

風趣 fēng qù　幽默；詼諧；有趣味　他講話十分～｜這本小説文筆幽默～。

同【幽默】yōu mò

「風趣」突出言語生動有趣，令人發笑或文章富有情趣，耐人品味。「幽默」突出言談舉止滑稽多智，引人發笑且意味深長，有時帶諷刺意味，語意比「風趣」重。

風聞 fēng wén　由傳聞而得知　～那家公司行將破產｜～他買彩票中了獎。

同【傳聞】chuán wén

「風聞」多用於眼前發生的，「傳聞」多用於以往發生的，都是沒有經過證實的情況。

風行 fēng xíng　比喻流行傳播迅速；普遍流行　這道歌～全球｜今秋～穿長裙。

同【流行】liú xíng
同【盛行】shèng xíng

「風行」指像風那樣快而普遍地傳開。「流行」指像流水那樣到處流動，普遍傳開，語意較輕，如說「到處流行」、「在民間流行」；還可作形容詞，如說「喜愛流行歌曲」、「小心流行性感冒」。「盛行」突出大規模地、熱鬧地傳播開來，語意最重，如說「極其盛行」、「盛行一時」等。

烽火 fēng huǒ　古時邊防報警點所燃起的煙火。比喻戰火或戰爭　～連天｜～遍地｜～連三月，家書抵萬金。

同【烽煙】fēng yān
同【戰火】zhàn huǒ

蜂擁 fēng yōng　像蜂羣似地擁擠着（走）　～而上｜球迷們～衝出球場｜歡呼的人潮向廣場～而來。

同【簇擁】cù yōng

「蜂擁」突出人羣擁擠，有比喻義。「簇擁」突出許多人緊緊圍着，如說「學生們簇擁着老師走進教室」。

瘋狂 fēng kuáng　發瘋、發狂　敵人～反撲｜～的歹徒｜打退敵人的～進攻。

同【猖獗】chāng jué
同【猖狂】chāng kuáng

「瘋狂」多比喻行為猖狂過激；還有中性詞的用法，指感情奔放，如說

「青年人瘋狂地唱呀跳呀，十分痛快」。「猖獗」突出兇猛而放肆，是貶義詞，如說「敵人猖獗一時」。「猖狂」突出態度、行為狂妄而放肆，也是貶義詞，如說「這一帶的土匪仍然很猖狂」。

鋒利 fēng lì　1.（工具、武器等）頭尖或刃薄，容易刺入或切入物體　刀鋒無比～｜～的匕首。

圓【尖利】jiān lì
圓【尖銳】jiān ruì
圓【銳利】ruì lì

2.（言論、文筆等）尖銳　談吐～｜文筆～。

圓【尖銳】jiān ruì
圓【銳利】ruì lì
圓【犀利】xī lì

「鋒利」可比喻言論、文筆的鋒芒銳利。「銳利」、「犀利」可比喻目光尖銳及對事物的觀察很深入，如說「銳利的眼光」、「目光犀利」。「犀利」更具形象色彩，指言論、筆鋒、武器等像犀牛角一樣又尖又快，屬於書面語。「尖利」形容眼光、言論，如說「他眼光很尖利」、「尖利的言辭」。「尖銳」引申指目光敏銳、深刻，如說「這把刀的鋒刃很尖銳」、「他尖銳地指出了目前存在的問題」。

鋒芒 fēng máng　1.刀劍的尖端，多比喻事物的尖利部分　攻擊的～｜凌厲的～｜鬥爭的～指向黑暗勢力。

圓【矛頭】máo tóu

2.比喻顯露出來的才幹　～畢露｜展現～。

圓【才華】cái huá
圓【才幹】cái gàn

「鋒芒」多比喻銳利的攻擊力量或表現出來的才幹、才華。

豐產 fēng chǎn　農業上收成好、產量高　年年～，歲歲平安｜報紙上介紹過他們的～經驗。

圓【豐收】fēng shōu

「豐產」指產量多，如說「估計又是一個豐產年」。「豐收」着重指收穫多，多用於大面積農田的總收穫，與「歉收」相對，如說「一片豐收的景象」、「今年棉花有望豐收」；還常比喻工作、思想上收穫多，適用範圍較廣，如說「這次學習考察獲得了大豐收」。

豐富 fēng fù　1.使豐富　～了職工的業餘文化生活｜現代舞台燈光～了崑曲的表現力。

反【減少】jiǎn shǎo　～品種｜～經濟損失｜最近學生們的娛樂活動明顯～了。

2.種類多，數量大　物產～｜長江中下游地區擁有～的水資源。

圓【豐厚】fēng hòu
圓【豐盛】fēng shèng

「豐富」突出數量和品種繁多，多用於物質財富、學識經驗等，適用範圍較廣；還可作動詞，如說「開展文體活動，豐富業餘生活」。「豐厚」突出數量多而價值高，令人滿意，多用於禮品、收入、動物皮毛等，如說「豐厚的禮品」、「收入比較豐

厚」、「海狸有豐厚的皮絨毛」。「豐盛」有量多質優的意思，主要指物質方面，多用於宴席、飯食和草木等，如說「草木豐盛」、「豐盛的宴席」、「這是一頓豐盛的晚餐」。

〔反〕【貧乏】pín fá　辭彙～｜中國煤炭資源並不～。

〔反〕【單調】dān diào　生活～｜這部電視連續劇的內容～，一點也不吸引人。

豐滿 fēng mǎn　飽滿結實　果實～｜體態～｜今年好收成，囤糧都很～。
〔同〕【飽滿】bǎo mǎn

「豐滿」多用於形容花朵、果實或字形；也可用於鳥類羽毛齊全好看；用於人時，指體形較好或胖得勻稱好看，如說「她比去年生病的時候豐滿多了」。「飽滿」着重指充足、不少，可形容花朵和果實，如說「穀粒飽滿」、「飽滿的果實」；還可形容精神，如說「精神很飽滿」、「情緒不夠飽滿」。

〔反〕【乾癟】gān biě　～的水果｜人老了，看上去很～。
〔反〕【枯瘦】kū shòu　～的雙手｜那人伸出～的胳膊向行人乞討。

豐年 fēng nián　收成好的年頭　瑞雪兆～｜敲鑼打鼓慶～。
〔反〕【歉年】qiàn nián　蟲災、洪災、旱災都很容易造成～。

豐收 fēng shōu　收成好，農作物產量高　小麥～｜今年風調雨順，糧食產量再獲～。

〔反〕【歉收】qiàn shōu　今年糧食～已成定局。
〔反〕【失收】shī shōu　由於水旱雙重災害，今年的農作物嚴重～。

豐衣足食 fēng yī zú shí　衣服、食物充足，形容生活寬裕　當人們過上～的生活時，精神的需求也增加了。

〔反〕【缺吃少穿】quē chī shǎo chuān　儘管他小時候～，卻從沒有放棄讀書學習。
〔反〕【缺衣少食】quē yī shǎo shí　～的日子已一去不復返了。

豐腴 fēng yú　形容人體態豐滿　～的身材。
〔同〕【豐滿】fēng mǎn
〔反〕【清癯】qīng qú　老人面目～，精神很好。

豐裕 fēng yù　富裕　盼望過上～的生活。
〔反〕【貧困】pín kùn　生活～｜他們一直過着～的日子。

縫補 féng bǔ　用針線使破損的織物恢復完整狀態　認真～｜～衣衫｜這件衣服～了好多次。
〔同〕【補綴】bǔ zhuì

「縫補」突出縫和補兩個動作。「補綴」突出用針線使破損的織物連接或恢復完整，如說「幾經補綴，才成了現在這種樣子」。

諷刺 fěng cì　用比喻、誇張等手法對人或事進行揭露、批評或嘲

笑　～畫｜辛辣的～｜這是一篇～小品文，語言幽默，含義深刻。

🔘【譏刺】jī cì

🔘【譏諷】jī fěng

🔘【譏笑】jī xiào

🔘【譏誚】jī qiào

🔘【挖苦】wā ku

🔘【嘲笑】cháo xiào

🔘【恥笑】chǐ xiào

「諷刺」語意較重，適用範圍較廣。「譏刺」、「譏諷」屬於書面語，如說「譏刺時弊」、「遭到惡意的譏諷」。「譏誚」突出用冷言冷語進行指責，屬於書面語。「挖苦」多用於口語，如說「別這麼挖苦別人」。「恥笑」常用於被動句中，其主語往往是承受者，如說「他做事常常出錯，總遭到恥笑」。

奉承 fèng cheng　用好聽的話討人歡心　說～話｜極力～上司｜對他的～拍馬，人們極其反感｜你～～他，說不定就答應你了。

🔘【恭維】gōng wéi

🔘【阿諛】ē yú

「奉承」語意較重，可用於一般人或有地位的人。「恭維」語意較「奉承」輕。「阿諛」多用於比自己地位高的人或權貴，屬於書面語。

奉公 fèng gōng　奉行公事　～守法｜一心～｜克己～，廉政愛民。

🔘【秉公】bǐng gōng

「奉公」突出客觀上按照法定的條文辦事。「秉公」突出主觀上不存私心，多與「執法」、「辦事」等詞搭配。

🔻【營私】yíng sī　～舞弊｜結黨～。

奉還 fèng huán　歸還　原物～｜～遺失物品｜如數～。

🔘【歸還】guī huán

「奉還」作敬辭，語氣比較緩和，有將應歸還的東西用手捧送歸還的意思。「歸還」是一般用語，如說「借了書要及時歸還」。

奉勸 fèng quàn　勸告　～你少喝點兒酒｜～他戒掉抽煙的習慣。

🔘【規勸】guī quàn

「奉勸」作敬辭，用於委婉地勸說。「規勸」用於鄭重地勸告，使改正錯誤，如說「雖然老師多次規勸，他仍無悔改之意」。

奉獻 fèng xiàn　恭敬地交付；獻出　無私～｜～寶貴的青春｜我願為他～自己的一切。

🔻【索取】suǒ qǔ　～報酬｜～回扣｜不要只知～而不知奉獻。

🔻【保留】bǎo liú　～財產｜將自己的一切毫無～地奉獻給慈善事業。

奉養 fèng yǎng　侍奉和贍養　～家中二老｜我們做小輩的理應～年邁的長輩。

🔘【贍養】shàn yǎng

「奉養」的對象一般為父母或其他尊親。「贍養」則特指子女對父母在物質上和生活上進行幫助，供給生活所需。

否定 fǒu dìng 1. 表示否認的；反面的 ～的判斷｜作出～回答。
⊘【肯定】kěn dìng 提出～意見。
2. 否認事物的存在或其真實性 自我～｜不能全盤～｜沒有新事物對舊事物的～就不會有發展。
⊜【否認】fǒu rèn

「否定」突出不接受某種理論、觀點、事實等，如說「不要隨意否定別人的意見」；作形容詞時，表示否認的、反面的，如說「作出否定判斷」。「否認」則突出不承認某種事實或現象，如說「否認事實」。

⊘【肯定】kěn dìng ～自我｜應充分～已經取得的成績。

否認 fǒu rèn 不承認 ～事實｜～罪行｜那人還在矢口～昨晚說過的話。
⊘【承認】chéng rèn ～錯誤｜他已～那畫是他畫的。

敷設 fū shè 鋪上；設置 ～暗線｜～鐵軌｜工人們正在～下水管道。
⊘【拆除】chāi chú ～舊軌道｜原來敷設的管子。

敷衍 fū yǎn 做事不負責或待人不懇切，只做表面上的應付 ～了事｜～塞責｜我們對工作不能採取～的態度。
⊜【對付】duì fu
⊜【應付】yìng fù

「敷衍」突出對人對事不認真負責，只在表面上做樣子。「對付」、「應付」

還有對人對事採取方法措施的意思，如說「事情雖多，他卻能一一應付」。

敷衍塞責 fū yǎn sè zé 辦事不認真負責，只是表面應付一下 對工作應嚴肅認真，不可以～｜面對事實，他只好～地回答了幾句。
⊘【盡心竭力】jìn xīn jié lì 為做好準備工作而～｜病人家屬～地服侍着生病的老人。

膚淺 fū qiǎn （學識或理解）淺薄；不深 內容～｜～的看法｜他對戲曲的理解比較～。
⊜【浮淺】fú qiǎn
⊜【淺薄】qiǎn bó

「膚淺」突出學識淺，理解不深，適用範圍較廣。「淺薄」突出缺乏學識或修養，如說「淵博的人把學問放在心裏，淺薄的人把學問掛在嘴上」。「浮淺」突出浮於表面，指學識淺，理解不深，如說「內容過於浮淺」、「認識還比較浮淺」；另指作風輕浮、不踏實，如說「那人的行為有些浮淺」。

⊘【深刻】shēn kè 道理十分～｜這次參觀活動使大家受到了一次～的教育。

扶搖直上 fú yáo zhí shàng 像旋風一樣迅速地盤旋直上，形容地位、價值等上升很快 這兩年房地產價格～｜那些人因裙帶關係而～。
⊘【每況愈下】měi kuàng yù xià 隨着與老闆關係的日益惡化，他的處境也～。

⟨反⟩【一落千丈】yí luò qiān zhàng　失去靠山後，他的地位～。

⟨反⟩【急轉直下】jí zhuǎn zhí xià　走錯一步棋，局勢～。

扶植 fú zhí　扶助栽培，使壯大

～親信｜～新生力量｜對新人應採取～培養的態度。

⟨同⟩【培植】péi zhí

「扶植」突出從旁協助，使其壯大，適用範圍較廣。「培植」本義指栽種並細心管理，引申為對人或勢力的培養、扶持，有時含貶義，如說「培植黨羽」、「培植幫派勢力」等。

扶助 fú zhù　幫助扶持　～生活

上十分困難的家庭｜～受災民眾｜～老弱病殘是值得提倡的社會公德。

⟨同⟩【幫助】bāng zhù

⟨同⟩【協助】xié zhù

「扶助」突出從旁幫助扶持，幫助者處於協助地位。「幫助」突出替人出力，助人做事，幫助者不一定處於協助地位。

拂曉 fú xiǎo　天即將亮的時候

～時分｜～出發｜部隊在～發動了總攻。

⟨同⟩【清晨】qīng chén

「拂曉」指天快亮的時候，時間段較短。「清晨」指日出前後的一段時間，時間段相對長一些。

服從 fú cóng　遵照；聽從　～

命令｜～判決。

⟨同⟩【遵從】zūn cóng

⟨同⟩【順從】shùn cóng

「服從」含有接受支配的意味。「遵從」含有尊重對方的意味，如說「遵從上級的指示」、「遵從老師的指導」。「順從」突出依順別人的意志，不違背，但不一定心悅誠服，如說「你得順從你父母才是」。

⟨反⟩【反抗】fǎn kàng　具有～精神｜～壓迫。

服役 fú yì　依法參軍；為軍隊服

務　～期滿｜他曾在海軍｜高中一畢業他就去部隊～了。

⟨反⟩【退役】tuì yì　航母～後就拆解了｜從部隊～以後，他一直在工廠裏工作。

「服役」、「退役」也指運動員參加或者退出專業訓練及比賽，如說「他長期在國家隊服役」、「前鋒打算年底退役」。

浮 fú　物體漂在液體上面　～標｜

漂～｜下水八分鐘後，潛水員的頭才～出水面。

⟨反⟩【沉】chén　身世浮～｜被風浪打翻的小船～到了水底。

浮華 fú huá　表面上豪華動人而

實際內容空虛無用　以～的言詞打動人｜表面的～掩飾不了本質上的空虛。

⟨反⟩【質樸】zhì pǔ　為人～｜文風～。

浮誇 fú kuā　不切實際地誇大事

實；虛誇而不實際　語言～｜～的風

氣｜華而不實的～作風。

⊜【虛誇】xū kuā

> 「浮誇」多指人的作風不踏實。「虛誇」多指言談，如說「新聞報道要實事求是，切忌虛誇」。

⊝【樸實】pǔ shí ～無華｜為人～。

浮現 fú xiàn （過去經歷的事情）
再度在腦海中顯現 往事～在眼前｜腦海裏一下子～出當年的情景。

⊜【出現】chū xiàn

⊜【呈現】chéng xiàn

⊜【顯現】xiǎn xiàn

> 「浮現」出現的是印象、形象、情景等，屬於書面語。「出現」適用範圍較廣，如說「河上出現片片小帆」、「事情出現轉機」。「呈現」多指顏色、景色、神情等，如說「呈現一派歡樂的景象」。「顯現」側重指原來看不見的事物變得看得見了，對象可以是景象、輪廓、結果、端倪等。

浮躁 fú zào 輕浮、急躁、不沉穩 性情～｜那傢伙～得很｜作風～，不可能做紮實學問。

⊜【急躁】jí zào

> 「浮躁」突出輕浮、不踏實。「急躁」則突出心急、沒有耐心，如說「急躁冒進」、「性情急躁」、「你別那麼急躁」。

⊝【持重】chí zhòng 老成～｜他給大家的感覺是沉穩～。

⊝【踏實】tā shi 幹活～｜小伙子又～又能幹。

⊝【沉穩】chén wěn ～幹練｜面對緊張的局面，他顯得非常～。

符合 fú hé 與存在的式樣、形式或標準等一致 ～標準｜～要求｜這些產品不～質量標準。

⊜【契合】qì hé

⊜【適合】shì hé

> 「符合」指數量、形狀、細節等各方面相當吻合。

⊝【違背】wéi bèi ～民意｜不要～自然規律。

幅員 fú yuán 疆域範圍，領土面積 ～廣大｜～遼闊。

⊜【版圖】bǎn tú

⊜【疆域】jiāng yù

> 「幅員」多指國家、地區面積的大小，多與「廣大」、「遼闊」等詞搭配，屬於書面語。

福 fú 富貴壽考的統稱，或泛稱吉祥幸運的事 ～如東海｜為民眾造～｜～無雙至，禍不單行。

⊝【禍】huò ～事｜天災人～｜大～臨頭｜月有陰晴圓缺，人有旦夕～福。

福分 fú fen 福氣；人生命中註定應得的享用 ～不淺｜那老人很有～｜您～真大，兒孫都這麼孝順。

⊜【福氣】fú qi

> 「福分」屬口語，適用範圍較窄。

斧正 fǔ zhèng 也寫作「斧政」。客氣地請人改文章 敬希～｜送上拙作，請恩師多加～。

圓【指正】zhǐ zhèng
圓【斧削】fǔ xuē
圓【教正】jiào zhèng

「斧正」、「斧削」都作敬辭，屬於書面語，如說「勞您斧削拙文」。「教正」、「指正」的對象不一定是書稿、作品，也用於工作中的指導，如說「請多指正」、「望給以教正」。

俯 fǔ　低頭；向下　～瞰｜～視｜～首帖耳｜他正～身跟昂昂着頭的小孩對話。
反【昂】áng　～首挺胸。
反【仰】yǎng　～望｜～視｜詩人忍不住滿腔悲憤，～天長歎。

俯視 fǔ shì　從高處往下看　從飛機上～大海｜站在山頂～山下的村落。
反【仰視】yǎng shì　～天空｜他～着走邊想。
反【仰望】yǎng wàng　～星空｜向山頂～｜他～着金字塔，發出由衷的讚歎。

俯首帖耳 fǔ shǒu tiē ěr　形容非常馴服恭順　對上司～｜搞霸權主義的大國，就想要別國對他們～。
圓【百依百順】bǎi yī bǎi shùn

「俯首帖耳」的「帖」也寫作「貼」，突出馴服，用於下對上、弱對強、卑對尊，是貶義詞。「百依百順」突出順從，多用於家庭成員之間，如說「別對孩子百依百順」、「父母對我百依百順」。

輔助 fǔ zhù　從旁協助　多加～｜

～設計｜分派一個助手～你工作。
圓【輔佐】fǔ zuǒ
圓【襄助】xiāng zhù

「輔助」是從旁協助，起次要作用。「輔佐」多指協助政治或軍事領袖取得成功，屬於書面語，如說「輔佐朝政」。「襄助」指從旁幫助，屬於書面語。

腐敗 fǔ bài　1.(思想、行為、制度等)向壞的方面發展；變質墮落　～墮落｜政治～，不得民心。
圓【腐爛】fǔ làn
圓【腐朽】fǔ xiǔ
圓【糜爛】mí làn

「腐敗」突出致壞，多指政治制度黑暗、機構混亂等。「腐朽」重在朽，即垂死、爛透，可比喻思想陳腐、生活墮落或制度敗壞，如說「思想腐朽」。「糜爛」多比喻思想、生活作風等腐化墮落，屬於書面語，如說「生活糜爛」。

反【清明】qīng míng　政治～。
反【清廉】qīng lián　為官～。
2. 生物體變質腐爛　這具屍體已～｜別吃～食物。
圓【腐爛】fǔ làn
反【新鮮】xīn·xiān　～水果｜在那裏可以吃到～的海產品。

腐化 fǔ huà　因貪圖享樂而思想墮落，行為變壞　貪污～｜～墮落｜生活上的～往往導致政治上的腐敗。
圓【墮落】duò luò
圓【蛻化】tuì huà

「腐化」是貶義詞，多形容道德品質敗壞，生活腐朽。

腐爛 fǔ làn

1. 有機體由於微生物的滋長而變質　天氣熱時食品容易～｜受傷的地方，肌肉開始～｜食品的～，是由於細菌的侵入。
同【腐敗】fǔ bài
同【糜爛】mí làn

2. (社會、組織、機構等)敗壞，不可收拾　生活～｜～的靈魂｜清朝末年的政治～透頂。
同【腐敗】fǔ bài

撫慰 fǔ wèi

安慰，以話語或行為等使心情安適愉快　～災民｜～受傷的心｜～焦灼的靈魂。
同【安慰】ān wèi

「撫慰」多指細心、關切地照顧，使精神重新愉悅起來，含有較濃的感情色彩，語意比「安慰」重，屬於書面語。

撫養 fǔ yǎng

照顧並教養，使其成長　～後代｜～子女｜大娘收留並～了她。
同【贍養】shàn yǎng

「撫養」多用於長輩對晚輩，年長者對年幼者，適用範圍較窄。「贍養」多指子女對父母的供養。

付之一笑 fù zhī yí xiào

毫不在意，用微笑的態度來對待發生的事　每當聽說別人在背後說她壞話時，她總是～｜對記者提出的這些問

題，他只能～。
同【一笑置之】yí xiào zhì zhī

附和 fù hè

自己毫無定見，隨他人意見或行動而同聲應和　隨聲～｜點頭～。
反【反駁】fǎn bó　～某人的意見｜不管別人說甚麼，他都隨聲附和，從不～。

「附和」突出追隨，多用於貶義。

附近 fù jìn

1. 相近　～地區很安靜｜～居民的生活水平比較高。
同【鄰近】lín jìn

2. 距離不遠的地方　房子～有草地｜他家就在～，走幾分鐘就到了。
同【鄰近】lín jìn
同【左近】zuǒ jìn

「附近」可用於各種場合。「鄰近」作動詞時位置接近，屬於書面語，如說「上海跟浙江鄰近」。「左近」屬於書面語，較少使用。

附屬 fù shǔ

依附；歸屬　～小學｜～工廠｜這所醫院～於醫科大學。
同【從屬】cóng shǔ
同【隸屬】lì shǔ

「附屬」突出依附性。「從屬」突出依從性，如說「從屬關係」、「從屬機構」。「隸屬」突出區域、機構等受支配和管轄，屬於書面語，如說「食物環境衛生署隸屬衛生福利局」。

附庸 fù yōng

依附於其他事物

而存在的事物　語言文字學在清代還
只是經學的～。

⑩【附屬】fù shǔ

> 「附庸」在古代指附屬於大國的小
> 國，後借指被別的國家所操縱的國
> 家，現泛指依附於其他事物而存在
> 的事物。

負 fù　1. 小於零的　～號｜～
數｜～增長｜～利率｜由於提前按了
搶答鍵，他得了～分。
⑫【正】zhèng　～數｜～號｜負負得
～。
2. 物理學上指得到電子的　～電｜～
極｜中國研製出了正～電子對撞機。
⑫【正】zhèng　～電｜電池都有～負
兩極。
3. 失敗　～於對手｜兩個強隊進行比
賽，真是勝～難料。
⑫【勝】shèng　得～｜～負難分｜穩
操～券。

負疚 fù jiù　心中覺得抱歉；感
到對不住別人　事情沒辦好，使他感
到～｜對父母沒有盡到孝心，我內心
隱隱有一種～感。
⑩【內疚】nèi jiù

> 「負疚」突出自己感到對不起別人，
> 屬於書面語。「內疚」突出因做錯
> 了事或說錯了話而內心感覺慚愧不
> 安，如說「十分內疚」、「別老是內
> 疚了」。

負氣 fù qì　因受批評或心中不滿
而任性行動　～而去｜他～走了。
⑩【賭氣】dǔ qì

負傷 fù shāng　受傷　大腿～｜
因公～｜身上多處～｜他最近在交通
事故中～了。
⑩【掛花】guà huā
⑩【掛彩】guà cǎi

> 「負傷」是一般的說法。「掛花」、「掛
> 彩」多用於口語，有較強的形象色彩。

負責 fù zé　態度認真，能承擔責
任　認真～｜醫生對病人非常～｜要
時刻對市民的安全～。
⑫【敷衍】fū yǎn　～了事｜～塞責｜
他只想跳槽，對眼前的工作能～就～。

副 fù　職位不是正的，次一級的
～主席｜～經理｜這位是我們的～校
長。
⑫【正】zhèng　～職｜～局級｜他最
近被任命為～科長。

副本 fù běn　著作或文件正本以
外的複製本　文件有～。
⑫【正本】zhèng běn　一般查閱，不
提供～。

富 fù　1. 錢財多或錢財多的人　～
豪｜～翁｜嫌貧愛～｜他家～得流
油。
⑫【貧】pín　劫富濟～｜～富懸殊。
⑫【窮】qióng　～漢子｜人～志不短。
2. 充足；多　～礦｜～饒｜～含水分。
⑫【貧】pín　～血｜～礦｜中國不是
～油國家。

富貴 fù guì　富裕而又顯貴　榮
華～｜～不能淫，威武不能屈。
⑫【貧賤】pín jiàn　出身～｜～不能

移的氣節｜他雖然出身～，卻有一顆
高貴的心。
⟨反⟩【貧窮】pín qióng ～的山區｜～可
以磨煉一個人的意志。

富麗 fù lì   宏偉美麗 ～的宮殿｜
陳設豪華～｜飯店裝飾得～堂皇。
⟨同⟩【華麗】huá lì
⟨同⟩【絢麗】xuàn lì

「富麗」多用於建築、陳設等。「華
麗」突出有光彩，如說「衣着華麗」、
「華麗的裝潢」。「絢麗」突出燦爛美
麗，如說「絢麗多姿」、「絢麗的鮮
花」。

富強 fù qiáng   人民富足，國家
力量強大 ～之路｜國家～，人民安
樂。
⟨同⟩【強盛】qiáng shèng

「富強」只形容國家的政治、經濟、
文化的綜合實力。「強盛」可形容國
家、時代、時期和生命力，如說「李
白生於中國歷史上強盛的開元年
間」。

⟨反⟩【貧弱】pín ruò   國家～｜一個～的
小國。

富饒 fù ráo   物產豐富，財物充
足 ～的海洋｜～的大地｜我的家鄉
美麗～。
⟨同⟩【豐饒】fēng ráo

「富饒」突出物質條件好，生活富裕，
多指國家、地區等，不用於人。「豐
饒」突出物品豐富，屬於書面語，如
說「物產豐饒」、「美麗豐饒的家鄉」。

⟨反⟩【貧窮】pín qióng ～落後｜他們家
祖祖輩輩都生活在這塊～的土地上。

富裕 fù yù   財物充足 家庭～｜
日子過得挺～｜生活一天天地～起
來。
⟨同⟩【充裕】chōng yù
⟨同⟩【富有】fù yǒu
⟨同⟩【富餘】fù yú
⟨同⟩【寬裕】kuān yù
⟨同⟩【寬餘】kuān yú

「富裕」突出財物豐富，多形容生活
水平高，可用於國家、地區或家庭、
個人生活；也可作動詞，意思是使
富裕，如說「提升生產，富裕人民」。
「富有」用於財產方面，突出大量地
擁有或具有；還可比喻精神方面，
如說「我們在精神上是富有的」。「富
餘」強調數量多而有餘，如說「把富
餘的錢存進銀行」。

⟨反⟩【貧困】pín kùn   家境～｜我們應
該幫助～的山區人民。
⟨反⟩【窮困】qióng kùn   ～潦倒｜不管
生活多麼艱難，他都不相信自己會一
生～。
⟨反⟩【貧窮】pín qióng   ～落後｜他雖然
生活～，但是非常有志氣。
⟨反⟩【貧寒】pín hán   出身～｜家境
～｜他出生在一個～的小山村。

富足 fù zú   （財物）豐富 日子
～｜生活～｜人們希望通過努力工作
過上～的生活。
⟨反⟩【貧窮】pín qióng   ～的生活｜～的
家庭｜他雖然物質上很富有，但是精
神上非常～。
⟨反⟩【貧困】pín kùn   生活～｜～山區｜

只有大力發展經濟，才能讓村民早日脫離～。

⟨反⟩【貧苦】pín kǔ　～的家庭｜回憶～的童年。

⟨反⟩【窮困】qióng kùn　～潦倒｜他們一直過着～不堪的日子。

⟨反⟩【窮苦】qióng kǔ　～的農民｜從此，他遠離了過去的～生活。

復學 fù xué　中途停學一段時間後又重返學校上學　申請～｜因休學期間落下了太多功課，所以～後他留了一級。

⟨反⟩【休學】xiū xué　因病～｜～兩年｜家人為她申請～。

復職 fù zhí　失去職位後再恢復原來的職位　～批文｜批准｜冤案澄清後，他就～了。

⟨反⟩【撤職】chè zhí　那人因貪污受賄，被～了。

⟨反⟩【停職】tíng zhí　～候查。

⟨反⟩【免職】miǎn zhí　～以後他又被任命為環保處處長。

腹 fù　（人）胸的下部；背的反面　～背受敵｜～肌｜收～｜病人～部有些疼痛。

⟨反⟩【背】bèi　～部｜後～｜～影｜小孩兒怕生，躲在大人～後。

複 fù　一個以上的　～數｜～姓｜～線｜～式結構。

⟨反⟩【單】dān　～身｜～獨｜～數｜形～影隻。

複習 fù xí　把已經學過的東西再學習，使鞏固　認真～｜寫個～提

綱｜只有經常～，才能温故知新。

⟨同⟩【温習】wēn xí

> 「複習」多用於教學中，突出重複學習以加深印象。「温習」指經過一段時間後對學過的東西重新加以熟悉。

複雜 fù zá　繁複而雜亂；頭緒多　手續～｜問題～｜～的人際關係｜我們必須充分考慮到事情的～性。

⟨同⟩【繁雜】fán zá

⟨同⟩【龐雜】páng zá

> 「複雜」突出事物的種類、頭緒等多而雜，但能理出頭緒，常用於抽象事物，是中性詞。「繁雜」突出因事情繁多而顯得雜亂，如說「這些繁雜的俗事，攪得我一刻也不得安寧」。「龐雜」突出多而混雜，漫無頭緒，如說「機構龐雜」、「內容龐雜」。「繁雜」、「龐雜」有時含貶義。

⟨反⟩【單純】dān chún　目的～｜思想很～｜～的想法。

⟨反⟩【簡單】jiǎn dān　頭腦～｜操作～｜你把問題想得太～了。

覆電 fù diàn　回覆電報或電話等　請速～｜專此達達，盼予～。

⟨同⟩【回電】huí diàn

> 「覆電」可用於書面。「回電」多用於口語。

⟨反⟩【來電】lái diàn　～顯示｜家鄉～。

覆蓋 fù gài　從上面將物體蓋住　積雪～着地面｜樹蔭～着道路｜他的

身上～着一條破棉被。

同【掩蓋】yǎn gài

同【遮蓋】zhē gài

「覆蓋」也指地面上的植物對土壤的保護作用，如說「沒有植被的覆蓋，水土很容易流失」。「遮蓋」強調從上面遮住；還表示掩蓋、隱瞞，如說「遮蓋真相」、「陰謀詭計是遮蓋不住的」。

覆滅 fù miè　　（軍隊）被消滅　全軍～｜因戰略錯誤導致了隊伍的～。

同【覆沒】fù mò

同【覆亡】fù wáng

「覆沒」突出（軍隊）被消滅，屬於書面語，如說「徹底覆沒」、「敵軍全線覆沒」。「覆亡」突出滅亡，如說「企圖擺脫覆亡的命運」、「沒落的封建王朝覆亡了」。

G

改變 gǎi biàn　事物、情況、內容等發生顯著變化　～主意｜～計劃｜他的態度有所～｜生活安定了，人與人的關係也～了。

圓【轉變】zhuǎn biàn

「改變」可用於向好的方面或向壞的方面變化。「轉變」多用於向好的或更高的方面變化，如說「轉變態度」、「轉變作風」、「情況有了很大轉變」。

反【保持】bǎo chí　～優良傳統｜～一貫作風｜食具要特別注意～清潔衞生。

改動 gǎi dòng　變動（文字、項目、次序等）　～程序｜～有關條款｜這篇文章我只～了個別詞句。

圓【改換】gǎi huàn

「改動」突出變動，多用於文字、項目、內容或次序等方面。「改換」突出改掉原來的，換成另外的，適用範圍比「改動」寬，如說「改換姿勢」、「改換說法」、「改換招牌」等。

改革 gǎi gé　把事物中舊的、不合理的部分改成新的、能適應客觀情況的　文字～｜技術～｜～管理體制。

圓【變革】biàn gé
圓【改造】gǎi zào
圓【革新】gé xīn

「改革」的對象多是抽象事物，不用於人。「改造」突出對原有事物加以修改或變更，使適合需要，如說「改造碼頭」、「改造荒灘」、「改造舊城區」。「革新」的對象限於技術、現狀等，適用範圍比「改革」小，如說「革新工藝」、「開展技術革新運動」。

改進 gǎi jìn　改變舊有情況，使有所進步　～工作方法｜～教學手段｜這項實驗的操作方法有待～。

圓【改良】gǎi liáng
圓【改善】gǎi shàn

「改進」的對象多是工作、方法、措施等。「改良」的對象一般是具體事物，如說「改良土壤」、「改良作物」、「改良品種」。「改善」突出使更加完善，對象多是生活、條件、環境、待遇、關係等，如說「改善伙食」、「改善待遇」、「改善居住條件」、「改善兩國關係」。

改邪歸正 gǎi xié guī zhèng　不再做壞事，走上正路　我們應給他一個～的機會｜他決心～，做一個正直的人。

圓【改過自新】gǎi guò zì xīn
圓【棄暗投明】qì àn tóu míng

「改邪歸正」適用於為非作歹、有罪惡的人，語意較重。「改過自新」適用於有缺點錯誤的人，程度較輕。「棄暗投明」一般用於犯罪分子，表示脫離非正義的一方，走光明的道路。

改正 gǎi zhèng

把錯誤的改為正確的　～缺點｜～錯別字｜發現錯誤應及時～。

圓【訂正】dìng zhèng

圓【矯正】jiǎo zhèng

圓【糾正】jiū zhèng

圓【匡正】kuāng zhèng

「改正」多與「錯誤」、「缺點」、「偏差」等詞搭配。「訂正」用於改正文字中的錯誤，如說「訂正訛誤」、「訂正錯別字」。「矯正」多用於較具體的姿勢、動作、發音、視力等，如說「矯正視力」、「矯正不標準的發音」。「糾正」除一般錯誤外，還用於嚴重的方向性錯誤，語意較重，如說「糾正不良傾向」、「糾正不良作風」。「匡正」用於時政，屬於書面語，如說「匡正時弊」。

概況 gài kuàng

總貌；大致的情形　本市～｜他給我介紹了學校的～｜這是一本介紹世界各國～的書。

圓【概略】gài lüè

圓【概貌】gài mào

反【詳情】xiáng qíng　不了解～｜欲知～，請看明日的追蹤報道。

概括 gài kuò

把事物的共同特點歸結在一起；總括　對上半年工作情況作全面～｜你～一下大家的意見｜各小組的辦法～起來不外兩種。

圓【綜合】zōng hé

「概括」突出將各種情況作總體的歸納。「綜合」指經過分析，把事物的各部分組合成一個統一的整體，如說「進行綜合研究」、「電影是一門綜合藝術」。

反【具體】jù tǐ　～說明｜～問題｜文章對青少年成長中的一些問題描述得非常～。

「概括」又可作動詞，如說「概括一下大家的意見」。「具體」不能作動詞。

蓋 gài

1. 遮掩在物體上，從上面擋住　鋪天～地｜～上被子｜他用一張報紙把臉～住了。

反【揭】jiē　～開面紗｜～開蓋子｜多年的謎底終於被～開了。

反【掀】xiān　他一怒之下竟～翻了桌子｜他輕輕～起門簾走了進來｜他～開鍋蓋看了一下。

2. 建造(房子等)　～大樓｜他賺了錢後，想～新房子。

反【拆】chāi　～房子｜～開信件｜把原來的老屋子給～了｜～東牆補西牆。

干擾 gān rǎo

擾亂；打擾　噪音～了大家｜別讓教學受到～｜別大聲說話，以免～他人。

圓【煩擾】fán rǎo

圓【攪擾】jiǎo rǎo

圓【擾亂】rǎo luàn

「干擾」指妨礙別人，是中性詞。「擾亂」突出造成混亂，有時帶貶義，如說「擾亂思路」、「擾亂公共秩序」、「擾亂正常環境」。「煩擾」指麻煩，如說「別來煩擾我」、「我真不忍心再去煩擾他」；還指因受打擾而心情煩躁，如說「工程不順利，真覺得煩擾」。

干涉 gān shè　過問或制止（多指不應管的事）～他人自由｜互不～內政｜誰也無權～我們的權利。
圓【干預】gān yù

> 「干涉」是貶義詞，語意較重，多與「內政」、「權利」等詞搭配。「干預」也寫作「干與」，指一般的過問或參與，多與「事務」、「事情」、「生活」等詞搭配，如說「干預雜務」、「你別去干預他們的事」。

甘 gān　甜；甜美；美好　～泉｜～甜可口｜～之若飴｜苦盡～來｜同～共苦。
圓【甜】tián

> 「甘」與「苦」相對，屬於書面語。「甜」適用範圍較廣。

反【苦】kǔ　先～後甜｜～盡甘來｜失業以後的生活～不堪言。

> 「甘」與「苦」多對舉聯用，如說「同甘苦共患難」、「甘苦與共」、「苦盡甘來」、「先甘後苦」等。

甘美 gān měi　味道香甜可口；甜蜜和美　～的果汁｜山泉～，沁人心脾｜他們並不富裕，但日子倒也～。
反【辛辣】xīn là　～味的食物｜～的諷刺作品｜這種酒入口以後，感覺有些～。
反【苦澀】kǔ sè　～的淚水｜～辛酸的日子｜苦丁茶喝起來雖然～，卻有生津解渴的作用。

甘心 gān xīn　願意　不～失敗｜不～受委屈｜咱們絕對不會～這場意外的失利。
圓【甘願】gān yuàn
圓【情願】qíng yuàn

> 「甘心」多與「不」連用，用於否定，如說「這樣做我當然不會甘心」、「這次比賽不拿到金牌決不甘心」。「甘願」突出內心完全同意，有樂意或心服的意味，屬於書面語，多用於肯定句，如說「本人甘願受罰」、「甘願犧牲一切」、「他甘願吃苦受屈」。「情願」指願意，如說「這次我是情願的」；還指寧可，可說「情願扔掉也不給他」。

乾 gān　含水分少或者沒有水分　口～舌燥｜衣服還沒～｜你應把衣服曬～。
反【濕】shī　頭髮都被淋～了｜她感覺到眼角有些～｜別把地板弄得～淋淋的。

> 「乾」與「濕」既可單獨使用，也可組成「晾乾」、「吹乾」、「風乾」、「澆濕」、「噴濕」、「濺濕」等。

乾巴巴 gān bā bā　缺少水分、很乾燥的狀態　沒喝水，嘴裏的～｜麵包放了好幾天，已變得～的。
反【潮乎乎】cháo hū hū　被子～的｜梅雨季節，甚麼東西摸上去都是～的。

乾癟 gān biě　1. 因缺少水分而收縮　～的橘子皮｜時間一長，梨子就～了。
反【飽滿】bǎo mǎn　顆粒～｜新花生顆顆粒大～，惹人喜愛。
2. 人因為瘦、缺少脂肪而皮膚皺縮

~的身子｜別看那人長得~，武藝卻非常高強。

⊘【豐滿】fēng mǎn　體態~｜~紅潤的面頰。

3. 用詞不豐富、內容缺少變化，沒有趣味　~的文章｜文章寫得很~，一點感染力也沒有。

⊘【生動】shēng dòng　語言~｜活潑｜那些蠟像的表情，栩栩如生。

乾脆　gān cuì

1. 直爽；爽快　~利落｜他說話直爽，做事~。

◎【爽快】shuǎng kuai

◎【痛快】tòng kuài

⊘【囉唆】luō suo　說話~｜行文~｜他寫起信來要多~有多~。

⊘【拖拉】tuō lā　辦事過於~｜作業應及時完成，千萬不要~。

> 「乾脆」既指態度，也指語言、行為。「囉唆」多指語言重複而不簡練。「拖拉」強調辦事遲緩，不抓緊完成。「囉唆」、「拖拉」也可用重疊形式，如說「他說話老是囉囉唆唆的」、「那人做起事來總是拖拖拉拉的」。

2. 副詞，表示直截了當　雨下得那麼大，~別走了｜既然來了，~大家玩個痛快。

◎【索性】suǒ xìng

> 「索性」有時還表示賭氣，指一不做二不休，如說「他想用激將法，我索性不說話，看他怎麼樣」。

乾淨　gān jìng

1. 無灰塵和雜質等；不髒；清潔　~整潔｜~的衣物｜房間打掃得很~。

◎【潔淨】jié jìng

◎【清潔】qīng jié

⊘【骯髒】āng zāng　~不堪｜靈魂很~｜他穿得像個乞丐，從頭到腳都~得不得了。

2. 比喻一點兒不剩　全都處理~了｜他早就將此事忘~了｜孩子將碗裏的飯吃了個~。

◎【精光】jīng guāng

> 「乾淨 1」適用範圍較廣，可用於地方、物品等。「潔淨」表示乾淨而整潔，多用於器物或較小的地方，如說「潔淨的居所」、「潔淨的牙齒」。「清潔」指不髒，用於環境、物品、身體的某部位等，如說「保持清潔」、「注意清潔衛生」。

乾枯　gān kū

1. （草木）因衰老或缺乏營養、水分等而失去生機　禾苗都~了｜一夜大風，地上落滿了~的樹葉。

◎【枯槁】kū gǎo

2. （河、井）沒水　~的古井｜久旱不雨使村外的池塘都~了。

◎【乾涸】gān hé

> 「乾涸」語意範圍比「乾枯」小，用於湖泊、池塘、河流等，屬於書面語，如說「河道乾涸」。

乾冷　gān lěng

天氣乾燥而寒冷　~的天氣｜北方內地的冬天比較~。

⊘【濕熱】shī rè　雨前~得很｜當地以~氣候為主。

乾燥　gān zào

不含水分或含水分極少　氣候~｜皮膚~｜空氣~容易產生靜電。

（反）【潮濕】cháo shī　～的空氣｜～的被褥｜有些植物生長需要～的土壤。

（反）【濕潤】shī rùn　～的嘴唇｜看見母子團聚的動人場面，他的眼角～了。

尷尬 gān gà　1.處境困難，不好處理　誰知道事情會弄得這麼～｜去也不好，不去也不好，現在的處境實在～。
（同）【為難】wéi nán
2.（神色、態度）不自然　他的表情有點兒～｜在這種情況下見面，兩人都感到十分～。
（同）【難堪】nán kān
（同）【狼狽】láng bèi

「尷尬」有方言口語色彩。「為難」突出難以應付，怎樣做都不成，多用於口語，常說「左右為難」作動詞時指使人難堪，如說「故意為難她」、「你們別去為難班長」。「難堪」突出無法對付時而覺得難以忍受，屬於書面語，如說「露出難堪的神色」、「臉上顯得十分難堪」。「狼狽」指處境困窘，如說「走在路上時皮鞋壞了，讓人十分狼狽」；還指互相勾結，如說「狼狽為奸」。

（反）【自然】zì ran　表情～｜他面試的時候，神態很～。

感到 gǎn dào　覺得　～不舒服｜爬了一天的山，～很累｜從他的話裏我～事情不妙。
（同）【感覺】gǎn jué
（同）【覺得】jué de

「感到」突出來自身體器官的感受，用於強調因某種客觀因素、條件等使人有身體的、心理的感覺，如說「孩子出息了，她感到很體面」。「覺得」突出個人對事物的看法、認識，如說「我覺得這不公平」、「我覺得你不該這麼草率行事」。「感覺」突出自己的認識，如說「感覺有點兒冷」、「我感覺到這事不那麼簡單」；還作名詞，如說「長城給人一種雄偉的感覺」、「這個小伙子給人的感覺很不錯」。

感動 gǎn dòng　1.受外界影響而激動，引起同情或嚮慕　同學們的熱心幫助使他深受～｜她常常被小說中的情節～得流下眼淚。
（同）【激動】jī dòng
2.使感動　他的真誠～了我｜他的精神～了在座的每一個人。
（同）【激動】jī dòng
（同）【打動】dǎ dòng

感恩戴德 gǎn ēn dài dé　感激別人所給的恩德　對方的救命之恩，他一輩子都～。
（反）【忘恩負義】wàng ēn fù yì　別人幫助了你，你怎麼能～？

感懷 gǎn huái　有所感觸；感傷地懷念　以詩～｜對她的不幸身世，人們～良久。
（同）【感念】gǎn niàn

「感懷」多用於表達某種傷感情緒。「感念」用於心存感激或感動而思念，如說「對他的善行，人們感念不已」。

感激 gǎn jī　因對方的好意或幫

助而產生感謝、感動的心情　～涕零｜她很～大家對她的關懷｜在我最困難的時候，是他幫助了我，所以我很～他。

同【感謝】gǎn xiè

「感激」突出受人益處後心情激動，並產生發自內心的謝意，屬於書面語，對象可以是人或事件，如說「感激父母」、「很感激你」、「感激朋友們的幫助」等。「感謝」多要用言語、行動或實物來酬謝、報答，如說「她一再感謝醫生」、「應準備一份厚禮感謝各位」。

反【抱怨】bào yuàn　～天氣不好｜你別老是～命運不公。

反【埋怨】mán yuàn　別總是～客觀條件｜你把書給弄丟了，怎麼能～別人？

反【懷恨】huái hèn　～在心｜他被工廠開除以後，一直對廠長～不已。

感慨　gǎn kǎi　有所感觸而慨歎
～萬千｜發出深深～｜面對這些遺物，追念父親的一生，心中～頗多。

同【感歎】gǎn tàn
同【慨歎】kǎi tàn

「感慨」突出因外界事物而產生感傷、憂愁的情緒。「感歎」泛指因外來因素的感觸而引起喜怒哀樂的情緒，適用範圍比「感慨」大，如說「感歎不已」、「不勝感歎」、「不禁感歎歲月的流逝」。

感情　gǎn qíng　外界刺激引起的
心理反應　～真摯｜～衝動｜～激動｜～流露｜她是個～豐富的人。

同【情感】qíng gǎn

「情感」多指抽象的心態，如說「若沒有油畫、雕塑、音樂、詩歌等各種美所引起的情感，人生的樂趣會失掉一半」。情感多用於親情、愛情、友情。

感染　gǎn rǎn　1. 生物體受到病
菌侵害，引起病症　病毒～｜～了肝炎｜體質虛弱，容易～流行性感冒。

同【傳染】chuán rǎn

2. 以言行使人產生思想上的共鳴　那位主持人的～力很強｜歡樂的氣氛～了每一個人。

同【傳染】chuán rǎn

感受　gǎn shòu　受到（外界事物
的影響）；體會　～時代的氣息｜家鄉的變化使我～很深｜～家庭的溫暖。

同【感觸】gǎn chù
同【感想】gǎn xiǎng

「感受」突出人內心深處的體會、感觸等，所感受的多是抽象事物。「感觸」指更直接、更深刻的感受，屬於書面語，如說「舊地重遊，感觸良多」。「感想」使用頻率最高，如說「談談感想」、「發表感想」。

感性　gǎn xìng　屬於感覺、知覺
等心理活動的　～知識｜獲得～經驗｜富於～的藝術表現。

反【理性】lǐ xìng　～思維｜～分析｜提倡～思考。

趕緊 gǎn jǐn
抓緊時機，毫不拖延　～寫完｜～行動｜要～把他送醫院｜這項計劃得～實施。

同【趕快】gǎn kuài

同【趕忙】gǎn máng

同【急忙】jí máng

同【連忙】lián máng

> 「趕緊」可用於將來時或祈使句。「趕快」多用於祈使句，如說「人都到齊了，趕快開會吧」。「趕忙」不用於將來時或祈使句，如說「趁熄燈前趕忙把日記寫完」、「見了老人她趕忙站起來讓座」。「急忙」突出心急而忙，可重疊為「急急忙忙」，如說「看他那急急忙忙的樣子，一定有甚麼事」。

幹練 gàn liàn
富有才幹和經驗　工作～｜組成～的技術小組｜精明～的人才｜他有一個～的助手，自己就輕鬆多了。

同【精幹】jīng gàn

同【老練】lǎo liàn

> 「幹練」指辦事能力強又富有經驗，側重於能幹或辦事麻利，多用於人的姿態、氣概、作風等，屬於書面語。「精幹」突出精明並善於做事，如說「組成一支精幹的隊伍」。「老練」強調閱歷豐富並且穩重，如說「他到底老練多了，遇事一點不慌」。

幹流 gàn liú
同一水系內全部支流所注入的河流　黃河～｜想要確保中下游不發生水災，需要疏通～。

反【支流】zhī liú　渭河、汾河都是黃河的～。

幹線 gàn xiàn
交通線、電線、輸送管等的主要線路　運輸～｜交通～｜這條鐵道線是貫通南北的～。

反【支線】zhī xiàn　鐵路～。

剛 gāng
堅強；硬　～強｜以柔克～｜血氣方～｜那人的性情實在太～，別人不易接受。

反【柔】róu　～軟｜～嫩｜百煉鋼化為繞指～｜俠骨～腸｜剛～相濟。

剛勁 gāng jìng
挺拔有力　筆力～｜老人的書法～有力。

反【柔弱】róu ruò　～的女孩｜性格過於～｜文氣～，一看就知道出自女子之手。

剛強 gāng qiáng
意志、性格等堅強，不怕困難或不屈服於惡勢力　性格～｜他那～不屈的鬥志使敵人膽戰心驚。

同【堅強】jiān qiáng

同【剛毅】gāng yì

同【倔強】juè jiàng

同【堅毅】jiān yì

> 「剛強」多形容人的性格和意志。「堅強」除用於人的性格、意志外，還形容決心、信念、力量等，適用範圍較廣。「剛毅」突出剛強不屈，多用於表情、聲音、面容、目光等，如說「神色剛毅」、「剛毅的目光」。「堅毅」強調意志的堅定不移，多形容人的神情、姿態、性格等，如說「老人的面容是那樣堅毅、安詳」。「倔強」指人的性格固執、很難改變，如說「他的脾氣實在很倔強」。

反【脆弱】cuì ruò　性格十分～｜～的

心靈。

剛性 gāng xìng　剛強的氣質　～十足。

⟨反⟩【柔性】róu xìng　小姑娘性格頑劣，一點兒女孩兒的～也沒有。

剛直不阿 gāng zhí bù ē　剛強正直，不逢迎趨附　包青天為人～，從不害怕權貴。

⟨反⟩【阿諛奉承】ē yú fèng chéng　那人為了個人目的，竭力～。

綱領 gāng lǐng　政府、政黨、社團等規定的奮鬥目標和行動步驟　政治～｜行動～｜這是一份～性文件。

⟨同⟩【綱要】gāng yào

> 「綱領」指規定處理事物的基本原則，突出其方向性、根本性。「綱要」多指文件或言論等的內容要點，多用於書名或檔案名，如說「IT 技術發展綱要」。

高 gāo　1. 上下距離大；離地面遠　山～路遠｜～瞻遠矚｜水漲船～｜～聲入雲｜當地的地勢比較～。

⟨反⟩【低】dī　那裏地勢～於海平面｜你把車座放～一點。

⟨反⟩【矮】ǎi　一個兒～｜當地的房子都比較～｜山頂的松樹比山腳下的～多了。

⟨反⟩【矬】cuó　～子｜～個兒。

2. 強於一般標準或程度的　～標準｜～價格｜水平很～｜德～望重｜好～務遠。

⟨反⟩【低】dī　～噪音｜溫度很～｜這價

錢並不～｜不通過比賽很難分出水平的高～。

3. 地位在上的　～官厚祿｜～～在上｜蔡倫在造紙史上有很～的地位。

⟨反⟩【低】dī　職位～｜社會地位～｜未能以職位高～論水平。

⟨反⟩【下】xià　～級｜～九流。

高昂 gāo áng　1. 高高地揚起　馬頭～｜～的頭顱｜他面對敵人的嚴刑拷打，始終不低下～的頭。

⟨反⟩【低垂】dī chuí　楊柳～｜美麗的白天鵝頭部～。

2.（聲音或情緒）向上高起，強而有力　歌聲愈來愈～｜看到自己的球隊進了一個球，球迷們的情緒異常～。

⟨同⟩【昂揚】áng yáng

> 「昂揚」多形容精神振奮，情緒高漲，如說「鬥志昂揚」。

⟨反⟩【低沉】dī chén　～的聲音｜喪父以後，他的情緒非常～。

⟨反⟩【低落】dī luò　興致～｜士氣～｜看你情緒～，是不是發生了不愉快的事？

3. 價格高、貴　～的價格｜他沒想到一句玩笑話會讓他付出如此～的代價。

⟨反⟩【便宜】pián yi　這些材料很～｜那兒的水果比超市裏的～多了。

高傲 gāo ào　自以為了不起，看不起別人；極其驕傲　神情～｜他待人的態度極其～無禮｜她總是那樣～地仰着頭，對誰也不正眼瞧一下。

⟨同⟩【傲慢】ào màn

⟨同⟩【驕傲】jiāo ào

⟨同⟩【倨傲】jù ào

「高傲」和「傲慢」都表示自高自大，看不起人，屬貶義詞。「高傲」也可用於褒義表示自尊而不可侮，如說「海燕在大海上高傲地飛翔」。「驕傲」用於褒義時與「自豪」同義，如說「母親很為女兒的成績而驕傲」；也可用於貶義，如說「驕傲自大」、「驕傲自滿」等。「倨傲」屬於書面語，是貶義詞。

⟨反⟩【謙遜】qiān xùn　～有禮｜他為人很～。

⟨反⟩【謙虛】qiān xū　～謹慎｜你對別人的意見應抱～的態度。

⟨反⟩【謙恭】qiān gōng　他在老師面前一向很～。

高超 gāo chāo　好得超出一般水平　武藝～｜技術～｜她以～的水平獲得體操全能冠軍。

⟨同⟩【高明】gāo míng

「高超」是褒義詞，語意比「高明」重。「高明」側重於指見解、技能等高人一籌，如說「醫術高明」、「高明的見解」；也可指水平高超的人，如說「你另請高明吧」；還可用於貶義，如說「他鑽營的手段比別人高明多了」。

⟨反⟩【低劣】dī liè　演技～｜水平～｜～的手段｜那些玩具製作成本低廉，工藝～。

高潮 gāo cháo　比喻事物高度發展的階段；作品情節中矛盾發展的頂點　情緒達到～｜這部電視劇的情節進入了～。

⟨同⟩【熱潮】rè cháo

⟨同⟩【頂點】dǐng diǎn

「高潮」適用範圍較廣。「熱潮」突出蓬勃發展，場面熱烈緊張。

高大 gāo dà　又高又大　身材～｜～的樹木｜～的形象｜路兩邊的白楊樹長得非常～。

⟨反⟩【矮小】ǎi xiǎo　～的樹苗｜～的灌木叢｜體操運動員的身型一般比較～。

高檔 gāo dàng　質量好而價格較高的　追求～享受｜～的服務｜這裏的酒店都很～｜我怎麼能接受這麼～的禮品？

⟨反⟩【低檔】dī dàng　～消費｜因經濟原因，他用的都是～生活品。

高低 gāo dī　好壞、優劣等的程度　鑒別～｜比個～｜他倆的水平差不多，難分～。

⟨同⟩【高下】gāo xià

⟨同⟩【上下】shàng xià

「高低」多用於力量、能力或地位方面的比較，多用於口語；還指深淺輕重，如說「真是不知高低」。「高下」以位置或地位的不等作比喻，多用於智謀、見識、人品、技術等的水平或程度，屬於書面語，如說「難以分出高下」、「定要決出個高下」。「上下」指（程度）高低、好壞、優劣，常說「不相上下」、「難辨上下」，可用於書面語或口語。

高地 gāo dì　高出平地的一塊地方　山區～｜生長在～的茶葉不容易受到污染。

〔反〕【窪地】wā dì　填平～｜誰能想到，廣闊平坦的飛機場的前身竟然是一大片寸草不生的～呢！

高端 gāo duān

技術含量較多或等級較高的　此產品已進入～行列｜公司已經開發了～技術的新型電子儀器。

〔反〕【低端】dī duān　產品已經擺脫～階段｜科研成果充分顯示該產品由～進入高端行列。

高峯 gāo fēng

高的山峯，比喻事物發展的最高點　努力攀登科學～｜達到事業的～｜珠穆朗瑪峯是世界第一～。

〔反〕【低谷】dī gǔ　陷入～｜迅速走出事業～｜那次挫折以後，他跌入了情緒的～。

高歌 gāo gē

放出大聲音歌唱　～一曲｜有些人喜歡在洗澡時放聲～。

〔反〕【低吟】dī yín　～淺唱｜傾聽大海的～｜他喜歡在湖畔～自創的詩。

高貴 gāo guì

社會地位處在上層，生活優越　出身～｜有位作家說過卑賤者最聰明，～者最愚蠢。

〔反〕【卑賤】bēi jiàn　地位～｜他出身～，卻以靈巧的手指為富人們彈奏出一首首高貴的樂曲。

〔反〕【低賤】dī jiàn　身份～｜家道中落以後，她為了家庭生計，不得不做一些～的活計。

高級 gāo jí

（階段、級別等）達到一定高度的；質量、水平等超過一般的　～職務｜～商品｜使用～轎車。

〔同〕【高等】gāo děng

〔同〕【高檔】gāo dàng

> 「高級」指階段、級別的高度或質量、水平等的程度。「高等」突出地位或發展水平上處於較高程度，如說「高等動物」、「高等教育」。「高檔」側重於質量好，價格較貴，如說「高檔傢具」、「高檔服裝」等。

高價 gāo jià

比正常價格或市場價格高的價格　～收買｜～商品｜他願意出～買下這些拍賣的商品。

〔反〕【廉價】lián jià　～收購｜～出售｜我不願用自己悲慘的經歷換得別人～的同情。

〔反〕【低價】dī jià　～買進，高價賣出。

高見 gāo jiàn

高明的見解，常用作敬辭　敢問先生有何～｜各位如有甚麼～，不妨亮出來。

〔反〕【淺見】qiǎn jiàn　～拙識。

〔反〕【拙見】zhuō jiàn　～以為不妥｜倘眾位不棄，鄙人願以～拋磚引玉。

高就 gāo jiù

離開原來的職位而去擔任更高級別的職位　你不滿意現狀，可以另謀～。

〔反〕【屈就】qū jiù　現在他只能～此職。

高亢 gāo kàng

（聲音）高而洪亮　聲調～｜～的歌聲。

〔反〕【低沉】dī chén　～的音調｜～的曲子迴旋在幽雅的客廳裏。

高明 gāo míng

見解、技術等超出一般　見解～｜主意～｜對付那

些人，將軍自有一套～的指揮策略。

〖反〗【拙劣】zhuō liè　手段～｜演技～｜竊賊的作案手法非常～。

> 「高明」也可以指有特別見解或技能高超的人，如說「另請高明」。

高攀 gāo pān
跟名譽、地位比自己高的人結交或攀親　不敢～｜～不上｜～達官貴人｜我沒想到能跟棋壇高手成為摯友，這算是～吧。

〖反〗【低就】dī jiù　委屈～。

高山 gāo shān
地勢高聳突起的部分　～大河｜～仰止｜翻過這座～，對面就有人家了。

〖反〗【平川】píng chuān　一馬～｜周圍是一望無際的～。

〖反〗【平地】píng dì　如走～｜人不順的時候，～上走也會摔跤。

〖反〗【深谷】shēn gǔ　～回音｜萬丈～｜一聲聲鳥鳴打破了～中的寧靜。

高尚 gāo shàng
有意義、不庸俗；道德水平高　風格～｜～的情操｜他雖然沒有高貴的出身，卻有一顆～的心。

〖同〗【崇高】chóng gāo

〖同〗【高貴】gāo guì

> 「高尚」用於人的道德品質、情操、追求和文化教養等；還表示有意義而不庸俗，如說「情趣高尚」、「這是一種高尚的娛樂」。「崇高」語意較重，多用於人的品格、思想、威望和理想、事業等，如說「崇高的精神」、「崇高的威信」等。「高貴」還有顯貴、尊貴的意思，如說「地位高

貴」、「一位高貴的女士」等。

〖反〗【卑鄙】bēi bǐ　～小人｜欺騙朋友是一種～的行為。

〖反〗【卑劣】bēi liè　～行徑｜手段～｜他們用～的手段騙取了大家的信任。

〖反〗【卑下】bēi xià　人格～。

〖反〗【庸俗】yōng sú　～的穿戴｜趣味低級～的小市民。

高深 gāo shēn
水平高，程度深　造詣～｜～的學問｜這個人知識淵博，～莫測。

〖同〗【精深】jīng shēn

〖同〗【深奧】shēn ào

〖同〗【深邃】shēn suì

〖同〗【精湛】jīng zhàn

> 「高深」突出程度深，不易掌握或理解，多用於抽象的學問、技術等。「精深」多指深奧而精密，如說「傳統文化博大精深」。「精湛」突出技藝程度高，很出色，如說「技藝精湛」、「精湛的工藝」、「精湛的藝術吸引了觀眾」。「深奧」突出道理、含義高深，不易理解，如說「深奧的哲學著作」。「深邃」多形容哲理、含義等；還指空間的深遠、環境的幽深、內心世界或眼光的深沉，屬於書面語，如說「深邃的森林」、「深邃的山谷」、「深邃的目光」。

〖反〗【淺近】qiǎn jìn　文字～｜盡量用～的語言為學生們講解科學知識。

〖反〗【淺薄】qiǎn bó　見識～｜～無知的見解。

〖反〗【通俗】tōng sú　～讀物｜～易懂｜這篇議論文語句～，說理透徹，很容易被人接受。

高興 gāo xìng

1. 愉快而興奮　她～得跳了起來｜聽説你要來，我們全家都非常～。

同【愉快】yú kuài

同【興奮】xīng fèn

「高興」突出既愉快又興奮，可重疊，如説「孩子們高高興興地上學去了」。「愉快」突出心情舒暢，如説「心情愉快」、「生活過得很愉快」。「興奮」突出情緒激動，如説「喝了一杯咖啡後感覺有點兒興奮」。「高興」和「興奮」還可重疊，如説「唱支歌讓大家高興高興」、「喝杯茶興奮興奮大腦」。

反【難過】nán guò　～得哭了起來｜丟了心愛的寵物，她～極了。

反【生氣】shēng qì　她一看到電腦遊戲就～｜腦子愈來愈健忘，這讓老人很～。

2. 願意；有興趣(做)；喜歡　我不～出門｜休息日～去外面看看｜天晚了，～住下，你就住下。

同【喜歡】xǐ huan

反【不願】bú yuàn　～吃水果｜～聽別人的批評。

高壓 gāo yā

較高的電壓、氣壓等　注意～｜產品利用～製成｜處於副熱帶～地區。

反【低壓】dī yā　～電流｜處於～中心。

「高壓」還可指極度壓制，如説「施行高壓手段壓制反對者」。

高雅 gāo yǎ

高尚雅致；不同凡俗　格調～｜氣度～｜欣賞～藝術｜客廳佈置得十分～。

同【典雅】diǎn yǎ

同【文雅】wén yǎ

「高雅」突出人的情趣、風度以及陳設的格調雅致，氣質高尚。「典雅」多指文辭優美不俗，如説「風格典雅」、「典雅的詩句」等。「文雅」突出人的言談舉止彬彬有禮，如説「舉止文雅」、「態度文雅」、「這姑娘顯得分外文雅」。

反【鄙俗】bǐ sú　言詞～。

反【粗俗】cū sú　談吐～不堪｜行為過於～。

反【通俗】tōng sú　閱讀～讀物｜用～的話來説｜「學如逆水行舟，不進則退」這個道理非常～。

反【庸俗】yōng sú　行為～｜格調～｜你別那麼～好不好？開口閉口都是錢！

高音 gāo yīn

1. 處在較高位置的音域　～喇叭｜～聲部。

反【低音】dī yīn　～節拍｜男～合唱｜我唱～，你就唱高音吧。

2. 唱高音的歌手　花腔女～｜我很喜歡那位男～。

反【低音】dī yīn　他説他是男～。

高原 gāo yuán

海拔較高、地形起伏較小的大片平地　黃土～｜產生～反應｜青藏～的平均海拔在四千米以上。

反【平川】píng chuān　～廣野｜汽車疾馳在廣袤的～上。

反【盆地】pén dì　四川～｜～地形。

高瞻遠矚 gāo zhān yuǎn zhǔ

看得高遠，形容目光遠大　他不愧是

一位～、具有先見之明的大政治家。

⟨反⟩【鼠目寸光】shǔ mù cùn guāng 那種僅僅著眼於專業學習，而忽視文化知識全面提高的做法，是～的表現。

高漲 gāo zhǎng

（物價、運動場面、情緒等）上升或發展得很快 價格～｜情緒日益～｜謝幕時全場氣氛～，觀眾們都站起來鼓掌。

⟨反⟩【低落】dī luò 興致～｜水位～｜你最近怎麼情緒～？

⟨反⟩【懊喪】ào sàng 一臉～｜球踢到門框上彈了出來，隊員們～不已。

「高漲」、「低落」既可指情緒，也可指水位、價格等。「懊喪」只用於情緒方面。

高枕無憂 gāo zhěn wú yōu

平安無事，無所顧慮 球隊即便引進了外援，也不可以～。

⟨反⟩【危在旦夕】wēi zài dàn xī 他的生命～｜國家內憂外患～。

告別 gào bié

離開前打個招呼說明去意；辭行 ～親友｜我特地來和大家～｜她懷着依依不捨的心情，向父母親人～。

⟨同⟩【告辭】gào cí

「告別」表示與熟人、親人打招呼後外出；另有與某地、某時段、人生、命運等分手的意思，如說「這歌唱出了與昨日告別的勇氣與豪邁」；還指跟死者訣別以示哀悼，如說「舉行遺體告別儀式」。「告辭」多指客人向主人辭別，如說「時辰不早，告辭了」。

告發 gào fā

向有關部門檢舉揭發違法、犯罪行為 大膽～｜寫信～他的違法行為｜儘管他百般遮掩，還是被人～了。

⟨同⟩【檢舉】jiǎn jǔ

⟨同⟩【舉報】jǔ bào

⟨反⟩【包庇】bāo bì ～罪犯｜～罪犯也是違法行為。

⟨反⟩【庇護】bì hù 尋求～｜得到～｜你別～手下人。

「告發」用於向政府或司法機關揭發犯罪行為。「包庇」用於貶義。

告捷 gào jié

取得勝利 出師～｜比賽中我校選手初戰～。

⟨同⟩【奏凱】zòu kǎi

「告捷」多指作戰、比賽等取得勝利；還指報告得勝的消息，如說「向司令部告捷」。「奏凱」指得勝而奏凱歌，泛指勝利，如說「將士們奏凱歸來」。

告訴 gào su

說給人聽，使人知道 ～你一個好消息｜他把情況都～我了｜請你～他，晚會六點開始。

⟨同⟩【通知】tōng zhī

⟨同⟩【奉告】fèng gào

「告訴」強調述說，較常用，隨意性很強。「通知」突出專門傳達，一般用於一些正式的場合，多用於公事或重要的事情；也作名詞，如說「快寫個通知」、「把通知發出去」。「奉告」是敬辭，突出尊敬和講禮貌的態度，多用於書信和交際中，屬於書面語，如說「此事容我當面奉告」、「對此本人無可奉告」。

歌頌 gē sòng　用言辭、詩歌等讚美　～太陽｜～母愛｜醫務人員奔赴抗擊疫病第一線的精神值得～。

圓【頌揚】sòng yáng

圓【謳歌】ōu gē

「歌頌」、「頌揚」都指用語言文字進行讚美，有崇敬色彩，語意較重。「謳歌」屬於書面語，如說「這篇文章熱情謳歌了大自然的神奇和偉大」。

反【誹謗】fěi bàng　遭到～｜造謠～｜他竟～那位公正的檢察官。

擱 gē　1. 放；使處於一定的位置　鞋就～這兒吧｜詞典～在書架上｜把箱子～在屋子裏。

圓【放】fàng

圓【置】zhì

2. 添加進去　不要～鹽｜豆漿擱多～點糖。

圓【放】fàng

3. 擱置　工程又～下了｜這事你先～着吧｜都是緊急任務，一件也～不了。

圓【放】fàng

「擱」強調使某物處在一定位置。「置」屬於書面語，如說「置之腦後」、「那麼大的災禍他竟漠然置之」。「放」用於口語，如說「書放在桌上」、「你把手放下來」、「這事你現在可以放一放」。

革除 gé chú　開除；撤職　他被公司～了｜他犯了瀆職罪，被～了一切職務。

圓【開除】kāi chú

圓【開革】kāi gé

「革除」用於使退出機關、學校等，指去除原有的名分；還指剷除、去掉，用於抽象事物，如說「革除陋習」。「開除」是處分手段，如說「開除學籍」、「被公司開除了」、「開除了兩名員工」。

革新 gé xīn　革除舊的，創造新的　技術～｜要使企業上一個台階，就得從管理制度、技術生產上進行一場全面的～。

反【保守】bǎo shǒu　採取～療法｜現在都甚麼時代了，你的思想還那麼～。

反【守舊】shǒu jiù　因循～｜那些人的觀念過於～。

「革新」作動詞，後面可帶賓語，如說「革新技術」、「革新生產力」。「保守」、「守舊」都只作形容詞。

格鬥 gé dòu　緊張激烈地搏鬥　擒拿～｜～訓練｜那人赤手空拳地與歹徒～。

圓【搏鬥】bó dòu

「格鬥」對象多為具體的人或猛獸。「搏鬥」除指打鬥外，還比喻激烈的拚搏或鬥爭，適用範圍較廣，如說「與風雨搏鬥」、「跟惡勢力搏鬥」、「這是一場新舊思想的大搏鬥」。

格式 gé shi　一定的規格式樣　公文～｜書信～｜寫各類文體的作文都應遵循一定的～。

圓【體例】tǐ lì

圓【樣式】yàng shì

「格式」指有某種規定的形式，多指公文、書信等規格上的要求。「體例」指文章的組織形式，側重於體裁方面的要求。「樣式」指文藝作品的體裁，如說「詩歌是人們喜聞樂見的一種文學樣式」。

格外 gé wài

超出尋常；特別　她今天打扮得～亮麗｜中秋節的月亮顯得～明亮｜久別重逢，大家～親熱。

同【分外】fèn wài

「格外」還有額外、另外的意思，如說「小車裝不下了，格外找了輛大車」。「分外」可指特別，如說「分外嬌媚」、「分外艷麗」；還指本分以外，如說「別把這事看成是分外的事」。

隔斷 gé duàn

阻隔；使斷絕　洪水～了公路交通｜高山大河不能～遊子對故土的思念。

同【隔絕】gé jué

「隔斷」突出一段時間後會恢復來往。「隔絕」語意較重，強調根本無法相通，如說「他一直住在與世隔絕的深山裏」、「降低溫度和隔絕空氣是滅火的最佳辦法」。

隔閡 gé hé

彼此情意不通，思想有距離　消除～｜語言的不相通容易產生～｜劇中多用方言，容易與觀眾產生～。

同【隔膜】gé mó

「隔閡」可用於人與人之間、國家之間、民族之間、地方之間、語言之

間，適用範圍較廣。「隔膜」多用於人與人之間，適用範圍較窄，如說「接觸多了，兩人之間的隔膜自然消除了」。

反【融洽】róng qià　關係～｜氣氛比較～｜他們兄弟倆性情各異，卻處得很～。

個別 gè bié

1. 少數的；少有的～情況｜這完全是～現象｜這份報告有～地方還需要改動。

反【普遍】pǔ biàn　～現象｜老年人使用手機不及年輕人那麼～。

2. 單個；一個一個地　你跟他～交流一下｜～情況只能～處理｜對生病的學生進行～輔導。

反【一起】yì qǐ　～行動｜對於比較普遍的問題就～處理吧。

反【共同】gòng tóng　～的看法｜這項措施是各方討論以後～決定的。

「個別」作形容詞時與「普遍」相對，修飾名詞時與「普遍」、「共同」相對，修飾動詞時與「一起」、「共同」相對。

個人 gè rén

單獨一個人　經費由～負擔｜這只是～愛好｜這是我的～看法。

反【集體】jí tǐ　～觀念｜人們需要在個人與～之間尋找平衡點。

反【團體】tuán tǐ　～採購｜～項目｜若是～購買還可以優惠。

個體 gè tǐ

一個人的或單個獨立的　～經營者｜也應重視～的存在。

反【集體】jí tǐ　～財產｜明天中一級

~參觀博物館。

⊗【羣體】qún tǐ　社會~｜加強學生的~意識。

個性 gè xìng　一事物區別於其他事物的個別的、特殊的性質　保持~｜藝術家的~特色是至關緊要的。
⊗【共性】gòng xìng　存在~｜繪畫和音樂雖是不同的，但是作為藝術，卻有不少~。

根本 gēn běn　1. 事物的主要或最重要的部分　涉及事情的~｜搞清問題的｜應當從~上考慮解決問題的方法。
圓【基本】jī běn
2. 重要的；主要的　~原因｜解決~矛盾｜不要迴避最~的問題。
圓【基本】jī běn
3. 完全　~不知內情｜這件事~不可能成功｜他~沒想到過這些問題。
圓【徹底】chè dǐ

「根本」突出事物的根源本質，語意較重。作副詞時多用於否定式。「基本」側重於基礎的、起主要作用的，語義較輕，如說「弄清基本原理」、「符合基本條件」。

根除 gēn chú　徹底剷除　~陋習｜~禍害｜~血吸蟲病。
圓【剷除】chǎn chú

「根除」突出連根拔掉，徹底剷除，語意較重，多用於禍害、病害等。「剷除」突出完全地、絲毫不留地除去，消滅乾淨，可用於雜草、亂石等具體事物，如說「剷除校園內的雜

草」；也用於舊思想、壞風氣等抽象事物，如說「剷除腐敗風氣」。

根底 gēn dǐ　1. 建築物的底部　打好~｜建造高樓大廈，~一定要厚實堅固。
圓【根基】gēn jī
圓【基礎】jī chǔ
2. 比喻事物發展的基礎或起點　國學~深厚｜打下紮實的文學~｜他的音樂~很好。
圓【根基】gēn jī
圓【基礎】jī chǔ

「根底」適用範圍較廣；還指底細，如說「調查那人的根底」。

根據 gēn jù　1. 把某事物作為前提或言行的參照點　~以往經驗辦事｜~氣象台的預報，明天要下雨｜~大家的意見，把計劃修改一下。
圓【依據】yī jù
2. 作為根據的事物　你說話要有~｜從實際生活中找理論的~。
圓【依據】yī jù

「根據」突出言行、論斷的來源，作名詞時還可說成「有根有據」。「依據」突出言行、論斷的憑據，多用於法令文件、科技等書面語，如說「必須依據相關制度來處理這件事情」。

根由 gēn yóu　來歷；緣故　詢問~｜追查~｜只有了解事情的~，才能弄清事實真相。
圓【來由】lái yóu
圓【因由】yīn yóu

圖【緣故】yuán gù
圖【原因】yuán yīn
圖【緣由】yuán yóu

「根由」強調事情或結果產生的根本事由，屬於書面語。

根源 gēn yuán　使事物、情況產生的根本原因　探尋問題的～｜找出污染的～｜必須查清這次事故的～。
圖【本源】běn yuán

「根源」強調起因；還可作動詞，指起源，如說「這種習俗根源於古時候人們對太陽的膜拜」。「本源」突出事物的產生，如說「研究事物本源」、「悉心尋找本源」。

更改 gēng gǎi　改換，改動　這時間早就確定了，不可～｜我說了那麼多，他還是沒有～計劃的意思。
反【照舊】zhào jiù　時間～｜今天的安排～｜他～辦他的事，就是不搭理我們。

更換 gēng huàn　調換；替換　～衣裳｜～手機｜他已～了地址｜不斷～櫥窗裏的展品。
圖【改換】gǎi huàn

「更換」突出換，用於具體事物。「改換」突出把原先的換成別的，可用於具體事物，如說「改換為一種新材料」，也用於抽象事物，如說「他見父親面露慍色，就馬上改換了說話的口氣」。

耿直 gěng zhí　也寫作「梗直」、

「鯁直」。剛毅正直；直爽　脾氣～｜～的個性｜他是個～的人，一向心裏面想甚麼就說甚麼。
圖【正直】zhèng zhí

「耿直」突出性格坦率、直爽，屬於書面語。「正直」突出公正、坦率，多形容人的品行、心地等，如說「一定要做一個正直的人」。

反【奸猾】jiān huá　～小人｜生性～｜做人要厚道，別太～。
反【奸詐】jiān zhà　為人～｜陰險～。

梗塞 gěng sè　有阻礙；阻塞　腸道～｜下水道～｜老人因心肌～搶救無效而死亡。
圖【堵塞】dǔ sè
圖【阻塞】zǔ sè

「梗塞」多用於指管道阻塞或作醫學用語。「堵塞」多指通道、洞穴等不通暢，如說「堵塞漏洞」、「公路被亂石堵塞住了」。「阻塞」指有障礙而不能正常通過，如說「道路阻塞」、「路障阻塞了通道」。

反【暢通】chàng tōng　水流～｜血脈～｜汛期一定要保證河道～｜必須保證各主幹道～無阻。

工夫 gōng fu　時間；空閒時間　他三天～就學會了電腦｜我現在很忙，沒～陪你上街｜筆記倒是寫了不少，只是沒有～整理出來。
圖【功夫】gōng fu

「工夫」強調做事佔用的時間。「功夫」指時間時跟「工夫」通用；也指花去的精力或達到的造詣，如說「功

夫不負有心人」、「這首詩功夫很深」；還特指武術，如說「中國功夫聞名世界」。

工整 gōng zhěng　筆畫細緻，字跡整齊且不潦草　字體～｜寫得相當～｜這是一封字跡～的毛筆書信。

反【潦草】liáo cǎo　字跡～｜～難認。

「工整」也可表示詩文詞句的整齊和諧，如說「對仗很工整」。

工資 gōng zī　按約定按期付給的勞動報酬　平均～｜～偏低｜～逐年有所增加。

同【薪金】xīn jīn
同【薪水】xīn shui
同【薪資】xīn zī

「薪資」屬於書面語，口語多說「工資」。

工作 gōng zuò　具體地做事　實行五天～制｜他的～態度非常認真。

反【休息】xiū xi　中場～｜～幾分鐘｜不好好～就不能好好工作。

公佈 gōng bù　公開發佈，使大家知道　將案情～於眾｜～名單｜有關方面～了交通法規實施細則。

同【發佈】fā bù
同【頒佈】bān bù

「公佈」適用範圍較廣，可用於政府機關發佈的法律、命令、文告、指示及團體的通知事項等，適用於書面和口頭，如說「公佈成績」、「公佈賬目」、「公佈考核情況」。「發佈」

的對象多指新聞、命令、指示、消息等。「頒佈」只用於政府機關或國家領導人，限於書面形式，對象多是法令、條例等文告，如說「頒佈獎懲條例」、「環保法終於頒佈了」。

公道 gōng dao　公平；合理　辦事～｜説句～話｜這家商店服務態度好，價錢也～。

同【公平】gōng píng
同【公允】gōng yǔn
同【公正】gōng zhèng

「公道」常形容人的品行道德，如說「他為人正派公道」，也可形容對人處事的態度；還作名詞表示公正的道理，如說「主持公道」、「世間自有公道」。「公平」突出合情合理，平等、不偏袒，如說「公平競爭」、「公平交易」。「公允」突出適當、得當，屬於書面語，如說「持論公允」、「言論公允」。「公正」強調正直無私，多形容人品和事理，如說「公正無私」、「作出公正的裁決」。

公費 gōng fèi　由國家或團體支付費用　～留學｜～醫療｜～旅遊｜～考察。

反【自費】zì fèi　～留學｜～進修。

公家 gōng jiā　指國家、機關團體、企事業單位等　～利益｜～財產｜別總是想着揩～的油｜不要去佔～的便宜。

反【私人】sī rén　～轎車｜～物品｜保護～財產｜這家小店是～開的。

公開 gōng kāi　不加隱蔽，讓大家都知道　～討論｜～對抗｜～叫囂｜賬目必須～。

⊜【暗地】àn dì　～搗鬼｜～裏替他高興。

⊜【暗中】àn zhōng　～摸索｜～調查｜～勾結一氣。

⊜【祕密】mì mì　～追蹤｜～行動｜他們一直保持～聯絡。

⊜【私下】sī xià　～了結｜只是～說說而已｜大家都在～議論這事。

公平 gōng píng　（處理問題）合乎情理而不偏向某方；客觀、公正、合理地（做）　～合理｜提倡～競爭｜這樣處理不太～。

⊜【偏心】piān xīn　～於弱方｜對誰都應一視同仁，不能～。

公然 gōng rán　公開地；毫無顧忌地　～作弊｜～造假｜歹徒在光天化日之下搶劫。

⊜【竟然】jìng rán

⊜【居然】jū rán

「公然」帶貶義。「竟然」、「居然」強調出乎意料，都可用於好的或不好的，如說「他居然敢當眾扯謊」、「沒想到三月天竟然會下雪」。

公營 gōng yíng　由國家或地方經營　～企業｜許多國家對石油、天然氣等關鍵產業都實行～。

⊜【私營】sī yíng　～企業｜～業主｜這家公司是～的。

⊜【民營】mín yíng　組建～醫院｜～企業在中國經濟中佔據了愈來愈重要的位置。

公用 gōng yòng　公眾共同使用　～電話｜～事業｜樓宇的～設施。

⊜【專用】zhuān yòng　～消防通道｜配置～線路。

⊜【私用】sī yòng　～物品｜別將公家財物挪為～。

公允 gōng yǔn　公平恰當，不偏袒任何一方　持論～｜有失～｜法庭的這項判決是～的。

⊜【偏頗】piān pō　觀點～｜立論失之～｜你這看法有些～，所以才那麼悲觀。

公眾 gōng zhòng　社會上的多數人　～輿論｜～人物｜應維護～的利益。

⊜【大眾】dà zhòng

⊜【民眾】mín zhòng

⊜【羣眾】qún zhòng

「公眾」泛指社會上各階層的人。「大眾」指一般平民或勞動羣眾，如說「人民大眾」、「大眾餐廳」、「大眾化商品」等，語意範圍較大。「民眾」即人民羣眾，如說「民眾的呼聲」、「民眾福利」。

功 gōng　功勞；成就　～過相抵｜居～自傲｜前～盡棄｜他們為中國航天事業的發展立了大～。

⊜【過】guò　將功補～｜評論前人是非功～。

⊜【罪】zuì　～不可赦｜～大惡極｜立功贖～。

「罪」語意較重。

功成名就 gōng chéng míng

jiù　功業建立了，名聲也有了　那些人都希望將來～｜他年紀輕輕就已經～。

⊗【一事無成】yí shì wú chéng　他雖然聰明，卻不勤奮，最終～。

功績 gōng jì　功業和成就　不朽的～｜建立偉大的～｜不可磨滅的～。

⊜【功勞】gōng láo
⊜【功勛】gōng xūn

> 「功績」多用於重大事業，語意比「功勞」重，比「功勛」輕，可構成「豐功偉績」。「功勞」多指在一般事情上的貢獻，有時也用於較大的事業，適用範圍較廣，如說「事情能辦成都是他的功勞」、「他們曾立下過汗馬功勞」。「功勛」指極重大的貢獻，如說「功勛卓著」、「應永遠銘記那些開拓者的功勛」。

⊗【罪過】zuì guò　彌補～｜不可饒恕的～。

功勞 gōng láo　對事業所作的貢獻　立下汗馬～｜沒有～也有苦勞｜我們是成功了，可不能忘記他的～。

⊗【過失】guò shī　彌補～｜應該原諒他的～。

功能 gōng néng　事物或方法所發揮的有利的作用、效能　～齊全｜開發大腦～｜這個新產品具有多種

⊜【性能】xìng néng
⊜【功用】gōng yòng

> 「功能」側重指效能，多與「大小」、

「強弱」、「多少」等詞搭配，可用於人、事物或動物。「功用」用於事物，突出用途，如說「功用廣泛」、「這枝筆具有錄音的功用」。「功效」指表現出來的有益的結果、效驗，用於具體事物，如說「功效顯著」、「這種藥對治療風濕性關節炎具有良好功效」。

攻 gōng　進攻，攻打；盡力打垮對方的防衛　～其不備｜以守為～｜發起猛～｜～無不克，戰無不勝。

⊗【防】fáng　以～為主｜～不勝～。
⊗【守】shǒu　攻～同盟｜以攻為～｜守門員快～不住球門了。

攻擊 gōng jī　1. 進攻　發起猛烈～｜～敵人陣地。

⊜【襲擊】xí jī
⊜【進犯】jìn fàn

2. 惡意指摘　惡意～｜人身～。

⊜【詆譭】dǐ huǐ

> 「襲擊」強調突然地、出其不意地發動進攻，如說「突然襲擊」、「軍事襲擊」。「進犯」含貶義，如說「及時擊敗敵人的進犯」。「詆譭」指污衊、誹謗，如說「蓄意詆譭」、「不能容忍這種惡毒的詆譭」。

攻勢 gōng shì　進攻的態勢　處於～｜～十分迅猛｜向敵軍發起強大的～。

⊗【守勢】shǒu shì　採取～｜保持～｜變～為攻勢。

供 gōng　提供物資等給需要者用

～不應求｜～求關係｜市場基本上能保證～求平衡。

⊜【求】qiú　供大於～｜通過仲介公司，供～雙方取得了聯繫。

供給 gōng jǐ　提供錢物、資料等給需要的人使用　教材由學校負責～｜這孩子上學的錢是由親戚們～的。

⊜【供應】gōng yìng

「供給」突出向他人提供錢物、用品、資料等，常指免費提供。「供應」突出向他人提供物資、原料、商品等，不用於費用、資料等，如說「原料供應出現困難」、「發展生產才能保證供應」；商業上的供應就是賣、銷售的意思，如說「節日時商品供應情況較好」。

供養 gōng yǎng　向長輩或年長的人供給生活所需　～父母｜～老人｜那位老奶奶一直由村民～着。

⊜【贍養】shàn yǎng

「供養」適用範圍較廣。「贍養」僅限於子女對父母在物質和生活上進行幫助，供給生活所需，如說「贍養老人」、「子女應贍養父母」。

恭敬 gōng jìng　嚴肅、謙恭、有禮　～不如從命｜他對師長十分～。

⊜【恭順】gōng shùn

「恭敬」是褒義詞。「恭順」多用於下對上、卑對尊，是中性詞，如說「他對老闆俯首帖耳，恭順得很」。

恭維 gōng wéi　為討好而讚揚對方　～上司｜曲意～｜這可不是當面～你的話。

⊜【奉承】fèng cheng

恭喜 gōng xǐ　客套話，向人賀喜　～高就｜～獲勝｜～你考上理想的學校。

⊜【祝賀】zhù hè

「恭喜」用於喜慶場合中當面向人祝賀時。「祝賀」突出用文字或話語對人或事表示美好願望，如說「向大家致以節日的祝賀」、「許多朋友寄來賀卡祝賀他的生日」。

鞏固 gǒng gù　不易動搖　政權～｜建立～的聯盟。

⊜【堅固】jiān gù
⊜【牢固】láo gù
⊜【強固】qiáng gù

「鞏固」多用於抽象事物；還作動詞表示使堅固，如說「鞏固國防」、「鞏固聯盟」。「堅固」突出事物本身結合緊密而不易遭破壞，用於具體事物或戰鬥組織等，如說「堅固耐用」、「陣地堅固」。「牢固」突出結構牢實，可用於具體事物或思想、觀念等抽象事物，如說「牢固的堤壩」、「建立了牢固的友誼」；也指東西放得穩、捆得牢。

共計 gòng jì　合在一起計算　報名的人數～兩百四十人｜這次會議的費用～三千元。

⊜【合計】hé jì
⊜【總計】zǒng jì

共鳴 gòng míng

由別人的情緒引出相同的情緒　他們在思想上產生了～｜他的發言引起了與會者的～｜詩人的思想感染了讀者，引起了他們的～。

同【共識】gòng shí

「共鳴」還指物體因共振而發聲的現象，如「共鳴器」。「共識」指取得一致的認識或見解，如說「大家經過討論，取得了共識」。

共同 gòng tóng

1. 屬於大家的；彼此都有的　～愛好｜～的心願｜～的特徵｜這幢房子是他們兄弟倆的～財產。

反【獨特】dú tè　～的設計｜聯誼會為海外華人舉辦了一場～的晚會。

2. 大家一起（做）　～表演｜～開發研製新產品。

反【單獨】dān dú　～作戰｜～行動｜請讓我～跟他談談。

反【獨自】dú zì　～行走｜～生活｜出國求學有好多問題，我得～面對。

供認 gòng rèn

承認所做的事情　一一～｜徹底～｜那人對犯罪事實～不諱。

同【招認】zhāo rèn

「供認」用於被指控犯有某種罪錯而受訊的人。「招認」指承認犯罪的事，程度比「供認」深，如說「罪犯終於招認了全部事實」。

勾搭 gōu da

互相串通做不正當的事　她常與街上的小混混～在一起｜他早與那批人～上了｜別瞧他們～得緊，可心中各有各的打算。

同【勾結】gōu jié
同【串通】chuàn tōng

「勾搭」、「勾結」都是貶義詞。「勾搭」多用於個人之間以及口語中，可重疊為「勾勾搭搭」，如說「他們幾個整天勾勾搭搭的，不知要幹甚麼」。「勾結」多用於政治勢力或有重要關聯的人物之間，語意較重，如說「警匪互相勾結」、「不法份子勾結成幫」、「勾結社會黑勢力」。「串通」突出彼此通連，互通聲氣。

勾畫 gōu huà

勾勒描繪；用簡短的文字描寫　這篇散文～了四川九寨溝的秀美山水｜他用準確、簡練的文字把人物形象～得惟妙惟肖。

同【勾勒】gōu lè

「勾畫」的對象可以是簡單的或複雜的。「勾勒」只用於描畫大致的輪廓或情況，如說「勾勒線條」、「他用簡單的幾筆就勾勒出了人物的輪廓」。

勾銷 gōu xiāo

取消；抹掉　～舊賬｜這支球隊因違反賽場紀律，取得的成績被一筆～。

同【取消】qǔ xiāo

「勾銷」指抹去記載的內容或使已實行的有關條例、有效資格失效。「取消」強調加以廢止，使不再生效，對象多是規章、制度、資格、權利、計劃等事物，適用範圍較廣，如「取消不合理的規章制度」、「他已被取消了參賽資格」。

勾引 gōu yǐn

引誘人做不正當的事　～別人｜別經不起～｜這些人專門～那些天真少年。

同【引誘】yǐn yòu

「勾引」突出誘騙別人做壞事，是貶義詞。「引誘」突出讓別人按照自己的某種意圖去做，引誘者可以是人或金錢、財物等，語意比「勾引」輕，如說「受人引誘」、「要經得住金錢的引誘」。

狗仗人勢 gǒu zhàng rén shì

看家的狗依仗主人的勢力肆意吼叫、咬人。比喻仗勢欺人　你不要這樣～｜這些人竟然～，作威作福。

同【狐假虎威】hú jiǎ hǔ wēi

「狗仗人勢」是罵人話，比喻倚仗着別人的威勢為非作歹。「狐假虎威」的本義是狐狸借着老虎的威勢來嚇跑百獸，現比喻借着別人的威勢來嚇唬人，如說「這些人竟然也狐假虎威地大鬧起來」。

詬罵 gòu mà

以污辱性的話語咒罵　大聲～｜相互～｜當眾～，與人難堪。

同【辱罵】rǔ mà

構造 gòu zào

各個組成部分的安排、組織和相互關係　人體～｜地層的～｜電腦的內部～比較複雜。

同【結構】jié gòu

「構造」強調整體如何構成，一般只用於具體的物體、物質。「結構」突出各組成部分的搭配和排列，可用

於具體的物體、物質或文章、語言、藝術作品等，如說「這裏的民居是磚瓦結構」、「知識結構」、「文章的結構」、「原子的基本結構」等。

購 gòu

買入　～物｜～買｜採～｜認～。

同【買】mǎi

「購」可組合成「購銷」、「購置」、「訂購」、「定購」、「採購」等。「買」適用範圍較廣，多用於口語。

反【銷】xiāo　～得很好｜產品遠～海內外｜這種新上市的護膚品～得不太好。

反【售】shòu　貨剛～出｜庫存貨品已經全部降價～完。

購買 gòu mǎi

買　批量～｜～電腦｜～廉價商品。

反【銷售】xiāo shòu　～渠道不暢｜他在公司負責～｜商品要想辦法～出去。

購入 gòu rù

買進　～原料｜從國外～最新設備｜實驗室～了一台新的檢測儀器。

反【賣出】mài chū　剛上班，就～了一台電視機。

購置 gòu zhì

買入（較大較多的東西）　～衣物｜～電腦｜～傢具｜工廠最近又～了一批新設備。

同【購買】gòu mǎi
同【置辦】zhì bàn
同【置備】zhì bèi

「購置」的對象多是要長期使用的或

較為貴重的大件物品。「購買」適用範圍很廣，如說「購買書籍」、「購買禮品」、「購買小汽車」。「置辦」的對象多是成套、成批的東西，有一定的規模，如說「置辦酒席」、「置辦嫁妝」。「置備」的對象多是設備、大型用具，如說「置備通信器材」、「這筆錢是用來置備農具的」。

⟨反⟩【變賣】biàn mài　～家產｜無奈之際，只得～字畫藏品。

估計 gū jì　作大概的推斷、猜測　今年的糧食產量不難～｜最近幾天～不會下雨｜當時會場上的觀眾～有一千多人。

⟨同⟩【估量】gū liáng
⟨同⟩【估摸】gū mo

「估計」的對象比較具體。「估量」的對象多為情況、力量等，不用於具體的數量計算，如說「他一邊走一邊估量着下午的結果」、「盜版給出版業帶來了不可估量的損失」。「估摸」多用於口語，如說「你估摸着買吧」。

姑且 gū qiě　暫且；暫時地　此事～放一下｜我這裏有把傘，你～用着。

⟨同⟩【權且】quán qiě

「姑且」屬於書面語，用於暫時地做某事。「權且」有退一步做，姑且這樣的意思，屬於書面語，如說「此事權且如此處理吧」、「餓了吃塊巧克力權且充飢」。

孤單 gū dān　單身無依靠　～一

人｜感到十分～｜他一個人住，非常～。

⟨同⟩【孤獨】gū dú
⟨同⟩【孤立】gū lì

「孤單」多形容人；也指力量單薄，如說「勢力孤單」。「孤獨」可形容人或人的生活、性格、情緒等，如說「孤獨無依」、「小屋孤獨地隱在樹林裏」、「老人過着孤獨的生活」。「孤立」指不能得到同情和援助，如說「孤立無援」；還指與其他不相聯繫，如說「對某種社會現象不能孤立地看待」。

孤陋寡聞 gū lòu guǎ wén　學識淺薄，見聞貧乏　有了廣播、電視，村民再也不那麼～了｜請原諒我的～，您說的那事我好像從來沒聽說過。

⟨反⟩【見多識廣】jiàn duō shí guǎng　他說話喜歡旁徵博引，人們都很佩服他～｜他走南闖北幾十年，可謂～。

孤僻 gū pì　性情古怪而不合羣，難與人相處　性格～｜～的老人｜他為人～，同事們都不與他來往。

⟨反⟩【合羣】hé qún　～的學生｜每到一地，他都能很快～。
⟨反⟩【開朗】kāi lǎng　天性～｜樂觀～的性格｜她整天說呀笑呀，～着呢。

孤注一擲 gū zhù yí zhì　把所有的錢一下投做賭注，企圖最後得勝。比喻在危急時把全部力量拿出來冒險　～，輸贏在此一博｜大勢已去，只得～。

⟨同⟩【破釜沉舟】pò fǔ chén zhōu

「破釜沉舟」指打破飯鍋,弄沉渡船,比喻下最大的決心一拚到底,如說「大軍破釜沉舟,誓敗頑敵」。

古 gǔ

古代;時間久遠的　～今中外｜厚～薄今｜泥～不化。

(反)【今】jīn　古為～用｜談古論～｜他如今可闊了,甚麼人都不放在眼内,真是～非昔比啊。

古板 gǔ bǎn

固執守舊;不靈活　為人～｜思想～｜那是一個脾氣～的老頭。

(同)【呆板】dāi bǎn

(同)【刻板】kè bǎn

(同)【死板】sǐ bǎn

「古板」多用於思想、作風等。「呆板」有痴、笨的意味,多用於人的動作、處事能力;還用於文章表達、音樂演奏、畫面佈局等,如說「佈局呆板」、「形式呆板」、「這篇文章寫得太呆板」。「刻板」突出沒有變化而不生動,如說「刻板地模仿」。「死板」強調辦事不會變通,多用於人的思想、腦筋、處事態度等,如說「做事不能如此死板」。

(反)【靈活】líng huó　頭腦～｜～機動｜新來的祕書辦起事來很～,一點都不死板。

(反)【開通】kāi tong　思想～｜這幾年人們看待外來事物比以前～多了。

(反)【活泛】huó fan　心眼兒～｜小伙子眼神～,讓人覺得不那麼踏實。

古怪 gǔ guài

跟一般情況很不相同,使人覺得詫異的　脾氣～｜樣子～｜稀奇～｜這種穿着實在有點～。

(同)【乖僻】guāi pì

(同)【怪僻】guài pì

(同)【奇怪】qí guài

「古怪」多用於性情、脾氣、性格、外形,也可用於其他事物。「乖僻」、「怪僻」多用於性情、行為、習慣等,用於人時指跟一般人合不來,含貶義,如說「性情乖僻」、「行為乖僻」、「個性怪僻」、「他常喜歡提一些怪僻的問題」。「奇怪」語意較輕,可用於人或動物,也可用於其他具體或抽象的事物。

古老 gǔ lǎo

經歷了久遠年代的;陳舊的　～的傳說｜～風俗｜～的國度。

(反)【時新】shí xīn　～的產品｜～的裝束｜～的玩具。

古裝 gǔ zhuāng

古代式樣的服裝　～電影｜現在拍的～戲一部分是製造娛樂,一部分是借古諷今。

(反)【時裝】shí zhuāng　～模特｜設計師設計出了一種非常獨特的～。

鼓吹 gǔ chuī

宣傳、提倡　～男女平等｜～社會改良｜對新文學運動,他是個積極的～者。

(同)【宣揚】xuān yáng

(同)【宣傳】xuān chuán

「鼓吹」還指吹噓,如說「自我鼓吹」、「鼓吹自己當時如何風光」,這時是貶義詞。「宣揚」可用於貶義,如說「決不允許宣揚迷信思

想」；也可用於褒義，如說「好人好事應大力宣揚一下」。「宣傳」多用於積極方面，如說「宣傳交通法規」、「積極宣傳防火知識」。

鼓動 gǔ dòng　用言語等激發人們的情緒，使行動起來　～鬧事｜～大家積極勞動｜加強宣傳～工作｜經他一～，不少人都去學開車了。

⊜【煽動】shān dòng
⊜【慫恿】sǒng yǒng

「鼓動」可用於好事或壞事。「煽動」是貶義詞，對象是羣體或抽象事物，如說「煽動暴亂」、「煽動市民鬧事」。「慫恿」突出從側面勸誘的意思，是貶義詞，如說「慫恿他加入盜竊團伙」。

鼓勁 gǔ jìn　使人情緒振作起來　互相～｜為運動員加油～｜大家都在為他～。

⊗【泄勁】xiè jìn　別說讓人～的話｜你們千萬別半途～啊！

鼓勵 gǔ lì　激發、勉勵　老師～大家考出好成績｜大家的讚揚給了他很大的～｜在困難的時候，我常～自己要有信心。

⊜【激勵】jī lì
⊜【鼓舞】gǔ wǔ

「鼓勵」的方式可以是思想、語言上的激勵或物質上的獎勵。「激勵」多指精神上的勉勵，如說「英雄的事跡一直在激勵我們」。「鼓舞」只用於別人對自己或別人對別人，如說「鼓舞鬥志」、「鼓舞人心」、「歡欣鼓

舞」、「他樂觀的精神鼓舞了我」。

⊗【打擊】dǎ jī　自信心受到嚴重～。

鼓舞 gǔ wǔ　鼓動激發，使增加勇氣和信心　～人心｜受到極大～。

⊗【打擊】dǎ jī　～敵人的囂張氣焰｜人受到的～愈多，性格就會變得愈堅強。

⊗【泄氣】xiè qì　你現在可別～｜凡事不可輕易～。

蠱惑 gǔ huò　也寫作「鼓惑」。誘惑，使人心意迷亂　～人心｜～無知小童｜他經不起～，竟走上了吸毒的道路。

⊜【迷惑】mí huò

「蠱惑」語義較重，屬於書面語。「迷惑」側重於使人分辨不清，語義較輕，適用範圍較廣，如說「迷惑觀眾」、「又被騙子的花言巧語迷惑了」。

固定 gù dìng　不改變的；不移動的　～位置｜～資產｜他至今沒有～的工作｜人的理想不是～不變的。

⊗【流動】liú dòng　～攤位｜當代中國～人口很多。

⊗【移動】yí dòng　不要～原有擺設｜這種餐桌是固定在地板上的，不能任意地～。

固然 gù rán　表示承認某個事實，引起下文轉折　此話～不錯，但做起來又是另一回事｜天賦～重要，但自身的努力更重要｜文章流暢～好，但主要的還在於內容要充實。

⊜【誠然】chéng rán

「固然」強調先承認事實，用於引起下文。「誠然」屬於書面語，如說「你能親自去誠然好，但辦成事情還得靠他」；還可指確實、實在，突出事實如此，如說「這幅畫誠然是相當美的」。

固執 gù zhí　堅持己見，不願改變　性情～｜為人別那麼～｜他還在～地堅持原來的看法。

同【頑固】wán gù

同【執拗】zhí niù

同【執着】zhí zhuó

「固執」多形容思想、性格、態度等，含貶義。「頑固」突出思想保守，不願接受新事物，多形容人的立場、觀點等，含貶義，如說「頑固不化」、「頑固地堅持錯誤立場」。「執拗」突出任性、不隨和，多形容個人的脾氣、性格，如說「他執拗地低着頭，不肯說話」。「執着」突出對某事堅持不放棄，如說「執着追求」、「對有的事情不必過於執着」。

反【靈活】líng huó　態度～｜～多變｜一部分頭腦～的人去經商了。

反【隨和】suí he　為人～｜他為人總是那麼～。

固執己見 gù zhí jǐ jiàn　頑固地堅持自己的意見、態度、決定　他變得愈來愈～了｜要虛心聽取大家的意見，別～。

同【一意孤行】yí yì gū xíng

「固執己見」突出在言論方面頑固地堅持，不肯接受他人的意見。「一意孤行」指根據個人的意願去行動，突出在行動方面頑固地按自己的意

志去做，比較任性，如說「他一意孤行，不聽任何人的勸阻而去參加賭博活動」。

故 gù　舊的；過去的　～地重遊｜依然～我｜～技重演｜學習要溫～而知新。

反【新】xīn　吐故納～｜辭舊迎～｜革故鼎～｜喜～厭舊。

故步自封 gù bù zì fēng　比喻安於現狀，不求進步　不要～，而要積極上進｜我們不能～，否則就會落後。

同【墨守成規】mò shǒu chéng guī

「故步自封」的「故」也寫作「固」，「故步」意為走老步子，「封」指限制住。「墨守」本指戰國時墨子善於守城，後用「墨守成規」表示因循守舊，不求改進，如說「不能墨守成規，應該大膽創新」。

故而 gù ér　因此、所以　由於生病，～請假兩天｜聽說老人家身體欠安，～特來看望。

同【所以】suǒ yǐ

同【因此】yīn cǐ

同【因而】yīn ér

「故而」、「因此」、「因而」都屬於書面語，用在句子的下半部分。「所以」多用於口語，可出現在句子前半部分，如說「我所以不去，是因為有些急事要處理」。

故居 gù jū　曾住過的房子　～舊

址｜名人～｜學生們參觀了魯迅～。

同【舊居】jiù jū

> 「故居」多用於已去世名人的住所，含尊敬的色彩。「舊居」指曾經住過的地方，與「新居」相對，可用於普通人，如說「他已搬出舊居，遷入新居」。

故里 gù lǐ

故鄉；老家 ～尋夢｜榮歸～｜在他鄉生活了幾十年的祖父，如今終於回歸～。

同【故土】gù tǔ

同【故園】gù yuán

同【家鄉】jiā xiāng

同【故鄉】gù xiāng

同【老家】lǎo jiā

> 「故里」、「故土」、「故園」都屬於書面語，如說「捨不對對故土的依戀」、「故園憶舊」、「故里風物依舊」。「家鄉」、「故鄉」、「老家」多用於口語，如說「家鄉父老」、「家鄉特產」、「説一口家鄉話」、「報答第二故鄉」、「難忘故鄉的一草一木」、「回老家探親」。

故意 gù yì

有意識地（那樣做）他不是～不理你，是沒看見你｜我們～不告訴你，是要給你一個驚喜｜老師～不説話，好引起學生的注意。

同【成心】chéng xīn

同【有意】yǒu yì

> 「故意」和「有意」都突出有意識地如此做，如說「有意使壞」、「他故意跟我過不去」。「有意」還指對某事有心思做，如說「你如對此有意，請立即聯繫我」。

反【無意】wú yì ～中發現｜我昨天～中碰到了那個人。

顧忌 gù jì

因擔心不利而有顧慮 毫無～｜你不必～｜她的性格潑辣，做事無所～。

同【顧慮】gù lù

> 「顧忌」多用於否定句。「顧慮」指恐怕產生不利而不敢説或做，如說「你應打消這種顧慮」、「她做事常常顧慮重重」。

顧問 gù wèn

有某種專門知識，為個人或機關團體擔負諮詢責任的人 法律～｜經濟～｜我們公司請你作市場～。

同【參謀】cān móu

> 「顧問」所提供的諮詢多是較鄭重、嚴肅的大事。「參謀」指軍隊中參與指揮部隊行動、制訂作戰計劃的軍官；也泛指代人出主意的人，如說「這事請你當參謀」；還作動詞，如說「特意請他來參謀一下」。

瓜分 guā fēn

如同切瓜那樣地分割或分配 ～土地｜～家產財物｜那伙人因贓款～不均引起了內訌。

反【獨吞】dú tūn 企圖～財產｜他試圖～父母的遺產，被兄弟姐妹識破了。

瓜熟蒂落 guā shú dì luò

瓜熟後瓜蒂自然脫落。比喻條件成熟後事情自然會成功 這事已到～之時｜～是勤耕不輟的結果｜要想～，先得下一番功夫。

同【水到渠成】shuǐ dào qú chéng

「瓜熟蒂落」突出最後得到的結果。「水到渠成」比喻條件具備後事情就能順利成功，如說「有了設備和資金，再有了人才，工程就水到渠成了」；還比喻事情的發展自然、順暢，如說「閉幕式各個環節彼此呼應，水到渠成」。

寡 guǎ

1. 少；缺少　薄情~義｜~言少語｜鬱鬱~歡｜孤陋~聞｜這碗麵條清湯~水的，真的很難吃。

（反）【多】duō　~嘴~舌｜見~識廣｜~寡不一｜~情自古傷離別。

（反）【眾】zhòng　~志成城｜~口一詞｜寡不敵~。

2. 婦女死了丈夫　~居｜守~。

（反）【鰥】guān　應使~寡孤獨的人，能夠老有所養。

寡情 guǎ qíng

不講情義　~無義｜朋友之間怎能~相待？

（同）【薄情】bó qíng

「薄情」突出不顧情意，多用於男女之間，如說「都別說那種薄情的話」。

（反）【多情】duō qíng　《紅樓夢》中的賈寶玉被人稱為~公子。

（反）【痴情】chī qíng　一片~｜你別老是那麼~。

掛彩 guà cǎi

負傷流血　不幸~｜你的手臂~了｜在戰鬥中~了。

（同）【負傷】fù shāng

（同）【掛花】guà huā

「掛彩」、「掛花」都是「受傷」的委婉說法。

掛念 guà niàn

由於想念而不放心　~雙親｜久無音信，讓人~｜母親十分~在外地的兒子。

（同）【牽掛】qiān guà

「牽掛」指記掛、想念，如說「出門後牽掛着全家老小」；還有被拖累的意思，如說「牽掛太多，不能專心事業」。

怪罪 guài zuì

責備或埋怨　~別人｜這事你可不要~他｜要是上面~下來怎麼辦？

（同）【見怪】jiàn guài

「怪罪」多用於對他人。「見怪」多指對自己，用於口語的客套話中，多用否定式，如說「請別見怪」。

官 guān

1. 官員　當~｜貪~污吏｜做個受民眾愛戴的清~。

（反）【民】mín　一介草~｜取之於~，用之於~。

2. 屬於政府或公家的　~辦｜~價｜發表~方聲明。

（反）【私】sī　~立｜~鹽｜~營企業｜嚴厲打擊走~活動。

（反）【黑】hēi　~貨｜~市｜那伙人在洗~錢時被警察一網打盡了。

關 guān

1. 使開着的物體合攏　~門｜~上窗戶｜~上水龍頭｜把抽屜~起來。

（同）【閉】bì

（同）【合】hé

「關」、「閉」、「合」都用於固定的搭配，如說「閉幕」、「閉上眼睛」、

「閉關自守」、「閉門不出」、「合上
筆記本電腦」、「她笑得合不攏嘴」。

（反）【開】kāi　～門｜～箱子。
（反）【啟】qǐ　開～閘門｜酒還沒～封｜
信封上寫着「父親大人親～」。
2. 使（機器、裝置等）停止工作　～
機｜～燈｜把空調～掉。
（反）【開】kāi　～電視｜打～電扇。
3. 收押；不使出來　～押｜～犯人｜
～在籠子裏｜他被～了一段時間。
（反）【放】fàng　～虎歸山｜你快把那
人～了吧。

關閉 guān bì　1. 合攏　～門窗｜
～全部出入口｜所有的通道都緊緊～。
（反）【敞開】chǎng kāi　～櫥門｜半夜
裏大門怎麼～着？
2. 停業或停辦　那家小工廠早已～｜
陸續～了幾家無執照診所。
（反）【開張】kāi zhāng　服裝店～｜朋
友的酒吧今天正式～營業了。
（反）【開業】kāi yè　全店員工一起慶祝
～大吉。

關懷 guān huái　很關心；非常
愛護　～備至｜親切～｜社會應該～
青少年的成長｜我在老師那裏得到了
母親般的～。
（同）【關心】guān xīn
（同）【關照】guān zhào
（同）【照顧】zhào gù

「關懷」多用於上對下、長輩對晚輩，
對象只能是人，是褒義詞。「關心」
用於人或事，不分上、下級或長輩、
晚輩，也用於對自己，適用範圍很
廣，如說「關心環保」、「關心氣候
的變化」、「你不能只關心你自己」、

「希望您以後對此事多加關心」。「關
照」突出行動上的照顧；還指全面安
排、照應或口頭通知，如說「小王出
差了，請你關照一下他日常負責的
工作」、「你去廚房關照一下，今天
多準備一些菜」。

關切 guān qiè　關懷、關心、關
注　充滿～之情｜感謝大家對我的
～｜對她的處境我們深表～。
（同）【關注】guān zhù
（同）【關心】guān xīn

「關切」一般不帶賓語；還作形容詞
表示親切，如說「關切的目光」、
「關切地詢問他的病情」。「關注」用
於較重大的事情，不用於人，有莊
重色彩，如說「密切關注事態的發
展」、「案情引起各方的關注」。「關
心」適用範圍較廣，對人、事及上
下、長幼都可。

關係 guān xì　1. 人與人之間或
事物與事物之間的聯繫　社會～｜軍
民～｜他倆～十分密切。
（同）【聯繫】lián xì
2. 關聯到；牽涉　這事～到大家的利
益｜我同那個案子沒有～。
（同）【聯繫】lián xì
（同）【涉及】shè jí

「聯繫」指互相接上或保持來往，
如說「聯繫實際」、「時時保持聯
繫」、「以後請用電子郵件聯繫」、
「最近他又聯繫了一家俱樂部」。「涉
及」突出有關聯，如說「涉及面不很
廣」、「事情涉及到許多人」、「這
涉及大家的切身利益」。

鰥 guān　死了妻子或沒有娶過妻子的　～夫｜老人至今～居。

⑤【寡】guǎ　～婦｜鰥～孤獨者｜老太太守～多年，終於把孩子培養成人。

觀察 guān chá　仔細認真地看～生活｜～地形｜她在實驗室隨時～實驗情況。

⑤【察看】chá kàn
⑤【觀看】guān kàn

「觀察」適用於各方面。「察看」只用於具體的事物或現象，如說「察看動靜」、「察看傷勢」、「警察察看了事發現場」。「觀看」除了指特意察看外，還指參觀，如說「觀看風景」、「師生們觀看了這場緊張精彩的比賽」。

觀賞 guān shǎng　觀看着欣賞～美景｜～植物｜我們～了幾位著名演員的出色表演。

⑤【欣賞】xīn shǎng

「觀賞」的對象限於看得見的東西或動作。「欣賞」的對象還包括聽覺、味覺或精神上的享受，如說「欣賞音樂」、「欣賞美味佳肴」；也指認為好、喜歡，如說「公司對他十分欣賞」、「我特別欣賞這種建築風格」。

觀望 guān wàng　遠看或向四周看　四處～｜仰頭～星空｜他站在海邊向遠處～了一會兒。

⑤【觀看】guān kàn
⑤【張望】zhāng wàng

「觀望」有觀看的意思；還指猶豫地看着事態的發展，如說「大家還在觀望事態的變化，都不敢貿然行動」。「觀看」僅指看、參觀，如說「觀看比賽」、「觀看氣象」、「觀看美景」。「張望」指有意識地看，含警覺、搜尋、打探的意味，如說「他在商店四處張望，尋找一種老式的台鐘」；還指從小孔或縫隙看，如說「她透過窗上的小孔向屋裏張望」。

管理 guǎn lǐ　負責做某項工作　～財務｜經營～｜這家公司因～不善，已經破產。

⑤【管制】guǎn zhì

「管理」突出管轄主持，使正常運作；還指保管、照管，如說「她負責管理圖書期刊」；還可指照管並約束（人或動物），如說「要學會自己管理好自己」、「我現在的任務是管理這次活動的財務事宜」。「管制」指強迫性管理，突出強制性，語意較重，如說「戰時實行燈火管制」、「實行軍事管制」、「加強道路交通管制」。

管束 guǎn shù　大力約束，使不越軌　嚴加～｜這個孩子太調皮了，要多加～。

⑤【約束】yuē shù

「管束」突出管教，多用於對別人。「約束」突出制約，使不越出規定、制度或法律等範圍，可以是外來制約或自己對自己的制約，如說「自我約束」、「加強對犯人的約束」。

⑤【放任】fàng rèn　～自流｜別～自己的行為｜他對這件事～不管，其實

是想逃避責任。

貫穿 guàn chuān　穿透；連通
～始終｜這條鐵路～三個省｜現實主義～於全篇小說中。
同【貫串】guàn chuàn

「貫穿」用於具體或抽象事物，適用範圍較廣。「貫串」一般用於抽象事物，如說「幾個零散的故事都貫串一個鮮明的主題」。

慣例 guàn lì　一向的常規做法　因循～｜打破～｜這次展覽是按照國際～操辦的。
同【常例】cháng lì
同【常規】cháng guī
同【通例】tōng lì

「慣例」突出歷來如此的或已成習慣的做法，用於行為活動。「常例」、「常規」突出已成規矩，多指通常的規則，如說「按照常例」、「按常規辦事」。「通例」指成為通常的規定或安排，多用於制度或書寫格式，如說「冬至放假是這家公司的通例」。

(反)【特例】tè lì　這是～，不足為憑。

慣用 guàn yòng　慣於使用、運用　～伎倆｜贈送試用品是那些推銷員～的手段。
同【習用】xí yòng

「慣用」一般多含貶義。「習用」強調頻繁使用或常用，如說「形成習用方式」、「這話僅在當地習用」。

光彩 guāng cǎi　1. 顏色和光澤
大放～｜～照人｜櫥窗裏擺滿了～奪目的各種獎杯。
同【光輝】guāng huī
2. 光榮；讓人羨慕　這是集體的～｜兒子成功了，做父母的也覺得～。
同【光榮】guāng róng
同【榮耀】róng yào
同【輝煌】huī huáng

「光彩」有體面、好看的意味，是褒義詞。「光輝」多形容抽象的事物，如說「光輝的榜樣」、「光輝的歷程」、「建立光輝的業績」；還作名詞，如說「太陽的光輝照四方」。「輝煌」多比喻顯著、出色，如說「燈火輝煌」、「業績輝煌」、「輝煌的戰果」。「光榮」突出受到尊敬，是褒義詞，如說「光榮的使命」、「光榮地當選為參賽選手」、「我們應該珍惜這份光榮」。「榮耀」突出在眾人中得到稱讚，有好的名譽，是褒義詞，如說「感到無比榮耀」、「獲獎歸來的她是何等榮耀啊」。

(反)【恥辱】chǐ rǔ　洗刷～｜蒙受～｜難以忍受的～。

光復 guāng fù　恢復；收回　～國土。
同【克復】kè fù
同【收復】shōu fù

「光復」、「克復」都屬於書面語。「光復」指恢復已亡的國家或收回失去的領土；也指恢復舊時典章等。「克復」指通過戰鬥而收復，如說「克復失地」。「收復」指用武力奪回，可用於城鎮或疆土，如說「收復陣地」、「收復城池」。

光滑 guāng huá
物體表面平滑，不粗糙　皮膚～｜桌面十分～｜～的冰面｜粗糙的石像已經被人們的手摸得十分～。

⚹【粗糙】cū cāo　～的手｜牆面的第一層塗料塗得非常～。

光臨 guāng lín
敬辭，稱賓客來到　敬請～｜歡迎新老顧客～｜您的～使我倍感榮幸。

同【蒞臨】lì lín

「光臨」可用於貴賓或一般的賓客。「蒞臨」指來到、來臨，多用於貴賓或上級，比較莊重，屬於書面語，如說「歡迎蒞臨指導」、「迎候專家小組蒞臨」。

光明 guāng míng
1. 明亮　通體～｜眼前一片～。

⚹【暗淡】àn dàn　～無光｜燈光～｜黃昏來臨，屋內～下來。

⚹【黑暗】hēi àn　一片～｜～的小角落｜在～的森林中迷路了。

2. 比喻正義或充滿希望　～大道｜～的未來｜前途一片～｜心中向往著～。

⚹【黑暗】hēi àn　～統治｜～時代｜窮苦人民生活在～中。

光明磊落 guāng míng lěi luò
正直坦白，沒有不可告人之處　父親教育我要做一個～的男子漢。

⚹【心懷叵測】xīn huái pǒ cè　他表面上隨和、單純，其實～。

⚹【心術不正】xīn shù bú zhèng　對付那些～的人，最好的辦法就是遠離他們。

光榮 guāng róng
光采、榮譽　～犧牲｜爭取更大～｜～來自不懈的努力。

⚹【可恥】kě chǐ　浪費～｜～的撒謊者｜不當～的逃兵。

⚹【恥辱】chǐ rǔ　洗刷～｜當眾被人辱罵真是一種莫大的～。

光陰 guāng yīn
時間　～似箭｜美好的～｜千萬不能虛度～｜一寸光陰一寸金，寸金難買寸～。

同【時光】shí guāng

同【時間】shí jiān

同【時日】shí rì

同【歲月】suì yuè

「光陰」指籠統的時間、歲月，有應當珍惜的意味，屬於書面語。「時光」泛指時間、光陰、日子，如說「時光飛逝」、「別虛度大好時光」。「時間」用於一段時間或某一點，如說「週末是休息的時間」、「現在的時間是八點十分」。「時日」指較長的時間，如說「他離開這兒已有些時日了」。「歲月」指年月，如說「度過漫長的歲月」、「回憶難忘的戰鬥歲月」。

廣播 guǎng bō
廣播台、電台、電視台、網站等向外播送節目　準時～新聞｜～兩個通知。

同【播送】bō sòng

「廣播」也可指廣泛傳播，如說「名聲廣播海外」；還作名詞，如說「沒時間聽廣播」。「播送」指向外傳送節目，如說「播送最新歌曲」、「現在播送尋人故事」。

廣博 guǎng bó

範圍大，方面多　～的知識｜他雖年輕，但學識卻很～。

圓【博大】bó dà

圓【淵博】yuān bó

「廣博」突出學識多。「博大」突出寬廣、豐富，多用於抽象事物，如說「博大的胸懷」、「他的學問博大而精深」。「淵博」指學識既有深度又有廣度，如說「我們的校長是位知識淵博的學者」。

廣大 guǎng dà

（面積、空間）寬大　～地區｜～的田野。

圓【廣闊】guǎng kuò

圓【寬廣】kuān guǎng

圓【遼闊】liáo kuò

「廣大」用於具體事物時，多形容地域面積大、範圍廣；還指巨大或眾多，如說「廣大讀者」、「廣大顧客」。「廣闊」突出寬廣，除形容海面、天地等外，還可形容境界、前景、前途、領域等，適用範圍較廣，如說「視野廣闊」、「胸懷廣闊」、「廣闊天地」。「寬廣」突出橫向的距離大、範圍廣，如說「寬廣的道路」。「遼闊」突出遼遠無邊，所指範圍比「廣闊」大，如說「幅員遼闊」、「遼闊的原野」、「遼闊的海洋」。

廣泛 guǎng fàn

（相關的）方面廣，範圍大　興趣～｜用途～｜～徵求意見｜～開展全民健身活動。

圓【普遍】pǔ biàn

「廣泛」突出廣，與「狹窄」相對，涉及的範圍很大但不一定全面。「普遍」突出全，與「特殊」、「個別」相對，如說「普遍規律」、「解決普遍存在的問題」。

反【狹窄】xiá zhǎi　視野～｜研究領域～｜寫作要避免思路～。

廣闊 guǎng kuò

面積很大　地域～｜～的空間｜為青少年成長開闢～天地。

圓【寬廣】kuān guǎng

圓【遼闊】liáo kuò

反【狹小】xiá xiǎo　空間有點～｜～的走廊。

反【狹窄】xiá zhǎi　～的胡同｜路愈走愈～。

規避 guī bì

千方百計地避開　～市場風險｜～主要矛盾｜他竭力～實質性問題。

圓【躲避】duǒ bì

圓【迴避】huí bì

圓【逃避】táo bì

「規避」屬於書面語。「躲避」指故意躲起來，使人看不見，一般用於人或目光，如說「這幾天他有意躲避我」。「迴避」強調有意繞開，避免遭遇，如說「迴避困難」、「別迴避矛盾」、「你現在應暫時迴避一下」。「逃避」多含貶義，如說「逃避鬥爭」、「逃避現實」、「逃避責任」。

規範 guī fàn

1. 規定的標準　語音～｜道德～｜每個學生都應遵守日常行為～。

圓【標準】biāo zhǔn

圓【尺度】chǐ dù

圓【準繩】zhǔn shéng

2. 合乎規範的　～的動作｜發音十分～｜這個詞的用法不太～。

圓【標準】biāo zhǔn

> 「規範」用於有明確規章制度的情況；還作動詞，指使合乎規範，如說「用社會道德來規範人們的行為」。「標準」指事物依據的準則，如說「必須統一度量標準」、「以此為標準」。「準繩」、「尺度」都指某種準則，屬於書面語，適用範圍較小，如說「必須以法律為準繩」、「電影評獎應掌握統一尺度」。

規劃 guī huà　1. 比較長遠的發展計劃　十年～｜遠景～｜制定市政～｜全校老師討論了學校未來三年的發展～。

圓【計劃】jì huà

2. 做出未來計劃　～將來｜及早～｜發展教育應全面～。

圓【計劃】jì huà

> 「規劃」多是比較重大的事。「計劃」的內容比較具體，適用範圍較大，如說「學習計劃」、「旅行計劃」、「這件事大家一起計劃一下」。

規矩 guī ju　一定的標準或習慣　老～｜立下～｜這個孩子很守～｜我們應該按～辦事。

圓【規則】guī zé

> 「規矩」一般是約定俗成的，多用於口語；作形容詞時指行為端正老實，合乎標準或常理，如說「他是個規矩

人」、「孩子規矩地站着」、「字寫得非常規矩」。「規則」多要形成條文，屬於書面語，如說「熟悉借書規則」、「遵守交通規則」；作形容詞時指整齊而合乎一定的方式，如說「規則的四邊形」、「路邊的盲道鋪得相當規則」。

規律 guī lǜ　事物之間的內在的本質聯繫　客觀～｜認識發展～｜四季交替是自然～。

圓【法則】fǎ zé

> 「規律」適用範圍較廣。「法則」多用於哲學或社會科學著作中，如說「經濟法則」、「違反自然法則」。

規模 guī mó　事物所具有的格局、形式或範圍　初具～｜～宏大｜全市開展了一次大～的植樹運動。

圓【範圍】fàn wéi

> 「規模」突出局面或場面的大小，多用於事業、機構、工程、運動等。「範圍」突出四周的界限，多用於地域或人的各種活動，如說「劃分範圍」、「超出工作範圍」、「這個公司的業務範圍很廣」。

規勸 guī quàn　非常正式地勸告，使對方不做某事或改正錯誤　反覆～｜～了他一番｜雖已～，他仍不思悔改。

圓【奉勸】fèng quàn

> 「規勸」比較莊重，屬於書面語。「奉勸」是敬辭，比較客氣，多用於口語，如說「奉勸幾句」、「奉勸你別

整天以惡意揣測別人」。

瑰寶 guī bǎo　特別珍貴的東西　燦爛的～｜民間文藝的～｜石窟內的壁畫是古代藝術的～。
⑲【珍寶】zhēn bǎo

「瑰寶」突出珍貴，多用於美麗而珍奇的東西。「珍寶」是珠玉寶石的總稱，泛指有價值的東西，如說「無價珍寶」、「如獲珍寶」、「尋找地下珍寶」。

瑰麗 guī lì　格外美麗　～的山色｜～的人生｜江邊的夜景絢爛而～。
⑲【絢麗】xuàn lì
⑲【秀麗】xiù lì
⑲【綺麗】qǐ lì

「瑰麗」可用於景物及人生、事業等，不用於人。「絢麗」用於景物、圖畫、詩文，也不用於人，如說「景致絢麗」、「絢麗的詩章」。「秀麗」可指女子面容漂亮、文雅或風景漂亮，如說「風景秀麗」、「她長得姣好秀麗」。「綺麗」多用於風景，如說「綺麗的桂林山水令人陶醉」。

歸隊 guī duì　1. 回到原來所在的隊伍　傷癒～｜探親假一結束馬上～。
⑳【離隊】lí duì　歡送老兵～｜擅自～要受到紀律處分。
2. 調動工作後又從事原來的專業或本行　他幹了幾年行政後又～當教師了。

⑳【改行】gǎi háng　～從政｜碩士畢業後他～了。

歸功 guī gōng　把功勞歸於某個人或集體　～於團隊｜成績不能只～於自己｜他說自己得了冠軍要～於父母。
⑳【歸罪】guī zuì　別～於他人｜他常把失敗～於運氣不好。
⑳【歸咎】guī jiù　只懂～於環境因素而不反省自身缺點的人，注定失敗。

歸還 guī huán　把借來的或不屬於自己的東西還給原主　～物主｜～雜誌｜保證按時～。
⑲【奉還】fèng huán

「歸還」多用於借來的或撿來的東西。「奉還」是敬辭，如說「如數奉還」、「原物奉還」。

⑳【出借】chū jiè　～雨傘｜圖書館的善本書概不～。

歸結 guī jié　總括起來得出結論　～一下各方面的意見｜這次事故的原因，～起來不外以下兩點。
⑲【歸納】guī nà

「歸納」是一種推理方法，由一系列具體的事實概括出一般原理，跟「演繹」相對，如說「歸納總結」、「歸納出三種方法」。

歸咎 guī jiù　把問題的責任歸到某人或某集體　他竟把錯誤全～於客觀原因｜別將經營失敗的原因～於他一人。
⑲【歸罪】guī zuì

「歸咎」語意比「歸罪」輕，屬於書面語。

反【歸功】guī gōng

歸納 guī nà

由眾多具體事實概括出一般原理的一種推理方法　～推理。

反【演繹】yǎn yì　三段論是～推理的一種形式。

詭辯 guǐ biàn

表面上、形式上像是運用正確的推理手段，實際上違反邏輯規律，做出似是而非的推論；無理強辯　故意～｜此人真會～，無理也要爭出三分理來。

同【狡辯】jiǎo biàn

「詭辯」多指以言辭迷惑他人。「狡辯」指狡猾地強詞奪理，如說「人證物證俱在，你還敢狡辯」。

詭計 guǐ jì

狡詐的計謀　施用～｜～多端｜揭穿陰謀～。

同【陰謀】yīn móu

「詭計」適用範圍較窄。「陰謀」適用範圍較廣，如說「耍陰謀」、「搞政治陰謀」；作動詞指暗中策劃做壞事，如說「陰謀暴亂」、「陰謀陷害好人」。

貴 guì

1. 價格高　～如黃金｜智能手機沒有以前那麼～了。

反【賤】jiàn　～斂售出｜西瓜豐收，供過於求，瓜農只好～賣。

反【廉】lián　～價｜價～物美。

2. 社會地位高　～族出身｜榮華富～｜達官～人。

反【賤】jiàn　～人｜～民。

3. 稱與對方有關的事物時，加在前面，表示敬意　～府｜～姓　請問～庚。

反【敝】bì　～人｜～處｜～姓王。

反【賤】jiàn　～內。

貴重 guì zhòng

價值比較高的；值得重視的　～禮品｜～儀器｜～物品，請妥善保管。

同【名貴】míng guì

同【寶貴】bǎo guì

同【珍貴】zhēn guì

「貴重」突出價值高，多用於具體物品。「名貴」突出著名，多形容具體事物，如說「名貴的字畫」、「鹿茸是名貴的藥材」。「寶貴」突出有價值，非常難得，多與「生命」、「時間」、「經驗」、「意義」、「資料」等詞搭配，如說「寶貴的生命」、「寶貴的經驗」、「時間極為寶貴」。「珍貴」強調稀少、珍奇，多用於物品或情感方面，如說「珍貴的照片」、「珍貴的友誼」等。

國產 guó chǎn

本國生產的　～汽車｜～影片｜建議民眾購買～商品。

反【進口】jìn kǒu　～產品｜～數碼產品｜這個國家半數以上的糧食依靠～。

國度 guó dù

國家（多就國家區域而言）　遙遠的～｜具有五千年歷史的～｜他們雖來自不同的～，但愛好和平的心願是相通的。

同【國家】guó jiā

「國度」是從地域和歷史的角度來對國家定位，屬於書面語。「國家」指一個國家的整個區域；還指包括軍隊、警察、法庭等體制內的系統，同時兼有社會管理的職能，適用範圍較廣，如說「國家機關」、「國家利益」、「人口眾多的國家」。

國民 guó mín　　國家的民眾　中國～｜～義務｜提高～身體素質。
同【公民】gōng mín
同【人民】rén mín

「國民」指具有某國國籍的一切人，對象極廣。「公民」屬於法律概念，指具有國籍並依法享有公民權利和承擔公民義務的人。

國內 guó nèi　　國家內部　～貿易｜立足～｜～比賽｜不久他就回到了｜這家企業在～享有較高聲譽。
反【國際】guó jì　　～關係｜～地位｜～貿易｜爭取～援助。
反【海外】hǎi wài　　～遊子｜遠銷～｜迎接～歸僑。

國事 guó shì　　國家大事、政事　關心～｜處理～｜國務院總理到歐洲五國進行～訪問。
同【國是】guó shì
同【國情】guó qíng

「國事」指國家的政事，一般是過去的或正在進行的。「國是」指國策、國家大計，多為長遠的重要的計劃，一般尚未實現，屬於書面語，如說

「共商國是」。「國情」指一個國家的綜合情況和特點，如說「了解國情」、「國情研究」、「我不太熟悉那個時期的國情」。

國泰民安 guó tài mín ān　　國家太平，人民生活安定　經過戰後努力，國內呈現出一片～、經濟繁榮的景象。
反【民不聊生】mín bù liáo shēng　　外憂內患弄得整個國家經濟凋敝，～。

國土 guó tǔ　　國家的領土　～遼闊｜收復～｜每一寸～都神聖不可侵犯。
同【疆土】jiāng tǔ
同【領土】lǐng tǔ

「國土」限指土地，詞義範圍較窄。「領土」泛指國家主權管轄的所有區域，除土地外，還包括領海、領空等，詞義範圍較寬，如說「保衛國家領土完整」。「疆土」屬於書面語，如說「捍衛疆土」。

國營 guó yíng　　由國家直接投資經營　～商店｜現在大部分醫院都是～的。
反【私營】sī yíng　　～企業｜～單位｜這家律師事務所是～的。
反【民營】mín yíng　　～工廠｜組建～企業｜這個大集團公司是～的。

果 guǒ　　事情的結局；結果　因～報應｜自食其～｜他說了半天還沒把事件的前因後～講清楚。
反【因】yīn　　～果律｜事出有～｜沒有～，哪有果啊？

G

果斷 guǒ duàn　（辦事）果敢；有決斷，不猶豫　行動～有力｜採取～措施｜他處理問題很～。

同【果敢】guǒ gǎn
同【果決】guǒ jué
同【武斷】wǔ duàn

「果敢」是褒義詞，突出決斷時的勇敢，如說「勇猛果敢的戰士」、「他的指揮還不夠果敢」。「果決」突出態度堅決，屬於書面語，如說「語氣果決」、「辦事乾脆果決」。「武斷」是貶義詞，如說「你的做法太武斷了」、「處理事情不能簡單武斷」；還作動詞，如說「我對此事不太清楚，不敢武斷」。

反【躊躇】chóu chú　有些～｜這事顛費～｜了半天，他終於説出了實話。
反【遲疑】chí yí　～不決｜你別一再～了。
反【猶豫】yóu yù　～再三｜～不決｜事不宜遲，各位不能再～了。

果然 guǒ rán　表示事實與所説或所料相符　～不出所料｜他説朋友要來，～來了｜早就聽説黃山雲海的奇異，今日一見，～名不虛傳。

同【果真】guǒ zhēn

過 guò　過失，過錯　記大～｜文～飾非｜他有改～的勇氣，還是值得肯定的。

同【錯】cuò
同【失】shī
反【功】gōng　～過相抵｜～不可沒。

過程 guò chéng　事情進行或事

物發展的經過　認識～｜生產～｜了解變化的～｜到了新地方要有一個適應的～。

同【進程】jìn chéng
同【經歷】jīng lì
同【歷程】lì chéng

「過程」適用範圍很廣。「進程」多用於重大的事情，如說「歷史的進程」、「產業革命的進程」。「經歷」指親身做過、見過或遭受過的事，如說「經歷坎坷」、「經歷過大風大浪」。「歷程」指發展中經歷的較長的過程，多用於過去及書面語，如說「人生歷程」、「戰鬥歷程」、「苦難的歷程」。

過錯 guò cuò　錯誤　改正～｜這都是我的～｜他的～雖不大，卻給工作帶來了不良影響。

同【差錯】chā cuò
同【錯誤】cuò wù
同【過失】guò shī

「過錯」語意較輕。「差錯」突出不準確，語意最輕，如說「精神不集中，就會出差錯」。「錯誤」突出不正確，語意較重，如說「犯過錯誤」、「必須改正錯誤」。「過失」指疏忽造成錯失或不足，如說「彌補過失」、「一時的過失」、「儘量減少過失」。

過度 guò dù　超過適當的限度　～勞累｜～緊張｜他興奮～，竟然休克了。

反【適中】shì zhōng　大小～｜水溫冷熱～｜這小姑娘身材～，是跳舞的好材料。

過分 guò fèn
（說話的態度、做事的程度）超過一定分量　～嬌氣｜你別～勞累｜話別說得太～｜～謙虛就顯得虛偽了。

同【過火】guò huǒ

同【過頭】guò tóu

> 「過分」、「過火」、「過頭」都帶貶義，常用於口語，如說「行為太過分了」、「你別說過頭話」、「這樣批評有些過分」、「這話說得有點過火」。

過激 guò jī
過於激烈　情緒～｜～的言論｜他們的出發點是好的，但行為有些～。

反【冷靜】lěng jìng　～思考｜請保持～｜形勢愈嚴峻，態度愈要～。

過去 guò qù
從前　忘記～｜～的歲月｜～的事就算了｜他～學的是建築，現在從事的是美術設計。

反【現在】xiàn zài　她～是大學生｜從～起開始賽跑。

反【將來】jiāng lái　展望～｜～的事無法預見。

過剩 guò shèng
數量超過限度，剩餘過多　精力～｜資金～｜勞動力～｜由於缺少計劃，造成生產～。

同【多餘】duō yú

> 「過剩」語意較重。「多餘」語意較輕，強調有剩餘，如說「把多餘的貨物送給他們」、「利用多餘的錢買些文學書籍」。

反【奇缺】qí quē　資金～｜人才～。

過失 guò shī
因疏忽而犯的錯誤　掩蓋～。

反【功勞】gōng láo　立下汗馬～｜主教練的～不可埋沒。

過時 guò shí
陳舊而不合時宜　～的設備｜～的產品｜你這種想法早～了。

反【流行】liú xíng　～歌曲｜～髮型｜這種式樣最近又～起來了。

反【時髦】shí máo　式樣非常～｜你們可別去趕～啊。

反【入時】rù shí　打扮～｜這個女子穿着相當～。

反【應時】yìng shí　～品種｜她喜愛～小菜。

反【時尚】shí shàng　～雜誌｜玩動漫成了一種～。

G

H

海洋 hǎi yáng　海和洋，地球七大洲陸地之間的水面　研究～力學｜我們應充分利用～資源｜當地受～性氣候影響，雨水比較充沛。
〔反〕【陸地】lù dì　～生物｜中國有廣袤的～｜象是～上最大的動物。

害蟲 hài chóng　直接或間接對人類有害的蟲類　殺滅～｜防治～｜啄木鳥是～的天敵。
〔反〕【益蟲】yì chóng　保護～｜農藥將農作物上的～也殺死了。

害處 hài chu　對人和事物不利的方面　沒有～｜我們不要低估了環境污染的～。
〔反〕【好處】hǎo chu　多開口說英語對你很有～｜他還不了解網路給人們帶來的～。
〔反〕【益處】yì chu　鍛煉健身的～是不言自明的。

害鳥 hài niǎo　有害於環境或者動植物的鳥類　消滅～｜加強對～的研究。
〔反〕【益鳥】yì niǎo　燕子是～，應該加以保護。

害怕 hài pà　慌張不安；憂慮而擔心　你不必～｜一個人住在那兒有些～｜山洞裏陰森森的，真叫人～｜～洪水會沖垮石橋。
〔同〕【膽寒】dǎn hán
〔同〕【懼怕】jù pà

〔同〕【畏懼】wèi jù
〔同〕【恐怕】kǒng pà

「害怕」程度較輕，指心慌不安，多用於口語。「懼怕」、「畏懼」語意較重，強調非常恐懼，屬於書面語，如說「無所畏懼」、「面對危險他毫不畏懼」。

〔反〕【勇敢】yǒng gǎn　人們讚賞他的～精神｜～攀登科學高峯。

「害怕」可作形容詞或動詞。「勇敢」只作形容詞。

害人 hài rén　使別人的財產名聲或者生命受損　～又害己｜別整天算計～。
〔反〕【利人】lì rén　毫不利己，專門～。
〔反〕【救命】jiù mìng　這位醫生被病人稱為～恩人。
〔反〕【助人】zhù rén　樂於～｜我們應該發揚他那種～為樂的精神。

害臊 hài sào　難為情　你～甚麼｜他如此強詞奪理，我都有點兒替他～。
〔同〕【害羞】hài xiū

「害臊」多用於口語。「害羞」有怕人恥笑而覺得不安的意思，如說「她第一次當眾講話，有些害羞和緊張」。

害羞 hài xiū　難為情，不好意思　那女孩比較～｜這個小伙子一在生人面前講話就～。
〔同〕【靦腆】miǎn tiǎn
〔反〕【大方】dà fang　落落～｜自然

～｜這孩子在大家面前又唱又跳，顯得很～。

駭異 hài yì　十分震驚；非常驚奇　～萬分｜這次的事件令各界～。
圓【詫異】chà yì
圓【驚詫】jīng chà
圓【驚奇】jīng qí
圓【驚訝】jīng yà

「駭異」屬於書面語，語意較重。「詫異」突出感應到奇異有別，如說「暗自詫異」。「驚詫」強調出現意外時的奇怪神色，如說「令人驚詫」、「驚詫不已」。「驚奇」突出內心情態，如說「讓人覺得驚奇」、「顯得驚奇而緊張」。「驚訝」用於比較具體的事情，如說「這個結局讓人驚訝」。

酣暢 hān chàng　盡興而暢快　～淋漓｜筆墨～｜大家玩得十分～。
圓【舒暢】shū chàng

酣戰 hān zhàn　激烈戰鬥　一場～｜～不止｜兩軍～，勝敗難以預料。
圓【鏖戰】áo zhàn
圓【激戰】jī zhàn

「酣戰」強調緊張激烈。「鏖戰」有長期苦戰之意，如說「我們與敵人鏖戰了三天三夜」。

憨厚 hān hòu　老實忠厚，沒有壞心眼　～耿直｜為人～｜他長着一張～的笑臉。
圓【純樸】chún pǔ
圓【淳厚】chún hòu
圓【厚道】hòu dao

「憨厚」突出人的氣質和外表，重在樸素忠厚，有過於老實之意。「純樸」也寫作「淳樸」，和「淳厚」都可形容性格及民情風俗，如說「水鄉小鎮民風純樸」、「性情淳厚」。「厚道」突出待人誠懇，能寬容，不刻薄，如說「他為人厚道」。

反【狡詐】jiǎo zhà　陰險～｜那人看上去和善，其實很～。

含糊 hán hu　1. 也寫作「含胡」。不明確；不清晰　～其辭｜意思比較～｜他這樣回答問題太～。
圓【含混】hán hùn
圓【模糊】mó hu

「含糊」突出表達和態度方面的不清楚、不明朗。「含混」突出意思不明確，如說「講話的意思含混不清」、「他含混的言辭令人費解」。「模糊」突出形體、印象、記憶等方面的不清晰，如說「視線模糊」、「色彩模糊」。「模糊」作動詞時指混淆，使不清晰，如說「淚水模糊了我的雙眼」。「含糊」、「模糊」有較固定的搭配，可以說「含糊其辭」、「模糊的印象」，而不可說「模糊其辭」、「含糊的印象」。

反【明確】míng què　意見～｜態度很～｜這些問題在合同裏都很～地寫着呢。

反【清晰】qīng xī　吐字～｜他的信～地表明了他的意思。

反【清楚】qīng chu　表達～｜是我沒說～｜雖然比較遠，我還是～地聽到了他們的談話。

反【明朗】míng lǎng　形勢漸趨～｜他們對這件事的態度還不太～。

2. 不認真　這事關係重大，你們不可~｜當會計的做起賬來可不能~。

反【認真】rèn zhēn　~檢查｜她做事相當~｜請你~核對一下。

「含糊 2」多用於否定。

含糊其辭 hán hú qí cí　話說
得不清楚，含含糊糊｜他說話~，弄不明白是甚麼意思｜你別~，有甚麼就直說吧。

同【模稜兩可】mó léng liǎng kě

「含糊其辭」多指說話意思不清。「模稜兩可」多指態度、意見等不明確或有兩種解釋，適用範圍較廣，如說「在這件事情的態度上，我們決不能模稜兩可」。

含蓄 hán xù　蘊藏在內，不顯露
~內斂｜~表達｜她很~地指出了我文章中的錯誤。

反【奔放】bēn fàng　熱情~｜~的性情｜廣闊的大草原造就了她熱情的性格。

反【外露】wài lù　性情~｜那些人在情感表達上比較~。

含義 hán yì　也寫作「涵義」，
(詞句等) 所包含的意義　~不明｜~深奧｜請你解釋一下這個詞語的~。

同【含意】hán yì

「含義」着重於詞句本身所表示的意思。「含意」可指含有的思想內容，適用範圍較廣，如說「文化含意」、「含意深刻」、「真猜不透她這話的實際含意」。

函件 hán jiàn　（用於遞送的）書
信、文件、印刷品等　快遞~｜這是一份機密~。

同【信件】xìn jiàn

「函件」多指文件類公函，屬於書面語。「信件」指一般的信和文件等印刷品，如說「處理信件」、「最近信件比較多」。

涵養 hán yǎng　調適、控制自
我及待人處事的能力　有~｜~很深｜他缺少~，因此人際關係不好。

同【修養】xiū yǎng

「涵養」突出人控制情緒的能力。「修養」更多地強調在理論、學識、藝術等方面的水平，如說「這篇論文表明作者有較高的理論修養」。

寒 hán　溫度低　~氣重｜天~地
凍｜多穿點兒衣服，以防受~。

反【暖】nuǎn　春~花開｜天已漸漸變~｜春江水~鴨先知。

反【熱】rè　~不可當｜天氣~極了｜~得都受不了了。

反【暑】shǔ　寒來~往｜高溫季節注意防~降溫。

寒假 hán jià　學校在冬季的假期
放~｜這個~我要回老家看爺爺。

反【暑假】shǔ jià　~安排｜~想參加義工服務｜他們學校的~比我們學校長一週。

寒冷 hán lěng　氣溫低，感到冷
~的天氣｜在~的季節一定要注意保暖。

反【温暖】wēn nuǎn 那個地方的冬天也很～。

反【炎熱】yán rè ～的夏天真難熬。

寒門 hán mén 貧寒微賤的家庭

出身～｜儘管你出身～，只要努力，就會成功。

反【豪門】háo mén ～恩怨｜出生於～望族。

反【朱門】zhū mén ～酒肉臭，路有凍死骨。

寒戰 hán zhàn 因受冷或受驚嚇

而身子顫動 溫度突降，不禁打了個～。

同【戰慄】zhàn lì

「寒戰」突出身體表面的皮膚受凍出現的顫動。「戰慄」多指因內心的恐懼而引起的全身持續抖動，屬於書面語，如說「聽到一聲怪叫，她戰慄了起來」。

罕見 hǎn jiàn 很少見到 舉世

～｜～的綠洲｜現在血吸蟲病在中國城市中已非常～。

反【多見】duō jiàn 火燒雲現象在七八月比較～。

反【常見】cháng jiàn 你犯了一個～的錯誤｜這在我家鄉是～的東西。

罕用 hǎn yòng 很少使用 ～材

料｜這種鋼材目前在建築上極為～。

反【常用】cháng yòng ～辭彙｜～工具｜一些電腦術語在日常生活中也變得～起來了。

旱 hàn 長期沒有降水或降水過

少 ～澇保收｜久～逢甘霖｜～災給當地造成了很大損失。

反【澇】lào 防～｜仙人掌澆水太多會～死的。

旱季 hàn jì 一年中不下雨或雨

水少的季節 ～已來臨｜人工降雨讓人們領略到了～中的一絲清涼。

反【雨季】yǔ jì 有的國家一年中只有旱季和～｜亞馬遜河流域一年大部分時間都在～中度過。

旱路 hàn lù 陸地上的通道或行

走的路線 ～交通｜～運輸｜潰敗的敵軍分別從～和水路撤退。

反【水路】shuǐ lù 發動～進攻｜當年歐洲人到美洲去只能經由～。

旱災 hàn zāi 沒有降水或者降

水不足導致農作物枯死或大量減產的災害 連年鬧～｜發生嚴重的～。

反【水災】shuǐ zāi ～不斷｜連日降雨導致江水氾濫，使得～情況十分嚴重。

捍衛 hàn wèi 保衛，使不受侵

犯或損害；護衛 ～主權｜～真理｜～民族尊嚴。

同【保衛】bǎo wèi

「捍衛」語意較重，適用範圍較窄，只用於重大的、範圍較廣的抽象事物。保衛重指防禦、抵禦。

反【侵略】qīn lüè ～弱國｜抗擊～｜面對敵國的～，人民奮起反抗。

撼動 hàn dòng 搖動；使震動 ～

大地｜人心～｜一聲巨響，～山嶽｜這一重大發現，～了整個世界。

同【搖動】yáo dòng

「撼動」的力量較大，可以是自然的或人為的；還可指重大事件、消息等造成的社會不平靜。「搖動」的力量相對較小，可指事物或思想上的動搖，如說「搖動瓶子」、「我們的信念從未動搖」。

行家 háng jia　懂行的人；有知識、經驗的內行人　向老～請教一番｜這次聘請了一些～來會診。
同【內行】nèi háng

豪放 háo fàng　氣魄大而無所拘束　～不羈｜文筆～｜性情～｜灑脫～的風骨｜熱情～的氣質。
同【奔放】bēn fàng
同【豪爽】háo shuǎng
同【豪邁】háo mài

「豪放」多形容性格或文藝作品的風格。「豪邁」多形容氣概、胸懷、事業等。「性情豪放」、「豪放不羈的性格」等句子中的「豪放」不能換成「豪邁」。

豪華 háo huá　1.（生活過分）鋪張；奢侈　裝飾～｜～的設施｜～的生活排場。
同【奢華】shē huá

「豪華」突出生活上追求華貴，鋪張闊綽；也可形容建築、設備等堂皇、華麗。「奢華」僅指生活上極度華貴，揮霍無度，語意比「豪華」重，是貶義詞，如說「這別墅的裝修過於奢華」。

反【樸素】pǔ sù　衣着～｜多年的農村生活使他養成了艱苦～的性格。
2. 建築、設備、器物富麗堂皇　～餐廳｜比賽結束後隊員們坐上了～大巴趕回酒店。
反【簡陋】jiǎn lòu　設備～｜～的臨時住所｜居住條件非常～。

豪傑 háo jié　才能出眾的人　亂世｜英雄～。
同【俊傑】jùn jié
同【英豪】yīng háo
同【英傑】yīng jié
同【英雄】yīng xióng

「俊傑」形容特別有智慧的人，如說「江山自有俊傑在」。「英雄」現多用於很有聲望，對社會各界作出較大貢獻的人，如說「抗洪英雄」、「英雄大有用武之地」。

豪門 háo mén　有錢有勢的家庭　～貴族。
反【寒門】hán mén　～子弟｜他出身於～。

豪情 háo qíng　豪邁的情懷　～壯志｜他對創業滿懷～。
同【激情】jī qíng

「豪情」突出情懷、氣魄。「激情」多指情感激動強烈，如說「創作激情」、「他的演說充滿了激情」。

好 hǎo　1. 優點多的；讓人滿意的；質量高的　～消息｜那人脾氣比較～｜估計今年莊稼會長得很～。
同【佳】jiā

回【美】měi

「好」適用範圍較廣。「佳」屬於書面語，可組成「佳餚」、「靜候佳音」、「千秋佳話」等。「美」突出令人滿意，如說「美酒」、「一頓美餐」、「價廉物美」。

反【差】chà　成績太～｜儘快改變環境～的狀況。

反【次】cì　～品｜產品因質量太～被退回。

反【賴】lài　不管好～都得看一下｜他信奉「好死不如～活」。

反【壞】huài　天氣不會變～。

反【糟】zāo　事情都被他弄～了。

2. 品行好的；有益的　作風～｜～人一生平安｜～人～事值得學習和表揚。

反【壞】huài　俗語說：好事不出門，～事傳千里。

反【歹】dǎi　～徒｜你別不識好～。

好處 hǎo chu

1. 對人或事物有利的因素；能獲利的地方　有～｜～多多｜鍛煉的～很多｜喝酒過量對身體沒～｜給他點～，他就俯首貼耳了。

回【益處】yì chu

反【害處】hài chu　抽煙～很多｜未成年人過於迷戀網路遊戲，對身心有～。

反【壞處】huài chu　從～想，往好處努力。

2. 人或事物存在的優點、長處　住在近郊的～是更加親近自然｜我們看人，要多看他的～。

反【壞處】huài chu　不要老把人家往～想。

好歹 hǎo dǎi

1. 好與壞　不識～｜～不分｜我們應該識別貨物的～。

回【好賴】hǎo lài

2. 不管條件好壞；勉強地(做)　～將就着用吧｜無論怎樣，～試試吧｜時間太緊了，～吃點兒就行了。

回【好賴】hǎo lài

3. 不安全的事　萬一她有個～，這可怎麼辦？

回【危險】wēi xiǎn

「好歹」多用於口語。「好賴」也可指好與壞，如說「好賴分明」、「好賴等看了就知道」。「好賴」還表示「總算」，如說「你好賴去過一趟」、「好賴幹出點名堂了」。

好感 hǎo gǎn

對人或事物滿意或喜歡的情緒　對他有～｜我對那傢伙一直沒有～。

反【惡感】è gǎn　談不上甚麼～｜其實他對你並沒有～。

反【反感】fǎn gǎn　令人～｜我對這種做法很～｜你這樣容易引起對方的～。

好過 hǎo guò

1. 生活上困難少　日子特別～｜現在他家生活～多了。

回【富裕】fù yù

2. 好受；舒服愉快　聽說他已脫離了危險我心裏才～些｜出了身汗，～多了｜你別說了，他心裏正不～呢！

回【舒服】shū fu

回【好受】hǎo shòu

「好過」多用於口語，既可指生活富裕，經濟情況較好，過得比較輕鬆，也可指心情狀況很好。

H

好漢 *hǎo hàn*　勇敢堅強或有膽識、有作為的男子　英雄～｜～做事～當｜不到長城非～。
同【英雄】*yīng xióng*

「好漢」指男子。「英雄」則用於男女都可，如說「戰鬥英雄」、「巾幗英雄」等。

好久 *hǎo jiǔ*　長時間　等了～｜～不見｜～沒有收到她的電子郵件了。
同【良久】*liáng jiǔ*
同【許久】*xǔ jiǔ*

「良久」、「許久」都屬於書面語，如說「思考良久」。

反【短暫】*duǎn zàn*　～的中場休息｜在當地只作了～停留｜相聚雖然～，友誼卻地久天長。
反【短促】*duǎn cù*　聲音～有力｜～的喘息｜人的生命是～的，因此更要珍惜時間。

好看 *hǎo kàn*　美的，給人的視覺或心靈帶來美感　～的江城景色｜～的電影｜這本書我只是隨便翻了，沒想到這麼～。
反【難看】*nán kàn*　一隻～的癩蛤蟆｜原來很～的樹根到了他手裏卻變成了一件精緻的藝術品。
反【醜陋】*chǒu lòu*　相貌甚為～｜那人雖然容貌～，但心地善良。

好受 *hǎo shòu*　感覺舒服；身心愉快　吃了點藥後，現在～多了｜頭有點不太～｜挨了批評心裏真不～。
同【舒服】*shū fu*

好過 *hǎo guò*

「好受」多指身心方面舒服、愉快、高興等。「舒服」着重指精神、身體感到舒心，如說「在這兒住得可真舒服」。

反【難受】*nán shòu*　看到孩子患病，父母的心裏真～｜看着老邁的父親遠去的背影，他的心格外地～。

「好受」、「難受」都可指人的肌體感受或心理感受。

好聽 *hǎo tīng*　1. 悦耳，給人的聽覺帶來愉悦　～的音樂｜這個女孩子不但長得漂亮，聲音也很～。
反【難聽】*nán tīng*　那人拉二胡的聲音真～｜我從來沒聽過比他說話更～的聲音。
2. 聽了使人心裏舒服　～的話｜光說～的還不行，你得拿出實際行動來。
反【難聽】*nán tīng*　他說話有些～，但用意很好。
反【刺耳】*cì ěr*　他的話聽上去～，可句句屬實。

好像 *hǎo xiàng*　有點像，似乎　他們倆～認識｜他今天～不高興｜他～有很多心事｜屋裏靜悄悄的，～沒有人。
同【彷彿】*fǎng fú*
同【似乎】*sì hū*

「好像」多用於口語。「彷彿」、「似乎」屬於書面語。

好些 *hǎo xiē*　很多　這事已過了～年｜他在會上向專家們請教了～

問題。

【些許】xiē xǔ　～薄禮，不足掛齒｜～心意，敬請笑納。

【點滴】diǎn dī　生活～｜～變化｜這位老教師從不忽略學生的～進步。

> 「些許」屬於書面語，用於客套。

好心 hǎo xīn　良好的用意　～人｜～相助｜～不得好報｜出於～而做錯事應當原諒。

〓【好意】hǎo yì

〓【善意】shàn yì

> 「好心」強調動機良好。「好意」多指善良的心意，如說「一番好意」、「謝謝你的好意」。「善意」突出心地善良，如說「善意的笑聲」、「善意的勸告」。

【惡意】è yì　全無～｜他就是面相兇狠一點，其實對人並沒有甚麼～。

【歹意】dǎi yì　懷有～｜你千萬不要把人家的好心當成了～。

好意 hǎo yì　良好的意願或動機　你的～我心領了｜把錢收下吧，不要辜負了朋友的一片～。

【惡意】è yì　～挑撥｜～中傷｜他對你沒有絲毫～。

好轉 hǎo zhuǎn　向好的方面變化　形勢有所～｜關係出現了～｜近期股市稍有～。

【惡化】è huà　局勢～｜病情～。

好高騖遠 hào gāo wù yuǎn　也寫作「好高鶩遠」。追求的目標過於高遠，不切實際　人不可沒有理

想，但是千萬不能～。

【腳踏實地】jiǎo tà shí dì　你剛參加工作，尤其需要～埋頭苦幹。

好為人師 hào wéi rén shī　愛當別人的老師，指不謙虛　對於那些盲目自大、～的人，他向來沒有好感。

【不恥下問】bù chǐ xià wèn　做學問應當～｜他～，虛心向當地民眾學習。

好戰 hào zhàn　熱衷於戰爭或打鬥　人們嚴厲批駁了那些～分子的荒謬言論。

【厭戰】yàn zhàn　產生～情緒｜長期的戰爭給人民帶來了極大的痛苦，現在民眾都極度～。

浩大 hào dà　巨大；盛大；宏大　工程～｜聲勢～。

〓【盛大】shèng dà

> 「浩大」多形容氣勢、規模很大。「盛大」多形容集體活動的儀式隆重，如說「盛大的慶典」、「盛大的節日」。

浩繁 hào fán　浩大而繁多；繁重　卷帙～｜工程～｜～的資料｜～的開支。

〓【浩瀚】hào hàn

> 「浩繁」突出繁重，形容所含內容多或事務重，不用於與水有關的事物，如說「浩繁的史料」、「浩繁的費用」、「浩繁的法律條文」。「浩瀚」多形容水面、水勢盛大壯闊，如說「煙波浩瀚」、「浩瀚的江水」。

H

浩瀚 hào hàn　廣大；繁多　典籍～｜～的大海｜探險隊進入～的沙漠以後再也沒能出來。

⟨反⟩【渺小】miǎo xiǎo　地球在銀河系中真的是太～了｜同國家相比個人的利益是很～的。

「浩瀚」原指水勢極大，現多用於指地域廣大或數量眾多。

耗費 hào fèi　因使用或受損而數量減少；花費掉　～精力｜～財力｜這類事情是很～時間的。

⟨同⟩【消耗】xiāo hào

⟨同⟩【耗損】hào sǔn

三個詞都屬於書面語。「耗費」強調花費（人力、精力、財物、時間、能源等）。「消耗」重在指一點點減少，如說「消耗體能」、「消耗儲備物資」。「耗損」強調損失，如說耗損汽油」、「要儘量減少耗損」。

⟨反⟩【積聚】jī jù　～能量｜～力量｜這些年他打短工也～了不少錢財。

號令 hào lìng　1. (軍隊中)發出或傳達指示、命令　～官兵火速出發｜～全軍將士。

⟨同⟩【號召】hào zhào

⟨同⟩【召喚】zhào huàn

2. 發佈出的命令　聽從～｜統一～｜頒佈進軍～。

⟨同⟩【號召】hào zhào

⟨同⟩【召喚】zhào huàn

「號令」多指軍隊中帶有強制性的命令，屬於書面語。「號召」多由政府、組織、上級部門提出，多用於重大

事件，如說「政府號召廣大市民節約能源」、「積極回應號召」、「號召參加全民健身活動」。「召喚」多用於精神方面的召集呼喚，屬於書面語，如說「夢想在召喚」、「遠方的遊子似乎聽到了故鄉的召喚」。

呵斥 hē chì　也寫作「呵叱」。大聲責備；訓斥　別那麼～，會嚇着孩子的｜受到了嚴厲的～｜老闆的～讓他懷恨在心。

⟨同⟩【呵責】hē zé

「呵斥」多用於當面訓斥，含有粗暴對待的意思。

合 hé　1. 關閉　～攏｜～上書本｜～不攏嘴。

⟨反⟩【張】zhāng　～嘴｜～開臂膀｜早晨含羞草的花瓣輕輕地～開了。

⟨反⟩【開】kāi　～口｜門只～了一條縫｜垂危病人的嘴巴一～一合，好像有話要説。

2. 原先分散的結合在一起　～二為一｜～在一起計算｜天下～久必分，分久必～。

⟨反⟩【分】fēn　～工負責｜付款～三期｜全班～成四組進行討論｜我們～幾路去找，定能發現線索。

⟨反⟩【離】lí　～開｜悲歡～合｜他一向～羣索居。

合併 hé bìng　放到一起，成為一體　公司～｜～處理｜這次精簡了許多機構。

⟨反⟩【分開】fēn kāi　～解決｜這些問題必須～處理。

合成 hé chéng　1. 由部分組成整體　～照片｜證人提供的錄影帶是後期電腦～的。

（反）【分解】fēn jiě　～任務｜把企業的總目標～成若干個子目標。

2. 通過化學反應使成分比較簡單的物質變成成分複雜的物質　～胰島素｜人工～材料。

（反）【分解】fēn jiě　蛋白～｜植物首先把有機物～成無機物，然後再利用自身的酶合成對自己有用的有機物。

合法 hé fǎ　符合法律規定　～依據｜成立～組織。

（反）【非法】fēi fǎ　～行為｜～活動｜那人～買賣盜版光碟已有多年。

（反）【違法】wéi fǎ　打擊～亂紀行為｜犯罪嫌疑人竟說不知道這是～的行為。

合格 hé gé　達到一定的標準；符合一定的要求　～品｜質量～｜產品～率不太高。

（同）【及格】jí gé

「合格」適用範圍較廣，可用於產品質量方面，也可用於各類考試，如說「合格的產品」、「培養合格人才」。「及格」限於考試考查的成績達到要求，如說「體育不及格」、「經過補考總算及格了」。

合伙 hé huǒ　合成一伙（做），協作　～經營｜他們幾個人～開了一家公司｜這幫人～製造假貨。

（反）【散伙】sàn huǒ　演出隊～｜吃完飯他們就～了。

（反）【獨自】dú zì　～經營｜今晚她～開車回家了。

（反）【單獨】dān dú　～關押｜～放置｜這兩件事情並不相關，需要～加以處理。

合計 hé jì　合在一起計算；總共　～款項｜～人數｜～有三十輛車｜兩處～有六十人。

（同）【共計】gòng jì

（同）【總計】zǒng jì

合計 hé ji　心裏考慮、思索該怎麼做　他心裏老～着這事｜～來～去，錢還是不夠用。

（同）【盤算】pán suan

（同）【算計】suàn ji

「合計」多用於口語；還有商量、討論的意思，如說「咱倆一起合計合計」。「盤算」多用於口語，表示籌劃、謀算，如說「別總是為自己盤算」。「合計」、「盤算」都是中性詞，「算計」是貶義詞，指暗中損害別人，如說「他喜歡算計別人」、「我就常被人算計」。

合理 hé lǐ　符合道理或事理　～建議｜這一次我方提出的～要求都得到了滿足。

（反）【荒謬】huāng miù　～的結論｜他居然會有如此～的想法。

合羣 hé qún　跟大家處得來，關係融洽　他從小就不～｜～的孩子不太會覺得孤獨。

（反）【孤僻】gū pì　性情～｜整天和這個～的人在一起，真累。

合適 hé shì　符合要求或實際情況　他是個～的人選｜找到一份～的工

作｜這雙鞋你穿正~｜這種時候說這種話不~。

圆【適合】shì hé

圆【合宜】hé yí

圆【適宜】shì yí

圆【相宜】xiāng yí

> 「合適」是形容詞。「適合」多作動詞，可帶賓語，如說「她適合做記者」、「這種顏色適合老年人穿」。「合宜」突出合乎實際與要求，屬於書面語，如說「找個合宜的時機來辦這件事」。「適宜」可作形容詞或動詞，屬於書面語，如說「濃淡適宜」、「今天不適宜出門遊玩」。「相宜」意思與「適宜」同，屬於書面語，如說「剛吃過飯就劇烈運動對健康是不相宜的」。

合作 hé zuò 兩人或多人互相配合，共同完成某件事情　分工~｜~項目｜祝雙方~順利｜這項工程需要各方通力~。

圆【協作】xié zuò

> 「合作」強調共同做某事，參與者沒有主次分別。「協作」突出配合、協助完成某事，參與者一般有主次之分，如說「發揚協作精神」、「這項研究是由國外的專家協作完成的」。

囱【單幹】dān gàn 別一個人~｜這家店規模不小，靠~是不可能的。

囱【分工】fēn gōng ~負責｜明確社會~｜進行國際~。

和 hé 停止戰爭或爭端　一方求~｜萬事~為貴。

囱【戰】zhàn 好~｜不宣而~｜~無不勝。

和藹 hé ǎi 性情溫和，容易接近　~可親｜態度~｜想不到一向~的老師今天竟然發了這麼大的火。

囱【粗暴】cū bào ~無禮｜~地對待顧客｜球員因為踢球動作太~被給予黃牌警告。

和好 hé hǎo 恢復良好關係　~如初｜這兩個過去的冤家終於又~了。

囱【反目】fǎn mù 夫妻~｜賭博害得這一對很好的朋友~成仇。

和緩 hé huǎn 1. 平和，不劇烈　關係~｜語氣~｜身體虛弱的老人應該服用藥力~的藥。

圆【緩和】huǎn hé

囱【激烈】jī liè ~辯論｜~的戰鬥｜他為此經過了~的思想掙扎。

囱【緊張】jǐn zhāng 不太~｜局勢相當~｜兩人關係比較~｜準備工作進行得~而有序。

2. 使平和，變得不緊張　~關係｜~一下緊張的氣氛。

圆【弛緩】chí huǎn

圆【緩和】huǎn hé

> 「和緩」可作形容詞或動詞，作動詞時可與「緩和」換用。「緩和」突出變得不緊張，如說「緩和空氣」、「緩和緊張局勢」。「弛緩」只作動詞，如說「緊張的心情慢慢弛緩下來了」。

和解 hé jiě 不再進行爭執，歸於和好　他們至今還沒~｜過了一段

時間，雙方終於～了。

反【爭執】zhēng zhí　互相～｜他倆～
不斷，常常影響別人。

和睦 hé mù　友好相處，沒有爭
吵　～的家庭｜夫妻關係～｜與周邊
國家～相處。

同【和氣】hé qi

同【親睦】qīn mù

反【仇視】chóu shì　～對方｜長年戰
爭造成了相互間的～。

反【敵對】dí duì　～國家｜採取～的
態度。

反【不和】bù hé　婆媳～｜挑起～｜
兩國之間的～由來已久。

和平 hé píng　沒有戰爭的狀態
～年代｜充分利用～時期發展國力，
努力縮小和發達國家的差距。

反【戰爭】zhàn zhēng　～罪行｜發動
～｜每次～都會給人類留下巨大的創
傷。

和氣 hé qi　1.態度溫和　説話～｜
態度～｜～生財。

同【和藹】hé ǎi

同【和善】hé shàn

反【蠻橫】mán hèng　～無禮｜這是
個蠻近有名的～傢伙。

反【粗暴】cū bào　～干涉｜動作～｜
性格～｜那人～地一把將小孩推下了
車。

2. 感情融洽　他們彼此很～｜在我們
家，婆媳～已成了美談。

同【和睦】hé mù

「和氣」突出對人的言語及態度平和
親切；還可作名詞，指融洽和睦的

感情，如説「有話好好説，千萬別傷
了和氣」。「和藹」突出和善可親，
形容面容、態度和性情，多用於長
者，如説「態度和藹」、「和藹的目
光」。「和善」突出心地善良，如説
「這是一位和善的學者」。「和睦」突
出相間的關係融洽友愛，如説「和
睦相處」、「和睦的家庭」。

和善 hé shàn　溫和而善良　～的
面孔｜～的外表｜足球場外，教練是
個～的老頭。

反【兇惡】xiōng è　～的目光｜老虎
本性～｜歹徒露出～的嘴臉。

和順 hé shùn　溫和而順從　性
情～｜外表～｜女兒溫柔～，討人喜
愛。

反【倔強】jué jiàng　生性～｜～的脾
氣｜這個小孩子的～勁兒很像他爸
爸。

和諧 hé xié　和睦諧順；配合得
適當；勻稱　音調～｜氣氛～｜～的
韻律｜這幅畫的顏色十分～。

同【調和】tiáo hé

同【協調】xié tiáo

「和諧」多指無矛盾，互相之間很融
洽。「協調」突出配合適當，如説「色
彩協調」、「動作不太協調」。

核心 hé xīn　中心，最主要最關
鍵的部分　～力量｜領導～｜文學作
品的～是思想。

同【中心】zhōng xīn

同【重心】zhòng xīn

「核心」多用於人或抽象事物。「中心」語意比「核心」輕，如說「中心問題」、「中心環節」、「中心地區」。「重心」一般只用於事物，如說「工作的重心」、「問題的重心」。

⊗【外圍】wài wéi　～組織｜打一戰｜通過～渠道進入市場。

黑 hēi　1. 顏色像墨那樣的　漆～一團｜～白分明｜白紙～字。

⊜【烏】wū

⊜【墨】mò

⊜【皂】zào

「皂」意思是「黑色」，有比喻義，屬書面語，如說「不分青紅皂白」。

⊗【白】bái　～皚皚的山頭｜頭髮都～了｜大雪過後，地上都變～了。
2. 無光線或很暗　～燈瞎火｜天早已～了。

⊜【暗】àn

⊗【亮】liàng　明～｜臉上掛着～晶晶的淚珠。
3. 祕密的　～招｜揭開犯罪團伙的～幕｜臥底警察也需要學着講～話。

⊗【明】míng　～碼標價｜～槍易躲，暗箭難防｜道理～擺着，是你的不對。
4. 非法的　～貨｜～市｜將走私～車脫手。

⊗【官】guān　～價｜～辦。
5. 象徵罪惡、非法的　～幫｜走上～道。

⊗【白】bái　～道｜此人獨霸一方，黑的～的都有一手。

黑暗 hēi àn　1. 沒有光亮　屋內一片～。

⊜【昏暗】hūn àn

「黑暗」突出完全沒有光線，與「光明」相對；可用於比喻，指社會狀況落後、統治勢力腐敗，如說「黑暗勢力」、「黑暗統治」。「昏暗」指光線不足而能見度低，與「明亮」相對，無比喻義，如說「天色昏暗」、「他在昏暗的燈光下苦讀」。

⊗【光明】guāng míng　重獲～｜雙眼失去了～。

⊗【光亮】guāng liàng　黑暗中看到一絲～。
2. 比喻腐敗、落後　～統治｜推翻～的專治統治。

⊗【光明】guāng míng　道路～｜只要你努力，前途就一定是～的。

黑沉沉 hēi chén chén　形容黑暗；沒有光線　天～的｜屋裏～的｜天上佈滿了～的烏雲，暴風雨就要來了。

⊜【黑洞洞】hēi dōng dōng

⊜【黑黢黢】hēi qū qū

⊜【黑魆魆】hēi xū xū

⊜【黑黝黝】hēi yǒu yǒu

「黑沉沉」多指天色或光線。「黑洞洞」、「黑黢黢」帶有形象色彩，多指地方，如說「地下室黑洞洞的」、「屋裏黑黢黢的」。「黑魆魆」多指高大物體，如說「遠山黑魆魆的一片」。「黑黝黝」強調光線昏暗，如說「四周黑黝黝的，沒有一點兒光」；也可指頭髮、皮膚等黑得發亮，如說「他的皮膚黑黝黝的，顯得很健康」。

⊗【亮堂堂】liàng tāng tāng　這一番

話說得他心裏～的｜鐳射燈把街道照得～的,如同白晝。

黑糊糊 hēi hū hū

也寫作「黑乎乎」。形容顏色發黑　臉上～的｜山區一到下午就～的了。

(反)【白蒙蒙】bái mēng mēng　這沼澤地常被～的濃霧籠罩着｜深秋的早晨,草地上披了一層～的薄霜。

狠毒 hěn dú

兇狠惡毒　心腸～｜灰姑娘的繼母對待她非常～。

(反)【善良】shàn liáng　心地～｜淳樸而～的鄉民。

(反)【慈善】cí shàn　心腸～｜中國～事業發展得很快。

(反)【慈祥】cí xiáng　～的老人｜～的面容｜老師的目光使學生們如沐春風。

恨 hèn

仇視;怨恨　～之入骨｜愛～交加｜他對仇人～到了極點。

(反)【愛】ài　從小～勞動｜他最近特別～上網｜他～上了一位女教師。

(反)【喜】xǐ　～新厭舊｜別一味地好大～功。

恆 héng

經常的,永遠的,不變的　永～｜～星｜保持～溫｜持之以～。

(反)【變】biàn　～量｜～動｜事～｜萬～不離其宗。

橫 héng

1. 與地面平行的　～樑｜～木｜～吹笛子｜別把櫃子～放在地上。

(反)【豎】shù　～琴｜～立｜～井｜一看他的樣子就知道昨天沒有休息好,頭髮都～了起來。

(反)【直】zhí　～立｜～升飛機｜～衝雲霄｜飛流～下三千尺,疑是銀河落九天。

2. 地理上東西走向的　～貫東西大陸｜哥倫布～跨大西洋發現了美洲大陸。

(反)【縱】zòng　～向行駛｜～橫天下。

3. 左右方向的　～座標｜阡陌縱～。

(反)【豎】shù　橫七～八｜古代書信是～寫的。

(反)【直】zhí　不採用～行書寫。

(反)【縱】zòng　～座標｜排成～隊｜從那邊～插進去。

4. 漢字一種筆畫,從左向右平着寫　寫漢字要～平豎直。

(反)【豎】shù　一橫一～就是「十」字。

橫亙 héng gèn　(橋樑、山脈等)

橫亘跨越　一座大橋～於江面。

(反)【縱貫】zòng guàn　大運河～南北四省｜今年夏天他們準備騎自行車～三省。

橫徵暴斂 héng zhēng bào liǎn

強行搜刮財物　歷史上的反抗運動多由～引起。

(反)【輕徭薄賦】qīng yáo bó fù　新政權採取～,獎勵農耕等措施來緩解矛盾。

烘襯 hōng chèn

陪襯,使突出　～主題｜起～作用｜在朝霞的～下,初升的太陽顯得更紅、更豔、更亮。

(同)【襯托】chèn tuō

(同)【烘托】hōng tuō

「烘托」原是一種國畫技法名稱,指用水墨或淡的色彩點染輪廓外部,使物象鮮明,後來指一種突出事物

的寫作方法；也泛指襯托，如說「傍晚時分的燈光，烘托出一片安靜氣氛」。「襯托」突出用另一事物陪襯、對照，使事物的特色突出，如說「藍天襯托着白雲」、「鮮花襯托着笑臉」。

宏大 hóng dà　宏偉、巨大　規模~｜氣勢十分~｜畢業時懷抱着~的志願｜逐步建設起一支~的科學研究隊伍。
同【龐大】páng dà
同【巨大】jù dà

「宏大」帶褒義，多形容規模、建築、理想、隊伍等。「龐大」是中性詞，如說「體積龐大」、「龐大的陣容」；用於機構、開支等時含貶義，指大而無當，如說「龐大的開支」、「機構過於龐大」。「巨大」突出廣度、高度、程度超過一般，屬於中性詞，如說「洪水造成了巨大的損失」、「科學技術對經濟產生了巨大的推動作用」。

宏觀 hóng guān　整體的，大範圍的　~調控｜~理論｜~經濟學｜今年~經濟運行指標一直良好。
反【微觀】wēi guān　~世界｜這本書對該課題既有宏觀研究，又有~分析，是一本不可多得的好書。

宏圖 hóng tú　也寫作「鴻圖」。遠大的設想；宏偉的計劃　~大略｜施展~｜展示當地未來發展的美好~。
同【雄圖】xióng tú

「宏圖」突出規模宏大，多用於設想、計劃、目標等。「雄圖」指偉大的計劃或謀略，突出氣勢雄偉。

宏偉 hóng wěi　雄壯偉大；有氣勢　氣勢~｜規模~｜~的藍圖。
同【雄偉】xióng wěi

「宏偉」突出規模宏大，常形容基礎、計劃、理想、事業等，如說「宏偉的發展目標」。「雄偉」突出氣勢雄壯，多用於自然景物、氣象等，如說「運動會在莊嚴雄偉的國歌聲中開幕了」。

洪亮 hóng liàng　也寫作「宏亮」，指聲音又大又響亮　嗓音特別~｜寺廟傳出~的鐘聲｜播音員用~的聲音向大家報告了這個喜訊。
同【嘹亮】liáo liàng
同【響亮】xiǎng liàng

「洪亮」突出聲音宏大而響亮，多形容嗓音、回聲、鐘聲等。「嘹亮」突出聲音清脆而明亮，常形容歌聲、號聲、喇叭聲等，如說「歌聲嘹亮」、「嘹亮的軍號聲」。「響亮」只指聲音大，可用於人、動物和一般物體發出的聲音，如說「一陣響亮的鼓掌聲」、「回答問題聲音特別響亮」。

反【低沉】dī chén　音色很~｜~的語調｜深夜練琴房傳來~的大提琴聲。
反【沙啞】shā yǎ　喉嚨~｜他那略顯~的聲音非常有吸引力。

紅潤 hóng rùn　紅而潤澤　嘴唇~｜臉色~｜因匆匆趕來，她~的臉

上沁出一層汗來。

⊗【蒼白】cāng bái　～的臉色｜長期的濕地生活，使他面色～。

哄騙 hǒng piàn

用假話或手段騙人　你這番話～不了人｜這孩子還小，不該～他｜不能因為她老實，你就～她。

⊜【欺騙】qī piàn

> 「哄騙」的對象是人，適用範圍較窄，程度比「欺騙」輕。「欺騙」指用虛假的言行掩蓋事實真相，對象比較廣，如說「不能用假冒偽劣產品欺騙顧客」、「他居然作偽證欺騙法庭」。

厚 hòu

1. 扁平物上下兩面之間的距離大　～墩墩｜～棉衣｜那麼～一塊磚頭他竟一掌就劈開了。

⊗【薄】báo　～衣｜～層｜～紙｜小伙子～～的嘴唇緊接着，顯得很靦腆。

2. 感情強而深　深情～誼。

⊜【深】shēn

⊗【薄】bó　～情寡義。

⊗【淺】qiǎn　我們認識時間雖長，交情卻很～。

3. 味道濃　香味醇～｜這種醇香形的酒味道很～。

⊜【濃】nóng

⊗【薄】bó　敬上～酒一杯。

4. 厚重　～禮｜家境～實。

⊗【薄】bó　奉上～酬｜她的古文底子比較～弱。

5. 重視　～此薄彼｜～今薄古。

⊜【重】zhòng

厚愛 hòu ài

深切的關心和喜愛；十分器重　承蒙～｜為了答謝歌迷的

～，唱片公司安排了歌星與歌迷的見面會。

⊗【鄙視】bǐ shì　受到～｜不誠實的人｜我們～見利忘義的行為。

厚此薄彼 hòu cǐ bó bǐ

重視或優待某一方，輕視或慢待另一方　裁判在比賽中不能～。

⊗【一視同仁】yí shì tóng rén　不管是誰，我都～。

厚道 hòu dao

待人誠懇，能寬容，不刻薄　心地善良～｜他真是一位熱心～的老人。

⊜【淳厚】chún hòu

⊜【憨厚】hān hòu

> 「厚道」多形容待人接物的態度。「淳厚」側重用於人的氣質、性格純樸，如說「為人淳厚」。「憨厚」突出老實，如說「憨厚的小伙子」。

⊗【刻薄】kè bó　尖酸～｜很多人覺得他的文章很～，可是他待人卻很熱忱。

⊗【尖刻】jiān kè　～的諷刺｜說話不要那麼～。

厚禮 hòu lǐ

價值豐厚的禮物　收到的～｜他派人給父母獻上了一份節日～。

⊗【薄禮】bó lǐ　些許～，不成敬意｜聊備一～，以表謝意。

厚實 hòu shi

寬厚結實；深厚紮實　～的肩膀｜功底～。

⊗【單薄】dān bó　力量～｜內容～｜在昏暗的路燈下，他的身影顯得十分～。

後 hòu　1. 空間上指在人或物體背面的　背~傷人｜門~站着一個陌生人｜在這大山之~隱藏着一座極其祕密的屋子。

反【前】qián　門~｜位置居~｜人要向~看，別被一時的挫折阻擋腳步。

2. 時間較晚的；還未到來的　先來~到｜經過不斷努力，他學習成績~來居上。

反【前】qián　~年｜對~輩肅然起敬。

反【先】xiān　~斬後奏｜有言在~｜機會對於勤奮的人來說總是~來~得。

3. 次序在後的　列在~十名｜先人~己。

反【前】qián　~仆後繼｜~車之鑒｜名列~茅。

反【先】xiān　爭~恐後｜~天下之憂而憂，後天下之樂而樂。

後輩 hòu bèi　後代，指子孫　教育~｜作為~，我們要繼承前輩的優良傳統。

同【後代】hòu dài

「後輩」泛指子孫後代、後來人；也指同行中年輕的或資歷淺的人，與「前輩」相對。「後代」指後代的人，如說「我們要為後代造福」；也指個人的子孫，與「先世」相對，如說「她耗盡自己的一生來撫育後代」。

後方 hòu fāng　遠離戰區的地區　~空虛｜向~撤退｜現在的戰爭都是立體作戰的，一旦打起來前線和~根本沒有區別。

反【前線】qián xiàn　~陣地｜奔赴抗

日~｜為了抵禦侵略，小伙子們踴躍報名，爭上~。

後果 hòu guǒ　有害的或不幸的結果；事物發展的結局　~十分嚴重｜如不糾正錯誤，~將不堪設想｜產品質量檢查制度不嚴，會造成不良~。

同【成果】chéng guǒ

同【結果】jié guǒ

「後果」多用於壞的、不利的方面。「成果」是褒義詞，如說「成果累累」、「公佈研究成果」、「我們取得了豐碩的成果」。「結果」是中性詞，如說「結果還不太理想」、「這是我們大家努力的結果」。

反【前因】qián yīn　分析~後果｜這出可怕的慘劇其實是有~的。

後悔 hòu huǐ　事後懊悔　~莫及｜我對那事一直感到~｜凡事三思而行，免得將來~。

同【懊悔】ào huǐ

同【悔恨】huǐ hèn

「後悔」語意較輕，多用於口語。「悔恨」語意較重，如說「悔恨不已」、「悔恨交加」。

後進 hòu jìn　進步比較慢或水平比較低的；學識、資歷較淺的人　幫扶~｜提攜~｜應該幫助~學生跟上大家。

反【先進】xiān jìn　~技術水平｜公司特地購置了大批的~設備。

後來 hòu lái　以前某一時間之後

～才知道｜起先沒有人相信他的話，～人們才逐漸接受了他的觀點。

⊗【起初】qǐ chū　～孩子並不知道自己的身世。

⊗【當時】dāng shí　～的情況比較複雜｜～大家都穿着藍色的衣服。

後天 hòu tiān
1. 明天的明天　估計～會是個好天氣｜通知說～有客戶來談判。

⊗【前天】qián tiān　自從～有人在公司看到他以後，就一直沒有他的消息。

2. 人或動物出生以後的時期　～獲得｜～補足｜他用的勤奮彌補了才智上的不足。

⊗【先天】xiān tiān　～畸形｜～發育不足｜這種～性疾病現在可以通過基因治療根治。

後退 hòu tuì
由現在的位置或發展階段向後面退　洪水在～｜只准前進，不准～｜在友軍的進攻下，敵人不得不～。

⊗【前進】qián jìn　不斷～｜不管有多少困難，我們～的步伐是誰也阻止不了的。

候鳥 hòu niǎo
隨季節變化而遷徙的鳥類，如大雁、燕子等，有冬候鳥和夏候鳥之分　～的棲息地｜鴻雁是一種～。

⊗【留鳥】liú niǎo　麻雀、畫眉等都是～｜每年這裏除了～以外，還有很多丹頂鶴來越冬。

呼喚 hū huàn
召喚　親人在～｜大聲～｜人們～和平。

◉【召喚】zhào huàn

「召喚」多用於抽象的事物，如說「新的生活在召喚着我們」。

呼應 hū yìng
一呼一應，互相聯繫或照應　前後～｜遙相～｜寫文章要注意首尾～。

◉【照應】zhào yìng

「照應」還有照料之意，如說「這個攤位由麻煩你照應一下」、「一路上乘務員對旅客照應得很好」。

忽略 hū lüè
沒有注意到　事情雖小，你可別～了｜不可只求數量而～質量｜他因忙於工作而～了健康。

◉【疏忽】shū hu

「忽略」語意較輕，指有時無意、有時則是有意的。「疏忽」一般是指無意的，如說「疏忽大意」、「疏忽職守」、「一時疏忽造成大錯」。

⊗【注意】zhù yì　～安全｜～搜集信息｜～保持隊形。

⊗【留意】liú yì　敬請～｜過馬路要～車輛｜只要～你就會發現生活中的真善美。

忽然 hū rán
動作、行為的發生或變化來得迅速而又出乎意料　她～哭了｜～下起雨來了｜我～想起一件事來。

◉【突然】tū rán

「忽然」突出事情的急促，出人意料，一般作狀語。「突然」強調事情的突如其來，如說「遭到突然襲擊」、「他突然宣佈要移民美國」。「突然」還

可作形容詞，如說「事情發生得太突然了」、「這個消息來得過於突然」。

⊗【漸漸】jiàn jiàn　矛盾～平息了｜他～明白了事情的真相。

忽視 hū shì　不注意；不重視　別～細節｜不要～質量｜各位不應～對方的實力｜要是～安全駕駛，後果將不堪設想。

◎【漠視】mò shì

◎【無視】wú shì

「忽視」多指無意中的粗心。「漠視」語意較重，多用於書面語，指冷淡地對待，不注意，如說「別漠視安全」、「不要漠視民眾的意見」。「無視」突出有意不放在眼裏，語意最重，是貶義詞，如說「必須嚴厲譴責這種無視法律的行為」。

⊗【重視】zhòng shì　～人才｜～產品質量｜這個問題應該引起～｜對水和水衛生的問題日漸～。

胡亂 hú luàn　馬虎；隨意　～寫了幾行字｜～簽了個名｜～扒了幾口飯。

⊗【認真】rèn zhēn　～考慮｜～對待孩子｜～反省錯誤。

糊塗 hú tu　1. 人頭腦不清楚或不明事理　你怎麼會這麼～｜小事～，大事清楚｜在涉及大是大非的問題上，我們可不能～。

⊗【聰明】cōng·míng　這孩子很～｜～反被～誤｜愛因斯坦小時候，沒有人認為他是個～的人。

⊗【明白】míng bai　～事理｜做個～

人｜不是我不～，是這世界變化太快。

⊗【清醒】qīng xǐng　神智～｜他～過來了｜～地估計形勢｜必須時刻保持～。

2. 意思、內容不清楚　真是一筆～賬｜解釋得很～｜他的這篇～文章誰也看不懂。

⊗【清楚】qīng chu　你把話說～，到底是甚麼意思？

⊗【明白】míng bai　道理講得～｜說起話來～易懂。

互相 hù xiāng　表示彼此同樣對待的關係　～支持｜～尊重｜同學之間應該～關心，～幫助。

◎【相互】xiāng hù

「互相」在句子中只作狀語，如說「互相支持」、「互相信任」。「相互」可作狀語，也可作定語，如說「相互作用」、「相互幫助」、「相互關係」。

花費 huā fèi　因使用而消耗掉　～精力｜～光陰｜她為孩子～了大量心血。

◎【破費】pò fèi

「花費」可用於時間、金錢、精力、心血、口舌等，適用範圍較廣；作名詞時指消耗的錢，如說「這次搬家要不少花費」。「破費」主要指花費金錢和時間，含有用得多了或不該那麼用的意思，如說「這禮物讓您破費了」、「完成這些事還得破費不少工夫」。

花色 huā sè　1. 花紋和顏色　這布的～很好看｜牆紙的～非常合宜。

H

圓【花樣】huā yàng

2. 同一品種的物品從外表上區分的種類　～品種齊全｜這裏的燈具～繁多。

圓【花樣】huā yàng

「花色」多指外表、樣式不同的同一品種的產品。「花樣」適用範圍較廣，可泛指一切式樣或種類，如說「新式花樣」、「花樣翻新」、「花樣滑冰」。

花樣 huā yàng　1. 各類樣式和品種　～繁多｜～齊全｜菜的～品種極多。

圓【花色】huā sè

2. 花招　～已用盡｜別再要甚麼新～了。

圓【把戲】bǎ xì

圓【花招】huā zhāo

圓【名堂】míng tang

「花招」指騙人的手段、計謀等，是貶義詞，如說「要花招」、「收起你這套花招」。「把戲」多含貶義，如說「玩把戲」、「使甚麼把戲」。「名堂」指花樣、名目，如說「魔術有不少名堂」；還可指成就、結果，如說「這麼多年他甚麼名堂也沒搞出來」。

划算 huá suàn　上算，合算　這樣處理對他真是很～｜別整天想着怎樣才能對自己～。

反【吃虧】chī kuī　小心～上當｜～就在眼前。

華麗 huá lì　美麗而有光彩　服飾～｜宏偉而～的宮殿｜一篇好文章，不能只有～的詞藻，而沒有觀點。

圓【富麗】fù lì

圓【華美】huá měi

「華美」適用範圍較廣。「富麗」多用於建築、陳設，有時也形容色彩，如說「富麗堂皇」、「陳設豪華富麗」。「華美」多用於裝飾品、陳設或文章、詞曲，如說「詩句華美」、「華美的晚裝」、「華美的樂章」。「富麗」、「華美」適用範圍較小。

反【樸實】pǔ shí　～無華｜言語～｜佈置得～而雅致｜他平常的穿着非常～。

反【樸素】pǔ sù　畫面～｜衣着～大方。

滑稽 huá·jī　（言行）引人發笑　～可笑｜～的腔調｜他做了個～的動作｜這個小丑的表演非常～。

圓【詼諧】huī xié

圓【幽默】yōu mò

「滑稽」適用範圍較廣，多用於口語。「詼諧」指說話風趣，如說「語調詼諧」、「談吐詼諧得很」。「幽默」不僅指有趣或可笑，而且指意味深長，如說「幽默的語言能給人帶來歡樂和啟示」。「詼諧」和「幽默」多用於書面語，是褒義詞。

滑頭 huá tóu　油滑；不老實　這傢伙～得很，我們可別上當。

圓【狡黠】jiǎo xiá

圓【刁鑽】diāo zuān

「滑頭」程度較輕，多用於口語；作名詞時指油滑不老實的人，如說「他

是個老滑頭」。「狡黠」強調既狡猾又聰明，語意較重，屬於書面語，如說「陰險狡黠」。「刁鑽」突出心意壞，語意較重，如說「他的性格既刁鑽又古怪」。

化凍 huà dòng

（凍結物）融化　田地～了｜先要把它～，然後放在鍋裏慢慢熬。

〖反〗【凍結】dòng jié　河面～了｜這種新型的防凍劑可以使機油在零下二十幾度都不～。

「化凍」可用於封凍的河流、土地或結凍的食品。

化險為夷 huà xiǎn wéi yí

使危險的情況或處境變為平安　一場滅頂之災終於～｜守門員表現神勇，多次將必進之球撲出，～。

〖同〗【轉危為安】zhuǎn wēi wéi ān

「化險為夷」多用於危險情況或處境，常用於書面語。「轉危為安」多用於局勢或病情方面，如說「經過數天的奮力搶救，病人終於轉危為安了」。

化裝 huà zhuāng

演員為了適合所扮演的角色的形象而修飾容貌　他～成古希臘神話中英雄的形象｜她在劇中～成一個老太太｜他～得很像西部牛仔。

〖同〗【化妝】huà zhuāng

「化裝」多指因演戲而改變形象，包括服飾和容貌上的改變；還有改變裝束、假扮之意，如說「化裝舞會」、

「他化裝成乞丐模樣」。「化妝」突出為美麗而打扮修飾容貌，如說「經過化妝後，她顯得漂亮多了」、「我哪有時間化妝啊」、「她每天都要精心化妝一番」。

劃分 huà fēn

把原先整個的分為幾個部分　～工作小組｜將操場～成幾個區域，以便學生展開活動。

〖反〗【合併】hé bìng　三個小組～在一起討論｜兩個小公司～後，增強了實力。

懷恨 huái hèn

心存怨恨　～已久｜～在心。

〖同〗【記恨】jì hèn

〖反〗【友愛】yǒu ài　互助～｜團結～｜她有一顆～之心。

〖反〗【友善】yǒu shàn　～鄰邦｜伸出～之手｜他總是做出一副～的樣子。

懷念 huái niàn

思念　～故鄉｜～親人｜大家對他深表～。

〖同〗【悼念】dào niàn

〖同〗【想念】xiǎng niàn

「懷念」、「悼念」表達的感情較莊重、深沉。「悼念」專指懷念死者，表示哀痛，如說「悼念先人」、「悼念烈士」。「想念」指對人或環境不能再懷並希望見到，多用於口語，如說「想念父母」、「他們在國外時時想念家鄉」。

懷疑 huái yí

1. 猜測　我～他們是假唱｜我～最後一班車不會來了。

〖反〗【肯定】kěn dìng　～會受到歡迎｜

她～不願意上台表演｜我敢～地說，這事不是他幹的。

2. 不很相信，心中存疑　大膽～｜抱～態度｜別～一切｜沒有證據我們不能隨便～人家。

圓【狐疑】hú yí

圓【疑惑】yí huò

圓【疑心】yí xīn

「懷疑」突出對人或事的不相信或心存疑慮；另有猜測之意，如說「我懷疑他今天不會來了」。「疑惑」有心裏不明白、困惑之意，如說「他對這個問題疑惑不解」。「疑心」突出猜測，多用於口語，如說「他總是疑心別人」、「你別為這事起疑心」。「狐疑」作名詞，屬於書面語，如說「滿腹狐疑」。

反【相信】xiāng xìn　～真理｜～科學儀器｜他～法律不會冤枉他。

反【信任】xìn rèn　這對夫妻充分～對方｜議員對上屆政府的工作投下了～的一票。

壞處　huài chu　對人或對事物有害的因素　這麼做一點～也沒有｜向學生講清楚不守交通規則的～。

圓【害處】hài chu

「壞處」程度稍低。「害處」程度較高，如說「你應該知道吸煙的害處」。

反【好處】hǎo chu　這沒有～｜亂砍亂伐原始森林對人類是沒～的。

反【益處】yì chu　飲酒害處大於～｜很多人都知道黃酒要溫喝，卻講不出～在哪裏。

歡暢　huān chàng　高興歡悅；痛

快　心情～｜在這喜慶的日子裏，人們充滿了愉快～的笑聲。

圓【舒暢】shū chàng

「歡暢」多形容心情、笑聲、喧鬧聲等。「舒暢」多形容心情開朗愉快，舒服痛快，如說「涼爽的春風使人無比舒暢」、「現在我心情舒暢多了」。

反【憂愁】yōu chóu　～滿面｜～的目光｜最近她的工作進展很慢，整天一副～的樣子。

歡快　huān kuài　歡樂輕快　～的心情｜～的腳步｜我們伴着～的節奏跳起舞來。

圓【歡樂】huān lè

圓【歡喜】huān xǐ

「歡快」多用於形容心情、步伐、樂章、歌聲等。「歡樂」多用於集體場面，形容人的心情和節日氣氛等，適用範圍較廣，如說「充滿歡樂」、「盡情歡樂」、「歡樂的氣氛」。「歡喜」突出個人的表情、神態或心情，如說「滿心歡喜」、「露出歡喜的神情」；還可作動詞，有喜歡和喜愛的意思，如說「他歡喜打乒乓球」、「我很歡喜這個孩子」。

歡樂　huān lè　愉快、高興　～的夜晚｜充滿～的氣氛｜沉浸在～的海洋中。

反【哀傷】āi shāng　不勝～｜～至極｜～的樂曲｜露出極為～的神情。

反【悲哀】bēi āi　清明節那天，家人掃了墓，寄託他們的～之情。

反【悲傷】bēi shāng　～的歌聲｜家人的電話證實了那個令人～的不幸消息。

歡迎 huān yíng　很高興地迎接　～客人｜熱烈～｜～體育健兒們凱旋歸來。

圓【迎接】yíng jiē

「歡迎」感情色彩較重；另外還有樂意接受之意，如說「歡迎你們的合作」、「新產品深受消費者的歡迎」。「迎接」突出迎候對方的行為，如說「去機場迎接歸來的親人」。

還 huán　將借來的錢、物交回原主　～款｜理當奉～｜有借有～｜他欠了一生都～不完的債。

反【借】jiè　～來三本書｜我～用一下你的自行車｜他是個很有誠信的人，～給他東西你放心。

還擊 huán jī　因受到攻擊而回擊對方　奮力～｜狠狠地～｜我們應該給對方有力的～。

圓【反擊】fǎn jī

圓【回擊】huí jī

「還擊」、「回擊」適用範圍較廣，都可用於軍事行動或話語、思想態度等方面的交鋒。「反擊」多用於軍事行動，如說「自衛反擊戰」。

還價 huán jià　買方向賣方提出更低的願意接受的價格　他真會～｜經過多次～，這筆生意終於成交。

反【要價】yào jià　店主～實在過高｜你這個～我無法接受｜漫天～，就地還錢。

「還價」還可比喻索要報酬或要求盡量少做事情，如說「任務面前你就別還價了」。

還俗 huán sú　出家的僧、尼、道恢復普通人的身份　～歸來｜～的和尚｜在這個寺裏，出家和～來去自由。

反【出家】chū jiā　～為僧｜他曾經在五台山～做過和尚。

環顧 huán gù　向四周看　～左右｜～四座｜～全場。

圓【環視】huán shì

「環顧」屬於書面語。「環視」突出向周圍看，如說「環視會場」。

環球 huán qiú　也寫作「寰球」。整個地球；全世界　名聞～｜中國武術聲震～。

圓【寰宇】huán yǔ

「寰宇」屬於書面語，如說「威振寰宇」、「展望寰宇」。

環繞 huán rào　1. 圍繞　羣山～｜小河～着村莊｜地球～着太陽旋轉。

圓【盤繞】pán rào

圓【圍繞】wéi rào

2. 以某項事為中心　～中心議題展開討論｜各人～環境問題，發表了自己的意見。

圓【圍繞】wéi rào

「環繞」、「圍繞」適用範圍較廣。「盤繞」適用範圍較窄，主要指圍繞在別的東西上面，如說「她把頭髮盤繞在頭頂上」、「長長的藤蔓盤繞在大樹身上」。

緩 huǎn　1. 慢；遲　～了一步就跟不上了｜迎賓車隊到達時，專車速度要放～一些。

同【慢】màn

「緩」屬於書面語。「慢」與「快」相對，多用於口語，如說「走得很慢」、「請你説慢些」。

反【急】jí　～流｜～行軍。
反【疾】jí　～步飛奔｜不徐不～｜春風得意馬蹄～。

2. 不緊張　她這個人很有分寸，辦事情知道輕重～急。

反【急】jí　～迫｜～緊｜～中生智。

緩和 huǎn hé　1. 事態平和　形勢～｜語氣～。

反【緊張】jǐn zhāng　氣氛～｜～的比賽｜～的學習生活。

2. 為避免衝突，以和平方式處理　突發事件破壞了原本已經～了的局勢｜談判一開始，他開了一個小小的玩笑，～了一下氣氛。

反【激化】jī huà　部門之間的競爭～｜不要～矛盾。

緩緩 huǎn huǎn　慢慢地　車子～進了站｜深夜，一艘新型潛艇～駛出了軍港。

反【急速】jí sù　～奔馳｜～前進｜為了躲避行人，客車～轉向。
反【迅速】xùn sù　～予以援助｜急救車～駛來，將病人送往醫院。

緩慢 huǎn màn　不迅速；慢　行動～｜語速～｜溪水～地流淌｜發展～。

同【遲緩】chí huǎn

「緩慢」突出速度慢。「遲緩」強調遲延，推遲，如說「幹這事遲緩一秒鐘都不行」。

反【快速】kuài sù　～出擊｜為應付突發事件，建立了一支～反應部隊。
反【迅速】xùn sù　反應～｜採取措施｜警方及時出動，～制止了一場毆鬥。

幻滅 huàn miè　（希望等）像幻境一樣消失　理想～｜夢想～｜他的信念開始動搖，甚至～了。

同【破滅】pò miè

「幻滅」多用於比喻。「破滅」語意較重，如說「他的幻想全部破滅了」。

幻想 huàn xiǎng　超出現實地進行想像　美妙的～｜～登上火星｜他～成為月球上的居民。

同【空想】kōng xiǎng
同【夢想】mèng xiǎng

「幻想」帶有積極浪漫的色彩。「空想」突出憑空設想，如說「不作調查，閉門空想」；也指不切實際的想法，如說「脫離現實的想像就成為空想」。「夢想」表示一種急切的渴望，如說「夢想成真」、「他小時候夢想當太空人」。

反【現實】xiàn shí　科學讓幻想變成了～｜我們必須面對～。

患難之交 huàn nàn zhī jiāo　共同經歷憂患和困難的朋友　～不可忘。

反【泛泛之交】fàn fàn zhī jiāo　跟她雖然認識，卻只是～。

渙散 huàn sàn　　散漫;鬆懈　精

神~ | 人心~ | 士氣~。

回【散漫】sǎn màn

回【鬆散】sōng sǎn

回【鬆懈】sōng xiè

> 「渙散」突出集體、組織等沒有約束,
> 意志鬆懈。「散漫」突出隨便而不守
> 紀律,如說「自由散漫」、「紀律散
> 漫」。「鬆散」指事物的結構不緊密,
> 如說「結構鬆散得很」。「鬆懈」有
> 不抓緊之意,如說「意志鬆懈」、「會
> 考在即,你可千萬別鬆懈了」。

荒誕 huāng dàn　　極不真實;極

不近情理　~可笑 | ~無稽 | 他講了
個情節~的故事。

回【荒謬】huāng miù

回【荒唐】huāng táng

> 「荒誕」、「荒謬」多用於書面語。「荒
> 謬」突出思想、言行謬誤到極點,如
> 說「荒謬的論點」、「這個結論太荒
> 謬了」。「荒唐」突出思想離奇、言
> 行不近情理,如說「言行荒唐」、「荒
> 唐透頂」、「留下滿紙荒唐言」。

荒誕不經 huāng dàn bù jīng

離奇怪誕;不合情理　~的電視劇 |
這篇小說的情節純屬胡編亂造,內容
~。

回【荒誕無稽】huāng dàn wú jī

回【荒謬絕倫】huāng miù jué lún

> 這三個短語都是貶義詞。「荒誕不
> 經」突出離奇怪誕,「荒誕無稽」突
> 出毫無根據,「荒謬絕倫」突出荒唐
> 錯誤到極點。

荒地 huāng dì　　荒廢或未開墾的

土地　雜草叢生的~ | 這塊地皮因資
金短缺而中斷了施工,現在成了無人
問津的~。

反【熟地】shú dì　　充分使用~ | 開發
速度過快,竟閒置了不少~。

荒廢 huāng fèi　　荒疏;(學業或

技術)因平時缺乏練習而生疏　別~
了學業 | 基本功早已~ | 因病休學,
功課早就~了。

回【曠廢】kuàng fèi

> 「荒廢」適用範圍較廣;另有不利用、
> 浪費時間的意思,如說「荒廢了許多
> 時日」;還指土地該種而沒有耕種,
> 如說「村裏有許多荒廢的土地」。「曠
> 廢」有耽誤的意思,如說「曠廢青
> 春」。

荒涼 huāng liáng　　人煙少;冷

清淒涼　~的沙漠 | 幾十年前,這裏
還是一片~的山村。

回【荒蕪】huāng wú

> 「荒涼」突出因人煙稀少而給人的冷
> 清感覺。「荒蕪」指原有田地因不管
> 理而長滿野草,如說「大片田園荒蕪
> 了」。

反【熱鬧】rè nào　　~的菜市場 | 晚會
場面很~ | 集市上~非凡。

反【繁華】fán huá　　~地段 | ~街
景 | 初到~的都市,他有一種劉姥姥
進大觀園的感覺。

荒謬 huāng miù　　荒唐不合情理,

錯得離譜　~絕倫 | 這種說法是極其
~的。

（反）【正確】zhèng què　觀點～｜～的答案｜因教練堅持～的訓練方法，這批球員的基本功都很不錯。

（反）【合理】hé lǐ　合情～｜～估價｜提出～建議。

荒年 huāng nián
農作物歉收或沒有收成的年頭　～歉歲｜遇上～，問題就嚴重了。

（反）【豐年】fēng nián　瑞雪兆～｜這塊寶地在荒年也能高產，～就更別說了。

荒疏 huāng shū
（學業、技術等）因久未練習而變得不熟練　學業～｜離開生產第一線多年，他的業務早就～了。

（反）【嫻熟】xián shú　武藝～｜看到這孩子～的技巧，你根本想不到她才八歲。

（反）【熟練】shú liàn　～的技術｜新員工已能～地操作機械了。

荒野 huāng yě
荒涼的野外　千里～｜汽車穿行在茫茫的～中。

（同）【荒原】huāng yuán

（同）【荒漠】huāng mò

「荒野」可指平原或山區。「荒原」多指廣闊而荒涼的平原，如說「極目荒原」、「改造荒原」。「荒漠」指荒涼而又無邊無際的沙漠或曠野，如說「變荒漠為綠洲」、「這裏曾經是渺無人煙的荒漠」。

慌亂 huāng luàn
心慌意亂；動作不沉着　一陣～｜～不安｜那些人～地將贓物丟棄了。

（反）【鎮定】zhèn dìng　保持～｜言行～自若｜他面對敵人的盤問，神色

～，順利過關。

慌忙 huāng máng
又慌又急；不從容　～掩飾｜做事不要那麼～｜～之中會出差錯。

（同）【急忙】jí máng

（同）【慌張】huāng zhāng

（同）【張皇】zhāng huáng

（同）【恐慌】kǒng huāng

「慌忙」突出性急、動作忙亂並造成差錯。「慌張」突出不沉着，動作忙亂，常用於掩飾做某種事情時的神色，如說「神色慌張」、「慌張地逃竄」。「張皇」強調神態緊張不安，驚慌害怕，屬於書面語。「恐慌」突出因害怕而慌張，如說「小事故面前何必恐慌」。

（反）【沉着】chén zhuó　～應對｜遇事要～冷靜。

（反）【從容】cóng róng　～自若｜舉止很～｜他～地擺脫了敵人的跟蹤。

（反）【篤定】dǔ dìng　神情～。

慌張 huāng zhāng
恐慌緊張　神色～｜你為何～｜因為行李裏面藏有違禁物品，安全檢查時他有些～。

（同）【張皇】zhāng huáng

（同）【恐慌】kǒng huāng

（反）【沉着】chén zhuó　～應戰。

（反）【從容】cóng róng　態度～｜～陳述觀點｜～就義。

（反）【鎮靜】zhèn jìng　～劑｜～作用｜在緊急關頭，這個試飛員表現得非常～。

惶恐 huáng kǒng
驚慌害怕　萬分～｜～不安｜走進陰森的地下室，使人～。

回【驚慌】jīng huāng

「惶恐」突出內心恐懼不安，多用於書面語。「驚慌」突出因內心害怕而手足忙亂，言行慌亂不正常，如說「驚慌失措」、「神色驚慌」。

黃昏 huáng hūn
日落以後天黑以前的一段時間　落日～｜在～的餘輝中散步｜夕陽無限好，只是近～。

回【傍晚】bàng wǎn

「黃昏」強調天色暗而不明，屬於書面語。「傍晚」僅指接近晚上的時候，多用於口語，如說「傍晚有雨」、「夏日傍晚」。

反【黎明】lí míng　～出發｜即起｜～靜悄悄地來臨。

反【清晨】qīng chén　～空氣清新｜～時分常常很忙碌。

謊話 huǎng huà
不真實的、故意歪曲事實的話　別說～｜連篇｜你們別相信那人的～。

回【謊言】huǎng yán

回【假話】jiǎ huà

「謊話」、「謊言」泛指口頭或書面的騙人言論。「謊話」比「謊言」更口語化。「假話」指說出來的不真實的話，口語化程度最重。

反【實話】shí huà　～實說｜說～是需要勇氣的｜告訴你，它只能被看作是廢品。

晃動 huàng dòng
來回搖動或上下擺動　燈影～｜手臂～不停｜小樹被風吹得直～。

回【晃盪】huàng dang

「晃動」指向多個方向不停搖晃、閃動，也指一般搖動。「晃盪」突出像水波起伏那樣，如說「小船在湖面上晃盪」。

反【安穩】ān wěn　坐不～｜船～地行駛着｜這個小孩子連幾分鐘都～不下來。

反【平穩】píng wěn　物價～｜在鋼絲上走得很～｜你把桌子放～些。

灰心 huī xīn
因失敗或挫折而喪失勇氣或信心，意志低沉　～喪氣｜別因考得不好而～｜教練的一席話讓原本～的學員重新鼓起了勇氣。

反【振作】zhèn zuò　必須～精神｜～起來，重新開始。

恢復 huī fù
變成或使變成原樣；重新得到　～體力｜交通～｜～失地｜秩序已完全～｜被損壞的文物難以～原狀。

反【斷絕】duàn jué　～來往｜～朋友關係。

反【失去】shī qù　～知覺｜～作用｜～原有地位｜他不想～到手的好機會。

反【取消】qǔ xiāo　～資格｜比賽突然～了｜演出因突如其來的雷陣雨而～。

反【失卻】shī què　～記憶｜在那個小閣樓上他找到了～多年的舊物。

揮動 huī dòng
搖動；揮舞　～拳頭｜～手帕｜大象～長鼻，拔起了一棵樹。

回【揮舞】huī wǔ

「揮動」既用於人的手臂動作，也可用於動物和搖擺的樹枝等。「揮舞」只用於人的手臂動作，不用於動物，如說「揮舞彩旗」、「孩子們揮舞着鮮花歡迎來賓」。

揮霍 huī huò　任意花費錢財　～浪費｜那些人利用出國考察的機會大肆～國家錢財。

⊗【節省】jié shěng　～開支｜費用～了不少｜～人工｜為了供兒子上大學，他們夫婦很～。

⊗【節約】jié yuē　提倡～｜勤儉～｜～用水｜我們一定要～能源。

⊗【節儉】jié jiǎn　～持家｜崇尚～｜即使現在衣食無憂了，也還是需要～度日。

輝煌 huī huáng　光輝燦爛　燈火～｜金碧～｜戰果～｜我們要繼續努力，再創～。

◎【絢爛】xuàn làn

「輝煌」突出光輝、光彩的閃耀，可形容自然景物、環境裝飾或抽象事物，多用於比喻。「絢爛」則多指景色燦爛，如說「絢爛多彩」、「絢爛的朝霞」。

回答 huí dá　對問題給予解釋；對要求表示意見　～問題｜～來客諮詢｜他對記者的提問作出了詳盡的～。

◎【答覆】dá fù

「回答」指對一般問題的回話，多用於口語。「答覆」多用於正式或嚴肅的場合，如說「必須及時答覆」、「等研究後再答覆對方」。

⊗【提問】tí wèn　他總喜歡～｜他的～很有道理｜歡迎大家～。

回電 huí diàn　用電報、電話等電子通訊方式回覆對方來電　請速～｜推遲～｜我收到一個久等的～。

◎【覆電】fù diàn

回覆 huí fù　回答；答覆對方　～來函｜不予～｜他總是認真地～每一封來信。

◎【答覆】dá fù

「回覆」多指用書信答覆，現也用於以電子郵件答覆。

回顧 huí gù　回頭看。比喻回想（過去的事）　～往昔｜～歷史｜～走過的道路，我們深深體會到成功的來之不易。

◎【回首】huí shǒu
◎【回溯】huí sù
◎【回想】huí xiǎng
◎【回憶】huí yì
◎【追想】zhuī xiǎng
◎【追憶】zhuī yì

「回顧」突出回想、回憶過去，常有總結的意味。「回首」突出總結或回憶，如說「回首反思」、「往事不堪回首」；另指頭轉向後方，如說「頻頻回首，不忍離去」。「回溯」突出對過去很久的事情的回憶，多用於書面語，如說「回溯到史前」、「此事可回溯到很多年前」。「回想」用於平常或較隨意的事情，語義較輕，如說「回想當年事」、「回想起不少往事」。「回憶」強調有意識地回想

過去的事，如說「回憶當初」、「相片勾起了我的回憶」。「追想」、「追憶」屬於書面語，如說「追想往事，歷歷在目」。

（反）【瞻望】zhān wàng　～將來｜站在門前翹首～｜～未來，我們充滿了信心。

（反）【展望】zhǎn wàng　～前程｜～美好遠景。

回絕 huí jué　答覆對方，表示拒絕　一口～｜我～了他的無理要求。

（同）【拒絕】jù jué

「回絕」是以拒絕的意見回答對方。「拒絕」是不接受請求、意見或贈禮等，適用範圍較廣，如說「拒絕邀請」、「拒絕誘惑」、「他拒絕了我的禮物」。

（反）【答應】dā ying　不能～｜別人求他辦甚麼事，他總會～｜我已～把這事交給他辦了。

迴避 huí bì　讓開；躲開　別～矛盾｜～要害問題｜你還是暫時～一下為好。

（同）【躲避】duǒ bì

（同）【規避】guī bì

（同）【逃避】táo bì

「迴避」突出有意繞開，避免遇到某人或某事。「躲避」強調故意躲着，不讓人看見，如說「這幾天他好像有意躲避我」。「規避」屬於書面語，如說「規避風險」。「逃避」突出避開、逃脫不願或不敢接觸的人或事物，如說「逃避責任」、「逃避稅務」、「不能如此逃避現實」。

迴繞 huí rào　曲折環繞　溪水～村子流過｜這裏泉水～，古木參天。

（同）【繚繞】liáo rào

（同）【旋繞】xuán rào

「迴繞」多指水流環繞。「繚繞」、「旋繞」適用範圍較廣，如說「白雲繚繞」、「炊煙繚繞」、「歌聲繚繞」、「求學的念頭一直在腦海中旋繞」。

迴旋 huí xuán　繞來繞去地活動　餘音～｜葉子隨風～｜飛機在城市上空～着。

（同）【盤旋】pán xuán

「迴旋」強調反覆迴環，可用於自然現象、飛鳥、飛機和人的走動，適用範圍較廣。「盤旋」突出不斷作圓形路線的運動，多用於飛鳥、飛機、車輛等，如說「汽車沿着山路盤旋而上」。

悔過 huǐ guò　承認並追悔自己的錯誤　～自新｜誠懇地～｜他至今毫無～之心。

（同）【悔悟】huǐ wù

「悔過」突出認識到要改正自己的過錯，「悔悟」突出對過錯有所醒悟。均屬於書面語。

悔恨 huǐ hèn　後悔　～不已｜他對所犯的錯誤～之極。

（同）【懊悔】ào huǐ

（同）【後悔】hòu huǐ

「悔恨」突出「恨」，強調對自己過錯的痛恨，語意較重。

毀壞 huǐ huài　破壞;使受損 ～
名譽｜～公共財產｜古城牆遭到嚴重
～。
反【建立】jiàn lì　～機構｜兩國人民
～了牢不可破的友誼。
反【保護】bǎo hù　～現場｜共同～森
林資源｜名勝古跡要～好。
反【建設】jiàn shè　工程～｜～社區
精神文明｜用我們勤勞的雙手～自己
的家園。

毀滅 huǐ miè　摧毀消滅 ～罪
證｜～證據｜遭到～性打擊｜戰爭～
了一切美好的事物。
同【消滅】xiāo miè

「毀滅」語意較重。「消滅」突出除掉
敵對的或有害的人或事物,適用範
圍較廣,如說「消滅事故隱患」、「消
滅蚊蠅」、「消滅敵人」。

毀容 huǐ róng　毀壞容貌 被嚴
重～｜她不幸被硫酸～。
反【整容】zhěng róng　～手術｜為追
求完美的容貌,她去醫院～。

毀約 huǐ yuē　不遵守共同簽訂的
條約、協定、合同等 ～行為｜協議
書簽訂以後,如果～,要付罰金｜這
起合同糾紛對方～在先,責任完全在
他們。
反【守約】shǒu yuē　務請貴公司～。

譭謗 huǐ bàng　故意誣衊;説損
害他人名譽的壞話 大肆～｜～中
傷｜他毫不懼怕他人的造謠和～。
同【誹謗】fěi bàng
同【詆譭】dǐ huǐ

「譭謗」屬於書面語,程度較深。

反【稱頌】chēng sòng　受到～｜英雄
事跡,備受～。
反【稱讚】chēng zàn　交口～｜他在
會上受到了上級的～。
反【讚揚】zàn yáng　這種行為很值得
～｜～好人好事｜他們對小學生的能
力大加～。

晦氣 huì qì　不吉利,倒霉 實
在～,一出門就遇上了他。
反【運氣】yùn qi　他非常好～,中了
彩票大獎。
反【幸運】xìng yùn　～星｜～兒｜你
真～｜他覺得自己真的很～。

晦澀 huì sè　(意思)隱晦不易懂
枯燥～｜文字～｜這篇文章的含義過
於～。
同【生澀】shēng sè

「晦澀」強調詩文、樂曲等含意不清
楚、不明顯,屬於書面語。「生澀」
強調言詞、文字等不流暢、不純熟,
如說「文句生澀」、「又生澀又拗
口」。

反【流暢】liú chàng　文筆～｜文字如
行雲流水般～。
反【明快】míng kuài　語言～｜簡潔
～的筆調。

匯合 huì hé　會集;聚集;合在
一起 兩軍～｜兩條小河～成大河｜
民眾的意志～成一股巨大的力量。
同【會合】huì hé
同【集合】jí hé
同【聚合】jù hé

「匯合」原指水流聚集，現多比喻人的集合。「會合」突出聚集到一起，如說「兩人在車站會合」。

⊘【分流】fēn liú 實行人工～｜交通部門正準備在主要幹道上實行人車～｜～作用明顯。

匯集 huì jí 也作「會集」。集合；湊在一起 ～資金｜把材料～在一起。

⊜【會集】huì jí
⊜【聚集】jù jí

「匯集」的對象多指文字材料等。

⊘【分散】fēn sàn ～注意力｜好朋友畢業後～到了各地。
⊘【分開】fēn kāi ～行動｜問題要～解決。

匯聚 huì jù 也寫作「會聚」。聚集 ～有關數據｜把意見～起來｜人們～到市中心。

⊜【會聚】huì jù
⊜【聚集】jù jí

「匯聚」的對象可以是人、具體事物或抽象事物。

會見 huì jiàn 與人見面 ～各界代表｜～外賓｜親切地～了來訪的客人。

⊜【會面】huì miàn
⊜【會晤】huì wù
⊜【接見】jiē jiàn

「會見」多用於外交場合，態度較客氣、莊重。「會面」多指一般的見面，較隨意，不直接帶賓語，如說「祕密會面」、「與朋友在公園會面」。「會晤」的對方一般與自己地位相當，態度鄭重，屬於書面語，如說「兩國外交官定期會晤」、「會晤當地知名人士」。

會談 huì tán 雙方或多方共同商談 發表～紀要｜舉行兩國經濟貿易合作～。

⊜【談判】tán pàn

「會談」指雙方或多方一起商談共同關心的問題。「談判」指就有關方面對有待解決的重大問題進行會談，比「會談」更為鄭重，如說「和平談判」、「公佈談判進程」。

會心 huì xīn 領會別人沒有明確表示的意思 ～微笑｜～的神態。

⊜【會意】huì yì

「會心」強調領會別人的心思、用心。「會意」強調領會別人的意圖、願望，如說「會意的眼神」、「會意地點了點頭」。

諱莫如深 huì mò rú shēn 將事情盡量深藏隱瞞，使外人不知 對自己的身世～｜對他們的發跡史一直～。

⊘【直言不諱】zhí yán bú huì ～的評論｜請原諒我～，這個命題的證明您完全錯了。

昏暗 hūn àn 光線不足；暗 燈光～｜太陽下山了，屋裏漸漸～起來。

⊜【暗淡】àn dàn
⊜【黯淡】àn dàn

同【陰暗】yīn àn

同【幽暗】yōu àn

「昏暗」突出光線不足，只用於天氣、光線和處所等。「暗淡」、「黯淡」指光、色昏暗；還有不鮮豔、不光明的意思，如說「前景黯淡」。「陰暗」常形容天氣、光線、臉色、心情等，如說「陰暗潮濕的屋子」；還比喻前途不光明，如說「他覺得前途陰暗」。「幽暗」突出暗而僻靜，強調某種氛圍，如說「幽暗的小巷」。

反【明亮】míng liàng　～的眼睛｜～的大堂｜～的燈光｜這個客廳三面有窗，顯得很～。

昏迷 hūn mí　因大腦功能嚴重紊亂而失去知覺意識　～的狀態｜～不醒｜病人因為頭部遭受打擊而～。

反【甦醒】sū xǐng　萬物～｜在醫生的精心治療下，他終於～過來。

反【清醒】qīng xǐng　～過來｜保持～的頭腦｜在～狀態下，人不可能做出那樣的事。

葷 hūn　指雞鴨魚肉等食物　～菜｜～油｜他一般不碰～腥｜大雪封山以來他們還沒有沾過～。

反【素】sù　～餐｜～食｜吃～｜午飯三～一葷。

渾 hún　（水）不清澈；渾濁　池水太～｜～水摸魚｜別將水攪～了。

同【濁】zhuó

「渾」突出水不清澄。「濁」突出水污濁不潔，如說「混濁不堪」、「污泥濁水」。

反【清】qīng　湖水～可見底｜水至～則無魚。

渾厚 hún hòu　淳樸　天性～。

同【淳厚】chún hòu

同【純樸】chún pǔ

同【憨厚】hān hòu

同【渾樸】hún pǔ

「渾厚」強調天生的、實在的表現，多用於人；也可形容聲音低沉而有力，如說「嗓音渾厚」；還指藝術風格等樸實雄厚、不纖巧，如說「他的作品大氣非凡，筆力渾厚」。「淳厚」、「純樸」多形容人的相貌、氣質等；也可形容風俗，如說「他們的氣質是那樣的純樸和謙遜」、「民風淳厚」。「憨厚」強調人的厚道老實，如說「心地憨厚」。「渾樸」多用於形容藝術風格，如說「字體渾樸」、「風格渾樸」。

渾渾噩噩 hún hún è è　形容混沌無知的樣子　人的一生不能～，無所作為。

同【糊裏糊塗】hú li hú tu

「渾渾噩噩」源於漢代揚雄《法言‧問神》，原本用於形容嚴肅敦厚、渾樸天真，現多形容糊裏糊塗、愚昧無知，屬於書面語。「糊裏糊塗」用於口語，如說「糊裏糊塗地過日子」。

渾然 hún rán　完全；全然　～不覺｜～不理｜此事早已滿城風雨，他卻～不知。

同【全然】quán rán

同【完全】wán quán

「渾然」、「全然」多用於否定式。「渾然」還可形容完整不可分割，如說「渾然一體」、「渾然天成」。「完全」可表示全部，如說「完全同意」、「他的病完全好了」；還指齊全、不缺少甚麼，如說「四肢完全」、「話沒說完全」。

渾然一體 hún rán yì tǐ　形容

完整而不可分割　因為採用了無縫連接，這種新設備的各個部件～。

⟨反⟩【支離破碎】zhī lí pò suì　都是些～的材料，怎麼整理啊？

渾濁 hún zhuó　也說「混濁」。

(水、空氣等) 含有雜質，不清潔　河水～｜～的空氣｜醫生用人工晶體換下了白內障病人～的晶狀體。

⟨反⟩【清澈】qīng chè　目光～｜～的溪流｜河水～見底，可以看見游動的魚兒。

混充 hùn chōng　蒙混；以假的

冒充真的　～內行｜～專家｜他竟用假證件～，試圖矇騙檢查人員。

⟨同⟩【假充】jiǎ chōng
⟨同⟩【假冒】jiǎ mào
⟨同⟩【冒充】mào chōng

「混充」有硬裝作的意思。

混亂 hùn luàn　沒條理；沒秩序

～不堪｜思維～｜馬路上交通堵塞，秩序十分～。

⟨同⟩【零亂】líng luàn
⟨同⟩【凌亂】líng luàn
⟨同⟩【紊亂】wěn luàn

⟨同⟩【雜亂】zá luàn

「混亂」含有混雜的意思，多用於局面、情況、思路、狀態等抽象事物。「凌亂」也寫作「零亂」，多用於零散的具體東西及隊伍、市場、書刊等，如說「書桌上凌亂地放着一堆書刊」。「紊亂」強調紛亂、沒有規律，用於堆放物、局勢、思想以及功能、心律等，屬於書面語，如說「這篇文章思路紊亂」、「他的心律紊亂不齊」。「雜亂」指多而凌亂，如說「全書雜亂無章」。

混同 hùn tóng　把有區別的人或

事物同樣看待　～起來｜～優劣｜不要將兩種不同的文化相～。

⟨同⟩【混淆】hùn xiáo
⟨同⟩【混雜】hùn zá
⟨同⟩【混合】hùn hé

「混同」語意較重，含貶義。「混淆」多用於抽象事物，如說「混淆真偽」、「混淆黑白」。「混雜」突出交錯而雜亂，如說「東西不要混雜堆放」。「混合」強調攙雜合成一體，如說「乒乓球男女混合雙打」。

混雜 hùn zá　各種成分混合攙雜

魚龍～｜各色人等～｜通過分析錄音帶裏面～的叫賣聲，終於找到了人質。

⟨同⟩【混同】hùn tóng
⟨同⟩【混合】hùn hé
⟨反⟩【純粹】chún cuì　一個～的人｜還沒下船，她就聽到了～的家鄉話。
⟨反⟩【純正】chún zhèng　發音～｜說一口～的英語。

活 huó

1. 有生命；生存 ～到老
學到老｜有的人～着，他的精神已死
了｜探險隊員們終於～着走出了大沙
漠。

⊗【死】sǐ　～亡｜～不瞑目｜人～不
能復生 這棵樹早就～了。

2. 具有靈活或活動的性質；不死板
～水｜心眼～｜～頁文選｜大伙見他
說得這麼～靈～現，也就不得不相信
了。

⊗【死】sǐ　～讀書｜～腦筋｜千萬不
可以把話說～了，要給自己留個退
路。

活動 huó dòng

1. 手腳動彈 坐
久了應該站起來～～｜出去散散步，
～一下筋骨。

◎【運動】yùn dòng

2. 有組織、有目的的集體性行動 社
會～｜文娛～｜體育～｜組織野外
～。

◎【運動】yùn dòng

3. 鑽營、說情、行賄等 為這事他四
處～｜他為逃避納稅到處～。

◎【打點】dǎ dian

活扣 huó kòu

一拉就開的繩結
打一個～｜鞋帶要繫～｜這種安全帶
一定要打～，否則一旦有事，解都解
不開。

⊗【死結】sǐ jié　不要弄成～｜繩子
打了～就很難解開。

活力 huó lì

旺盛的生命力 ～
奔放｜～無限｜他身上充滿了青春的
～。

◎【生機】shēng jī
◎【生氣】shēng qì

「活力」含有精力旺盛的意思。「生
機」強調人或植物生存發展的機能很
強，如說「春風吹過，大地充滿了
生機」。「生氣」強調人和事物的生
命力、活力，如說「青年是最有生氣
的」。

活路 huó lù

走得通的路。比喻
行得通的方法或能夠生活下去的辦
法 尋找～｜謀求～｜他提出的創新
方案，大家覺得是條～。

◎【生路】shēng lù

「活路」突出活下去的辦法，多用於
比喻，口語中較常用。「生路」強調
維持生活或生存的途徑，如說「另謀
生路」、「從包圍中殺出一條生路」。

活潑 huó po

生動自然；不呆板
生性～｜～可愛｜天真～的孩子｜這
篇報道，文字十分～。

◎【活躍】huó yuè

「活潑」適用範圍較廣。「活躍」用於
性格、氣氛、活動及場面等，如說
「會場的氣氛很活躍」；還可作動詞，
指使活躍，如說「活躍一下場內的氣
氛」。

⊗【呆板】dāi bǎn　語言～｜形式
～｜臉部表情～。
⊗【死板】sǐ bǎn　～的教條｜教學方
法過於～｜做事要認真，但不可以～。
⊗【嚴肅】yán sù　表情～｜～認真｜
必須～查處違法案件。

活期 huó qī

可隨時提取的 ～
存摺｜這筆存款是～的｜為了準備急

用，這筆錢她存了～。

反【定期】dìng qī　～存款｜～儲蓄。

活躍 huó yuè　行動活潑而積極；
氣氛熱烈　氣氛相當～｜公司青睞表現～的學生｜一批年輕人在 IT 技術領域非常～。

反【沉悶】chén mèn　空氣～｜～的氣氛｜相處久了她才發現他其實是個～的人。

火熱 huǒ rè　1. 像火一樣熱　～的太陽｜～的表面｜為了生產優質鋼材，他們整天堅守在～的熔爐邊。

反【冰冷】bīng lěng　河水～｜～的月光｜他一天到晚只能面對這些～的機器，連個說話的人都沒有。

2. 形容感情熱烈；親熱　～的愛情｜～的話語｜新來的部門主管一點架子都沒有，很快就和大家打得～。

反【冰冷】bīng lěng　態度～｜一副～的臉。

火燙 huǒ tàng　非常熱；滾燙　曬得～｜臉上～的，好像發燒了｜驕陽似火，瀝青路面被烤得～。

反【冰涼】bīng liáng　渾身～｜～的湖水｜～的地窖中｜烈日下喝一口～的飲料，真是透心涼啊！

火線 huǒ xiàn　作戰雙方對峙的前沿地帶　～戰報｜輕傷不下～。

同【前線】qián xiàn

反【後方】hòu fāng　躲在～｜～支援前線｜～相對安全一些。

伙伴 huǒ bàn　泛指共同參加某種組織或從事某種活動的人　他倆是

一對好～｜發展兩國的戰略～關係。

同【同伴】tóng bàn

「伙伴」多指較熟悉、密切，有共同的目標和利害關係的人；還可指國家、地區間的朋友關係。「同伴」多指在一起相處或從事某項活動的人，如說「他去日本旅遊時找了個同伴」。

或許 huò xǔ　可能；也許　今天～會下雨｜他～已經改主意了｜他沒來，～是病了。

同【或者】huò zhě

同【也許】yě xǔ

「或許」突出可能性。「或者」可指可能性，如說「這事或者還可補救」、「現在去或者還來得及」；還作連詞，表示選擇關係，如說「這本書或者你先看，或者我先看」。

禍 huò　災難；危害大的事　闖了大～｜天災人～｜福無雙至，～不單行｜大～臨頭，她卻一點都沒有察覺到。

反【福】fú　享～｜因禍得～｜～如東海｜是禍是～暫時還不能定，要看勢態的發展。

禍害 huò hai　禍事；引起災難的人或事　遭受～｜避免～｜消除～｜黃河在歷史上經常引起～。

同【禍患】huò huàn

「禍患」突出引發災禍的潛在根源，如說「禍患臨頭」、「引起禍患」。

獲得 huò dé　取得；得到　～勝

利｜～好評｜～成功｜～了優異的成績｜這次活動使我～了寶貴的經驗。
同【得到】dé dào
同【取得】qǔ dé

「獲得」、「取得」的對象多為抽象事物。「得到」的可以是具體物品或抽象事物，如説「得到諒解」、「得到好評」、「得到豐厚的禮品」。

反【失去】shī qù　～聯繫｜～機會｜生活的坎坷，使得他對未來～了信心。
反【失卻】shī què　～記憶｜～良機。

獲救 huò jiù
得到救援而免於危險或死亡　及時～｜經過各方面的努力，被困在井下的礦工終於全部～。
反【遇難】yù nàn　不幸～｜安撫～礦工的家屬。

獲釋 huò shì
被釋放，重新獲得

人身自由　刑滿～｜他～出獄了。
反【被捕】bèi bǔ　～入獄｜～前他曾在商店工作過兩年。

獲悉 huò xī
得到消息；知道（某事）　方才～此事｜我剛～他的近況。
同【得悉】dé xī
同【得知】dé zhī

豁達 huò dá
寬宏大量，不狹隘　～開朗｜胸襟～｜老人～大度，待人寬厚。
同【開朗】kāi lǎng

「豁達」多用於形容人的心胸、氣度等，適用範圍較小。「開朗」側重思想、性格等樂觀、不陰鬱低沉，適用範圍較廣，如説「他性格開朗樂觀」；還形容地方開闊，光線充足，如説「進去才豁然開朗」。

H

J

奇 jī　單的；不成雙的　~數｜~偶｜1、3、5等都是~數。

反【偶】ǒu　對~｜無獨有~｜~蹄類動物｜2、4、6等都是~數。

飢 jī　餓；吃不飽；很想吃東西的感覺　如~似渴｜一天沒吃東西，他~腸轆轆｜面有~色。

同【餓】è

> 「飢」屬於書面語，一般不單獨使用。「餓」多用於口語，適用範圍較廣，如說「他覺得很餓，就翻箱倒櫃找吃的」。

反【飽】bǎo　解決溫~問題｜時莫忘飢時苦｜酒足飯~之後，該討論正事了。

飢餓 jī è　很餓　~的境地｜他一直在~線上掙扎｜我一整天沒吃東西了，居然沒有~感。

反【溫飽】wēn bǎo　辛勞終年，不得~｜解決了~再談藝術。

飢寒 jī hán　飢餓和寒冷；吃不飽，穿不暖　~交迫｜忍受~困苦｜老人在~中死去。

反【溫飽】wēn bǎo　他終日忙碌，卻不得~。

基本 jī běn　1.事物最重要的部分　民主是現代政治的~。

同【根本】gēn běn

2.主要；重要　完成這個計劃的~條件是有資金。

根本 gēn běn

> 「基本」突出起到決定作用；還指大體上，如說「情況已基本了解」。「根本」指最重要的、主要的，如說「從根本上解決問題」。

基礎 jī chǔ　1.建築物地面或地下的根腳部分　~工程建設｜大廈的~很牢固。

同【根基】gēn jī

2.事物發展的起點或起主要作用的因素　~比較紮實｜學習總是從~理論開始。

同【根底】gēn dǐ
同【根基】gēn jī

> 「基礎」適用範圍較寬。

緝捕 jī bǔ　搜捕；捉拿　警局正在~這名兇犯。

同【緝拿】jī ná

> 「緝捕」突出行動。「緝拿」強調行動的結果，如說「兩名警察經過追捕，終將罪犯緝拿歸案」。

機動 jī dòng　可靈活處置或運用的　接下來是~時間｜這筆費用，你可以~安排。

同【靈活】líng huó

> 「靈活」指善於隨機應變，不拘泥，如說「我們要把書本理論靈活地運用到實踐中去」。

機會 jī huì　時機；時候正好　我們有~一定再來｜難得有這麼好的

～，我們一定要好好把握。
回【時機】shí jī
回【機遇】jī yù

「機會」適用範圍較廣，可以是人為創造的。「時機」突出客觀條件，多指有利的條件，如說「現在正是我們發展的大好時機」。「機遇」突出偶然性，屬於書面語，如說「這真是千載難逢的機遇」、「善於抓住機遇就能獲得成功」。

機警 jī jǐng　機智而警覺；感覺敏銳　～地注視着目標｜她～地應付各種變化。
回【機靈】jī ling
回【機智】jī zhì

「機警」含褒義，可用於人、眼光或動物。「機靈」也作「機伶」，突出指人聰明伶俐，含喜愛之義，如說「這孩子怪機靈的」、「她機靈地閃到門後」。「機智」突出智慧高，能有辦法及時應變，如說「機智勇敢」、「機智應對」。

機靈 jī ling　也寫作「機伶」。聰明伶俐；機智　頭腦～｜這孩子挺～的｜你別太擔心，他～着呢！
回【機智】jī zhì
反【遲鈍】chí dùn　感覺～｜頭腦～｜這人反應真～，我說了好幾遍了還不懂！
反【木訥】mù nè　顯得有點～｜～的表情。

「機靈」、「遲鈍」用於人的感官、思想、行動等。

機密 jī mì　1. 重要而隱祕　～材料｜請妥善保管這些～文件。
回【祕密】mì mì
2. 重要而不讓人知的事　內部～｜保守住～｜一定要嚴守國家～。
回【祕密】mì mì

「機密」適用於莊重場合，語意較重，作為內部祕密的等級，低於「絕密」。「祕密」多用於一般場合，如說「祕密消息」、「我們發現了一個祕密」。

激昂 jī áng　激動高昂　羣情～｜慷慨～｜我們應以～的鬥志去迎接挑戰。
反【消沉】xiāo chén　意志～｜自從那次失敗以後，他一直很～。
反【低沉】dī chén　情緒～｜她用～的語調講述了事情的經過。

「激昂」多用於情緒、語調等。

激動 jī dòng　1.（感情）受刺激後而衝動　情緒十分～｜他們都～得說不出話來。
回【衝動】chōng dòng
回【激昂】jī áng
回【感動】gǎn dòng
反【冷靜】lěng jìng　頭腦～｜你要保持～｜別激動，先～下來聽我把話說完！
2. 使感情衝動　這是～人心的時刻。
回【感動】gǎn dòng

「衝動」突出做某事的強烈願望，如說「你可別為那事衝動」。「激昂」突出情緒、語調等高昂，多表現在

言語及行動上，如説「剛到門口就聽到了激昂的歌聲」。

激化 jī huà　（矛盾）向激烈尖銳的方面發展；使激化　～矛盾｜雙方的矛盾進一步～了。

反【緩和】huǎn hé　～矛盾｜～緊張局勢｜經過勸解，她的情緒總算一下來了。

反【和緩】hé huǎn　態度～｜口氣～｜大家唱個歌，～一下氣氛吧！

激進 jī jìn　急於變革和進取　觀點～｜～組織｜你這種～的做法讓人難以認同。

反【保守】bǎo shǒu　～派｜做法～｜你的思想太～了，跟不上時代的發展。

激勵 jī lì　鼓勵、勸勉，使奮發～後代｜老師一直在想辦法～學生努力學習。

同【鼓勵】gǔ lì

同【激發】jī fā

同【砥礪】dǐ lì

「激勵」屬於書面語，語意較重。「激發」多用於抽象事物，如説「激發愛國熱情」。「砥礪」屬於書面語。

激烈 jī liè　氣勢劇烈；高亢激昂競爭～｜爭論得很～｜遠處響起了一陣～的槍聲。

同【猛烈】měng liè

同【強烈】qiáng liè

「激烈」突出動作緊張、言論尖鋭，多與「爭論」、「爭奪」、「辯論」、「搏鬥」等詞搭配。「猛烈」突出來勢

很猛很急，多與「爆炸」、「衝擊」、「風雨」等詞搭配，如説「發起猛烈攻擊」、「巨浪猛烈地衝擊礁石」等。「強烈」突出力量大，也可指程度高、濃度大，多與「光線」、「氣味」、「表現」、「要求」、「反映」等詞搭配，如説「色彩強烈」、「節奏十分強烈」、「強烈要求改正這種錯誤做法」。

反【和緩】hé huǎn　緊張局勢～了｜他的態度一直很～。

反【平緩】píng huǎn　他的陳述語調～，沒有多少抑揚頓挫。

激增 jī zēng　（數量等）快速地增長　產量～｜人口～｜市場需求～。

反【鋭減】ruì jiǎn　收入～｜資金～｜由於經濟不景氣，產品的銷量今年～。

反【驟減】zhòu jiǎn　實力～｜因受天氣影響，春節期間外出旅遊的人數～。

「激增」、「鋭減」、「驟減」屬於書面語。

激戰 jī zhàn　劇烈戰鬥　～前夜，士兵們都無法安睡。

同【鏖戰】áo zhàn

同【酣戰】hān zhàn

「鏖戰」屬於書面語，比較鄭重。「酣戰」指戰事激烈，如説「兩軍酣戰」。

積案 jī àn　已受理而長時間沒有解決的案件　清理～｜還有不少～有待處理｜集中清理解決財產糾紛～。

反【現案】xiàn àn　由於辦事不力，～拖成了積案｜那個區的～破案率在

80% 以上｜本月共破獲案件 32 起，其中～28 起。

積極 jī jí

1. 努力進取的；熱心的　工作～｜～進取｜～參加活動｜～動腦筋，想辦法｜他對社會工作一向很～。

反【消極】xiāo jí ～怠工｜～厭世｜～等待｜他對這件事的態度一直很～。

反【落後】luò hòu ～觀念｜思想～。

2. 肯定的；正面的　～因素｜從～的方面想辦法｜他在這件事情中起了～作用。

反【消極】xiāo jí ～因素｜你別發表～言論｜這種想法給整個計劃的實施帶來了～的影響。

「積極」1 用於具體的人及其行為；2 多用於抽象事物。

積聚 jī jù

積累；逐步聚集　～力量｜～資料｜等～到一定資金後我們就自己開公司。

同【積累】jī lěi
同【集聚】jí jù

「積聚」的對象大多比較具體。「積累」突出用較長時間聚集，包括物質和精神財富，如說「多年來積累了豐富的經驗」、「在日常生活中可以積累大量知識」。「集聚」突出從分散到集中的變化，如說「商場門口已經集聚了幾百人」。

積累 jī lěi

1. 逐漸聚集；使增多　～資金｜～知識｜通過長時間的實踐，他～了豐富的經驗。

同【積聚】jī jù

反【消耗】xiāo hào ～精力｜高產出，低～｜今天的比賽中，他的體力～過度。

反【耗費】hào fèi ～時間｜這麼做要～很多材料。

2. 國民收入中用於擴大再生產的部分　～有所減少｜採取有效措施增加～。

反【消費】xiāo fèi ～品｜～資料｜～水平｜引導～｜居民～價格指數下半年將回落｜國家採取措施刺激～。

「積累」1 用於資金、知識、材料、經驗等多方面；2 用於經濟領域。

積少成多 jī shǎo chéng duō

少量的事物經過積累逐漸增多　我們的經驗總是～。

同【聚沙成塔】jù shā chéng tǎ
同【集腋成裘】jí yè chéng qiú

「積少成多」源於《戰國策‧秦策》「於是夫積薄而為厚，聚少而為多」。「聚沙成塔」源於《妙法蓮華經‧方便品》「乃至童子戲，聚沙而為佛塔」。「集腋成裘」源於《慎子‧知忠》「狐白之裘，蓋非一狐之腋也」。

積蓄 jī xù

積攢聚存　～人才｜物力｜他們正在～力量，時機成熟便會發揮出來。

反【消耗】xiāo hào 能量～｜不斷降低生產中的～｜～掉的力量需要很長時間才能重新積蓄起來。

反【耗費】hào fèi 這項建設～了兩千多萬元｜不用～多少力氣就能把這工作完成。

「積蓄」還表示積存的錢款，如說「她每個月都有積蓄」、「我家現在根本沒有積蓄」。

譏笑 jī xiào　譏刺、笑話（對方或他人）　別這麼～他｜他常常喜歡～別人｜他因怕遭人～，做事一直小心翼翼。

同【諷刺】fěng cì
同【譏刺】jī cì
同【譏諷】jī fěng
同【嘲笑】cháo xiào
同【恥笑】chǐ xiào

「譏笑」屬於書面語。「諷刺」語意較重，如說「諷刺落後現象」、「喜歡看諷刺小說」。「譏刺」屬於書面語，如說「譏刺時弊」。「譏諷」程度比「譏刺」輕，如說「他被朋友譏諷的話語傷害了」。「嘲笑」適用範圍較廣，如說「怎麼能用嘲笑的口氣跟人說話」。「恥笑」屬於書面語，如說「他做事笨手笨腳的，總是遭人恥笑」。

饑荒 jī huāng　收成不佳或顆粒無收　難忘～年月｜社會全力支援鬧～的地區。

同【饑饉】jī jǐn

「饑饉」屬於書面語，如說「饑饉歲月」、「連年饑饉」。

及第 jí dì　科舉考試中選　狀元～。

反【落第】luò dì　科舉～｜嘗盡～的辛酸｜這次考試，他最終～而歸。

吉 jí　好的；有利的；幸福的　～人天相｜店舖擇～開張｜逢凶化～｜萬事大～。

反【凶】xiōng　～信｜～兆｜～吉｜他走後一點消息都沒有，恐怕是～多吉少。

吉兆 jí zhào　吉祥的徵兆　病人的臉色大有好轉，這真是個～啊｜房子周圍有喜鵲築巢，被視為～。

反【凶兆】xiōng zhào　這絕非～｜這莫非是「世界末日」的～？

汲取 jí qǔ　吸收；攝取　一定要從這件事情上～經驗教訓｜孩子們～了充分的營養。

同【吸取】xī qǔ

「汲取」屬於書面語，指吸收有益的、積極的東西，適用於經驗、營養、教訓等。「吸取」表示吸收採取，如說「吸取氧氣」、「吸取合理建議」、「樹靠根部吸取水分」等。

即將 jí jiāng　快要；將要　晚會～開始｜她～畢業，最近正忙着找工作。

同【行將】xíng jiāng

「行將」屬於書面語，如說「行將滅亡」。

即刻 jí kè　立刻　～生效。

同【當即】dāng jí
同【立即】lì jí
同【立刻】lì kè
同【馬上】mǎ shàng
同【迅即】xùn jí

「即刻」突出緊接着某個時候，表示時間極短。「立刻」突出時間的伸縮性小。「馬上」所表示的時間有一定伸縮性，可長可短，用於將來時表示即將，如說「馬上就去」、「馬上開始」。「迅即」屬於書面語。

即時 jí shí　立刻　一有事情就應～處理。

圓【登時】dēng shí
圓【立時】lì shí

「即時」指即將，屬於書面語；還可指當時，如說「即時信息」、「即時行情」。

即使 jí shǐ　連詞，表示假設的讓步　～你去也沒用｜～看上十遍，我也無法記住。

圓【即便】jí biàn
圓【縱使】zòng shǐ

「即使」比較常用，含有便是如此、就算這樣的意味，如說「即使他白天不來，晚上也總要趕回來」。「即便」突出對尚未發生的事情作出假設性讓步，如說「即便成功了也不能驕傲」。「縱使」含有放開來說、隨便如何的意味，屬於書面語，如說「縱使有千難萬險，也要嘗試一下」。

佶屈聱牙 jí qū áo yá　（文章等）讀起來很不順口　這些古書～。

反【琅琅上口】lǎng lǎng shàng kǒu 她的作品文從字順，～｜這些詩歌都是為小朋友們寫的，～，好記好誦。

「佶屈聱牙」也寫作「詰屈聱牙」，屬於書面語。

急 jí　1. 迅速，又快又猛　～行軍｜～風暴雨｜水流湍～｜外面炮聲甚～，他卻一直很沉着。

反【緩】huǎn　～步徐行｜過橋時車輛～行｜微風～～地吹着。
反【慢】màn　且～｜這是～車｜這是你們點的菜，二位請～用。

2. 急躁；着急；發怒　性子～｜你別～，大家商量好再動手｜沒說上三句話，他就～了。

反【慢】màn　他的性子就是這麼～，你說甚麼他也急不起來。

「急」還表示使人急，如說「這事真急人」、「實在急死我了」。

急匆匆 jí cōng cōng　急急忙忙的樣子　他每天早上都～地去上班｜我一看，原來是她～地走了過來。

反【慢悠悠】màn yōu yōu　他走路總是～的｜他～地回了家｜奶奶～地說起往事。

急促 jí cù　短而快速　時間很～，大家要抓緊了｜話筒裏傳來～的話音。

圓【短促】duǎn cù

「急促」多用於動作、聲音等，強調急迫、很快。

急流勇退 jí liú yǒng tuì　原比喻做官的人在得意時為了避禍而及時引退，現多指在取得成功或勝利之後退出競爭　他當了兩年董事長後就～了。

圓【功成身退】gōng chéng shēn tuì

「功成身退」指功業建成後主動辭去官職，如說「你別只想着功成身退，我們這裏可少不了你啊」。

急忙 jí máng

因着急而行動加快　聽到消息他～掉頭走了｜他～把介紹信拿了出來｜她～使了個眼色，讓他不要說下去了。

- 同【匆忙】cōng máng
- 同【趕緊】gǎn jǐn
- 同【趕忙】gǎn máng
- 同【連忙】lián máng

「急忙」突出人因心理上的急而使行動加快，多用在動詞前。

反【從容】cóng róng　～不迫｜對於每一個問題，他總是能～應對。

急迫 jí pò

立即需要應付或辦理，不容遲延　這次任務很～，要加快完成。

- 同【急切】jí qiè
- 同【緊急】jǐn jí
- 同【緊迫】jǐn pò
- 同【迫切】pò qiè

「急迫」突出「迫」，表示不容拖延。「急切」突出緊急而難以等待的心情，如說「他急切地盼望着」；也指時間倉促，如說「時間過於急切」、「急切間真想不出合適的辦法來」。「迫切」是主觀上已到難以等待的程度，如說「這是我們的迫切願望」。「緊迫」突出客觀上不容延遲，如說「任務緊迫」、「形勢緊迫」、「大家一定要有緊迫感」。

反【從容】cóng róng　～準備｜時間

～，咱們還來得及｜多給一點時間吧，這樣我們可以更～一些。

反【寬緩】kuān huǎn　形勢～一些了，沒那麼急迫了。

「寬緩」還可作動詞，如說「寬緩一段時間」、「希望您能給我寬緩幾日」。

急速 jí sù

非常快　那架飛機～掠過山頂｜他聽到後面有人叫就～回頭。

- 同【急遽】jí jù
- 同【快速】kuài sù
- 同【神速】shén sù
- 同【迅急】xùn jí
- 同【迅速】xùn sù

「急速」突出「速」，表示快、迅速。「急遽」着重於「遽」，表示匆忙，時間極短，屬於書面語，如說「列車急遽地駛過隧道」。

反【緩慢】huǎn màn　行動～｜工作進展～｜生長～｜火車～地開進了站台。

急躁 jí zào

容易激動，不冷靜　他真是個脾氣～的人｜這事你可以說清楚的，不必那麼～。

- 同【煩躁】fán zào

「急躁」多用於性格方面。「煩躁」用於心情方面，如說「他内心非常煩躁，一直都在那裏踱步」。

反【耐心】nài xīn　～等待｜～幫助｜她總是很～｜這個人缺乏～，容易急躁。

疾駛 jí shǐ

（車輛等）快速行駛

~中的車輛｜列車~而過｜漂亮的小汽車正沿江~。

⟨反⟩【緩行】huǎn xíng　車輛~進入警戒區｜過橋車輛，一律~。

「疾駛」、「緩行」屬於書面語。「緩行」除指慢行外，還可表示暫緩實行，如說「計劃緩行」、「政策緩行」等。

集合 jí hé
將分散的聚在一起；匯聚　預定三點鐘~｜隨着一聲哨響，隊員們很快~了起來｜快把人員~起來，準備出發。

⟨同⟩【匯合】huì hé

⟨同⟩【聚合】jù hé

「集合」用於人時指人為的、有組織的、有目的的行為。「聚合」突出靠外力，使之集合起來，如說「聚合起民眾的力量」、「人羣聚合在一起」。

⟨反⟩【解散】jiě sàn　立即~｜就地~｜上完課就~了｜隊伍~後，士兵們在樹陰下休息。

「解散」還指取消團體，如說「解散內閣」、「解散了詩社」等。

集結 jí jié
聚集，集合到一處　~待命｜~兵力。

⟨反⟩【疏散】shū sàn　~人口｜~兵力｜必須緊急~附近的居民。

「集結」多用於軍隊等集合到一處。「疏散」還表示疏落，如說「這一帶比較荒涼，只有一些疏散的村落」。

集聚 jí jù
集合；合在一起　這

個工程~了眾多人力、物力。

⟨同⟩【匯聚】huì jù

「集聚」適用於人的集中，有時也可用於事物，多用於書面語。「匯聚」，強調匯成一體或一羣，如說「應匯聚多方意見後再作考慮」。

集思廣益 jí sī guǎng yì
集中集體智慧，廣泛吸取有益的意見　公司領導層~，制訂了未來五年發展的計劃。

⟨反⟩【獨斷專行】dú duàn zhuān xíng　個別主管~的工作作風傷害了眾多員工。

集體 jí tǐ
許多人合起來的有組織的整體　~生活｜~經營｜~領導｜個人利益服從~利益。

⟨反⟩【個人】gè rén　~財產｜以~名義捐款｜處理好~與集體的關係。

⟨反⟩【個體】gè tǐ　~經濟｜從事~生產｜應考慮~經營者的利益。

集團 jí tuán
為某目標、利益而合作行動的集體　組成~｜幾大企業~在激烈地競爭。

⟨同⟩【團體】tuán tǐ

「集團」範圍較大，指共同行動的組織。「團體」突出單位或多數人，如說「團體購票」、「排練團體操」。

集中 jí zhōng
把分散的人、物、力量等聚集起來　~精力｜~管理｜~採購｜~兵力，各個擊破敵人｜~你的注意力，不要受旁人的影響。

⟨反⟩【分散】fēn sàn　~活動｜這東西

很容易～注意力｜人羣在第一聲槍響時就～了。

反【疏散】shū sàn　～人口｜及時～到安全地帶。

棘手 jí shǒu

形容事情難辦，像荊棘刺手一樣　～的問題｜這事情辦起來比較～。

反【順手】shùn shǒu　相當～｜事兒辦得很～｜剛開始做實驗，總有點不～。

「順手」還指隨手，如說「他出門時順手把燈關了」；還指順便，如說「院子掃完了，順手也把屋子掃一掃」。

極度 jí dù

程度極深的　～興奮｜～疲勞｜他陷入了～恐慌之中｜因遭受了巨大的刺激，她處於一種～瘋狂的狀態。

反【適度】shì dù　飲酒應～｜每天～的鍛煉有助於增強體質｜政府開始實行～從緊的貨幣政策。

「極度」還指極點，如說「他的忍耐已達極度」。

極端 jí duān

超過正常的表現、狀態；非常　一家人的生活～貧窮｜他是一個～負責的人，事情交給他可以完全放心。

同【極其】jí qí

「極端」多作形容詞；也可作名詞，指極點、頂點，如說「那人就是好走極端」。「極其」指非常，如說「極其豐富」、「極其困難」、「事故給了我們極其深刻的教訓」。

極力 jí lì

使盡全力　～控制自己的感情｜他們～促成兩個公司的合作｜他～向教授推薦這位年輕作家。

同【竭力】jié lì

同【盡力】jìn lì

「極力」突出非常用力。「竭力」程度更深，有完全用盡的含義，如說「他們竭力反對這個方案」。「盡力」強調用一切力量，程度較輕；還可作動詞，指拿出全部力量，如說「盡力學習知識」。

嫉妒 jí dù

妒忌；對強於自己的人心懷怨恨　他看到別人比自己好就萬分～｜她無端對自己的妹妹產生了～。

同【妒忌】dù jì

給予 jǐ yǔ

給；使另一方得到　～無私的幫助｜對他的遭遇，每個人都～了深切的同情。

反【索取】suǒ qǔ　～財物｜～資料｜不能只知道～，不懂得給予。

反【取得】qǔ dé　～經驗｜～聯繫｜～成功｜通過考試，她～了行醫的資格。

反【接受】jiē shòu　～禮物｜～深刻的教訓｜拒絕～對方的電子郵件。

「給予」的內容多是幫助、快樂、同情、幸福、批評等較為抽象的事物。

伎倆 jì liǎng

不正當、非法的手段、方法　慣用～｜他一眼就識破了對方狡猾的～。

同【花樣】huā yàng

同【手段】shǒu duàn

囻【手腕】shǒu wàn
囻【手法】shǒu fǎ

「伎倆」指為某個目的而使用的不正當手腕，多與「卑鄙」、「狡猾」、「陰險」等詞搭配。「手段」適用範圍較廣，多指具體做法，如說「手段層不出窮」、「使用技術手段」。「花樣」突出指花招，如說「騙人的花樣」。「手腕」只指待人處世的不正當方法，如說「他在這場競選中要盡了手腕」。「手法」多指藝術品或文學作品的技巧，如說「新穎手法」、「小說運用了現實主義的寫作手法」。

技巧 jì qiǎo 巧妙的技能　他的繪畫～很純熟｜製作這件藝術品時需要一些～。

囻【技能】jì néng
囻【技術】jì shù

「技巧」的對象是藝術、工藝製作、體育等方面。「技能」指掌握和運用專門技術的能力，如說「掌握技能」、「現在沒有專門技能就很難找到工作」。「技術」可指操作方面的能力，如說「科學技術」、「施工技術」；還可以指技術裝備，如說「技術革命讓世界格局發生了巨變」。

忌諱 jì huì 因歷史文化、風俗習慣或某種特別好惡形成的禁忌　他最～別人說他胖。

囻【避諱】bì hui

「忌諱」突出因有所顧忌而不願觸犯；還可指避免產生不利後果，如說「最忌諱背後議論他人」。「避諱」

指不願說出或聽到某些會引起不愉快的字眼，如說「春節的時候避諱用不吉利的字眼兒」。

季節 jì jié 一年中某一段時期　春暖花開正是旅遊的好～｜我最喜歡的～是秋季。

囻【節令】jié lìng
囻【時節】shí jié
囻【時令】shí lìng

「節令」屬於書面語，如說「節令正當暮春」、「端午吃粽子應應節令」。「時節」意義廣泛，除了節令和季節外，還指某個時候，如說「盛夏時節經常烈日當頭」。「時令」屬於書面語，如說「時令已交初秋，天氣逐漸涼爽」。

計策 jì cè 預設的方案和對策　～高明｜這是個一箭雙雕的～。

囻【計謀】jì móu

二者都是中性詞。「計謀」指謀劃、策略，如說「那人詭計多端，總有些陰險的計謀」、「他見多識廣，很有計謀」。

計劃 jì huà 1. 做某事前所作的方案或擬定的步驟　他為自己訂了很詳細的學習～｜我們對自己的未來應該有長遠～。

囻【打算】dǎ suan
囻【方案】fāng àn
囻【規劃】guī huà
2. 定出（有關內容、步驟）；打算　～先打基礎｜你不要莽撞，等～一下再

行動。

同【籌劃】chóu huà

同【打算】dǎ suan

同【規劃】guī huà

「計劃」可指長遠的、全面的，也可指目前的、具體的，適用範圍較廣。「規劃」指比較長遠的發展計劃，多比較概括，如說「制定未來規劃」等。「打算」多用於具體事情的事先安排，多用於口語，如說「打算放棄」、「我打算下週去旅行」。

計較 jì jiào　算計、比較　斤斤~|不加~|別~個人得失|這個人很愛~。

反【寬讓】kuān ràng　待人~大度|對待他人，應該多一些~和理解。

「計較」還表示爭論，如說「我現在不跟你計較，等你氣平了再說」。

記 jì　把印象保持在腦子裏　博聞強~|我~不清楚了|這些生詞都應~住。

反【忘】wàng　~乎所以|得意~形|這事你別~了|他早把那事~得一乾二淨了。

記得 jì de　沒有忘掉　你還~我嗎|我至今還能~童年時的趣事|我真的不~昨晚都說了些甚麼了。

反【忘記】wàng jì　~過去|~煩惱|我已~了那人的名字。

反【忘懷】wàng huái　故鄉的山水讓我難以~|那件事我至今不能~。

「忘懷」多用於否定。

記功 jì gōng　記錄功績，以示獎勵　~一次|~表彰。

反【記過】jì guò　他因違反交通規則而被~|那同學因考試作弊受到~處分。

「記功」、「記過」都是單位、組織對下屬人員進行獎懲的辦法。

記錄 jì lù　1. 也寫作「紀錄」。寫下來　及時~下來|他真實地~了那段歷史|這篇文章真實地~了當時發生的一切。

同【記載】jì zǎi

2. 寫下來的文字　查看一下會議~|他認真地整理了討論~。

同【記載】jì zǎi

「記錄」的對象側重於實際聽到的話或發生的事。「記載」的對象是已發生的事情，文體比較正式，如說「書中對那場戰爭記載得格外詳細」。

記述 jì shù　以文字寫下來　難以~|~了那天爭論的情況。

同【記敍】jì xù

「記述」多用於會議、會談等。「記敍」多用於文學、寫作等，如說「記敍得不太詳細」、「記敍文是最容易寫的」。

記性 jì xing　記憶能力　~極好|~很差|瞧我這~，差點把這事給忘了。

反【忘性】wàng xing　你這人~真大|實際上我的~比記性好。

寄存 jì cún　暫時把東西存在某

處；讓別人保管物件 ‖ 他把包裹~在朋友家。

回【存放】cún fàng

回【寄放】jì fàng

> 「寄存」和「寄放」都指把東西暫時託付給別人保管，如說「寄存在那裏」、「寄放自行車」、「寄放在倉庫裏」。「存放」強調東西的放置、保管，不一定託付他人，如說「存放在你家」、「存放在別人不知道的地方」。

反【取出】qǔ chū 你快~碟片 ‖ 電池用完了，把它~來吧 ‖ 醫生從傷員的小腿上~彈片。

反【提取】tí qǔ ~存款 ‖ 他到車站去~行李。

> 「提取」還指通過物理、化學或機械工藝等手段從物質中提取需要的東西，如說「提取精華」、「從油葉嚴中提取石油」等。

寄託 jì tuō
將情感、希望等投在某人或某事上 ‖ 這份禮物~着同學們的深情 ‖ 做父母的總喜歡把自己未實現的心願~在下一代身上。

回【寄予】jì yǔ

寂靜 jì jìng
安靜無聲 ‖ 夜深了，周圍一片~。

回【沉寂】chén jì

> 「沉寂」語意較重，指十分寂靜，如說「在沉寂的深夜」。

反【喧鬧】xuān nào 人聲~ ‖ ~的都市 ‖ 這一帶一直很~ ‖ 我真忍受不了那裏的~聲。

反【喧嘩】xuān huá 大聲~ ‖ 一片笑語 ‖ 公共場所，請勿~！

冀望 jì wàng
希望；期望 ‖ 我~早些通過考試。

回【期望】qī wàng

回【希冀】xī jì

回【希望】xī wàng

繼續 jì xù
（過程）延長下去；不間斷地連下去 ‖ ~看下去 ‖ 他決定~留在這兒 ‖ 只要~堅持，成功就在眼前。

回【持續】chí xù

回【接續】jiē xù

> 「持續」突出不間斷地保持下去，如說「持續時間不太長」。「接續」指不間斷地連下去，強調接着前面的，如說「你別一刻不停接續玩遊戲」、「這齣戲接續不斷演了足足三個小時」。

反【停止】tíng zhǐ ~營業 ‖ 比賽因雨~了 ‖ 考試結束，請同學們立即~答題。

反【中斷】zhōng duàn 會議~ ‖ 網路~ ‖ 他倆的聯繫~了 ‖ 火星探測器與地面的通訊~。

> 「停止」突出不再進行。「中斷」強調事情中途停止，過程不完全。

加 jiā
1. 兩個或兩個以上的東西或數目合在一起 ‖ 力量相~ ‖ 兩個班的學生~起來有 60 多個 ‖ 你的努力~上你的聰明才智，一定能成功。

反【減】jiǎn ~法 ‖ ~去一半 ‖ 商品大~價 ‖ 必須~掉一定的數目。

2. 使數量比原來大或程度比原來高；增加　～大｜～強｜再～上一個人｜老闆最近給我～薪了。

反【減】jiǎn　～肥｜～輕｜力量～弱｜有增無～｜別偷工～料。

> 「加」還表示添加上去，如說「加個符號」、「加上註解」；還表示「加以」，如說「不加考慮」、「不加思索」、「必須嚴加管束」。

加劇 jiā jù　程度變得更為嚴重；使程度變得更為嚴重　病情～｜～矛盾｜當地污染日益～｜局勢愈來愈緊張，兩國衝突～。

反【減緩】jiǎn huǎn　風力～｜～了疼痛｜這種隱形眼鏡能～兒童近視變深的速度。

> 「加劇」多用於不良情勢的變化發展。

加快 jiā kuài　運動或進展的速度增加　～速度｜～步伐｜舊城區的改造｜～發展科技，提高創新能力。

反【放慢】fàng màn　～步子｜車速～了｜老師～了語速。

加強 jiā qiáng　使變得更加堅強或更好、更有效；(幹某事)加重分量或加大強度　～力量｜～合作｜要～安全管理｜要～社會福利保障。

同【增強】zēng qiáng

> 「加強」適用範圍較廣。「增強」突出在原有基礎上提高，多與「體質」、「信心」、「勇氣」、「凝聚力」等詞搭配，如說「增強體質」、「增強戰鬥力」。

反【削弱】xuē ruò　不能～安全教育｜～對方的力量｜這一不良的嗜好～了他的魅力。

加入 jiā rù　參加進去，並成為其中一員　～俱樂部｜～志願者隊伍｜他一進大學就～了學生話劇社。

同【參加】cān jiā

> 「加入」指參加進入某組織；還可指添加、攙入，如說「再加入一些調料」。「參加」指加入某種活動或某種組織，成為其中一員，如說「參加會議」、「參加公益活動」。

反【退出】tuì chū　自願～｜她加入學生樂隊才幾天就～了。

加速 jiā sù　加快速度　～運動｜～前進｜網路～｜聽到這件事，他的心跳～，血壓升高。

反【減速】jiǎn sù　～運動｜～行駛｜看到前面有人，他立刻開始～。

> 「加速」也指進程的加快，如說「加速蘋果的成熟」、「加速孩子的成長」等。

加重 jiā zhòng　在原有基礎上增加重量或程度　～語氣｜不要～學生的負擔｜抽煙會導致病情～｜這一袋不夠重，還要～。

反【減輕】jiǎn qīng　～壓力｜～農民負擔｜他的體重有所～。

夾攻 jiā gōng　同時從相對的兩方面進行攻擊　他們面臨內外～，處境非常困難。

同【夾擊】jiā jī

「夾擊」比較常用，如說「南北夾擊」。

夾雜 jiā zá　攙雜在一起；使混雜　書堆裏邊～了幾張舊報紙｜喜悅中～着悲傷｜書報雜誌～在一起。
圙【攙雜】chān zá

「夾雜」是中性詞。「攙雜」多含貶義，如說「批評的時候不要攙雜個人好惡」。

佳句 jiā jù　詩文中意境美好的句子　～欣賞｜反覆推敲才得出這一～。
反【敗筆】bài bǐ　為這一～惋惜｜這篇文章～過多。

佳音 jiā yīn　好的消息　靜候～｜～頻傳｜這種新藥的誕生為患者帶來了康復的～。
反【噩耗】è hào　驚聞～｜～連連｜～傳來，大家都無比悲痛。

枷鎖 jiā suǒ　木枷和鎖鏈，舊時一種刑具。比喻遭受的束縛　他背上了沉重的精神～｜他感覺自己戴上了～，邁不開腳步。
圙【桎梏】zhì gù

「桎梏」屬於書面語，如說「掙脫沉重的桎梏」。

家畜 jiā chù　牲畜，為了經濟等目的而飼養的獸類如豬、牛、羊、狗等動物　飼養～｜這星期我們去參觀了～養殖場。
圙【牲畜】shēng chù

「牲畜」範圍比「家畜」廣。

反【野獸】yě shòu　森林裏有～出沒｜兇猛的～常竄到村裏覓食。

家屬 jiā shǔ　家庭內戶主以外的成員，也指某人本人以外的家庭成員　我們公司這次聚餐活動歡迎職員～參加｜病人～。
圙【家眷】jiā juàn

「家眷」指妻子兒女等，有時專指妻子，如說「我們公司這次活動，決定不帶家眷」。

家鄉 jiā xiāng　家庭世代居住的地方　他已離開～多年｜也就兩年功夫，～完全變了模樣。
圙【故里】gù lǐ
圙【故土】gù tǔ
圙【故鄉】gù xiāng
圙【故園】gù yuán

「家鄉」多指祖輩世代居住地，多用於口語。「故園」、「故土」屬於書面語。

家養 jiā yǎng　人工飼養　～兔子。
反【野生】yě shēng　大力保護珍稀的～動物｜～的動物比起家養的動物更有生命力。

嘉獎 jiā jiǎng　1. 稱讚和獎勵　～有功之臣｜這次要好好～李先生，他為公司作出了很大貢獻。
圙【獎勵】jiǎng lì
2. 稱讚的話語或獎勵的實物　我們會給你最高的～。

回【獎勵】 jiǎng lì

「嘉獎」語意較重，常為了起到宣傳鼓勵目的，多用於書面語。「獎勵」突出給予榮譽或實物進行鼓勵，如說「給予獎勵」、「獎勵優秀學生」等。

假 jiǎ

虛偽的；不真實的；偽造的；人造的　~話｜~證件｜~仁~義｜弄虛作~｜必須打擊製~販~行為。

反【真】 zhēn　~心實意｜~知灼見｜~才實學｜這是千~萬確的事實。

假充 jiǎ chōng

假裝；以假充真　討論的時候他~內行。

回【假冒】 jiǎ mào

回【冒充】 mào chōng

「假充」可用於人或物，多指裝作、硬充。

假定 jiǎ dìng

暫且認定；假設　他們~這事沒有障礙｜得出了錯誤結論是因為~的前提不符合實際。

回【假設】 jiǎ shè

「假設」還能用於科學研究上對客觀事物的假定的說明，如說「一個假設如果經實驗證明是正確的，就可以成為理論」。

假公濟私 jiǎ gōng jì sī

假借公事的名義，為個人或小團體牟取私利　這批人總是~｜應制止這種~的風氣｜他們利用出差機會~，遊覽了很多地方。

反【克己奉公】 kè jǐ fèng gōng　老張~，有口皆碑。

反【廉潔自持】 lián jié zì chí　應積極提倡大公無私、~的作風。

假話 jiǎ huà

不真實的話；憑空編造出來的話　別在這裏說~｜反對孩子用~欺騙父母。

回【謊話】 huǎng huà

回【謊言】 huǎng yán

假想 jiǎ xiǎng

想像；假設　心裏有個~的敵人會讓你做事更有幹勁。

回【設想】 shè xiǎng

「假想」常有虛構之意。

假相 jiǎ xiàng

跟事物本質不符合的表面現象　以~騙人｜不要被~蒙住了雙眼。

反【真相】 zhēn xiàng　~大白｜不明~｜我一定要弄清楚事情的~。

假造 jiǎ zào

1. 仿造冒充真的　~名牌服裝｜海關查獲了一批~的商標。

回【偽造】 wěi zào

2. 憑空造出；捏造　他不想去，就~藉口溜掉了。

回【編造】 biān zào

回【捏造】 niē zào

「假造」的對象可指文書、證件一類具體的東西，也可指語言、罪名等。「編造」突出編出原因、理由等，如說「編造謊言」。「捏造」程度最重，如說「捏造罪名進行陷害」。

假裝 jiǎ zhuāng　故意裝出某種樣子　她~高興，其實心裏很傷心｜聽到門外有腳步聲，學生們都開始~睡着了。

圓【偽裝】wěi zhuāng

> 「假裝」突出做作，為了不讓人發現真實情況。「偽裝」突出改變形象或裝束騙人，如說「偽裝成一個老人」、「偽裝成現在的樣子」。

嫁 jià　女子結婚由娘家到夫家　~到夫家｜今天她家~女兒｜她~給了一個有錢人。

反【娶】qǔ　~親｜婚喪嫁~｜這個男的~了一個漂亮女子。

> 「嫁」用於女性。「娶」用於男性。

價格 jià gé　商品的具體價錢　詢問~｜~調整｜市場~波動｜這衣服的~太高了，我買不起。

圓【價錢】jià qian

圓【價值】jià zhí

> 「價格」適用範圍較廣，口語書面語都可用。「價錢」多用於口語，如說「價錢比較合理」。「價值」指商品能支配或交換其他商品的能力，常作經濟學術語；還指意義、作用等，如說「具有研究價值」、「實現人生的價值」、「體現崇高的價值」。

尖端 jiān duān　發展得最高的(科學、技術等)　~科技｜~電子產品｜我們已經掌握了這一~技術。

反【基礎】jī chǔ　~學科｜只有掌握了這些~知識，你才能最終接觸到最尖端的學問。

> 「尖端」原指物體尖銳的末梢、頂點等，如說「刀的尖端」、「筆的尖端」。

尖刻 jiān kè　(言語)刻薄；不厚道　言語不要如此~｜他說話十分~。

圓【尖酸】jiān suān

> 「尖酸」還有使人難受的意思，多含貶義。

反【厚道】hòu dao　他為人十分~，很多人都願意與他親近。

尖利 jiān lì　1. 尖銳；鋒利　他眼光~｜~的言辭傷害了她的內心。

圓【鋒利】fēng lì

圓【尖銳】jiān ruì

圓【銳利】ruì lì

圓【犀利】xī lì

2. (聲音)高而刺耳　馬在曠野上發出~的嘯叫。

圓【尖銳】jiān ruì

奸猾 jiān huá　也寫作「奸滑」。詭詐狡猾　他為人過於~，所以大家都不喜歡他｜為了抓住這個~的罪犯，警察追蹤了一個月。

圓【奸詐】jiān zhà

> 「奸猾」突出狡猾。「奸詐」突出虛偽詭詐，不講信義，語意較重，如說「為人奸詐異常」。

反【忠厚】zhōng hòu　為人很~｜~善良｜這一帶的人十分勤勞~。

奸佞 jiān nìng　1. 奸邪諂媚　~小人｜不要相信那些~之人。

反【忠直】zhōng zhí　～之士｜他為人～，有勇有謀，將來一定能夠成大器。

反【忠良】zhōng liáng　～之臣｜這些人都是～義士。

2. 奸邪諂媚的人　～專權｜～當道｜皇帝昏庸，重用～。

反【忠良】zhōng liáng　欺君罔上，陷害～。

奸詐 jiān zhà　虛偽詭詐，不講信義　～之徒｜為人～。

同【奸滑】jiān huá

反【忠厚】zhōng hòu　～老實｜～而淳樸｜他為人～，值得信賴。

反【忠誠】zhōng chéng　～無私｜作為員工，你首先應該對公司～。

兼任 jiān rèn　同時擔任幾個職務　一身～數職｜副校長～工會主席｜她在社會團體中～領導職務。

反【專任】zhuān rèn　她是～的英語老師｜今年我～這個項目的經理。

堅 jiān　硬而牢固；不易碎　～如磐石｜～不可摧｜真是一塊～冰，難以融化。

反【脆】cuì　～弱｜～而不堅｜～而爽口｜這種紙太～了｜老人骨頭很～，容易骨折。

「堅」還表示不動搖、不改變，如說「堅信不疑」、「堅守陣地」。

堅持 jiān chí　堅決保持、維護或進行　～原則｜～不懈｜～真理｜～到底，就是勝利。

反【放棄】fàng qì　～陣地｜～原則｜

～權利｜他～了這個很好的工作機會，真可惜。

反【背離】bèi lí　～初衷｜～了正確原則。

堅定 jiān dìng　穩„而不動搖　～不疑｜母親教導我做一個～勇敢的人。

同【堅決】jiān jué
同【堅強】jiān qiáng
同【堅韌】jiān rèn
同【堅忍】jiān rěn
同【頑強】wán qiáng

「堅定」突出人的態度、立場、觀點、意志等堅決。「堅決」突出態度或行動不猶豫，與「遲疑」相對，如說「她的態度十分堅決」、「認識了錯誤就應堅決改正」。「堅強」突出不屈服，多形容性格、信心意志等，是褒義詞，如說「他是個意志堅強的人」、「我們應堅強自己的信心」。「堅韌」突出物體不易折斷或人的性格、意志強而不屈，如說「性格堅韌」、「登山需要堅韌不拔的毅力」。「堅忍」突出在艱苦困難的情境中忍受着而不動搖，只用於人，如說「生活雖然很苦，但也十分堅忍」。「頑強」突出強硬，如說「頑強地抗爭」、「頑強的鬥志」。

反【動搖】dòng yáo　毫不～｜意志有些～｜基礎～｜信念開始～。

堅固 jiān gù　結實而不易受損　這些工具非常～耐用｜防禦工事十分～。

同【鞏固】gǒng gù
同【牢固】láo gù

堅強 jiān qiáng　強有力的，不可摧毀或動搖　～不屈｜～的毅力｜性格～的人能夠不斷地克服人生的各種挫折和打擊。

⟨反⟩【脆弱】cuì ruò　感情～｜這種關係基礎本來就很～，經不起打擊。

⟨反⟩【薄弱】bó ruò　意志～。

⟨反⟩【軟弱】ruǎn ruò　～無能｜～可欺之人｜你太～了，為甚麼怕他？

堅實 jiān shí　堅固結實　打下～的基礎｜這是我們事業的～根基。

⟨反⟩【鬆軟】sōng ruǎn　質地～｜～的棉花｜地基～，不適合蓋大樓。

堅信 jiān xìn　堅決相信　～不疑｜應該～我們的事業一定會取得勝利｜他～能很快完成這個項目。

⟨反⟩【懷疑】huái yí　令人～｜我從未～過自己的能力｜他對這件事情表示～。

⟨反⟩【狐疑】hú yí　心中～｜～不決｜她滿腹～，急於弄清真相。

堅毅 jiān yì　不動搖、有毅力　他神情～，我知道勸不動他。

⟨同⟩【剛毅】gāng yì

「堅毅」重在有毅力，不易動搖。「剛毅」突出剛強不屈，多用於表情、聲音、面容、目光等，如說「神色剛毅」、「剛毅的目光」。

堅硬 jiān yìng　（物體）硬而堅固，不易變形　質地～｜這種～的石頭不易打磨。

⟨反⟩【柔軟】róu ruǎn　～的墊子｜～的腰肢｜～的皮革｜一躺到～的牀上，

我的眼皮就直打架。

⟨反⟩【鬆軟】sōng ruǎn　～的蛋糕｜白淨～的羊毛｜曬過的棉絮更加～。

監督 jiān dū　監視督促　～比賽｜政府要接受公眾～。

⟨同⟩【監視】jiān shì

監禁 jiān jìn　把人關押起來限制其自由　非法～｜實行～｜～犯人｜那人被～了十幾個小時。

⟨反⟩【獲釋】huò shì　～出獄｜經過法庭上十幾個小時的辯論，他當庭～。

緘默 jiān mò　閉口不語　～不言｜不管被問到甚麼問題，他都保持～。

⟨同⟩【沉默】chén mò

「緘默」指有意不說出自己的想法或者意見，屬於書面語。「沉默」突出不說話而顯得十分安靜，如說「保持沉默」、「沉默寡言」。

艱苦 jiān kǔ　非常困難　～奮鬥｜～的歲月｜～而緊張的工作｜這裏的環境比較～，請各位克服一下。

⟨同⟩【艱辛】jiān xīn

⟨同⟩【艱難】jiān nán

⟨同⟩【艱巨】jiān jù

「艱辛」突出特別辛苦、不易，屬於書面語，如說「創業的道路非常艱辛」。「艱難」突出困難，如說「一個人艱難地支撐着」、「那一段艱難的歲月我們永遠不會忘記」。「艱巨」突出困難而繁重，如說「任務艱巨」、「偉大而艱巨的事業」。

囸【舒適】shū shì　生活~|給自己營造一個安靜~的讀書環境。

囸【安逸】ān yì　貪圖~|老人過着~的生活。

艱深 jiān shēn　深奧而難以理解　學問~|~的哲理|這麼~的道理，我怎麼理解得了？

囸【淺顯】qiǎn xiǎn　~易懂|這麼~的道理，連小孩都懂。

囸【通俗】tōng sú　~小說|~歌曲|~易懂|這屬於~的讀物，難度不高。

減 jiǎn　從原有數量中去掉一部分　~少|~員|~價|偷工~料|~免學費。

囸【加】jiā　~法|親上~親|聰明~勤奮等於成功。

囸【增】zēng　~加|~添|~援|~收節支|本月預計將~產 3%|他對學習的興趣有~無減。

「減」還表示程度降低、衰退，如說「風勢減弱」、「幹勁不減當年」。

減產 jiǎn chǎn　產量降低；減少生產　糧食~|今年桃子收成~|工廠採取~措施，裁減了一些職工。

囸【增產】zēng chǎn　努力~|鋼材~達 8%|主要石油生產國~將使國際原油價格下跌。

減緩 jiǎn huǎn　程度減輕；速度變慢　呼吸~|風力~|睡覺時人體的新陳代謝會~。

囸【加劇】jiā jù　矛盾~|頹勢~|污染日益~|服藥後，傷口的疼痛反

而~了。

「加劇」多用在不好的事情上。

減輕 jiǎn qīng　減少重量或使程度降低　~壓力|~負擔|他的體重有所~|這種藥可以幫助~鼻塞和咳嗽的症狀。

囸【加重】jiā zhòng　~病情|~處罰|這次説話，他的語氣~了。

「減輕」的對象可以包括具體事物及抽象事物，如說「減輕壓力」、「減輕體重」、「減輕負擔」等。

減弱 jiǎn ruò　程度降低；變弱　風勢正在漸漸~|過了一會兒，他強硬的語氣有所~。

囿【削弱】xuē ruò

「減弱」多由事物的内因所致，多用於氣勢、力量等方面。「削弱」多由外因所致，如說「削弱領導力量」、「球隊的實力受到了削弱」。

囸【加強】jiā qiáng　~身體鍛煉|必須~管理|綜合國力得到~|你只有~你的腿部力量，才能提高速度。

囸【增強】zēng qiáng　~信念|~自信心|~文章的表達效果|平時應該注意鍛煉，~身體對疾病的抵抗力。

減色 jiǎn sè　事情的程度有所降低　晚會的原定節目不能全部演出，真是~不少。

囿【遜色】xùn sè

「減色」指事物的精彩成分降低。「遜色」突出不如別人、差勁，屬於書面

語，如說「毫不遜色」、「你並不比
他遜色」、「妹妹的演奏技巧一點也
不遜色」。

減少 jiǎn shǎo　在原有基礎上減
去一部分　~人員｜~錯誤｜~庫
存｜~不必要的開支。
⊘【增加】zēng jiā　~品種｜~雜誌
發行量｜人數在逐年~｜財富~了很
多。

儉樸 jiǎn pǔ　節省樸素　生活~｜
~的服裝｜她的穿着既~又大方。
⊘【奢侈】shē chǐ　生活~｜~浪費｜
他只知道~地享受，卻不懂得創造的
艱辛。

儉省 jiǎn shěng　也說「省儉」。
惜財惜物，不浪費　歷來過着~的日
子｜這幾年精打細算，~了不少。
圓【節儉】jié jiǎn
圓【節省】jié shěng
圓【節約】jié yuē
圓【儉樸】jiǎn pǔ
圓【儉約】jiǎn yuē

「儉省」多指精打細算，省下財力、
物力，不浪費。「節儉」突出節，指
省得得當，如說「主人平時是很節儉
的」。「儉樸」只作形容詞，重在樸
素、樸實，多指生活節約不奢侈，
也指不奢華，如說「勤勞儉樸」、「生
活很儉樸」。「儉約」屬於書面語，
如說「他一生儉約」。

撿 jiǎn　拾取　~了芝麻，丟了西
瓜｜他從地上~起一枚硬幣來｜~到

東西要送交失物招領處。
⊘【扔】rēng　~掉｜~石頭｜沒用
的東西就~了吧，別捨不得。

「撿」、「扔」多用於具體的事物。
「扔」還含有丟棄、捨棄的意思。

檢查 jiǎn chá　1. 為發現某個問
題而仔細看　~身體｜做完作業要~
一下｜醫生仔細地為病人~傷勢。
圓【查看】chá kàn
2. 因錯失而檢討　~錯誤。
圓【反省】fǎn xǐng
圓【檢討】jiǎn tǎo

「檢查」適用範圍較廣，可用於具體
的身體、產品、質量等，也可用於
抽象的思想、立場、問題等，突出
查找並發現問題。「反省」、「檢討」
多是針對錯失或謬誤，如說「自覺檢
討錯誤」、「在會上對工作上的失誤
作檢討」。

檢舉 jiǎn jǔ　向有關機關揭露違
法或犯罪行為　~違法經營的事實｜
他向廉政公署~了受賄者。
圓【告發】gào fā
圓【舉報】jǔ bào
圓【揭發】jiē fā

「檢舉」比較鄭重，用於向司法機關
或國家有關機關和組織揭發。「告
發」突出去檢舉或揭露。「舉報」是
向有關單位揭發違法事實，如說「舉
報聯手舞弊案件」、「警署鼓勵市民
舉報犯罪嫌疑人」。「揭發」指揭露
出來，如說「大膽揭發」、「匿名揭
發」。

反【包庇】bāo bì　互相～｜～貪污行為｜千萬別～壞人｜你～他就是在縱容他。

檢修 jiǎn xiū　檢查並修理，使器物完好　必須定期～設備｜他對自己的汽車作了一次徹底～。
同【修理】xiū lǐ

「檢修」突出用心查看後找出毛病，並進行修理。「修理」突出將已經損壞的修好或恢復原來作用，如說「修理儀器」、「修理傢具」、「送維修部修理」等。

簡便 jiǎn biàn　簡單方便　～的方法｜這個辦法～易行，具有可操作性｜做事要周到，不要光圖～。
反【繁瑣】fán suǒ　手續～｜多麼～的禮節｜這些～的規則，該廢除就廢除吧！

簡單 jiǎn dān　不複雜；容易理解、使用或處理　這篇文章的內容太～了｜她是一個頭腦～的女孩子。
同【簡略】jiǎn lüè
同【粗略】cū lüè

「簡單」突出事物比較單純、頭緒少或容易理解，與「複雜」相對，適用範圍較廣，還可以形容經歷、能力等平凡（多用於否定式）。「簡略」着重指語言或文章內容不詳細，多用於語言文字方面，如說「內容過於簡略」、「這是一份簡略的大綱」。「粗略」突出簡單而不細緻，屬於書面語，如說「這份說明書比較粗略」。

反【複雜】fù zá　關係～｜顏色～｜

～的機構　這裏面關係挺～的。
反【詳細】xiáng xì　計劃制定得很～｜你的介紹還不夠～｜他向大家～地報告了事情經過。
反【繁複】fán fù　演算相當～｜～的手續｜你的文章過於～，請縮寫一下。

簡短 jiǎn duǎn　內容簡單，文字或說話持續時間不長　話說得很～｜牆報的文章要～生動｜在會上，他作了一個～發言。
反【冗長】rǒng cháng　文章過於～｜他的演講～無趣。

「簡短」、「冗長」多用於言談或文字方面。

簡潔 jiǎn jié　（說話、行文等）簡明扼要；簡短精練　～明了｜語言～生動｜這幅畫畫面～明快，構圖完整嚴謹。
反【煩瑣】fán suǒ　～哲學｜這些～的禮節早該廢除了｜～的考據讓人難以忍受｜請別把簡單的事情弄得很～。
反【冗長】rǒng cháng　～的句子｜～的發言｜一篇～的文章帶給人們的不是美感，而是難受。
反【囉唆】luō suo　～的文辭｜他～了半天，甚麼也沒講明白｜她這人特別～，一件小事會說上半天。

簡練 jiǎn liàn　簡要精練　文字～｜他說話很～｜這篇文章行文～。
同【精練】jīng liàn
同【簡明】jiǎn míng
同【簡潔】jiǎn jié

「簡練」用於語言文字量少而涵義豐富。「精練」突出簡明而沒有多餘內容，如說「精練的詩文」、「他說話非常精練」、「精練動人的演講」。「簡明」強調簡要而容易明白，如說「說話要簡明扼要，抓住重點」。「簡潔」指語言，文章簡要而不繁瑣、不拖泥帶水，如說「行文十分簡潔」、「這部小說語言非常簡潔」。

簡陋 jiǎn lòu　質量低或條件差；不完備　這個工廠設備很～｜這裏居住條件～，請你將就一下。
圓【粗陋】cū lòu

「簡陋」着重指簡單而不完全，多用於房屋、設備等方面。「粗陋」指粗而不精細，如說「粗陋的飯菜」。

反【完善】wán shàn　～的服務｜基礎設施已比較～｜這一新方案比先前的～多了。

反【華美】huá měi　～的服飾｜～的大廳｜這幢建築外表～，裏面的裝修卻很簡陋。

反【華貴】huá guì　裝飾～｜漂亮的客廳鋪着～的地毯｜她身一襲～的晚禮服走出來，讓所有人眼睛一亮。

反【華麗】huá lì　～的大廳｜房內的鋪設非常～｜在路的盡頭聳立着一座～的白色房子。

反【講究】jiǎng jiu　衣着～｜房間的佈置十分～。

「簡陋」多形容房屋、設備等方面。

簡略 jiǎn lüè　（言語或文章的內容等）簡單；不詳細　敘述得太～｜

你提供的材料過於～｜請～地概括你的論文主旨。

反【詳盡】xiáng jìn　作了～的說明｜請列出一份所有貨品的～清單。

反【詳細】xiáng xì　～解釋｜計劃制定得很～｜你的介紹還不夠～｜請你～描述一下他的長相。

簡慢 jiǎn màn　待人冷淡；禮貌不周　你不要～客人｜上次對各位有些～，這次得好好補償。

反【熱情】rè qíng　～洋溢｜～服務｜他～地給我倒茶、遞毛巾，我很感動。

反【熱忱】rè chén　滿腔～｜他以極大的～投入到工作中去。

簡樸 jiǎn pǔ　簡單樸素　～的文風｜雖然家境條件好多了，但她還是過着～的生活。

反【奢侈】shē chǐ　生活～｜～浪費｜別太～了，簡樸一點吧。

反【豪華】háo huá　～套房｜過着～的生活｜酒店的佈置十分～。

「簡樸」多形容語言、文筆、生活作風等，適用範圍較廣。「奢侈」可形容生活作風。「豪華」多形容實物。

簡要 jiǎn yào　簡潔扼要　～回答｜老師對有關問題作了～說明。
圓【扼要】è yào

「簡要」多指內容精練而能抓住要點。「扼要」突出抓住要點，如說「回答問題簡明扼要」、「事情的過程請你扼要概括一下」。

反【詳盡】xiáng jìn　內容～｜會議作

了～記錄｜請你對這個問題作出～的說明。

⚠【**複雜**】fù zá　關係～｜～的內容｜這個問題被你弄～了，其實簡要說幾句就行了。

> 「詳盡」突出詳細、周備、充分，用於褒義。「複雜」突出事物多而難，並難於分析、理解和解答，用於中性。

簡易 jiǎn yì　簡單容易　方法～｜～療法｜我們已制訂了對付這種問題的～方案。

⚠【**繁難**】fán nán　工作～｜這事要他做就～了｜完成這項～的工程需要耗費大量的財力。

> 「簡易」還指設施不完備，水平較低，如說「簡易公路」、「簡易病房」、「簡易工棚」等。

簡約 jiǎn yuē　簡略　～的文字｜我喜歡這種～而現代的設計風格。

⚠【**繁複**】fán fù　～的設計｜那些建築物都呈現出華麗而～的風格。

見 jiàn　看見；看到　有空我想跟他～個面｜這麼大的人參實屬罕～。

回【**睹**】dǔ

> 「見」適用範圍較廣。「睹」屬於書面語，如說「耳聞目睹」、「親眼目睹」。

見怪 jiàn guài　責怪；責備　你別～｜這事是我疏忽，請勿～｜我記性不好，請不要～。

回【**怪罪**】guài zuì

> 「見怪」指別人怪自己，用於口語的客套話中，多用否定式。「怪罪」可用於對自己，也可對他人，如說「上面怪罪下來我可吃不消」、「這事若怪罪起來可不得了」。

見機行事 jiàn jī xíng shì　看具體情況靈活辦事　出門在外，要學會～。

回【**隨機應變**】suí jī yìng biàn

> 「隨機應變」源於漢代東方朔《隱真論》「處天地之先，不以為長；在萬古之下，不以為久，隨時應變，與物俱化」，如說「他在複雜的場合缺乏隨機應變的能力」。

見解 jiàn jiě　（對事物的）認識和意見　獨到的～｜你的～很正確｜他總是人云亦云，從來沒有自己的～。

回【**見地**】jiàn dì

回【**看法**】kàn fǎ

> 「見解」屬於中性詞。「看法」多用於口語，如說「發表個人看法」。「見地」強調獨特、高明的見解，如說「見地高明」、「他的一番話別有見地」。

見面 jiàn miàn　彼此對面相見　計劃晚上跟他～｜約朋友在校門口～。

回【**會晤**】huì wù

> 「見面」適用範圍較廣，不直接帶賓語。「會晤」比較正式，如說「在賓館進行會晤」、「董事長中午要會晤美國客人」。

見效 jiàn xiào 　顯示出功效　這藥~比較慢｜要想立刻~，就得嚴格遵照醫囑。
圓【奏效】zòu xiào

「奏效」強調達到預期的效果，如說「不是做了就能奏效的」、「服了藥很快就會奏效」。

建交 jiàn jiāo 　建立外交關係　正式~｜兩國~多年。
反【斷交】duàn jiāo 　突然~｜我要跟你~｜他們倆~很長時間了。
反【絕交】jué jiāo 　斷然~｜朋友~｜君子~，不出惡言。

「建交」只用於國與國之間。「斷交」、「絕交」除國家之外，還可用於朋友之間。

建立 jiàn lì 　創立；建起　工廠要~新機制｜我們要在當地~辦事機構。
圓【樹立】shù lì

「樹立」用於抽象事物，如說「樹立榜樣」、「樹立良好風尚」。

反【破除】pò chú 　~迷信｜~陳規陋習｜要大膽~一些舊觀念。
反【推翻】tuī fān 　辛亥革命~了大清王朝｜這個結論很難被~。

建設 jiàn shè 　創立新的事業；增加新的設施　加快住房~｜經濟~步伐加快｜這座城市的基礎~很好。
圓【建造】jiàn zào

「建設」多指土木工程及工農業建設。「建造」突出造，多用於跟土木工程有關的製作或林業、造船業等，如說「建造新廠」、「建造大型艦船」、「建造開闊的防護林帶」。

反【破壞】pò huài 　搞~｜~名譽｜在戰爭中，大量建築遭到~。

建議 jiàn yì 　1. 提出主張，希望被採納　他~大家休息十分鐘｜~當事人迴避一下。
圓【提議】tí yì
2. 提出的主張　會議決定採納我們的~｜他向大會提出三項~。
圓【提議】tí yì

「建議」多指供參考的、有建設性的、具體的辦法，語氣比較婉轉、客氣。「提議」比較正式，語氣比較鄭重，如說「提議修改這項方案」、「提議召開大會進行討論」。

建造 jiàn zào 　建築；修建　~大樓｜~大壩｜地產商已買下了這片地，準備~居民住宅。
反【拆除】chāi chú 　強行~｜~臨時建築｜~防禦工事｜公司決定~這些舊廠房。

「建造」和「拆除」的對象比較具體，多跟建築工程有關。

建築 jiàn zhù 　修建；有關土木工程的施工　這些~材料不合標準。
圓【修建】xiū jiàn
圓【修築】xiū zhù

「建築」多指具體的工程建設；也可指建築物，如說「最新的建築」。

健康 jiàn kāng　生理機能正常，沒有缺陷和疾病　身心～｜祝你～｜使兒童～地成長｜經過長期休養，他慢慢恢復了～。

反【病態】bìng tài　顯得有點兒～｜這屬於～心理。

反【衰弱】shuāi ruò　身體～｜病中看起來很～。

「健康」用於人時強調沒有疾病，用於事物時指情況正常，如說「兩國關係朝着健康的方向發展」。

健壯 jiàn zhuàng　(體格)強健、壯實　體魄～｜這匹賽馬很～。

同【強健】qiáng jiàn

同【強壯】qiáng zhuàng

「健壯」強調健康強壯，精力很旺，可指人或動物。

反【虛弱】xū ruò　身體～｜久病～｜大病一場之後，她顯得十分～。

「健壯」、「虛弱」多用於身體方面。

間諜 jiàn dié　為敵方或外國服務，專門從事情報刺探或進行顛覆破壞活動的人　從事～活動｜抓獲了一名～。

同【特務】tè wu

「特務」多用於口語，如說「警惕特務在邊境的活動」。

間斷 jiàn duàn　連續的事情中間隔斷不連接　從未～｜這個實驗不能～｜他學習外語曾經～過兩年。

反【連續】lián xù　～不斷｜小雨一下了一個星期｜他一刻不停地～幹了十來個小時｜這個運動員～創造了三次新記錄。

間隔 jiàn gé　時間、空間上的距離　時間～太短了，沒辦法完成任務｜兩地～很遠，但她還是每個星期往返一次。

同【距離】jù lí

「間隔」還有隔開、相隔的意思，如說「彼此音信間隔」。「距離」多指間隔跨度，如說「前後距離兩百年」、「這裏距離大學有三十多公里地」；還可作名詞，如說「他的看法和你有距離」。

間或 jiàn huò　有的時候；偶爾　我們雖然住在同一座城市，但也只是～一聚。

同【偶爾】ǒu ěr

同【偶然】ǒu rán

間接 jiàn jiē　非直接的；通過另外一方發生關係的　～經驗｜～傳染｜你去～打聽一下這個人的背景。

反【直接】zhí jiē　～向上級反映｜致病的～原因｜你跟他們～聯繫吧，不用通過我｜我～打電話到你的辦公室吧。

漸變 jiàn biàn　逐漸地變化　氣溫～｜色彩～｜這是一個～的過程。

反【突變】tū biàn　形勢～｜天氣～｜聽到這句話，他神色～｜奶奶病情～，讓家人措手不及。

漸漸 jiàn jiàn　逐步(增或減)

霧～散去了｜天氣～轉涼｜游泳的人～多起來。

回【逐步】zhú bù

回【逐漸】zhú jiàn

「漸漸」指數量或程度一步一步地增多或減少。「逐步」突出一步一步地發生變化，有明顯的階段性，如說「逐步解決」、「逐步認識清楚」。「逐漸」突出人的意識過程或自然事物的變化，沒有明顯的階段性，如說「逐漸明白」、「質量問題逐漸暴露出來」。

反【忽然】hū rán　燈～滅了｜～下起雨來｜天氣～冷了起來｜她～離家出走，沒有留下一句話。

漸進 jiàn jìn　逐步前進、發展

循序～｜學習知識是一個～的過程，不能一蹴而就。

反【猛進】měng jìn　最近一段時間，他的外語水平突飛～。

「漸進」和「猛進」多用於向好的方面發展。

踐踏 jiàn tà　踩，比喻橫加摧殘

糟蹋　不能隨意～莊稼｜你們不能～公民權利。

回【蹂躪】róu lìn

「蹂躪」語意較重，突出暴力摧殘、侮辱、欺壓，如說「百姓遭受了侵略者的蹂躪」。

踐約 jiàn yuē　履行預先約定的

事情　按時～｜敦促他們～｜我方因故未能～，深感遺憾，敬祈原諒。

回【履約】lǚ yuē

「踐約」、「履約」都屬於書面語，都不帶賓語。

反【失約】shī yuē　你別～｜那人總是～｜你屢次～，到底是甚麼意思？

反【背約】bèi yuē　萬勿～｜是對方～在先。

將來 jiāng lái　還沒到來的，以

後的時間　～的日子怎麼樣｜你一定要多為～作打算。

回【未來】wèi lái

「未來」與「將來」意義相同，如說「面向未來」；「未來」還指即將到來的具體時間，如說「制訂未來三年的行動計劃」、「未來 24 小時內將有冷鋒襲來」。

將信將疑 jiāng xìn jiāng yí

有點相信，又有點懷疑　對他說的話，我們有點～｜聽到他要辭職的消息，我～。

回【疑信參半】yí xìn cān bàn

「將信將疑」較常用。

疆場 jiāng chǎng　戰場　將軍

馳騁在～｜奮勇殺敵，浴血～。

回【沙場】shā chǎng

回【戰場】zhàn chǎng

回【戰地】zhàn dì

「疆場」只指交戰的地方，不用於比喻，屬於書面語。「戰場」指兩軍交戰的地方，可用於比喻，如說「奔赴戰場」、「商場猶如戰場」。「沙場」

本指廣闊的沙地，也指交戰的地方，屬於書面語，如說「沙場點兵」、「久經沙場」。「戰地」突出指交戰的具體地區，如說「戰地醫院」、「抵達戰地」。

疆土 jiāng tǔ　領土　守衛～｜～遼闊。
同【國土】guó tǔ
同【領土】lǐng tǔ

「疆土」指國家領土或領土面積的大小。

疆域 jiāng yù　國土　擴展～｜～遼闊。
同【版圖】bǎn tú
同【幅員】fú yuán

獎勵 jiǎng lì　給予榮譽或實物進行鼓勵　物質～｜精神～｜～優勝者｜列在前 10 名的同學都得到了～。
反【懲罰】chéng fá　受到～｜你做錯了事，應該受到～｜這次對她的～可不輕啊！
反【處罰】chǔ fá　給以～｜～過重也不合適｜應該～那些違法的人。
反【處分】chǔ fèn　給予～｜受到～｜免於～｜學校～了幾名違紀學生。

講 jiǎng　1. 說　～話｜她哽咽着～不下去了｜～幾個要點｜你們應當～清原因，這樣我們才能決定。
同【道】dào
同【說】shuō
同【談】tán

同【敘】xù
2. 解釋；說明白　他每個週末都給我～天文知識。
同【說】shuō

「講」還有商量、請求等意思，如說「講價錢」、「為她講情」等。

講解 jiǎng jiě　解釋；口頭說明～新知識｜老師把這個題目～得非常清晰。
同【解說】jiě shuō
同【說明】shuō míng
同【解釋】jiě shì

「講解」比較鄭重，多用於教學環境等正式場合。「解說」比較隨意，突出口頭說明，如說「他對此沒作任何解說」、「請詳細解說一下生產流程」。「解釋」指口頭或書面說明或分析道理、原因、意義等，如說「他耐心解釋了遲到的原因」、「他終於把誤會解釋清楚了」。

講究 jiǎng jiu　1. 重視；很看重～環境｜她不大～穿着｜做事一定要～效率。
同【講求】jiǎng qiú
2. 精緻美好　異常～的咖啡廳｜活動室佈置得很～。
同【考究】kǎo jiu

「講究」還可作名詞，指值得考慮或重視的內容，如說「大有講究」、「講究很多」。「講求」適用範圍較窄，如說「他的畫很講求色彩」。「考究」指表面或質量比較精細周到，如說「考究的行頭」、「裝飾過於考究」。

反【隨便】suí biàn　穿着～｜我説話很～，您不要見怪。

降 jiàng

1. 從高處向低處落　～落｜～雨｜溫度下～｜～半旗致哀｜今天的～水概率為 90%。

同【落】luò

> 「降」運用於數量向下或質量向差發生變化。「落」多指實際物體向下掉，如說「落地」、「落潮」、「東西都落在地上了」。

反【升】shēng　～溫｜旭日東～｜舉行～旗儀式。

反【起】qǐ　可以～降最大的飛機。

2. 級別等次降低　～價｜～格｜他因工作中出現失誤而被～級。

反【升】shēng　～級｜恭喜你～職了。

降低 jiàng dī

下降；由高變低；使下降　溫度～了｜我們不能～要求，一定要選拔出最優秀的人才。

同【下降】xià jiàng

同【減低】jiǎn dī

> 「降低」多與抽象事物搭配，如說「降低標準」、「降低要求」、「降低錄取分數」。

反【升高】shēng gāo　等級～｜汛期到來，水位～了不少｜體溫從 38℃ 很快～到了 39℃。

反【提高】tí gāo　～嗓門｜～水平｜這個學期，你的成績～很快。

降級 jiàng jí

等級或班級降低　～重讀｜作～處理｜產品質量～｜這個酒店因為服務不合格而從四星～到三星。

反【晉級】jìn jí　加官～｜祝賀你～。

反【升級】shēng jí　電腦～換代快得很｜學校規定三門課不及格不能～。

降臨 jiàng lín

來到　夜幕～｜幸運～到他的身上。

同【來臨】lái lín

> 「降臨」多指沒有預料到的人或事到來。

降落 jiàng luò

從高處落到低處；落下　飛機安全～在機場。

同【下降】xià jiàng

> 「下降」可用於具體或抽象的事物。

反【起飛】qǐ fēi　準時～｜飛機～後一切正常。

> 「降落」多用於從空中下降。「起飛」也比喻事物開始快速發展，如說「事業開始起飛」、「當地經濟於八十年代末迅速起飛」。

降生 jiàng shēng

出生；誕生　天才～了｜他～在名門之家。

同【出生】chū shēng

同【出世】chū shì

同【誕生】dàn shēng

> 「降生」多指不平凡的人出世。

降職 jiàng zhí

職位下降　受到～處分｜工作做得不好就要～，這是理所當然的事。

反【晉職】jìn zhí　升官～｜～後，他的職責更重了。

反【升職】shēng zhí　～加薪是對員工最大的肯定。

交兵 jiāo bīng
發生戰役　在路口~｜~｜雙方互不相讓。

回【交鋒】jiāo fēng
回【交戰】jiāo zhàn

「交兵」屬於書面語。「交鋒」除了指實際戰鬥外，還常比喻比賽、思想等對立爭鬥，如說「武林高手屢屢交鋒」、「進行激烈的思想交鋒」。「交戰」較常用，如說「兩國交戰」。

交叉 jiāo chā
（線條狀物體）從不同方向互相穿過；間隔相交　兩臂~成十字形｜做體操時男女學生~列隊。

回【穿插】chuān chā

「交叉」強調對象為線條狀物體。「穿插」指在中間插入或交替着做某事，如說「別在車流中穿插」、「這項臨時任務在其中穿插進行」、「這幾個細節的穿插增強了小説的可讀性」。

交錯 jiāo cuò
錯雜在一起　從地圖上看馬路縱橫~｜把這些貨物~堆放。

回【交織】jiāo zhī

「交錯」用於具體事物，詞義較窄。「交織」指複雜地合在一起，如說「火力交織」、「黑白交織」。

交換 jiāo huàn
互相換　~意見｜~資料｜比賽雙方~場地｜他們各自從不同地方旅遊回來，彼此~了紀念品。

回【交流】jiāo liú

「交換」突出互相對調，各自拿出東西給對方；也用於意見、看法等抽象事物。「交流」多用於抽象事物，如說「交流思想」、「文化交流」、「交流經驗」等。

交界 jiāo jiè
兩國或兩地相連有共同的疆界　中國雲南省南部和越南、老撾、緬甸~。

回【接壤】jiē rǎng

「接壤」屬於書面語，如說「中國和俄羅斯接壤」。

交納 jiāo nà
向政府或公共團體交付規定數額的金錢或實物　~註冊費 300 元｜按期~房租｜又是~學費的時候了。

回【繳納】jiǎo nà

「交納」多指履行義務而交付給政府或部門。「繳納」多用於必須履行的法律規定的社會性義務，如說「依法繳納税金」、「繳納企業利得税」。

反【收取】shōu qǔ　按時~｜按月~電話費｜房東每月向我~房租｜仲介公司要~5% 的仲介費。

交情 jiāo qing
互相交往的情誼　我們是老~了｜我和他的~很一般。

回【交誼】jiāo yì

「交誼」屬於書面語，如說「雙方素有交誼」。

交融 jiāo róng
互相融合在一起　水乳~｜小説中人物的情感和作者的

情感～在了一起｜這部小説寫得情景～，很有感染力。
同【融合】róng hé
同【融會】róng huì

「交融」側重於交織、攙和在一起。

交戰 jiāo zhàn　雙方作戰　兩國～，不斷來使。
反【休戰】xiū zhàn　宣佈～｜談判後雙方達成一致，暫時｜～半年後，邊境又重燃戰火。
反【停火】tíng huǒ　～協定｜雙方終於決定～。

「交戰」也用於比喻，如説「兩種思想在交戰」，「這是感情與理智的交戰」。

教 jiāo　把知識或技能傳給別人　～英語｜～手藝｜～小孩兒識字｜師傅傳授技術｜～給徒弟｜這個地方我不太懂，你～～我吧！
反【學】xué　～唱新歌｜邊教邊～｜我們已～到第六課啦｜他曾經～過德語。

焦急 jiāo jí　很着急；急躁　他為此事～萬分｜他滿臉～地看着我，希望我能給他一個答案。
同【着急】zháo jí

「焦急」語意較重。「着急」語意較輕，多用於口語。

焦躁 jiāo zào　着急而不冷靜　他心情～，甚麼話都聽不進去。
同【煩躁】fán zào

焦灼 jiāo zhuó
「焦躁」強調着急而不安寧。「煩躁」強調心中煩悶而急躁，如説「事情一多，他就很容易煩躁」。「焦灼」屬於書面語。

嬌嫩 jiāo nèn　細嫩柔弱　體質～｜～的肌膚
同【柔嫩】róu nèn

「嬌嫩」指嬌氣、嬌貴，易損壞。「柔嫩」突出軟和嫩，如説「保護柔嫩的幼株」。

驕傲 jiāo ào　1. 自以為是，看不起別人　～自大｜有了成績千萬不可以～自滿。
同【高傲】gāo ào
同【倨傲】jù ào
反【謙虛】qiān xū　～謹慎｜為人～｜～有禮｜你們別過分～。
反【虛心】xū xīn　～向他人請教｜應該～聽取大家的意見｜在學習上應該多一分～，少一分自負。
2. 引為光榮；自豪　她為自己的女兒感到～｜這是一件值得～的事情。
同【自豪】zì háo

「驕傲1」用於貶義，「驕傲2」用於褒義。「倨傲」是貶義詞，屬於書面語。「自豪」突出因具有傳統或優良成績而引以為榮，如説「為取得的出色成果而自豪」。

狡猾 jiǎo huá　也寫作「狡滑」。狡詐刁滑；詭計多端，不可信任　～行騙｜～的狐狸｜他是個陰險～的

人｜他用～的騙術矇騙了大家。

⑥【刁猾】diāo huá

⑥【狡黠】jiǎo xiá

⑥【奸詐】jiān zhà

⑥【狡詐】jiǎo zhà

「狡猾」突出態度、行為及手段詭詐而不可信任。「刁滑」突出刁而滑頭，如說「為人刁滑」。「狡黠」指聰明而狡猾，適用範圍較小，屬於書面語，如說「終於拿到了東西的他狡黠地笑了」。「奸詐」突出性格或言行上的詭詐，如說「為人奸詐」等。「狡詐」多指性格方面奸詐。

⑧【老實】lǎo shi　　～巴交｜～做人｜說～話，辦～事｜這人非常～，從不撒謊。

⑧【忠厚】zhōng hòu　為人～｜～端方的長者。

狡詐 jiǎo zhà　　狡猾奸詐　陰險～。

⑧【憨厚】hān hòu　　～可愛的笑容｜大熊貓～的神態看得人直發笑。

腳印 jiǎo yìn　　腳踩出的印痕　沙灘上留下了他的～｜大象的～很深。

⑥【足跡】zú jì

「腳印」多指具體的印跡。「足跡」多用於抽象事物，如說「沿着前輩們探索的足跡前行」。

僥倖 jiǎo xìng　　也作「僥幸」。因偶然原因而得以成功或免災　這次成功純屬～｜我們做事千萬不要抱～心理。

⑥【幸運】xìng yùn

「僥倖」強調偶然因素，多用於事後說明某事。「幸運」強調結果，如說「幸運的機會」、「他能如此真是幸運」。

矯健 jiǎo jiàn　　強壯有力　步履～｜～的身影｜運動員邁着～的步伐進場。

⑧【蹣跚】pán shān　老人步履～地走了進來。

矯枉過正 jiǎo wǎng guò zhèng

比喻糾正錯誤或偏差過了頭，超過了應有的限度　你們批評孩子貪玩是對的，但也不可以～。

⑥【過猶不及】guò yóu bù jí

「過猶不及」指事情做得過頭就跟做得不夠一樣，語意比較輕。

矯正 jiǎo zhèng　　把錯的改對；糾正不合適的　～視力｜對小孩的不良習慣應儘快加以～｜要～錯誤不是容易的事情。

⑥【改正】gǎi zhèng

⑥【糾正】jiū zhèng

⑥【匡正】kuāng zhèng

「矯正」強調用外力來改正錯誤或不合適之處。「改正」的對象是錯誤、過失。「糾正」語意較重。「匡正」用於社會性事情，屬於書面語，如說「匡正時弊」。

攪亂 jiǎo luàn　　擾亂　～會場｜～秩序。

⑥【搗亂】dǎo luàn

「攪亂」突出將原先有序的事物、程序等弄亂，使無法開展或進行下去；還指使混亂，如說「那些人專以造謠攪亂人心」。「搗亂」多指存心給別人找麻煩，如說「故意搗亂」、「搗亂破壞」。

攪擾 jiǎo rǎo　弄亂　他的胡言亂語~了大家的興致。

> 【煩擾】fán rǎo
> 【干擾】gān rǎo
> 【擾亂】rǎo luàn

「攪擾」多指以聲音、動作等影響別人。

叫嚷 jiào rǎng　大聲地喊　她拼命~，想引起別人注意｜不知道為甚麼，他~着跑出了房間。

> 【叫囂】jiào xiāo
> 【叫喊】jiào hǎn
> 【叫喚】jiào huan

「叫嚷」語意較輕。「叫囂」語意重，多含貶義，如說「瘋狂叫囂」、「他們叫囂着要再賽一場」。

校訂 jiào dìng　對照可靠的材料校對並訂正　~書稿｜他總是十分仔細地~原件。

> 【校改】jiào gǎi

「校訂」的對象多是書籍、文稿中的文字錯誤。「校改」可指文字，也可指內容方面的錯誤，如說「這是文件最後一次校改」、「我把這篇文章仔細校改一下」。

教導 jiào dǎo　以道理教育並加以指導　我不會忘記老師的諄諄~｜你真是~有方，孩子各方面都這般優秀。

> 【教誨】jiào huì
> 【教訓】jiào xùn
> 【教育】jiào yù

「教導」突出用道理、技術、知識等加以指導，對象是學生、民眾等。「教誨」突出誘導、訓誨，屬於書面語，如說「記住導師教誨」。「教訓」突出訓誡，包括批評、告誡、訓斥，如說「父親一再教訓孩子不准打架」、「給以嚴厲教訓」。「教育」是以理對人進行教導，突出培養或啟發引導；還指學校中對學生的培養，如說「高等教育」、「發展教育事業」、「教育思想研究」。

教師 jiào shī　從事教學、教育工作的人　聘任新~｜他是一名兼職~｜他畢業後就一直擔任~工作。

> 【教員】jiào yuán
> 【老師】lǎo shī
> 【師長】shī zhǎng
> 【先生】xiān sheng

「教師」帶有莊重、尊敬的感情色彩，不用於稱呼。「老師」還可用於稱呼，如說「在門口看到班主任，我叫了一聲張老師」。「教員」指一種身份，不用作稱呼，如說「他在中學當教員」。「先生」是對老師的尊稱，亦是對年長有道德、有學問、或有專業技能者的尊稱，用於稱呼男女均可。

教授 jiào shòu　解釋、說明教科書中的內容　他把一生所學都~給學

生｜老師要～得法，這樣學生才能學得更好。

同【傳授】chuán shòu

「教授」指教師進行課堂教學活動；用作名詞時指高等院校中獲得最高職稱的教師。「傳授」指將學問、技藝等教給別人，不一定在學校中教學，如說「親自傳授經驗」、「傳授祖傳秘方」。

教唆 jiào suō　　鼓動、指使（別人做壞事）　他～未成年人犯罪。

同【唆使】suō shǐ
同【挑唆】tiǎo suō

「教唆」突出指使別人幹壞事。「唆使」突出挑動別人做壞事，如說「他這樣做肯定是受人唆使的」。「挑唆」突出挑撥或搬弄是非以致出現矛盾，引起爭執，如說「兩家人如此長期仇視，可能有人在挑唆」。

教訓 jiào xùn　　從錯誤或失敗中取得的認識　接受～｜我們要從失敗中總結｜這次水災的～太深刻了，大家應該以此為戒。

反【經驗】jīng yàn　　～豐富｜交流～｜進一步總結｜請你把學習～傳授給大家吧！

「教訓」從錯誤或失敗中獲得。「經驗」從各種實踐中獲得。

教正 jiào zhèng　　指教改正　敬希～｜不吝～。

同【斧削】fǔ xuē
同【斧正】fǔ zhèng

同【指正】zhǐ zhèng

「教正」屬於書面語，是敬請別人閱讀自己作品時的客套話。

接 jiē　　1. 靠得很近　實驗已經～近成功｜考試時不得交頭～耳。

同【連】lián

2. 接受；收進　我～到了他的電子郵件｜這個活兒我們～了｜誰來～你的班呢？

同【收】shōu

「接」有多項意思，適用範圍較廣。「連」可指接近或連接，如說「連成一片」、「連在一起」、「連着發生三起事故」。跟「收進」意義相關的「收」，可搭配成「收貨」、「收費」、「收到邀請信」等。

反【交】jiāo　　～稅｜～班｜一手～錢，一手～貨｜把事情～給她處理，我比較放心。

3. 迎接　到車站～人｜去機場～一位客戶｜明天沒有車來～我｜老人每天去學校～孫子回家。

反【送】sòng　　～客｜迎來～往｜笑臉相～｜我～你去地鐵站吧｜把他～走以後，我就回家了。

接待 jiē dài　　迎來客人，給予招待　～遠方來客｜我們受到了非常熱情的～。

同【招待】zhāo dài

「接待」的適用對象多是需要客氣對待的人，如說「接待貴賓」、「接待遊客」。「招待」突出要安排吃住，如說「以土產招待客人」、「舉行大型招待會」。

接近 jiē jìn　距離近；靠近　我們幾個人的觀點比較~｜多~新來的同事。

🔄【靠近】kào jìn

> 「接近」適用範圍較廣。「靠近」只用於指具體的人或事物位置近，如說「兩人坐得十分靠近」。

🔄【疏遠】shū yuǎn　不要~成績差的同學。

接洽 jiē qià　跟別人或合作方商量彼此有關的事，以求達成協定　他出去~工作了｜公司派人前去~。

🔄【接待】jiē dài
🔄【聯繫】lián xì

> 「接洽」語意比較鄭重，常和工作有關。「聯繫」指彼此接上關係，如說「以後要多寫信，不要失掉聯繫」。「接待」指一般的應接，對象可以是賓客、顧客、遊客等，如說「接待來客」、「熱情接待各地遊客」。

接收 jiē shōu　1. 收進　~來稿｜~信號｜上網~郵件。

🔄【接受】jiē shòu

2. 容納吸收　這次我們~了很多新隊員。

🔄【接受】jiē shòu
🔄【接納】jiē nà
🔄【接管】jiē guǎn

> 「接收」適用範圍較廣，用於具體對象，如說「接收禮品」、「他在那着接受了嚴格的考驗」。「接納」指團體組織容納個人參加，如說「接納入社」、「接納申請」、「俱樂部正在接納新會員」；還指採納，如說「我的意見已被接納」。「接管」指接受過來後加以管理，如說「接管企業」。

接受 jiē shòu　對事情、物品容納而不拒絕　~任務｜~生日禮物｜虛心~批評｜你還是~這個事實吧。

🔄【放棄】fàng qì　~職位｜~財產｜他~了這麼好的一次進修機會。
🔄【拒絕】jù jué　~誘惑｜~贈禮｜~邀請｜我~了他送的禮物。
🔄【推辭】tuī cí　再三~｜藉故~｜對主持人的邀請他婉言~了。

接通 jiē tōng　連通　這電話怎麼才~｜這電線的兩頭根本沒~｜接線員及時為他~了對方。

🔄【切斷】qiē duàn　~電線｜電路可能被~了｜我們要從側面~敵人的退路。

> 「接通」多用於電話或電流。

接續 jiē xù　連續　無法~下去｜~前人的事業。

🔄【間斷】jiàn duàn　從不~｜這個實驗不能~｜他學習英語曾經~過兩年。
🔄【中斷】zhōng duàn　~聯繫｜會議被迫~｜衛星與地面通訊~。

揭 jiē　1. 把蓋在上面的東西拿起，或把黏合着的東西分開　~開鍋蓋｜

~下膏藥｜~去面紗後，露出了一張美麗的臉。

圖【掀】xiān

> 「揭」突出拿開，可以朝各個方向。「掀」是將遮擋覆蓋的東西向上弄開，如說「掀起被子」、「掀掉席子」。

反【蓋】gài　~被子｜~上鍋蓋｜撒完種子以後要~上一層土。

反【摀】wǔ　~上眼睛｜春~秋凍｜~着嘴笑｜他疼得~住了肚子｜把這個東西~起來，免得走味。

2. 比喻使隱瞞、祕密的事情顯露　~底｜~祕｜~穿謊言｜當眾~短｜評比結果今天~曉。

反【摀】wǔ　~住問題｜有問題就別~~蓋蓋｜這麼嚴重的事情想~也~不住。

揭穿 jiē chuān　揭露；使顯露　~謊言｜我們~了他的陰謀。

圖【戳穿】chuō chuān

> 「揭穿」着重指揭開內幕，對象多是有欺騙性的、難識破的騙局，語意較重。「戳穿」有一下子將對方所設置的假象捅破的意思；另可指用尖銳物刺穿另一物，如說「刀子戳穿了木板」。

揭發 jiē fā　揭露；使隱蔽的事物顯露出來，讓大家知道　大膽~｜他向警方~了那伙人的罪行。

圖【揭露】jiē lù
圖【揭穿】jiē chuān
圖【暴露】bào lù

> 「揭發」的對象是壞人壞事或罪惡。「揭露」適用範圍較廣，可指壞人壞

事或一般事物，如說「揭露醜惡」、「揭露事實真相」、「調查報告揭露了銷售體制中存在的問題」。「暴露」多指事物、問題等顯露出來，常是在無意間出現的，如說「暴露身份」、「千萬不要暴露目標」。

反【包庇】bāo bì　互相~｜~壞人｜你~他就是在縱容犯罪。

反【庇護】bì hù　百般~｜~罪犯｜他弄出這些事情來，誰也~不了他。

揭露 jiē lù　將隱蔽的事物揭出來　~矛盾｜~問題的本質｜~敵人的陰謀。

圖【揭穿】jiē chuān
圖【揭發】jiē fā
圖【暴露】bào lù

反【掩蓋】yǎn gài　真相是~不住的｜他們企圖~犯罪事實。

反【掩飾】yǎn shì　~缺點｜~真情｜~內心的不平靜｜他很善於~自己，所以別人並不了解他。

反【遮蓋】zhē gài　故意~｜~醜聞｜~內心的痛苦｜白雪~了草地。

反【隱瞞】yǐn mán　~真相｜~罪行｜她對媽媽~了事實。

揭幕 jiē mù　比喻大事件的開始　博覽會~｜錦標賽剛~。

圖【開幕】kāi mù

> 「揭幕」多用於大事件、大項目。「開幕」多用於演出、戲劇或會議，如說「他在大會開幕式上發表了重要講話」。

揭示 jiē shì　使露出、展示出來

論文～了物體運動的規律｜他那一封
信～了內心的真情。
回【顯示】xiǎn shì
回【展示】zhǎn shì

「揭示」指讓人看到原先不易看出的
事物，多用於抽象事物。

街坊 jiē fang　同街巷的鄰居，
引伸為同住一社區的居民　多虧老～
幫忙｜兩家做了多年的～。
回【鄰居】lín jū

「鄰居」指住得很靠近的人或家庭，
適用範圍比「街坊」窄。

拮据 jié jū　經濟情況窘迫，缺少
錢　手頭～｜日子過得很～。
反【寬裕】kuān yù　經費～｜他們家
比起我可～多了｜等我手頭～一點
了，就還你錢。

劫持 jié chí　以武力挾持　綁匪
～了人質｜客機遭到歹徒～。
回【劫掠】jié lüè

「劫持」多指有目的、有預謀的挾持，
用於個人或集團。「劫掠」多指土
匪、侵略者的暴行，有毀滅性，如
說「這批匪徒在鄉村大肆劫掠」。

傑出 jié chū　突出；出眾；超過
一般　～人才｜他們在工作中取得了
～成就。
回【卓越】zhuó yuè
回【出色】chū sè

「傑出」指知識、才能、成就出眾或

作品、著作等十分優秀，聲名顯著。
「卓越」指異常優秀，高出一般，如
說「卓越的成績」、「為科學事業作
出了卓越的貢獻」。

反【平凡】píng fán　～的日子｜～的
歲月｜他在～的崗位上做出了不～的
成績。

結構 jié gòu　1. 一個整體內各部
分的搭配結合　化學課上要分析物質
～｜現在我們正在調整課程～。
回【構造】gòu zào
2. 建築物受力部分的構造　這間屋子
是木質～。
回【構造】gòu zào

「構造」強調各個組成部分的安排、
組織和相互關係，如說「他們正在研
究這種機器的構造」。

結果 jié guǒ　事件發展的最後情
形　做了這麼長時間還毫無～｜我們
沒有達到預期的～。
回【成果】chéng guǒ
回【後果】hòu guǒ

「結果」是中性詞，適用範圍較廣。
「成果」是褒義詞。「後果」是貶義詞。

反【原因】yuán yīn　～很複雜｜～一
時還說不清楚｜車禍的～正在調查
中。

結合 jié hé　使彼此緊密地在一
起　城鄉～｜理論～實際｜請～具體
情況說明｜氫原子和氧原子～後生成
了水。
反【分離】fēn lí　不可～｜胎兒與母

體～｜把新物質從舊物質之中～出來。

反【脱離】tuō lí　～關係｜經過全力搶救，她總算～了危險｜他已經～了這個機構。

「結合」多用於人或事物相互之間發生聯繫，也指結為夫妻，如説「他倆最終結合了」。

結束 jié shù　事件過程發展到最後而停止　會議提前～｜代表團～了對北京的訪問｜她以一段激昂的話語～了演講。

同【完畢】wán bì
同【完結】wán jié
同【終了】zhōng liǎo
同【停止】tíng zhǐ
同【收場】shōu chǎng

「結束」是個中性詞，適用範圍較廣。

反【開始】kāi shǐ　剛剛～｜上課請從頭～｜他們～了一種全新的生活。

結尾 jié wěi　最後的部分；結束的階段　工程～｜修改這首歌曲的～部分｜看到小説的～處，她忍不住哭了起來。

反【開頭】kāi tóu　萬事～難｜文章的～很吸引人｜我們～在一起，後來就分開了。

結餘 jié yú　1. 結算後餘下　餐廳本月～了不少錢｜他收入雖然不高，但每月還～一些。

反【虧空】kuī kong　～不少｜這筆生意～了一千多元。

反【超支】chāo zhī　預算～了｜活動費用嚴重～，以後怎麼辦呢？

2. 結算後剩餘的錢財　上交～｜最近開銷很大，所以～不多。

反【虧空】kuī kong　減少｜你快補上～｜他堅持這麼做，給公司造成了巨額～。

詰問 jié wèn　責問；徹底地追問　他大聲～自己的孩子｜經過反覆～，他終於得到了他想要的答案。

同【追問】zhuī wèn

「詰問」多用責備的口氣，屬於書面語。

節儉 jié jiǎn　生活儉省，有節制　～度日｜生活很～｜～是我們的優良傳統。

同【儉省】jiǎn shěng
同【節省】jié shěng
同【節約】jié yuē

反【浪費】làng fèi　～金錢｜～時間｜在小事上別～我們的精力。

反【揮霍】huī huò　父母賺錢養家不易，你別胡亂～了。

節省 jié shěng　節約儉省　～開支｜～時間｜儘量～着用｜這衣服用料很～｜我們要儘量～資金。

同【儉省】jiǎn shěng
同【儉約】jiǎn yuē
同【節儉】jié jiǎn
同【節約】jié yuē

「節省」的對象是材料、金錢、時間等。「節省」一般不包括人力、時間等，如説「開支很節儉」、「生活十

分節儉」。「節約」適用範圍較廣，包括人、財、物、時間等，如說「節約用水」、「節約成本」、「節約人力」、「節約物力」。

⟨反⟩【揮霍】huī huò　他家裏非常有錢，父母又縱寵無度，養成了～的壞習慣。

⟨反⟩【浪費】làng fèi　這計劃一而再而三被推翻重來，簡直～大家的精神和時間。

節約 jié yuē　節省約束　～原料｜～資金｜勤儉｜請～用水。

⟨反⟩【浪費】làng fèi　反對～｜鋪張～。

節制 jié zhì　有意加以控制或限制　～慾望｜～飲食｜你用錢要～一點，別這麼大手大腳。

⟨同⟩【控制】kòng zhì

「節制」多是指自己對自己進行限制。「控制」是由外力來掌握，不使任意活動或越出範圍，如說「控制節奏」、「控制發展速度」、「在電腦控制下進行」等。

⟨反⟩【放縱】fàng zòng　～不管｜別～孩子｜你不要太～自己了｜這個人行為～，缺少管教。

截止 jié zhǐ　到某個時期即停止進行　報名已經～｜參賽報名將於10月31號下午～。

⟨同⟩【截至】jié zhì

「截止」表示時間不再延伸，到一定期限要停止的意思，後面不能直接跟賓語。表示時間的內容，一般應放在「截止」前。若要在「截止」後添加時間或其他內容，則應在「截

止」後加上「於」、「到」，如說「截止到9月15日」。「截至」指「截止到」，後面可加上時間，如說「截至8月7日」、「截至22：00」等。

潔淨 jié jìng　清潔；無塵土、雜質等　～無塵｜幽雅的茶室。

⟨同⟩【乾淨】gān jìng
⟨同⟩【清潔】qīng jié

「潔淨」語意較重。「乾淨」多用於口語。「清潔」指乾淨衛生，如說「十分清潔」、「保持清潔」；還可作動詞，如說「清潔一下衛生間」。

⟨反⟩【骯髒】āng zāng　凌亂～｜～的衣物｜進行～的交易。

解除 jiě chú　除去；消除　～痛苦｜～武裝｜他們說要和你們～合同｜颱風警報已經～。

⟨同⟩【排除】pái chú

「解除」多指採取措施，除去某事物，常搭配的詞語有「顧慮」、「警報」、「束縛」、「條約」、「協定」等。「排除」多與「困難」、「故障」、「險情」等詞搭配使用。

解凍 jiě dòng　1. 冰凍的東西融化　在常溫下～｜春天來了，河水慢慢～。

⟨反⟩【凍結】dòng jié　河面～了｜水很快～成冰｜這些肉剛放入雪櫃，還未～。

2. 解除對資金等原先不讓變動的規定　這筆資金尚未～｜我們公司的資金急需～。

反【凍結】dòng jié　～存款｜～資金｜他的銀行賬戶已被～了｜該地區的戶口。

3. 重新執行或發展　兩國關係開始～｜這個協定在雙方協商下，被重新～，開始執行。

反【凍結】dòng jié　～案子｜合同中的某些條款被暫時～。

「解凍」用於具體的土地、河流、雪櫃裏儲藏的食物，也可用於資金、資產及抽象的關係、協定等等。

解放 jiě fàng　解除束縛，使得到自由或發展　～奴隸｜～生產力。

反【束縛】shù fù　～手腳｜～思想｜不要～學生的想像力。

解救 jiě jiù　救助，使擺脫險境或困難　～人質｜這次的～行動非常驚險｜當地出動了大量人力～遇險人員。

同【搭救】dā jiù

同【挽救】wǎn jiù

同【援救】yuán jiù

同【拯救】zhěng jiù

「解救」突出擺脫並離開困境，只用於人。「挽救」強調使從危險中恢復過來，如說「挽救生命」。「拯救」可用於人、動物或緊急事態，如說「拯救人類」、「拯救危局」、「拯救瀕危動物」。「援救」突出支援救助，如說「火速前往援救」、「援救遇難的探險者」。

反【陷害】xiàn hài　蓄意～｜那伙人不知～了多少忠良。

「解救」強調救出陷入困境或危險的人。「陷害」強調人為地策劃、設計害人。

解聘 jiě pìn　解除職務，不再聘用　他剛上任一週就被～了｜那名保安被公司～了。

同【解職】jiě zhí

「解聘」語意比較委婉。「解職」突出除去擔任的有關職務，對象是擔任領導職責的人，如說「會議提議將他解職」、「董事會決定將現任經理解職」。

反【招聘】zhāo pìn　～技術人員｜公司計劃～兩名行政祕書｜請問你們是不是要～銷售員？

解氣 jiě qì　消除心中的氣憤或不滿　怎麼做也不～｜她一怒之下把東西全扔了，好像這樣就能夠～。

反【生氣】shēng qì　非常～｜她最近特別愛～。

反【發怒】fā nù　無端～｜別惹他，他會因小事跟你～的。

反【動怒】dòng nù　不要讓老人～｜別輕易～，這對身體不好。

解散 jiě sàn　1. 集合的人羣分散開來　隊伍～｜立即～｜就地～｜～後自由活動。

反【集合】jí hé　隊伍緊急～｜決定九點在校門口～｜你快通知大家馬上～。

2. 取消　～議會｜俱樂部～了｜因沒有資金來源，校足球隊被迫～了。

反【成立】chéng lì　～子公司｜～學生詩社。

解脱 jiě tuō
1. 解除；脱離　他終於從長期疾病中得到了～｜我很想休假，很想從瑣碎事務中～出來。
同【擺脱】bǎi tuō
2. 解除或避開（責任、罪名等）　他狡猾地～了自己的罪名｜他不惜撒謊為朋友～罪責。
同【開脱】kāi tuō

解圍 jiě wéi
解除包圍；常指使脱離不利處境或窘境　這次幸虧他來～｜要不是他的及時～，我真不知道該怎麼辦才好。
同【突圍】tū wéi

「解圍」也指使人擺脱尷尬、受窘的處境，如說「他遭到眾人的圍攻，虧得你來解圍」。

反【包圍】bāo wéi　縮小～圈｜我曾被狼羣～過｜突擊隊在天亮前～了這個小鎮

反【圍困】wéi kùn　擺脱敵人的～｜洪水將一部分遊客～在山上。

戒備 jiè bèi
警惕防備　這裏～森嚴｜我一直對他有所～。
同【警戒】jǐng jiè
同【防備】fáng bèi

「戒備」可指心理上加以警惕；也指採取防備措施，不限於軍事方面。「警戒」多用於軍事或警務，如說「嚴加警戒」、「執行警戒任務」。「防備」突出預防，可用於軍事或其他場合，如說「防備敵人從側面偷襲」、「防備潮汛、暴雨、颱風一起襲來」。

戒嚴 jiè yán
國家遇到戰爭或特殊情況時，依法在全國或某一地區內採取非常措施　宣佈～｜昨天起該地區已實行～｜遭遇突發事件，全城已經～。
反【解嚴】jiě yán　清晨五點～了｜爭端解決了，該地區已經～。

「戒嚴」多採取增設警戒、組織搜查、限制交通等特別措施。

界線 jiè xiàn
兩地的交界線；事物間的分界　你已超越了～｜他一再說要跟那人劃清～。
同【界限】jiè xiàn

「界線」多用於具體事物，如說「大水淹沒了這兩個漁村之間的界線」、「本地與外地的界線」；用於抽象事物時，意同「界限」。「界限」多用於抽象事物，如說「打破時空界限」、「工科和理科之間的界限愈來愈模糊」、「有時很難分清楚是與非之間的界限」。

借 jiè
經他人同意暫時使用別人的金錢或物品；把物品或金錢暫時供別人使用　～測繪工具｜～來幾本參考書｜我最近錢不夠，只能向別人～。
反【還】huán　歸～｜償～｜～債｜好借好～，再借不難｜從圖書館借的書一定要按時～。

借貸 jiè dài
借入或借出錢款　～無門｜她不得不～經營｜公司這一次～數額特別龐大。
反【償還】cháng huán　～貸款｜我們已無力～高額債務｜借貸時，應充分考慮自己的～能力。

「借貸」、「償還」屬於經濟行為。

借用 jiè yòng　借別人的東西來使用　～別人的工具｜～一下你的筆｜這些東西是不能～的。

反【歸還】guī huán　必須按時～｜撿到東西應及早～失主｜這批書請你代我～給圖書館。

今 jīn　現在；現代　古為～用｜～是昨非｜厚古薄～。

反【古】gǔ　～代｜借～諷今｜她已經邁入了～稀之年。

反【昔】xī　～日｜今非～比。

禁受 jīn shòu　能承受，受得住　他～不起如此打擊｜這個柔弱女子怎能～如此重壓？

同【經受】jīng shòu

同【承受】chéng shòu

「禁受」強調忍受得住。「經受」突出經歷、經過，如說「他經受了風風雨雨」、「他經受了長期的考驗」。「承受」突出承擔、接受，如說「承受重壓」、「無法承受巨大壓力」。

襟懷 jīn huái　心胸　他～坦白｜為人～寬廣。

同【胸懷】xiōng huái

同【胸襟】xiōng jīn

「襟懷」屬於書面語。「胸懷」突出氣量、抱負，如說「胸懷寬廣」、「胸懷坦蕩」。「胸襟」屬於書面語。

緊 jǐn　1. 物體受到拉力或壓力後

呈現出的狀態　別弄得太～｜棉胎被壓得很～｜繩子拉過～不好｜鼓面繃得相當～。

反【鬆】sōng　～弛｜背包打得太～｜你稍微綁得～一點兒。

2. 物體因受外力作用變得固定或牢固　紮～袋子｜捏～拳頭｜把螺絲擰～點。

反【鬆】sōng　襯衣扣子～動｜你的鞋帶～了。

3. 收束；使更緊　勒～腰帶｜～一～螺絲｜演奏以前，注意先～一下弦。

反【鬆】sōng　別～勁｜你快～手｜聽到母親轉危為安的消息，他總算～了一口氣。

4. 非常接近，空隙極小　抽屜過～，關不上了｜這雙新鞋太～，穿着很不舒服。

反【鬆】sōng　這件毛衣織得太～，不擋風。

5. 經濟不寬裕　近來手頭太～｜他的日子總是過得～巴巴的。

反【鬆】sōng　剛領了工資，手頭比較～｜有了積蓄，手頭就～多了。

緊湊 jǐn còu　連接得比較緊密，沒有多餘的東西或空隙　情節～｜活動安排得相當～。

反【鬆散】sōng sǎn　文章結構～。

「緊湊」既可指空間上，也可指時間上。

緊急 jǐn jí　十分急迫而不能延遲　～呼叫｜～求援｜這次任務萬分～。

同【急迫】jí pò

同【危急】wēi jí

「緊急」多指嚴重而緊迫，必須馬上行動。

緊密 jǐn mì　密切相連，不可分開　我們兄妹幾個要~團結｜他們兩人關係非常~。
圓【嚴密】yán mì

「緊密」可指人或事物間緊密相聯；還可指多而連續不斷，如說「緊密的槍炮聲」。

反【疏鬆】shū sōng　骨質~｜此地土質比較~｜這種木材結構過於~，不適合做傢具。
反【鬆散】sōng sǎn　結構~｜~的佈局｜會開得比較~｜活動安排得比較~。

緊迫 jǐn pò　急迫；沒有延緩的餘地　時間~｜任務~｜形勢十分~｜我有更~的事要辦，這事以後說吧。
反【寬裕】kuān yù　別着急，時間還很~｜我們還有比較~的時間去吃午飯。

「寬裕」還指經濟方面富裕，如說「手頭比較寬裕」。

緊缺 jǐn quē　因缺乏而供應緊張　商品~｜調撥~物資｜招聘~人才｜當地糧食還相當~。
反【充足】chōng zú　經費~｜目前燃料供應很~。

「緊缺」多用於物資、人才、能源等與供求有關的方面。

緊張 jǐn zhāng　1. 精神處於興奮不安的狀態　精神~｜他一到考場就~｜我最近常為此~得睡不着覺。
反【輕鬆】qīng sōng　考完試我要去~一下。
2. 激烈、緊迫，使人精神不平靜　氣氛~｜~的工作｜~的故事情節｜局勢再次~起來｜球賽場面相當~。
反【輕鬆】qīng sōng　~愉快｜~的氛圍｜這工作並不~。
反【鬆弛】sōng chí　紀律~｜~一下緊張的肌肉。
反【緩和】huǎn hé　~緊張的氣氛｜這時他說了一個笑話，緊張的局面一下就~了。
反【鬆懈】sōng xiè　學習~｜紀律有些~｜危機尚未消除，他絲毫不敢~。

謹慎 jǐn shèn　做事細心，十分留神或小心；認真慎重　~駕駛｜他做事一貫~。
圓【小心】xiǎo·xīn
圓【嚴謹】yán jǐn

「謹慎」用於人的態度或言行，程度較重。「小心」突出注意力上的細心，用於一般場合。「嚴謹」突出程度上十分嚴密而沒有紕漏，用於治學態度、文章結構等，如說「先生治學歷來嚴謹，贏得學界好評」。

反【疏忽】shū hu　~大意｜一時~可能釀成大錯。
反【大意】dà yi　粗心~｜你可別再~了｜在這麼關鍵的地方，一定~不得｜~失荊州。

近 jìn　1. 空間或時間距離短　捨~求遠｜歌聲由遠而~｜現在離中秋

節很～了｜太遠了，我看不清楚，走
～一點吧。

⟨反⟩【遠】yuǎn　～走高飛｜深謀～
慮｜凡事要看～一點，不要只顧及蠅
頭小利。

2. 接近　平易～人｜老人年～八十｜
～朱者赤，～墨者黑｜我們已走了～
十公里路。

⟨反⟩【遠】yuǎn　我對她是敬而～之。

3. 關係密切；親密　親～｜～親通
婚｜雙方關係比較～。

⟨反⟩【遠】yuǎn　疏～｜～房親戚｜
親不如近鄰。

晉級 jìn jí　升到更高的等級　他
今年的目標是提薪～｜他在這次的行
動中立功～｜他在首輪外圍賽中成功
～。

⟨同⟩【升級】shēng jí

⟨反⟩【降級】jiàng jí　產品～｜～使用｜
因出現重大失誤，決定對她實行～處
理。

晉升 jìn shēng　晉級　破格～｜
今年他終於～正職了。

⟨同⟩【提升】tí shēng

「晉升」指職務、等級向上變動，屬
於書面語。「提升」可用於職務，如
說「工作不久就得到提升」；也用於
品級、意識等，如說「茶葉等級提升
了」、「提升自我品位」。

晉職 jìn zhí　升到更高的職位　他
一直都在期待～，今天終於如願以
償。

⟨反⟩【降職】jiàng zhí　～使用｜受到～
處分。

進 jìn　1. 向前移動　與時俱～｜
向前～一步｜到底是～還是退，現在
很難作出抉擇。

⟨反⟩【退】tuì　別往後～｜無路可～｜
進～自如｜逆水行舟，不進則～。

2. 由外入內　你～門再說｜快～屋裏
來坐｜他高中畢業後就～工廠當了學
徒。

⟨同⟩【入】rù

「進」跟「出」對應。「入」除了跟「出」
相對以外，還有參加到某種組織成
為它的成員的意思，如說「我是去年
入會的」。

⟨反⟩【出】chū　初～茅廬｜～了門就不
認賬了｜他的病已好了，明天就可～
院。

3. 收入　～賬｜公司～了一批電子產
品。

⟨反⟩【出】chū　～貨｜量入為～。

進步 jìn bù　向積極方面發展；
比原來好　祝你學習～｜虛心使人
～，驕傲使人落後｜只有不懈努力，
才能不斷～。

⟨同⟩【提高】tí gāo

「進步」着重於指人或事物比原來
好，有向上發展的趨勢，不能帶賓
語。「提高」突出發展，後面要直接
帶賓語，如說「提高水準」、「提高
標準」。

⟨反⟩【退步】tuì bù　這學期他～了｜這
個地區的經濟在不斷地～。

⟨反⟩【落後】luò hòu　技術～｜在工作
中他～了｜他不甘～，奮起直追。

進程 jìn chéng　（事物）進行、

發展的過程　控制研究～｜要加快生產～。

回【過程】guò chéng

回【歷程】lì chéng

「進程」側重於指情況進行的快慢。「過程」突出具體操作性事情的進行和發展，如說「敘述事情過程」、「了解事故處理過程」。「歷程」的時間跨度較大，屬於書面語，如說「偉大的歷程」、「光輝的歷程」。

進攻 jìn gōng　接近敵人或對方並主動發起攻勢　積極～｜由前鋒組織｜發起了猛烈的～。

反【防守】fáng shǒu　～力量｜消極～策略｜我們隊必須加強～。

反【防禦】fáng yù　建立～體系｜這一帶是我軍的～陣地。

反【退卻】tuì què　在困難面前～｜步兵在敵人的猛烈炮火下～了。

進化 jìn huà　事物由簡單到複雜、由低級到高級的逐漸變化　研究生物～過程｜這是一種物種～現象。

反【退化】tuì huà　～過程｜這種動物的前肢逐漸～了。

進口 jìn kǒu　1. 從外國或外地區輸入　～機械設備｜這批電子玩具是從國外～的｜這個國家的糧食大部分依賴～。

反【出口】chū kǒu　～報關｜～商品｜近年來，中國的紡織品大量～到世界各地。

2. 建築物等的進入處　電影院的～｜我倆講好在～見面｜這棟大樓有多個～。

回【入口】rù kǒu

反【出口】chū kǒu　昨天我在底樓～碰見了她｜我在裏面轉了好久，也沒找到～。

進行 jìn xíng　從事某種活動；做某事　～討論｜～研究｜會議正在～｜要將這項工作不斷深入地～下去。

反【停止】tíng zhǐ　～營業｜比賽已經～了｜上課鈴一響，同學們就～了玩耍。

進展 jìn zhǎn　事情向前發展　～順利｜工程～很快｜農村電氣化有了極大～。

反【停頓】tíng dùn　處於～狀態｜生產～下來。

禁止 jìn zhǐ　不准許；不許可　～吸煙｜～車輛通行。

回【制止】zhì zhǐ

回【阻止】zǔ zhǐ

「禁止」多表示一些公共禁令。「制止」是強迫停止，如說「及時制止混亂局面」、「應當制止他再說下去」。「阻止」突出用某種力量使不能前進或使停止行動，語意較輕，如說「別阻止他，讓他去吧」。

反【允許】yǔn xǔ　得到～｜未經～不得入內｜請～我向你表示祝賀｜我絕不～你這麼做。

反【准許】zhǔn xǔ　～進場｜～請假｜～保釋｜～辦理手續。

盡力 jìn lì　使用全力（去做）　～而為｜醫生說會～挽救這孩子的生命｜他一直都在～為朋友着想。

同【竭力】jié lì

「竭力」語意較重，如說「他竭力完成了這些指標」。

盡情 jìn qíng　不加拘束或限制
～歡唱｜他們～暢飲來慶祝成功。
同【縱情】zòng qíng
同【盡興】jìn xìng

「盡情」用於沒有束縛地做某事。「盡興」突出興趣不受限制，如說「唱得盡興」、「這樣玩真盡興」。「縱情」意思接近「盡情」，如說「縱情歡呼」；有時也含貶義，如說「整天就縱情吃喝」。

盡頭 jìn tóu　終點　長路漫漫，
不見～｜在生命的～，他還是不放棄自己的翻譯工作。
同【止境】zhǐ jìng

「止境」多用在否定形式後，屬於書面語，如說「學無止境」。

盡職 jìn zhí　盡力做好本職工作
～盡責｜他進公司以來，工作一直十分～。
反【失職】shī zhí　發生了嚴重的～事件｜這次事故是由工作～引起的。

晶瑩 jīng yíng　光亮而透明　～
剔透｜～的淚水｜草上的露珠～發亮。
反【渾濁】hún zhuó　～的水面｜～的眼睛。

經常 jīng cháng　1. 平時的　～

項目。
同【日常】rì cháng
2. 常常；時常　他們兩家～來往｜他們公司～要加班｜這條路上～發生交通事故。
同【常常】cháng cháng
同【時常】shí cháng
同【不時】bù shí

口語中多用「常常」、「時常」，如說「他常常上課遲到」、「我常常在家上網」、「她常常將傘忘在外面」。「不時」屬於書面語，如說「由於她打扮得太誇張了，走在路上不時有人注視她」。

反【偶爾】ǒu ěr　～外出｜我～會在馬路上碰到他。
反【難得】nán dé　兩人～見面｜當地～下雪｜他～來看我一次。
反【間或】jiàn huò　會上～有人咳嗽一兩聲｜假期時，他～去一趟圖書館。

經過 jīng guò　1. 通過（地方、
時間、動作、程序等）　小河從村口～｜我上班時常～一家大賣場｜～一年努力終於成功了｜～有關部門批准，他們創辦了電腦公司。
同【通過】tōng guò
2. 經歷的事；過程　請你講一下事件的全部～｜你必須說清楚事情的～｜他在會上談了這次考察的～。
同【過程】guò chéng
同【經歷】jīng lì

「經過 1」強調動作全過程中經由某個地方或程序等，可與「通過」換用。「通過」突出無阻礙地穿過，如說「安全通過封鎖線」、「老人慢慢

通過橫道線」、「通過辯論事情就明白了」。「經過2」是名詞用法。

經歷 jīng lì

1. 遇到、見過 祖父~過那場災害｜我~了公司由衰轉盛的變化。
回【經過】jīng guò
2. 做過、碰到過的事 他的~很複雜｜這是一段難忘的~。
回【過程】guò chéng
回【經過】jīng guò
回【閱歷】yuè lì

「經歷2」指親身體驗過的事。「閱歷」可指親身經歷，也可指由經歷而獲得的經驗或知識，多用於書面語，如說「閱歷豐富」。

經驗 jīng yàn

經過實踐得到的知識或技能 總結~｜成功的~｜寶貴的~｜交流學習~｜他對修理汽車有著豐富的~。
反【教訓】jiào xùn 得到~｜吸取~｜總結~｜接受~，改進工作。

「經驗」從實踐中獲得。「教訓」從錯誤或失敗中獲得。

精彩 jīng cǎi

優美，出色 表演十分~｜晚會的節目很~｜在大會上，與會者們作了~的發言。
回【出色】chū sè

「精彩」用於表演、展覽、言論、文章等。「出色」指格外好，超出一般，對象可以是人或物，如說「舞台佈置得很出色」、「他是一個非常出色的畫家」。

精粹 jīng cuì

（文辭等）純粹而好的部分 讀書要懂得汲取~｜文章的~要用心品味。
回【精華】jīng huá
回【精髓】jīng suǐ

「精粹」多指純一的事物，程度比「精華」弱一些，屬於書面語。「精華」指事物中最精美、最要緊的部分，如說「吸收精華」、「作品的精華之處」。「精髓」常常用來指文化，如說「儒學是中國文化的精髓」。

反【駁雜】bó zá 這篇文章又談景物，又談掌故，內容非常~。

精幹 jīng gàn

精細；明察；能幹 他是一個~的小伙子｜這是一支~的隊伍。
回【幹練】gàn liàn

「精幹」着重指有能力，善於做事。

精悍 jīng hàn

聰明能幹 他是一個~的人｜找助手一定要找個~的。
回【精幹】jīng gàn

「精悍」除了指人聰明能幹外，還可以指文筆等精練犀利，如說「他文筆十分精悍」。

精華 jīng huá

事物中最重要最美好的部分 取其~，去其糟粕｜你們應認識到這種文化的~所在。
反【糟粕】zāo pò 去除~｜要分辨清楚哪些是精華，哪些是應該丟棄的~。
反【渣滓】zhā zǐ 清除~｜那些人道德敗壞，是一批社會~。

精簡 jīng jiǎn　減少，並使更加精幹　～機構｜～人員。

⟨反⟩【擴充】kuò chōng　～人員｜～研究隊伍。

精練 jīng liàn　也寫作「精煉」。文章或講話沒有多餘詞句；簡練　語言～｜文章寫得短小～，恰到好處。

⟨反⟩【冗長】rǒng cháng　～拖沓｜行文過於～｜他～的解釋讓人愈聽愈糊塗。

精良 jīng liáng　精銳優良；完善　武器～｜這件工藝品製作～｜你們的裝備很～。

⟨同⟩【優良】yōu liáng

「精良」突出質量好而完備，多指武器、設備等。「優良」指品種、質量、成績、作風等十分好，如說「優良品種」、「注重誠信是優良的品質」。

⟨反⟩【低劣】dī liè　水平～｜那裏賣的東西多數質量～。

⟨反⟩【差勁】chà jìn　表現很～｜這東西真～，一用就壞了｜今天的節目太～了，真不值。

精美 jīng měi　精緻美好　造型～｜～的工藝品。

⟨同⟩【優美】yōu měi

「精美」突出建築物、絲織品、工藝品等外表精細而美觀，不用來形容風景。「優美」指美好，用於風景、建築物、器物造型和形式、姿勢等，如說「優美的動作」、「這裏風景很優美」。

⟨反⟩【粗劣】cū liè　這套書的插圖繪製得比較～。

精密 jīng mì　精確細密　～的儀器｜經過多次～的計算終於得出了準確結論。

⟨同⟩【精細】jīng xì

⟨同⟩【嚴密】yán mì

「精密」強調精確度、準確性高，多形容儀器、機械、語言、測量、計算等。「嚴密」強調沒有空隙；也指辦事毫無疏漏或組織結構嚴格等，如說「結合得十分嚴密」、「嚴密防守」、「嚴密消毒」等。「精細」重在精確、細緻，多形容工藝、雕刻，如說「這件木雕製作精細」。

⟨反⟩【粗疏】cū shū　～的線條｜這本書的校對工作做得很～。

精妙 jīng miào　細緻巧妙　玄理～｜其～令人歎為觀止。

⟨同⟩【精巧】jīng qiǎo

⟨同⟩【精緻】jīng zhì

「精妙」強調精緻。「精巧」、「精緻」都指細緻好看，有欣賞價值，如說「技藝精巧」、「精緻的擺設」。「精巧」還可用於思路、設計，如說「文章構思十分精巧」。

精明 jīng míng　精細聰明　～過人｜此人格外～。

⟨反⟩【糊塗】hú tu　聰明一世，～一時。

⟨反⟩【蠢笨】chǔn bèn　～的做法｜這想法實在～。

精巧 jīng qiǎo　精細巧妙　構思

～｜製作～｜～的工藝｜這款～的手機十分暢銷。

⟨反⟩【粗劣】cū liè 質地～｜～的產品。

⟨反⟩【粗笨】cū bèn ～的傢具｜這東西的外形很～。

> 「精巧」多用於技藝、器物構造等方面，突出「巧」字。

精確 jīng què 準確無誤差；結果與事實完全符合 計時～｜～測算｜他～地描繪了當時的場景。

⟨同⟩【準確】zhǔn què

> 「精確」強調不粗糙、不馬虎，語意較重，如說「論證精確」。「準確」強調絲毫不差，如說「判斷準確」、「請你指出準確的位置」。

⟨反⟩【粗略】cū lüè ～統計｜～估計，這項工程需要三個月才能完工。

> 「粗略」既表示不精確，也可形容人不經心、倉促。

精深 jīng shēn （理論、學問）精細高深 中國文化博大～｜～的學識。

⟨同⟩【高深】gāo shēn

⟨同⟩【精湛】jīng zhàn

> 「精深」多指學問、理論等深奧而精密。「高深」突出程度深，不易掌握或理解，如說「學問高深」。「精湛」指技藝程度高，強調很出色，如說「技藝精湛」、「精湛的藝術吸引了大批觀眾」。

精神 jīng shén 人的意識、思維

活動和心理狀態 ～世界｜～負擔｜文明其～，野蠻其體魄。

⟨反⟩【物質】wù zhì ～財富｜～文明｜追求～享受｜對有貢獻的人給予一定的～獎勵。

⟨反⟩【肉體】ròu tǐ 他忍受着～和精神的雙重折磨。

精神 jīng shen 活躍；有生氣 顯得很～｜睡一覺就～多了｜他今天看上去特別的～。

⟨反⟩【萎靡】wěi mǐ ～不振。

⟨反⟩【疲勞】pí láo ～過度｜消除～｜別打～戰｜他最近感到特別的～。

⟨反⟩【疲乏】pí fá 身心～｜感覺很～｜如果你～了，就去聽聽音樂吧。

精通 jīng tōng 透徹、深刻地了解並能熟練地掌握 ～業務｜～東西方文化｜這門學科從入門到～需要挺長的時間。

⟨反⟩【粗通】cū tōng ～文墨｜～醫理｜他只能說是～英文｜下圍棋，我只～皮毛。

> 「精通」多用於學問、技術或業務方面。「粗通」指稍微了解。

精細 jīng xì 精緻細密 製作～｜他思考問題很～。

⟨同⟩【精密】jīng mì

⟨同⟩【細膩】xì nì

⟨同⟩【精緻】jīng zhì

> 「精細」重在精緻、細緻，多形容工藝、雕刻等，也可形容工作認真，思考問題細緻。「細膩」突出藝術手段精細入微或表面光滑，如說「筆觸

細膩」、「感情如此細膩」、「光滑細膩的綢緞」。

精益求精 jīng yì qiú jīng　好了還要更好　工作上～是他一貫的作風。

⊗【粗製濫造】cū zhì làn zào　這些產品因～而報廢了。

「精益求精」多用於學術、技藝、作品、產品等。

精湛 jīng zhàn　精深、高明　技藝～｜這些技師的～技術令人歎為觀止｜他的演技征服了所有的觀眾。

⊗【蹩腳】bié jiǎo　功夫太～｜～的表演讓觀眾失望。

⊗【差勁】chà jìn　這場比賽，他們隊的表現真～。

精緻 jīng zhì　精巧細緻　～的花紋｜～的雕刻｜～的圖案｜這款照相機外觀非常～。

◎【精細】jīng xì

◎【細膩】xì nì

⊗【粗糙】cū cāo　表面很～｜製作過於～。

⊗【粗劣】cū liè　質地～｜～的產品｜報告書做得也太～了。

鯨吞 jīng tūn　像鯨那樣地吞食　蠶食～｜～利潤｜這個跨國企業正在～東南亞的橡膠市場。

⊗【蠶食】cán shí　不斷～｜～他國的領土。

「鯨吞」多比喻快速而大量地侵佔或吞併。「蠶食」多比喻像蠶吃桑葉一

樣漸漸地侵佔或吞併。

驚慌 jīng huāng　驚恐慌張　～失措｜他神色～地躲了起來。

◎【恐慌】kǒng huāng

◎【驚惶】jīng huáng

◎【驚恐】jīng kǒng

「驚慌」突出受驚而行動慌張、錯亂，心中很害怕，不知所措。「恐慌」突出擔心而慌張，如說「陷入恐慌的境地」。「驚惶」着重指受到驚嚇而心中恐懼，甚至有些失常，如說「驚惶不安地張望」、「驚惶得面容失色」。「驚恐」突出恐懼，如說「驚恐萬狀」、「驚恐失色」。

⊗【鎮定】zhèn dìng　保持～｜顯得很～｜他神色～，從容不迫。

⊗【鎮靜】zhèn jìng　～自若｜故作～｜他始終保持～。

⊗【沉着】chén zhuó　勇敢～｜始終～冷靜｜～應對問題｜真是一個～的好球手。

驚奇 jīng qí　感到格外奇怪而吃驚　真讓人覺得～｜玩過山車時她顯得～而緊張｜孩子們紛紛～地發問。

◎【詫異】chà yì

◎【駭異】hài yì

◎【驚詫】jīng chà

◎【驚訝】jīng yà

◎【驚異】jīng yì

◎【驚愕】jīng è

「驚奇」突出因特殊、少見而出現的內心情態。「詫異」指感到奇異，如說「看了這畫，暗自詫異」。「駭異」突出緊張的心情，屬於書面語，如

説「駭異萬分」。「驚詫」強調出現意外時的奇怪神色，如說「這事真令人驚詫」、「他聽到這個消息後驚詫不已」。「驚訝」用於對比較具體的事情覺得奇怪，如說「讓人驚訝的結局」。「驚異」屬於書面語，指感覺到奇異，如說「露出特別驚異的神態」。「驚愕」指吃驚而發愣，屬於書面語，多形容人的神態，如說「聽到這個消息，他驚愕得半天都沒說出話來」。

井井有條 jǐng jǐng yǒu tiáo　形容條理分明　房間整理得～，看了也舒服。

⊗【雜亂無章】zá luàn wú zhāng　這本說明書寫得～，叫人怎麼看呢！

景氣 jǐng qì　經濟繁榮；興旺　由於經濟不～，失業率不斷上升｜公司的營業受市場～度影響很大。

⊗【不振】bú zhèn　市場人氣～，買賣成交稀少。

⊗【凋敝】diāo bì　民生～｜百業～。

景色 jǐng sè　可供人們觀賞的自然風景或人工製作的景象　這個公園～宜人｜野外的～讓他們流連忘返。

⊜【風光】fēng guāng
⊜【風景】fēng jǐng
⊜【景致】jǐng zhì

景物 jǐng wù　可供觀賞的風景和事物　對～作生動傳神的描寫很難｜我們在山上觀賞自然～。

⊜【風物】fēng wù
⊜【景致】jǐng zhì

「景物」指自然界中所有能看到的景色和事物，運用較廣。

景象 jǐng xiàng　現象；狀況　自然～｜這裏的～讓人大吃一驚。

⊜【氣象】qì xiàng

「氣象」還可以指大氣的狀態和現象。

景致 jǐng zhì　一定地域內的各種景象　～奇異｜一路看見有趣的～｜西湖的～真是讓人心情舒暢。

⊜【風光】fēng guāng
⊜【風景】fēng jǐng
⊜【景色】jǐng sè
⊜【景物】jǐng wù

「景致」專指具體實在的風景，多是美好的值得觀賞的風景。

警覺 jǐng jué　對危險或不利情況的敏銳地察覺、反應　要增強～性｜他用～的目光上下打量着我。

⊜【警惕】jǐng tì
⊜【小心】xiǎo·xīn

「警覺」多用於軍事或政治方面。「警惕」除了警覺外還有要加強防範的含義，用於軍事、警務或其他場合，如說「保持警惕」、「警惕來犯之敵」。「小心」程度較輕，用於一般場合。

⊗【麻痺】má bì　～大意｜千萬不要～。

警惕 jǐng tì　對可能發生的危險或錯誤保持敏銳的感覺　必須～災情的變化｜隨時提高～，以防被盜。

〔反〕【鬆懈】sōng xiè　毫不～｜紀律
～｜時間一長就難免～｜管理工作不
能～。

淨 jìng　清潔；乾淨　～水｜～化
心靈｜窗明几～。
〔同〕【潔】jié

> 「潔」還有純潔的意思，如說「潔身
> 自好」。

〔反〕【髒】zāng　～衣服｜～地毯｜地
板太～了，我們打掃一下吧。

淨化 jìng huà　清除雜質，使純
淨　～設備｜～環境｜～污染河流｜
多栽樹木可以～空氣。
〔反〕【污染】wū rǎn　～空氣｜～環境｜
治理～｜原油泄漏導致這一片的海水
嚴重～。

淨重 jìng zhòng　貨物除去包裝
後的重量；牲畜家禽等除去毛皮後的
重量　～不足｜這箱橘子～十公斤。
〔反〕【毛重】máo zhòng　這頭豬～一百
零六公斤｜裝箱後～ 3 噸。

竟然 jìng rán　表示沒有想到、
出乎意料　他～口出狂言｜他今天～
沒來參加考試｜剛才還晴空萬里，轉
眼間～烏雲密佈。
〔同〕【居然】jū rán
〔同〕【公然】gōng rán

> 「竟然」語意較重。「居然」可用於好
> 的方面或不好的方面，如說「他居然
> 會當眾撒謊」、「這次競賽他也居然得
> 了第一名」。「公然」突出意外地、
> 公開而毫無顧忌地做，含貶義，如

說「公然販賣假貨」、「公然與大眾
唱反調」。

敬慕 jìng mù　敬重；思慕　我
對這位足球明星～已久｜～老人的高
風亮節。
〔同〕【傾慕】qīng mù
〔同〕【仰慕】yǎng mù

> 「敬慕」語意較重。

〔反〕【鄙夷】bǐ yí　～無恥的小人｜～這
種俗氣。

敬仰 jìng yǎng　尊敬仰慕　他
是學生們～的導師。
〔同〕【敬重】jìng zhòng
〔同〕【敬佩】jìng pèi

> 「敬仰」的對象可以是人，也可以是
> 抽象的品格，帶着崇重色彩，如說「他
> 的品格一直都令我敬仰」。「敬重」
> 突出恭敬，對象是德高望重的人，
> 感情色彩較濃，如說「老先生素來受
> 人敬重」、「敬重他的人格」。「敬佩」
> 側重敬愛而佩服，如說「懷着敬佩之
> 心拜訪了他」。

境地 jìng dì　遭遇到的情況；處
境　他的～讓人可憐｜沒想到他會落
到如此～。
〔同〕【地步】dì bù
〔同〕【田地】tián dì

> 「境地」與「地步」、「田地」一樣，
> 多指不好的情況。

靜 jìng　1. 沒有聲響　～態｜夜～

更深｜我喜歡這村屋，無非是圖個清
～的環境。

⊗【鬧】nào　～哄哄｜教室裏～得我
沒辦法看書｜馬路上汽車來來回回，
～得很。

2. 不動；安定　風平浪～｜平心～
氣｜～下心來好好讀書吧。

⊗【動】dòng　這孩子就是好～｜坐
了半天，他都沒有～一下。

⊗【煩】fán　心～意亂｜這麼多的事
情要做，～死我了。

靜謐 jìng mì　平靜安寧　～的夜

晚｜在～的草原上，我感到心情舒
適。

⊜【安謐】ān mì

> 「靜謐」屬於書面語，多用於文藝描
> 寫，如說「靜謐之夜」。「安謐」強
> 調環境安穩，令人覺得平靜，如說
> 「環境分外安謐」。「靜謐」、「安謐」
> 均是書面語。

⊗【喧鬧】xuān nào　人聲～｜～的都
市｜這一帶一直十分～。

⊗【喧騰】xuān téng　工地上一片
～｜聽到這意外的喜訊，房間一下子
～起來。

靜悄悄 jìng qiāo qiāo　形容寂

靜無聲　黎明～地來臨｜房間裏～
的，沒有一點聲音。

⊗【鬧哄哄】nào hōng hōng　～的菜
市場｜馬路上～的。

靜態 jìng tài　相對靜止的狀態　作

～觀測｜進行～分析。

⊗【動態】dòng tài　～研究｜要學會
用～的、發展的眼光看問題。

靜止 jìng zhǐ　物體不運動　～

不變｜處於～狀態｜一切物體都在不
斷運動，～和平衡只是暫時的、相對
的。

⊗【運動】yùn dòng　直線～｜物體作
曲線～｜～是絕對的，靜止是相對的。

> 「靜止」、「運動」都是物理學上的基
> 本概念。「運動」還指體育活動，如
> 說「田徑運動」、「籃球運動」；還
> 可指政治、文化、生產等方面的大
> 型羣眾性活動，如說「五四運動」。

競賽 jìng sài　用比賽爭取優勝

我們要參加這次的知識問答～｜接力
隊展開了激烈～。

⊜【比賽】bǐ sài

> 「競賽」語意較重。「比賽」語意較
> 輕，多用於一般的文化娛樂或體育
> 活動，如說「進行足球比賽」。

究竟 jiū jìng　1. 畢竟；到底　他

～是個經驗豐富的工程師，不一會就
檢查出了機器的故障所在。

⊜【畢竟】bì jìng
⊜【到底】dào dǐ
⊜【終歸】zhōng guī
⊜【終究】zhōng jiū
⊜【總歸】zǒng guī

2. 用在問句中，表示追究到底　～誰
更厲害｜這～是為了甚麼｜你們～弄
明白了沒有？

⊜【到底】dào dǐ

> 「究竟」還可作名詞，表示結果或原
> 委，如說「快去問個究竟」、「他對
> 此一直沒說出個究竟」。「畢竟」指

終歸、最後，常用於陳述句，如說「烏雲畢竟遮不住太陽」。「到底」多用於強調原因，如說「到底還是年輕人幹勁大啊」；也可用於問句，表示深究，如說「你到底去不去」。

糾正 jiū zhèng　將錯誤的改為正確的　及時～偏誤｜老師幫他～了不良的坐姿。

- 回【改正】gǎi zhèng
- 回【矯正】jiǎo zhèng
- 回【匡正】kuāng zhèng

「糾正」多帶有外在的強制性。「改正」突出一般的錯誤、缺點或不足，如說「改正錯誤」、「改正不良習慣」、「你快把練習簿的錯字改正一下」。

久遠 jiǔ yuǎn　年代久；時間長　年代～｜這個故事流傳～。

- 回【長遠】cháng yuǎn

「久遠」常用於文學語言中，表示過去的時間跨度之長。「長遠」指未來的時間跨度之長，如說「這是一個長遠的計劃」。

救濟 jiù jì　以錢或物等來援救、幫助　這筆～款請你好好分配｜撥出巨款～災民。

- 回【接濟】jiē jì
- 回【救援】jiù yuán

「救濟」多指較大場合與規模的行動，對象一般是羣體。「接濟」多指暫時的、有限的援助，常用於個人之間，如說「他全靠朋友接濟，才渡過了難關」。

就任 jiù rèn　開始擔任或從事某職務　他就要去那所學校～校長了｜～經理。

- 回【到任】dào rèn
- 回【就職】jiù zhí
- 回【上任】shàng rèn

「就任」、「就職」用於比較嚴肅正規的場合，如說「發表就職演說」。「到任」、「上任」強調到崗位正式開展工作，如說「新經理即到任」。

- 反【離任】lí rèn　大使～｜～回國｜他即將～。

「就任」、「離任」屬於書面語，用於較為正式的場合。

就手 jiù shǒu　順便　你出去時～關門｜你下樓～把垃圾扔了。

- 回【順手】shùn shǒu
- 回【隨手】suí shǒu

「就手」多用於北方方言中。「順手」、「隨手」突出很輕易而無麻煩地做某事，如說「順手牽羊」、「順手扔棄」、「隨手關燈」。

就業 jiù yè　得到工作機會；參加工作　～率｜勞動～｜增加～人數。

- 反【待業】dài yè　～青年｜他去年大學畢業後，一直在家～。
- 反【失業】shī yè　～現象｜經濟不景氣導致～人口增加。

「待業」指等待就業。「失業」是指原先有工作的人失去工作。

就義 jiù yì　因從事正義事業或追

求美好的理想而被殺害｜她從容地在敵人的大刀下～。

回【捐軀】juān qū

回【犧牲】xī shēng

> 「就義」、「捐軀」均指光榮地為正義喪失生命，都有書面色彩，如說「捨身就義」、「英勇捐軀」。「犧牲」有莊重色彩，指為了正義的事業而自願放棄生命，如說「流血犧牲」；也指放棄某種利益或損害一方的利益，如說「他常常犧牲休息時間參加公益活動」、「你可不能犧牲大家的利益來成全自己」。

就職 jiù zhí　正式到任；任職　宣誓～｜發表～演說｜舉行～儀式。

反【辭職】cí zhí　請求～｜引咎～｜遞交～報告｜我已提出了～請求。

反【離職】lí zhí　他已辦理了～手續。

反【離任】lí rèn　任職期滿，即將～。

> 「就職」多指接受較高的職位。

舊 jiù　1. 過去的；過時的　～時代｜～觀念｜不要用～眼光看待新事物。

反【新】xīn　～生活｜～世紀｜這次我又有跟以前不一樣的～感受。

2. 經過長時間的；經過使用而變色或變形的　～衣服｜～的不去，新的不來｜這台～收音機還能用｜這些課桌太～了，需要換新的。

反【新】xīn　～機器｜～設備｜她剛買了一台～電腦。

舊居 jiù jū　過去住過的房子　他們正在維修～｜時隔十年，我們又重訪了～。

回【故居】gù jū

> 「故居」多指名人曾經居住過的房子，如說「今天我們去參觀魯迅故居」。

拘捕 jū bǔ　逮捕；抓起來　將逃犯～歸案｜依法～了那個犯罪嫌疑人。

回【逮捕】dài bǔ

> 「拘捕」語意比「逮捕」輕。

拘謹 jū jǐn　拘束；過於小心；不自然　她舉止過於～｜一個小時過去了，可她態度還是很～。

回【拘束】jū shù

> 「拘謹」突出言行、態度、神情過於小心，屬於書面語。「拘束」突出過於自我約束而不敢行動，並且不自然和不自由，多用於口語，如說「第一次來這裏做客，她顯得很拘束」。

反【大方】dà fang　自然～｜舉止～｜談吐舉止～得體。

反【灑脫】sǎ tuo　舉止言談十分～。

拘束 jū shù　過分約束自己，顯得不自然　～不安｜她見了生人，顯得有些～。

回【拘謹】jū jǐn

反【大方】dà fang　落落～｜她～地為大家唱了一支歌。

反【灑脫】sǎ tuo　～不羈。

居心 jū xīn　心中懷有某種打算　～叵測｜那人～不良，竟想竊取客戶

資料。
同【存心】cún xīn
同【用心】yòng xīn

「居心」多含貶義。

居住 jū zhù　在一個地方長期住

這兒～環境不是很好｜我們家的～面
積很大。
同【寓居】yù jū

「居住」可指住在本地，也可指客居
他鄉。「寓居」指住在除自家以外的
地方，如說「寓居他鄉」。

局部 jú bù　全體中的一個部分；

非全體的　下午～地區有小雨｜～地
段的污染已經得到了有效治理。
同【部分】bù fen

「局部」與「整體」相對，多指部位、
方位，一般不形容人。「部分」與「全
部」相對，指整體中的一些個體，如
說「部分聽眾還有意見」、「這次考
試選擇題部分不太難」。

反【全部】quán bù　～完成｜～通
過｜問題已～解決｜這裏的居民～遷
走了。

反【整體】zhěng tǐ　～利益｜樹立
～觀念｜我們班是一個～，不能隨便分
開。

局面 jú miàn　某個時段中呈現

的狀況　控制～｜比賽～對我們非常
有利。
同【場面】chǎng miàn
同【局勢】jú shì
同【形勢】xíng shì

「局面」突出事物發展中全局的情
況。「局勢」多用於軍事、政治情況。
「場面」指現場的情況。

沮喪 jǔ sàng　灰心失望　令人～｜

感到～｜她神情～地回到了家。
反【振奮】zhèn fèn　～人心｜～鬥志
之舉｜得知要外出旅行，同學們都精
神～，激動不已。
反【抖擻】dǒu sǒu　精神～。
反【振作】zhèn zuò　～精神｜～起
來，迎接新的挑戰。

「沮喪」多指因失敗、未能如願而灰
心。

舉辦 jǔ bàn　舉行（活動）；辦

理（會務）　下個月要～一次展覽會｜
活動中心每個月都要～科技講座。
同【舉行】jǔ xíng

「舉辦」的對象是各種活動。「舉行」
的對象多是會議、典禮、會談、遊
行等，如「會談正式舉行」、「舉行
足球比賽」。

舉不勝舉 jǔ bú shèng jǔ　形容

數量很多　這樣的事情～。
同【不可勝數】bù kě shèng shǔ

「舉不勝舉」側重於舉，強調同類人
或事物不能一一列舉。「不可勝數」
側重於數，指數不過來，無法全部
點算，如說「天上的繁星，不可勝
數」。

舉措 jǔ cuò　行動；措施；動作

~得當｜新~｜過段時間就要實施有關~了。

同【動作】dòng zuò

同【舉動】jǔ dòng

同【行動】xíng dòng

「舉措」着重指大的措施或辦法。「舉動」既可指具體的動作、行為，也可指一段時間的表現，如說「他這個舉動很突兀」、「他最近舉動有些反常」。

舉薦 jǔ jiàn　推舉；介紹　大力~優秀人才｜你自己~一個接替人吧。

同【推薦】tuī jiàn

同【引薦】yǐn jiàn

「舉薦」的對象是人，語氣比較莊重、正式。「推薦」的對象可以是人或事物，如說「推薦優秀學生」、「推薦參展商品」。「引薦」多用於人事或人才聘用方面。

舉一反三 jǔ yī fǎn sān　用已經知曉的一件事理去推知相類似的其他事理。比喻由此及彼，觸類旁通　張老師教學的特點是善於幫助學生~。

同【觸類旁通】chù lèi páng tōng

「舉一反三」源於《論語·述而》「舉一隅而不以三隅反，則不復也」。「觸類旁通」源於《周易·繫辭上》「引而伸之，觸類而長之」，指掌握了某一規律，而推知其他同類規律，如說「讀書不能靠死記硬背，要理解，要觸類旁通」。

巨大 jù dà　非常大　這次活動規模~｜這是一項非常~的工程。

同【宏大】hóng dà

同【龐大】páng dà

「巨大」多指規模、數量方面，適用範圍較廣。

反【微小】wēi xiǎo　作用~｜~的塵埃｜~的損失｜影響十分~。

反【細微】xì wēi　~的變化｜我搞不清這些~的差別。

巨匠 jù jiàng　在學術、文藝等方面成就巨大的人　莎士比亞是文學~。

同【大師】dà shī

「巨匠」語意較重，一般人很難達到。

巨人 jù rén　原指身材特別高大的人，後比喻功績、影響十分突出的人　政壇~｜歐洲文藝復興時代是~疊出的時代。

同【偉人】wěi rén

「偉人」指偉大的人物，如說「我們要學習偉人的高風亮節」。

反【矮子】ǎi zi　不要做語言的巨人，行動的~。

反【侏儒】zhū rú　馬戲團僱用了一名~作表演。

拒絕 jù jué　不答應；不接受　斷然~了他的要求｜他以忙為由~了對方的邀請。

同【回絕】huí jué

同【謝絕】xiè jué

「拒絕」的對象是請求、意見或贈禮等。「回絕」指答覆對方時表示拒絕，如說「我的要求被對方一口回絕」。「謝絕」比較委婉，如說「再三謝絕」、「謝絕推銷」。

⊠【答應】dā ying　滿口～｜公司～馬上派人來｜老師沒～把這事交給他辦。

⊠【接受】jiē shòu　～邀請｜～任務｜～考驗｜～禮物｜你還是～這個事實吧。

具備 *jù bèi*　擁有　他～了當廠長的資格｜我們還沒有～充足的資金。

⊜【具有】jù yǒu

「具備」的對象比較具體。「具有」多用於抽象事物，如說「具有很高的保存價值」、「這件事具有重大的意義」。

具體 *jù tǐ*　不抽象，不籠統，細節很明確　～計劃｜作～的分析｜提出～要求｜事情的經過，他談得不太～。

⊠【抽象】chōu xiàng　～的定義｜你說得太～了｜這理論過於～，很難理解。

⊠【概括】gài kuò　高度～｜你～地介紹一下文章的主要意思吧。

⊠【籠統】lǒng tǒng　～的解釋｜～地介紹了一下案情。

「具體」也可指特定的，如說「明確具體時間」、「不知他具體擔任甚麼工作」。

倨傲 *jù ào*　輕慢而驕傲　言行～｜他～無禮的態度讓人討厭。

⊜【高傲】gāo ào

⊜【驕傲】jiāo ào

「倨傲」着重於倨，指傲慢、輕視別人，是貶義詞。

聚會 *jù huì*　聚集會合在一起　同窗～｜新老員工～一堂。

⊜【聚首】jù shǒu

「聚會」着重於指眾人從各處會合在一起，適用面較廣。

聚集 *jù jí*　聚攏；集合在一起　我們要～人力物力｜操場上～了數千人。

⊜【匯集】huì jí

⊜【會集】huì jí

「聚集」突出由分散到集中。

⊠【分散】fēn sàn　～討論問題｜～注意力｜大家～活動，一個小時後集合。

聚居 *jù jū*　集中居住在某一區域　～於一地｜路過少數民族～的地區｜鬧市區周圍～了一大批白領。

⊠【散居】sǎn jū　一家人～各處。

劇烈 *jù liè*　急劇強烈　飯後不宜作～運動｜這家公司內部發生了～的鬥爭。

⊜【猛烈】měng liè

「劇烈」常用於鬥爭、運動、作用等。「猛烈」較多地用於外部事物，而「劇

烈」較多地用於與身體、事物或團體
內部有關的事物。

反【平和】píng hé 心情～｜藥性
～｜～地交談｜始終保持～的心態有
利於身心健康。

懼怕 jù pà 十分害怕 不要～困
難｜這孩子很～考試。

同【膽寒】dǎn hán
同【害怕】hài pà
同【恐懼】kǒng jù
同【畏懼】wèi jù

「懼怕」語意較重，屬於書面語。「膽
寒」不可帶賓語，一般說「令人膽寒」。

娟秀 juān xiù 美麗秀氣 信上
的字體很～｜她有一副～的面龐。

同【清秀】qīng xiù
同【秀麗】xiù lì
同【秀氣】xiù qi

「娟秀」屬於書面語，強調美麗、細
緻。

捲土重來 juǎn tǔ chóng lái
失敗之後重新組織力量反攻過來；也
泛指重新開始 敵人是不會輕易放棄
的，他們還在等待時機，妄圖～。

同【東山再起】dōng shān zài qǐ

「捲土重來」是貶義詞，語意較重。
「東山再起」源於《晉書·謝安傳》，
謝安辭官隱居會稽東山，以後又應
詔再度出來做官。原指引退後復出
任職，後比喻失敗後重新興起，如
說「雖然這次失敗了，但他們發誓定
會東山再起」。

眷戀 juàn liàn 非常懷念，難以
割捨 他非常～故土｜他對妻兒的～
之情溢於言表。

同【顧戀】gù liàn
同【留戀】liú liàn
同【依戀】yī liàn

「眷戀」屬於書面語，適用對象為喜
愛的人或地方。

決定 jué dìng 1. 主意已定 他
～春節不回家｜這件事我可～不
了。

同【決意】jué yì
2. 確定的有關事情 終於作出重大
～｜這次大會通過三項重要～。

同【決議】jué yì

「決定」可作動詞或名詞，適用範圍
較廣。「決議」多由正式會議作出，
如說「會議通過一致決議」、「這是
一項重要的決議」。「決意」指拿定
主張，屬於書面語，如說「他決意留
下來」、「大家決意義務幫忙」。

決裂 jué liè 堅決地分裂 這一
對生死之交竟然因一點小事而～了。

同【破裂】pò liè

「決裂」用於會談、感情、相互關係
等方面。

決然 jué rán 堅決；果斷 他～
離去｜我～地作了這個決定。

同【毅然】yì rán

「決然」還有必然之意，如說「這事
決然不會有好結果」。

決心 jué xīn　1. 堅定地要做　我們～不再放棄｜他們～奪取最後勝利。
回【決計】jué jì
回【決意】jué yì
2. 拿定的主張　他下不了～。
回【決定】jué dìng

「決心」強調態度堅決不改變。「決計」強調不動搖、按已經確定的去做，屬於書面語，如說「他決計去冒險」、「我們決計再走一遍」。

抉擇 jué zé　挑選；選擇　繼續升學還是就業讓我難以～｜在這個地區建立分公司，是董事會的～。
回【選擇】xuǎn zé

「抉擇」一般指較重大的、抽象的事物，用於莊重場合。

倔強 jué jiàng　也作「倔犟」。(性情)強硬　他脾氣很～｜這是一個很～的孩子。
回【剛強】gāng qiáng

「倔強」適用範圍較窄。

訣竅 jué qiào　祕訣；最關鍵的方法　要掌握學習的～｜他在跟着教練學習射擊的～。
回【竅門】qiào mén

「訣竅」在語義上更莊重一些。

崛起 jué qǐ　(山峯等)突起　平地上～一座青翠的山峯。
回【突起】tū qǐ

「崛起」屬於書面語；還有興起的意思，如「新興企業迅速崛起」、「IT業的崛起給世界帶來了新氣象」。

絕唱 jué chàng　詩文創作的最高造詣　千古～｜《史記》被譽為「史家之～，無韻之《離騷》」。
反【敗筆】bài bǐ　造成～｜這處～使他慚愧不已。

絕地 jué dì　沒有出路的地方；走不通的地方　我們身處～｜他陷入了～。
回【絕境】jué jìng

「絕地」可以指具體的險惡地方，如說「左邊是懸崖，右邊是深溝，真是個絕地」。「絕境」多用於比喻，如說「那支球隊在小組賽中絕境逢生」。

絕對 jué duì　一定；不依靠任何條件而獨立存在，且恆定不起變化　～服從｜～真理｜旅客必須～遵守安全規定。
反【相對】xiāng duì　～真理｜物體的靜止都是～的｜他只是～比較高而已。

「絕對」還可表示完全、一定，如說「這些數據絕對沒有錯」、「他絕對不可能通過這次考試」。

絕後 jué hòu　今後不會再有　空前～。
反【空前】kōng qián　比賽盛況～｜人口的迅速增加給就業帶來了～的壓力。

絕路 jué lù　走不通的路。多比喻毀滅　你可別走～｜他們～逢生。
圓【死路】sǐ lù

「死路」語意更重，如説「這樣幹下去就是死路一條」。

絕情 jué qíng　不念情誼，不講人情　忘義｜別説這種～的話｜我真沒想到，他會如此～。
反【深情】shēn qíng　無限～｜他～地望着家鄉的土地｜歌唱家用～的演唱讚美生命。

絕無僅有 jué wú jǐn yǒu　只有一個。形容極少有　這種奇事真是～。
圓【獨一無二】dú yī wú èr

覺得 jué de　1.（人）感覺到　我～很高興｜夜深了，我～很睏倦。
圓【感覺】gǎn jué
圓【感到】gǎn dào
2. 認為　我～這部電影很有趣｜這件事我～不可信｜我～他不適合做這項工作。
圓【感覺】gǎn jué
圓【感到】gǎn dào

「覺得 2」語氣並不肯定。

覺悟 jué wù　由模糊而認識清楚；由迷惑而明白過來　一向不思進取的他終於逐漸～了。
圓【覺醒】jué xǐng
圓【醒悟】xǐng wù

「覺悟」還可以作名詞，如説「提高覺悟」。「覺醒」指突然地清醒，認識的程度比「覺悟」弱。

覺醒 jué xǐng　從不清醒、迷惑或糊塗的狀態中清醒明白過來；醒悟　及時～｜從沉迷中逐漸～｜他是二十世紀最早～的知識分子之一。
反【沉睡】chén shuì　～已久｜～的雄獅｜在麻醉劑的作用下，他逐漸～過去。

「覺醒」多用於抽象方面。

均衡 jūn héng　均勻而不向某一方傾斜　經濟要～發展｜要給孩子保持營養～。
圓【平衡】píng héng

「均衡」着重指數目、分量等的均勻。

均勻 jūn yún　分佈量相同；時間距離相等　雨水～｜這幅畫着色～｜牆上的鐘發出～的嘀嗒聲。
圓【平均】píng jūn
圓【勻稱】yún chèn

「均勻」強調分配在各部分的數量相同，也指時間距離相等，如説「均勻的速度」。「平均」突出沒有差別，如説「平均分配」、「達到平均水平」、「實力大體平均」；還指將總數分成若干等份來計算，如説「平均每年增長百分之三」。「勻稱」可形容人的身材。

君 jūn　君王　一國之～｜～臣父子。

反【臣】chén　～僚｜君憂～勞。

君子 jūn zǐ　古代對統治者和貴族男子的通稱，後來泛指品格高尚的人　正人～｜～自重｜～坦蕩蕩｜～之交淡如水。
反【小人】xiǎo rén　卑鄙～｜～得志｜以～之心度君子之腹｜這人心術不正，真是個～。

俊 jùn　相貌清秀好看　～秀｜～模樣｜這姑娘長得好～啊！
反【醜】chǒu　～陋｜～惡不堪｜這一臉～樣兒，我怎麼出去見人哪？

俊傑 jùn jié　才智特別出眾的人　一代～｜識時務者為～。
同【豪傑】háo jié
同【英豪】yīng háo
同【英傑】yīng jié
同【英雄】yīng xióng

「俊傑」着重形容特別有智慧的人。

俊美 jùn měi　清秀漂亮　面容～｜這男孩生得很～。
同【俊俏】jùn qiào
同【俊秀】jùn xiù

「俊美」多用於年輕女子的容貌，強調美麗，也可用於年輕男子。「俊俏」強調面貌好看、靈活，多用於口語，如說「這個俊俏的孩子真讓人憐愛」。「俊秀」強調清秀，屬於書面語。

俊俏 jùn qiào　俊秀好看　她長得～可愛，很討人喜歡。
同【俊秀】jùn xiù
同【俊美】jùn měi
反【醜陋】chǒu lòu　～不堪。

俊秀 jùn xiù　清秀美麗　～的模樣｜她生得十分～。
同【俊俏】jùn qiào
同【俊美】jùn měi
反【醜陋】chǒu lòu　面容～｜這個人雖然外表～，但心地非常善良。

峻峭 jùn qiào　形容山高而陡　山勢～｜挺拔～。
反【平坦】píng tǎn　寬闊～｜～的大馬路｜這一帶地勢～。
反【平緩】píng huǎn　翻過這座山，地勢就～多了。

「峻峭」、「平坦」多形容地勢。「平緩」還可形容心情和聲音，如說「語調平緩」。

竣工 jùn gōng　工程完成　地鐵已～｜在大家的努力下，工程提前～。
反【動工】dòng gōng　破土～｜大師精心設計的新展覽館已～。
反【開工】kāi gōng　～典禮｜正式～建設。

「竣工」多用於規模較大的工程。

K

開 kāi　1. 使關閉着的東西不再關閉；打開　～卷有益｜他～了門就走｜這鑰匙～不了這鎖｜不管別人怎麼勸，她就是不～口。

🔵【啟】qǐ

> 「開」比較常用。「啟」屬於書面語，可組合成「啟封」、「開啟」、「難以啟齒」等。

🔺【關】guān　～窗｜～煤氣｜～上抽屜。

🔺【閉】bì　～關鎖國｜～門思過｜圖書館將～館三天｜這個月她一直～門不出。

🔺【合】hé　請大家～上課本｜為這事她竟一夜沒～眼。

🔺【封】fēng　把信～好｜這些材料都要～起來｜這個出口被石頭給～住了。

2. 發動；操縱　～機器｜車已～走了｜太熱，～空調吧｜這電腦怎麼～不了了？

🔺【停】tíng　工作不能～下來｜快把車～住，這車好像有毛病。

🔺【關】guān　～機檢查｜把電腦～了再走｜他～掉了正在運行的監控系統。

3. （花）開放　春暖花～｜～花結果｜現在梅花～得正豔呢。

🔺【敗】bài　殘花～柳｜真是開不～的花朵。

🔺【落】luò　～花滿地｜葉～歸根｜秋天來了，花、葉都逐漸地～了。

🔺【謝】xiè　凋～｜花開花～｜這種花可以保持一個月不～。

開拔 kāi bá　由駐地或休息處出發　準時～｜大軍已經～。

🔺【進駐】jìn zhù　～徐州。

🔺【進抵】jìn dǐ　黃昏時，軍隊～武昌城下。

> 「開拔」、「進抵」、「進駐」均用於軍事行動。

開辦 kāi bàn　成立；創立　公園附近新～了一家健身俱樂部｜他們準備一起～信息技術公司。

🔵【創辦】chuàng bàn

🔵【興辦】xīng bàn

> 「開辦」適用於各類學校、醫院、企業、訓練班、商業機構等。「創辦」、「興辦」突出新設立、新實行，如說「創辦新材料公司」、「興辦投資諮詢機構」。

開場 kāi chǎng　活動開始進行　～順利｜他們到了劇院，～已半個小時了｜比賽～不到 10 分鐘我們就輸了球。

🔺【收場】shōu chǎng　談判終於以失敗～了｜事情變成這個樣子，看你如何～。

🔺【終場】zhōng chǎng　～哨響，比賽結束｜現在離～還有 5 分鐘。

> 「開場」用於演劇或一般文藝演出、球類比賽等，也用於其他有組織的活動。

開除 kāi chú　將所屬成員除名，使退出集體　他被公司～了｜對學生作弊的最高懲罰是～學籍。

同【革除】gé chú

「開除」是一種處分，用於使退出機關、團體、學校等。「革除」用於去除原有的名分，如說「他因為重大的工作失誤而被革除了職務」。

反【吸收】xī shōu　～入會｜～新的成員｜球隊應不斷～新隊員，以充實自己。

開創 kāi chuàng　開始創建　～新紀元｜～未來的使命落在了年輕人的肩上｜在他們的努力下，公司～了新的局面。

同【開拓】kāi tuò
同【創辦】chuàng bàn
同【創始】chuàng shǐ
同【首創】shǒu chuàng

「開創」適用於事業、局面、朝代等，突出創建。「開拓」突出在新的領域進行開闢或在原有基礎上進行拓展。「創辦」用於工廠、單位等具體事物，如說「他創辦了一間汽車製造廠」。「創始」用於學說、學派、制度等，如說「他是該學派的創始人」。「首創」用於制度、理論、方法、著作等，如說「這項發明屬於世界首創」。

開導 kāi dǎo　啟發；引導　她耐心～學生｜經過反覆～，她終於打消了輟學的念頭。

同【勸導】quàn dǎo

「開導」突出用道理啟發引導，多用於老師對學生或長輩對晚輩。「勸導」多用於平級或平輩之間，如說「善意勸導」、「勸導他早日返回」。

開端 kāi duān　（事情）起頭、開頭　良好的～｜年輕人正處於事業的～｜必須做好新一年的～工作。

反【末尾】mò wěi　排在～｜文章的～還得修改一下｜請在信的～寫上名字和日期。

開發 kāi fā　1.發現或發掘人才、技術等以供利用　我們要開會研究一下如何～市場｜人才～是一項非常重要的事。

同【發現】fā xiàn
同【發掘】fā jué

2.開掘利用各種自然資源　他自願去參加邊疆～｜一定要合理～自然資源。

同【開採】kāi cǎi

「開發」適用範圍較廣，可用於自然、人力、經濟等；還可指新研製，如說「開發出一批新產品」。「開採」適用於礦物、礦產，如說「開採鐵礦」、「計劃開採海底石油」。

開放 kāi fàng　1.（花）展開　百花～｜公園裏各色各樣的花朵爭相～。

反【凋謝】diāo xiè　曇花瞬間就～了｜花瓶裏的花兒逐漸～了。

2.公園、展覽會、圖書館等公共場所接待遊人、參觀者、讀者等；允許進入　對外～｜公園今天不～。

反【關閉】guān bì　商店～｜～通道｜因存在安全問題，遊藝園要～維修｜受惡劣天氣影響，機場被迫暫時～了。

反【封閉】fēng bì　～瓶口｜大雪～了山路。

開工 kāi gōng　土木工程開始修建；動工　暫緩～｜舉行～典禮｜工程～必須經過有關部門的審批。

⑤【竣工】jùn gōng　工程～｜大廈按時～｜全部設施已～，現在正在驗收，不久可以投入使用。

⑤【完工】wán gōng　全面～｜這棟樓目前還不能～｜～在即，建設者們十分欣慰。

開火 kāi huǒ　用槍炮射擊；開始作戰　猛烈～｜前線已經～了。

⑤【停火】tíng huǒ　簽訂～協定｜雙方通過談判實現了～。

開局 kāi jú　（下棋或球賽等）開始的階段　精彩的～｜我隊在～不利的情況下，奮起直追，最終反敗為勝。

⑤【終局】zhōng jú　球賽已到～。

⑤【殘局】cán jú　研究象棋～。

「開局」還比喻事情起初的階段，如說「工程開局順利」。「殘局」還指事情失敗或社會變亂後的局面，如說「別老是讓我給你們收拾殘局」。

開卷 kāi juàn　考生可以自由查閱有關資料的考試方式　～考試也不容易，有時根本找不到資料。

⑤【閉卷】bì juàn　實行～考試。

開口 kāi kǒu　張口講話　他比較內向，平時不喜歡～｜學習外語一定要多～｜不管父母怎麼問她，她都不肯～。

⑤【啟齒】qǐ chǐ

「開口」多用於口語，指張嘴說話。「啟齒」用於向對方提出請求或陳述讓自己或者對方感覺不樂意的事，多用於否定，如說「不便啟齒」、「我覺得這件事情真難以啟齒」。

開闊 kāi kuò　1. 範圍、面積大　那廣場相當～｜住宅前面有一片～的草地。

⑤【廣闊】guǎng kuò

⑤【狹窄】xiá zhǎi　～的走廊。

2.（胸懷、性格、思路等）樂觀開朗　心胸～｜讓思維進入一個～的境界，或許能想到一些好的創意。

⑤【廣闊】guǎng kuò

⑤【寬廣】kuān guǎng

「開闊」還作動詞，如說「旅遊可開闊自己的眼界」。

⑤【狹窄】xiá zhǎi　心胸很～｜知識面過於～。

「開闊」、「狹窄」既可用於具體的面積或空間範圍，也可用於抽象的思想、心胸等方面。

開朗 kāi lǎng　（性格等）樂觀、暢快，不陰鬱　心情～｜性格～｜活潑而～｜樂觀～的人永遠笑着面對生活。

⑤【陰鬱】yīn yù　性情～｜他～的眼神傳遞出內心的苦澀。

⑤【孤僻】gū pì　性格～｜他性情～，很少與人交流。

開門見山 kāi mén jiàn shān　比喻說話、寫文章一開始就切入主題，

不兜圈子　和我説話你就～吧，別兜圈子。

同【單刀直入】dān dāo zhí rù

「開門見山」用於言語或文章。「單刀直入」比喻説話直截了當，不繞彎子，語意較重，如説「他不理會那人的花言巧語，單刀直入地問了他幾個實質性問題」。

開明 kāi míng　思想開通，不頑固保守　～人士｜老人思想很～｜我們公司作風一向～。

同【開通】kāi tong

「開明」原指從野蠻進化到文明境界，有引申用法，指思想開通，不頑固；語意較窄。「開通」多形容想得開、觀念不保守，如説「思想比較開通」。

反【頑固】wán gù　思想～｜～不化｜這些人～而保守。

反【保守】bǎo shǒu　觀念～｜計劃訂得比較～｜這種做法過於～，不利於發展。

反【守舊】shǒu jiù　因循～｜觀念～｜你的思想怎麼還那麼～呀？

「保守」還表示保住、守持，如説「保守秘密」。

開幕 kāi mù　表演時拉開舞台前的幕，也指會議、展覽會等開始　舉行～儀式｜展覽會明天上午～。

反【閉幕】bì mù　圓滿～｜大會將於下週正式～。

反【落幕】luò mù　運動會已～｜藝術展昨日順利～｜演出在熱烈的掌聲中～。

開闢 kāi pì　創立並發展　～新航線｜他被公司派到國外去～市場｜他的研究～了生物學界的嶄新課題。

同【開拓】kāi tuò

「開闢」突出從無到有地創建。「開拓」突出從小到大地發展、擴充，所指對象範圍較大，屬於書面語，如説「開拓嶄新領域」、「短篇小説的創作道路被開拓得更廣闊了」。

開啟 kāi qǐ　打開；啟開　～罐頭｜這種滅火器的開關能自動～｜沒有密碼，無法～電腦中的這些文件。

反【封閉】fēng bì　～飲料瓶口｜～地下室｜大雪～了機場｜他們～了疫區。

「開啟」也指開創，如説「開啟新的時代」、「開啟文明的先河」等。

開始 kāi shǐ　1. 從頭起；開頭　討論剛～｜從今天～計算，還有二十天就放假了。

同【開頭】kāi tóu

反【結束】jié shù　～學業｜考試～｜通話～，請掛機。

反【完畢】wán bì　工作～｜報告～｜這項計劃已實施～｜電影目前已經製作～。

反【完結】wán jié　事情還沒有～｜這事已經～，不需再作討論。

反【終了】zhōng liǎo　學期～｜直到～，賓客才慢慢散去。

2. 初始的階段　這是一個新的～｜這件事～有些不順利，但後來一切都好了。

同【開端】kāi duān

◉【開頭】kāi tóu

「開始」突出起頭的一段時間。「開端」強調起始的一點，時間較短，如說「良好的開端」、「這是一個令人滿意的開端」。「開始」既可作名詞，也可作動詞。「開端」、「開頭」只能作名詞。「開頭」的意思和用法同名詞用法的「開始」，多用於口語，如說「轉播剛開頭呢」、「萬事開頭難」、「電視劇的開頭很感人」。

開通 kāi tong　（思想）不頑固守舊，不拘泥成規　腦筋～｜老人很～｜你應該～一點｜這真是一對思想～的父母。
◉【開明】kāi míng
㊉【守舊】shǒu jiù　思想～｜因循～｜行為～｜到底應該創新還是～，我們需好好討論一下。

開頭 kāi tóu　開始的部分或階段　萬事～難｜～我們都在一起，後來就分開了｜這篇文章～就表明了作者的意向。
◉【開端】kāi duān
㊉【結尾】jié wěi　工程～｜修改這首歌的～部分｜看到小說的～，她忍不住哭了起來。

開脫 kāi tuō　推卸（責任、過失等）　竭力為自己～罪責｜他說謊話是為了替朋友～。
◉【解脫】jiě tuō

「開脫」適用範圍較窄。「解脫」的對象是繁忙瑣碎的事情或苦悶、痛苦、病痛，如說「終於得到解脫」、「從煩惱中解脫出來」。

開銷 kāi xiāo　1. 付出（費用）　工資不夠～｜你帶的錢夠一路的～嗎？
◉【開支】kāi zhī
2. 已付出或需要付出的錢　～太大｜為了節約要縮減～。
◉【開支】kāi zhī

「開銷」多用於個人的生活支出或單位的營業費用。「開支」多用於機關、團體財政方面的支出，如說「要學會合理開支」、「定期檢查開支」、「決定縮減行政開支」。

㊉【收入】shōu rù　～增加｜老人的～並不多｜這項買賣可有幾千元～。

開心 kāi xīn　心情愉快　感覺很～｜孩子們今天在遊樂場玩得非常～。
㊉【難過】nán guò　心裏很～｜你別為這事～，自己身體要保重。

開業 kāi yè　正式進行業務活動　～行醫｜～以來，生意一直不好｜本店已～兩年多了。
㊉【停業】tíng yè　～整頓｜此店因為經營不善已～。
㊉【歇業】xiē yè　該公司已關門～｜飯店因不景氣而～。

「開業」多用於商店、企業、律師事務所、診所等。

開展 kāi zhǎn　在較大範圍中進行開闢，推廣　俱樂部每月～一次活動｜兩個工廠之間定期～技術交流。

同【展開】zhǎn kāi

「開展」突出由人的角度說明活動、競賽、批評、討論等由淺入深地進行。「展開」突出事情開始進行，對象多是進攻、交鋒、反擊、攻勢等，如說「展開春季攻勢」、「展開正面交鋒」。「展開」還指張開，如說「展開旅遊地圖，查看目的地方位」。

開戰 kāi zhàn　　打起仗來；開始作戰　兩國重新～｜～後，我軍曾經一度處於被動地位。
反【議和】yì hé　雙方～｜南北～｜形勢所逼，只有～才能減少士兵的傷亡。

「開戰」還用於比賽或展開鬥爭，如說「向犯罪行為開戰」等。

開張 kāi zhāng　　商店等設立後開始營業　正式～｜～誌喜｜美容院重新～。
反【倒閉】dǎo bì　破產～｜公司因經營不善而～｜那家工廠虧損嚴重，瀕臨～。

慨歎 kǎi tàn　　情感受觸動而歎息　～不已｜這孩子的遭遇真是令人～。
同【感慨】gǎn kǎi
同【感歎】gǎn tàn

「慨歎」突出內心感觸，含有不平之意。

楷模 kǎi mó　　榜樣；供大家學習效仿的人　她堪稱我們學習的～｜先生為我們樹立了光輝的～。

同【榜樣】bǎng yàng
同【典範】diǎn fàn
同【模範】mó fàn

「楷模」只用於人。

刊登 kān dēng　　在報紙雜誌上登出　文章～在娛樂版｜報上～了那條新聞｜他在報上～了尋人啟事。
同【登載】dēng zǎi
同【刊載】kān zǎi
同【發表】fā biǎo

「刊登」較常用，可用於書面語和口語。「刊載」屬於書面語，如說「小說將在本報分期刊載」。

看管 kān guǎn　　1. 照顧　他沒有時間～孩子｜他的工作是～器材倉庫。
同【照管】zhào guǎn
同【看守】kān shǒu
2. 監守管理　要嚴密～這些犯人。
同【看守】kān shǒu

「看管」強調把對象管住，含有負責管理的意思。「看守」側重於守衛或監視，語意較重，如說「看守林場」、「看守罪犯」。「看守」還指擔任這項工作的人，如說「在監獄當了多年看守」。「照管」突出照料，如說「照管好設備」、「請你照管一下孩子」。

勘測 kān cè　　實地察看和測量　地質學家在～地貌｜他們花了兩年時間進行野外～。
同【勘察】kān chá
同【勘探】kān tàn

「勘測」包括勘察和測量，適用範圍較廣。「勘察」也寫作「勘查」，多用於探礦、建築施工前或用於軍事方面，適用於對地形、場地、地質構造、地下資源儲藏等的探查，如說「選址之前勘了地形」、「刑警非常仔細地勘察了案發現場」。「勘探」主要是探明礦藏分佈情況，如說「反覆勘探後，才確定這裏的開發價值」。

坎坷 kǎn kě
1. 道路高低不平，坑坑窪窪　～不平｜～的山間道路。
同【崎嶇】qí qū
反【平坦】píng tǎn　寬闊～的路｜～的高原｜這段山路比較～，不需要爬坡。
反【平整】píng zhěng　地面～｜道路～暢通。
2. 比喻經歷不順利；不得志　歷盡～｜～的人生。
同【崎嶇】qí qū
反【平坦】píng tǎn　生活道路～｜不～的發展道路。

「坎坷」多用於比喻，指不如意或不得志。「崎嶇」指路不平，比喻處境艱難，如說「崎嶇的山路」、「生活道路崎嶇不平」。「坎坷」、「崎嶇」都屬於書面語。

看 kàn
瞧；觀察並判斷　觀～｜～電影｜喜歡～書｜這個人老是想別人笑話。
同【瞅】chǒu
同【瞥】piē
同【瞧】qiáo

同【望】wàng

「看」屬多義詞，適用範圍較廣。

看待 kàn dài
對待；以某種態度應對他人或他事　我把你當兄弟～｜我真不知該怎麼～這個問題。
同【對待】duì dài

「看待」突出某種想法或意見。「對待」突出態度，如說「對待朋友要真誠」、「我們必須正確對待目前出現的困難」。

看法 kàn fǎ
對人或事物的認識、觀點　發表～｜我們倆～一致｜他們開誠佈公地談了各自的～。
同【見地】jiàn dì
同【見解】jiàn jiě

「看法」適用範圍較廣，可以是正確的或不正確的。「見解」一般帶有主觀色彩，如說「獨到的見解」、「他從來沒有自己的見解」。「見地」突出高明的見解，如說「見地高明」、「他的一番話別有見地」。

看好 kàn hǎo
預計有前景、能發展；對未來的前景持樂觀態度　市場前景～｜這場比賽觀眾都～客隊｜商家都～長假的經濟效益。
反【看淡】kàn dàn　球迷都～主隊｜股民們並不～後市。

看重 kàn zhòng
重視；認為很要緊　～實際能力｜十分～這件禮物｜愈來愈多的跨國公司開始～南亞市場。

反【輕蔑】qīng miè　　態度～｜～的微
笑｜他～的眼光重重地傷害了那個孩
子。

反【看輕】kàn qīng　　不要～小問題｜
不要～經驗的價值｜比賽中不可～對
手，否則容易失敗。

反【輕視】qīng shì　　～勞動｜不可～
感冒｜不要～素質教育。

「輕蔑」強調瞧不起、不放在眼裏。
「輕視」突出不重視、不認真對待。

慷慨 kāng kǎi　　不吝嗇；不惜
財　～解囊｜他～無私的性格得到了
很多朋友的稱讚。

同【大方】dà fang

「慷慨」還指意氣激昂，如說「慷慨
陳詞」。「大方」突出隨意而不吝嗇，
如說「出手大方」；也指自然而不拘
束，如說「這姑娘大方而端莊」、「舉
止大方」。

反【吝嗇】lìn sè　　～錢財｜別過於
～｜這個～鬼真是愛財如命。

反【小氣】xiǎo qi　　別那麼～｜他怎麼
會變得如此～｜那人～得連婚禮前都
捨不得理一次髮。

當「慷慨」指充滿正氣、情緒高昂，
如說「慷慨就義」，這時與「吝嗇」、
「小氣」不構成反義關係。

抗衡 kàng héng　　勢均力敵地對
立　無法與之～｜對他們的進攻，我
們難以～。

同【對抗】duì kàng

「抗衡」多用於指力量方面相持不

下。「對抗」多指比較具體的對立，
如說「武裝對抗」、「南北對抗」、「對
抗強敵」。

抗拒 kàng jù　　抵抗並拒絕　不
可～｜～命令｜讓人沒法～的誘惑。

反【順從】shùn cóng　　～父母｜～民
意施政｜他表面～了，內心卻在抗拒。

考查 kǎo chá　　檢查並評定　馬
上要進行期中～了｜～學生對課本知
識的掌握程度。

同【考核】kǎo hé

「考查」突出檢查衡量，對象一般是
人的活動、行為等，目的是評定、
審核。「考核」突出審核、查核、核
實，對象多指人、工作、成績等，
目的是評定是否符合要求，如說「考
核進度」、「等級考核」、「年度考
核」。

考察 kǎo chá　　觀察；仔細察看
並調查　他們進行了實地～｜經過市
場～，他們決定在這地區設立分公司。

同【視察】shì chá

「考察」着重於察，對象是比較大的
事物，如山川、地質、工程等；也
用於對業績的檢查鑒定，目的是取
得有關材料進行研究，適用範圍較
廣。「視察」突出視，指上級部門到
下級部門作具體工作狀況的檢查或
指導，如說「到生產第一線視察」、
「到工業區視察環保工作」。

考究 kǎo jiu　　1. 查考；深究　這

些問題值得～｜～義理｜～此物來源。

回【研究】yán jiū

2. 精緻美好　巧克力的包裝很～｜他們的新家裝潢得十分～。

回【講究】jiǎng jiu

反【簡樸】jiǎn pǔ　衣冠～｜～的設計風格。

反【簡陋】jiǎn lòu　設備～｜替換～的陳設。

考慮 kǎo lǜ
思索問題，以便做出決定　暫不～接收｜這個問題讓我～一下再答覆你｜他經過三天的～終於決定不去。

回【斟酌】zhēn zhuó

「考慮」的對象可指一般事情或重大事情。「斟酌」多用於一般事情，如事情、文字等是否可行或是否適當，如說「再三斟酌」、「以上的文字還得斟酌一番」。

靠近 kào jìn
1. 相距不遠　兩地很～｜這些東西放得非常～。

回【接近】jiē jìn

2. 向着目標移動，使距離縮小　他設法～燈光，才看清了紙上寫的字。

回【挨近】āi jìn

回【接近】jiē jìn

回【靠攏】kào lǒng

「靠近」的對象多是具體事物。

反【遠離】yuǎn lí　貨輪已～港口｜教育青少年～毒品｜～爆炸物，以免發生危險。

苛刻 kē kè
過於嚴厲；尖刻　他

待人非常～｜這家公司的招聘條件特別～。

回【刻薄】kè bó

「苛刻」突出某個標準過分而不近情理，多指條件、要求過高，難以接受或達到，是貶義詞。「刻薄」突出冷酷、不厚道，多用於說話、待人的方式及態度，如說「他那番刻薄的話傷了我的心」。

反【寬厚】kuān hòu　待人～｜～的長者｜她～謙讓的態度贏得了大家的好評。

反【厚道】hòu dao　為人～｜老實～｜～的年輕人。

「寬厚」還指聲音深沉渾厚或身體寬闊厚實，如說「寬厚的男低音」、「寬厚的肩膀」等。

科學 kē xué
反映自然、社會、思維等客觀規律的知識體系　～技術｜發展～｜從事～研究工作｜我們要以～的眼光來看待問題。

反【迷信】mí xìn　反對～｜不要相信～｜破除～觀念。

可愛 kě ài
令人喜愛　活潑又～｜～的家鄉｜～的寵物｜這小女孩真～。

反【可恨】kě hèn　真～，我被那人騙了｜～的病毒把我的電腦系統全毀壞了。

反【可惡】kě wù　～透頂｜～之極｜～的小偷｜～的戰爭毀掉了無數個家庭的幸福。

反【可憎】kě zēng　面目～｜～的敵人。

可怖 kě bù
令人恐怖、畏懼　小說結局很～｜這部電影有很多～的場面。

同【可怕】kě pà

「可怖」程度較深，屬於書面語。「可怕」多用於口語。

可恥 kě chǐ
應當視作羞恥　～的行徑｜失敗並不～。

反【光榮】guāng róng　～之家｜～犧牲｜能獲得這項大獎，我感到無上～。

可貴 kě guì
很有價值，非常難得而值得珍重　～的精神｜這些經驗都難能～。

同【寶貴】bǎo guì

同【珍貴】zhēn guì

「可貴」多用於機會、時間、品質等較抽象的事物，常與「難能」搭配。「寶貴」、「珍貴」語意比較重。

可靠 kě kào
真實；值得信任　這個消息絕對～｜他是一個誠實～的人。

同【牢靠】láo kào

「可靠」適用範圍較廣，可用於人和機構、企業等。「牢靠」只用於人在辦理事情上的表現，如説「這樣做還不牢靠」、「我認為他做事很牢靠」。

可憐 kě lián
令人同情　這個乞丐相當～｜我有時候覺得自己有些～。

同【憐憫】lián mǐn

「可憐」可作動詞或形容詞，對象可以是他人或自己，如説「可憐的窮孩子」、「他常常可憐那些無家可歸的小狗小貓」；還有不值得一提的意思，如説「少得可憐」、「慢得可憐」。「憐憫」作動詞或名詞，不作形容詞，一般只用於對他人，如説「值得憐憫」、「憐憫他人的不幸」。

可怕 kě pà
令人害怕　這是一件～的事｜當時他的樣子十分～。

同【可怖】kě bù

同【恐怖】kǒng bù

「可怕」的程度比「可怖」、「恐怖」輕。

可人 kě rén
使人滿意；惹人憐愛　楚楚～｜甜美～｜小巧～。

反【惱人】nǎo rén　～的雨季｜他總是説些～的話｜這些～的垃圾郵件佔去了很多空間。

反【煩人】fán rén　～的事｜這囉嗦的傢伙實在～｜最近一段時間總是停電，真～。

可惡 kě wù
令人討厭、憎惡　這些～的謠言可害苦了他｜唱片公司紛紛聯合起來抵制～的盜版行為。

同【可憎】kě zēng

「可惡」着重於令人厭惡、令人惱怒。「可憎」突出令人厭恨，語氣較重，如説「要揭露他可憎的面目」。

可惜 kě xī
讓人同情、惋惜　這花瓶打碎了真～啊｜失去這機會真是非常～｜我很想去旅行，～沒有時間。

◉【惋惜】wǎn xī

「可惜」着重於表示同情，可用於感歎句。「惋惜」語意比較重，不用於感歎句，如說「他十分惋惜地對我說了那件事」。

可喜 kě xǐ

令人高興；值得欣慰　～的成就｜這幾年我的家鄉發生了～的變化｜經過大家的努力，實驗終於取得～的進展。

㊉【可悲】kě bēi　～的命運｜落了個～的下場｜這些女人的結局都非常～。

渴望 kě wàng

殷切地希望　～勝利｜孩子～得到父母和老師的理解。

◉【盼望】pàn wàng

「渴望」強調急切而如飢似渴地希望，語意較重。

克服 kè fú

攻克；制服　～難關｜要想成功必須～畏難情緒。

◉【戰勝】zhàn shèng

「克服」語意較輕。

克勤克儉 kè qín kè jiǎn

能勤勞，又能節儉　生活好了，還應發揚～的美德。

㊉【揮霍無度】huī huò wú dù　如此～，真不知上輩人創業的艱辛。

克制 kè zhì

控制；壓抑（情感）　她努力～着自己的情緒｜他～住了劇烈的疼痛。

◉【抑制】yì zhì

「克制」突出用理智進行約束、控制，冷靜地進行處理。「抑制」突出壓制下去，多是控制自己的思想或衝動行為，如說「不可抑制的力量」、「抑制不住興奮和激動」。

刻板 kè bǎn

呆板不靈活；缺乏變化　他辦事～｜他們只是～地模仿著名作家的寫作。

◉【呆板】dāi bǎn
◉【古板】gǔ bǎn
◉【死板】sǐ bǎn

「刻板」側重於指機械單一，缺乏變化。

㊉【靈活】líng huó　手腳～｜～多變｜體態輕盈～｜學習文化知識，要注意～運用，不能死記硬背。

刻薄 kè bó

待人、說話冷酷無情；過於苛求　話語～｜尖酸～｜你能忍受他這麼～的嘲諷？

㊉【厚道】hòu dao　為人～｜對人應該～一點，不要總是那麼苛刻。

㊉【寬厚】kuān hòu　不管遇到甚麼事，老人總是～地對待他人。

刻不容緩 kè bù róng huǎn

指形勢緊迫，一刻也不容許拖延　汛期將到，防洪物資的準備工作已是～。

◉【急如星火】jí rú xīng huǒ

「刻不容緩」側重從客觀方面形容時間、局勢等緊迫。

刻畫 kè huà

用文字或其他藝術手段等表現　～典型性格｜～人物心

理｜這篇文章真實～了英雄的形象｜魯迅先生成功地～了阿Q這個形象。

同【描繪】miáo huì

同【描畫】miáo huà

> 「刻畫」突出表現人物的形象、性格或心理。「描繪」、「描畫」突出描，多從外形上表現，對象多是景象、圖景、物體等；也用於藝術方面，多指用色彩、線條表現，如說「描繪得有聲有色」、「描畫得如此清晰」。

客 kè　實，相對於主人而言　不速之～｜歡迎您到我家來做｜貴～臨門，我們得好好款待一下。

反【主】zhǔ　客隨～便｜不要打扮得喧賓奪～。

客場 kè chǎng　足球、籃球等比賽採取主客場賽制時，對方球隊的所在地是本方的客場　我們在～大勝｜沒想到，本隊會在～慘敗。

反【主場】zhǔ chǎng　～失利，壓力太大｜每個球隊都希望在～作戰。

客隊 kè duì　被邀請到當地來參加比賽的隊　歡迎～到來｜～在場上表現不俗｜～憑藉實力以1：0戰勝了主隊｜～不適應當地氣候，狀態不好。

反【主隊】zhǔ duì　開場不久，～就佔據了場上的優勢｜～雖然有地利、人和的優勢，卻仍然不敵實力強大的客隊。

> 「客隊」、「主隊」多用於體育比賽。

客觀 kè guān　在意識之外存在的；根據實際情況考察，不帶個人偏見的　～存在｜事物｜我要面對現實｜你應該～地看問題。

反【主觀】zhǔ guān　～意識｜的感受｜你這樣看問題比較～｜你的～認識有片面性。

客氣 kè qi　交際場合待人謙和有禮　説話～｜不必這麼～｜～地招待大家｜他對人總是很～。

反【怠慢】dài màn　不敢有絲毫～｜這些客人是～不得的｜今天準備不周，～了各位，敬請包涵。

恪守 kè shǒu　嚴格遵照　～中立｜這麼多年過去了，她還是～自己的信念。

同【遵守】zūn shǒu

> 「恪守」屬於書面語，用於信條、態度等。「遵守」的對象多為制度、條例、規定等已確定或有章可循的事物，如說「遵守紀律」、「自覺遵守合同條款」。

反【背棄】bèi qì　～盟約｜～宣言｜～協定｜他最終～了原有的信仰。

肯定 kěn dìng　1. 確認事物的存在或真實性　～成績｜這種做法值得～。

反【否定】fǒu dìng　～錯誤意見｜經理～了我們的計劃｜他的理論已經被事實～了。

2. 表示承認；正面的　～意見｜作了～的判斷。

反【否定】fǒu dìng　～回答｜他對此持～意見｜我們對這個方案持～態度。

3. 一定；沒有疑問　這副藥～見效｜他說過今天～會來。

同【必定】bì dìng

同【必然】bì rán

同【一定】yí dìng

4. 明確　請給我一個～的答覆｜她今天來不來還不能～｜我們可以～他們明天到海南。

同【確定】què dìng

反【含糊】hán hu　意思～｜～不清～的態度｜她的態度十分～。

懇切 kěn qiè　坦誠而真切　言辭～｜～希望｜這次他態度很～｜他非常～地徵詢意見。

同【殷切】yīn qiè

「懇切」突出指態度，詞意較輕。「殷切」突出深厚而急切，多用於組織對成員、長者對幼者、上級對下級，如說「老師對我們充滿殷切期望」。

懇求 kěn qiú　誠懇而迫切地提出願望或條件　我～老闆批准我的休假申請｜我～得到長輩的原諒。

同【請求】qǐng qiú

同【要求】yāo qiú

同【央求】yāng qiú

「懇求」強調態度懇切，語意較重。

坑害 kēng hài　用狡詐、狠毒的手段使人受到損害　～無辜｜你不要～好人｜這些虛假廣告～了不少消費者。

反【救援】jiù yuán　～災民｜提供～｜及時組織～｜地震後的緊急～工作正在展開。

反【援助】yuán zhù　經濟～｜伸出～之手｜提供法律諮詢與～｜聯合國準備對這一地區的難民給予人道主義～。

空洞 kōng dòng　缺少實際內容或內容不符合實際　文章～乏味｜他說了一番～的話。

同【空泛】kōng fàn

「空泛」指內容空洞浮泛，不着邊際，如說「聽着這些空泛的討論，我忍不住打起了哈欠」。

反【實際】shí jì　～的例子｜這個計劃訂得很～｜我們重視的是每個人的～能力。

反【現實】xiàn shí　～意義｜你的想法不太～｜放棄空洞的理論，回到～中來。

空話 kōng huà　不切實際、難以實現的話　～連篇｜別盡講～｜在會上禁止講～。

同【空談】kōng tán

「空話」較常用。「空談」也可是動詞，如說「空談理想」。

空幻 kōng huàn　虛假而不真實　～無憑｜我覺得他提出的是一個～的計劃。

同【虛幻】xū huàn

「空幻」多用於設想等精神方面。「虛幻」強調虛無的性質，多用於主觀幻想或不真實的形象，如說「那個虛幻的夢境讓我害怕」。

空曠 kōng kuàng
地方廣闊寬大，東西很少　～的原野｜這個房間顯得過分～。

⑤【空闊】kōng kuò

> 「空曠」有廣闊或荒蕪之意。「空闊」只指地方寬而大，如說「這是一個空闊的倉庫」。

空氣 kōng qì
情調和氛圍　充滿歡樂的～｜別在這裏製造緊張～。

⑤【氣氛】qì fēn

> 「空氣」語意較重，適用於比較嚴肅的場合；還可指散佈的消息，如說「放出來和的空氣」。「氣氛」突出某個場所表現出來的精神面貌或景象，如說「節慶氣氛」、「充滿悲壯的氣氛」。

空前 kōng qián
以前沒有過　盛況～｜生產力得到了～發展｜近幾年中國的手機市場～活躍，蘊藏無限的商機。

⑤【絕後】jué hòu　這是一場空前～的較量。

空談 kōng tán
只説不做；有言論而無行動　切忌～｜～能誤國｜他只會，到了該做的時候，卻甚麼也不會。

⑤【務實】wù shí　提拔～的人才｜多～，少空談｜積極提倡求真～的作風。

空想 kōng xiǎng
1. 不切實際的想法　這純粹是一種～。

⑤【幻想】huàn xiǎng
2. 主觀隨意設想　～發財｜關起門來～是找不到解決方法的。

⑤【幻想】huàn xiǎng

> 「空想」屬於中性詞，有時帶貶義。「幻想」突出美好的想像，如說「孩子幻想能飛上藍天」、「他幻想能得到一台最好的電腦」。

空虛 kōng xū
沒有甚麼實在的東西；不充實　生活～｜思想～｜敵人的後方很～｜他精神～，無所追求。

⑤【充實】chōng shí　內容～｜食物儲備～｜通過學習，他思想上～多了。

> 「空虛」多指精神沒有寄託，生活無志向或物質力量不充足。「充實」還表示使充實，如說「應不斷充實自己的能力」。

空中樓閣 kōng zhōng lóu gé
懸在半空中的樓閣，比喻虛幻的事物或脫離實際的空想　你的設想只是～，根本無法實現。

⑤【海市蜃樓】hǎi shì shèn lóu

> 「空中樓閣」突出沒有根基，脫離實際的計劃、理論等。「海市蜃樓」本是大氣中因光線的折射而形成的一種自然現象，多出現在夏天海邊或沙漠中，現用以比喻虛幻的事物。

恐嚇 kǒng hè
威脅、嚇唬　對小孩別用～語氣｜他說要去～一下對方。

⑤【恫嚇】dòng hè
⑤【威嚇】wēi hè

「恐嚇」強調使對方恐懼，多用於對人進行威脅。「恫嚇」、「威嚇」屬於書面語。

恐慌 kǒng huāng
因擔憂、害怕而慌張不安　一片～｜極為～｜瘟疫爆發引起了極大的～。

圓【驚慌】jīng huāng

「恐慌」語意較重。

反【鎮定】zhèn dìng　～自若｜大家很快就～下來了。

「恐慌」突出恐懼而慌張。「鎮定」強調安定、從容不迫。「鎮定」還表示有把握、一定，如說「他鎮定能把這事辦成」。

恐懼 kǒng jù
極為害怕、發慌不安　他的樣子令人～｜她露出～的眼神。

圓【膽寒】dǎn hán
圓【害怕】hài pà
圓【懼怕】jù pà
圓【恐怖】kǒng bù
圓【畏懼】wèi jù

「恐懼」是一種心理感覺，程度比「害怕」深，比「恐怖」輕。「恐怖」語意比較重，多與生命遭受危害有關，多與「手段」、「政策」、「分子」等詞搭配，如說「感到非常恐怖」、「防止恐怖襲擊」。「膽寒」、「懼怕」、「畏懼」屬於書面語。

反【無畏】wú wèi　英勇～｜大～的氣概｜～的勇士們在戰場上奮勇殺敵。

恐怕 kǒng pà
表示估計、可能　天那麼熱，～要下雨｜這事他～不會同意｜這樣做，效果～不會好。

反【必定】bì dìng　～成功｜～勝利｜你們這麼做，～會自食惡果。

空缺 kòng quē
編制或份額空着；缺額　填補～｜正好有個～｜今年編制沒有～。

反【滿額】mǎn é　說已經～了，怎麼又有人進來｜學校招生早已～。

空隙 kòng xì
中間空着的地方；尚未佔用的時間　水從～流出來｜同學們利用學習～加緊排練節目。

圓【間隙】jiàn xì

「空隙」突出很小的空間；還表示能夠利用的機會，多指做壞事，如說「這家公司鑽會鑽法律法規的空隙」。「間隙」只指短暫的空閒時間，如說「他利用上班間隙處理自己的事務」。

空閒 kòng xián
事情或活動停下來，有了閒暇時間　當上廠長後他很少有～的時候｜主任最近太忙，你等他～下來再跟他聯繫吧。

圓【閒暇】xián xiá

「空閒」適用範圍較廣。

反【忙碌】máng lù　一世～｜為了大家的事，她整天～不停｜為了這次比賽，我整整～了一年。

控告 kòng gào
向國家機關、司法部門告發違法失職或犯罪的事實　他向法院～了那人的罪行。

圓【控訴】kòng sù

「控告」側重於告。「控訴」側重於訴,指向有關機關或公眾陳述案情,請求做出法律或輿論的制裁,如說「含淚控訴了匪徒的罪行」。

控制 kòng zhì　掌握住,不使任意活動或超出範圍　～局面｜他慌了,不知道怎樣～會場｜他不會～感情,甚麼都在臉上表現出來。

圖【操縱】cāo zòng
圖【掌握】zhǎng wò

「控制」的對象包括政治形勢、經濟、軍事、地盤、情緒等;還指開動機器,如說「自動化控制」、「控制程序」。「操縱」可以是使用機器、儀錶,如說「靈活操縱兩台機械」、「操縱自如」;也可用於支配組織、機構,多是使用不正當手段,帶貶義,如說「操縱股市」、「操縱比賽」。「掌握」語意較輕。

反【擺脫】bǎi tuō　～困境｜～束縛｜～煩惱｜～不利局面｜應儘快～貧窮落後狀態。

「控制」突出掌握、操縱。「擺脫」突出脫離束縛、牽制、困難等不利狀況而獲得自由或好的結果。

口緊 kǒu jǐn　說話小心謹慎,不隨便講出內情　這位祕書真是～得很｜這人～,半點口風也不肯露。

反【口鬆】kǒu sōng　他一向～,藏不住事｜她特別～,甚麼祕密到了她那裏就不成祕密了。

口氣 kǒu qì　言談時的感情色彩

他用鄭重的～宣佈了這個決定｜他用惋惜的～告訴我不能和我一起去旅行。

圖【口吻】kǒu wěn

「口氣」還可指說話時的氣勢,如說「訓人的口氣」;也可指話外之音,如說「探明對方口氣」。「口吻」只指說話時的語氣或口氣,屬於書面語,如說「聽她的口吻好像已經同意了」。

口輕 kǒu qīng　菜或湯的味不鹹,也指人愛吃清淡味道食物的習慣　他～,別做得太鹹｜我喜歡～的菜,請少放點鹽。

反【口重】kǒu zhòng　我～,辣一點沒事｜我知道你喜歡吃～的,所以多放了些醬油。

口是心非 kǒu shì xīn fēi　嘴上說的是一套,心裏想的卻是另一套,指言行不一致　你不要～了,我早就知道你心裏在想些甚麼。

圖【陽奉陰違】yáng fèng yīn wéi

「口是心非」適用範圍較廣,多用口語。「陽奉陰違」指表面上遵從,暗地裏違抗或不照着做,主要對上級和長輩,多用於書面語,如說「對上級安排的任務,他總是陽奉陰違」。

反【言行一致】yán xíng yí zhì　做人要正直,～方能得到他人尊敬。

口頭 kǒu tóu　1. 用說的方式表達　～敘述｜提出～申請｜你只要～說一下就可以了。

反【書面】shū miàn　寫個～報告｜以～方式呈送上級機關審核。

2. 只是嘴上説 這人～很強｜～説得好聽有甚麼用？

反【實際】shí jì 要注重～｜別只是口頭表態，要拿出～行動來。

口譯 kǒu yì 從一種語言到另一種語言的口頭翻譯 ～考試｜她的～水平很高｜這家公司提供～服務｜我為這次大會擔任了現場～。

反【筆譯】bǐ yì 英語～｜她口語不太好，但擅長～｜利用課餘時間做～工作｜～是一項需要沉得下心的工作。

扣留 kòu liú 用強制手段把人或財物留住，不讓通過 ～人質｜～過期商品｜～犯罪嫌疑人｜司機因違反交通規則被～駕照。

反【放行】fàng xíng 不得～｜警衛同意～。

「放行」用於崗哨、關卡准許通過。

枯槁 kū gǎo 1.（植物）因缺少水或衰老而乾瘦、毫無生氣 花草～｜她拾起～的樹葉。

同【乾枯】gān kū

反【滋潤】zī rùn 空氣～，樹木長得很好。

2.（面容）無光；（肌膚）枯而乾瘦 當看到他暗淡～的臉龐時，她嚇得差點叫出聲來。

同【乾枯】gān kū

同【憔悴】qiáo cuì

「枯槁」屬於書面語，和「乾枯」一樣，都可形容人或者動植物。「憔悴」只形容人的瘦弱及難看的臉色，如説「面容憔悴」。

反【滋潤】zī rùn 肌膚～。

枯黃 kū huáng 乾枯焦黃 樹葉漸漸～了｜～的葉片在秋風中飛舞。

反【蔥蘢】cōng lóng 山色～｜春天的原野萬木～，充滿生氣｜公園裏滿目～，讓人流連忘返。

反【蒼翠】cāng cuì ～欲滴｜～的山巒｜這一帶的樹木常年～。

「枯黃」多用於植物、頭髮等。

枯竭 kū jié （水源等）乾涸；斷絕 水源～｜文思～｜他每天説故事，來源好像永遠不會～｜如不注意環境保護，我們將面臨資源～的危險。

反【充沛】chōng pèi 精力～｜水資源～｜颱風帶來了～的雨水。

反【豐沛】fēng pèi 雨水～。

「豐沛」只用於雨水。

枯瘦 kū shòu 乾瘦消瘦 形體～｜～如柴｜可憐的小孩伸出～的雙手，拿起了麵包。

反【豐滿】fēng mǎn 體形～｜她希望改變過於～的身材。

反【豐盈】fēng yíng 體態～｜～的身姿。

「枯瘦」只用於身體。「豐滿」、「豐盈」還可用於其他方面，如説「你應該增加一些內容，使文章更豐滿些」、「衣食豐盈」。

枯燥 kū zào 單調；沒有趣味 生活～｜語言～無味｜這是一次～的

談話｜她講的內容真是～乏味。

⑤【有趣】yǒu qù　～的笑話｜十分～的話題｜這個問題很～，我很想跟你們探討一下。

⑤【生動】shēng dòng　情節～｜～活潑｜給孩子們看的書應該編寫得～些。

⑤【風趣】fēng qù　又生動又～｜這位喜劇大師說話很～。

哭 kū

因痛苦、悲哀或感情激動而流淚出聲　～泣｜別～了，快擦乾眼淚吧｜他抑制不住內心的悲痛，終於放聲～了起來。

⑥【泣】qì

> 「泣」屬於書面語，如說「她輕聲低泣，讓人看得心疼」。

⑤【笑】xiào　～眯眯｜談～風生｜眉開眼～｜聽了這話，小女孩終於破涕為～了。

哭泣 kū qì

輕聲哭　聽到這個消息後她就開始～。

⑥【嗚咽】wū yè

⑥【啼哭】tí kū

> 「哭泣」多指輕聲哭，含有眼淚不斷流下的意味。「嗚咽」所表示的行為有嗚嗚的低聲和聲氣的阻塞，多用於文藝作品，如說「她嗚咽着，說不出一句話」。「啼哭」所表示的行為帶有較大的聲音，如說「嬰兒在媽媽的懷裏大聲啼哭」。

苦 kǔ

1. 像膽汁或黃連的味道　又～又澀的果子｜這中藥～極了。

⑤【甘】gān　～甜｜～露｜～泉｜～

之如飴。

⑤【甜】tián　～食｜～美｜這西瓜真～啊！

2. 難受；痛苦　～笑｜艱難困～。

⑤【甜】tián　～言蜜語｜憶苦思～｜睡得很～｜看這孩子，笑得多麼哪！

⑤【甘】gān　同～共苦｜苦盡～來。

⑤【樂】lè　歡～｜～不可支｜其～無窮｜瞧把你給～得！

苦楚 kǔ chǔ

（生活中）身心受到的折磨　忍受～｜她在信中向我傾吐了～｜她忍着內心的～，仍然努力工作。

⑥【痛苦】tòng kǔ

⑥【痛楚】tòng chǔ

> 「苦楚」多用於生活感受或精神方面，屬於書面語。「痛苦」用於身心或精神方面，如說「失去親人的痛苦」。「痛楚」指悲痛，屬於書面語，如說「排解痛楚」、「心中充滿痛楚」。

苦惱 kǔ nǎo

痛苦煩惱　他為失敗～不已｜這事讓她着實～了好幾天。

⑤【愉快】yú kuài　心情很～｜～的微笑｜他～地接受了這項任務｜她和朋友們相處得十分～。

苦澀 kǔ sè

形容內心痛苦　～的內心｜～的表情｜眼看着自己的努力付諸東流，他流下了～的淚水。

⑤【甜蜜】tián mì　笑得很～｜～的回憶｜她很快就進入了～的夢鄉。

⑤【甜美】tián měi　樣子～｜～無比｜～的歲月。

「苦澀」也指味道又苦又澀，如説「苦澀的井水」。

苦頭 kǔ tou　苦痛、磨難及不幸的事　他那些年吃盡了～｜吃點～不無好處｜她一個人來到異鄉找工作，吃了不少～。

(反)【甜頭】tián tou　現代科技讓我們嘗到了～｜給她一點兒～，她就會跟我們合作的。

酷愛 kù ài　非常熱愛；極其愛好　～音樂｜～和平｜他倆從小就～體育運動。

(同)【熱愛】rè ài

「酷愛」的程度更高。

(反)【痛恨】tòng hèn　令人～｜我～這種欺騙行為。

酷寒 kù hán　極端寒冷　～難挨｜今年我度過了一個～的冬天。

(同)【嚴寒】yán hán

「酷寒」語意較重。

酷熱 kù rè　天氣極熱　天氣～難耐。

(同)【炎熱】yán rè

「酷熱」含有熱得十分厲害而使人難受的意味，語意較重。「炎熱」前可加其他詞語修飾，如説「十分炎熱」、「非常炎熱」、「極其炎熱」。

(反)【嚴寒】yán hán　三九～｜～的北國之冬｜～的季節。

酷暑 kù shǔ　極其炎熱的夏天　～難熬｜這是一個漫長的～。

(同)【盛夏】shèng xià

(同)【炎夏】yán xià

「酷暑」程度較高，也較為常用。

(反)【嚴冬】yán dōng　～來臨｜中醫認為，～是滋補身體的好時節。

誇大 kuā dà　言過其實；把事情說得超過應有的程度　～事實｜在報告中他～了自己的作用。

(同)【誇張】kuā zhāng

「誇大」多為認識片面或故意歪曲，一般都帶有貶義。「誇張」語氣比較緩和，一般不帶貶義，如説「這事你誇張了」。「誇張」也指一種修辭方法。

(反)【縮小】suō xiǎo　～範圍｜～兩者的差別｜～與發達地區的差距。

誇獎 kuā jiǎng　公開表揚；稱讚優秀　他在大會上受到～｜説起這個學生，老師們總是連聲～。

(同)【稱讚】chēng zàn

(同)【稱譽】chēng yù

(同)【讚美】zàn měi

(同)【讚歎】zàn tàn

(同)【讚譽】zàn yù

「誇獎」目的在於鼓勵別人。「稱譽」突出對人或事物的高度評價，如説「牡丹被稱譽為百花之王」。「稱讚」多用於口語，如説「稱讚他們的助人精神」。

(反)【批評】pī píng　自我～｜應～她不負責的態度｜這條不合適的廣告遭到

了公眾的一致～。

⊗【責備】zé bèi   別互相～|他最近一再受到～,心情很不好。

> 「批評」突出對缺點、錯誤提出意見。

誇耀 kuā yào   過分炫耀、吹噓

他總～自己很富有|他向大家～自己的功勞|你不用～自己的實力,誰強誰弱等會兒自有分曉。

⊜【誇獎】kuā jiǎng

⊜【炫耀】xuàn yào

> 「誇耀」突出自我吹噓,多含貶義。「誇獎」多用於對他人。「炫耀」可以通過語言、行為、實物等,如說「當眾炫耀他的財富」、「公然炫耀武力」。

垮台 kuǎ tái   倒台;解體 徹底

～|錯誤的決策導致了他們的～。

⊜【倒台】dǎo tái

> 「垮台」用於統治地位、勢力、政權等。

快 kuài   1. 速度高;做事花費的時間短 ～車|馬加鞭|他最近進步很～|他做起事來速度很～。

⊜【速】sù

> 「快」口語、書面語都常使用。「速」一般不單用,可組合成「速遞」、「速效」、「從速」、「請速來與我們會合」等,表示快慢程度時可說「加速」、「減速」、「火車提速」。

⊗【慢】màn   手腳很～|～條斯理|動作愈來愈～|你～～走,還來得及。

2. 鋭利,鋒利   這把刀很～,你小心|菜刀不～了,你拿去磨一下吧。

⊗【鈍】dùn   這把刀真～|這剪刀～了|這些器具長久未使用,已經～了。

快活 kuài huo   暢快,歡樂;感到高興或滿意   全家充滿了～的氣氛|他提前完成了任務,心裏覺得很～。

⊜【快樂】kuài lè

> 「快活」有輕鬆的感覺,多形容心情,也形容感情、性格、氣氛等,多用於口語。「快樂」有滿意幸福的感情色彩,通用於口語和書面語,如說「日子過得真快樂」。

⊗【痛苦】tòng kǔ   精神～|一段～的經歷|沒人能理解她心中的～。

⊗【憂愁】yōu chóu   滿面～|暫時忘卻～|為了孩子的事,她最近顯得很～。

⊗【煩惱】fán nǎo   令人～|悶熱的天氣真讓人～。

快速 kuài sù   速度很快   ～到達|～處理|政府對外交風波作出～反應。

⊜【疾速】jí sù

⊜【神速】shén sù

⊜【迅疾】xùn jí

⊜【迅速】xùn sù

> 「快速」多用於一般行動。「神速」突出出奇地快。「迅疾」屬於書面語,如說「動作迅疾」。

⊗【緩慢】huǎn màn   行動～|變化很～|大軍在草地上～行進|工作遇到很大困難,進展～。

快慰 kuài wèi

（心中）暢快安慰　母親看到孩子成才，感到很～｜這個消息真是讓人～。

同【欣慰】xīn wèi

「快慰」突出心中痛快、舒暢。「欣慰」強調因滿意、高興而心中安然輕鬆，如說「感到十分欣慰」。

寬 kuān

1. 寬大；不嚴厲　～鬆｜～容｜從～處理｜對這方面的要求一直放得比較～。

反【嚴】yán　～厲｜～以律己｜抗拒從～｜管教很｜那位老師要求一向比較～。

2. 橫的距離大；範圍廣　～敞｜～綽｜這房子挺～的｜這條馬路非常～｜你這個人怎麼管得這麼～？

反【窄】zhǎi　～胡同｜這條路太～｜街口比較～，車進不去｜進入峽谷地帶，河面一下子變～了。

3. 生活富裕寬綽　～裕｜手頭不太～。

反【窄】zhǎi　日子過得挺～｜最近我手頭比較～。

寬敞 kuān chang

寬大；不狹窄　這個工作間很～｜我們要租用一個～的場地來開聯歡會。

同【寬闊】kuān kuò
同【開闊】kāi kuò
同【遼闊】liáo kuò

「寬敞」突出空間大而敞亮，適用範圍較小。「寬闊」突出面積大、範圍廣，如說「路面寬闊」、「寬闊而平坦的馬路」；還用於抽象事物，如說「思路寬闊」、「胸懷寬闊」。「開闊」

突出大而視線無阻擋，如說「視野開闊」、「開闊的防風林帶」。「遼闊」所指對象更大，如說「國土遼闊」、「遼闊的平原」。

反【狹窄】xiá zhǎi　～的小巷｜心胸別那麼～｜這條路太～，不能容納汽車經過。

反【狹小】xiá xiǎo　～的庭院｜走出～的空間，到外面去吧。

寬大 kuān dà

1. 面積或容積大　～的衣服｜～的候機廳｜～舒適的座位。

同【廣大】guǎng dà

「寬大」突出場所、建築物的面積大，還可形容某些建築物的容積大；引申義用於胸懷、胸襟等。「廣大」語意較重，如說「在廣大的土地上將建造起我們的家園」。

反【狹小】xiá xiǎo　心胸很～｜～的通道｜弄堂過於～｜這是屬於他自己的～空間。

反【窄小】zhǎi xiǎo　院子～｜～的私人空間。

2. （對錯誤或犯罪的人）從寬處理　政策～｜自首者可以受到～處理。

反【嚴懲】yán chéng　～不貸｜～犯罪分子｜罪大惡極的兇手。

寬泛 kuān fàn

（涵義、內容等）面積廣；牽涉得多　這個句子意義～｜這本書的內容～得很。

同【廣泛】guǎng fàn

「寬泛」適用範圍較小。「廣泛」可以指行動的範圍，如說「廣泛動員」、「廣泛傳播」、「廣泛徵求意見」。

寬廣 kuān guǎng　面積大；範圍廣　道路～｜～的原野｜我們要有～的胸懷｜這名演員的戲路比較～。
同【廣大】guǎng dà
同【廣闊】guǎng kuò
同【遼闊】liáo kuò

> 「寬廣」除形容土地之外，還形容較抽象的胸襟、眼界等，如說「心胸寬廣」。

反【狹隘】xiá ài　～的山口｜～的小巷中慢慢走出一位老人。
反【狹小】xiá xiǎo　～的窗戶｜～的活動場地｜過於～的辦公室會讓人心情壓抑。
反【狹窄】xiá zhǎi　～的路段｜～的海灣｜江面～，風高浪急。

寬厚 kuān hòu　待人寬容厚道　待人～｜～仁慈｜應該以真誠、～的心去對待他人。
反【刻薄】kè bó　待人～｜尖酸～｜別說～話。

寬闊 kuān kuò　面積大；寬廣　～無垠｜～的河面｜文章思路～｜互聯網讓我們的視野變得空前～。
同【開闊】kāi kuò
同【遼闊】liáo kuò
反【狹窄】xiá zhǎi　道路～｜心地～｜～的樓梯。

寬容 kuān róng　寬大有氣量，不作計較；原諒　不可～｜別一再～｜孩子哭着懇求媽媽～。
同【寬恕】kuān shù
同【寬饒】kuān ráo
同【饒恕】ráo shù

> 「寬容」強調容忍、容納，不可以帶賓語。「寬恕」強調原諒、免於計較，多用於過失或過錯較小的事或人。「饒恕」突出對有罪過的人不作責罰，如說「對此劣行決不饒恕」。

寬裕 kuān yù　寬綽富餘　手頭比較～｜時間還很～｜最近公司的資金比較～，打算進行新的投資。
反【拮据】jié jū　手頭～｜這家人過得非常～。
反【緊張】jǐn zhāng　手頭～｜貨源並不～｜日程安排得太～。

款待 kuǎn dài　熱情優厚地接待　盛情～來客｜他們總是熱情～遠方賓朋。
同【招待】zhāo dài

> 「款待」的規格比較高。

款式 kuǎn shì　風格、式樣　～多樣｜他設計的傢具～新穎。
同【樣式】yàng shì

> 「樣式」還指文藝作品的體裁，如說「詩歌、小說、散文、戲劇是文學的幾個基本樣式」。

匡正 kuāng zhèng　糾正，改正　～時弊。
同【改正】gǎi zhèng
同【矯正】jiǎo zhèng
同【糾正】jiū zhèng

> 「匡正」屬於書面語。「改正」口語、書面語都用，如說「改正錯誤」、「改正缺點」。「矯正」的對象除錯誤、

偏差外，還可以是不合標準的視力、發音、牙齒、體形等。「糾正」的對象除了錯誤，還有看法、觀點等。

狂妄 kuáng wàng　極端地自高自大。～自大。
回【傲慢】ào màn

「狂妄」語意較重。「傲慢」多用於口語。

窺測 kuī cè　暗中察看、揣度　他在暗中～方向｜他豎起耳朵～房間中的動靜。
回【窺伺】kuī sì
回【窺探】kuī tàn

「窺測」含貶義，屬於書面語。「窺伺」突出暗中觀望動靜，等待機會，也是貶義詞，如說「窺伺時機」、「她一直在窺伺他的舉動」。「窺探」突出暗中打聽、察看，有查探的意思，如說「窺探隱私」、「窺探虛實」。

虧 kuī　做買賣受損失；虧折　～了本｜他做生意又～了。
反【盈】yíng　自負～虧｜經過努力，公司終於從去年開始扭虧為～。

虧本 kuī běn　賠本；損失本錢　我用～價賣給你｜再怎麼樣，我都不能做～買賣。
回【賠本】péi běn
回【折本】shé běn
回【蝕本】shí běn

「虧本」較常使用，可以加上數量說「虧本兩千元」。「賠本」、「折本」

強調失去本錢，如說「不做賠本生意」、「總結這次折本的教訓」。「蝕本」屬於書面語。
反【盈利】yíng lì　這家公司每年～幾百萬。

虧損 kuī sǔn　支出超過收入　～嚴重｜年年～使這家公司面臨破產。
反【盈餘】yíng yú　今年咱～不多｜這個月本公司～創了歷史新高。

「虧損」還可指身體因受到摧殘或缺乏營養而造成虛弱。

魁偉 kuí wěi　身材高大偉岸　～結實｜身材～｜路上走過一羣～的軍人。
回【魁梧】kuí wú

「魁偉」不僅指形態上的壯美，也含有氣質、神態、精神上的大氣、瀟灑。「魁梧」突出強壯高大，多指形象、形態，如說「這名運動員體格魁梧」。
反【矮小】ǎi xiǎo　身材～｜個子～｜這個～的女孩子居然能舉起這麼重的東西。
反【瘦小】shòu xiǎo　體形～｜這麼重的東西～的孩子怎麼拿得動？

匱乏 kuì fá　缺乏、不足　人才～｜能源～｜極度～。
反【充裕】chōng yù　糧食～｜有～的時間｜這個集團資金～，實力十分雄厚。
反【豐富】fēng fù　物產～｜資源～｜有着～的含義｜這種蔬菜含有～的營養。

坤 kūn

1. 八卦之一，代表地　乾
~｜~興。

⊗【乾】qián　扭轉~坤。

2. 指女性的　~包｜~表｜~角兒。

⊗【乾】qián　~造｜~宅。

困惑 kùn huò

感覺疑難，不知道該怎麼辦　我感到十分~，不知道該怎麼選擇。

◎【迷惑】mí huò

◎【疑惑】yí huò

「困惑」強調不知道該怎麼辦。「迷惑」突出辨不清是非，摸不着頭腦，如說「對這個問題他始終迷惑不解」。「疑惑」指心裏不明白、不相信，如說「這個案件我還是覺得有不少疑惑」。

困倦 kùn juàn

感到勞累，有睡意　我~得很，想要去睡覺｜他睜開~的雙眼，心不在焉地點了點頭。

◎【疲倦】pí juàn

◎【困乏】kùn fá

◎【疲乏】pí fá

◎【疲勞】pí láo

「困倦」指疲乏想睡覺。「疲倦」指比較累。「困乏」突出四肢無力或身子疲乏，如說「全身困乏」；也可指生活、經濟不寬裕，如說「日子過得很困乏」。「疲乏」、「疲勞」也可指精神、心理上的勞累。

困苦 kùn kǔ

生活艱難痛苦　~不堪｜不管有多少艱難~，我都要想辦法克服。

⊗【舒適】shū shì　生活~｜這個房間給人的感覺很~｜今天的天氣讓人覺

得不太~。

⊗【適意】shì yì　~的感覺｜音樂讓人感到~。

⊗【安樂】ān lè　建~窩｜~晚年。

困難 kùn nan

1. 事情複雜或阻礙多，不容易完成　我們要努力解決~｜做這件事情~重重。

◎【艱難】jiān nán

⊗【順利】shùn lì　祝你一切~｜您一路上選~吧｜我已經~通過了入學考試。

⊗【順手】shùn shǒu　這東西用起來挺~的｜比賽打得很~，他們隊一路領先。

⊗【容易】róng yì　~理解｜說起來~做起來難｜這個問題~解決，你別擔心。

⊗【便利】biàn lì　交通~｜生活~。

2. 窮苦；窘迫　他們家生活~｜想到自己~的家境，他不禁愁眉不展。

◎【艱難】jiān nán

「困難」多形容處境，適用範圍較廣。「艱難」着重於生活及行動，如說「行走艱難」、「艱難的跋涉」。

廓清 kuò qīng

使濁變清，比喻明辨是非　我們要~謠言｜異端邪說是一件艱難的事情。

◎【澄清】chéng qīng

闊綽 kuò chuò

富裕；排場大　他出手~｜這次酒席排場~。

◎【闊氣】kuò qi

「闊綽」突出生活富裕而豪華。「闊氣」強調生活奢侈浪費，故意擺排

場，如說「場面過於闊氣」、「他就是喜歡擺出闊氣的樣子」。

闊 kuò　1.（面積）寬；廣闊　遼~｜海~天空｜高談~論。

⊗【狹】xiá　~路相逢｜這個房間是~長形的。

⊗【窄】zhǎi　冤家路~｜路太~，車過不去｜思路不要那麼~，盡量放寬一些。

2. 闊綽；闊氣有錢　~太太｜~少爺｜別逢人就擺~。

⊗【窮】qióng　貧~｜~小子我真的很~，啥也沒有。

擴編 kuò biān　擴大編制　把這個團~成一個旅｜財務公司的規模將~到目前的三倍。

⊗【縮編】suō biān　軍隊~｜這個部門面臨~壓力｜公司~造成幾十位員工失業。

「擴編」、「縮編」多用於軍隊、政府部門、企業等。

擴充 kuò chōng　擴大充實；增多　~人員｜~設備｜先~自己的實力再去和別人競爭。

⊜【擴大】kuò dà
⊜【擴展】kuò zhǎn
⊜【擴張】kuò zhāng

「擴充」着重於內容、數量的充實和增加。「擴大」指範圍、規模等由小到大，如說「擴大眼界」、「擴大規模」、「擴大知識面」。「擴展」突出向四周展開或延伸發展，如說「努力為公司擴展海外市場」。「擴張」用於領土、野心，含貶義，如說「領土擴張」、「向外擴張的野心」。

⊗【裁減】cái jiǎn　~核武器｜~軍事裝備｜~機關工作人員｜企業通過~員工來維持運營。

⊗【縮減】suō jiǎn　~開支｜~篇幅｜~建築項目｜受經濟影響，預計今年的利潤會~三成。

⊗【壓縮】yā suō　~機構｜這些圖片必須~後才能發送｜必須把時間從三小時~到兩小時。

⊗【收縮】shōu suō　~地盤｜~左路兵力｜金屬受冷後，體積會~。

擴大 kuò dà　使範圍、規模等增大　~戰果｜~影響｜~學術視野｜需求量進一步~｜公司準備~銷售範圍。

⊗【縮小】suō xiǎo　~規模｜~內部差別｜~耕地面積｜必須馬上~搜索範圍。

擴軍 kuò jūn　擴充軍備　~備戰。

⊗【裁軍】cái jūn　實行~｜為實行軍備控制，決定~。

L

拉 lā　用力使人或物向自己一方移動　～車｜我使勁～了一下門，可是沒～開。

⊘【推】tuī　～磨｜～倒在地｜順水～舟｜她輕輕地～開了門。

「拉」還表示牽引而使樂器發出聲音，如説「拉小提琴」、「拉手風琴」等；還可表示拖長、使延長，如説「拉長聲音説話」、「不要拉開距離」等。

拉攏 lā lǒng　為了私利，採用手段使別人靠攏自己一方　～關係｜他一上台發言就開始～感情｜兩邊都在～他。

⊜【籠絡】lǒng luò

兩個詞都是貶義詞。「籠絡」採用的手法比較隱蔽，如説「到處籠絡」、「他一直想方設法籠絡人心」。

⊘【排斥】pái chì　～異己｜互相｜～新來的人。

⊘【排擠】pái jǐ　～他人｜受到｜競爭對手互相～。

「拉攏」的主體是人或人的感情，用於貶義。

邋遢 lā·tā　不整潔　真是個～鬼｜你瞧他那一樣兒｜他是一個很～的孩子。

⊜【骯髒】āng zāng

「邋遢」多用於口語。「骯髒」還可比喻心靈卑鄙、醜惡，如説「這個人長相漂亮，但内心卻骯髒得很」。

⊘【整潔】zhěng jié　衣着～｜營房裏十分～｜～的環境能讓人心情愉快。

⊘【清潔】qīng jié　保持室内～｜～的水源｜人人努力，創造一個～的環境。

落 là　1. 遺漏　你快把～下的字寫上｜這段話好像～了一個句子｜這通知～了一字，意思就不同了。

⊘【添】tiān　～上個逗號就行了｜你落下的内容還是你去～上吧。

⊘【補】bǔ　文章最後還得～一段話。

2. 由於跟不上而被丟在後面　～了好長一段路｜怎麼走着走着就～下了？

⊘【追】zhuī　快～上去｜現在～可能來不及了。

⊘【趕】gǎn　你追我～｜我想完全～得上｜現在去可能～不上車了。

來 lái　從別的地方向説話人所在的地方移動　～信｜～去｜禮尚往～｜昨天從外地～了幾個朋友。

⊘【回】huí　～家｜有來無～｜你從哪裏來就～哪裏去｜既然來了，就別這麼早～宿舍。

⊘【去】qù　我一個人～｜～買東西｜我～一下，馬上就來｜一來二～，大家就熟了。

⊘【往】wǎng　～返｜～來頻繁｜勇～直前。

來電 lái diàn　發來電報或打來電話　紛紛～表示祝賀｜有甚麼問題請～告知｜經理～詢問工程進度。

反【回電】huí diàn ～請告知詳情｜收到傳真後請速～｜我的手機沒電了，沒辦法～。

來臨 lái lín
到來；來到 夏季～｜新學期即將～。

同【降臨】jiàng lín

「降臨」屬於書面語，如說「夜色降臨」、「喜事終於降臨到我頭上」。

來日 lái rì
將來的日子；將來 ～方長｜你對我的恩情，容我～再報｜但願～能再相逢。

反【往日】wǎng rì ～的友誼｜～無冤，近日無仇｜這個歌星一改～風格，唱了好幾首熱辣的勁歌。

反【昔日】xī rì 十分懷念～的朋友｜願我們都能珍惜～的友情｜～的荒山，今天已經變成了層層的梯田。

「來日」多用於書面。

來往 lái wǎng
交際往來 他常跟學生們～｜他們兩人經常～，關係不錯。

同【交往】jiāo wǎng

「來往」多用於一般交往。「交往」適用範圍較窄，多用於男女關係，如說「你不應反對他們兩人的交往」。

來由 lái yóu
緣故；原因 這事必有～｜講清誤會的～就好了。

同【根由】gēn yóu
同【因由】yīn yóu
同【緣故】yuán gù
同【緣由】yuán yóu

「來由」着重說明事情的起因。這幾個詞都屬於書面語。

來源 lái yuán
1.（事物）產生；起源（後面跟「於」） 成功～於勤奮｜小說的素材～於家鄉傳說。

同【起源】qǐ yuán

2.（事物）產生的源頭；來自的地方 他沒有甚麼經濟～｜我們不知道這個傳說故事的～。

同【起源】qǐ yuán

「來源」側重於從根據、理由，說明事物的發生。「起源」側重於從時間或處所說明事物的產生，如說「人們一直在探索文明的起源」。

賴賬 lài zhàng
欠賬不還，反而抵賴 你借我的錢，可不要～｜明明沒有付清工資，老闆卻～了｜你說話要算話，不能～。

反【認賬】rèn zhàng 別死不～｜他這次終於～了｜事實擺在這兒，你還不～？

藍本 lán běn
著作內容所根據的底本 他仔細看了這篇小說的～｜這部獲獎電視劇是以小說為～改編的。

同【底本】dǐ běn
同【原本】yuán běn

「藍本」適用範圍較小。「底本」指作為底子的本子，可以是底稿或刊印本所依據的本子；也指校勘時作依據的本子，如說「本書當時所採取的底本，還有不少錯誤」。「原本」指早先的本子，有別於傳抄本或重印

本，如說「論文探討了《西遊記》原本中的一些問題」。「原本」還指原先、本來，如說「他原本經營農產品」。

懶 lǎn

怠惰；不喜歡做事 ～漢｜好吃～做｜人勤地不～｜瞧他一副～樣，甚麼事都不肯做。

(反)【勤】qín　克～克儉｜人～苗壯｜業精於｜｜～學苦練。

懶怠 lǎn dai

鬆懈、不勤快　他們行為～｜這個姑娘做事真～。

(同)【懶惰】lǎn duò

(同)【怠惰】dài duò

「懶怠」還指沒興趣或不願做，如說「他現在文章都懶怠寫了」。「怠惰」突出懶惰而不愛動，屬於書面語，如說「這幾天實在太累，就想怠惰地躺着」。「懶惰」泛指不勤快、不勤奮的行為，如說「這人懶惰成性」、「他從小就養成了懶惰的習慣」。

懶惰 lǎn duò

不愛勞動和工作；不勤快　～可恥｜他是位有天賦卻很～的藝術家。

(反)【勤勞】qín láo　～致富｜～勇敢｜這個地區的人們雖然很～卻不富有。

(反)【勤快】qín kuai　手腳～｜～利索｜她真～，一會兒也不閒着｜長壽的人通常很～。

攔截 lán jié

中途擋住，使無法通過　～洪水｜～歹徒｜你快去半路～他們｜海關人員竭力～走私貨。

(同)【攔擋】lán dǎng

(同)【攔阻】lán zǔ

(同)【阻擋】zǔ dǎng

(同)【阻截】zǔ jié

(同)【阻攔】zǔ lán

「攔截」突出人為製造某種障礙而在中途阻住，多用於行進中的人和運動中的物體。「攔擋」對象為具體事物，如說「他走着走着就碰到了攔擋物」、「他們一直在設法攔擋敵人的去路」。「阻擋」可用於具體或抽象的事物，如說「設法阻擋住他們」、「任何力量都不能阻擋我們的決心」。「阻攔」用於具體可見的行動，如說「阻攔歹徒前進」、「被警員阻攔在大門外」。「攔阻」強調設置路障，使不得前進，多與「去路」、「行動」、「軍隊」、「敵人」等詞搭配。

濫用 làn yòng

任意使用或無節制地使用　～職權｜～武力｜～維生素反而有害健康｜～抗生素後患無窮｜如此～成語，令人哭笑不得。

(同)【亂用】luàn yòng

「濫用」語意較重，屬於書面語。「亂用」多用於口語，如說「別亂用廣告詞」、「患病期間不可亂用藥物」、「你不要亂用我的東西」。

濫竽充數 làn yú chōng shù

比喻沒有真才實學的人混在行家裏面充數，或指拿不好的東西混在好的中間充數　他來參加合唱隊根本就是～｜他們只是一些～之徒，何足掛齒？

(同)【尸位素餐】shī wèi sù cān

(同)【魚目混珠】yú mù hùn zhū

「濫竽充數」突出冒充、湊數，語意較輕，源於《韓非子·內儲說上》；有時可用作自謙，帶有調侃口吻，如說「各位都是專家學者，而我來這裏閒會純粹就是濫竽充數」。「尸位素餐」指空佔着職位，不做事而白吃飯。「魚目混珠」指用魚眼睛冒充珍珠，突出以假亂真、以次充好，語意較重，如說「這些人常用魚目混珠的手段坑騙顧客」。

狼心狗肺 láng xīn gǒu fèi

形容心腸像狼和狗一樣兇惡狠毒　他是一個~的人，居然恩將仇報。

囘【蛇蠍心腸】shé xiē xīn cháng

「狼心狗肺」比喻心腸狠毒或忘恩負義。「蛇蠍心腸」僅比喻心腸狠毒，如說「我從未見過像她這樣蛇蠍心腸的人」。

朗讀 lǎng dú

響亮地唸出聲來　~課文｜大聲~｜請你~第一段課文。

反【默讀】mò dú　~生詞｜請用十分鐘的時間~完這篇文章。

「朗讀」強調讀的時候聲音清晰、響亮，使詩文語氣連貫。

浪蕩 làng dàng

行為不檢點；放縱　~鬼｜~的公子哥兒。

反【正經】zhèng jing　~人家｜別看那人一副~樣，其實不然。

反【正派】zhèng pài　作風~｜為人行事~。

浪費 làng fèi

不適當地或不合理地使用錢物、消耗時光等　~錢財｜~人才｜我們白白~了精力｜你這樣做~了寶貴時間。

囘【揮霍】huī huò

「浪費」語意較輕。「揮霍」語意比「浪費」重，適用範圍較窄，屬於書面語，如說「隨意揮霍」、「揮霍無度」。

反【節約】jié yuē　~開支｜提倡勤儉~｜盡量~成本｜為了保護我們的生存環境，請~用水。

反【節儉】jié jiǎn　生活~｜~持家｜舉辦這次會議要力求~。

反【珍惜】zhēn xī　~時間｜~大好時光｜一個企業要發展和成功，就必須~人才。

浪跡 làng jì

生活不定，奔走在外　許多民間藝人都~天涯，居無定所｜這麼多年來他一直~他鄉。

囘【漂泊】piāo bó

「浪跡」強調足跡隨意，常無固定住所，屬於書面語。「漂泊」也作「飄泊」，指隨波浮動或停泊，比喻職業、生活不固定，東奔西走，如說「四處漂泊」、「漂泊異鄉」。

牢固 láo gù

堅固結實，不易破損　建設者們花了三年時間建造了這座~的大壩｜他們從幼年就建立起了~的友誼。

囘【鞏固】gǒng gù

囘【堅固】jiān gù

囘【強固】qiáng gù

「牢固」既可用於具體事物，也可用於思想、觀念等抽象事物。「堅固」的

結實程度比「牢固」強，多用於具體事物，如說「這牆十分堅固」；也用於戰鬥組織等，如說「築起堅固的陣營」。

牢靠 láo kào　堅固；穩當而可以信賴或依靠　辦事十分～｜放心地把事情交給他辦吧，他是個～的人。
回【可靠】kě kào

「牢靠」用在抽象事物上，突出穩妥，靠得住；用在具體事物上，還表示指堅固、穩固，如說「這架子非常牢靠」。「可靠」突出值得信任、信賴、依靠，如說「消息絕對可靠」。

反【薄弱】bó ruò　意志～｜力量～｜環保意識還很～｜這是我們工作中最～的環節。

牢騷 láo·sāo　不暢快或不滿意的情緒　他總是在發～｜這個人～真是太多。
回【怨言】yuàn yán

「牢騷」還作動詞，指講一些抱怨的話，如說「他已牢騷了好半天了」。「怨言」指抱怨的話，如說「他一個人勞累了半天，可絲毫沒有怨言」。

勞累 láo lèi　因過度勞動而覺得疲倦　工作比較～｜旅途～，各位好好休息一下。
回【勞苦】láo kǔ

「勞累」還作動詞，如說「別勞累過度」、「母親為我們勞累了一生」。「勞苦」側重指由於勞動、工作過度而飽受辛苦，如說「他不辭勞苦地為我們忙東忙西」。

反【輕鬆】qīng sōng　休息了幾天，～多了。
反【舒服】shū fu　～的環境｜他今天不大～｜這房間冬暖夏涼，住得很～｜吃了藥，我感覺～多了。
反【舒坦】shū tan　心裏～｜聽到這個消息，我渾身都不～。

勞碌 láo lù　因事情繁忙不停而辛苦　終日～｜他是天生的～命。
回【忙碌】máng lù

「勞碌」語意較重，只用於人，適用範圍比「忙碌」窄。「忙碌」既可用於人，又可用於動物、機器，如說「母親終日忙碌」、「整天有忙碌不完的事」、「螞蟻們忙碌地往巢穴裏搬食物」；還可重疊，如說「整天忙忙碌碌的，真不知道都忙了些甚麼」。

反【享樂】xiǎng lè　～至上｜～主義。
反【安逸】ān yì　貪圖～｜老人退休後過着～的生活，一點事情也不用操心。

勞神 láo shén　請人辦事或拜託別人時的客氣話　～代為照顧一下｜這事讓您～了，真不好意思。
回【費神】fèi shén
回【費心】fèi xīn

「勞神」還指「耗費精神」，如說「勞神過度」、「真是勞神的活兒」。「費神」除指費心勞神、用作客套話外，還指實際上的耗費精神，如說「令人費神」、「我們無須再費神去查考那事了」。「費心」有用心、操心的意思，如說「他從小就不讓父母費心」。

老 lǎo　1. 年歲大　～人｜～大

爺｜～馬識途｜年紀輕輕就一副～相｜這位大爺六十多歲了，一點也不顯～。

反【少】shào   ～年｜～女｜～壯｜現在我還常常想起年～時的事。

反【幼】yòu   ～兒｜～蟲｜～苗｜年～無知。

2. 老人 敬～愛幼｜扶～攜幼｜～有所為｜老吾～，以及人之～。

反【少】shào   遺～｜老～皆宜。

反【幼】yòu   ～教｜～師｜加強婦～保健。

3. 很久以前就存在的；時間久的   ～廠｜～朋友｜～交情｜～牌子｜別看她年輕，她可是公司的～員工了。

反【新】xīn   ～設備｜她家剛買了一套～房子｜這裏所有的東西都是～的｜這是剛剛開始實施的～交通規定。

4. 陳舊的；過時的   ～思想｜～腦筋｜這種款式太～了｜那件衣服款式樣很～。

反【新】xīn   ～眼光｜～觀念｜推陳出～｜我們應該接受～思想，採用～辦法。

5. 在某些方面富於經驗的   ～處事｜～練｜～謀深算｜下棋方面，他可是～手了。

反【新】xīn   他是個～手｜這個歌星還是個剛出道的～人。

反【嫩】nèn   跟他鬥，你還～了點｜這方面你太～了，經驗不夠。

6. 不柔嫩   黃瓜長～了｜他早已滿手～皮。

反【嫩】nèn   春天樹木抽出了～芽｜這孩子的皮膚真～啊。

7. （煮食物）過了火候   雞蛋煮～了｜青菜別炒得太～｜那盤肉片燒～了。

反【嫩】nèn   這筍火候剛好，炒得很鮮～。

老練 lǎo liàn   閱歷深，經驗豐富，辦事穩重而有辦法   他是個很～的人｜他年紀不大，處事卻十分～。

同【幹練】gàn liàn
同【老成】lǎo chéng

> 「老練」強調成熟、老到，常用於人的神情、舉止、言語、手段等，口語書面語都通用。「幹練」強調又有才能又有經驗，多用於人的姿態、氣概、作風等，如說「他是一個精明幹練的人」。「老成」突出有經驗、很穩重，如說「老成持重」。

反【幼稚】yòu zhì   思想單純～｜～的想法｜她這種～的行為讓大家覺得可笑。

老師 lǎo shī   對從事教育工作的人的稱呼，也泛指其他教授文化、技藝的人   她的夢想就是當～｜我們雖然畢業了，但還是牢記～的教導。

同【教師】jiào shī
同【教員】jiào yuán
同【師長】shī zhǎng
同【先生】xiān sheng

> 「老師」適用範圍較廣，可用於稱呼。「先生」也可用於稱呼。其他詞不用作稱呼。

老實 lǎo shi   言行與內心一致；誠實而不虛偽   你就～交代了吧｜我跟你說～話，這件事我實在沒辦法幫你。

同【誠實】chéng shí

「老實」適用範圍較廣，也指規規矩矩，不惹事，如說「這孩子很老實，從來沒跟人吵過架」。「誠實」多形容人的品行，如說「誠實待人」、「我們要做誠實的人」。

反【狡猾】jiǎo huá　陰險～｜～的敵人｜他～地笑了笑，甚麼也不說就走了。

老相 lǎo xiàng　相貌顯得比實際年齡大　她看上去一臉～｜他有點兒顯～。

反【少相】shào xiàng　一臉～｜他長得～，歲數可不小了。

澇 lào　莊稼因雨水過多而被淹　～災｜抗旱防～｜莊稼被～了｜大家要做好準備，以防春旱夏～。

反【旱】hàn　～季｜乾～｜～澇災害頻發｜今年這一帶發生了幾十年不遇的大～。

勒索 lè suǒ　強行索要（財物）　～錢財｜這些流氓常在校門口敲詐～。

同【訛詐】é zhà

同【敲詐】qiāo zhà

「勒索」多採用威脅手段向人索要。「訛詐」既可用於人與人之間，也可以用於國家、集團之間，適用範圍較廣，如說「政治訛詐」、「出現訛詐遊客的事件」。「敲詐」突出依仗某種勢力或抓住別人的把柄強取財物，如說「那些人乘機敲詐學生」。

樂 lè　快樂　歡～｜其～無窮｜苦中作～｜看把你～的！

反【哀】āi　～傷｜悲～｜～痛｜喜怒～樂。

反【悲】bēi　～痛｜～慘｜樂極生～｜聽到這消息，他～喜交加。

反【苦】kǔ　痛～｜～盡甘來｜～樂不均｜他的內心很～。

反【憂】yōu　～患｜樂以忘～｜高枕無～｜～心忡忡｜無～無慮。

「樂」也指喜歡、樂於，如說「樂此不疲」、「樂善好施」等。

樂不思蜀 lè bù sī shǔ　泛指在新環境中得到樂趣，不再想回到原有環境中去　這樣的世外桃源會讓人～的｜你們的招待實在太好了，我們都有點～了。

同【樂而忘返】lè ér wàng fǎn

同【流連忘返】liú lián wàng fǎn

「樂不思蜀」源於《三國志·蜀志·後主傳》，現泛指樂而忘返或樂而忘本，屬於書面語。「樂而忘返」形容快樂得忘了回家，強調情緒的興奮、愉悅，如說「孩子們在那裏玩得樂而忘返，天黑了也不想回家」。「流連忘返」突出感情上依戀而忘記或不想回去，如說「那兒美麗的風景讓我們流連忘返」。

樂觀 lè guān　精神愉快；看得開　他是一個很～的人｜他～地面對生活中的困難。

同【達觀】dá guān

「樂觀」突出對事物的發展變化很有信心，對不如意的事情也能想得開。

「達觀」屬於書面語，如說「生性達觀」、「達觀處世」。

⊗【悲觀】bēi guān　～失望｜克服～情緒｜受挫折後別老是那麼～。

累贅 léi zhuì　拖累、多餘、麻煩的事物　行李帶得多了，是個～。
◉【包袱】bāo fu
◉【負擔】fù dān

「累贅」多用於主觀不願接受的、認為是拖累的事物。「包袱」是多義詞，在比喻負擔的意思時多與「有」、「背上」、「成為」、「放下」、「解除」等詞搭配，如說「你別為此背上思想包袱」、「她因不想成為他們的包袱就走了」。「負擔」可用於人和具體或抽象的事物，適用範圍較廣，如說「三個孩子是家裏沉重的負擔」、「一個人背那麼多東西，負擔太重了」、「精神負擔太重」、「他暑假去打工是為了減輕家庭負擔」；還作動詞，指承擔，如說「公司答應負擔他們的醫藥費」。

雷同 léi tóng　人或事物間有相同之處　這些話題都很～｜本故事純屬虛構，如有～，純屬巧合。
◉【相同】xiāng tóng

「雷同」，舊說打雷時許多東西都同時回應，現多用於指文字、語言、看法等不該一樣而一樣，用於貶義。「相同」指彼此沒有甚麼區別、完全一致，用於中性，如說「相同的結果」、「不相同的打算」、「他們兩人愛好完全相同」。

羸弱 léi ruò　身體弱小　這孩子過於～｜她從小身體很～。
◉【瘦弱】shòu ruò

「羸弱」只用於人，屬於書面語。「瘦弱」指瘦小虛弱，可用於人或動物，如說「一隻瘦弱的小貓」、「老人瘦弱的身子不堪重負」。

累 lèi　疲勞　母親的身體給～垮了｜別～壞了｜這幾天～極了｜加了幾天班，竟會～成這樣子。
◉【乏】fá

「累」強調體力或精神衰頹不支。「乏」強調失去正常的體力或沒有精神，用於口語，可組合成「困乏」、「疲乏」、「人困馬乏」等。

類似 lèi sì　大體上相像　～的事故原因｜採用～的方法｜～的情形還很多｜我保證再也不發生～事件。
◉【相似】xiāng sì

「類似」突出事物之間的性質、狀態、原因、方法等大致相像。「相似」突出事物之間存在的共同點，語意較重，如說「容貌相似」、「兩人經歷大體相似」、「他們兩個有相似的愛好」。

冷 lěng　1. 溫度低；感覺溫度低　寒～｜～颼颼的｜現在還不算～，下雪以後才～呢。
◉【寒】hán
◉【凍】dòng
⊗【暖】nuǎn　～風熏得遊人醉｜天氣慢慢變～了｜太陽照在身上感覺～～的。

反【熱】rè　熾～｜水深火～｜這水不冷不～，剛好。

2. 不温和；不熱情　～淡｜～言～語｜～嘲熱諷｜～若冰霜｜她説話～～的，真讓人不舒服。

反【熱】rè　～切｜～心腸｜～忱地為顧客服務｜古道～腸。

3. 不受歡迎的；沒人過問的　～門｜打入～宮｜目前對這方面的研究還比較～｜坐～板凳。

反【熱】rè　～門貨｜目前這款汽車十分～銷｜這個問題是目前的～點問題。

冷淡 lěng dàn　不關心、不熱情；不熱心　待人不能～｜別～了朋友｜我發現她態度比較～｜兩人感情～，平時已不怎麼聯繫。

同【淡漠】dàn mò
同【冷漠】lěng mò
同【冷酷】lěng kù

> 「冷淡」強調不熱情、不關心；還指不熱鬧、不興旺，如説「生意冷淡」。「冷漠」語意較重，如説「表情冷漠」、「她對羣體活動很冷漠」。「冷酷」語意最重，有殘酷的意思，是貶義詞，如説「冷酷無情」、「一顆冷酷的心」。

反【親切】qīn qiè　態度～｜待人～｜她的這番話讓我感到～。

反【親熱】qīn rè　久別重逢，大家圍着她～地問長問短｜看到他們～的樣子，就知道他們的關係很好。

反【熱情】rè qíng　～奔放｜～地接待客人｜他待人真誠～，深受大家喜愛。

反【熱誠】rè chéng　～助人｜對工作充滿～｜甚麼都不能阻擋她對藝術

的～。

冷靜 lěng jìng　1. 沉着而不感情用事；不慌不忙　他遇事很～｜經過～的思考，他終於決定去留學深造。

同【鎮靜】zhèn jìng
同【沉着】chén zhuó

反【激動】jī dòng　令人～｜～人心｜他～得説不出話來｜在這～的時刻，你想説點甚麼？

反【衝動】chōng dòng　一時～｜行事～｜做事不要感情～｜沒有必要這麼～。

反【急躁】jí zào　情緒～｜他辦事總那麼～。

2. 偏僻安靜；不熱鬧　深夜的校園十分～。

同【冷落】lěng luò

> 「冷靜 1」強調不感情用事，不衝動，多形容態度、頭腦、思考等。「沉着」突出心理上不慌亂，常形容言行、態度、為人、應戰等，如説「沉着穩定」、「沉着應對各種局面」。「冷靜 2」用於指環境。

冷落 lěng luò　冷清；人少而不熱鬧　門庭～｜熱鬧的氣氛到晚上才逐漸～下來。

同【冷清】lěng qing
同【冷僻】lěng pì

> 「冷落」突出不熱鬧，含有不景氣的意思，也表示使受到冷淡的待遇，如説「你可別冷落了他」。「冷清」常用於環境、生意等，如説「這地方很冷清」、「這院落漸漸變得冷清了」。「冷清」還可重疊為「冷冷清

清」、「冷清清」。「冷僻」突出處所偏僻或字、詞少見少用，如說「冷僻的山村」、「用字別過於冷僻」。

⑤【熱鬧】rè nao　～的菜市場｜晚會開得非常～。

冷門 lěng mén
比喻少人注意或過問的　～貨｜～學科｜這方面的研究一直是～的。

⑤【熱門】rè mén　～書籍｜～話題｜電腦專業是現在的～專業。

「冷門」也指比賽中出現未預料到的情況，如說「他們輸給了一個弱隊，爆出了比賽中最大的冷門」。

冷漠 lěng mò
對人對事態度冷淡，很不關心　態度～｜他對人一向～得很。

⑤【熱情】rè qíng　～待客｜～接待遠方的客人。

冷僻 lěng pì
1. 不熱鬧；冷落而偏僻　～的村落｜～的山莊｜這家～的店鋪很少有人光顧。

⑩【冷清】lěng qing

⑤【熱鬧】rè nao　～地段｜～的小集市｜～的大街上擠滿了人。

2. 不多見；不熟悉　～字｜～用法｜這麼～的姓氏我還是第一次遇見。

⑩【生僻】shēng pì

「冷僻」突出僻，指不常見的，多用於文字、名稱、典故、書籍等，如說「這幾個字都很冷僻」。

⑤【常見】cháng jiàn　～病｜這是一個～的錯字。

冷清 lěng qing
冷落；不熱鬧　～的小巷｜感到～得很｜空空的屋子顯得特別～。

⑤【熱鬧】rè nao　～非凡｜場面非常～｜教室裏像炸開了鍋，一下子～起來。

⑤【喧鬧】xuān nào　人聲～｜～的十字路口｜門外的馬路上人來車往，～不已。

⑤【繁華】fán huá　～地段｜～都市｜一片～的景象。

「冷清」多指冷靜、淒涼、寂寞的氣氛。

冷色 lěng sè
使人感到涼爽的顏色　他們的傢具都用～調｜今年服裝又開始流行～。

⑤【暖色】nuǎn sè　～服裝｜～裝飾｜這個大廳採用了溫馨的～。

冷颼颼 lěng sōu sōu
形容很冷的感覺　外面～的｜～的風直往領口裏灌｜被子沒蓋好，後背～的。

⑤【火辣辣】huǒ là là　～的太陽｜曬得～的｜臉上～地疼。

⑤【熱騰騰】rè téng téng　～的麵｜～的火苗｜剛燒好的菜，～的。

「冷颼颼」、「火辣辣」、「熱騰騰」後面常帶「的」。

冷遇 lěng yù
冷淡地對待　遭受～｜這款產品推出後在市場上竟遭～。

⑤【禮遇】lǐ yù　受到～｜獲得～｜我在這裏停留期間，一直受到對方的～。

「禮遇」突出人際交往中，尊敬、禮貌地接待或款待來客。

黎明 lí míng　天快亮或剛亮時

我們～的時候去看日出｜～時分，我就醒了。

回【拂曉】fú xiǎo

「黎明」泛指天快要亮或剛亮的時候，多用於文學作品；還常用來比喻即將勝利或成功。「拂曉」只指天快亮的時候，屬於書面語，如說「部隊在拂曉時分出發」。

反【黃昏】huáng hūn　～時分｜人約～後｜夕陽無限好，只是近～。

「黎明」、「黃昏」多用於書面。

離 lí　分離；離開

～婚｜悲歡離合｜輪船已經～岸｜她～家已經兩年多了。

反【合】hé　～二為一｜分分～～｜珠聯璧～｜貌～神離。

反【即】jí　～位｜～席｜若～若離｜可望而不可～。

「離」也可表示距離，如說「我們家離車站很近」、「現在離春節只有一個星期了」。

離別 lí bié　較長時間地離開或分開

～母校的時候感覺依依不捨｜他決定出去闖一闖，所以～了一起生活了多年的家人。

回【別離】bié lí

回【分別】fēn bié

回【分手】fēn shǒu

「離別」多指較長時間跟某人或某地分開。「別離」的時間有長有短，有依依不捨的意思，屬於書面語，如說「長時間的別離可以考驗兩個人的感情」。「分別」、「分手」都指互相告別離開，「分手」強調原先關係比較親密，如說「時間很晚了，可我真不想與他分手」；還指不再見面，引申為斷絕關係，如說「他倆因感情不和而分手了」。

反【團聚】tuán jù　夫妻～｜中秋節是家人～的節日｜我和我的親人最終在異國～了。

反【重逢】chóng féng　久別～｜朋友～｜分別以後，不知何時能～？

「離別」、「重逢」多用於書面。

離隊 lí duì　脫離隊伍；離開崗位

～報告｜歡送老兵～｜隊員不能擅自～｜部分主力～對球隊打擊很大。

反【歸隊】guī duì　提前～｜他的傷好了，可以～了｜他原是學物理的，做了幾年行政工作，現在又～了。

離間 lí jiàn　說壞話，使人與人之間不和睦

他是一個好挑撥～的小人｜因為有人蓄意～，所以他們兩人之間有了誤會。

回【挑撥】tiǎo bō

「離間」可用於對敵人，也可用於對自己內部。「挑撥」突出撥弄是非，有意製造別人相互間的矛盾，引起雙方爭執，可用於集體之間、國家之間，也可用於個人，對象是雙方或多方，如說「別讓他繼續挑撥」、「她可不是喜歡挑撥是非的人」。

離開 lí kāi 跟人、物或地方分開 魚～了水就不能活｜他已經～北京 了。

同【分開】fēn kāi

「離開」的對象是人、事物或地方。 「分開」不用於地方，如說「和大家分 開」、「歡宴之後大家總要分開的」、 「再大的阻力也無法把我們分開」。

離奇 lí qí 不平常；出人意料 ～ 古怪｜這情節實在太～了｜這部電影 敍述了一個曲折～的愛情故事。

反【平淡】píng dàn ～無奇｜居家生 活～｜由於故事過於～，沒引起大家 的興趣。

離任 lí rèn 離開所在職位 廠長 任期一滿就～了｜今年他就要～調職 了。

同【離職】lí zhí

「離任」指因任期已滿而離開所擔任 的職位。「離職」多指脫離公職或離 開一般職位，如說「他離職去了深 圳」、「他已因病離職」。

反【到任】dào rèn 新經理已～｜大 使下月～。

反【就任】jiù rèn ～新職｜～總統｜ 他已於上週～董事會主席。

反【上任】shàng rèn 走馬～｜新官 ～三把火｜新校長已～兩個月了。

「離任」、「到任」、「就任」、「上任」 多用於官員之類。

離散 lí sàn 親屬分散，不能團聚 骨肉～｜夫妻～多年｜～的家庭重新

團聚在一起了。

反【團聚】tuán jù 與親人～｜盼望早 日～。

反【團圓】tuán yuán 闔家～｜骨肉 終得～｜熱熱鬧鬧過一個～節。

「離散」多用於親屬、家庭。

離題 lí tí 不切合所寫或所說的 主題 ～萬里｜她說着說着，又～ 了｜這篇文章～太遠，不着邊際。

反【切題】qiè tí 敍述十分～｜作文 的起碼要求是～。

「離題」多用於談話或寫作。

離心 lí xīn 離開中心 ～力｜產 生～作用。

反【向心】xiàng xīn ～加速度｜列車 轉彎會產生～力。

離職 lí zhí 離開擔任的工作或職 位 ～休養｜她因病～｜他已辦理了 ～手續。

同【離任】lí rèn

反【到職】dào zhí 奉命～｜他下月 中旬～｜新聘教師已全部～。

反【就職】jiù zhí 宣誓～｜發表～演 說｜舉行～典禮。

「離職」多指工作人員因退休、辭職、 停職、免職等原因，脫離其所擔任 的職位。「到職」適用範圍較廣。「就 職」用於官員之類。

里程 lǐ chéng 路程，多比喻發 展過程 人生～｜他拋下曾經的成 功，踏上了新的～。

回【歷程】lì chéng

「里程」常比喻有歷史意義的、積極的事；還指來往的路途，如說「往返里程達百公里」。「歷程」指過去經歷的事情，如說「創業歷程充滿了艱難」、「他一直難忘當年的奮鬥歷程」。

俚俗 lǐ sú　粗野庸俗的或通用面極窄的方言詞　用詞別那麼～｜他～的話語讓人受不了。

回【鄙俗】bǐ sú

「俚俗」突出帶有地方色彩，屬於書面語，語意較輕。

理當 lǐ dāng　應當；從道理上說該如此　～如此｜你的事情我們～效力｜我們～好好回報您的恩情。

回【理應】lǐ yīng

「理當」屬於書面語，前面不帶修飾語。

理會 lǐ huì　1. 懂得；領會　他的意思不難～｜我不能完全～她這番話的涵義。

回【領會】lǐng huì

2. 過問；（對別人的言行）作出反應或表示意見、態度　她常常大驚小怪，我都懶得～｜我實在不想～這個無聊的人。

回【理睬】lǐ cǎi
回【答理】dā li

「理會」適用範圍較廣，對象多是人或事；還指注意，多用於否定式，

如說「這些事誰也不會去理會」。「理睬」適用範圍較小，多用於否定式，如說「他竟對我不理睬」、「沒人理睬他」。「答理」多用於否定式，如說「她就是不愛答理別人」。

理解 lǐ jiě　懂得；明白　要互相～｜準確～詞義｜學習語言重在～｜你的心情可以～｜為了加深～，我們再讀一遍課文。

回【了解】liǎo jiě
回【領會】lǐng huì
回【諒解】liàng jiě
回【體會】tǐ huì
回【領略】lǐng lüè
回【領悟】lǐng wù

「理解」強調對別人的立場、態度、想法、做法等充分了解；也指對知識和事物本質的真正認識。「了解」的對象是已知事物的內情或發展過程，如說「了解世界歷史」；也指打聽、調查，如說「了解真相」、「要實地了解才行」。「領會」的對象多為抽象事物，如說「深刻領會企業文化的精髓」、「你還沒真正領會他的意圖」、「我對小說的主題思想有所領會」。「諒解」指了解實情後，原諒對方或消除意見，如說「請你諒解我」、「要學會諒解那些犯有小錯誤的同學」。「體會」適用範圍較窄，對象一般是感情、苦樂、重要性、精神實質等，如說「體會作品的含義」、「母親完全能體會女兒的心情」。「領略」多指體驗、辨識，如說「我已領略了文章的大意」、「在旅途中領略奇異風光」。「領悟」屬於書面語。

理論 lǐ lùn
關於自然和社會的知識的有系統的結論　科學～｜學術～｜運用有關經濟～解決實際問題。

反【實際】shí jì　～情況｜做～工作｜一切從～出發｜理論要聯繫～。

反【實踐】shí jiàn　注重～｜～之中出真知｜要在～中檢驗理論的正確性。

> 「理論」也表示辯論是非、爭論、講理，用於口語，如說「我不再與你們理論這個問題了」。

理想 lǐ xiǎng
對未來事物的想像或希望　他的～是當一名醫生｜我們都在為各自的～而奮鬥。

同【幻想】huàn xiǎng

> 「理想」指有合理根據的想法，用於褒義。「幻想」強調以某種願望或理想為依據作想像，在意識中出現虛幻的情景，含有設想得很美好的意味，如說「他幻想成為一名億萬富翁」。

反【現實】xiàn shí　面對～｜具有～意義｜考慮問題不能脫離～。

理性 lǐ xìng
屬於判斷、推理等思維活動的　～認識｜～地分析情況｜他擅長～思維。

反【感性】gǎn xìng　獲得～認識。

理智 lǐ zhì
辨別是非、利害關係以及控制自己行為的能力　喪失～｜保持～｜你這麼做實在太不～了。

反【狂熱】kuáng rè　行為～｜～的球迷｜迸發出～的激情。

裏 lǐ
1. 內　～屋｜～圈。

反【外】wài　～圈｜裏應～合｜這個地區的～來人口不斷增加。

2. 人的內心　表～如一。

反【表】biǎo　外～｜徒有其～｜知～不知裏。

禮讓 lǐ ràng
有禮貌地謙讓　～再三｜他多次～，可對方並不領情。

反【爭奪】zhēng duó　～陣地｜奮力地～｜互相～冠軍。

反【爭搶】zhēng qiǎng　～地盤｜～機會｜～有利位置｜三名隊員同時～這個球。

力量 lì liang
1. 力氣　聚集～｜這女孩～有限｜他～過人，一隻手就能提起四十公斤的箱子。

同【力氣】lì qi

> 「力量」可與「貢獻」搭配，口語和書面語都常用。「力氣」指肌肉、筋骨所產生的力量，多與「花」、「費」、「賣」、「下」、「省」等詞搭配，如說「沒想到老人力氣還那麼大」、「他多年來只能幹些力氣活」、「他在這件事情上花了不少力氣」。

2. 可以勝任或完成的條件　應相信自己的～｜我們一定盡自己～完成這個任務。

同【能力】néng lì

3. 作用　集體～大｜這藥～不小。

同【效力】xiào lì

力求 lì qiú
竭力追求；盡力尋求　我做事～完美｜我們絞盡腦汁，～找出一個最好方法。

同【力圖】lì tú

同【力爭】lì zhēng

「力求」突出追求得到，用於好的意圖。「力圖」着重於謀求獲得，如說「他們力圖控制住局面」。「力爭」指竭盡全力爭取得到，如說「力爭成功」、「力爭全勝」、「這次我一定要力爭多攬些任務」；還指極力爭辯，如說「他一再為自己據理力爭」。

立 lì

1. 站　～正｜坐～不安｜頂天～地。
反【坐】zuò　～下｜請～｜各位席地而～吧｜這孩子總是～不住。

2. 建立；制定　～法｜～約｜自～門戶｜～案偵查。
反【破】pò　～陣｜～例｜～格｜～門而入｜不～不立。

立功 lì gōng

建立功績　～受獎｜～贖罪｜戰士們都準備着為國～。
反【犯罪】fàn zuì　違法～｜堅決打擊～團伙｜這樣下去，他很可能會走上～道路。

立即 lì jí

馬上；緊接着（做）　決定～行動｜～執行這項命令｜我們要～動身，否則會趕不上火車。
同【當即】dāng jí
同【即刻】jí kè
同【立刻】lì kè
同【馬上】mǎ shàng
同【迅即】xùn jí

「立即」突出很快，屬於書面語，可用於祈使句。「立刻」口語和書面語都常用，如說「上課鈴聲一響，教室裏立刻安靜下來」。

立時 lì shí

立刻　聽到祖母去世的消息，她～暈倒在地｜聽了這話我～明白了這是怎麼回事。
同【登時】dēng shí
同【即時】jí shí

利 lì

1. 銳利；鋒利　～爪｜一把～劍。
反【鈍】dùn　～器｜～斧頭｜這把刀真～。

2. 利益；好處　～多弊少｜興～除弊｜～令智昏。
反【弊】bì　～病｜～端｜反覆分析這樣做的利與～。
反【害】hài　～處｜災～｜為民除～｜過度喝酒對身體有～。

3. 使有利　～己主義是一把雙面刃。
反【害】hài　陷～｜～人不淺｜你把地址寫錯了，～得我白跑一趟。

4. 利潤或利息　暴～｜獲～｜薄～多銷｜一本萬～。
反【本】běn　保～｜夠～｜～息｜不做賠～生意。

利弊 lì bì

好處和壞處　這兩個方法各有～｜得權衡一下～得失後再做決定。
同【利害】lì hài

「利弊」用於具體的事情，語意較輕。「利害」可用於個人或具體的事物，也用於較大較抽象的事物，如說「得跟他說明利害關係」、「他從不考慮個人的利害得失」。

利落 lì luo

1. (言行) 麻利敏捷　他辦事歷來相當～｜聽他談吐～，一

點也不像得了痴呆症的人。

圓【利索】lì suo

圓【麻利】má li

反【拖拉】tuō lā　作風～｜那人做事情太～。

反【拖沓】tuō tà　辦事～｜他一向～，完成不了任務是意料中的事。

2. 整齊　他穿得乾淨～｜屋子收拾得十分～。

圓【利索】lì suo

3. 結束；成功　事已辦～了。

圓【利索】lì suo

「利落1」強調快而有條理，多形容動作、語言等。「利索」突出敏捷、迅速，多用於效率、動作、行為等，如說「他事做得很利索」、「居室收拾利索了」。

利潤 lì rùn　生產、交易後賺的錢　獲取～｜賺取豐厚的～｜做這項買賣～很高。

反【成本】chéng běn　降低～｜～十分低廉｜那家公司不計～，盲目擴張，最後自食其果。

利索 lì suo　(言語、動作等) 靈活、敏捷、迅速　工作～｜說話～｜他～地完成了這個任務。

反【拖拉】tuō lā　辦事～｜作風～｜你別再這樣～下去了。

利息 lì xī　因存款、放貸等而得到的本金以外的錢　存款～｜高額～｜他們已償還了那筆貸款的～。

反【本錢】běn qián　輸掉了～｜半年後她撈回了～｜為了經營這個店，他花了不少～。

利益 lì yì　好處　物質～｜你做事也要考慮一下自己的～。

圓【好處】hǎo chu

「利益」一般用在大事上，比較莊重，如說「國家利益」、「集體利益」、「個人利益」等，多與「維護」、「服從」、「損害」、「影響」、「貪圖」等詞搭配。「好處」一般用在較具體的事情上，多用於口語，如說「從中得到不少好處」、「吸煙對身體沒甚麼好處」。

利誘 lì yòu　用利益引誘　威逼～。

反【威逼】wēi bī　在敵人的～下，他屈服了｜遭歹徒～他被迫交出了錢包。

「利誘」、「威逼」用於貶義。

菠臨 lì lín　到來；來臨　歡迎上級～指導｜～視察。

圓【光臨】guāng lín

「菠臨」多用於貴賓、上級到來，屬於書面語。

厲害 lì hai　劇烈；難以對付或忍受　風大得～｜這支球隊真～。

圓【猛烈】měng liè

「厲害」比較常用。「猛烈」突出來勢兇猛，多形容雨勢、水勢、火勢、傳染病情、藥性、攻勢等，如說「那些動作都過於猛烈」。

反【緩和】huǎn hé　氣氛～下來｜病情有所～。

⊜【平和】píng hé　藥力～｜態度～｜的樂曲容易讓人安靜下來。

⊜【溫和】wēn hé　氣候～｜脾氣～｜他語氣～地勸我。

⊜【柔和】róu hé　聲音～｜手感～｜台燈發出了～的光。

歷來 lì lái　從過去到現在　～規矩如此｜他錯了還狡辯說那是～的做法。

⊜【從來】cóng lái

⊜【向來】xiàng lái

「歷來」強調一直這樣。「從來」多用於否定，如說「從來不喜歡」、「從來沒去過那地方」、「此事從來沒有聽說過」。「向來」突出一直不變，如說「他們向來守信」。

隸屬 lì shǔ　附設或被管理轄制　這是教育局的～機構｜新成立的雜誌社是直接～於報業集團的。

⊜【從屬】cóng shǔ

⊜【附屬】fù shǔ

「隸屬」突出被某機構或某事物所支配或管轄，屬於書面語。「從屬」突出與另一種事物間存在主從或依附關係，如說「處於從屬地位」、「我不想從屬於任何人」。「附屬」強調依附性，如說「我們單位附屬於環境總署」。

連亙 lián gèn　（山脈等）連綿不斷　羣山～｜山脈～萬里，氣勢宏偉。

⊜【綿亙】mián gèn

⊜【綿延】mián yán

「連亙」突出不斷連接下去。「綿亙」突出延續不斷，屬於書面語，如說「羣山綿亙，氣勢磅礴」。「綿延」突出延長或延伸下去，如說「街上燈火齊放，綿延幾公里，壯觀極了」。

連接 lián jiē　也寫作「聯接」。相互連在一起不中斷　大橋～東西兩區｜把這些話～起來就能組成一篇好文章。

⊜【連貫】lián guàn

⊜【銜接】xián jiē

「連接」多用於具體事物，被連接的事物多是成線形的。「銜接」突出事物或事情前後相互連接或相合，如說「前後銜接」、「前後意思自然銜接」。「連貫」也寫作「聯貫」，指互相連通，多用於說話或文章，如說「他的話前後連貫」、「這部電視劇的劇情有點不連貫」。

連累 lián lěi　因有相互關係而使對方受牽累　請原諒我～了大家｜我保證決不～無辜。

⊜【拖累】tuō lěi

⊜【株連】zhū lián

「連累」突出因事牽連別人，使別人也受到損害，語意較重。「拖累」往往是因與某人某事有聯繫，而使別人受到不利的影響，如說「受孩子拖累」、「不能因為我而拖累親友」。「株連」指因一人有罪或犯了錯誤而累及親友或有關係的人，語意最重，如說「家人因此受到株連」、「株連九族是古代極重的刑罰」。

連忙 lián máng　加快行動；急

忙　收到來信，他～回覆｜接過朋友的禮物，她～致謝。

◎【趕緊】gǎn jǐn
◎【趕忙】gǎn máng
◎【趕快】gǎn kuài
◎【急忙】jí máng

> 「連忙」多用於已經發生的事情。「趕緊」可用於將來時或祈使句，如說「趕緊行動」、「要趕緊找專家處理」。「趕忙」不用於將來時或祈使句，如說「利用假期趕忙把文章寫完」、「見了孕婦他趕忙站起來讓座」。「趕快」多用於祈使句，如說「趕快出發吧」。「急忙」突出心急而忙，可重疊為「急急忙忙」，如說「看他那急急忙忙的樣子，我真擔心他再出差錯」。

連篇累牘 lián piān lěi dú　—

再用過多的篇幅作敍述　那人老是喜歡～地向來客作介紹，其實他們並不愛聽。

反【三言兩語】sān yán liǎng yǔ　這些事，～就可講明白了。

連續 lián xù　接連着不間斷　～

奮戰了幾個晝夜｜他～加班好多天了｜這裏近來～高溫，真不好受。

◎【陸續】lù xù
◎【持續】chí xù
◎【繼續】jì xù
◎【延續】yán xù

> 「連續」強調不間斷地進行，可以帶賓語。「陸續」是副詞，多指事物有先有後時斷時續地進行，如說「陸續聽說了這事」、「他們幾個陸續到達」、「學生們陸續來到教室」。「持續」強調動作不停，如說「物價持續上漲」、「爭論持續了很久」、「雨持續下了三天」。「繼續」指動作連下去，可能有間斷，如說「繼續訓練」、「休息一刻鐘後繼續上課」。「延續」屬於書面語，如說「這種風俗一直延續了下來」、「會議延續了好久」。

反【間斷】jiàn duàn　從不～｜這個實驗不能～｜二十年來他從未～過這項研究。

廉價 lián jià　價格比一般便宜　～

出售｜～商品｜這些～服裝的面料不太好。

反【昂貴】áng guì　～的時裝｜珠寶展上展出了～的鑽石。
反【高價】gāo jià　～拍賣｜一種～電腦近日上市。

廉潔 lián jié　清廉；不貪污　保

持～｜剛正～｜～奉公｜政府官員應保持～。

◎【廉明】lián míng
◎【廉正】lián zhèng

> 「廉潔」形容從政的人不貪污、不肥私。「廉明」還強調明察，屬於書面語，如說「他為官以廉明著稱」。「廉正」還強調為人正直，如說「廉正無私」。「廉明」、「廉正」均屬於書面語。

廉潔奉公 lián jié fèng gōng

不損公肥私；不貪污　官員應該～，做民眾的表率。

反【貪贓枉法】tān zāng wǎng fǎ　他因～而受到法律制裁｜這一～的事件日前被揭露出來了。

「廉潔奉公」、「貪贓枉法」多用於官員身上。

憐愛 lián ài　關切疼愛　這孩子讓人～｜他對自己的養女～萬分。

同【憐惜】lián xī

「憐愛」突出喜愛、疼愛。「憐惜」突出因同情而愛護，如說「憐惜弱者」、「不能憐惜惡人」。

憐憫 lián mǐn　同情　值得～｜每個人都有～之心｜我心中一直～那些失學兒童。

同【可憐】kě lián

「憐憫」語意較重。「可憐」可作動詞和形容詞，如說「可憐的孩子」、「可憐那些流浪的小貓小狗」。

聯合 lián hé　聯я或結合在一起；使不分散　互相～｜～攻關｜發表聲明｜兩地～行動｜我們兩支隊伍～起來了。

同【結合】jié hé

「聯合」突出互相聯繫在一起並協調行動，用於人與人或集體與集體之間。「結合」着重指人或事物間發生密切聯繫，合在一起，不分開，可以用於人與人之間，也用於抽象事物之間，如說「理論與實際相結合」、「結合自己情況來寫」、「請結合實際情況作出說明」。

反【分裂】fēn liè　細胞～｜組織～｜一整塊木頭～成幾小塊。

反【解體】jiě tǐ　聯盟～｜陣營～｜高溫下，這種物質會～。

聯繫 lián xì　1. 彼此接上關係、互相交往　與對方取得了～｜加強～｜失去～｜我們已沒有～｜我們以後要保持～。

同【聯絡】lián luò

同【接洽】jiē qià

「聯繫」突出彼此聯結，多用於人與人、人與事物或事物與事物之間。「聯絡」用於人與人之間，不用於「把」字句，如說「聯絡感情」、「及時聯絡」、「失去聯絡已經多時」、「你應儘快設法聯絡上那些人」。

2. 彼此相作用、相影響的關係　理論必須～實際｜這幾件事之間沒有甚麼～。

同【關係】guān xì

反【分割】fēn gē　～財產｜教學相長，不可～｜我們家是不可～的一個整體。

反【割斷】gē duàn　～聯繫｜文化血脈不能～｜一封信～了他們之間三年的感情。

反【脫節】tuō jié　理想跟現實～｜這篇文章前後兩段內容嚴重～。

「割斷」也表示用有刃的器具切開，如說「割斷電線」、「割斷繩索」等。

臉色 liǎn sè　臉上現出的表情　他的～很溫和｜聽到這個消息，他露出陰沉的～。

同【神色】shén sè

「臉色」還指臉的顏色或氣色，如説「臉色發灰」、「臉色有所好轉」。「神色」僅指臉上所顯露出的神情，多與「緊張」、「自若」、「惘然」、「異樣」、「尷尬」、「匆忙」等詞搭配，如説「他的神色很沮喪，好像有甚麼心事似的」。

良策 liáng cè　高明的計策；好的計謀或辦法　我們只能另謀～｜想了那麼久還苦無～。
圓【上策】shàng cè

「良策」表示的程度較淺，屬於書面語。「上策」用於比較大的事情，如説「股東們都不認為這是上策」。

良好 liáng hǎo　令人滿意；好　感覺～｜秩序～｜養成～的衛生習慣｜他的言行給了我一個～的印象。
反【糟糕】zāo gāo　生意愈做愈～｜真～，我把鑰匙鎖在屋裏，進不了門了。
反【蹩腳】bié jiǎo　～貨｜功夫很～｜看着滿屋子～的傢具，他心裏難過極了。
反【差勁】chà jìn　服務態度真～｜今天的演出太～了。

「良好」適用範圍較廣。「糟糕」多用於口語。「蹩腳」為方言詞。

良久 liáng jiǔ　好一會兒；比較長的時間　思索～，終於開口｜他傾聽～，還是沒作任何評判。
圓【許久】xǔ jiǔ
反【片刻】piàn kè　停留～｜稍等～｜

休息～再走吧！

良性 liáng xìng　有好效果的；不會產生壞結果的　～循環｜～運轉｜～競爭｜～腫瘤｜市場持續～發展。
反【惡性】è xìng　～病毒。

良言 liáng yán　有教益的話語；好話　金玉～｜～逆耳｜這是～，應該聽取。
反【惡語】è yǔ　～傷人｜～中傷｜～挑撥。

涼 liáng　1. 温度低的　～氣｜陰～｜天氣冷了，少喝點～水｜秋風送來一絲～意。
圓【冷】lěng

「涼」所指程度比「冷」淺一些。

反【熱】rè　～水｜～天｜這茶太～｜水深火～。
2. 使温度降低　把開水～一～再喝。
反【熱】rè　在爐子上～酒｜飯菜涼了，你～一下再吃。
3. 比喻灰心，失望　聽了這消息，他心都～了｜他這麼一説，我就～了半截。
反【熱】rè　～衷。

涼快 liáng kuai　清涼爽快　最近天氣～多了｜我喜歡在～的秋天去郊遊。
圓【涼爽】liáng shuǎng

「涼快」多用於口語。「涼爽」屬於書面語，如説「涼爽的夜晚」、「近兩天涼爽多了」。

〈反〉【悶熱】mēn rè　～的天氣｜房間裏很～。

〈反〉【火熱】huǒ rè　～的太陽。

糧食 liáng shi
食用穀、豆、薯類的總稱　今年～大豐收｜努力增加～產量。

〈同〉【食糧】shí liáng

「糧食」指具體的穀類等食物。「食糧」屬於書面語，多用於比喻，如說「書籍是很好的精神食糧」。

亮 liàng
光線充足　天已大～｜客廳～堂堂的｜屋裏的東西調整一下，光線就很～了。

〈同〉【明】míng

「亮」常用於口語，可組合成「明亮」、「豁亮」、「亮錚錚」等。「明」可組合成「明月」、「明淨」、「燈火通明」等。

〈反〉【暗】àn　～無天日｜天色已～｜屋子裏～～的。

〈反〉【黑】hēi　一片漆～｜樹林裏很～｜外面～乎乎的，甚麼也看不見。

「亮」還表示聲音強、響亮，如說「聲音洪亮」、「她的嗓子特亮」。「黑」和「暗」沒有這方面的意指。

亮堂 liàng tang
1. 敞亮；光線強　這裏顯得很～｜新裝修的多媒體教室非常～。

〈同〉【明亮】míng liàng

2. 認識清楚；明白　心中～｜一番勸說使我～多了｜聽了他的話，我頓感～。

〈同〉【明亮】míng liàng

3. （聲音）清晰響亮　他的嗓門～得很｜歌手的聲音很～。

〈同〉【嘹亮】liáo liàng

「亮堂」多用於口語。

諒解 liàng jiě
原諒或消除隔閡；理解後給予寬恕或消除成見　給予～｜～她的難處｜這種心情可以～。

〈同〉【體諒】tǐ liàng

「諒解」的對象多是別人。「體諒」突出設身處地為人設想，在理解對方後給予諒解，如說「她總是自覺體諒別人」、「你也體諒體諒我吧」。

〈反〉【埋怨】mán yuàn　高聲～｜輸球後，他們開始互相～。

靚 liàng
漂亮；好看　～女｜～仔｜將節日裝扮得更～。

〈反〉【醜】chǒu　～陋｜～態｜形象比較～。

「靚」來自粵語，多指形象漂亮。

潦草 liáo cǎo
1. 寫字不工整　字跡～｜寫得過於～。

〈反〉【工整】gōng zhěng　字跡～。

2. 不認真、不仔細；馬虎　浮皮～｜～收場｜辦事過於～。

〈同〉【草率】cǎo shuài

「潦草」還指字跡不工整、很難認，如說「字寫得那麼潦草，誰也看不懂」。「草率」突出指辦事態度馬虎，粗枝大葉，不細緻，如說「草率從事」、「這樣決定太草率了」。

(反)【認真】rèn zhēn　～的態度｜做事
～負責｜仔細～地研究一下。

撩撥 liáo bō　招惹；引逗　任他
一再～，她都不為所動。
(同)【挑逗】tiǎo dòu

> 「撩撥」含有使人動心或使人心情蕩
> 漾的意味，用於口語或書面語。

嘹亮 liáo liàng　(聲音)響亮清晰
軍號～｜訓練場上響起～的歌聲。
(同)【響亮】xiǎng liàng
(同)【洪亮】hóng liàng

> 「嘹亮」強調聲音明亮而傳得遠，多
> 見於文藝作品中，含褒義。「響亮」
> 只指聲音大，如說「這孩子的哭聲響
> 亮」。「洪亮」常用來形容說話的聲
> 音，突出聲音大而厚，如說「這位老
> 大爺說話聲音依然很洪亮」。

遼闊 liáo kuò　遙遠寬廣；空曠
幅員～｜～的平原｜看着～的草原，
心情無比舒暢。
(同)【廣大】guǎng dà
(同)【寬闊】kuān kuò
(同)【廣闊】guǎng kuò

> 「遼闊」的對象為廣闊而遼遠的空
> 間。「廣闊」突出面積廣大，多用於
> 江面、海面、天空、地面等，如說
> 「廣闊的江面」；還可用於抽象的視
> 野、前途、胸懷、境界等，如說「視
> 野廣闊」、「廣闊天地」。「寬闊」突
> 出橫向距離大，面積寬。

繚亂 liáo luàn　紊亂；紛亂　心

思～｜這些東西看得我眼花～。
(同)【紛亂】fēn luàn

> 「繚亂」突出沒有條理，多用於心緒、
> 視覺等。「紛亂」適用範圍較廣，多
> 用於政局、戰局等較大場面的動盪
> 不安和事情、環境、心情、思想等
> 的混亂。

繚繞 liáo rào　纏繞旋轉　輕盈
的樂曲～在耳邊｜到了做飯的時候，
整個漁村上空炊煙～｜山頂上雲霧
～。
(同)【迴繞】huí rào
(同)【旋繞】xuán rào

> 「繚繞」多用於雲、煙、霧和聲音，
> 適用範圍較小。

了結 liǎo jié　解決；結束　我們
應盡快～此案｜多年的心願終於～。
(同)【了卻】liǎo què

> 「了結」側重於結束、完畢。「了卻」
> 側重於解決掉，如說「這位老先生至
> 今還沒了卻夙願」。

料理 liào lǐ　處理；安排　她忙
於～家務｜這件事由我一人～。
(同)【辦理】bàn lǐ
(同)【操持】cāo chí

> 「料理」的對象多是生活、家務、雜
> 務、喪事、後事、伙食等。

料峭 liào qiào　形容春天的寒冷
春寒～。
(同)【凜冽】lǐn liè

「料峭」的寒冷程度較弱，多指春寒，屬於書面語。「凜冽」所指程度較深，形容刺骨的寒冷，如說「北風凜冽」。

料想 liào xiǎng　事先推測；猜想
這個結局～得到｜我～他們會成功的。
同【意想】yì xiǎng
同【預見】yù jiàn
同【預想】yù xiǎng
同【猜想】cāi xiǎng

「料想」強調事先推測、預料，常說成「料想到」、「料想不到」。「猜想」突出主觀估計、推測。

瞭望 liào wàng　從高處向遠處看　我們登高～｜極目～，美景盡收眼底。
同【眺望】tiào wàng

「瞭望」指很專注地看；還指軍事上在高處或遠處監視，如說「在哨所瞭望」。「眺望」則比較隨意，屬於書面語，如說「他們站在塔樓上眺望遠處」。

列舉 liè jǔ　逐個提出來、指出來
他～了大量事實｜我們的理由太多，無法一一～。
同【羅列】luó liè

「列舉」強調擺出、排列出，目的是進行說明或證明，對象多是一系列的或大量的。「羅列」只將事例列出來，如說「別只羅列材料不作分析」、「僅羅列一些數字是不能說明問題的」。

劣 liè　不好；壞的　～等｜～勢｜品行低～｜媒體曝光了那人的～跡。
反【優】yōu　～秀｜品學兼～｜～質產品。
反【良】liáng　～好｜～師益友｜～辰美景｜～莠不齊。

「劣」一般不單獨使用。

劣等 liè děng　低等；下等　～貨｜～品。
反【優等】yōu děng　～生｜～品｜～材料。

劣勢 liè shì　力量或條件上處於較差的形勢　暫居～｜一直處於～。
反【優勢】yōu shì　綜合～｜～未必長久保持｜～互補。

裂縫 liè fèng　因裂開而形成的狹長的縫　桌子的邊緣有條～。
同【裂痕】liè hén

「裂縫」指裂開的縫兒，側重指器物表面已經破裂開的較小的口。「裂痕」指器物破裂的痕跡，側重器物已經破開的裂紋或經過彌補的裂口；也可用於比喻思想感情上的分歧和隔閡，如說「兩人在感情上產生了裂痕」。

林林總總 lín lín zǒng zǒng　形容眾多而紛紜的樣子　商品～，讓人看花了眼。
同【琳琅滿目】lín láng mǎn mù

「林林總總」突出種類眾多，可以是物品或事情。「琳琅滿目」突出指滿眼都是美好的東西，多用於珠寶、

書籍或工藝品，如説「櫥窗裏，琳琅滿目的珠寶玉石吸引着來往行人的目光」。

鄰近 lín jìn　位置比較靠近　我們和大超市～。
同【臨近】lín jìn

「鄰近」只用於空間，不用於時間。「臨近」指時間或地方近，適用範圍較廣，如説「學校臨近博物館」、「聖誕節又臨近了」、「臨近考試的時候大家有些緊張」。

鄰居 lín jū　住得很靠近的人或家庭　我和他原來是～｜來他家幫忙的～不少。
同【街坊】jiē fang

「鄰居」指住在相鄰地方的人。「街坊」用於口語，原指街巷的鄰居，引申為居住在同一社區的鄰里，適用範圍比「鄰居」闊，如説「這次母親患病多虧街坊幫忙」。

臨近 lín jìn　(時間或空間)接近或靠近　～五一長假｜他住在～西湖的一所療養院裏。
反【遠離】yuǎn lí　～家鄉｜～祖國。

臨時 lín shí　暫時；短時間的　為了救災，政府要～徵用這幾條渡船｜因為前面施工，所以車輛～改道。
同【暫時】zàn shí

「臨時」突出短時間的或非正式的，多用於房子、道路、機構、措施等；還指接近事情發生的時候，如説「臨

時抱佛腳」、「別臨時乾着急」。「暫時」只指時間的短暫，多用於現象、情況、困難等，如説「現在的困難只是暫時的」、「你暫時替她值一會兒班吧」。

反【長期】cháng qī　～貸款｜制定～發展規劃｜這項公益活動會～持續下去。
反【常設】cháng shè　～機構｜～接待處。
反【永遠】yǒng yuǎn　～的朋友｜祝你們～幸福｜這件事我～不會忘記。

吝嗇 lìn sè　小氣，捨不得拿出自己的東西　他是一個～鬼｜聽説他父親特別～｜～幾張紙。
同【吝惜】lìn xī
同【慳吝】qiān lìn

「吝嗇」強調過於小氣，該用而不用，適用範圍較廣。「吝惜」可用於錢財、情感、時間等，作動詞時常帶賓語，如説「吝惜金錢」、「她幹活時一點也不吝惜力氣」、「我們不得不吝惜僅剩的一點兒時間」。「慳吝」屬於書面語，如説「慳吝的家庭主婦」。

反【大方】dà fang　出手～｜他很～地款待了我｜她～地拿出錢物救濟同胞。
反【慷慨】kāng kǎi　～施捨｜～解囊相助｜對待我們這些朋友，他總是那麼～大方。

伶牙俐齒 líng yá lì chǐ　口齒伶俐，能説會道　這孩子～，真討人喜歡｜他做了兩年推銷，變得～。

反【笨嘴拙舌】bèn zuǐ zhuō shé　我～的，能說甚麼呀？

凌晨 líng chén
天快亮的時候　他常常忙到～才睡｜當我們登上山頂的時候，已是～四點鐘了。

同【清晨】qīng chén

同【早晨】zǎo chén

「凌晨」所指的時間最早，指午夜零點之後到天亮之前。「清晨」指日出前後一段時間，所指時間較「凌晨」晚。「凌晨」、「清晨」均屬於書面語，多用於描繪。「早晨」指天將亮到八九點鐘的時段，較常用。

反【傍晚】bàng wǎn　趕在～前完工｜他～時一個人回到了家。

凌亂 líng luàn
也寫作「零亂」。不整齊；沒有條理；無秩序　～的聲音｜會場的佈置顯得～｜這些貨物堆得很～｜他理了理～的頭髮就匆匆走了。

同【混亂】hùn luàn

同【紊亂】wěn luàn

同【紛亂】fēn luàn

「凌亂」突出不整齊，多用於工作、程序、擺設等。「混亂」多用於抽象事物，如說「局面很混亂」、「公司賬目混亂」、「車站混亂的秩序已經大為改觀」。

反【整齊】zhěng qí　～劃一｜將東西排列～｜快將你的房間收拾～。

凌辱 líng rǔ
欺侮，侮辱　不准～弱小｜他受盡了老闆的～，卻始終沒有反抗。

反【侮辱】wǔ rǔ

「凌辱」語意比「侮辱」重，適用範圍比「侮辱」窄。「侮辱」語意稍輕，如說「他感覺受到了侮辱，就和對方吵起架來」。

聆聽 líng tīng
細聽；聽取　～師長的教誨

同【傾聽】qīng tīng

「聆聽」多用於下級仔細認真地聽上級，屬於書面語。「傾聽」突出用心聽，可用於上級聽下級，也可用於普通場合，如說「傾聽民眾呼聲」、「傾聽音樂」、「側耳傾聽窗外的雨聲」。

零 líng
部分而不完整的；數目小的　～碎｜～用｜～售｜恕不找～。

反【整】zhěng　～體｜化～為零。

零件 líng jiàn
可以用來裝配成機器、器具的單個製件　這個～壞了，需要新配一個。

反【整機】zhěng jī　～組裝｜～出售｜這家商店只經銷～。

零售 líng shòu
將貨品零星出售　～商品｜～價格｜他靠～發了財。

反【批發】pī fā　～價｜～商｜本店商品只供～，不零售。

零碎 líng suì
細碎，瑣碎　這些～的材料沒有甚麼用處｜她平時常替人打水、燒鍋，做些～雜工。

同【零星】líng xīng

同【零散】líng sǎn

「零碎」還作名詞，指零碎的事物，如說「他正在執拾零碎」。「零星」突出數量少、不集中，多用於一般的事物，還用於消息、小雨、槍聲、人馬等，如說「他常利用零星的時間自學英語」。「零散」突出分散、不成整體，可用於具體事物或用於回憶等，如說「零散的記憶片斷」、「這些材料放置得過於零散」。

⊗【系統】xì tǒng　～研究｜形成～｜你需要～地了解有關知識。

「系統」也指同類事物按一定關係組成的整體，如說「組織系統」、「電腦系統」等。

靈 líng　靈活；靈巧；靈敏　心～手巧｜耳朵很～。
⊗【笨】bèn　～拙｜～嘴拙舌｜瞧他～手～腳的樣子！

「靈」、「笨」多用於人的四肢、五官、頭腦等。

靈便 líng bian　靈活、敏銳；不僵硬　老人的手腳不大～｜年紀大了，眼睛就不太～。
⊜【靈活】líng huó
⊜【靈敏】líng mǐn
⊜【靈巧】líng qiǎo

「靈便」多形容四肢、五官等；還可指工具輕巧，如說「這把剪刀使者真靈便啊」。「靈活」突出不呆板、善於應變，適用於身體動作、頭腦、方法、指揮等，如說「靈活機動的策略」、「這孩子腦筋很靈活」、「靈活調配物資」。「靈敏」着重形容感

官，如說「觸覺很靈敏」、「他反應很靈敏」；也形容儀器性能，如說「這手機攝像頭非常靈敏」。「靈巧」突出行動靈活巧妙，可形容人或物，如說「這件藝術品造型靈巧」、「女孩子的手到底靈巧」。

靈魂 líng hún　心靈；精神和思想　純潔的～｜她的～逐漸墮落了。
⊗【軀殼】qū qiào　沒有靈魂的～。

「靈魂」也可表示人格、良心，如說「出賣靈魂」；還比喻起統帥作用的因素，如說「文章的靈魂」、「愛國主義是這部電影的靈魂」。

靈活 líng huó　善於變通；不拘泥；不呆板　～運用｜策略～多變｜根據實際情況～處理｜這些年輕人的腦子很～。
⊜【靈敏】líng mǐn
⊗【死板】sǐ bǎn　腦筋～｜做事不能～｜你這樣實在太～了。
⊗【呆板】dāi bǎn　神情～｜你不要～地照搬老一套｜～地模仿是不行的，一定要有變化。
⊗【固執】gù zhi　性情過於～｜你別這麼～，不接受別人的意見。

靈敏 líng mǐn　反應快　嗅覺～｜聽覺特別～｜這台儀器感應非常～。
⊜【靈活】líng huó
⊗【遲鈍】chí dùn　反應～｜感覺～｜隨着年齡的增長，他變得愈來愈～了。

「靈敏」多用於對微弱的刺激、變化迅速作反應。

靈巧 líng qiǎo　靈活而巧妙　動　作～｜心思～｜～的雙手｜手指～地在鍵盤上飛舞。

⊘【笨拙】bèn zhuō　手腳～｜～的動作引得大家大笑｜用這種～的方式根本解決不了問題。

靈通 líng tōng　（消息）來得很快；來源廣　消息～人士｜他消息特別～。

⊘【閉塞】bì sè　忍受不了這裏的～｜信息～｜交通～。

領 lǐng　收取發放的東西　～獎｜～材料｜～回失物｜公司發了一些食品，你快去～吧。

⊘【發】fā　～放｜～獎｜我把課本～給大家｜公司給每個員工～了一台筆記本電腦。

領導 lǐng dǎo　帶領着向某個方向或目標前進　將軍～戰士們奮勇殺敵｜必須講究～藝術｜～軍民共禦外侮。

◎【指導】zhǐ dǎo

◎【引導】yǐn dǎo

「領導」突出統率、帶領，對象多是運動、戰爭、工作、事業等；還指擔負領導職務的人，如說「請示領導」、「向上級領導匯報工作」。「指導」強調指點、指示，如說「專家指導科學種田」、「主教練指導球員訓練」、「老師指導學生進行實驗」。「引導」強調誘導啟發，多用於思想或教育，如說「父母應正確引導孩子的興趣愛好」、「引導學生健康成長」、「引導學生正確使用互聯網」。

領取 lǐng qǔ　取進發放的東西　～資料｜～課本｜～費用｜請同學們到 3 號樓～學生證。

⊘【支付】zhī fù　～學費｜用現金～保險金｜請～有關手續費。

⊘【發放】fā fàng　～資料｜～廣告材料｜～救災物資。

⊘【寄放】jì fàng　暫時～一下｜把行李～在你們這裏。

領土 lǐng tǔ　在一國主權管轄下的區域，水域、地域、空域　捍衛～｜要保衛國家的～完整。

◎【國土】guó tǔ

◎【疆土】jiāng tǔ

「領土」指國家管轄的版圖範圍，包括領陸、領海、領水、領空。「國土」限指土地，適用範圍比「領土」窄，如說「國土遼闊」。「疆土」屬於書面語，如說「堅決捍衛疆土」。

領袖 lǐng xiù　國家、政治團體、民眾組織等的主要領導人　政治～｜立志成為軍隊～。

◎【首領】shǒu lǐng

◎【首腦】shǒu nǎo

「領袖」是褒義詞，用法比較莊重。「首領」指某些集團中地位最高的人，如說「犯罪集團首領」。「首腦」指為首的人，如說「政府首腦」、「舉行各國首腦會議」。

領有 lǐng yǒu　具有；佔據　這片山地為政府所～。

◎【擁有】yōng yǒu

「領有」的對象只指人口或土地。「擁有」可用於具體或抽象事物，如說「擁有錢財」、「擁有實力」、「擁有技術」、「擁有現代知識」、「擁有快樂」。

領域 lǐng yù　學術思想或社會活動的範圍　在自然科學～內，數學是最重要的基礎學科。

⊜【範疇】fàn chóu

「領域」還指一個國家行使主權的區域，如說「這片土地屬於中國的領域」。「範疇」是哲學術語，適用範圍較小，如說「力學理論屬於物理學範疇」。

令人噴飯 lìng rén pēn fàn　使笑得把嘴裏的飯都噴了出來，形容事情十分可笑　他的笑話～｜這是一則構思巧妙、～的幽默小品。

⊜【為之捧腹】wèi zhī pěng fù

「令人噴飯」用於口語。「為之捧腹」指為此大笑，屬於書面語，如說「人人為之捧腹」、「一連串幽默的情節讓聽眾為之捧腹」。

流暢 liú chàng　流利；通暢　文筆～｜語言～是寫文章的最基本要求。

⊜【流利】liú lì

⊜【通順】tōng shùn

「流暢」多指文字連貫自然；也可形容人物、圖畫、服裝等的輪廓線條以及音樂旋律等靈活通暢。「流利」強調說話清楚、行文通順，如說「她

能說一口流利的英語」、「這孩子口齒很流利」、「這種鋼筆書寫十分流利」。也指字寫得很熟練，不停滯，適用範圍較寬。

⊝【生澀】shēng sè　此段行文～｜～的語言。

流傳 liú chuán　傳下來或傳播開　神話原先在口頭～｜民間～着嫦娥奔月的故事｜大禹治水的故事一直～至今。

⊜【傳播】chuán bō

「流傳」指時間上由先向後傳或空間上向四面八方傳，內容多是消息、說法、笑話、故事、思想、詩文及事跡、作品等。「傳播」可以是無意散佈，也可以是有意宣傳，如說「傳播種子」、「蒼蠅易傳播病菌」、「消息很快傳播開了」等。

⊝【失傳】shī chuán　祕方已經～｜這種戲曲早已～了。

流動 liú dòng　1.（液體或氣體）移動　空氣～｜河水在緩緩地～。

⊝【凝固】níng gù　血液～｜這種水泥會迅速地～。

2. 經常變換位置；不固定　～崗哨｜～人口｜～資金｜設置～售貨車。

⊝【固定】gù dìng　～資產｜～工作｜你去把那個部件～住。

流放 liú fàng　驅逐、發配（犯人）古時多把犯人～到邊疆。

⊜【放逐】fàng zhú

「流放」強調迫使犯人離開原居住地到邊遠地區去。「放逐」指把被判罪

的人驅逐到邊遠地方，語意較重，如說「古代有不少詩人曾被放逐過」。

流浪 liú làng　生活沒有着落，四處轉移　到處～｜他在異國丟失了錢包，只能～街頭。

同【流落】liú luò

同【漂泊】piāo bó

「流浪」指人到處轉移，生活無着落。「流落」多指漂泊在外，有個暫時的落腳點，如說「流落江湖」、「流落異國他鄉」。「漂泊」多用於文藝作品及書面語，如說「漂泊海外」、「這麼多年他一直在外漂泊」。

流露 liú lù　（言談或表情）自然地顯示出來　他在話語中～了心跡｜即將離別，大家的表情都～着感傷。

同【表露】biǎo lù

同【透露】tòu lù

同【吐露】tǔ lù

「流露」強調無意中顯出來。「透露」不限於用語言說出，可指消息、境況等，如說「他偷偷向我透露了一個消息」。「吐露」指有意識地說出來，對象多是內心的真實感情、祕密等，如說「吐露心聲」、「他酒後吐露了自己的真心話」。

反【掩飾】yǎn shì　～錯誤｜他盡力用乾笑來～內心的尷尬。

流失 liú shī　流散丟失　水土～｜資源～｜圖書館的書刊每天都在～。

同【喪失】sàng shī

「流失」多用於自然界的礦物、土壤、河流等具體事物；也比喻人才、物資等散失，如說「科技人員流失」。「喪失」指不該失去而失去，對象多是指與人的思想、情操、能力等有關的抽象事物，如說「喪失了工作能力」、「從未喪失過信心」。

反【保持】bǎo chí　～好的身材｜～土壤水分｜～旺盛的精力。

流逝 liú shì　像流水一樣消逝　歲月～｜～的青春一去不回頭。

同【推移】tuī yí

「流逝」多指時間的移動，適用範圍較窄。「推移」指時間、形勢、風氣等的移動及發展，適用範圍較廣，如說「日月推移」、「隨着時間的推移，局面發生了很大變化」。

流亡 liú wáng　流浪、出逃　～國外｜他在～生涯中沒有睡過一天安穩覺。

同【逃亡】táo wáng

「流亡」突出因災難或政治而被迫離開家鄉或祖國，還有避難的意味。「逃亡」指為躲避危險而外逃，多用於被追捕或無法生活下去的情形，如說「那批人有的淪為乞丐，有的逃亡他鄉」。

流行 liú xíng　廣為流傳；盛行　瘟疫～｜～製作陶藝｜春節期間街上～穿唐裝。

同【風行】fēng xíng

同【盛行】shèng xíng

「流行」突出普遍傳開來，語意較輕。「風行」比喻像風那樣快地普遍傳開，語意比「流行」略重，如說「近幾年網上購物風行全球」。「盛行」突出大規模地、熱鬧地傳開，語意比「風行」更重，如說「功夫電影極為盛行」。

⊗【過時】guò shí　～的設備｜～的觀念｜那種式樣已經～了。

流言 liú yán　流傳的、沒有根據的話　～蜚語到處都有｜辦公室裏～四散｜應制止這種～傳播。

圓【謠言】yáo yán

「流言」突出背後或暗中散佈的議論或挑撥話語。「謠言」指憑空捏造而不可信的傳言，語意較重，如說「要講事實，不要相信這些謠言」。

留戀 liú liàn　捨不得；不想離去　畢業後還～母校的生活｜我真有點～過去。

圓【留連】liú lián
圓【眷戀】juàn liàn
圓【依戀】yī liàn

「留戀」的對象常是地方、人或事物，強調不忍捨棄或離去。「眷戀」突出留戀的深切程度，屬於書面語，如說「眷戀故土」、「眷戀親人」。「依戀」突出人與人之間難分難捨的感情，如說「對母親的依戀之情」。「留連」也寫作「流連」，多指捨不得離開某個地方，不想返回，如說「小鳥在屋頂流連多時」、「我們在九寨溝留連忘返」。

留鳥 liú niǎo　終年生活在一個地區，不隨季節變更而飛到遠方去的鳥　喜鵲是～｜～要儲備食物，準備過冬。

⊗【候鳥】hòu niǎo　燕子是～｜冬天快到了，～紛紛南飛。

留神 liú shén　十分小心；注意　～你的錢包｜秋冬季節～感冒｜過馬路一定要～。

圓【當心】dāng xīn
圓【留心】liú xīn
圓【留意】liú yì
圓【注意】zhù yì

「留神」突出謹慎防備，避免出錯或引出麻煩事。「留心」指留心、注意，如說「要多留心周圍的事物，養成仔細觀察的習慣」；也指小心、當心，適用範圍較寬。「留意」突出特別注意，如說「留意學校佈告中的信息」請你留意市場上有沒有新款手機」。

⊗【大意】dà yi　粗心～｜你太～了｜疏忽～｜對小病也不能～。

留心 liú xīn　小心；注意　～聽講｜～別寫錯了｜～老師講的內容。

圓【當心】dāng xīn
圓【留神】liú shén
圓【留意】liú yì
⊗【大意】dà yi　千萬別～｜這次都怪我～｜對孩子的安全不可～。
⊗【疏忽】shū hu　一時～｜如此～會造成事故｜她工作太忙，～了孩子的教育。

瀏覽 liú lǎn　大略地看　上網～｜～一下信息｜這本書我只～了一遍，

還沒有仔細看。

圓【閱讀】yuè dú

圓【涉獵】shè liè

> 「瀏覽」突出粗略而較快地看的。「閱讀」強調細心而認真地看書、報、文件或電子讀物，如說「仔細閱讀了合同條款」、「他定期閱讀那些期刊」。「涉獵」指泛而不深入地看或涉及，對象是著述、知識等，如說「廣泛涉獵世界文學」。

隆冬 lóng dōng　冬天最冷的一段時期　～時節｜～季節慎防感冒。

圓【盛夏】shèng xià　～酷暑｜～的涼風｜現在正值～時節。

隆重 lóng zhòng　盛大莊重　～熱烈的慶祝會｜大會在北京～召開。

圓【盛大】shèng dà

> 「隆重」着重於儀式莊重，不拘規模大小。「盛大」多指集體活動的規模巨大，如說「舉行盛大的焰火晚會」。

籠統 lǒng tǒng　寬泛而不具體；含混　～計算｜～地概括｜這話說得過於～｜她只是～地解釋了一下。

圓【具體】jù tǐ　～計劃｜～分析｜請你告訴我～的時間和地點。

圓【清晰】qīng xī　他對未來的建設藍圖非常～。

> 「籠統」強調缺乏具體的分析和說明。

籠罩 lǒng zhào　像籠子那樣罩在上面　月光～着原野｜朦朧的晨霧～在湖面上。

圓【覆蓋】fù gài

> 「籠罩」突出單住，有形象色彩。「覆蓋」突出遮蓋住，遮蓋物和被蓋物可以緊貼，也可以有較大距離，如說「地上覆蓋了一層厚厚的雪」。

嘍囉 lóu luo　原指強盜頭目的部下，現多比喻追隨惡人的人　小～｜老大一個眼色，下面的～們就上來了。

圓【頭目】tóu mù　大～｜抓獲犯罪集團的～。

圓【頭子】tóu zi　強盜～。

> 「嘍囉」、「頭目」用於貶義。

漏洞 lòu dòng　比喻（說話、做事、辦法等）不周全、不細密的地方　他的話～不少｜他編的謊言～百出。

圓【破綻】pò zhàn

> 「漏洞」以器物上的小洞來作比喻。「破綻」以衣物的裂口來作比喻，屬於書面語，除用於話語、論說、做事、辦法等之外，還用於藝術、人們之間的關係等，適用範圍比「漏洞」廣，如說「他的話語中露出很多破綻」。

露臉 lòu liǎn　比喻得到榮譽或獎賞時臉上很光彩　這下你可給家鄉人～了｜他總想一鳴驚人，可以讓自己～｜這是很～的事情。

圓【丟臉】diū liǎn　別給家人～｜他竟會做出這種事來，真～！

魯莽 lǔ mǎng　（言行）隨意輕率

行為～｜辦事～｜這是一個～的漢子。

同【莽撞】mǎng zhuàng

同【冒失】mào shi

「魯莽」含有輕率或比較笨拙的意思。「莽撞」程度比較高，如說「他做事太莽撞」。「冒失」多指說話、辦事不經過考慮，有魯莽之意，如說「這孩子簡直是個冒失鬼」。

反【持重】chí zhòng　老成～｜他為人比較～。

陸地 lù dì　地球表面海洋以外的部分　～環境｜擴大～面積｜保護～生態系統。

反【海洋】hǎi yáng　～生物｜廣闊的～｜當地屬於～性氣候。

路程 lù chéng　經過的路線總長度，泛指道路的遠近　來計算一下～｜到那裏有三天的～。

同【路途】lù tú

同【行程】xíng chéng

「路程」所指的道路可遠可近。「行程」多用於較遠的道路。兩個詞都可比喻事物發展、進行的過程，如說「艱難的人生路程」、「人類歷史的行程」。

路徑 lù jìng　1. 可達到目的地的道路　這是一條熟悉的～。

同【道路】dào lù

同【路途】lù tú

2. 竅門；方法　我們找到了成功的～｜他們一直在尋找解決問題的～。

同【門道】mén dao

同【門徑】mén jìng

同【門路】mén lu

同【途徑】tú jìng

「路徑」屬於書面語。「道路」既指地面上供人或車馬等通行的道路，又指達到某種目的的竅門，還比喻事物發展的方向，如說「條條道路通羅馬」。「途徑」只指抽象的門徑、門路，引申為處事的方式方法，詞義單一，適用範圍較小，如說「這下才找到了解決問題的途徑」。

露骨 lù gǔ　用意十分明顯　那些話說得太～了。

反【含蓄】hán xù　他～地表示了自己對此事的看法。

屢次 lǚ cì　一次又一次；再三　他～獲獎｜他～當選為優秀員工。

同【屢屢】lǚ lǚ

同【一再】yí zài

「屢次」語氣較輕。「屢屢」含有不合意的意味，如說「他的病屢屢發作」、「儘管我屢屢暗示，他還是不明白」。

反【偶爾】ǒu ěr　～看看風景｜～運動一下｜她常寫小說，～也寫詩。

履行 lǚ xíng　實現；實行（諾言）　一定要～合約｜請～你們應盡的義務。

同【執行】zhí xíng

「履行」的對象多指有約束性的或商定的事及文件規定的內容。「執行」突出實行已經規定的事項，如說「一

定要執行好這個計劃」；還指主持的意思，如說「他是這次會議的主席，全部程序由他執行」。

履約 lǚ yuē　實行約定　他們按時～｜我們保證～。

圓【踐約】jiàn yuē

反【背約】bèi yuē　他們怎麼老是～？

亂 luàn　（社會、局勢）動盪；沒有秩序　～世｜製造內｜天下大～｜

反【治】zhì　～世｜天下｜天下大～。

「亂」除了用於社會、局勢外，也用於其他事物，指沒有條理，如說「快刀斬亂麻」、「亂七八糟」、「字寫得太亂」、「房間很亂」等。

亂世 luàn shì　混亂不安定的時代　生逢～｜～出英雄｜正值～。

反【盛世】shèng shì　太平～。

反【治世】zhì shì　～能臣。

掠奪 lüè duó　掠取；野蠻地劫奪　～資源｜這伙強盜野蠻地～了路人的財物。

圓【搶奪】qiǎng duó

圓【掠取】lüè qǔ

「掠奪」語意較重，突出以暴力奪得。「搶奪」的適用範圍可大可小，對象更具體，如說「搶奪行人錢財的事時有發生」。「掠取」可用於較大的抽象事物或具體事物，如說「他們從鄉民那裏掠取錢財」。

略微 lüè wēi　稍微，表示量少或

程度淺　服過藥後身體～好點了｜～有些進展了｜他～點了一下頭｜這事我～知道些。

圓【稍微】shāo wēi

「略微」多用於口語。「稍微」強調程度或分量輕，如說「他稍微有點感冒」。

淪亡 lún wáng　淪陷；消亡　國土～｜這是一個即將～的國家。

圓【滅亡】miè wáng

圓【消亡】xiāo wáng

圓【失守】shī shǒu

「淪亡」指國土淪陷，適用範圍較窄。「失守」指沒有守住而被敵方佔領，可用於大的或小的防區，佔領者不一定是外來的侵略者，也可以是敵對的一方，如說「這座城市失守了」。「滅亡」指生命體或事物的消失，可以是自然的或人為的。

淪陷 lún xiàn　（領土、城市等）被侵佔　這裏曾經是～區｜在領土～的情況下，每個人都應起來反抗。

圓【失陷】shī xiàn

圓【陷落】xiàn luò

「淪陷」指領土被外來侵略者佔領。「失陷」、「陷落」指原作佔據地被敵方控制。

反【光復】guāng fù　～漢家河山。

反【收復】shōu fù　～失地。

輪番 lún fān　依次地、挨個地（做某事）　敵機～轟炸｜他們幾個人～向我發難。

同【輪流】lún liú

「輪番」指一遍又一遍地多次去做，多用於軍事、比賽、演出等方面，屬於書面語。「輪流」指連續不斷、周而復始地做，用於日常事情，如說「輪流值日」、「輪流回答」、「輪流休假」。

論述 lùn shù　分析、説明、著述
~基本觀點｜我將對這些問題一一~｜請你全面~你們的計劃。

同【闡述】chǎn shù

「論述」突出論，強調詳細明白地進行分析説明。「闡述」突出作解釋，如說「他的話語闡述了一個精闢的道理」。

論戰 lùn zhàn　論辯；展開舌戰
展開學術~｜思想~能夠促使大家互相交流。

同【爭論】zhēng lùn

「論戰」語意較重，強調針鋒相對，爭論激烈。「爭論」強調互有爭執，互不相讓，如說「這是雙方爭論的焦點」、「這是他們多次爭論的話題」。

囉唆 luō suo　也寫作「囉嗦」。
言語繁複；文辭不簡練　他就喜歡~｜我這次説得太~了。

同【絮叨】xù dao

「囉唆」還形容事情麻煩、瑣碎，如說「辦這類手續比較囉唆」。

反【乾脆】gān cuì　~利落｜他説話~得很。

反【精練】jīng liàn　行文~｜文章寫得相當~，沒有囉唆的話。

裸露 luǒ lù　沒有遮蓋地露出來
嬰兒的手臂~着｜~在地面上的煤層。

同【袒露】tǎn lù

「裸露」強調完全露在外邊，適用範圍較廣，可用於人、動物或其他事物。「袒露」指脱去或敞開上衣而致使身體一部分露出的情況，引申指敞開，如說「袒露上身」、「向知心朋友袒露心聲」。

反【遮蓋】zhē gài　用布~車頂｜大雪~了路面｜塗料~住牆上裂紋。

落 luò　1.物體由上往下降　~淚｜潮水~了｜太陽~山了。
同【降】jiàng
反【出】chū　日~｜水落石~。
反【起】qǐ　~飛｜大~大落｜潮~又潮落。
反【升】shēng　~空｜東~西落｜月亮~起來了。
反【漲】zhǎng　~潮｜~價｜~上來的水已退下去了。
2.凋落　花開花~。
反【開】kāi　花~了｜好花不常~。

落潮 luò cháo　也説「退潮」。
海水在漲潮後逐漸退去　等待~｜你應在~前半個小時出航。
反【漲潮】zhǎng cháo　~時分｜海水開始~。

落第 luò dì　科舉考試沒有考中
~而歸｜~還鄉。

⒁【及第】jí dì　狀元～｜科舉～。

「及第」指科舉時代考試中選，特指考取進士。

落後 luò hòu　1. 速度慢；行進時掉在後面　別總是～｜運動場上他跑着跑着就～了。

同【落伍】luò wǔ

同【掉隊】diào duì

2. 停留在比較低的發展水平上；落在客觀形勢要求的後面　經濟～｜他思想很～｜這個型號的產品早就～了，你怎麼還在用？

同【落伍】luò wǔ

同【掉隊】diào duì

「落後 2」與「先進」相對，突出落在客觀形勢後面，適用範圍較廣。「落伍」強調與當前的時代不合拍，一般形容人，很少形容具體物品，適用範圍較窄，屬於書面語，如說「他的觀念落伍了」、「不要再有這種落伍的想法了」。

⒁【發達】fā dá　～國家｜～地區｜交通～｜～的經濟。

⒁【進步】jìn bù　要求～｜科技～｜虛心使人～。

⒁【先進】xiān jìn　～技術｜～武器｜實驗室裏的設備都很～。

⒁【領先】lǐng xiān　比分～｜技術水平～｜我們～對方一大截。

落幕 luò mù　降下幕布，多比喻會議、展覽等結束　今天博覽會～｜經過幾天的緊張比賽，運動會順利～。

同【閉幕】bì mù

「閉幕」和「落幕」可以換用，正式會議一般用「閉幕」，如說「會議閉幕」、「主席宣佈大會閉幕」。

⒁【開幕】kāi mù　～儀式｜展覽會明天～。

落魄 luò pò　窮困失意　後來他～了｜～後，交往的人少了｜～的書生。

⒁【得志】dé zhì　年少～的詩人｜抑鬱不～｜他一生都不～。

⒁【得意】dé yì　～門生｜自鳴～｜他在事業上一直春風～。

落選 luò xuǎn　沒有被選上　選代表時，他意外地～了。

⒁【當選】dāng xuǎn　～為主席｜他以微弱的優勢～為代表。

⒁【入選】rù xuǎn　～作品｜～名單｜她幸運地～前十名。

⒁【中選】zhòng xuǎn　導演來挑演員時他～了。

M

麻痺 má bì

1. 身體失去部分感覺；運動機能出現障礙　神經～｜遭遇車禍後，那人下肢就～了。

圓【麻木】má mù

2. 粗心、不注意；沒有警覺　思想～就會鑄成大錯｜你們這次千萬不要～大意。

圓【麻木】má mù

反【警惕】jǐng tì　提高～｜～病毒流行｜別失去對電腦病毒的～。

反【警覺】jǐng jué　時時保持～｜對此有着高度的～。

麻煩 má fan

繁雜瑣碎；費事　你別怕～｜這事真～｜手續辦起來非常～。

反【便利】biàn lì　交通～｜小區生活很～。

反【方便】fāng biàn　攜帶～｜～的食品｜大開～之門｜你照我說的去做就會很～。

麻利 má li

（動作）快而乾脆　大家幹活～一點｜我們想找一位手腳～的鐘點工。

圓【敏捷】mǐn jié

圓【利索】lì suo

圓【利落】lì luo

「麻利」突出動作迅速。「敏捷」可用於動作，如說「身手敏捷」、「她敏捷地躲開了直衝過來的自行車」；還用於思維活動，如說「思路敏捷」、「思維敏捷過人」。「利索」、「利落」

可用於動作或言語，如說「這個人說話利索」、「他辦事歷來相當利落」；還指整齊有條理，如說「穿着乾淨利落」、「屋子早已收拾利落了」。

馬虎 mǎ hu

做事草率；疏忽；不仔細　工作～｜態度～｜這事可～不得。

圓【粗心】cū xīn

圓【大意】dà yi

「馬虎」突出主觀上不負責任、敷衍了事，語意較重。「粗心」突出不細緻，如說「辦事粗心的人，怎麼能讓別人放心」。「大意」突出不注意、不在乎，如說「這次失誤都是由於我太大意了」。

反【認真】rèn zhēn　工作～｜做事負責｜～地聽老師講課。

反【仔細】zǐ xì　～觀察｜認真～地把關。

馬上 mǎ shàng

立刻；很快　我們～就走｜這藥～就能見效｜有錯就應該～改正。

圓【當即】dāng jí

圓【立即】lì jí

圓【立刻】lì kè

圓【即刻】jí kè

圓【迅即】xùn jí

「馬上」突出即將發生或緊接着個事情發生，所指時間可長可短，可用於現在、未來，多用於口語。「立即」突出很快行動或很快出現新情況，如說「立即行動」、「立即執行」、「立即採取措施」。「立刻」多用於口語，如說「鈴聲一響，教室中立刻安靜下來」。

埋藏 mái cáng　1. 藏在土中 ～在地下｜把財寶～起來｜山下～着豐富的煤和鐵。

⊘【挖掘】wā jué　～文物｜考古～｜～珍寶｜～地下的寶藏。

2. 隱藏　把這份感情～在心底｜他是個直爽人，從來不把自己想説的話～在心裏。

⊘【暴露】bào lù　～無遺｜充分｜小説～了作者的消極思想。

埋伏 mái·fú　隱藏着（準備攻擊）小心一點，敵人會暗中～在我們周圍。

◎【潛伏】qián fú

> 「埋伏」多用於軍隊、警方的行動；也可作名詞，如説「別中了敵人的埋伏」。「潛伏」適用範圍較大，對象可以是人，也可以是具體的事物或矛盾、危機等抽象事物，如説「潛伏在敵軍營地附近」、「這種病毒可以潛伏三個月」。

埋沒 mái mò　蓋住，使不顯現；使無法發揮作用　大雪～了那個坑｜我們反對公司這套～人才的制度。

◎【湮沒】yān mò

> 「埋沒」具有掩埋住的形象色彩或糟蹋的意味，可用於人才。「湮沒」含有使消失、使不被注意的意味，屬於書面語，除用於人外，還可用於某些事件，多與「無聞」等詞搭配，如説「湮沒無聞」、「湮沒多年」。

⊘【啟用】qǐ yòng　～新人｜先進設備｜～救急基金｜新機場今日正式～。

⊘【發現】fā xiàn　及時～｜～敵情｜～祕密｜這次活動讓我～了他們的許多長處。

埋葬 mái zàng　用泥土等蓋住死者遺體　～遺骨｜草草～｜他把死去的小鳥～在花園裏的一棵樹下。

◎【安葬】ān zàng
◎【掩埋】yǎn mái

> 「埋葬」多用於一般場合，還指消滅、清除，如説「埋葬腐朽的社會制度」。「安葬」多用在比較鄭重的場合，表示對死者的尊重，帶有莊重色彩，如説「母親的遺體安葬在家鄉」。

買 mǎi　用錢換進東西　～了光碟｜～書｜現在喜歡到超市～東西。

◎【購】gòu

> 「買」通用於口語和書面語。「購」屬於書面語，在口語中不單用，但可組合成「購買」、「採購」、「購物」、「認購」、「選購」、「郵購」等。

⊘【賣】mài　～菜｜～報｜～水果｜買～公平。

買方市場 mǎi fāng shì chǎng　因供大於求而出現商品的市場價格對買方起支配作用的市場　經濟改革後，生產發展，大批商品都是～。

⊘【賣方市場】mài fāng shì chǎng　由於市場競爭激烈，這些新產品很快就由～轉向買方市場。

> 「賣方市場」指商品因供不應求，市場價格由賣方起支配作用的市場。

買賣 mǎi mai　生意　～興旺｜～不成情意在｜今天一筆～也沒做成｜我們只做點小本～糊口。

回【生意】shēng yi

「買賣」指商販的批發、零售，多用於口語；還可指店鋪，如說「他家的買賣倒閉了」。「生意」適用範圍較廣，可以是大宗貨物的交易，也可以是少量商品的零售，用於口語或書面語，如說「那家餐廳的生意很紅火」。

買通 mǎi tōng　用金錢等收買人，以達到自己的某個目的　他們～了證人｜他們設法～了這名地方官員。

回【打通】dǎ tōng

「買通」適用範圍較小。

賣 mài　售貨；售出　她一直在菜場～菜｜他想把這輛汽車～掉。

回【售】shòu
回【銷】xiāo

「賣」適用範圍較廣，與「買」相對。「售」可組合成「銷售」、「售貨」、「出售」、「售罄」等。

賣國 mài guó　為私利投靠敵人，出賣祖國和人民的利益　～賊｜～求榮｜痛斥～行徑。

反【愛國】ài guó　～熱情｜～人士｜暢敍～情懷。

埋怨 mán yuàn　因不如意而對人或事表示不滿　這不是你的錯，你不要一味～自己｜聽出別人口中～的

語氣，她傷心地哭了。

回【抱怨】bào yuàn

「埋怨」可用於對自己或別人，語意較輕。「抱怨」突出表示不滿，數說別人的不是，語意較重，如說「萬一事情失敗，大家也不要互相抱怨」。

反【感激】gǎn jī　萬分～｜心存～｜～涕零｜心裏充滿～之情。

反【感謝】gǎn xiè　～你的生日禮物｜～你對我的幫助｜母親生我養我教育我。

反【諒解】liàng jiě　你們應互相～，千萬別互相埋怨。

蠻幹 mán gàn　盲目硬做　不要一味～｜他只顧自己～，不顧全局。

反【巧幹】qiǎo gàn　苦幹加～才能成功｜要實幹～，不能蠻幹。

「蠻幹」用於做事不顧客觀規律或實際情況。

蠻橫 mán hèng　粗暴而不講道理　這個人的態度很～｜不要和這種～無理的人講話。

回【強橫】qiáng hèng
回【野蠻】yě mán

「蠻橫」突出態度粗暴，不講道理。「野蠻」突出態度粗魯，不講文明或沒有開化，如說「那種野蠻行徑令人不齒」。

反【和氣】hé qi　態度～｜～生財｜待人～。

滿意 mǎn yì　如願；合心意　感到～｜我們一定做到讓客人～｜經過

反覆交涉，他終於得到了～的答覆。

圓【滿足】mǎn zú

圓【中意】zhòng yì

「滿意」突出符合心意。「中意」指人或事物切合自己的標準，側重於評價。「滿足」指自己在感受上別無他求、不缺少甚麼，如說「心裏很滿足」、「他從來沒滿足過」、「在學習上不能滿足於一知半解」；還指使要求得以實現，如說「滿足其需求」。

反【不滿】bù mǎn　對現狀～｜她對周邊環境十分～｜這項措施引發了公眾的普遍～。

反【埋怨】mán yuàn　別～她｜不要只～別人，應該好好檢討自己。

滿足 mǎn zú　感到已經足夠　十分～｜永不～｜取得這樣的成果，我感到非常～。

反【不滿】bù mǎn　～現實｜對工作安排～｜引起強烈～。

「滿足」也表示使滿足，如說「滿足需求」、「滿足慾望」等。

漫步 màn bù　隨意而毫無目的地走　～街頭｜夏天的時候我們很喜歡去海邊～。

圓【散步】sàn bù

「漫步」屬於書面語。「散步」多用於口語，如說「他常在散步時想出新點子」、「飯後我們常在公園裏散步」。

漫不經心 màn bù jīng xīn　對事情隨隨便便，注意力不集中或不負責任　做事別那麼～｜他曾因上班時～而造成事故。

反【全神貫注】quán shén guàn zhù　駕駛員～地注視着前方｜她無論做作業還是看電視，都是那麼～。

漫長 màn cháng　（時間、道路等）長得看不見盡頭　～的歲月｜～的冬天｜踏上～的旅途｜覺得等待的日子十分～。

反【短促】duǎn cù　時間～｜呼吸～｜極其～的一瞬間。

反【短暫】duǎn zàn　～停留｜煙花發出了燦爛而～的光芒。

漫談 màn tán　不拘形式地談論　我常和朋友一起～踢球心得｜他們喜歡在一起～國際形勢。

圓【閒談】xián tán

「漫談」突出不拘形式地發表意見，多有一個話題或中心。「閒談」一般沒有中心，如說「隨意閒談」、「在茶室閒談了許久」。

漫遊 màn yóu　隨意遊覽　～世界｜我花了一天時間在這座老城～｜這個孩子已經在河邊～多時了。

圓【遨遊】áo yóu

圓【周遊】zhōu yóu

「漫遊」適用範圍較廣。「遨遊」屬於書面語，如說「遨遊太空」。「周遊」多有具體目標或計劃，時間一般較長，如說「他最大的夢想就是能夠周遊各國」。

慢 màn　速度不快　寫будете比較～｜～跑有利健康｜為何做得這麼～｜這

孩子做事一向～手～腳。

圓【緩】huǎn

「慢」還指人的態度冷淡、不殷勤、不禮貌，如說「慢待」、「輕慢」、「傲慢」、「怠慢」等。「緩」不含此意。

反【快】kuài　～件｜～馬加鞭｜孩子進步很～。

「慢」與「快」相對，用於口語或書面語。「緩」屬於書面語，如說「遲緩」、「緩步」、「延緩時日」。

慢性 màn xìng　發作緩慢的；時間拖得長久的　～肝炎｜～中毒｜～痢疾｜～自殺。

反【急性】jí xìng　～病｜～胃炎｜老人的心臟病～發作了。

慢悠悠 màn yōu yōu　緩慢的樣子　說話～｜～地晃過來｜她～地回到家，拿走了衣服。

反【急匆匆】jí cōng cōng　她講完話就～地走了。

「慢悠悠」強調悠閒自得、不慌不忙。

謾罵 màn mà　用輕慢、嘲笑的態度罵人　肆意～｜你不能～無辜。

圓【咒罵】zhòu mà

「謾罵」的對象一般是人。「咒罵」的對象可以是人或事，如說「背地裏咒罵不停」、「不停地咒罵老天爺」。

忙 máng　事情多；沒空閒　～亂｜繁～｜手～腳亂｜他最近～得不

得了。

反【閒】xián　～逛｜空～｜偶爾忙裏偷～｜我沒空跟你～扯。

忙碌 máng lù　繁忙勞碌　一生～｜上班的時候每天都很～。

圓【繁忙】fán máng

「忙碌」突出緊張活動的狀態。「繁忙」強調事情多、繁雜，沒有空閒，如說「工作繁忙」、「整天應付繁忙的事務」。

反【安閒】ān xián　神態～｜～自在｜一天也～不得。

反【悠閒】yōu xián　生活～｜神態～自得｜他倆在晚飯後～地散步。

忙亂 máng luàn　事情繁忙而沒有條理　這幾天真是～極了｜愈～愈做不好事情。

圓【慌亂】huāng luàn

「忙亂」只用於具體的行動，適用範圍較窄。「慌亂」適用範圍較廣，可以指具體行動或人的心理活動，如說「他在竭力掩飾內心的慌亂」。

盲目 máng mù　比喻做事或行動的原因、目的不明確，隨意性很大　～崇拜｜別～樂觀｜不要～追星｜企業～擴大投資會帶來不良後果。

反【自覺】zì jué　～自願｜公民應～遵守法規。

「盲目」強調認識不清、沒有考慮清楚、沒有明確目的就行動。「自覺」強調自己有所認識以後主動地去做。

莽撞 mǎng zhuàng
輕率而欠考慮　～從事｜他是一個行為～的傢伙｜你這次做事過於～了。

同【魯莽】lǔ mǎng
同【冒失】mào shi

> 「莽撞」語意較重。「魯莽」含有笨拙的意思，多用於行動或說話，如說「他這次做事實在太魯莽」。「冒失」多指說話、辦事不經過考慮，言行輕率而不顧客觀條件，如說「冒失不得」、「說話別太冒失」、「他沒敲門就冒失地闖了進去」。

反【謹慎】jǐn shèn　～駕駛｜小心～｜那女孩做事總是那麼～。

毛病 máo bìng
缺點，壞習慣　他身上有很多小～｜別以為這是小～而不重視。

同【缺點】quē diǎn

> 「毛病」語氣較輕，多用於口語。「缺點」多指具體欠缺的地方，如說「他常原諒自己作業馬虎的缺點」、「我發現自己文章的缺點還真不少」。

毛糙 máo cao
表面不光滑；不精細　地面很～｜這個工藝品做工很～。

同【粗糙】cū cāo

> 「毛糙」含有粗心導致的意味，多用於製作；還指做事不細心，如說「他老是那麼毛糙，真讓人不放心」。「粗糙」多用於器物、建築和製作或糧食、皮膚以及工作方法，如說「表面很粗糙」、「她的手因為勞作已經變得相當粗糙」。

反【光滑】guāng huá　～的地磚｜摸上去很～。

反【細緻】xì zhì　～的花紋｜這手藝活相當～，真不容易。

毛骨悚然 máo gǔ sǒng rán
形容十分恐懼的樣子　這本書描述了種種殺人的情節，讀來使人～。

同【不寒而慄】bù hán ér lì

> 「毛骨悚然」語意較重，突出很害怕。「不寒而慄」指並不冷而身體發抖，形容非常害怕，如說「想到他可能會遭遇到種種危險，直叫人不寒而慄」。

毛重 máo zhòng
貨物連同包裝的重量；牲畜家禽等連同皮毛在內的重量　按～計價｜這箱橘子～才8公斤。

反【淨重】jìng zhòng　這箱蘋果～10公斤。

矛 máo
古代兵器，長杆一端裝有青銅或鐵製槍頭　長～｜～頭｜～戈。

反【盾】dùn　～牌｜以矛擊～。

> 「矛」、「盾」組成「矛盾」，比喻言語行為自相抵觸，如說「自相矛盾」、「矛盾百出」等，「矛盾」也是哲學上的一個概念。

矛盾 máo dùn
比喻事物互相抵觸；理則學上指不可同為真，亦不可同為假的概念或命題　～尖銳｜他的講話有點自相～。

同【衝突】chōng tū
同【抵觸】dǐ chù

同【抵牾】dǐ wǔ

「矛盾」原屬哲學形式邏輯概念；還指不統一、很難決定，如說「去還是不去讓他很矛盾」、「心裏十分矛盾」。「抵觸」突出在方向或傾向上不一致、相對立，常用於比喻，如說「情緒非常抵觸」、「孩子對此一直有抵觸」。「抵牾」突出跟另一方相反，屬於書面語，如說「故事情節前後抵牾，可能不是一個人寫的」。

茂密 mào mì　（植物）茂盛而繁密，長勢茁壯　～的樹林｜這裏山林～，植被很豐富。

同【繁茂】fán mào
同【茂盛】mào shèng

「茂盛」突出植物的枝、葉、花等長勢良好，也可用於經濟，如說「財源茂盛」。「繁茂」突出植物生長繁多而密集，如說「島上樹木非常繁茂」。「茂密」突出密，多用於植物，如說「林木茂密」、「他們在茂密的花叢中捉迷藏」。

反【稀疏】xī shū　林木～｜毛髮～｜荒野上只有幾根～的木樁。

冒充 mào chōng　以假充真　用這些普通衣服～名牌貨｜公司多次用次品～合格品。

同【混充】hùn chōng
同【假充】jiǎ chōng
同【假冒】jiǎ mào

「冒充」多用於貶義，在某些場合下也不含貶義，如說「警察冒充賭客混進了地下賭場」。「混充」、「假充」、

「假冒」多用於商品或身份，如說「混充等級」、「假冒軍人」、「以次品假充高檔品」、「他們因一再採用假冒手段而被查處」。

貌合神離 mào hé shén lí　表面上關係很密切，實際上懷有兩條心　這個小團隊其實已經～｜聽說他倆早已～。

同【同牀異夢】tóng chuáng yì mèng

「同牀異夢」原指夫妻在一起生活，但感情不和，比喻同做一件事而心裏各有各的打算。

沒 méi　1. 對「領有」、「具有」等的否定，即「沒有」　～勁｜～興趣｜實在～辦法｜我～理由拒絕他。
反【有】yǒu　～時間｜～理想｜她～兩個孩子｜孩子們很～朝氣。
2. 對「存在」的否定　桌上～甚麼東西｜現在病房裏～醫生。
反【有】yǒu　家裏～客人｜桌子上只～一台電腦｜那裏～非常漂亮的風景。
3. 不如；不及　你～他那麼高｜她～你這麼漂亮｜誰都～他那麼會說話｜她的外語水平～你這麼吧？
反【有】yǒu　這水～10 米之深｜這座山～3000 多米高｜你的水平～這麼高嗎？

眉來眼去 méi lái yǎn qù　眼目傳情，話語示意，可用於男女之間的傳情達意　他們在飯桌上～，根本就當別人不存在。

同【眉目傳情】méi mù chuán qíng

「眉目傳情」突出用眼色傳遞情意，只用於男女之間。

眉目 méi mu
諸多事務中的條理　這件事總算有了｜經過一個星期的調查，事情還是毫無～。

同【頭緒】tóu xù

「眉目」突出事情的概貌或基本線索。「頭緒」強調事情的條理，如說「忙得沒有頭緒」、「理不清頭緒」。

霉爛 méi làn
發霉腐爛　穀子～掉了｜因天氣潮濕，東西很快就～了｜的食品發出陣陣惡臭。

反【新鮮】xīn·xiān　～麵包｜～空氣｜～蔬菜｜保持～。

美 měi
1. 美麗；好看　容貌很～｜景色特～｜這座新興城市多～啊！

反【醜】chǒu　～陋｜～態畢露｜長得實在太～。

2. 令人滿意的；美好的　～德｜價廉物～｜酒佳餚｜你的日子過得挺～的｜這事還得請你多～言幾句。

同【好】hǎo

同【佳】jiā

「美」突出優質或使人稱心滿意，用於思想、心靈、言辭、生活感受、物品等。「好」突出優點多，可用於人或各種事物，適用範圍較廣，如說「覺得這樣也很好」、「你多幫我說點好話」。「佳」屬於書面語，一般不單用，可組合成「佳節」、「佳肴」、「佳音」等。

反【惡】è　～感｜～劣｜醜～｜自食～果。

反【差】chà　質量～｜效果太～｜成績一直很～。

美好 měi hǎo
很好　～的生活｜～的願望｜讓生命更加～｜祝你前程無限～。

反【醜惡】chǒu è　～面目｜～行徑｜～的靈魂｜消除～現象。

「美好」多用於人的生活、前途、願望等比較抽象的事物。

美化 měi huà
進行裝飾或點綴使美觀　～環境｜～居室｜音樂可以～我們的生活。

反【醜化】chǒu huà　惡意｜～｜～現實生活。

美麗 měi lì
好看　風景～｜～的花朵｜～的小姑娘｜青春永遠是～的。

同【漂亮】piào liang

同【標致】biāo zhì

「美麗」突出感官上使人看了能產生快感，用於事物給人的印象或感覺，可用於人或事物，適用範圍較廣。「漂亮」多用於口語，不用於抽象事物，如「房間佈置得很漂亮」、「這種顏色真漂亮」。「漂亮」、「美麗」指人時多用於女子。「標致」多用於相貌、體態好看，如說「長相標致」、「她是一個很標致的女孩子」。

反【醜陋】chǒu lòu　～的面孔｜長相比較～。

反【難看】nán kàn　模樣～｜長得～。

美滿 měi mǎn

很好而沒有缺失；令人滿意　生活幸福~|他的婚姻很~|他有一個讓人羨慕的~家庭。

回【圓滿】yuán mǎn

「美滿」突出因美好而感到滿意，多用於生活、社會、家庭、婚姻等。「圓滿」突出完備周全，完全符合希望，多用於會議、會談進行順利或解答、陳述、證明等使人滿意，如說「會談圓滿結束」、「這些問題都圓滿地解決了」。

美名 měi míng

美好的名譽或名稱　英雄~，流芳百世|他的~流傳千古。

反【臭名】chòu míng　~遠揚|他在那一帶簡直是~昭著。

反【惡名】è míng　留下~|他背着~艱難地生活在他鄉。

美談 měi tán

使人稱頌的故事　千古~|在歷史上留下了一段~|劉備三顧茅廬，至今傳為~。

反【醜聞】chǒu wén　揭露~|終於曝光|他因這起~而一蹶不振。

媚骨 mèi gǔ

形容奉承討好的樣子　奴顏~|這人渾身~，令人不齒。

反【傲骨】ào gǔ　~錚錚|他雖然出身卑微，卻一身~。

悶熱 mēn rè

天氣濕熱，氣壓低，使人覺得呼吸不暢　今天天氣~|房間裏比較~。

反【涼快】liáng kuai　天氣~多了|這裏~，坐下來歇會兒。

反【涼爽】liáng shuǎng　~的黃昏|晚風習習，十分~。

門徑 mén jìng

方法；竅門　發現處理這類工作的~|我找到了解決問題的~。

回【路徑】lù jìng
回【門道】mén dao
回【門路】mén lu
回【途徑】tú jìng

「門徑」適用範圍較窄。「路徑」突出使用的方法或竅門，屬於書面語，如說「尋找成功的路徑」。「門路」指出處、方向、解決事情的線索等，如說「廠長正在尋找增產門路」、「目前還沒摸到解決這事情的門路」；還指拉關係，如說「要走門路才能解決」。「途徑」可指處事的方式方法，如說「終於找到了解決問題的途徑」。

門可羅雀 mén kě luó què

門前可以張網捕雀，指十分冷清，客人很少　曾經喧囂之地，今日卻~|昔日繁華的地方怎麼變得~了？

回【門庭冷落】mén tíng lěng luò

「門可羅雀」、「門庭冷落」都指門口一點也不熱鬧。

蒙昧 méng mèi

未開化或沒有文化　~時代|告別了~狀態，進入文明時期。

反【開化】kāi huà　尚未~|這個部落還沒進入文明~的時代。

「蒙昧」也指不通事理，如說「蒙昧無知」。

蒙難 méng nàn　遭受災禍　在他~之際，朋友們幫助了他。

反【獲救】huò jiù　遇險後~｜人質全部~｜被困遊客~了｜在這次災難中，他幸運地~了。

反【遇救】yù jiù　受傷~｜僥倖~。

蒙受 méng shòu　受到　~恩澤｜這家小店這次~了很大的損失｜我們不會白白~恩惠。

同【遭受】zāo shòu

同【承受】chéng shòu

「蒙受」突出受到、遭受。「承受」突出接受、承擔、禁受，如說「要承受住考驗」、「媒體的報道讓他承受了極大的輿論壓力」。

蒙冤 méng yuān　蒙受冤屈　~入獄｜親人~而死。

反【洗冤】xǐ yuān　雪恥~｜他努力尋找證據，來為自己~。

反【平反】píng fǎn　~昭雪｜政敵下台以後，他得到了~。

朦朧 méng lóng　不清楚；模糊；不分明　月光~｜夜色~｜江面煙霧~｜~的意識。

同【模糊】mó hu

同【隱約】yǐn yuē

「朦朧」多用於月色及藝術風格。「模糊」多指認識、字跡等不清楚；用作動詞，指故意混淆，如說「不要模糊人們的是非」。「隱約」多指聽覺、視覺等不夠真切，如說「隱約聽到外面傳來的歌聲」。

反【清晰】qīng xī　發音~｜圖像~｜

增加~度。

反【明確】míng què　態度~｜~奮鬥目標｜文章主題~｜我已~地表示了反對意見。

猛烈 měng liè　1.（力量、勢頭）強大　風勢~｜~的炮火｜我軍向敵方發起了~攻擊。

同【劇烈】jù liè

同【激烈】jī liè

反【平緩】píng huǎn　~的語調｜價格走勢~｜經濟保持~的增長。

反【柔和】róu hé　性情~｜手感~｜~的琴聲｜~而不刺眼的光。

2.急劇　他的手~地抖動｜心臟~地跳動。

同【厲害】lì hai

「猛烈1」突出來勢兇猛、迅急，多修飾「炮火」、「火勢」、「暴風雨」、「藥性」等詞。「劇烈」突出急劇、厲害，多形容社會的巨大變革、事物的矛盾衝突以及藥性、運動、疼痛等，如說「飯後不要進行劇烈運動」。「激烈」突出激越、緊張，多用於言論、情緒的激昂熱烈或競賽、搏鬥的緊張，如說「激烈的球賽」、「人才競爭十分激烈」。

反【緩和】huǎn hé　局勢~｜病情~一些了｜心情已~下來｜你們的關係何時能~？

夢話 mèng huà　做夢時說的話。多比喻不合現實、難以做到的話語　別盡說~｜大白天說~｜這只是~而已。

同【夢囈】mèng yì

同【囈語】yì yǔ

「夢囈」突出在無意識的情況下說，屬於書面語，如說「他夢囈不止」。「囈語」突出在意識不清醒的情況下說，屬於書面語，如說「你這真是痴人囈語」。

夢幻 mèng huàn

夢中經歷的幻景　迪士尼對孩子來說是個～王國｜他被這個女孩～般的眼神深深迷住了。

同【夢境】mèng jìng

「夢幻」強調事物如夢，容易破滅。「夢境」強調境界美妙，引人入勝，如說「他醒來後還沉浸在那個美好的夢境中」。

反【現實】xiàn shí　面對～世界｜尊重客觀～｜走出夢幻，回到～中來吧。

夢想 mèng xiǎng

1. 難以實現的想法　他懷着～投身電影界｜雖然他很努力，但～還是破滅了。

同【妄想】wàng xiǎng

2. 迫切地想望　他一直都在～發財｜這孩子從小就～去外太空漫遊。

同【妄想】wàng xiǎng

同【妄圖】wàng tú

「夢想」有渴望或妄想兩種含義，可用於好的方面或不好的方面。「妄想」、「妄圖」都指非分地打算或謀劃，是貶義詞，如說「你別痴心妄想了」、「他妄圖不勞而獲」。

迷糊 mí hu

神志不清楚的樣子　神情～｜他剛起來，神志還有點～。

反【清醒】qīng xǐng　頭腦～｜時刻保持～。

迷惑 mí huò

1. 難以分辨是非或摸不着頭腦　他露出了～的表情｜對於他的話，我愈來愈感到～不解。

同【迷惘】mí wǎng

反【清醒】qīng xǐng　頭腦～｜～地認識到存在的問題｜我們應該～地估計形勢。

2. 使分辨不清　～觀眾｜這兩幅畫很能～人｜老人又被騙子～了｜花言巧語～了不少人｜你們在比賽場上一定要儘量～對手。

同【蠱惑】gǔ huò

「迷惑1」強調分不清正確與否，心中無數。「蠱惑」也寫作「蠱惑」，語意較重，屬於書面語，如說「蠱惑人心」、「經不起蠱惑」。

迷戀 mí liàn

對某一事物過度愛好而難以捨棄　別整天～遊戲｜他對上網的～已經到了無法自拔的地步。

同【留戀】liú liàn

同【依戀】yī liàn

「迷戀」語意較重，多用於消極方面。「留戀」語意較輕，多用於積極方面，如說「我們一直很留戀當年的學校生活」。「依戀」突出捨不得離開，多用於表達人與人之間難分難捨的感情，如說「他對母親非常依戀」。

迷惘 mí wǎng

因難以辨清而無所適從　露出一副～的神情｜無法忘卻戰亂中人們～的眼睛。

同【悵惘】chàng wǎng

回【惘然】wǎng rán
回【悵然】chàng rán

> 「迷惘」語意很重，屬於書面語。「悵惘」指遇到不明原因或不如意的事而提不起精神，如說「神情悵惘」、「無限的悵惘」。「悵然」語意較輕，屬於書面語，突出不如意不愉快，如說「悵然而返」、「心中感到有些悵然」。「惘然」突出失意，如說「惘然若失」。

迷信 mí xìn　信仰鬼神等，也泛指盲目的信仰崇拜　破除～思想｜反對從事～活動。

反【科學】kē xué　相信～｜從事～研究｜這種工作方法不～｜我們要以～的眼光來看待問題。

彌補 mí bǔ　填補不足　～過失｜她受的傷害難以～｜一時的疏忽造成了不可～的損失。

回【補充】bǔ chōng

> 「彌補」突出填補，對象多是損失、漏洞、罪過、缺陷等。「補充」強調在原有基礎上再增加一部分，適用範圍較廣，如說「作個補充說明」、「老師在教學中要補充一些課本外的內容」。

糜爛 mí làn　1. 有機體受到細菌感染而發生潰爛　口腔～｜他的傷口發炎～了。

回【腐敗】fǔ bài
回【腐爛】fǔ làn

2. 比喻思想放蕩、行為墮落　生活～｜作風～｜我們應該抵制這種～的

生活方式。

回【腐敗】fǔ bài
回【腐爛】fǔ làn

> 「糜爛」屬於書面語，適用範圍較窄。「腐敗」可用於有機物，如說「食品腐敗」、「給櫃子刷上油漆防止腐敗」；也用於思想、行為、政治制度、機構等抽象事物，如說「生活腐敗」、「貪污腐敗」、「防止腐敗」。「腐爛」適用範圍較廣，較少用於抽象事物，如說「這些菜葉都快腐爛了」。

祕密 mì mì　有所隱蔽而不讓人知道的　嚴守～｜公開～｜他不小心泄露了自己的～｜她把心中的～都寫在日記本上。

回【機密】jī mì

> 「祕密」語意較輕，適用於一般場合；還指隱蔽地，如說「祕密來往」、「祕密地交換了材料」。「機密」適用於莊重場合，詞義程度重，如說「機密信件」、「員工有保守公司機密的義務」；也用於祕密的等級，程度低於「絕密」。

反【公開】gōng kāi　～拍賣｜～地來往｜～的祕密。

密 mì　事物之間距離近；事物的部分之間空隙小　稠～｜防守嚴～｜緊鑼～鼓｜這一帶的房子造得太～了。

反【稀】xī　～疏｜～少｜地廣人～｜月明星～的夜晚。

反【疏】shū　～鬆｜稀～｜今夜星光～朗｜天網恢恢，～而不漏。

「密」還指關係近，感情好，如說「親密」、「密友」；還指精緻、細緻，如說「細密」、「緊密」。

密集 mì jí　數量很多地在一起　人口～｜～的炮火｜知識～型行業。
⊗【疏落】shū luò　～的晨星｜這一帶店舖～，商業並不發達｜只有一些耐旱的植物～地點綴着沙漠。

密密麻麻 mì mi má má　又多又密　紙上字寫得～的，誰也看不清｜他在書兩邊～地寫了很多小字。
⊗【稀稀拉拉】xī xi lā lā　遭遇大旱，田裏的苗長得～的｜作業本上的字怎麼都寫得～的？

「密密麻麻」用於較小的東西。

密切 mì qiè　關係親近；接觸多　來往～｜他們兩人關係很～｜這次事故和上兩次事故有～的關聯。
⊜【親密】qīn mì

「密切」適用範圍較廣，包括人和事物。「親密」適用範圍較小，但詞義程度較深，如說「親密戰友」、「親密無間」、「他們倆親密得像親兄弟一般」。

⊗【疏遠】shū yuǎn　不應該～有缺點的同事｜她和孩子們的關係逐漸～了。
⊗【生疏】shēng shū　感情～｜多年不來往，他們的關係～了。

「密切」、「疏遠」、「生疏」都用於人與人之間的關係、情感等。「生疏」還指因接觸少而對事物、技能的掌

握不熟練，如說「她的英語有點生疏了」。

綿薄 mián bó　謙虛地稱自己能力薄弱　我希望自己的～之力能幫上你的忙｜不用客氣，我只是略盡～之力而已。
⊜【菲薄】fěi bó
⊜【微薄】wēi bó

「綿薄」適用範圍較窄，屬於書面語。「菲薄」多用來指禮物、物質生活待遇等，如說「菲薄的收入」、「菲薄小禮不成敬意」。「微薄」多指力量、薪水、收入等，如說「我們會盡自己的微薄之力，做好所有的事情」。

綿亘 mián gèn　連續不斷　遠處的羣山～千里｜看到～的高原，我們的心胸變得無比開闊。
⊜【連亘】lián gèn

「綿亘」用於山脈、高地，屬於書面語。「連亘」突出不斷連接下去。

綿延 mián yán　延續不斷　羣山～｜長城～伸展｜河水～東流｜小路～十多公里。
⊜【連亘】lián gèn
⊜【綿亘】mián gèn
⊜【連綿】lián mián

這幾個詞都屬於書面語。「綿延」突出延長或伸延下去，適用範圍較廣。「連亘」突出不斷連接下去，如說「羣山連亘」、「大河連亘千里」。「綿亘」突出延續不斷，如說「羣山綿亘，氣勢磅礴」。

M

免得 miǎn de　避免產生（不希望的情況）　早點去，～來不及｜帶上地圖，～找不到路｜早些準備好，～到時又匆匆忙忙。
同【省得】shěng de
同【以免】yǐ miǎn

三個詞都用在下半句的開頭，用於強調後面的事情不至於發生。「免得」強調避免，比較口語化。「省得」強調省去不必要的不利情況的發生，後面的結果相對不那麼嚴重，多用於口語，如說「穿厚一點，省得感冒了」。「以免」強調避免，語意較重，如說「最好解釋一下，以免產生誤會」。

免費 miǎn fèi　不收費；免繳費用　～參觀｜兒童～入場｜這裏的咖啡樣品全部～品嘗。
反【收費】shōu fèi　合理～｜一律按標價～｜學校的宿舍都是要～的。

免職 miǎn zhí　被撤去職務　經理主動要求～反省｜經過討論，決定給他的處罰是～。
同【撤職】chè zhí
同【罷免】bà miǎn

「免職」是中性詞，可用於管理職務或具體事務職位。「撤職」強調取消，含有處分的意思，如說「對他的處分是撤職查辦」。「罷免」指選民或代表機關撤換他們所選出的不稱職人員，如說「罷免職務」、「他們罷免了多名代表」。

勉勵 miǎn lì　勸勉；鼓勵上進　我們兩人互相～，爭取考上理想中的大學｜老師殷切地～學生，希望他們不要失去信心。
同【勗勉】xù miǎn
同【鼓勵】gǔ lì

「勉勵」用於以語言或文字進行鼓勵、勸勉。「鼓勵」突出激發對象的積極性，使其行動起來，多用於好的方面，如說「媽媽鼓勵我參加繪畫比賽」、「老師常常鼓勵學生參加公益活動」。「勗勉」屬於書面語，如說「勗勉有加」。

緬懷 miǎn huái　追憶　～先祖｜～英雄們的豐功偉績。
同【懷念】huái niàn

「緬懷」突出敬愛之情，多用於對領袖、英雄或他們的業績的懷念，屬於書面語。「懷念」是中性詞，多用於一般的人或事物，適用範圍較寬，如說「我常常懷念我的中學生活」。

靦腆 miǎn tiǎn　害羞；不自然的樣子　生性～｜～的少年｜這孩子見了生人就有點～。
反【大方】dà fang　落落～｜舉止～｜她談吐～，毫不拘謹。

「靦腆」多指因怕生或害羞而拘束。

面對 miàn duì　面前正對着　～親人｜～困難絕不畏懼｜大家都～現實吧｜～嚴峻的考驗，我們絕不放棄。
同【面臨】miàn lín

「面對」強調方位，指正對着面前

的人或抽象事物，適用範圍較廣。
「面臨」強調動態，多用於問題、形勢等，如說「面臨畢業」、「面臨選擇」、「面臨激烈的競爭」。

面貌 miàn mào　1. 臉形、長相
～清秀｜雖然他的～很可怕，但心地卻很善良。
⑤【面目】miàn mù
⑤【面容】miàn róng
⑤【容貌】róng mào
⑤【容顏】róng yán
⑤【相貌】xiàng mào
2. 比喻事物所呈現的情況、狀態　社會～｜精神～｜在大家的努力下，社區展現了新～。
⑤【面目】miàn mù
⑤【氣象】qì xiàng

「面貌」適用範圍較廣。「面目」可指個人的顏面，如說「面目和藹可親」、「面目猙獰可怕」；也指狀態、景象等，屬於書面語，如說「弄得面目全非」、「他終於露出了他的真面目」。「面容」、「容貌」指臉上呈現出來的樣子，如說「面容枯槁」、「容貌清秀」、「慈祥的面容」。

面生 miàn shēng　面貌陌生；不熟識　覺得他有些～｜那人瞧上去比較～｜這孩子總是怕見～的人。
⑤【面熟】miàn shú　十分～｜看上去很～｜這人看着～，好像在哪兒見過。

「面熟」指面貌熟悉，但想不起是誰。

苗條 miáo tiáo　身材細長柔美

的樣子　為身材～而減肥｜現在婦女們都想變得～些。
⑤【修長】xiū cháng

「苗條」除表示細長外，還有柔美的意思，只用於女子。「修長」突出身材高而瘦，可用於女子或男子，如說「他身材修長而結實」。

⑤【臃腫】yōng zhǒng　身材～｜他穿這件衣服顯得特別～。

「苗條」用於女子。「臃腫」還指機構龐大、轉動不靈，如說「機構臃腫」。

苗裔 miáo yì　後代　皇室～｜豪族～。
⑤【後嗣】hòu sì
⑤【後裔】hòu yì

三個詞都屬於書面語，都指已經死的人的子孫後代。

描寫 miáo xiě　通過語言、文字表現事物　～得生動感人｜這個作家擅長～人物｜他真實地～了罪犯的心理活動。
⑤【描畫】miáo huà
⑤【描繪】miáo huì
⑤【描摹】miáo mó

「描寫」多用語言、文字來表現，適用對象一般是人物、景物、情景等。而「描畫」還包括用線條、色彩等來表現，適用範圍較廣，如說「描畫大好河山」、「描畫未來藍圖」、「董事長向大家描畫了公司的遠景」。「描繪」除用語言文字描寫外，還用於描畫圖形，對象多是人物、故事、

M

情景、心理等等,如說「一起描繪自己的未來生活」、「我真想用一支筆描繪出美麗的西湖景致」。「描摹」含有照着樣子去寫或畫的意味,屬於書面語,如說「他把人物描寫得栩栩如生」、「作者短短的幾句話就描摹出了主人公複雜的心理」。

渺小 miǎo xiǎo　極小而價值很低　在無邊無際的大海面前,我感到很~|個人的力量總是很~的。

同【微小】wēi xiǎo

「渺小」與「偉大」相對,用於精神、品質方面,多形容人物形象和一些抽象事物。「微小」與「巨大」相對,突出形體、數量之小,適用範圍較廣,如說「微小的顆粒」。

反【偉大】wěi dà　~的事業|~的軍事領袖|他是歷史上最~的人物之一。

藐視 miǎo shì　小看;不重視　~敵人|他自視甚高,~一切|我們要~一切困難。

同【蔑視】miè shì
同【輕視】qīng shì
同【小視】xiǎo shì
同【鄙視】bǐ shì

「藐視」突出藐,認為沒有甚麼大不了的。「輕視」突出認為沒有價值而不重視,如說「不要輕視新員工」、「不能輕視糧食生產」、「不要輕視細節」。「小視」突出小看,如說「那人真不可小視」、「他的才能各位小視不得」。「蔑視」表示非常輕蔑,不放在眼中,語意比「鄙視」輕,較「藐視」重,如說「看着他蔑視的眼

神,我的心就冷了下來」。「鄙視」突出對人或事物很厭惡,把他們看得很低劣、卑下,語意很重,如說「我鄙視你的這種無恥行徑」。

反【重視】zhòng shì　~人才開發|必須~安全問題。

妙筆 miào bǐ　神妙的筆法、文筆　~生花。

反【敗筆】bài bǐ　小說的結尾部分有多處~。

「妙筆」、「敗筆」多用於書畫和詩文。

滅 miè　1. 消滅　自生自~|恐龍在地球上已經~絕了。

同【亡】wáng

「滅」、「亡」都屬於書面語。「亡」突出死去或使不能存在下去,可組合成「消亡」、「滅亡」、「流亡」、「陣亡」、「家破人亡」。

2. (光亮)消失;熄滅　路燈~了|雲霞明~|把火堆澆~|你要等火~了再走。

反【明】míng　~亮|天~|街頭燈火通~。

反【着】zháo　東西都燒~了|那爐火~得很旺。

滅絕 miè jué　完全消滅或喪失　~人性的暴行|許多生物物種瀕臨~|讓蒼蠅蚊子死淨。

反【滋生】zī shēng　~細菌|~事端|~腐敗現象。

滅亡 miè wáng　消滅,使不存

在　國家～｜這麼做只是自取～。

⑩【淪亡】lún wáng

⑩【消亡】xiāo wáng

「滅亡」可以是自然的或人為的。「消亡」的原因多是自身的，是自行慢慢地消失，如說「任其自行消亡」、「有些語言已經消失了」。「淪亡」指國土遭侵略而淪陷，如說「國土淪亡」；還指喪失，如說「道德淪亡」。

蔑視 miè shì　　輕視；鄙視　～困難｜露出～的神情｜這是～法庭的行為，應及時制止。

⑩【藐視】miǎo shì

⑩【輕視】qīng shì

⑩【小視】xiǎo shì

⑩【鄙視】bǐ shì

⑫【重視】zhòng shì　　～教育｜～經濟發展。

⑫【看重】kàn zhòng　　～實踐經驗｜你太～個人名譽了｜現在的用人單位都很～員工的個人能力。

⑫【器重】qì zhòng　　他一直深受上司的～。

「蔑視」屬於書面語。「器重」多用於上級對下級才能方面的看重。

民 mín　　人民；百姓　為國為～｜～不聊生｜～以食為天。

⑫【官】guān　　做～｜為～一方｜逼民反。

民間 mín jiān　　不屬於政府組織的；老百姓中　～團體｜～貿易｜～往來｜～文化交流｜這個故事長期在～流傳。

⑫【官方】guān fāng　　～報道｜建立～新聞網站｜根據～公佈的數字進行統計。

民眾 mín zhòng　　公民大眾　傾聽～的呼聲｜喚起～的覺醒。

⑩【大眾】dà zhòng

⑩【公眾】gōng zhòng

⑩【群眾】qún zhòng

「民眾」指社會大眾。「大眾」指一般平民或群眾，詞義範圍較大，常與「人民」連用，如說「面向大眾」、「大眾消費」。「公眾」指社會上各階層的人，即社會上大多數人，詞義範圍較小，如說「面對公眾輿論」、「維護公眾利益」。

民主 mín zhǔ　　指民眾在政治上享有自由發表意見、參與國家管理的權利。泛指能廣泛聽取別人意見的作風　充分發揚～｜履行～權利｜進行～改革｜我們家一直比較～。

⑫【集中】jí zhōng　　～統一。

⑫【專制】zhuān zhì　　～統治｜～主義盛行｜這個人很～。

「民主」、「集中」、「專制」多用於政治生活方面。

敏感 mǐn gǎn　　對外界事物反應很快　我對煙味很～｜動物對天氣變化非常～。

⑫【遲鈍】chí dùn　　反應～｜感覺～｜大腦～｜隨着年齡的增長，他變得愈來愈～了。

「敏感」用於生理或心理方面。

敏捷 mǐn jié　迅速而靈敏　動作～｜思維～｜他～地跳上了火車｜面對市場變化，他～地作出了反應。

（反）**【遲緩】** chí huǎn　行動～｜孩子發育～｜工程進展～。

（反）**【遲鈍】** chí dùn　反應～｜感覺～。

「敏捷」多用於動作、思維方面。

敏銳 mǐn ruì　感覺靈敏，識見銳利　思想～｜他的眼光很～｜我們要鍛煉自己～的觀察力。

（同）**【靈敏】** líng mǐn

（同）**【敏捷】** mǐn jié

（同）**【銳利】** ruì lì

「敏銳」多形容人的感覺、眼光、思想等。「敏捷」與「笨拙」相對，突出動作靈活或思想靈敏，如說「敏捷地避讓」、「思路相當敏捷」。

（反）**【遲鈍】** chí dùn　頭腦～｜反應～｜消息都通天了，他居然還不知道，真是～。

名 míng　名稱；名聲；名義　命～｜世界聞～｜～不虛傳｜有～無實。

（反）**【實】** shí　失～｜名副其～｜名存～亡。

「實」指客觀事實、真實情況。

名不虛傳 míng bù xū chuán　確有很高的水平或能力，不是徒有虛名　他處理機械故障的本事真是～。

（反）**【名不副實】** míng bú fù shí　把那人稱為專家，實在是～。

「名不副實」突出有名無實，指實際能力、水平與名譽不符。

名貴 míng guì　著名而且珍貴　這是一幅～的字畫｜這些都是～的藥材。

（同）**【寶貴】** bǎo guì

「名貴」突出著名，主要形容具體事物。「寶貴」突出有價值，非常難得，可用於具體事物，如說「相當寶貴」、「寶貴的財富」；還用於生命、經驗、意見、貢獻、遺產等抽象事物，如說「中國有很多寶貴的歷史遺產」。

名牌 míng pái　有一定名氣的牌子　～服裝｜～香水｜經過多年努力，她終於考上了～大學。

（反）**【雜牌】** zá pái　～貨｜～軍｜你買來的怎麼都是～筆？

名氣 míng qi　在社會上的知名度　這家公司很有～｜他在演藝圈小有～。

（同）**【名望】** míng wàng

（同）**【聲望】** shēng wàng

（同）**【名聲】** míng shēng

（同）**【名譽】** míng yù

（同）**【聲譽】** shēng yù

「名氣」突出好的評價，用於褒義。「名望」指好的名聲，用於褒義，屬於書面語，如說「這樣會有損自己的名望」、「這是一個享有很高名望的老人」。「名聲」可用於好的或不好的評價，如說「這家店的名聲在外」、「這個小伙子在村裏的名聲不

錯」。「名譽」指名氣和聲望，可用於個人或集體，如說「珍惜名譽」、「名譽掃地」、「公民都應該維護國家的名譽」；還指名義上的，如說「擔任名譽主席」。「聲譽」指聲望名譽，可用於集體，也可用於個人，如說「享有極高的聲譽」、「這種酒在中國聲譽卓著」。

明 míng

1. 光線足而強，與「暗」相對　燈火通～｜窗～几淨｜～晃晃的光照得眼睛很不舒服。

⑩【亮】liàng

⑫【暗】àn　黑～｜天色已～｜燈光～了｜房間裏很～。

2. 公開；顯露在外；不隱蔽　有話請你～說｜國家～令禁止獵殺受保護動物。

⑩【亮】liàng

> 「明」語意較輕，口語中很少單用。「亮」多用於口語，如說「心明眼亮」、「我們打開天窗說亮話吧」。

⑫【暗】àn　明察～訪｜明爭～鬥｜明人不做～事。

明白 míng bai

1（內容、意思等）使人容易理解；清楚；明確　道理很～｜你一定要～地把自己的想法告訴對方。

⑩【清楚】qīng chu

⑫【含糊】hán hu　他的話很～，不知道是甚麼意思。

2. 了解；知道　他終於～了真相｜我真不～他們的實際意圖。

⑩【清楚】qīng chu

> 「明白」多用於屬於道理方面的抽象

事物，如內容、意思、任務等；還指聰明、懂道理，如說「他是個明白人，勿需多說就能領會」。「清楚」突出清晰、不模糊，容易辨認、了解透徹，如說「他們的打算我已清楚」、「我們希望老師把這個題目解釋得清楚一點」。

3. 懂道理；對事物認識得很清楚　她是個～人。

⑫【糊塗】hú tu　老～了｜這真是個～蟲｜看着這書，我直犯～｜你愈解釋，我愈～。

明快 míng kuài

明白流暢　清新～｜～的筆調｜作品～的語言風格受到讀者的喜愛。

⑫【晦澀】huì sè　行文～｜～難懂｜～的詞句。

> 「明快」、「晦澀」多用於語言文字方面。

明朗 míng lǎng

光線充足；明亮。也指明顯　天空～｜態度～｜月色格外～｜初秋的天氣～清新。

⑫【陰暗】yīn àn　～潮濕｜～的小角落。

⑫【曖昧】ài mèi　～的態度｜關係比較～。

明麗 míng lì

明亮、清潔而美麗　我想畫下～的山河｜在陽光～的冬天，她慵懶地在花園裏曬太陽。

⑩【明媚】míng mèi

> 「明麗」只形容景物。「明媚」可形容景物或人的外表，如說「春光明媚」、「她有一雙明媚的眸子」。

明亮 **míng liàng** 1.光線充足　燈光～｜這是一間～的客廳。
◐【敞亮】chǎng liàng
◐【亮堂】liàng tang

> 「明亮」含有光線明晰的意味，多用來形容燈火等發光體和月亮、眼睛等，用於褒義。「亮堂」含有光線充分而悦人的意思，多用於建築物內光線充足的情形，如說「這屋子非常亮堂」。

⊘【昏暗】hūn àn　～的路燈｜～的樓道｜別去那種～的場所。
⊘【陰暗】yīn àn　又～又潮濕｜～的角落。
2. 了解　聽了父親一席話，我心裏～了不少。
◐【亮堂】liàng tang
3.（聲音）清楚而響亮　音色～｜我們聽到了～的歌聲。
◐【嘹亮】liáo liàng

明確 **míng què** 清楚確切　目的～｜文章主題～｜請你～回答這個問題｜大家～分工，各司其職。
⊘【含糊】hán hu　～其辭｜～不清｜意思很～。
⊘【模糊】mó hu　認識～｜僅有～的概念。

明晰 **míng xī** 明白清楚；易辨認　帳目～無誤｜雖然只見過一次面，但他給我留下了～的印象。
◐【清楚】qīng chu
◐【清晰】qīng xī

> 「清楚」突出事物整體或其面貌、內容不模糊，用於物象、聲音、話語、

事物、數目等，如說「他說話條理很清楚」。「清晰」突出清楚明顯，如說「墓碑上刻的字非常清晰」。

⊘【模糊】mó hu　印象～｜一個～的人影｜概念過於～。
⊘【隱約】yǐn yuē　～可見｜那件事我～有點印象。

明顯 **míng xiǎn** 清楚地顯露出來，讓人容易觀察或感覺到　標誌～｜雪地上留下了～的印痕｜這幾年他的生活有了～的改善。
◐【分明】fēn míng
◐【顯著】xiǎn zhù
◐【顯然】xiǎn rán

> 「明顯」強調一般性的顯露，可用於具體事物，如目標、輪廓等；也可用於抽象事物，如問題、優勢、界限等，語意較輕。「顯著」強調突出性的顯露，多用於抽象事物，語意較重，如說「近二十年以來，中國的變化很顯著」。

⊘【隱晦】yǐn huì　詞義～難懂｜意思過於～。
⊘【朦朧】méng lóng　月色～｜～的意識｜我對他只有～的印象。
⊘【曖昧】ài mèi　～的態度。

銘記 **míng jì** 深刻記住　您的教導我一定～在心｜我將永遠～父母的囑託。
◐【銘刻】míng kè

> 「銘記」強調記在心中。「銘刻」突出不忘記，好像刻在心上一樣，如說「老師的一番話永遠銘刻在我的記憶之中」。

謬誤 miù wù　錯誤；差錯　他在文章中批判了這種～｜他發表的論文中有明顯的～。

◉【舛誤】chuǎn wù

「謬誤」、「舛誤」都屬於書面語。

㊐【真理】zhēn lǐ　追求～｜堅持～｜～愈辯愈明。

模範 mó fàn　值得仿效、學習的　～教師｜應該學習他的～事跡。

◉【榜樣】bǎng yàng
◉【典範】diǎn fàn
◉【楷模】kǎi mó

「模範」和「榜樣」都可用於集體或個人。「模範」常用於榮譽稱號中，有較固定搭配，如說「模範學生」、「模範青年」、「榜樣」指值得學習和效法的人或事，如說「榜樣的力量是無窮的」、「他是我們學習的榜樣」。「楷模」適用範圍較窄，如說「值得學習的楷模」、「他是我們的楷模」。

模仿 mó fǎng　仿效着樣子做　他能～鳥叫聲｜孩子～媽媽的表情｜他逼真地～了老人唱歌的樣子。

◉【模擬】mó nǐ

「模仿」也寫作「摹仿」，多用於從形態、式樣、方式等較大而籠統的方面照着做。「模擬」也寫作「摹擬」，突出有意照着某個具體的或局部的方面做事，如說「模擬動作」；還表示假設、假定的，如說「模擬課堂」、「法律系學生組織了模擬法庭活動」。

模糊 mó hu　不分明；不清楚　字

跡～｜神志～｜～不清的概念｜那個城市留給我的印象很～。

㊐【分明】fēn míng　黑白～｜文章主次～｜是非界限～。

㊐【明確】míng què　觀點～｜目標不～｜請你～表態。

㊐【清楚】qīng chu　聲音～｜意思表達～｜我已記不～了。

㊐【清晰】qīng xī　字跡～｜發音～｜圖像～。

「模糊」可用於具體事物，如字跡、輪廓等；也可用於抽象事物，如認識、神志、印象等。

摩擦 mó cā　也寫作「磨擦」。因矛盾、利害而導致的爭鬥或不和　他們倆發生了～｜這兩個小國之間～不斷｜鄰里之間偶有～。

◉【衝突】chōng tū

「摩擦」語意較輕。「衝突」語意較重，如說「武裝衝突」、「兩人發生了言語衝突」。

磨煉 mó liàn　也寫作「磨練」。經過艱難困苦，使人各個方面有提高　～才幹｜接受長期～｜要經得起～｜在艱難困苦中～意志。

◉【錘煉】chuí liàn
◉【砥礪】dǐ lì
◉【鍛煉】duàn liàn

「磨煉」適用範圍較窄。「錘煉」多用於思想意志、性格、信念等方面的鍛煉；也指經過刻苦鑽研、反覆琢磨，使藝術、語言等精煉、純熟，如說「反覆錘煉語言」、「錘煉技

藝」、「錘煉藝術手法」。「鍛煉」可指體育活動或在實際生活工作中經受考驗，增長才幹，加強品德修養，如說「鍛煉意志」、「鍛煉身體」。「砥礪」屬於書面語，如說「砥礪節操」、「砥礪意志」。

魔鬼 mó guǐ
宗教或神話傳說中指迷惑人、害人性命的鬼怪。比喻惡勢力或壞人　他就像一個可怕的～｜書中描寫了一個邪惡的～。

圓【魔怪】mó guài

反【天使】tiān shǐ　像～一般可愛｜孩子是媽媽心目中的～。

抹 mǒ
1. 在表面平塗，使液體、粉末等黏在物體上　他們在牆上～石灰｜她在臉上～了防曬油才出門。

圓【擦】cā

圓【塗】tú

2. 用手或布等摩擦，使乾淨　他吃完飯習慣用毛巾～嘴｜你快把桌子～乾淨。

圓【擦】cā

圓【揩】kāi

圓【拭】shì

3. 除掉；勾去　無法～去他的影子｜書在出版的時候被～掉了一段文字。

圓【塗】tú

「抹2」可以與「揩」互換。「擦」突出通過摩擦使乾淨，如說「你把電腦桌也擦一下」。「揩」突出用摩擦的動作帶走不乾淨的東西，多用於口語，如說「她拿出一塊手絹揩汗」。「拭」屬於書面語，如說「拂拭灰塵」、「拭淚」、「拭目以待」。

抹黑 mǒ hēi
塗上黑色，比喻醜化、使蒙受恥辱　別給大家臉上～｜她的不當行為給我們學校～了。

反【爭光】zhēng guāng　為國～｜為親人～。

反【美化】měi huà　刻意～｜～生活｜～環境。

反【貼金】tiē jīn　別盡往自己臉上～。

抹殺 mǒ shā
也作「抹煞」。一概不計；完全勾銷　這件事我們一筆～｜這個事實誰也～不了。

圓【扼殺】è shā

「抹殺」突出勾銷、抹去，對象多是成就、作用、特點等。「扼殺」突出故意置對方於死地，對象多是新生事物、創造性等，如說「我們的計劃就這樣被扼殺在萌芽之中」。

末 mò
1. 最後　歲～｜期～｜病患到了癌症～期。

圓【終】zhōng

「終」表示最後，可組合成「臨終」、「終了」、「終場」、「劇終」等。

反【初】chū　年～｜～稿｜～創｜世紀之～。

反【始】shǐ　初～｜事情～末｜周而復～｜這項活動～於上半年。

2. 不是根本的、主要的事物　本～倒置｜細枝～節。

反【本】běn　立國之～｜捨～逐末。

末尾 mò wěi
最後的部分　排在～｜文章～過於簡單了｜電影的～部分最精彩。

反【開端】kāi duān　～部分｜良好的

~是成功的一半。

沒落 mò luò　變弱；走向滅亡

~王朝｜腐朽~｜~貴族。

◎【敗落】bài luò

◎【衰敗】shuāi bài

◎【衰落】shuāi luò

> 「沒落」多指社會、制度，語意較重。「敗落」多用於家族、經濟由盛轉衰等，如說「事業敗落」、「家道敗落」、「經濟走向敗落」。「衰敗」、「衰落」突出向破敗的境地變化，如說「逐漸衰敗」、「事業變得衰落起來」。

沒收 mò shōu　強制性地無償收歸公有　臟物全部~｜政府~了叛國者的財產。

反【退還】tuì huán　~圖書｜~貨品｜~押金｜原物如數~。

反【退回】tuì huí　~餘額｜稿子~給了作者｜此信無法投遞，只得~原處。

> 「沒收」的東西多是非法所得。

陌生 mò shēng　不熟悉　~人｜~環境｜~的語言｜我們雖是第一次見面，但一點也不感到~。

◎【生疏】shēng shū

> 「陌生」只用於人或地方，多是沒有經歷過的、不認識的，適用範圍較窄。「生疏」指可能經歷過，但已淡忘，如說「技藝生疏」、「我久不划船，覺得十分生疏」。

反【熟悉】shú xī　互相~｜我跟他比

較~｜她很~中國的歷史｜我剛來，對這裏的環境不太~。

反【熟識】shú shi　在街上碰到一個~的同事。

漠然 mò rán　冷淡；不經心的樣子　表情~｜對這件事她~處之。

◎【淡然】dàn rán

漠視 mò shì　冷漠地對待；不放在心上　不要~行車安全｜別~大家的意見｜政府不能~大眾的呼聲。

◎【忽視】hū shì

◎【無視】wú shì

> 「漠視」語意比「忽視」重，用於貶義，屬於書面語，如說「不要漠視民眾的意見」。「忽視」多指無意中粗心，因注意不夠或考慮不周而未加重視，語意較輕，如說「別忽視小節」、「不要忽視安全」、「即使再急也不能忽視質量」。「無視」語意最重，指不放在眼內，用於貶義，如說「不得無視法規」、「應譴責這種無視公眾利益的行為」。

反【珍視】zhēn shì　~生命｜~友情｜~我們的文化遺產｜這件古玩因年代久遠而備受~。

反【重視】zhòng shì　~人才｜引起廣泛~｜~人才開發｜必須~環境保護。

墨黑 mò hēi　非常黑；很暗　~的長頭髮｜烏雲翻滾，天色~~。

反【雪白】xuě bái　~的棉花｜~的牆壁｜她圍着一條~的圍巾。

反【純白】chún bái　~潔淨｜案上供着~的花朵。

默讀 mò dú　不出聲地讀　～課文｜～生詞｜請用十分鐘的時間～完這篇文章。

反【朗讀】lǎng dú　請同學們一起～課文。

反【朗誦】lǎng sòng　詩歌～。

「朗讀」、「朗誦」都指大聲誦讀。「朗誦」強調把作品的感情表達出來。

牟取 móu qǔ　謀取（名利）　他們在生意中～了暴利。

同【攫取】jué qǔ

同【奪取】duó qǔ

「牟取」用於貶義，適用範圍較窄。「攫取」有掠奪之義，適用範圍較寬，如說「商家壟斷市場以攫取高額利潤」。「奪取」指用武力強取，如說「奪取政權」、「奪取冠軍」、「奪取財富」；還可指努力爭取，如說「奪取新的勝利」。

謀害 móu hài　圖謀殺害　他們～了證人｜這個暴徒～了很多無辜。

同【謀殺】móu shā

「謀害」可採用的方式比「謀殺」多；還有陷害的意思，適用範圍較廣。「謀殺」突出陰謀殺害，如說「那裏發生了一起謀殺案」。

謀劃 móu huà　計劃、想辦法　他們幾個正在～自己創業｜他不喜歡現在的工作，所以正～着跳槽。

同【策劃】cè huà

同【籌劃】chóu huà

「謀劃」是中性詞。「策劃」泛指各種籌劃，多指針對某事情的計劃或安排，如說「參與新項目的策劃」、「公司有關部門正在策劃節日晚會」、「那幾個人在策劃一項陰謀」。「籌劃」突出想辦法、定計劃，如說「我們在籌劃舉行一次書畫展」。

謀生 móu shēng　謀求生路　外出～｜在外～有很多艱辛。

同【營生】yíng shēng

「謀生」強調設法解決生計問題，多用於外出尋求門路來維持生活。「營生」指從事某種有收入可以糊口的活動或職業，如說「他是一個營生有道的人」。

目標 mù biāo　努力想達到的境地（結果）　努力實現遠大～｜我們各自有不同的奮鬥～。

同【目的】mù dì

「目標」強調意圖、追求的方向；還指射擊、攻擊的對象，如說「一直對不準目標」。「目的」着重強調意圖、追求的結果，如說「為了達到自己的目的，他竟不擇手段」。

目的 mù dì　想要達到的境地；希望實現的結果　達到～｜明確最終～｜還不清楚他們來這兒的～｜他們這麼做是為甚麼～？

同【目標】mù biāo

反【手段】shǒu duàn　不擇～｜辦事～高明｜採取一切可能的～來挽救病人的生命。

「目的」強調想要達到的結果。「手段」強調做事情採取的方法、措施。

目睹 mù dǔ　親眼看見　～一切｜耳聞～｜她親眼～了事故經過。

同【目擊】mù jī

「目睹」強調清楚見到而了解、知曉。「目擊」突出準確地見到，如說「他目擊了一場交通事故」。「目睹」、「目擊」有較習用的搭配，如說「耳聞目睹」、「目擊者」、「目擊證人」。

目光 mù guāng　眼睛的神采；眼光　～炯炯有神｜他眼睛很小，但～很有神。

同【眼光】yǎn guāng

「目光」突出眼睛的神采、光芒，用於描寫，屬於書面語。「眼光」除指視線外，還指觀察事物的能力、觀點、見識，如說「他買東西很有眼光」、「好眼光」、「他看事物眼光真準」。

目空一切 mù kōng yí qiè　甚麼都不放在眼內，形容極端驕傲自大　他那～的神態讓人很反感。

同【目中無人】mù zhōng wú rén

「目中無人」指眼裏沒有別人，形容驕傲自大，看不起人。

目力 mù lì　眼睛在一定距離內辨清物體的能力　他～超常｜我們接受了～測試。

同【眼力】yǎn lì

「目力」適用範圍較窄。「眼力」指辨別事物品質如何的能力，多用於對人、畜、物品的觀察、辨別，如說「他的眼力不錯，找到一個好幫手」。

目前 mù qián　當前；現在　～的情況｜到～為止｜～的形勢對我們很有利。

反【從前】cóng qián　～的時光｜這都是～的事了｜～我和她是同事。

「目前」強調近一段時間。「從前」強調曾經、一度，意思是現在情況已變了。

募捐 mù juān　募集捐款或捐物　為白血病兒童～｜舉辦～晚會。

同【捐獻】juān xiàn

「募捐」側重指動員他人捐出錢或物。「捐獻」側重指從己方角度而言的獻出，對象也可以是金錢或實物，如說「捐獻圖書」、「捐獻文物」、「他為那名患者捐獻了骨髓」。

幕後 mù hòu　舞台帳幕的後面，常用於比喻　台前～｜～操縱｜～交易｜～策劃｜這件事的～另有隱情。

反【台前】tái qián　～指揮｜～演出｜她從幕後走上～，跟廣大的觀眾見面。

「幕後」的比喻用法多用於貶義。

暮 mù　傍晚，太陽落山的時候　日～途窮｜～鼓晨鐘｜～色蒼茫。

反【朝】zhāo　～霞｜～三暮四｜～令夕改｜～思暮想。

M

⊗【晨】chén 　～霧｜～曦｜一日之
計在於～。

暮氣 mù qì 　黃昏時的霧靄，比
喻意志衰退、疲疲塌塌不求進取的精
神狀態　～沉沉。
⊗【朝氣】zhāo qì 　～蓬勃｜你看，
孩子們多麼富有～。

暮年 mù nián 　老年　他已邁入
～｜在人生～，不禁留戀起往日的時
光來。
◎【晚年】wǎn nián

> 「暮年」含有靠近生命終結的意味，
> 語意較重，一般不用以自指，屬於
> 書面語。「晚年」多就人的活動時期
> 來說，與「早年」相對，可以他指，
> 也可以自指，如說「他們操勞了一輩
> 子，現在終於可以安度晚年了」。

N

拿 ná 用手取得，握在手裏；用手把一件東西從一處轉移到另一處　～起筆來寫字｜他手裏～着一本雜誌｜你別把公司的東西～回家。

⟨反⟩【放】fàng　～下東西｜請把書～回去｜這個東西很容易碎，請輕拿輕～。

呐喊 nà hǎn 大聲喊叫　為喜愛的球隊搖旗～。

⟨同⟩【叫喊】jiào hǎn

「呐喊」多含助威之意，其所助威壯膽的對象可以是人或抽象事物，如說「為本班選手呐喊助威」、「要做有風格的作家，不當搖旗呐喊的小卒」。「叫喊」是中性詞，側重於指由人所發出的大聲叫嚷。「呐喊」的書面化程度比「叫喊」深。

那 nà 指代較遠的人或事物　～裏｜～邊｜～時候｜山坡上一個姑娘是他的妹妹｜從～以後，我再也沒見過他。

⟨反⟩【這】zhè　～陣子｜請到～邊來｜坐在我旁邊的～個人是一位美學教授。

乃至 nǎi zhì 甚至；比……更進一步　全班～全校的師生都在關注着這件事｜齊家，治國，～於平天下。

⟨同⟩【甚至】shèn zhì

「乃至」屬於書面語。「甚至」的語氣

含有遞進的意思，如說「這事甚至連小孩也明白」、「她甚至連小學的事情都記得」。

耐煩 nài fán 不急躁；不怕麻煩　你和母親說話不要那麼不～｜快點走，他們已經等得不～了。

⟨同⟩【耐心】nài xīn

「耐煩」多用於否定，與「不」字連用。「耐心」突出內心沉穩、不急躁，如說「耐心說明」、「耐心解釋」、「老師對學生總是很耐心」。

⟨反⟩【厭煩】yàn fán　他一聽就～起來。

耐心 nài xīn 不急躁，不厭煩　～地說服對方｜她總是～幫助其他同學｜經理～地聽着每一個人的意見。

⟨同⟩【耐煩】nài fán

⟨反⟩【急躁】jí zào　～冒進｜一聽說事情弄糟了，他馬上就～起來｜別～，大家商量好了再動手。

⟨反⟩【厭煩】yàn fán　聽～了｜我對此早就感到～了。

男 nán 1. 男性，人類兩性之一　～子漢｜～女平等｜～單決賽｜～兒有淚不輕彈｜這是一位～高音歌唱家。

⟨反⟩【女】nǚ　～高音｜男耕～織｜這家飯店基本上都是～服務員。

2. 兒子　長～｜生～生女都一樣。

⟨反⟩【女】nǚ　生兒育～｜瞧這母～倆長得多像啊！

南 nán 四個主要方向之一，早晨面對太陽時右手的一邊　～邊｜坐北

朝～｜這水庫從～到北足有 6 公里。
⑤【北】běi　往～走｜～半球｜天南
地～，各處一方。

南國 nán guó
中國的南部　～春
來早｜紅豆生～，春來發幾枝？
⑤【北國】běi guó　～之春｜欣賞
壯麗風光。

南下 nán xià
到南方去　揮師
～｜～尋訪親友｜二十年前他～經
商。
⑤【北上】běi shàng　～參戰｜明天他
就要坐火車～了。

南轅北轍 nán yuán běi zhé
本想往南，而車卻向北。比喻行動和
目的完全相反　他發現事情的發展與
自己的目標～。
◎【背道而馳】bèi dào ér chí

> 「南轅北轍」是就同一事物的兩方面
> 說的。「背道而馳」指朝相反的方向
> 跑，比喻彼此方向不同，目的相反，
> 是就兩種不同事物的，如說「我們
> 兩人的想法背道而馳」。

難 nán
不容易，做起來費事　本
性～移｜辦這事真～｜這條路真～
走｜筆畫多的字很～寫。
⑤【易】yì　先～後難｜～如反掌｜那
個人真不～對付。

> 「難」作動詞指使感到困難，如說「這
> 下可把我難住了」、「這個問題竟難
> 倒了老師」。

難熬 nán áo
難以忍耐（疼痛或
艱苦的生活等）　傷痛～｜她不知道
自己是怎麼度過那些～的日子的。
◎【難忍】nán rěn

> 「難熬」突出因疼痛或困苦而無法應
> 付，倍受煎熬。「難忍」突出因生理
> 上的疼痛等而難以忍受，多與「疼
> 痛」、「飢渴」等詞搭配使用，如說
> 「走了一天，大家都飢渴難忍」。

難得 nán dé
不經常（發生）　～
遇到這麼大的雪｜你～來這裏一次，
就多玩幾天吧！
⑤【時常】shí cháng　他～上網｜最近
～下雨｜媽媽～感到胃疼。
⑤【不時】bù shí　工人～察看爐火的
顏色｜他上課時～地回頭看｜路人～
向他投來羨慕的目光。

> 「難得」也指不容易得到，如說「這
> 是非常難得的藥草」、「別錯過這十
> 分難得的機會」。

難怪 nán guài
不覺得奇怪；感
到理所當然　穿得這麼單薄，～會感
冒｜她剛來這兒，～誰都不認識她。
◎【無怪】wú guài

> 「難怪」還指不該責怪，如說「這事
> 難怪他」。「無怪」也說成「無怪乎」，
> 指明白理由後不再覺得奇怪或不可
> 理解，如說「原來密碼錯了，無怪
> （乎）郵箱一直打不開呢」。「難怪」
> 多用於口語中，「無怪」多帶文言氣
> 息。

難過 nán guò
1. 心中悲傷；不
好受　～得哭出聲來｜受了批評，她

心中十分～。

📙【難受】nán shòu

📕【高興】gāo xìng 很～能認識你｜父母為孩子的進步感到～。

2. 生活不容易過 那段日子真～。

📕【好過】hǎo guò 他家現在的日子～多了。

3. 身體不適 渾身～得很｜一天沒有吃飯，胃很～。

📙【難受】nán shòu

「難過」程度較輕；還指生活很困難，如說「日子很難過」。「難受」突出心裏不愉快，如說「內心難受極了」、「發燒時渾身難受」。

難堪 nán kān

難以應付或覺得不好意思 你這麼做弄得我很～｜被揭穿了謊言，他～得恨不得立即找個地洞鑽進去。

📙【尷尬】gān gà

「難堪」屬於書面語。「尷尬」指處境困難或神色、態度不很自然，如說「處境實在尷尬」、「誰知事情會弄得這麼尷尬」、「兩人的表情都顯得比較尷尬」。

難看 nán kàn

1. 醜陋；不好看 模樣比較～｜長得實在～｜他的臉色很～，像是剛生過病。

📕【好看】hǎo kàn 這女孩長得很～｜這件衣服的樣式挺～的｜你的氣色～多了。

📕【美麗】měi lì ～動人的外表。

2. 不光榮；不體面 這東西送人太～了｜小伙子體力要是比不上老年人，那就太～了。

📕【體面】tǐ miàn 有失～｜她打扮得很～｜孩子有出息，父母也會覺得～。

難受 nán shòu

身體不舒服或心裏不痛快 渾身疼得～｜這個消息太讓人～了｜他知道事情做錯了，心裏很～。

📙【難過】nán guò

📕【好受】hǎo shòu 感覺～些｜聽到安慰的話，他的心裏～多了。

📕【舒服】shū fu 環境～｜他今天不大～｜這個房間冬暖夏涼，住着很～。

難聽 nán tīng

1. (聲音)聽起來感覺不舒服、不悅耳 ～的歌聲｜他唱得真～｜這曲子怪聲怪調的，真～。

📕【悅耳】yuè ěr ～的琴聲｜窗外傳來一陣～的歌聲。

📗【動聽】dòng tīng 百靈鳥的叫聲十分～。

2. (言語)粗俗刺耳 已經做錯了還說這麼～的話｜這些罵人的話多～！

📕【順耳】shùn ěr 這話很～｜對於大家的意見，～的要聽，不～的也要聽。

📕【中聽】zhōng tīng 這話真～，我喜歡｜他常常說些～的話，討老人喜歡。

孬 nāo

壞，不好 那人真～｜那些人吃得～，穿得也～。

📕【好】hǎo ～脾氣｜人～心～｜～事多磨｜祝你～運｜你這次表現得很～。

「孬」屬於方言詞，還指懦弱膽小、沒有勇氣，如說「孬包」、「孬種」。

惱恨 nǎo hèn　生氣和怨恨　我說了你不願意聽的話，心裏可別～。
同【惱火】nǎo huǒ

「惱恨」指生氣和怨恨，重在「恨」，語意較重，作動詞。「惱火」表示生氣，語意較輕，可作動詞或形容詞，如說「聽到這件事我很惱火」。

反【喜愛】xǐ ài　～漫遊｜～運動｜他～擺弄電子器件。

反【高興】gāo xìng　十分～｜令人～的事｜見到你我非常～。

惱怒 nǎo nù　生氣；發怒　聽了這番話後，他十分～。
同【憤怒】fèn nù

「惱怒」多用於日常瑣事。「憤怒」語意較重，多用於大事或敵對方面，如說「他的狡猾奸詐引起了我們的極大憤怒」。

惱人 nǎo rén　令人焦急煩惱　他總是說些～的話。

反【喜人】xǐ rén　形勢～｜小麥長勢～｜我們取得了～的成績。

反【迷人】mí rén　～的微笑｜這裏的景色很～｜今晚你穿得真～。

腦力 nǎo lì　人的大腦所具有的思維、想像、記憶等能力　從事～勞動｜他的～可不太好。

反【體力】tǐ lì　增強～｜幹～活兒｜做這件事不需要耗費很多～。

鬧 nào　喧嘩；不安靜　別～了，大家靜一下｜周圍的環境～得很，我沒辦法靜下心來學習。

反【靜】jìng　～悄悄｜顯得很～｜觀其變｜夜深人～｜他慢慢～下來了。

鬧哄哄 nào hōng hōng　形容人聲雜亂　教室裏～的｜車站附近整天～的。

反【靜悄悄】jìng qiāo qiāo　這裏的黎明～｜那天他一個人～地離開了家鄉。

內 nèi　裏頭；裏面的　室～｜國～｜年～｜～外有別。

反【外】wài　～傷｜～因｜～來｜內憂～患。

「內」也可指妻子或妻子的親屬，如說「內人」、「內侄」、「內弟」。

內地 nèi dì　距離邊疆或沿海比較遠的地區　～城市｜從沿海到～｜他一直在～工作。

反【邊疆】biān jiāng　駐紮～｜支援～建設｜他為～地區的發展貢獻了力量。

反【沿海】yán hǎi　參觀～城市｜近幾年，中國～地區的經濟發展得非常快。

內服 nèi fú　把藥吃下去　此藥切勿～｜這是一種～藥。

反【外敷】wài fū　供～用｜風油精內服、～都可以。

內涵 nèi hán　邏輯學上指一個概念所反映的事物的本質屬性的總和，即概念的內容　必須了解這個概念的～。

⊝【外延】wài yán 「人」這個概念的
～是指古今中外一切的人。

內行 nèi háng
對某種事物有豐富的知識和經驗；內行的人｜你不要假充～｜這件事一定要問問～才能定。

◉【行家】háng jiā

⊝【外行】wài háng 別老説～話｜做生意他可不是～。

內奸 nèi jiān
暗藏在政黨、組織、機構內部從事破壞活動的敵對分子｜除掉～｜我們的人中有～。

⊝【外敵】wài dí 共同抵抗～入侵｜～當前，我們必須更緊密地團結起來。

「內奸」指敵方隱藏在己方的人。「外敵」指公開的敵方。

內疚 nèi jiù
心裏感到慚愧不安｜深感～｜我曾傷害過你，心裏一直很～｜對於犯下的錯誤，他～不已。

⊝【無愧】wú kuì 當之～｜～於心｜～於人｜不要過於在乎別人的看法，只要自己問心～就行了。

「內疚」多由自己的過失造成。

內陸 nèi lù
遠離海岸的大陸｜～地區｜～盆地｜這是一個～城市｜青海湖是中國的～湖。

⊝【沿海】yán hǎi ～城市｜～地區和內陸地區應該經濟互動。

內亂 nèi luàn
國內發生的叛亂或戰爭｜平息～｜～不斷｜最近那個國家不斷發生～，情況非常糟糕。

⊝【外患】wài huàn ～嚴重｜內憂～。

內幕 nèi mù
內部的真實情況｜探聽～｜報上的新聞揭開了這家公司的～。

◉【內情】nèi qíng
◉【底細】dǐ xì

「內幕」突出指業界很難知道的祕密事，多指不好的情況。「內情」突出指裏面包含着各種細節及複雜關係，如說「他根本就不了解內情」、「你不要再隱瞞內情了」、「我們要問問那些熟悉內情的人」。

內容 nèi róng
事物內部所包含的實質或意義｜～充實｜主要～｜談話～牽涉面很廣｜這個刊物的～很豐富。

⊝【形式】xíng shì 組織｜內容和～有機結合｜學校舉辦了～多樣的課外活動。

內向 nèi xiàng
1.（人的思想、感情、性格等）深沉而不外露｜性格～｜這個姑娘很～｜他是個～的人，不輕易發表意見。

⊝【外向】wài xiàng 他～的性情使他很善於與人溝通。

2. 面向國內｜～型經濟｜中國正從經濟的～型向外向型發展。

⊝【外向】wài xiàng ～型經濟｜發展～型企業。

內銷 nèi xiāo
一國或一地區生產的商品在本國或本地區市場上銷售｜～物資｜～產品｜這些商品都是出口轉～的。

反【外銷】wài xiāo　～商品｜針對～市場｜這些產品的～前景很好。

內心 nèi xīn　心中，心裏　～深處｜發自～的笑｜我從～裏喜歡這個小女孩｜誰能理解我～的痛苦。

反【表面】biǎo miàn　這時她～上很鎮靜｜～上的平靜常常是虛假的。

反【外表】wài biǎo　美麗動人的～｜～常常具有迷惑性｜看人不能只注重～。

反【相貌】xiàng mào　～堂堂｜～十分平常｜夫人～端莊。

內需 nèi xū　一個國家或地區內部對商品或消費的需求　今年～有升溫的趨勢｜汽車消費將持續拉動中國～｜實現經濟增長的一個有效辦法就是擴大～。

反【外需】wài xū　～增長明顯｜～收縮，內需強勁。

「內需」、「外需」用於經濟生活。

內憂 nèi yōu　內部的憂患　～外患，形勢嚴峻。

反【外患】wài huàn　消除～。

「內憂」多指國家內部的不安定。

內政 nèi zhèng　國家內部的政治事務　互不干涉～。

反【外交】wài jiāo　～特權｜～辭令｜建立～關係。

內資 nèi zī　國內資本　不光要引進外資，還要積極利用好～。

反【外資】wài zī　積極引進～｜合理

發揮～的作用，發展本地經濟。

嫩 nèn　1. 初生時柔弱嬌嫩　～芽｜嬌～｜春天，地上長出了青青的～草。

反【老】lǎo　黃瓜長～了｜工人手上全是一層層的～皮。

2. 某些食物烹調時間短、容易咀嚼　肉片炒得很～｜菜炒～一點兒吃。

反【老】lǎo　蛋做得太～了｜豬肝炒～了不好吃。

3. 閱歷淺，不老練　資格～｜他是一個～手｜這孩子還很～，沒多少社會經驗。

反【老】lǎo　經驗～到｜別看他年紀小，卻非常～練｜這方面他可是個～手，甚麼都知道。

能幹 néng gàn　有能力，善於辦事　精明～｜這些技工真是～｜他這麼～，這個工作就交給他吧。

反【無能】wú néng　軟弱～之輩｜出了這種事，只能怪自己～。

能力 néng lì　可以勝任某事的條件　他已經具備了應付突發事件的～｜孩子到了18歲就應該有獨立生活的～。

同【力量】lì liang

同【才能】cái néng

「能力」強調處理一般事務的本領，適用範圍較廣。「才能」指一個人的學識和才幹，多用於領導、管理、指揮等比較重要的實踐活動以及某些思維活動，如說「公司需要大批有才能的青年人」。

能耐 néng nai　能力、技能　這

人很有～｜很遺憾我們的～有限，幫不了你。

同【本事】běn shi

同【本領】běn lǐng

「本事」多用於口語和較隨便的場合，如說「他顯得很有本事」。「本領」多指一般的技巧和辦事能力，如說「本領高強」、「本領真不小」；還指專門技能、特殊技巧，如說「為了學這項本領，他用了整整十年時間」。

能人 néng rén　指在某方面才能出眾的人　這是一個電腦～｜我們公司有很多～。

同【強人】qiáng rén

「能人」強調某方面的才能突出。「強人」突出精明強幹，成就令人矚目，如說「她潑辣幹練，是個女強人」。

反【庸才】yōng cái　此人徒有虛名，實際上是個～。

泥牛入海 ní niú rù hǎi　泥塑的牛掉到海裏。比喻一去不再回　～，消息全無｜你這樣放他走就等於～。

同【石沉大海】shí chén dà hǎi

同【杳無音信】yǎo wú yīn xìn

三者都指沒有消息。「泥牛入海」強調去而不返。「石沉大海」強調沒有消息或事情有開始而沒有結果，如說「我寄給他的信猶如石沉大海」。「杳無音信」多強調路途遙遠而得不到信息，如說「他這一去就杳無音信了」。

逆 nì　方向相反　～風｜～流而

行｜～向行駛｜倒行～施｜～水行舟，不進則退。

反【順】shùn　～流而下｜～水推舟。

逆差 nì chā　對外貿易中進口超過出口的貿易差額　嘗試扭轉外貿～的格局。

反【順差】shùn chā　外貿～增加。

逆耳 nì ěr　聽起來使人不悅或不能接受　忠言～利於行｜我們要學會聽～之言｜這話是有點兒～，但對你卻很有幫助。

反【順耳】shùn ěr　這話聽起來很～｜上司的意見，～的要聽，不～的也要聽。

反【動聽】dòng tīng　話說得～沒用，關鍵是要看行動｜本來很平常的事，讓他說起來就很～。

「逆耳」指那些尖銳但又中肯的話，對人常常是有益的。

逆風 nì fēng　面對着風吹來的方向，迎風　～而上｜站在～之處｜汽車正在～行駛。

反【順風】shùn fēng　～而立｜祝你一路～｜今天～，船走得很快。

逆境 nì jìng　不利的處境　面臨～｜在～中成長｜他身處～，卻從未放棄過努力。

反【順境】shùn jìng　他從小身處～｜我很幸運，一直處於～之中。

反【佳境】jiā jìng　克服了困難後，事業漸入～。

逆流 nì liú　逆着水流的方向　～

而上｜這船正～行駛，所以速度比較慢。

（反）【順流】shùn liú　沿着長江～而下，可以經過好幾個省。

（反）【順水】shùn shuǐ　～航行｜這事已到如此地步，就～推舟把它解決了吧。

逆子 nì zǐ　忤逆、不孝順的兒子

～貳臣｜這個～喪盡天良，竟然殺害親人。

（反）【孝子】xiào zǐ　～賢孫｜他對父母這麼孝順，真是個大～。

匿名 nì míng　不署名或不署真實姓名

～投訴｜～舉報。

（反）【署名】shǔ míng　文章沒有～｜報上刊登了我的～文章。

溺愛 nì ài　過度寵愛（自己的孩子）

他很～子女｜過於～反而害了他｜一味～毫無益處。

（同）【寵愛】chǒng ài
（同）【鍾愛】zhōng ài

「溺愛」指愛到不分是非的地步，用於貶義。「寵愛」含有因過分喜愛而對其百依百順的意味，用於上級對下級、長輩對晚輩，如說「備受寵愛」、「特別寵愛女兒」、「父母的寵愛使他從小就很懶惰」。「鍾愛」強調特別愛，不一定過分，用於長輩對晚輩，如說「老人特別鍾愛小孫女」；也用於愛好，如說「鍾愛泥塑」。

膩煩 nì fan　因過多而令人討厭

這樣的電視劇真～｜這樣炒作出來的新聞實在讓人覺得～。

（同）【厭煩】yàn fán

「膩煩」突出因時間太長或次數過頻而缺少興趣，厭惡程度較輕。「厭煩」指因不耐煩而感到討厭和厭惡，如說「我對母親的嘮叨已經厭煩」。

年成 nián chéng　一年中收穫的農作物的成果

這一年～不錯｜今年的～很糟。

（同）【年景】nián jǐng

「年景」還指過年的景象，如說「紛繁熱鬧的年景」。

年齡 nián líng　年紀，歲數

實際～｜謊報～｜入學～｜他才 50 歲，還不到退休～｜年輪的總數大體相當於樹的～。

（同）【年紀】nián jì
（同）【年歲】nián suì

「年齡」可用於人或動植物，適用範圍較廣。「年紀」只用於人，如說「他的年紀不小了」、「這人一把年紀了還那麼不成熟」。「年歲」指實際生存的年數，如說「上了年歲」、「年歲不明」、「這輛車有點年歲了」；還指年代或年頭，如說「這些事年歲久遠，早已忘卻」。

年輕 nián qīng　年紀不大

～力壯｜～的朋友們｜她看上去很～｜我們單位新來了一羣～小伙子。

（反）【年邁】nián mài　～體衰｜～的長者｜他得照顧～的父親。

娘家 niáng jiā　已婚女子的父母

家　～來人了｜這信是你～來的｜這幾天，我打算回～一趟。

⊜【婆家】pó jiā　～人｜她婚後一直住在～｜小芳的～人對她非常好。

鳥瞰 niǎo kàn

從高處往下看　從塔上～全城｜在飛機上～，樓房就像一個個火柴盒。

⊜【俯視】fǔ shì

> 「鳥瞰」的視野大、範圍廣，可用於抽象事物，如說「鳥瞰經濟趨勢」。「俯視」限於具體事物，如說「在山頂上俯視山腳的寺院」、「她醒來後深情地俯視着身邊幼小的嬰兒」。

⊝【仰視】yǎng shì　～藍天｜～寶塔頂｜～天空，常能看到飛機。

⊝【仰望】yǎng wàng　～山頂｜～高高的佛塔。

> 「鳥瞰」也指對事物進行概括描寫，屬於書面語，如說「世界大勢鳥瞰」、「21世紀經濟鳥瞰」。「仰望」和「仰視」沒有這方面的功能。

捏造 niē zào

把假的編造成真的故事～｜你們這是無端～｜他們～了莫須有的罪名。

⊜【編造】biān zào
⊜【假造】jiǎ zào
⊜【生造】shēng zào
⊜【偽造】wěi zào

> 「捏造」突出為了陷害別人而假造，語意較重。「編造」突出憑空而造，多與「事實」、「謠言」、「理由」、「材料」等詞搭配，如說「編造假賬」、「編造謊言」、「你們別再編造理由

騙人了」。「假造」、「偽造」都突出以假作真，如說「假造證件」、「假造遺囑」、「偽造證據」、「他在犯罪後偽造了現場」。

躡手躡腳 niè shǒu niè jiǎo

形容走路時腳步很輕　為了不影響別人，他不得不～的｜小偷～地爬上窗戶，溜進了他家。

⊝【大模大樣】dà mú dà yàng　那人～地離開了｜來人～地往裏走，沒人敢阻攔他。

> 「躡手躡腳」後面常要用「的」或「地」。

寧靜 níng jìng

1. 環境安寧；不熱鬧　～的江面｜在～的清晨醒來，覺得心情很好｜我們要去一座～的山莊旅行。

⊜【僻靜】pì jìng
⊝【嘈雜】cáo zá　聲音～｜那裏的環境過於～。

2. 安穩　他們的到來打破了我們～的生活。

⊜【平靜】píng jìng

> 「寧靜」突出心情或環境清靜，沒有干擾，多用於文學語體。

凝固 níng gù

液體變成固體，不再變化　蛋白質遇熱會～｜血在傷口處慢慢～了。

⊜【凝結】níng jié

> 「凝固」突出固定不變，可比喻思想認識等，如說「思緒凝固」、「空氣一下子都凝固了」。「凝結」指氣體

變成液體或液體變成固體，如說「窗上凝結了一層冰」、「水汽很容易凝結在鏡片上」；用於比喻時表示聚集、積聚，如說「這些東西凝結了兩人的友誼」、「成功是用汗水凝結而成的」。

⟨反⟩【溶化】róng huà　白糖～在水裏｜用可能少的水把鹽。

⟨反⟩【融化】róng huà　冰慢慢～了｜雪糕在太陽下～了。

⟨反⟩【熔化】róng huà　鐵加熱到 1530℃以上就～成鐵水｜大多數物質～後，體積會膨脹。

凝聚 níng jù　氣體凝結變濃或成為液體。比喻事物聚合在一起　我們的班級有一股強大的～力｜在～前人經驗的基礎上我們獲得了這次的成功。

⟨同⟩【凝集】níng jí

「凝聚」泛指聚積，多用於比喻。「凝集」指凝結在一起，突出由分散到集中，如說「水珠迅速凝集在一起」。

⟨反⟩【渙散】huàn sàn　人心～｜戰鬥力～。

凝視 níng shì　聚精會神地看　～對方｜老人長久地～着這些老相片。

⟨同⟩【注視】zhù shì

「凝視」多指較長時間地看着。「注視」可指集中注意力和精神去看，如說「深情注視着」；也指從側面或暗中注意觀察，如說「密切注視着事態的發展」。

寧可 nìng kě　表示做比較後選

擇其中的一種做法；情願　他～累了自己，也不去麻煩別人｜與其看得容易些，～看得複雜些。

⟨同⟩【寧願】nìng yuàn
⟨同⟩【寧肯】nìng kěn

「寧可」語意較重，含有要付出代價才能實現的意思。「寧願」突出按自己的願望作選擇，如說「他寧願犧牲自己的一切，也不願讓母親受苦」。「寧肯」突出樂意選擇其中一方，常與「如果」、「要是」、「與其」等詞搭配，如說「要是不能得第一名，我寧肯放棄參加比賽」，又如說「與其讓他來，寧肯我再跑一趟」。

牛市 niú shì　股票市場交易活躍、股價上漲的行情　～思維模式｜一會兒～，一會兒熊市，我真弄不明白。

⟨反⟩【熊市】xióng shì　局部～｜長時間的～使很多股民信心低落。

扭捏 niǔ nie　本指走路時身體故意左右搖動，現指言談舉止不爽快、不大方　她～了大半天，才說出一句話來｜有話直截了當地說，別那麼～。

⟨同⟩【靦腆】miǎn tiǎn

「扭捏」強調不好意思、不大方的樣子，多形容女孩子。「靦腆」也作「腼腆」，強調怯生生或由害羞引起的不自然的樣子，如說「這個小伙子靦腆地微笑」。

⟨反⟩【大方】dà fang　落落～｜舉止～。
⟨反⟩【自然】zì ran　動作～流暢｜她對誰都很～大方，從不扭捏作態。

農村 nóng cūn　以從事農業生產

為主的人聚居的地方　他從小在～長大｜我很想去～體驗體驗。
同【鄉村】xiāng cūn

「農村」指以農業生產為主，有村落散佈的地區，與「城市」、「城鎮」相對。「鄉村」指散佈着村莊的地域，如說「她在鄉村擔任教師多年」、「鄉村的清晨空氣非常清新」。

反【城市】chéng shì　～人口｜他從農村來～居住｜～居民的生活水平有了提高。

農忙 nóng máng　農事繁忙　春夏秋三個季節是～季節。
反【農閒】nóng xián　～時節，大家都比較清閒。

濃 nóng　1. 液體或氣體中所含某種成分多；稠密　～煙｜今天江面上霧很～。
反【淡】dàn　～墨｜天高雲～。
2. 顏色深　那人長得～眉大眼｜她今天的妝化得很～。
反【淡】dàn　～青｜～黃｜她偏愛～色的衣服。

濃厚 nóng hòu　1.（煙霧、雲層等）密度大　～的雲層｜～的黑煙瀰漫在空中。
同【濃重】nóng zhòng
反【淡薄】dàn bó　～的浮雲。
2.（色彩、意識）重；（興趣）大　～的古板思想｜學生們上網的興趣很～。
同【濃重】nóng zhòng

「濃厚」多用於思想、意識、氣氛等。

「濃重」突出濃的程度高，多用於煙霧、氣味、色彩，如說「用色濃重」、「醫院裏散發着濃重的消毒水氣味」；還可形容口音明顯，如說「他說起話來帶着濃重的南方口音」。

反【淡薄】dàn bó　團隊意識～。

濃密 nóng mì　多而密；稠密　煙霧～｜～的鬍鬚｜～的樹林｜山谷中的霧愈來愈～。
同【稠密】chóu mì

「濃密」強調密度較大，適用範圍較廣。「稠密」強調密集，多用於大範圍的或正變動的對象，如人口、雲彩、彈雨等，如說「沿海地區人口十分稠密」。

反【稀疏】xī shū　枝葉～｜毛髮～｜窗外～地立着幾棵樹｜他比以前老了不少，頭髮也～了很多。

濃縮 nóng suō　使溶劑蒸發而提高溶液的濃度　～提煉｜加熱這瓶溶液，把它的濃度～到25%。
反【稀釋】xī shì　加水～鹽酸溶液｜這碗湯鹽放多了，加點水～一下。

「濃縮」也可泛指使事物中不需要的部分減少，從而使需要部分的相對含量增加，如說「你應把文章的內容濃縮一下」、「藝術作品常是對生活的提煉與濃縮」。

濃豔 nóng yàn　（色彩）濃重而豔麗　一個化妝化得非常～的女人走了過去。

〔反〕【淡雅】dàn yǎ　她以一種清新～的裝束出現在大家面前。

濃郁 nóng yù　1.（色彩、感情、氣氛等）濃厚、深厚　色調～｜現在已經有～的春意了｜我們喜歡這裏～的鄉村氣息。
〔同〕【濃重】nóng zhòng
2. 花草樹木的香氣濃　香味～｜屋子裏有～的檀香。
〔同〕【濃重】nóng zhòng

濃重 nóng zhòng　（煙霧、氣味、色彩等）很濃很重　霧愈發～了｜桂花發出了～的香味。
〔同〕【濃厚】nóng hòu
〔同〕【濃郁】nóng yù
〔反〕【淡薄】dàn bó　霧慢慢～了。
〔反〕【清淡】qīng dàn　～的花香｜這幾個小菜口味都比較～。

弄虛作假 nòng xū zuò jiǎ　耍花招欺騙別人　不允許～｜那家公司歷來～，最後導致破產。
〔反〕【實事求是】shí shì qiú shì　做學問應當～｜提倡～的精神。

弄璋之喜 nòng zhāng zhī xǐ　舊時稱家中生下男孩的喜事　欣聞府上有～。
〔反〕【弄瓦之喜】nòng wǎ zhī xǐ　新居落成，又逢～，真是雙喜臨門。

努力 nǔ lì　盡一切能力　勤奮～｜學習十分～｜～改變現狀｜他們已經作了種種～。
〔同〕【極力】jí lì
〔同〕【竭力】jié lì

〔同〕【盡力】jìn lì

「努力」強調把力量儘量使出來。「盡力」強調使出全部的力量，是中性詞，如說「我會盡力而為的」、「醫生說會盡力挽救他的」。「竭力」突出盡力做，語意較重，如「我們要盡心竭力把工作做好」、「他竭力達到了老師的要求」。

〔反〕【懈怠】xiè dài　學習上不可～｜這麼多年來，他一直在努力學習業務，從不～。

怒 nù　憤怒；發脾氣　～氣沖沖｜老羞成～｜請君息～｜他終於發～了。
〔反〕【喜】xǐ　～出望外｜歡天～地｜這個人～怒無常，不好相處。

「怒」還指氣勢很盛，如說「怒濤」、「狂風怒號」。

怒吼 nù hǒu　發出氣勢雄壯的聲音　寒風～｜～的江濤讓人害怕｜戰士們～着，又一次發起了進攻。
〔同〕【咆哮】páo xiào

「怒吼」突出聲音雄壯有力。「咆哮」既指人、獸、牲畜的高聲大叫，也指風浪、雷雨或炮彈等呼嘯轟鳴，突出猛烈的氣勢。用於人時常帶貶義，如說「咆哮如雷、他又在那裏咆哮了」。

怒容 nù róng　憤怒的面容　滿面～｜聽到這個消息後，他難掩臉上的～。
〔同〕【怒色】nù sè

「怒容」突出臉上憤怒的樣子。「怒色」突出臉上呈現出的憤怒神色，如說「怒色依舊」、「他面帶怒色，讓人害怕」。

〈反〉【喜色】xǐ sè　面有～｜他獲得了冠軍，卻毫無～｜他滿臉～地告訴我，他可以去留學了。

暖 nuǎn　1. 溫和，不冷　氣候回～｜風和日～。
〈同〉【溫】wēn
〈反〉【寒】hán　天～地凍。
〈反〉【冷】lěng　～颼颼的風｜你穿得這麼少，～不～啊？
2. 使變暖　喝點兒酒～一下身子｜快到爐子邊～一～手。
〈同〉【溫】wēn

「暖」多用於口語。「溫」多用於水、空氣、身體等，可組合成「溫暖」、「溫室」、「溫控」；還可形容人或動物性情平和，如說「溫順」、「溫馴」。

〈反〉【冷】lěng　太燙了，～一下再吃。

暖烘烘 nuǎn hōng hōng　形容溫暖宜人　爐火正旺，屋子裏～的｜媽媽把～的老鴨湯端了上來。
〈反〉【冷絲絲】lěng sī sī　今天穿着長袖仍然感到～的。
〈反〉【冷冰冰】lěng bīng bīng　一副～的面孔｜東西都變得～的｜我就不喜歡他那種～的腔調。

暖和 nuǎn huo　1. 不太熱也不冷　感到很～｜一到春天，這裏就～了。
〈同〉【溫暖】wēn nuǎn

〈反〉【涼快】liáng kuai　那地方到了夏天也很～｜這屋子冬天暖和，夏天卻很～。
2. 使覺得暖　快來，～一～手腳。
〈同〉【溫暖】wēn nuǎn

「暖和」用於具體的人或事物。「溫暖」指感覺不冷，如說「溫暖的春日」、「溫暖和煦的陽光」；還可比喻集體、情誼等給人帶來內心的舒適感、友愛感，如說「溫暖的大家庭」、「他讓我感受到了兄弟般的溫暖」。

暖流 nuǎn liú　水溫高於周圍海水的海流，通常自低緯度流向高緯度，水溫逐漸降低　～經過該島北上。
〈反〉【寒流】hán liú　來自北方的～近日將南下。

暖色 nuǎn sè　讓人看了有溫暖感的顏色　～系列｜～裝飾的卧室｜冬天，我比較喜歡～。
〈反〉【冷色】lěng sè　～塗料｜我們家的裝修色調是以～為主。

「暖色」主要指紅、橙、黃系列的顏色。

虐待 nüè dài　用狠毒殘忍的手段對待人　不得～戰俘｜此人長期受到～。
〈反〉【優待】yōu dài　～老人｜我們受到了特別的～。
〈反〉【厚待】hòu dài　受到～｜～朋友｜人家這麼～咱們，心裏真是過意不去。

諾言 nuò yán　應允別人的話　必須遵守～。

同【誓言】shì yán

> 「諾言」指答應、應允別人的話，屬於書面語。「誓言」指宣誓時說的話，有莊重色彩，如說「莊重地立下誓言」、「我會用行動來實踐自己的誓言」。

懦夫 nuò fū　軟弱無能的人　～可恥｜堅決不做～｜這是～的行為。

反【勇士】yǒng shì　戰場上的～｜要做～，不做懦夫｜真正的～應敢於正視現實。

反【英雄】yīng xióng　～好漢｜～紀念碑｜自古～出少年｜真是～所見略同。

懦弱 nuò ruò　不堅強；軟弱　性格～｜～無能的人很難適應這個競爭激烈的社會。

同【怯懦】qiè nuò

> 「懦弱」語意較重，只形容人的性格、意志。「怯懦」屬於書面語，如說「他為人一向怯懦」。

反【堅強】jiān qiáng　意志～｜～不屈的勇士｜她變得～起來｜～一點，沒甚麼大不了的。

N

O

謳歌 ōu gē　讚美　～新生事物｜詩篇熱情～了壯麗山河。

◎【歌頌】gē sòng

◎【頌揚】sòng yáng

◎【讚美】zàn měi

「謳歌」、「歌頌」都突出用言語、文字等頌讚、讚美。「謳歌」屬於書面語。「頌揚」多用於歌頌、讚揚事物或事跡，如說「頌揚良好風尚」、「優秀業績值得頌揚」。「讚美」突出稱讚、嘉許，多用於功績、山河、傳統等，如說「讚美英雄偉業」、「讚美大好河山」。

偶爾 ǒu ěr　間或；不經常，發生次數較少；有時候　～去散步｜他們只是～打個招呼｜他說他～也喝點酒。

◎【偶然】ǒu rán

◎【間或】jiàn huò

「偶爾」突出不經常，數量、次數較少，與「經常」相對。「偶然」指事情不經常發生，着重於意外，與「必然」相對，如說「這只是偶然現象」、「一次偶然相遇使他倆成了好朋友」。表示有的時候兩詞可以通用，如說「他偶然也會唱唱歌」、「本地偶爾下雪」、「此間夏天偶爾有颱風」。「間或」屬於書面語，指有的時候。

⊠【常常】cháng cháng　最近～下雨｜他～去那兒游泳。

⊠【經常】jīng cháng　他～幫助我｜我～去外地出差。

⊠【屢屢】lǚ lǚ　他在賽場上～失手｜最近她～在工作中犯錯誤。

⊠【一貫】yí guàn　作風～正派｜她學習～認真。

偶然 ǒu rán　1. 事理上不一定要發生而發生的；不是必然的　～事故｜此事決非～｜他是在一個～的機會遇到了那位朋友。

⊠【必然】bì rán　不學習～被淘汰｜這是事情發展的～結果。

2. 偶爾；有的時候　～去一次｜他～也會到那裏逛逛。

◎【偶爾】ǒu ěr

⊠【常常】cháng cháng　這裏～下雨｜他～在那兒鍛煉。

⊠【時常】shí cháng　他～到我家來｜這裏～能見到他。

O

P

························

爬行 pá xíng

昆蟲、爬行動物等行動或人在地上或其他物體上用手腳一齊移動向前　烏龜是一種～動物｜他腿受了重傷，只能緩慢地向前～。

同【匍匐】pú fú

> 「爬行」可用於昆蟲、爬行動物和人。「匍匐」多用於人，如說「訓練時士兵們匍匐前進」。

怕羞 pà xiū

怕難為情；害羞　那姑娘特別～｜你別～，大膽地開口說！

反【大方】dà fang　落落～｜姿態～｜這孩子第一次上台就表現得那麼～，真了不起。

反【自然】zì ran　輕鬆～｜別緊張，～點兒｜演員的表演顯得十分～。

排斥 pái chì

運用力量或採用手段使對方離開或不能加入　互相～｜～異己｜他的見解和你的想法並不～｜他來了會增加我們的實力，你不要～他。

同【排擠】pái jǐ

> 「排斥」突出設法使人或事物離開，可用於人、團體、國家或事物。「排擠」突出利用勢力或採用手段使對手喪失地位及利益，或借勢力將人或團體擠出去，用於貶義，如說「遭受排擠」、「排擠同行」。

反【拉攏】lā·lǒng　～過來｜～感

情｜企圖～無知少年做壞事。

反【吸引】xī yǐn　高超的技藝～了大量觀眾｜那部網路小說～着大批年輕人。

排除 pái chú

去除；消除　～萬難｜～機械故障｜全力～火災隱患｜基本～了他作案的可能性｜～體內毒素。

同【解除】jiě chú
同【消除】xiāo chú

> 「排除」突出作一番努力，去掉某種因素，多與「困難」、「故障」、「障礙」等詞搭配。「解除」突出採取措施，使原有設置、設備、措施、武裝等去掉，如說「解除武裝」、「解除警報」等。「消除」指除去不利的事情，如災害、疾病、矛盾、顧慮等，如說「消除顧慮」、「消除危害」、「消除不良影響」。

反【存留】cún liú　～下來｜幸虧你～了底稿｜這些研究資料可以～給後世。

排擠 pái jǐ

利用權勢或手段等使某人或某組織失去應有的地位　～有才之人｜他因過於直率而遭到～。

同【排斥】pái chì
反【拉攏】lā·lǒng　這是一種～手段｜他們企圖用金錢～無知的人。
反【籠絡】lǒng luò　他知道必須～一批人為他說話。
反【收買】shōu mǎi　～人心｜你別想～我｜他早被犯罪集團～了。

> 「排擠」用於貶義，對象多是人或組織。

排解　pái jiě

遇到不愉快的或難以解決的事情時盡力消除　～煩惱｜我們怎樣做才能～他的憂愁呢？

圓【排遣】pái qiǎn

「排解」突出消除，對象多是各種不好的情緒；還指對糾紛進行調解，如説「張老先生德高望重，十分善於排解糾紛」。「排遣」多指借某種事情使煩悶、寂寞、不愉快等情緒散掉，屬於書面語，如説「排遣疑惑」、「用音樂排遣愁悶」。

排泄　pái xiè

動植物把體內的廢物排出　～汗液｜～糞便｜植物～多餘的水分和礦物質。

反【吸收】xī shōu　～營養｜～得很充分｜這種物質很容易被人體～。

排演　pái yǎn

排練即將演出的內容　他們正在～話劇｜他們進行了最後一次～。

圓【排練】pái liàn

「排演」指正式演出前按全程進行演練。「排練」含有逐段練習並配合協調的意思，如説「刻苦排練」、「排練演出節目」。

徘徊　pái huái

來回地走。多比喻一時拿不定主意　在此～良久｜他現在還～不定呢｜有個陌生人在門外～了多時。

圓【彷徨】páng huáng

「徘徊」有慢慢踱步的意思；還指在某範圍內浮動或變化不大，如説「最近幾年產量一直在這個數字上徘徊」。「彷徨」表示方向不明、猶豫不定，突出心神不定，含有内心苦悶、不知所措的意思，如説「他陷入了彷徨的境地」。

派別　pài bié

學術領域、宗教界或政黨的分支或小團體　形成多個～｜他們兩人～不同。

圓【派系】pài xì

「派別」多因觀點、主張不同而形成，突出主張、立場等不同於別方，多用於同一組織、團體之内。「派系」強調形成有規模的系統，多用於政黨及較大集團内部，如説「發生派系鬥爭」、「捲入派系矛盾」。

派出　pài chū

派遣人到外面（去做事）　～支援人員｜～精兵強將｜～的人至今沒有消息。

反【撤回】chè huí　～軍隊｜全部～｜～流動哨。

派遣　pài qiǎn

分派、差遣某人或某團體外出做某項工作　受董事會～｜～代表團出訪歐洲｜公司今年只～她一個人去美國。

圓【差遣】chāi qiǎn

「派遣」比較鄭重，多用於政府、機關團體等的公事。「差遣」突出差使，多指上級對下級分派工作，可用於組織或個人，屬於書面語，如説「聽候差遣」。

反【召回】zhào huí　立即～使館人員。

派頭　pài tóu

某種作風或風度

～十足｜他在那裏擺起了少爺～。

🔄【氣派】qì pài

攀登 pān dēng　用手交替抓住東西向上爬。比喻努力向上　～鐵塔｜登山勇士們正在～主峯｜～科學高峯

🔄【攀緣】pān yuán

「攀緣」突出抓住受力物向上爬，可用於靈長類動物，屬於書面語，如說「攀緣巖壁」、「靈活地攀緣」。

攀談 pān tán　拉扯閒談　別隨便和陌生人～｜他們兩個～起來。

🔄【交談】jiāo tán

「攀談」多是一方找另一方談話。「交談」是雙方互相答話，如說「無法交談下去」、「雙方就此交談多次」。

盤點 pán diǎn　盤查清點　商店今天關門～｜營業員們在忙着～存貨。

🔄【清點】qīng diǎn

「盤點」指商場、倉庫等的管理人員弄清貨物的品種、數量等情況。「清點」突出查核準確數字，可用於物品和人數，如說「清點固定資產」、「再次清點一下人數」。

盤踞 pán jù　也寫作「盤據」。非法佔有某一地區，作為自己的地盤　～一方｜土匪～於山中。

🔄【佔據】zhàn jù
🔄【割據】gē jù

「盤踞」指佔有某地方，還可表示存在，如說「打消了盤踞在心頭的疑惑」。「佔據」的對象多是地域、場所及財產、地位等，如說「佔據有利地形」。「割據」多指以武力佔據部分地區，形成分裂或對峙局面，如說「唐朝末年出現藩鎮割據的局面」、「軍閥割據」。

盤繞 pán rào　攀附、圍繞在其他東西上　一條蛇～在枝頭｜長藤緊緊～着大樹｜山路彎彎曲曲地～在山上。

🔄【環繞】huán rào
🔄【圍繞】wéi rào

盤算 pán suan　（事先）心中反覆地考慮、籌劃　～多時｜他在心底不停地～｜經過周密～，他們決定離開此地。

🔄【打算】dǎ suan
🔄【合計】hé ji
🔄【算計】suàn ji

「盤算」用於事前，所打算的事情可好可壞。「算計」的事情多是壞的，如說「別一再算計對方」。「打算」適用範圍較廣，如說「打算退出比賽」、「沒打算買數碼相機」。「合計」有商量、討論的意思，如說「你倆再合計合計，看有沒有可能」。

盤問 pán wèn　仔細、全面地查問　詳細～｜你無權～｜～過行人｜他仔細地～每一個人｜在她的一再～下，他道出了實情。

🔄【盤詰】pán jié

同【查問】chá wèn

「盤問」的對象多是涉嫌的人與事，多用於口語。「盤詰」強調追問不放，對象是可疑的人或事，屬於書面語，如說「盤詰清楚」、「盤詰對方來意」。「查問」突出在有一定線索時檢查盤問，如說「查問事故細節」。

盤旋 pán xuán　在某一區域環繞着飛行或行走　飛機～在海島上空｜汽車沿山路～而上。
同【迴旋】huí xuán

「盤旋」指環繞着飛或走；還有徘徊、逗留的意思，如說「他在那裏盤旋了半天才離開」。「迴旋」強調曲折地繞來繞去，但不一定有一個中心；還指活絡、可進可退，如說「這事還有迴旋的餘地」。

蹣跚 pán shān　走路緩慢搖擺的樣子　步履～｜～的腳步。
反【健步】jiàn bù　～如飛｜老人正～走來。

判別 pàn bié　判斷區分，辨別　～是非｜提高～能力｜他現在無法～字畫的真假。
反【混淆】hùn xiáo　～黑白｜你不要真假～｜這兩種藥材很容易被～起來。

判定 pàn dìng　判斷認定　～是非｜經～這裏不適合建高樓｜如何～這是個等腰三角形？
同【斷定】duàn dìng

「判定」突出進行認定的過程，可用於事先或事後。「斷定」突出已經作出結論，語氣很堅定，如說「他斷定背後有人在指揮」、「她還不敢斷定那人是不是肇事司機」。

叛變 pàn biàn　背離本來的一方而投向對立方　～投敵｜搞陰謀～的人是不會有好下場的。
反【反叛】fǎn pàn

「叛變」強調發生變節行為，多用於貶義。「反叛」強調反過來與自己原屬的一方作對，如說「決意反叛禮教」。

反【歸順】guī shùn　農民軍拒絕～朝廷。
反【歸附】guī fù　～朝廷。

叛逃 pàn táo　因叛變而逃跑　～到國外｜政變失敗後，那伙人～到敵國。
同【潛逃】qián táo

「叛逃」是因為叛變自己的集團或國家而逃跑。「潛逃」多指犯有罪惡的人逃跑，如「作案後畏罪潛逃」、「防止犯罪嫌疑人潛逃」。

盼望 pàn wàng　殷切地期望　～今年取得好成績｜～能考上理想中的大學。
同【希望】xī wàng

「盼望」比「希望」的程度更深，期望達到某種目的的心情更為急切。

彷徨 páng huáng　走來走去，顯得十分猶豫　～失措｜他在那條街

上～了許久。

同【徘徊】pái huái

反【決斷】jué duàn　難以～｜到了該～的時候了。

旁觀者清　páng guān zhě qīng

在旁邊觀看的人心裏比較清楚　很多事情都是～｜～，這事你就聽我的吧。

反【當局者迷】dāng jú zhě mí　他們至今還弄不清楚，這就是～啊。

旁敲側擊　páng qiāo cè jī　比喻説話或寫文章不是直接從正面説明本意，而是從側面作曲折表達　～地打聽｜他一再～地數落着來人。

反【單刀直入】dān dāo zhí rù　我那位朋友就喜歡～，甚麼事到他那裏就簡單多了。

龐大　páng dà　非常大　機構～｜這個計劃非常～｜他有着～的身軀。

同【宏大】hóng dà

同【巨大】jù dà

「龐大」多用於形體、組織、規模、數量等。「宏大」突出規模雄偉壯觀，如説「新體育館氣勢宏大」。「巨大」多指規模、數量方面，適用範圍較廣，如説「數量巨大」、「產生巨大的影響」。

龐雜　páng zá　數量多而雜亂　隊伍很～｜文章內容過於～。

同【繁雜】fán zá

同【複雜】fù zá

「龐雜」強調數量很多。「繁雜」強調

因事務繁多而顯得雜亂，多用於工作、事情、現象等，如説「近來事務繁雜，無暇讀書」。「複雜」着重指事物頭緒多，相互關係難於分析、解答或理解，多用於抽象事物，如説「情況比較複雜」、「你可別把事情説得那麼複雜」。

胖　pàng　（人體）肥胖；脂肪多，肉多　大～子｜生了個～兒子｜女人都怕～。

同【肥】féi

「胖」用於人。「肥」除了「肥胖」、「減肥瘦身」等的説法外，一般不用於人。

反【瘦】shòu　消～｜面黃肌～｜他最近～了一點兒。

拋棄　pāo qì　扔掉不要　～雜物｜～個人偏見｜儘早～一切幻想｜他～了妻子和孩子。

同【擯棄】bìn qì

同【丟棄】diū qì

同【遺棄】yí qì

「拋棄」可用於具體的或抽象的事物。「擯棄」語意較重，多用於抽象事物，屬於書面語，如説「擯棄偏見」。「丟棄」突出不重視已有的東西，隨便地將其扔出，如説「隨手丟棄」、「別到處丟棄」。「遺棄」除扔掉不要之外，還指拋棄應該贍養或撫養的親人，如説「遺棄孩子」、「遺棄老人」。

反【保存】bǎo cún　妥善～｜～實力｜博物館～了許多珍貴的歷史文物和

資料。

⊘【保留】bǎo liú　毫無～｜我～個人意見｜這個傳統～了好幾百年。

拋售 pāo shòu　以較低價格大量地出售商品　他們以低價～達到了促銷目的。

⊘【搶購】qiǎng gòu　～一空｜現在很少有引起～的商品｜那些人都在～促銷商品。

咆哮 páo xiào　(人或動物) 發怒喊叫；也指河流、大風發出巨響　江河在～｜獅子～起來｜我話還沒說完他就～如雷。

◎【怒吼】nù hǒu
◎【呼嘯】hū xiào

> 「咆哮」用於人時多為貶義。「怒吼」突出威力極大，如說「巨浪怒吼」。「呼嘯」突出聲音又響又長，如說「北風呼嘯」、「火車呼嘯而過」。

陪伴 péi bàn　陪同為伴　～家人｜～愛人和孩子｜我願～在父母身邊，一直照顧他們。

◎【陪同】péi tóng

> 「陪伴」多用於關係比較親密的人。「陪同」指陪著共同進行某種活動，適用範圍較廣，如說「陪同她去購物」。

陪襯 péi chèn　附在其他人物或事物旁邊，以突出那個人或事物　他只是為了～大人物｜她在劇中只是～主角。

◎【襯托】chèn tuō

「陪襯」還指陪襯的事物，如說「我在這裏只是當陪襯」。「襯托」突出以某物作為對照，從而使顯得更加突出，如說「在白雲的襯托下，天更藍了」。

培養 péi yǎng　1. 給予教導、幫助，進行有系統的技能訓練或知識教育使之成長　～後代｜～年輕管理人才｜興趣可以慢慢～｜大學為社會～了大批人才。

◎【培育】péi yù
⊘【摧殘】cuī cán　～幼苗｜孩子幼小的心靈受到了～。

2. 以適宜的條件使繁殖生長　～真菌｜～花卉｜～細胞。

◎【培育】péi yù
◎【培植】péi zhí
◎【種植】zhòng zhí

> 「培養」用於人時突出按照一定的目標進行長期的訓練、教導，用於其他事物時突出使繁殖或更加發展。「培育」多用於生物，如說「培育疫苗」；用於人時指撫育、教養，如說「我在父母的悉心培育下健康成長」；用於事物時指扶持，如說「培育新生力量」。「培植」突出種植並細心管理，如說「培植人參」、「培植蔬菜」、「培植良種水稻」；也可指培養人才或扶植某種力量使其壯大，如說「培植心腹」、「培植新生力量」。「種植」僅指栽種，如說「種植果樹」。

培育 péi yù　撫育使成長　～新品｜進行精心～｜辛勤的園丁努力～花苗。

⊜【摧殘】cuī cán　～幼苗｜身心慘遭～｜～兒童是違法的行為。
⊜【扼殺】è shā　～生靈｜～新生命｜僅有的一絲希望也被～了。

> 「培育」突出培養幼小的生物，並使其發育成長。

賠 péi　商業經營中損失本錢　不做～本買賣｜他做生意常常～錢｜這趟買賣～了不少錢。
⊜【賺】zhuàn　有～有賠｜這下～了一大筆錢。

賠本 péi běn　做生意虧蝕了本錢　這是～生意｜商店這個季度～了｜這家書店長期～。
⊜【虧本】kuī běn
⊜【折本】shé běn
⊜【蝕本】shí běn

> 「賠本」、「折本」強調失去本錢，如說「分析折本的原因」。「虧本」強調虧負，可以加上數量說「虧本一萬元」。「蝕本」口語和書面語都用，如說「不做蝕本生意」。

⊜【贏利】yíng lì　他們～不少｜一出手就有～。
⊜【賺錢】zhuàn qián　你估計這次的生意能～嗎｜為了～他常常不擇手段。

佩服 pèi fú　對某人的行為或能力感到敬佩、心服　值得～的人｜～得五體投地｜他是人人～的大英雄。
⊜【欽佩】qīn pèi
⊜【折服】zhé fú
⊜【信服】xìn fú

> 「佩服」突出對別人的思想、品質、才能、技巧等心悅誠服。「欽佩」突出敬重而佩服，如說「十分欽佩她那過人的技藝」。「折服」突出屈服，如說「大為折服」；還可指說服、使屈服，如說「強詞奪理不能折服人」。「信服」指相信並佩服，如說「他的研究報告並令人信服」。

配備 pèi bèi　1. 按需要安排人員或財物、武器等　已經～好新式武器｜公司給他～了專職祕書｜這家醫院又～了很多手術器械。
⊜【裝備】zhuāng bèi
2. 成套的設備、裝置等　更換～｜研究所的～很先進。
⊜【裝備】zhuāng bèi

> 「配備」的賓語可以是人。「裝備」的賓語不能是人。

配角 pèi jué　1. 藝術表演中的次要角色　他在這部電視劇中任一個～。
⊜【主角】zhǔ jué　出演男～｜角逐最佳女～獎。
2. 比喻擔任次要工作的人　甘心當好～｜充當生活中的～。
⊜【主角】zhǔ jué　這次班級活動他才是～呢。

> 「主角」還可用於事物，如說「豪華車成了展會的主角」。

抨擊 pēng jī　對他人的言論、行動進行嚴厲攻擊　～時弊｜猛烈地～｜這是一部～社會醜惡現象的小說。

「抨擊」突出用言論或文章來進行攻擊，對象多是某人或某種言論、行為，屬於書面語。「鞭撻」多用於對抽象的制度、勢力、思潮的批判，如說「揭露和鞭撻腐朽制度的罪惡」。

朋友 péng you　人際交往中有交情、關係好的人　親愛的～｜要信任～｜多虧各位～的關照，使他渡過了難關。

回【友人】yǒu rén

「友人」多用於較正式的場合，如說「國際友人」、「得到友人熱心資助」。

反【敵人】dí rén　共同的～｜堅決抗擊～進攻。

反【冤家】yuān jia　～對頭｜～路窄｜不是～不聚頭。

澎湃 péng pài　波浪互相撞擊；也形容氣勢盛大　波濤～｜激流～｜激情～｜心潮～。

回【洶湧】xiōng yǒng

「澎湃」突出氣勢雄偉，用於水勢或社會潮流；還可用來形容人的心情。「洶湧」突出形態壯觀，多指水、感情猛烈地向上湧，如說「洶湧的波濤」、「往事令我心潮洶湧」。

膨脹 péng zhàng　1. 物體的長度增加或體積增大　氣體迅速～｜物體遇熱～起來。

反【收縮】shōu suō　物體遇冷～｜全棉布料入水後會～。

2. 指某些事物擴大或增長　通貨～｜

惡性～｜自我～。

反【緊縮】jǐn suō　通貨～。

反【收縮】shōu suō　兵力～｜地盤不斷～｜由於週轉問題，他不得不～資金。

碰巧 pèng qiǎo　剛好；恰巧　路上～遇到了化學老師｜～趕上這個集會｜他～經過此地。

回【恰巧】qià qiǎo

回【湊巧】còu qiǎo

「湊巧」有出乎意料、不曾想到的意思，如說「我正要出發時湊巧他來了」。

批駁 pī bó　對他人的言論加以批判和駁斥　嚴厲～｜公開～這種不良行為。

回【駁斥】bó chì

「批駁」着重於駁，突出對錯誤言論、觀點等進行批評、反駁。「駁斥」多用於反擊，語意較重，如說「嚴厲駁斥那些荒謬的言論」。

批發 pī fā　成批地出售商品　～部門｜她經常逛～市場。

反【零售】líng shòu　～價格｜這東西～比批發貴好幾塊錢呢。

「批發」是一種銷售方式，多在價格上給予一定優惠。

批判 pī pàn　對錯誤的觀點、言論和行為進行分析、否定　進行～｜～錯誤言論｜我們要～那些腐朽的思想。

P

回【批評】pī píng

「批判」語意較重，針對的是錯誤的思想、言論或行為。「批評」語意較輕，還可用於指出優缺點或特點，如說「文學批評」。

反【頌揚】sòng yáng　　～好人好事｜他的英雄事跡值得～。

批評 pī píng　對缺點、錯誤表示意見　提出尖銳的～｜要正確對待別人的～。

反【表揚】biǎo yáng　老師口頭～了他｜他拾金不昧的精神受到了大家的～。

反【誇獎】kuā jiǎng　～他的機敏｜長輩常常～他。

「批評」的對象可以是自己或者他人。

批准 pī zhǔn　　同意、允許　～了新的方案｜請假得到了上級的～。

反【駁回】bó huí　～上訴｜他的無理要求被～。

毗連 pí lián　　連接着　兩個地區東西～｜房間與廚房～。

回【毗鄰】pí lín

「毗連」突出互相連接，用於具體的接近。「毗鄰」突出相互為鄰、靠着，如說「香港毗鄰深圳，來往方便」。

疲憊 pí bèi　　因過分勞累而感覺乏力、沒有精神　～不堪｜面容～｜顯得十分～。

回【疲乏】pí fá

回【疲倦】pí juàn

回【困乏】kùn fá

回【疲勞】pí láo

回【困倦】kùn juàn

「疲憊」語意較重，強調疲勞到了極點，屬於書面語。「疲乏」突出精力或體力不足，如說「拖着疲乏的身子回到了家」。「疲倦」突出困倦而有睡意、精神很差，如說「不知疲倦地工作」、「你要是疲倦了就早點休息」。「疲勞」多用於勞作或運動之後需要休整的情況，如說「不要搞疲勞戰術」、「肌肉過度疲勞」。

疲軟 pí ruǎn　　指市場不景氣、價格低落或貨幣匯率下滑　市場～｜美元～｜近期這種商品在市場上有些～。

反【堅挺】jiān tǐng　股價～｜美元～可以減輕人民幣升值壓力。

癖好 pǐ hào　　特別的愛好　不良～｜養成～｜你有甚麼～｜他有下棋的～。

回【嗜好】shì hào

「嗜好」可指好的或不好的。「癖好」多指不良的愛好及興趣。

僻靜 pì jìng　　距離熱鬧的中心地區較遠，比較安靜、冷清　～地段｜～的小巷｜那是一個～的山寨。

回【寧靜】níng jìng

回【清靜】qīng jìng

回【寂靜】jì jìng

「僻靜」指地處偏僻而安靜。「寧靜」多形容心情或環境清靜，沒有干擾，

如説「這幾日心裏頗不寧靜」。「清靜」是因沒有打擾而靜，如説「耳根清靜」。「寂靜」是沒有聲音而靜，如説「寂靜無聲」。

闢謠 pì yáo　説明真相，駁斥謠言　及時~｜一再~｜這事媒體已經~。

⊗【造謠】zào yáo　~惑眾｜~污衊｜不許~中傷他人。

偏 piān　不在正中間　太陽已經~西｜你別把圖畫掛~了｜你把腦袋往左~一點。

⊗【正】zhèng　~中｜~前方｜你把帽子戴~。

偏廢 piān fèi　偏重於某一方面而忽略其他方面　兩者不可~。

⊗【並重】bìng zhòng　學與練~｜德、智、體應該~。

偏見 piān jiàn　主觀而片面的成見　克服~｜心存~｜他對我有很大的~。

⊜【成見】chéng jiàn

「偏見」強調所持有的意見、看法不正確或不全面。「成見」強調對人或事物的意見、看法固定，不易改變（常指片面性的看法），如説「兩人成見很深」。

偏頗 piān pō　不公平；偏於某一方面　有失~｜這篇文章的立論之~。

⊗【公允】gōng yǔn　處事~｜文章持

論~｜法庭作出了~的裁斷。

偏向 piān xiàng　對某一方無原則地支持或袒護；不正確的傾向　處理問題不能~一方，要客觀、公正｜她一直~兒子。

⊜【傾向】qīng xiàng

「偏向」多是不正確或有片面性地傾向。「傾向」則可以是正確的也可以是不正確的，如説「兩種看法我傾向第一種」；也指事物發展的趨勢或特徵，如説「及時糾正工作中的不良傾向」。

偏心 piān xīn　不公正；偏向某一方面　別説~話｜對自己的孩子難免有些~。

⊗【公正】gōng zhèng　為人~｜作出~的評價。

偏重 piān zhòng　僅注重事物的某一方面　~業務｜~技術｜學習不能只~記憶而忽略理解。

⊜【側重】cè zhòng

便宜 pián yi　價格低　~沒好貨｜價格十分~｜還可再~一些。

⊜【低廉】dī lián
⊜【廉價】lián jià

「便宜」多用於口語，適用範圍較廣。「低廉」屬於書面語，常説成「價格低廉」。「廉價」也多用於書面語，如説「廉價商品」。

⊗【昂貴】áng guì　物價~｜他為此付出了~的代價。

⊗【高昂】gāo áng　如此~的價格令普通消費者望而卻步。

片段 piàn duàn　也寫作「片斷」。整體的一部分　～描寫｜摘取小説中的幾個～｜剛才所説的只是他幾十年從藝生涯的一個小小～。
圓【片斷】piàn duàn

「片斷」突出零碎而不完整，適用對象多為生活、經驗、事跡、社會現象等，如説「零星片斷」、「片斷經驗記錄」。「片段」多用於報道、小説、戲劇、回憶錄等的節選部分，如説「內容片段」、「錄音片段」、「這些片段沒有圍繞主題展開」。「片段」的容量一般比「片斷」大。

反【整體】zhěng tǐ　～觀念｜～形象｜這個班～素質都很優秀。

「片段」是從整個事物中截取一段，有相對的完整性。

片刻 piàn kè　一會兒　請各位稍等～｜兩個人關係親密，～不離。
反【良久】liáng jiǔ　注視～｜那人沉默～才開始回答我們的問話。

片面 piàn miàn　偏於某一方面的　觀點｜這種看法未免有些～。
反【全面】quán miàn　～了解｜～地反映實際情況。

騙局 piàn jú　騙人的圈套　這是個～｜精心設計的～｜他們的～被揭穿了。
圓【圈套】quān tào

剽竊 piāo qiè　抄別人的著作或文章，並據為己有　～別人的文章｜他企圖～這本書｜應抵制～他人作品

的行為。
圓【抄襲】chāo xí

「剽竊」語意較重。

漂泊 piāo bó　也寫作「飄泊」。因職業不固定、生活不穩定而東奔西走　四處～｜隻身～異鄉｜他一個人過着～不定的生活。
圓【漂流】piāo liú
圓【浪跡】làng jì

「漂泊」還指隨波漂流，如説「小漁船在海上漂泊」。「漂流」指到處流動，如説「漂流西方」；還指漂浮在水面上，隨水浮動，如説「湖面漂流着一葉扁舟」。「浪跡」屬於書面語，如説「浪跡天涯」。

反【定居】dìng jū　～海外｜他和家人決定回國～。

漂浮 piāo fú　漂在液體表面，不下沉　小船在河面上。
反【沉沒】chén mò　～海底｜那船竟然～了。

飄蕩 piāo dàng　在天空或水面上擺動、漂浮　～的風箏｜彩旗隨風～｜在水中～的小船。
圓【浮蕩】fú dàng

「飄蕩」可在天空中或水面上。「浮蕩」多在水面。

飄揚 piāo yáng　在天空中隨風飄動　～的旗幟｜彩旗迎風～｜五顏六色的綢帶隨風～。
圓【飄蕩】piāo dàng

「飄揚」多在空中。「飄盪」既可在空中也可在水上。

漂亮 piào liang

美麗，好看　她長得很~｜小姑娘的衣服真~｜房間裝修得很~。

回【美麗】měi lì

回【標致】biāo zhì

「漂亮」還指做得出色，如說「這場球踢得很漂亮啊」、「你們的任務完成得漂亮極了」。「美麗」可用於人或事物，適用範圍較廣，如說「風景美麗」、「美麗動人」，指人時多用於女子。「標致」多用於女子的相貌、體態，如說「長相標致的女孩子」。

反【難看】nán kàn　~的衣服｜他走路的樣子很~。

反【醜陋】chǒu lòu　相貌~｜面容不堪｜~的形象。

瞥 piē

快速、短暫地看　向外一~｜無意間~見了老朋友｜她狠狠地~了他一眼。

回【瞅】chǒu

回【看】kàn

回【瞧】qiáo

回【望】wàng

「瞥」突出很快地看。

貧 pín

窮；沒有錢　~苦｜~寒｜~民｜清~。

回【窮】qióng

「貧」不單獨作謂語。「窮」可以單獨作謂語，如「家裏很窮」。

反【富】fù　~裕｜~有｜貧~不均。

貧乏 pín fá

缺少；不豐富　知識~｜資源~｜他的精神生活相當~。

反【豐富】fēng fù　物產~｜辭彙~｜~的內涵｜他生活經驗~。

貧寒 pín hán

貧窮寒苦　家境~｜她出身~｜她甘願與丈夫過~的日子。

回【清寒】qīng hán

回【清貧】qīng pín

貧瘠 pín jí

（土地）養分不足；不肥沃　土壤~，不宜耕種｜讓~的荒原變成良田｜本地區大多是~的山地。

反【肥沃】féi wò　土質~｜農田~｜這是一片~的土地。

貧賤 pín jiàn

家境貧窮且地位低下　~不能移。

反【富貴】fù guì　~人家｜他享盡了榮華~。

貧困 pín kùn

貧窮；生活困難　~家庭｜~地區｜資助~山區的孩子上學。

反【富足】fù zú　生活~｜從此他們過上了~的生活。

反【富裕】fù yù　~家庭｜生活~｜這是一個~強盛的國家。

貧苦 pín kǔ

（生活）貧窮艱苦　那裏的人生活都比較~｜父親年輕時四處漂泊，生活~。

回【貧窮】pín qióng

同【窮苦】qióng kǔ
同【窮困】qióng kùn

> 「貧苦」突出艱難困苦，生活資源不足，多用於個人和家庭。「貧窮」可用於個人或地區、國家等，如說「改變貧窮落後的面貌」、「設法幫助當地人擺脫貧窮」。

貧窮 pín qióng　缺少錢物　出身～｜她來自一個～的山村。
反【富饒】fù ráo　美麗而～｜～的物產｜～的家鄉。
反【富裕】fù yù　～的生活｜人民的生活一天天～起來。
反【富足】fù zú　家庭～｜一家人過着～的日子。

貧弱 pín ruò　貧窮衰弱　國力～｜～的社會。
反【富強】fù qiáng　繁榮～｜願我們的民族走向～。
反【強大】qiáng dà　陣容～｜～的力量｜國力日益～｜面對～的壓力，他們毫不畏懼。

> 「貧弱」多用於國家或民族。

品嘗 pǐn cháng　仔細地辨別食品的滋味　～菜餚｜慢慢～｜～名酒。
同【品味】pǐn wèi

> 「品嘗」強調用嘴試，然後分辨食品的各種滋味及優劣。「品味」突出嘗味和進行鑒定，如說「品味茶質」；還指體會，如說「品味人生」、「細細品味這部電影的含義」。

品德 pǐn dé　道德品質　思想～｜寶貴的～｜要做一個～高尚的人。
同【品質】pǐn zhì
同【品行】pǐn xíng
同【品性】pǐn xìng
同【品格】pǐn gé
同【操行】cāo xíng

> 「品德」只用於人。「品格」可指人的性格，如說「品格卑下」；也可指事物的等級，包括文學和藝術作品的風格，如說「他不同時期的創作品格迥異」。「品行」強調道德上的表現，多與「端莊」、「惡劣」等詞搭配，如說「品行端正」、「那人品行不軌」。「品質」突出人的思想、行為、性情或物體的質量，如說「高貴的品質」、「品質十分惡劣」、「這些瓷器品質優良」。「品性」用於人，指品質性格，屬於書面語，如說「品性老實敦厚」。「操行」多用於學校對學生品德、行為規範的評價，如說「操行評定」。

聘請 pìn qǐng　請人擔任某一工作或職務　～律師｜他是公司～的顧問｜他是臨時～來的｜學校～兩名外籍教師。
同【延聘】yán pìn
同【聘任】pìn rèn
同【聘用】pìn yòng

> 「聘請」多用於較高職務。「延聘」屬於書面語。「聘任」和「聘用」多用在一般職稱或職務上。

聘用 pìn yòng　請人擔任工作　～新人｜～外來員工｜學校決定～他

當校長助理。

⑤【辭退】cí tuì 被公司~|不得藉
故~老員工。

平安 píng ān
平穩、安定;無
事故 祝你旅途~|~抵達目的地|
願好人一生~。

⑥【安好】ān hǎo

⑥【安全】ān quán

平常 píng cháng
1.普通;不特
別 我只是~百姓|小說內容很~|
懷着一顆~心去面對人生。

⑥【平凡】píng fán

⑤【特殊】tè shū ~人員|她來此地
負有~使命。

⑤【非常】fēi cháng 召開~會議|現
在是~時期。

2.通常的日子 我~很少去朋友家|
他今天穿着與~不同。

⑥【平時】píng shí

> 「平常1」突出不特別。「平凡」多用
> 於人及其工作、事業、經歷、精神
> 等,如說「平凡的崗位」、「平凡的
> 一生」。「平時」指通常的時候,如
> 說「我平時不喝酒」。

平淡 píng dàn
平常;沒有曲折
~無奇|~無味|每天的生活都過得
很~。

⑤【離奇】lí qí 情節~|~古怪|這
個故事非常~。

> 「平淡」多指生活及文章等。

平凡 píng fán
普通;尋常 ~
的經歷|~的崗位|她只是一位~的

教師。

⑤【非凡】fēi fán 能力~|氣度~|
他們創造了~的記錄。

⑤【傑出】jié chū ~人物|他獲得了
~成就獎。

⑤【偉大】wěi dà ~的時代|~的民
族|作出~的貢獻。

平和 píng hé
(人的性格、心情
或態度)平靜、溫和 他態度~|~
的言語|我們的老師性情~。

⑥【溫和】wēn hé

⑥【平易】píng yì

> 「平和」用於人時突出人的性情或言
> 語行動;還可指氣氛平靜、藥力不
> 大等,如說「環境平和」、「藥性平
> 和」。「平易」多指為人親切而容易
> 接近,如說「平易可親」、「這位教
> 授平易近人」;還可指文章淺顯易
> 懂,如說「文章簡潔平易」。

⑤【劇烈】jù liè ~震動|飯後不宜
參加~運動。

平衡 píng héng
1.多個力同時
作用在一個物體上,各個力互相抵
消,物體處於相對靜止的狀態 保持
~|相對~|現在處於~狀態。

⑥【均衡】jūn héng

⑤【失衡】shī héng 造成~|處於~
狀態。

2.相對各方在數量或質量方面相同或
相抵 ~發展|收支基本~。

⑥【均衡】jūn héng

> 「均衡」着重指數目、分量等的均勻,
> 如說「得到均衡發展」、「要讓孩子
> 保持營養均衡」。

〔反〕【失衡】shī héng　供求～｜男女比例～。

〔反〕【失調】shī tiáo　供求～｜雨水～｜內分泌～引起了多種不良症狀。

平滑　píng huá
表面平而光滑　～如鏡｜～的桌面｜經過加工～多了。

〔反〕【粗糙】cū cāo　做工比較～｜材料的表面顯得相當～。

平緩　píng huǎn
(地勢)比較平坦　地勢～｜坡度～。

〔反〕【陡峭】dǒu qiào　山勢～｜前面是～的山崖。

平靜　píng jìng
沒有動盪；很安穩　風浪～｜局勢基本～｜心情怎麼也～不了。

〔同〕【寧靜】níng jìng

〔同〕【鎮靜】zhèn jìng

「平靜」既可以指人的心情，也可指社會局勢。「寧靜」多形容心情或環境清靜，沒有騷擾，如說「寧靜的山莊」。「鎮靜」強調心中不亂或不緊張，如說「鎮靜自若」、「你喝杯冰水鎮靜一下」。

〔反〕【動盪】dòng dàng　生活～｜～不安的年代。

平均　píng jūn
各部分的數量、重量等相同；沒有差別　～分配｜達到～水平｜絕對～是不可能的｜他們的實力大體～。

〔同〕【均勻】jūn yún

「平均」還作動詞，指將總數分成若干等份，如說「最近三年產量平均每

年增長率達百分之八」。「均勻」突出分佈量相同，如說「雨水均勻」、「顏色均勻」；也指時間距離相等，如說「均勻的速度」。

平面　píng miàn
幾何學上指最簡單的面　海～｜～幾何｜這電視機的～效果不太好。

〔反〕【立體】lì tǐ　～電影｜～交叉橋｜這幅畫的～感很強。

平日　píng rì
普通、平常的日子　～忙於工作，只有假日才有時間娛樂。

〔同〕【平時】píng shí

〔同〕【素日】sù rì

〔同〕【平常】píng cháng

「平日」是區別於節假日或特別的日子。「平時」指平常的、多數的時候，如說「平時總是他第一個到公司」、「她平時騎自行車來上課」。

平生　píng shēng
往常；從來　素昧～｜他～最愛旅遊。

〔同〕【平素】píng sù

〔同〕【素常】sù cháng

「平生」還可指一生，終生，如說「平生第一次來這裏」。「平素」強調常常如此，如說「平素愛運動」、「他倆平素不常來往」。「素常」指平日，如說「老人素常愛打牌」。

平坦　píng tǎn
(地勢)沒有高低；平整、寬闊　寬闊～的柏油路｜這裏地勢～｜～的大草原。

〔反〕【崎嶇】qí qū　山路～。

〈反〉【坎坷】kǎn kě　～不平的地面。

平穩 píng wěn
安全、穩妥；沒有危險　～過渡｜物價～｜時局不太～｜這輛汽車又快又～。

〈同〉【安穩】ān wěn

「平穩」突出平安穩當，沒有波動或危險。「安穩」強調安全，含有安靜、平和的意思，如說「生活安穩」。

〈反〉【顛簸】diān bǒ　～得很厲害｜小船在風浪中不停～。

〈反〉【波動】bō dòng　情緒～｜物價指數時常～｜研究引起～的原因。

平庸 píng yōng
平常而無所作為　他是個～的人｜智力～｜這本～之作。

〈同〉【庸碌】yōng lù
〈同〉【平淡】píng dàn

「平庸」可形容人或作品等。「庸碌」多形容人，如說「庸碌無能」、「庸碌之輩」。「平淡」多形容文章和生活，如說「內容平淡無奇」、「生活平淡如水」。

平裝 píng zhuāng
（書籍）裝訂時用單層的紙做封面，且書脊不成弧形　～書｜此書決定採用～。

〈反〉【精裝】jīng zhuāng　收藏～書｜本銷售量也很大。

評價 píng jià
評判有無價值或價值高低　重新～｜客觀～歷史人物｜～那部作品的影響。

〈同〉【評說】píng shuō
〈同〉【評議】píng yì

〈同〉【評定】píng dìng

「評價」還可指評的結果，如說「作出合理的評價」、「獲得很高的評價」。「評說」突出進行議論評價，不一定有結果，如說「大膽評說工作中的得失」、「評說古人的功過」。「評議」多需經過討論決定某個結果，如說「經過評議再作決定」。「評定」常通過評議審核來決定，如說「評定成績」、「評定等級」。

憑據 píng jù
可證明某種事實的證據　缺乏～｜繼承財產的～｜目前還拿不出有效～。

〈同〉【憑證】píng zhèng
〈同〉【依據】yī jù

「憑據」屬於書面語。「依據」多指作分析的根據，如說「提供重要依據」、「這樣說根本沒有依據」。「憑證」指作為證明的實物或證據，如說「憑證不全」、「應保留憑證」、「請出示憑證」。

憑空 píng kōng
也作「平空」。毫無依據　～捏造事實｜不要～臆想｜這明顯是～誣陷。

〈同〉【無端】wú duān
〈同〉【無故】wú gù

婆家 pó jiā
丈夫的家　～待她很好｜她婚後一直住在～。

〈反〉【娘家】niáng jiā　～來人了｜她打算回～住幾天｜從她～到這裏坐火車要一天多呢。

迫害 pò hài
壓迫使其受害　政

治～｜反對～。

⊜【虐待】nüè dài

「迫害」多指政治性的，突出從精神上到肉體上的摧殘。「虐待」多指用狠毒手段對待，如說「虐待老人」、「虐待俘虜」。

迫近 pò jìn　臨近；靠近　～大考｜～年關｜～勝利。

⊜【逼近】bī jìn

「迫近」多用於期限、日子等即將到來，突出事情緊迫。「逼近」強調形勢逼人，或距離逐漸減小，如說「逼近目標」、「逼近敵營」。

迫切 pò qiè　願望、需求強烈而急切　心情～｜～地詢問｜～希望。

⊜【急迫】jí pò

⊜【緊迫】jǐn pò

⊜【急切】jí qiè

「迫切」突出難以等待，重在心情急切，常與「需要」、「希望」、「願望」、「心情」等詞搭配。「急迫」表示任務、情況、形勢等方面不容拖延，常與「心情」、「需要」等詞搭配。「緊迫」着重於時間緊、不容拖延，多與「任務」、「工作」、「形勢」等詞搭配。「急切」既可指心情、神情的迫切，如說「急切地盼望」；也可指時間倉促，如說「時間過於急切」。

破除 pò chú　除去　～顧慮｜～封建迷信｜～陳規陋習。

⊜【廢除】fèi chú

「破除」的對象多是原來被人尊重或信仰的觀念，如說「破除情面」、「破除陳舊觀念」。「廢除」強調以強制手段取消、去掉，多用於法令、條約、制度等，如說「廢除違法合同」、「廢除不平等條約」。

⊝【建立】jiàn lì　～制度｜～新秩序｜他們之間～了深厚的友誼。

⊝【制定】zhì dìng　～法規。

破費 pò fèi　花費錢財　請不必～｜讓您過於～，真不好意思。

⊜【花費】huā fèi

「花費」的對象可以是具體事物也可以是抽象事物，如說「花費時間」、「花費金錢」、「花費了太多的精力」。

破格 pò gé　改變原來的規格或約定　～晉升｜公司～聘用他｜他被學校～錄取。

⊜【破例】pò lì

破壞 pò huài　使受到損壞或損害　～鐵路｜有人在暗中～｜～他們倆的關係｜你不要～我的名譽。

⊜【損壞】sǔn huài

「破壞」多用於具體事物，也可與「關係」、「局面」、「名譽」等抽象名詞搭配。「損害」突出對國家、集體、個人的利益或名譽的傷害，多與「視力」、「利益」、「公共財物」等詞搭配。

⊝【保護】bǎo hù　～文物｜～現場｜～生態環境。

⊝【建設】jiàn shè　經濟～｜～家園。

破舊 pò jiù　舊而有損壞的　房子～｜設備～｜只有一些～的傢具。

⟨反⟩【簇新】cù xīn　～的鞋子｜她今天穿了一件～的外套。

⟨反⟩【嶄新】zhǎn xīn　～的用品｜今天又是～的一天。

破裂 pò liè　（完整的東西）出現裂縫；（感情、關係等）遭破壞而分裂　關係～｜分歧太大導致談判～。

⟨同⟩【決裂】jué liè

> 「破裂」還可指出現裂痕，如說「果皮破裂」。「決裂」程度較深，多用於感情、相互關係等方面，如說「這次事件導致兩國關係決裂」。

⟨反⟩【彌合】mí hé　～傷口｜感情裂痕無法～。

破碎 pò suì　破裂散碎　山河～｜～的碗碟｜～的心靈｜～的家庭。

⟨反⟩【完整】wán zhěng　～無缺｜小說結構～｜這些材料是～的一套，請你保存好。

⟨反⟩【完好】wán hǎo　～無損｜這些書～如新。

破損 pò sǔn　殘破損壞　封面～｜包裝已經～。

⟨反⟩【完好】wán hǎo　結構～｜器物～無損。

破綻 pò zhàn　比喻言行或文章中不符合邏輯的地方　～百出｜文章存在着明顯的～｜他一說話，就露出了～。

⟨同⟩【漏洞】lòu dòng

⟨同⟩【馬腳】mǎ jiǎo

> 「破綻」突出不合邏輯。「漏洞」側重不細密，不周全，如說「程序有漏洞」。「馬腳」比喻破綻，多用於言行，如說「終於露出了馬腳」。

魄力 pò lì　處理事情過程中表現出來的膽略和果斷作風　缺乏～｜～過人｜我們需要的是有～的人才。

⟨同⟩【氣魄】qì pò

> 「魄力」強調敢作敢為並且堅強有力。「氣魄」突出氣量不一般，多與「宏偉」、「大」、「小」等詞搭配。

剖析 pōu xī　仔細地分析　～人物內心世界｜這篇文章～事理十分透徹。

⟨同⟩【分析】fēn xī

> 「剖析」適用範圍比「分析」窄。

撲朔迷離 pū shuò mí lí　比喻事情關係複雜，一時難以辨別　故事情節～｜這件案子～。

⟨同⟩【錯綜複雜】cuò zōng fù zá

> 「撲朔迷離」源於《木蘭辭》「雄兔腳撲朔，雌兔眼迷離，雙兔傍地走，安能辨我是雄雌」。「錯綜複雜」形容頭緒很多，情況複雜，適用範圍較廣，如說「局面錯綜複雜」。

鋪張 pū zhāng　為形式上好看而過分講究排場　～浪費｜請你們不要～。

⟨反⟩【節儉】jié jiǎn　～度日｜～持家｜應該養成～的習慣。

普遍 pǔ biàn
存在的面很廣泛，具有共同性　～現象｜～規律｜這個問題受到～關注。

圓【廣泛】guǎng fàn

> 「普遍」有一般、全面、共同的意思，與「特殊」、「個別」相對。「廣泛」有廣大、寬泛、多方面的意思，與「狹窄」相對，如說「廣泛閱讀」、「新技術得到廣泛應用」。

反【個別】gè bié　～談話｜～處理｜這種情況是極～的。

普及 pǔ jí
廣泛地傳佈、推廣到許多地方　健身操已得到～｜這首歌迅速～開來｜大力～預防傳染病的知識。

圓【遍及】biàn jí

> 「普及」突出傳開並推廣，使大眾化。「遍及」突出範圍很大，後面常要有表示地方的賓語，如說「產品遍及各地」、「朋友遍及世界」。

普通 pǔ tōng
平常的；一般的　～家庭｜～學生｜～公民。

圓【一般】yì bān

> 「普通」多修飾具體事物，如說「普

通人」、「普通食品」等。「一般」可修飾具體事物或抽象事物，如說「一般現象」、「一般規律」、「雙方的關係很一般」。

反【特別】tè bié　式樣～｜看不出有甚麼～｜他今天的樣子有點兒～。

反【特殊】tè shū　負有～使命｜進入～階段｜～情況要～處理。

反【別致】bié zhì　造型～｜他的房間設計得很～。

樸實 pǔ shí
1. 質樸；樸素　～無華｜～大方｜～而不虛浮。

反【奢華】shē huá　～的陳設｜生活用度～。

反【華麗】huá lì　衣着～｜裝束～｜～的外表。

2. 踏實　風格～｜語言～｜做事情～。

反【浮誇】fú kuā　作風～｜言語～。

樸素 pǔ sù
1.（顏色、式樣等）不濃豔華麗　裝飾～｜衣着極為～。

反【華麗】huá lì　服飾～｜～的宮殿。

2.（生活）節約　他非常～｜艱苦～度日。

反【奢侈】shē chǐ　～浪費｜生活～。

Q

淒慘 qī cǎn　淒涼慘痛　晚景
~｜樹林中傳出~哀傷的哭聲｜電視
劇中女主人的結局很~｜真沒想到他
的人生如此~。
- 【悲慘】bēi cǎn
- 【淒涼】qī liáng

> 「淒慘」語意較重。「悲慘」突出處
> 境或遭遇痛苦，多與「故事」、「現
> 實」、「結局」等詞搭配。

淒涼 qī liáng　1. 冷落而荒涼　滿
目~｜空曠~的地方｜山野一片~的
景象。
- 【悲涼】bēi liáng
- 【蒼涼】cāng liáng

2. 因遭遇不幸的事或生活窮困而感
覺寂寞、憂傷　身世~｜顯出~的神
情｜向人訴說~的境況。
- 【淒慘】qī cǎn

> 「淒涼」突出落寞、淒清而悲傷，多
> 與「環境」、「景物」、「日子」、「心
> 境」等詞搭配。

期待 qī dài　期望；等待　~遠
行的親人早日歸來｜~着勝利那一天
的到來｜我們~雙方早日解決問題。
- 【等待】děng dài

> 「期待」含有期望之義，屬於書面語。
> 「等待」表示一般的等候，如說「等
> 待一會兒」、「請你再耐心等待一
> 陣」、「人們等待勝利的消息傳來」。

期求 qī qiú　期望得到　~尋到
走散的伙伴｜這是他內心的~｜小女
孩露出~的眼神。
- 【祈求】qí qiú
- 【企求】qǐ qiú

> 「期求」含有等待着希望得到的意
> 思。「祈求」、「企求」要求或祈望
> 的意願更強，屬於書面語，如說「祈
> 求援助」、「祈求保護」、「企求
> 支持」、「企求對方寬恕自己的過
> 錯」、「他眼睛裏流露出祈求的目
> 光」。

期望 qī wàng　期待、盼望　不
辜負您的殷切~｜你不要對她~過
高｜父母們都~自己的孩子早日成
才。
- 【盼望】pàng wàng
- 【希望】xī wàng

> 「期望」突出殷切地想望或期待出
> 現美好的未來和前途，只用於對別
> 人。「希望」表示一般願望，可用於
> 對別人或對自己，如說「我希望他成
> 功」、「我希望將來能結識更多的朋
> 友」；也表示某種可能性，如說「希
> 望很大」、「這事辦成的希望很渺
> 茫」。「盼望」語意較重，如說「她
> 盼望親人早日康復」。

欺負 qī fu　以較強的體力、蠻橫
的手段侵犯、壓迫較弱者　你別~
人｜他又受~了｜小時候鄰居家孩子
經常~她。
- 【欺凌】qī líng
- 【欺壓】qī yā
- 【欺侮】qī wǔ

「欺負」多用於口語，語意比「欺凌」、「欺壓」、「欺侮」輕。「欺凌」語意較重，屬於書面語，如說「欺凌無辜」、「欺凌小國」、「欺凌弱小」。「欺壓」突出仗勢作惡，如說「殘酷欺壓老百姓」、「強者欺壓弱者」、「惡霸兄弟欺壓弱女子」。「欺侮」多採用毆打、謾罵的形式，如說「你別欺侮人」、「不准欺侮老人」、「她怎麼也無法忍受如此的欺侮」。

欺騙 qī piàn

採用各種手段把假造的情況透露、傳達給別人，使人上當受騙　～選民｜～上級｜受～的顧客紛紛要求賠償。

圓【詐騙】zhà piàn

「欺騙」語意比「詐騙」輕。「詐騙」突出用惡劣手段進行訛詐騙取，語意較重，如說「這伙人專門詐騙老人」。

漆黑 qī hēi

沒有光線，非常暗　屋內～一團｜她在～的夜裏暗自垂淚｜他的思想墜入～的深淵。

圓【烏黑】wū hēi
圓【黝黑】yǒu hēi

「漆黑」多指光線暗。「烏黑」形容物體的顏色深黑，如說「烏黑的頭髮」。「黝黑」形容人的皮膚，如說「黝黑的臉顯示出太陽曬過的痕跡」。

反【雪白】xuě bái　～的紙｜那天他穿了一件～的襯衫。
反【雪亮】xuě liàng　一把～的刀。

祈禱 qí dǎo

（信奉宗教的人）向神靈禱告，祈求神靈賜福、保佑　～上蒼｜為家人～｜信徒們在虔誠地～。

圓【禱告】dǎo gào

其他 qí tā

另外，別的　～人｜～場合｜下午我們再商量～的事｜那天晚會除了歌曲、舞蹈以外，還有～精彩節目。

圓【其餘】qí yú

「其他」強調別的，指一定範圍以外的人、物或處所。「其餘」突出多餘、剩餘，指總體中的剩下部分，如說「除了生病的以外，其餘的人都已經到了」。

奇怪 qí guài

特別；不平常　他那副樣子十分～｜最近這樓裏發生了一件～的事情｜園子裏常常發出～的聲音。

圓【古怪】gǔ guài
圓【離奇】lí qí

「奇怪」突出跟平常不同或出乎意料。「古怪」強調令人詫異，如說「脾氣古怪」、「古怪的模樣」。「離奇」強調無法料到及不可思議，如說「故事的情節十分離奇」。

奇妙 qí miào

（事物）奇特巧妙　～無比｜劇本構思～｜～的動物世界｜～的太空之旅。

圓【奇異】qí yì
圓【巧妙】qiǎo miào

「奇妙」突出神奇、能引起人的興趣。「奇異」突出特別，如說「奇異的婚

俗」、「奇異的景觀」。「巧妙」強調技術高明、方法靈巧，超過一般，如說「巧妙的設計思路」、「採取巧妙無比的新方法」。

奇特 qí tè　奇怪而特別　～的景象｜這款手機造型很～。

🔘【獨特】dú tè

「奇特」強調跟平常不同，多用於具體事物。「獨特」強調少見，多用於抽象事物，如說「獨特的配方」、「獨特的構思」。

歧視 qí shì　不平等地對待　種族～｜我們不能～釋囚。

🔘【尊重】zūn zhòng　～婦女｜～老前輩｜應提倡互相～。

歧途 qí tú　比喻錯誤的道路　誤入～｜他從此走上了～。

🔘【正路】zhèng lù　要走～｜我們要把他拉回～。

崎嶇 qí qū　1.（山路）高低不平　山徑～｜～不平｜山上只有一條～的小路。

🔘【坎坷】kǎn kě

🔘【平坦】píng tǎn　道路～｜～的地面。

2. 比喻經歷坎坷、處境艱難不順　～的歷程｜老人一生～｜～的創業之路。

🔘【坎坷】kǎn kě

「崎嶇」指路不平，常比喻處境艱難不利。「坎坷」多用比喻義，指不如意或不得志，如說「求學之路坎

坷」、「感歎人生坎坷」。「崎嶇」、「坎坷」都屬於書面語。

🔘【平坦】píng tǎn　道路是～的。

頎長 qí cháng　身材瘦而高　姑娘身材～｜她～的個子很引人注目。

🔘【修長】xiū cháng

🔘【矮小】ǎi xiǎo　～的個子。

齊備 qí bèi　（物品）齊全　貨物～｜這家醫院設施～｜建築材料均已～。

🔘【完備】wán bèi

🔘【齊全】qí quán

「齊備」突出物品不缺。「完備」可指物品，如說「設施比較完備」；也指能力、辦事情況等，如說「手續都已完備」。「齊全」指全部具有，如說「規格齊全」、「證件齊全」、「功能齊全」。

🔘【短缺】duǎn quē　食品～｜最近人手～｜研究經費嚴重～。

齊心 qí xīn　眾人一條心　～協力｜～攻關。

🔘【離心】lí xīn　～離德。

齊整 qí zhěng　整齊；有條有理　東西都已放～｜桌子收拾得很～。

🔘【零亂】líng luàn　～不堪｜宿舍怎麼那麼～？

旗幟 qí zhì　旗子；常比喻有代表性或號召力的某種思想、學說　～鮮明｜高高飄揚的～。

🔘【旗號】qí hào

Q

「旗幟」多用來比喻有代表性的思想、學說、政治力量等。「旗號」用來比喻某種名義，多指借來做壞事，如說「他打着募捐的旗號為自己謀好處」、「那些人常打着正義的旗號欺騙民眾」。

企圖 qǐ tú
1. 計劃、打算，以達到某種目的　～逃稅｜犯人～越獄｜他～獨吞父親的遺產｜歹徒喬裝打扮，～蒙混過關。
🔵【希圖】xī tú
🔵【妄圖】wàng tú
2. 打算的內容　不良～｜不可告人的～。
🔵【意圖】yì tú

「企圖」多含貶義。「妄圖」是貶義詞，多與「復辟」、「顛覆」、「破壞」、「搗亂」等詞搭配。「意圖」指意願想法，只作名詞，屬於中性詞，如說「主觀意圖」、「意圖不明」、「這是不切實際的意圖」。「希圖」突出圖謀，多指想達到某個目的（多指不好的），屬於書面語，如說「希圖暴利」、「希圖不勞而獲」、「希圖僥倖過關」、「幹了壞事還希圖遮人耳目」。

起 qǐ
1.（人的姿勢）由低位置的坐臥或躺着變為高位置的站立或坐着　～不了牀｜長年臥牀不～｜老人跌倒在地～不來。
🔴【伏】fú　～案疾書｜～身向前｜你趕快～一下。
2.（物體）離開原來的位置，由低處向高處上升　～飛｜霧散了，飛機又

開始～降了。
🔴【落】luò　～下｜雪花飄～｜母親的一顆心～地了。
🔴【降】jiàng　～下｜～落｜高度～了不少。
3. 開始　～訖年月｜～止日期｜一切從頭做～｜暑假從 7 月初～，到 8 月底結束。
🔴【止】zhǐ　～步｜血流不～｜他聽了這話大笑不～。
🔴【訖】qì　手續驗～｜現金收～｜請寫明起～時間。
🔴【畢】bì　禮～｜～其功於一役｜全文讀～，不禁思緒萬千。

起草 qǐ cǎo
寫（文章）草稿　～章程｜～論文｜他把～好的文件交給了上司。
🔵【草擬】cǎo nǐ

「起草」可用於工作事務或學生寫作等，如說「起草文件」、「起草新規則」。「草擬」多用於公務中寫各種文件的初稿；也指進行初步設計，如說「草擬講演稿」、「他正在草擬合同書」。

起程 qǐ chéng
開始上路；動身出發　糧草已經～｜訪問團即將～｜部隊決定星夜～｜暴雨使我們無法～。
🔵【出發】chū fā
🔵【動身】dòng shēn
🔵【啟程】qǐ chéng

「起程」多指集體去遠方。「出發」用於人或交通工具，如說「車隊立刻出發」、「我們計劃明晨出發」、「出

發的時間到了」；也可表示事情起點或着眼點，如說「從合作的願望出發」、「計劃應該從實際需要出發」。「動身」用於單個人或少數人，如說「決定明日動身」、「我打算下週動身」。「啟程」突出走上路程，屬於書面語，如說「兩支隊伍同時啟程」、「明天一定要按時啟程」。

⑤【到達】dào dá　提前~｜登山隊~了目的地｜必須按時~會場。
⑤【抵達】dǐ dá　~京城｜準時~｜代表團於下午4點~學校。

起初 qǐ chū　最初；開始的時候

~事情不是這樣的｜他~並不知道她要來｜兩個人~如膠似漆，現在卻分手。
⑤【起先】qǐ xiān
⑤【後來】hòu lái　~竟然變了｜這是~決定的事，我怎麼會知道？
⑤【最終】zuì zhōng　~他妥協了｜他~懂得了友情的重要。

起點 qǐ diǎn　（事物運動過程）

開始的時間或地點　~站｜~很高｜生活的新~｜成績只是又一個~。
⑤【終點】zhōng diǎn　人生的~｜學習是沒有~的｜她第一個到達了~。

起飛 qǐ fēi　1.（飛行物）開始飛

行　飛機準時~｜因天氣原因推遲~。
⑤【降落】jiàng luò　~在一號跑道｜滑翔機安全~在預定地點。
2. 比喻某項事業開始上升、發展　經濟~。
⑤【崩潰】bēng kuì　經濟~｜處於~的邊緣。

起誓 qǐ shì　鄭重地表示決心或

作出某種肯定保證　指天~｜你不敢~｜我敢對天~。
⑥【賭咒】dǔ zhòu
⑥【發誓】fā shì

> 「起誓」多用於對自己，比較莊重。「賭咒」常用於需要取信於人的場合，如說「他賭咒說，如果騙人就不得好死」。「發誓」適用範圍較廣，如說「當着眾人發誓」、「他發誓要出人頭地」。

起疑 qǐ yí　（對他人）產生懷疑

不必~｜那些鬼祟舉動難免使人~。
⑤【相信】xiāng xìn　~朋友｜應充分~他的能力。
⑤【信任】xìn rèn　受到~｜互相~｜感謝大家對我那麼~。

起源 qǐ yuán　1. 開始發生　圍

棋~於中國｜這條河~於青藏高原的一座雪山。
⑥【來源】lái yuán
⑥【濫觴】làn shāng
2. 事情發生的根本原因　物種~｜查究事故的~｜探索生命的~｜人們一直在探索文明的~。
⑥【來源】lái yuán
⑥【濫觴】làn shāng

> 「起源」突出從時間或處所說明事物的產生。「來源」突出從根據、理由說明事物，如說「成功來源於勤奮」、「小說的素材來源於家鄉傳說」、「他沒有甚麼穩定的經濟來源」。「濫觴」原指江河發源地，後指開始發生，屬於書面語，如說「泰

山廟會濫觴於唐，定制於宋，鼎盛於明清」。

啟齒 qǐ chǐ　開口說話　不便～｜難以～｜羞於～｜我感到這件事真不易～。
同【開口】kāi kǒu

「啟齒」突出向對方提請求或陳說不樂意的事。「開口」用於口語，如說「平時難得開口」、「問了多遍她都不肯開口」。

啟發 qǐ fā　1. 通過一定方式，用引導方法使對方思考後自行得出結論　～讀者思考｜～學生的興趣｜正是老師的那句話～了我。
同【啟迪】qǐ dí
同【啟示】qǐ shì
2. 啟發的內容　很受～｜這則故事很有～性。
同【啟示】qǐ shì

「啟發」突出開導對方。「啟示」強調給予提示或暗示，如說「獲得新的啟示」、「小說啟示讀者應怎樣對待人生」。「啟迪」強調引導，屬於書面語，如說「啟迪思維」、「這故事對我們有很大的啟迪」。

綺麗 qǐ lì　(風景、色彩等) 鮮豔美麗　風光～｜～的圖案｜～的西子湖｜～的山水令人陶醉。
同【瑰麗】guī lì
同【絢麗】xuàn lì
同【秀麗】xiù lì

「綺麗」多用於風景或圖畫。「瑰麗」

用於大範圍的景物及人生、事業等，如說「瑰麗山色」、「瑰麗的人生」、「江邊的夜景雄偉而瑰麗」。「絢麗」多用於景物、圖畫、詩文，如說「景致絢麗」、「絢麗的詩章」。「秀麗」多指女子漂亮文雅，也指風景漂亮，如說「山水秀麗」、「長得姣好秀麗」。

泣 qì　小聲或無聲地哭　啜～｜暗自哭～｜他早已～不成聲。
同【哭】kū

「泣」屬於書面語。「哭」可以是有聲的或無聲的。「泣」和「哭」都有較固定的搭配，如說「哭泣」、「哭訴」、「帶着哭腔」、「她哭着看完了信」。

契合 qì hé　相合　兩個人觀點～｜他倆情感相當～｜演員的表演要～角色的身份。
同【符合】fú hé
同【適合】shì hé

「契合」屬於書面語。「符合」突出數量、形狀、細節等相合，如說「完全符合事實」、「這些產品不符合質量標準」。

氣度 qì dù　氣魄和度量　～不凡｜來人很有～｜一副名家的～。
同【氣宇】qì yǔ
同【氣質】qì zhì

「氣度」強調人的修養。「氣宇」指人的儀表、神態、舉止所表現出來的氣概及精神，如說「氣宇不凡」、「氣宇軒昂」。「氣質」主要指人的性格、

脾氣、作風等，如說「氣質高雅」、「他有學者的氣質」。

氣氛　qì fēn

人能感受到的某種環境中的情緒或景象　運動場上～熱烈｜她喜歡節日的喜慶～｜會場上充滿了友好的～。

〖同〗【氛圍】fēn wéi

「氣氛」適用範圍較廣。「氛圍」多用於文藝作品中，如說「氛圍祥和」、「歡樂的氛圍」、「學術氛圍濃厚」。

氣憤　qì fèn

非常生氣；惱怒　發生了這樣的事真讓人～｜她臉上流露出無比～的表情。

〖同〗【憤慨】fèn kǎi

「氣憤」適用範圍較廣。「憤慨」多用於重大事件，有鄭重色彩，屬於書面語，如說「無比憤慨」、「這種惡劣行徑令人憤慨」。

〖反〗【歡快】huān kuài　～無比｜～的心情。

〖反〗【高興】gāo xìng　今天他很～｜大家～得歡呼起來。

氣概　qì gài

在對待重大問題時表現出來的舉止、姿態和氣勢　他視死如歸的英雄～感染了戰士們｜他的行為體現出豪邁的～。

〖同〗【氣魄】qì pò
〖同〗【魄力】pò lì
〖同〗【氣勢】qì shì

「氣概」突出正直、豪邁的表現。「氣魄」強調有膽識而氣勢較大，用於褒義，多與「宏偉」、「大」、「小」等詞搭配，如說「氣魄宏大」、「氣魄非凡」、「有氣魄有膽量」、「這座建築氣魄雄偉」。「氣勢」強調人或事物的某種力量、聲勢，屬於中性詞，多與「澎湃」、「洶湧」、「磅礴」、「洶洶」等詞搭配，如說「氣勢磅礴」、「氣勢雄偉」。

氣餒　qì něi

失去原有的信心和勇氣　困難面前有點～｜即使失敗了也不要～。

〖同〗【泄氣】xiè qì
〖同〗【泄勁】xiè jìn

「氣餒」屬於書面語。「泄氣」突出情緒不高而不能堅持，如說「你別泄氣」、「他聽說有難度就泄氣了」。「泄勁」指在困難時失去信心和幹勁，如說「即使失敗也別泄勁」。

〖反〗【發奮】fā fèn　～圖強｜～努力｜我決心～學習。

氣派　qì pài

在處理各種事情時所表現出來的作風、氣勢　他有着詩人的～｜新建的大廈非常～｜他～十足地站在台上。

〖同〗【派頭】pài tóu

「氣派」可指大型建築物，也可指人在大事中顯示出來的作風。「派頭」指人的風度或腔調，如說「顯示派頭」、「擺出一副大款的派頭」。

氣味　qì wèi

鼻子可以聞到的味　～芬芳｜我喜歡茉莉的～｜玫瑰花的～很好聞。

〖同〗【氣息】qì xī

「氣味」多指具體事物散發出來的味；還比喻性格和志趣，多用於貶義，如說「氣味相投」。「氣息」指時代、生活、鄉土等抽象事物所具有的意味，如說「鄉土氣息濃厚」、「充滿濃郁的生活氣息」。

氣象 qì xiàng　1. 大氣的狀態、現象等　～預報｜發佈～信息｜應具備一些基本的～知識。
同【氣候】qì hòu
同【天氣】tiān qì

「天氣」多指某個時間內的具體氣象情況。「氣候」是經長時間觀察而總結、概括出來的氣象情況，不指某個具體時間；還可指動向、成就、情勢等，如說「政治氣候」、「這幾個人根本成不了氣候」。

2. 情況；情景　小鎮一片新～｜新年出現新～。
同【面貌】miàn mào

棄 qì　拋棄；扔掉　捨～｜～如敝屣｜不離不～，風雨同舟。
反【取】qǔ　～信於民｜對文化傳統應該～捨得宜。

器具 qì jù　日常生活、工作中所使用的工具　購進製陶～｜選擇優質～｜用普通～就可以了。
同【用具】yòng jù

器重 qì zhòng　（長輩對晚輩、上級對下級）看重；重視　受到～｜上司很～他｜幾個孩子中他最受父親的～。

「器重」只用於長輩對晚輩、上級對下級。「重視」適用範圍較廣，如說「反饋的意見深受重視」、「他們很重視顧客們的意見」。

同【重視】zhòng shì

反【看輕】kàn qīng　被人～｜不要輕易～別人。
反【蔑視】miè shì　～權貴｜～困難｜這種行為應受到～。
反【鄙視】bǐ shì　～的目光｜大家都～他的那些行為。

恰當 qià dàng　合適；穩妥　說話～｜這個比喻不太～｜他的作文用詞非常～。
同【適當】shì dàng
同【妥帖】tuǒ tiē
同【妥當】tuǒ dang
同【妥善】tuǒ shàn

「恰當」突出十分符合實際情況，程度比較高。「妥當」突出穩妥合適，如說「分析妥當」、「安排得很妥當」、「結構編排還顯得不夠妥當」。

反【失當】shī dàng　舉止～｜處理～會影響全局｜事情辦理還看來有些～。

恰好 qià hǎo　正好；剛好　你來得～｜她～有我想看的那本書｜這些東西～全能裝進包裹去。
同【恰巧】qià qiǎo
同【碰巧】pèng qiǎo
同【湊巧】còu qiǎo

「恰好」強調正合適，多用於時間、空間、數量等。「恰巧」突出湊巧，

多用於時間、機會、條件等，如
說「他恰巧出門了」、「她恰巧生病
了」、「恰巧那個包落在他家裏了」。
「湊巧」有出乎意料、不曾想到的意
思，如說「真不湊巧」、「湊巧他自
己來了」、「事情實在太湊巧了」。

千變萬化 qiān biàn wàn huà
變化很多；不斷變化　形勢～｜賽場
上的情形～。
同【變化多端】biàn huà duō duān

「千變萬化」突出客觀現象多或複
雜。「變化多端」突出變化、變動頻
繁不斷，多指人為的事情，如說「那
些騙子行騙的手法變化多端，你得
小心」。

反【一成不變】yì chéng bú biàn　這個
公司的財務制度～，多少年了還是這
樣。
反【千篇一律】qiān piān yí lǜ　文章內
容～，誰會看？

千方百計 qiān fāng bǎi jì　想
盡或用盡各種方法（做某事）　～保護
水資源｜～讓農民增加收入。
同【想方設法】xiǎng fāng shè fǎ

牽掛 qiān guà　因想念而放心不
下　默默地～着他｜請不要～我們｜
做父母的總是～兒女們。
同【掛念】guà niàn

「掛念」指記掛、想念，如說「掛念
雙親」、「老人十分掛念在外地工作
的兒子」。

反【放心】fàng xīn　～不下｜難以

～｜你就儘管～吧。

牽強 qiān qiǎng　勉強，生拉硬
扯在一起　～附會｜你的解釋顯得很
～｜這條理由有些～。
反【貼切】tiē qiè　措辭要～｜生動～
的比喻｜我想找一個更～的詞來表達
我的意思。

牽涉 qiān shè　關係到　～有關
方面｜這件案子～面很大｜那樣做會
～到很多人的利益。
同【涉及】shè jí

「牽涉」突出一件事關聯到其他的事
或人。「涉及」指牽聯到，多指因需
要而有關，如說「和教授的談話涉及
到許多領域」、「這事涉及到方方面
面」。

慳吝 qiān lìn　過分看重自己的
財物　他這人過於～。
同【吝嗇】lìn sè

遷就 qiān jiù　為適應別人而改
變自己的想法或降低要求　他常常採
取～態度｜不要一味地～孩子｜同學
之間要～一些，才能相處和睦。
同【將就】jiāng jiù
同【姑息】gū xī
同【湊合】còu he
同【對付】duì fu

「遷就」的對象多是人，是中性詞。
「將就」指勉強地適應，如說「你在
這裏將就一下吧」、「這些設備還能
將就着用幾年」。「姑息」指無原則
的寬容，多用於貶義，如說「姑息養

奸」。「湊合」指還過得去，多用於口語，多與「着」連用，如説「這台電視機湊合着再用幾年吧」。

遷徙 qiān xǐ　（人或動物）離開原來的生活環境，搬到別的地方去　人口大規模~｜候鳥隨季節的變更而~。

同【遷移】qiān yí

「遷徙」屬於書面語。「遷移」還可用於比喻，如説「時局遷移」、「隨着時光的遷移」。

謙恭 qiān gōng　（人）謙虛有禮貌　對師長要~｜她對長輩的態度很~。

同【謙和】qiān hé

「謙恭」突出恭敬有禮貌。「謙和」強調謙虛和藹的樣子，如説「她對人一貫謙和」。

反【傲慢】ào màn　性情~｜~無禮｜樣子十分~。

謙和 qiān hé　謙虛和氣　為人~｜態度~。

同【謙恭】qiān gōng

反【張揚】zhāng yáng　他很低調，一點不~｜過於~，令人反感。

「謙和」強調和藹可親，讓人容易接近。

謙讓 qiān ràng　客氣地不接受，把好處讓給別人　互相~一番｜我們歷來有~的美德｜你做晚會主持人最

合適，不要再~了。

同【辭讓】cí ràng
同【推讓】tuī ràng

「謙讓」強調謙虛地不接受，一般都要作適當推讓。「辭讓」表示十分謙虛客氣，不接受可得到的利益，屬於書面語。「推讓」突出不肯接受好處、利益等，如説「一再推讓」、「人家給他的好處他都推讓了」。

反【爭奪】zhēng duó　~權力｜~比賽冠軍｜激烈地~市場。

謙虛 qiān xū　虛心；不自以為是，肯接受批評　你別太~了｜他為人十分~｜保持~謹慎的作風｜~使人進步，驕傲使人落後。

同【謙遜】qiān xùn
同【虛心】xū xīn

「謙遜」屬於書面語，如説「謙遜禮讓」、「平和而謙遜」。

反【傲慢】ào màn　態度~｜這人的舉止~無禮。
反【驕傲】jiāo ào　別盲目~｜~使人落後｜我覺得沒甚麼可~的。
反【狂妄】kuáng wàng　~自大｜他簡直~到了極點。
反【自負】zì fù　~輕狂｜為人不要過於~。

簽訂 qiān dìng　訂立條約或合同並簽字　兩國~了貿易協定｜我們已經和那家公司~了合同。

同【簽署】qiān shǔ

「簽訂」適用範圍比「簽署」寬，「簽署」用於簽訂重要文件或條約。

簽約 qiān yuē　以書面形式簽訂條約或協定　順利~｜一旦~，雙方都要承擔責任。

⟨反⟩【毀約】huǐ yuē　不該無故~｜~要賠償對方的損失。

前 qián　1. 次序在先的；時間較早的　~排｜~輩｜~半場｜~些年｜~所未有｜~呼後擁｜那人怎麼總是~言不搭後語？

⟨反⟩【後】hòu　~座｜~半夜｜~繼有人｜~生可畏｜先來~到｜前無古人｜~無來者｜同學們爭先恐~地發言。

2. 正面的　~門｜請你在~廳等候一下。

⟨反⟩【後】hòu　~院｜~花園｜~村人家。

⟨反⟩【偏】piān　劍走~鋒｜太陽早已~西了。

前功盡棄 qián gōng jìn qì　以前的努力或成績全部白費　這樣做會使你~｜你可千萬不要~啊。

⟨同⟩【功虧一簣】gōng kuī yí kuì

> 「前功盡棄」突出以前做的都無效。「功虧一簣」源於《尚書·旅獒》「為山九仞，功虧一簣」，意思是堆九仞高的山只差一筐土而不能完成，比喻做一件大事只差一點兒人力物力而不能成功。「功虧一簣」還包含惋惜的意味。

前進 qián jìn　向前行進或發展　勇敢~｜大踏步地~。

⟨反⟩【後退】hòu tuì　他連忙~了幾步｜~是沒有出路的。

⟨反⟩【倒退】dào tuì　歷史是不會~的。

前人 qián rén　前輩；古人　走~沒有走過的路｜~是無法想像今天的科學水平的。

⟨反⟩【後人】hòu rén　俗語說：前人栽樹，~乘涼｜~應該繼承前人的優良傳統。

前任 qián rèn　比現在早一任　~經理｜~董事長正在著書呢。

⟨反⟩【後任】hòu rèn　~祕書｜~經理的人選還未確定。

前途 qián tú　（人、事業、單位等）未來的光景　~無量｜他對~很樂觀｜大家為~渺茫的他擔心｜道路雖然曲折，但~是光明的。

⟨同⟩【前程】qián chéng

> 「前途」是中性詞，多與「光明」、「暗淡」等詞搭配。「前程」是褒義詞，多與「美好」、「遠大」、「似錦」等詞搭配，如說「前程似錦」、「大家都認為他是前程無限的人」。

前衛 qián wèi　1. 軍事術語，指行走在大部隊前面的擔任警戒的部隊　~已經跟敵方交上火了。

⟨反⟩【後衛】hòu wèi　~部隊正在緊急追趕主力。

2. 指某些球類比賽中擔任助攻或助守的隊員　~拚命爭球｜~意外受傷了。

⟨反⟩【後衛】hòu wèi　~迅速補位，為全隊建功。

3. 形容標新立異、走在時尚前列的　不僅髮型，連說話方式也顯得十分~。

Q

⊗【落伍】luò wǔ　你這種式樣，早就～了。

⊗【老套】lǎo tào　人家的手機都換過幾個型號了，你還這麼～？

前線 qián xiàn　敵對雙方軍隊的交戰地區和臨近地帶　支援～｜上～作戰。

⊜【火線】huǒ xiàn

「火線」指直接開火的戰鬥地帶，如說「進入火線」、「輕傷不下火線」。

⊗【後方】hòu fāng　躲在～｜～支援前線｜～相對安全一些。

前因 qián yīn　引起事情的原因追查事故的～。

⊗【後果】hòu guǒ　必須弄清楚事情的前因～。

「後果」指最後的結果，多用於壞的方面，如說「後果堪慮」、「後果自負」、「後果相當嚴重」。

前兆 qián zhào　事情發生前的徵象　有明顯的～｜值得注意的～｜地震發生並不是毫無～的。

⊜【先兆】xiān zhào

⊜【預兆】yù zhào

⊜【徵兆】zhēng zhào

這幾個詞都屬於書面語，用法基本相同。

虔誠 qián chéng　恭順而有誠心目光～｜～地禱告｜她是位～的信徒。

⊜【虔敬】qián jìng

忠誠 zhōng chéng

「虔誠」多用於宗教信仰。「忠誠」突出誠心或盡心盡力，可用於國家、人民、上司、朋友、事業，如說「忠誠待人」、「對祖國無比忠誠」、「他對朋友很忠誠」、「這條狗對主人十分忠誠」。「虔敬」突出態度的恭敬，如說「態度虔敬」、「虔敬的神情和外表」、「虔敬地祈禱上蒼」。

乾 qián　1. 八卦之一，代表「天」　～卦。

⊗【坤】kūn　～卦｜旋乾轉～。

2. 舊時稱男性的　～宅｜～造。

⊗【坤】kūn　～表｜～車｜這個～包小巧別致。

潛藏 qián cáng　隱藏；不暴露潛水艇～在深海裏｜～在對方內部｜平靜的表面下～着重重危機。

⊜【暗藏】àn cáng

⊜【掩藏】yǎn cáng

⊜【隱藏】yǐn cáng

⊜【躲藏】duǒ cáng

潛伏 qián fú　隱匿埋伏　～的病菌｜戰士們～在山溝裏｜電腦病毒的～期有的比較長。

⊜【埋伏】mái·fú

「潛伏」多用於病原活動。「埋伏」多用於軍事行動。

淺 qiǎn　1. (上下或裏外) 距離小水比較～｜在～灘戲水｜這棟屋子的進深較～。

⊗【深】shēn　～淵｜～水區｜～山

老林｜～宅大院｜東邊的展廳相當
～。

2. 簡明易懂　～顯｜深入～出｜書的
內容太～了。

⟨反⟩【深】shēn　這本書內容太～，很難
讀懂。

3. 淺薄　～人妄改古書｜學識尚～｜
知識～陋。

⟨反⟩【深】shēn　功夫頗～｜中國文化
博大精～。

4.（顏色）淡　～黃風衣｜～色系
列｜她不適合穿～色服裝。

⟨反⟩【深】shēn　～紅｜～藍色的紐
扣｜這件衣服的顏色太～。

5. 感情不深厚　交情太～｜交～言
深。

⟨反⟩【深】shēn　感情很～｜～情厚
誼｜他們並無～交。

淺薄　qiǎn bó
1. 缺乏知識或修
養　鄙人學識～｜理解得還比較～｜
下面我說一下本人～的看法。

⟨同⟩【膚淺】fū qiǎn

⟨同⟩【浮淺】fú qiǎn

⟨反⟩【深刻】shēn kè　思想～｜發表～
的見解。

⟨反⟩【淵博】yuān bó　學識～｜一位～
的學者。

2. 程度不深　他們的交情很～｜說起
來兩人的情分不算～。

⟨同⟩【膚淺】fū qiǎn

⟨同⟩【淺陋】qiǎn lòu

⟨反⟩【深厚】shēn hòu　情誼～｜夫妻感
情～｜雙方建立了～的友誼。

淺見　qiǎn jiàn
淺薄的看法　～
寡聞｜略陳～，敬希指正。

⟨反⟩【高見】gāo jiàn　請發表你的～。

⟨反⟩【遠見】yuǎn jiàn　～卓識｜那些設
想是挺有～的。

⟨反⟩【高論】gāo lùn　時有～發表｜本
人願聞閣下～。

⟨反⟩【弘論】hóng lùn　先生的～。

> 「淺見」常用於自謙。

淺近　qiǎn jìn
（道理）簡單易懂
解釋比較～｜課文～易懂｜請你舉一
個～的事例來說明一下。

⟨同⟩【粗淺】cū qiǎn

⟨同⟩【淺顯】qiǎn xiǎn

⟨同⟩【淺易】qiǎn yì

> 「淺近」突出內容、舉例容易接受。
> 「淺顯」多用於字句、內容方面不深
> 奧、容易明了，如說「淺顯易懂」、
> 「這麼淺顯的道理可他還是不明
> 白」。「淺易」突出道理不深，容易
> 理解，如說「他說得淺易而明晰」。

⟨反⟩【高深】gāo shēn　故作～｜～的理
論｜學問～莫測。

⟨反⟩【深奧】shēn ào　～難懂｜他的話
聽上去很～，實際上稍微想想就能理
解。

淺顯　qiǎn xiǎn
簡單明了　詞
義～｜～易懂｜通俗讀物一般～而有
趣。

⟨反⟩【艱深】jiān shēn　～的哲理｜這篇
文章的文字非常～。

⟨反⟩【深奧】shēn ào　思想～｜～的道
理。

> 「淺顯」多用於字句、內容等。

欠　qiàn
短缺；不足　～收｜～

債｜～賬｜說話～妥。
⬜【短】duǎn
⬜【缺】quē

> 「欠」突出不夠，可組合成「欠佳」、「欠妥」、「辦事欠慎重」等。「短」指「少」，可組合成「理短」、「短斤缺兩」、「他還短我一些錢」。「缺」指「少」的意思，可組合成「缺少」、「缺乏」、「缺德」等。

欠缺 qiàn quē　不足；缺乏　經驗～｜材料～｜我承認有很多～之處。
⬛【齊備】qí bèi　貨色～｜工具～。

歉 qiàn　農田的收成不好　～產｜～年｜糧食～收。
⬛【豐】fēng　～年｜五穀～登｜以～補歉。

歉收 qiàn shōu　收成不好　糧食～｜莊稼連年～。
⬛【豐收】fēng shōu　～在望｜水稻即將～｜又是一個～年。

戕害 qiāng hài　嚴重傷害；損害　～身心｜劣質奶粉～了嬰兒的生命。
⬜【傷害】shāng hài

> 「戕害」語意較重，屬於書面語。

腔調 qiāng diào　人說話時的語氣、語調　他離開家鄉多年了，但說話的～還是沒多大改變｜譏諷的～｜他說話還是一副學生～。
⬜【聲調】shēng diào
⬜【音調】yīn diào

> 「腔調」還指戲曲曲調或指調子。「聲調」指語氣、語調；也指普通話的四聲。「音調」指有感情色彩的音質，如說「音調溫柔」、「悠揚的音調」。

強 qiáng　1. 強大；堅強　女～人｜身～力壯｜不得以～凌弱。
⬛【弱】ruò　～小｜軟～｜不甘示～｜～肉強食｜～不禁風。
2. 高；好　～手｜本領高～｜他的學習比你～多了。
⬛【差】chà　～勁｜技術～｜質量很～｜效果太～。

強大 qiáng dà　（力量）堅強而雄厚　～的集團｜～的思想精神力量｜國家實力日益～｜軍隊的作戰能力比以前～了很多。
⬜【強盛】qiáng shèng

> 「強大」可用於個人和事物。「強盛」多用於國家、民族。

⬛【弱小】ruò xiǎo　～民族。
⬛【薄弱】bó ruò　兵力～。

強盜 qiáng dào　使用強力搶奪他人財產的人　遭遇～｜可恨的～｜譴責～行徑｜免遭～搶劫。
⬜【匪徒】fěi tú

> 「強盜」指強行搶劫財物的人。「匪徒」指盤踞一方作惡的不法之徒，屬於書面語，如說「匪徒佔領了山寨」、「財物全被匪徒搶走了」；也指危害民眾的集團或政治勢力，如說「嚴厲打擊危害市民財產和安全的匪徒」。

強攻 qiáng gōng 使用強力攻打
正面～｜敵人不投降，我們就～。
反【智取】zhì qǔ 強攻不如～｜不要
用蠻力，應該～。

強橫 qiáng hèng 強硬而蠻橫 態
度～｜～無理｜這個傢伙說話怎麼這
麼～。
同【蠻橫】mán hèng

「強橫」突出氣勢兇而不講道理，用
於貶義。

強健 qiáng jiàn （身體）強壯、
健康 ～有力｜～的體魄｜體格～的
運動員｜老人的身體還很～。
同【健壯】jiàn zhuàng
同【強壯】qiáng zhuàng

「強健」強調結實有力，如說「強健
結實」、「我們需要有強健的身子」。
「健壯」強調健康強壯，精力很旺，
如說「體魄健壯」。

強勁 qiáng jìng 力量強大 風
力～｜比賽中遭遇～的對手。
反【微弱】wēi ruò 力量～｜呼吸
～｜～的氣息。

強烈 qiáng liè 1. 力量大；極強
的 色彩～｜～的颱風｜太陽的光線
太～了｜他有～的求知欲。
同【猛烈】měng liè
反【柔和】róu hé ～的月光｜她說話
的聲音很～。
反【微弱】wēi ruò ～的光線。
2. 強硬而激烈；鮮明的；程度高的
～的反對｜我方對此提出了～抗議｜

工人們～要求改善生產環境。
同【激烈】jī liè

「強烈」突出力量大、程度高，可形
容光線、氣味、表現、要求、反應
等；還指分明，如說「形成了強烈
對比」。「猛烈」突出來勢很猛很
急，多用於爆炸、衝擊、風雨等，
如說「發動猛烈攻擊」、「浪潮猛烈
地沖擊堤岸」。「激烈」突出氣勢尖
銳、動作緊張或言論激昂，多形容
爭論、爭奪、辯論、搏鬥等，如說
「爭論得非常激烈」、「比賽激烈地
進行」。

反【柔和】róu hé 色彩～。

強勢 qiáng shì 強勁的勢頭 ～
運行｜繼續保持～。
反【弱勢】ruò shì 呈現～｜～市場。

「弱勢」還指力量比較弱小，如說「弱
勢羣體」。

強硬 qiáng yìng 強有力的；不
肯退讓的 態度～｜他們遇到了～的
對手。
反【軟弱】ruǎn ruò 性格～｜～無能
的人｜過於～就會受到欺負。

強佔 qiáng zhàn 用強勢或武力
佔有 ～有利地勢｜企圖～那裏的地
盤。
同【搶佔】qiǎng zhàn

「強佔」指用暴力或武力佔領。「搶
佔」指搶先佔有或非法佔有，不一定
使用武力或暴力，如說「搶佔公共財
產」、「搶佔別人的攤位」。

Q

強制 qiáng zhì　用政治、經濟力量或法律手段強迫對方服從　～執行這項決定｜如果到時他們還不停止無理取鬧的行為，我們將採取～措施。

圓【強迫】qiǎng pò

「強制」的主語一般是國家、政府機構等，突出使用法律，也用於其他方面。「強迫」的主語可以是組織、集體，也可以是個人，如說「強迫服從」、「強迫他人做違心之事」。

反【自願】zì yuàn　～加入｜～服從｜我～退出｜這樣做完全出於～。

強壯 qiáng zhuàng　（身體）健康結實　體格～｜他的身體愈來愈～。

反【虛弱】xū ruò　體質～｜脾胃～｜她病後身體～得很。

反【衰弱】shuāi ruò　神經～｜他的身體日漸～。

反【瘦弱】shòu ruò　身子～｜～的老人家。

強迫 qiǎng pò　施加壓力使服從　～命令｜不要～別人接受自己的意見。

圓【強制】qiáng zhì

反【自願】zì yuàn　～參加｜自覺～｜這不關他的事，我是～的。

搶奪 qiǎng duó　憑藉強力奪取　～錢財｜～地盤｜瘋狂地進行～。

圓【掠奪】lüè duó

「掠奪」語意比「搶奪」重。

搶救 qiǎng jiù　在緊急危險的情況下迅速地進行救護　～傷病人員｜～公共財產｜醫生及時～了他的生命。

圓【挽救】wǎn jiù

「搶救」強調迅速地救護，多用於生命或有形財產。「挽救」也可用於生命，如說「挽救傷員的生命」、「挽救病人」；還可用於政治、命運等，如說「挽救失足青年」、「挽救政治前途」、「挽救即將消失的歷史文化遺產」。

搶手 qiǎng shǒu　（貨物等）極受歡迎　～的商品｜演出門票十分～｜這種款式的數碼相機現在很～。

反【滯銷】zhì xiāo　～商品｜服裝積壓厲害。

反【冷門】lěng mén　～貨品｜有人就選擇～電影觀看。

搶先 qiǎng xiān　趕在別人之前（做）　～一步｜他事事愛～｜新款服飾～亮相上海灘。

反【落後】luò hòu　行動上～一步｜～就要捱打。

敲詐 qiāo zhà　用欺騙、威脅等手段向他人索要錢物　乘機～｜竟然採用～手段｜一幫～勒索之徒。

圓【訛詐】é zhà

圓【勒索】lè suǒ

「敲詐」索要的數額一般比較大。「訛詐」程度更高，多採取公開的手段，可用於社會和政治方面，如說「核訛詐」、「進行政治訛詐」、「出現訛詐遊客的事件」。「勒索」指採用

威脅手段向人索要，如說「勒索錢財」、「敲詐勒索」。

憔悴 qiáo cuì　（人）瘦弱而面色、精神不好　面容～｜病中的他～了不少｜丈夫去世後她～了很多。

回【枯槁】kū gǎo
回【乾枯】gān kū

「憔悴」只用於人瘦弱及臉色難看。「枯槁」、「乾枯」都可用於人或者植物，如說「花草枯槁」、「拾起乾枯的枝葉」。

反【精神】jīng shen　十分～｜顯得相當～｜你穿上這身衣服真～。

瞧 qiáo　看　～熱鬧｜～見了嗎｜你別～不起人。

回【瞅】chǒu
回【看】kàn
回【瞥】piē
回【望】wàng

「看」屬多義詞，適用範圍較廣。「瞅」是北方方言，指較注意地看，可單獨使用。

巧 qiǎo　靈敏；靈巧　～妙｜心靈手～｜～婦難為無米之炊。

反【笨】bèn　～拙｜～頭～腦｜他～手～腳的，甚麼事也不會做。
反【拙】zhuō　笨嘴～舌｜勤能補～｜弄巧成～。

巧幹 qiǎo gàn　用較少的時間、精力而得到較好的效果　設法～｜苦幹加～。

反【蠻幹】mán gàn　一味～｜～不是辦法。

巧妙 qiǎo miào　（方法、技術等）較為高明，不同尋常　構思～｜設計～｜他提出了一個～的方案。

反【拙劣】zhuō liè　作案手法～｜～的演技｜他～地想掩飾甚麼。

俏 qiào　俊俏；美麗　～麗｜扮相真～。

反【醜】chǒu　～惡｜奇～無比｜一俊遮百～。

峭壁 qiào bì　陡直的崖壁　懸崖～｜登山隊員們勇敢地攀上～｜～上那棵樹還在頑強地生長。

回【懸崖】xuán yá

竅門 qiào mén　解決問題的巧妙方法　介紹生活小～｜她終於找到了其中的～｜掌握學習的～能大大提高效率。

回【訣竅】jué qiào

「竅門」強調方法的巧妙和易行。「訣竅」突出方法的關鍵作用，如說「找訣竅」、「傳授訣竅」。

切實 qiè shí　符合實際；實在　～有效的制度｜制訂～可行的計劃｜必須～加以改進｜這是個～可行的辦法｜採取～措施保證民眾的人身安全。

回【確實】què shí
回【實在】shí zài

「切實」突出事情本身符合實際，並

可重疊成「切切實實」。「確實」突出沒有疑問，如說「確實可靠」、「確實不錯」、「傳來了確實的消息」。

⟨反⟩【空泛】kōng fàn　～的言論｜講話內容很～。

⟨反⟩【浮誇】fú kuā　工作中切忌～的作風。

⟨反⟩【虛誇】xū kuā　～的報道｜對這種～的話你可別當真。

切題 qiè tí　切合題目或主題　非常～｜文章寫得很～。

⟨反⟩【離題】lí tí　～萬里｜這段文字～太遠了。

⟨反⟩【跑題】pǎo tí　注意別～｜他寫文章總是～｜怎麼說着說着又～了？

怯懦 qiè nuò　怕事；缺乏做事的膽量　性格～｜為人一貫～｜沒想到這事竟是～的叔叔做的。

⟨同⟩【懦弱】nuò ruò

「怯懦」突出膽子小、容易害怕。「懦弱」突出軟弱，不堅強，如說「懦弱無能」。

⟨反⟩【勇敢】yǒng gǎn　機智～｜他是一名～的戰士。

⟨反⟩【英勇】yīng yǒng　～頑強｜～善戰的將軍｜不幸～就義。

鍥而不捨 qiè ér bù shě　雕刻一件東西，一直刻下去不放手。比喻有恆心，有毅力　他～的精神值得學習｜要想成功必須要有～的精神。

⟨同⟩【堅持不懈】jiān chí bú xiè

「鍥而不捨」源於《荀子‧勸學》「鍥而不捨，金石可鏤」。

竊密 qiè mì　竊取機密　防止～｜暗中～。

⟨反⟩【保密】bǎo mì　加強～｜絕對～｜這事你對誰都要～。

侵犯 qīn fàn　非法侵入他國　～別國｜遭到強國～。

⟨同⟩【侵略】qīn lüè

「侵犯」還指佔有、侵佔他人利益，如說「侵犯民眾利益」、「侵犯消費者權益」。「侵略」用於國與國之間，如說「公開侵略」、「發動侵略戰爭」。

侵害 qīn hài　侵入而損害　防止害蟲～｜～消費者權益｜他這樣做嚴重～了我們的利益。

⟨同⟩【損害】sǔn hài

「侵害」程度更高。

侵吞 qīn tūn　1. 非法佔有他人或集體的財產、錢物　大肆～｜～國家財產｜～公款。

⟨同⟩【侵佔】qīn zhàn
2. 動用武裝力量佔領他國或吞併其部分領土　～公海｜企圖武力～別國。

⟨同⟩【侵佔】qīn zhàn
⟨同⟩【侵犯】qīn fàn

「侵吞」突出併吞財產，重在非法或武力佔有，使成為己方的一部分。「侵佔」強調「佔」，多針對領土、地盤等，如說「企圖侵佔別人的地盤」、「侵佔員工利益」、「武力侵佔小島」。

侵襲 qīn xí　侵入並襲擊　～他

國領空｜沿海地區經常遭受颱風的～。

⊘【抵禦】dǐ yù　～風沙｜～外敵｜無法～金錢的誘惑。

欽佩 qīn pèi　尊敬佩服　讓人～｜這位著名作家很受讀者～｜大家都很～那位巾幗英雄。

⊜【佩服】pèi fú

「欽佩」突出敬重而佩服。「佩服」突出對別人的思想、品質、才能、技巧等心悅誠服，如說「佩服得五體投地」。

親愛 qīn ài　關係密切，感情深厚　～的爸爸媽媽｜歌頌我們～的故鄉｜～的朋友，歡迎你到我們家鄉來。

⊜【敬愛】jìng ài

「親愛」突出關係密切，感情好。「敬愛」只能用於對上級、長輩等，如「敬愛的老師」。

親近 qīn jìn　感情密切，彼此接近　他和鄰居很～｜兩人關係非常～｜他為人好，大家都願意～他。

⊜【親切】qīn qiè
⊜【親熱】qīn rè
⊜【親密】qīn mì

「親切」多用於上級對下級，長輩對晚輩，如說「親切接見」、「親切關懷下一代」、「她的一番話語親切感人」。「親熱」多形容感情、態度等，如說「格外親熱」、「他對同鄉很親熱」；也可作動詞，如說「親熱一番」。「親密」指感情很好，與「疏遠」

相對，如說「親密合作」、「親密無間」、「關係十分親密」。

⊘【疏遠】shū yuǎn　感情～｜朋友日益～｜別因為工作～了家人。

親密 qīn mì　感情好；關係密切　～的戰友｜他們倆～無間。

⊘【疏遠】shū yuǎn　好久沒見，關係有些～了。

親切 qīn qiè　和善誠懇；關心　～接見｜向大家致以～的問候。

⊘【冷淡】lěng dàn　態度～｜市場反應～｜顯得有些～。

親熱 qīn rè　親密而熱情　別跟他們太～｜大伙兒在一起時～極了。

⊘【冷淡】lěng dàn　關係～｜表情很～｜她外表～，內心火熱。

親身 qīn shēn　自己的（感受、經歷等）　～感覺｜這是他的～體驗｜何先生～經歷了那次大地震。

⊜【親自】qīn zì

「親身」多用於自身已經過去的經歷、感受、體會等。「親自」強調自己做某件具體的事，如說「親自動手」、「親自出馬」、「親自進行指導」。

親信 qīn xìn　關係密切、值得信任的人　扶植～｜安插～｜這裏有很多他的～。

⊜【心腹】xīn fù

「親信」多含貶義；還作動詞，指過於信任，如說「親信小人」。「心

腹」指貼心的人或在身邊參與機密的人，如說「培養心腹」。

勤奮 qín fèn　努力而不懈怠　～刻苦｜～的學生｜小時候他讀書特別～｜他因工作～受到嘉獎。

同【勤勉】qín miǎn
同【勤懇】qín kěn

「勤奮」突出不懈地做。「勤勉」屬於書面語，如說「他表示將勤勉地工作，為大家服務」。「勤懇」突出勤勞而踏實，如說「幹活勤懇」、「他在工作中表現得很勤懇」。

反【懶惰】lǎn duò　～成性｜～的小傢伙｜你怎麼這麼～，甚麼事都不想做！
反【怠惰】dài duò　～將一事無成｜工作～。

勤儉 qín jiǎn　勤勞而節儉　～持家｜培養學生們～節約的好習慣｜～是一種傳統美德。

同【節儉】jié jiǎn
同【儉省】jiǎn shěng
同【儉約】jiǎn yuē
同【節約】jié yuē

「勤儉」包括勤勞和節儉，突出生活方面節儉，不鋪張浪費。「儉省」、「節約」強調少耗費掉。「節儉」多指有節制、不浪費，如說「開支比較節儉」、「生活相當節儉」。

反【奢侈】shē chǐ　～品｜～浪費｜那些人過着～的生活。

勤快 qín kuai　手腳勤，做事利索　他工作很～｜手腳很～｜他的妻子既漂亮又～。

同【勤勞】qín láo

「勤快」突出愛勞動，手腳動作較快，多用於口語。「勤勞」突出努力勞動，不怕辛苦，如說「勤勞勇敢」。

反【懶惰】lǎn duò　～的人是不會有出息的。

青出於藍 qīng chū yú lán　青色由蓼藍提煉而成，但顏色比蓼藍更深。比喻學生超過老師或後人超過前人　～而勝於藍，他現在取得的成就已超過了他的老師。

同【後來居上】hòu lái jū shàng

「青出於藍」源於《荀子·勸學》「青，取之於藍，而青於藍」。「後來居上」源於《史記·汲鄭列傳》，原指資歷淺的人地位反而比資格老的人高，後指發起的超過先前的，如說「新開的這家電腦公司後來居上，銷售額遠遠超過了那幾家同行」。

青梅竹馬 qīng méi zhú mǎ　(一對)男女小時候親密無間　他們倆是～｜他和～的妻子感情一直很好。

同【兩小無猜】liǎng xiǎo wú cāi

「青梅竹馬」、「兩小無猜」源於唐代李白詩《長干行》：「郎騎竹馬來，繞牀弄青梅。同居長干里，兩小無嫌猜。」騎竹馬、弄青梅都是小孩子的遊戲。「青梅竹馬」形容孩子遊戲時天真的樣子。「兩小無猜」指男女孩子在一起遊戲玩耍，天真爛漫，沒有猜疑。

清 qīng

（液體或氣體）純淨，沒有或較少雜質　～水｜水～見底｜天朗氣～。

（反）【渾】hún　～水｜別把水攪～了。

（反）【濁】zhuó　污泥～水｜變～為清｜激～揚清。

清澈 qīng chè

也作「清徹」。（水、空氣等）乾淨、透明　池水～見底｜～的溪流｜姑娘有一雙～明亮的大眼睛。

（同）【清亮】qīng liang

> 「清澈」多用於液體。「清亮」指明亮透徹，如說「清亮的小溪」；也指明白，如說「大家心裏都覺得清亮多了」。

（反）【混濁】hùn zhuó　空氣～｜水池一片～。

（反）【渾濁】hún zhuó　目光～｜～不清｜～的河水。

清晨 qīng chén

早晨；天亮前後的一段時間　她～就出門了｜～有很多老年人去運動｜每到～就有小鳥兒在林子裏歌唱。

（同）【拂曉】fú xiǎo

> 「清晨」指日出前後一段時間。「拂曉」指天快亮的時候，時間比較短，如說「拂曉時分部隊出發了」。

清除 qīng chú

清理；去除　～路上的垃圾｜～街上的積雪｜～火災隱患。

（同）【肅清】sù qīng

> 「清除」的對象是污垢、隱患、壞人等。「肅清」一般不用於物，多用於

壞人、壞事，如說「肅清土匪殘餘勢力」。

清楚 qīng chu

1.（事物）易辨別；不模糊　論文思路不～｜這上面的字跡看不～了｜她已經把話說得非常～了。

（同）【明白】míng bai

（同）【明晰】míng xī

（同）【清晰】qīng xī

> 「清楚」還指了解得很透，如說「腦子清楚」。「清晰」突出事物明晰，如說「輪廓清晰」、「發音清晰」、「答題思路要清晰」、「清晰流暢的畫面」。

（反）【模糊】mó hu　字跡～｜淚眼～｜窗上的雨水～了我的視線。

（反）【含糊】hán hu　態度很～｜你別這麼～其辭。

2. 了解；知道　這事大家～了吧｜老師還不～那個學生曠課的原因。

（同）【明白】míng bai

（反）【糊塗】hú tu　難得～｜～透頂｜真是愈講愈～了。

清脆 qīng cuì

（聲音）清亮悅耳　～的嗓音｜他被她那～的歌聲所吸引。

（同）【清越】qīng yuè

> 「清脆」用於少女、小孩、小鳥等的聲音清晰悅耳。「清越」突出指聲音高揚，如說「悠遠清越的歌聲，讓人心曠神怡」。

清淡 qīng dàn

1. 淡而不濃　色調～｜沖一杯～的龍井茶。

反【濃重】nóng zhòng　筆墨~｜梔子花散發出~的香味。

2. 含油脂少　口味~｜我喜歡吃~的菜。

反【油膩】yóu nì　食物太~了｜他吃不慣~的東西。

「清淡 1」多用於氣味、顏色；2 多用於食物。

清寒 qīng hán　窮苦　~人家｜家境~。

同【貧寒】pín hán
同【清貧】qīng pín

「清寒」還指天氣清朗並略有寒意，如說「月色清寒，讓人倍感淒涼」。

清潔 qīng jié　乾淨；沒有塵土、污垢、垃圾等　保持~｜~的書房｜提供~服務｜要注意~衞生。

同【乾淨】gān jìng
同【潔淨】jié jìng

「潔淨」語意較重，如說「潔淨無塵」、「潔淨幽雅的茶室」。「乾淨」多用於口語。

反【骯髒】āng zāng　~的衣服｜屋裏又凌亂又~。

清淨 qīng jìng　1. 清澈明淨　湖水~見底。

反【污濁】wū zhuó　空氣~｜溝裏流着~的廢水。

2. 沒有干擾的　耳根~。

反【喧擾】xuān rǎo　人聲~｜附近是~的街市。

「清淨 2」強調身邊沒有人或事物打擾。

清靜 qīng jìng　安靜而不嘈雜　耳根~｜圖個~｜那時天還沒有亮，周圍非常~。

同【安靜】ān jìng
同【寂靜】jì jìng

反【喧鬧】xuān nào　人羣~｜~的市場｜他不喜歡這種~的環境。

反【喧囂】xuān xiāo　~的舞廳｜真不喜歡~的都市生活。

反【吵鬧】chǎo nào　別再~｜孩子們大聲~｜他倆常~不休。

反【嘈雜】cáo zá　聲音~｜人聲~｜周圍~得讓人受不了。

「清靜」多用於環境。

清冷 qīng lěng　人少而不熱鬧　~的電影院｜今天大街上很~｜她不習慣這種~的場面。

同【冷清】lěng qing

清明 qīng míng　（政治）有法度，有條理　政治~｜生於~治世。

反【腐敗】fǔ bài　朝政~｜決心清除~現象。

清貧 qīng pín　貧苦　家道~｜夫妻倆甘於~度日｜他們一家過着~的日子。

同【貧寒】pín hán
同【清寒】qīng hán
同【清苦】qīng kǔ

清癯 qīng qú　清瘦　臉頰~｜

他面容~｜他是一位~且有神韻的老人。

圖【清瘦】qīng shòu

反【豐腴】fēng yú　~的身子｜那女子體態~。

「清癯」、「豐腴」屬於書面語。「清癯」多用於年長男子。「豐腴」多用於女子。

清掃 qīng sǎo　徹底地打掃　~房間｜~教室｜徹底~一下車廂。

圖【打掃】dǎ sǎo

圖【掃除】sǎo chú

「清掃」多用於場所。「掃除」的對象可以是具體的、骯髒的東西，也可以是不好的、有礙前進的事物。「打掃」可用於場所或具體物。

清算 qīng suàn　1. 徹底地計算　~賬目｜~債務｜進入企業破產~程序。

圖【清理】qīng lǐ

2. 列舉全部罪惡或錯誤並做出處理　徹底~侵略者的罪行。

圖【清理】qīng lǐ

「清算」語意比「清理」重。

清晰 qīng xī　清楚；不模糊　發音~｜吐字~｜字跡~可辨。

反【模糊】mó hu　視線~｜認識~｜含義~不清。

反【朦朧】méng lóng　月色~｜~的意境｜窗外的夜色有點~。

清閒 qīng xián　清靜，有空閒　難得~｜他退休後也不~｜他們老兩口過着~的日子｜他剛退休，一時還不習慣~的生活。

圖【安閒】ān xián

「安閒」用於生活、環境、處所或人的態度、心情、臉色、動作等，如說「安閒地散步」。

反【繁忙】fán máng　~的應酬｜公務過於~。

反【忙碌】máng lù　~之人｜他整天~不停。

清香 qīng xiāng　清淡宜人的香味　~宜人｜茉莉花散發出陣陣~。

圖【幽香】yōu xiāng

清新 qīng xīn　1. 清爽而新鮮　空氣~｜環境~優雅｜雨後的空氣格外~。

圖【清爽】qīng shuǎng

反【污濁】wū zhuó　空氣有些~｜~的河水。

2. 新穎脫俗　色調~｜版面設計~活潑。

反【陳腐】chén fǔ　文章內容~｜~的論調｜打破~的傳統觀念。

清醒 qīng xǐng　（頭腦）清楚、明白　頭腦~｜病人~的時候不多。

反【糊塗】hú tu　思想~｜一時~｜你別再犯~｜看我，真是老~了。

清秀 qīng xiù　文雅秀麗　山水~｜字跡~｜小伙子長得很~。

圖【娟秀】juān xiù

圖【秀麗】xiù lì

圖【秀美】xiù měi

「娟秀」屬於書面語，僅用於女子或字體，如說「字體十分娟秀」、「娟秀的面龐」。「秀麗」指人的面容漂亮文雅，適用於女子；也可用於山水風景，如說「風景秀麗」、「秀麗的山川」。「秀美」指秀氣而不俗，如說「秀美熱情」、「字體秀美」。

傾慕 qīng mù　心裏嚮往愛慕　～對方｜令人～｜他們倆早就彼此～。
同【愛慕】ài mù
同【敬慕】jìng mù

傾訴 qīng sù　全盤説出心中的話　～心聲｜她有甚麼心事從不向朋友～｜有苦衷你就盡情～吧，不要憋在肚子裏。
同【傾吐】qīng tǔ

「傾訴」突出訴説。「傾吐」多是不由自主地説出心底的話，如説「傾吐衷腸」。

傾聽 qīng tīng　集中注意力專心地聽　～民意｜～下屬的匯報｜～讀者的意見｜政府官員應多～民眾的呼聲。
同【聆聽】líng tīng

「傾聽」多用於上級對下級。「聆聽」多用於下級對上級，如説「聆聽師長的教誨」、「我們一定好好聆聽大師指教」。

傾銷 qīng xiāo　用低於市場價的價格大量拋售商品來佔領市場，意在擊敗競爭者而壟斷價格　反～｜大

量～產品。
同【推銷】tuī xiāo

「傾銷」是用低價大量銷售商品。「推銷」是推廣貨物的銷路，如説「改變推銷策略」、「向顧客推銷新產品」。

傾注 qīng zhù　水由上而下流入茶藝表演者輕巧地反身從頭頂上方將茶水～到茶杯中。
同【傾瀉】qīng xiè

「傾注」還指將感情、力量、精力等集中到某個目標上，如説「母親把畢生的精力都傾注到他身上」。「傾瀉」突出大量的水很快地流下，如説「山水傾瀉而下」。

輕 qīng　1. 重量小；比重小　～便｜體重較～｜身～如燕｜木頭比鐵～。
反【重】zhòng　笨～｜這個箱子實在太～｜水比油～。
反【沉】chén　～重｜～甸甸｜椅子～得提不起來。
2. 輕鬆；省力　～音樂｜～飄飄的｜無病一身～。
反【重】zhòng　工作很繁～。
3. 程度不深　～描淡寫｜傷不下火線。
反【重】zhòng　～創｜情意～｜～病纏身。
4. 不看重；不慎重　～慢｜敵貿進｜～舉妄動｜不要～信他人。
反【重】zhòng　敬～｜持～｜輕財義｜～男輕女。
5. 用力小　小心～放｜～～地拍着孩子入睡。

反【重】zhòng ～打五十大板｜～拳出擊。

輕便 qīng biàn 1. 體積小、重量輕，使用方便的 ～裝置｜～自行車。

反【笨重】bèn zhòng ～的傢伙｜這傢具看起來十分～。

2. 輕鬆;不費力 貪圖～是會誤事的。

反【笨重】bèn zhòng ～的體力活兒。

輕浮 qīng fú 言行隨便；極不莊重 ～的行為｜他說話怎麼如此～｜這個女子雖然漂亮，但舉止～。

近【輕佻】qīng tiāo

「輕浮」語意比「輕佻」重，多用於言語、舉止、態度、作風等。

反【穩重】wěn zhòng 舉止～｜～大方｜他辦事以～見長。

反【嚴肅】yán sù 表情～｜～處理｜～的氣氛｜他為人～，從來不苟言笑。

反【莊重】zhuāng zhòng 態度～｜請放～點兒。

輕捷 qīng jié （動作）輕快靈活 動作～｜～的腳步｜他～地跨上馬去。

反【笨重】bèn zhòng 身子顯得愈來愈～了。

輕快 qīng kuài 1. （動作）不費力 動作～｜姑娘～地邁着舞步。

近【輕鬆】qīng sōng

反【沉重】chén zhòng 腳步～。

2. 輕鬆、愉快 曲調～｜～的歌聲｜考完試，身上～多了。

近【輕鬆】qīng sōng

輕捷 qīng jié

「輕快」多形容心情、動作、曲調等。「輕鬆」突出沒有負擔，不緊張，如說「輕鬆愉快的心情」。「輕捷」強調輕快敏捷，如說「手腳輕捷」。

反【沉重】chén zhòng 語氣很～｜最近心情特別～。

輕慢 qīng màn 對人不敬重 態度～｜～失禮｜你怎麼能～客人呢？

反【敬重】jìng zhòng ～長輩｜言行令人～｜他受到大家的～。

「輕慢」突出對人的態度傲慢失禮。

輕描淡寫 qīng miáo dàn xiě 着力不多的描寫或敘述 他在談存在的問題時總是～地一筆帶過。

反【刻畫入微】kè huà rù wēi 小說對主人公的心理活動～。

反【濃墨重彩】nóng mò zhòng cǎi 文章對此～地作了渲染。

「刻畫入微」用於文字描寫或藝術表現。

輕蔑 qīng miè 輕視；看不起 ～的目光｜她不禁流露出～的表情。

反【重視】zhòng shì ～科學｜～學習方法｜～孩子的創造力｜環保問題應引起全社會的～。

反【看重】kàn zhòng 被人～｜～技巧的掌握｜大家都十分～新技術的應用。

反【崇敬】chóng jìng ～的目光｜懷着～的心情｜他的高尚品歷來受人～。

〔反〕【敬佩】jìng pèi　無比～｜大家對這位老師非常～。

「輕蔑」突出態度蔑視，不把人放在眼裏。

輕巧 qīng qiǎo　輕便靈巧；輕鬆靈巧　～的手提電腦｜這種新型自行車騎起來很～。
〔反〕【笨重】bèn zhòng　～的傢具。

輕視 qīng shì　認為沒有價值而看輕；不重視　不要～體力勞動｜在公司他很受～｜不要～年輕人。
〔同〕【蔑視】miè shì
〔同〕【藐視】miǎo shì
〔反〕【重視】zhòng shì　～教育｜應引起～｜～各民族不同的風俗習慣。

輕率 qīng shuài　説話做事不認真考慮，隨隨便便，未經過慎重考慮　處理這事你可不要～｜你放棄這麼好的工作是不是有點～？
〔同〕【草率】cǎo shuài
〔同〕【粗率】cū shuài
〔同〕【潦草】liǎo cǎo

「輕率」用於言語、行為方面。「草率」、「粗率」多用於做事。「潦草」除指做事不仔細不認真外，還指字不端正，如說「他寫字很潦草」、「這樣潦草的簽名誰也認不出來」。

〔反〕【持重】chí zhòng　處事～｜他一向沉穩～。
〔反〕【慎重】shèn zhòng　～決定｜這可不是小事，你要～一些。

輕鬆 qīng sōng　1. (精神) 不緊張，沒有負擔　～愉快｜表情～自然｜放假了，孩子們玩得很～。
〔反〕【沉重】chén zhòng　心情～｜～的精神負擔。
〔反〕【緊張】jǐn zhāng　神情～｜各項工作～而有序地進行。
2. 不費力；省力　動作～｜她專挑～的工作。
〔同〕【輕快】qīng kuài
〔反〕【沉重】chén zhòng　負荷～｜肩上的擔子～。
〔反〕【繁重】fán zhòng　任務～｜不能勝任這～的工作。

輕佻 qīng tiāo　不莊重；不嚴肅　舉止～｜～的口吻。
〔同〕【輕浮】qīng fú
〔反〕【嚴肅】yán sù　表情～｜氣氛～｜十分～的場合。
〔反〕【莊重】zhuāng zhòng　場面～｜顯得～。
〔反〕【端莊】duān zhuāng　～高雅｜～的神情｜她舉止～，性格溫柔。

「輕佻」用於言談舉止方面，含有貶義。

輕微 qīng wēi　1. 不費力的　孩子應擔負一些～的勞動。
〔反〕【繁重】fán zhòng　工作～｜事務～，無暇顧及家庭。
2. 不嚴重的；程度淺的　～的損失｜～犯規。
〔反〕【嚴重】yán zhòng　後果～｜問題相當～｜當地的災情十分～。

輕易 qīng yì　簡單容易；沒有困難　～過關｜勝利不是～獲得的｜他

～地舉起了那塊大石頭。

回【容易】róng yì

「容易」是形容詞。

反【艱難】jiān nán　步履～｜～歷程｜他終於度過了最～的時期。

輕盈 qīng yíng

（女子）身材苗條，動作輕快　她體態很～｜她舞步～，非常迷人。

回【輕巧】qīng qiǎo

「輕盈」多用於形容女子的動作姿勢。「輕巧」強調動作輕鬆靈巧，如說「動作輕巧快捷」；還指簡單容易，如說「事情根本不像你說的那麼輕巧」。

情調 qíng diào

人的思想、情感所表現出來的格調　～高雅｜～激昂｜～憂鬱｜這家餐廳的裝潢充滿異國～。

回【情味】qíng wèi

「情調」指感情的某種類型和格調。「情味」指感情的意味，含有可令人細細體會的意思，如說「畫面展示出異樣的情味」、「小酒吧充滿幽雅情味」。

情感 qíng gǎn

對人、事情所產生的好惡或喜怒哀樂　抒發真實～｜小說人物～複雜｜作品喚起人們強烈的思鄉的。

回【感情】gǎn qíng

「情感」適用範圍較窄。「感情」主觀色彩較濃，如說「感情衝動」，還指

對人或事物關切、喜愛的心情，如說「我對這本書有特殊的感情」。

情景 qíng jǐng

情形和場景　～交融｜追憶當時的感人～｜他們被那～感動了。

回【情境】qíng jìng

「情景」突出具體的景象，多指感人的具體場合。「情境」著重於境地，可用於歡樂或不愉快的場面。

情勢 qíng shì

事物的狀況及發展趨勢　～緊迫｜～危急｜目前～十分逼人｜密切觀察～的變化。

回【形勢】xíng shì

「情勢」多用於範圍小、時間短、變化快的事情，屬於書面語。「形勢」用於某一階段或較長時期的事情，如說「形勢不容樂觀」、「經濟形勢報告」、「當時的形勢相當緊迫」；還指地勢、地貌，如說「形勢險要」。

情態 qíng tài

神情態度　～大方｜～逼真。

回【神態】shén tài

「情態」屬於書面語。「神態」多用於口語，如說「神態自若」，「露出了失望的神態」。

情形 qíng xíng

事情呈現出來的具體樣子　生活～｜回憶當年的～｜坦然面對複雜的～｜針對不同～分別處理｜到後來～愈發壞了起來。

回【情況】qíng kuàng

Q

回【狀況】zhuàng kuàng

「情形」突出呈現出來的具體樣子。
「情況」表示某種現狀，如說「情況
非常嚴重」、「我根本不了解那裏後
來發生的情況」。

情緒 qíng xù
人從事某種活動
時產生的心理狀態　～激動｜～高
漲｜切忌產生急躁～。
回【情感】qíng gǎn
回【心緒】xīn xù

情意 qíng yì
1.人與人之間的感
情、心意　～真切｜難忘的～｜兄弟
般的～｜她對我們一家～深厚。
回【情誼】qíng yì
回【友誼】yǒu yì
回【友情】yǒu qíng

「情意」適用範圍較廣。「情誼」突出
對人的關切，如說「真摯的情誼」、
「他們師生情誼深厚」。

2. 自己的心願　表示一點～｜些許薄
禮，聊表～。
回【心意】xīn yì

情願 qíng yuàn
1.心裏願意　心
甘～｜兩相～。
回【甘心】gān xīn
回【甘願】gān yuàn

「情願」突出經過考慮後心中願意。
「甘心」突出願意做，如說「不甘心
失敗」、「不甘心落後」、「甘心當
一塊鋪路石子」。「甘願」指樂意並
心服，屬於書面語，如說「甘願受
罰」、「甘願失去一切」。

反【勉強】miǎn qiǎng　～不得｜～答
應下來｜她的態度實在有些～。
反【被迫】bèi pò　～出賣勞動力｜～
在合約上簽了字。
2. 寧可　～犧牲，也不投降｜我～自
己節衣縮食，也要撫養年邁父母。
回【寧願】nìng yuàn

晴 qíng
有陽光，沒有雲霧　～
轉多雲｜陰～圓缺。
反【陰】yīn　～天｜～雨綿綿。

晴朗 qíng lǎng
陽光足，無雲
霧　～的天氣。
反【陰暗】yīn àn　～的角落｜～潮濕
的房間。
反【陰沉】yīn chén　天色～。

頃刻 qǐng kè
時間非常短　～
間下起了傾盆大雨｜這座大樓～間化
為灰燼。
回【霎時】shà shí
回【須臾】xū yú

「須臾」屬於書面語，如說「須臾之
間」、「須臾不離」。

請假 qǐng jià
請求給予假期　有
事向老師～｜沒有～不得無故缺席。
反【銷假】xiāo jià　及時～｜忘了
～｜回來後就向經理～。

「請假」多用於因病或因事請求暫停
一段時間的工作或學習。

請柬 qǐng jiǎn
請客時給別人的
書面通知　製作～｜派送晚會～｜她
說還沒收到你的～。

圓【請帖】qǐng tiě

請教 qǐng jiào　客氣地求教；請
人給予指教　誠心向您～｜向教授～
學術問題｜向醫生～保健知識。

圓【求教】qiú jiào

圓【討教】tǎo jiào

「請教」、「討教」突出客氣地請求指
導。「求教」懇請、乞求得到指點的
意味更濃，如說「特地登門求教」、
「虛心向各位同仁求教」、「四處求
教解決問題的方法」。

請求 qǐng qiú　1. 客氣地講明要
求，希望對方給予某方面的滿足　～
國際支援｜～減輕處分｜～分配任
務。

圓【哀求】āi qiú

圓【懇求】kěn qiú

圓【要求】yāo qiú

「請求」突出比較客氣。「哀求」強調
苦苦要求，語意較重。「懇求」強調
態度懇切，語意較重。

2. 提出的要求　答應了他們的～｜上
級接受了她辭職的～。

圓【要求】yāo qiú

請示 qǐng shì　向上級請求指示
或給予答覆　～經理｜～上級機關｜
這事還沒向主管部門～。

反【批覆】pī fù　未獲～｜得到～。

慶賀 qìng hè　對喜慶的事情表
示祝賀；向有喜事的人道喜　這件事
值得好好～｜～老人家八十華誕｜對
你們所取得的巨大成績表示～。

圓【慶祝】qìng zhù

圓【祝賀】zhù hè

「慶祝」多指舉行活動來表示快樂或
紀念，比較莊重，如說「慶祝生日」、
「慶祝豐收」、「熱烈慶祝建校三十
週年」。「祝賀」用於向人道喜，如
說「祝賀成功」、「祝賀取得勝利」。

窮 qióng　貧困；缺少財物　家裏
很～｜生活比較～｜他生在一個～鄉
僻壤。

圓【貧】pín

「窮」可單獨使用。「貧」可組合成
「貧窮」、「貧寒」、「貧民」、「清貧」
等。

反【富】fù　為～不仁｜社會貧～不
均。

窮苦 qióng kǔ　生活貧苦；沒有
錢財　～百姓｜～人家｜～的烙印。

圓【貧苦】pín kǔ

圓【貧寒】pín hán

圓【清寒】qīng hán

圓【清貧】qīng pín

圓【貧窮】pín qióng

圓【窮困】qióng kùn

「貧苦」、「貧寒」突出艱難困苦，指
生活資源不足，多用於個人和家庭。
「貧窮」、「窮困」多用於個人或地
區、國家等，如說「生活窮困潦倒」、
「設法幫助當地擺脫貧窮」。

反【富足】fù zú　生活～｜她過着～
的日子。

反【富有】fù yǒu　並不羨慕他的～｜
他出生在一個～的家庭

Q

⊘【富裕】fù yù 國家~｜她一心追求~生活。

窮困 qióng kùn
沒有錢；生活困苦 ~潦倒｜一生~｜資助~地區發展經濟。
⊘【富裕】fù yù 家庭~｜期望過上~的生活。
⊘【寬綽】kuān chuo 手頭~｜日子過得比較~。
⊘【富足】fù zú 家境~｜村裏人生活~有餘。

窮鄉僻壤 qióng xiāng pì rǎng
荒涼貧窮而偏僻冷清的地方 畢業後他到~當了教師。
⊘【通都大邑】tōng dū dà yì 常年來往於~。

> 「通都大邑」指四通八達的較大城市，屬於書面語。

曲 qū
不直的 ~~彎彎｜木工用~尺｜彎腰~背。
⊜【彎】wān
⊘【直】zhí ~線｜把鐵絲弄~。

曲解 qū jiě
錯誤地解釋或理解客觀事實或他人的意思 ~了這個故事｜這是對法規的~｜她故意~他的話｜你~了他的原意。
⊜【歪曲】wāi qū

> 「曲解」突出錯誤地解釋，包括有意或無意，無意的情況多因誤會或不了解造成。「歪曲」指故意對真實的東西進行竄改，如說「蓄意歪曲真相」、「歪曲報道」、「故意歪曲事實」。

曲折 qū zhé
1. 情節複雜或不順利、不順當 ~的經歷｜故事情節非常~｜事件的發展很~｜父親的一生是~的一生。
⊜【波折】bō zhé
⊘【平淡】píng dàn 過着~的生活｜故事過於~，不吸引人。
2. 彎曲 道路~不平｜山上有一條~的小路。
⊜【崎嶇】qí qū

> 「曲折」多指事情在進行中不順利，困難很多。「波折」突出起伏不定，含有反覆的意思，如說「波折重重」、「幾經波折才將此事妥善解決」。「崎嶇」指路不平。

⊘【筆直】bǐ zhí 線條~｜~的大路。

屈從 qū cóng
勉強服從 ~惡勢力｜決不~於武力壓迫｜那時人們只好~於高壓政策。
⊜【屈服】qū fú

> 「屈從」突出對外來的壓力不敢違抗，勉強服從，屬於書面語。「屈服」也寫作「屈伏」，突出妥協讓步或甘心認輸，如說「不為敵人所屈服」、「他已完全屈服於對手」、「決不向黑暗勢力屈服」。

⊘【抵抗】dǐ kàng 他決定堅決~到底。

屈服 qū fú
對外來壓力讓步 不肯輕易~｜千萬別~於壓力。
⊜【屈從】qū cóng
⊘【反抗】fǎn kàng ~強權｜哪裏有壓迫，哪裏就有~。

區分 qū fēn
分別開來 ~敵友｜

~輕重緩急｜～兩類本質不同的現象｜這對雙胞胎讓父母都很難～。
回【辨別】biàn bié
回【分辨】fēn biàn
回【分別】fēn bié
回【區別】qū bié

「區分」突出根據不同之處分別開來。「辨別」突出在特徵上加以區別，如說「辨別真偽」、「辨別優劣」。「區別」重在指出不同之處，如說「注意區別這兩個漢字寫法的不同」；還指不同的地方，如說「這兩個詞的用法有區別」。

趨勢 qū shì　事物發展的可能性

發展～｜天氣～不明｜經濟～預測｜出現不利的～。
回【趨向】qū xiàng

「趨勢」突出事情發展的方向，只作名詞。「趨向」指發展的動向，如說「歷史趨向」、「經濟發展總趨向」；還作動詞，指向某個方向變化，如說「趨向進步」、「趨向一致」、「局勢逐步趨向緩和」。

驅趕 qū gǎn　趕走　～蚊蠅｜～

難民｜～牲口。
回【驅逐】qū zhú

「驅趕」突出趕開，使走開。「驅逐」語意較重，指強行趕走，使離開本地或所在國家，如說「驅逐出境」、「堅決驅逐侵略者」。

取 qǔ　1.(從裏面)拿出來　～回

行李｜～出衣帽｜去銀行～一些錢。

反【存】cún　～錢｜車～在地庫｜東西暫時～放在此。
反【棄】qì　丟～｜～之不顧。
2.獲得；招致　～樂｜這是自～滅亡。
反【送】sòng　～花｜大～人情。
反【予】yǔ　給～｜授～獎狀。
反【失】shī　～信｜～而復得。
3. 選用；選取　兩者～一｜捨生～義｜給孩子～個又好聽又順口的名字。
反【捨】shě　～生忘死｜～近求遠。

取締 qǔ dì　明令禁止或取消　～

非法營業｜對於非法經營要堅決～。
反【提倡】tí chàng　～節約｜大力～｜～國學。

「取締」多由政府、組織或有關部門依法執行。

取得 qǔ dé　得到　～成功｜～

信任｜他們的工程已～實質性進展。
回【獲得】huò dé
回【得到】dé dào

「取得」、「獲得」的對象多為抽象事物，如說「獲得勝利」、「獲得了優異的成績」、「獲得寶貴的經驗」。「得到」的對象可以是具體物品或抽象事物，如說「得到禮物」、「得到好評」。

取款 qǔ kuǎn　把存在銀行裏的

錢拿出來　在自動櫃員機上自助～｜～時需要輸入密碼｜你別忘了按時～。
反【存款】cún kuǎn　去銀行～｜鼓勵市民～。

Q

取勝 qǔ shèng　獲得勝利　以巧勁～｜紅隊以大比分～。

同【獲勝】huò shèng

同【得勝】dé shèng

反【失利】shī lì　一再～｜認真分析～的原因。

反【落敗】luò bài　初戰～｜因輕敵而～。

取消 qǔ xiāo　也作「取銷」。使原有的建議、資格、制度、組織權利等失去效力　～考試資格｜～不合理的規章制度｜因為天氣不好，他們只好～了出遊計劃。

同【撤銷】chè xiāo

同【勾銷】gōu xiāo

同【取締】qǔ dì

同【打消】dǎ xiāo

「取消」強調使失去效力，對象多為規章、制度、資格、權利、計劃等，適用範圍較廣。「撤銷」強調下令取消，多用於上級取消下級職務或取消法律條文，適用範圍較窄，如說「撤銷了他的職務」。「勾銷」指抹去、消除或用筆劃掉，如說「勾銷舊賬」、「一筆勾銷」。「取締」指依法明令取消或禁止，帶強制性，對象多是某個組織、部門或活動，如說「取締非法機構」、「取締非法傳銷活動」。「打消」指去掉某個想法等，如說「打消了去旅遊的念頭」。

反【保留】bǎo liú　～名額｜予以～｜暫時～學籍。

取信 qǔ xìn　獲得他人的信任　～於民。

反【失信】shī xìn　～於人｜為人不可以～。

娶 qǔ　男子迎接女子過門成親　～妻｜～親｜準備娶～新娘。

反【嫁】jià　～人｜遠～到國外｜女大當～。

去 qù　從所在地到別的地方。也指離開　～公司｜任其～留｜他～意已決。

反【來】lái　～者不善｜～去自由｜～而不往非禮也。

反【留】liú　真～不住他｜他因雨～在這裏已經三天了。

去世 qù shì　死去；逝世　那位老人因病～｜外祖父去年～了｜丈夫的～給了她沉重的打擊。

同【逝世】shì shì

「去世」用於成人，「逝世」用於偉人。

反【出生】chū shēng　新近～｜老人～在農村｜她 1978 年～於上海。

反【出世】chū shì　那時她還沒有～｜他～不久父親就去世了。

全部 quán bù　各個部分的總和；整個　工程已～完成｜賬目已～結清｜他的心事～了結了。

同【完全】wán quán

同【整個】zhěng gè

同【全體】quán tǐ

「全部」指總和，可用於人或物。「全體」多用於人，如說「全體同學」、「全體出動」、「全體師生同心協力」；偶爾用於事物，如說「看問題應看全體」。

反【部分】bù fen　這是事情的一～。

反【局部】jú bù　～地區｜～利益必須服從整體利益。

全集 quán jí　某人的全部著作合編成的書　《魯迅～》。

⊘【選集】xuǎn jí　《錢鍾書～》。

⊘【文選】wén xuǎn　活頁～｜《昭明～》。

「全集」、「選集」、「文選」多用作書名。

全面 quán miàn　各個方面的總和　～發展｜～貫徹｜～了解公司運作情況。

⊘【片面】piàn miàn　觀點很～｜你看問題太～｜～強調局部利益。

全體 quán tǐ　各部分的總和　～員工｜～起立｜議案獲得～議員通過。

⊘【部分】bù fen　～觀眾｜～意見｜工作只是生活的一～。

「全體」多用於人或團體。

權衡 quán héng　考慮各方的得失、輕重、利弊　仔細～｜再三～利弊｜要～各種利害關係後再作決定。

⊜【衡量】héng liáng

「權衡」突出作比較考慮，然後再選擇。「衡量」強調以某個標準為依據進行掂酌考慮，如說「以年度目標來衡量自己的工作做得如何」。

權力 quán lì　可以管轄、統治、支配他人的職權與力量　濫用～｜行使好手中的～｜掌握着很大的～。

⊜【權柄】quán bǐng

⊜【權利】quán lì

「權力」可用於個人、集體、國家。「權利」側重於被規定可以行使的權力和可享受的利益，一般是廣大民眾所具有的，與「義務」相對，如說「保護合法權利」、「尊重公民的權利」。「權柄」指所掌握的權力，只用於個人，屬於書面語，如說「權柄在握」、「依仗權柄」。

權利 quán lì　權力和利益　享有～｜保護居民的合法～。

⊘【義務】yì wù　承擔～｜神聖的～｜公民的～。

權謀 quán móu　多變、深沉的謀略　善用～｜靈活多變的～｜他善於運用～。

⊜【權術】quán shù

「權謀」突出隨機應變的計謀或策略。「權術」用於貶義，如說「玩弄權術」。

權且 quán qiě　臨時（採取措施或行動）；暫且　～如此｜你～住下來｜～保留他的意見｜我們～贊成你的建議。

⊜【姑且】gū qiě

「權且」有退一步做、當作這樣的意思，屬於書面語。「姑且」可用於口語或書面語，指暫時這樣做，如說「此事姑且放一下再說」、「我這裏的東西你姑且先用着吧」。

權勢 quán shì　權柄和勢力　依仗～｜不能以～壓人｜不管對方多麼

有～，我們都不會畏懼的。

同【勢力】shì lì

> 「權勢」突出權柄的力量。「勢力」多指政治、軍事、經濟等方面的力量，如說「不屈服於強大的勢力」。

權威 quán wēi

使人信服的力量和威望　～人物｜這是學術界的～著作｜他是位很有～的科學家。

同【威望】wēi wàng

> 「權威」還指在某範圍裏最有地位的人或事物，如說「他是這個專業的權威」。「威望」突出威信和聲望，指人享有的社會信任，如說「威望極高」、「國際威望」。

勸導 quàn dǎo

勸說、開導　熱心～｜我接受了她的善意｜對那些違反規定的人我們要先進行～。

同【開導】kāi dǎo

同【疏導】shū dǎo

勸告 quàn gào

1. 用道理說服別人　好言～｜耐心～吵架的雙方｜朋友多次～他不要吸煙。

同【勸說】quàn shuō

同【奉勸】fèng quàn

> 「勸告」強調講明道理說服他人。「勸說」強調使人聽從，多用口頭的方式。「奉勸」是比較禮貌地勸告，語意較重，如說「我奉勸你還是少去酒吧為好」。

2. 勸說的話　聽從～｜請接受我們的～｜他不聽父母的～獨自一人去了南方。

同【勸說】quàn shuō

勸止 quàn zhǐ

規勸並制止　有效～｜對那些違規現象要予以～｜對那些不良行為要及時～。

同【勸阻】quàn zǔ

> 「勸止」語意較重。「勸阻」強調阻攔對方行動，如說「勸阻過激行為」。

勸阻 quàn zǔ

勸人停止某種行為或者活動；勸告阻止　好言～｜你為甚麼不聽別人的～？

反【煽動】shān dòng　～民眾｜～市民鬧事｜容易受別人的～。

反【慫恿】sǒng yǒng　他竟然～孩子去偷竊。

缺點 quē diǎn

（人或事物）欠缺、不完美的地方　改正～｜勇於承認～｜不要總盯着別人的～。

同【短處】duǎn chu

同【錯誤】cuò wù

同【缺欠】quē qiàn

同【缺陷】quē xiàn

> 「缺點」指不完善之處，語意較輕，與「優點」相對。「短處」與「長處」相對。「錯誤」與「正確」相對。「缺欠」指缺點或不夠，屬於書面語，如說「工作上有缺欠」、「材料還缺欠不少」。「缺陷」突出不完整、不齊全，多用於評價佈局、結構等，如說「這棟樓的設計有很大缺陷」；也指人的先天生理或性格上的不足，如說「存在生理缺陷」、「想辦法克服自己性格上的缺陷」。

反【優點】yōu diǎn　發揚～｜學習別

人的～｜他的～是虛心好學。

缺乏 quē fá　不足；短少　～信心｜物資～｜平時～鍛煉。
- 圓【缺少】quē shǎo
- 圓【短缺】duǎn quē
- 反【充足】chōng zú　原料～｜海邊陽光～｜他有～的理由。
- 反【充分】chōng fèn　營養～｜理由還不～｜準備工作做得很～。

缺勤 quē qín　在規定時間內沒有上班或上課　統計～人數｜說明～理由｜不得無故～。
- 反【出勤】chū qín　～率很高。

缺席 quē xí　沒去上課或參加會議　因病～｜～審判｜她常常～，不來上課。
- 反【出席】chū xí　～會議｜～開幕儀式｜請各位準時～。

確定 què dìng　1. 確認並定下來　～最佳方案｜由導演～演員人選｜我們要抓緊～近期工作目標。
- 圓【決定】jué dìng
- 圓【肯定】kěn dìng
2. 明確而清楚　這是早已～的事｜希望你們給予～的答覆。
- 圓【肯定】kěn dìng

確切 què qiè　準確而貼切　用詞～｜～地說｜這個比喻生動而～。
- 反【含混】hán hùn　概念～｜～不清｜他的話講得很～。

確實 què shí　1. 真實可信　消息～｜數據～可信｜他得到～的保

證｜記者獲得了～的情報。
- 圓【確切】què qiè
- 圓【確鑿】què záo

> 「確實 1」強調消息、數字、情況真實，讓人相信。「確切」突出所見所聞的切實，如說「確切的消息」；還指恰當，如說「言詞確切」。「確鑿」強調事實、證據真實可靠，如說「證據確鑿」、「你說的情況不太確鑿」。

2. 真的；肯定如此　你想的～不錯｜這方法～可行｜演出～十分精彩。
- 圓【的確】dí què
- 圓【委實】wěi shí
- 圓【着實】zhuó shí

羣體 qún tǐ　有共同特徵的個體組成的整體　弱勢～｜重視～效應。
- 反【個體】gè tǐ　保護～經濟｜注重～形象。

羣言堂 qún yán táng　比喻發揚民主，較多聽取各方意見的工作作風　提倡～，讓大家充分發表意見。
- 反【一言堂】yì yán táng　做主管不能搞～｜應批評那種～的作風。

> 「一言堂」多用於官員或某方面的負責人。

羣眾 qún zhòng　普通民眾　符合～的要求｜這是個～組織｜政府官員要多關心～｜作決定時要先考慮一下～的意見。
- 圓【大眾】dà zhòng
- 圓【公眾】gōng zhòng
- 圓【民眾】mín zhòng

R

燃燒 rán shāo
物質劇烈氧化而發熱發光　不易～｜汽油～｜烈火熊熊～。

回【焚燒】fén shāo

反【熄滅】xī miè　火焰～｜那枝蠟燭早已～。

「燃燒」用於比喻，指某種感情十分熱烈，如説「心中的激情在燃燒」。

冉冉 rǎn rǎn
慢慢地（向上）　太陽～升起｜運動場上～升起了奧運旗幟。

回【徐徐】xú xú

「冉冉」突出慢慢地向上移動。「徐徐」的方向不一定向上，也可以向前等，如説「列車徐徐開進站」、「此事讓我徐徐道來」。

讓 ràng
把好處或方便給別人　退～｜一～再～｜當仁不～｜這事你盡量～着點兒。

反【爭】zhēng　爭奪｜～先恐後｜分秒必～｜～奇鬥豔｜你們倆別～了。

讓步 ràng bù
在爭執中向後退讓，不同程度地放棄自己的意見或利益　主動～｜作出～｜不可～。

回【退讓】tuì ràng

回【妥協】tuǒ xié

「讓步」突出在爭論或談判中，放棄或部分放棄自己的意見或利益而多讓

對方得利。「退讓」突出向後退，將好處給對方，如説「一再退讓」、「已經退讓到了底線」。「妥協」突出為謀求解決矛盾而軟化立場或退讓，如説「進行妥協」、「雙方都作了妥協」。

饒恕 ráo shù
寬容而對犯錯誤或犯罪的人不作處罰　請求～｜你怎麼這麼輕易就～了他｜他犯下了不可～的罪行。

回【寬恕】kuān shù

「饒恕」突出從寬諒解，比較莊重。「寬恕」強調原諒或免於計較，多用於過失或過錯較小的事或人，語意較輕，如説「求得寬恕」、「寬恕他人的過失」。

反【處罰】chǔ fá　～違紀者｜決定給以～｜嚴厲～肇事者。

反【責罰】zé fá　為小事而受～｜受過那次～，他變得乖巧了。

擾亂 rǎo luàn
使（社會秩序等）混亂或不安定　～學校秩序｜她的話～了我的思路｜嚴懲～社會治安的不法之徒。

回【煩擾】fán rǎo

回【干擾】gān rǎo

回【攪擾】jiǎo rǎo

回【搗亂】dǎo luàn

反【澄清】chéng qīng　～天下。

反【安定】ān dìng　～人心。

「澄清」也指弄清楚、搞明白，如説「澄清事實」、「必須澄清謠言」。

惹事 rě shì
給他人或自己帶來麻煩或災禍　你在家待着，別出去給

我～｜害怕～｜他小時候經常給父母～｜你別在那兒～了，趕緊回去！

⑤【生事】shēng shì

⑤【滋事】zī shì

「惹事」突出原先無事，而惹出麻煩、引出事端。「滋事」突出故意製造事端，語意較重，屬於書面語，如說「聚眾滋事」。「生事」突出製造糾紛或事端，如說「造謠生事」、「他只要多喝點酒就愛生事」。

熱 rè　溫度高；氣溫高　天比較～｜水有點兒～｜你快趁～吃吧｜這幾天怎麼這麼～？

㊭【寒】hán　飢～交迫｜天～地凍｜冰凍三尺，非一日之～｜老人近日受了～。

㊭【冷】lěng　天氣驟～｜本人特別怕～｜那裏冬季也不太～。

㊭【涼】liáng　秋風～颼颼的｜剛剛入秋，天就～了起來。

熱愛 rè ài　非常喜愛；熱烈地愛～和平｜～家園｜我十分～自己所學的專業。

⑤【酷愛】kù ài

「熱愛」突出感情熱烈，適用範圍較廣。「酷愛」突出程度很深，多用於興趣方面，如說「他酷愛運動」、「最近酷愛電子遊戲」。

㊭【痛恨】tòng hèn　～自己不爭氣｜切齒～｜他～一切歪風邪氣。

㊭【憎恨】zēng hèn　無比～｜～入侵者｜心裏充滿着～。

熱潮 rè cháo　事物蓬勃發展，

達到較高的階段　掀起環保～｜出現留學～。

⑤【高潮】gāo cháo

熱忱 rè chén　1. 待人接物時的真摯情意　滿腔～｜對朋友充滿～。

⑤【熱情】rè qíng

⑤【熱心】rè xīn

2. 感情很熱烈　極其～｜感謝各位對我的～相助。

⑤【熱心】rè xīn

⑤【熱誠】rè chéng

「熱忱」用於對人，屬於書面語。「熱誠」着重表示心情和態度方面不虛偽，誠摯，如說「待人熱誠」、「熱誠待客是我們一貫的服務宗旨」、「她無論做甚麼都充滿熱誠」。「熱心」突出有熱情，肯盡力，如說「熱心助人」、「他對公益事業非常熱心」。「熱情」突出為人處事的熱烈感情和對人對事的熱烈真切，如說「對工作滿懷熱情」、「以飽滿的熱情投入到新產品開發中去」。

熱誠 rè chéng　熱情而真誠　～待客｜～的話語｜他～的接待打消了我的顧慮。

㊭【冷淡】lěng dàn　反應～｜態度過於～｜她對周圍的一切都很～。

熱帶 rè dài　地球上位於赤道兩邊、南北回歸線之間的地帶　～雨林｜～風暴｜當地屬於～性氣候。

㊭【寒帶】hán dài　地處～。

熱點 rè diǎn　引起社會公眾廣泛關注的事情或話題　～報道｜～追

蹤｜你們討論的是一個～問題。

同【熱門】rè mén

> 「熱點」突出在一段時期內受到關注的事情；也指受到關注的地方，如說「這座古城成了旅遊的熱點」、「一到長假期；那裏就成了觀光熱點」。「熱門」適用範圍較廣，可用於具體或抽象的事物，如說「報考熱門專業」、「關注熱門話題」。

熱烘烘 rè hōng hōng　形容溫度高　屋子裏～的｜～的烤紅薯｜昨晚用了新被褥，覺得渾身～的。

反【冷冰冰】lěng bīng bīng　鑽進～的被窩｜房間裏沒有暖氣，～的。

> 「熱烘烘」多用於溫度。「冷冰冰」除了溫度，還可用於對人的態度。

熱烈 rè liè　情緒興奮激動　～的場面｜～歡迎來自遠方的朋友｜昨天的晚會氣氛非常～。

同【熱鬧】rè nao

> 「熱烈」突出積極的情緒和強烈的氣氛。「熱鬧」多用於口語，如說「熱鬧的街頭」、「焰火晚會的場面極為熱鬧」。

反【冷淡】lěng dàn　態度～｜口氣比較～。

反【冷漠】lěng mò　表情～｜我說那事時他的反應相當～｜不知為甚麼他總是一副～的樣子。

熱鬧 rè nao　人多，場面熱烈活躍　～非凡｜他總喜歡湊～｜難怪那麼～，今天是她的二十歲生日啊！

反【冷落】lěng luò　門庭～。

反【冷清】lěng qīng　場面～｜那個地段十分～。

反【幽靜】yōu jìng　～的山林｜～的小巷｜這裏的環境格外～。

反【冷僻】lěng pì　～地段。

反【寂寞】jì mò　～難耐｜～的山鄉｜感覺～得很。

反【僻靜】pì jìng　～的街道｜這是一處～的庭院。

熱情 rè qíng　有熱烈的感情　待人～｜～招待。

反【冷淡】lěng dàn　言語～｜觀眾反應～｜你別總是一副～的表情。

反【冷漠】lěng mò　性情～｜他的態度顯得相當～。

反【漠然】mò rán　～處之｜他對周圍的一切很～。

熱銷 rè xiāo　形容銷售情況非常好　～商品｜本品非常～｜新產品一問世就很～。

反【滯銷】zhì xiāo　再好的商品，一直不作改進，也會從熱銷變成～的。

熱中 rè zhōng　也寫作「熱衷」。內心熱切地盼望或追求　～功名利祿｜他近年來～於古玩收藏。

反【厭倦】yàn juàn　～世事｜對名利的追逐｜他對此已感到～。

人工 rén gōng　人為的；由人力做的　～降雨｜～製作｜進行～呼吸。

反【天然】tiān rán　～材料｜～景觀｜具有～的免疫力。

反【野生】yě shēng　～植物｜喜好食

用～菌菇｜我打算週末參觀～動物園。

反【自然】zì rán　～村落｜聽其～｜～而然｜習慣成～。

人禍 rén huò　人為造成的災難　天災～。

反【天災】tiān zāi　～難測｜積極預防～｜這是一場罕見的～。

人間 rén jiān　人類生存、生活的地方　～真情｜春滿～｜讓愛充滿～｜她的努力避免了一場～悲劇的發生。

同【人寰】rén huán

同【人世】rén shì

同【世間】shì jiān

「人間」突出人的生活環境。「人寰」指人類活動的區域，屬於書面語，如說「慘絕人寰」、「父親在他還是孩子時就撒手人寰」。「人世」也說「人世間」，指人的生活環境，用於描述性的書面文字，如說「枉來人世」、「孩子降臨人世」、「他的父母很早離開了人世」。「世間」指社會上，突出現實世界，屬於書面語，如說「世間萬象」、「欣賞世間美景」、「讓世間充滿愛」。

人性 rén xìng　一般人的正常的感情和理性　不通～｜簡直是喪失～｜滅絕～的屠殺。

反【獸性】shòu xìng　～大暴露｜敵人進城後大發～。

人云亦云 rén yún yì yún　別人說甚麼自己也跟着說甚麼，指沒有

主見　寫文章不要～｜你要有自己的想法，不要～。

同【拾人牙慧】shí rén yá huì

「人云亦云」突出沒有主見。「拾人牙慧」源於《世說新語·文學》「康伯未得我牙後慧」，比喻拾取別人的隻言片語當作自己的話。

人造 rén zào　人工製造的　～衛星｜～美女。

反【天然】tiān rán　～材料｜那幾個旅遊點有不少～景觀，值得一去。

人證 rén zhèng　由證人提供的有關證據或材料　缺乏～。

反【物證】wù zhèng　提供～｜人證、～俱在，你還想抵賴？

仁愛 rén ài　對人的同情、關愛　缺乏～之心｜每個人都應該有一顆～的心｜他是位富於～之情的政治家。

同【仁慈】rén cí

同【善良】shàn liáng

「仁慈」突出態度慈祥、神態和善、很有同情心，如說「仁慈祥和」、「有一副仁慈的心腸」。「善良」突出心地很好，沒有邪念，如說「本性善良」、「善良的人們」。

仁慈 rén cí　仁愛慈善　～的心｜～的行為｜老人的臉上露出～的笑容。

同【善良】shàn liáng

同【仁愛】rén ài

反【殘忍】cán rěn　手段～｜兇狠～

R

的傢伙｜你怎麼能這麼～地對待你的親人？

反【殘暴】cán bào　手法～｜～不仁的敵人｜～的專制統治。

反【殘酷】cán kù　～迫害｜面對～的現實｜這樣做未免太～了。

仁政 rén zhèng　仁愛的政策、措施　施行～｜唯有～才能安撫百姓。

反【暴政】bào zhèng　～是不可能長久維持的。

忍耐 rěn nài　抑制住某種情緒，不讓表現出來　我們的～是有限的｜他再也～不住疼痛，開始呻吟起來｜要學會～才能更好地生存在這個世上。

同【忍受】rěn shòu

「忍耐」突出有耐心地抑制住，多用於不如意的環境或病痛等。「忍受」突出承受某種不良遭遇、困境及痛苦，如說「忍受痛苦」、「無法忍受這種壓抑的氣氛」。

忍讓 rěn ràng　容忍退讓　互相～｜你不要一味地～他｜對壞人不能～遷就。

同【謙讓】qiān ràng

「忍讓」含有寬容忍耐的意味，多用於消極方面。「謙讓」多用於積極方面，如說「你不要再謙讓了」、「兩人互相謙讓了一番」。

忍辱負重 rěn rǔ fù zhòng　為了擔當或完成艱巨的任務，忍受屈

辱，承擔重負　～，發憤圖強｜～是成就事業必須具備的基本素質。

同【臥薪嘗膽】wò xīn cháng dǎn

「臥薪嘗膽」源於春秋時期越王勾踐的故事。越國被吳國打敗，越王勾踐立志報仇，為了激勵鬥志，勾踐夜裏睡在柴草上，吃飯前總要嘗一下懸着的苦膽，以此警誡自己毋忘恥辱。經過長期準備，越國終於打敗了吳國。後人用「臥薪嘗膽」來形容人刻苦自勵，發憤圖強。

任憑 rèn píng　聽任事物發展，聽任他人言行，不加干涉　如何處理，～你們決定｜他總是～別人指揮｜我輸了就～你發落，決無二言。

同【聽憑】tīng píng
同【聽任】tīng rèn

任務 rèn wù　上級佈置的工作；本人職責範圍內的事　執行～｜接受～｜分派～｜完成～。

同【使命】shǐ mìng
同【義務】yì wù

「任務」可用於一般的事或重大的事。「使命」突出任務重大，比較鄭重，如說「不辱使命」、「他們終於完成了重建家園的神聖使命」。「義務」是公民或法人按法律規定應盡的責任或道德上應盡的責任，如說「應盡的公民義務」。

任意 rèn yì　（説話、做事）不加任何拘束和限制　請不要～行動｜他因～揮霍公款而被揭發｜這種～歪曲事實的做法實在可恨。

⑩【恣意】zì yì

「任意」突出隨意而不受限制。「恣意」語意較重，屬於書面語，如說「不准恣意妄為」。

任用 rèn yòng　委派人擔任職務
大膽～｜～期限不長｜領導決定～年輕人。

⑤【罷免】bà miǎn　經理因玩忽職守被～了職務。

認為 rèn wéi　對人或事物進行
理解、認識及判斷　大家普遍～他是個好人｜我們～他這麼做非常正確｜老闆～他可以勝任這個職務。

⑩【以為】yǐ wéi

⑩【覺得】jué de

「認為」一般只用於正面的論斷，語氣比較肯定。「以為」多指一般地猜測、估計或推斷，語氣較隨意，如說「他總以為別人不如他」、「我本來以為他來不了」。「覺得」是對事物的感性認識，語氣不很肯定，如說「我覺得這地方不錯」、「你覺得他這個人怎麼樣」。

認賬 rèn zhàng　承認所欠的賬，
比喻承認自己所做的事、所說的話
他對此絕對～｜他說過的話，常常過後不～。

⑤【賴賬】lài zhàng　故意～｜事實面前他還死命～｜證據在此，你想～是不行的。

認真 rèn zhēn　(辦事態度)嚴肅、
不馬虎　～鑽研｜工作態度極其～｜

要～地對待這個問題。

⑩【鄭重】zhèng zhòng

⑤【馬虎】mǎ hu　作業做得過於～。

⑤【草率】cǎo shuài　～從事｜你做事切不可～｜現在作這個決定真有點兒～。

⑤【潦草】liáo cǎo　你勸勸他，應該改掉這種～的壞習慣。

⑤【敷衍】fū yǎn　～了事｜她想用～的態度打發來人。

認罪 rèn zuì　承認自己的罪行　～
悔過｜死不～｜～態度良好｜儘快～，以減輕懲罰。

⑤【抵賴】dǐ lài　～罪行｜企圖～｜鐵證如山，不容～。

扔 rēng　1. 揮臂將東西拋送出去
～手榴彈｜小孩向河裏～小石子。

⑩【投】tóu

⑩【擲】zhì

「扔」沒有一定的目標，還指拋棄，如說「她竟把自己的孩子扔了」。「投」除了指把東西拋出外，還指向一定目標扔，如說「投球」、「投籃」。「擲」只指把東西扔出去，如說「擲鐵餅」、「擲得很遠」。

2. 丟掉；拋棄　禁止亂～垃圾｜你別在這裏～東西｜把多餘的都～掉吧。

⑤【撿】jiǎn　～破爛｜在海灘上～貝殼｜～到東西要交公。

⑤【拾】shí　～荒｜～金不昧｜夜不閉戶，道不～遺。

仍舊 réng jiù　照舊；跟以前一
樣　他～住在老地方｜這事都成定局了，可他～不死心｜叫了他幾次，他

～在那兒聽音樂。
圓【仍然】réng rán
圓【依然】yī rán
圓【照舊】zhào jiù
圓【依舊】yī jiù

> 「仍舊」突出在時間上保持不變或雖有變化而又恢復原樣，屬於書面語。「仍然」、「依然」屬於書面語，如說「她仍然堅持己見」、「風景依然如故」。「照舊」表示與原來情況一樣，如說「一切照舊」、「地址照舊」。「依舊」屬於書面語，如說「依舊光彩照人」、「都春天了，依舊那麼冷」。

日記 rì jì
把每天所發生的事情及感想寫下來的記錄　他每天都寫～｜父母最好不要去看孩子的～。
圓【日誌】rì zhì

> 「日記」多是個人的。「日誌」多是非個人的，如說「航海日誌」、「學習日誌」。

日新月異 rì xīn yuè yì
每日每月都有新的變化，形容進步或發展快，面貌不斷更新　科技發展～｜本市發展迅速，面貌可謂～。
⊜【依然如故】yī rán rú gù　他對音樂的喜好～｜這裏的一切～。

容貌 róng mào
外貌；相貌　～醜陋｜～端莊秀麗｜～出眾。
圓【面容】miàn róng
圓【相貌】xiàng mào
圓【面貌】miàn mào
圓【面目】miàn mù
圓【容顏】róng yán

「容貌」、「相貌」、「面容」、「容顏」都指臉的樣子，如說「容貌清秀」、「容顏未老」、「相貌平平」、「面容枯槁」、「慈祥的面容」、「擁有美麗的容顏」。「面貌」適用範圍較廣，如說「面貌清秀」；也指事物所呈現的情況、狀態等，如說「農村展現出新面貌」、「精神面貌」。「面目」可指個人的顏面，如說「面目和藹可親」、「面目猙獰可怕」；也指狀態、景象等，屬於書面語，如說「不識廬山真面目」、「弄得面目全非」。

容納 róng nà
包容或接受人或事物　這個球場可～八萬名觀眾｜會議室無法～這麼多人｜新建書庫可～150餘萬冊圖書。
圓【包容】bāo róng

> 「容納」突出空間或範圍內可以接受。「包容」多用於抽象事物，如說「包容一切」、「包容缺點」。

容許 róng xǔ
准許；許可　～標新立異｜不～在此擺攤｜絕不～任何人以任何方式泄露公司技術。
圓【答應】dā yìng
圓【許可】xǔ kě
圓【允許】yǔn xǔ
圓【准許】zhǔn xǔ

> 「容許」突出容忍許可某種情況或現象存在。「答應」指同意，是一般用語，不用於自己對自己，如說「我還沒答應呢」、「他答應帶新款相機來」、「他答應了朋友的要求」。「許可」突出機構允許、同意要求，如說「得到上級許可」、「未經許可」；也

可以是時間、條件、環境、政策等允許，如說「如果時間許可的話，我就來參加聚會」。「允許」突出同意某種要求及做法，或許可某種現象存在，如說「允許進入」、「允許照相」、「未經允許不得翻動」、「不允許他們無理取鬧」。「准許」多用於機構同意要求，如說「請求准許」、「獲得准許」。

⟨反⟩【禁止】jìn zhǐ　～吸煙｜此處～停車｜閒雜人員～出入。

容易 róng yì　做事不費生氣；不麻煩　這道數學題非常～｜這事做起來真不～｜文章寫得通俗，很～理解。
⟨同⟩【輕易】qīng yì

「容易」是形容詞，還指發生某事的可能性很大，如說「這樣容易誤事」、「冬春容易感冒」。「輕易」突出簡單地做，如說「這事不會輕易取得成功」；還指不作認真考慮、隨便，如說「不要輕易相信陌生人」。

⟨反⟩【困難】kùn nan　沒有～｜從這裏通過有些～｜病人今天呼吸有些～。
⟨反⟩【費事】fèi shì　辦手續很～｜別～了，反正沒甚麼用。
⟨反⟩【費勁】fèi jìn　跟他說話特別～｜老人～地上了九樓。
⟨反⟩【棘手】jí shǒu　情況相當～｜他們遇到了～的問題。
⟨反⟩【辣手】là shǒu　事情弄得比較～。
⟨反⟩【麻煩】má fan　你別怕～｜這次給你添～了｜我覺得這件事會比較～。

溶化 róng huà　（固體）變成液體　漸漸～｜鹽很快會～｜砂糖～在水裏。
⟨同⟩【消融】xiāo róng

「溶化」多是將固體物置於液體之中，也指冰雪變為水。「消融」多用於冰雪，如說「山上的雪水已經消融」。

⟨反⟩【凝固】níng gù　巖漿冷卻後會～。
⟨反⟩【凝結】níng jié　池面上～了薄薄的一層冰。

「凝結」還用於比喻，如說「鮮血凝結成的友誼」。

榮耀 róng yào　1. 榮譽　這是集體的～｜他為祖國爭得了～。
⟨同⟩【光彩】guāng cǎi
⟨同⟩【光榮】guāng róng
2. 因作出有益之事而被人認為值得尊敬的　格外～｜能與貴方合作，我們感到無比～。
⟨同⟩【光彩】guāng cǎi
⟨同⟩【光榮】guāng róng

融合 róng hé　也作「融和」。不同事物交融在一起　文化～｜信息技術與傳統產業～｜這是一座～了歐陸風情與東方情調的豪華酒店。
⟨同⟩【交融】jiāo róng
⟨同⟩【融會】róng huì

「融合」強調特點或界限消失，多用於思想、感情、願望等。「交融」側重於交織、攪和在一起，如說「情景交融」、「水乳交融」。「融會」強調不同的東西匯合在一起，多用於知識、道理等，如說「要將所學知識融

會貫通地加以運用」、「融會各家之長」。

融化 róng huà

也作「溶化」。(冰雪等)變成水　雪山開始～｜天氣愈來愈暖，冰雪慢慢～。
同【融解】róng jiě
同【消融】xiāo róng
反【凍結】dòng jié　河水～｜泥土～。
反【凝固】níng gù　血液～｜蛋白質受熱～。

融洽 róng qià

形容關係好　雙方關係～｜初次見面，他們就説説笑笑顯得很～。
反【彆扭】biè niu　兩人又在鬧～了。
反【不和】bù hé　夫妻～｜鄰里～引發糾紛。
反【抵觸】dǐ chù　相互～｜產生了～情緒。
反【隔閡】gé hé　存在～｜消除～｜他們之間有了～。

冗長 rǒng cháng

(文章、發言等)長而缺乏實質性內容　寫論文切忌～｜～的演説｜文章～乏味｜每次開會他的發言都很～。
同【冗雜】rǒng zá
同【煩冗】fán rǒng
同【繁雜】fán zá

「冗長」突出長而不切當。「冗雜」突出繁亂無序，如説「被冗雜家事纏身」、「他討厭現在冗雜繁瑣的工作」。「煩冗」突出多而亂，屬於書面語，如説「行文過於煩冗」、「文章煩冗艱澀」。「繁雜」突出事務繁多而顯得雜亂，多用於工作、事情、

現象等，如説「工作內容繁雜」、「繁雜的家務活」。
反【簡短】jiǎn duǎn　～的説明｜而生動｜他對此作了～的介紹。
反【洗練】xǐ liàn　文字～｜～的大手筆｜～的風格讓人讚歎。

柔 róu

1. 軟，容易彎曲　～軟｜～枝嫩葉。
反【硬】yìng　堅～｜～石頭。
2. 柔和　嬌～｜性格溫～｜～情似水｜剛～並濟。
反【剛】gāng　～強｜～直不阿｜這一地區民風～烈。
反【硬】yìng　～漢｜關雲長賣豆腐，人～貨不硬。

柔和 róu hé

溫和而不強烈　語氣～｜～的月光｜顏色很～。
反【生硬】shēng yìng　態度～。
反【刺眼】cì yǎn　這裏的光線十分～。

柔嫩 róu nèn

柔軟而嬌嫩　～的花朵｜皮膚光滑～｜保護～的幼苗｜她喜歡小孩子～的面頰。
同【嬌嫩】jiāo nèn

「柔嫩」突出軟和嬌嫩。「嬌嫩」突出嬌，指嬌氣、嬌貴，易損壞，如説「體質過於嬌嫩」。

柔軟 róu ruǎn

軟和，容易彎曲；不堅硬　～的頭髮｜～的身體｜微風吹動柳樹那～的枝條。
同【柔和】róu hé

「柔軟」突出不堅硬，多用於具體的物體。「柔和」突出使人感到溫和不

強烈，多用於聲音、顏色、目光，如說「語調柔和」、「光線柔和」。

（反）【堅硬】jiān yìng　～的果子｜～的巖石。

柔順 róu shùn　（性格）溫柔和順
女孩性情～｜她有一個～的女兒。
（反）【倔強】jué jiàng　性格～｜～的女孩｜她性子～，怎麼勸也不聽。

蹂躪 róu lìn　使用暴力欺壓、侮辱較弱的一方　百般～｜～婦女｜慘遭歹徒～。
（同）【踐踏】jiàn tà

「蹂躪」指像獸足踩踏或車輪碾壓般地殘酷摧殘，屬於書面語。「踐踏」突出用暴力任意損害、破壞，多用於領土、主權、重要原則等。

肉體 ròu tǐ　人的身體　～的痛苦｜～備受折磨。
（反）【精神】jīng shén　～世界｜～負擔太重｜人們的～生活豐富多彩。

如今 rú jīn　現在；現今　～的日子好多了｜～的他已小有名氣｜～可不同於以前了。
（同）【現今】xiàn jīn
（同）【現在】xiàn zài
（反）【往常】wǎng cháng　一如～｜今時不比～｜今天他跟～好像有點兒不一樣。

辱罵 rǔ mà　侮辱謾罵　惡意～他人｜破口～反對者｜無辜市民遭暴徒～毆打｜用戶不得在本網站發佈任

何具有污蔑、誹謗及～性質的信息。
（同）【詬罵】gòu mà
（同）【謾罵】màn mà

「辱罵」突出用污辱性的話語罵人。「詬罵」屬於書面語，如說「肆意詬罵」、「遭人詬罵」。「謾罵」突出以輕慢、嘲笑的態度罵，如說「大肆謾罵」、「惡意謾罵」。

入不敷出 rù bù fū chū　收入不夠支出　失業以後家裏～｜你也太大手大腳了，難怪～。
（反）【綽綽有餘】chuò chuò yǒu yú　這些錢供你上大學是～的。

入地 rù dì　到地下去　上天無路，～無門。
（反）【上天】shàng tiān　衛星～｜實現～的夢想。

入耳 rù ěr　話語內容令人容易接受，很中聽　不堪～｜他的話總是令人難以～。
（同）【順耳】shùn ěr
（反）【逆耳】nì ěr　話語很～｜忠言～利於行。
（反）【刺耳】cì ěr　這話說得有點兒～。

入境 rù jìng　進入國境　～簽證｜～申請｜那個團隊的～理由不夠充分。
（反）【出境】chū jìng　辦理～手續｜愈來愈多的人選擇～遊。

入迷 rù mí　對某事喜歡到了相當迷戀的程度　看書～了｜想得都～了｜她聽音樂聽得～了｜六歲的女兒

對童話十分～。
同【着迷】zháo mí

「入迷」突出非常喜歡，到了沉迷的程度，只用於某種事物，不用於人。「着迷」突出對人或事物迷戀難捨，如說「足球讓學生們着迷」、「大家對歌星都很着迷」。

入神 rù shén　注意力完全集中在那裏　大家聽得非常～│信徒們～地傾聽着教義│他正在～地觀察日蝕。
同【專心】zhuān xīn

「入神」突出對眼前事物發生強烈興趣而注意力高度集中；還指達到精妙的境地，如說「這幅畫畫得非常入神」。「專心」突出注意力集中地做某事，如說「專心聽講」、「專心做事」。

入手 rù shǒu　開始動手做（某事）從細微處～│從現場實際調查～│要從基礎教育～│這件事真的很麻煩，不知從何～。
同【動手】dòng shǒu
同【下手】xià shǒu
同【着手】zhuó shǒu

「入手」突出以某處為突破口開始活動或工作。「動手」突出開始做，如說「動手解決問題」、「動手制訂方案」。「下手」突出選擇合適的時機、條件、地方開始做，如說「先下手為強」、「這些事真無從下手」。「着手」突出開始做，多用於比較抽象或大型的事務，如說「着手籌備」、「着手研製新產品」。

入伍 rù wǔ　到軍隊服役　～年齡│他不符合～條件。
反【退伍】tuì wǔ　按期～│他上月已經～了。

入席 rù xí　舉行宴會或會議時各自就座　開始～│婚宴來賓依次～。
反【退席】tuì xí　無故～│你可不能中途～。

入選 rù xuǎn　被選中　～校隊│～國家隊│由於競爭激烈，他沒能這次比賽。
反【落選】luò xuǎn　不幸～│一再～│這次～對他的打擊挺大。

軟 ruǎn　物體受到外力作用後容易變形的　～綿│～鬆│多煮一會兒，吃起來就～了。
反【硬】yìng　堅～│～木│擅長～筆書法。

軟化 ruǎn huà　由硬變軟　蠟一遇熱就會～│這是～血管的新藥│這屬於骨質～症，必須及時治療。
反【硬化】yìng huà　血管～│防止動脈～。

「軟化」可用於態度，如說「態度逐漸軟化」。

軟禁 ruǎn jìn　未關押在牢獄中，但禁止其自由行動　遭～│～政敵│事變後，他被～了起來。
同【幽禁】yōu jìn
同【囚禁】qiú jìn

「軟禁」突出限制或禁止自由。「幽

禁」屬於書面語。「囚禁」指把人關押起來並限制其自由。

軟綿綿 ruǎn miān miān　很軟的樣子　～的羊毛｜她大病初癒，身體還是～的。

（反）【硬邦邦】yìng bāng bāng　三九嚴寒，大地也凍得～的。

軟弱 ruǎn ruò　1. 體力弱而無力　手勁～｜體力～｜～的病體｜長期躺在牀上可能會導致肌肉萎縮和～無力。

（同）【脆弱】cuì ruò

2. 不堅強　～可欺｜孩子性格～｜他是位～無能的皇帝。

（同）【脆弱】cuì ruò

（同）【薄弱】bó ruò

「軟弱」突出無力，含有無能、怯弱的意思，如說「軟弱無能」。「脆弱」指經不起打擊或挫折，有容易垮的意思，如說「感情脆弱」。「薄弱」突出容易受挫折、受破壞或動搖，或者不雄厚、不堅強，如說「意志薄弱」、「力量薄弱」。

（反）【剛毅】gāng yì　神情～｜性格～。

（反）【堅強】jiān qiáng　意志～｜～的性格｜身處逆境要～些。

（反）【強硬】qiáng yìng　～的態度｜說話口氣很～，一點也不容商量。

銳 ruì　尖利，鋒利　～利｜尖～｜～不可當。

（反）【鈍】dùn　～器｜刀早已～了，得磨一磨。

銳減 ruì jiǎn　數量急劇減少　產量～｜出國人員數量～。

（反）【激增】jī zēng　數量～｜出國旅遊的人數～。

銳利 ruì lì　1.（刀鋒等利器）又尖又快　～的武器｜～的爪子｜～的匕首。

（同）【尖利】jiān lì

（同）【尖銳】jiān ruì

（同）【鋒利】fēng lì

2.（人的思想、目光、文筆等）有力而深刻　筆鋒～｜其文字清晰～｜作者是一位眼光～的少年。

（同）【敏銳】mǐn ruì

（同）【犀利】xī lì

「銳利」、「尖銳」都指口子或尖頭鋒利，如說「刀口尖銳」、「鋒口銳利」。「尖利」也可指聲音高而刺耳，如說「突然前方傳來了尖利的哨聲」。「尖銳」可用於觀點、意見等。「鋒利」可用於尖利的刀鋒和言辭，如說「鋒利的匕首」、「言辭鋒利」。「犀利」多用於武器；也用於言辭方面，如說「文筆非常犀利」、「他的語言十分犀利」、「他犀利的目光似乎能夠看穿別人的內心」。

閏年 rùn nián　西曆有閏日或農曆有閏月的一年　今年是～｜農曆～有十三個月。

（反）【平年】píng nián　西曆～有 365 天。

潤色 rùn sè　對文章加以修飾　～文章｜這篇譯稿還需要～｜再簡單地～一下就可以交稿了。

（同）【潤飾】rùn shì

（同）【修飾】xiū shì

R

「潤色」突出使文字更加生動或有色彩。「潤飾」突出將文字修改調整好，做到合宜得體，如說「精心潤飾」、「潤飾加工」、「小說潤飾後效果更好了」。「修飾」指修改潤飾，使語言文字更加明確生動，如說「文章還得修飾一下」；還指梳妝打扮和修整裝飾使整齊美觀，如說「修飾一下眉毛」、「他已經把房子修飾一新」。

弱 ruò　力氣小或勢力差；衰弱　體~多病｜不甘示~｜乙方的實力確實~一些。

弱勢 ruò shì　疲弱的態勢　~市場｜企業正呈現~。
反【強勢】qiáng shì　股價~運行｜業務繼續保持~。

「弱勢」還指力量比較弱小，如說「弱勢人羣」。「強勢」指強勁的勢頭。

弱小 ruò xiǎo　弱而小；力量小　~民族｜~的國家。
反【強大】qiáng dà　力量~｜演員陣容~｜國力日益~。

反【強】qiáng　以~凌弱｜實力趨~｜~將手下無弱兵。

R

S

撒謊 sā huǎng　說謊話　你不該
～｜父親沒想到兒子會對他～｜他經
常～，大家都已不再信他的話了。
◉【扯謊】chě huǎng
◉【說謊】shuō huǎng

「撒謊」、「說謊」多用於個人行為。
「扯謊」突出為了騙人、遮掩真相或
搪塞事實而說不真實的話，如說「胡
亂扯謊」、「你們不應當眾扯謊」。

撒潑 sā pō　大聲哭鬧，極不講理
故意～放刁｜她總是無端～要賴｜別
在那兒～了，丟人現眼。
◉【撒野】sā yě

「撒潑」、「撒野」都指不講道理地
胡鬧。「撒潑」多指不講道理而大哭
大鬧地要賴，「撒野」多指放肆地撒
亂，如說「不許那人繼續撒野」。

灑脫 sǎ tuō　（言談、舉止或性
格等）瀟灑而有氣派；十分自然；不
拘束　～的風格｜他辦事很～｜他言
談～幽默。
◉【瀟灑】xiāo sǎ

「灑脫」多形容人的言談、舉止。「瀟
灑」指人既有內在氣質又有外表風
度，突出神情、舉止、風貌等落落大
方，多用於男子，如說「瀟灑大方」、
「風姿瀟灑」。「瀟灑」、「灑脫」也
指文風、筆墨自然而有韻致，如說
「風格灑脫」、「文章寫得十分瀟灑」。

反【拘束】jū shù　受～｜說話很～｜
舉動比較～。
反【拘謹】jū jǐn　言行～｜在老師面
前，他很～｜你別過於～。

「灑脫」用於人的言談、舉止及性情
等。

散居 sǎn jū　分散地居住　～四
處｜～在各鄉｜我們一家五口～三個
城市。
反【聚居】jù jū　～在一個村子裏｜這
裏已經成為畫家～區。

散漫 sǎn màn　隨隨便便；不遵
守紀律　作風～｜自由～｜小王這個
人～慣了。
反【嚴明】yán míng　執法～｜工作紀
律～。

散播 sàn bō　散着傳揚開來　～
種子｜～謠言｜～假消息。
◉【分佈】fēn bù
◉【散佈】sàn bù

「散播」突出比較主動地做，使散開
來。「分佈」強調客觀分開，如說「我
們的分店分佈在城裏各處」、「人口
分佈不太合理」、「商業網點分佈不
均勻」。「散佈」突出廣泛傳播，含
貶義，如說「散佈謠言」、「散佈租
賃廣告」；也指分散在各處，可用於
人或動物，如說「羊羣散佈在小山坡
上」。

散步 sàn bù　輕鬆、隨意地走動
我喜歡在傍晚～｜他飯後常常一個人
～。

同【漫步】màn bù
同【溜達】liū da

> 「散步」強調隨意走動。「漫步」屬於書面語，強調悠閒自在，沒有目的，如說「漫步街頭」、「林中漫步」。「溜達」多用於口語，如說「沒事到街上溜達溜達」。

散發 sàn fā　分發；發出　～文件｜～香味。
反【收集】shōu jí　～郵票｜～有關的資料。

散會 sàn huì　會議結束，參加的人離開會場　準時～｜宣佈～｜大家討論熱烈，遲遲不～。
反【開會】kāi huì　明天下午不～｜～時間請不要走動。

散伙 sàn huǒ　解散團體、組織　已經～｜公司～｜俱樂部～了。
反【搭伙】dā huǒ　我可不想來～｜我們～做生意吧。
反【合伙】hé huǒ　～經營｜拒絕～｜張先生是這律師事務所的～人之一。

> 「散伙」多用於團體、機構、組織等，為口語詞。

散開 sàn kāi　分散，分開　紛紛～｜四處～。
反【聚攏】jù lǒng　重新～｜很難～。

散失 sàn shī　1. 丟失；遺失　資料～｜那部譯稿在戰亂中～了｜尋找～在各處的文物。
同【散落】sàn luò

反【收集】shōu jí　～證據｜～材料。
2.（水分等）消散失去　水果放得太久了，水分都～了。
同【消散】xiāo sàn

> 「散失」多用於具體事物。「消散」用於煙霧、氣味、熱力及憂愁、疲勞等，如說「大霧消散了」、「多日的疲憊終於消散了」。

喪事 sāng shì　人死後需處理的葬禮等事　操辦～｜處理～｜決定～從簡。
反【喜事】xǐ shì　大辦～。

喪失 sàng shī　失去；失掉　～勇氣｜這是～理智的做法｜挫折面前不要～信心。
同【丟失】diū shī
同【失落】shī luò
同【遺失】yí shī

> 「喪失」的對象多是信心、權力、能力、尊嚴、興趣等。「丟失」的多是具體物品，如說「丟失鑰匙」、「在學校丟失了筆」。「失落」用於具體事物時指失去、遺落，如說「不慎失落詞典」；也可用於感覺、感情等，指精神上的空虛或失去寄託，如說「落榜的遭遇使他很失落」。「遺失」多用於具體物品，如說「身份證遺失了」、「遺失證件」。

反【保持】bǎo chí　～不變｜～聯繫｜經濟～高速增長。

騷亂 sāo luàn　騷動；混亂而不安定　平息～｜制止～｜那地方剛剛發生過～。

⊜【動亂】dòng luàn

「騷亂」語意較輕。「動亂」強調社會、形勢等混亂，缺乏秩序，如說「發生社會動亂」。

掃除 săo chú　清除垃圾或障礙物　～污垢｜～精神垃圾。
⊜【打掃】dǎ săo
⊜【清掃】qīng săo

掃興 săo xìng　興奮時遇到不順心的事而興致低落　～而歸｜感到很～｜他還在訴說着那件讓人～的事情。
⊜【敗興】bài xìng
⊜【失望】shī wàng

「掃興」多用於口語。「敗興」屬於書面語，如說「乘興而來，敗興而歸」。「失望」強調因希望未實現而不愉快，如說「這件事讓大家很失望」；還指感到沒有希望、希望落了空，如說「我對此已徹底失望了」。

⊝【助興】zhù xìng　喝酒～｜唱歌跳舞～｜為了給大家～，我來表演個魔術。

色彩 sè cǎi　各種顏色　～對比鮮明｜～搭配和諧｜推出當季流行～。
⊜【顏色】yán sè

「色彩」還指某種思想傾向或情調，如說「感情色彩豐富」、「這些小工藝品具有濃郁的地方色彩」。「顏色」意思比較具體，如說「顏色很漂亮」、「不太喜歡這種顏色」。

色厲內荏 sè lì nèi rěn　外表強硬但內心怯懦　～的本質｜小說寫出了主人公的～｜那些人都是～，貪生怕死。
⊜【外強中乾】wài qiáng zhōng gān

沙場 shā chǎng　戰場　馳騁～｜～點兵｜訪問久經～的老將軍。
⊜【疆場】jiāng chǎng
⊜【戰場】zhàn chǎng
⊜【戰地】zhàn dì

「沙場」原指廣闊的沙地，現多比喻交戰的地方，屬於書面語。「疆場」指兩軍交戰的戰場、屬於書面語，如說「馳騁疆場」、「縱橫疆場」。「戰場」指兩軍交戰的地方，如說「他在戰場上表現得很勇敢」；也用於比喻，適用範圍較廣，如說「商場如戰場」。「戰地」指交戰的具體地區，如說「戰地醫院」、「抵達戰地」、「戰地記者」。

沙啞 shā yǎ　嗓子發音困難，聲音低沉而不圓潤　～的喉嚨｜說話太多，他嗓子～得快發不出聲音了。
⊝【清脆】qīng cuì　嗓音～｜～婉轉的鳥鳴｜屋外傳來一陣～的笑聲。
⊝【嘹亮】liáo liàng　歌聲～｜～的軍號聲｜孩子們的聲音～動聽。

殺 shā　弄死　～豬｜～人償命｜～一儆百｜～雞給猴看。
⊜【宰】zǎi

「殺」的對象可以是人或各種動物。「宰」的對象多是牲畜、家禽等，如說「宰羊」、「宰鴨」。

殺害 shā hài

為了不正當的目的殺死 不要～野生動物｜老人慘遭兇手～｜歹徒殘酷地～了那名司機。

同【殺戮】shā lù
同【屠戮】tú lù

「殺害」、「殺戮」都是貶義詞。「殺害」的對象是羣體或個體。「殺戮」指大量地殺人，一般是反覆、多次的行為，如說「侵略者大肆殺戮百姓，犯下滔天罪行」。「屠戮」意同「殺戮」，屬於書面語，如說「大肆屠戮」、「屠戮無辜」。

傻 shǎ

糊塗而不明事理 ～孩子｜他還在～笑｜裝瘋賣～。

同【笨】bèn
同【蠢】chǔn
同【愚】yú

「傻」用於人，用於評價不用於斥罵。「笨」強調反應遲鈍，含貶義，如說「笨手笨腳」、「嘴笨得很」；還指重的、費力氣的，如說「他專扛笨傢伙」。「蠢」多用於評價或斥罵，如說「蠢貨」、「蠢豬」、「蠢東西」。以上這幾個詞都有固定的搭配或使用場合，如說「愚蠢」、「蠢笨」、「蠢得不可理喻」、「傻瓜」、「傻子」、「愚昧」、「愚鈍」。

霎時 shà shí

極短的時間 ～陰雲密佈｜～一切都改變了。

同【剎那】chà nà
同【瞬息】shùn xī
同【頃刻】qǐng kè

「霎時」多構成「一霎時」、「霎時間」，表示動作、行為或狀況在極短時間內發生。「剎那」原為佛教用語，指一閃即逝，現形容時間極短，多構成「一剎那」、「剎那間」，如說「一剎那飛遠了」、「剎那間烏雲翻滾」。「瞬息」指一眨眼一呼吸的短時間，如說「瞬息萬變」、「瞬息消失」。

山窮水盡 shān qióng shuǐ jìn

山和水都到了盡頭，前面沒有路了。形容陷入絕境 我已經～，沒有辦法了。

反【柳暗花明】liǔ àn huā míng 原以為只能這樣了，沒想到～，形勢轉好了。

山南海北 shān nán hǎi běi

遙遠的地方 來自～的朋友會聚一堂。

同【天各一方】tiān gè yì fāng

「山南海北」突出地方遙遠；還比喻說話漫無邊際，如說「剛入座兩人就山南海北地聊了起來」。「天各一方」突出彼此相隔遙遠，難於相見，如說「從那以後他們天各一方，彼此只有無盡的思念」。

刪除 shān chú

去掉 名字被～了｜這句無關緊要的話完全可以～。

反【增補】zēng bǔ 這套教材在修訂時～了不少新內容。

「增補」還可用於人員，如說「增補委員」、「增補候選人」。

刪節 shān jié

刪去文章中的有

些部分 未作～｜內文作過～｜本文
略有～。
⊕【增補】zēng bǔ

煽動 shān dòng 也寫作「扇動」。
挑動他人（做壞事）～雙方對抗｜利
用自然災害～鬧事。
◎【策動】cè dòng
◎【鼓動】gǔ dòng
◎【慫恿】sǒng yǒng

> 「煽動」是貶義詞。「策動」語意較
> 重，常指祕密地鼓動別人做不義之
> 事，如說「策動政變」、「策動暴
> 亂」、「策動戰爭」；跟「起義」搭配
> 時則不含貶義。「鼓動」是中性詞，
> 如說「宣傳鼓動」、「熱情鼓動大家
> 去健身」。「慫恿」是貶義詞，突出
> 在暗中以勸誘的方法指使別人去做
> 某事，如說「他竟慫恿孩子去偷東
> 西」、「他極力慫恿大家做那件事」。

閃爍 shǎn shuò 光不停地跳動
着；明暗不定 ～的霓虹燈｜繁星～
的夜晚｜燈光在遠處～。
◎【閃耀】shǎn yào

> 「閃爍」還指吞吞吐吐，不直接說清，
> 如說「閃爍其詞」。「閃耀」突出光
> 彩耀眼，如說「繁星閃耀」、「太陽
> 閃耀着奪目的光輝」；還用於比喻，
> 如說「他的話閃耀着真理的光芒」。

訕笑 shàn xiào 譏笑 放肆地
～｜中年人～着看他｜路人們正在圍
觀，有人指指點點，有人發出～。
◎【嘲笑】cháo xiào
◎【譏笑】jī xiào

> 「訕笑」屬於書面語。「嘲笑」突出對
> 對方的缺點進行誇大，引以為笑，
> 語意較輕，如說「別嘲笑他的生理缺
> 陷」。「譏笑」語意較重，如說「常
> 常譏笑他笨」、「他因擔心別人譏笑
> 而膽小怕事」。

善 shàn 1. 心地好；慈善 ～舉｜
面相～｜心地極～｜請你發發～心
吧！
⊕【惡】è ～毒｜～狠狠｜窮兇極～
之徒。
2. 好事；好的行為 行～｜去惡從
～｜勸～懲惡。
⊕【惡】è 作～多端｜無～不作｜罪
大～極。
3. 擅長；善於 ～弈｜長袖～舞｜能
言～辯｜勇猛～戰。
◎【擅】shàn

> 「善」指長於，可組合成「多謀善
> 斷」、「善解人意」等。「擅」可組合
> 成「擅長」、「擅於辭令」等。

善報 shàn bào 好的報應 善有
～｜你做了那麼多好事，一定會有～
的。
⊕【惡報】è bào 惡有～｜他終將因
為他的惡行而得到～。

善良 shàn liáng （心地）和善美
好，不懷惡意 心地～｜～之心｜～
的願望。
⊕【兇惡】xiōng è ～可怕｜目光～｜
敵人的～激起了他的反抗。
⊕【兇狠】xiōng hěn 態度～｜此人
行事～毒辣。

⑰【歹毒】dǎi dú　手段～｜心腸～｜他們對一個小孩子竟然也用了那麼～的刑罰。

⑰【狠毒】hěn dú　招式～｜心腸～｜他真～，竟然殺人滅口。

⑰【兇暴】xiōng bào　～殘忍。

善意 shàn yì　好的心意；心腸很好

理解他的～｜～的規勸｜我是出於～才這樣說的。

⑩【好心】hǎo xīn

⑩【好意】hǎo yì

「好心」突出動機良好，沒有不良目的，如說「好心相助」、「她是出於好心」、「好心竟得不到好報」。「好意」突出善良的心意，如說「這是大家的一番好意」。

⑰【惡意】è yì　心存～｜～挑撥｜別把別人的好心當成～。

善於 shàn yú　具有某種特長或

能力　～思考｜～辭令｜～接受新鮮事物｜他是個不～表達自己思想感情的人。

⑩【長於】cháng yú

⑩【擅長】shàn cháng

「善於」泛指具有某方面的特長、某種技能。「長於」多用於技能，如說「長於音樂」、「長於網路技術」、「他長於經濟案件的辯護」。「擅長」多突出個人能力、特長，如說「擅長石工」、「擅長烹調」、「擅長硬筆書法」、「擅長編寫電腦程式」。

繕寫 shàn xiě　照着原文寫　～

書稿｜～文件。

⑩【抄寫】chāo xiě

⑩【謄寫】téng xiě

「繕寫」、「謄寫」都是書面語。「抄寫」適用範圍較廣，多用於口語。

贍養 shàn yǎng　子女在物質上

生活上供養父母　～老人｜子女應～父母。

⑩【奉養】fèng yǎng

「贍養」指子女對父母。「奉養」的對象為父母或其他尊親，如說「小輩理應奉養年邁的外公外婆」。

商量 shāng liang　互相商討，

交換意見　～對策｜有事多和別人～｜他用～的口吻對我說｜他們～出解決問題的辦法。

⑩【磋商】cuō shāng

⑩【協商】xié shāng

「商量」突出交換意見。「磋商」屬於書面語，如說「共同磋商」、「磋商國際問題」。「協商」強調共同商量以便取得一致意見，比較正式，如說「進行協商」、「友好協商」。

商榷 shāng què　商討；討論　反

覆～｜此事值得～｜對學術問題進行～｜經過一再～，終於達成了一致意見。

⑩【商討】shāng tǎo

⑩【商議】shāng yì

「商榷」多用於學術問題及需要慎重研究的事，屬於書面語。「商討」多用於解決重大問題，如說「商討對

策」。「商議」突出議，多為取得意見統一而進行議論及研究，如說「再好好商議商議」。

傷感 shāng gǎn　因為感觸而悲傷　無限～｜～的曲調｜妻子聽了他的話不由得～起來。
⊗【欣慰】xīn wèi　倍感～｜令人～｜他的一番話使兩位老人感到～。

傷害 shāng hài　使生理或心理受到損害　～兒童｜～小動物｜～自尊心｜不要做～感情的事｜酗酒～身體。
⊜【戕害】qiāng hài
⊜【損害】sǔn hài
⊜【損傷】sǔn shāng

「傷害」的對象多是有生命的東西或感情、自尊心等精神層面方面。「戕害」屬於書面語，如說「戕害身心」。「損害」突出使蒙受損失，對象多是事業、名譽、財物等，如說「名譽受到損害」、「嚴重損害了學校的信譽」、「不要損害集體利益的事」。「損傷」突出受到創傷，如說「肌肉遭到損傷」、「視力受到嚴重損傷」、「兵力損傷慘重」。

⊗【保護】bǎo hù　～視力｜～環境｜受到嚴密的～｜必須增強自我～意識。
⊗【維護】wéi hù　～尊嚴｜～家庭｜～世界和平。
⊗【愛護】ài hù　～牙齒｜～樹木｜～公物，要從小事做起。

傷痕 shāng hén　受傷後留下的

痕跡；傷疤　～累累｜歷史的～｜全身露出多處～。
⊜【創傷】chuāng shāng

「傷痕」指受傷後的痕跡，用於一般場合，如說「傷痕滿身」。「創傷」側重於受傷，如說「腿上的創傷已經痊癒」；還比喻物質或精神遭受的破壞或傷害，如說「心靈受到創傷」、「精神上的創傷」。

賞 shǎng　獎勵；獎賞　～罰分明｜論功行～｜～善罰惡。
⊗【懲】chéng　～戒｜嚴～不貸｜～一儆百｜～治不法分子。
⊗【罰】fá　～款｜～不當罪｜有獎有～｜嚴厲處～｜教師不允許體～學生。

賞賜 shǎng cì　指地位高的人或長輩把財物送給地位低的人或晚輩　～錢財｜打了勝仗後，他～給部下很多戰利品。
⊜【賜予】cì yǔ

兩詞均屬於書面語。「賞賜」的一般是財物。「賜予」的除財物外，還可以是名譽、稱號等，如說「賜予榮譽」、「賜予將軍稱號」。

上 shàng　1. 位置較高的　～游｜～空｜～樑不正下樑歪。
⊗【下】xià　～肢｜長江中～游｜居高臨～。
2. 等級較高或品質較好的　奉為～賓｜～層社會｜視為～品｜不相～｜至高無～｜後來居～。
⊗【下】xià　～品｜～等｜此為～

策｜衣着品位低～｜比上不足，比～
有餘。

3. 次序或時間在前的　～冊｜～半
年｜我～次說過這事｜聽說她～個月
就出國了。

⊘【下】xià　～卷｜～半輩子｜承上
啟～｜～不為例｜意見如～｜～學期
的課程已經排好了。

4. 從低處到高處　～樓｜～山｜～
車｜準備～電視塔俯瞰全城。

⊘【下】xià　～車｜騎虎難～｜房價
居高不～。

5. 安裝；配上　～刺刀｜～螺絲釘｜
～玻璃｜別在槍裏～子彈。

⊘【下】xià　～門板｜～門鎖｜把他
的槍～了。

6.（演出時）化妝　你快給她～個簡
妝。

⊘【下】xià　他還來不及～妝就走了。

⊘【卸】xiè　妝沒～乾淨就睡覺對皮
膚不好。

7. 到規定時間開始工作、學習或操
練　～課｜～工｜～班。

⊘【下】xià　～崗｜現在正是～班的
高峯時間。

上策 shàng cè　高明的計策　這
並非～｜此計不失為～。

🔁【良策】liáng cè

「上策」用於比較大的事情。「良策」
表示的程度較淺，屬於書面語，如
說「大家對此苦無良策」。

上當 shàng dàng　被騙　小心
～｜謹防受騙～｜有很多～的顧客投
訴這家公司。

🔁【受騙】shòu piàn

上馬 shàng mǎ　開始進行較大
規模的工程等事項　新工程即將～｜
計劃～的工程全部通過了預算。

⊘【下馬】xià mǎ　此項目絕不能～｜
因資金不足只得～。

上任 shàng rèn　到任；正式就職
匆促～｜走馬～｜新官～三把火。

🔁【到任】dào rèn

🔁【就任】jiù rèn

🔁【就職】jiù zhí

「上任」多用於官員前往某處任職。
「到任」指官員或管理者去新的工作
崗位開展工作，如說「新廠長到任才
三天」。「就任」指擔任某種職務，
如說「就任部長」、「新科長已就任」。
「就職」指開始擔任工作，多指較高
的職位，如說「發表就職演說」。

⊘【離任】lí rèn　到期～｜他才～一
個多月。

⊘【卸任】xiè rèn　我正在考慮～｜他
說～後輕鬆多了。

上升 shàng shēng　1. 位置從低
處向高處移動　水位～｜火箭～｜直
線～｜國旗在國歌聲中徐徐～。

⊘【下降】xià jiàng　飛機正在～｜電
梯緩緩～｜雨停了，水位也開始～了。
2. 等級、程度、數量等提高　地位
～｜物價～｜這位歌手的知名度日漸
～。

🔁【上漲】shàng zhǎng

「上升」多用於等級、數量、程度、
水位等。「上漲」多用於水位或價
格，如說「水位上漲」、「油價大幅
上漲」。

S

⊘【下降】xià jiàng　產量～｜成績突然～｜廢品率不斷～。

上司 shàng si　上級　頂頭～｜出現問題應該及時向～匯報。
⊘【下屬】xià shǔ　～機關｜～人員｜他是一位體恤～的好上級。

上台 shàng tái　比喻出任官職或開始掌權　重新～｜他競選獲勝終於～了。
⊘【下台】xià tái　被迫～｜～之後，他就成了普通百姓。

上天 shàng tiān　上升到天空中　氣球～｜人造衛星～｜火箭飛速～。
⊘【入地】rù dì　上天～｜～無門。

上下 shàng xià　（人或事物的）好壞、高低、優劣　很難分出～｜兩個人的能力不相～｜姐妹倆學習成績不分～。
⊜【高低】gāo dī
⊜【高下】gāo xià

「上下」多用於地位、水平等方面的比較。「高低」多用於力量、能力或地位方面的比較，如說「比個高低」、「定要決個高低」。「高下」多用於智謀、見識、人品、技術等的水平或程度，如說「難以分出高下」、「就要決出高下了」。

上演 shàng yǎn　演出　這齣話劇連續～了十場｜這是我市首次～音樂劇｜新劇一～就引起了轟動。
⊜【演出】yǎn chū

「上演」指排練完畢正式演給觀眾欣賞，用作動詞。「演出」還可作名詞，指表演的文藝節目，如說「舉行一場演出」、「觀眾對他們的演出非常滿意」。

上游 shàng yóu　1. 河流靠近發源地的一段　長江～｜～地區禁止伐木。
⊘【下游】xià yóu　黃河～｜湘江中～地區｜開發～資源。
2. 比喻先進的地位　力爭～｜經濟處於～水平。
⊘【下游】xià yóu　不要甘居～｜公司已落入～水準。

上載 shàng zài　也說「上傳」。個人用戶將信息從電腦輸入到互聯網或其他電腦上去　迅速～｜～文件｜你可以把照片～後讓大家看。
⊘【下載】xià zài　～學習軟體｜這文件根本無法～｜無法從網上～最新的遊戲軟件。

上漲 shàng zhǎng　（水位、商品價格等）向上升　價格～｜水位～｜潮水～，很快淹沒了這片沙灘。
⊘【下跌】xià diē　股價～｜急劇～｜剛買的空調又～了幾百塊。
⊘【下降】xià jiàng　成本～｜水位有所～。
⊘【回落】huí luò　潮水～｜上半年物價略有～。

稍微 shāo wēi　數量不多或程度較淺　他～有點發燒｜請～等一下，我馬上來｜他酒喝～多了一點。

S

同【略微】lüè wēi

「稍微」強調程度或分量輕。「略微」強調程度輕微，屬於書面語，如「他略微點了下頭」、「事情略微有點進展」。

少 shǎo　數量較小　~數｜別~｜見多怪｜此事看來凶多吉~。
反【多】duō　增~｜積少成~｜人~勢眾｜~~益善。

少量 shǎo liàng　數量小　~藥品｜藏有~古董｜現在只能~進貨｜至今還有~庫存。
反【大批】dà pī　需要~人才｜~的土產品｜~旅遊者來到這裏。

少 shào　年紀較輕的　~不更事｜男女老~｜~壯不努力，老大徒傷悲。
反【老】lǎo　生~病死｜長生不~｜~少無欺。

少壯 shào zhuàng　年輕力壯　~派。
反【衰老】shuāi lǎo　~之態｜他比以前~多了。
反【老邁】lǎo mài　~無力｜~的祖母仍舊在操持家務。

奢侈 shē chǐ　過度消費，追求享受　生活極為~｜~浪費的習慣｜他過着~的生活｜這是一個並不~的心願。
同【奢靡】shē mí

「奢侈」適用範圍較廣，如「你這樣做也太奢侈了」。「奢靡」用於生

活作風，如說「浮華奢靡」、「為人貪婪而奢靡」。
反【儉樸】jiǎn pǔ　生活~｜他一生~，不事奢華。
反【樸素】pǔ sù　穿着~｜艱苦~是值得發揚的品德。
反【勤儉】qín jiǎn　~持家｜保持~的家風。
反【儉省】jiǎn shěng　日子過得很~。

奢華 shē huá　奢侈耗費錢財，使器物等過分華麗，以此來擺闊氣　陳設~｜~的客廳｜極度~的裝飾。
同【豪華】háo huá

「奢華」屬於書面語，是貶義詞。「豪華」突出極有氣派，含有過分講排場的意思，如說「她出生豪門，從小就過慣了奢侈豪華的生活」；還可指建築、器物或裝飾等富麗堂皇，十分華麗，如說「豪華別墅」、「豪華轎車」。

奢談 shē tán　不切實際地空談　~和平｜純屬~｜這簡直是~｜你整天沉迷於電腦遊戲中還~甚麼要考上大學。
同【侈談】chǐ tán

「奢談」強調說得太多而做得太少，不切實際。「侈談」屬於書面語，突出不切實際、誇誇其談，如說「侈談理想」。

舌戰 shé zhàn　口頭進行激烈的辯論　~群儒｜學生論壇展開了一場精彩的~。

〖反〗【筆戰】bǐ zhàn　　不同觀點的～｜激烈的～又出現於報紙專欄。

折本 shé běn　做生意賠了本錢

～買賣｜別做～生意｜我用～價賣給你｜這家商店一再～，快關門了。

〖同〗【虧本】kuī běn

〖同〗【賠本】péi běn

〖同〗【蝕本】shí běn

> 「折本」突出失去本錢。「虧本」指收回來的錢還不夠本錢，可加上數量說「虧本三千多元」。「賠本」指賠上本錢，如說「做了賠本生意」、「總結這次賠本的教訓」。「蝕本」屬於書面語，如說「沒人願做蝕本買賣」。

〖反〗【盈利】yíng lì　　有所～｜～很多｜今年的～將全部用於更新設備。

捨得 shě de　願意割棄；不吝惜

～花錢｜誰～離開故鄉｜真不～放棄。

〖反〗【顧惜】gù xī　　～錢財｜你們要懂得～家人。

涉及 shè jí　關係到；關聯到　～

經濟問題｜此事～很多人｜此案～面很廣，一定要慎重。

〖同〗【牽涉】qiān shè

> 「涉及」多指有關聯，後面不能加「到」。「牽涉」突出關係到他人或他事，如說「牽涉面很廣」、「案子牽涉到多名官員」。

〖反〗【無關】wú guān　　～大局｜這事與本人～｜～人員請不要進入。

設備 shè bèi　進行某項工作所需

的成套建築或器物　檢修自來水～｜實驗室增添了新～｜廠房又安裝了新的生產～。

〖同〗【裝備】zhuāng bèi

> 「設備」多指成套的建築、器物，多用於非軍事方面。「裝備」指成套的器物及技術力量，可用於軍事或非軍事方面，如說「軍事裝備」、「裝備缺乏」、「武器裝備精良」、「現代化裝備」。

設防 shè fáng　佈置防守力量　處

處～｜他們步步～｜在駐地四周～。

〖同〗【佈防】bù fáng

> 「設防」突出有防備，預先佈置好。「佈防」強調對軍事人員和裝備進行調度和安排，如說「佈防不當」、「籌劃佈防系統」。

〖反〗【撤防】chè fáng　　～信號｜按原計劃～。

設立 shè lì　建立　～聯絡處｜

～監察機構｜～一個研究所。

〖同〗【成立】chéng lì

〖反〗【撤銷】chè xiāo　　～項目｜～這個決定｜學校～了對她的處分。

> 「設立」多用於新建機構、組織、重大設施等。

設想 shè xiǎng　想像；假想　後

果不堪～｜他的～很大膽｜有甚麼好的～請提出來。

〖同〗【假想】jiǎ xiǎng

〖同〗【想像】xiǎng xiàng

「設想」的對象比較抽象；還指着想，如說「處處為大家設想」。「假想」突出虛構之意，如說「提出假想」、「假想的結局」。「想像」的對象是不在眼前的事物，如說「想像不出失散多年的女兒的樣子」。

設置 shè zhì　建立；安設　～路障｜為當地居民～了醫院和郵局。
⊝【撤除】chè chú　～工事｜～路標。
⊝【撤銷】chè xiāo　～機構。

申斥 shēn chì　斥責　受～｜不要隨便～下屬｜老闆嚴厲～了工作失誤的員工。
⊜【訓斥】xùn chì

「申斥」多用於上級對下級。「訓斥」突出嚴厲責備，如說「被父母訓斥了一頓」。

申明 shēn míng　對重要問題鄭重地表明態度　嚴正～｜請～你這樣做的理由｜使用本網站前請您仔細閱讀以下～。
⊜【聲明】shēng míng

「申明」突出陳述主張或加以辯解。「聲明」指公開說明立場，比較正式，多用於國家、政府等，如說「外交部發表鄭重聲明」。

申述 shēn shù　鄭重而詳細地陳述、說明　作出～｜可以提出～意見｜對專家審查未通過的，企業可以提出書面～材料。
⊜【申說】shēn shuō

⊜【申訴】shēn sù

「申述」用於正式場合。「申說」突出說清楚，如說「耐心申說自己的理由」。「申訴」指國家機關工作人員和政黨、團體成員等對所受處分不服時，向原機關或上級機關提出自己的意見；還指訴訟當事人或其他公民對已發生效力的判決或裁定不服時，依法向法院提出上訴的要求。

伸 shēn　展開　～腰｜延～｜～出雙手接着｜天線筆直地～向屋外。
⊝【屈】qū　首～一指｜～指可數｜～伸自如。
⊝【縮】suō　龜～｜一再退～。
⊝【收】shōu　一攏｜～不斷～縮。

「伸」多用於身體或物體的某一部分。

伸展 shēn zhǎn　向某一方向延伸或展開　～雙臂｜～到城市的每一個角落｜小鳥～開翅膀，向遠處飛去｜松林從起伏的山坡上蔓延過來，一直～到我面前。
⊜【舒展】shū zhǎn

「伸展」突出延伸、擴展。「舒展」突出不捲縮，如說「舒展筋骨」。

⊝【蜷曲】quán qū　身子～｜貓咪～在屋角。

伸直 shēn zhí　(身體)完全向外展開　把腿～｜慢慢～｜胳膊可以～了。
⊝【彎曲】wān qū　手指～｜身體～。

身教 shēn jiào　用自己的行為給別人做出榜樣　～重於言教｜父母應

重視～的作用。
⊗【言教】yán jiào　僅有～是不夠的。

身手　shēn shǒu　本事；本領　好
～｜大顯～｜危難之處顯～｜這個人
～不凡。
⊜【本領】běn lǐng
⊜【本事】běn shi

「身手」多用於口語。「本領」突出掌
握的具體技能，如說「沒有本領」、
「本領高強」、「高超的本領」。「本
事」突出做具體事情的能力或技能；
也指活動能力，多用於口語中，如
說「有本事你自己幹」、「有甚麼本
事請你拿出來」。

深　shēn　1. 上下或裏外距離大　水
不太～｜～山老林｜墜入～淵｜～宅
大院｜～溝高壘。
⊗【淺】qiǎn　～灘｜河水太～｜房子
的進深比較～。
2. 深奧；難懂　道理很～｜由淺入
～｜博大精～｜這本書對我來說確實
～了一點。
⊗【淺】qiǎn　～顯｜深入～出｜這麼
～的道理你還不明白嗎？
3. 知識、水平或技術、能力高　學問
～｜武功極～。
⊗【淺】qiǎn　才疏學～｜我的學識比
較～薄。
4. （顏色）濃　～藍｜～顏色讓人覺
得莊重｜夏天着裝顏色不要太～。
⊗【淺】qiǎn　～綠｜衣服顏色太～容
易髒。
⊗【淡】dàn　～黃｜顏色很～｜～色
更適合你。
5. （感情）厚；（關係）密切　充滿～

情｜恩～義重｜～情厚誼｜他們之間
的感情很～。
⊗【淺】qiǎn　交情太～｜兩人關係還
很～。
⊗【薄】bó　～情寡義。

深奧　shēn ào　內容高深而難懂
～的哲理｜這篇文章內容非常～｜他
很難理解如此～的理論。
⊜【高深】gāo shēn
⊜【深邃】shēn suì

「深奧」突出深刻而難懂。「高深」指
理論、知識、技藝等水平高、程度
深，如說「見解高深」、「高深的學
問」。「深邃」突出難以捉摸，不可
了解，屬於書面語，如說「目光深
邃」、「意境深邃」、「涵義深邃」。

⊗【粗淺】cū qiǎn　內容～｜～的道
理。
⊗【淺近】qiǎn jìn　文字～｜他早已
能看～的英語原文了。
⊗【淺顯】qiǎn xiǎn　文意～｜這本書
內容～，適合小學生閱讀。
⊗【通俗】tōng sú　～小說｜～文
藝｜她把複雜的程序解釋得～易懂。

深長　shēn cháng　意義深，發人
深思　用意～｜父親的話意味～。
⊜【深遠】shēn yuǎn

「深長」指延續得很長，含有耐人尋
味的意思，多與「意味」、「用意」、
「回味」等詞搭配。「深遠」含有估計
不完的意思，多與「影響」、「意義」
等詞搭配，如說「故事寓意深遠」、
「設立亞洲基礎設施投資銀行對中國
經濟影響深遠」。

深沉 shēn chén　1. 沉着持重；思想感情不外露　他比以前～多了｜你們別在那兒玩～。

反【淺薄】qiǎn bó　知識～｜言談～。

2. 聲音低沉　～的調子｜這首歌應該由～的男低音來唱。

反【高亢】gāo kàng　嗓音～｜～的樂曲聲｜她的聲音因為激動而顯得有些～。

深厚 shēn hòu　1.（感情）濃厚　～的情誼｜多年交往使他們結下了～的友誼。

反【淡薄】dàn bó　感情～。

反【泛泛】fàn fàn　我和他不過是～之交罷了。

2.（基礎）紮實　修養～｜基礎～｜她的文學底子非常～。

反【薄弱】bó ruò　防守～｜管理～｜專門攻擊對方的～環節。

深究 shēn jiū　深入追究、探求　～到底｜無非小事一椿，不必～。

反【淺嘗】qiǎn cháng　～輒止。

深刻 shēn kè　（認識、理解或印象等）程度較深，達到事物的本質。也指感受很深　體會～｜～剖析｜這篇評論分析得非常～。

同【深入】shēn rù

同【深沉】shēn chén

「深刻」是形容詞，突出道理透闢而不膚淺，多與「體會」、「感受」、「感覺」、「印象」、「認識」等詞搭配。「深入」突出對事物的認識深透；還作動詞，指進入內部或深處，如說「深入人心」、「深入敵軍內部」。「深

沉」突出內涵豐富而不顯露，如說「目光深沉」、「夜色深沉」、「小說內容深沉感人」；還指聲音低沉或感情過於持重，如說「語調深沉」、「深沉的思慮」。

反【膚淺】fū qiǎn　見解比較～｜文章的論述很～｜你對這個問題的看法太～。

反【淡薄】dàn bó　印象～。

深情 shēn qíng　感情很深　～凝視｜～地關注。

反【絕情】jué qíng　他竟然如此～｜你這樣對待他也太～了。

反【薄情】bó qíng　～郎｜～女子｜沒想到他是個～寡義的傢伙。

深入 shēn rù　深刻；透徹　～了解｜～地剖析。

同【深刻】shēn kè

反【膚淺】fū qiǎn　～的看法｜理解得比較～。

深邃 shēn suì　深奧；不容易明白　～的哲理。

反【淺近】qiǎn jìn　～易懂｜這～的道理誰都明白。

反【淺顯】qiǎn xiǎn　內容～｜運用～的文字。

深湛 shēn zhàn　精深　文字功力～｜學術上有～的創見｜這樣有助於讀者領悟其中～的意蘊。

同【精深】jīng shēn

同【精湛】jīng zhàn

「深湛」多用於功夫、研究等，屬於書面語。「精深」多指學問、理論等

深奧而精密，如說「學問精深」、「古代文化博大精深」。「精湛」多形容技藝程度高，強調出色、精到而專業，如說「演技精湛」、「精湛的技藝」。

神采 shén cǎi
人面部的神氣和光彩 獲勝的隊員們～飛揚｜他今天～奕奕，與往日判若兩人。

- 同【神色】shén sè
- 同【神情】shén qíng
- 同【臉色】liǎn sè

「神采」突出人面部表現出的精神、氣概、光彩，用於積極方面，多和「飛揚」、「俊逸」等詞搭配。「神色」突出人面部顯露出的內心活動，如說「神色慌張」、「神色鎮定」、「神色匆忙」。「神情」突出心緒及思想的情狀，如說「神情嚴肅」、「神情憂鬱」、「臉上露出得意的神情」。「臉色」指臉的表情，如說「臉色陰沉」、「要看人的臉色辦事」；還指臉的顏色或氣色，如說「臉色好轉」、「臉色不是很好」。

神采奕奕 shén cǎi yì yì
精神飽滿，容光煥發 老人家～，健步向我們走來。

- 反【無精打采】wú jīng dǎ cǎi 你不要整天～的｜瞧他～的樣子，準是遇到甚麼挫折了。

神奇 shén qí
十分奇妙 藥效～｜充滿～色彩｜化腐朽為～｜那裏有一股～的泉水，據說能治百病。

- 反【平常】píng cháng 功夫～｜效果

很～。
- 反【一般】yì bān 效果～｜水平～｜情況非常～。
- 反【普通】pǔ tōng ～人家｜～崗位｜我只是做了一件很～的事。

神速 shén sù
速度飛快 兵貴～｜辦事～｜發展～。

- 同【疾速】jí sù
- 同【快速】kuài sù
- 同【迅疾】xùn jí
- 同【迅速】xùn sù
- 同【急速】jí sù
- 同【急遽】jí jù

「神速」突出出奇地快。「快速」只用於一般行動，如說「快速反應」、「快速運動」、「快速發展」。「迅疾」屬於書面語，如說「動作迅疾」、「迅疾制止鬥毆」。「急速」突出速度快，如說「飛機急速掠過」。「急遽」突出快而匆忙，時間極短，屬於書面語，如說「列車急遽地駛過隧道」。

- 反【緩慢】huǎn màn 起步～｜以～的速度推進｜老人～地站起身來。
- 反【遲緩】chí huǎn 反應～｜行動漸漸～｜他～了一下才伸出手來。

神態 shén tài
神情態度 ～自若｜他畫的馬～逼真｜那隻大熊貓～安詳。

- 同【情態】qíng tài

「神態」多用於口語。「情態」屬於書面語，如說「情態大方」、「情態自然灑脫」。

神往 shén wǎng
極其嚮往 心

S

馳～｜～已久｜令人～的武夷山｜西藏是旅遊愛好者無限～的地方。

同【憧憬】chōng jǐng

同【嚮往】xiàng wǎng

「神往」指心裏嚮往，屬於書面語。「憧憬」突出想像中的事物或境界不十分具體，不能用於過去的事物或地方，屬於書面語，如說「憧憬未來」、「憧憬着幸福生活」。「嚮往」用於自己熱愛或羨慕的某種事物或境界，如說「十分嚮往」、「嚮往新生活」、「嚮往出國深造」。

審判 shěn pàn　審理和判決（案件）　公開～｜～民事案件｜法庭剛～了那宗大案。

同【審訊】shěn xùn

「審判」突出審理後作出判決。「審訊」突出審問有關當事人，如說「審訊被告」、「審訊犯罪嫌疑人」。

審慎 shěn shèn　小心謹慎　態度～｜各位必須～行事。

反【輕率】qīng shuài　別～決定｜你們這樣表態過於～了。

反【輕易】qīng yì　不能如此～地答應他｜你們對此別～下結論｜做任何事情不能～放棄。

反【貿然】mào rán　～行事｜～處置可能會帶來不良後果。

反【隨便】suí biàn　別～走動｜各位可以～逛逛｜現在我有空了，咱們～談談。

審視 shěn shì　仔細地看　～圖紙。

反【瀏覽】liú lǎn　在網上～｜我剛～了一下，還沒發現甚麼問題。

甚至 shèn zhì　在説出某事後再提出進一層的事　這事～小孩也明白｜～連父母也不再相信他的話了｜全班～全校的師生都關注這件事。

同【乃至】nǎi zhì

同【甚而】shèn ér

「甚至」強調下文文意程度更進一步。「甚而」帶有文言詞彙意味，屬於書面語，如說「時日已久，甚而連他的名字都忘了」。「乃至」多用於議論性文字，如說「全市乃至全世界都關注這件事」。

慎重 shèn zhòng　小心謹慎；很負責很認真　要～對待此事｜他對這件事的態度很～｜你們～研究後再作決定吧。

同【穩重】wěn zhòng

同【鄭重】zhèng zhòng

「慎重」突出謹慎不輕率，多用於言行或態度，與「冒失」、「輕率」、「草率」相對。「穩重」突出沉着不浮躁，與「輕浮」、「浮躁」相對，如說「做事穩重」、「為人穩重」。「鄭重」與「隨便」相對，突出嚴肅、正式，多與「宣告」、「宣佈」、「聲明」等詞搭配，如說「鄭重其事」、「鄭重聲明」。

反【輕率】qīng shuài　不要～表態｜這事不宜～處理。

反【貿然】mào rán　～行事｜你怎麼～答應了呢？

反【隨便】suí biàn　小處不可～｜他

只是～講講，你怎麼那麼認真？

滲入 shèn rù
1. 液體慢慢地進入　逐漸～｜雨水慢慢～到泥土中｜採取措施，防止有害物質～附近的河中。

圓【滲透】shèn tòu

「滲入」指進入裏面。「滲透」突出透過、進去，如說「鮮血滲透了衣服」。

2. 比喻某事物或勢力逐漸進入　防止黑社會勢力～學校｜外資併吞～當地房產業。

圓【滲透】shèn tòu

升 shēng
1. 位置從低處向高處移動　上～｜～騰｜水位不斷攀～｜旭日東～。

反【降】jiàng　下～｜～旗｜飛機～落在跑道上。

反【落】luò　～下｜～地｜潮水已經～下去。

反【掉】diào　～落｜～進泥坑｜東西全部～下去了。

2.（等級）提高　～級｜～值｜～溫｜孩子已～四年級了。

反【降】jiàng　～職｜～價｜物價穩中有～。

升高 shēng gāo
向高處移動；（等級）提高　溫度～｜級別～｜他氣得血壓都～了。

反【降低】jiàng dī　職務～｜氣壓～｜這種產品的質量有所～。

升格 shēng gé
等級上升　外交關係～｜部門級別～～為國家級自然保護區。

反【降格】jiàng gé　～使用｜～為領事級。

反【降級】jiàng jí　～處理｜這些茶葉只能～出售。

「升格」、「降格」多用於組織、機構、身份、地位。「降級」還可用於商品等。

升級 shēng jí
1. 級別上升　工資～｜產品～換代｜學生考試不及格不能～。

圓【晉級】jìn jí

「升級」指年級上升或等級上升；還指規模擴大，如說「戰爭升級」。「晉級」只指等級上升，用於職位、工資等，如說「破格晉級」、「由助理研究員晉升為研究員」。

反【降級】jiàng jí　～使用｜因一點質量問題而降等。

2. 事態緊張程度加深　戰爭～｜衝突不斷～｜矛盾繼續～。

反【降級】jiàng jí　地區衝突終於～。

升遷 shēng qiān
官員職務提升，調任到較高職位　～要職｜聽說你的喜訊，深感欣慰。

反【降級】jiàng jí　因牽連而～｜他因犯了錯誤而～。

升值 shēng zhí
貨幣比價提高　人民幣正在～｜股票再次～｜具有～潛力。

反【貶值】biǎn zhí　外幣～｜本國貨幣暫時不會～。

「升值」多指一國貨幣與外國某一強勢幣種的比價有所提高。

生 shēng　1. 活着　～路｜～死存亡｜絕處逢～｜～機勃勃｜起死回～｜栩栩如～。

⟨反⟩【死】sǐ　～亡｜～期｜寧～不屈。

⟨反⟩【卒】zú　生～年月｜詩人～年不詳。

2. 果實或食物不熟　～澀｜～雞蛋｜～魚片｜半～不熟｜這香蕉太～。

⟨反⟩【熟】shú　～食｜尚未成～｜還沒燒～｜瓜～蒂落｜桃子～透了｜煮～的鴨子又飛了。

3. 未加工的；沒有燒煉過的　～鐵｜～鋁｜～藥｜～石灰。

⟨反⟩【熟】shú　～鐵｜～皮子。

4. 不熟悉的　～詞｜人～地疏｜那是個～人｜初來乍到，一切都很陌～。

⟨反⟩【熟】shú　～悉｜～識的人｜～門～路｜～人容易辦事｜我跟那人不太～。

5.（技術等）不熟練的　～手｜～疏｜課文讀得很～｜看上去他的操作技術很～。

⟨反⟩【熟】shú　～手｜～練工｜能生巧｜～讀唐詩三百首。

6. 未耕作過的　～地｜～荒地。

⟨反⟩【熟】shú　～田｜俗語說：生地蘿蔔～地瓜。

7. 學生　師～｜這個地區的小學～來源嚴重不足。

⟨反⟩【師】shī　～徒關係｜～道尊嚴｜他們倆亦～亦友。

8. 長出來　～芽｜新～力量｜老枝～出嫩葉。

⟨反⟩【脫】tuō　～落｜毛髮全～了。

⟨反⟩【滅】miè　～亡｜～絕｜任其自生自～。

生產 shēng chǎn　（人類）創造物質財富的各種勞動　～資料｜發展～｜～活動｜使用先進的～工具｜改變落後的～方式。

⟨同⟩【出產】chū chǎn

> 「生產」指人工創造生產和生活資料。「出產」可指人工生產或天然生長，如說「當地出產大理石」、「那裏出產優質大豆」；還可作名詞，指出產的物品，如說「本地出產相當豐富」。

⟨反⟩【消費】xiāo fèi　～資料｜促進～｜超前～｜這個地方的～水準還不太高。

生存 shēng cún　活着　～權是首要人權｜適者～｜這種鳥能在惡劣環境下頑強～。

⟨反⟩【死亡】sǐ wáng　了解～原因｜記載～日期｜他是因病～的。

生動 shēng dòng　有活力能感人的　神態～｜～的形象｜故事情節～有趣。

⟨反⟩【枯燥】kū zào　～乏味｜內容～｜日子久了便覺得生活～。

⟨反⟩【乏味】fá wèi　故事～｜～的電視劇｜兩人結束了～的談話。

⟨反⟩【無味】wú wèi　平淡～｜枯燥～｜這個人實在言語～。

⟨反⟩【死板】sǐ bǎn　畫上的人物很～，表情僵化｜當時的文藝界極其沉悶。

生活 shēng huó　人或生物為了生存和發展而進行的各種活動　在那裏～不容易｜日常～｜這些錢就足夠了｜他的大學～豐富多彩｜他專門研

究螞蟻的～習性。

◉【生涯】shēng yá

◉【生計】shēng jì

「生活」適用範圍較廣，多與「物質」、「精神」、「社會」、「家庭」等詞搭配。「生涯」突出活動的時間，只用於人，屬於書面語，如說「戎馬生涯」、「舞台生涯」、「創作生涯」。「生計」指人的衣、食、住、行等情況，如說「無法維持生計」；也指維持生活的辦法，屬於書面語，如說「另謀生計」。

生機 shēng jī　（人類社會及自然界的）生命力和活力　～勃勃｜～無限｜一派～盎然的景象｜這裏充滿了～和活力。

◉【活力】huó lì

◉【生氣】shēng qì

「生機」突出人或植物生存發展的機能較強；還指生存的機會，如「出現生機」、「存有一線生機」。「活力」突出精力旺盛，用於人或動物，如說「活力奔放」、「活力無限」、「充滿青春活力」。「生氣」突出生命力、活力，如說「缺乏生氣」、「青年最富有生氣」。

生路 shēng lù　比喻能繼續活下去的途徑　求～｜尋找～｜另謀～｜闖出一條～｜您就高抬貴手，放他一條～吧。

◉【活路】huó lù

「生路」突出維持生活或保全生命的途徑。「活路」指活下去的辦法，多

用來比喻行得通的方法，如說「謀活路」、「覺得這是一條活路」。

㊎【死路】sǐ lù　～一條｜這樣做明明是向～上奔。

㊎【絕路】jué lù　走向～｜～逢生｜何必把自己逼向～呢？

㊎【末路】mò lù　窮途～｜英雄～。

生命 shēng mìng　生物生存的壽命　請珍惜～｜挽救～是醫生的職責。

◉【性命】xìng mìng

「生命」指生物體所具有的活動能力；還可用於比喻，如說「政治生命」、「藝術生命」。「性命」僅指人和動物的生命，如說「性命不保」、「性命攸關」、「盡力保全性命」。

生僻 shēng pì　生疏；不常見　～詞語｜～的典故｜她舉的例子很～｜給孩子起名時要少用～字。

◉【冷僻】lěng pì

「冷僻」指冷落偏僻或不常見的，用於文字、名稱、典故、書籍時可與「生僻」互換，如說「這幾個字都很冷僻（生僻）」。「冷僻」還指冷清，如說「房子處於冷僻地段」。

㊎【熟悉】shú xī　內容很～｜～的身影｜這種說法大家很～。

生氣 shēng qì　1. 富有生命力的氣息或氣氛；很有活力　～勃勃｜充滿～｜公園裏一派～勃發的景象。

㊎【暮氣】mù qì　～沉沉｜他近來一掃往日的～。

2. 不高興；不愉快　不必～｜動輒
～｜何必為這樣的小事～？

⊜【解氣】jiě qì　非常～｜說了半天
也不～｜怎麼才能讓你～呢？

⊜【高興】gāo xìng　非常～｜～的事
一件接一件｜她～得手舞足蹈。

生前 shēng qián　死者活着時　～
友好｜～受盡折磨｜老人～朋友不
多。

⊜【死後】sǐ hòu　安排～事宜｜那人
～沒留下遺產。

生澀 shēng sè　（言詞、文字）
不流暢、不純熟　語言～｜文筆～。

⊜【晦澀】huì sè

> 兩詞都屬於書面語。「生澀」突出語
> 言文字不流暢。「晦澀」突出詩文等
> 含意不清楚、不易懂，如說「晦澀難
> 懂」、「文字過於晦澀」。

生事 shēng shì　製造事端；尋釁
鬧事　無端～｜喜歡～｜這人脾氣不
好，經常～。

⊜【惹事】rě shì

⊜【滋事】zī shì

> 「生事」、「滋事」指毫無必要地或有
> 意地製造麻煩及事端，屬於書面語，
> 如說「酗酒滋事」。「惹事」指原先
> 無事，因不合而引出事端，如說「那
> 伙人一再尋釁惹事」。

生手 shēng shǒu　對某項工作還
不熟悉、不熟練的人　他還是個～｜
讓～也去鍛煉一下。

⊜【熟手】shú shǒu　他是烹調方面的

～｜找個～來做要快得多。

⊜【老手】lǎo shǒu　維修電腦他已是
～了。

生疏 shēng shū　1. 不熟悉或疏
遠　情況～｜人地～｜兩人逐漸～起
來。

⊜【疏遠】shū yuǎn

⊜【陌生】mò shēng

⊜【熟悉】shú xī　不太～地形｜大家
對這個人非常～｜沒碰到一個～的
人。

⊜【熟識】shú shi　～的生活方式｜
他又回到了～的地方｜你和他彼此～
嗎？

2. 技藝不熟練　手法～｜～的筆跡｜
新來的員工業務～。

⊜【陌生】mò shēng

> 「生疏」可用於從未接觸過的或有過
> 接觸但已忘卻的事或地方。「陌生」
> 多用於未曾接觸過的，如說「陌生
> 人」、「陌生的地方」。「生疏」和「疏
> 遠」都可指人和人之間的關係或感情
> 因來往少或長期不聯繫而有距離、
> 不親密。「疏遠」還可作動詞，指有
> 意與某人保持距離，如說「你不應該
> 因為他家境不好就疏遠他」。

⊜【純熟】chún shú　演技～｜製作工
藝～｜～的指法。

⊜【熟練】shú liàn　～地操作｜～的
舞步｜她～地打開了那個盒子。

生吞活剝 shēng tūn huó bō
生硬地搬用別人的言論、文辭　～地
背誦一些哲學名句｜應深入理解而不
應～。

⊜【融會貫通】róng huì guàn tōng　學

習知識要～｜只有～才能夠靈活運用。

生效 shēng xiào　產生效力　即刻～｜合同～｜條約已經～。

⊗【失效】shī xiào　命令～｜兩天後就會～｜這藥品已經過期～。

生養 shēng yǎng　生育　～孩子｜這對夫婦已經～了三個小孩了。
◎【生育】shēng yù

「生養」包括生育和撫養。「生育」指生孩子，屬書面語，如説「未曾生育」、「失去生育能力」。

生疑 shēng yí　產生不信任；懷疑　令人～｜無端～｜對此事你不必～。

⊗【信任】xìn rèn　互相～｜充滿～｜他以他的行動贏得了大家的～。

⊗【相信】xiāng xìn　～朋友｜～實踐經驗｜他的話我無法～。

生硬 shēng yìng　1.（態度）不溫和；不細緻　態度～｜口氣別這麼～｜這種～的作風我實在吃不消。

⊗【溫和】wēn hé　説話～｜語氣～｜她態度～地詢問情況。

⊗【溫柔】wēn róu　性情～｜脾氣～｜他説過一定要找到那位～可愛的姑娘。

2. 勉強；不自然　句子很～｜用的詞語太～｜你再改改，別唸起來那麼～。

⊗【自然】zì ran　～而不做作｜姿態～大方｜小演員的表演～可信。

生長 shēng zhǎng　發育，成長

～期｜萬物～靠太陽｜不斷～並發揚光大。

⊗【衰亡】shuāi wáng　走向～｜漸漸～｜那個原本強盛的國家逐漸走向了～。

昇平 shēng píng　國家安定，人民生活太平　～景象｜一片歌舞～。
◎【太平】tài píng

⊗【動亂】dòng luàn　～年代｜制止地區～｜一場～就此平息了。

⊗【動盪】dòng dàng　～不安｜生活在～時代｜社會從此不再～。

牲畜 shēng chù　人飼養的豬、羊、牛等畜類動物　飼養～｜加強～屠宰管理｜那個地區～養殖的歷史久遠。
◎【家畜】jiā chù

「牲畜」、「家畜」都指飼養的動物。「牲畜」範圍比「家畜」廣。

聲稱 shēng chēng　公開表明　他～自己是清白的｜公開～不使用武力。
◎【聲言】shēng yán
◎【宣稱】xuān chēng

聲望 shēng wàng　名聲；威望　學術～｜國際～較高｜急於挽回～｜享有很高的社會～。
◎【名氣】míng qi
◎【名望】míng wàng

「聲望」是褒義詞，屬於書面語，多用於正式場合。「名氣」是中性詞，如説「公司很有名氣」、「他在演藝

圈裏已經名氣很響了」。「名望」是
褒義詞,只用於個人,屬於書面語,
如說「頗有名望」、「你這樣會損害
自己的名望」。

聲威 shēng wēi　聲望和威信　大
顯～|～顯赫|希望你們重振～。
⑩【聲望】shēng wàng
⑩【威信】wēi xìn

聲響 shēng xiǎng　聲音　～很
小|發出可怕的～|樓上傳來巨大的
～。
⑩【聲音】shēng yīn
⑩【音響】yīn xiǎng

「聲響」指發出來的聲音。「音響」強
調聲音產生的效果,還指播放聲音
的電子設施的總稱,如說「這套音
響效果不錯」、「最近購置了高檔音
響」。「聲音」指能聽到的聲波,如
說「聲音低沉有力」、「他的聲音非
常好聽」、「禮堂傳來歡快的聲音」。

聲譽 shēng yù　聲望名譽　～卓
著|不要做有損公司~的事|這種酒
在國際上享有～|這所私立大學~良
好。
⑩【名譽】míng yù

「聲譽」、「名譽」都可用於個人或
集體,如說「珍惜名譽」、「名譽掃
地」、「努力維護國家的名譽」。「名
譽」還指名義上的,如說「擔任名譽
董事長」。

聲援 shēng yuán　公開發表言論

給予支持　積極~|大規模~|~學
生運動|各大媒體均對此發表了~文
章。
⑩【支援】zhī yuán

「聲援」多指以發表言論的方式進行
精神和道義方面的支持。「支援」多
指以人力、物力進行支持,如說「支
援前綫」、「支援災民」、「支援山
區建設」。

省得 shěng de　避免某種不好的
情況發生　多穿點衣服,~感冒|住
學生宿舍吧,~來回跑|考慮清楚後
再決定,~鬧笑話。
⑩【免得】miǎn de
⑩【以免】yǐ miǎn

三個詞都用於下半句的開頭,多強
調後面的事情不至於發生。「省得」
後面的結果相對不那麼嚴重,多用
於口語。「免得」強調避免,如說「早
去早回,免得我們擔心」。「以免」
語意較重,屬於書面語,如說「你快
說清楚,以免產生誤會」。

省儉 shěng jiǎn　節約;不浪費
生活相當~|老人一生~。
㊀【浪費】làng fèi　減少~|別~水
電能源|他又在~時間了。
㊀【奢侈】shē chǐ　生活很~|場面過
於~|別一味追求~豪華。
㊀【揮霍】huī huò　～無度|~公家
的財產|家產被他~一空。

省力 shěng lì　花費的精力較少
非常~|省時~|現在的工作比較
~。

（反）【吃力】chī lì　～得很｜幹活太～｜這樣做有些～不討好。

（反）【費力】fèi lì　辦事過於～｜你們這樣做費心又～。

省心 shěng xīn　操心比較少　沒有一件～的事｜這樣做既～又省力｜如果都能像你說的那樣做，就～多了。

（反）【費心】fèi xīn　請你多～｜她經常為此～｜讓您～了，真是不好意思。

（反）【操心】cāo xīn　日夜～｜你這是瞎～｜別老是讓父母～｜你為他～太多。

盛大 shèng dà　規模宏大　～的場面｜～的慶典｜舉行了～的開幕式｜～的集會。

（同）【浩大】hào dà

「盛大」用於形容集體活動場面的規模大。「浩大」突出氣魄大，如說「聲勢浩大」、「工程浩大」。

盛開 shèng kāi　（花兒）開得非常繁茂　～的春花｜鮮花～的園圃｜公園四處～着鮮花。

（反）【枯萎】kū wěi　枝葉～｜到處是～的花朵｜秋天許多植物都～了。

（反）【枯槁】kū gǎo　草木～｜風吹過冬日～的平原。

盛怒 shèng nù　極為憤怒　人在～的時候容易衝動｜他～之下把那人趕出了門。

（同）【震怒】zhèn nù

「盛怒」突出憤怒到極點。「震怒」語

意比「盛怒」重，如說「全國為之震怒」。

盛情 shèng qíng　深厚強烈的情意　～難卻｜～邀約｜～款待遠來的貴賓｜～難辭，我們又在親友家多住了一晚。

（同）【盛意】shèng yì

盛世 shèng shì　人民生活安定、國力強大的時代　～修典｜太平～｜誰不嚮往～？

（反）【亂世】luàn shì　生逢～｜～每每出英雄｜逃避這～的紛爭。

盛夏 shèng xià　夏天最熱的一段時間　～時節｜～酷暑｜烈日炎炎的～。

（同）【酷暑】kù shǔ

（同）【炎夏】yán xià

（反）【隆冬】lóng dōng　～季節｜在～呼嘯的北風中｜正值～時節，晚上行人稀少。

（反）【嚴冬】yán dōng　～即將過去｜難熬的～｜花兒在～失去了嬌艷。

（反）【寒冬】hán dōng　～臘月｜百花凋零的～｜三九～，你還不多穿幾件衣服？

盛行 shèng xíng　普遍流行　開始～｜那種服飾～一時。

（同）【風行】fēng xíng

（同）【流行】liú xíng

「盛行」語意比「風行」重。「風行」突出傳播速度快，如說「風行一時」、「風行全球」、「風行網上購物」。「流行」突出通暢地傳播開來，

如說「瘟疫流行」、「流行製作陶藝」、「流行數碼相機」。

盛妝 shèng zhuāng　十分豔麗的妝飾　~出行｜她們已經~以待。
回【濃妝】nóng zhuāng
反【淡妝】dàn zhuāng　~濃抹｜略施~｜你只要化個~就夠漂亮了。

勝 shèng　（戰鬥或比賽時）擊敗對手　得~｜~算不大｜穩操~券｜旗開得~｜人定~天｜我們隊最終反敗為~。
反【敗】bài　~北｜永不言~｜勝~乃兵家常事。
反【負】fù　不分勝~｜~於對方｜這場比賽勝~難料。

勝利 shèng lì　在競爭中擊敗對方而佔優勢　迎接~｜渴望~｜取得了巨大~｜這次比賽，他們以微弱優勢獲得~。
反【敗北】bài běi　再度~｜球隊在本輪比賽中~。
反【失利】shī lì　一再~｜競爭~｜我們因為缺了一名隊員而~。

勝訴 shèng sù　在司法訴訟中取得有利自己的判決　原告維護合法權利，終於~｜雖然我方~了，但我們贏得並不輕鬆。
反【敗訴】bài sù　結果是原告~｜~的可能性很大。

勝仗 shèng zhàng　取得勝利的戰役或戰鬥。也用於各種競賽　打了~｜做好打~的準備。

反【敗仗】bài zhàng　吃了~｜他預計這次會打~。

失敗 shī bài　1. 在戰鬥或競爭中被對方打敗而處於劣勢　已經多次~｜大家在賽後總結~的教訓。
反【勝利】shèng lì　這一戰獲得了~｜~的喜悅寫在每個人臉上。
反【獲勝】huò shèng　首戰~｜球隊~而歸｜經過艱苦的拚搏最終~。
2. 沒有取得預期的結果　我的努力~了｜試驗~了。
反【成功】chéng gōng　分享~經驗｜取得預期~｜這次的進步會帶來更大的~。

失策 shī cè　失算；失誤　嚴重~｜避免~｜這是我的~｜由於管理~，這家公司面臨倒閉。
回【失算】shī suàn

失常 shī cháng　失去一般、正常的情況或狀態　精神~｜舉止有點兒~｜李先生今天開會時的表現~。
反【正常】zhèng cháng　運轉~｜工作~｜他的反應很~，沒甚麼可懷疑的。

失寵 shī chǒng　失去寵愛　已經~｜過去的流行漸漸~了。
反【得寵】dé chǒng　非常~｜~的小貓｜他是家裏最~的孩子。

「失寵」指失去某人的喜愛。

失傳 shī chuán　沒有繼續流傳下來　早已~｜必須搶救即將~的古樂｜這種傳統技藝已經~多年了。

反【流傳】liú chuán　故事廣為～｜繼續～下去｜有民族性的藝術將千古～。

失當 shī dàng
不恰當；不合時宜　言語～｜處理～｜你今天的態度有～之處。

反【得當】dé dàng　搭配～｜言語～｜無論甚麼場合她都能舉止～。

反【恰當】qià dàng　～的詞語｜～地處置這些問題｜你這個例子舉得不～。

反【妥當】tuǒ dang　處理～｜～的方式｜我已經把一切安排～了。

失利 shī lì
被打敗；在競爭中失敗　比賽～｜戰鬥～｜這個小組一再～。

反【得勝】dé shèng　～歸來｜這一次又沒能～｜我們等着你們～回來的那一天。

失去 shī qù
丟掉；失掉　～聯繫｜心理上～平衡｜真遺憾～了這難得的機會。

反【得到】dé dào　～好處｜～照顧｜他的作品～行家的好評。

反【獲得】huò dé　～大獎｜～優惠｜～等級證書｜她～了最高榮譽。

失散 shī sàn
分離；離散　親人～｜我和家人已～多年｜找回了～在外地的女兒。

反【團聚】tuán jù　全家～｜～在上海過節｜在這～的時刻，人人幸福無比。

反【團圓】tuán yuán　骨肉～｜這部電視劇有個大～的結局。

失色 shī sè
失去原有的良好而喜人的光彩　花容～｜壁畫年久～｜在專業演員面前，我們難免相形～。

反【增色】zēng sè　～不少｜為當代文壇～｜多謝您的到來，使演講比賽大大～。

反【添色】tiān sè　～生輝｜歌星為晚會～不少。

反【生色】shēng sè　那幅油畫使居室大為～｜他的文采為這篇報道～不少。

失實 shī shí
（講述或記載的情況）與事實不合　內容～｜報道～｜他反映的情況有些～。

反【屬實】shǔ shí　所傳消息～｜以上情況～｜我保證我說的一切～。

失守 shī shǒu
陣地或防地被攻破　陣地～｜要塞～｜最後的防線也～了。

反【收復】shōu fù　～失地｜～河山｜一定要～敵人侵佔的每一寸土地。

反【光復】guāng fù　～家園｜～全部國土｜一定要振興～大業。

失調 shī tiáo
1. 比例不正常　配置～｜重心～｜這幅照片的上下比例～。

反【平衡】píng héng　收支～｜力求～發展｜保持良好的心理～。

2. 沒有合理調養　營養～｜孩子先天～｜醫生說她內分泌～。

反【平衡】píng héng　內外～｜中醫很講究陰陽～。

失望 shī wàng
失去希望；因無望而喪失信心　徹底～｜感到非常～｜你可別太～｜她流露出～的眼神。

反【滿意】mǎn yì　令人～｜得到了～

S

的答覆｜客人高興而來～而歸。

⊗【稱心】chèn xīn 　～如意｜過着～的日子｜這套房子他買得很～。

⊗【如願】rú yuàn 　～以償｜數年過去，仍未～｜這下你終於～了。

失陷 shī xiàn 　（土地、城市）被敵人佔領　國土～｜大片領土～｜奪回～的城市。

◉【淪陷】lún xiàn

◉【陷落】xiàn luò

「失陷」、「陷落」指原佔據地被敵方控制。「淪陷」指領土被外來侵略者佔領。

失效 shī xiào 　喪失功效　該證書已～｜過期自動～｜這種藥水已經～了，你得去買新的。

⊗【生效】shēng xiào 　判決書即刻～｜法律從公佈之日起～｜合同自即日起～。

失信 shī xìn 　不履行許下的諾言；不守信用　萬勿～｜你們決不能～｜我決不會～於朋友。

⊗【取信】qǔ xìn 　～於民｜以誠～｜你一再違約，以後還怎麼～於人？

失言 shī yán 　也說「失口」。無意中說了不該說的話　不小心～｜她一時～，泄漏了祕密｜直到他酒後～，我們才知道他的真實身份。

◉【走嘴】zǒu zuǐ

「失言」屬於書面語。「走嘴」多用於口語，如說「說着說着就走嘴了」、「那人老是說走嘴」。

失業 shī yè 　失去職業　～人員｜～救濟｜～保險制度。

⊗【就業】jiù yè 　再次～｜安排～｜今年的～形勢比較嚴峻。

「失業」指有工作能力並有工作的人失去工作。

失意 shī yì 　不得志；由於願望無法實現而悲觀　感到～｜官場～｜近來遇到的重重打擊令他備感～。

⊗【得意】dé yì 　情場～｜自鳴～｜他～地走了。

⊗【得志】dé zhì 　小人～｜長期鬱鬱不～｜他少年～，難免驕縱。

失約 shī yuē 　沒有遵守事先的約定　時常～｜她從不～｜他沒解釋～原因｜～是不禮貌的。

⊗【踐約】jiàn yuē 　不肯～｜本公司能準時～。

⊗【守約】shǒu yuē 　誠信～｜敬希貴公司～。

失真 shī zhēn 　（聲音、圖像、記錄的內容等）失卻真實；同實際的不一樣　聲音～｜圖像～｜傳聞難免～。

⊗【逼真】bī zhēn 　形象～｜模仿得十分～｜她～的表演令人叫絕。

失職 shī zhí 　沒有盡到職責　這是我的～｜由於他的～，導致了這場森林火災｜～的員工被公司開除了。

◉【瀆職】dú zhí

「失職」突出沒有盡到職責。「瀆職」語意較重，多用於職務較高的管理

者或官員，如說「追究瀆職責任」、「瀆職的官員受到了嚴懲」。

【反】【盡職】jìn zhí　～盡責｜盡心～地完成任務｜作為隊長，你已經～了。

施與 shī yǔ　用錢或物周濟別人
～財物｜對別人～恩惠也是一種快樂。

【反】【奪取】duó qǔ　～政權｜～戰爭的最後勝利。

【反】【搶奪】qiǎng duó　～地盤｜野蠻～財物｜～市場份額。

施展 shī zhǎn　發揮；表現　～才能｜～本領｜他們在舞台上～絕技。

【同】【發揮】fā huī

「施展」屬於書面語。「發揮」多用於好的方面，指把內在的能力或作用充分調動出來，如說「發揮優勢」、「發揮積極性」、「發揮模範作用」。

屍骨 shī gǔ　屍體或屍體腐爛後的骨頭　～無存｜先人～未寒，他就急着分家產｜他們在沙漠發現了一具奇怪的動物～。

【同】【屍骸】shī hái

師 shī　傳授知識或技藝的人　拜～學藝｜尊～重教｜維護～道尊嚴｜良～益友。

【反】【生】shēng　畢業～｜師～關係｜～源不足。

【反】【徒】tú　收～｜～子～孫｜名師出高～。

師傅 shī fu　某些行業傳授技藝

的人　尊重～｜請～指教｜～教徒甚嚴。

【反】【徒弟】tú·dì　聰明的～｜對～很關心｜這個～把師傅的技藝都學到手了。

師長 shī zhǎng　教師　尊敬～｜他目無～｜感謝～的關愛。

【同】【教師】jiào shī

【同】【教員】jiào yuán

【同】【老師】lǎo shī

【同】【先生】xiān sheng

「師長」表示尊敬，不用作稱呼。「老師」、「先生」適用範圍比較廣，可用於稱呼。「教師」、「教員」用於指明身份，不用於稱呼。

濕 shī　沾上了水或含水分比較多　～潤｜潮～｜弄得滿手～淋淋的。

【反】【乾】gān　～燥｜～旱｜～透了｜衣服還沒曬～。

濕淋淋 shī lín lín　物體含水分多而往下滴水的樣子　～的衣服｜渾身都～的。

【反】【乾巴巴】gān bā bā　～的土地｜～的饅頭難以下嚥。

濕熱 shī rè　氣候潮濕而炎熱　～的黃梅天｜每年的這個時候都～難耐。

【反】【乾冷】gān lěng　天氣～｜～的冬天｜一月的東北空氣～～的。

濕潤 shī rùn　（土地、空氣）潮濕，含較多水分　空氣～｜她的眼睛～了｜這種植物只能在～的土地上種植。

S

⊗【乾燥】gān zào　皮膚～｜土壤～｜空氣太～了，嗓子疼。

⊗【乾枯】gān kū　鬚髮～｜枝葉～｜～的草地開始萌發新芽。

十分 shí fēn　很；非常　～好看｜他對朋友～熱情｜他對現在的工作～滿意。

◉【非常】fēi cháng
◉【異常】yì cháng

> 「非常」指程度很高，如說「非常容易」、「他非常會說話」；也指異乎尋常的、特殊的，如說「非常時期」、「非常會議」。「異常」語氣比「非常」重，如說「異常興奮」、「她今天的舉動有點兒異常」。

石沉大海 shí chén dà hǎi　像石頭沉到大海中一樣，不見蹤影。比喻始終沒有消息　自那以後，她就～了｜信息發出後如同～｜他們多次向有關部門舉報，結果卻是～。

◉【杳無音信】yǎo wú yīn xìn
◉【泥牛入海】ní niú rù hǎi

> 三個成語都指沒有消息。「石沉大海」強調事情有開始而無結果。「杳無音信」指沒有一點兒消息，突出路途遙遠而得不到信息，如說「他這一去就杳無音信了」。「泥牛入海」強調一去而不返，如說「泥牛入海，消息全無」。

拾 shí　從地上撿起東西　～荒者｜～起繩子｜～金不昧｜朝花夕～。

⊗【丟】diū　～掉｜～盔棄甲｜向外～紙屑｜不要亂～垃圾。

⊗【扔】rēng　～球｜～得很遠｜他一抬手把手上的東西～了出去。

⊗【投】tóu　～擲｜～石問路｜平靜的湖面上被～進了幾個石子。

⊗【擲】zhì　投～｜～鉛球｜此話擲地有聲。

拾掇 shí duo　整理　～一下廚房｜房間～得十分乾淨｜明天客人就來了，你趕緊～～。

◉【收拾】shōu shi
◉【整理】zhěng lǐ

> 「拾掇」突出把分散的東西收聚到一起，並進行整理，用於具體事物；還指修理，如說「他還會拾掇電器呢」。「收拾」指打掃及整理，用於具體事物，如說「她去收拾行李了」、「飯後她搶着收拾碗筷」、「他家收拾得乾乾淨淨」；也指整治，如說「等我們有空的時候一定要好好收拾他們」。「整理」突出通過清理使整齊有序，多用於行裝、隊伍、房間、材料等具體東西或思路、文化遺產等抽象事物，如說「整理抽屜」、「整理資料」、「你把桌子整理一下」。

拾取 shí qǔ　把地上的東西拿起來　～稻穗｜孩子們在海邊嬉笑着～貝殼。

⊗【丟棄】diū qì　傳家寶不能～｜隨手～｜誰把那麼多雜物～在這裏？

食糧 shí liáng　人吃的糧食　稻穀是我們的主要～｜～供應充足｜煤是工業的～。

◉【糧食】liáng shi

「食糧」屬於書面語，如説「精神食糧」。「糧食」指具體的穀、豆、薯類等，如説「買糧食」、「供應糧食」、「今年糧食大豐收」，可與「產量」、「製品」、「作物」等詞搭配。

食物 shí wù
可以吃的東西　～中毒｜尋找～｜以後他再也沒有吃到過那樣美味的～了。

同【食品】shí pǐn

「食物」適用範圍較廣，指一切能吃的東西，包括製成品與非製成品。「食品」多指經過加工的製成品，如説「兒童食品」、「食品公司」、「罐頭食品」。

食言 shí yán
不遵守諾言；説話不算數　我們決不～｜你既然答應了就不該～。

反【踐諾】jiàn nuò　請放心，我方一定按期～。

時常 shí cháng
經常地　～出錯｜上課～遲到｜類似的事～發生｜他～去外地出差。

同【經常】jīng cháng

「經常」強調比較多地出現，如説「他們兩家經常來往」、「他們公司經常要加班」。「時常」屬於書面語。

反【間或】jiàn huò　～一笑｜～傳來嬉笑聲｜他～會到我的座位前來看一看。

反【偶爾】ǒu ěr　～出錯｜他～來個電話｜老張～才喝一回酒。

時代 shí dài
歷史上的某個階段或個人的某個發展階段　新石器～｜具有鮮明的～特徵｜當今是信息高速發展的～｜兒童～。

同【時期】shí qī

「時代」多以政治、經濟、文化的某個特徵作為劃分標準。「時期」多體現某階段的具體特徵，如説「戰爭時期」、「困難時期」。

時光 shí guāng
時間；光陰　～飛逝｜別浪費了大好～｜他多麼希望～能倒流｜退休後，他經常去公園消磨～。

同【光陰】guāng yīn

同【歲月】suì yuè

同【時日】shí rì

「時光」泛指時間、光陰、日子。「光陰」指籠統的時間、歲月，屬於書面語，如説「光陰似箭」、「珍惜光陰」、「一寸光陰一寸金」。「歲月」多指漫長的年月，如説「蹉跎歲月」、「青春歲月」、「歲月無情人有情」。「時日」指較長的時間，如説「離京已有時日」、「辦妥此事尚待時日」。

時候 shí hou
某一個時間或某一段時間　小～他很喜歡聽故事｜我每天這個～上網｜他總是到快吃午飯的～才來｜兩人見面的～都很激動。

同【時間】shí jiān

同【時刻】shí kè

同【時分】shí fēn

「時候」可用於泛指或確指。「時間」用於某一段時間或某一時點，如説

「珍惜時間」、「時間觀念很強」、「現在是休息的時間」、「當地時間是三點二十分」。「時刻」多用於確指，多與「危險」、「艱難」、「關鍵」、「最後」等搭配，表示確定的某個短暫的時間，如說「關鍵時刻他幫了大忙」、「難忘那激動人心的時刻」、「他在緊急時刻竟忘了父母的話」；還指無一時一刻不，如說「時刻警惕」、「時刻牢記誓言」、「時刻關注事態的發展」。「時分」突出某一個點，多用於文藝描寫，如說「傍晚時分」、「他們來時已是掌燈時分」。

時機 shí jī　某個有時間性的機會

一定要掌握有利～｜不要錯過這絕好的～｜決定等～成熟再行動。
⊜【機會】jī huì
⊜【機遇】jī yù

「時機」多指有利的時刻。「機會」強調時候正好，適用範圍較廣，可以是人為創造的，如說「把握機會」、「別錯過機會」、「為自己創造機會」。「機遇」突出偶然性，如說「抓住機遇」、「難得的機遇」。

時節 shí jié　時令；季節　金秋

～｜初春～｜播種～已過｜清明～雨紛紛｜農忙～常連吃飯的功夫都沒有。
⊜【季節】jì jié
⊜【節令】jié lìng
⊜【時令】shí lìng

「時節」意義廣泛。「季節」指一年中某一段有特點的時期，如說「最喜歡的季節是秋天」、「春暖花開正是旅

遊的好季節」。「節令」指某個節氣的氣候和物候，屬於書面語，如說「節令正當暮春」、「節令反常」。「時令」屬於書面語，如說「時令食品」、「時令已交初秋」、「點了幾道時令蔬菜」。

時髦 shí máo　很入時；與當時

流行的樣式相符的　衣着～｜～女郎｜這是當今的～話題。
⊜【時興】shí xīng

「時髦」是形容詞，多用於服裝、思想、觀點等。「時興」突出在某個時間段內普遍流行，如說「時興的做法」、「現在時興網上交友」。

⊗【過時】guò shí　～的汽車｜這種式樣早已～｜～的東西還拿出來幹甚麼？

⊗【土氣】tǔ·qì　顯得比較～｜一身～的裝扮。

時時 shí shí　常常　～戒備｜～

不忘自己的職責｜我～想起那人｜出門在外要～小心。
⊜【常常】cháng cháng
⊜【不時】bù shí
⊜【時刻】shí kè

「時時」指經常，可用於肯定或否定句。「不時」只用於肯定句，如說「不時出現疑點」、「場內不時爆發出陣陣笑聲」、「遠處不時有隆隆炮聲傳來」。「時刻」指每時每刻地，如說「時刻保持警惕」、「時刻牢記誓言」。

時新 shí xīn　最新式的　～遊戲｜

～髮型｜這種款式是現在最～的。

反【古老】gǔ lǎo ～的曲子｜～的民族｜這種～的習俗流傳至今。

反【老式】lǎo shì ～傢具｜～樓房｜這種～電話已很難看到了。

時裝 shí zhuāng 流行的服裝；當代最新的服飾 ～表演｜～雜誌｜～模特｜這條街現在成了遠近聞名的～街。

反【古裝】gǔ zhuāng ～戲｜拍～照｜她的～扮相非常漂亮。

實 shí 真實；不虛假；實在 ～話～說｜他是個～心眼的人｜～事求是地看問題。

同【真】zhēn

「實」與「虛」相對。「真」與「假」、「偽」相對，如說「真相大白」、「千真萬確」、「真情實感」。

反【虛】xū ～有其名｜不圖～名｜～情假義｜你這個人別淨來～的。

實詞 shí cí 所含意義比較具體的詞 ～的分類｜名詞、動詞和形容詞都屬於～。

反【虛詞】xū cí 研究～用法｜漢語的～比較複雜。

實幹 shí gàn 實實在在地做 ～家｜講求～｜你的～精神值得大家學習。

反【空喊】kōng hǎn 不要～口號｜他這只是～而已｜～不能帶來任何實效。

實話 shí huà 真誠、實際的話 你能保證他說的是～｜提倡～實說｜

我～告訴你吧。

反【謊話】huǎng huà 戳穿～｜編造～蒙人｜這個人慣說～。

反【假話】jiǎ huà 全是～｜～連篇｜她在你們面前說的都是～。

實際 shí jì 客觀存在的事物或情況 脫離～｜從～出發。

反【理論】lǐ lùn ～問題｜～研究｜～必須聯繫實際。

實踐 shí jiàn 實行、履行 ～出真知｜讓～來證明｜～是檢驗真理的唯一標準。

反【理論】lǐ lùn 純～研究｜他的這一套～過時了｜從～上來說，這個方案是可行的。

反【空談】kōng tán 他光會～，從不行動，至今一事無成。

實情 shí qíng 實際的、真實的情況 說出～｜儘快弄清～｜她就是不肯吐露～。

反【假相】jiǎ xiàng 編造～蒙人｜他現在辨不清這是不是～｜各位千萬不要被～迷惑。

實現 shí xiàn 把理想、計劃等變成現實 她終於～了自己的理想｜爭取早日～我們的目標｜為了～理想他們付出了巨大的努力。

同【完成】wán chéng

「實現」突出達到目標或使願望變成現實。「完成」強調行動的結束，如說「完成任務」、「完成學業」。

反【破滅】pò miè 幻想一一～｜她的希望全都～了。

實行 shí xíng 　以具體行動來實現　即日起～新校規｜全面～新辦法｜部分地區已～新的收費規定。

同【施行】shī xíng

同【實施】shí shī

同【執行】zhí xíng

同【履行】lǚ xíng

「實行」突出執行，使綱領、規定、計劃、主張等變成現實。「施行」突出具體過程，如說「施行手術」、「按預定方案施行」；還指法令、規章等開始生效，如說「本法令自即日起施行」。「實施」多用於政策、方針等開始使用，如說「實施新法令」、「保證計劃順利實施」。「執行」指實行政策、法律、命令、判決中規定的事項等，如說「執行命令」、「強制執行」、「必須執行已經生效的協定」。「履行」突出按照承諾的或應該做的去做，如說「履行諾言」、「履行合同」、「尚未履行有關手續」。

實在 shí zài 　1.（想法、計劃等）真實，切合實際　她心眼～｜～的本事｜這是他～的水平｜他這個人很～，你別跟他客氣。

同【現實】xiàn shí

同【真實】zhēn shí

反【虛假】xū jiǎ 　～報道｜～的感覺｜～廣告危害不小。

反【虛幻】xū huàn 　～的形象｜海市蜃樓是一種～的景象｜現在很多孩子都沉迷在～的網路世界中。

反【空虛】kōng xū 　內部～｜後方～｜精神～｜這段時間過得很～。

2. 的確　～對不起｜你說得～太好了｜你能這樣做～是難能可貴。

同【切實】qiè shí

同【確實】què shí

「實在」多用於指為人誠實，不虛假；還作副詞表示的確。「現實」指符合客觀情況的，如說「他的想法很現實」、「這樣設計是很不現實的」；還指客觀實際的情況，如說「必須尊重現實」。「真實」與「虛假」相對，如說「真實可靠」、「真實記錄」、「反映真實情況」。「切實」突出事情本身符合實際，如說「切實有效」、「制訂切實可行的計劃」、「採取切實措施保證群眾安全」。「確實」突出沒有疑問，如說「確實可靠」、「確實很難辦」、「傳來了確實的消息」。

實在 shí zài 　不馬虎　辦事要～｜工作講究～。

反【虛浮】xū fú 　作風顯得很～｜這人辦事～，不可信。

「在」讀輕聲時，指工作或辦事紮實、地道、不浮。

實則 shí zé 　事實上　說是去開會，～是去旅遊｜他滿口答應，～是在應付我們。

同【其實】qí shí

「實則」、「其實」都用在下半句承接上文，以轉折方式指出實際的情況。「實則」屬於書面語。「其實」多用於口語，如說「使用電腦看上去很難，其實相當容易」。

實戰 shí zhàn 　實際作戰　～訓練｜豐富的～經驗｜要從～需要出發

訓練軍隊。

⊘【演習】yǎn xí　消防～｜軍事～｜這次～取得了良好的效果。

實質 shí zhì　事物內在的本質　沒發生～變化｜這篇文章沒有甚麼～內容｜一涉及到～問題，他就會含糊其詞。

◎【本質】běn zhì

> 「實質」適用對象一般為抽象事物，如說「了解實質」、「解決實質問題」、「請他們不要迴避實質」。「本質」突出根本的起決定作用的性質，用以說明人或物的本性、品質、根本規律，如說「本質特徵」、「通過現象看本質」。

⊘【表面】biǎo miàn　～現象｜你的觀察還停留在事物的～。

⊘【外觀】wài guān　你別只注意～｜～確實十分漂亮。

蝕 shí　虧損　～本｜虧～｜這筆生意恐怕得～一萬塊。

⊘【賺】zhuàn　～錢｜只～不賠｜這趟買賣～了一大筆錢。

⊘【贏】yíng　～利｜剛開始做生意嘛，能～一點就不錯了。

蝕本 shí běn　做生意時損失了本錢　～買賣｜～生意｜～也賣給你。

◎【虧本】kuī běn
◎【賠本】péi běn

⊘【贏利】yíng lì　少有～｜去年～三百萬｜資本有限、～不豐的一家小企業。

⊘【盈利】yíng lì　沒有～｜以～為目的｜經營了半年以後商店終於開始～。

識別 shí bié　辨認；辨別　～好壞｜～真偽｜～優劣｜提高～能力｜開發指紋～技術。

◎【辨認】biàn rèn

> 「識別」突出認清楚，強調看出易混淆的事物之間的不同。「辨認」突出分辨弄清，強調根據事物的特點認真分辨後作出認定，如說「辨認字跡」、「請失主前來辨認」、「這些字畫已經無法辨認」。

史實 shǐ shí　歷史上真有的事實　根據～考證｜《三國演義》中的故事大部分都有～根據。

⊘【傳說】chuán shuō　～故事｜小說根據民間～改編｜誰也沒親眼見過，只是～而已。

使命 shǐ mìng　重大的責任　重要～｜不辱～｜接受～｜神聖的～感。

◎【任務】rèn wu

> 「使命」突出任務重大，色彩比較莊重。「任務」用於指定的工作，可用於一般的事或重大的事，如說「分派任務」、「完成任務」、「執行任務」。

使用 shǐ yòng　使具體的人力、物力、資金等發生作用　合理～資金｜注意～方法｜進入考場不准～手機｜我們多年來一直在～他們公司的產品。

◎【利用】lì yòng
◎【應用】yìng yòng
◎【運用】yùn yòng

S

「使用」對象多是比較具體的人或事物。「應用」多用於知識、技術、方法、發明等，如說「應用新技術」、「應用原理」、「應用新能源」。「利用」突出使發揮效能；還強調用手段使別人或事物為自己謀利，如說「被人利用」、「利用科學技術為人類造福」、「充分利用學校周圍的條件」。「運用」的對象多是觀點、方法、原則、技能等抽象事物，如說「合理運用」、「運用正確理論」、「正確運用標點符號」。

反【廢棄】fèi qì　～的礦井｜～的辦公設備｜長期～不用｜舊的規章制度一概～。

始 shǐ　開始；最初　～祖｜周而復～｜～作俑者｜自～至終。

同【初】chū

「始」表示起頭，與「終」相對。「初」表示開始，可組合成「初步」、「初稿」、「初衷」、「年初」、「初夏」、「初戰告捷」等。

反【末】mò　～日｜始～｜～尾｜期～考試的成績出來了。

反【終】zhōng　～點｜～止｜～場｜善始善～｜一曲～了，回味無窮。

士兵 shì bīng　軍人；戰士　～們在烈日下訓練｜～們在前線衝鋒陷陣。

同【兵士】bīng shì

同【戰士】zhàn shì

三個詞都指軍隊中的基層成員。「士兵」與「軍官」相對。「兵士」屬於書面語。「戰士」帶有尊敬色彩；還可

比喻為某種事業積極奮鬥的人，如說「白衣戰士」、「鋼鐵戰士」。

市區 shì qū　城市地區　～人口｜遠離～｜～商業街｜～的交通很成問題。

反【郊區】jiāo qū　發展～｜空氣新鮮的～｜動物園坐落在～。

反【郊外】jiāo wài　喜歡～環境｜週末他倆常去～遊玩。

示弱 shì ruò　甘心地表示比對方弱　不甘～｜他從不肯向對手～｜毫不～地盯着對方。

反【逞強】chěng qiáng　故意～｜幾個人在那裏吹牛～｜不行就是不行，不必～。

世故 shì gu　處世經驗豐富，辦事圓滑　那個人很～｜經理給他留下了～的印象。

同【油滑】yóu huá

同【圓滑】yuán huá

「世故」突出因經驗豐富而處事圓滑，不得罪人。「油滑」用於貶義，如說「輕浮油滑」、「油滑狡詐」。「圓滑」含有做事不負責任、善於敷衍討好的意思，如說「圓滑老練」、「圓滑的商販」。

世間 shì jiān　人間　～萬物｜欣賞～美景｜讓～充滿關愛和温暖。

同【人寰】rén huán

同【人間】rén jiān

同【人世】rén shì

「世間」指社會上。「人寰」屬於書面

語，如說「慘絕人寰」。「人間」強調人類社會，如說「春滿人間」、「天上人間」。「人世」也說「人世間」，指人活着的社會，如說「人世奇遇」、「枉來人世」。

事故 shì gù　意外的損失或災禍
責任～｜工傷～｜採取措施防止安全～｜那裏剛發生一起交通～。

回【事端】shì duān

「事故」用於生產、工作、活動等方面，多是因不注意而發生的，也有人為的。「事端」指糾紛，多是人為挑起而發生的，如說「挑起事端」、「蓄意製造事端」。

事後 shì hòu　事情發生或結束以
後　～評判｜～處置｜～才知詳情｜～他對此後悔不已。

反【事先】shì xiān　～預測｜～作好安排｜他～毫不知情。

反【預先】yù xiān　～得知信息｜～發出警報｜你應該～做好準備。

事跡 shì jì　（過去做的）顯著的
事情　英雄～｜這部傳記記錄了他一生的主要～。

回【業績】yè jì

「事跡」指個人或集體的比較重要的事情。「業績」突出建立的功勞和完成的事業，屬於書面語，如說「建立了光輝業績」。

事前 shì qián　事情發生或了結
以前　～他也是一無所知｜如有變動

我會～通知你們的｜她～沒跟我商量，就私自做了決定。

回【事先】shì xiān

「事前」、「事先」一般可以換用。

侍候 shì hòu　服侍　耐心～｜媳
婦～婆婆｜幾個子女輪流～生病的母親。

回【伺候】cì hou

回【服侍】fú shì

「服侍」語意較重，強調盡心盡力，不辭勞苦，如說「服侍雙親」、「服侍病人」。「伺候」適用範圍較廣，對象可以是平輩、長輩及下一輩，如說「母親全身心地伺候着一家老小」、「他在家伺候奶奶」。

是 shì　對的；正確的　明辨～非｜
實事求～｜你別自以為～。

反【非】fēi　是～不分｜痛改前～｜那人特別喜歡搬弄是～。

視察 shì chá　到下級單位檢查並
指導工作　～地區情況｜～災區。

回【考察】kǎo chá

「視察」用於上級人員。「考察」適用範圍較廣，如說「去南極考察」、「進行實地考察」。

視而不見 shì ér bú jiàn　儘管
睜着眼睛，卻甚麼也看不見。指不重視或不注意　我就站在他面前，他卻～｜別對那些看似微不足道的安全隱患～｜那裏污染相當嚴重，管理部門卻～。

S

同【熟視無睹】shú shì wú dǔ

「視而不見」、「熟視無睹」都可指看到某種現象或事物，卻像沒看見一樣。「視而不見」突出不注意、不留心，多與「聽而不聞」連用。「熟視無睹」突出不關心、不重視，如說「他們對環境污染的行為熟視無睹」。

逝世 shì shì 　死；去世　～不久｜對其不幸～深表哀悼｜父親的突然～給了他沉重的打擊。

同【去世】qù shì

「逝世」用於受尊敬的人物或莊重場合。「去世」的莊重意味比「逝世」稍輕，如說「老人去世了」。

反【誕生】dàn shēng 　即將～｜她～在一個雨夜｜一個從～到死亡的生命過程。

反【降生】jiàng shēng 　老人～於上個世紀初｜她～在一個書香之家。

「逝世」、「誕生」語意比較莊重。

試驗 shì yàn 　為觀察結果或了解性能而進行某種嘗試活動　做～｜～新產品｜工廠正在～新設備｜在老鼠身上～新藥的效能。

同【實驗】shí yàn

「試驗」突出察看了解後做進一步決定。「實驗」突出檢驗科學理論和假設，限用於科學方面，如說「科學實驗」、「實驗氨基酸的合成」。

勢利 shì li 　根據對方的權勢、地位和錢財等來區別對待　～的眼光｜

他本來就是個～小人。

反【真誠】zhēn chéng 　～的友誼｜為人～友善｜他對每個朋友都～相待。

「勢利」用於貶義。

勢如破竹 shì rú pò zhú 　形勢就像劈竹子，劈開上端後，底下各節就順着刀勢分開了。形容節節勝利，毫無阻礙　大軍前進，一路～。

反【節節敗退】jié jié bài tuì 　敵人在我軍強大的攻勢下～。

嗜好 shì hào 　特別的愛好　抽煙的～｜他最近～賭博｜他並無不良～。

同【癖好】pǐ hào

「嗜好」屬中性詞，指特別深的愛好，能用於有益的活動，亦能用於不良的習慣、行為。「癖好」可指好的或不好的，但多指不良的愛好及興趣，如說「他的癖好是收集郵票」、「他對煙酒有特別的癖好」。

誓詞 shì cí 　誓言　牢記～｜他莊重地在台上宣讀了～。

同【誓言】shì yán

「誓詞」指在正式場合宣誓時宣讀的話，多要形成書面材料。「誓言」指發誓或宣誓的話語，可以是正式的或非正式的，如說「心中立下誓言」、「她違背了當初的誓言」。

適才 shì cái 　剛才　～路過此處｜請你忘了～之事｜他便是～同我談話之人。

回【方才】fāng cái
回【剛才】gāng cái

「適才」、「方才」、「剛才」都指時
間過去不久。「適才」屬於書面語。
「剛才」多用於口語，如說「老師剛
才還在這兒」、「他剛才發怒的樣子
真可怕」。「方才」使用頻率不及「適
才」和「剛才」，如說「方才的情況
你別告訴別人」；還可作副詞，如說
「等到天黑，他方才回來」。

適當 shì dàng　合適；穩妥的　找
到~的位置｜要在~的場合穿那件衣
服｜父母~鼓勵孩子有助於他們成
長。
回【恰當】qià dàng

「適當」多指切合實際，符合條件，
做得很合宜。「恰當」程度比「適當」
深，如說「比喻恰當」、「措施恰
當」、「他的作文用詞非常恰當」。

反【不當】bú dàng　用人~｜批評~｜
你這封信措辭~。
反【過度】guò dù　疲勞~｜~使用人
力｜鍛煉不應~，需要注意力而行。

適度 shì dù　程度符合要求的　運
動要~｜經濟~增長｜~利用屋內的
空間。
反【極度】jí dù　~恐慌｜因經營不善
而造成~虧損｜~的疲勞導致免疫力
低下。
反【過度】guò dù　~勞累｜草場資源
開發~｜誇大其個人的作用。

適合 shì hé　1. 符合　過去的經
驗未必~當前的情況｜這家餐廳推出

了~大眾口味的新套餐。
回【符合】fú hé
2. 跟某個要求相合　他比較~做演
員｜這個地方不~居住。
回【合適】hé shì
回【合宜】hé yí
回【適宜】shì yí
回【相宜】xiāng yí

「符合」指數量、形狀、細節等各方
面相當吻合，如說「符合要求」、「完
全符合事實」、「質量不符合標準」。
「適合」突出彼此適應，沒有抵觸，
如說「她適合當教師」、「這種顏色
不適合老人穿」。「合適」是形容詞，
如說「這樣真的不合適」、「這雙鞋
你穿正合適」、「我想找一份合適的
工作」。「合宜」突出合乎實際或合
乎要求，屬於書面語，如說「尋找合
宜的時機」。「適宜」適用範圍較廣，
屬於書面語，如說「大小適宜」、「氣
候適宜」、「你的體質不適宜出門遠
遊」、「這裏的土壤很適宜農作物生
長」。「相宜」屬於書面語，如說「飯
後劇烈運動與健康是不相宜的」。

適宜 shì yí　合適；合乎要求　溫
度~｜環境不太~｜這個場地大小
~｜顏色搭配得濃淡~。
反【不宜】bù yí　~提前｜~如此地
修飾｜這件事~操之過急。

釋放 shì fàng　1. 使被關押者恢
復自由　戰俘｜刑滿~｜~了籠中
之鳥｜他因表現良好被提前~了。
反【逮捕】dài bǔ　罪犯被~歸案｜簽
發~令｜經檢察院批准，正式~了犯
罪嫌疑人。

反【拘捕】jū bǔ　～罪犯｜～嫌疑人｜涉案人員都已經～歸案了。

反【監禁】jiān jìn　～犯人｜接受｜～期間，他一直不肯開口。

2. 把心裏所含的各種情感散發出來　設法～心中的鬱悶｜多日來壓抑的情緒暫時得到～。

反【鬱積】yù jī　哀怨～｜他不知如何發泄心中的憤怒。

收 *shōu*　1.接納；接受　～信件｜～容所｜您就～下我這個徒弟吧。

反【發】fā　分～｜～貨｜我會把快件～給你的。

反【放】fàng　發～｜～債｜故意～出口風。

2. 召回；取回　～兵回營｜覆水難～｜估計投資一年後能～回。

反【發】fā　及時派～出去｜政府給災區～放救濟物資。

3. 收割　秋～｜歉～｜～割｜春種秋～。

反【種】zhòng　耕～｜春～｜～瓜得瓜～豆得豆。

4. 獲得（經濟效益）　～入｜坐～漁利｜～支平衡。

反【支】zhī　～出｜全額～付。

反【付】fù　～費｜必須～現金｜我們～多少，真不划算。

收兵 *shōu bīng*　把派出的軍隊撤回　按時～｜決不～｜尚未確定～日期。

反【出兵】chū bīng　遲遲不見～｜～穩定局勢｜～攻打西夏｜決定暫緩～。

收成 *shōu cheng*　農作物收穫的成績　今年小麥的～很好｜農民都盼

望秋天有個好～。

同【收穫】shōu huò

「收穫」指得到的已經成熟的農作物，如說「祈望有個好收穫」；也可比喻心得，如說「暢談去工廠見習的收穫」；還作動詞，指收割成熟的農產品，如說「收穫莊稼」。

收費 *shōu fèi*　收取費用　定時～｜安排～人員｜這裏的設備必須～才能使用。

反【免費】miǎn fèi　公園～開放｜世上沒有～的午餐｜他～為大家修理鐘錶。

收復 *shōu fù*　奪回被敵方侵佔的土地　～失地｜～國土｜～失陷的陣地。

同【光復】guāng fù

「收復」用於軍事上或棋局中收回失去的土地、地盤。「光復」強調恢復已亡的國家或收回失去的領土，如說「光復山河」；也可指恢復舊時典章、文物等，如說「光復舊物」。

反【淪陷】lún xiàn　國土～｜懷念～的家園。

收購 *shōu gòu*　買入東西　大力～糧食｜完成三月份的～計劃｜決定～那家公司。

反【出售】chū shòu　批量～｜～持有的股權｜這批商品正在減價～。

「收購」多指大宗地買入。

收穫 *shōu huò*　收取成熟的莊稼

～糧食｜～蔬菜｜春天播種，秋天～。

同【收成】shōu cheng

反【播種】bō zhòng　～大豆｜不違農時，及時～。

「收穫」還比喻心得、戰果等，如說「暢談學習收穫」、「取得了很大的收穫」。

收集 shōu jí　把原來分散的東西集中在一起　他喜歡～字畫｜他～了很多古硯｜他正在為寫論文～資料。

同【搜集】sōu jí

同【搜羅】sōu luó

「收集」強調從分散到聚攏。「搜集」表示多方仔細尋找後歸攏，對象多是有一定價值的或不容易尋找的物品、材料，如說「搜集證據」、「搜集情報」、「他有搜集古玩的癖好」、「祖父喜歡搜集名人字畫」。「搜羅」突出到處搜集、網羅，如說「搜羅錢財」、「搜羅史料」、「搜羅一批打手」。

反【散發】sàn fā　～傳單｜～廣告宣傳品。

收斂 shōu liǎn　（某種表情、言行等）逐漸減弱以至消失　笑容～｜有所～｜對方不得不～囂張的氣焰。

反【放縱】fàng zòng　～的笑聲｜～慾望｜過度地～自己的感情。

反【放任】fàng rèn　～自己的性子｜～淚水不斷地湧出。

收留 shōu liú　接受有生活困難的人並提供幫助　～一名孤兒｜他被好心的養父母～｜父母死後，姑姑～了他。

同【收容】shōu róng

「收留」多用於個人行為。「收容」多用於軍隊、政府或有關機構的集體行為，如說「收容難民」、「收容傷病員」、「收容安置流浪無業人員」。

反【驅逐】qū zhú　～間諜｜～出境｜把來搗亂的人都～出去。

反【趕走】gǎn zǒu　～這伙無賴｜他的話竟把客人都～了。

收攏 shōu lǒng　把分散的聚集起來　～隊伍｜～零散物品｜把暫時用不着的工具都～來。

反【分散】fēn sàn　資金不宜～使用｜～安排｜心思～了｜窗外的吵鬧聲～了學生的注意力。

收買 shōu mǎi　1.從各處購入　～舊電器｜～紅木傢具｜他四處～線裝書。

同【收購】shōu gòu

「收買」突出買進東西。「收購」突出從各個地方買來，如說「收購廢舊物資」、「完成了糧食收購計劃」、「收購農產品」。

反【出賣】chū mài　～舊貨｜廉價～｜～勞動力。

反【銷售】xiāo shòu　商品～｜擴大網點｜新產品～非常火爆。

「出賣」還可指為保全自己而背叛或傷害自己所屬的一方，如說「出賣朋友」、「出賣民族利益」。

2. 籠絡；給予錢物或其他好處，使其為自己所用　～人心｜他被重金～，當了間諜。

同【籠絡】lǒng luò
同【拉攏】lā·lǒng

「收買」指用錢物或其他好處拉攏別人，如說「收買人心」。「拉攏」、「籠絡」都用於貶義。「拉攏」強調使人靠攏、接近自己，並為己方效力，如說「拉攏關係」、「拉攏感情」、「雙方都在拉攏她」。「籠絡」採用的手法比較隱蔽，如說「籠絡親信」、「設法籠絡人心」。

收容 shōu róng　（有關的組織、機構等）收留（人）　難民～所｜～無家可歸的人｜我們已經～並治療了十多位傷員。
反【遣送】qiǎn sòng　～出境｜～回原籍｜偷渡的人都被～回國了。

收入 shōu rù　1.收進（錢款）～一筆錢。
反【支出】zhī chū　～大量的錢｜公司～大筆款項用於技術培訓。
2.收進來的錢款　增加～｜近幾年父母的～都增加了不少。
反【支出】zhī chū　一大筆～｜非生產性～。

收縮 shōu suō　物體、規模等由大變小或由長變短　戰線過長，不得不～｜～成一小團｜這種材料遇冷會～。
反【膨脹】péng zhàng　體積迅速～｜野心～｜這東西吸了水就～開來。
反【伸展】shēn zhǎn　～雙臂｜～四肢躺在牀上。
反【擴張】kuò zhāng　大規模軍事～｜不斷～勢力範圍。

手段 shǒu duàn　為某一目的而使用的特別辦法　～高明｜玩弄～｜為了達到目的，他不擇～｜他用殘酷的～擊敗了競爭對手。
同【伎倆】jì liǎng
同【手腕】shǒu wàn

「手段」是中性詞，可用於正面事物或反面事物，還指為達到目的而採取的具體方法，如說「採取經濟手段」、「手段不斷更新」、「使用技術手段」。「伎倆」是貶義詞，強調用不正當手法，常與「卑鄙」、「狡猾」、「陰險」等詞搭配，如說「慣用伎倆」、「卑鄙伎倆」、「騙人的伎倆」。「手腕」多用於人事交往方面，如說「要盡手腕」、「外交手腕」、「社交手腕高明」。

反【目的】mù dì　毫無～｜培訓達到預期～｜我來這裏的～很明確。

手緊 shǒu jǐn　不隨便花錢或給人東西　平時～｜那人最近～得很。
反【手鬆】shǒu sōng　你別過於～｜稍一～，一筆錢就去了。
反【大方】dà fang　出手很～｜送禮時應該～一點｜該～的時候就別心疼錢。

手忙腳亂 shǒu máng jiǎo luàn　形容做事慌亂而沒有條理　人一多就有些～了｜看着他～的樣子，大家都想笑。
反【有條不紊】yǒu tiáo bù wěn　她做事情一向～｜由於準備充分，大家～地分頭工作。

手輕 shǒu qīng　做事時用力較小

找個～的人給她按摩｜多次吩咐她～些，就是不聽。

⟨反⟩【手重】shǒu zhòng 你～了點｜嚇唬孩子也這樣～｜我～，怕傷着了您。

守 shǒu
防禦；護衛 防～｜～備｜堅～陣地｜閉關自～｜以攻為～。

⟨反⟩【攻】gōng 進～｜一～就破｜～無不克。

守法 shǒu fǎ
遵守法律規定 當個～公民｜本人向來奉公～。

⟨反⟩【違法】wéi fǎ ～犯罪｜故意｜～亂紀｜這完全是～行為。

⟨反⟩【犯法】fàn fǎ 知法～｜～者不滿十八歲。

守舊 shǒu jiù
不願意改變傳統的、過時的觀念或做法 因循～｜思想～，跟不上時代。

⊙【保守】bǎo shǒu

「守舊」突出抱着舊的思想、觀念不願改變。「保守」突出維持原狀，不求改進，跟不上潮流，如說「她穿着太保守了」；還可作動詞，指保持使不失去，如說「你可得保守這個祕密啊」。

⟨反⟩【革新】gé xīn 主張～｜大膽～｜提出多項～建議｜技術～取得了顯著的效果。

⟨反⟩【開通】kāi tong 思想～｜觀念一向～｜～的父母不但不反對，還很支持。

守勢 shǒu shì
防禦的態勢或策略 採取～｜目前處於～｜以比較穩妥的～等待時機。

⟨反⟩【攻勢】gōng shì 展開～｜發動猛烈的～｜我軍的～銳不可當。

守望相助 shǒu wàng xiāng zhù
互相守護、瞭望、幫助 ～，共度難關｜大家在危難時刻～｜他們都緊密團結、～。

⟨反⟩【互不為謀】hù bù wéi móu 各行其是｜～｜從此以後他們～。

⟨反⟩【鷸蚌相爭】yù bàng xiāng zhēng ～，漁翁得利｜你們不會不知道～的後果吧。

⟨反⟩【同室操戈】tóng shì cāo gē 其內部四分五裂，乃至～。

守衛 shǒu wèi
防守；護衛 ～邊疆｜～祖國。

⟨反⟩【侵犯】qīn fàn ～鄰國｜抵禦～。

⟨反⟩【進犯】jìn fàn 不斷～｜堅決回擊敵人的～。

守業 shǒu yè
守住前人所創的事業或成就 創業容易～難｜光～，只會愈守愈窮。

⟨反⟩【創業】chuàng yè ～者｜決定繼續～｜有許多年輕人都立志～。

守約 shǒu yuē
信守約定 他是個～的人｜你自己定的時間，為甚麼還不～？

⟨反⟩【違約】wéi yuē 他們這是故意～｜對方必須承擔～責任。

⟨反⟩【失約】shī yuē 一再～｜無故～｜解釋昨天～的原因。

首 shǒu
頭 斬～示眾｜昂～闊步｜俯～帖耳｜痛心疾～。

反【尾】wěi　搖頭擺～|神龍見首不見～|排隊的人一眼望不到～。

首播 shǒu bō　第一次公開播放
～時間|等待電視劇|這個節目～時不太引人注目。

反【重播】chóng bō　比賽～|～新聞節目|沒有時間看直播，只好看～了。

首創 shǒu chuàng　最先創造；
第一個做出　中國～了印刷術|科學研究要有～精神|這種產品在世界範圍內也是～。

同【創始】chuàng shǐ
同【開創】kāi chuàng

> 「首創」用於制度、理論、方法、著作、產品等。「創始」用於學說、學派、制度等，如說「美國是該組織創始國之一」、「先生是該學派的創始人」。「開創」指開始創建，用於事業、企業、局面、朝代等，如說「開創新紀元」、「開創新局面」。

首惡 shǒu è　犯罪團伙的頭子　～
必辦|嚴厲懲辦～|據說這件連環兇殺案的～竟是個年輕女子。

同【元兇】yuán xiōng
同【罪魁】zuì kuí

> 「首惡」指犯罪集團的頭子。「元兇」指引起禍患的首要人物，如說「捉拿元兇」、「肇事元兇」；也指其他特別主要的東西，如說「這個煙囪就是這場賓館大火的元兇」。「罪魁」語意較重，多說「罪魁禍首」、「擒獲販毒集團的罪魁」。

首領 shǒu lǐng　某些組織或集團
的領導人　反對派～被暗殺|大家擁戴他做～|部落～。

同【領袖】lǐng xiù
同【首腦】shǒu nǎo
同【頭領】tóu lǐng

> 「首領」是中性詞。「領袖」是褒義詞，用法比較莊重，如說「偉大的領袖」、「擁護精神領袖」。「首腦」指政府或國家的最高領導人，如說「政府首腦」、「舉行首腦會晤」。「頭領」多用於白話小說，指政治軍事集團中級別較低的領導人，如說「土匪頭領」。

首要 shǒu yào　第一重要的；最
根本的　～前提|學生的～任務是學習|那人就是這個集團的～人物。

同【重要】zhòng yào
同【主要】zhǔ yào

> 「首要」突出頭等重要，適用範圍較窄。「重要」強調意義、作用、影響等突出，與「一般」相對，如說「重要事件」、「發揮重要作用」、「這件事相當重要」。「主要」強調對事物起到決定作用，與「次要」相對，前面不能用「不」修飾，如說「主要成績」、「主要經驗」、「主要力量」、「主要精神」、「主要錯誤」、「主要目標」、「如何處理這件事主要看他的表現」。

反【次要】cì yào　～地位|～任務|報酬是～的，主要是想得到實踐機會。

受 shòu　1. 遭受　～累了|～到
批評|他～過很多苦|部分地區～災

嚴重。

同【蒙】méng

「受」突出被動性。「蒙」突出自身受某種行為或事情作用，屬於書面語，如說「蒙難」、「蒙此不白之冤」、「蒙各位照料」。

2. 接受；收下　～聘｜～訓｜逆來順～｜無功不～祿。

反【拒】jù　～之門外｜對我的合理要求他卻～不接受。

反【授】shòu　～獎｜～勛｜明天早上將要舉行～旗儀式。

反【給】gěi　這些書都～你｜我想～你一件禮物。

受挫 shòu cuò　受到挫折　一再～｜情緒～｜即使～也不能後退。

反【得逞】dé chěng　陰謀～｜不讓詭計～。

反【得計】dé jì　別自以為～。

受到 shòu dào　接受到；得到　～批評｜～指責｜他～上司的高度重視｜公司的名譽～很大影響｜他的表演～觀眾的熱烈歡迎。

同【遭到】zāo dào

「受到」突出承受外來的某種行為及關係、影響等，可以是積極意義或消極意義的。「遭到」的多是消極意義或不樂意的事情，如說「遭到打擊」、「遭到暴風雨襲擊」。

受害 shòu hài　遭受損害或被殺死　無辜～｜～甚深｜～方得到了賠償。

反【受益】shòu yì　～匪淺｜這件事

使我大大～｜決定擴大獎學金～學生範圍。

受賄 shòu huì　收受賄賂　貪污～｜行賄｜他有～嫌疑｜～者已被揭發了出來。

反【行賄】xíng huì　～金額巨大｜他們多次以實物～。

受苦 shòu kǔ　（生理、心理或生活方面）經受痛苦、苦難　～受難｜老人大半輩子都在～｜他～多年，終於守得雲開。

同【受罪】shòu zuì

同【吃苦】chī kǔ

「受苦」、「受罪」多是不情願接受的。「吃苦」含有心甘情願經受考驗的意思，如說「願意吃苦」、「吃苦耐勞」、「不怕吃苦」、「具有吃苦精神」。「受罪」指經受折磨或遭遇不愉快的事，如說「在這樣泥濘的山路上駕車可真是受罪」、「那人是故意讓她受罪」。

反【享福】xiǎng fú　老人該～了｜先吃苦，後～｜～慣了，受不了罪。

反【享樂】xiǎng lè　貪圖～｜～至上｜信奉～主義。

受命 shòu mìng　接受命令；被委任　～執行｜～出使｜將軍～出征｜～於危難之中。

反【授命】shòu mìng　～總理組閣｜他～手下立即行動。

受騙 shòu piàn　遭受欺騙；上當　多次～｜因貪小便宜而～｜既然～了就該吸取教訓。

（反）【行騙】xíng piàn　～得手｜這傢伙四處～｜～者手段高明。

受益 shòu yì　得到好處　～不少｜讓雙方都～｜今天的講座大家都覺得～匪淺。

（反）【受害】shòu hài　安慰～者｜補償～人的損失｜有許多人無辜～。

受罪 shòu zuì　受折磨；受磨難　天生～的命｜年輕的時候他～不少｜讓孩子也跟着我們～。

（反）【享福】xiǎng fú　她是～的命｜晚年也沒能～｜您為全家操勞了一輩子，現在也該～了。

授 shòu　給予對方　～命｜～權｜～獎。

（反）【受】shòu　領～｜承～｜在下實在是～之有愧。

授予 shòu yǔ　給予　～勛章｜～獎盃｜他幾次被～優秀員工的稱號。

（反）【接受】jiē shòu　拒絕～禮物｜既然你～了任務，就應該保證完成。

售 shòu　賣出　～票｜批發零～｜他們很注重～後服務。

（同）【賣】mài

（同）【銷】xiāo

「售」可組合成「銷售」、「售貨」、「出售」、「售罄」等。「賣」適用範圍較廣，與「買」相對，如說「她一直在商場賣家電」、「他總想把這輛舊自行車賣掉」。

（反）【購】gòu　郵～｜收～｜～物｜無力採～｜統～統銷。

壽辰 shòu chén　生日　八十～｜學生們聚集在一起慶賀導師的～。

（反）【忌日】jì rì　今天是父親的～。

「壽辰」多用於中老年人。

瘦 shòu　身體裏脂肪少；肌肉較少　～弱｜挑肥揀～｜～骨嶙峋｜那時他～得皮包骨頭。

（反）【肥】féi　減～｜腦滿腸～｜長得～頭大耳。

（反）【胖】pàng　虛～｜肥～｜這幾年他～多了。

瘦弱 shòu ruò　身體瘦；體質差　～的馬｜老人身體～｜生病的他日漸～。

（同）【羸弱】léi ruò

「瘦弱」強調肌肉不發達或脂肪較少，體力不強。「羸弱」屬於書面語，如說「羸弱書生」、「身軀羸弱」。

（反）【強壯】qiáng zhuàng　～如牛｜體魄～｜那些運動員個個身體～。

（反）【強健】qiáng jiàn　體格～｜這人筋骨～｜游泳使人肌肉～。

（反）【肥壯】féi zhuàng　～的身軀｜～的禾苗｜牲口在他的精心照料下都十分～。

（反）【壯實】zhuàng shi　身體～｜～的莊稼漢｜跟同齡人相比他顯得十分～。

「瘦弱」、「強健」、「壯實」多用於人。「肥壯」多用於動植物。

瘦小 shòu xiǎo　身材等瘦而小　～的身材｜這個女孩子長得過於～。

⊗【肥大】féi dà　～的臀部｜這衣服對她來説太～了。

⊗【魁梧】kuí wǔ　體格～｜身材～｜他～的身影漸行漸遠。

瘦削 shòu xuē　形容身體或臉部很瘦　面龐～｜日益～｜～的身子看上去弱不禁風。

⊗【肥胖】féi pàng　因～致病｜的熊貓｜～成為困擾都市人的現代病之一。

舒 shū　伸展開來　～筋活血｜～眉展眼｜雨水的滋潤使葉子都～展開來。

⊗【捲】juǎn　～攏｜～起簾子｜舒～自如｜他～起鋪蓋招呼也不打就走了。

舒暢 shū chàng　心情舒適、愉快　極為～｜周身不～｜聽了這歌會使人心情～｜涼風吹來，讓人非常～。

◎【舒心】shū xīn
◎【暢快】chàng kuài
◎【酣暢】hān chàng
◎【歡暢】huān chàng

> 「舒暢」適用範圍較窄，與「難受」相對，一般用於人本身的感覺。「舒心」多用於口語，如説「他有點不舒心」、「她終於露出了舒心的微笑」。「暢快」屬於書面語，如説「心情暢快」、「感到很暢快」。「酣暢」多形容吃或睡時的暢快，屬於書面語，如説「酣暢淋漓」、「酣暢地喝了一夜」、「在這裏睡得十分酣暢」。「歡暢」多形容心情、笑聲、喧鬧聲等，如説「心情歡暢」、「屋裏充滿了愉快歡暢的笑聲」。

舒服 shū fu　1.（人的身體、精神）感到輕鬆、自在　他～地蜷在沙發上｜他的話讓人很不～｜你不～的話，就早點休息吧。

◎【舒適】shū shì
◎【舒坦】shū tan
◎【好受】hǎo shòu

⊗【難受】nán shòu　心中～｜説不出的～｜肚子～，不知道吃了甚麼東西。
⊗【難過】nán guò　覺得～｜心情～｜我坐了一整天的火車，怎麼會不～呢？
⊗【痛苦】tòng kǔ　內心～｜無法擺脱～｜老人～得忍不住地呻吟。

2. 日子過得很好　～的日子｜退休後他過得很～。

◎【舒適】shū shì
◎【好過】hǎo guò

> 「舒服」適用範圍較廣。「舒坦」突出身心感覺舒服，如説「呼吸舒坦」、「睡得很舒坦」。「舒適」多用於生活、環境等，如説「貪圖舒適安逸」、「來到這座小城後，他們生活得很舒適」。

⊗【艱苦】jiān kǔ　～勞動｜回憶～的歲月｜愈是～的地方愈能磨煉人的意志。
⊗【艱辛】jiān xīn　～度日｜一生～｜母親～地支撐着整個家庭。

舒展 shū zhǎn　展開；鬆開　～笑臉｜舞姿～｜爺爺高興得皺紋都～開了。

⊗【蜷曲】quán qū　～成一團｜～的身子｜他～在沙發上睡着了。

> 「舒展」多用於身體或身體的一部分。

S

疏忽 shū hu

粗心大意；忽略　～大意｜～職守｜工作上的～｜一時～釀成大錯｜做化學實驗的時候不要～大意。

同【忽略】hū lüè

「疏忽」突出粗心大意、不細緻而沒注意到。「忽略」語意較輕，用於有意或無意，如說「可別忽略了細節」、「不可只求數量而忽略質量」。

反【小心】xiǎo·xīn　～在意｜多加～｜天雨～路滑。

疏浚 shū jùn

清除淤塞或挖深河槽使水流通暢　～運河｜～航道｜河道～工作將在年底完成。

同【疏通】shū tōng

「疏浚」只用於清除堵塞，無比喻義。「疏通」可指使暢通，如說「疏通下水道」、「及時疏通排水溝」；還比喻溝通雙方，使和睦而暢通，如說「疏通關節」、「他為了逃避罪責，不惜重金上下疏通」。

反【淤塞】yū sè　河渠～｜整條河道被泥沙～了。

疏漏 shū lòu

疏忽遺漏　嚴重～｜避免出現～｜報告中多有～之處。

反【周密】zhōu mì　～部署｜計劃得很～｜經過～考慮才作出決定。

反【周全】zhōu quán　措施～｜內容很～｜對朋友禮貌～。

疏落 shū luò

稀少，零散　晨星～｜～的村莊｜盆栽擺放得～有致。

同【稀疏】xī shū

「疏落」突出在某個範圍內間隔較大而顯得很零落。「稀疏」指物體、聲音等的間隔大，稀而不密，如說「枝葉稀疏」、「頭髮稀疏」、「聲音稀疏而模糊」。

反【稠密】chóu mì　人口～｜枝葉～｜雨點十分～。

疏散 shū sàn

使集中的人或東西分散開　緊急～｜兵力～｜消防隊在十分鐘內就把附近居民～開了。

反【集中】jí zhōng　～精力｜注意力不夠～｜參觀活動都～安排在前三天。

反【集合】jí hé　準時～｜迅速～｜晚上八點在大門口～。

疏鬆 shū sōng

（土壤等）鬆散不緊　～多孔｜土地～｜骨質～｜他抓起一把～的泥土。

反【結實】jiē shi　～耐用｜這種布料～耐磨｜這花瓶～得很，從桌上掉下來都沒碎。

反【緊密】jǐn mì　～的聯繫｜～地結合在一起｜文章結構～。

疏通 shū tōng

使水道暢通　～水渠｜～管道｜～河道是一件費大力氣的工作。

同【疏浚】shū jùn

反【堵塞】dǔ sè　河道～｜交通～｜下水道好像被～住了，得找人來通一通。

疏遠 shū yuǎn

（感情、關係）不密切　關係～｜兄弟們漸漸～起來｜畢業後大家分散在各地，自然就～了。

㊤【親密】qīn mì　關係~｜~無間｜她們~得好像一家人。

㊤【親近】qīn jìn　難以~｜最~的朋友｜感覺~了許多。

輸 shū

在競賽或競爭中失利　決不認~｜~了幾個球｜他的錢全都~光了。

㊤【贏】yíng　雙~｜~球｜想~回老本｜誰~了誰就得請客。

輸贏 shū yíng

勝負　把~置之度外｜讓孩子正確面對比賽中的~｜一兩場比賽的~並不能說明甚麼問題。

㊌【勝負】shèng fù

「輸贏」還指賭博時進出的錢數，如說「一晚上就有幾千塊錢的輸贏」。「勝負」指比賽或戰鬥結果，如說「不論勝負」、「這場比賽的勝負關係重大」。

熟練 shú liàn

因重複而較熟悉　她的技術最~｜半年後他的業務就相當~了｜他能~地運用學過的知識。

㊌【純熟】chún shú
㊌【嫻熟】xián shú

「熟練」多用於具體的工作、勞動、技藝等，突出動作、技巧、經驗等運用自如。「純熟」的程度較高，如說「演技純熟」、「技藝純熟」。「嫻熟」突出運用得格外輕鬆、隨意，如說「技術嫻熟」、「嫻熟的舞步」。

㊤【生疏】shēng shū　技藝~｜業務還很~｜好久沒練習打字，難免有點~。

㊤【荒疏】huāng shū　手藝~｜別~了學問｜你怎麼把多年的絕活給~了？

熟手 shú shǒu

經驗豐富，對某項技術非常熟悉的人　即使~，一天也做不了這麼多事｜管理公司，他是個~。

㊤【生手】shēng shǒu　這工作~幹不了｜他說他還是~，恐怕不行。

熟悉 shú xī

透徹地了解、清楚地知道　~業務｜~規則｜不~那個人｜我對那些事都很~｜耳邊響起了~的聲音｜你先去~一下工作環境。

㊌【熟知】shú zhī
㊌【熟諳】shú ān
㊌【熟識】shú shi
㊌【熟習】shú xí

「熟悉」突出知道得清楚而詳細，可用於人或事物、路線、文字及歷史等。「熟知」指知道得很清楚，如說「熟知歷史景點」、「熟知貨運代理業務」。「熟諳」屬於書面語。「熟識」突出認識較久，如說「熟識電腦」、「他們都熟識水性」、「兩人熟識後就成了無話不說的好朋友」、「他熟識這一帶的路況」。「熟習」指對某技能了解較多，能自由運用，如說「熟習書法」、「熟習詩詞格律」。

㊤【陌生】mò shēng　~人｜~環境｜這封信的筆跡很~。

㊤【生僻】shēng pì　~字｜她寫文章就愛用~的典故。

㊤【生疏】shēng shū　業務~｜人地~的地方｜他的技藝~了。

贖 shú　把原先抵押給別人的東西用錢取回來　～身｜～家當｜你去把當出去的手錶～回來。

⃝反【當】dàng　～舖｜典～｜這塊玉～不了多少錢。

暑 shǔ　熱　～熱難當｜採取防～降溫措施｜寒來～往，又一年過去了。

⃝反【寒】hán　～冷｜～流襲來｜～風凜冽｜秋風吹過，帶來陣陣的～意。

暑假 shǔ jià　學校在夏天放的假期，在每年的七八月間　～來臨｜學校已放～｜孩子的～生活安排得很充實。

⃝反【寒假】hán jià　臨近～｜～期間我要到鄉下過年。

署名 shǔ míng　簽上自己的名字，表示確認或能夠負責任　發表～文章｜他沒有在簽發的文件上～。

⃝反【匿名】nì míng　～信｜～舉報｜最近收到一些～電話。

屬實 shǔ shí　與實際情況相符　基本～｜經調查，情況～。

⃝反【失實】shī shí　報告～｜嚴重～｜這則～新聞誤導了許多人。

「屬實」、「失實」都用於調查、報道、反映的情況。

屬下 shǔ xià　下級人員；部下　關照～｜～和他離心離德｜他就缺一個能幹的～。

⃝反【上級】shàng jí　報告～｜請示～｜我們在等待～的批文。

⃝反【上司】shàng si　頂頭～｜遵從～的裁決｜那位～比較嚴厲。

「屬下」指下級部門或所屬地位低的個人。「上級」可指部門或個人。「上司」只指具體個人，用於口語。

束縛 shù fù　使受到限制或約束　擺脫～｜打破傳統思想的～｜這項規定嚴重～了企業的發展。

⃝同【約束】yuē shù

「束縛」多指具消極性的限制，是貶義詞。「約束」多指紀律、法規、制度等對人的約制，多是正當或必要的限制，如說「受到約束」、「加強自我約束」。

⃝反【解放】jiě fàng　～觀念｜～思想｜他終於從沒完沒了的作業和考試中～出來了。

⃝反【放任】fàng rèn　～自流｜～其自由發展｜你對自己的孩子怎麼能這樣～呢？

「束縛」多用於言語、觀念或行動等。

述說 shù shuō　敍述說明　～身世｜他詳細～事情的經過｜宇航員向我們～了在太空中的見聞。

⃝同【陳述】chén shù

⃝同【陳說】chén shuō

「陳述」強調客觀地、不帶感情傾向地、有條有理地講述，多用於述說事情發展的實際情況，如說「陳述理由」、「陳述事實」、「向大夫陳述病情」。「陳說」突出用嘴說出，用於表述個人的意見、觀點、看法等，如說「向媒體陳說事情過程」、「耐心地向當事人陳說利害關係」。

豎 shù　1.（物體）垂直於地面的　～立｜～琴｜高壓電纜～在山嶺上。
反【橫】héng　～樑｜～批｜～笛｜他～拿着一根木棍跑過來。
2. 從上向下的　～着書寫｜古書是～排的。
反【橫】héng　～座標｜從左到右～着寫。
3. 漢字直着的筆畫，即「丨」三橫一～｜橫平～直。
反【橫】héng　～筆｜中間的一～應該短一點。
4. 讓東西立起來　～起旗杆｜～根柱子｜門口～着電線杆。
反【倒】dǎo　傾～｜暈～｜電線杆～了｜一到家她就～在牀上。

數量 shù liàng　事物的多少　貨物～｜庫存～不多｜～上得不到保證｜不應一味追求～而忽視質量。
同【數目】shù mù

「數量」多指概括的量，不指具體數字，與「質量」相對。「數目」突出具體的量，一般要用數字或單位表示出來，如說「數目不大」、「數目相當驚人」。

樹立 shù lì　建立　～典型｜～新風尚｜他為我們～了好榜樣｜～現代經營理念，創造更多財富。
同【建立】jiàn lì

「樹立」多用於抽象的具有積極意義的事情。「建立」突出開始成立，如說「建立新政權」、「建立高新技術基地」；另指開始形成、確定，如說「建立友誼」、「建立外交關係」。

衰 shuāi　微弱，趨於沒落　～敗｜經久不～｜未老先～｜家道日漸～落。
反【盛】shèng　興～｜極一時｜全～時期。
反【興】xīng　～旺｜～衰沉浮｜國家～亡，匹夫有責。
反【旺】wàng　～盛｜旅遊～季｜人畜兩～｜人～財盛。

衰敗 shuāi bài　事物由興旺轉向敗落　封建家族的～｜父親的產業在兒子手上～了｜晉幫商人在清末民初由繁盛轉向～。
同【沒落】mò luò
同【衰落】shuāi luò

「衰敗」突出敗壞，屬於書面語。「沒落」多指社會、制度或階級，如說「腐朽沒落」。「衰落」突出從興旺轉為沒落，可用於權力、國家、家族、事業等，如說「這個國家逐漸衰落了」、「事業衰落」、「這家老字號已經衰落」。

反【興旺】xīng wàng　事業～｜家庭和睦～｜希望公司～發達。
反【興盛】xīng shèng　國家～｜～不衰。
反【繁榮】fán róng　～都市有賴大眾市民同心建設。

衰老 shuāi lǎo　年老而體力、精力變差　～的父母｜呈現出～之態｜過度操勞使他顯得～。
反【少壯】shào zhuàng　～有為｜～不努力，老大徒傷悲。

衰落 shuāi luò　（事物）漸漸從興旺變為沒落　家道～｜～時期｜強

盛的羅馬帝國難逃～的命運。

◉【沒落】mò luò

◉【衰敗】shuāi bài

⊘【興盛】xīng shèng　民族的～｜當時佛教日益～。

⊘【興旺】xīng wàng　～發達｜～的景象｜今後的光景定是一片～。

⊘【繁榮】fán róng　～昌盛｜～的景象｜市場日趨～。

⊘【昌盛】chāng shèng　文明～｜科學日見～。

⊘【鼎盛】dǐng shèng　春秋～｜處於～時期｜經濟學研究的～階段。

衰弱 shuāi ruò
體力精力較差　身體～｜神經～｜她～的體質不可能承受高強度的勞動。

⊘【健康】jiàn kāng　身體～｜～的體魄｜適當的運動使他～多了。

⊘【健壯】jiàn zhuàng　體格～｜～如牛｜他已四十多了，卻～得像個小伙子。

衰亡 shuāi wáng
衰落以至滅亡　趨於～｜從強盛走向～｜瑪雅文明緣何～至今仍然成謎。

◉【死亡】sǐ wáng

「衰亡」突出轉向微弱、趨於消亡，通常需要較長的時間，與「生長」相對。「死亡」突出喪失生命，可以是外力的影響或自身發展的結果，與「誕生」、「出生」相對，如說「事故造成多人死亡」、「研究大熊貓死亡的原因」。

⊘【興起】xīng qǐ　一波時尚浪潮正在～｜電子商務的～使經濟形式更為豐富便捷。

衰微 shuāi wēi
（國家、民族等）衰弱，不興旺　國力～｜紙媒出版業近年來呈～之勢。

⊘【繁榮】fán róng　商業～｜～的旅遊業｜節日的商業區呈一派～景象。

⊘【興旺】xīng wàng　日見～｜生意～發達｜他們家人丁～。

率領 shuài lǐng
帶領隊伍或集體；引導　～大軍出發｜～大隊人馬去伏擊敵軍｜部長～訪問團去了歐洲。

◉【帶領】dài lǐng

「率領」突出進行引導並管理，比較莊重，多用於政治、軍事方面。「帶領」強調起帶頭作用，語意較輕，如說「教練帶領隊員們去登山」。

⊘【追隨】zhuī suí　～多年｜～者眾｜你去哪兒我都會～。

雙 shuāng
1. 成對的；兩個　一～鞋｜文武～全｜～管齊下｜～喜臨門｜我舉～手贊成。

⊘【單】dān　～打｜～飛｜～行道｜孤～一人｜不要只從～方面考慮問題。

2. 偶數的　～數｜逢～出列。

⊘【單】dān　～數｜～號請左邊走。

爽快 shuǎng kuai
1. 說話做事直爽、乾脆　說話～｜他一貫辦事～｜她～的性格有時容易得罪別人。

◉【爽直】shuǎng zhí

「爽快」強調言行乾脆俐落；還指舒適痛快，如說「回家洗了個澡，真是爽快得很」。「爽直」只用於性情爽直。

⊘【拖拉】tuō lā　做事～｜一貫的～

作風｜每次交作業他都要～。

⊘【拖沓】tuō tà　這一章寫得有點～｜文字繁冗～｜那人辦事特別～。

2. 心情舒適，痛快　心裏～｜心事一了，精神特別～。

⊘【沉悶】chén mèn　感覺很～｜發出～的哭聲｜連綿的雨讓人心情愈發～。

⊘【沉重】chén zhòng　心情～｜～的壓力讓他無法安睡。

爽朗 shuǎng lǎng
1. 天氣明朗，空氣流通，讓人感覺暢快　天氣～｜～的秋天最適合旅行。

⊘【沉悶】chén mèn　～的雨季｜～的夏日午後｜房間裏的空氣很～。

2. 性格直爽、開朗　性情～｜～的個性｜他～地笑了起來｜～而熱情的主人。

⊘【沉悶】chén mèn　性格～｜整日～不語。

爽約 shuǎng yuē
失信　他已經多次～了｜這次我再不能～了。

⊘【赴約】fù yuē　無法～｜準時～｜他收拾得整整齊齊去～。

⊘【踐約】jiàn yuē　我會～與你見面｜對未能～深表歉意。

水到渠成 shuǐ dào qú chéng
比喻條件成熟事情就能順利成功　這是～的結果｜需要長期不懈地做艱苦細緻的工作，才能～地產生成效。

⊜【瓜熟蒂落】guā shú dì luò　經多年刻苦學習，他終於獲得今日的驕人成就，可謂～。

⊘【拔苗助長】bá miáo zhù zhǎng　～的做法｜有的家長望子成龍心切，往往採取～的辦法。

水患 shuǐ huàn
水災　根治～｜加強～整治｜消除～影響｜～威脅這個地區。

⊜【水災】shuǐ zāi

> 「水患」突出禍害，屬於書面語。「水災」多用於口語，如說「水災使這一帶的農民顆粒無收」、「當地連年發生特大水災」。

水平 shuǐ píng
各方面的能力所達到的高度　提高理論～｜她外語～很高｜努力提升業務～｜他們兩個處於同一～。

⊜【程度】chéng dù

⊜【水準】shuǐ zhǔn

> 「水平」多用於政治、思想、文化、技能等方面；也指跟水面平行，如說「保持水平方向」。「程度」突出某個標準，多用於文化、認識、教育等，如說「文化程度」、「受教育程度很高」；也表示所處的狀態，如說「高興的程度」、「緊張的程度」、「興奮的程度」。「水準」沒有「與水面平行」之義，其他用法與「水平」相似，如說「提高生活水準」、「這幅字藝術水準很高」。

水洗 shuǐ xǐ
用水洗滌（衣物、布料等）　～布｜這件衣服請不要～｜這種布料一～就會弄壞了。

⊘【乾洗】gān xǐ　建議～｜～效果不錯｜這件大衣必須～。

順 shùn
1. 與流動、移動方向一致的　～風｜～水推舟｜～流直下。

⊘【逆】nì　～流｜～水行舟｜這車怎

麼能～向行駛？

⊠【倒】dào　～走健身｜～行逆施｜別讓水～流。

2. 聽從、順從　依～｜歸～｜～應潮流｜現在的父母往往對孩子百依百～。

⊠【違】wéi　～令｜～禁｜～背父母心願｜父命難～。

⊠【逆】nì　順我者昌，～我者亡。

順便 shùn biàn　利用做某事的方便同時去辦另外的事　我們路過附近，～來看看你｜出差時～看望一下老友｜你～幫我把這書帶給他。

◎【趁便】chèn biàn

◎【乘便】chéng biàn

這幾個詞都突出不是專門地去做。「趁便」突出趕上某個時機，隱含抓緊時間提高辦事效率的意思，如說「你去書店時，趁便給我買張地圖」。「乘便」突出抓緊有利時機開展活動，如說「出差時，我乘便遊覽了當地名勝」。

⊠【特地】tè dì　～為你準備｜～趕來道喜｜他～去那裏考察過。

⊠【特意】tè yì　～邀請｜～為她舉辦生日晚會｜這是我～為你準備的禮物。

⊠【專門】zhuān mén　～拜訪｜～前去探望。

⊠【專程】zhuān chéng　～前往｜感謝您～出席這次活動。

順暢 shùn chàng　流暢而沒有阻礙　這次旅遊很～｜文筆～｜城市交通比以前～多了。

◎【通暢】tōng chàng

「順暢」多指事情或行動進展順利。「通暢」強調不受阻礙，一路暢通，如說「道路通暢」、「通暢無阻」；也指流暢，如說「行文通暢」。

⊠【擁堵】yōng dǔ　公路上十分～｜因為～而晚點。

⊠【晦澀】huì sè　意思～｜語言～｜他的信～難懂。

⊠【困阻】kùn zǔ　旅途遇上不少～。

順次 shùn cì　按照次序　按學號～排名｜觀眾～進入劇院。

◎【依次】yī cì

順從 shùn cóng　聽從他人的意見（做事），不作違抗　～父母｜這是～民意的決策｜該反對時就該反對，不要一味～。

◎【依從】yī cóng

⊠【抗拒】kàng jù　公開～他的命令｜無法～的吸引力｜你難道打算～到底嗎？

⊠【違抗】wéi kàng　～到底｜不得命令｜你這分明是～上級指示。

順耳 shùn ěr　説的話使人聽着覺得舒服　愛聽～的話｜你這話真不～。

⊠【逆耳】nì ěr　～之言｜所謂忠言利於行。

「順耳」指説出的話語、意見等符合人的心意。「逆耳」強調不順耳，不中聽。

順風 shùn fēng　與風向一致　～行走｜～行船｜祝各位一路～。

反【逆風】nì fēng　～起飛｜～疾馳｜因為～，所以傘被吹壞了。

反【頂風】dǐng fēng　～作案｜～開車。

反【迎風】yíng fēng　～飛舞｜彩旗～飄揚。

順境 shùn jìng　比較順當的處境

處在～｜在～中更要居安思危。

反【逆境】nì jìng　身居～｜在～中奮起｜她在～中毫不氣餒。

順利 shùn lì　事物發展過程中較

少遇到阻礙　祝你工作～｜他～完成了學業｜工程進展得十分～。

同【順遂】shùn suì

「順利」突出無阻礙。「順遂」突出遂了心願，屬於書面語，如說「諸事順遂」。

反【周折】zhōu zhé　多有～｜費盡了～｜還是做好準備，避免～。

反【困難】kùn nan　生活～｜處境～｜要辦成此事相當～。

反【曲折】qū zhé　經歷～｜道路～｜講述～的過程｜這本小說的情節～動人。

順流 shùn liú　沿着水的流向；

與水流方向一致　～而下｜～直行｜你～走下去，不久就能看到那個山頭。

反【逆流】nì liú　～而上｜～行船時要扯篷。

順勢 shùn shì　順應事物發展的

趨勢　～而為｜看有人先退場，他也～離去。

同【趁勢】chèn shì

「順勢」突出自然地順着趨勢進行。「趁勢」強調抓住時機並加以利用，如說「趁勢發起進攻」、「趁勢提出要求」、「趁勢衝出重圍」、「當地產品趁勢進入市場」。

順手 shùn shǒu　隨手；輕易地

拿到或辦到　防止有人～牽羊｜這件事辦起來有些不～｜他～拿起門邊的棍子扔了過去。

同【隨手】suí shǒu

「順手」突出隨意而不費事；還指辦事順利或沒有麻煩，如說「工作很順手」、「交易時非常順手」。「隨手」指具體動作，如說「請隨手關門」、「他竟把垃圾隨手往地上扔」。

反【棘手】jí shǒu　～的案子｜這件事非常～。

順水 shùn shuǐ　與水流方向一

致　～推舟｜～划船稍微省力一點。

反【逆水】nì shuǐ　～航行｜學如～行舟，不進則退。

反【逆流】nì liú　～行船｜由於回程是～，要比去的時候慢一些。

順心 shùn xīn　滿意；與自己的

心願相符合　日子過得很～｜祝你工作～，事事如意。

同【稱心】chèn xīn

「順心」突出做事順利，沒有遇到麻煩。「稱心」突出合乎心意，如說「令人稱心」、「稱心如意」、「這套音響買得很稱心」。

反【彆扭】biè niu　樣子很～｜她覺得

這個稱呼很～。

順序 shùn xù
次序｜～顛倒了｜打亂～｜重新編排｜寫漢字時要注意筆畫的～。

[同]【次第】cì dì

[同]【次序】cì xù

「次第」屬於書面語。「次序」突出依次排列的順序，多與「前後」、「先後」、「按照」等詞搭配。

順敍 shùn xù
按時間的先後順序來敍述　～是一般的手法｜這篇文章採用了～的方法。

[反]【倒敍】dào xù　～描述｜電影是用～手法來展開的。

順眼 shùn yǎn
看着令人感到適宜、舒服　顏色～｜式樣～｜這個人看上去不太～。

[反]【礙眼】ài yǎn　看不出有啥～的地方｜東西堆在那裏挺～的。

[反]【刺目】cì mù　～的圖案｜牆上一片～的色彩｜她一看到這兩個字就感到格外～。

[反]【刺眼】cì yǎn　一道～的傷疤｜這幾種顏色搭配在一起有點～。

[反]【扎眼】zhā yǎn　～的穿着｜他橫看豎看都覺得～。

説 shuō
口頭表達　～長道短｜～了個笑話｜我從來沒有主動跟她～過話。

[同]【道】dào

[同]【講】jiǎng

[同]【談】tán

[同]【敍】xù

「説」較常用。「道」屬於書面語，多用於一些成語和習語中，如説「娓娓道來」、「能説會道」。「講」還有商量、講求等意思，如説「講價錢」、「講條件」。「談」突出將思想、認識、意見等傳達給對方，多用於相互交流的場合，如説「暢談人生」、「談天説地」。「敍」屬於書面語，如説「敍舊」、「餘言容我後敍」。

説服 shuō fú
講述理由，使對方服氣　耐心～｜你一定要想辦法～對方。

[反]【壓服】yā fú　以勢～｜～眾人｜～不如説服。

説明 shuō míng
解釋清楚　～原因｜請～你的真實想法｜他對公司情況作了詳細～。

[同]【闡明】chǎn míng

「説明」突出進行敍説、解釋，多用於一般問題。「闡明」突出將一般人不易明白的道理或事情説清楚，多用於事理、思想、觀點、規律等，如説「闡明立場」、「闡明關鍵所在」、「必須闡明利害關係」。

私了 sī liǎo
不通過有關職能部門而私下解決糾紛　打算～｜我不願～｜對方願出高價～。

[反]【公了】gōng liǎo　情願～｜沒錢沒人，～你就更吃虧了。

私下 sī xià
1. 背地裏；在別人不知道的情況下（做）　～商議｜～決定｜他們～把錢分了。

反【公開】gōng kāi ～談論｜～向對方道歉｜你必須～發表聲明。

反【當眾】dāng zhòng ～翻臉｜沒想到會～出醜｜他～指責了那人的欺騙行為。

2. 相關者不通過有關職能部門而自行解決 ～了結｜～調解｜雙方～談妥條件。

反【公開】gōng kāi ～招考員工｜～提倡｜～招聘會計師兩名。

思考 sī kǎo

進行比較深入的考慮 認真～｜培養學生獨立～的能力。

同【思索】sī suǒ

「思考」突出深刻、周到地考慮。「思索」屬於書面語，突出探求，如說「不假思索」、「苦苦思索」。

思路 sī lù

思考的條理、線索 ～開闊｜～敏捷｜改變～｜～非常清晰。

同【思緒】sī xù

「思路」突出思考的途徑或線索。「思緒」側重指頭緒，如說「思緒紊亂」、「思緒萬千」；還可指情緒，如說「為此思緒煩亂」。

思念 sī niàn

掛念 ～故土｜～親人。

同【想念】xiǎng niàn

同【懷念】huái niàn

「思念」含有敬愛意味，色彩較莊重，屬於書面語。「想念」用於分離的人或環境，如說「想念父母」、「想念親人」。「懷念」比較莊重、深沉，屬於書面語，如說「懷念故土」、「懷念戰友」。

斯文 sī wen

有禮貌、有教養 舉止～｜說話很～｜他是個～的青年。

同【文雅】wén yǎ

同【嫻雅】xián yǎ

「斯文」用於言談舉止。「文雅」突出言談、舉止等溫和有禮，不粗俗。「嫻雅」多指女子舉止、言語等文雅得體。

反【粗俗】cū sú 語言～｜舉止～｜這個笑話太～了。

反【粗鄙】cū bǐ 言談～｜～的行徑｜忍受～不堪的侮辱。

反【粗野】cū yě ～兇悍｜舉止～｜～的叫罵聲｜孩子被他～的動作嚇壞了。

反【鄙俗】bǐ sú 想法～｜～的言語｜開一些～的玩笑。

死 sǐ

死亡；喪失生命 ～不瞑目｜視～如歸｜～裏逃生｜救～扶傷｜寧～不屈。

反【活】huó 復～｜死去～來｜尋死覓～｜經過全力搶救他終於～過來了。

反【生】shēng 求～慾望｜出～入死｜～死離別｜起死回～。

死板 sǐ bǎn

1. 缺少活潑生動的氣息 表情～｜她行動～｜他在晚會上顯得特別～。

同【呆板】dāi bǎn

同【古板】gǔ bǎn

反【活潑】huó po　生動～｜～可愛｜故事講得～有趣。

2. 不善於變通；不靈活　說話～｜做事不能太～｜那位老人太～了。

同【刻板】kè bǎn

「死板」突出不活潑、不靈活。「呆板」突出不自然、無變化，如說「神態呆板」；還用於文章表達、音樂演奏、畫面佈局等，如說「形式呆板」、「佈局過於呆板」。「古板」指思想、作風守舊，不易變通，如說「奶奶是個十分古板的人」。「刻板」突出機械單一，缺乏變化，如說「刻板地摹仿」、「辦事不能太刻板」。

反【靈活】líng huó　～機動｜～運用｜這個問題你可以～處理。

反【機靈】jī ling　做事～｜～應變｜這個小伙子很～。

反【活絡】huó luò　頭腦～｜他做人可比你～多了｜～點的人早就遠走高飛了。

死結 sǐ jié　不容易解開的結子　打了～｜解不開的～｜鞋帶打成～了。

反【活扣】huó kòu　臨時打的～｜解～的時候不小心拉成了死結。

死路 sǐ lù　走不通的路　走向～｜自尋～｜你這樣做是～一條。

同【絕路】jué lù

「死路」多比喻毀滅性的途徑。「絕路」多用於比喻，如說「你可別走絕路」、「他們終於絕路逢生」。

死水 sǐ shuǐ　不流動的池水、湖水等　～微瀾｜那裏並不是一潭～。

反【活水】huó shuǐ　把～引進湖裏｜問渠哪得清如許，為有源頭～來。

「死水」多形容長期沒甚麼變化的地方。

死亡 sǐ wáng　死去；生命結束　因病～｜～日期不明｜來人竟突然～。

反【出生】chū shēng　～時間｜他把孩子的～證明遺失了。

反【生存】shēng cún　適者～｜擴大～空間｜留學國外的～環境是比較艱苦的。

四面楚歌 sì miàn chǔ gē　形容四面受敵、孤立無援　陷入～的境地｜他現在的情況是～、自身難保。

同【八方受敵】bā fāng shòu dí

反【歌舞升平】gē wǔ shēng píng　一派～的景象。

四散 sì sàn　向各個方向分散開　～奔逃｜～各處｜一聲槍響，鳥兒驚飛～。

反【雲集】yún jí　嘉賓～｜世界頂級高手～北京。

似乎 sì hū　好像　她～明白了我的話｜她對這件事～很了解。

同【好像】hǎo xiàng

同【仿佛】fǎng fú

伺機 sì jī　窺伺時機　～而動｜～報復｜做好準備，～進攻。

同【乘機】chéng jī

「伺機」突出等待，用於尚未實現的動作行為，屬於書面語。「乘機」強調充分利用，可用於尚未實現的行為或已經實現的及正在進行的動作行為，如說「乘機發動反攻」、「犯罪嫌疑人乘機逃脫」。

鬆 sōng 1. 鬆散；不緊 髮帶~了｜螺絲~了｜這件衣服也太寬~了。
反【緊】jǐn ~身｜鞋子有點兒~｜辮子別紮得太~。
2. 不嚴格 檢查很~｜考試紀律很~。
反【嚴】yán 從~處理｜於律己｜~師出高徒。
3. 經濟上寬裕 手頭很~｜我這個月比較~。
反【緊】jǐn 經濟上很~｜日子過得~巴巴的。

鬆弛 sōng chí 1. 放鬆；不緊張 精神~｜~一下肌肉。
反【緊張】jǐn zhāng 心情~｜神經有些~｜會場裏氣氛~。
2. 執行紀律、制度等不嚴格 紀律~｜制度~。
反【嚴格】yán gé ~的制度｜~執行規章｜這所學校採取了~的軍事化管理。

鬆軟 sōng ruǎn 質地鬆散、軟和 土地~｜~的羊毛｜躺在~的牀上就不想起來。
反【堅實】jiān shí ~的地基｜邁出~的一步｜他已經為下一年的學習打下了~的基礎。

反【堅硬】jiān yìng ~的冰塊｜~的鑽石｜質地~。

鬆散 sōng sǎn 結構比較自由隨意；不緊湊、不集中的 結構~｜~的佈局｜一種~的結合｜文章寫得比較~。
反【緊湊】jǐn còu 句子~｜這幾天的活動安排得很~。
反【緊密】jǐn mì 關係~｜~團結在一起｜希望今後我們能~合作。
反【嚴謹】yán jǐn 結構~｜法律文書的表達很注重用詞的~。
反【嚴密】yán mì 結構~｜邏輯~｜~的組織。

鬆懈 sōng xiè 1. 精神不振作；思想分散；懶散 鬥志~｜紀律~｜形勢還很嚴峻，絕對不能~。
同【鬆弛】sōng chí
同【渙散】huàn sàn
同【鬆散】sōng sǎn

「鬆懈」突出精神不集中或懈怠。「鬆弛」強調執行規定不嚴，如說「管理鬆弛」、「紀律不能鬆弛」；還指肌肉不結實，如說「肌肉鬆弛」。「鬆散」指精神不集中或意志渙散，如說「思想鬆散」、「隊伍鬆散」；還指事物結構等不緊湊，如說「小說結構鬆散」。

反【緊張】jǐn zhāng ~的勞動｜大家都投入到~的籌備工作之中。
反【警惕】jǐng tì 多加~｜提高~｜他這個人向來缺乏~性。
2. 做事抓得不緊 管理~｜學習從不~。
反【發奮】fā fèn ~努力｜~有為｜我決心從現在起~工作。

慫恿 sǒng yǒng　鼓勵、暗示別人做某事　百般～｜～他人作惡｜禁不住別人的～，他還是進去了。

反【勸阻】quàn zǔ　極力～｜為何不～他｜他就是不聽我的。

「慫恿」多指鼓動別人做不好的事。
「勸阻」突出以勸告、誘導方式阻止別人做不好的事。

聳立 sǒng lì　高高地直立着　～雲霄｜高樓～｜巍然～的發射塔。

同【矗立】chù lì

「聳立」突出明顯高於周圍其他事物，多用於尖狀物體。「矗立」突出直而高地挺立，含有莊嚴、尊貴的意味，如說「鐵塔矗立」、「山翠矗立」、「紀念碑矗立在廣場上」。

反【倒塌】dǎo tā　樓房～了｜～在路邊｜那堵牆突然～下來。

送 sòng　1. 贈給　贈～｜～禮物｜～朋友鮮花｜這就當～個人情吧。

反【受】shòu　～禮｜～聘｜～賄。
2. 替人遞交東西或者運東西　運～｜押～｜～信｜～貨環節出了問題。

反【取】qǔ　收～｜～款｜～貨｜憑有效短訊～特快專遞。
3. 陪同要離去的人一起出去　～客｜～往迎來｜恕不遠～｜你不用了，我自己走。

反【接】jiē　迎～｜去火車站～朋友｜派專車～送。

反【迎】yíng　～賓｜～來送往｜有失遠～，請恕罪。

送別 sòng bié　為離去的人送行

～親人｜依依不捨地～｜她含淚～出國的兒子。

反【迎接】yíng jiē　～外賓｜到車站去～｜我一定帶上鮮花去～你。

反【迎候】yíng hòu　～貴賓｜親臨機場～｜在此～您的光臨。

頌揚 sòng yáng　歌頌、讚揚　～豐功偉績｜媒體～了他的英勇事跡。

同【歌頌】gē sòng
同【謳歌】ōu gē

「歌頌」、「頌揚」都強調用語言文字進行讚美，有崇敬色彩，語意較重，如說「歌頌母愛」、「歌頌文明與進步」、「崇高的精神值得歌頌」。「謳歌」屬於書面語，如說「熱情謳歌」、「謳歌青春」、「謳歌大自然」。

反【唾罵】tuò mà　秦檜能不遭受國人～嗎？

反【恥笑】chǐ xiào　不怕別人～｜～他的懦弱｜你不能為這事～他。

甦醒 sū xǐng　從沉睡或昏迷狀態中醒來　大地～｜春天萬物～｜冬眠的動物開始～｜他終於從昏迷中～過來。

同【清醒】qīng xǐng

「甦醒」突出知覺恢復，可用於人，也可比喻事物復甦。「清醒」突出神志恢復正常，只用於人，如說「病人已經清醒」；還指頭腦清楚，如說「他頭腦比較清醒」、「不會輕易上當」。

反【沉睡】chén shuì　～不醒｜～百年的睡獅已覺醒｜那個病人還在～之中。

反【昏迷】hūn mí　中毒～｜處於～狀態｜病人一直～不醒。

反【暈厥】yūn jué　病人突然～｜差點兒～過去。

俗 sú

1. 庸俗、粗俗；品位不高　脫～｜～不可耐｜雅～共賞的作品｜這樣說話太～了。

反【雅】yǎ　文～｜淡～｜～趣｜房間的佈置非常～。

2. 未出家的人；不屬於某宗教的　～世｜～家｜還｜大家都是凡夫～子。

反【僧】sēng　～人｜高～｜～侶。

俗氣 sú qi

庸俗、粗鄙　字太～｜打扮得很～｜掛這種照片顯得很～。

反【大方】dà fang　款式～｜美觀～｜我要選些面料好、款色～的衣服送人。

反【雅致】yǎ zhi　圖案～｜格子窗簾很～｜客廳的佈置很～。

反【優雅】yōu yǎ　舞步～｜她有着～的身段｜～的天鵝滑過湖面。

反【脫俗】tuō sú　超凡～｜清麗～｜～的見解｜詩風～，不同凡響。

素 sù

1. 顏色清淡，不豔麗　～雅｜～淡｜～淨｜～面朝天｜她向來穿得很～。

反【豔】yàn　～麗｜～妝｜鮮～｜濃～的色彩。

2. 魚、肉類以外的蔬菜、瓜果類食物　～菜｜老人一直茹～｜現在有不少年輕人都愛好～食。

反【葷】hūn　～腥｜出家人不吃～｜你從事體力勞動，不吃點～可不行。

素常 sù cháng

平日；平時　～愛打扮｜～捨不得花錢｜他～不喜歡與人交往。

同【平素】píng sù

同【平生】píng shēng

同【素日】sù rì

同【平時】píng shí

同【平日】píng rì

「素常」、「平素」、「素日」都強調常常如此，屬於書面語，如說「平素愛運動」、「兩人平素不常往來」、「此乃素日所成之習」、「先生素日喜讀棋譜」。「平生」突出往常、從來，如說「平生最討厭撒謊行為」；還指一生以來，如說「平生第一次到此」。「平時」指一般的、多數的時候，如說「平時他常跑步」、「她平時喜歡一個人散步」。「平日」區別於節假日或特別的日子，如說「平日忙於學習，沒有時間娛樂」。

素淡 sù dàn

（顏色）淺淡、素雅　色彩～｜～的化妝｜我比較偏愛～的佈置。

反【濃豔】nóng yàn　畫面～｜～的裝束｜化了極為～的妝。

反【豔麗】yàn lì　圖案～｜～的服飾｜春天滿園盛開着～的花朵。

反【花哨】huā shào　打扮～｜～的衣着｜這本雜誌的封面很～。

素淨 sù jing

（顏色）樸素、雅致　～而美觀｜背景～雅致。

反【鮮豔】xiān yàn　～奪目｜～的彩旗｜紅得十分～。

反【豔麗】yàn lì　～多姿｜裝束～｜秋風吹過，～的紅葉在地上鋪成了厚

厚的地毯。

素雅 sù yǎ　樸素、雅致　畫面~｜~的妝扮｜這是一間~的會客室。

⑤【俗氣】sú qi　~的擺設｜~的大紅大綠｜你可別把我想得那麼~。

素養 sù yǎng　平常的修養　文學~｜提高大學生的藝術~。

⑤【素質】sù zhì
⑤【修養】xiū yǎng

「素養」用於品格、意識、文化等方面。「素質」包括具體身體情況和抽象的精神、能力等，如說「身體素質太差」、「心理素質非常好」、「必須具備良好的綜合素質」。「修養」突出達到一定水準，多用於道德、理論、文化、藝術等方面，如說「有修養」、「缺乏修養」、「提高修養水平」、「這些學生都有較高的文學修養」。

素裝 sù zhuāng　樸素的裝束　雅致的~｜~的婦人｜還是~最適合你。

⑤【盛裝】shèng zhuāng　~仕女｜~出迎｜~出席晚會。

「素裝」也指全是白色的裝束，如說「一身素裝」。

速 sù　快；迅速地　~記｜~回｜~戰~決｜心跳過~。

⑤【快】kuài

「速」屬於書面語，可組合成「速

遞」、「速效」、「請速辦理」等。「快」比較常用，如說「這輛車開得很快」、「你快去看一下」、「你們快點做完作業就可以去踢球了」。

肅靜 sù jìng　（場面）莊嚴而寂靜　全體~｜氣氛~｜~的會場連一根針落地都能聽見。

⑤【喧鬧】xuān nào　~的街市｜~擁擠的人羣｜~的活動室裏誰也聽不清誰的講話。

⑤【喧囂】xuān xiāo　車馬~｜~的集市｜這是~的城市中難得的一方淨土。

⑤【喧嘩】xuān huá　笑語~｜客棧沒有了白日的~。

肅清 sù qīng　徹底處理或清除乾淨　~腐朽思想｜~流毒｜殘匪已被~。

⑤【清除】qīng chú

「肅清」語意較重，對象一般是壞人或有很大危害的思想、觀念、意識等。「清除」可用於人、事物及垃圾、雜草等，如說「清除雜物」、「清除垃圾」、「清除積雪」、「清除障礙」。

算計 suàn ji　考慮；盤算　你可真會~｜這事得好好~~。

⑤【合計】hé ji
⑤【盤算】pán suan

「算計」的事情多是不好的，如說「別一再算計對方」。「合計」有商量、討論的意思，如說「你倆再合計合計，看有沒有可能」。「盤算」用於事前，突出心中反覆考慮、籌劃，

對象可好可壞，如說「盤算多時」、
「他在心裏不停地盤算」。

隨便 suí biàn　（說話、做事）任

意而不加約束限制；考慮得不多　請
別～走動｜我們～聊聊吧｜這個人花
錢很　｜不要～接受陌生人送的東
西。

回【輕易】qīng yì

回【隨意】suí yì

> 「隨便」用於褒義時指自然而不拘
> 謹；用於貶義時指馬虎而不慎重；
> 還指不管、無論，如說「隨便誰都
> 行」、「隨便幾點都沒問題」。「輕易」
> 可指隨意，如說「別輕易表態」；還
> 指簡單容易，如說「勝利不是輕易得
> 來的」。「隨意」突出任憑自己的意
> 願，如說「隨意出入」、「隨意做幾
> 個菜吧」。

反【審慎】shěn shèn　　態度～｜經過～
思考｜你千萬要～從事。

反【慎重】shèn zhòng　　～考慮｜～決
定｜我們需要～地討論一下。

反【謹慎】jǐn shèn　　～小心｜～駕
駛｜為人～，但略嫌刻板。

隨和 suí he　　態度和氣；不固執

性情～｜態度～｜她這個人待人很～。

反【固執】gù zhi　　你別再～了｜這樣
～的人，勸也無用。

反【倔強】jué jiàng　　性格～｜真是個
～的老頭兒。

反【執拗】zhí niù　　脾氣過於～｜那人
如此～，怎麼相處啊？

隨同 suí tóng　　陪伴着　～出發｜

他～導師去農村考察｜記者～警察一
起行動。

回【陪同】péi tóng

回【伴隨】bàn suí

> 「隨同」、「陪同」強調跟着做，如說
> 「隨同視察」、「陪同上司前往分公
> 司視察」。「伴隨」可用於人和事，
> 強調跟隨着，如說「伴隨左右」、「相
> 約伴隨到老」。

損害 sǔn hài　　使受損；破壞　～

健康｜不能～民眾的利益｜你們的報
道～了我們公司的名譽。

反【愛護】ài hù　　～花木｜～書籍｜
他非常～公物，東西交到他手裏盡可
放心。

反【保護】bǎo hù　　～公共財產｜提高
自我～意識｜～珍稀動物。

> 「損害」多用於事業、健康、榮譽等，
> 程度比「破壞」輕一些。

損壞 sǔn huài　　使物體變壞，並

逐步失去應有的功用及效能　不要～
公物｜～公共財物要賠償｜糖吃得太
多，容易～牙齒。

回【毀壞】huǐ huài

回【破壞】pò huài

> 「損壞」的對象多是具體事物。「毀
> 壞」、「破壞」的對象可以是具體事
> 物或抽象事物。「毀壞」語意較重，
> 如說「毀壞公物」、「毀壞道路」、「毀
> 壞名譽」。「破壞」突出使受損，如
> 說「破壞文物」、「破壞生產」。

反【保護】bǎo hù　　～弱者｜～環境｜
～公眾利益｜他為了～家人而犧牲了。

反【修復】xiū fù　～被毀的道路｜～古建築｜電腦感染這種病毒後很難～。
反【修理】xiū lǐ　～機器｜～～還能湊合着用。

損傷 sǔn shāng　弄壞；傷害　～神經｜肌肉～｜孩子的自尊心受到嚴重～。
反【安撫】ān fǔ　～民心｜～受害者家屬｜災民急需～。
反【安慰】ān wèi　～的話｜自我｜總算還得到些～。
反【撫慰】fǔ wèi　～病人｜～受災羣眾｜她脆弱的心靈希望得到～。

唆使 suō shǐ　鼓動或指使他人做壞事　暗中～｜受小人～｜為了逃避懲罰，他竟～親友作偽證。
同【教唆】jiào suō
同【指使】zhǐ shǐ

三個詞都是貶義詞。「唆使」語意較重，屬於書面語。「指使」突出授意別人進行不正當的活動，如說「指使會計做假賬」、「指使屬下在會場上搗亂」。

縮 suō　1. 長度、面積或體積變短或變小　～小｜～短｜熱脹冷～｜衣服～水了。
反【伸】shēn　延～｜～展自如｜他把胳膊～得老長。
反【脹】zhàng　膨～｜熱～冷縮。
2. 後退　畏～｜退～。
反【進】jìn　～發｜～前｜他們又向新的目的～了一步。

縮編 suō biān　縮小編制　機關精簡～｜軍隊實行～｜在這次～中他失業了。
反【擴編】kuò biān　臨時～｜進行戰時～｜～後人數增加近一千。

「縮編」多用於減少機關、部隊、團體機構等人員編制。

縮短 suō duǎn　使長的變短　～距離｜～工期｜～壽命｜我們要儘快～與他們的差距。
反【延長】yán cháng　～聘用期｜～工作時間｜我打算～在意大利的居留期。
反【延伸】yán shēn　大路向前～｜這條地鐵的～部分馬上就可以完工了。

「縮短」多用於度量和時間。

縮減 suō jiǎn　縮小並減少　～開支｜～機構｜～人手。
反【擴大】kuò dà　～編制｜～規模｜招生範圍有所～。
反【增多】zēng duō　數量～｜人員不能再～了。

縮小 suō xiǎo　使大的變小　～範圍｜～面積｜～尺寸。
反【放大】fàng dà　照片～｜顯微鏡把細菌～到肉眼可以看見的大小。
反【擴大】kuò dà　～招生｜無限制地～｜公司準備～生產規模。

所以 suǒ yǐ　表示因果關係，後面表示結果　那天我生病了，～沒有去上班｜他很聰明，又十分努力，～成績很好。
同【故而】gù ér
同【因此】yīn cǐ

同【因而】yīn ér

「故而」、「因此」、「因而」都屬於
書面語。「所以」多用於口語。

所有 suǒ yǒu　全部；一切　～
的人｜～商品一律半價處理｜～學生
都反對這麼做｜～地方都找過了，就
是找不到。

同【一切】yí qiè

「所有」突出某個範圍中的全部數
量。「一切」突出事物的全部類別；
還可作名詞，如說「一切都來之不
易」、「我真喜歡這兒的一切」。

索取 suǒ qǔ　向另一方要（錢物
等）　～有用信息｜她從沒有～過報
酬｜向大自然～財富。

同【索求】suǒ qiú

反【奉獻】fèng xiàn　無私～｜～愛
心。

反【給予】jǐ yǔ　～幫助｜～同情｜～
補貼｜～我們無微不至的關心。

索性 suǒ xìng　乾脆　既然已經

開了頭，～就把它做完吧｜反正已經
出來了，～玩個痛快｜無論我怎麼道
歉都不管用，～不再道歉了。

同【乾脆】gān cuì

「索性」突出直截了當，屬於書面語；
還可表示賭氣，指一不做二不休，
如說「我索性不做了，看他如何」。
「乾脆」還可指做事爽快，突出利落
果決，如說「他做事乾脆利落」、「你
就乾脆點吧，別這麼猶豫不決的」。

瑣事 suǒ shì　不重要的小事　～
纏身｜我每天忙於生活～。

反【大事】dà shì　國家～｜這可是你
的頭等～啊。

瑣碎 suǒ suì　細碎、零亂而繁多
材料很～｜～的問題｜他每天都要處
理很多～的事。

同【瑣屑】suǒ xiè

「瑣碎」突出繁雜、零碎、不重要。
「瑣屑」突出細小而意義不大，屬於
書面語，如說「事務瑣屑」、「陷入
瑣屑之事」。

T

他人 tā rén　自己以外的人　別｜影響~工作｜應當關心~的生活｜這件事與~無關。

同【別人】bié rén

同【外人】wài rén

「他人」指除了自己之外的人。「別人」強調在場的人之外的人，如說「別人的事你少管」、「教室裏當時沒有別人」。「外人」指與當事人沒有直接關係或當事人組織以外的人，如說「我不會把你當外人的」、「這件事目前還不能讓外人知道」。

他鄉 tā xiāng　家鄉以外的地方　異國~｜~遇故知｜你在~還好嗎？

同【異鄉】yì xiāng

「他鄉」突出不是自己的故鄉。「異鄉」突出和故鄉不同，如說「異鄉的風土人情」。

反【故鄉】gù xiāng　重返~｜月是~明｜~的一切總是那麼親切。

塌陷 tā xiàn　往下陷，沉陷　地基~｜樓房~｜路面突然~了一塊。

反【隆起】lóng qǐ　高高~｜地上~了幾個土堆｜他的腦門上~了一個大包。

踏實 tā shi　認真；不虛浮　~肯幹｜做事非常~｜他~的作風讓人放心。

反【虛浮】xū fú　~不實｜小伙子為人~得很。

反【浮誇】fú kuā　~的作風｜不能養成~的習氣。

反【馬虎】mǎ hu　做事很~｜對工作他從不~｜~最容易犯錯誤。

反【浮躁】fú zào　性情~｜~不安｜等了一會，人們的情緒開始有些~起來。

抬高 tái gāo　1.（多個人）用力將東西向上移　~桌子｜擔架再~些｜你倆快把書櫃~。

反【降低】jiàng dī　~兩厘米｜~電視機的高度。

2. 使程度、地位等上升　嚴禁~物價｜想方設法~自己的地位。

同【拔高】bá gāo

「抬高」適用範圍較廣，可指提高自我身價、地位等。「拔高」多指依靠外力而提高，如說「人為拔高」。

反【降低】jiàng dī　~難度｜~價格｜標準不能~｜近來這家飯店的服務水準有所~。

反【壓低】yā dī　~價格｜~嗓門｜別故意~對方。

太平 tài píng　社會安定　~盛世｜天下~。

反【動亂】dòng luàn　~歲月｜處於~時期｜學者們致力於分析造成社會~的各種因素。

反【動盪】dòng dàng　生活~｜人們都~不安｜這是一個~的年代。

泰然 tài rán　安定；從容　~自若｜處之~｜他臨危不懼，神情~。

同【恬然】tián rán

「泰然」突出遇事沉着冷靜，不慌不忙。「恬然」突出心情平靜而不在乎，如說「恬然自得」。

貪官 tān guān　貪圖錢財而執法不公的官吏　～污吏｜大力懲治～。
⊘【清官】qīng guān　～難斷家務事｜老百姓擁戴的～。

貪婪 tān lán　貪得無厭　為人～｜～的目光｜此人十分～｜他露出了～的本性。
⊜【貪心】tān xīn
⊜【貪圖】tān tú

「貪婪」語意較重，屬於書面語，是貶義詞；還指渴求而不知滿足，如說「我們貪婪地呼吸着林間的空氣」。「貪心」含貶義，指貪得無厭而不知滿足，如說「你別太貪心了，要懂得適可而止」。「貪心」還指貪求的欲望或不知足的想法，突出懷有非分之想，如說「貪心不足蛇吞象」。「貪圖」是動詞，突出極力追求，希望得到某種好處，如說「貪圖享受」、「貪圖安逸的生活」。

談 tán　說話或討論　～天說地｜兩人相～甚歡｜老師跟他～過這件事｜他和那個人根本～不到一塊兒。
⊜【道】dào
⊜【講】jiǎng
⊜【說】shuō
⊜【敘】xù

「談」突出將思想、認識、意見等傳達給對方，多用於相互交流的場合。「道」多組合成固定短語，如說「娓

娓道來」、「能說會道」。「講」還指商量、講求，如說「講價錢」、「一再為她講情」。「說」較常用，如說「說長道短」、「他說了一個笑話」。「敘」屬於書面語，可組合成「敘舊」等。

談論 tán lùn　通過談話表達自己對人或事物的看法　不要～別人的是非｜兩個人在飯桌上一起工作來｜父母們在～孩子的前途。
⊜【議論】yì lùn

「談論」突出交談的隨意性。「議論」突出在非公眾的場合，多在私人或小範圍內進行，如說「小聲議論」、「別老是在背後議論別人」。

談判 tán pàn　相關方面對有待解決的重大問題進行商談　兩國正在就貿易問題進行～｜～進行得非常順利。
⊜【會談】huì tán

「談判」態度比較莊重、嚴肅，多要進行話語上的交鋒，力求取得對己方有利的結果。「會談」突出相互交流，含有坦誠相見，友好商談的意思，如說「舉行首腦會談」、「兩國就邊界問題進行了友好會談」、「會談取得圓滿成功」。

談笑風生 tán xiào fēng shēng　談話很有興致，而且活躍有趣　他們一路上～，不知不覺就到了景點。
⊘【默默無言】mò mò wú yán　她一直～地忍受着這一切。

彈壓 tán yā 動用武力加以制服
進行～｜地方官派兵～｜～鬧事人眾。
⑤【鎮壓】zhèn yā
⑥【招撫】zhāo fǔ 採用～手段｜～
其殘部。

坦白 tǎn bái 1. 如實說出或交代
錯誤及犯罪事實 ～從寬｜～交代｜
叫他當眾～，這是不太可能的。
⑥【隱瞞】yǐn mán ～錯誤｜～觀
點｜被迫～真相｜你為甚麼～不報？
⑥【抗拒】kàng jù ～從嚴｜採用～
態度｜繼續～不說是很不現實的。
2. 心地純潔，不作隱瞞 將軍襟懷
～｜他為人～，值得信賴。
⑤【坦率】tǎn shuài
⑤【直率】zhí shuài

「坦率」突出心地坦白、以誠相見而
不隱諱，多形容人的言語態度，如
說「坦率的性格」、「他倆就此坦率
地進行了交談」、「大伙都喜歡他坦
率的性格」。「直率」突出直截了當，
說話不繞彎子，多形容人的性格，
如說「說話直率」、「為人直率」。

⑥【隱諱】yǐn huì 毫不～｜文章使用
了比較～的語言｜他從不～自己的觀
點。

坦率 tǎn shuài 直率；不作隱
瞞 他倒很～｜說話～｜請大家～地
提出自己的看法。
⑥【委婉】wěi wǎn 言辭～｜態度很
～｜表達～含蓄｜她～地指出了文章
中的錯誤。

「坦率」突出性格直爽，說話直截了
當，沒有顧忌。

袒護 tǎn hù 包庇、縱容錯誤或
不合法的言行 不～任何一方｜父母
不應～自己的孩子｜上司老是～他，
大家都覺得很奇怪。
⑥【包庇】bāo bì
⑥【庇護】bì hù

「袒護」強調出於私心而無視原則和
規定。「包庇」和「庇護」突出有意
識地掩護、縱容壞人壞事、不良言
行，語意較重，如說「包庇下屬的違
法行為」、「經理老庇護着他」。「包
庇」的對象多是違法犯罪的人或事。

袒露 tǎn lù 裸露；露在外面，
沒有東西遮蓋 ～胸膛｜向朋友～心
扉。
⑥【裸露】luǒ lù

「袒露」強調因沒有東西遮掩而裸露
在外面；用於心情、心聲時，指吐
露，表露，如說「對好友袒露心聲」。
「裸露」指完全顯露，適用範圍較廣，
如說「裸露上身」、「孩子裸露的小
腳上生了凍瘡」。

⑥【掩蓋】yǎn gài ～實情｜錯誤是
～不了的｜～真實意圖。
⑥【遮掩】zhē yǎn ～燈光｜拿謊話
來～｜所有的痕跡都被一場大雪給～
了。
⑥【遮蔽】zhē bì ～陽光｜～風雨｜
樹林～了我們的視線。

探索 tàn suǒ 想方設法尋求答案，
解決疑問 理論～｜可貴的～精神｜
在～中追尋科學真理｜這部著作是作
者經過十多年艱難～而取得的成果。
⑥【摸索】mō suǒ

◉【探究】tàn jiū
◉【探求】tàn qiú

> 「探索」突出對象比較複雜，需花一番力氣才能弄清楚。「摸索」突出進行嘗試，對象多是方法、經驗、方向等，如說「摸索着前進」。「探究」突出探討研究，力求弄清楚，如說「探究恐龍滅絕的原因」、「積極探究大自然的奧祕」。「探求」適用對象一般為真理或重大規律，如說「探求真理」、「探求成功之路」。

探聽 tàn tīng　探問打聽　他四處～朋友的音信｜這次就派他去～情報｜本次調查是為了～對方的虛實。
◉【打聽】dǎ ting
◉【打探】dǎ tàn
◉【刺探】cì tàn

> 「探聽」突出動作祕密，不讓別人知道。「打聽」多用於口語，如說「打聽一件事兒」、「我想打聽一下行情」。「打探」強調力求從所打聽的內容中有所發現，多有祕密進行的意思，如說「打探消息」、「打探對方祕密」。「刺探」突出暗中打聽，如說「刺探軍情」、「刺探經濟情報」。

探問 tàn wèn　多方打聽、詢問　他到處～，但毫無結果｜別人隱私是不禮貌的｜～失散多年的親人的下落。
◉【探詢】tàn xún

> 「探問」比較常用。「探詢」語意比較委婉，屬於書面語，如說「再三探詢老友近況」。

歎氣 tàn qì　因心情鬱悶而長聲呼氣，發出聲音　這兩天他總是唉聲～｜你光～有甚麼用，應抓緊行動起來｜他又聽到父母房間中傳出的～聲。
◉【歎息】tàn xī

> 「歎氣」突出內心憤鬱難平，多用於表現自身的不幸。「歎息」強調發出歎氣的聲音，如說「屋裏傳來陣陣歎息」。

搪塞 táng sè　敷衍塞責　這是故意～｜他～了幾句就走了｜他用模稜兩可的話來～我的追問。
◉【敷衍】fū yǎn

> 「搪塞」突出作表面應付。「敷衍」突出做事不負責任，如說「敷衍了事」、「敷衍塞責」；還指勉強維持，如說「靠那點錢敷衍了好幾天」。

躺 tǎng　身體平卧着　老人～在牀上休息｜他在沙發上～着。
◉【卧】wò

> 「躺」含有躺下來歇一歇的意思。「卧」突出睡覺或躺着的樣子，如說「仰卧」、「俯卧」、「老人常年卧牀不起」。

滔滔 tāo tāo　形容水流急、水量大的狀態　白浪～｜海水～襲來｜大江東去浪～。
◉【涓涓】juān juān　～細流｜～的溪水。

> 「滔滔」也可形容話語連續不斷，如說「那人講起話來滔滔不絕」。

T

逃 táo

為躲避對自己不利的事或環境而迅速溜走　~之夭夭｜他過去老~課｜不小心讓犯人~走了。

同【遁】dùn

> 「逃」適用範圍較廣，可用於口語和書面語。「遁」屬於書面語，如說「遁走」、「遠遁」、「逃遁」。

反【追】zhuī　~趕｜窮~猛打｜奮起直~｜緊~不放｜那人還沒跑遠，快~上去。

逃避 táo bì

躲開、避開不願或不敢接近的事物　~責任｜~困難｜~現實。

同【躲避】duǒ bì
同【規避】guī bì
同【迴避】huí bì

> 「逃避」語意較重，指不願或不敢接觸，多和責任、現實等詞搭配。「躲避」突出有意識地悄悄離開，使自己不被人發現，如說「躲避債務」、「躲避追殺」。「規避」屬於書面語，多用於抽象事物，如說「極力規避矛盾」、「規避市場風險」。「迴避」屬於書面語，突出因某種原因而躲走、讓開，如說「請各位迴避一下」。

逃遁 táo dùn

逃走；溜掉　肇事者倉皇~｜他們連夜~出城。

同【逃脫】táo tuō

> 「逃遁」屬於書面語。「逃脫」突出擺脫不利局面，從困境中逃出，如說「逃脫虎口」、「逃脫追捕」。

逃離 táo lí

從某處逃走，離開

~敵營｜~戰場｜儘快~是非之地。

反【回歸】huí guī　~自然｜~故土｜順利~。

逃跑 táo pǎo

跑着離開對自己不利的環境　歹徒~了｜他們連夜~。

同【逃走】táo zǒu

> 「逃跑」突出十分迅速地逃離出去。「逃走」較常用，如說「連夜逃走」、「那人早就逃走了」。

逃亡 táo wáng

逃跑在外；出走逃命　~他鄉｜~海外｜在~途中他們走散了。

同【流亡】liú wáng
同【亡命】wáng mìng

> 「逃亡」語意較重。「流亡」突出因災難或政治危險而被迫離開家鄉或祖國，如說「逃亡國外」、「逃亡他鄉」、「逃亡生涯」。「亡命」指逃跑在外，如說「亡命天涯」；還指（冒險作惡之人）不顧性命，如說「追逐亡命之徒」。

陶冶 táo yě

比喻給人的思想、品格以好的影響　~情操｜~品格。

同【薰陶】xūn táo

> 「陶冶」是褒義詞。「薰陶」強調因長期耳濡目染而受到影響，如說「薰陶漸染」、「環境的薰陶」。

陶醉 táo zuì

對某種情境或情緒感到滿意，並沉浸在這種愉悅的境界中　自我~｜她~在幸福中｜大家~

於湖光山色之中。
回【沉醉】chén zuì

「陶醉」突出對目前的狀態、情景感
到滿足。「沉醉」語意較重，屬於
書面語，如說「她總是沉醉在幻想
中」、「人們沉醉在歡樂的氣氛中」。

討好 tǎo hǎo　迎合別人，取得別人的歡心或稱讚　你別～賣乖了｜她很會～上司｜你不用刻意去～他。
回【諂媚】chǎn mèi
回【諂諛】chǎn yú
回【取悅】qǔ yuè

「諂媚」、「諂諛」屬於書面語，都是
貶義詞，「討好」多用於口語中。

討教 tǎo jiào　請求別人指教　虛心向老師～｜他認真向行家～。
回【請教】qǐng jiào
回【求教】qiú jiào

「討教」、「請教」突出虛心、謙和地
請求別人指導。「求教」希望得到指
點的心情更迫切，姿態放得更低，
如說「登門求教」、「向各位求教」、
「四處求教解決問題的方法」。

討厭 tǎo yàn　1. 令人厭煩　令人～｜我很～這樣的天氣｜這孩子又哭又鬧真～。
反【可愛】kě ài　任性並不～｜～的小動物｜多麼～的小傢伙啊！
2. 不喜歡；厭惡　～說謊｜～醉鬼｜他最近心情不好，看誰都～。
回【厭惡】yàn wù
反【寵愛】chǒng ài　～有加｜不要過

分～孩子。
反【喜歡】xǐ huan　～游泳｜～自然景觀｜我特別～跟朋友聊天。
反【愛慕】ài mù　～虛榮｜～錢財｜他倆彼此～。
反【愛好】ài hào　～和平｜～音樂｜～收藏｜他～球類運動。

特別 tè bié　1. 不普通；與眾不同　那書很～｜這座雕像真～。
回【特殊】tè shū
反【普通】pǔ tōng　～髮型｜～郵票｜他穿得很～｜我只是一個～的打工仔。
反【一般】yì bān　長相～｜情況～而並不突出｜這個隊的水平很～。
反【平常】píng cháng　～日子｜智力～｜她的相貌～得很。
2. 特地；專門　這些都是～為您準備的｜下班後他～去那裏理髮｜大家～為她舉辦了生日晚會。
回【特地】tè dì
回【特意】tè yì
回【專門】zhuān mén

「特別」含有非同尋常，十分特殊的
意思。「特地」語意較重，表示專為
某事，如說「他特地從外地趕來參加
朋友的婚禮」。「特意」突出早有準
備，專為某人或某事而做，如說「我
特意為此請了假」、「他特意大老遠
趕來為您祝壽」、「我們特意為她調
整了行程」。

3. 尤其，表示更進一步　他愛好廣泛，最近～愛上網｜他喜歡運動，～是打乒乓球｜這件事～重要，一定要辦好｜他穿這身衣服顯得～精神。
回【尤其】yóu qí

特長 tè cháng

在某一方面具備的特殊能力或專長　我的～是繪畫｜父親的～是雕刻｜要充分發揮自己的～。

圓【專長】zhuān cháng

「特長」語意較重，指某方面的特殊才能。「專長」突出學問、技能，如說「學有專長」、「注意發揮技術人員的專長」。

特地 tè dì

專門（去做）　～登門致歉｜～前來拜訪｜～派人來調查。

反【順便】shùn biàn　～看望｜我出去時～買了本書。

反【順帶】shùn dài　～問一下｜～把垃圾扔了｜他出差時～訪問了那所大學。

反【乘便】chéng biàn　出差途中～回了一趟家鄉｜今天路過醫院，我～去看一位病友。

「特地」突出為了某個專門目的而進行。

特點 tè diǎn

（人或事物）不同於一般的地方　文章～鮮明｜這個設計非常有～｜我們公司的～是以人為本。

圓【特徵】tè zhēng
圓【特性】tè xìng
圓【特色】tè sè

「特點」適用範圍較廣。「特徵」強調可以作為特點的標誌，如說「藝術特徵」、「相貌特徵」。「特色」突出事物表現出來的風格、特點等，如說

「民族特色」、「各有特色」。「特性」多用於具體事物所特有的性質，如說「固有的特性」、「必須充分考慮事物的具體特性」。

特例 tè lì

特別的事例；特別的規定　這次是～｜由～轉化成了常規｜這被當作醫院的～。

反【慣例】guàn lì　按照～｜國際～｜打破～｜就按～辦吧。

特殊 tè shū

與同類事物或一般情況有明顯不同　情況很～｜接受～任務｜這事有很大的～性｜享受～待遇。

圓【特別】tè bié

「特殊」突出獨特性，指明顯地不同於一般。「特別」也可以作副詞，如說「特別高興」。

反【平常】píng cháng　和～人不一樣｜～人物的～命運｜這樣的事情對他來說太～了。

反【普通】pǔ tōng　～人｜衣着～｜～民眾｜極其～的道理。

反【一般】yì bān　演技～｜基礎～｜在～情況下｜～不允許這樣做。

特務 tè wu

受派遣從事刺探情報、顛覆或其他破壞活動的人　遣返多名～｜～組織。

圓【間諜】jiàn dié

「特務」有經過特殊訓練，從事特殊活動的意思。「間諜」突出暗中進行偵察或破壞活動，如說「充當間諜」、「長年從事間諜活動」。

特性 tè xìng　（人或事物）所具有的特殊性質　物理~｜應了解每台機器的~。

反【共性】gòng xìng　存在~｜這是人類所具有的~｜事物的~是歸納中得出的。

疼愛 téng ài　十分喜愛　父母都~自己的孩子｜奶奶最~我這個小孫子。

同【心疼】xīn téng

「疼愛」含有非常關切及寵愛的意思，多用於人，指長輩對晚輩的關切、愛護。「心疼」多用於口語，可用於所喜愛的人或事物，如說「覺得心疼」、「心疼兒子」；「心疼」還指捨不得，如說「你別心疼花這錢」。

反【痛恨】tòng hèn　~敵人｜他最~不誠實的行為。

謄寫 téng xiě　按照底稿或草稿抄寫　~文件｜請將文章再~一遍。

同【抄寫】chāo xiě

同【繕寫】shàn xiě

「繕寫」、「謄寫」都屬於書面語。「謄寫」突出抄寫的行為本身，語氣比較鄭重。「抄寫」適用範圍較廣，可用於各種文字性資料，如說「抄寫答案」、「抄寫佈告」、「抄寫活動通知」。

騰飛 téng fēi　迅速起飛，比喻迅速崛起並發展　當地經濟迅速~｜畫上的龍~起舞，栩栩如生。

同【起飛】qǐ fēi

「騰飛」語意較重，多用於指經濟或其他事業迅速崛起或發展。「起飛」語意較輕，喻指經濟事業開始上升、發展，如「飛機在跑道上起飛」、「中國西部的經濟正在起飛」。

提拔 tí bá　挑選人員使擔任更重要一級的職務　他被~為經理｜要多~一些年輕有為的職員｜新總裁上任後，~了很多自己的親信。

同【選拔】xuǎn bá

「提拔」的對象多是擔當領導、管理職責的人、官員，適用範圍較小。「選拔」指挑選出適合某些方面的人，其對象除管理人員、官員外，還包括運動員、比賽選手、技術人才等，適用範圍較廣，如說「層層選拔」、「選拔優秀人才」。

提倡 tí chàng　帶頭鼓動眾人做或實行（某事）　~環保｜大力~國學｜積極~使用環保產品。

同【倡導】chàng dǎo

「提倡」突出帶頭發動，並指出好處、優點，使別人共同去實行。「倡導」突出引導人們做某事，如「倡導健康文化」、「倡導綠色消費」、「倡導健康的生活方式」。

反【反對】fǎn duì　遭到~｜一致~｜~浪費｜大家都~這個過於冒險的做法。

提出 tí chū　説起，指出　~建議｜~解決方案｜他~了反對意見。

反【撤回】chè huí　決定~提案｜如果這樣，我就~訴訟。

提綱 tí gāng

（寫作、發言、研究、學習、討論等）在內容方面的要點　發言～｜這是明天討論會的～｜你先擬個～給我看看。

同【大綱】dà gāng

同【綱要】gāng yào

「提綱」適用範圍較廣。「大綱」所指內容要點比較簡明，多用於著作、宣傳、計劃等，如說「教學大綱」、「考試大綱」。「綱要」所包括的內容比較詳細，多用於書名或文件名稱，如《經濟發展綱要》、《教育發展綱要》。

提高 tí gāo

使事物的水平、位置、質量等方面比原來高　～辦事效率｜人們的生活水平有了很大～｜～分析問題和解決問題的能力｜學校要注重～學生的綜合素質。

同【進步】jìn bù

「提高」多用於位置、地位、程度、水平、質量、技術、效率等；還可指向上提起或升起，如說「水位提高了很多」。「進步」不能帶賓語，多用於技能、思想、社會制度等，如說「學習進步」、「社會進步」。

反【降低】jiàng dī　工資～｜～操作難度｜銀行多次～存款利率。

反【下降】xià jiàng　成本～｜成績大幅～｜社會購買力有所～。

提前 tí qián

時間改早，使先於原定時間　～作好準備｜～到達目的地｜雨季～來臨了｜工程隊～一個月完成了施工任務。

同【提早】tí zǎo

反【推遲】tuī chí　會議～｜～入學｜因雨季到來，不得不～行程。

提升 tí shēng

職位、職務或其他等級得到提高　他希望這次能得到～｜他被～為公司的總經理｜城市綜合競爭力得到很大～。

同【晉升】jìn shēng

「提升」指級別、職位比原來有所提高；也用於品級、意識等，如說「茶葉等級提升了」、「努力提升自我品位」。「晉升」指職務、等級向上變動，如說「晉升總經理」、「他終於晉升為正職了」。

提示 tí shì

指出對方沒有想到或想不到的內容，以引起注意　經老師～他解答了那道難題｜不管朋友怎麼～，他就是想不起那天的事。

同【提醒】tí xǐng

「提示」多用於學習、思路方面。「提醒」多用於不注意、容易忘記的事情，如說「一再提醒注意安全」、「多次提醒乘客別忘了東西」。

提問 tí wèn

提出問題　她正在接受記者的～｜老師在課堂上很喜歡～。

同【發問】fā wèn

「提問」多用於教學或需要諮詢的事情。「發問」一般用於口頭提出問題，如說「輪流發問」、「自由發問」。

反【回答】huí dá　～問題｜一一作出～｜真不知道怎麼～他。

提議 tí yì　1. 提出主張或建議，請大家討論或徵求同意　技術員～開發新產品｜他～對公司進行人事改革｜她～通過公開招標決定這項工程的承包公司。
同【建議】jiàn yì
2. 商討問題時提出的主張或建議　她的～比較合理｜他的～遭到反對｜我的～得到了大家的積極回應。
同【建議】jiàn yì

「提議」比較正式而鄭重。「建議」語氣比較婉轉、客氣，如說「建議大家休息一下」、「建議當事人暫時迴避」、「會議採納了我的建議」。

提早 tí zǎo　時間提前　～報到｜～退休｜他～把會議室佈置好了。
同【提前】tí qián
反【推後】tuī hòu　婚期～｜演出一再～｜會議又～了幾天。

題目 tí mù　表示文章或演講主要內容的詞句　我沒記住作文的～｜我想不起那首詩的～了｜這個演講～起得非常好。
同【標題】biāo tí

「題目」除用於詩文外，還可用於講演、談話等，適用範圍較廣；還指練習或考試時要求解答的問題，如說「考試題目」。「標題」只用於詩文，適用範圍較小，如說「文章標題比較新穎」。

體格 tǐ gé　身體的發育情況和健康狀況　～健全｜進行～檢查｜運動員必須要有好的～。

體魄 tǐ pò

「體格」突出人的形體發育和健康狀況，也用於動物。「體魄」包括體形和精力，只用於人，適用範圍較小，如說「鍛煉體魄」、「堅強的體魄」。

體會 tǐ huì　1. 體驗領會　你再仔細～一下他說的話｜他終於～到了父母的良苦用心。
同【體驗】tǐ yàn
同【體味】tǐ wèi
同【領會】lǐng huì
同【感受】gǎn shòu

「體會」兼含體驗和領會的意思，突出面對生活現象（包括他人的文字材料如著作、文件以及演講等），進行分析研究，從理性角度領會理解事物的本質。「體驗」突出親自與事物接觸，從感性角度對事物有所認識，如說「親身體驗」、「體驗生活」、「他深深體驗到了那種工作的危險和艱苦」。「體味」突出親自接觸事物後沉浸其中，細細品味，其對象多為語言文字所包含的意味、人的趣味、感情等，如說「體味作品語言的韻味」、「體味人生甘苦」。「領會」的對象多是抽象事物，如說「領會了上司的意思」。

2. 體驗領會的內容　他的～非常深｜這只是我個人的一點～｜請談談你出國留學的～。
同【感受】gǎn shòu

體例 tǐ lì　文章、著作的編寫格式　共商《清史》纂修～｜撰寫～亟待規範｜辭書的寫作有很多～｜～結

構安排比較合理。
同【格式】gé shì

「體例」用於按一定組合形式編撰的
著作。「格式」突出按規定和程式而
撰寫，如說「統一格式」、「公文格
式」。

體諒 tǐ liàng
站在對方或別人角
度考慮問題，並給予諒解　她很會~
人｜要多多~他人｜夫妻之間要互相
~｜你怎麼這麼不~我的難處？
同【諒解】liàng jiě

「體諒」多指設身處地為人着想，對
別人的錯誤或不足予以寬容。「諒
解」突出不追究別人的過錯或毛病，
如說「雙方達成諒解」、「取得對方
諒解」。

體面 tǐ miàn
體統；面子，光
彩　別說不~的話｜這樣有失~｜做
出這種事情實在太不~。
反【丟人】diū rén　~現眼｜說出去真
是~｜你就別在這兒~了。
反【丟臉】diū liǎn　感覺很~｜給父
母~了｜你這樣做不覺得~嗎？
反【羞恥】xiū chǐ　~之心｜不知~｜
我為他感到~。
反【難看】nán kàn　你這是存心叫我
~嗎？｜別讓對方面子上太~。
反【寒磣】hán chen　你說這話，不覺
得~嗎？｜就我一個人沒做好，太~了。

體貼 tǐ tiē
揣摩別人的心情、處
境並給予關心照顧　她對父母很~｜
他對妻子兒女~入微。
同【體恤】tǐ xù

「體貼」常用於和自己關係較密切的
人。「體恤」語意較重，屬於書面
語，如說「體恤民情」、「體恤民生
疾苦」、「體恤孤寡老人」。

體系 tǐ xì
一個相互聯繫的整體
~混亂｜建立完整的營銷~。
同【系統】xì tǒng

「體系」突出内部各相關要素組成統
一整體。「系統」突出内部要素的妥
善安排或合理有序，如說「水利系
統」、「進行系統研究」。

體現 tǐ xiàn
某種性質或現象在
某一事物上具體地表現出來　這件事
~了他的務實精神｜這次演習~了強
大的軍事實力。
同【表現】biǎo xiàn

「表現」突出使某些特徵如精神、思
想等顯現出來，強調結果，如說「表
現良好」、「表現十分突出」、「得
到充分表現」、「表現不盡如人意」。

體無完膚 tǐ wú wán fū
全身
的皮膚沒有一塊好的，形容渾身是
傷　他被幾個流氓打得~。
同【遍體鱗傷】biàn tǐ lín shāng

「體無完膚」還比喻論點被全部駁倒
或文章被刪改得很多，如說「他的
觀點被批得體無完膚」。「遍體鱗
傷」突出傷痕形狀像魚鱗那樣又多又
密，如說「被打得遍體鱗傷」。

替代 tì dài
代替；代換；換用

用塑膠～金屬作生產原料｜誰也無法～他在公司中的位置｜沒有人能～他在這個女孩心目中的地位。

◉【代替】dài tì

> 「替代」與「代替」意思同，但「替代」較少使用。

天 tiān

1. 日月星辰所在的高空　滿～星光｜驚～動地｜～翻地覆｜～長地久｜頂～立地。

（反）【地】dì　～面上｜黃土～｜～大物博｜鋪天蓋～。

2. 自然界　～災｜人定勝～｜～人合一。

（反）【人】rén　～造｜～禍｜待～接物｜動～心魄｜事在～為。

3. 造物主，命運　聽～由命｜這是～意。

（反）【人】rén　謀事在～，成事在天。

天邊 tiān biān

很遙遠的地方　～飄着朵朵白雲｜遠在～，近在眼前｜就是跑到～，也要把他找回來。

◉【天際】tiān jì
◉【天涯】tiān yá

> 「天邊」、「天涯」、「天際」都指極遠的地方。「天邊」多用於口語。「天涯」、「天際」多用於書面語，如說「天涯海角」、「亡命天涯」、「天涯淪落人」、「極目天際」、「遙望天際」、「火箭遨遊天際」。

天才 tiān cái

極其聰明、富於智慧、各方面能力極為出眾的人　音樂～｜～作家｜他是大家公認的藝術～。

（反）【庸才】yōng cái　徒有虛名，其實～｜如此～豈能勝任。

（反）【白痴】bái chī　這種常識連～都知道｜我覺得自己那時候簡直就像個～。

天分 tiān fèn

天資；天賦　他～極高｜這個孩子很有音樂～｜他有繪畫的～。

◉【天性】tiān xìng
◉【天賦】tiān fù
◉【天資】tiān zī
◉【資質】zī zhì

> 「天分」與「天賦」意思比較接近，突出指人的智慧才能。「天分」常用於口語中。「天賦」指人與生俱來的智慧才能，如說「他天賦極高」。「天性」指人的品質、性格，不包含價值和情感判斷，如說「天性善良」、「愛美是人的天性」。「天資」指一個人先天的聰明才智，常可用智力水平的高低來衡量，如說「天資聰明」。「資質」突出人的智力水平情況；也可泛指從事某種工作或活動所具備的條件、資格或能力，如說「該公司資質不很理想」。

天河 tiān hé

銀河　仰望～｜牛郎織女被～分開｜入夜後，人們往往可以看到～。

◉【銀河】yín hé
◉【星河】xīng hé
◉【河漢】hé hàn

> 這幾個詞所指相同。「天河」具有形象色彩。「銀河」突出星體閃閃發亮，較常使用。「河漢」屬於書面語。

天氣 tiān qì　各種氣象情況　~預報｜這鬼~，怎麼説下雨就下雨｜~寒冷，你最好穿上大衣。

同【氣候】qì hòu

「天氣」一般指某個時間內的具體氣象情況。「氣候」指經過長時間觀察而總結、概括出來的氣象總體情況，不指短時間的天氣變化，如説「海洋性氣候」、「當地氣候惡劣」；還可指動向、成就、情勢，如説「政治氣候」、「這幾個人根本成不了氣候」。

天穹 tiān qióng　天空　蔚藍的~｜仰望｜天上的星星使~變得那樣高遠，那樣深不可測。

同【蒼穹】cāng qióng

「天穹」屬於書面語，多用於比喻。「蒼穹」多用於文藝描寫，屬於書面語。

天然 tiān rán　天生的；自然存在的　~景觀｜~資源｜~形成｜~屏障。

反【人工】rén gōng　~湖｜~呼吸｜~降雨｜她臉上~修飾的痕跡過於明顯了。

反【人造】rén zào　~纖維｜~皮革｜又一顆~衛星上天了。

天生 tiān shēng　自然生成、與生俱來　她~喜歡小動物｜他~一副大嗓門。

同【生就】shēng jiù

「天生」突出自然形成的資質、能力等，適用範圍較廣。「生就」指來

如此，很難改變，多用於人，如説「生就一張娃娃臉」、「他這是生就的壞脾氣」。

天時 tiān shí　自然時機，指適合的時機或者條件　利用~之便｜講究~地利人和。

反【地利】dì lì　充分利用~的條件｜在此做生意他們佔盡了~。

天堂 tiān táng　1. 某些宗教中指人死後所去的安樂居所　他相信自己死後會進~｜上有~，下有蘇杭。

反【地獄】dì yù　十八層~｜他以為惡人死後是要下~的。

2. 比喻美好生活的境地　人間的~｜這裏是小鳥的~｜對他來説，考上大學就是進了~。

反【地獄】dì yù　嫉妒和褊狹使她生活在自己的~中｜這裏是孩子的天堂，老人的~。

天涯 tiān yá　形容極遠的地方　~海角｜遠在~｜海內存知己，~若比鄰。

同【天際】tiān jì

同【天邊】tiān biān

反【咫尺】zhǐ chǐ　~之間｜~天涯｜他們雖然近在~，卻不能相見。

天災 tiān zāi　自然界引起的災禍　~不斷｜抗禦~｜只要團結起來，~並不可怕。

反【人禍】rén huò　天災~｜三分天災，七分~｜由於積怨太久而醞釀出的~。

天真 tiān zhēn　頭腦簡單，容易

受假像蒙蔽｜你太～了｜這種想法非常～。

🔵【幼稚】yòu zhì

> 「天真」多用於人和人的想法，還指人心地單純，性情直率，如說「天真爛漫的小學生」、「她是個～可愛的孩子」。「幼稚」突出年齡小或處世經驗不足，如說「思想幼稚」、「這種想法很幼稚」、「都三十歲了還像小孩一樣幼稚」。

添補 tiān bǔ

添加；補充　～寒衣｜～傢具｜裝備需要陸續～起來。

🔻【減少】jiǎn shǎo　人員～｜數量有所～｜遲到的現象逐漸～了。

🔻【削減】xuē jiǎn　～軍備｜～經費｜盡力～不必要的開支。

> 「添補」的對象多是衣物、傢具之類。

添加 tiān jiā

增加；補充　～設備｜～防腐劑｜天冷別忘了～衣服｜教室～了一張課桌。

🔵【增加】zēng jiā

🔵【增添】zēng tiān

> 「添加」的對象多是衣物、物資、設備、材料、力量等。「增加」多與「消費」、「費用」、「收入」、「面積」、「體積」、「長度」、「數量」、「重量」、「食欲」等詞搭配。「增添」的對象多是抽象事物，如說「增添光彩」、「增添麻煩」、「額上的皺紋給他增添了幾許滄桑」。

添色 tiān sè

增添色彩或情趣　增輝～｜給劇本添～｜這幅畫給房間～

不少。

🔻【失色】shī sè　黯然～｜相形～｜她的出現使其他女孩大為～。

🔻【減色】jiǎn sè　某些名人墨跡反使美景～。

田地 tián dì

地步，情形　他已墮落到了無可救藥的～｜事情弄到今天這個～，也不是我一個人的責任。

🔵【地步】dì bù

🔵【境地】jìng dì

> 「田地」突出事情向壞的方向發展並已達到一定程度；也指用於種植的地塊，如說「大片田地荒蕪」。「地步」指事情經過發展達到某一程度，多用於不良的境況，如說「竟然落到這種地步」。「境地」指不好的處境，如說「他的境地讓人可憐」。

恬淡 tián dàn

清靜淡泊，不追求名利；恬靜，安適　～寡欲｜這首詩意境～｜他很嚮往～悠閒的生活。

🔵【淡泊】dàn bó

> 「恬淡」屬於書面語。「淡泊」突出不把名利看得很重，如說「淡泊名利」。

恬靜 tián jìng

清靜；寧靜　～大方｜～的小路｜環境～幽雅｜性情～的姑娘｜兒子～地睡着了｜他喜歡她～的笑臉。

🔵【安靜】ān jìng

🔵【寧靜】níng jìng

> 「恬靜」屬於書面語，多用於文藝描寫。「安靜」語意較輕，如說「安靜的教室」、「她的心情一直安靜不下

來」。「寧靜」多形容心情或環境清靜，沒有騷擾，如説「心境寧靜」、「寧靜的生活」、「寧靜的江面」。

⊘【喧囂】xuān xiāo ～的都市｜車馬～｜她只想遠離～的人羣。

甜 tián　1. 像糖或蜜的味道，與「苦」相對　這種蘋果很～｜小孩子喜歡～食。

◎【甘】gān

「甜」突出味道很好，可用於比喻，如説「生活甜美」、「甜蜜的日子」。「甘」屬於書面語，可組合成「甘泉」、「甘甜可口」、「同甘共苦」等。

⊘【苦】kǔ ～味｜良藥～口｜鹽放多了，吃着有點～。

2. 話説得很好聽　那個小姑娘的嘴真～｜她説話的聲音很～。

◎【蜜】mì

3. 形容舒適愉快　睡得很～｜孩子們笑得那麼～。

⊘【苦】kǔ ～日子｜受～受累｜千辛萬～｜含辛茹～｜夫妻應該同甘共～。

甜美 tián měi　1. 味道很甜　～的果汁｜～的蛋糕｜從來沒吃過這麼～的荔枝。

◎【香甜】xiāng tián

⊘【苦澀】kǔ sè ～的青果｜味道有點兒～｜我感冒了，吃甚麼都覺得是～的。

2. 舒適、愉快、美好　音色～｜一生追求～幸福的生活。

◎【甜蜜】tián mì

◎【香甜】xiāng tián

「甜美」強調因美好而覺得舒適、愉快；也可指甜的味道，如説「甜美的點心」。「甜蜜」形容愉快、幸福、滿足，如説「甜蜜的微笑」、「祝你們生活甜蜜」。「香甜」可指味道，如説「香甜的蘋果」；也可指睡得踏實、舒服，如説「睡得香甜」。

⊘【痛苦】tòng kǔ 內心～｜無法擺脱～｜沒有人了解他～的生活。

甜蜜 tián mì　感覺生活幸福、愉快、舒服　生活很～｜～的愛情｜她露出了～的微笑。

⊘【痛苦】tòng kǔ 承受～｜～不堪｜～的心情無法向人傾訴。

甜頭 tián tou　使人得益或讓人滿意的事　得了～｜爸爸也嘗到了使用電腦的～。

⊘【苦頭】kǔ tou 嘗盡～｜你還沒吃夠～嗎？這趟出差他可真的吃了不少～。

填 tián　用東西把低凹、缺少的部分墊平或加滿　～充｜～平｜～補缺項｜慾壑難～｜我馬上就把這坑～上。

⊘【挖】wā ～洞｜～井｜～肉補瘡｜再往下面～一點兒，就能看到樹根了。

⊘【掘】jué 挖～｜～壕溝｜～地三尺也要找到。

調劑 tiáo jì　對存在的不和諧加以適當調整　週末他們打算去郊遊，～一下緊張的學習生活。

◎【調節】tiáo jié

同【調整】tiáo zhěng

「調劑」多用於數量或程度的調配，對象多是勞力、人員、經費、物資、時間、生活、精神、口味等。「調節」的對象為可用數量、程度等來衡量的事物，如溫度、濕度、速度、氣候、氣氛、空氣、水流量等。「調整」突出重新整頓或配置，使混亂、不合理、不平衡等不符合要求的狀況發生變化，以適應客觀環境和要求，對象多是經濟、計劃、政策、機構、結構、方案、人力、人員、時間、價格、工資等。

調解 tiáo jiě　勸解，使矛盾雙方和解　~失敗｜~鄰居糾紛｜~工作相當難做｜經過多方積極~，終於把問題妥善解決了。

同【調和】tiáo hé
同【調停】tiáo tíng

「調解」多用於日常生活。「調和」指解除糾紛，使爭執、對立的雙方重歸於好，如說「從中調和」、「他們之間的矛盾不可調和」；還指配合得當，如說「色彩調和」。「調停」突出「停」，使雙方爭執不再延續，多用於政治或軍事集團之間發生爭端的情況，如說「經過調停，平息了兩國之間的爭端」。

反【挑撥】tiǎo bō　~離間｜從中~｜~同學關係｜你千萬別輕信別人的~。

「調解」突出排解雙方的爭執，多用於一般生活中的矛盾、糾紛。

調理 tiáo lǐ　調養護理　注意~｜

他的胃口~得很好｜在家人的精心~下，他終於恢復了健康。

同【調養】tiáo yǎng

「調理」突出護理，指使身體恢復健康。「調養」突出養護，如說「靜心調養」、「經調養她已康復」。

調皮 tiáo pí　頑皮　~搗蛋｜~的小傢伙｜今天你家孩子又在學校裏~了。

反【老實】lǎo shi　這孩子很~，從不和人吵鬧｜喜歡~聽話的孩子。

反【聽話】tīng huà　這孩子還算~｜不~，有你苦頭吃｜~，快去做完功課。

挑撥 tiǎo bō　在多方之間搬弄是非，造成誤會或引出糾紛　~離間｜~父子感情｜別受人家的~｜這件事肯定有人在暗中~。

反【調解】tiáo jiě　~糾紛｜經過~，他們還是和好了。

反【斡旋】wò xuán　出面~｜從中~，解決兩方爭端。

反【調停】tiáo tíng　居中~｜在他~下，矛盾化解了｜經過多方~，事件終於平息了。

「挑撥」多指有意製造事端，使雙方或多方產生矛盾、隔閡或激烈爭端，對象可以是集體或個人。

挑逗 tiǎo dòu　招引；惹弄　有意~｜百般~。

同【撩撥】liáo bō

「挑逗」突出以言語、行動或色相等

挑動對方，使對方對自己產生興趣。「撩撥」多用於文藝描寫，突出力圖使別人的心情發生有利於己的變化，如說「撩撥心弦」。

挑釁 tiǎo xìn　故意生事，企圖挑起爭端、戰爭等　一再～｜他用～的目光看着我｜武裝～。

同【挑動】tiǎo dòng

同【尋釁】xún xìn

「挑釁」多用於政治、軍事方面，也用於人際關係，適用範圍較廣。「挑動」的目的是讓自己以外的雙方發生衝突，如說「挑動是非」、「挑動戰爭」、「挑動不明真相的人起來鬧事」。「尋釁」多用於較小的衝突，如說「尋釁鬧事」、「尋釁逞兇」。

挑戰 tiǎo zhàn　鼓動對手同自己競賽；激怒敵人，使其出來作戰　接受～｜下～書｜他大膽地向對方提出了～。

反【應戰】yìng zhàn　沉着～｜做好～準備｜比賽在即，隊員們積極準備～。

眺望 tiào wàng　站在高處向遠處看　～大海｜她向遠方～了許久。

同【瞭望】liào wàng

「眺望」指輕鬆、隨意地往遠處看，屬於書面語。「瞭望」突出目光專注地看，力圖有所發現，如說「極目瞭望，美景盡收眼底」。

貼近 tiē jìn　靠得很近　～耳邊

説話｜～實際生活｜把桌子～牆壁放。

反【遠離】yuǎn lí　～人羣｜～喧囂的鬧市｜他為了求學不得不～了家鄉和親人。

聽從 tīng cóng　願意按照別人的意思（去做）　～上級安排｜一切行動～指揮｜她沒有～父母的勸告。

同【服從】fú cóng

同【遵從】zūn cóng

「聽從」多與表示言語、意見的詞搭配，突出接受指導。「服從」突出同意和聽從，含有接受支配的意味，如說「服從命令」、「服從判決」。「遵從」突出遵照着做，如說「遵從上級的指示」、「遵從老師的指導」。

反【違背】wéi bèi　～上級意圖｜不能～良心｜你敢～父母的意見？

反【違抗】wéi kàng　～命令｜他執意～到底。

反【抗拒】kàng jù　～從嚴｜不可～的力量｜再～下去，對你沒好處。

聽憑 tīng píng　讓別人願意怎樣就怎樣　她只能～父母的擺佈｜如何處理，～你們決定｜他知道自己犯了大錯，～公司處置。

同【任憑】rèn píng

同【聽任】tīng rèn

「聽憑」突出讓別人決定某事。「任憑」突出隨事物發展或隨他人言行，不加干涉，如說「他總是任憑別人指揮」；還指「無論」，如說「任憑你怎麼努力都沒用」。「聽任」突出完全不加限制，屬於書面語，如說「聽

任別人擺佈」、「絕不能聽任他撥弄是非」。

聽任 tīng rèn　不進行管束，任其發展或變化　～人才流失｜對於安全隱患不應採取～不管的態度。
(反)【約束】yuē shù　紀律的～｜必須加強自我～｜他受到很大～。
(反)【管束】guǎn shù　嚴加～｜別老～孩子｜他常不受～。

「聽任」多指隨其向不好的方向發展。

聽説 tīng shuō　聽別人説　我～你去年結婚了｜他去新疆旅行了｜～那裏有一棵很神奇的樹。
(同)【耳聞】ěr wén

「聽説」多用於口語。「耳聞」屬於書面語，如説「此事早有耳聞」、「耳聞不如目見」、「你説的那些事我也有所耳聞」。

停頓 tíng dùn　停止或暫時中斷　聲音暫時～｜陷於～狀態｜老師～了一下，等待學生回答。
(反)【進展】jìn zhǎn　了解～情況｜速度不快｜工程～得相當順利。

停火 tíng huǒ　停止軍事行動　簽訂～協定｜促使雙方～｜決定同時～。
(反)【開火】kāi huǒ　向敵軍猛烈～｜雙方在西南～｜前線已經～了。

停刊 tíng kān　(報紙、雜誌)停止出版發行　發佈～公告｜慎重作出

了～決定｜由於經營不善，雜誌～了。
(反)【復刊】fù kān　不可能～｜～紀念號｜該報～後銷量不錯。

停留 tíng liú　暫時停止前進　他在那裏～了一週｜她暫時在國外～了一段時間｜晚上不太安全，～時間不宜過長。
(同)【停滯】tíng zhì

「停留」突出行動停止，狀態暫留；也指停在某個水平或階段上，如説「學琴這麼久了，可你的水平還停留在基本的指法練習階段」。「停滯」突出因受阻而在較長時間內無法繼續下去，多用於抽象事物，如説「生產停滯」、「停滯不前」。

停業 tíng yè　停止營業　～整頓｜～裝修｜飯店因虧損～。
(反)【開業】kāi yè　～誌喜｜重新～｜公司舉辦了一場盛大的～典禮。

停戰 tíng zhàn　交戰雙方停止戰鬥　兩國簽署～協定｜總統發佈～命令｜人們終於盼到了～的日子。
(同)【休戰】xiū zhàn

「停戰」突出雙方不再相互開戰。「休戰」多指暫時停止戰爭或暫停比賽，仍有可能重新開始，如説「暫時休戰」、「決定休戰一天」。

(反)【開戰】kāi zhàn　～的理由｜大規模～｜雙方在邊境～了。

停職 tíng zhí　暫時解除職務　～檢查｜由於工作失誤，他被勒令～。
(反)【復職】fù zhí　～上任｜～的可能

性不大｜通過法定程序～｜上級批准了他的～請求。

停止 tíng zhǐ　不再繼續（做）　～施工｜～試驗｜～研究｜商店～營業｜演出被迫～｜他永遠～了呼吸。

圓【停頓】tíng dùn
圓【停滯】tíng zhì
圓【中止】zhōng zhǐ

> 「停止」可以是暫時的或永久性的。「停頓」一般是暫時的，如說「工作陷於停頓狀態」、「這項工程不能停頓」、「他說話常缺少停頓」。「停滯」多用於抽象事物，如說「生產處於停滯狀態」。「中止」多用於人的主觀行為，如說「對方中止了合同」。

反【繼續】jì xù　～上課｜戰鬥在～｜～發揮作用｜中場休息十五分鐘，然後～比賽。
反【進行】jìn xíng　～比賽｜正在～調查｜談判～得很順利。

停滯 tíng zhì　不再前進或發展　經濟～不前｜工作遇到了難題，處於～狀態。

圓【停頓】tíng dùn
圓【停止】tíng zhǐ
反【發展】fā zhǎn　可持續～｜～教育事業｜要大力～信息產業。
反【進展】jìn zhǎn　不斷取得～｜～不利｜展覽館修建工程～神速。

> 「停滯」突出受到阻礙而不順利的境況，多用於抽象的、可以發展的事物。

挺拔 tǐng bá　高聳直立　那裏有

～的山巒｜路兩邊是～的白楊樹。
圓【挺立】tǐng lì

> 「挺拔」突出向上高聳的狀態，也指強而有力，如說「筆力挺拔」。「挺立」強調筆直站立的狀態，如說「青松挺立」、「高高挺立的銅像」。

通常 tōng cháng　一般；平常　～的看法｜他～不回家吃飯｜～情況下不會發生這樣的事情。

圓【一般】yì bān
圓【尋常】xún cháng

> 「通常」突出普遍的、不出意外的情形；還指某事有規律地經常發生，如說「我們通常在月初開會」。「一般」指平常的，如說「水平很一般」、「一般的生活水準」；還指同樣，如說「跑得飛一般快」。「尋常」突出平常，屬於書面語，如說「尋常人家」、「這件事很不尋常」。

通暢 tōng chàng　1.可以通行；毫無阻力　呼吸～｜水流十分～｜一路～，很快就能到了。

圓【順暢】shùn chàng
反【遲滯】chí zhì　行動～｜思維能力似乎也～了。
反【阻塞】zǔ sè　道路～｜心血管～｜下水道～了。
反【堵塞】dǔ sè　交通～｜～漏洞｜道路被塌方的石頭～了。
2.（思路、文字）通順流利　文字～流利｜你的文章寫得很～，有進步。
圓【流暢】liú chàng

> 「通暢」強調不受阻礙，一路暢通，

多用於管狀的事物；也指流暢，如說「行文通暢」。「順暢」多指事情或行動進展順利，如說「城市交通比以前順暢多了」。「流暢」多用於說話或文章，如說「書寫流暢」、「表達流暢」。

⊜【艱澀】jiān sè　文字～｜此文文意～難懂。

通達 tōng dá　開通；豁達　他很～，並不反對流行時尚｜他雖然已經不年輕了，但思想還是很～的。

⊜【守舊】shǒu jiù　因循～｜拘謹～的老人。

⊜【保守】bǎo shǒu　思想～｜這種觀念過於～。

⊜【頑固】wán gù　～不化｜～守舊｜這人真是個老～。

通過 tōng guò　1. 穿過；從一端到另一端　有電流～｜火車已～大橋｜隊伍～檢閱台｜航道太窄，輪船不能～。

◉【經過】jīng guò

2. 借助於某個中介從而達到目的　～中介租房｜～網路發佈消息。

◉【經過】jīng guò

「通過1」突出動作的進行，「通過2」強調動作行為的媒介、手段；還指同意或達到標準，如說「議會一致通過了這項決議」、「通過了考試」、「沒通過飛行員體能測試」。「經過」突出闡述一個事實或一段過程經歷，如說「我每天上班要經過這家超市」、「經過多年的努力終於獲得了成功」。

3. 被有關方面同意或核准　表決～｜

會議～了那項提議｜大家一致～了方案。

⊜【否決】fǒu jué　～提案｜實行一票～｜有～權。

通例 tōng lì　慣例；一般情況　這樣做違背了～｜按照～解決問題｜公文的寫作要遵循一定的～｜聖誕節提早下班是這家公司的～。

◉【常規】cháng guī

◉【慣例】guàn lì

「通例」指成為通常的規定或安排，多用於制度或書寫格式。「常規」強調經常實行並成為公認的規則，如說「打破常規」、「按常規辦事」。「慣例」突出沒有特別的理由，只是出於習慣而這樣做，如說「沿用慣例」、「打破慣例」、「國際慣例」。

通盤 tōng pán　全面；顧及各方面情況　～處理｜作～考察｜經過～籌劃｜～考慮後再作決定。

◉【全盤】quán pán

「通盤」突出兼顧各個方面，從全局出發加以考慮。「全盤」突出全部、全體，如說「作全盤考慮」、「一招不慎竟全盤皆輸」。

通衢 tōng qú　可以通向各處的大路　這是～要道｜昔日的小路變成了～。

⊜【小徑】xiǎo jìng　鄉間～｜幽雅的～｜一條彎彎曲曲的～通往我們村莊。

通融 tōng róng　以靈活多變的方法為別人提供便利　說了許多好

話，那人還是不肯～｜我確實有特殊情況，請您～一下吧。

[反]【為難】wéi nán　別故意～人｜您就別～我了。

通順 tōng shùn　（文章）順暢，沒有邏輯錯誤或語法錯誤｜句子不～｜文章寫得比較～。

[同]【流暢】liú chàng

> 「通順」突出語言文字順暢而沒有障礙。「流暢」突出語言文字連貫自然，如說「文筆流暢」、「語言流暢」；也形容人物、圖畫、服裝等的輪廓線條及音樂旋律等靈活通暢。

通俗 tōng sú　適合公眾欣賞水平的；容易懂的｜～音樂｜語言｜～讀物也應該具備一定的文化內涵。

[反]【艱深】jiān shēn　內容～｜～的句子｜闡述～的哲學理論。

[反]【深奧】shēn ào　～難懂｜～的經濟理論｜別跟我說～的道理。

[反]【高雅】gāo yǎ　～藝術｜趣味｜這是一間幽靜～的客廳。

通通 tōng tōng　全部｜東西～搬走了｜你們～給我出去｜班上同學～都來了。

[同]【統統】tǒng tǒng

> 「通通」多用於口語。「統統」突出全部包括在內，沒有例外。

通宵 tōng xiāo　整夜；全夜｜～寫作｜～上網｜他們又爭了個～｜你不要常常熬～。

[同]【徹夜】chè yè

> 「通宵」語意較重。「徹夜」屬於書面語，如說「徹夜長談」。

通信 tōng xìn　來往書信或用電子設備互相傳遞文字、圖像等信息｜保持～｜他倆長年～。

[同]【通訊】tōng xùn

> 「通信」原指書信聯繫，一般不作名詞。「通訊」突出利用電訊設備傳遞信號，如電話、電報、傳真、電郵等，也包括信號燈等，如說「無線電通訊」、「以約定的燈光進行通訊聯絡」；還指紀實報道的體裁，如說「他剛為報社寫了一篇小通訊」。

通知 tōng zhī　將事情告訴有關的人｜緊急～｜～學生提前返校｜～市民做好防風措施。

[同]【告訴】gào su

> 「通知」突出傳達事情；還指通知的內容，如說「發出通知」、「張貼通知」。「告訴」突出陳述事實，如說「這事暫時別告訴她」、「告訴你一個好消息」。

同 tóng　相同；一樣｜引為～道｜大～小異｜異口～聲｜～工～酬。

[反]【異】yì　～曲同工｜日新月～｜求同存～｜獨在～鄉為～客。

同窗 tóng chuāng　1. 在同一所學校學習｜他倆～多年｜～六載，親如兄弟。

[同]【同學】tóng xué

2. 在同一所學校學習的人｜小學～｜

他是我大學的～。

⑩【同學】tóng xué

「同窗」指曾在同一學校學習過的人，帶有感情色彩。「同學」可用於各種場合；還可用作對學生的稱呼，如說「同學，你的書掉地上了」、「大家一致稱讚那位女同學」。

同化 tóng huà　因受影響而逐漸變得相同或接近　徹底～｜～過程｜已經被當地人～了。

⑰【異化】yì huà　產生～｜語音～現象可以分成好幾類。

同類 tóng lèi　相同的種類　～產品｜～題材｜這兩種商品當然屬於～。

⑰【異類】yì lèi　～動物｜他個性怪癖，人們都把他視為～。

同樣 tóng yàng　相同；沒有不同　～的風格｜～的道理｜我們～希望與你們合作。

⑰【異樣】yì yàng　他和兩年前比毫無～｜同樣的家庭，～的人生。

同意 tóng yì　支持或准許；對某種主張表示相同的意見　～請假｜他們～放人｜對方～和解｜大家～他的看法。

⑩【贊成】zàn chéng

⑩【贊同】zàn tóng

「同意」突出意見一致，含有准許，不反對的意思。「贊成」突出同意某意見或做法，如說「我也贊成他的看法」、「對這項方案表示贊成」。「贊同」突出同意並參與其中，如說「贊同修改」、「我不贊同你的做法」。

⑰【反對】fǎn duì　未經授權就自行其是｜多人持～意見｜他的提議遭到強烈～。

⑰【拒絕】jù jué　嚴辭～｜～妥協｜他的要求讓人很難～。

統籌 tǒng chóu　全面地作安排或籌劃　～兼顧｜～安排公司事務｜要～規劃市政建設。

⑩【籌劃】chóu huà

「統籌」突出從全局出發加以籌劃，力求兼顧各個部分。「籌劃」突出有計劃地考慮有關事項，如說「積極籌劃」、「聯合籌劃」、「籌劃大型文藝活動」。

統一 tǒng yī　1. 一致；單一的　思想不～｜進行～調度｜這次行動由他～指揮。

⑰【對立】duì lì　～情緒｜公開～｜互相～的看法。

⑰【分歧】fēn qí　消除～｜明顯的～｜意見有～｜雙方的～愈來愈大。

2. 趨於一致；部分聯成整體　～陣線｜實現～大業｜經過討論，大家的觀點逐漸～。

⑰【分裂】fēn liè　出現～｜目前的局面不是他一個人造成的。

痛恨 tòng hèn　極端憎恨　～偷車賊｜～社會上的醜惡現象｜他～一切陳腐的東西。

⑩【憎恨】zēng hèn

「痛恨」語意較重。「憎恨」突出厭

惡、仇恨，如説「憎恨醜惡現象」、「憎恨那個曾經羞辱過他的人」。

⊘【熱愛】rè ài　～自然｜～家鄉｜我十分～正在從事的事業。

⊘【喜愛】xǐ ài　～收藏｜這小孩很惹人～｜他對音樂格外～。

痛苦 tòng kǔ
1. 身體的某些部位極為不適　病人很～｜她忍不住發出了～的呻吟。

⊜【痛楚】tòng chǔ

⊘【好受】hǎo shòu　手術後一直不太～｜現在～一些了。

⊘【舒服】shū fu　感覺～多了｜坐在這裏喝喝茶很～。

2. 精神方面極端難受　內心～｜～的生活｜～的往事不堪回首。

⊜【苦楚】kǔ chǔ

⊜【痛楚】tòng chǔ

「痛苦」用於身體或精神方面，如説「內心痛苦」、「痛苦的生活」。「苦楚」多用於生活感受或精神方面，屬於書面語，如説「忍受苦楚」、「她向我傾吐了生活的苦楚」。「痛楚」突出悲痛，屬於書面語，含有悲涼悽楚的意思，如説「痛楚萬分」、「無法消除內心深處的痛楚」。

⊘【快樂】kuài lè　一個熱情～的小伙子

⊘【甜蜜】tián mì　～的愛情｜孩子笑得多～｜喚起～的回憶。

⊘【幸福】xìng fú　生活～｜度過～的晚年｜她有一個～的家庭。

⊘【愉快】yú kuài　祝節日～｜滿懷～心情｜去年的杭州之行是一次～的旅行。

痛快 tòng·kuài
1. 高興；舒暢而盡興　這兩天她心裏不～｜他們在遊樂園玩得～極了。

⊜【舒暢】shū chàng

⊜【高興】gāo xìng

⊘【窩囊】wō nang　他受了一肚子氣｜代人受過，還不能説出來，真是～。

⊘【煩悶】fán mèn　心中～｜因不順心而～｜他～地在屋裏踱來踱去。

2. 爽快；麻利　這個人辦事十分～｜沒想到他～地答應了。

⊜【乾脆】gān cuì

⊜【爽快】shuǎng kuai

⊜【暢快】chàng kuài

「痛快1」多用於口語，「痛快2」指行事、説話直率、不含糊，令人覺得舒暢。「乾脆」突出直截了當、果斷爽快，如説「乾脆利落」、「她做事乾脆得很」。「暢快」突出舒心順意，含有因滿意而感到高興的意味，屬於書面語，如説「心情暢快」、「感到很暢快」。

偷 tōu
暗中拿取他人的東西，並佔為己有　～雞摸狗｜她錢包被～了｜他在～東西時被當場抓獲。

⊜【盜】dào

⊜【竊】qiè

「偷」多用於口語。「盜」語意較重，多用於指偷盜價值較高的物品，屬於書面語，可組合成「偷盜」、「盜竊」、「盜賊」、「監守自盜」等。「竊」屬於書面語，可組合成「竊賊」、「行竊」、「剽竊」、「竊取」等。

偷盜 tōu dào
非法竊取別人的

東西｜～財物｜鄙視～行為。

圓【盜竊】dào qiè

圓【偷竊】tōu qiè

「偷盜」突出非法竊取。「盜竊」語意較重，多用於價值較高的東西，如情報、商業祕密等，如說「盜竊國寶」、「盜竊商業祕密」。「偷竊」語意較輕，如說「偷竊錢物」、「入室偷竊」。

偷懶 tōu lǎn
為圖省事或安逸，不做或少做應做的事　這是～的後果｜他做事情從不～。

反【勤勞】qín láo　～勇敢｜～致富｜中華民族是一個～的民族。

反【勤奮】qín fèn　～學習｜天才出自～｜他用～換來了今日的成功。

反【勤快】qín kuai　手腳～｜做事～｜這孩子做事很～，一會不閒着。

「偷懶」突出事情本來應當做而逃避或偷工減料。

投 tóu
朝一定的目標或方向用力扔出　～石問路｜這次籃球賽他～球最多｜剛入伍時他膽小得不敢～手榴彈。

圓【扔】rēng

圓【擲】zhì

「投」和「擲」都指使手中的物體向一定的目標飛去。「扔」沒有一定的目標，如說「亂扔垃圾」；還指拋棄，如說「她竟把自己的孩子扔了」。「擲」只指把東西扔出去，如說「擲鐵餅」。

反【撿】jiǎn　～破爛｜～乒乓球｜你

瞧我～到甚麼了？

反【拾】shí　路不～遺｜～金不昧｜他把你扔掉的東西～起來了。

投奔 tóu bèn
前去依靠（別人）　～親戚｜母親死後～到外祖母家。

圓【投靠】tóu kào

「投奔」強調直奔某人某地而去，對象可以是親友、組織或地區。「投靠」突出靠別人生活，對象多為親友、組織、勢力等，不用於地區，如說「投靠親友」、「投靠黑暗勢力」。

投標 tóu biāo
承接建築工程或大宗買賣時，承包人按預定條件提出相應價格及實施方案　積極～｜本公司準備～｜有五家公司參加了這次～。

反【招標】zhāo biāo　發佈～公告｜項目公開向全社會～。

投誠 tóu chéng
（敵人、叛軍等）歸附　率部下～｜敵人已全部繳械～。

圓【投降】tóu xiáng

反【反叛】fǎn pàn　～投敵｜～朝廷｜舊制度的～者。

投入 tóu rù
投放資金　避免盲目～｜教育～正逐年增加。

反【產出】chǎn chū　高～｜有效～｜投入～週期太長。

反【回報】huí bào　～率不高｜強調效益～｜該股票在高～的同時也存在着高風險。

投降 tóu xiáng
停止敵對行動，承認失敗並接受對方處置　宣佈無條

件～｜為保全性命他們舉手～｜在如
此強大的攻勢下，他們只好～。

同【投誠】tóu chéng

同【歸順】guī shùn

> 「投降」多指懾於對方的強大壓力而
> 宣佈放棄抵抗行為，是貶義詞。「投
> 誠」突出主動宣佈歸順，屬於褒義
> 詞，如說「繳械投誠」、「接受對方
> 投誠」。「歸順」還有歸附順從的意
> 思。

反【反抗】fǎn kàng　奮起～｜儘管是
赤手空拳面對歹徒，小伙子依然勇敢
～。

反【抵抗】dǐ kàng　頑強～｜～入
侵｜奉行不～政策。

反【抵禦】dǐ yù　～外侮｜敵對勢
力的滲透破壞｜無法～敵方猛烈的進
攻。

頭 tóu　1. 人體的最上面或動物身
體的最前部　搖～｜～暈｜搖～晃
腦｜交～接耳｜神龍露～不露尾。

同【首】shǒu

反【腳】jiǎo　～踏實地｜指手畫～｜
頭重～輕。

反【尾】wěi　魚～｜搖頭擺～｜畏首
畏～｜藏頭露～。

2. 物體的最上端或最前端　橋～｜堡
～｜街～巷尾。

同【頂】dǐng

反【尾】wěi　船～｜車～燈｜那條路
上發生了多起汽車追～事故。

反【腳】jiǎo　山～｜牆～｜註～。

3. 事物或事情的起點、開端　年～｜
掐～去尾｜做事情應該有～有尾。

同【始】shǐ

反【尾】wěi　臨近～聲｜掃～工作。

反【末】mò　週～｜清朝～年｜又到
了歲～年初。

4. 次序列在最先的　～班車｜～號新
聞｜～等大事。

同【首】shǒu

反【末】mò　～座｜～位。

頭領 tóu lǐng　首領；領頭的人
抓獲團伙～｜土匪～被殺死了。

同【首領】shǒu lǐng

同【頭目】tóu mù

> 「頭領」多用於歷史白話小說，指政
> 治軍事集團中級別較低的領導者。
> 「首領」指某些組織或集團的領導
> 者，如說「部落首領」、「對立派首
> 領」、「農民軍首領」、「大家擁戴
> 他做首領」。「頭目」用於口語，是
> 貶義詞，如說「土匪頭目」、「大小
> 頭目被一網打盡」、「他只是山寨中
> 的一個小頭目」。

頭目 tóu mù　某些組織中的領導
者　大～｜作惡多端的～｜犯罪團伙
的～已被抓獲。

同【首領】shǒu lǐng

同【頭領】tóu lǐng

反【嘍囉】lóu luo　小～｜起哄的～｜
為虎作倀的～。

> 「頭目」、「嘍囉」用於貶義。

頭腦 tóu nǎo　腦筋；思維能力
他～很清楚｜這個人沒有經濟～｜他
們早被勝利衝昏了～。

同【腦筋】nǎo jīn

同【腦子】nǎo zi

「頭腦」突出指思考、分析、判斷、推理的能力，多用於較重大、較複雜的問題；還指頭緒，如說「摸不着頭腦」。「腦筋」僅指一般的思考、記憶能力，如說「積極開動腦筋」；還指思想意識，如說「你這死腦筋」。「腦子」多用於口語，如說「這孩子腦子很靈活」。

頭緒 tóu xù　事情的條理　～繁多｜案件還毫無～｜這件事太複雜，他怎麼也理不清～。
⦿【眉目】méi mu

「頭緒」多指事件的基本線索和主要情況，「眉目」突出事件的整體風貌，如說「眉目清楚」、「這事總算有了點眉目」。

透徹 tòu chè　深入而清晰　分析得很～｜～地理解。
⊘【模糊】mó hu　～不清｜觀點過於～｜你的意思表達得有些～。
⊘【膚淺】fū qiǎn　此書內容～｜認識很～｜對問題的思考不能總是那麼～。

「透徹」突出對情況、事理的分析和了解詳盡而深入。「模糊」指認識、字跡等不清楚。「膚淺」突出學識淺，理解不深。

透露 tòu lù　事先把消息、情況告訴他人或把內心情緒顯露出來　我給你～個內部消息｜那人為了私利竟然～內部機密。
⦿【流露】liú lù

⦿【泄露】xiè lòu
⦿【走漏】zǒu lòu

「透露」指有意把消息、意思等告訴別人。「流露」突出無意中下意識地顯出來，如說「情感的真實流露」、「流露出不想走的意思」。「泄露」也寫作「泄漏」，指不該讓別人知道的事情讓別人知道了，如說「此事千萬不能泄露」、「泄露機密」；還指氣體、液體等漏出，如說「天然氣泄露」。「走漏」多指把不應該傳出去的內容預先傳出，如說「走漏了風聲」。

⊘【隱瞞】yǐn mán　～收入｜～內心的痛苦｜她只得向父母～了這個不幸的消息。

透明 tòu míng　光線能通過的　～的面紗｜水是無色～的液體｜半～玻璃後面一切都看不大清楚。
⊘【渾濁】hún zhuó　流下～的老淚｜這河水一天比一天～。
⊘【混濁】hùn zhuó　空氣～｜～的小池塘｜眼球～無神。

「透明」多形容水和空氣等，也可比喻人的心靈，如說「她有一顆透明的心」。

透闢 tòu pì　（説理）精深刻　説理～｜她的講解非常～｜聽了他～的分析，大家對這個問題有了全新的認識。
⦿【精闢】jīng pì

「透闢」突出道理深入透徹，屬於書面語。「精闢」突出見解獨到，抓住

要害，多用於理論、觀點、看法，如說「解說精闢」、「教授精闢地分析了當前的國際經濟形勢」。

透支 tòu zhī　開支超過收入　這個月的開銷～了不少｜年終結算我家又～了。

⊘【盈餘】yíng yú　～不多｜小店本月略有～。

「透支」還用於體力、精力等，指付出過大，超出承受能力，如說「近幾年他的健康嚴重透支」。

凸 tū　周圍低，中間高　～面鏡｜挺胸～肚｜凹～不平。

⊘【凹】āo　～陷｜～槽｜～進去｜～下一個大坑。

⊘【陷】xiàn　下～｜深～｜眼睛～下去許多。

凸起 tū qǐ　高於周圍部分　肚子～｜～的小山包｜渾身一團團疙瘩狀的肌肉。

⊘【凹陷】āo xiàn　地形～｜一片～的盆地｜數日的疲勞使他兩頰～。

突變 tū biàn　突然、急劇的變化　風雲～｜～的事態｜他一聽這話，神情～。

⊘【漸變】jiàn biàn　～引起突變｜事物的發展常常是～的。

突出 tū chū　1. 超過一般的、不同尋常的　表現～｜重點～｜作出～貢獻。

⊘【一般】yì bān　情況～｜能力～｜

這部作品太～，不值得推薦。

⊘【普通】pǔ tōng　穿着～｜相貌～｜我只是個～的學生。

⊘【尋常】xún cháng　飛入～百姓家｜又一個不～的日子來臨了。

⊘【平常】píng cháng　這很～｜不～的表現｜他們之間的交往很～。

2. 高於周邊東西的　～的高地｜那邊～的地方原來有一棵樹。

⊘【凹陷】āo xiàn　～的彈坑｜眼窩深深～。

突進 tū jìn　在短時間內有很大進展　事業～｜這項研究有了～發展。

⊘【漸進】jiàn jìn　循序～｜改革是一個～的過程。

突破 tū pò　1. 集中兵力進攻一點，力求打開缺口或衝破防線　他們終於～重圍｜他們集中兵力，～了敵人的防線。

⊜【衝破】chōng pò

2. 攻克困難；打破限制　～指標｜研究有了新～｜該課題取得重大～。

⊜【打破】dǎ pò

「衝破」突出迅速改變原有格局，衝出障礙、包圍圈等，如說「衝破壁壘」、「衝破敵人的封鎖」、「衝破傳統觀念的束縛」。「突破2」指原來穩定的狀況突然發生改變，或指出其不意地攻破或超越。「打破」強調將原有的障礙、限制、拘束等破壞或消除掉，語意較重，如說「打破常規」。

突然 tū rán　在極短時間內出乎意料地發生　～停電｜遭到～襲擊。

同【忽然】hū rán

> 「突然」還可作形容詞，如說「這事很突然」、「這個消息來得太突然」。「忽然」突出事情的急促，出人意料，如說「她忽然哭了」、「忽然下起雨來了」、「他忽然想起了那件事來」。

反【逐漸】zhú jiàn ～弄明白｜影響～擴大｜天氣～好轉起來。

反【漸漸】jiàn jiàn 差距在～縮小｜天色～暗了下來｜老人的背影～遠去了。

反【逐步】zhú bù ～改善｜～了解｜～深入｜問題～得到解決。

突圍 tū wéi
衝破包圍 艱難～｜主動要求領兵～｜陷入包圍的戰士們成功～，現已脫險。

同【解圍】jiě wéi

> 「突圍」多用於軍事或棋類。「解圍」可用於軍事或其他方面，如說「替人解圍」、「及時解圍」、「這次幸虧他來解圍」。

反【包圍】bāo wéi 縮小～｜敵人～了村莊｜人們迅速把小偷～起來。

徒 tú
徒弟 收～｜做三年學～｜名師出高～。

反【師】shī 名～｜～徒｜良～益友｜我拜你為～。

徒弟 tú·dì
向師傅學習技術或知識的人 教懂～｜規範操作｜這個～很聰明，一學就會。

反【師傅】shī fu ～留了一手｜你就按～講的去做｜～領進門，修行在個人。

徒然 tú rán
毫無作用；白白地 ～耗費精力｜這樣做～無功｜他們在～地等待。

同【枉然】wǎng rán

> 「徒然」突出白費氣力，屬於書面語。「枉然」突出毫無收穫，如說「計劃雖好，無法執行也是枉然」。

荼毒 tú dú
毒害 ～生靈｜～百姓。

同【毒害】dú hài

> 「荼毒」語意較重，屬於書面語，其對象多為國家、生靈、人民大眾等。「毒害」是一般用詞，適用範圍較廣，如說「不良讀物會毒害青少年的思想」。

途徑 tú jìng
達到目的或解決問題的方法、道路、門徑 探索新的～｜通過法律～解決問題｜他找到通向成功的～。

同【道路】dào lù
同【路徑】lù jìng
同【門道】mén dao
同【門徑】mén jìng
同【門路】mén lu
同【路途】lù tú

> 「途徑」詞義單一，適用範圍較小。「路徑」屬於書面語，如說「這是一條熟悉的路徑」、「終於找到了成功的路徑」。「道路」指地面的道路；也比喻某種竅門；還比喻事物發展的方向，如說「條條道路通羅馬」。「門道」、「門徑」、「門路」都指方法、竅門，如說「尋找提高效率的門

T

道」、「找到了克服困難的門徑」、
「摸到解決這事情的門路」。

屠戮 tú lù　大規模地殘殺　侵略
者～手無寸鐵的民眾｜這種～無辜的
行徑遭到國際社會的一致譴責。
同【殺戮】shā lù

> 「屠戮」屬於書面語。「殺戮」突出大
> 量地殺人，如說「大肆殺戮」、「殺
> 戮無辜」。

屠殺 tú shā　成批大量殺害　血
腥～｜～無辜平民｜侵略軍對那個山
村進行了野蠻～。
同【殘殺】cán shā

> 「屠殺」突出不分對象地大量殺害。
> 「殘殺」突出殺害手段之野蠻、殘酷，
> 如說「遭到殘殺」、「自相殘殺」、「殘
> 殺俘虜」。

塗 tú　將顏料、脂粉、油漆等附在
物體表面　她今天～了新買的口紅｜
醫生叮囑他要按時～藥｜她臉上～了
厚厚的一層粉底。
同【擦】cā
同【抹】mǒ

> 「塗」突出在物體表面蓋上一層顏料
> 或油漆等。「擦」、「抹」常用於口
> 語中，如說「快擦點兒藥水」、「他
> 習慣吃完飯用毛巾抹嘴」。

土 tǔ　1. 稱來自中國民間的地方產
品、技藝、人員等　～產｜～方子｜
～洋結合。

反【洋】yáng　～貨｜～設備｜沒想
到那些～老闆中文說得很流利。
2. 鄉氣；不合時宜　～氣｜～頭～
腦｜這身穿着實在太～。
反【洋】yáng　～派｜這件衣服看上
去很～氣。

吐 tǔ　使東西從嘴裏出來　～核
兒｜吃人不～骨頭｜成功讓他揚眉～
氣｜不許隨地～痰。
反【吞】tūn　～藥｜狼～虎嚥｜嗓子
疼，～嚥困難。
反【嚥】yàn　～口水｜難以下～｜他
艱難地把東西～了下去。

吐露 tǔ lù　講出(真話或真情)　～
祕密｜～真情｜他向我～了心事。
反【隱瞞】yǐn mán　～真相｜～事
實｜～實際收入｜事到如今，你就別
再～甚麼了。

吐 tù　被迫將侵佔的財物退出來
～贓｜～出不義之財。
反【吞】tūn　侵～公款｜他還私～了
不少財物。

> 「吐」(tù) 另指東西不由自主地從嘴
> 中出來，如說「嘔吐」、「上吐下瀉」
> 等。

湍急 tuān jí　水流很急　水流～｜
～的洪水｜～的漩渦將孩子捲走了。
反【潺潺】chán chán　溪流～｜河水
～流向遠方。

團結 tuán jié　為共同目標或任務
而聯合　～一致｜緊密～｜我們應該
～對外。

反【分裂】fēn liè　製造～｜民族～勢力｜反對利用宗教搞～活動。

團聚 tuán jù　親人離別較久後再相聚　夫妻～｜他們終於等到了～的一天。

同【團圓】tuán yuán

「團聚」突出聚，強調親人在分開後又再度聚集在一起。「團圓」多用於夫婦、家人等離散或不幸失散後重新相見，如說「合家團圓」、「喜慶團圓」。

反【分離】fēn lí　骨肉～｜夫妻～。

反【離別】lí bié　～親人｜瀰漫着～的感傷｜～在即，大家的心頭都很沉重。

反【離散】lí sàn　親人～｜找到了～多年的妻子｜～的家人何時才能團圓呢？

團體 tuán tǐ　目的相同、志趣相合的人組成的整體。也指一個單位的集體　文藝～｜學生～。

同【集團】jí tuán

「團體」多指因志趣、目標或追求相同或相近的人組合而成的集體，有時只指眾人、集體，如說「購買團體票」、「排練團體操」。「集團」多指有明確目標、章程或活動方針的集體，如說「販毒集團」、「軍事集團」、「組成企業集團」。

反【個人】gè rén　～主義｜～意見｜榮獲全國～賽冠軍｜～的力量還是不夠的。

團圓 tuán yuán　離散的親人聚集在一起　夫妻～｜一家人過個～年。

同【團聚】tuán jù

反【分離】fēn lí　骨肉～｜飽嘗了～的痛苦｜無論怎樣都不能讓她們母女～。

反【離別】lí bié　～鄉親｜親人～｜～的時刻到了。

反【離散】lí sàn　夫婦～｜家人～｜在逃難途中與女兒～。

推 tuī　用力使物體向外或向前移動　～磨｜順水～舟｜～波助瀾｜～着小車走過去｜那扇門一～就開了。

反【拉】lā　生～硬拽｜從水裏把他～了上來｜你去把那輛車～過來。

推波助瀾 tuī bō zhù lán　比喻促使或助長事物（多指壞的事物）的發展，使其擴大影響　因有些不懷好意的人～，事態愈來愈不可控制了｜只要有地方發生了爭執，他就總喜歡在旁邊～。

同【興風作浪】xīng fēng zuò làng

「推波助瀾」原指推助江河中的波浪，比喻從旁鼓動，使事態擴大。「興風作浪」原指神話傳說中妖怪施展法術掀起風浪，比喻煽動挑撥，製造事端，如說「恐怖勢力興風作浪」、「一些不法分子乘機興風作浪」。

推測 tuī cè　根據已知情況進行想像或猜測　你這完全是主觀～｜她的～很有道理｜要有事實根據，不能僅憑～。

同【猜測】cāi cè

◎【猜想】cāi xiǎng
◎【揣測】chuǎi cè

> 「推測」突出根據已有情況推斷、估摸未知事件，把握性一般較大。「猜測」突出缺乏足夠的根據，如說「錯誤的猜測」、「猜測比賽的結果」、「大家都在猜測事情的結局」。「猜想」多指主觀上對事情進行推測，不一定有憑實據，一般不直接帶賓語，如說「憑空猜想」、「大膽猜想」。「揣測」突出在心裏估計，如說「揣測對方心理」。

推遲 tuī chí　將預定時間往後延遲　運動會因天氣原因～舉行｜她的著作被～出版｜因為突然的變故，他們～了婚期。
◎【拖延】tuō yán

> 「推遲」多用於具體的事。「拖延」多用於時間，如「別一再拖延時間」。

⊘【提前】tí qián　～出發｜～預訂飛機票｜我要～宣佈一個好消息。
⊘【提早】tí zǎo　～行動｜請～入場｜有事兒請～打個招呼。

推崇 tuī chóng　極為看重　大家對他～備至｜李白的詩深受後世人～｜那時人們都很～新思潮。
◎【推許】tuī xǔ
◎【推重】tuī zhòng

> 「推崇」、「推許」都屬於書面語。「推崇」語意較重。「推許」強調讚許，突出因別人的所作所為符合標準而大加讚賞，如說「大加推許」、「他的英勇行為受到人們推許」、「他的

卓越成就廣受推許」。「推重」突出重視，指認為不同尋常，具有相當的價值，多用於對某人的著作、成果、發明等十分看重並予以很高的評價，如說「唐詩宋詞歷來為世人推重」。

⊘【詆毀】dǐ huǐ　惡意～｜～他人｜不允許你這樣～他！

推辭 tuī cí　對任命、邀請、饋贈等表示不願接受　一再～｜他藉故～了新的任命｜她婉言～他的邀請。
◎【推卻】tuī què
◎【推卸】tuī xiè
◎【推託】tuī tuō

> 「推辭」語意比較委婉。「推卻」語氣比較堅決，屬於書面語，如說「再三推卻」、「對方的盛情讓他很難推卻」。「推卸」突出借客觀原因不肯承擔責任，如說「推卸責任」。「推託」指因不願意做某事或害怕承擔責任而找藉口拒絕，如說「推託家裏有事而不參加部門活動」、「推託生病不出席會議」。

⊘【接受】jiē shòu　～邀請｜～禮物｜請～我最真誠的祝福。

推動 tuī dòng　促使事物前進、發展　大力～技術革新｜這項政策～了環保事業的發展｜技術改革進一步～了經濟的增長。
◎【推進】tuī jìn

> 「推動」突出使原先發展緩慢或停滯不前的事物向前發展，強調施動者的作用。「推進」突出使用某種力量給事物以推動力，促使其進一步向前，

強調動作的目的，如説「推進生產力的發展」、「推進經濟向前發展」。

推翻 tuī fān 1. 用武力摧毀舊政權，使局面徹底改變 辛亥革命～了最後一個封建王朝的統治。
同【顛覆】diān fù
同【打倒】dǎ dǎo

「推翻1」多指從外部打垮。「顛覆」用於貶義，其方式是從内部進行，如説「企圖顛覆政府」。

反【建立】jiàn lì ～新政府｜～高科技園區｜～安全便捷的信息網。
反【扶植】fú zhí 大力～｜～新事物｜～起一個傀儡政府｜希望政府部門～新興產業。
2. 全部否定（原來的觀點、意見、方案等） 謬論被～｜～原有結論｜他再次出庭時又～了先前的證詞。
同【否定】fǒu dìng
反【支持】zhī chí 互相～｜～發展公益事業｜您要多～年輕人｜對你們的方案他很～。

推廣 tuī guǎng 擴大事物的使用範圍或影響範圍 大力～普通話｜～優秀經驗｜科技部門在積極～新型材料。
同【推行】tuī xíng

「推廣」對象多為具體的經驗、成果、新技術、新品種等。「推行」對象多為抽象的政策、法規、計劃、方法等。

推後 tuī hòu （日期）往後推遲 約會～｜休假～｜這次旅遊只好無限

期～。
反【提前】tí qián ～發射｜～購買｜決定後請～通知我。
反【提早】tí zǎo ～休息｜～準備｜小何每天都～五分鐘到公司。

推薦 tuī jiàn 向組織或他人介紹某人某事，並希望被對方接收或任用 ～技術人才｜向讀者～好作品｜他約我～了幾部有趣的小説。
同【舉薦】jǔ jiàn
同【推舉】tuī jǔ
同【推選】tuī xuǎn

「推薦」的對象可以是人或物。「舉薦」的對象是人，語氣比較莊重、正式，如説「舉薦人才」。「推舉」、「推選」指集體提名某人當候選人，並最終給予支持，如説「他被推選為公司代表」、「大家推舉他作代言人」。

推敲 tuī qiāo 比喻斟酌文字、反覆思考 反覆～｜～詩句｜為尋找一個合適的用詞～了很久。
同【斟酌】zhēn zhuó
同【琢磨】zuó mo
同【揣摩】chuǎi mó

「推敲」的對象多為字句、作品內容、表現手法等。「斟酌」用於語言文字或其他具體事情，適用範圍較廣，屬於書面語，如説「經再三斟酌，才作出決定」。「揣摩」強調反覆多次地進行推求，有一時作不了判斷的意思，屬於書面語。

推讓 tuī ràng 不願接受禮物、職位、利益等；情願讓給別人 他曾

多次～晉職的機會｜他非常客氣地～了一番。

⊜【謙讓】qiān ràng

「推讓」突出不肯接受好處等。「謙讓」突出謙虛地謙讓而不接受，如說「互相謙讓」、「客氣地謙讓」。

推託 tuī tuō

因不想做而找藉口拒絕 藉故～｜一再～｜你不要再～了。

⊝【答應】dā ying ～條件｜～放行｜你～了這事就別再反悔。

⊝【允諾】yǔn nuò 欣然～｜滿口～｜他～半年之內完成書稿的一半。

「推託」突出尋找藉口，並加以拒絕。

推卸 tuī xiè

不願承擔責任 此事不容～｜你別～不管 這件事我難以～責任。

⊝【承擔】chéng dān 主動～｜這個責任，你～得起嗎？沒想到，雙方都不肯～損失。

「推卸」突出藉故不願承擔責任或職責，用於貶義。

頹廢 tuí fèi

情緒消沉；精神不振作 ～的態度｜這本小說思想｜那個青年精神很～。

⊜【頹唐】tuí táng
⊜【委靡】wěi mǐ
⊜【頹喪】tuí sàng

這幾個詞都含貶義。「頹廢」語意較重。「頹唐」突出做事興致不高，多與「情緒」、「神色」等詞搭配，如說

「表情頹唐」。「委靡」突出人的精神、意志不昂揚，如說「你別老是委靡不振的」。「頹喪」突出情緒低落，只用於個人情緒，如說「頹喪的神情」。

⊝【振作】zhèn zuò ～士氣｜～起精神｜～起來吧，明天又是新的一天。

⊝【振奮】zhèn fèn 羣情～｜張先生的講話很能～人心。

⊝【奮起】fèn qǐ ～直追｜～反擊｜面對壓迫，人們～抗爭。

頹唐 tuí táng

精神委靡 沒料到他竟如此～｜老是一副～的模樣。

⊜【委靡】wěi mǐ
⊜【頹廢】tuí fèi
⊝【振作】zhèn zuò 精神～｜你應儘快～起來｜接二連三的打擊使他無法～。

退 tuì

1. 向後移動；使向後 後～｜～讓｜～避三舍｜逆水行舟，不進則～。

⊝【進】jìn 前～｜～發｜～軍｜現在只能～不能退了。

2. 離開，不再進入或參加 遲到早～｜勒令～學｜～居二線。

⊝【入】rù 加～｜辦理～學手續｜他被批准～會了。

3. 減低；降下 ～熱｜腫痛漸漸消～｜大水已經～去。

⊝【升】shēng ～溫｜衝突～級｜血壓～高。

⊝【漲】zhǎng 上～｜～潮｜～價｜水～船高。

退步 tuì bù

後退，比原先差 逐漸～｜明顯～｜近來孩子的成績有

所～。

⊗【進步】jìn bù　取得很大～｜謙虛使人～｜他的外語最近～很快。

退場 tuì chǎng　離開舞台或比賽場地　陸續～｜運動員～｜觀眾掌聲如潮，使演員們無法～。

⊗【登場】dēng chǎng　粉墨～｜明星閃亮～｜參賽選手紛紛～亮相。

> 「退場」多用於演員或運動員，也用於參加某項活動的人，如說「觀眾尚未全部退場」。

退潮 tuì cháo　也稱為「落潮」。海水水位上漲後逐漸下降　～時可去沙灘撿貝殼｜漲潮～都是有規律的。

⊗【漲潮】zhǎng cháo　趁～時出海｜在海邊玩要注意～的危險。

退出 tuì chū　離開某個場所或脫離某團體　中途～｜～會議｜他宣佈～組織。

⊗【加入】jiā rù　很多學生～了詩社｜要求～志願者隊伍。

⊗【進入】jìn rù　～大學深造｜代表們～會場｜運動員～比賽場地。

退化 tuì huà　生物在特定環境下某一器官逐步變壞、變劣、變得簡單的過程　四肢～｜功能出現～｜這是一種～現象。

⊗【進化】jìn huà　～過程｜～了的物種｜達爾文提出了～論｜這是千萬年～的結果。

退卻 tuì què　向後倒退或撤退。也指在困難面前退縮不前　毫不～｜

在困難面前別～｜只有膽小的人才會～｜出於戰略考慮而～。

⊗【進攻】jìn gōng　做～的準備｜組織第二次～｜～的勇士所向披靡｜擊退敵人的又一次～。

⊗【衝鋒】chōng fēng　～陷陣｜吹響～的號角。

退讓 tuì ràng　讓步；不作爭搶　為顧全大局而～｜原則問題絕不～｜他們一步也不～。

㊁【讓步】ràng bù

㊁【妥協】tuǒ xié

> 「退讓」指放棄自己的某些意見或局部利益作適當讓步。「讓步」突出在爭論及談判中放棄或部分放棄，不再堅持原先的要求而多讓對方得利，以達到解決問題的目的，如說「做出適當讓步」。「妥協」突出為謀求解決矛盾而軟化立場和放棄某種要求、觀點，如說「妥協投降」、「決不妥協」、「雙方都作了妥協」。

⊗【爭搶】zhēng qiǎng　～遺產｜顧客們～着進入｜警察們來，制止了眾人的～。

⊗【搶奪】qiǎng duó　～土地｜～繼承權｜雙方不顧體面地～起來。

退縮 tuì suō　向後退或縮　～不前｜遇到困難不要～｜敵軍～到山上去了。

㊁【畏縮】wèi suō

> 「退縮」多用於具體行動。「畏縮」可用於具體行動或心理等，如說「面對歹徒毫不畏縮」、「面對困難不要有畏縮心理」。

退休 tuì xiū　員工因年老或因殘疾而離開原先的工作崗位　因病提前～｜～後的生活很輕鬆。

反【在職】zài zhí　～人員｜～員工崗位培訓｜一項針對～醫務人員的調查。

退役 tuì yì　終止服役　老兵～｜～戰機成了展覽品｜儘管～多年，他還保持着當兵時的生活習慣。

反【服役】fú yì　延長～年限｜還有半年我將～期滿。

退隱 tuì yǐn　舊指官員退職後隱居起來　～鄉野｜他已經～多年｜～山林，修身養性｜他產生～的念頭。

同【致仕】zhì shì

反【出仕】chū shì　他稱病辭官，再未～｜多方謀求～的途徑。

蛻化 tuì huà　蟲類脫皮，轉變形態，比喻人的品質向壞的方面轉變　糖衣炮彈使一部分官員～變質。

同【墮落】duò luò

同【腐化】fǔ huà

「蛻化」多喻指腐化墮落。「墮落」指思想或行為上由好向壞轉化，如說「小明由一個優秀學生墮落為可恥的搶劫犯」。「腐化」多用於道德品質敗壞、生活腐朽，如說「貪污腐化」、「腐化墮落」；還指有機物腐爛。

吞沒 tūn mò　淹沒；遮沒　大水～了村莊｜熊熊烈火～了所有廠房｜大家在遠處眼睜睜地看着他被海水～而無技可施。

同【淹沒】yān mò

「吞沒」突出整個陷入而消失，多用於大水、烈火等。「淹沒」多用於大水覆蓋使沉沒，也用於泥沙、聲音等，如說「大水淹沒了莊稼」、「他的聲音被淹沒在暴風雨般的掌聲中」。

囤積 tún jī　為等待高價出售的時機而把貨物儲存起來　～居奇｜～的貨物｜不法商人～了許多糧食準備賣高價。

反【傾銷】qīng xiāo　反～｜低價～｜處理商品大～。

拖拉 tuō lā　辦事拖延，不利索；工作進展緩慢　作風～｜辦事過於～｜這個人做事很～｜按時完成任務，決不～。

同【拖沓】tuō tà

「拖拉」突出處理事情效率較低，時間拉得比較長。「拖沓」突出做事漫不經心，進展慢，如說「辦事拖沓」、「新老闆處理問題很拖沓」。

反【乾脆】gān cuì　辦事～｜他為人十分～｜這個人做事～利落。

反【利索】lì suo　手腳～｜這姑娘動作很～｜～點，別那麼磨蹭。

拖累 tuō lěi　使別人受牽累；增加別人負擔　他四處欠債，～了全家｜他沒有家庭～｜他雖然有病，但從未～過別人。

同【連累】lián lěi

「拖累」語意較重，突出使別人增加負擔、困難，多用於生活或勞動力方面。「連累」語意較重，多用於各

種是非、糾紛，如説「連累了家人」、「我保證決不連累別人」。

拖沓 tuō tà　説話或寫文章過長而沒有内容　工作～｜演講繁冗～｜文章要避免～。

⊜【拖拉】tuō lā

⊝【簡潔】jiǎn jié　文辭～｜提倡～的風格｜意思～明了｜文章寫得相當～。

⊝【簡練】jiǎn liàn　文筆～｜他説得很～｜文風～如洗。

⊝【簡要】jiǎn yào　～説明｜～而突出重點｜你先看一下～的介紹。

⊝【精練】jīng liàn　～的小詩｜為了表達～，他不知推敲了多少遍。

拖延 tuō yán　故意延長做事時間，不及時辦理　～時日｜～假期｜審訊～了好幾天。

⊜【延宕】yán dàng

> 「拖延」是貶義詞，多指態度、作風，強調有意將本可在短期内辦完的事拖到以後辦。「延宕」屬於書面語。

⊝【提前】tí qián　～行動｜～準備｜～完成任務。

⊝【抓緊】zhuā jǐn　～時間完成｜～處理，不然就可能來不及。

託付 tuō fù　交付、委託（辦理）；把人、事、物交託給別人照料、辦理　此事～給他了｜他～我幫他買幾本書｜他臨走前把孩子～給了鄰居。

⊜【拜託】bài tuō

⊜【委託】wěi tuō

> 「託付」多用於鄭重其事地將事情交

託給對方。「拜託」語調比較婉轉，使用範圍較廣，如説「拜託您幫我帶封信」、「拜託好友照看一下家」、「拜託您幫我照顧一下行李」。「委託」指請別人為自己代理事務，語氣比較緩和，多用於正式場合，如説「受人委託」、「委託代理律師」。

託故 tuō gù　以某種理由為藉口　～稱病｜～拒絕｜他又～不來｜她常～不參加集體活動。

⊜【藉故】jiè gù

⊜【藉口】jiè kǒu

> 「託故」屬於書面語，語氣比較委婉。「藉故」只作動詞，如説「藉故不去上班」、「忙的時候他竟藉故不來上班」。「藉口」突出用某種不真實的事作為理由，如説「他藉口沒空而不肯來幫我」、「他們藉口太忙而放鬆了質量檢測」；還指假託的理由，如説「尋找藉口」、「以生病做藉口」、「找個藉口外出躲避」。

脫 tuō　除去身上穿戴着的東西　～衣服｜～下帽子｜～掉手套｜戒指～下後就找不到了。

⊝【穿】chuān　～鞋｜～戴整齊｜～上運動褲｜天冷，出門時多～點衣服。

脫離 tuō lí　離開，不再在一個整體之中；斷絕（關係）　～危險｜～關係｜這種辦法似乎有些～實際。

⊝【加入】jiā rù　申請～｜～劇社｜中國已～世界貿易組織。

脫身 tuō shēn　離開或擺脱（不

如意的境遇）｜你要儘早～｜無法及時～｜他這兩天忙得一直不能～。

同【擺脫】bǎi tuō

「脫身」指脫開束縛或困境而離開。「擺脫」突出脫離不利的牽制、束縛、困難等，多用於自身以外的人或事物，如說「擺脫重壓」、「擺脫悲慘的命運」、「他設法擺脫對方的無理糾纏」。

脫俗 tuō sú　擺脫庸俗的習氣　氣質超凡～｜她的房間佈置得淡雅～。
同【大方】dà fang
反【俗氣】sú qi　穿着過於～｜透着一臉～｜節目又無聊又～。
反【庸俗】yōng sú　厭倦了～無聊的應酬。

脫險 tuō xiǎn　擺脫不安全的境地　虎口～｜病人已～｜有近百人在這次大難中～。
反【遇險】yù xiǎn　搶救～災民｜船在海上～｜考察隊多次～。
反【遇難】yù nàn　不幸～｜調查～原因｜這次事故中有三人～。
反【蒙難】méng nàn　英雄～之日｜懷念～的父老鄉親。

妥當 tuǒ dang　穩妥合適；穩妥　用詞不太～｜那件事都安排～了｜你這樣做好像不～吧。
同【恰當】qià dàng
同【得當】dé dàng
同【妥帖】tuǒ tiē
同【妥善】tuǒ shàn

「妥當」突出事情安排得穩妥合適。

「恰當」突出十分符合實際情況，程度比較高，如說「這個比喻很恰當」。「得當」突出處理事情得體、正確，如說「處理得當」、「應採取得當措施」。「妥帖」突出穩妥而符合要求，如說「擺放妥帖」、「房間佈置得很妥帖」、「他被照顧得很妥帖」。「妥善」突出處理事情可靠完備，如說「這套方案比較妥善」、「妥善安置災民」。

反【不妥】bù tuǒ　做法～｜覺得有些～｜這樣處理沒有甚麼～。
反【失當】shī dàng　舉措～｜安排有些～｜你們再慎重考慮一下，是否還有～的地方。

妥帖 tuǒ tiē　十分恰當　用詞～｜趕快把事情處理～｜讓人感覺無一處不～。
反【不妥】bù tuǒ　講法～｜這樣做顯得～｜～之處，請多多指教。

妥協 tuǒ xié　為避免衝突而讓步　打算～｜這事不能～｜雙方已經～。
反【鬥爭】dòu zhēng　～到底｜作堅決～｜必須講究～策略。
反【抗爭】kàng zhēng　堅決～｜～的結果，他收回了成命｜同命運作最後的～。

拓荒 tuò huāng　開墾荒地　制定～計劃｜參加～的青年滿懷熱情地來到了邊疆。
同【開荒】kāi huāng
同【墾荒】kěn huāng

「拓荒」屬於書面語，也用於比喻，如說「這項課題具有拓荒的性質」。

唾棄 tuò qì　鄙夷地拋棄　被公眾～｜遭到社會的～｜我們～你這種自私行為。

⊜【鄙棄】bǐ qì

「唾棄」語意較重，屬於書面語。「鄙棄」適用範圍較廣，對象可以是人或事物，如說「遭到鄙棄」、「鄙棄骯髒思想」、「鄙棄不正當行為」。

W

挖 wā

（用手或工具從物體表面向內用力）掘出其中一部分或向外掏出其中包藏的東西　那裏被～了一個大洞｜昨天他從地裏～了很多紅薯去賣｜他拚命地～土，想把這些東西埋得深一點
同【掘】jué

> 「挖」多用於口語，既可用工具也可用手。「掘」屬於書面語，一般必須用工具，如說「即使掘地三尺，也要把他找出來」。

反【填】tián　～塞洞隙｜他們把溝～平了｜那口枯井已經被～掉了。
反【埋】mái　掩～｜～葬｜用泥土～上｜道路被大雪～住了。

挖掘 wā jué

（用手或工具）用力刨挖；發掘　～土方｜～煤礦｜他們在～地下文物。
同【發掘】fā jué

> 「挖掘」突出把深藏的東西找出來，有比喻意義，如說「挖掘潛力」、「挖掘其中深刻的內涵」。「發掘」突出努力去發現隱藏的東西，也有比喻用法，如說「發掘寶藏」、「發掘其中的奧妙」、「發掘優秀人才」。

反【埋藏】mái cáng　山下～着煤｜他把寶物都～在地裏。
反【掩埋】yǎn mái　～屍體｜風沙～了路人的足跡。
反【填塞】tián sāi　～空隙｜～廢井｜往廢礦洞裏～石頭。

> 「挖掘」多用於墳墓、泥土、戰壕等，還可用於比喻，如說「挖掘寫作潛力」。

挖苦 wā ku

以尖酸刻薄的話譏笑人　請不要～別人｜他說話老是一副～的腔調。
同【諷刺】fěng cì
同【奚落】xī luò

> 「挖苦」多用於譏笑別人的缺點、錯誤等，話語多是刻薄的。「諷刺」語意較重，適用範圍較廣，如說「辛辣的諷刺」、「喜歡看諷刺小品」。「奚落」多用於人，屬於書面語，如說「他家境貧寒，常受他人奚落」。

反【恭維】gōng wéi　不敢～｜為了討好上司，他常說些言不由衷的～話。

瓦解 wǎ jiě

1. 比喻整體分解開來或分裂成幾個部分　土崩～｜那個政權被徹底～了。
同【崩潰】bēng kuì
反【統一】tǒng yī　～中原｜～口徑｜雙方的意見逐漸～了。
反【聯合】lián hé　我們應一起來對付他們｜兩地電視台～舉辦了這次晚會。
2. 使力量分散或嚴重削弱　～敵人的攻勢｜對方力量被～了｜我們先～敵人的鬥志，然後發動總攻。
同【崩潰】bēng kuì
同【解體】jiě tǐ

> 「瓦解」突出像瓦片破碎那樣迅速破裂，多用於士氣、思想、組織體系等。「解體」突出原先的整體分開為若干個體，如說「集團行將解體」、

「失事飛機已經解體」。「崩潰」突出像山體崩塌那樣完全解體，語意較重，多用於國家、政治、經濟、軍事或人的精神等，如說「經濟崩潰」、「精神徹底崩潰」。

歪 wāi　不正；偏斜　～打正着｜牆上的畫掛～了｜～戴着帽子｜他習慣～着頭寫字。

⑤【正】zhèng　坐得不～｜前後沒對～｜身～不怕影子斜。

「歪」還指不正當，不正派，如說「淨說歪理」、「歪風邪氣」。

歪理 wāi lǐ　強辯的、不正確的道理　你這些～沒用｜淨跟我用～胡攪蠻纏｜這套～到哪兒也行不通。

⑤【正理】zhèng lǐ　教會孩子學習方法才是～｜只有～才能使人信服。

⑤【真理】zhēn lǐ　堅持～｜實踐是檢驗～的唯一標準。

「正理」指正確的道理。「真理」突出道理的真實和科學。

歪曲 wāi qū　故意竄改事實或改變原意　蓄意～真相｜不得～事實｜記者不能～報道。

圓【曲解】qū jiě

「歪曲」多指故意竄改，以達到某種不良目的。「曲解」突出錯誤地解釋，包括有意或無意，如說「他曲解了我的意思」、「這是對法規的曲解」。

歪斜 wāi xié　不正；不直　塔身

有點兒～｜身子～，站立不穩｜字寫得如此～，真不像話。

⑤【筆直】bǐ zhí　～的旗杆｜小傢伙～地站立在那裏｜前進的道路不可能是～的。

⑤【端正】duān zhèng　五官～｜坐姿不夠～｜你把東西擺放得～些。

外 wài　1. 外邊；外邊的　～強中乾｜逍遙法～｜吃裏扒～｜有了矛盾他總是強調一致對～。

⑤【裏】lǐ　～屋｜肚子～｜笑～藏刀的人｜這個意思存於字～行間。

⑤【內】nèi　～外交困｜～憂外患｜這消息僅傳於院～。

⑤【中】zhōng　心～｜家～有事，不便久留。

2. 外國；外國的　～國人｜中～文化交流｜～輪已駛離碼頭。

⑤【內】nèi　～憂外患。

⑤【中】zhōng　～藥｜洋為～用｜～學為體，西學為用。

外表 wài biǎo　人或事物的表面　～很漂亮｜～強大，其實不然｜他從～看起來很忠厚｜這座大樓～美觀大方。

圓【表面】biǎo miàn

「外表」可用於人或事物。「表面」多用於物；也可指事物非本質的部分，如說「這只是表面現象而已」、「不要被一些表面現象所迷惑」。

⑤【內心】nèi xīn　～純潔｜發自～的微笑｜她外表看似軟弱，～卻十分堅強。

⑤【內部】nèi bù　～聯繫｜調整～人員｜電腦的～構造比較複雜。

W

（反）【實質】shí zhì　問題的～｜這設備貌似複雜，～很簡單。

外敵 wài dí　外來的敵人　抵禦～入侵｜團結一心，抗擊～。

（反）【內奸】nèi jiān　～暗中破壞｜剷除隱藏的～｜一定要挖出自己營壘中的～。

> 「外敵」多指外來侵略者。「內奸」指政黨、軍隊、政府中為敵方暗中效勞的人。

外敷 wài fū　把藥膏等塗抹在患處　該藥只可～｜把藥輕輕地～於患處。

（反）【內服】nèi fú　外用藥，切勿～｜這不是～藥，使用時請遵醫囑。

外行 wài háng　對某種工作或事情缺少知識、經驗或根本不懂　～人說～話｜建築方面我是～｜別把我當～看。

（反）【內行】nèi háng　向～請教｜他對養魚挺～的｜～看門道，外行看熱鬧。

（反）【在行】zài háng　打獵他很～｜做生意我可不～。

> 「外行」、「內行」也可用指人的名詞。

外患 wài huàn　來自外族或國外的禍害，一般指外國的侵略　～嚴重｜近幾年～不止｜內憂～，國無寧日。

（反）【內亂】nèi luàn　～不止｜連年發生～｜終於平定了～。

（反）【內憂】nèi yōu　敵國成外患，匪盜添～。

外交 wài jiāo　國家與國家之間的相互往來與活動　派遣～使節｜擁有～特權｜他是一個善於辭令的～官。

（反）【內政】nèi zhèng　～部長｜這是別國的～。

> 「外交」用於國際關係方面的活動。「內政」用於國家內部的事務。

外面 wài miàn　物體表面；事物外表　這錶～是鍍金的｜箱子～的金屬把手脫落了｜這座樓從～看是挺堅固的。

（同）【裏面】lǐ miàn

（反）【內部】nèi bù　～發行｜僅供～人員使用｜企業～存在不少問題。

（反）【內中】nèi zhōng　～底細｜～情形比較複雜｜無人知曉～真情。

外人 wài rén　沒有親友關係的人；某個範圍或組織以外的人　他不是～｜～不得入內｜這件事目前還不能讓～知道。

（同）【別人】bié ren

（同）【他人】tā rén

> 「外人」指沒有直接關係或自己組織以外的人。「別人」突出在場以外的人，適用範圍較廣，如說「別人的事你少管」、「屋裏現在沒有別人」。「他人」指除了自己之外的人，如說「應經常關心他人」。

（反）【本人】běn rén　這單子必須由～簽名｜這是～的親身經歷｜這件事還是由他～來說吧。

（反）【自己】zì jǐ　～獨立完成｜～的事應當～做｜～動手，豐衣足食。

⊜【親屬】qīn shǔ　直系～｜他去外地投靠～｜我和他沒有～關係。

外圍　wài wéi
圍繞某一事物為中心而存在的；周圍的　發展～組織｜拓展城市～交通網。
⊜【核心】hé xīn　領導～｜發揮～作用｜掌握～技術。
⊜【中心】zhōng xīn　城市～｜～地區房價居高不下｜今年城市建設的～工作是加速軌道交通建設。

外鄉　wài xiāng
外地　流落～｜我是～人｜他至今一口音還很重。
⊜【本土】běn tǔ　～資源｜外來文化的～化｜他是地道的本鄉～人。
⊜【本鄉】běn xiāng　～特產｜菜都是～特產，請嘗嘗｜都是～人，在外邊彼此多照應。
⊜【本地】běn dì　離開～｜他不可能是～人｜那人操着一口音。

外向　wài xiàng
人開朗活潑，內心活動易於表露出來　她的性格很～，很善於跟人交際。
⊜【內向】nèi xiàng　～的個性｜這姑娘十分～｜他是個～的人，平時話不多。

外銷　wài xiāo
（產品）銷往外國或外地　拓展～業務｜～商品十分搶手。
⊜【內銷】nèi xiāo　出口轉～｜開拓～市場｜提升～商品的競爭力。

外延　wài yán
邏輯學上指一個概念所能包含的所有對象的範圍　～擴大｜～範圍不明。

⊜【內涵】nèi hán　思想～｜文化～｜～深刻｜弄清這個概念的～。

外在　wài zài
事物本身以外的　～因素｜注重～形象｜這個人的～條件不錯。
⊜【內在】nèi zài　～機制｜挖掘～力量｜～的修養很重要。

蜿蜒　wān yán
彎彎曲曲地延伸　山路～｜～的河流｜雪後～的山脈像一條銀蛇在飛舞。
⊜【筆直】bǐ zhí　～的杉樹｜～的輸油管道｜人生的道路不會是～的。

「蜿蜒」多用於山脈、河流、道路等彎曲延伸，屬於書面語。

彎　wān
1. 不直　～路｜小河～～｜她笑～了腰｜樹枝被昨晚的大風吹～了。
⊜【直】zhí　～挺挺｜路不太～｜把腰桿挺～｜物體不受外力則始終保持靜止或勻速～線運動狀態。
2. 使不直　～下腰｜胳膊朝裏～。
⊜【直】zhí　～起身子｜～着脖子大聲喊叫。

彎路　wān lù
1. 彎曲的、不直的道路　鄉間多有～｜汽車在走～時要放慢速度。
⊜【直路】zhí lù　走慣了～｜在兩地之間修建一條～。
2. 比喻方法、思路不對而毫無功效，白費工夫　走了不少～｜學習他人經驗，可以少走～。
⊜【近路】jìn lù　抄～｜學習不能只想着走～。

反【捷徑】jié jìng　致富的～｜想辦法走～｜取得知識無～可走。

「彎路」突出做事因不得法而經歷的曲折過程。「捷徑」突出較快達到目的的手段或方法。

彎曲 wān qū　不直　經檢查發現脊椎～｜不少物體受熱後會～變形。

同【曲折】qū zhé

「彎曲」多用於人的身體和具體事物，不用於抽象事物。「曲折」可用於具體或抽象的事物，適用範圍較廣，如說「那段山路十分曲折」；還指情節或變化不順利，如說「曲折的經歷」、「故事情節相當曲折」。

反【筆直】bǐ zhí　腰杆挺得～｜那棵枝幹～的老樹不知有多少年了。

反【筆挺】bǐ tǐng　經理今天穿着一身～的西服。

完備 wán bèi　齊全　手續已經～｜實施那項計劃的條件還不夠～｜因證據不夠～，所以這場官司我們打輸了。

同【完善】wán shàn
同【齊備】qí bèi

「完備」多用於抽象事物，多與「條件」、「論據」、「手續」等詞搭配。「完善」指齊全，如說「那裏娛樂設施完善」；還作動詞，指變好，如說「儘量完善計劃」、「逐步完善公司的規章制度」。「齊備」突出物品的齊全，如說「檢查一下行裝是否齊備」。

完畢 wán bì　完成、結束　審查～｜我去問問這事處理～了沒有。

同【結束】jié shù
同【完結】wán jié
同【終了】zhōng liǎo

「完畢」適用於比較正式的活動，與「操練」、「審查」、「檢查」、「報告」、「處理」等詞搭配，多表示某具體事情做到結束而停止。「結束」突出發展或進行到最後階段，不再繼續，如說「討論已經結束」、「見習結束後，每人要交一份報告」。「完結」指全部結束，如說「這事看來完結了」、「忙碌到生命完結的最後一刻」、「他們多年的關係算是徹底完結了」。「終了」指某個時期或演出節目等結束，多與「表演」、「演出」等詞搭配，如說「學期終了」、「演出終了，可觀眾們還遲遲不肯離去」。

反【開始】kāi shǐ　～討論｜～一項新的工作｜～第二輪測試。

反【起頭】qǐ tóu　文章～｜萬事～難｜這件事是他先～的。

完成 wán chéng　實現預期的目的；結束　～任務｜～學業｜～使命｜我們在年初時訂的計劃都～了。

同【實現】shí xiàn

「完成」強調行動的結果，多與「計劃」、「任務」、「活動」等詞搭配。「實現」強調成為事實，突出事情並不容易，需要經過一番努力，如說「他的理想終於實現了」、「爭取早日實現我們的目標」。

完工 wán gōng　工程或工作結

束　按時～｜該工程已於上月底～。

【開工】kāi gōng　～儀式｜大橋工程就要～了。

【動工】dòng gōng　～興建一所希望小學｜～不到三個月，就完成了一半。

「完工」多用於土木工程的修建。

完好 wán hǎo　器物等沒有損壞或殘缺　依然～｜～如新｜好好看護這些器皿，要保證它們～無缺。

【完整】wán zhěng

「完好」突出沒有損壞，沒有殘缺，常和過去作比較。「完整」突出具有或保持着應有的各部分，沒有損壞或短少，如說「材料完整」、「這套書不完整」、「這題答案不完整」。

【殘缺】cán quē　～不全｜～部分待補｜句子成分～｜月亮有點兒～，好像被甚麼咬去了一塊。

完結 wán jié　結束；了結　故事並沒有～｜他們的關係已經～了｜早早～此案。

【開始】kāi shǐ　準備工作～了｜～了長達二十年的戰爭｜～解決這一問題。

「完結」多表示抽象事物的終了。「開始」適用範圍較廣。

完滿 wán mǎn　完善；圓滿而令人滿意；沒有缺陷　～地解決問題｜人們往往都喜歡看到～的結局｜本次博覽會畫上了～的句號。

【圓滿】yuán mǎn

【完美】wán měi

「完滿」適用範圍較廣。「圓滿」多用於會議、會談等正式活動，如說「會議圓滿地結束」。「完美」多指人或事沒有缺點，如說「完美無缺」、「這一切進行得很完美」。

【欠缺】qiàn quē　不能說沒有～｜他雖然經驗還～，但熱情很高。

完美 wán měi　完備美好；沒有缺點　～無缺｜追求～｜他的鋼琴演奏近乎～。

【完滿】wán mǎn

【欠缺】qiàn quē　事情辦得很好，沒有甚麼～｜我們將努力彌補工作中的～。

【欠妥】qiàn tuǒ　措辭～｜你這樣處理是～的。

「完美」突出各個方面都很適當很理想，用於事物或人。

完全 wán quán　1. 完整；齊全　不缺　話還沒說～｜資料不太～｜信還沒有寫～。

【齊備】qí bèi

【完整】wán zhěng

「完全」突出構成整體的各個組成部分不短缺。「完整」突出事物的整體完好，保持應有的各部分，如說「領土完整」、「材料完整」、「小說結構完整」。

【殘缺】cán quē　那邊有塊～的石碑｜家園已被破壞得～不全了。

2. 都；全部包括在內　他做的和說的～一致｜我～同意你們的看法｜他不

可能～忘記那件事。

回【全部】quán bù

反【部分】bù fen　～損壞｜對這個提案我只是～同意。

反【局部】jú bù　～麻醉｜～感染｜今天～地區有雷陣雨。

反【零星】líng xīng　我只～聽到一些消息。

完善 wán shàn　完備良好　小區設施～｜公司擁有～的管理制度｜這是一所日趨～的職業技術學校。

反【欠缺】qiàn quē　內容上的～｜這款手機在質量上有～｜由於條件～，我們未能按時完成計劃。

反【簡陋】jiǎn lòu　條件～｜這家工廠設備～｜他住在一間十分～的屋子裏。

> 「完善」多用於事物，還作動詞，如說「我們正在不斷完善自己的法律制度」。

完整 wán zhěng　具有或保持着應有的各個部分，沒有缺少　文章層次清楚，結構～。

回【完好】wán hǎo

反【殘缺】cán quē　資料～不全｜～的古城牆｜這張百元鈔略有～，可否調換？

反【破碎】pò suì　山河～｜一個～的家庭｜一面～的鏡子｜這紙年代太久，一翻動就～了。

> 「破碎」常用於比喻。

玩耍 wán shuǎ　遊戲　喜歡～｜孩子們在草地上盡情～。

回【嬉戲】xī xì

回【遊玩】yóu wán

回【遊戲】yóu xì

> 「玩耍」多用於口語。「嬉戲」、「遊玩」屬於書面語，如說「孩子們在公園中遊玩」、「他們在那個風景點遊玩了好幾天」。

頑固 wán gù　思想保守或僵化，難以接受新生事物　思想～｜～不化｜～地堅持自己的意見｜態度非常～。

回【固執】gù zhi

回【執拗】zhí niù

> 「頑固」多形容人的立場、觀點等，用於貶義。「固執」多形容思想、性格、態度等，用於貶義，如說「性情固執」、「為人固執」、「固執己見」。「執拗」突出任性、不隨和，如說「脾氣執拗」、「他執拗地強辯」。

反【開明】kāi míng　～人士｜～的主張｜支持這項事業是～之舉。

反【開通】kāi tong　她父母思想～，容易接受新事物｜老人學了文化，腦筋就更～了。

反【通達】tōng dá　我還心存顧慮，不料他卻十分～｜這位老人～人情事理，很受敬重。

> 「頑固」多用於立場、觀點或思想認識方面，還指不易制伏或改變，如說「這種病相當頑固，較難根治」。

頑抗 wán kàng　竭力抵抗　敵人負隅～｜～到底，只有死路一條。

反【投降】tóu xiáng　舉手～｜敵軍已

繳械~｜寧死也不~。

「頑抗」用於貶義。

頑強 wán qiáng　很堅強；不怕
困難和壓力　~地抗爭｜~的鬥志｜
他用~的毅力戰勝了病魔。

同【堅強】jiān qiáng

「頑強」突出意志剛強、態度堅決，
語意較重。「堅強」突出不動搖，多
形容性格、力量等，如說「意志堅
強」、「堅強不屈」。

反【脆弱】cuì ruò　感情~｜孩子們的
心是很~的｜她太~了，怕經不起這
樣的打擊。

反【軟弱】ruǎn ruò　~無能｜她羨慕
別人的剛強，怨恨自己的~。

反【懦弱】nuò ruò　他生性~，膽小
怕事｜他的父母向來~，從不與人爭
執。

反【薄弱】bó ruò　防守~｜~環節｜
有困難就退縮是意志~的表現。

挽救 wǎn jiù　從危險中救出；使
擺脫危險　~生命｜這個措施~了工
廠面臨倒閉的局勢。

同【解救】jiě jiù
同【援救】yuán jiù
同【拯救】zhěng jiù

「挽救」適用範圍較廣，突出設法搶
救危急的形勢、局面、情況及垂危
的生命等，使之轉危為安、脫離險
境，可用於國家、民族、團體或個
人等，含褒義。「解救」突出有組織
地使人脫離事故或危難，如說「解
救人質」、「消防隊員迅速解救了

被困於火海的居民」。「援救」突出
幫助別人，使人脫離痛苦或危險，
如說「援救難民」、「援救遇險的登
山者」。「拯救」比較鄭重，多用於
人、動物或緊急事態，如說「拯救危
局」、「拯救瀕危動物」。

反【毒害】dú hài　黃色刊物~了人們
的心靈｜要把那些~青少年的東西都
清除掉。

反【迫害】pò hài　慘遭~｜被仇人~
致死。

晚 wǎn　1. 日落以後到深夜以前
的時間，也泛指夜裏　~間新聞｜昨
~根本沒睡｜他從早到~忙個不停。

反【早】zǎo　有事吃完~飯再說｜他
一大~就出去了｜我每天一~就起牀
鍛煉。

2. 時間靠後的　這是他的~期作品｜
現在已是~秋時節。

反【早】zǎo　~春｜要注意~期病人
的治療。

3. 比規定的或適合的時間靠後　睡
太~｜今年的梅雨來得~｜你若還不
決定就~了。

反【早】zǎo　~睡~起身體好｜明天
你~點兒來｜急甚麼，離開考還~
呢｜現在出發好像太~了。

反【先】xiān　~到的人~吃｜我有些
事，~走一步了。

晚輩 wǎn bèi　輩分低的人；後輩
~應尊敬長輩｜這是~應該做的。

反【長輩】zhǎng bèi　聆聽~的教導｜
~的話，多少也該聽一聽。

晚點 wǎn diǎn　（車、船、飛機）

開出、運行或到達的規定的時間晚　火車～了一個小時｜因為大霧，飛機～了｜從這兒出發去縣城的汽車常～。

⊘【正點】zhèng diǎn　火車～到達｜飛機～降落｜鐵路局保證各次列車～運行。

「晚點」、「正點」多用於交通工具行駛是否準時。

晚年 wǎn nián　一生的最後時期；老年　他～病痛纏身｜他的～很幸福｜她終於可以安度～了。

⊜【暮年】mù nián

「晚年」多就人的活動時期來說，與「早年」相對。「暮年」突出靠近生命終結的時期，一般不用來說自己，屬於書面語，如說「人生暮年」、「邁入暮年」。

⊘【早年】zǎo nián　由畫風看來，這是他～的作品。

晚霞 wǎn xiá　日落時的雲彩　絢麗的～映紅了整個天空｜早霞不出門，～行千里。

⊘【朝霞】zhāo xiá　火紅的～｜日出東方，～滿天｜那天經過大峽時見到的～真是美麗極了。

惋惜 wǎn xī　對出乎意料的變化表示同情、可惜　令人～不已｜大家對他的辭職都十分～｜認識他的人都很～他的英年早逝。

⊜【可惜】kě xī

「惋惜」語意比較重，一般不用於感歎句。「可惜」適用範圍較廣，其對

象多是不能彌補或挽回的損失、機遇等，可用於感歎句，如說「你沒參加晚會，真是太可惜了」。

婉約 wǎn yuē　委婉含蓄；感情不外露的　風格～｜～動人的形象｜宋詞分豪放和～兩派。

⊘【豪放】háo fàng　詩風～｜性情不羈｜字體～，別具一格。

「婉約」屬於書面語。「豪放」突出氣魄大而無拘束。

婉轉 wǎn zhuǎn　1. 也寫作「宛轉」。溫和而不直接　說話語氣～｜措辭非常～｜她～地表達了自己的不滿。

⊜【委婉】wěi wǎn

⊘【生硬】shēng yìng　那人的口氣很～｜幾句～的話立刻讓氣氛尷尬起來。

2. 聲音抑揚迴環，優美動聽　她的歌聲～動聽｜樹林裏傳來～的鳥鳴聲。

⊜【悠揚】yōu yáng

「婉轉1」多指說話時溫和而曲折地表明本意。「婉轉2」突出抑揚迴環，起伏有致，多用於近距離欣賞歌聲、鳴叫聲或樂器演奏聲時的感受。「委婉」也作「委宛」，突出說話時曲折婉轉、語氣舒緩，如說「語氣委婉」、「言詞委婉」；也表示聲音好聽，如說「委婉動聽的歌聲」。「悠揚」強調聲音時高時低、悠長和諧，多用於遠距離欣賞鐘、簫、笛、琴等樂器聲音或近距離欣賞慢節奏歌聲、樂器聲時的感受，如說「遠處的船上傳來悠揚的笛聲」。

（反）【刺耳】cì ěr　尖銳～的剎車聲｜發出～的尖叫聲。

亡 wáng　1. 死去　身～｜傷～無數｜這個沒落的家族已到了家破人～的地步。

（同）【滅】miè

「亡」、「滅」都屬於書面語。「亡」可組合成「消亡」、「滅亡」、「陣亡」、「家破人亡」等。「滅」可組合成「滅絕」、「自生自滅」等。

（反）【存】cún　倖～者｜名～實亡｜生死～歿。

（反）【生】shēng　九死一～｜他醫術高明，能使病人起死回～。

2. 滅亡　國破家～｜老人們難忘～國之痛。

（反）【興】xīng　百廢俱～｜百年～衰｜國家～亡，匹夫有責。

「亡」的對象主要是人，也可指國家、社會或抽象事物，屬於書面語。

王道 wáng dào　中國古代君主以「仁義」治理國家的政策　大興～｜以～治天下。

（反）【霸道】bà dào　秦始皇行的是～。

「王道」、「霸道」都是中國古代君王的統治方法。「霸道」指憑藉武力、刑法、權勢等進行統治。

枉費 wǎng fèi　白白地；空費　你這是～脣舌｜～了我那麼多工夫｜你不要再～心機了。

（同）【白費】bái fèi

「枉費」屬於書面語。「白費」多用於口語，強調過多消耗而沒有價值，如說「白費力氣」、「白費心思」、「心血沒有白費」。

往 wǎng　1. 去　勇～直前｜明來暗～｜熙來攘～｜往而不～非禮也。

（反）【來】lái　突如其～｜凡事有個先～後到｜召之即～｜預報説暴雨要了｜班裏～了一位新同學。

（反）【返】fǎn　青春一去不復～｜渡船在江上來回往～。

（反）【復】fù　循環往～｜萬劫不～。

（反）【還】huán　早日回～｜返老～童｜他早就告老～鄉了。

2. 過去的　～事難以忘懷｜今年的情況好於～年｜他對母校的感情一如～昔。

（反）【今】jīn　古為～用｜厚古薄～｜～非昔比。

「往」多用於書面，還組合成「既往不咎」、「一往無悔」、「繼往開來」等成語。

往常 wǎng cháng　過去的一般的日子　～總是他先到｜今天因為有事，所以比～回來得晚｜你注意沒有，他今天跟～有點兒不一樣。

（反）【如今】rú jīn　孩子們～都已成家立業｜事到～，只好走一步看一步了｜～再用老眼光看問題可行不通了。

往返 wǎng fǎn　旅途中的去和回來　他經常～於港澳兩地｜他的～奔走終於有了結果。

W

回【往復】wǎng fù

反【單程】dān chéng　去那裏～票價是 20 元｜～需兩小時。

「往返」多指乘坐交通工具去和來，還表示反覆，如說「事物的發展變化是往返曲折的」。

往日 wǎng rì　從前；以前的日子　難忘～情懷｜一起回憶～的情景｜現在的情形跟～不同了。

回【昔日】xī rì

妄圖 wàng tú　狂妄地圖謀；出於不正當目的而去謀劃　～不勞而獲｜犯人～越獄｜通過網路作案。

回【夢想】mèng xiǎng

回【妄想】wàng xiǎng

「妄圖」是貶義詞。「夢想」是中性詞，有渴望或妄想兩種含義，可用於好的或不好的方面，如說「夢想成真」、「一直都在夢想發筆橫財」、「這孩子從小就夢想當宇航員」。「妄想」指非分地打算或謀劃，屬於貶義詞，如說「你別痴心妄想了」、「妄想捲土重來」、「那人妄想獨吞公司的財產」。

忘 wàng　不記得　廢寢～食｜～恩負義｜喝水不～掘井人｜這件事我一輩子也～不了。

反【記】jì　讀書不能死～硬背｜他的樣子我已～不清了｜我一定牢牢～住母校老師的教誨。

忘懷 wàng huái　忘記；不存在心中，沒放在心上　那次分手的情景

使人無法～｜海島的迷人景色令人難以～｜這句重要的話，他多年來從未～。

反【記得】jì de　他已不～我了｜這件事不～發生在哪一年了。

反【牢記】láo jì　～前輩的教導｜父母的叮囑我會～在心。

「忘懷」多用於否定式，表示不能忘記過去的事情，屬於書面語。

忘記 wàng jì　不記得；沒有記住　那時的事，我大都～了｜我最不能～的是父親的背影｜他全神貫注地工作着，～了周圍的一切。

回【忘懷】wàng huái

回【忘卻】wàng què

回【遺忘】yí wàng

「忘記」突出不記得。「忘懷」屬於書面語，常用於否定，如說「讓人難以忘懷」、「不能忘懷當年的經歷」、「永遠也不會忘懷過去的歲月」。「忘卻」突出無法記得，屬於書面語，如說「他把這事給忘卻了」、「無法忘卻慘痛的教訓」。「遺忘」屬於書面語，如說「鑰匙遺忘在教室裏了」、「竟然遺忘了那麼重要的事情」。

反【惦記】diàn jì　他在國外十分～親人｜他老是～着未完的工作｜你好好讀書，家裏的事不要～。

反【記得】jì de　他說的話我還～｜我不在家的時候，你要～定時給花兒澆水。

忘性 wàng xìng　容易忘事的毛病　上了年紀的人～大｜我事忙～大，照應不了那麼多。

反【記性】jì xing　好～不如爛筆頭｜你真是個沒～的人｜他～很好，讀書過目不忘。

旺季 wàng jì　營業旺盛或某種東西出產多的一段時間　每當夏令，都是冷氣的銷售～｜每天來數碼廣場的學生總有幾千人，～會有上萬人。

反【淡季】dàn jì　確保～供應｜經營比較困難｜旅遊業受暴雨影響，原來的旺季一下成了～。

「旺季」多指瓜果、蔬菜等農作物的供應量多或旅遊人數增加、營業銷售額激增等。

旺盛 wàng shèng　強而有生命力　精力～｜莊稼長勢～｜這種草的生命力特別～。

同【興旺】xīng wàng

「旺盛」多指生命、事業、生意等強盛，含有茂盛、情緒高昂的意思。「興旺」突出比較繁榮而且正在發展，多用於事業、生意等，如說「生意興旺發達」、「到處是一片興旺的景象」。

反【衰落】shuāi luò　自從祖父去世，他們家的家道便開始～了｜《紅樓夢》中賈府最終～了。

反【衰敗】shuāi bài　家業～｜海嘯過後，災區呈現一片～景象。

反【凋敝】diāo bì　百業～｜民生～。

望 wàng　看　登高～遠｜～而生畏｜他向遠處～了一下。

同【瞅】chǒu

同【看】kàn

同【瞥】piē

同【瞧】qiáo

「望」多指向遠方看。「瞅」指較為注意地看，可以單獨使用。「看」屬於常用詞。「瞥」突出快速看一下，如說「冷淡地瞥了他一眼」。

望梅止渴 wàng méi zhǐ kě　比喻願望無法實現，用空想安慰自己　高昂的房價令普通市民只能～。

同【畫餅充飢】huà bǐng chōng jī

「望梅止渴」源於《世說新語·假譎》：「魏武行役，失汲道，軍皆渴，乃令曰：『前有大梅林，饒子，甘酸，可以解渴。』士卒聞之，口皆出水，乘此得及前源。」「畫餅充飢」源於《三國志·魏志·盧毓傳》：「選舉莫取有名，名如畫地作餅，不可啖也。」

望洋興歎 wàng yáng xīng tàn　原指在偉大、巨大的事物面前感到自己渺小，現多比喻力量不夠，感到無可奈何　那些物品價格之高讓人們～。

同【仰天長歎】yǎng tiān cháng tàn

「望洋興歎」源於《莊子·秋水》。「望洋」指仰望的樣子。

危害 wēi hài　使受到破壞、損害　那人確有～被告生命的企圖｜對那些～他人安全的行為，必須嚴懲。

反【造福】zào fú　為民～｜～子孫後代｜～人類是發展科學的宗旨。

W

「危害」突出危及安全，語意較重，多用於人或有關生存、發展方面的事物，如生命、青少年、社會秩序、國家利益等。

危急 wēi jí　危險而緊急　～關頭｜情況～，務請火速增援｜傷勢嚴重，生命～｜正當火勢蔓延的～時刻，消防車趕到了。

反【安全】ān quán　人身～｜交通～｜操作必須規範，保證生產～。

「危急」強調一刻也不能拖延，多用於生命、情況、形勢等處於緊急狀態時，對象多是國家、民族、個人或具體事物。

危險 wēi xiǎn　情況或處境十分不利，有遭到損害、死亡或失敗的可能　闖紅燈很～｜出現～的局面｜不要去～的地方｜小孩子玩火非常～。

同【危急】wēi jí

同【危殆】wēi dài

「危險」突出不安全，適用範圍較廣，可用於國家或民族的形勢，也用於個人及周圍事物，多用於口語。「危急」突出危險而緊急，如說「危急關頭」、「情勢非常危急」、「危急時刻他挺身而出」。「危殆」語意比「危急」重，屬於書面語，如說「病情危殆」、「被撞行人性命危殆」。

反【安全】ān quán　～第一｜你放心，這個地方很～｜請注意交通～。

反【平安】píng ān　一路～｜～無事｜到達後打電話報個～。

威逼 wēi bī　用強力逼迫（別人去做）　他竟敢～上司｜～他人做壞事｜不管如何～利誘，他堅決不屈服。

同【威脅】wēi xié

「威逼」一般是面對面地直接施壓。「威脅」突出以威力逼迫，如說「威脅他人」、「武力威脅」；也用於自然界對人對物可能構成的傷害，如說「面對災害的威脅」。

反【利誘】lì yòu　不受對方～｜識破了敵人的種種～。

威風 wēi fēng　1. 讓人覺得敬畏的氣勢　～凜凜｜～不減當年｜我們應該殺殺他的～｜不要滅長他人志氣，滅自己～。

同【威嚴】wēi yán

2. 很有氣勢　看上去十分～｜他們穿上軍裝顯得特別～。

同【威嚴】wēi yán

同【威武】wēi wǔ

「威風」突出氣勢大。「威嚴」指有威力而嚴肅，多用於人的神態、聲音等，如說「威嚴的長者」、「一副威嚴的架勢」。「威武」突出神威而強大，有氣勢，如說「威武的儀仗隊讓人肅然起敬」。

威嚇 wēi hè　用威力嚇唬　經不起～｜他一再受到～｜歹徒～那個小孩。

同【恫嚇】dòng hè

同【恐嚇】kǒng hè

「威嚇」指用話語嚇唬，不一定面對面。「恫嚇」的對象是人或動物，屬

於書面語，如說「武力恫嚇」、「不怕任何恫嚇」。「恐嚇」突出使對方恐懼，如說「別用恐嚇語氣」、「黑幫分子恐嚇欠債人」。

威望 wēi wàng　聲威和名望　他們公司國際～很高｜他在學術界享有極高的～。
⑩【威信】wēi xìn

「威望」突出令人敬重的品格和能力。「聲威顯赫」、「重振聲威」。「威信」突出聲譽很好，受到大眾歡迎，如說「有很高的威信」、「積極樹立我們公司的威信」。

逶迤 wēi yí　也作「委蛇」。（道路、山脈、河流等）曲折而連綿不絕　河道～｜山路～｜大江～東去。
⑩【迤邐】yǐ lǐ

「逶迤」屬於書面語。「迤邐」突出曲折蜿蜒，屬於書面語，如說「他們在崇山峻嶺中迤邐而行」。

微薄 wēi bó　微小薄弱；數量少　收入～｜盡自己的～之力｜這是一點～的心意。
⑩【菲薄】fēi bó
⑩【綿薄】mián bó

「微薄」突出力量不夠強大或待遇不夠豐厚。「菲薄」突出數量少或質量不高，多用於待遇、禮品、工作條件等，如說「妄自菲薄」、「菲薄的收入」。「綿薄」用於客氣地稱自己能力薄弱，屬於書面語，如說「我們只是略盡綿薄之力」。

⊘【豐厚】fēng hòu　禮品～｜～的報酬｜他這份工作待遇～。

「微薄」、「豐厚」多用於付出和回報的多少方面。

微觀 wēi guān　本指物質世界中分子、原子、電子等十分細小的構造，現泛指小範圍的、部分的、具體的　～經濟學｜觀察～現象｜他的研究已經深入到了～領域。
⊘【宏觀】hóng guān　～研究｜進行～探索｜對市場進行～調控。

微賤 wēi jiàn　（社會地位）低下；卑賤　出身～｜從前藝人的地位非常～｜工作沒有～與高貴之分。
⑩【卑微】bēi wēi
⑩【低微】dī wēi

「微賤」突出社會地位低下。「卑微」突出渺小、低下而被瞧不起，可用於人的地位或思想行為，如說「人格卑微」、「品行卑微」。「低微」突出地位低而不受重視，如說「出身低微」、「身份低微」。

⊘【尊貴】zūn guì　～的來賓｜論地位～莫過於國王。
⊘【高貴】gāo guì　顯示出～的氣度｜他是一位平易近人又氣質～的藝術家。
⊘【顯貴】xiǎn guì　出身於～家族｜聽說他家世～，祖上曾做過大官。

「微賤」只用於社會地位低，屬於書面語。「顯貴」指地位顯赫或地位很高的人。

微妙 wēi miào　深奧玄妙，不可

W

捉摸｜兩人的關係十分～｜影片捕捉到了人物之間～的感情｜處於非常～的階段｜他們對她的態度發生了～的變化。

同【玄妙】xuán miào

同【奇妙】qí miào

同【奧妙】ào miào

> 「微妙」突出令人難以捉摸，多用於道理、關係、感情、心態、變化等抽象事物。「玄妙」突出難以捉摸，如說「玄妙莫測」。「奇妙」突出令人驚奇，多用於具體的事物或景象、感覺、變化等，如說「奇妙的音樂噴泉」、「奇妙的微觀世界」。「奧妙」突出內容艱深，難以理解，多指道理、哲理等，如說「奧妙無窮」、「探尋大自然的奧妙」。

微弱 wēi ruò　小而弱

～的光｜力量極其～｜病人氣息～｜他聲音～，難以聽清。

反【強勁】qiáng jìng　遭遇～氣流｜～的海風｜碰到～的對手｜他的臂膀～有力。

反【強烈】qiáng liè　～的願望｜～的色彩｜大家的反映十分～｜那裏剛發生過～地震。

反【雄厚】xióng hòu　球隊力量～｜公司擁有～的資金｜這個集團實力相當～。

> 「微弱」適用範圍較廣，對象可以是人或事物；還指衰弱、虛弱，如說「微弱的身軀」。

微微 wēi wēi　稍微；略微

他朝我～一笑｜她～點了下頭｜塔身～有些傾斜。

反【深深】shēn shēn　來賓們向先生～地鞠了個躬｜他～地被小說吸引住了｜這部電影～打動了每一位觀眾。

> 「微微」突出程度淺，還表示微小，如說「微微的亮光」。

微小 wēi xiǎo　極其細小

一個水分子非常～｜她那些～的舉動都被教練記在心上｜他們取得了～的進步。

同【渺小】miǎo xiǎo

同【細微】xì wēi

> 「微小」與「巨大」相對，多突出形體、數量之小。「渺小」與「偉大」相對，突出極小而價值很低，如說「個人的力量總是很渺小的」。

反【巨大】jù dà　山壁上刻着兩個～的漢字｜你們的支持給了我～的力量｜他在平凡的事業中作出了～的貢獻。

巍峨 wēi é　高大

～的長城｜～挺拔的山｜～的珠穆朗瑪峯。

同【嵬峨】wéi é

> 「巍峨」多形容山或建築物的高大。「嵬峨」突出高大，只用於山，屬於書面語，如說「山勢嵬峨」。

巍巍 wēi wēi　高大而雄偉的樣子

～羣山｜～大壩。

反【低矮】dī ǎi　～的丘陵｜～的平房已被高樓大廈取代。

反【矮小】ǎi xiǎo　～的樹苗｜一間～的茅屋｜他雖然身材～，力氣卻很大。

「巍巍」多用於山勢及大型建築。

為難 wéi nán
使（人）感到難以應付或處理；作對或刁難　左右～｜他這是故意～你｜不要～自己人｜對此我感到很～｜他顯出一副～的樣子。
回【尷尬】gān gà
回【難堪】nán kān

「為難」強調難以應付，還作形容詞，如說「左右為難」、「這事真叫人為難」。「尷尬」突出處境困難或神色、態度很不自然，如說「處境尷尬」、「表情比較尷尬」、「事情竟會弄得這麼尷尬」。「難堪」指難以應付或覺得不好意思，如說「這次弄得我很難堪」、「她難堪得說不出話來」；還指難以忍受，如說「天氣悶熱難堪」。

反【通融】tōng róng　請你～一下｜設法為他～～｜這事根本不能～。

惟妙惟肖 wéi miào wéi xiào
描寫或模仿得非常好、非常逼真　這幅畫畫得～｜他很喜歡模仿名人說話，而且模仿得～。
回【栩栩如生】xǔ xǔ rú shēng

「惟妙惟肖」突出酷似。「栩栩如生」突出形象生動逼真，如同活的一樣，如說「老畫家畫的鳥栩栩如生」。

圍殲 wéi jiān
包圍起來殲滅　～土匪｜他們合力～了敵軍｜那次戰役他們～了幾百個敵人。
回【圍剿】wéi jiǎo

「圍殲」適用面較窄。「圍剿」一般用於軍事；間或用於抽象事物。

圍繞 wéi rào
環繞　地球～太陽轉｜他～着湖慢步｜他每天都～操場跑五圈。
回【環繞】huán rào
回【盤繞】pán rào
回【環抱】huán bào

「圍繞」突出在四周圍着，可用於具體或抽象的事物；還用於以某事為中心，如說「圍繞着主題」、「圍繞中心工作」等。「環繞」多用於具體事物，如說「羣山環繞的山村」、「樹幹上環繞着青藤」。

違拗 wéi ào
違背；有意不依從　誰也不敢～｜明知有蹊蹺，卻又不便～，只好同意前往。
反【聽從】tīng cóng　～教誨｜不肯～姐姐支使｜他的話根本沒人～。
反【服從】fú cóng　～大局｜～安排｜如果意見正確，就應該～。
反【依順】yī shùn　～老人的意思辦｜這孩子說得有道理，父母也就～了他。
反【遵從】zūn cóng　～決議｜我一定～上級的意見｜老闆的命令他不得不～。

「違拗」多用於對上級或長輩意願的違背，屬於書面語。

違背 wéi bèi
不遵守；違反　～意願｜～誓言｜～財務制度｜～宗旨。
回【背離】bèi lí

W

◉【違反】wéi fǎn
◉【違犯】wéi fàn

「違背」突出言行不遵守、不依從規章、原則、制度、法律及諾言、心願等。「背離」突出言行有意違反，語意較重，如說「背離軌道」、「背離原則」、「背離前進的方向」。「違反」突出與法則、章程等相反而行，如說「違反紀律」、「違反原則」、「違反交通規則」、「事故是因違反操作規程引起的」。「違犯」程度較高，指違背和觸犯法律等，如說「違犯憲法」、「違犯刑法」。

反【按照】àn zhào　～規定處理｜你就～他的意思做｜決定～原定計劃行動。
反【遵從】zūn cóng　～上級指示｜～父母的意願｜～老師的教導。
反【遵守】zūn shǒu　～學校紀律｜雙方的約定｜人人都應該～交通規則。
反【遵循】zūn xún　～基本原則｜～正確的路線、方針｜～社會發展的客觀規律。
反【順應】shùn yìng　～時代潮流｜這是件～民心的大好事。

違法 wéi fǎ　不遵守法律、法令　～亂紀｜嚴懲～行為｜不得～經營。
反【守法】shǒu fǎ　遵紀～｜奉公～｜自覺做個～公民。

違反 wéi fǎn　不遵守；不符合　～常理｜～原則｜他嚴重～了比賽規則｜不要～學校紀律｜事故是因～操作規程引起的。
反【遵守】zūn shǒu　～合同｜～你的誓言｜～公司紀律。

反【符合】fú hé　～手續｜不～要求｜～法律程序。

違犯 wéi fàn　違背並觸犯　～刑法｜他的行為已嚴重～了財經紀律｜任何人～法律都將受到制裁。
反【遵守】zūn shǒu　～規定｜～合作公約｜～學校制度。

「違犯」多為觸犯法律的行為，語意較重。

違抗 wéi kàng　違背和抗拒　軍令不得～｜任何人都不能～這一指示｜誰敢～法令法規，將會受到嚴厲懲罰。
反【服從】fú cóng　～命令｜絕對～｜～上級決定｜少數～多數。
反【聽從】tīng cóng　一切～安排｜他並沒有～父親的勸告｜作為戰士應該～指揮。
反【遵從】zūn cóng　每個公民都要～法規｜在我們家，他的話常常就是命令，誰都得～。

「違抗」突出抗拒，多用於對當權者、上級或長輩要求的態度方面，語意較重，適用範圍較窄。

違約 wéi yuē　違背條約或契約　交納～金｜承擔～責任｜合同雙方不得～。
反【守約】shǒu yuē　應自覺～｜～的一方蒙受了較大損失｜商家～才能贏得更多的顧客。

維持 wéi chí　使繼續保存原有的樣子　～秩序｜無法～現狀｜～社會

治安｜他盡力～現在的局面。
🔘【保持】bǎo chí

> 「維持」突出不改變現狀，多與「秩序」、「現狀」、「治安」、「生命」等詞搭配。「保持」突出使原有狀況不消失並維持一段較長的時間，多與「安靜」、「平衡」、「傳統」、「水土」、「沉默」、「距離」、「水平」、「警惕」、「現狀」等詞搭配，如說「保持平衡」、「保持優良傳統」、「請大家保持安靜」。

維護 wéi hù　維持保護，使不受到破壞　～通訊設備｜～世界和平｜～集體利益｜～公共秩序｜～法律的尊嚴。
🔘【保護】bǎo hù
🔘【愛護】ài hù

> 「維護」多用於抽象而重大的事物。「保護」多與「兒童」、「森林」、「財產」、「權益」等詞搭配，如說「保護眼睛」、「保護環境」、「保護公民合法權益」。「愛護」兼有愛惜和保護的意思，如說「愛護我們的家園」、「自覺愛護公共財產」。

⚫【敗壞】bài huài　道德～｜～門風｜他竟公開～我們學校的名譽。
⚫【傷害】shāng hài　別～了彼此的感情｜他～了我的自尊心｜長期睡眠不足，會～身體。

尾 wěi　1. 動物身體末端突出的部分；尾巴　藏頭露～｜虎頭蛇～｜搖～乞憐｜石斑魚頭闊～大，肉質鮮嫩。
⚫【頭】tóu　～重腳輕｜垂～喪氣｜把～露了出來。

⚫【首】shǒu　昂～挺胸｜搔～弄姿。
2. 末端；末尾　徹頭徹～｜請站到隊～去｜做事不能有頭無～。
⚫【頭】tóu　年～歲尾｜街～巷尾｜辦事要有～有尾。

尾聲 wěi shēng　（文藝作品的）結束部分　故事已接近～｜樂曲的～激昂高亢。
⚫【序幕】xù mù　音樂會拉開了～｜那齣大型歌舞劇的～氣勢磅礴。

委婉 wěi wǎn　也寫作「委宛」。（言辭、聲音等）溫和婉轉　語氣～｜他講話～，生怕傷害了人家｜她向老師～地表達了自己的願望。
⚫【坦率】tǎn shuài　～真誠的個性｜他是個～的人｜他～地把知道的都告訴了我。
⚫【直截】zhí jié　～了當｜他說話～，從不拐彎抹角｜終於～痛快地倒出了心裏的想法。
⚫【直率】zhí shuài　他這人很～，但也容易得罪人｜他～地回答了我的問題。

> 「委婉」突出說話不失原來的意思，但在語氣和用詞上溫和而曲折，使人聽了容易接受，屬於書面語。

委靡 wěi mǐ　也寫作「萎靡」。精神不振作　鬥志～｜精神～｜看見他～不振的樣子，我不知道該怎麼辦。
🔘【頹廢】tuí fèi
🔘【頹唐】tuí táng

> 「委靡」突出意志消沉。「頹廢」語意較重，如說「思想頹廢」。「頹唐」

W

突出興致不高，多與「情緒」、「神色」等詞搭配，如說「意志頹唐」。

（反）【振奮】zhèn fèn　隊員們個個精神～，鬥志昂揚｜這個～人心的好消息通過電波傳到了全世界。

（反）【振作】zhèn zuò　～精神｜從沮喪中～起來｜經過半年的消沉，他終於～起來了。

（反）【奮發】fèn fā　～向上｜～有為｜～圖強｜新的目標催我～。

委實 wěi shí　實在；的確　～不易｜～無誤｜他～有難處｜本人～不知｜～不曾想到。

（同）【的確】dí què

（同）【確實】què shí

（同）【着實】zhuó shí

「委實」屬於書面語。「的確」突出對事物真實性的肯定，如說「的確很感人」、「的確很重要」。「確實」突出真實可信，如說「數據確實可信」、「他已得到確實的保證」、「這場演出確實很精彩」。「着實」突出真實性，語意比較重，如說「着實喜歡」、「這着實讓大家高興了一陣」。

委託 wěi tuō　請別人或機構代做　受人～｜全權～給律師｜這件事就～你了。

（同）【拜託】bài tuō

（同）【託付】tuō fù

「委託」語氣比較緩和，多用於正式場合。「拜託」語調比較婉轉，如說「拜託好友辦一下」、「這事就拜託您了」。「託付」突出鄭重其事地將事情交托給對方，如說「她把孩子託

付給了鄰居」、「他臨走時將此事託付給我代為辦理」。

偽 wěi　虛假的；有意做作的，掩蓋本來面貌的　去～存真｜辨明真～｜這幅畫是～作｜他們～造了不少假證件。

（同）【假】jiǎ

（反）【真】zhēn　～才實學｜～偽莫辨｜～知灼見｜這件事千～萬確｜如今終於～相大白｜寫文章必須有～情實感。

「偽」也可用於人，如說「偽君子」；還表示不合法的，如說「偽軍」、「偽政權」、「偽組織」等。

偽善 wěi shàn　假裝善良的；冒充好人樣子的　～者｜必須揭穿他～的面目。

（反）【真誠】zhēn chéng　待人～｜～的心意｜她為朋友的～所感動｜感謝各位熱心～的幫助。

偽造 wěi zào　假造　～歷史｜～證件｜～古文物。

（同）【假造】jiǎ zào

「偽造」語意較重。「假造」的對象多是文書、證件等，也可指品牌、稱號等，如說「假造學位證書」、「假造名牌商標」；還指捏造，如說「他假造一個藉口溜走了」。

偽裝 wěi zhuāng　1. 假裝；裝成為　～進步｜～成好心人｜他那老實樣是～的｜他把自己～成大款。

回【假裝】jiǎ zhuāng

2. 虛假的外表　撕去騙子的～｜他的～被及時揭穿了｜剝掉～，露出真面目。

回【假象】jiǎ xiàng

「偽裝」突出改變形象或裝束騙人；還指軍事上用的掩護物。「假裝」突出為了不讓人發現真實情況而做作，一般不與「偽裝」互換，如說「假裝好人」、「她假裝高興的樣子」、「聽到臥室門響，我就假裝睡着了的樣子」。

偉大 wěi dà

超出尋常、令人景仰欽佩的；品格崇高、才識超凡、功勳卓著的　他是一個～的人｜父親在我的心裏是最～的｜實現國富民強這個～的目標。

反【渺小】miǎo xiǎo　在自然力面前，人類有時如羔羊般～｜面對巍巍羣山，我覺得自己太～了。

反【平凡】píng fán　～的一生｜老人有着不～的經歷｜他們在～的工作中做出了不～的成績。

偉人 wěi rén

偉大而有巨大影響的人物　敬仰一代～｜崇尚～風采｜學習～的高風亮節｜～傳記一直很受讀者歡迎。

回【巨人】jù rén

「偉人」突出業績偉大。「巨人」強調影響突出，如說「政壇巨人」、「歷史巨人」。

反【凡人】fán rén　～瑣事｜～都有七情六慾｜他說自己是個～，只求能過平靜安定的生活。

反【庸人】yōng rén　別～自擾｜不能做～，要做對社會有用的人。

萎縮 wěi suō

比喻經濟或事業逐步衰退　經濟蕭條導致購買力～｜由於資金問題，造成這家廠生產規模大大～。

反【繁榮】fán róng　經濟～｜～文化事業｜市場一片～景象｜把國家建設得～富強。

猥瑣 wěi suǒ

也寫作「委瑣」。(容貌、舉動)庸俗而不大方　那人看起來很～｜那樣一副～的樣子當然不討人喜歡｜那人相貌難看，舉止～，使人感到很不舒服。

反【大方】dà fang　第一次演出，她就顯得落落～｜這次去做客，可以～點兒，用不着拘束。

「猥瑣」多用於男性。

未 wèi

副詞，沒有　～曾去過｜孩子還～成年｜他的健康還～完全恢復。

回【沒】méi

反【已】yǐ　情況現～查明｜家人～平安到達香港｜這件事我們～設法解決了。

未必 wèi bì

不一定　他～會相信｜真相～如此｜這消息～可靠｜你說的這件事他～知道。

反【一定】yí dìng　～能完成｜明天～會來｜有你幫助，～沒有問題。

反【必定】bì dìng　任務～能完成｜他見了～會喜歡的｜堅持鍛煉～對身體有好處。

W

「未必」的語氣比較委婉。

未曾 wèi céng 從來沒有過　他到死都~明白｜他以前~經歷過這樣的事｜那是歷史上~出現過的奇跡。

回【不曾】bù céng

反【曾經】céng jīng 我~跟他共事多年｜他~在這棟樓裏住過兩年｜他~有過一段坎坷的經歷。

反【已經】yǐ jīng 事情~如此，無可挽回了｜天~黑了，兩個孩子怎麼還沒回來｜他~實現了這輩子最大的願望，別無所求。

「未曾」表示還沒有發生，與「曾經」相對，屬於書面語。「不曾」多用於口語。

未嘗 wèi cháng 1. 未曾　這屋子~打掃過｜他~經歷過那種事｜那個問題他們~討論過。

回【不曾】bù céng

2. 不是　他那樣做~不可｜那~不是一個好辦法｜他這個人確實是不錯，但~沒有缺點。

回【未始】wèi shǐ

「未嘗」多構成雙重否定，屬於書面語。「未始」指不是，突出道理上未必不能，多構成雙重否定，屬於書面語，如說「未始想不出」、「此議未始不可」。

未來 wèi lái 現在以後的時間　他很擔心自己的~｜應好好規劃自己的~。

回【將來】jiāng lái

「將來」與「未來」意義相同，如說「為將來作打算」、「將來的事實在難測」。

未然 wèi rán 還沒有成為事實　防患於~。

反【已然】yǐ rán 自古~｜由~可以推知必然｜凡人之智，知~，不知將然。

未遂 wèi suì 沒有達到(目的)；沒有滿足(願望)　殺人~｜心願~｜這是一次~的軍事政變。

反【得逞】dé chěng ~於一時｜決不讓敵人的陰謀~｜這次如果他~了，以後麻煩就多了。

「未遂」指沒有達到某個目的，適用面較廣。「得逞」用於不良企圖，含貶義。

未雨綢繆 wèi yǔ chóu móu 趁着天還沒下雨，先修繕房屋門窗。比喻事先做好準備　汛期將至，各地~，做好防汛工作｜各地~，紛紛採取措施預防禽流感。

回【有備無患】yǒu bèi wú huàn

反【臨渴掘井】lín kě jué jǐng ~是不會考出好成績的｜像這樣~，總有一天會失手，不可能每次都那麼幸運。

「未雨綢繆」、「臨渴掘井」都用於比喻。「臨渴掘井」比喻平時沒有準備，事到臨頭才想辦法。

未知 wèi zhī 還不知道　~數｜~領域｜~對方能否接受這個條件｜讓我們一起探索~世界的奧祕。

W

⊗【已知】yǐ zhī　～條件｜～事實｜由～推知未知｜當地發生地震，～傷亡人數在兩千以上。

位置 wèi zhì

1. 所在或所佔的地方　他的～很靠近舞台｜自習室已經沒有一個空～了｜為了在教室佔一個好～，他起得非常早。

圓【位子】wèi zi

2. 地位　他在公司的～無人可替代｜這部著作在文學史上佔有重要的～。

圓【地位】dì wèi

「位置」也可指職位，如說「公司董事局已沒有他的位置了」。「位子」常用於口語中，指具體座位，如說「她把位子讓給了一位老人」；也指職位，如說「這裏已經沒有她的位子了」。

味道 wèi dao

舌頭嘗得到的味覺特性　嘗嘗～｜那菜的～確實差了點兒｜這兩天他吃甚麼都沒有～。

圓【滋味】zī wèi

「味道」還指興趣，如說「心裏有說不出的味道」、「這球賽沒有一點味道」。「滋味」指人的味覺能感覺到的味兒，如說「藥的滋味有點苦」、「這菜滋味真不錯」；還比喻感受，如說「嘗盡人生滋味」、「讓人感到真不是滋味」。

畏懼 wèi jù

恐懼；害怕　無所～｜他威嚴的神態令人～｜他多少有點～心理｜他臉上露出～的神色。

圓【膽寒】dǎn hán

圓【害怕】hài pà

圓【懼怕】jù pà

圓【恐懼】kǒng jù

「畏懼」突出膽子小、害怕，語意較重。「膽寒」突出感到恐懼不安，如說「心驚膽寒」。「害怕」多用於口語，如說「害怕困難」、「害怕考試」。「懼怕」語意較重，如說「樣子令人懼怕」、「露出懼怕的眼神」。「恐懼」語意比「害怕」重、比「恐怖」輕，如說「恐懼心理」、「克服恐懼感」。「膽寒」、「懼怕」、「畏懼」口語中都不常用。

⊗【勇敢】yǒng gǎn　～的戰士｜要～地與困難鬥爭｜他在戰鬥中表現得極為～。

⊗【英勇】yīng yǒng　～善戰｜～的戰士｜她的～，令敵人喪膽。

蔚藍 wèi lán

淡藍　～的大海｜～的天空飄着幾朵白雲。

圓【碧藍】bì lán

「蔚藍」多用於海水或天空晴朗時的顏色。「碧藍」指青藍的顏色，如說「碧藍的天空」、「一對碧藍的大眼睛」。

慰勞 wèi láo

（以話語及物品）進行慰問　老闆買了夜宵來～我們｜這些物品都是～前線將士的。

圓【慰問】wèi wèn

「慰勞」語氣較重，多用於莊重場合。「慰問」突出關心，如說「到生產線慰問工人」、「慰問災區民眾」。

溫 wēn

溫度冷熱適中　～帶｜～泉｜～室。

同【暖】nuǎn

> 「温」可組合成「温暖」、「温室」、「温控」、「不温不火」等。「暖」多組合成「氣候回暖」、「風和日暖」；也指使變暖，如說「暖暖身子」、「快來暖一暖手」。

温飽 wēn bǎo
吃得飽、穿得暖的生活　解決～問題｜為一家人的～操勞｜人們已不滿足於～，都想過富足的日子。

反【飢寒】jī hán　～交迫｜他經歷過～的逼迫。

温存 wēn cún
温柔體貼　這個小姑娘性格～｜她的～使我很感動｜母親～的話語一直在我耳邊回響。

反【粗暴】cū bào　～地干涉｜不要對孩子這麼～｜你怎麼能用這樣～的態度對待顧客？

> 「温存」還指殷勤撫慰，多用於對異性。

温和 wēn hé
1. 性情温柔而平和，使人感到親切　父親脾氣～｜那人性格很～｜他是一位～的長者。

同【平和】píng hé

反【暴烈】bào liè　脾氣十分～｜這個人性情～，稍不如意就會捶桌子甩板凳。

反【暴躁】bào zào　～易怒｜抑制住～情緒｜這人就是脾氣～點兒，心眼兒還不壞。

反【粗暴】cū bào　態度～｜行為～｜他～地推了老人一把。

反【嚴厲】yán lì　～的態度｜語氣極

其～｜他的目光～而富於自信。

反【生硬】shēng yìng　這個人態度冷淡，語氣～｜他最近心情不好，說話～了些，你千萬別在意。

2.（氣候）不冷不熱　天氣～，適合旅遊｜他們很喜歡那座～如春的城市｜

同【温暖】wēn nuǎn

> 「温和1」突出不嚴厲、不粗暴，多指性情、態度、言語等平和可親。「温和2」指氣候。「温暖」指和，如說「天氣温暖」、「温暖的陽光照耀着大地」；還指使心中感到温暖，如說「同學們的幫助温暖了我的心」。

温暖 wēn nuǎn
暖和　氣候～｜～的陽光｜當地四季～如春，非常舒適。

反【寒冷】hán lěng　天氣～｜～的季節｜一般～空氣正向南移動。

反【凜冽】lǐn liè　北風～。

> 「温暖」還指使人感到温暖，如說「妻子的關懷温暖了他的心」。

温柔 wēn róu
性格温和，脾氣柔順　她是個～婉約的姑娘｜他用～的眼神看着我｜她的聲音又～又平靜｜夜風～地吹着，帶着泥土的香氣。

同【温順】wēn shùn

同【和順】hé shùn

> 「温柔」多指性情、姿態、聲音等，也用於水、弱風等。「温順」突出順從、隨和、不倔強，如說「温順體貼」、「温順的綿羊」、「温順的小女孩」。

反【粗暴】cū bào　態度～｜不能以簡單～的方式對待孩子｜那些不法商販甚至～地動起武。

反【暴躁】bào zào　性情～｜你那～的脾氣非改不可。

反【火爆】huǒ bào　脾氣～｜他就是個～性子。

温順 wēn shùn　溫和順從　這樣～的男孩不多見｜那裏的姑娘像羊羔般～｜他送給我的那匹小馬性情～，我特別喜歡。

反【兇暴】xiōng bào　～殘忍的歹徒｜誰也不敢接近這隻～的野獸。

「温順」多形容人或動物的性情。

温習 wēn xí　複習　他又～了一遍課文｜他在～功課，你別去打擾他｜馬上要考試了，他正在抓緊時間～。

同【複習】fù xí

「温習」突出對學過的東西重新熟悉。「複習」突出再次學習，如說「認真複習」、「你抓緊複習一下課文」。

温煦 wēn xù　暖和　氣候～｜春日陽光～。

同【和煦】hé xù

「温煦」指陽光給人的溫和感覺；也指親切，屬於書面語，如說「温煦的神情」、「温煦的目光」。「和煦」只用於天氣或季節，如說「和煦的風」、「和煦的春日」。

文靜 wén jìng　文雅安靜　性格

～｜她是個～的小姑娘。

同【嫻靜】xián jìng

「文靜」突出性格、舉止溫和有禮。「嫻靜」突出溫文安詳，用於女子，如說「生性嫻靜」、「温柔嫻靜的女子」。

文明 wén míng　具有較高文化修養的，不粗俗的　物質～｜～古國｜要做一個講～懂禮貌的好學生。

同【文雅】wén yǎ

「文明」也作名詞，指人類創造的物質財富和精神財富，有時特指精神財富，可用於社會和集體。「文雅」突出人的言談舉止彬彬有禮，如說「舉止文雅」、「態度文雅」、「顯得文雅恬靜」。

反【野蠻】yě mán　一羣～人｜那裏仍然盛行～的風俗習慣。

反【粗野】cū yě　他～地揮舞着拳頭｜～的叫罵不堪入耳。

反【粗魯】cū lǔ　～地高聲嚷叫着｜他～地打斷了我們的談話。

文雅 wén yǎ　溫和有禮；不粗俗　舉止～｜顯得～恬靜｜文化人應談吐～些。

反【粗魯】cū lǔ　別～地大喊大叫｜～的敲門聲把她驚醒了。

反【粗俗】cū sú　她～的比喻，令人發噱｜我們説話～，不像你那麼文縐縐的。

反【粗野】cū yě　～的民風｜前面響起一陣～的吆喝聲。

「文雅」突出人的言談舉止彬彬有禮。

W

聞名 wén míng　知名度很高　～

遐邇｜古今～｜～全國｜～世界｜泰
山是～的旅遊景點。

同【出名】chū míng

同【有名】yǒu míng

同【知名】zhī míng

同【著名】zhù míng

「聞名」突出為眾人所聞。「出名」突
出產生影響或有名氣，如說「在當地
相當出名」。「有名」突出已經產生
影響，如說「赫赫有名」、「相當有
名」。「知名」多用於人，偶爾用於
事物，語義比「有名」重，如說「知
名學者」、「知名人士」、「知名品
牌」。「著名」突出有好名聲、為大
家所熟知，用於人或事物，如說「著
名學府」、「以出產藥材而著名」、
「當地的水果非常著名」。

反【無名】wú míng　～小輩｜紀念碑
是紀念～英雄的。

吻合 wěn hé　完全符合　他的證

詞與事實完全～｜事情的發生很難與
想像相～｜這次談判，各方面的意見
比較～。

反【相左】xiāng zuǒ　雙方意見～｜
因為觀念～，彼此的合作進展不太順
利。

紊亂 wěn luàn　雜亂無序；沒有

規律　秩序～｜生理機能～｜內容
～｜新陳代謝～。

同【混亂】hùn luàn

同【凌亂】líng luàn

「紊亂」用於秩序、思路、條理等。
「混亂」含有混雜的意思，適用範圍

較廣，多指局面、情況、思路等，
如說「局面混亂」。「凌亂」突出不
整齊，如說「凌亂的頭髮」、「這些
貨物堆放得很凌亂」。

反【整齊】zhěng qí　學生們服裝～｜
把座位排列～｜～地站成兩列。

穩當 wěn dang　穩重而妥當　舉

止～｜她做事非常～。

同【穩妥】wěn tuǒ

穩定 wěn dìng　1. 穩固安定；

不常變動　機器運轉得很～｜這兩
天他情緒不～｜祖父的病情逐步～下
來。

同【穩固】wěn gù

「穩定」可與「形勢」、「政局」、「人
心」、「情緒」、「物價」等詞搭配，
適用範圍較大。「穩固」多用於根
基、基礎、地位等，適用範圍較小，
如說「穩固的大堤」、「穩固的經濟
基礎」。

反【波動】bō dòng　物價～｜成績～
很大｜最近股價一直在上下～。

反【紛擾】fēn rǎo　內心的～｜雖世事
～，可日子還得過下去。

反【變動】biàn dòng　課程作了一些
小的～｜學生們的座位最好定期一下
下｜過一段時間這裏的工作會有一定
～。

2. 使穩定而較少變動　～軍心｜一定
要～局面｜政府採取了有效措施來～
物價。

同【固定】gù dìng

穩固 wěn gù　牢固；使不動搖

基礎~｜地基非常~｜他在公司的地位相當~｜為~其統治地位而採取一系列政策。

⟨反⟩【動搖】dòng yáo　~軍心｜思想有所~｜這次事件~了他的信心｜艱苦的環境不能~人們探索自然奧祕的決心。

「穩固」多用於根基、基礎、地位等，適用範圍較窄。

穩重 wěn zhòng （舉止、言語等）沉着而有分寸；不浮誇　成熟~｜為人~｜他辦事非常~，你放心好了。

⟨同⟩【持重】chí zhòng

⟨同⟩【穩健】wěn jiàn

「穩重」多用於言語、舉止、風度等。「持重」屬於書面語，如說「老成持重」、「冷靜持重」。「穩健」突出沉着而不輕舉妄動，如說「他素來作風穩健，不作冒險之事」；還可指穩而有力，如說「穩健的步子」、「產品銷量穩健增長」。

⟨反⟩【輕浮】qīng fú　不要太~｜她這種~的樣子讓人不舒服。

⟨反⟩【輕率】qīng shuài　這個決定作得太~了｜地給一個人下定論很不合適。

⟨反⟩【冒失】mào shi　~鬼｜突然登門，實在太~了｜現在想來，這的確是有點~的荒唐舉動。

⟨反⟩【貿然】mào rán　~闖入｜~從事｜說話前應該三思，不要~地脫口而出。

問 wèn　有疑問而向別人提出　不

懂就~｜一~三不知｜我要~你幾個問題。

⟨反⟩【答】dá　回~｜~不出來｜有問必~｜~非所問。

問題 wèn tí　要求回答或解釋的題目　共有五個~｜你有~隨時可以來問｜一個會學習的學生往往善於提出各種~。

⟨反⟩【答案】dá àn　沒有現成的~｜課本後面有練習的參考~｜這一題沒有標準~，只要能把問題說清楚就算對。

窩藏 wō cáng　非法隱藏（罪犯、違禁品或贓物）　~贓款｜~毒品｜他把那名犯罪嫌疑人~在地下室。

⟨同⟩【隱藏】yǐn cáng

「窩藏」是貶義詞，其對象是具體的人或物。「隱藏」的對象可是具體的或抽象的，屬中性詞，如說「心中隱藏着憂傷」、「他們隱藏在樹林中」。

⟨反⟩【告發】gào fā　檢舉~｜大膽~｜~他的違法行為｜儘管多方遮掩，他還是被人~了。

我 wǒ　說話人稱自己一方　~軍｜分清敵~｜時不~待｜歡迎光臨~校。

⟨同⟩【己】jǐ

⟨反⟩【敵】dí　~人｜~軍｜深入~營｜~我多次交手。

⟨反⟩【你】nǐ　~我朋友一場｜兩人不分~我｜~中有我，我中有~。

⟨反⟩【彼】bǐ　~方｜~退我進｜知~知己，百戰不殆。

我們 wǒ men　複數第一人稱，指包括自己在內的若干人　~的校園

W

很大｜～班的同學非常團結｜昨天下午～去公園玩了。

同【咱們】zán men

「我們」可包括或不包括談話的對方。「咱們」一定包括對方，如說「過會兒咱們一起去打球」。

沃土 wò tǔ 養分充足的土地 千里～｜肥得流油的～。

反【瘠田】jí tián 改造～｜這塊～已拋荒多年。

卧 wò 身體橫躺下 俯～｜～薪嘗膽｜老人已經～牀不起。

同【躺】tǎng

反【坐】zuò 端～｜～卧不安｜我們～下來談｜他～在河邊釣魚。

卧病 wò bìng 病倒在牀 ～不起｜老人～多年。

反【痊愈】quán yù ～出院｜腳傷尚未～｜養了幾個月才～。

「痊愈」指所患疾病完全恢復。

斡旋 wò xuán 調解 由律師居中～｜經過一番～，雙方爭端終於解決。

反【挑撥】tiǎo bō ～兩人關係｜不要聽信別人的～離間｜她是個慣於～是非的壞女人。

齷齪 wò chuò 1. 髒；不潔淨 空氣～｜～的雙手｜別把桌子弄～了｜才穿了一天，襯衫的領口就非常～。

同【骯髒】āng zāng

同【污穢】wū huì

反【乾淨】gān jìng 把髒的地方洗～｜路邊攤兒賣的東西不太～。

反【清潔】qīng jié 保持～｜打掃得很～｜～舒適的客房｜這座城市既～又美麗。

反【純淨】chún jìng 水質～｜～少污染的空氣｜一朵朵雲飄在～的藍天上。

2. 比喻人的思想品質差 卑鄙～之徒｜～的交易｜這個人的內心太～。

同【骯髒】āng zāng

同【卑鄙】bēi bǐ

「齷齪2」突出人品惡劣，屬於書面語。「骯髒」指具體的不乾淨，多用於比喻，比較口語化，適用範圍較廣，如說「思想骯髒」、「骯髒的交易」。「卑鄙」突出心靈骯髒，如說「卑鄙小人」、「卑鄙的行為」。「污穢」語意較重，只用於事物、處所、言語等，一般不用於人，如說「言語污穢」、「滿地污穢」。

反【高尚】gāo shàng ～的情操｜做一個品質～的人｜愛情應該是美好而～的。

反【崇高】chóng gāo 樹立～的理想｜～的精神追求｜為我們的～事業而奮鬥。

反【純潔】chún jié ～的心靈｜～如孩童的目光｜眼睛裏露出～而堅定的表情。

污衊 wū miè 誣衊 ～他人｜他大肆～對方｜你怎麼能這樣～我呢？

同【誣衊】wū miè

「污衊」還指玷污，如說「聲譽被他污衊了」。

污染 wū rǎn　染上或使染上有害的東西　～環境｜精神～｜這條河流已受到嚴重～｜汽車氣是造成空氣～的重要因素。

〖反〗【淨化】jìng huà　廢水～的研究｜植樹造林，～城市空氣｜優秀的文藝作品可以～人們的心靈。

「污染」、「淨化」都可用於比喻。

污辱 wū rǔ　侮辱；玷污　～婦女｜他因不堪～而自殺｜你可以責備我，但請不要～我的人格。

〖同〗【侮辱】wǔ rǔ

「污辱」多指野蠻侮辱他人精神及人格，包括對女子的凌辱。「侮辱」多指用言語或行為損害他人，如說「侮辱人格」、「遭受侮辱」。

污濁 wū zhuó　1. 混濁；不潔淨　一潭～不堪的死水｜～的河水使魚類無法生存｜由於抽煙，車廂裏空氣相當～。

〖同〗【混濁】hùn zhuó

「污濁」指骯髒，其語意比「混濁」重。「混濁」指混有雜質，不純潔，如說「混濁的液體」、「空氣相當混濁」。

〖反〗【純淨】chún jìng　～水｜仰望～的藍色天空，我的心中充滿了美好的遐想。

〖反〗【清新】qīng xīn　雨後空氣特別～｜傍晚的海風，～而又涼爽。

〖反〗【清澈】qīng chè　湖水～見底｜魚羣在～的水中歡快地嬉戲。

2. 比喻世道不正　～的世道。

〖反〗【清明】qīng míng　～之治｜社會風氣～。

屋宇 wū yǔ　房屋　聲震～｜美妙的笛聲響徹～。

〖同〗【房屋】fáng wū

「屋宇」屬於書面語。「房屋」指一般的房子，屬於總稱，也可指具體的房子，如說「這房屋是剛建成的」、「這房屋結構很堅固」。

烏黑 wū hēi　深黑色　被污染的河水～發臭｜她眨着一雙～的大眼睛｜她～的長髮非常惹人注目。

〖同〗【漆黑】qī hēi

〖同〗【墨黑】mò hēi

「烏黑」突出物體的顏色深黑。「漆黑」多指光線昏暗，如說「漆黑的夜」、「停電後一片漆黑」。

誣害 wū hài　編造事實害人　～忠良｜你不要再～好人了｜她竟然～自己的朋友。

〖同〗【誣陷】wū xiàn

「誣害」突出捏造事實破壞他人名譽，冤枉、陷害人。「誣陷」指通過妄加罪名進行陷害，語意比「誣害」重，如說「遭人誣陷」、「被誣陷入獄」。

〖反〗【洗雪】xǐ xuě　～冤屈｜～恥辱。

無 wú　沒有　～事生非｜～話可說｜～計可施｜～依～靠｜有則改之，～則加勉。

〖反〗【有】yǒu　～求必應｜～口無心｜～名無實｜～過之而無不及。

無邊 wú biān　沒有邊際　法力
~｜~無際｜苦海~，回頭是岸。
◉【無際】wú jì
◉【無垠】wú yín

「無際」突出望不到盡頭，如說「一望無際的大海」。「無垠」突出遼闊、看不到界限，如說「無垠的原野」。

無妨 wú fáng　沒有妨礙　但說
~｜這樣說說也~｜有意見~直接提出來。
◉【不妨】bù fáng

「無妨」比較直接，屬於書面語。「不妨」含有可以這樣做，不會有妨礙的意思，如說「有話不妨直說」、「你不妨親自去一次」。

無怪 wú guài　也說「無怪乎」。
了解原因後就不覺得奇怪　已是梅雨季節了，~常常下雨｜原來停電了，~到處都那麼黑。
◉【難怪】nán guài

「無怪」指明白理由後不再覺得奇怪或不可理解，常用在第二句句首。「難怪」突出情有可緣，如說「這也難怪」、「穿得少難怪會感冒」、「難怪他氣成那樣」。

無關 wú guān　沒有關係；沒有
牽連　~緊要｜~宏旨｜別去計較那些~大局的小事｜這是他自作自受，與任何人~。
◉【相干】xiāng gān　我的事跟你有甚麼~｜這是我的錯，與他毫不~。
◉【有關】yǒu guān　這種現象跟颱風

~｜這是~各位前途的大事。

「相干」多用於否定或反問。

無害 wú hài　沒有危害　~氣
體｜作~處理｜每天喝適量的葡萄酒對身體健康有益~。
◉【有害】yǒu hài　清除~的物質｜吸煙對身體~｜任意伐木~於水土保持。

無愧 wú kuì　不感到愧疚　問心
~｜~於他人｜這個榮譽稱號他當之~。
◉【有愧】yǒu kuì　心中~｜~於父母的養育之恩｜大家的讚揚我實在受之~。

無論 wú lùn　表示在不同的條件
下結果始終如一　~你說甚麼，他就是不聽｜~颱風或者下雨，他從不遲到｜~環境怎樣艱苦，他們都照樣努力地工作。
◉【不管】bù guǎn
◉【不論】bú lùn

「不管」突出在任何情況下都不會改變，如說「不管怎樣，路總得要走下去」；還指不計較、不予理會，如說「一回家就甚麼也不管」。「不論」突出包括所有可能的情況，後面多要出現疑問或選擇的形式，如說「不論你怎麼解釋我都不去」、「不論早還是晚都沒關係」。

無名 wú míng　沒有名聲或不被
世人所知　~高地｜~英雄｜我只是個~小卒。
◉【有名】yǒu míng　這座寺廟很~｜

全國～的蔬菜基地｜他是～的登山運動健將。

【反】【聞名】wén míng　長城風光，～全國｜他的豐功偉績，舉世～。

【反】【知名】zhī míng　～作家｜業內～人士｜多做廣告，可提高產品的～度。

【反】【著名】zhù míng　全國～商標｜吐魯番的葡萄很～｜當地以礦產豐富～。

無窮 wú qióng　沒有窮盡，沒有限度，沒有止境　言有盡而意～｜民眾的智慧是～的｜書法和繪畫都使我感到其樂～。

【反】【有限】yǒu xiàn　手頭資料～｜猩猩只能學會極其～的一點符號語言｜她的文化水平～，讓她做詩真是為難她了。

無視 wú shì　不放在眼內；不重視　不要～民眾的要求｜不可～法律的尊嚴｜～交通法規將受到懲罰。

【同】【忽視】hū shì

【同】【漠視】mò shì

> 「無視」、「忽視」都指不放在心上或眼中。「無視」語意較重。「忽視」語意比較輕，多用於無意之中的粗心，如說「別忽視了孩子的感情」。「漠視」多指冷淡地對待事物，是貶義詞，屬於書面語，如說「怎能如此漠視民眾的利益」。

【反】【正視】zhèng shì　要～現實｜應當～問題的嚴重性｜～自己的缺點，才能有所進步。

> 「無視」突出有意不放在眼裏，含有根本不顧的意思，語意較重，用於貶義。

無私 wú sī　沒有私心；不為自己考慮　大公～｜作出～的奉獻｜他辦事歷來公正～｜他～忘我的精神值得人們稱讚。

【反】【自私】zì sī　出於～的動機｜你的做法太～｜～自利的人。

無味 wú wèi　沒有趣味　他這個人既呆板又～｜這部小說的內容枯燥～｜我認為，那種～的聚會不去也罷。

【反】【有趣】yǒu qù　故事十分～｜這孩子活潑～｜聽那兩個人說相聲，～極了。

無畏 wú wèi　不害怕　無私～｜～的英雄氣概｜他勇敢～地與歹徒展開了搏鬥。

【反】【恐懼】kǒng jù　我無法擺脫內心的不安與～｜這樣驚險的場面實在令人～｜死亡對於每個人來說都是非常～的事情。

無限 wú xiàn　沒有限度；沒有窮盡　天地～廣闊｜前途～光明｜此時此景令她～感慨｜人們對他懷着～的信任和愛戴。

【反】【有限】yǒu xiàn　時間～｜我的能力～｜要充分利用～的資金。

無心 wú xīn　1. 不是故意的　～插柳柳成蔭｜言者～，聽者有意｜他這話完全是～的，你可別介意。

【同】【無意】wú yì

【反】【有心】yǒu xīn　這件事我不是～瞞你的｜他這是在出上次的怨氣，～報復我。

【反】【有意】yǒu yì　他～跟我作對｜這幾天他～躲着我｜我～不告訴他，是

想給他一個驚喜。

2. 沒有心思　茶飯～｜朋友都走了，我也實在～在這裏久留。

同【無意】wú yì

反【有心】yǒu xīn　他真是個～人｜既然你～，就跟他說了吧。

反【有意】yǒu yì　要是你～買，價錢還可以商量｜我早就～習武，卻一直沒有機會。

無須 wú xū　不必；不用　～多慮｜各位～緊張｜你～插手此事｜她在那邊很好，你～擔心。

同【無需】wú xū

同【不必】bú bì

同【毋庸】wú yōng

> 「無須」、「無需」屬書面語，如說「這房子無需大修」、「這事無需大驚小怪」。「不必」突出事理上沒有必要，如說「你不必為此操心」、「你們不必如此費心」。「毋庸」也寫作「無庸」，屬於書面語，如說「毋庸諱言」、「毋庸置疑」。

反【必須】bì xū　～完成任務｜我～親自去一次｜～按規定辦理手續。

無意 wú yì　1. 不是故意的　我～中聽到了這些話｜一間發現了這個祕密｜我～中深深地觸犯了他了。

同【無心】wú xīn

反【成心】chéng xīn　別～搗亂｜你這是～與我過不去｜那是巧合，不是～的。

反【存心】cún xīn　他們這是～害人｜你這不是～叫我為難嗎？

反【故意】gù yì　他老是～找麻煩｜她～提高聲音，以引起大家的注意。

反【有心】yǒu xīn　我不是～要傷他｜～讓我出洋相。

反【有意】yǒu yì　他～犯規｜他這是～氣我，我偏不理。

2. 沒有做某事的願望　～經商｜我與他爭辯｜既然他～參加，你就不要勉強他了。

同【無心】wú xīn

反【有心】yǒu xīn　我～去看他，又怕打擾他休息｜世上無難事，只怕～人｜知道他～跟我交朋友，我很高興。

反【有意】yǒu yì　我們～請你加入｜您若～購買，早點與我們聯繫。

無與倫比 wú yǔ lún bǐ　沒有能比得上的　英雄建立的功績～｜這款數碼相機的性能是～的。

同【無可匹敵】wú kě pǐ dí

> 「無與倫比」多用於褒義。「無可匹敵」強調不對等或不相稱，語意較輕，如說「該隊目前水平無可匹敵」。

蕪雜 wú zá　雜亂；缺少條理　內容～｜人員～｜昔日～的荒地已經變成了良田。

同【雜亂】zá luàn

> 「蕪雜」屬於書面語，如說「蕪雜的田園」。「雜亂」適用面較廣，如說「雜亂無章」、「東西雜亂地放在地上」。

物質 wù zhì　1. 具有重量，在空間占有地位，並能憑感官而知其存在的，稱為「物質」。凡一切元素及其相互所組成的化合物，都是物質，如鐵、水等　～獎勵｜不要貪圖～享受。

回【物資】wù zī

「物質」，在哲學上與「精神」相對，在社會生產和日常生活中，可泛指非精神方面的所有東西。「物資」突出指各類具體的東西，如說「救災物資」、「防汛物資」、「市場物資豐富」。

反【精神】jīng shén　～世界｜～的家園｜黑格爾認為絕對～是世界一切事物的本原。

2. 具體的錢財、生活資料等　得到～獎勵｜不能貪圖～享受｜他的～生活很優裕。

反【精神】jīng shén　他給了我～上的鼓勵｜在～上，我感到很滿足。

務實 wù shí　講究實際，不求浮華　老張是一個～的人｜廉潔、勤政、～、高效的公務員隊伍。

反【空談】kōng tán　切忌紙上～｜他事情做得少，總是在～。

惡 wù　討厭；憎恨　切勿好逸～勞｜對此深～痛絕。

反【愛】ài　～財如命｜～好京劇｜這本書讓他～不釋手。

反【好】hào　～吃懶做｜～開玩笑。

反【喜】xǐ　好大～功｜～新厭舊。

誤點 wù diǎn　交通工具出發或抵達的時間比預定晚　火車～了｜飛機～了好幾個小時。

反【正點】zhèng diǎn　輪船～起航｜我們將～發車｜這列火車會～到達終點站。

反【準點】zhǔn diǎn　務必～出發｜飛機～到達了。

誤會 wù huì　1. 不正確地理解對方　她～了對方｜我～了你，真對不起｜他們因～而發生爭執。

回【誤解】wù jiě

2. 出現的誤會　～已消除｜這真是天大的～｜這個～要解釋清楚。

回【誤解】wù jiě

「誤會」突出領會錯了，也指單方或雙方都理解得不對。「誤解」突出作了不正確的理解，一般不表示雙方同時錯誤，如說「誤解他的好意」、「儘快消除誤解」。

誤診 wù zhěn　錯誤地診斷　把肺炎～為感冒｜被醫生～了｜差點兒因～而送命。

反【確診】què zhěn　他的病尚未～｜先～，後治療｜經過檢查，他被～為闌尾炎。

X

．．．．．．．．．．．．．．．．．．

夕陽 xī yáng　臨近傍晚的太陽
～西下｜～餘暉｜～無限好，只是近
黃昏。

⊝【朝陽】zhāo yáng　～似火｜淡淡
的～把樹梢照亮了。

⊝【旭日】xù rì　～東升｜一輪～從東
方冉冉升起。

西 xī　1. 太陽落下的一邊　城～｜
～郊｜日薄～山｜被追得東逃～竄。

⊝【東】dōng　～山再起｜大江～
去｜聲～擊西。
2. 稱歐美等國家和地區　學貫中～｜
中～合璧。

⊝【東】dōng　～西文化交流。

⊝【中】zhōng　洋為～用｜古今～外。

西洋 xī yáng　指歐美各國　他
長期研究～音樂史｜油畫是～畫的一
種。

⊝【東洋】dōng yáng　～人｜～食品｜
先生早年留學～。

吸 xī　用口、鼻將液體、氣體等引
入體內　～風飲露｜敲骨～髓｜深深
地～了一口氣。

⊝【呼】hū　用力～氣｜～出的是二
氧化碳。

「呼」的對象只能是氣體。

吸附 xī fù　一種物體吸來另一種
物體，使其附在自身表面　有～作
用｜活性炭能～毒氣和水中的雜質。

⊝【排斥】pái chì　同種電荷相～｜藝
術思維並不～抽象思維。

吸取 xī qǔ　吸收取得　～多方面
意見｜植物從土壤中～養料｜我們從
這事情中～了不少經驗教訓。

⊜【汲取】jí qǔ
⊜【吸收】xī shōu

「吸取」突出從中取得，多與「經
驗」、「教訓」、「成果」、「精華」
等詞搭配。「汲取」多與「營養」、「經
驗」等詞搭配。「吸收」突出把外界
的某些物質吸到內部，如說「有些植
物能吸收空氣中的有害成分」；還用
於組織、機構接收新成員，如說「俱
樂部吸收了一批新會員」。

吸收 xī shōu　1. 使外界物質進
入內部，特指有機體使組織外部的物
質進入內部　隔音牆能～聲音｜樹根
～水分｜植物通過～陽光產生葉綠
素｜人體～不到足夠的鐵質就會患貧
血病。

⊝【排泄】pái xiè　～廢物｜～水分｜
皮膚可以～汗液。
2. 接納某人為成員　～ IT 人員｜俱
樂部～了 20多名新會員。

⊝【開除】kāi chú　他被公司～了｜
學校～了那名嚴重違紀的學生。

⊝【排斥】pái chì　觀點互相～｜不應
～與自己意見不同的人。

「吸收」突出從外界環境中取進有用
的東西，對象可以是人或者事物。

吸引 xī yǐn　使人注意或着迷；把
別的事物或注意力引到自己一方　這

件事～了大家的注意力｜此項目對外
商很有～力｜新景點～了大批外地遊
客。

⟨反⟩【排斥】pái chì ～異己｜別～不同
觀點｜新生事物遭到～。

希望 xī wàng 1. 心中盼望達到
某種目的或出現某種情況 ～馬到成
功｜～出現奇跡｜我～結識更多朋
友｜我們都～這次試驗能夠成功。

⦿【盼望】pàn wàng
⦿【期望】qī wàng
⦿【冀望】jì wàng
⦿【希冀】xī jì

> 「希望」表示一般的願望，如說「這
> 件事辦成的希望很大」。「盼望」的
> 語意比「希望」重，如說「她盼望丈
> 夫快點從外地回來」。「期望」語意
> 較重，一般只對別人，如說「我決
> 不辜負您的期望」、「我們殷切期望
> 儘快改善這一帶的交通狀況」。「冀
> 望」、「希冀」屬於書面語。

⟨反⟩【失望】shī wàng 他徹底～了｜不
必為此～｜孩子不爭氣，真令父母～。
2. 希望達到的某種目的或出現某種情
況；願望 對未來充滿了～｜生活不
能沒有～。

⦿【心願】xīn yuàn
⦿【願望】yuàn wàng

昔日 xī rì 往日；從前 想念～
的朋友｜照片顯示了他～的風采｜這
個小村莊已經改變了～的面貌。

⦿【往日】wǎng rì
⟨反⟩【今日】jīn rì ～事～畢｜客人預
定～下午到達。
⟨反⟩【來日】lái rì ～方長｜～再敘｜

他知道自己～無多。

息怒 xī nù 止住怒火，不再生
氣 您～，有話慢慢說｜各位請～，
有事可好好商量。

⟨反⟩【動怒】dòng nù 你先別～｜不要
為小事～｜他性子急，易～。
⟨反⟩【生氣】shēng qì 何必～｜他對這
事十分～｜他～了也不會吭聲。
⟨反⟩【發怒】fā nù 他又～了｜父親正
在～｜他脾氣很好，難得～。
⟨反⟩【發火】fā huǒ 你別惹他～｜別動
不動就～｜不要老是對孩子～。

奚落 xī luò 用尖刻的話語埋怨或
指責別人，並使對方難堪 他被那人
～了一番｜做父母的不要隨意～孩子。

⦿【挖苦】wā ku

> 「奚落」屬於書面語。「挖苦」突出譏
> 笑他人，如說「你有話就說，不要如
> 此挖苦人」。

⟨反⟩【奉承】fèng cheng 說～話｜我從
來不會去～別人｜～拍馬在職場上常
見得很。

稀 xī 1. 事物之間距離遠；事物的
部分之間空隙大 高原上地廣人～｜
月明星～｜頭髮長得太～了。

⟨反⟩【密】mì 烏雲～佈｜針腳細～｜
屋後有一片～林。
⟨反⟩【稠】chóu ～人廣眾。
2. 含水分多；稀薄 和～泥｜粥太～
了｜早上喝一碗～飯，特別舒服。
⟨反⟩【稠】chóu 漿糊很～｜墨要研得
～一些。
⟨反⟩【濃】nóng ～霧鎖山｜～墨重彩｜
湯汁鮮～味美。

X

稀薄 xī bó　密度小；不濃厚　~的雲氣｜高山上空氣~｜臭氧層日漸~。

反【濃厚】nóng hòu　雲霧~｜煙囪冒着~的黑煙｜他身上有股~的香水味兒。

> 「稀薄」多形容空氣、煙霧等，使用範圍較窄。

稀罕 xī han　也寫作「希罕」，指稀奇而少見　真是一件~事｜他搜集了很多~的物品｜這種式樣的古代傢具實屬~。

同【稀奇】xī qí

> 「稀罕」突出少而很難見到。「稀奇」也寫作「希奇」，多指新奇、奇特或不常見的事物，如說「稀奇古怪」、「稀奇的景象」。

稀落 xī luò　稀疏　樹上枝葉~｜天上飄下~的雨點｜遠處傳來~的槍聲。

反【稠密】chóu mì　人煙~｜~的雨點打得臉上生疼｜這座山上的植被比較~。

> 「稀落」可重疊為「稀稀落落」，多形容枝葉、晨星、槍聲等。

稀奇 xī qí　也寫作「希奇」。稀少新奇；不常見到的　你別淨説~古怪的事｜這是甚麼~玩意兒，我從沒見過。

反【平常】píng cháng　這是很~的事情｜大家都能感受到這種不~的氣氛。

稀少 xī shǎo　也寫作「希少」。數量少；不多見的　街上行人~｜珍奇動物愈來愈~｜那一帶村落~，非常荒涼。

反【稠密】chóu mì　人口~｜小溪兩旁長着~茂盛的蒲公英。

反【繁多】fán duō　花色~｜收費名目~｜商品品種~。

稀釋 xī shì　在溶液中加入溶劑，使濃度降低　~酒精｜不能過度~｜請按比例~後再使用。

反【濃縮】nóng suō　~果汁｜泡一杯~咖啡｜高度~的精華液。

稀疏 xī shū　空間或時間上間隔較大的　~的鬍鬚｜頭髮~｜沙地上長着~的小草｜小屋四周圍着~的木柵欄。

同【疏落】shū luò

同【稀少】xī shǎo

> 「稀疏」突出物體、聲音等的間隔大或時間相隔比較遠，表示稀而不密。「疏落」突出空間比較大，物體顯得很零落，如說「疏落的村莊」。「稀少」突出事物數量少，如說「人煙稀少」。「稀少」的適用範圍比「稀疏」廣。

反【稠密】chóu mì　毛竹依舊那麼青翠，那麼~。

反【茂密】mào mì　~的山林｜我的家鄉多~叢林。

反【濃密】nóng mì　~的髮鬚｜~的雨絲｜他的眉毛十分~。

犀利 xī lì　鋒利；尖銳　刀口～｜文筆～｜～的目光。

同【鋒利】fēng lì
同【尖利】jiān lì
同【尖銳】jiān ruì
同【銳利】ruì lì

「犀利」多用於武器，也可用於言辭方面，如說「他的語言十分犀利」。「鋒利」可用於刀鋒或言辭，如說「鋒利的匕首」、「檄文言辭鋒利」。「尖利」可指尖銳、銳利，如說「筆鋒尖利」、「他尖利的目光能洞穿人的內心」；還可指聲音刺耳，如說「突然前方傳來了尖利的哨聲」。「尖銳」、「銳利」指刀口或尖頭銳利，如說「刀口尖銳」、「鋒口銳利」。

熄滅 xī miè　使正在燒的火停止燃燒，滅（燈）　～蠟燭｜燈光～了｜你可別忘了將煤氣～。

反【燃燒】rán shāo　烈火在～｜汽油極易～。
反【點着】diǎn zháo　～香煙｜火柴～了｜你快把爆竹～。

嬉戲 xī xì　遊戲；玩耍　孩子們在院子～｜學生們在草地上～。

同【玩耍】wǎn shuǎ
同【遊玩】yóu wán
同【遊戲】yóu xì

「嬉戲」屬於書面語。「玩耍」、「遊玩」多用於口語，如說「孩子們在草地上玩耍」、「現在老人們也很喜歡遊玩」。

犧牲 xī shēng　獻出生命，泛指為了正義的事業而放棄生命；也指放棄利益或時間等　流血～｜烈士們為了保衛國土英勇～了｜為了采寫有價值的新聞，他常常～休息時間。

同【捐軀】juān qū
同【捨身】shě shēn
同【就義】jiù yì

「犧牲」有莊重色彩，適用面較廣。「捐軀」、「捨身」、「就義」都屬於書面語，指光榮地為正義喪失生命，如說「英勇捐軀」、「捨身成仁」、「慷慨就義」。

習慣 xí guàn　長時間內漸漸養成的一時不易改變的某種行為、傾向或社會風尚　這個～得改了｜他從小就養成了良好的衛生～。

同【習性】xí xìng
同【習氣】xí qì
同【習俗】xí sú
同【風俗】fēng sú

「習慣」適用範圍較廣。「習性」指長期形成的特性，可指人或動植物，如說「他長期研究大熊貓的生活習性」、「我不太了解牽牛花的習性」。「習氣」指人的不良行為，含貶義，如說「這種流氓習氣為大家所不齒」。「習俗」突出指民風、社會風俗或歷史習慣，適用範圍較窄，如說「淳樸的習俗」。

襲用 xí yòng　依照原有的做　～老辦法｜中藥房仍～古方，配製丸藥。

同【沿用】yán yòng
反【創新】chuàng xīn　鼓勵～｜要積極～｜科技每天都在～。

反【開創】kāi chuàng　～未來｜～新局面｜我們要～出一番事業來。

「襲用」的對象多為舊有的做法、原有的規定等。

洗塵　xǐ chén　宴請剛從遠道歸來的人　為您接風～｜今晚設宴為張兄～，你務必來做陪。

反【餞行】jiàn xíng　設宴為出征的奧運選手｜大家趕來給他～。

「洗塵」多用於親人或好友間重逢時的宴請。

洗練　xǐ liàn　也寫作「洗煉」。簡練利落　動作｜整個劇情處理得很～｜這部小說形象生動，文字～。

反【冗長】rǒng cháng　報告太過～｜避免～的敘述｜這本書～乏味。

反【拖沓】tuō tà　他做事實在太～｜文章行文～，需進一步提煉。

「洗練」多用於語言、文字・技藝等方面。「冗長」不能用於技藝。

喜　xǐ　快樂；心情愉悅　～笑顏開｜～出望外｜她笑在臉上，～在心裏。

反【悲】bēi　～喜交集｜～歡離合｜想起往事，～從中來。

反【怒】nù　喜～無常｜～氣沖沖｜～形於色。

反【憂】yōu　～喜參半｜～心忡忡。

喜愛　xǐ ài　對某人、某事或某物特別有好感、興趣　他～下圍棋｜這孩子天真活潑，真惹人～。

同【喜好】xǐ hào
同【喜歡】xǐ huan

「喜愛」突出對人對事物懷有好感，很有興趣。「喜歡」還有高興、愉快的意思，如說「表現得喜歡一點，別垂頭喪氣的」。「喜好」語意較重，突出特別愛好，如說「她喜好文藝」、「那幾名男生就喜好跟人辯論」。

反【痛恨】tòng hèn　～不公平現象｜對這種損公肥私的行為，他～得咬牙切齒。

反【厭惡】yàn wù　這個訊息令人～｜他～家長制作風｜只做表面文章，真叫人～。

反【討厭】tǎo yàn　～油膩的食物｜我最～陰雨連綿的天氣。

喜好　xǐ hào　愛好；喜愛　他從小～集郵｜我一直十分～潛水運動。

同【喜愛】xǐ ài
同【喜歡】xǐ huan

反【厭惡】yàn wù　～勞動｜對於提琴，孩子已～至極。

反【討厭】tǎo yàn　母親最～吃補品｜送禮上門，他會～？

喜歡　xǐ huan　1. 喜愛（做）；（對某人某事）有好感　現在我～上網｜外婆特別～小外孫｜那孩子的樣子真逗人～。

同【喜愛】xǐ ài

反【厭惡】yàn wù　我很～瑣碎枯燥的工作。

反【討厭】tǎo yàn　他想清靜一下，～別人去打擾。

2. 因喜愛而感到高興　一放煙火，孩

子～得跳了起來｜獲得冠軍，心中當然～。

⊝【悲哀】bēi āi　我為他感到～｜這才是真正的～。

⊝【悲痛】bēi tòng　化～為力量｜大家的心情非常～。

⊝【悲傷】bēi shāng　不要過度～｜掩藏不住心裏的～。

「喜歡」多用於口語。

喜劇 xǐ jù　用諷刺、誇張、幽默的手法進行表演，情節令人發笑並有圓滿結局的戲劇　卓別林是位一大師｜這是部不落俗套的～｜這件事情頗具～色彩。

⊝【悲劇】bēi jù　感人的～作品｜這部電影極具～的感染力｜果然釀成了～。

喜聯 xǐ lián　慶祝喜事的對聯　新婚～｜請您寫幅～，祝賀新春。

⊝【挽聯】wǎn lián　他揮筆寫下～，寄託哀思。

喜人 xǐ rén　使人高興　形勢～｜今年的棉花長勢～｜這個消息着實～。

⊝【惱人】nǎo rén　～的酷暑｜～的繁文縟節｜梅雨天真是～。

⊝【煩人】fán rén　債務～｜～的瑣碎小事｜應酬多，真～。

喜色 xǐ sè　高興、愉快的神情　滿臉～｜她面有～，一定有甚麼高興的事。

⊝【怒色】nù sè　面帶～｜他一臉～，很嚇人。

⊝【憂色】yōu sè　他嬉笑如常，全無～。

⊝【愁容】chóu róng　滿面～｜臉上佈滿～。

喜悅 xǐ yuè　非常高興　我無法按捺住～的心情｜他滿懷～地迎接新生命的到來。

⊜【愉快】yú kuài

⊜【高興】gāo xìng

「喜悅」屬於書面語。「愉快」多用於口語，如說「愉快地接受了任務」。「高興」突出情緒或精神狀態，如說「人們都高興極了」。

⊝【憂愁】yōu chóu　滿腹～｜她常為一點小事而驚怕～。

⊝【悲哀】bēi āi　他仿佛有些～｜她歎息着，～地搖着頭。

⊝【悲痛】bēi tòng　聽到噩耗，他～欲絕｜戰友犧牲了，大家心中都無限～。

⊝【悲傷】bēi shāng　極度的～摧殘了他的身體。

系統 xì tǒng　1. 同類的或相關的事物按一定關係組成的整體　理論～｜電腦操作～｜「生物樹」常被用來形容生物進化的～。

⊜【體系】tǐ xì

「系統1」可指組織、學校、行業、部門等有着同類性質的事物或機構，如「教育系統」、「文化系統」、「稅務系統」等。「體系」突出理論自成體制，其中的事物有的同類，有的相關，如說「科學體系」、「語法體系」。

反【枝節】zhī jié　～問題｜學到一點～，不成系統。

2. 完整而有條理的　～地研究｜這門課，老師講得相當～｜環境保護是一項～工程。

反【零碎】líng suì　我只不過～地學了點兒｜那些～的事兒，先放一放再說。

細 xì　1.(條狀物)橫剖面小的　～鉛絲｜～水長流｜她們紡的線很～｜小河～得像根腰帶。

反【粗】cū　～麻繩｜棍子很～｜大腿～壯而結實。

2. 顆粒小的　～沙｜玉米麵磨得很～｜雨又～又密，下個不停。

反【粗】cū　～泥｜電視畫面上的粒子太～。

3. 音量小　噪音比較～｜她説起話來～聲～氣。

反【粗】cū　～嗓門｜他的聲音向來就很～。

4. 精緻；細膩　～木工｜江西～瓷｜～針密縷｜慢工出～活｜這衣服的做工很～。

反【粗】cū　～加工｜去～取精｜不能～製濫造｜這個手工活兒做得太～了。

5. 仔細；詳細　精打～算｜膽大心～｜這人心很～｜這事我們還得～談。

反【粗】cū　～心大意｜只是～～地數了一下。

6. 微小　～枝末節｜～大不捐｜事無巨～。

反【大】dà　～而無當｜～風～浪｜人多力量～。

細長 xì cháng　細而長　～的藤

蔓爬滿了牆壁｜～的飄帶在空中飛舞。

同【修長】xiū cháng

> 「細長」多形容物體。「修長」多用來指身材，如説「這位女模特身材修長」。

細密 xì mì　1. 質地精細　這絲綢質地十分～｜材質～的木料適合做傢具。

同【細膩】xì nì

2. (態度上)仔細周全而不馬虎　要對具體情況作～分析｜作家們對生活有很～的觀察。

同【細緻】xì zhì

同【仔細】zǐ xì

> 「細密2」強調對問題的思考、處理和觀察都很周密。

細膩 xì nì　1. 精細光滑　光滑～的綢緞｜太湖銀魚肉質～。

同【細密】xì mì

反【粗糙】cū cāo　皮膚～｜～的器物表面｜家務使母親的手變得很～。

> 「細膩」還強調質地光滑，如説「這小孩的皮膚很細膩」。

2. (感情、表演、描寫手法等)細緻入微　她是～善感的人｜表演～傳神｜人物刻畫得十分～｜這場戲她演得很投入，感情～而真實。

同【細緻】xì zhì

反【粗獷】cū guǎng　～的筆觸｜歌聲～雄渾。

反【粗疏】cū shū　筆法～｜～地勾勒了幾筆。

着～的棍子。

細微 xì wēi　細小；微弱　～的變化｜發出～的聲響｜他對文章作了～的改動｜這對雙胞胎還是有一些～的差別。

⑥【細小】xì xiǎo
⑥【纖細】xiān nì

> 「細微」多用於抽象事物。「細小」多用於具體事物，如說「細小的雨點」。「纖細」突出物體細長，如說「筆畫纖細」、「纖細的織物」。

⑤【巨大】jù dà　～的力量｜發出的爆炸聲｜～的聲浪，喚起了周圍大山的共鳴。

⑤【龐大】páng dà　體積～｜～的堤壩｜機構過於臃腫～。

⑤【碩大】shuò dà　～無朋｜樹上結着的～的果實。

⑤【顯著】xiǎn zhù　發生～變化｜此藥效果｜城市綠化取得了～的成就。

細細 xì xì　1. 很細　～的銀針｜孩子伸出～的手指｜～的春雨像牛毛。

⑤【粗粗】cū cū　～的線條｜～的大棒槌｜在紙上畫上～的一筆。

2. 仔細；細心　還得～研究｜～觀察情況的變化｜寫完後你再～檢查一遍。

⑤【粗粗】cū cū　～一看就明白了｜～地收拾了行李就向機場趕去。

細小 xì xiǎo　細而小；微小的　～的嫩芽｜～的雨點把衣服打濕了。

⑤【粗大】cū dà　～的雙腳｜手裏握

細心 xì xīn　認真仔細；用心細密　小王辦事很～｜護士正在～照料病人｜你要～查問那些可疑的人。

⑥【仔細】zǐ xì

> 「細心」突出人在處理、觀察、分析事物時仔細認真，不馬虎，多指辦理具體事情，用於褒義。

⑤【粗心】cū xīn　～大意｜要克服～的毛病｜考試答題可～不得。

⑤【大意】dà yi　都怪我一時～｜凡事小心，不可～。

細緻 xì zhì　1. 細心周到；細膩　張先生工作～｜他不管做甚麼事都很～｜她做起事來又認真又～。

⑥【仔細】zǐ xì

⑤【粗疏】cū shū　他做學問太～，既不嚴密也不深入。

2. 精緻　他家的窗簾有～的花紋。

⑥【細膩】xì nì
⑥【精細】jīng xì

> 「細緻」突出對問題的考慮或做事精細入微；也用於指人的感情、作風等，如說「情感細緻」。「仔細」突出細心周全，如說「仔細分析」、「辦事很仔細」。「細膩」突出物品表面光滑或情感仔細，如說「細膩爽口」、「刻畫得相當細膩」、「感情豐富而細膩」。

⑤【粗糙】cū cāo　那套傢具看上去太～｜這衣服做工很～。

瞎話 xiā huà　假話；不符合事實的話　別淨說～｜不能睜眼說～｜

⑤【粗糙】cū cāo　生活早已把她細膩準確的感覺磨得～了｜小説結尾部分略顯～。

怎麼能用～騙人呢？

⑤【實話】shí huà　～實説｜～告訴你們｜他説的都是大～。

⑤【真話】zhēn huà　説～，做實事｜這個人嘴裏沒有一句是～。

狹 xiá
1. 物體橫向距離小的　～路相逢。

⑩【窄】zhǎi

⑤【寬】kuān　馬路變～了｜他的畫桌特別～。

2. 面積或範圍小　心胸豈可如此～窄｜界限～小。

⑩【窄】zhǎi

⑤【廣】guǎng　～闊｜見多識｜～開言路。

狹隘 xiá ài
1.（心胸、見識、氣量等）局限在小範圍內　見識｜心胸～｜他一生都局限在這個～的朋友圈中。

⑩【狹小】xiá xiǎo

⑩【狹窄】xiá zhǎi

⑤【寬廣】kuān guǎng　胸懷～｜做個心地～的人。

⑤【寬宏】kuān hóng　～大量｜他為人～大度。

⑤【開闊】kāi kuò　視野～｜寫文章要思路～。

2. 寬度小　山澗～｜～的山路。

⑩【狹小】xiá xiǎo

⑩【狹窄】xiá zhǎi

「狹隘」屬於書面語，可用於抽象事物或具體事物。「狹窄」、「狹小」多用於場地、通道等，如説「狹窄的過道」、「這條街道非常狹窄」、「狹小的空間」、「房間十分狹小」。

⑤【寬闊】kuān kuò　～的肩膀｜馬路～而平坦。

⑤【寬廣】kuān guǎng　～的原野｜道路愈走愈～。

⑤【遼闊】liáo kuò　～的大海｜幅員十分～｜～的平原上，看不到一星燈光。

⑤【廣闊】guǎng kuò　～天地｜～的江面上有數不清的船隻。

⑤【開闊】kāi kuò　～的廣場｜這裏足夠～了吧？

狹小 xiá xiǎo
1. 面積小　場地～｜他的生活天地十分～｜這間屋子放上幾個櫃子，一下子變得～了。

⑤【廣闊】guǎng kuò　～的海面｜列車奔馳在～的原野上。

⑤【寬大】kuān dà　漢服袍袖～｜客廳～豁亮。

2.（氣量、心胸等）限於小範圍　～民族主義｜眼界～｜她氣量～，你得讓着點兒。

⑤【廣闊】guǎng kuò　心胸～｜他為人襟懷～。

狹義 xiá yì
範圍較窄的定義　～的文藝單指文學，不包括美術、音樂等。

⑤【廣義】guǎng yì　～的雜文也包括小品文在內｜～相對論。

狹窄 xiá zhǎi
1. 寬度小　古老的城區道路十分～｜通往實驗室的樓道很～。

⑤【開闊】kāi kuò　那是一片～地帶｜窗外的天地慢慢展開，變得～而遼遠。

⑤【廣闊】guǎng kuò　～的草原｜她

奔向～無垠的田野。

反【寬敞】kuān chang　～的客廳｜這庭院又清靜又～。

反【寬綽】kuān chuo　～的禮堂｜住的人不多，房間顯得挺～的。

反【寬廣】kuān guǎng　路愈走愈～。

反【寬闊】kuān kuò　～的平台｜那是一張～的圓臉。

2.（心胸、見識等）局限於小範圍　心胸～｜器量～｜他知識面～，很難適應現在的工作。

反【開闊】kāi kuò　他去過很多國家，眼界相當～｜他心胸～，從不計較個人得失。

反【廣泛】guǎng fàn　興趣愛好～｜這首歌在民間流傳｜公司～徵求了大家的意見。

反【廣闊】guǎng kuò　這個球員視野～，臨場經驗豐富。

反【寬廣】kuān guǎng　心胸～｜他學識淵博，思路～。

遐想　xiá xiǎng　悠遠地思索或想像　這幅畫令人～萬千｜看了這篇小說，我產生了豐富的～。

同【暢想】chàng xiǎng

同【聯想】lián xiǎng

「遐想」強調思索或想像的悠遠綿長。「暢想」強調想像時思路開闊、無拘無束，如說「同學們在作文中暢想未來」。

下　xià　1.位置在低處的　天～大同｜往樓～看｜上躥～跳｜心裏七上八～。

反【上】shàng　橋～｜往～拉｜躍然紙～｜～樑不正下樑歪。

2.等級或品級低的　～品｜～等人｜不相上～。

反【上】shàng　～好｜～等衣料｜待為～賓。

反【高】gāo　～等學校｜～級官員｜～官厚祿｜唯有讀書～。

3.時間或次序在後的　～半年｜～一個｜～不為例｜跑得上氣不接～氣。

反【上】shàng　～卷｜～星期｜承啟下。

4.從高處到低處或從級別高的到級別低的　～山｜～馬看花｜騎虎難～｜順流而～｜上情～達。

反【上】shàng　逆流而～｜青雲直～｜對方～告到了法院｜～天無路，入地無門。

5.退出場　被罰～場。

反【上】shàng　讓替補隊員～場｜這場球，你們三個先～｜一～場就忘了台詞。

6.到規定時間結束某種活動　～課時間到了｜他通常5點～班。

反【上】shàng　～課鈴響了｜送孩子去～學。

7.卸去某物　把槍～了｜～了窗上的玻璃。

反【上】shàng　～螺絲｜給牆～油漆。

下跌　xià diē　價格等向下變化　鮮花的價格～了｜這個公司的股票～得屬害。

同【下降】xià jiàng

反【上漲】shàng zhǎng　潮水～｜行情正在～｜物價～得很快。

「下跌」多用於價格與各種指數。「上漲」還可用於水位等，使用範圍較廣。

下風 xià fēng

1. 風所吹向的那一方　化工廠要設在城市的～區，以免污染空氣。

⊗【上風】shàng fēng　煙氣從～颳過來｜將蚊香放置在～方向。

2. 比喻處於不利地位　甘拜～｜這場辯論賽，乙方明顯處於～。

⊗【上風】shàng fēng　兩支球隊都爭搶～｜球賽還沒完，甲隊一直佔據着～。

> 「下風2」多用於作戰、比賽、競技等。

下家 xià jiā

1. (打牌或行酒令等) 後一個輪到的人　輪到～出牌。

⊗【上家】shàng jiā　～的運氣一直比我好。

2. 商業經營中，經中間方聯繫後接受貨物或標的的一方　他是這批貨的～｜先找好～，免得貨品積壓。

⊗【上家】shàng jiā　～須及時供貨｜這是～送來的價單。

下賤 xià jiàn

舊指出身或社會地位低下；低賤　我並不比你～｜服務性行業不是伺候人的～工作。

⊗【高貴】gāo guì　他是城裏聲名赫赫的～人物｜她將卧室佈置得～而典雅。

⊗【尊貴】zūn guì　地位～｜各位～的賓客。

下降 xià jiàng

1. 從高處到低處　電梯在～｜水位～｜由於氣候惡劣，飛機被迫～。

⊜【降落】jiàng luò

> 「降落」突出位置從高到低，如說「飛機安全降落了」。

⊗【上升】shàng shēng　氣球緩緩～｜一縷炊煙嬝嬝～。

2. (數量、級別等) 由多到少、由高到低　氣溫～｜產品質量～｜他在職員中的威信有所～。

⊗【上升】shàng shēng　價格～不快｜畫家的知名度不斷～。

⊗【增長】zēng zhǎng　產量快速～｜公司的利潤在不斷～。

下流 xià liú

1. 江河的下游　黃河～｜南京位於長江～。

⊜【下游】xià yóu

2. 卑鄙齷齪　不要說～話｜那是個極端～無恥的人。

⊜【下賤】xià jiàn

下落 xià luò

所要尋找的人或物所在的地方　那人從此～不明｜你找到她的～了沒有？

⊜【着落】zhuó luò

> 「下落」適用範圍較廣，可用於人和物。「着落」多用於人，如說「失散的家人已有着落」、「老人走後一直沒有着落」；還指可依靠的來源，如說「這個項目的經費終於有了着落」。

下馬 xià mǎ

比喻放棄或停止某項工程、計劃等　一批建設工程因缺乏資金而～。

⊗【上馬】shàng mǎ　這幾項工程將同時～。

下品 xià pǐn

質量最差或等級最低的　萬般皆～｜同類藥材中的～｜這些詩在那個時代的詩作中只能算～。

⊗【上品】shàng pǐn　這些是～人

參｜這幾張是郵票中的～。

下手 xià shǒu　動手；着手（做）你～要快點兒｜先～為強｜這件事千頭萬緒，真無從～。

同【動手】dòng shǒu

同【入手】rù shǒu

同【着手】zhuó shǒu

> 「下手」突出選擇合適的時機、條件、地方開始進行；還指助手，名詞，如說「小王在廚房給她當下手」。「着手」多用於比較抽象或大型的事務，如說「着手準備」、「警方已着手介入此事」。「動手」突出具體開始做，如說「動手解決」、「儘快動手」。「入手」突出以某為突破口開始活動或工作，屬於書面語，如說「從實際調查入手」。

下屬 xià shǔ　下級　通知～單位照此辦理｜～要服從上司的指令。

同【下級】xià jí

同【屬下】shǔ xià

反【上司】shàng si　頂頭～｜受到～的訓斥｜小胡出色地完成了～交給的任務。

下游 xià yóu　1. 河流靠近入海口或出口的一段　～河牀比較淺｜上海位於長江～。

反【上游】shàng yóu　黃河～｜防止～水土流失。

2. 比喻落後的地位　甘居～｜成績還處於～水平。

反【上游】shàng yóu　人人都力爭～。

夏 xià　一年中的第二季，中國習慣指立夏到立秋的三個月時間，也指農曆四月、五月、六月　盛～｜～至｜～日炎炎似火燒｜今年～收增產了一成。

反【冬】dōng　～雪｜寒～臘月｜～去春來。

先 xiān　1.（時間或次序）在前的　有言在～｜爭～恐後｜～睹為快｜～人後己。

反【後】hòu　～半夜｜先來～到｜先禮～兵｜～起之秀。

2. 祖先，已去世的尊長　～輩｜父～｜～師｜～人在世時。

反【後】hòu　～代｜無～。

先輩 xiān bèi　輩分在前的人；已經去世而受到尊敬的人　家族的～們留下少許珍貴｜他們下決心要好好繼承～的基業。

同【前輩】qián bèi

> 「先輩」用於特指時，限於已經去世的人，如說「我們的先輩魯迅先生對新文化運動作出了傑出貢獻」。「前輩」用於特指時，可指已去世的人，也可指在世的人，如說「這些老前輩語重心長地教導我們」。

反【後輩】hòu bèi　關心～的成長｜～們都很爭氣。

反【後代】hòu dài　子孫～｜教育培養～｜寄希望於～。

反【後人】hòu rén　～不忘祖輩恩｜教育～要勤勉從事｜前人種樹，～乘涼。

先發制人 xiān fā zhì rén　先下手取得主動來制服對方　乘人不

備，～｜採用～的戰術｜這場比賽，
我隊～，終獲全勝。

⃝【後發制人】hòu fā zhì rén　積蓄力
量，～｜乘對方體力下降之機，我隊
～，終於反敗為勝。

「後發制人」指先退讓一步，使自己
處於有利的地位，然後再制服對方。

先進 xiān jìn　1. 進步較快，水
平較高，可以作為學習榜樣的　技術
～｜掌握～的管理方法｜他的～事跡
教育了青少年一代。

⃝【落後】luò hòu　設備～｜技術
～｜驕傲使人～｜明清以來，中國～
於世界了。
2. 前輩　學習～｜追趕～。

⃝【後進】hòu jìn　幫助～。

先人 xiān rén　祖先　祭拜～｜
這是～開創的基業。

⃝【祖先】zǔ xiān

「先人」突出指上代的人。「祖先」不
僅強調指上代的人，還突出血緣上
有聯繫。

先生 xiān sheng　老師　他是個
教書～｜我當了多年～｜他是我讀小
學時的～。

⃝【教師】jiào shī
⃝【教員】jiào yuán
⃝【老師】lǎo shī
⃝【師長】shī zhǎng

「先生」還用於稱呼成年男子或稱呼
知識分子、醫生等，如說「各位先生
辛苦了」、「這位張先生是公司總經

理」。「教師」、「教員」是對這一職
業的稱謂，不用於稱呼。「老師」可
用做稱呼，如說「何老師，您早」。
「師長」作為尊稱使用，如說「我們
必須尊敬師長」。

先天 xiān tiān　人或動物的胚胎
時期；生來就具有的　他是～性畸
形｜他常歎息自己～不足｜勤奮努力
可以彌補～的缺陷。

⃝【後天】hòu tiān　～失調｜加強～
調養｜記憶力並不全靠天生，還需要
～的鍛煉。

先兆 xiān zhào　事先出現的跡
象、兆頭　成功的～｜不祥的～｜專
家們對地震的～十分關注。

⃝【前兆】qián zhào
⃝【預兆】yù zhào

「先兆」表示事情發生前顯現的跡象。

鮮 xiān　1. 剛殺的食用動物或採
摘不久的植物，沒有變質或經過醃製
等　～肉｜～果｜～蝦。

⃝【陳】chén　～米｜～酒。
⃝【爛】làn　～菜皮｜桃子～了。
⃝【腐】fǔ　～肉｜流水不～。
2. 花或枝葉新鮮的　～花｜石榴花紅
得～豔可愛。

⃝【枯】kū　花瓣～了｜～枝敗葉｜
～木逢春。

鮮明 xiān míng　1. 明亮　這個
品牌的服飾色調十分～。

⃝【鮮豔】xiān yàn

「鮮明」可用於具體色彩或抽象的立

場、觀點、主題、對比等，多含褒義。「鮮豔」只指顏色，如說「鮮豔的花朵」、「鮮豔的民族服裝」、「鮮豔的旗幟在空中飄揚」。

2. 清楚明確；不含糊　旗幟～｜文章主題～｜你的觀點應該再～一點｜在這件事上，我們的立場十分～。

同【分明】fēn míng

反【含糊】hán hu　語義～｜他回答得很～｜這樣的解釋太～，你應該明確表態。

反【含混】hán hùn　與其這樣～下去，不如把問題挑明的好。

反【模糊】mó hu　概念～｜對他只有～的印象。

反【不明】bù míng　意圖～｜態度～。

鮮豔 xiān yàn　色彩明亮而美麗　～奪目｜節日裏，人們穿上了～的服裝。

反【素淨】sù jing　她喜歡～的服飾｜～的打扮並沒有掩蓋住她驚人的美麗。

反【淡雅】dàn yǎ　色彩～｜槐樹開出一串串黃白色的小花，～可愛。

纖巧 xiān qiǎo　1. 精緻小巧　～的小手｜這些飾物～精緻。

反【粗笨】cū bèn　～的鐵鍊｜嫌它～不趁手。

2. 風格柔和、細膩、巧妙　文風～｜女詩人的風格偏於～。

反【雄渾】xióng hún　筆力～｜詩風豪邁～。

反【粗放】cū fàng　～的筆觸｜景物描寫～簡練。

「纖巧2」多指詩文格調、風韻等。

纖弱 xiān ruò　細小柔弱　～的柳枝｜這個～的女子。

反【粗實】cū shí　～的腰身｜樹幹長得很～。

反【粗壯】cū zhuàng　伸出～的手臂｜迎面走來一個～的大漢。

纖細 xiān xì　很細　～的眉毛｜他寫的字筆畫都很～。

同【細微】xì wēi

「纖細」突出細而好看，用於線條形的物體。「細微」突出不大，可用於各種有形或無形物，如說「聲音細微」、「我們對這套方案做了細微的調整」。

閒 xián　1. 沒有事情要做；有空　～情逸致｜～得無聊｜遊手好～｜在家～了好多天｜等～下來去串串門。

反【忙】máng　他是無事～｜你這是愈幫愈～｜一雙手～不過來｜昨晚～得整夜沒睡。

2. 無事可做的時候　農～｜忙裏偷～。

反【忙】máng　農～｜～中出錯。

閒事 xián shì　跟自己無關的事；不重要的事　～不斷｜你不要多管～｜為居民服務不能說是管～。

反【正事】zhèng shì　他有～，請勿打擾｜大家不要閒扯了，說～吧。

閒適 xián shì　清閒安逸　心情十分～｜退休之後，他過得非常～。

同【安逸】ān yì

反【煩悶】fán mèn　心中～得很｜多聽音樂可減少～｜別再談這些～的事了。

X

閒談 xián tán　隨意地談話；聊天

他們倆在茶館~｜老王很善於從~中了解別人。

⊜【漫談】màn tán

閒暇 xián xiá　空閒

我喜歡在~時間聽聽音樂｜你如果有~，請來我家聊聊。

⊜【空閒】kòng xián

「閒暇」屬於書面語。「空閒」多用於口語，如說「有了空閒就想旅遊」；也可指目前沒在使用的，如說「應發揮那些空閒設備的作用」。

嫌棄 xián qì　因討厭而排斥

你別~這些東西，這可是我心愛之物｜老人因病不能自理而遭到兒女~。

⊜【厭棄】yàn qì

「嫌棄」突出不喜歡，對象多是人。「厭棄」不喜歡的程度較高，語意比「嫌棄」重，對象可以是人或事物，如說「這種事情早被大家厭棄了」、「他十分厭棄那個出爾反爾的人」。

⊗【愛慕】ài mù　不能~虛榮｜產生~之心。

⊗【羨慕】xiàn mù　~他的才華｜她的運氣真令人~｜真~年輕人趕上了好年頭。

「羨慕」指希望自己也擁有別人的長處、好處等，多用於積極向上的一面。

銜接 xián jiē　（事物之間）互相連接

你們要做好~工作｜這篇文章的段落~得不太自然。

⊜【連接】lián jiē

賢惠 xián huì　也寫作「賢慧」。

指婦女與人為善、和藹可親　~持家｜她真是個~的妻子。

⊜【賢淑】xián shū

賢明 xián míng　有才能，有見識

~的領袖｜~的君主。

⊜【英明】yīng míng

「賢明」還指有才能，有見識的人，如說「總裁『三顧茅廬』，顯示出對賢明的渴求」。

嫺靜 xián jìng　文雅

她生性~｜這是一個~的女生。

⊜【文靜】wén jìng

「嫺靜」突出溫文爾雅，用於女子。

嫺熟 xián shú　熟練；很有經驗

這個車工技術~｜他十分~地操作電腦。

⊜【純熟】chún shú

⊜【熟練】shú liàn

鹹 xián　含鹽分多的

~魚｜~肉｜菜有點~｜味道太~了。

⊗【淡】dàn　鹹~適宜｜這湯~了點兒｜平時吃得比較清~。

鹹水 xián shuǐ　含有較多鹽分的水

~湖｜因海水倒灌，島民們時常要喝~。

⊗【淡水】dàn shuǐ　~養魚｜利用~資源。

險惡 xiǎn è　1. 陰險惡毒

居心~｜要看清對方的~用心。

⊗【善良】shàn liáng　心地~｜~的

老人｜他為人～寬厚。

2.（地勢、情勢等）危險可怕　山勢～｜病情～｜公司面臨着～的形勢。

同【險峻】xiǎn jùn

反【安全】ān quán　～地帶｜轉移｜注意行車～。

險峻 xiǎn jùn

1.（山勢）高聳險惡　～的峽谷｜華山的山勢極其～。

反【平緩】píng huǎn　坡度～｜此處水流～｜山勢逐漸～起來。

反【平坦】píng tǎn　～大道｜汽車在～的公路上奔馳。

2. 危險嚴重　形勢十分～｜面臨着～的局面而一籌莫展。

同【險惡】xiǎn è

反【平安】píng ān　一路～｜～無事｜他～地躲過了壞人的陷阱。

顯貴 xiǎn guì

地位高、名聲大的　～人物｜有的人雖然一時，但不能榮耀一世。

同【顯達】xiǎn dá

同【顯赫】xiǎn hè

「顯貴」還作名詞，指做大官的人，如說「他一貫傲視顯貴」。

反【卑微】bēi wēi　官職～｜門第～｜他出身～。

反【低微】dī wēi　職位～｜他生活窮苦，社會地位～。

顯赫 xiǎn hè

（權勢等）盛大　地位～｜家世～。

同【顯耀】xiǎn yào

「顯耀」還作動詞，指顯擺、炫耀，如說「顯耀武力」。

顯露 xiǎn lù

表現出來，讓人知道　體壇小將～鋒芒｜他言語中～出對此的不滿｜要將自己的才華在適當的時候～出來。

同【呈現】chéng xiàn

同【出現】chū xiàn

同【顯現】xiǎn xiàn

「顯露」突出由原先隱蔽的或看不見的情況變為暴露的或看得見的情況，如說「他那鬱積已久的不滿終於顯露出來了」。「顯現」強調跡象等呈現出來，書面語色彩較重，如說「美麗的田園風光顯現在我們面前」。

反【隱藏】yǐn cáng　～在樹林裏｜他嚴峻的目光中～着善意。

反【掩蓋】yǎn gài　你們別～真相｜劣跡敗露，無法～。

反【隱蔽】yǐn bì　鳥兒～在蘆葦叢｜偵察員已～好幾天了。

顯明 xiǎn míng

清楚明白　～的對照｜他的來意非常～。

反【隱晦】yǐn huì　措辭～含蓄｜這詩寫得十分～，不容易懂

反【曖昧】ài mèi　態度～｜思想～｜兩人關係～。

顯示 xiǎn shì

明顯表現出　～圖像｜這次軍事演習～了軍威｜他很小就～出不凡的才氣。

同【揭示】jiē shì

同【展示】zhǎn shì

同【顯現】xiǎn xiàn

「顯示」強調表明或表現出事物的事理。「顯現」指呈現或出現，如說「山巒在雲霧散去後顯現了出來」、「顯

現一派歡樂景象」等。在指場面或情景時兩者可以通用。「揭示」突出掀開表面而使變得明白，如說「揭示真理」。「展示」突出特意讓人們看見並明白，如說「展示今年的成果」等。

顯眼 xiǎn yǎn　突出，引人注意
這樣過於～｜她今天打扮得很～｜你去把放假通知貼在～的地方。
⑥【起眼】qǐ yǎn
⑥【背眼】bèi yǎn　偏僻～的地方｜廣告當然不宜做在～處。

顯著 xiǎn zhù　十分明顯　成績～｜這個小山村近年發生了～的變化｜教學改革已經取得了～的成就。
⑥【明顯】míng xiǎn

「顯著」強調特徵等非常突出。「明顯」指明白而清楚，使人一目了然，如說「取得明顯的進步」、「存在明顯的分歧」、「案發現場留下了明顯的痕跡」等。

限定 xiàn dìng　規定　微文比賽～了字數｜老師～了發言時間｜我們必須～討論的範圍。
⑥【限制】xiàn zhì

「限定」突出從數量、範圍或規模上加以規定。「限制」強調加以約束，有強制性，如說「不能隨意限制公民的人身自由」。

現代 xiàn dài　現在這個時代　～科技｜～文學作品｜～化。
⑥【古代】gǔ dài　～社會｜～文明。

「現代」在中國多指「五四運動」以後的時期。

現實 xiàn shí　1. 客觀存在的事物　面對～｜回到～中來｜～就擺在我們面前｜考慮問題，不能脫離～。
⑥【理想】lǐ xiǎng　實現自己的～｜人不能沒有～｜把～變成現實要經過刻苦努力。
⑥【夢幻】mèng huàn　生活在～世界中｜他們離奇的遭遇猶如～。
⑥【夢想】mèng xiǎng　成為太空人是他一直以來的 。
2. 切合客觀情況的　～主義｜你的想法不～｜這個年輕人很～。
⑥【實在】shí zài
⑥【理想】lǐ xiǎng　～主義｜～境界｜設想過於～化｜這是個非常的結果。

現象 xiàn xiàng　發展、變化中的事物所表現出來的外部情況　自然～｜社會～｜奇怪的返祖～｜他對這些～作了記錄。
⑥【本質】běn zhì　社會～｜抓住問題的～｜要學會透過現象看～。

現在 xiàn zài　目前這個時候；指說話的時候　我們就從～做起吧｜他～的工作可輕鬆啦｜～的情況跟過去不一樣了。
⑥【如今】rú jīn

「現在」也包括說話前後或長或短的一段時間。

⑥【從前】cóng qián　聽她講述～的故事｜他～是個鄉村教師｜～的事就

不必再提了。

⊗【當初】dāng chū　談談～的想法｜都怪～考慮不周｜早知今日，何必～？

⊗【過去】guò qù　與～一刀兩斷｜記住～的教訓｜現在的生活條件比～優越多了。

⊗【將來】jiāng lái　憧憬～｜為～作好打算｜～的生活會更加美好。

陷害 xiàn hài　暗中設計害人　～忠良｜～好人。

◎【坑害】kēng hài

◎【迫害】pò hài

「陷害」突出故意設定計謀害人。「坑害」突出用比較狠毒的方式使人受損，如說「坑害消費者」、「製造假藥坑害顧客」。「迫害」多指政治性的，突出從精神上到肉體上的摧殘、壓迫，如說「政治迫害」。

⊗【搭救】dā jiù　多謝二位～了我｜全力～遇險的漁民。

陷落 xiàn luò　領土被敵方佔領　國土日益～｜大批土地～在侵略者手中。

◎【淪陷】lún xiàn

◎【失陷】shī xiàn

「陷落」還指地面或地基下沉，如說「這條街的地面嚴重陷落」。「淪陷」、「失陷」一般指領土被侵略者佔領。

羨慕 xiàn mù　希望自己也有別人的長處、好處或有利條件　她的美貌令人～｜真～她的家庭｜與其～他人，不如自己努力去實現夢想。

◎【豔羨】yàn xiàn

「羨慕」強調喜愛的心情。「豔羨」語意較重，屬於書面語。

獻身 xiàn shēn　獻出全部精力或生命　光榮～｜為真理～｜他～於科學事業幾十年。

⊗【保命】bǎo mìng　～要緊｜為求～，他竟不惜一切｜多虧搶救及時，病人才得以～。

「獻身」多用於為國家、人民、事業等，含褒義。

相稱 xiāng chèn　（事物）配合得很合適　門和窗的色調非常～｜這話與他的身份不～｜這副眼鏡戴在他臉上真不～。

◎【相當】xiāng dāng

「相稱」突出事物配合得合適相宜。「相當」可指兩方面差不多，配得上或能夠相抵，如說「旗鼓相當」、「雙方力量相當」；也可指適合，如說「還沒找到相當的材料」；還可作程度副詞，表示非常，如說「領導對我們的工作相當滿意」。

相對 xiāng duì　有條件的、暫時的；比較的　～穩定｜運動都是～的｜真理都是～的。

⊗【絕對】jué duì　～服從｜～可靠｜～信任。

相反 xiāng fǎn　事物的兩個方面互相排斥、互相對立　詞義～｜意見～｜兩個人走的方向剛好～。

反【相同】xiāng tóng　看法～｜有着～的目標｜他和平常不大～。

反【一致】yí zhì　觀點～｜夫妻反目是因為想法不～｜大家～贊成。

> 「相反」多用於兩方面的言行、步調、方向、目的等不一致。

相干 xiāng gān　有牽涉；互相有關聯　兩件事毫不～｜那事跟學校不～｜我與你有何～？
同【相關】xiāng guān

> 「相干」多用於否定或反問。「相關」突出事物之間有牽連或影響，多用於肯定句，如說「密切相關」、「休戚相關」；還用作形容詞，如說「尋找相關材料」、「處理相關事件」。

反【無關】wú guān　～緊要｜此事與我～｜這些小麻煩～大局。

相關 xiāng guān　相互之間有關聯的　通知～部門｜此事與各位前途密切～。
同【相干】xiāng gān

反【無關】wú guān　盡説些～痛癢的話｜那事肯定與我～。

> 「相關」突出事物間的某種關係，多用於肯定句。

相互 xiāng hù　彼此之間；兩相對待地　他們～幫助｜了解～的關係｜我們～交流學習經驗。
同【互相】hù xiāng

> 「相互」在句子中可作狀語和定語，如說「相互學習」、「相互的作用」。

「互相」只作狀語，如説「互相尊重」、「互相依賴」。

相繼 xiāng jì　一個接着一個　會上人們～發言｜他們的父母～謝世｜三個孩子～去了美國留學。
同【接踵】jiē zhǒng

> 「相繼」突出多人接連着做某事。「接踵」屬於書面語，如説「摩肩接踵」、「一件件煩心事接踵而來」。

相似 xiāng sì　彼此之間很像　他倆容貌真～｜他倆有～的經歷｜這兩個人的性格何其～。
同【相像】xiāng xiàng
同【類似】lèi sì

> 「相似」突出類似、近似。「相像」突出有共同點，如説「姐妹倆容貌相像」。在指容貌時「相似」和「相像」可以通用。「類似」突出有大致相像的原因、經過、方法等，如説「類似的事故」、「採用類似的方法」。

相同 xiāng tóng　彼此一樣，沒有區別　你的意見和他的～｜這兩篇文章的內容基本～。
同【相通】xiāng tōng

> 「相同」強調一致而彼此沒有區別。「相通」強調彼此之間有關係或連貫溝通，如説「信息相通」、「雙方的心是相通的」。

相信 xiāng xìn　認為正確或確實而不懷疑　～你能辦成｜我當然～你

是清白的｜大家都～來來會更美好。

回【信任】xìn rèn

「相信」的對象可以是別人或事情，也可以是自己。「信任」多用於人。

反【懷疑】huái yí　～他的誠意｜對他不再～｜我很～他的真實動機。

反【猜疑】cāi yí　無端～他的～心相當重。

相宜 xiāng yí

適宜；合適　色彩與膚色～｜他做這份工作很～｜他的話與他的身份不～。

回【合適】hé shì

回【合宜】hé yí

回【適合】shì hé

回【適宜】shì yí

反【不宜】bù yí　飯後～劇烈運動｜北方～栽培柑橘｜此事要有耐心，～操之過急。

相左 xiāng zuǒ

相違反；不一致　意見～｜觀點～｜他的說法與大會的宗旨～。

反【吻合】wěn hé　方言的分佈常常與一定的地理環境相～｜你說的和我心裏想的完全～。

「相左」多用於觀點、想法、認識等，屬於書面語。

香 xiāng

氣味好聞　清～｜～氣撲鼻｜芳～四溢｜春天的植物園，處處鳥語花～。

反【臭】chòu　汗～｜～水溝｜～氣熏天｜那堆垃圾一陣陣地發～。

香噴噴 xiāng pēn pēn

香氣較

濃的　孩子身上～的｜美髮廳裏一股～的味兒｜飯菜～的，令人垂涎。

反【臭烘烘】chòu hōng hōng　水溝～的｜這裏的公廁怎麼老是～的？

鄉村 xiāng cūn

從事農業、人口比城鎮分散的地方　～教師的待遇亟待提高｜他在～度過了自己的青少年時代。

回【農村】nóng cūn

反【城市】chéng shì　繁華的～。

詳 xiáng

詳細；周密完備　內情不～｜不厭其～｜我們可以坐下來～談。

反【略】lüè　詳～得當｜～見一斑。

詳盡 xiáng jìn

詳細全面，沒有遺漏　分析～｜這書上已有～記載｜藥品的使用說明寫得～而明白。

回【詳細】xiáng xì

「詳盡」屬於書面語。「詳細」語意比「詳盡」輕，如說「寫得非常詳細」、「請你把事情經過再詳細說一遍」。

反【扼要】è yào　他的報告簡明～｜電影說明書對劇情只作～介紹。

反【粗略】cū lüè　這只是～的構想｜他～地了解了工藝流程。

反【簡略】jiǎn lüè　對此事作了～的報道｜史書上有關這件事的記載太過～。

反【簡要】jiǎn yào　～說明一下｜他在會上對學校情況作了～介紹。

詳情 xiáng qíng

詳盡全面的情況　～需問他｜～不得而知｜有關事件的～我已基本了解。

反【概況】gài kuàng　地區～｜學校的～｜由於時間關係，只介紹～。

詳細 xiáng xì　周密完備　～調查｜論據講得很～｜事故的～情形還不太清楚。

同【詳盡】xiáng jìn

反【簡明】jiǎn míng　敘述～｜他的講話～有力。

反【扼要】è yào　他～地談了自己的看法｜說話～些，不要囉唆。

反【籠統】lǒng tǒng　話說得比較～｜這樣的解釋過於～。

享福 xiǎng fú　安享幸福生活　現在父母終於可以～了｜你們年紀這麼大了，應該～了。

同【享樂】xiǎng lè

同【享受】xiǎng shòu

> 「享樂」多用於貶義，如說「追求享樂」、「享樂思想支配了他」。「享受」是中性詞，突出在精神或物質上得到滿足，如說「操勞一輩子了，也該享受一下生活了」、「無法享受基本權利」。

反【受罪】shòu zuì　真是活～｜讓您～了｜寧可自己吃苦，也不讓孩子～。

反【吃苦】chī kǔ　～耐勞｜要從小培養孩子的～精神｜能～，方能成大器。

反【辛勞】xīn láo　不辭～｜洗去一天的～｜做子女的不能忘記父母養育的～。

反【遭罪】zāo zuì　全怪她，讓全家跟著～｜得了這樣的病，實在～。

享樂 xiǎng lè　享受安樂　貪圖

～｜追求～的生活｜你別只顧自己～。

反【吃苦】chī kǔ　要有～精神｜他從來不怕～。

反【受苦】shòu kǔ　父母～受累，都是為了孩子。

> 「享樂」多用於口語，含貶義。

想念 xiǎng niàn　對過去的或不在身邊的人及環境難以忘懷，希望見到　～親人｜海外遊子～故土｜在外地的留學生～父母。

同【懷念】huái niàn

同【思念】sī niàn

同【惦念】diàn niàn

> 「想念」多用於離別了的人或環境，很少用於事或物。「惦念」可用於人或物以及與人生活有關的事，如說「她時時惦念着兒子的衣食住行」。「懷念」、「思念」含敬愛的意味，帶有莊重色彩，如說「懷念戰友」、「思念親友」。

反【忘記】wàng jì　～傷痛｜～憂愁｜離別的情景難以～｜別～我跟你說過的話。

反【忘懷】wàng huái　久久不能～｜過去的歲月使人難以～｜至今無法～的動人場景。

反【忘掉】wàng diào　把一切煩惱統統～｜你就把這事～吧。

想像 xiǎng xiàng　也寫作「想象」。想出不在眼前的事物的形象　你可以～出他那副嘴臉｜她會有甚麼樣的反應，不難～。

同【設想】shè xiǎng

「設想」突出想法的主觀謀劃性質，有想像其情景的意思，如説「後果不堪設想」、「他提出了關於技術改造的大膽設想」；另有着想的意思，如説「他處處為大家設想」。

響亮 xiǎng liàng　聲音宏大而清脆　老師的聲音十分～｜耳邊傳來了～的歌聲｜她給了他一記～的耳光。
同【洪亮】hóng liàng
同【嘹亮】liáo liàng

「響亮」適用範圍較廣，可用於人、動物和一般物體發出的聲音。「洪亮」突出聲音大而厚，常用來形容説話的聲音。「嘹亮」突出聲音響亮而傳得遠，含有悦耳中聽的意味，多用於形容歌聲、號角聲等，如説「嘹亮的歌聲」。

反【低啞】dī yǎ　從屋裏傳來～的説話聲｜她的眼睛濕潤了，聲音也有些～。

向 xiàng　對着，朝着　～着光明前進｜我家的幾個房間都～陽，冬天比較暖和。
同【朝】cháo
同【對】duì

「向」表示面對着的意思時，可換成「朝」，如説「房間向（朝）北」。「向」在動詞後表示動作的移動方向，不能換成「朝」或「對」，如説「列車開向南方」、「走向光明」。「朝」可以説「坐北朝南」、「朝車站奔去」。「對」表示正面朝着時後面必須用「着」，如説「槍口對着目標」、「不必對着詞典一個一個地檢查」。

反【背】bèi　～光｜～水一戰｜～道而馳｜處於～風地帶。

用於比喻義時，「向」多表示擁護，「背」多表示反對，如説「人心向背」等。

向心 xiàng xīn　向着某個中心　～力｜～運動。
反【離心】lí xīn　～作用｜～離德。

向陽 xiàng yáng　對着太陽　～的房間｜研究植物的～特性。
同【朝陽】cháo yáng
反【背陰】bèi yīn　～的房間光線比較差｜夏天時，～的地方較涼快｜北陽台～，不宜養花。

「向陽」多指朝南的方向，強調陽光充足。

相貌 xiàng mào　人的容貌　～堂堂｜～出眾｜～平凡。
同【面貌】miàn mào
同【面容】miàn róng
同【容貌】róng mào
同【容顏】róng yán

「相貌」、「面容」、「容貌」、「容顏」僅用於人，「容顏」屬於書面語。「面貌」可用於人或環境等，如説「家鄉面貌變化很大」、「這個城市的面貌日新月異」。「容貌」除了表示貌外，還表示人的儀表、姿態、氣質等，如説「容貌善良」。

嚮往 xiàng wǎng　心嚮神往；希望得到或達到　～成功｜～美好的生活｜她十分～這種工作環境。

圖【憧憬】chōng jǐng
圖【神往】shén wǎng

「嚮往」突出希望實現或得到，對象是具體存在或能夠出現的，如說「嚮往都市生活」。「憧憬」的對象多是理想中的美好事物，不一定是很具體的，屬於書面語，如說「憧憬未來的生活」。「憧憬」不能用於過去的事物或某個地方。

消沉 xiāo chén　情緒不振　意氣～｜他最近一直很～｜不要繼續～下去了，振作起來吧！
圖【消極】xiāo jí
圖【低沉】dī chén
圖【低落】dī luò

「消沉」多用於人的情緒、意志，含貶義。「消極」在指意志、情緒時可與「消沉」互換，如說「情緒過於消極（消沉）」。「消極」還指反面的、阻礙進步的，可與「作用」、「意義」等詞搭配，如說「消極意義」、「消極情緒」、「產生消極影響」。「低沉」突出情緒不高興；還可用於聲音、天色等，如說「音色低沉」、「低沉的雲層」。「低落」多與「情緒」、「意志」等詞搭配。

反【高昂】gāo áng　情緒～｜士氣～｜廣場上的歌聲愈來愈～。
反【昂揚】áng yáng　鬥志～｜戰士們精神振奮，意氣～。
反【振作】zhèn zuò　精神～｜趕快～起來。

消除 xiāo chú　除去　～隱患｜～隔閡｜～誤會。

圖【打消】dǎ xiāo
圖【清除】qīng chú
圖【消弭】xiāo mǐ

「消除」突出除去不利的事情，適用範圍較廣，但不能用於人。「打消」多用於想法、顧慮等心理現象及設想、計劃等。「清除」語意比「消除」重，可用於人或物，如說「他因貪污受賄罪被清除出領導者行列」；也可用於具體或抽象事物，如垃圾、積雪、落後意識等。「消弭」突出止息、消除，屬於書面語，如說「消弭災害」、「消弭禍患」。

消費 xiāo fèi　使用物質財富　引導顧客合理～｜別一味追求高～｜日常～品市場正趨於飽和。
圖【消耗】xiāo hào

「消費」突出對具體的物質財富的消耗。「消耗」還可用於精力、能量等抽象事物，如說「這事太消耗精力了」、「體力消耗太大」。

反【積累】jī lěi　長期～｜～財富｜～經驗｜以拉動消費來～資金。
反【生產】shēng chǎn　批量～｜這幾年，我們公司～發展得比較快。

消耗 xiāo hào　因使用或受損而逐步減少　～電力｜～精力｜這台機器每天要～大量能源。
圖【耗費】hào fèi

「消耗」多用於精力、錢物、能源等。「耗費」多用於時間、人力、物力等，如說「白白耗費這麼多時間」、「耗費大量人力」。

X

⊠【積蓄】jī xù　～能量｜～雨水｜～力量｜～錢財。

消極 xiāo jí
1. 否定的；反面的；阻礙發展的　～論調｜我們應努力克服各種～因素。

⊠【積極】jī jí　這次他起了～作用｜調動一切～因素｜這件事產生了～的影響。

2. 消沉的；不求進取的　態度很～｜～防禦方針｜我們不應該一遇到挫折就～起來。

⊠【積極】jī jí　～努力｜～工作｜他對集體活動一向很～。

消滅 xiāo miè
消失；滅亡　許多古生物，如恐龍、猛瑪象等早已經～了｜歷史上鮮卑語的～，證明了語言對於社會的依附性。

◎【消亡】xiāo wáng

> 「消滅」突出自行滅亡；還指用外力除掉，如說「消滅殘餘勢力」、「消滅害蟲」、「消滅敵人」。「消亡」突出按規律自行衰亡。

消磨 xiāo mó
虛度時間；隨意地打發　這個老人靠下棋～時日｜我們不能這樣白白～青春歲月。

◎【消遣】xiāo qiǎn

> 「消磨」突出意志不振而無所事事。「消遣」多指以自己感覺愉快的遊戲、娛樂方式度過時間，如說「退休後，他就以打撲克作為消遣」。

消氣 xiāo qì
停止生氣　你怎麼還沒～｜這事等你～以後再說吧。

⊠【生氣】shēng qì　暗自～｜惹父母～｜你何必為如此小事～？

⊠【發火】fā huǒ　別衝着孩子～｜有話好好說，不必～。

⊠【發怒】fā nù　不輕易～｜千萬別～，退一步海闊天空。

消融 xiāo róng
也寫作「消溶」。融化　春回大地，冰雪～。

◎【融化】róng huà

消失 xiāo shī
原有的事物不見了或不存在了　笑容慢慢從他臉上～｜父親的背影～在擁擠的人羣中。

◎【消逝】xiāo shì

> 「消失」突出最終失掉而不再存在。「消逝」多指陽光、聲音、形影等失，如說「琴聲消逝」、「漁火消逝」；還指歲月、時間過去，屬於書面語，如說「青春是很容易消逝的」。

⊠【出現】chū xiàn　空中～了彩虹｜他總在最需要幫忙的時候～。

⊠【呈現】chéng xiàn　～一派繁榮景象｜～出滿面的神色｜暴風雨過後，大海又～出碧藍的顏色。

消亡 xiāo wáng
從有到無；不再存在　自行～｜一切腐朽的事物終將～。

◎【淪亡】lún wáng
◎【滅亡】miè wáng
◎【消滅】xiāo miè

> 「消亡」一般不帶賓語。「淪亡」指國土淪陷，適用範圍較小。「滅亡」指生命體或事物的消失，可以是自然的或人為的。

X

⑥【產生】chǎn shēng　～矛盾｜一系列問題｜～巨大的影響｜她最近對音樂～了濃厚的興趣。

消息 xiāo xi

有關人或事物情況的信息或報道　這個～令人吃驚｜發佈最新～。

⑥【信息】xìn xī

⑥【新聞】xīn wén

「消息」適用範圍較寬。「新聞」指媒體報道的或近來發生的事情，範圍較窄。「信息」多指音信；還指各種符號傳送的內容，如說「傳遞信息」、「獲得信息」、「信息控制系統」。

逍遙 xiāo yáo

毫無約束，自由自在　～法外｜～自在｜他邊聽音樂邊上網，好不～。

⑥【自在】zì zài

「逍遙」突出人的悠閒自得。「自在」突出毫無牽掛而言行任意，如說「舒適自在」、「逍遙自在」。

銷 xiāo

售出（貨物）　這批貨～得很好｜我們的產品～往世界各地。

⑥【賣】mài

⑥【售】shòu

「賣」多用於口語，適用範圍較廣。「銷」和「售」都有固定的搭配，可組合成「暢銷」、「售貨」、「售票」、「銷售」等。

⑥【購】gòu　～物｜郵～｜～置新傢具｜積極認～國債。

銷毀 xiāo huǐ

用熔化的方式使消失；燒毀　～武器｜～不利證據｜把假藥全部～。

⑥【保存】bǎo cún　～文物｜～資料｜～實力｜購物後請～收據。

「銷毀」的對象多為具體的東西。

銷假 xiāo jià

請假期滿後向有關負責人或負責部門報到　我已向主任～｜他探親返回軍營後，即向上級～。

⑥【請假】qǐng jià　有要事～｜現在不能～｜應嚴格遵守～制度。

銷售 xiāo shòu

賣出（商品）　～一空｜～渠道不暢｜這種產品的～旺季在夏天。

⑥【出售】chū shòu

⑥【發售】fā shòu

「出售」適用範圍較廣。「發售」多用於首次出售，如說「發售新郵票」。

⑥【購買】gòu mǎi　～學習用品｜他家今年～了一輛小汽車。

⑥【收買】shōu mǎi　～破爛｜～舊家電｜他很便宜地～了這些古玩。

⑥【收購】shōu gòu　～糧食｜～名貴藥材｜按現價～農副產品。

蕭索 xiāo suǒ

冷清；缺乏生機　這個村莊一片～景象｜～的深秋令人倍感淒涼。

⑥【蕭條】xiāo tiáo

「蕭條」可指冷清景象，如說「夜色蕭條」；還指經濟衰退，如說「他遭遇了那次經濟大蕭條」。

蕭條 xiāo tiáo

1. 寂寞冷落，毫

無生氣｜～的深秋｜荒山老樹，一片
～景象。

🔵【蕭索】xiāo suǒ

🔴【繁華】fán huá　～的商業街｜都
市的～吸引着那些山裏來的人。

2. 經濟衰微　百業～｜市場～｜經濟
日益～。

🔴【繁榮】fán róng　經濟～｜此地商
業～｜使市場～起來。

🔴【昌盛】chāng shèng　文化～｜一
派繁榮～景象。

瀟灑　xiāo sǎ　也寫作「蕭灑」。
自然大方，有氣質，不拘束　舉止
～｜風姿｜他一向爽朗～。

🔵【灑脫】sǎ tuō

🔵【大方】dà fang

> 「瀟灑」突出神情、舉止、風貌等落
> 落大方，多用於男子。「大方」突出
> 非常自然，如說「房間的陳設相當
> 大方」、「在宴會上她的舉止大方得
> 體」。「瀟灑」、「灑脫」也可指文風、
> 筆墨自然而有韻致，如說「文章寫得
> 十分瀟灑」、「風格十分灑脫」。

🔴【拘謹】jū jǐn　初次見面，有些～｜
你放鬆些，不要太～｜他在老師面前
顯得非常～。

🔴【拘束】jū shù　不必～｜一點兒不覺
得～｜小孩兒見了生人，總會有些～。

驍勇　xiāo yǒng　勇猛　～無敵｜
～善戰。

🔵【勇猛】yǒng měng

小　xiǎo　1. 比不上一般的；不大
的　～飯碗｜大材～用｜區區～事｜
這件衣服太～，實在穿不下了。

🔴【大】dà　～山｜地方太～了｜力
氣很｜外面雨下得非常～。

2. 排行在最後的　～女兒｜～姨子｜
他是我的～舅舅。

🔴【大】dà　～哥｜我是家裏的老～。

3. 年紀小的人　一家老～｜兩～無
猜｜孩子說話不要沒大沒～。

🔴【大】dà　全家～小五口。

🔴【老】lǎo　敬～｜尊～愛幼｜上有
～，下有小。

4. 對與自己一方有關的人或事物的謙
稱　～女尚未婚配｜敬請光臨～店｜
～人不敢細說。

🔴【大】dà　尊姓～名｜～駕光臨｜
近日拜讀了您的～作。

> 「小 1」多用於體積、面積、尺寸及
> 規模、力量、程度等。

小道　xiǎo dào　1. 小路　鄉間～｜
羊腸～｜只要穿過這條～就到了。

🔵【小徑】xiǎo jìng

🔴【大道】dà dào　光明～。

2. 道聽途說的；非正式的　～消息｜
我說的全出於～，信不信由你｜～不
堵，大道不通。

🔴【官方】guān fāng　～報道｜據～
透露｜信息均來自～，十分可靠。

小徑　xiǎo jìng　窄小的路　山林
～｜庭園～｜你可以從這條～穿過去。

🔵【小道】xiǎo dào

🔴【通衢】tōng qú　～要道｜南北～。

🔴【大道】dà dào　條條～通羅馬。

小看　xiǎo kàn　看輕　不要～年
輕人｜近來他的演技頗有長進，～不
得。

〚同〛【輕視】qīng shì

〚同〛【看輕】kàn qīng

〚反〛【重視】zhòng shì　～維護消費者的權益｜十分～環境保護｜學校要～德育。

〚反〛【看重】kàn zhòng　我非常～這次機會｜公司很～職員的能力。

小氣　xiǎo qi　吝嗇　待人別過於～｜他是有名的～鬼｜我們男子漢可不能那樣～。

〚反〛【大方】dà fang　出手～｜他很～，不會計較這幾個錢。

> 「小氣」突出對財物過分看重，斤斤計較，沒有氣度，用於貶義及口語。

小人　xiǎo rén　品格卑劣的人　卑鄙～｜勢利～｜～得志｜以～之心度君子之腹。

〚反〛【君子】jūn zǐ　謙謙～｜正人～｜～動口不動手｜識破這個偽～。

小視　xiǎo shì　看不起　那人真不可～｜他這幾年學習十分努力，進步神速，各位～不得。

〚同〛【藐視】miǎo shì

〚同〛【蔑視】miè shì

〚同〛【輕視】qīng shì

> 「小視」突出認為不重要。「藐視」突出藐，即視為渺小，如說「藐視敵人」、「藐視困難」。「輕視」突出認為沒有價值而看輕，不放在心上，如說「不要輕視新人」。

小巷　xiǎo xiàng　狹窄的街道　屋前有條石子～｜消息傳遍了大街～。

〚反〛【大街】dà jiē　逛～｜繁華的～｜在～上叫賣。

小心　xiǎo·xīn　注意；留神　～謹慎｜不～滑倒在地｜她～地拿起一個花瓶。

〚同〛【謹慎】jǐn shèn

〚同〛【當心】dāng xīn

> 「小心」突出十分留意，可用於對自己或對他人。「謹慎」屬於書面語，如說「謹慎處世」、「謹慎駕駛」。「當心」多用於當面對別人的提醒，如說「當心車輛」、「你得自己當心一點」。

〚反〛【大意】dà yi　劉備～失荊州｜在重要的事情上犯這樣的低級錯誤，只能是～了。

小心翼翼　xiǎo xīn yì yì　嚴肅虔誠的樣子，現多形容舉動十分謹慎，絲毫不敢疏忽　別處處～｜～地捧着魚缸｜上課回答問題，他總是～，生怕答錯。

〚反〛【粗心大意】cū xīn dà yì　他責怪自己過於～了｜科學實驗來不得半點～。

> 「小心翼翼」多用於動作或行動。「粗心大意」突出疏忽、不細心。

曉暢　xiǎo chàng　明白流暢　行文～｜這本書圖文並茂，語言～。

〚反〛【晦澀】huì sè　文字～難懂｜文章寫得過於～。

> 「曉暢」多用於文章、文字等。

孝順　xiào shùn　對父母有孝心　～雙親｜做個～的孩子｜他對父母十

分～。
⊝【忤逆】wǔ nì　～種｜～不孝｜無～之心。

「忤逆」指不孝，屬於書面語。

孝子 xiào zǐ　對父母盡孝的人
家有～｜他家小輩都是～。
⊝【逆子】nì zǐ　老人再也不要見到這個～。

笑 xiào　因愉快而發出的聲音或
露出的表情　眉開眼～｜～口常開｜觀眾～聲不斷。
⊝【哭】kū　～笑不得｜痛～流涕｜～着向人訴說傷心事。
⊝【啼】tí　悲～｜～笑皆非｜你別這樣哭哭～～的。
⊝【泣】qì　～不成聲｜喜極而～｜可歌可～。

笑裏藏刀 xiào lǐ cáng dāo　形
容人外表和善而內心陰險毒辣　那人是個～的人｜他們兩人一個殘酷無情，一個～，都不是善類。
⊜【口蜜腹劍】kǒu mì fù jiàn

「笑裏藏刀」源於《舊唐書·李義府傳》，突出人的外表和善而內心陰險。「口蜜腹劍」偏重於人嘴上說得好聽而內心毒辣，如說「我知道他是個口蜜腹劍的人，所以他說的甜言蜜語我都不相信」。

笑容 xiào róng　表現在臉上的
愉快神情　～可掬｜她的～十分甜美｜他唱歌的時候經常帶～。
⊜【笑臉】xiào liǎn

⊜【笑貌】xiào mào
⊜【笑顏】xiào yán

「笑容」突出笑時面部所呈現的神態，如說「滿面笑容」、「臉上浮現出一絲笑容」。「笑顏」屬於書面語，如說「笑顏常開」。「笑貌」語意比「笑顏」輕，如說「音容笑貌」。「笑臉」口語、書面語都可用，如說「一張笑臉」。

⊝【愁容】chóu róng　面帶～｜孩子出息了，父母的～也消失了。

效果 xiào guǒ　由某種力量、做
法或因素產生的結果　這樣做不會有～｜收到了強烈的藝術～。
⊜【成效】chéng xiào
⊜【功效】gōng xiào
⊝【動機】dòng jī　～不純｜不明對方的～｜他毫無不良的～。

「效果」多指良好的結果。「動機」指做事或想法的出發點，有好有壞。

效力 xiào lì　1. 事物所產生的有
利結果　毫無～｜強大的～｜這藥～很大。
⊜【效能】xiào néng
2. 出力　為集體～｜為殘疾人事業～。
⊜【效勞】xiào láo

「效力」突出功效；也可表示出力、服務。「效能」側重指內在的有利的作用，如說「這機器效能良好」。「效勞」強調不辭辛勞地做，如說「為國效勞」、「能為你效勞是我的榮幸」。「效勞」、「效力」之後不能再帶賓語。

X

效率 xiào lǜ　在一定的時間內完成的工作量　學習~｜生產~｜辦事~｜工作~。
⊜【效益】xiào yì
⊜【效用】xiào yòng

>「效益」突出一定投入下產出的效果，如說「經濟效益」、「社會效益」。「效用」指著力和作用，如說「發揮效用」、「這藥已經失去效用」。

些微 xiē wēi　輕微　他表現出~的不悅｜這幾天仍有~的寒意。
⊜【些小】xiē xiǎo
⊜【些許】xiē xǔ

>「些微」還作副詞，指略微，如說「他的胃些微有點痛」。

⊝【許多】xǔ duō　天上有~星星｜人為了教育事業前仆後繼。

些許 xiē xǔ　一點兒；少量的　~小利｜還有~精力｜她終於露出了~笑意。
⊜【些微】xiē wēi
⊝【許多】xǔ duō　來了~人｜這件事引出了~麻煩。
⊝【好些】hǎo xiē　~天沒看見你｜~事你還不懂｜他們帶來了~精美的禮品。

歇息 xiē xi　休息　我先~一會兒再幹活｜忙了一整天了，好好~一下吧。
⊜【休憩】xiū qì
⊜【休息】xiū xi

>「歇息」常用於做完一些事情之後的

短暫休息。「休憩」屬於書面語。

歇業 xiē yè　停止營業；取消經營　關門~｜那家店已經~。
⊝【開業】kāi yè　允許醫生私人~｜小店將擇日~｜書店近日要~。
⊝【營業】yíng yè　~收入｜該店不再~｜這家超市24小時~。
⊝【開張】kāi zhāng　~誌喜｜水果店即日~。

邪 xié　不正當、不正派的　消除~念｜異端~説｜~不勝正｜改~歸正｜此人怎麼一臉~氣？
⊝【正】zhèng　~派｜剛~不阿｜~大光明｜扶~祛邪｜心~不怕影子歪。

邪道 xié dào　不正當的生活道路　走上~｜別搞歪門~。
⊝【正道】zhèng dào　做人要走~｜人間~是滄桑。

邪路 xié lù　邪道　他被壞人引上了~。
⊝【正路】zhèng lù　在人生的十字路口，他終於選擇了走~。

邪氣 xié qì　不正當、不正派的風氣或作風　歪風~｜正氣壓倒了~｜弘揚正氣，滌蕩~。
⊝【正氣】zhèng qì　天地有~｜為官一身~，兩袖清風｜一個機構有了~，就會出現蓬勃向上的局面。

協定 xié dìng　1. 經過商議後訂立的應共同遵守的條款　兩國簽訂了

停戰～｜成員國都要遵守這個組織的
～。
同【協議】xié yì
2. 經過協商訂立（共同遵守的條款）
兩國～共同行動綱領。
同【協議】xié yì

「協定」多指國家、黨派、集團之間
為重大事務進行商議並訂立條款。
「協議」可以是單位、個人之間，如
說「簽訂協議」、「雙方簽訂了合作
協議」。

協商 xié shāng　商量以取得一
致意見　我們還要再～一下｜以友好
～的方式解決了多年的爭端。
同【磋商】cuō shāng
同【洽商】qià shāng

「協商」有比較莊重的色彩。「磋商」
常用於政治、經濟、文化等對象，
屬於書面語，如說「經過反覆磋商，
終於簽訂了協議」。「洽商」指接洽
商談，如說「洽商有關文件」、「洽
商技術合作事宜」。

協調 xié tiáo　配合得適當　經
濟～發展｜這個房間的各種色彩很
～。
同【和諧】hé xié
同【調和】tiáo hé

「協調」突出相互在步調、傾向或
規模上取得一致，多與「工作」、
「動作」、「安排」、「發展」等詞
搭配；作動詞時還指使各部分配合
得適當，如說「這事請你去協調一
下」、「你要協調好各個部門之間的

關係」。「和諧」只用作形容詞。「調
和」一般與「矛盾」、「觀點」等連用。

協同 xié tóng　互相配合或幫助
做某事　～調查｜～辦理｜各部門要
～工作。
反【單獨】dān dú　～行動｜我要和你
～談談。
反【獨力】dú lì　～完成｜我決心～解
決問題。

協助 xié zhù　幫助；輔助　這件
事需要老王的～｜謝謝你～我取得成
功。
同【幫助】bāng zhù
同【扶助】fú zhù
同【輔助】fǔ zhù
同【輔佐】fǔ zuǒ

「協助」強調出力並一同進行，有協
同配合的意思。「輔助」多指補充性
地幫助，如說「服務部門負責輔助工
作」。「輔佐」屬於書面語，通常用
於臣子輔助君王。

協作 xié zuò　通過互相配合來完
成任務　互相～｜具有～精神｜感謝
貴公司的大力～。
同【合作】hé zuò

「協作」突出出力的各方有明顯的主
次之分。「合作」突出合力從事同一
工作，無明顯主次之分，如說「分工
合作」、「加強技術合作」等。

脅從 xié cóng　因受威逼而跟着
做壞事　～分子｜～犯罪。

㊀【主謀】zhǔ móu　～將被判重刑｜那人是此案的～。

泄勁 xiè jìn　失去信心；變得沒有勁　失敗了也別～｜努力趕上去，千萬不可～。

㊀【鼓勁】gǔ jìn　同學們互相～｜為運動員加油｜對學習困難的學生要多～。

泄露 xiè lòu　應當保密的事讓別人知道了　別～祕密｜千萬不能～機密｜這件事可不准～出去。

㊁【透漏】tòu lòu
㊁【透露】tòu lù
㊁【走漏】zǒu lòu

「泄露」突出因不慎造成的外露。「透漏」、「透露」多是人為地將保密的事情傳出去，如說「消息是那人透漏的」、「給你透露個內部消息」。「走漏」可用於祕密、情報、信息等。

㊀【保守】bǎo shǒu　～機密｜我答應為你～這個祕密。

泄密 xiè mì　泄漏祕密　嚴防～｜這個決定還未正式宣佈，誰也不能～。

㊀【保密】bǎo mì　～機構｜加強～工作｜此事對外要絕對～。

泄氣 xiè qì　泄勁；失去原有的信心和幹勁　你一遇到困難就～了，真沒出息｜不能～，要繼續幹下去。

㊁【氣餒】qì něi
㊁【泄勁】xiè jìn

「泄氣」突出情緒由高變低而不能堅持。「泄勁」強調在困難時因失去信

心、決心而沒有了原有的勇氣或朝氣，如說「即使失敗也別泄勁」。

㊀【打氣】dǎqì　互相～｜我們給參賽者～｜老師一再給學生～。

㊀【鼓勁】gǔ jìn　你應該為他～｜好好～，爭取趕上。

卸 xiè　1. 把東西從裝載的地方移出來或搬下來　～貨｜～甲歸田｜把箱子～下來。

㊀【裝】zhuāng　～箱｜把貨物～上火車｜東西要及時～運。
2. 拆除；從整體拆下某一部件或某一部分　～零件｜下一個輪子來檢查。

㊀【安】ān　～裝｜～上螺絲，機器運行正常了。

㊀【裝】zhuāng　～配｜馬達～在變速箱下面。

卸任 xiè rèn　不再擔任原來的職務　～歸田｜～後，他逐漸從繁忙的事務中解脱出來。

㊁【離任】lí rèn

「卸任」多用於官吏卸去職務。「離任」強調離開職務，適用面較廣，如說「他想離任後返回故里」。

㊀【上任】shàng rèn　走馬～｜新官～三把火｜他～一年，政績突出。

懈怠 xiè dài　懶散；不盡心盡力　不敢稍有～｜他對工作盡心竭力，從不～。

㊀【努力】nǔ lì　他訓練刻苦～｜不要灰心，繼續～吧。

㊀【進取】jìn qǔ　積極～｜開拓～｜要有～精神，才會有好成績。

X

「懈怠」多用於工作、學習等方面，含貶義，屬於書面語。

謝世 xiè shì　去世　這位老書法家已~多年了。
圓【辭世】cí shì

「謝世」、「辭世」都屬於書面語。

囝【誕生】dàn shēng　一代偉人~了｜先生~在北方｜激動地迎接新生命的~。

囝【出世】chū shì　~不久｜孩子還沒~｜他~的時候，光緒皇帝還在位。

「誕生」多用於比較莊重的場合。

心不在焉 xīn bú zài yān　心思不在這裏，指思想不集中　做功課時別~｜他上課時~，老是望着窗外。

囝【聚精會神】jù jīng huì shén　同學們~地聽老師講課｜司機應~，安全行車。

「聚精會神」形容注意力非常地集中。

心腸 xīn cháng　人的用心　好~｜壞~｜他有一副熱~。
圓【心地】xīn dì

「心腸」突出是否富於同情、是否慈善等方面，如說「菩薩心腸」、「鐵石心腸」、「心腸歹毒」等。「心地」強調是否純潔善良、是否真誠等方面，如說「心地善良」、「心地坦白」等。

心慈手軟 xīn cí shǒu ruǎn　心

地慈善，不忍心下手（懲治）　懲治腐敗，決不能~｜這位法官執法如山，從不~｜你應該按原則辦事，不能能~。

囝【心狠手辣】xīn hěn shǒu là　你要當心，他們這伙人實在~。

「心狠手辣」指心腸兇狠，手段毒辣。

心腹 xīn fù　自己親近、信任的人　這幾個人都是老闆的~｜他上任後大肆安插~。
圓【親信】qīn xìn

「親信」指為不正當目的而與之建立親密關係的人，含貶義，如說「在內部培植親信」。

心花怒放 xīn huā nù fàng　心裏高興得像花兒盛開，形容極為高興　看着小孫子，奶奶~｜中了福利彩票的大獎，他們一家人高興得~。

囝【憂心如焚】yōu xīn rú fén　看他~的樣子，真叫人擔心｜母親住院了，家人~。

「憂心如焚」指心裏愁得像火燒一樣，形容十分憂慮和焦急。

心懷 xīn huái　胸懷　~坦蕩｜他用手中的筆抒寫自己的~。
圓【心胸】xīn xiōng
圓【胸懷】xiōng huái

「心懷」多用於表達內心。「心胸」多形容氣量，如說「心胸狹窄」、「心胸開闊」。「胸懷」也指氣量、氣度，如說「胸懷寬廣」、「胸懷坦白」。

X

心境 xīn jìng　心情　～安寧｜良好的～。

回【心情】xīn qíng
回【心緒】xīn xù

「心境」突出內心的苦樂，如說「心境寬闊」、「歡樂的心境」、「平靜的心境」。「心情」側重指感情狀態，較常用，如說「心情激動」、「心情愉快」、「心情緊張」。「心緒」多就安定或紊亂方面而言，屬於書面語，如說「心緒不寧」、「心緒難平」。

心疼 xīn téng　喜歡；愛　她十分～兒子｜當祖母的一般都特別～小孫子。

回【疼愛】téng ài

心意 xīn yì　對人的情意　這是她的一片～｜一番～無人理會。

回【情意】qíng yì

「心意」突出發自內心的關愛與情誼，有時特指禮品所代表的感激之情和紀念意義，如說「這是我的一點心意」。「情意」突出真摯深厚或親密無間的情感，如說「情意綿綿」、「深厚的情意」等。

心願 xīn yuàn　願望　了卻了一椿～｜我的～終於實現了。

回【希望】xī wàng
回【願望】yuàn wàng

辛苦 xīn kǔ　身心很勞累的；非常艱難的　不辭～｜～的旅程｜他們的工作十分～。

回【辛勞】xīn láo

回【辛勤】xīn qín

「辛苦」突出因苦幹而勞累，可重疊為「辛辛苦苦」；還可表示謝意，如說「您辛苦了」；還作求人做事的客套話，如說「這事就辛苦您了」。「辛勞」着重指辛勤勞累，不能重疊，多用於書面語，如說「不辭辛勞」、「建築工人們日夜辛勞地工作」。「辛勤」突出勤奮工作，屬於書面語，如說「辛勤的園丁」。

反【舒服】shū fu　～地睡上一覺｜躺在草地上感到特別～。
反【舒適】shū shì　環境佈置得很～｜小屋溫暖而～。
反【安逸】ān yì　生活～｜貪圖～過個～的晚年。
反【享福】xiǎng fú　您老早該～了｜吃苦在前，～在後。

欣然 xīn rán　愉快地（做）　～前往｜～接受｜他～同意為本書寫序。

反【悵然】chàng rán　～若失｜最終～而返｜他～離去。
反【淒然】qī rán　～淚下｜～一笑｜他神情～地呆坐着。

欣賞 xīn shǎng　體味美好事物中的情趣　～戲劇｜～美麗的風景｜我正在～音樂。

回【觀賞】guān shǎng

「欣賞」適用範圍較廣，可以是視覺享受，也可用於音樂、氣味等；還有認為好、喜歡的意思，如說「欣賞你們的工作態度」、「他很欣賞這種建築風格」。「觀賞」突出通過視覺

對看得見的東西進行觀看、賞玩，如說「觀賞盆景」、「我們正在觀賞一部精彩的電影」。

欣慰 xīn wèi　欣喜而心安　孩子的成家立業讓父母倍感～。
同【快慰】kuài wèi
反【慚愧】cán kuì　心中～｜深感～｜他～地低下了頭。
反【遺憾】yí hàn　～的是沒能和她説上一句話。

新 xīn　1. 剛出現的；剛經歷過的　～仇舊根｜往事記憶猶～｜踏上～的工作崗位。
反【舊】jiù　重操～業｜病復發｜喜新厭～。
反【老】lǎo　百年～店｜～牌產品。
反【陳】chén　～年老酒｜新～代謝。
反【故】gù　～人｜～交｜依然如～｜～態復萌。
2. 性質上改變得更好的　探索～文藝｜全～版本｜改過自～｜面目一～。
反【舊】jiù　～社會｜～觀念｜改變～體制。
反【老】lǎo　你的工作方法太～套。
反【陳】chén　觀念～腐｜墨守～規｜推～出新。
3. 未經使用的　～書｜全～的傢具｜～買來的筆記本電腦。
反【舊】jiù　～鞋｜～相機｜這牀單已經～了。

新近 xīn jìn　不久以前的一段時間　～發生的事｜此店是～開張的｜他是我～結交的朋友。

反【早先】zǎo xiān　這事他們～就説好了｜這事你～怎麼不説？
反【老早】lǎo zǎo　他～就來了｜兩人～就認識了。

新奇 xīn qí　新鮮獨特　～的設計｜老爺爺竟然也在玩～的電子遊戲｜初來乍到，她覺得處處都很～。
反【陳腐】chén fǔ　觀念～｜這書的內容～不堪｜男尊女卑的思想實在太～了。

新式 xīn shì　新產生的、新出現的式樣　～傢具｜～住房｜～婚禮。
同【新型】xīn xíng

> 「新式」突出款式、樣子或做法新。「新型」強調類型新穎，如説「新型武器」、「新型飛機」。

反【舊式】jiù shì　～婚禮｜～住房｜她是個典型的中國～婦女。
反【老式】lǎo shì　～唱腔｜～建築。

新聞 xīn wén　社會上最近發生的事情；媒介報道的消息　～導讀｜爆炸性～｜召開一次～發佈會。
同【消息】xiāo xi

新鮮 xīn·xiān　1.（食品）保持原有性質的；未變質的　～水果｜～的魚蝦｜這菜剛剛從地裏採來，很～。
反【腐爛】fǔ làn　傷口正在～｜時間一長必然～。
反【腐敗】fǔ bài　給木材塗上油漆，可以防止～。
2. 純淨的　呼吸～空氣。
反【渾濁】hún zhuó　水質有些～｜長期不通風，室內空氣很～。

3. 以前沒有的；稀罕的　～經驗｜喜歡～玩意兒｜孩子剛到大城市，覺得甚麼都～。

圖【新奇】xīn qí

圖【新穎】xīn yǐng

圖【別致】bié zhì

反【尋常】xún cháng　～人家｜這種情況在今天已經很～了。

新秀 xīn xiù
某一領域新出現的優秀人才　文藝～｜奧運會上湧現了一批體壇～。

反【老將】lǎo jiàng　歌壇～｜～出馬，一個頂倆。

反【宿將】sù jiàng　乒壇～。

新穎 xīn yǐng
新式獨特；不同於一般　款式～｜～別致。

圖【新奇】xīn qí

反【陳舊】chén jiù　這件連衣裙的式樣太～｜這類書籍內容已經～。

反【古老】gǔ lǎo　～的傳統｜中國有着～而悠久的文化。

「新穎」多形容內容與眾不同或式樣別致，含褒義。「陳舊」多用於被否定的事物。「古老」是中性詞，側重於時間長、歷史久。

薪金 xīn jīn
按期付給的勞動報酬　他一個月的～完全不夠他開銷。

圖【工資】gōng zī

圖【薪水】xīn shui

馨香 xīn xiāng
芳香　～撲鼻｜桂花開了，～四溢。

圖【芳香】fāng xiāng

圖【芬芳】fēn fāng

信奉 xìn fèng
相信並崇奉　～真理｜他們～上帝。

圖【崇奉】chóng fèng

圖【信仰】xìn yǎng

信服 xìn fú
相信並心服　讓人～的證據｜他的所作所為令人～。

圖【服氣】fú qì

圖【折服】zhé fú

信件 xìn jiàn
書信和遞送的文件、印刷品等　～往來｜收發～。

圖【函件】hán jiàn

圖【信函】xìn hán

信口開河 xìn kǒu kāi hé
也作不經過思考，不負責任地隨口亂說　他這人就愛～，你不要當真。

圖【信口雌黃】xìn kǒu cí huáng

「信口開河」側重沒有經過思考，隨口亂說。「信口雌黃」側重不顧事實，隨意批評或亂說，如說「他歪曲事實，信口雌黃」。

信賴 xìn lài
信任並完全依靠　此人完全可以～｜他用實際行動贏得了大家的～。

圖【相信】xiāng xìn

圖【信任】xìn rèn

反【猜疑】cāi yí　不要互相～｜似有怨恨，又似有～。

「信賴」突出可以依靠，語意較重。

信念 xìn niàn
自己認為可以確信的看法　堅定的～｜自己的路得由自己去走，這是我不變的～。

◉【信心】xìn xīn

「信念」多用於重要的事情。「信心」可用於重要事情或一般事情，適用範圍比「信念」廣，如說「充滿信心」、「信心百倍」。

信任 xìn rèn　認為可靠並可以託付　她對他充滿～｜他並不值得人家～。

◉【信賴】xìn lài
◉【相信】xiāng xìn

這三個詞都可用於人和組織，「信任」、「信賴」一般不用於自己，可用於別人或組織，並只能帶名詞性賓語。「相信」可用於別人或自己，如說「我相信你們能辦得很好」。

⊘【懷疑】huái yí　此話引起了～｜對於這個結論誰也沒有～。
⊘【生疑】shēng yí　陡然～｜他的言行叫人～。
⊘【猜疑】cāi yí　你別老～｜本以為她無端～，沒想到確有其事。
⊘【疑心】yí xīn　起～｜人家是好意，你就會瞎～。

信仰 xìn yǎng　對某人或某種主張、教義等極度相信和尊敬，並拿來作為自己行動的榜樣或指南　～自由｜那些人～伊斯蘭教。

◉【崇奉】chóng fèng
◉【信奉】xìn fèng

「信仰」還指信奉的內容，如說「我們有堅定的信仰」。

信用 xìn yòng　別人對其履行約

定的能力上的信任　重合同守～｜他是個很講～的人。

◉【信譽】xìn yù

「信用」多用於人；還可用於跟金融有關的事物，可組成「信用卡」、「信用貸款」等。「信譽」多用於產品、商家等具體事物，如說「這個廠家的信譽很高」。

星辰 xīng chén　星星　日月～｜今夜～燦爛。

◉【星斗】xīng dǒu

「星辰」可與形容詞連用。「星斗」一般只用於「滿天星斗」。

星河 xīng hé　指銀河　～璀璨。

◉【河漢】hé hàn
◉【天河】tiān hé
◉【銀河】yín hé

興 xīng　產生並逐漸發展　～修水利｜～利除弊｜～風作浪｜百廢俱～｜方～未艾｜～建鋼鐵基地。

⊘【廢】fèi　～除｜～止｜半途而～。
⊘【衰】shuāi　～敗｜～落｜興～成敗。
⊘【亡】wáng　～國｜走向衰～｜人～物在｜生死存～。

興辦 xīng bàn　創辦　～公司｜～慈善事業｜那個城市～了一批新型企業。

◉【創辦】chuàng bàn
◉【開辦】kāi bàn

「興辦」多指開辦新的事業或企業。

X

興奮 xīng fèn　精神振奮；情緒激動　～的心情｜這是一場令人～的球賽。

同【振奮】zhèn fèn

反【鎮靜】zhèn jìng　遇事沉着｜他～地把人羣疏散到安全地帶。

興建 xīng jiàn　開始建築　～高樓大廈｜政府～了高科技基地。

同【興修】xīng xiū

「興建」用於大的建築物、生產基地、廠房等。「興修」用於比較具體的設施，如農田水利、鐵路、公路等。

興隆 xīng lóng　興盛　企業～｜這家小店生意～。

同【昌盛】chāng shèng
同【繁榮】fán róng
同【繁盛】fán shèng
同【興盛】xīng shèng
同【興旺】xīng wàng

「興隆」突出生意盛大發達。「興盛」突出繁榮發展的景象，多用於國家、事業等，如說「到處是一片興盛的景象」。

反【衰亡】shuāi wáng　隨着時代變遷，民間許多舊風俗都逐漸～了。

興起 xīng qǐ　產生並興盛起來　～信息產業｜～綠化熱潮｜市內～全民健身運動。

反【衰亡】shuāi wáng　瀕臨～｜由於經營不善，有的企業逐漸～。

興盛 xīng shèng　發展壯大　事業～｜佛教在南朝時期發展十分～。

同【昌盛】chāng shèng
同【繁榮】fán róng
同【繁盛】fán shèng
反【衰落】shuāi luò　家道～｜經濟不景氣，許多行業正在～。

「興盛」多用於國家、事業等。

興旺 xīng wàng　蓬勃發展；旺盛　六畜～｜人丁～｜事業～發達｜近幾年，電子科技產業日趨～。

同【興隆】xīng lóng
同【興盛】xīng shèng
同【繁盛】fán shèng
反【衰敗】shuāi bài　家業～｜出現～景象｜工廠～與經營管理不善是分不開的。

行 xíng　1. 行為　罪～｜品～端方｜言～不一。

反【言】yán　有～在先｜～外之意｜聽其～，觀其行。

2. 行走　日～千里｜讀萬卷書，～萬里路。

反【止】zhǐ　行～容日後面稟。

行程 xíng chéng　路程　此去～萬里｜～有五百公里。

同【路程】lù chéng

行動 xíng dòng　行為；舉動　～迅速｜採取緊急～｜總部決定提前～。

同【舉動】jǔ dòng
同【行為】xíng wéi
同【行徑】xíng jìng

「行動」可用於人或一般動物，可表示規模較大的團體活動，如說「反盜

獵行動」；還可指行走，走動，如說「年紀大了，行動不便」。「行為」指能表現思想品質的舉動，主要用於個人的具體所作所為，如說「不良行為」、「正義行為」、「助人為樂的行為」。「行徑」多指不好的行為，如說「侵略行徑」、「強盜行徑」、「那伙人的無恥行徑遭到了公眾的譴責」。

行賄 xíng huì 　用錢物進行賄賂，以達到某種目的　大肆～｜暗中向對方～。
反【受賄】shòu huì　貪污～｜～數額巨大。

行將 xíng jiāng 　即將；將要　～出發｜～就木。
同【即將】jí jiāng

「行將」為書面語。

行禮 xíng lǐ 　以動作表示禮節　鞠躬～｜向老師～｜新人給來賓～。
反【還禮】huán lǐ　舉手～｜不必～。

行騙 xíng piàn 　進行欺騙、詐騙　～未成｜警惕以假充好的～勾當。
反【受騙】shòu piàn　～上當｜別因貪小便宜而～｜他～了還蒙在鼓裏。

行止 xíng zhǐ 　行蹤；行走的蹤跡　那人的～十分詭異。
同【行蹤】xíng zōng

「行止」屬於書面語。「行蹤」突出行走或走過的蹤跡，如說「行蹤不明」、「行蹤不定」。

形式 xíng shì 　事物的形狀、結構等　表達～｜藝術～｜講究～｜不拘～｜他主張書籍～和內容的統一。
反【內容】nèi róng　～簡單｜注重～｜～決定形式。

形勢 xíng shì 　事物發展的情形　～險惡｜～不容樂觀｜經濟～分析。
同【情勢】qíng shì

「形勢」可用於某一階段或較長時期的情況。「情勢」多用於書面語中，突出事情的發展趨勢，多用於範圍小、時間短、變化快的事情，如說「警察見情勢危急，果斷將歹徒擊斃」。

形態 xíng tài 　事物的形狀或表現觀念～｜社會～｜這屬於意識～領域的問題。
同【狀態】zhuàng tài

「形態」指事物長期的、穩定的情況；還指生物體外部的形狀。「狀態」用於人或事物，指某一段時間內表現出來的樣子，如說「液體狀態」、「昏迷狀態」、「進入緊急備戰狀態」。

省親 xǐng qīn 　回家或到遠處探望父母等　遠嫁他鄉多年的女兒回家～來了。
同【探親】tàn qīn

醒 xǐng 　1. (酒醉、昏迷後) 恢復正常　酒醉未～｜你讓他～一～｜他昏迷不～已有三天了。
反【昏】hūn　～過去｜被打～了｜病人處於～睡狀態。

X

反【醉】zuì　喝～了｜～倒多時｜他
～得很厲害。

2. 剛剛睡完覺，也指尚未入睡　如夢
方～｜大夢初～｜從夢中驚～｜我還
～着呢，熱得睡不着。

反【睡】shuì　一眼惺忪｜孩子～得很
安穩｜昨晚只～了幾個小時。

醒悟 xǐng wù　認識從模糊變為
清楚，由錯誤而正確　及時～｜他終
於～了｜現在～過來，還不算晚。

同【覺悟】jué wù

同【覺醒】jué xǐng

> 「醒悟」多指認識在外界促使下由錯
> 誤變為正確。

反【迷惑】mí huò　那件事一直使我～
不解。

性格 xìng gé　性情品格；心理
學上指個人在適應環境的過程中，行
為和思想上所形成的獨特個性　～剛
強｜～軟弱｜我們不喜歡這個人的
～。

同【性情】xìng qíng

同【品性】pǐn xìng

同【脾氣】pí qi

> 「性格」指長期形成的、比較穩定的
> 心理特點，一般用於人。「性情」除
> 用於人外，還可用於動物，如說「大
> 象的性情很溫和」。「品格」指品德
> 和氣質，如說「崇高的品格」、「剛
> 正不阿的品格」。

性命 xìng mìng　生命　保全～｜
～攸關｜在亂世中人人都有～之憂。

同【生命】shēng mìng

「性命」多用於口語中，適用於人或
動物。「生命」還可用於植物或抽象
事物，帶書面語色彩，如說「文字也
是有生命的東西」。

性能 xìng néng　效能　我還不
了解數碼相機的～｜這台電腦的～不
太穩定。

同【機能】jī néng

同【功能】gōng néng

> 「性能」多指機械製品的效能、功
> 用。「機能」多用於指生命體的生理
> 功能，如說「恢復生理機能」。「功
> 能」突出用途或特性，如說「特殊功
> 能」、「具有多項功能」。

幸而 xìng ér　幸虧　地下煤氣管
道泄漏，～被及時發現了。

同【幸好】xìng hǎo

同【幸虧】xìng kuī

> 「幸而」突出虧得，屬於書面語。「幸
> 好」多用於口語。「幸虧」指因某種
> 偶然的原因而避免了某種不利的事
> 情，如說「幸虧你來得及時」、「幸
> 虧發現得早」。

幸福 xìng fú　（生活、境遇）美
滿、稱心　～的晚年｜生活得很～。

反【悲慘】bēi cǎn　～的遭遇｜小說
描寫了～世界中的眾生相。

反【痛苦】tòng kǔ　內心十分～｜病
人～地呻吟。

> 「幸福」還作名詞，如說「追求幸
> 福」。「悲慘」不作名詞。

幸運 xìng yùn

出乎意料的好機會、好運氣　～總是鍾情於勤奮努力的人｜這真是天大的～！

同【僥倖】jiǎo xìng

> 「幸運」還作形容詞，突出有好運氣，能遇到稱心如意的事。「僥倖」含有按常理會失敗，但因萬幸得以避免的意思，如說「這次他能夠通過考試，不過是僥倖」。

反【災禍】zāi huò　躲過一場～｜排除隱患，避免～。

興高采烈 xìng gāo cǎi liè

興致很高，情緒強烈　中秋之夜，人們～地上街賞燈。

反【無精打采】wú jīng dǎ cǎi　上課時別～的｜天陰沉沉的，人也跟着～了。

> 「無精打采」也說「沒精打采」，形容不起勁，無精神。

興趣 xìng qù

喜愛的情緒　～很濃｜激發學生的學習～｜他最近對上網特別感～。

同【興味】xìng wèi
同【興致】xìng zhì

> 「興趣」多用於口語。「興味」突出對某事覺得有滋味，屬於書面語，如說「忽然他覺得興味索然」。「興致」突出情趣，屬於書面語，如說「一時間大家興致勃發」。

凶 xiōng

不幸的；不吉利的　～兆｜～信｜～多吉少｜此去吉～未卜。

反【吉】jí　～日｜～星高照｜逢凶化

~｜萬事大~。

兄 xiōng

1. 哥哥　長～｜胞～｜堂～｜難～難弟。

反【弟】dì　小～｜～妹｜姐～倆。

2. 對男性朋友的尊稱　～台｜學～｜仁～。

反【弟】dì　賢～｜師～。

兇殘 xiōng cán

兇惡殘暴　～的敵人｜那個歹徒極端～。

同【殘暴】cán bào
同【兇暴】xiōng bào

> 三個詞都是貶義詞，突出手段殘忍或狠毒。

反【慈善】cí shàn　～義演｜開展～募捐活動。

兇惡 xiōng è

兇狠而十分可怕　～的野獸｜模樣～｜這些壞蛋眼中射出～的目光。

同【兇狠】xiōng hěn

反【和善】hé shàn　態度～｜言語～｜她看上去～可親。

反【善良】shàn liáng　～正直｜心地很～｜我明白了他～的用意。

反【慈祥】cí xiáng　神態～｜～的老人家｜祖母臉上露出～的笑容。

> 「兇惡」多形容人或動物的外形可怕，也可用於性情、行為等。「和善」、「善良」、「慈祥」一般只形容人。

兇悍 xiōng hàn

十分兇猛強悍　她生平第一次看見打架這樣～的人。

同【兇猛】xiōng měng

X

「兇悍」只能用於人。「兇猛」多形容氣勢、力量的猛與強，可用於人、動物或無生命物，如說「敵人來勢兇猛」、「兇猛的暴風雨馬上就要來臨」。

兇狠 xiōng hěn　（性情、行為）
兇惡狠毒　性情～｜露出～的目光｜他對我的態度非常～。
圓【兇惡】xiōng è
圓【兇橫】xiōng hèng
圓【兇暴】xiōng bào

「兇狠」突出內心狠毒，多形容心性和手段，一般不形容外貌。「兇惡」突出相貌兇猛可怕，如說「兇惡的匪徒」、「長相十分兇惡」。「兇橫」含有蠻不講理的意思，如說「這些地痞流氓一貫兇橫，無人敢招惹他們」。「兇暴」多形容態度、性情和行為，可用於人或動物，如說「這頭黑熊忽然兇暴起來」。

反【善良】shàn liáng　～的願望。

兇險 xiōng xiǎn　（情勢等）危險可怕　地勢～｜他的病情～，令人擔憂｜～的火勢席捲了整個森林。
反【平安】píng ān　一路～｜闔家～｜～到達｜所有隊員全部～返回。

「兇險」還指兇惡陰險，如說「兇險的嘴臉」、「兇險的敵人」。

洶湧 xiōng yǒng　猛烈地向上湧
～的波濤｜浪潮～｜想到往事，我不禁心潮～。
圓【澎湃】péng pài
圓【洶洶】xiōng xiōng

「洶湧」指水、感情等猛烈地向上激盪。「澎湃」可形容波濤相互撞擊，如說「洶湧澎湃」，也可比喻聲勢浩大，氣勢雄偉，如說「激情澎湃」。「洶洶」形容水勢或人們爭論、議論的樣子，如說「波浪洶洶」、「來勢洶洶」、「議論洶洶」。

反【平靜】píng jìng　湖面一片～｜面對眾人的指控，他依舊心情～。

胸懷 xiōng huái　心胸　他是個～寬廣的人｜做一個～坦蕩的君子。
圓【襟懷】jīn huái
圓【胸襟】xiōng jīn

「胸懷」還可作動詞，如說「胸懷大志」。

雄 xióng　生物中能產生精細胞的、不會孕育果實的　～蕊｜～性｜～獅｜辨別雌～。
反【雌】cí　～花｜～株｜《木蘭辭》中寫道：～兔眼迷離。

「雄」、「雌」只用於動植物，不指人的性別。

雄厚 xióng hòu　充足；不缺少
基礎～｜實力～｜資金～｜這家企業擁有～的技術力量。
反【薄弱】bó ruò　兵力～｜～環節｜我們公司財力～，很難跟大公司競爭。

「雄厚」多用於人力、物力、實力、基礎等。

雄健 xióng jiàn　強健有力　我

們邁着～的步子｜這篇書法作品～有力。

🔵【雄勁】xióng jìng

🔵【雄壯】xióng zhuàng

> 「雄健」強調強健有力，多用於步伐、歌聲、筆力、精神等。「雄勁」多用於書法、繪畫，如說「筆力雄勁」。「雄壯」突出體魄強健或聲勢壯大，如說「雄壯有力」、「雄壯的呼喊聲」。

雄圖 xióng tú　宏偉的計劃或謀略　大展～｜～大略。

🔵【鴻圖】hóng tú

🔵【宏圖】hóng tú

雄偉 xióng wěi　雄壯而偉大　氣勢～｜畫面～｜新建的大橋～壯麗。

🔵【宏偉】hóng wěi

> 「雄偉」突出雄壯，多形容景物、建築物，也指設想、繪畫、音樂等。「宏偉」突出宏大，多用於計劃、任務、目標等，如說「規模宏偉」、「宏偉的藍圖」、「宏偉的目標」。

雄姿 xióng zī　豪邁雄壯的姿態　～勃發｜一展～。

🔵【英姿】yīng zī

> 「雄姿」突出外在的體貌。「英姿」包含外在體貌和內在的氣度，如說「颯爽英姿」。

熊市 xióng shì　股市行情較長時間持續低迷　長時間的～使許多股民信心低落。

🔴【牛市】niú shì　最近股市行情節節上升，看來～來臨了。

休學 xiū xué　因故暫時停止學業　她因病～了一年｜～前他曾是我們班的數學課代表。

🔴【復學】fù xué　病癒申請～｜～後他的成績不如以前了。

休養 xiū yǎng　休息調養　醫生囑咐他要好好～｜他們每年都要去杭州～。

🔵【療養】liáo yǎng

> 「休養」語義更廣，如說「休養生息」、「休養民力」。「療養」指患有慢性病或身體衰弱的人，在特設的醫療機構進行以休養為主的治療，一般不帶賓語，如說「到風景區療養」。

休戰 xiū zhàn　交戰各方經協商後暫時停止軍事行動　雙方仍無意～｜兩國～了一個月，重又開戰。

🔵【停戰】tíng zhàn

🔴【交戰】jiāo zhàn　兩國～，不斷來使。

🔴【開戰】kāi zhàn　向對方～｜雙方又～了。

修長 xiū cháng　細長　～的眉毛｜她只留給我們一個～的背影。

🔵【頎長】qí cháng

修訂 xiū dìng　修改訂正　～銷售計劃｜你必須把這個方案再～一下。

🔵【修正】xiū zhèng

X

「修訂」多用於對書籍、計劃等的修改訂正。「修正」着重於對比較重要的錯誤進行改動，使之正確，如說「這篇文章的觀點還需要修正一下」。

修復 xiū fù　修整使恢復原貌　～堤壩｜～古建築｜被毀橋樑很難～。
反【毀壞】huǐ huài　～文物｜～名譽｜好端端的一座古跡被～了。
反【損壞】sǔn huài　～公物｜～了牙齒｜古城牆遭到嚴重～。

「修復」多指對損壞的建築物的復原，也用作比喻，如說「修復兩國關係」。

修改 xiū gǎi　對文章、計劃中的錯誤或不足之處作改動　～文章｜～草案｜他正在～發言稿。
同【修正】xiū zhèng

「修改」着重於對文字材料中的不妥之處進行改正。

修建 xiū jiàn　施工；建造　～鐵路｜～高速公路。
同【建築】jiàn zhù
同【修築】xiū zhù

「修建」多指土木工程方面的施工。「修築」適用範圍比「修建」窄，一般用於道路、橋樑、房屋等。

反【拆除】chāi chú　～圍牆｜這些違規建築必須儘快～。

修理 xiū lǐ　使損壞的東西恢復正常　他喜歡～汽車｜他正在～那台電

視機。
同【檢修】jiǎn xiū

修葺 xiū qì　修繕　工人們將舊房子～一新。
同【修繕】xiū shàn

修飾 xiū shì　修整裝點，使整齊美觀　～住房｜～新居｜略加～就可以了。
同【粉飾】fěn shì

修養 xiū yǎng　在品格、意識方面所具備的一定水平；養成的正確的待人處事的態度　這個女孩很有～｜這個學生有較高的文學～。
同【涵養】hán yǎng
同【素養】sù yǎng

「修養」多用於道德、理論、文化、藝術等方面，適用範圍較廣。「涵養」一般只用於個人心理方面。

羞慚 xiū cán　因有錯而覺得難為情；不好意思　滿面～｜面對大家的責問，他一臉～。
同【羞愧】xiū kuì

「羞慚」突出不好意思，屬於書面語。「羞愧」強調愧恨，如說「羞愧萬分」。

羞恥 xiū chǐ　不光彩；不體面　真不知～｜他一點也不為自己做的事感到～。
同【恥辱】chǐ rǔ

「恥辱」語意較重，如說「成為亡國奴是這個國家所有人的恥辱」。

羞怯 xiū qiè
羞澀而害怕　克服～心理｜小女孩十分～不安。

〖同〗【羞澀】xiū sè

> 「羞怯」突出害怕而畏縮。「羞澀」多用於形容不好意思、害羞的神態，如說「一副忸怩羞澀的樣子」。

羞澀 xiū sè
態度不自然；難為情　女孩兒～地低下頭｜她含着～的微笑轉過臉去。

〖反〗【大方】dà fang　舉止～｜她～地走上台去。

> 「羞澀」多形容年輕女性，屬於書面語。

秀麗 xiù lì
清秀美麗　風景～｜她長得十分～｜我們熱愛這～的山川。

〖同〗【娟秀】juān xiù

〖同〗【清秀】qīng xiù

〖同〗【秀美】xiù měi

〖同〗【瑰麗】guī lì

〖同〗【絢麗】xuàn lì

> 「秀麗」指人的面容漂亮文雅，適用於形容女子；也指山水風景漂亮。「娟秀」屬於書面語，可指女子容貌，也可指字跡，如說「眉目娟秀」、「字跡娟秀」。「清秀」僅用於女子，不用於風景。「秀美」指秀氣而不俗，如說「秀美可親」、「字跡秀美」。「瑰麗」、「絢麗」不用於人。「絢麗」突出漂亮而有文采，多用於景物或圖畫，如說「絢麗多姿」、「陽光令這些鮮花更加絢麗」、「我們被這絢麗的詩篇深深震撼了」。「瑰麗」突出美得珍奇，不用於人，如說「瑰麗的夜景」、「瑰麗的珍寶」。

〖反〗【醜陋】chǒu lòu　相貌～｜面容不堪｜長得十分～。

〖反〗【難看】nán kàn　長相～｜式樣～｜這種顏色太～了。

〖反〗【猥瑣】wěi suǒ　神情～｜舉止～｜這個人看起來很～。

> 「難看」用於人或物。「醜陋」用於人或現象。「猥瑣」只用於人的容貌、神態或舉止，一般用於男性。

秀氣 xiù qi
清秀　～的小姑娘｜眉眼長得十分～｜這幾個字寫得很～。

〖反〗【難看】nán kàn　這身衣服配搭得亂七八糟，十分～。

袖珍 xiù zhēn
體積小巧，便於攜帶的　～詞典｜～照相機｜這種～電腦可以無線上網。

〖反〗【大型】dà xíng　～水庫｜～歌劇｜當地正在舉辦～展銷會。

〖反〗【巨型】jù xíng　～貨輪｜～卡車｜人們爭相到港口目睹這艘～航空母艦的風貌。

須臾 xū yú
片刻　～之間｜～不離。

〖同〗【頃刻】qǐng kè

虛 xū
1. 空間無人或無物佔據　～位以待｜乘～而入｜會場中座無～席。

〖反〗【滿】mǎn　～座｜名額已～｜～載而歸｜～腔熱情。

X

反【盈】yíng　顧客～門｜熱淚～眶。

2. 虛假的；不切實際的　～構｜徒有～名｜避實擊～｜這是～張聲勢｜他可算是～有其表。

反【實】shí　～話～說｜～事求是｜真才～學｜做事講求～效。

反【真】zhēn　～跡｜一片～情｜～心實意｜～相大白。

虛詞 xū cí

語法分類的一種，不能獨立成句、意義較抽象、有幫助造句作用的詞　～成分｜研究～｜不明白～的分類。

反【實詞】shí cí　解釋以下帶點的～｜用下列～造句。

虛浮 xū fú

（做事）不切實；不踏實　工作上要反對華而不實的～做派。

反【踏實】tā shi　作風～｜應～地走好人生的每一步。

反【實在】shí zài　為人～｜這話說得挺～｜工作做得非常～。

虛構 xū gòu

憑想像構造　故事純屬～｜小說的情節是～的。

同【虛擬】xū nǐ

「虛擬」突出虛構，不真實；還指假設的，如說「虛擬世界」、「虛擬貨幣」、「虛擬經濟」。

反【寫實】xiě shí　內容以～為主｜這篇報告文學完全是～的。

虛幻 xū huàn

主觀幻想出來的；不真實的　～的情景｜他一生都生活在～當中。

同【空幻】kōng huàn

「虛幻」突出虛無，不真實，多用於主觀幻想或不真實的形象。「空幻」突出憑空設想，如說「他提出的是一個空幻的計劃」。

虛假 xū jiǎ

不符合實際的　編造～資料｜～數字對決策產生了不利影響｜如實匯報情況，不能有半點～。

同【虛偽】xū wěi

「虛假」側重於不符合真實情況，多用於客觀事物，有時也用於人的行為。「虛偽」側重於不誠實，多用於人的言行、作風等，如說「為人虛偽」、「虛偽做作」。

反【真實】zhēn shí　電影拍得很～｜事件的～情況，還在調查之中。

虛誇 xū kuā

虛假誇張　風氣～｜應當實事求是，千萬不可～。

同【浮誇】fú kuā

「虛誇」指言談方面的虛假誇大。「浮誇」突出作風浮躁而不切實，常常表現在生產或數字統計上，如說「防止浮誇作風」。

虛情 xū qíng

假感情；裝出來的情意　～假意｜他為人真誠，沒有一點～。

反【真心】zhēn xīn　～誠意｜用～待人｜～地幫助他人。

反【真情】zhēn qíng　～流露｜動人的～｜～關愛孤兒。

虛弱 xū ruò

1.（身體）不結實　體質～｜她大病一場後，身子十分～。

反【健壯】jiàn zhuàng　～如牛｜手臂～有力｜牧草肥美，牛羊～。

反【強壯】qiáng zhuàng　體魄～｜堅持鍛煉，身體就會～起來。

2. 力量小　國力～｜對抗災害能力～。

反【雄厚】xióng hòu　力量～｜經濟實力～。

「虛弱1」用於身子、體質；2用於國力、兵力等。

虛偽 xū wěi　對人對事態度不真誠，不實在　揭露對方～的面目｜～的奉承話最令人討厭。

反【誠懇】chéng kěn　待人～｜他～地接受了意見。

反【誠實】chéng shí　～正直｜這個孩子很～，從不撒謊。

反【真誠】zhēn chéng　為人～｜～地對待朋友｜給予～的幫助。

反【真摯】zhēn zhì　感情～｜～的友誼｜他的話語～感人。

反【純真】chún zhēn　感情～｜～的赤子之心｜她的心跡～無邪。

反【淳樸】chún pǔ　～的山裏人｜語言～｜這孩子比較～。

「虛偽」只用於人，突出故意做假，不誠實，用於貶義。

虛心 xū xīn　不自以為是，肯向人求教或接受別人的意見　～好學｜～待人｜他為人很～。

同【謙虛】qiān xū

同【謙遜】qiān xùn

「虛心」多指人的態度，突出不自滿、

不驕傲，用於褒義。「謙虛」與「驕傲」相對，如說「待人謙虛」。「謙遜」屬於書面語，如說「謙遜有禮」、「為人真誠謙遜」。

反【驕傲】jiāo ào　～自滿｜～使人落後｜有了一點成績可別～。

反【自滿】zì mǎn　驕傲～｜任何時候都不能～｜這人十分虛心，從不～。

反【狂妄】kuáng wàng　言語～｜～地吹噓｜～地以為能獨霸世界。

需求 xū qiú　由需要而產生的要求　商家要迎合市場～｜近來這類商品～不旺｜市場供應不能滿足～。

同【需要】xū yào

「需求」多指因需要而產生的要求。「需要」還指「應該有或必須有」，如說「需要幫助」、「需要增加時間」、「一個城市需要有自己的特色」。

反【供給】gōng jǐ　糧食～不足｜調劑物資，使～和需求平衡。

徐徐 xú xú　慢慢地　大幕～落下｜飛機～降落在跑道上。

同【緩緩】huǎn huǎn

同【冉冉】rǎn rǎn

「徐徐」屬於書面語，引申指不慌不忙，如說「他喝了一口茶，然後才將故事徐徐道來」。

反【匆匆】cōng cōng　腳步～｜春光來去～｜他～忙忙地走了。

許多 xǔ duō　很多；數量大　買了～東西｜有～事情要解決｜我和他有～年沒見面了。

⦸【稀少】xī shǎo　路上行人～｜老人家頭髮～。

⦸【點滴】diǎn dī　提供～經驗｜～進步也值得肯定。

許久　xǔ jiǔ　很久　他們為此爭論了～｜我們～沒見面了｜他走了～還沒回來。

◎【良久】liáng jiǔ

「許久」、「良久」屬於書面語。

⦸【短暫】duǎn zàn　～的相聚｜～的一瞬間｜人生～，時光易逝。

⦸【片刻】piàn kè　休息～｜稍等～｜攪得人～不得安寧。

⦸【短促】duǎn cù　～的談話｜她的生命～卻輝煌。

許可　xǔ kě　容許；同意　～證｜未經～，不得入內｜這件事已經得到了上級的～。

◎【答應】dā ying
◎【容許】róng xǔ
◎【允許】yǔn xǔ
◎【准許】zhǔn xǔ

「許可」通常用於司法或行政事務。

⦸【禁止】jìn zhǐ　～吸煙｜～攀折花木｜此處～車輛通行｜教室～喧嘩。

許諾　xǔ nuò　答應；應承　他向孩子～送一輛自行車給他｜凡是～了的事情，應盡力辦到。

◎【允諾】yǔn nuò
◎【承諾】chéng nuò

「許諾」表示同意對方要求並主動承諾。「允諾」多用於上級對下級，如

說「主管對此事已口頭允諾」。「承諾」着重於答應照辦，多用於幫忙、擔保、贊助等；還指承諾的事，如說「實踐自己的承諾」。

旭日　xù rì　剛升起的太陽　～東升｜～冉冉升起。

◎【朝陽】zhāo yáng

⦸【夕陽】xī yáng　～西下｜～無限好，只是近黃昏。

⦸【落日】luò rì　～餘暉｜天邊的～｜墜山凹。

序幕　xù mù　1. 多幕劇在正式開始之前作介紹的一場戲　拉開～｜戲劇的～非常吸引人。

⦸【尾聲】wěi shēng　這齣歌劇已接近～｜演出雖然到了～，觀眾席仍無一人離席。

2. 比喻重大事件的開端　戰爭的～｜這只是旅遊節的～。

⦸【尾聲】wěi shēng　抗洪已近～｜慶祝活動接近～。

序文　xù wén　也作「敘文」。寫在著作正文之前的文章　這篇～是由名人撰寫的。

◎【序言】xù yán

敘述　xù shù　把事情的經過說出來或表現出來　他動情地～了一個故事｜這篇文章～了美好的童年往事。

◎【敘說】xù shuō

「敘說」多指口頭的敘述，如說「老大娘向我們敘說了這個美麗的傳說」。

絮叨 xù dao　說話重複個沒完　說話真是～。

⑩【囉唆】luō suo

「絮叨」突出重複。「囉唆」突出不簡潔，如說「別囉唆了」、「三言兩語可以講清的事卻那麼囉唆」。

蓄積 xù jī　積聚儲存　電力很難～｜水庫可以～雨水。

⑫【排放】pái fàng　～廢氣｜這是～污水的管道｜汽車尾氣的～已受到嚴格限制。

蓄意 xù yì　預先有準備地做；早就存有的念頭　～破壞｜～製造混亂｜你這是～挑釁。

⑩【存心】cún xīn

⑩【故意】gù yì

「蓄意」語意較重，突出早就存心做壞事，是貶義詞，如說「蓄意挑起爭端」。「故意」泛指有意識地那樣做，是中性詞，如說「故意遲到」、「故意不講清楚」、「故意隱瞞事故真相」。

⑫【無意】wú yì　～於此｜～中違反了操作規則｜大家應原諒他～造成的過錯。

宣佈 xuān bù　公開告知　～大會開始｜當眾～評比結果｜～獲獎名單。

⑩【宣告】xuān gào

「宣佈」的內容可以是重大事件，也可以是一般的事情。「宣告」多用於重大事項的鄭重宣佈，如說「他們宣告這項研究已經獲得了重大進展」。

宣稱 xuān chēng　聲稱　對方～這件事由他們負責。

⑩【聲稱】shēng chēng

⑩【聲言】shēng yán

「宣稱」多指公開地用語言文字表示出來。「聲稱」的內容常常與事實不符，如說「對方一再聲稱此事與己無關」。

宣傳 xuān chuán　向大眾說明講解，闡揚　～法制｜～衛生知識。

⑩【宣揚】xuān yáng

⑩【鼓吹】gǔ chuī

「宣傳」多用於積極的方面。「宣揚」突出大力宣傳而力求使人知曉，可用於正面的事情或消極的事情，如說「大肆宣揚迷信」、「宣揚見義勇為的精神」。「鼓吹」亦有吹噓的意思，含貶義，如說「他一向喜歡鼓吹自己年輕時如何如何風光」。

宣示 xuān shì　公開地表示　～於眾｜他當眾～，在任期內一定廉潔奉公。

⑫【暗示】àn shì　心理～｜他～我不要說話｜他多次用眼神向我～。

宣戰 xuān zhàn　一國或集團宣佈與對方處於戰爭狀態　兩國今日正式～｜～三天後，對方就投降了。

⑫【講和】jiǎng hé　交戰雙方～了。

「宣戰」還用於比喻，表示展開激烈的鬥爭，如說「向困難宣戰」、「向命運宣戰」。

X

喧賓奪主 xuān bīn duó zhǔ

客人的聲音比主人還要大，比喻客人佔了主人的地位或外來的、次要的事物侵佔了原有的、主要的事物的地位　這個人在我家裏呼來喝去，大有～之勢｜這篇文章本想突出英雄事跡，但因景物描寫過多，～，反使主題不那麼明顯。

🔄【反客為主】fǎn kè wéi zhǔ

喧嘩 xuān huá　聲音響而雜亂；

喧嚷　門外笑語～｜會場上一片～｜病房請勿～。

🔄【喧鬧】xuān nào
🔄【喧囂】xuān xiāo
🔄【嘈雜】cáo zá

> 「喧鬧」指聲音雜亂而十分熱鬧，突出人的行為，如大聲說笑或叫喊，破壞了某些場合的寧靜氣氛。「喧囂」多含貶義，如說「喧囂的塵世」、「喧囂的大街」。「嘈雜」指聲音很亂，如說「工地上聲音嘈雜刺耳」。

🔺【安靜】ān jìng　教室裏～｜他～地坐着｜老師示意大家～下來。
🔺【寧靜】níng jìng　～的深夜｜～的山林。
🔺【冷清】lěng qīng　～的小巷｜這個山村偏僻而～。

喧鬧 xuān nào　聲音嘈雜、熱鬧

～的都市｜天剛濛濛亮，附近的菜市場就～起來。

🔄【喧嘩】xuān huá
🔄【喧囂】xuān xiāo
🔄【嘈雜】cáo zá
🔺【安靜】ān jìng　房子周圍很～｜圖書館內請保持～。

🔺【沉寂】chén jì　夜很深了，喧鬧的城市才逐漸～下來｜這個村落死一般的～。
🔺【寂靜】jì jìng　～的夜空｜槍聲打破了四周的～。
🔺【靜謐】jìng mì　～的夜晚｜草原之夜～而安詳。

> 「喧鬧」突出亂糟糟、鬧哄哄，形容人聲、車馬聲、自然界的鬧聲。

喧囂 xuān xiāo　聲音雜亂；不

安靜　～的人羣｜～的街市｜馬路上傳來～的車聲。

🔄【喧嘩】xuān huá
🔄【喧鬧】xuān nào
🔄【嘈雜】cáo zá
🔺【安靜】ān jìng　請保持～｜～的圖書館｜學習需要～的環境。
🔺【清靜】qīng jìng　～的教堂｜～的假日校園｜我想找個～的地方坐一下。
🔺【恬靜】tián jìng　～的生活｜～的小山村。

旋繞 xuán rào　繚繞　炊煙在村

莊上空～｜輟學的念頭一直在他腦海中～。

🔄【迴繞】huí rào
🔄【繚繞】liáo rào

> 「旋繞」、「繚繞」可用於歌聲、煙霧、氣味或想法、念頭等。「迴繞」多用於水流，如說「村子裏小溪迴繞，綠草如茵，十分美麗」。

懸崖 xuán yá　又高又陡的山崖

～峭壁｜這裏山勢險峻，到處都是～。

🔄【峭壁】qiào bì

選舉 xuǎn jǔ　選出代表或負責人
～制度｜～班長｜～權。
🔄【推舉】tuī jǔ

「選舉」多用舉手或投票的方式進行。

選修 xuǎn xiū　學生選擇有關科
目學習　～科目｜他～的是書法｜同
學們對～課很感興趣。
㊨【必修】bì xiū　～課｜在中學，中
國語文是～的主科之一。

選擇 xuǎn zé　挑選　任你～｜
我們～一個地方去旅行｜她在超市貨
架上仔細～商品。
🔄【抉擇】jué zé

「選擇」的對象包括具體事物或抽象
事物，適用範圍較廣。「抉擇」的對
象一般是抽象事物，語意較重，屬於
書面語，如說「即將作出抉擇」、「他
們現在面臨着人生的重大抉擇」。

炫耀 xuàn yào　誇耀或顯示　當
眾～｜～武力｜他總向我們～自己身
上的名牌服裝。
🔄【誇耀】kuā yào

「炫耀」可以通過語言、行為、實物
等。「誇耀」一般通過語言的方式，
如說「他總在聊天時誇耀自己很富
有」。「炫耀」、「誇耀」都是貶義詞。

絢爛 xuàn làn　燦爛　～的人
生｜～的朝霞｜這些絲綢色彩～。
🔄【燦爛】càn làn

🔄【璀璨】cuǐ càn
🔄【輝煌】huī huáng

「絢爛」突出光彩華麗，多形容彩霞、
鮮花、民族服飾等具體事物。「燦爛」
突出光彩耀眼，可形容陽光、彩霞、
歷史、文化、業績等，如說「光輝燦
爛的文化」、「輝煌燦爛」，適用範
圍較廣。「璀璨」突出光彩鮮明，多
用於珠寶、燈光等具體事物，適用
範圍較窄，如說「星光璀璨」、「璀
璨的明珠」。

削減 xuē jiǎn　減去，使愈來愈
少　～編制｜～預算｜節約用水用
電，～不必要的開支。
㊨【增添】zēng tiān　～人手｜～生
產設備｜～煩惱｜為校園～了許多生
趣。
㊨【增加】zēng jiā　～投資｜～稅收｜
～新知識｜不再～人員。

「削減」突出數量上減少。

削弱 xuē ruò　變弱；使變弱　對
方實力有所～｜我方大大～了對方的
力量｜他的勢力被嚴重～了。
🔄【減弱】jiǎn ruò

「削弱」突出程度減弱，指力量、勢
力、氣勢等的逐步減小變弱。

㊨【加強】jiā qiáng　～聯繫｜～紀律
性｜～防汛力量｜學校要～交通法規
的教育。
㊨【壯大】zhuàng dà　～聲勢｜力量日
益～｜這個領域的學術隊伍在迅速～。
㊨【增強】zēng qiáng　～體質｜～抵
抗力｜要～取勝的信心。

X

削足適履 xuē zú shì lǚ

指鞋小腳大，為了穿上鞋而把腳削小。比喻不合理地遷就現成條件或不顧具體條件地生搬硬套　在工作中，不根據實際情況來靈活運用理論知識，就會犯～的錯誤。

同【因噎廢食】yīn yē fèi shí

「削足適履」源於《淮南子‧説林訓》。「因噎廢食」比喻因為怕出問題而索性停止活動，源於唐代陸贄《奉天請數對羣臣兼許令論事狀》「昔人有因噎而廢食者，又有懼溺而自沉者，其為矯枉防患之慮，豈不過哉」。

學 xué

學習；獲得知識與能力　～問｜勤～苦練｜勤工儉～｜～無止境。

反【教】jiāo　～手藝｜～書匠｜他～我下圍棋。

反【教】jiào　～導｜～學相長｜因材施～。

雪白 xuě bái

像雪一樣潔白　～的襯衫｜～的牙齒｜梨花盛開，眼前一片～。

反【漆黑】qī hēi　～的夜晚｜兩眼～｜屋裏～一片。

反【烏黑】wū hēi　～的頭髮｜她有雙～發亮的大眼睛。

血汗 xuè hàn

血和汗，象徵辛勤的勞動　這是父母的～錢｜每一個微小的進步都是他們用～換來的。

同【心血】xīn xuè

「心血」側重指心思和精力，如說「父母投了大量心血在他身上」。

血統 xuè tǒng

人類由於生育而形成的關係　同一～｜他們是兩個不同～的家族。

同【血緣】xuè yuán

「血統」突出有這種關係的成員之間的親屬系統。「血緣」較多用於氏族，如說「部落內部的各個氏族交互通婚，構成一個相當大的血緣集團」；用於家庭時一般適用於司法業務中，如說「她是小金的繼母，和小金並沒有血緣關係」。

勛績 xūn jì

很高的功績　偉大的～｜這是公認的～。

同【功勛】gōng xūn

同【勛勞】xūn láo

「勛績」、「勛勞」屬於書面語，如說「勛勞卓著」。「功勛」比較常用，如說「建立功勛」。

熏陶 xūn táo

因長期接觸而產生的有益影響　受家庭的～，他從小就對音樂特別感興趣。

同【陶冶】táo yě

「熏陶」着重指長期的有益影響。「陶冶」突出有益影響，如說「琴棋書畫能陶冶性情」。

詢問 xún wèn

打聽；了解　打電話～收費情況｜他是用～的口吻説的｜總工程師關切地～了工程的進展情況。

圓【訊問】xùn wèn

「詢問」語意較輕。「訊問」語意較重，如說「醫生訊問病人的症狀」、「老師向學生訊問事情的原委」；還有審問、深查、追究的意思，如說「訊問案情」、「訊問作案動機」、「他們訊問這個嫌疑犯已經兩天了」。

尋常　xún cháng　平常；普通的；一般的　～人家｜這件事很不～｜他也就是一個～人物。

圓【通常】tōng cháng

「尋常」指平常，屬於書面語。「通常」指事情有規律地經常地發生，如說「通常情況」、「通常時間」、「他們通常在週末開會」。

反【非常】fēi cháng　～事件｜現在處於～時期。
反【特別】tè bié　他長得有點兒～｜這位老師的脾氣可真～。
反【特殊】tè shū　～的情況｜他從不要求～的照顧。
反【出奇】chū qí　今年春天暖得～｜郊外的夜晚，～的靜謐。
反【非凡】fēi fán　成就～｜具有～的本領｜他有一種～的氣概。

尋覓　xún mì　尋找　他們開始～下手對象了｜它們在四處～食物｜他一直在～適合自己的工作。

圓【尋找】xún zhǎo

「尋覓」突出仔細地找，找的對象主觀上認為是好的或喜愛的，如說「尋覓線索」、「他在苦苦尋覓創作的靈感」。「尋找」的對象則不論好壞。

尋釁　xún xìn　故意進行挑釁　～鬧事｜～逞兇。

圓【挑釁】tiǎo xìn

「尋釁」多用於社會、人際關係方面。「挑釁」多用於政治、軍事方面，也可用於人際關係，適用範圍較廣，語意較重。

迅即　xùn jí　立即；馬上　～處理｜警察～趕到出事現場。

圓【當即】dāng jí
圓【即刻】jí kè
圓【立即】lì jí
圓【立刻】lì kè
圓【馬上】mǎ shàng

迅速　xùn sù　速度很快　這個學生反應～｜近年來社會經濟～發展。

圓【疾速】jí sù
圓【快速】kuài sù
圓【神速】shén sù
圓【迅疾】xùn jí

「迅速」突出速度快，可用於具體動作、抽象的事物，以及形勢的發展變化。「迅疾」屬於書面語，如說「動作迅疾」、「迅疾制止毆鬥」。

反【遲緩】chí huǎn　反應～｜行動變得～｜這事～一分鐘也不行。
反【緩緩】huǎn huǎn　目光～地移向那邊｜溪水～地流淌着。

徇情　xùn qíng　為了私情而做出不合法的事情　～舞弊｜～枉法。

圓【徇私】xùn sī

X

「徇情」、「徇私」都屬於書面語。「徇私」突出為私情，如說「盡徇私而忘公義」。

⊠【秉公】bǐng gōng　受害民眾向政府陳情，請求～處理。

徇私 xùn sī　因私情而做違法的事　～舞弊｜～枉法。

◐【徇情】xùn qíng

⊠【秉公】bǐng gōng　～執法｜～辦理案件。

訓斥 xùn chì　嚴厲訓誡、責備　父母～了他一頓。

◐【申斥】shēn chì

「申斥」多用於對下屬的斥責，如說「主管嚴厲地申斥了他」。

馴服 xùn fú　1.順從　這匹馬很～。

◐【馴良】xùn liáng

2.使順從　他很快～了這匹野馬。

◐【制服】zhì fú

「馴良」適用於動物，如說「這馬很馴良」。「制服」強調用強力壓服並使其受控制，語意較重，對象可以是人或動物，如說「經過搏鬥，終於制服了歹徒」。

馴良 xùn liáng　和順的；善良的　～的小狗｜當地的百姓大多十分～，不敢鬧事。

⊠【兇狠】xiōng hěn　～的劊子手｜態度～｜他～地罵起來。

⊠【兇惡】xiōng è　～可怕｜露出～的面孔｜這個人的樣子極為～。

遜色 xùn sè　不足；不好；比不上　毫不～｜你並不比他～｜這篇文章比那篇～多了。

⊠【出色】chū sè　～的成績｜在考試中發揮得很～｜他～地完成了整套跳水動作。

Y

押解 yā jiè　押送犯人或俘虜到另外的地方　～罪犯｜將那人～到外地的監獄去。
圓【押送】yā sòng

> 「押送」可用於人，如說「押送出境」、「將這些人押送到法庭」；也可用於運輸重要物品，如說「押送危險品」、「他們負責押送錢款」。

壓低 yā dī　特意使降低　～原料價格｜～工人工資｜他～了聲音說話。
反【抬高】tái gāo　將嗓門～｜竭力～自己｜你們怎麼能靠打擊別人來～自己？

壓迫 yā pò　用權勢強使別人服從　他們再也無法忍受～｜有～的地方就會有反抗。
圓【壓榨】yā zhà

> 「壓迫」還指往機體上施加壓力，如說「壓迫神經」。「壓榨」比喻剝削或搜刮，如說「殘酷壓榨百姓」；還指壓取物體中的汁液，如說「為了獲得果汁，他們把新鮮果子連皮帶核一起壓榨」。

反【反抗】fǎn kàng　奮起～｜頑強～侵略者。

壓縮 yā suō　1. 施加外力，使體積縮小　～餅乾｜～器皿中的空氣｜她喜歡用真空～袋貯存衣被。
圓【收縮】shōu suō
圓【緊縮】jǐn suō
反【膨脹】péng zhàng　使用～螺絲｜物體受熱會～。
2. 減少　得～開支了｜這篇文章的篇幅必須進行～。
圓【緊縮】jǐn suō

> 「壓縮」突出通過壓力使物體體積變小，「收縮」指物體自控的變小，如說「一旦感受到外界的危險，這種植物就會將自己的葉子收縮起來」。「壓縮」、「緊縮」可用於經費等，表示減少的意思。「收縮」不用於經費，但可用於物體或規模。

反【擴充】kuò chōng　軍備～｜教材內容稍有～｜他們在加緊～地盤。
反【膨脹】péng zhàng　那些機構日益～起來｜通貨～。

壓抑 yā yì　因受外力限制而使感情無法充分顯露　心情很～｜這裏的氣氛十分～｜我最近總感到有點～。
圓【壓制】yā zhì

> 「壓抑」突出有較大的壓力，使感情、力量等不能充分流露或發揮，對象多是精神、感情或意見等。「壓制」突出用職權或精神力量進行制止、限制，使不能活動，對象多是情緒、活動、批評、自由、意見、作品等，如說「遊行活動受到壓制」、「壓制不同意見」。

反【舒暢】shū chàng　心情無比～｜好天氣令人覺得～。
反【舒心】shūxīn　～如意｜他終於過上了～的日子。

Y

「壓抑」、「舒暢」、「舒心」多用於心情和感受。

雅 yǎ　高尚，文氣，不粗俗　無傷大～｜風流儒～｜雍容爾～的貴婦。

反【俗】sú　～氣｜～不可耐｜藝術要百花齊放，雅～共賞。

反【粗】cū　～野｜滿嘴～話，令人生厭。

雅致 yǎ zhì　美觀不俗　佈置得極～的客廳｜這份禮品包裝得精美～。

反【俗氣】sú qi　花樣有點～｜這顏色搭配得很～｜這個人說話的腔調特別～。

反【粗俗】cū sú　舉止～無禮｜我不喜歡跟～的人打交道。

反【粗鄙】cū bǐ　言語～｜一伙人開着～的玩笑。

擺苗助長 yà miáo zhù zhǎng　比喻做事不遵循客觀規律，急於求成，反而壞事　孩子連話都還說不好，你就逼他學寫字，這不是～麼！

同【欲速不達】yù sù bù dá

「擺苗助長」源於《孟子‧公孫丑》，強調不遵循客觀規律做事。「欲速不達」源於《論語‧子路》，強調過於性急反而不能達到目的，如說「我們應先把準備工作做好了再出發，要知道欲速不達」。

淹沒 yān mò　漫過；蓋過　莊稼被大水～了｜他的話被嘈雜的叫賣聲～了。

同【沉沒】chén mò

「淹沒」可用於水漫過或聲響遮蓋。「沉沒」只用於沒入水中，如說「迅速沉沒」、「那船因為碰撞而沉沒了」。

湮沒 yān mò　埋沒　他的名聲被～了｜往事漸漸～在了腦海深處。

同【埋沒】mái mò

煙靄 yān ǎi　雲霧　～散盡｜山上～繚繞｜羣山沉浸在一片～之中。

同【煙霧】yān wù
同【煙波】yān bō

「煙靄」側重指瀰漫物，屬於書面語。「煙霧」指煙充分散開了的狀態，如說「煙霧繚繞」、「煙霧瀰漫」。「煙波」用於煙霧籠罩的廣大水面，如說「煙波浩渺」、「煙波萬里」。

言 yán　說話；所說的話　～為心聲｜不要～而無信｜他非常善於察～觀色。

反【行】xíng　言～一致｜～之有效｜聽其言，觀其～。

言教 yán jiào　用言語解說方式進行教育、勸導　須知～不如身教。

反【身教】shēn jiào　言傳～｜不僅要重視言教，更要重視～。

言論 yán lùn　關於社會、政治或一般公共事物的議論　發表～｜激進的～｜別散佈消極～｜應該提倡～自由。

Y

⊗【行動】xíng dòng　採取～｜心動
不如～｜請大家趕快～起來。

沿海 yán hǎi　臨近海的地帶　～
地區｜加強～和內陸的聯繫｜～地區
近年發展很快。
⊗【內陸】nèi lù　～的氣候不同於沿
海地區｜這個國家～多山。
⊗【內地】nèi dì　～與沿海經濟互補。

沿襲 yán xí　因襲；照舊例辦事
～成規｜～傳統的做法｜我們並不需
要事事～前人。
◉【因循】yīn xún

> 「沿襲」是中性詞。「因循」多用於貶
> 義，如說「在工作中因循守舊是不會
> 有所作為的」。

沿用 yán yòng　遵行原來的制度、
名稱、規則 等　～老習慣｜～以前的
做法｜這項制度一直～了十多年。
⊗【廢除】fèi chú　～那些老規矩｜宣
佈～不平等條約。

> 「沿用」、「廢除」多用於方法、制度、
> 法令、習俗等方面。

炎熱 yán rè　(天氣)非常熱　～
的盛夏｜今年夏天特別～。
◉【酷熱】kù rè

> 「酷熱」語意較重。

⊗【寒冷】hán lěng　氣候～｜覺得～
難擋｜今年相當～。

延長 yán cháng　增加(長度、
時間、距離等)　～時間｜公路又～

了八十公里｜生活條件的改善～了居
民的壽命。
◉【延伸】yán shēn

> 「延長」突出距離和時間的加大、加
> 長，可用於人或物，適用範圍較廣。
> 「延伸」突出距離和範圍的加大，只用
> 於物，如說「蜿蜒的小徑延伸到遠方」。

⊗【縮短】suō duǎn　～假期｜～工作
時間｜經過溝通，父母和孩子之間的
距離～了。

> 「延長」多用於道路、條形物及期限、
> 壽命等。「縮短」多用於時間或距離。

延遲 yán chí　把預定的時間、
日期往後移　別再～了｜出發時間不
得～｜學校的運動會因大雨～了。
⊗【提早】tí zǎo　隊伍～出發了｜你
如請假，需～一週提出。

> 「延遲」、「提早」只用於具體的時間。

延宕 yán dàng　拖延；不按時
～時日｜此事已～多日，為何不辦？
◉【拖延】tuō yán
◉【延緩】yán huǎn

> 「延宕」、「延緩」屬於書面語。「延
> 宕」用於時間。「拖延」含貶義，多
> 形容態度、作風，指將短期內可
> 完的事延後辦理，如說「故意拖延時
> 間」、「他把事情拖延了好幾天」。

⊗【趕緊】gǎn jǐn　有病要～就醫｜趁
熄燈前～把日記寫完。
⊗【抓緊】zhuā jǐn　工作應～一些｜
你們一定要～，別錯過了這麼好的機
會。

延聘 yán pìn　聘請　繼續~｜今年想~家教輔導孩子。
⑩【聘請】pìn qǐng
⑩【聘用】pìn yòng

「延聘」為書面語。

延續 yán xù　繼續下去　展覽會~了三天｜這種風俗~了幾個世紀了。
⑩【持續】chí xù
⑩【連續】lián xù

「連續」突出一個接一個，如說「他已連續三次獲得了世界冠軍」。

⑫【中斷】zhōng duàn　~試驗｜~調查｜交通~了五個小時｜通訊再次~。

研究 yán jiū　探求事物的真相、性質、規律等　他畢生~量子力學｜要進行調查~，才能得出結論。
⑩【研討】yán tǎo
⑩【鑽研】zuān yán

「研究」突出探求。「鑽研」強調非常深入地研究，對象多是技術、學問、學業等，如說「刻苦鑽研」、「他廢寢忘食地鑽研棋譜」。「研討」突出研究討論，如說「研討技藝」、「他經常參加一些學術研討會」。

顏色 yán sè　色彩　~多樣｜我很喜歡這種~｜這種~的衣服比較適合你。
⑩【色彩】sè cǎi

「顏色」可用於具體事物；還指顯示給人看的厲害的臉色或行動，如說「給他點顏色瞧瞧，他就老實了」。

「色彩」可指具體顏色，如說「色彩豔麗」；還指某種思想傾向或情調，如說「感情色彩」、「這些禮品都具有地方色彩」。

嚴 yán　1. 認真厲害，要求或標準較高　賞罰~明｜~加管束部下｜親者~，疏者寬。
⑫【寬】kuān　~進嚴出｜~以待人。
⑫【鬆】sōng　檢查很~｜他管得比較~｜制度執行得太~。
2. 嚴密；無縫隙　~絲密縫｜洞口封得很~｜他嘴很~，從不亂說話。
⑫【鬆】sōng　螺絲有點~｜扣子太~，快掉了｜怎麼勸他，他也不~口。

嚴冬 yán dōng　特別寒冷的冬天　~臘月｜難熬的~｜~過去，春天將臨。
⑫【酷暑】kù shǔ　~難耐｜空調使我們免受~之苦｜運動員不畏~，堅持訓練。
⑫【盛夏】shèng xià　~的驕陽讓人難以忍受。
⑫【炎夏】yán xià　今年~我打算去海邊避暑。

嚴格 yán gé　認真嚴肅而不放鬆　檢查得很~｜~要求自己｜老師希望學生~遵守學校的紀律。
⑩【嚴厲】yán lì

「嚴格」要求的對象可以是自己或他人，多用於遵守制度、紀律或掌握標準等方面。「嚴厲」突出嚴肅厲害，使人敬畏，多用於態度、神色、眼光、手段等，如說「過於嚴厲」、「他對下屬的態度十分嚴厲」。

⊗【鬆懈】sōng xiè　紀律～｜工作時不能～。

⊗【渙散】huàn sàn　士氣～｜組織～，亟需整頓。

嚴寒 yán hán　非常冷　三九～何所懼｜大家的關懷，恰似～中的一股暖流。

⊜【酷寒】kù hán

「酷寒」指氣候極為寒冷。

⊗【酷熱】kù rè　天氣～｜～的夏天無所事事。

⊗【炎熱】yán rè　又是一個～的夏天。

嚴謹 yán jǐn　1. 認真細緻，小心謹慎　治學～｜態度～｜提倡～認真的學風。

⊜【謹慎】jǐn shèn

⊗【疏漏】shū lòu　小小～釀出大禍｜千萬注意，別再出任何～。

「嚴謹」多形容與學術相關的事務。

2. 嚴密而細緻　格律～｜～的佈局｜文章的結構非常～。

⊗【鬆散】sōng sǎn　結構～｜會議開得很～｜文章顯得雜亂而～。

嚴酷 yán kù　冷酷　～的壓迫｜～的事實令人心情沉重。

⊜【殘酷】cán kù

「嚴酷」還有嚴厲、嚴格的意思，如「這是個嚴酷的教訓」。

嚴厲 yán lì　嚴肅而厲害　態度相當～｜大家對他進行了～的批評｜這篇文章措辭非常～｜父親～批駁了他這種荒唐的想法。

⊜【嚴格】yán gé
⊜【嚴峻】yán jùn
⊜【嚴肅】yán sù

「嚴厲」指態度、表情等有威逼的力量，讓人望而生畏，常與眼光、態度、神色、手段等詞搭配。此外「嚴厲」語意較重，對象只指利人而不對自己，也用於國家、組織等執行的政策或採取的措施。「嚴肅」多用於人的神情、場合、氣氛等，語意沒有「嚴厲」那麼重，如說「會場的氣氛嚴肅而緊張」。「嚴峻」強調十分嚴肅，特別厲害，如說「神情嚴峻」、「這是個嚴峻的考驗」、「必須正視這個嚴峻的現實」；還指嚴重，如說「今年的就業形勢特別嚴峻」。

⊗【慈愛】cí ài　～之心｜～的目光｜他像父親般～。

⊗【溫和】wēn hé　臉色～｜她脾氣～，很好相處。

⊗【寬容】kuān róng　～大度｜待人應～一些｜人與人之間要互相～，互相理解。

嚴密 yán mì　1. 整體中各部分之間緊密地結合，不留空隙　文章結構～｜這屏障如一道～無隙的牆。

⊜【嚴緊】yán jǐn
⊜【緊密】jǐn mì

「嚴緊」突出事物之間有力地結合或牢牢合住，如說「他的嘴巴嚴緊得很」、「門窗十分嚴緊」、「你把袋口紮得嚴緊些」。「緊密」突出結合得比較緊，如說「緊密相連」、「緊密結合」、「緊密地團結在一起」；

還指連續不斷，如說「緊密的雨點敲擊在屋頂上」。

反【鬆散】sōng sǎn　～的沙土｜佈局比較～｜這個組織很～，進出手續簡單。

2. 各方面都考慮到；沒有疏忽、遺漏　各部門應～把關｜事先要有～的計劃｜那家公司將技術封鎖得十分～。

同【縝密】zhěn mì
同【周密】zhōu mì

「嚴密」突出很緊而不鬆；還指周到，沒有疏漏，如說「必須嚴密封鎖這個消息」。「縝密」多用於思想，如說「他對這個問題的分析十分縝密」。「周密」多用於安排事情周到而細緻，沒有差錯，如說「周密的計劃」、「公司對此作了周密的調查」。

反【疏漏】shū lòu　計劃有所～｜查～補遺缺｜工作中難免有～之處。

嚴肅 yán sù　認真莊重而令人敬畏　會場氣氛～｜老師的表情很～｜他是個特別～的人。

同【嚴厲】yán lì
同【嚴正】yán zhèng

「嚴肅」還指嚴格認真，如說「這件事要嚴肅處理」。「嚴正」多用於對待重大事情的態度、立場或警告、聲明等，如說「嚴正交涉」、「發表嚴正聲明」。

反【活潑】huó po　文字生動～｜天真～的孩子｜嚴肅有餘而～不足。

反【輕浮】qīng fú　舉止～會給人留下不好的印象。

反【輕佻】qīng tiāo　這個～的女孩果然失足了｜作風過於～。

「嚴肅」多用於神情、氣氛或作風、態度等。

嚴重 yán zhòng　程度很高；情勢危險而不易處理　傷勢～｜～的後果｜造成～危害｜目前局勢相當～。

反【輕微】qīng wēi　頭部受到～的碰撞｜他無故毆打他人，造成了～傷害。

掩蔽 yǎn bì　隱藏，不讓他人發現　東西都～在樹林裏｜～得不露一點痕跡。

同【隱藏】yǐn cáng
同【暗藏】àn cáng
同【潛藏】qián cáng

「掩藏」突出隱藏，對象是人、物或抽象事物。

反【暴露】bào lù　～目標｜野心充分～出來｜他們的罪行～在光天化日之下。

掩耳盜鈴 yǎn ěr dào líng　捂住自己的耳朵去偷會發出聲響的鈴鐺，比喻自己欺騙自己　他失敗的事情大家早都知道了，就他自己還在那裏～。

同【自欺欺人】zì qī qī rén

「掩耳盜鈴」源於《呂氏春秋·自知》，強調自己欺騙自己。「自欺欺人」強調既欺騙自己也欺騙別人，如說「他說的這些話全是自欺欺人」。

掩蓋 yǎn gài　遮住；隱瞞　～

矛盾｜～不良傾向｜～事實真相｜他
們妄想～自己的罪行。

回【掩飾】yǎn shì

回【遮蓋】zhē gài

回【遮掩】zhē yǎn

「掩蓋」和「遮蓋」、「遮掩」都可指
用物體蓋住使不顯露出來，「掩飾」
不用於具體的東西。「掩蓋」和「掩
飾」的對象可以是抽象事物，如本
質、真相、心事等，比方說「掩蓋矛
盾」、「掩飾不住內心的喜悅」、「這
事你就不用再掩飾了」。

反【暴露】bào lù　矛盾～出來｜不經
意～了內心的祕密。

反【揭露】jiē lù　～罪行｜～違法的
事實｜～問題的本質。

掩護 yǎn hù　使用某種方式暗中
保護　你放心去，我們有人～你｜我
們的任務就是～你們安全轉移。

回【保護】bǎo hù

「掩護」突出暗中進行，多用於軍
事行動。「保護」突出盡心照顧使
不受到損害，可用於人或事物，適
用範圍較廣，如說「保護兒童」、
「保護自然資源」、「受到法律保
護」。

掩埋 yǎn mái　埋葬在地下　～
屍體｜～陣亡的戰士。

回【埋葬】mái zàng

「掩埋」多用於埋屍首。「埋葬」還有
消滅之意，如說「埋葬腐朽制度」。

反【挖掘】wā jué　～古墓｜禁止～文
物｜～地下的財富。

「掩埋」的對象多是具體的事物。「挖
掘」還用於比喻，如說「挖掘機會」、
「挖掘人的潛力」、「挖掘出有價值
的線索」。

掩飾 yǎn shì　盡力掩蓋，不使人
知道真相　～錯誤｜～激動的心情｜
他用微笑來～自己的尷尬。

回【粉飾】fěn shì

回【掩蓋】yǎn gài

「掩飾」突出用某些手段掩蓋真實的
情況，對象多是缺點、錯誤、情緒
等，是中性詞。「粉飾」突出用美化
外表的方法來掩蓋缺點和錯誤，含
貶義。「粉飾」還指粉刷裝飾，如說
「粉飾一新」，牆壁需要重新粉飾一
下」。

反【拆穿】chāi chuān　～謊言｜把戲
終於被～｜公開～敵人的陰謀。

反【流露】liú lù　～真情｜～出憂慮
的神情。

眼光 yǎn guāng　目光；視線　輕
蔑的～｜眾人的～都集中到他身上
了。

回【目光】mù guāng

回【眼力】yǎn lì

「眼光」還指觀察力或觀點，如說「你
選衣服的眼光真不錯」、「你不要用
老眼光看人」。「目光」指眼睛的神
采、光芒，多用於描寫；還指見識、
見解，如說「目光短淺」、「目光遠
大」、「目光如炬」。「眼力」指視力
及辨別是非好壞的能力，如說「你眼
力不錯」、「這個孩子真有眼力」。

Y

眼前 yǎn qián

1. 説話的那一刻；眼下　～的任務｜不能只貪圖～利益｜這些問題～還無法全部解決。

⟨反⟩【長遠】cháng yuǎn　制訂～計劃｜目標應放～一些｜教育是國家的～大計。

2. 眼睛看得到的地方　遠在天邊近在～｜路就在～｜一片美景呈現在～。

⟨反⟩【天涯】tiān yá　～海角｜海內存知己，～若比鄰。

⟨反⟩【天邊】tiān biān　遠在～，近在眼前｜走到～也要把他抓回來。

眼生 yǎn shēng

不熟悉或不認識　看着覺得～｜這時才發覺教室裏坐着個～的人。

⟨反⟩【眼熟】yǎn shú　這盒子很～，我好像曾經見過。

演變 yǎn biàn

發展變化　歷史的～｜探索宇宙～軌跡｜這事後來～成了一場鬧劇｜事物的～常常不以人的意志為轉移。

⟨同⟩【嬗變】shàn biàn

⟨同⟩【衍變】yǎn biàn

⟨同⟩【演化】yǎn huà

「演變」指歷時比較長的發展變化，可用於自然界和非自然界。「演化」多用於自然界生物從低級向高級的發展進化，如説「探索生物演化規律」。「嬗變」、「衍變」都屬於書面語。

演出 yǎn chū

表演　我們將舉行一場～｜觀眾對他們的～十分滿意。

⟨同⟩【表演】biǎo yǎn

上演 shàng yǎn

「演出」用於經過排練的文藝節目，既是動詞也是名詞。「表演」用於公開讓人看的文藝節目或體育項目，如説「表演現代歌舞」、「體育館將有一場排球表演賽」。「上演」只是動詞，強調排練完畢後正式演給觀眾欣賞，如説「人們期盼已久的話劇終於上演了」。

演繹 yǎn yì

原為邏輯學的一種推理方式，引申指闡釋、推導、發揮等，重在表示進行創造性表演等　採用～方法｜～歐陸小鎮風情｜故事～了一段感人的歷史。

⟨反⟩【歸納】guī nà　～總結｜～起來就這兩點｜會議結束前他～了三點經驗。

厭煩 yàn fán

討厭；覺得煩心　使人～｜他話真多，我都聽～了。

⟨同⟩【膩煩】nì fán

「厭煩」突出因為嫌麻煩而感到厭惡的情緒。「膩煩」突出因接觸次數過多而感到厭煩無聊，不願再接觸，如説「天天做同樣的事，真叫人膩煩」。

⟨反⟩【耐心】nài xīn　缺乏～｜那位女老師很有～｜教育孩子要～一些。

⟨反⟩【喜歡】xǐ huan　他～一個人走｜我真不～這種式樣。

厭倦 yàn juàn

感到厭煩而倦怠　小孩子沒長性，玩一會兒就～了｜孩子已經～了這種無聊的遊戲。

⟨反⟩【熱衷】rè zhōng　～打麻將｜～玩

電子遊戲。

⟨反⟩【起勁】qǐ jìn　工作～｜孩子們唱得真～。

「厭倦」突出對某種活動失去興趣，不願繼續下去。

厭棄 yàn qì

厭惡並嫌棄　遭人～｜不應～生活｜他早就～了這個家庭｜我十分～那個出爾反爾的人。

⟨同⟩【嫌棄】xián qì

「厭棄」不喜歡的程度較高，語意比「嫌棄」重。

厭惡 yàn wù

不喜歡；心中充滿反感　我們都～他｜這件事真令人～。

⟨同⟩【討厭】tǎo yàn

「厭惡」強調對人或事存在反感，語意較重。

⟨反⟩【愛好】ài hào　～和平｜我們老師的～十分廣泛。

⟨反⟩【喜好】xǐ hào　不能只從自己的～出發｜他特別～交友。

⟨反⟩【喜歡】xǐ huan　我不～吃她做的飯菜｜非常～她做的中國結。

厭戰 yàn zhàn

厭惡戰爭　～情緒｜老百姓～已久。

⟨反⟩【好戰】hào zhàn　～分子｜全世界都清楚當今哪個國家最～。

豔 yàn

色彩鮮明亮麗　濃妝～抹｜色彩過～反而顯得俗氣｜這種顏色的衣服好像太～了點。

⟨反⟩【素】sù　～淨｜她穿得太～，沒有個性。

豔麗 yàn lì

色彩鮮明美麗　～多姿｜畫面～｜這個女子容貌十分～。

⟨同⟩【豔美】yàn měi

⟨反⟩【素淨】sù jing　陳設～而大方｜她的裝束顯得比較～。

⟨反⟩【淡雅】dàn yǎ　花色～｜一幅清新～的山水畫。

⟨反⟩【素雅】sù yǎ　色調～｜屋內佈置得很～。

豔羨 yàn xiàn

十分羨慕　他的好運令人～不已｜面對這樣的豪宅，他們露出～的目光。

⟨同⟩【羨慕】xiàn mù

豔妝 yàn zhuāng

十分豔麗的打扮　～濃抹｜～之下，更顯情韻｜～的效果不一定好。

⟨同⟩【濃妝】nóng zhuāng

⟨反⟩【淡妝】dàn zhuāng　略施～｜化個～去參加演講｜若有若無的～。

央求 yāng qiú

一再懇求　孩子～媽媽給他買個玩具｜他～醫生把他母親治好。

⟨同⟩【哀求】āi qiú

⟨同⟩【懇求】kěn qiú

「哀求」語意較重，突出苦苦懇求，如說「哀求饒命」。「懇求」多用於下級對上級、晚輩對長輩或者同輩之間，突出態度的誠懇，如說「那人懇求總經理不要辭退他」。

洋 yáng

1. 新潮的；現代化的　裝飾帶有～味｜那人打扮得很～派。

反【土】tǔ　～法炮製｜他穿着很～。

2. 外國的；跟外國有關的　～西～人｜我們有位～老闆｜這幅畫屬西～流派。

反【中】zhōng　～國字｜洋為～用｜我還是喜歡吃～餐。

洋氣 *yáng·qì*　新式的；現代的裝束～。

反【土氣】tǔ·qì　滿身～｜他的樣子顯得很～。

陽 *yáng*

1. 中國古代哲學認為世上萬物都分為兩大對立面，陽為其中之一　陰～相合｜中醫講究人體陰～平衡。

反【陰】yīn　～陽二氣｜人體～陽失衡需要調理。

2. 太陽　～台｜～光明媚｜驕～似火｜這些房間都向～。

反【月】yuè　明～｜～光如水。

3. 山的南面；水的北面(多用於地名)　衡～｜洛～｜在山之～建屋。

反【陰】yīn　華～｜江～｜山～。

4. 凸出來的　～文印章。

反【陰】yīn　用～文篆刻。

5. 迷信認為屬於活人及人世間的　～壽｜～世｜還～。

反【陰】yīn　～宅｜～曹地府。

6. 帶正電的　～電｜～離子。

反【陰】yīn　～極。

7. 指跟男性有關的　～剛之氣。

反【陰】yīn　～柔之美｜出現～盛陽衰的局面。

8. 暴露在外的；表面的　開挖一條～溝｜他老是～奉陰違。

反【陰】yīn　～私｜此話暴露出他～暗的心理。

仰 *yǎng*　抬頭向上　～視｜～天長歎｜孩子們一個個笑着前～後合。

反【俯】fǔ　～衝｜～首沉思｜從高山上～瞰全城。

仰視 *yǎng shì*　抬起頭向上看　～夜空｜～紀念碑。

反【俯視】fǔ shì　在空中～大地｜塔上可以～全城的景致。

養分 *yǎng fèn*　物質中的營養成分　君子蘭需要更多～｜土壤中的～嚴重不足。

同【營養】yíng yǎng

> 「養分」多與「貯藏」、「提取」、「保存」等詞搭配。「營養」突出其能維持生命活動的作用，如說「營養不良」、「講究營養均衡」。

養活 *yǎng huo*　提供生活資料或者生活費用　他要～一家三口｜夫妻倆還要～兩個老人。

同【贍養】shàn yǎng

> 「養活」用於口語；還指飼養動物，如說「難場今年養活了五萬隻雞」。「贍養」特指子女提供生活物資或費用給父母，較鄭重，屬於書面語，如說「作子女的都應該贍養父母」。

樣式 *yàng shì*　樣子　～美觀｜這些傢具的～不錯，但是質地不好。

同【款式】kuǎn shì

樣子 *yàng zi*　形狀；表情　這雙鞋的～真好看。

同【形狀】xíng zhuàng

「樣子」還有標準或代表等意思，如
說「你就照這個樣子畫」。「形狀」
側重於無生命物體的外形。

要求 yāo qiú　1. 提出願望或條件　他~加入俱樂部 | 老師~我每天向她匯報班上的情況。
圆【請求】qǐng qiú
圆【懇求】kěn qiú
2. 提出來的具體願望或條件等　他符合入選~ | 我們滿足了他的~ | 我們拒絕接受不合理的~。
圆【請求】qǐng qiú

「要求」適用範圍較廣。「請求」的語意
比「要求」重，態度也更加鄭重禮貌。

要挾 yāo xié　利用對方的弱點，迫使對方答應自己的要求　他們並不屈服於他的~ | 她以這個祕密來~他。
圆【威脅】wēi xié

「要挾」突出利用對方的弱點，對象
只能是人。「威脅」突出使用威力逼
迫恫嚇，對象除人外，還可以是抽
象事物，如說「他們用武力來威脅對
手」、「空氣污染威脅着我們的健康」。

邀請 yāo qǐng　請別人到某個地方　我~他去卡拉 OK | 他~我那家店品咖啡。
圆【約請】yuē qǐng

「邀請」用於比較莊重的場合。「約
請」突出事先約定，用於一般場合，
如說「他約請了很多同學來參加聖誕
晚會」。

搖擺 yáo bǎi　來回地動　花朵迎風~ | 你要堅定立場，不要左右~。
圆【搖晃】yáo huàng
圆【搖盪】yáo dàng

「搖擺」指向相反方向往復移動，也
可用於抽象事物。「搖晃」多用於具
體物體的動作，如說「燈光在樹叢中
搖晃」。「搖盪」指搖擺動盪，如說
「船兒在水波中搖盪」、「小樹在微
風中搖盪」。

搖撼 yáo hàn　搖動　狂風~着樹木 | 暴風雨中，大樓似乎也被~着。
圆【搖曳】yáo yè

「搖撼」多用於建築物、樹木等。「搖
曳」屬於書面語，多指較小物體的晃
動，如說「飄逸的裙裾在微風中搖
曳」。

遙遙無期 yáo yáo wú qī　離目標漫長而遙遠　相見~ | 治癒這種疾病並非~ | 人類揭開宇宙之謎的夢想不再~。
反【指日可待】zhǐ rì kě dài　勝利~ | 學成歸國~ | 這座標誌性建築物的完工~。

謠言 yáo yán　失真而沒有事實根據的消息　不要輕信~ | 散佈~是沒有修養的行為。
圆【流言】liú yán

「謠言」突出沒有根據，語意比「流
言」重。「流言」突出背後議論、誣
衊，如說「任憑身旁流言紛紛，他仍
堅持走自己的路」。

Y

⊘【事實】shì shí　尊重～｜～勝於雄辯｜請用～説話。

咬文嚼字 yǎo wén jiáo zì

形容過分地斟酌字句；也指人以死摳字句來賣弄學識　這個人喜歡～，大家都不喜歡和他談話。

⊜【字斟句酌】zì zhēn jù zhuó

> 「咬文嚼字」突出仔細地斟酌的字句，有時用於貶義。「字斟句酌」突出寫作或説話態度認真，措辭嚴謹，如説「他寫詩時絕不隨便落筆，而要字斟句酌很久」。

要隘 yào ài

險峻的關口　這是兵家必爭的～｜士兵們把守着～。

⊜【要塞】yào sài

要害 yào hài

重要的部分或地點　這個小鎮地處～｜一句話擊中了他的～。

⊜【關鍵】guān jiàn

> 「要害」特指身體上受攻擊後能致命的部位，引申指本質、實質。「關鍵」比喻事物最緊要的部分或起決定作用的因素，如説「必須抓住關鍵」、「掌握關鍵的詞句」、「投上非常關鍵的一票」。

也許 yě xǔ

表示可能性　今天～會下雨｜他最近～會出差。

⊜【或許】huò xǔ
⊜【或者】huò zhě
⊜【興許】xīng xǔ

野 yě

1. 自然生長的　～牛｜～生植物｜別去採路邊的～花。

⊘【家】jiā　～兔｜～畜。

2. 不執政的　下～｜在～黨伺機再起。

⊘【朝】cháo　在～｜掌管～政｜～野上下一片譁然。

3. 不正規的　～路子｜收集稗官～史｜～史中保留着一些有價值的史料。

⊘【正】zhèng　～史｜～規軍｜要求學生寫～體字。

4. 粗魯無禮　粗～｜不許撒～｜言語很～。

⊘【文】wén　～氣｜～縐縐的樣子。

野蠻 yě mán

沒有文化，不文明的　～時期｜這種做法相當～。

⊘【開化】kāi huà　尚未～｜從蒙昧走向～。

⊘【文明】wén míng　講～｜四大～古國。

野生 yě shēng

在野外自然生長的　～植物｜～動物生存能力更強。

⊘【家養】jiā yǎng　～的犛牛是西藏高原上重要的運輸工具。

夜幕 yè mù

夜間景物好像被大幕罩住一樣，因此叫夜幕。專指夜間、夜色　～降臨了｜～籠罩着四面的羣山。

⊜【夜色】yè sè

夜以繼日 yè yǐ jì rì

日夜不停地從事某事　他們打牌上了癮，～地玩，誰勸都不聽。

⊜【焚膏繼晷】fén gāo jì guǐ

「夜以繼日」適用範圍較廣。「焚膏繼晷」突出勤奮地工作或學習，屬於書面語，適用範圍較窄。

業內 yè nèi　指屬於某個職業或圈子裏的人　～專家｜據～人士分析｜他的創意獲得了～一致的好評。
反【業外】yè wài　這事業內、～人士都非常關心。

業餘 yè yú　非專業的　～客串｜～運動員｜他是～歌手。
反【職業】zhí yè　～演員｜創辦～足球俱樂部｜如今的～女性愈來愈多了。
反【專業】zhuān yè　～出身｜學習金融～｜這些都屬於～問題｜這些技術問題只得請～人士來解決。

一般 yì bān　1. 普通；平常，不特別的　裝飾得很～｜他的品位不同～｜這件事很～，一點都不稀奇。
同【普通】pǔ tōng
同【通常】tōng cháng
反【獨特】dú tè　顯出～的才能｜作品具有～的風格｜用一種～的眼光看世界。
反【非凡】fēi fán　熱鬧～｜擁有～的智慧｜平凡生活，～感受。
反【個別】gè bié　～情況～處理｜生這種病的人是極～的。
反【特別】tè bié　樣式很～。
反【特殊】tè shū　沒有～原因不能請假｜網路文學有其～魅力。
反【突出】tū chū　表現～｜他們的節目最為～｜你為公司作出了～的貢獻。

2. 相同；沒有異樣　他倆～高｜我們不跟他～見識。
反【不同】bù tóng　～的結果｜心情跟以前完全～了。

一成不變 yì chéng bú biàn
(事情、觀念或做法)一經形成，就長期不改變　～的風格｜任何事物都不是～的。
反【變幻莫測】biàn huàn mò cè　技法～｜世界局勢～，難以預料。

一刀兩斷 yì dāo liǎng duàn
比喻徹底斷絕關係，不再往來　咱們從今往後～，各走各的路。
反【藕斷絲連】ǒu duàn sī lián　雖已分手，他倆仍然～。

一定 yí dìng　肯定。表示毫無疑問　他～能趕上｜明天你～要去啊｜我們～不會忘記你的話。
同【必定】bì dìng
同【必然】bì rán
同【肯定】kěn dìng

「一定」突出堅決或肯定；還指相當的，如說「他在工作中取得了一定的成績」。「必定」含有說話人的主觀肯定，如說「我們這次必定能成功」。「必然」突出事物的客觀邏輯性，如說「沒有空氣和水，生命必然會死亡」。

反【未必】wèi bì　結局～如此｜同學們～喜歡這樣的活動。

一概 yí gài　全部，沒有例外　後果～自負｜所有事情～由他們自行解決。

同【一律】yí lù

「一概」多用於概括事物，只用在動詞之前。「一律」多適用於全體，可用於概括事物或人，如說「房間陳設一律是綠的」、「與會者一律穿西裝」、「公民在法律面前一律平等」。

一貫 yí guàn　一直如此，從未變化　她～努力｜～主張勤儉｜他的穿着打扮～樸素。

同【一向】yí xiàng

同【一直】yì zhí

「一貫」語氣較重，多用於思想、作風等，如說「雷厲風行是他的一貫作風」。「一向」語意較輕，指從過去以來的全過程，如說「我一向不善交際」、「他們家的人一向好客」。「一直」突出始終不斷、始終不作改變，如說「我一直住在市郊」、「她一直想買套晚禮服」；還指不拐彎，如說「一直走很快就到」。

反【偶爾】ǒu ěr　～出錯｜～一試｜我是～跟你們開個玩笑，別介意。

「偶爾」強調不經常，次數比較少。

一見傾心 yí jiàn qīng xīn　初次見面就產生愛慕　他對那個漂亮女孩～。

同【一見鍾情】yí jiàn zhōng qíng

一孔之見 yì kǒng zhī jiàn　從一個小孔中所看到的。比喻片面狹隘的見解　這只是我的～，請大家多多指教。

同【一得之愚】yì dé zhī yú

「一孔之見」、「一得之愚」都用作謙詞，如說「鄙人一得之愚，何足掛齒」。

一起 yì qǐ　共同；一塊兒　他倆～走｜我們～出發｜全班同學～參加了運動會｜我和奶奶～包了許多粽子。

同【一齊】yì qí

同【一同】yì tóng

同【一道】yí dào

「一起」突出同時或共同做某事；還表示相同的地方，如說「我倆在一起已經十年了」、「他和爺爺奶奶吃住在一起」。「一同」強調同時同地，如說「他們一同在台上唱歌」。「一齊」突出不同的主體同時做同一件事，側重於時間，如說「我們一齊動手」、「旅客和行李一齊到達」、「學生們一齊站了起來」。「一道」多用於口語，如說「我們一道去看電影吧」。

反【分頭】fēn tóu　這事你們可以～去辦理。

一切 yí qiè　全部；各種　～後果自負｜他已辦完了～手續｜～行動聽從統一指揮。

同【所有】suǒ yǒu

「一切」還指所有的事物，如說「我喜歡這兒的一切」、「夜幕下的一切都那麼靜謐」。「所有」突出全部，如說「所有商品一律半價」；還表示領有的東西，如說「這棟房子歸他所有」。

一生 yì shēng　一輩子　短暫的~|他~辛勞|人的~充滿了各種變數。
同【畢生】bì shēng
同【終身】zhōng shēn
同【終生】zhōng shēng

一視同仁 yí shì tóng rén　同樣看待，不分厚薄　老師對學生要~|醫生對所有患者應~。
反【厚此薄彼】hòu cǐ bó bǐ　對子女不能~|因材施教決不等於~。

一文不值 yì wén bù zhí　指一點兒價值都沒有　這些假古幣~|這些觀點被批得~。
反【價值連城】jià zhí lián chéng　這幅古畫如今~|據說他們的研究成果~。

一無所獲 yì wú suǒ huò　白費氣力，毫無收穫　這次行動~|他這次外出考察竟~。
反【滿載而歸】mǎn zài ér guī　大軍奏凱，~|漁夫高興地~。

一心 yì xīn　1. 齊心；協調一致　萬眾~|團結~|軍民~，抗洪賑災。
反【二心】èr xīn　懷有~|他很忠誠，對朋友絕無~。
2. 專心；注意力非常集中　~做學問|我正~學習繪畫，無暇顧及他事。
反【分心】fēn xīn　為那些瑣事~不值得|上課不能~。

一心一意 yì xīn yí yì　心思、意念專一集中　~謀發展|做事情要~。

一言九鼎 yì yán jiǔ dǐng　形容一句話能起到重大作用　他在學術界有很高的威望，説話~。
反【人微言輕】rén wēi yán qīng　他覺得自己~，説了也沒用。

一言堂 yì yán táng　不願意聽取他人意見，一個人説了算　他就喜歡~|管理層要注意克服~作風。
反【羣言堂】qún yán táng　工作總結會應成為真正的~。

一再 yí zài　一次又一次　他~邀請我去他家|他~強調出門要小心|她~表明自己不喜歡那種做法。
同【屢次】lǚ cì

「一再」修飾的對象多是主觀意願可以控制的動作。「屢次」既可用於主觀意願能夠控制的動作，也可用於不受主觀意願控制的動作，如説「他們曾屢次失敗，但都沒有氣餒」。

一知半解 yì zhī bàn jiě　知道得不全面，理解得不透徹　我對此只是~|學習知識不應滿足於~|他是個凡事只求~的人。
反【博古通今】bó gǔ tōng jīn　~，學貫中西|主持人~，出口成章。

一致 yí zhì　相同；沒有差別　意見~|步調~|非常時期，我們要~對外。
反【分歧】fēn qí　產生~|減少~|兩人之間的~愈來愈大。

Y

反【相反】xiāng fǎn　方向～｜得出了～的結論｜他們父子倆的價值取向截然～。

一擲千金 yí zhì qiān jīn　形容任意揮霍錢財　他在外～，絲毫不顧家裏老小｜為了玩得痛快，他不惜～。

同【揮金如土】huī jīn rú tǔ

> 「揮金如土」還帶有毫不在乎錢財的意思，如說「那個闊少生活奢靡，揮金如土」。

衣着 yī zhuó　身上的穿着　～比較考究｜這女孩的～很時髦｜從～看，他是個相當愛整潔的人。

同【穿着】chuān zhuó

依次 yī cì　按先後次序　請～入內｜與會人員～落座｜他們～進入大廳。

同【順序】shùn xù

依從 yī cóng　順從　我們～上級安排｜你的這些要求，恕我萬難～。

同【順從】shùn cóng

依附 yī fù　憑藉他人或他物而存在　～強權｜擺脱～關係，獲得獨立人格。

反【獨立】dú lì　培養～精神｜開始～生活｜～自主發展經濟。

依舊 yī jiù　跟原來一樣　風光～｜他～年輕｜～光彩奪人｜都春天了，～那麼冷｜小村景物～｜他的性格～那麼開朗大方。

同【仍舊】réng jiù

同【仍然】réng rán
同【照舊】zhào jiù

> 「仍舊」突出在時間上保持不變或雖有變化而又恢復原樣，屬於書面語，如說「他仍舊住在老地方」、「他仍舊在那兒聽音樂」。「仍然」屬於書面語，如說「她仍然固執己見」。「照舊」表示與原來情況一樣，如說「一切照舊」、「他照舊做那個工作」。

依據 yī jù　1. 根據；以某事作為基礎　要～大家的意見來定｜你這是～甚麼推測出來的？

同【根據】gēn jù

2. 作為根據的內容　這是購物的～｜結論要以事實為～。

同【根據】gēn jù
同【憑據】píng jù

依靠 yī kào　靠着；依賴着　一切工作都要～每個員工｜這個老人～女兒的供養生活。

同【依附】yī fù
同【依賴】yī lài

> 「依靠」突出指望別的人或別的事物來達到自己的目的，是中性詞。「依附」突出無獨立能力或從屬強勢者，賓語可以是人、勢力、事物等，如說「依附權貴」、「依附於大國」。「依賴」突出靠別人力量而存在，缺乏自立自給的能力，多含貶義，如說「他一直依賴父母生活」、「我們不能有依賴心理」。

依戀 yī liàn　留戀　～家庭｜流露出～之情｜這位老人～故園，不願

隨兒女遠赴異國。

🔘【眷戀】juàn liàn

🔘【留戀】liú liàn

> 「依戀」突出捨不得離開，多用於表達人與人之間難分難捨的感情，屬於書面語。「留戀」突出對人或事難以割捨，如說「分手後，她對他不曾有半點留戀」、「留戀學生時代的生活」。

依然 yī rán

依舊 對故鄉的深情~不改｜這裏的一切~如故｜景物~，而人事卻幾度滄桑了。

🔘【仍然】réng rán

🔘【仍舊】réng jiù

依順 yī shùn

聽從；順從 百般~｜她凡事都~丈夫。

🔘【違拗】wéi ào 別再~你父母了｜~上級的意旨。

> 「依順」強調聽話順從，沒有異議。「違拗」多指想法或做事違背上級或長輩的意願。

依照 yī zhào

按照；以某種事物為根據照着進行 我們~現行法律辦事｜~原樣再做一個。

🔘【按照】àn zhào

🔘【遵照】zūn zhào

🔘【依據】yī jù

> 「依照」突出完全照辦，有一定的強制性。「按照」不強調強制性，如說「按照計劃進行」、「他們按照實際情況改變了計劃」。「遵照」突出遵從，如說「遵照上級指示」、「遵照

法律辦事」。「依據」多用於法規、文告等，屬於書面語，如說「依據規定」、「依據軍法懲處」、「依據法律行使職權」；還作名詞，指可作為論斷前提及言行的憑據，如說「這樣做是有依據的」。

醫治 yī zhì

治療 ~病患｜採用保守的~方案｜老人因~無效而去世｜辛虧及時得到~。

🔘【治療】zhì liáo

> 「醫治」突出治。「治療」突出用藥物、手術等方法消除疾病。

移花接木 yí huā jiē mù

把這種花木的枝條嫁接在另一種花木上。比喻暗中使用手段，更換人或事物 他們玩弄~之計，迷惑了眾人。

🔘【偷樑換柱】tōu liáng huàn zhù

> 兩個短語都是貶義詞。「移花接木」可用於人或事物。「偷樑換柱」多用於事物，如說「那家公司竟然偷樑換柱，以次充好」。

貽害 yí hài

留下禍害 ~無窮｜~蒼生。

🔘【造福】zào fú ~後代｜為全人類~｜真心為天下百姓~。

貽誤 yí wù

遺留錯誤做法，使受到壞的影響；使耽誤 ~戰機｜這些論點將會~後學｜你們可千萬不能~了農時。

🔘【貽誤】wéi wù

> 「貽誤」突出造成不良影響。「違誤」

Y

為公文用語，突出違背，如說「此事須速辦妥，不得違誤」。

疑惑 yí huò　心中困惑　我一直很~｜他對此充滿了~｜這件事讓我們深感~。
⑩【狐疑】hú yí
⑩【懷疑】huái yí
⑩【困惑】kùn huò
⑩【疑心】yí xīn

「疑惑」突出心裏不明白、不理解。「狐疑」作動詞，屬於書面語，如說「滿腹狐疑」。「懷疑」突出不相信或心存疑慮，如說「懷疑對方」、「我懷疑這是假貨」；另有猜測之意，如說「我懷疑他不來了」。「困惑」突出不知怎麼辦、感到疑難，如說「這個問題仍然困惑着我們」。「疑心」突出猜測、猜疑，多用於口語，如說「他為這事起了疑心」。

頤養 yí yǎng　保養　年邁的父母終於可以~天年了。
⑩【保養】bǎo yǎng

「頤養」僅用於老年人，屬於書面語。「保養」強調保護、珍惜並加以調養，如說「保養皮膚」、「她一向保養得不錯」。

遺跡 yí jì　古代或舊時代的事物留下來的痕跡　這個城市有很多歷史~｜這是母系氏族社會的~。
⑩【陳跡】chén jì

「遺跡」指現存的古代留下來的事物痕跡，一般是看得見的建築物或器物。「陳跡」指過去的事情，包括看得到的和看不到的，如說「無憂無慮的童年轉眼已成陳跡」。

遺棄 yí qì　拋棄；對應該贍養或撫養的親屬扔開不管　不應~喪失勞動力的老人｜她竟把孩子~了｜他早被那朋友~了。
⑩【拋棄】pāo qì
⑩【丟棄】diū qì

「遺棄」指拋棄不該拋棄的人或物，對象多為人或具體事物，屬於書面語。「拋棄」的對象可以是人、具體事物或抽象事物，適用範圍較寬，多用於口語，如說「拋棄雜物」、「拋棄個人偏見」、「他很快就拋棄了那些陳腐觀念」。「丟棄」突出隨便地扔出，如說「隨手丟棄」、「別將果皮到處丟棄」。

遺失 yí shī　丟失　~了錢包｜他~了身份證｜小心一點，不要~重要證件。
⑩【丟失】diū shī
⑩【喪失】sàng shī
⑩【失落】shī luò

「遺失」的對象多是具體的物，多因疏忽大意造成。「丟失」的多是具體物品，如說「丟失了鑰匙」、「丟失了筆記本」。「喪失」的對象多為信心、權力、能力、尊嚴、興趣等，如說「喪失工作能力」、「喪失了信心」。「失落」指丟失、失去，如說「不慎失落錢包」、「他失落了公司的重要資料」；也可指精神上空虛或失去寄託，如說「他感到很失落」。

遺忘 yí wàng　忘記　他把這事給~了｜那些美好的往事令人難以~。

同【忘記】wàng jì

同【忘卻】wàng què

反【惦念】diàn niàn　十分~｜一直~在心｜無時不在~親聽好友。

反【牢記】láo jì　~不忘｜~自己的使命｜父母的囑託時刻~在心。

遺言 yí yán　死者在死之前留下的話　這是他的臨終~｜子女聚在父親身邊，聆聽他的~。

同【遺囑】yí zhǔ

同【遺願】yí yuàn

「遺囑」突出死者生前留下的關於如何處理身後事等事宜的囑咐，可以是書面的或口頭的，如說「他在遺囑中指明由長子繼承他的財產」。「遺願」指死者生前沒有實現的願望，如說「兒女們終於實現了父親的遺願」。

已經 yǐ jīng　事情出現過或完成　~處理完畢｜這事他們~談妥了｜我~問過他兩次了。

反【未曾】wèi céng　我~嘗過這道菜餚｜她~去過那裏。

已然 yǐ rán　已經實現的　根據~推斷必然｜與其補救於~，不如防患於未然。

反【未然】wèi rán　防患於~。

已知 yǐ zhī　已經知道；已經明確　~條件｜結局｜~詳情，請放心。

反【未知】wèi zhī　~數｜~可否｜等待她的是~的命運。

以後 yǐ hòu　之後的時期　~我會更努力的｜從今~我們就是朋友了｜我工作~就再也沒有回過母校。

同【以來】yǐ lái

「以後」多指說話之後；也指從過去某個時候到說話的現在，如說「詩人逝世以後，我們一直懷念他」。「以來」只指過去開始到說話時，如說「自古以來」、「這是有生以來最激動人心的時刻」。

以免 yǐ miǎn　免得　應該及時總結經驗，~發生類似問題｜自己的事要儘量自己做，~麻煩別人｜希望能和你講清楚，~產生不必要的麻煩｜事前應充分做好準備，~臨時忙亂。

同【免得】miǎn de

同【省得】shěng de

三個詞都用在下半句的開頭，強調後面的事情不至於發生。「以免」多用於書面語。「免得」比較口語化，如說「先問清楚怎麼走，免得走冤枉路」。「省得」也比較口語化，後面的結果不嚴重，如說「有事打電話來，省得你來回跑」。

以為 yǐ wéi　認為　他總~別人不如他｜我~她今天不來了。

同【認為】rèn wéi

「以為」多是一般的猜測、估計或推斷，所指的看法不一定與事實相符，語氣也較隨意。「認為」多指自己基於一定認識而作出的判斷，語氣較肯定、鄭重，如說「我認為他能通過

Y

這場考試」、「大家一致認為他做得
很妥當」。

以至 yǐ zhì

也説「以至於」。一
直到　這事可由三人四人、～五人來
做。

同【以致】yǐ zhì

同【致使】zhì shǐ

「以至」有「以及」的意思，強調時
間、數量、範圍方面的延伸。如説
「為官室器皿、人物、以至鳥獸、木
石」。「以致」用在下半句，表示對
上面內容的總括，所形成的結果多
是不好的或不如意的，如説「他年輕
時遊手好閒，以致後來窮困潦倒」。

迤邐 yǐ lǐ

曲折蜿蜒　馬隊在崇
山峻嶺中～而行。

同【逶迤】wēi yí

抑止 yì zhǐ

壓下；控制　我拚
命～住淚水｜他～不住內心的激動。

同【遏止】è zhǐ

同【抑制】yì zhì

同【制止】zhì zhǐ

「抑止」強調使停止，使結束。「遏
止」突出用力阻擋住，使不再發生，
或不讓行動繼續下去，多用於否定
式，如説「無法遏止的激情」、「歷
史潮流不可遏止」。「抑制」多用於
憤怒、悲哀等情感，突出壓制下去，
如説「不可抑制的力量」、「抑制不
住興奮和激動」、「他難以抑制心中
的悲痛」。「制止」含有用強力使停
止或不發生的意思，如説「制止騷
亂」、「制止他説下去」。

易 yì

容易；方便　～學｜簡便～
行｜來之不～。

反【難】nán　這問題不～｜～於上青
天｜這件事實在很～辦。

益 yì

1. 好處　受～｜滿招損，謙
受～｜這番話使我獲～匪淺。

反【害】hài　為～一方｜為民除～｜
多喝酒對身體有～無益。

2. 有好處的，能得利的　～蟲｜他是
我的良師～友。

反【害】hài　～鳥。

3. 增多，增添　增～經驗｜強身～
智｜快樂可以延年～壽。

反【損】sǔn　～人利己｜～有餘，益
不足。

益蟲 yì chóng

對人或農作物有
益的昆蟲　保護～｜利用～進行生態
調節。

反【害蟲】hài chóng　消滅～｜～的
天敵｜防治過冬～。

益處 yì chu

好處；對人或物有
利的因素　每天鍛煉～多｜你這樣做
毫無～｜清潔的環境對身體有～。

同【好處】hǎo chu

「好處」多指帶來的有利因素，如説
「吸煙沒有好處」、「鍛煉對健康很
有好處」；還指使人有所得並感到滿
意的事物，如説「他得了那人的好
處，所以處處維護那人」。

反【壞處】huài chu　多學一點不會有
～｜溺愛孩子，～不少。

反【害處】hài chu　向各位講明～｜
過多飲酒的～你不會不知道。

益鳥 yì niǎo　對農作物、果樹等有益的鳥　大力保護～｜燕子是～｜不要捕捉～。

〖反〗【害鳥】hài niǎo　誘捕～。

異 yì　1. 有區別；不一致　～口同聲｜～國風情｜日新月～｜獨在～鄉為～客。

〖反〗【同】tóng　大～小異｜求～存異｜兩人志～道合。

2. 不平常的　～趣｜怪～｜天賦～稟｜他的臉色有點兒～樣。

〖反〗【常】cháng　～規｜人之～情｜恢復～態｜不按～理出牌。

異常 yì cháng　非常；一般情況不同的　今天他～興奮｜不知道為甚麼，我今天～不安。

〖同〗【非常】fēi cháng

「異常」還指不同於平常，如說「臉色有點兒異常」、「今天他的神色十分異常」。「非常」指程度很高，如說「非常容易」、「非常樂意」、「非常會說話」；也指異乎尋常的、特殊的，如說「非常時期」、「非常會議」。

〖反〗【正常】zhèng cháng　一切～｜屬於～現象｜比賽～進行。

異端 yì duān　有別於正統的思想、理論或觀點；不被容納、接受的　～邪說｜被視為～。

〖反〗【正統】zhèng tǒng　～學說｜觀念～｜接受～教育。

「正統」指黨派、學派等從創建以來一脈相傳的嫡派。

異鄉 yì xiāng　外鄉　獨在～｜他身處～，心中時常感到孤獨。

〖同〗【他鄉】tā xiāng

異樣 yì yàng　不一樣　略感～｜家鄉同過去沒甚麼～。

〖反〗【同樣】tóng yàng　～的年齡｜出現～的結果｜他們有着～的夢想。

〖反〗【一般】yì bān　兩個人～大小｜這兩朵花兒～好｜火車飛～地向前馳去。

義不容辭 yì bù róng cí　道義上不允許推辭　照顧這些無家可歸的孤兒，我們～｜幫助企業熬過困境，是我們～的職責。

〖同〗【責無旁貸】zé wú páng dài

〖同〗【當仁不讓】dāng rén bú ràng

「義不容辭」強調從道義上不能推辭。「責無旁貸」突出應擔負起，不能推辭，如說「救助災民，政府責無旁貸」。「當仁不讓」突出積極主動地做應該做的事情，不作退讓，如說「遇到機會，就應該積極把握，當仁不讓」。

義務 yì wù　依照法律或章程規定應當承擔的責任　承擔～｜～植樹｜實行～教育｜依法納稅是公民應盡的～。

〖反〗【權利】quán lì　享受合法～｜維護自身的～｜尊重公民正當～。

意見 yì·jiàn　對事情的看法或想法　她從不輕易發表～｜他的～很有參考價值｜把你的～也說來聽聽吧。

〖同〗【看法】kàn fǎ

「意見」語義較重；還指對之不滿意、認為其不對的想法，如說「我們對他的意見很大」。「看法」指看待事物的態度，語意較輕，如說「這看法太片面」、「大家的看法還不一致」。

意料 yì liào　預先對情況、結果的估計　電影的結局出乎～｜事情的發展在我的～之中。
圓【預料】yù liào

意思 yì si　意義　我不明白你的～｜他的話含有讚揚的～｜你這番話究竟是甚麼～？
圓【意義】yì yì

「意思」指語言或文字表達的意義；還指願望、心意、趣味等，如說「真有意思」、「一點小意思」。「意義」多用於抽象事物；還表示事物的價值和作用，較莊重，如說「意義非凡」、「具有重大的歷史意義」。

議論 yì lùn　對人、事、物發表看法　～時政｜他喜歡隨便～別人｜大家對這件事～紛紛。
圓【談論】tán lùn

「議論」還指對人或事物的好壞、是非等所表示的具體意見，如說「你能不能少發點議論」。

囈語 yì yǔ　夢話　他這番話簡直是～｜母親聽着孩子的～，臉上露出了微笑。
圓【夢話】mèng huà
圓【夢囈】mèng yì

因此 yīn cǐ　所以；由於這個　今天有雨，～出門要帶傘｜她喜歡孩子，～打算當老師。
圓【故而】gù ér
圓【所以】suǒ yǐ
圓【因而】yīn ér

「因此」、「因而」一般不與「因為」配合使用，「所以」可以與「因為」、「由於」配合使用，如說「因為天氣太熱，所以他們決定去游泳」。

因循守舊 yīn xún shǒu jiù　不求變革，沿襲老一套做法　這些人～，怎能不在競爭中被淘汰呢？
圓【墨守成規】mò shǒu chéng guī

「因循守舊」、「墨守成規」都指不求變革、不肯改進，都是貶義詞。

因由 yīn yóu　原因　這究竟有甚麼～｜這事的～十分複雜。
圓【根由】gēn yóu
圓【來由】lái yóu
圓【緣故】yuán gù
圓【原因】yuán yīn
圓【緣由】yuán yóu

「因由」強調原因，屬於書面語。「根由」突出情況或結果產生的最根本的原因，屬於書面語，如說「追查根由」、「了解事情的根由」；還指來歷，如說「他的綽號是有根由的」。「來由」強調事情的起因，如說「這事必有來由」。

音響 yīn xiǎng　聲音　～效果｜這台影碟機～不錯｜大劇院的～條件

很好。

同【聲響】shēng xiǎng

同【聲音】shēng yīn

「音響」多就聲音產生的效果而言；還指收放音電子設施，如說「購置一套高檔組合音響」。

殷切 yīn qiè

深厚而熱情　～盼望祖父早日康復｜決不辜負父母的～期望。

同【懇切】kěn qiè

「殷切」多用於上級對下級、長輩對晚輩。「懇切」突出指態度，如說「態度懇切」、「言辭懇切」、「懇切希望」、「他懇切的目光令人十分感動」。

殷勤 yīn qín

對人熱情而周到　過於｜他的～令她有點招架不住。

同【熱情】rè qíng

「殷勤」多用於對人的態度。「熱情」用於人本身的態度；還指熱烈的感情，如說「心中充滿了工作熱情」。

反【怠慢】dài màn　不能～客人。

陰 yīn

1. 雲層較多，擋住日光或月光　～天｜明天多雲轉～。

反【晴】qíng　天～了｜～空萬里。

2. 中國古代所認為的自然界兩種對立的力量之一　～陽相合。

反【陽】yáng　陰生～，～生陰。

3. 月亮　太～｜～曆。

反【陽】yáng　朝～｜～曆｜今日～光明媚。

4. 山的北面；水的南面（多用於地名）　華～｜蒙～｜江～。

反【陽】yáng　洛～｜衡～｜泰山之～，林深叢密

5. 凹進去的　用～文篆刻。

反【陽】yáng　～文印章。

6. 隱藏的；不顯露的　～私｜～謀｜～暗的心理。

反【陽】yáng　這個傢伙慣於～奉陰違。

7. 迷信認為人死以後的　～間｜～曹地府。

反【陽】yáng　～壽｜～數已盡｜投胎還～。

8. 帶負電的　～電｜～極。

反【陽】yáng　～極｜～電子。

9. 指跟女性有關的　～柔之美。

反【陽】yáng　～剛之氣｜陰盛～衰。

陰暗 yīn àn

1. 暗淡；光線不充足，不明亮　這間房子潮濕而～｜小孩縮在～的角落瑟瑟發抖｜～的天空飄起了雪花。

同【暗淡】àn dàn

同【黯淡】àn dàn

同【昏暗】hūn àn

同【幽暗】yōu àn

同【陰沉】yīn chén

「陰暗」突出光線昏暗；還形容人的心理骯髒，如說「這個人的心理很陰暗」。「陰沉」指天色昏暗，雲層低沉，側重於給人以沉重壓抑的感覺，語意比「陰暗」重，如說「天色陰沉，估計要下雨」；還用於形容人拉着臉的神情，如說「他怎麼老是陰沉着臉」。

反【明亮】míng liàng　～的燈光｜教室裏非常～。

2. 太陽光被雲層遮擋住而顯得陰沉
天色～｜～的雨天。

⟨反⟩【明朗】míng lǎng　月色格外～｜
雨後的天空～清新。

⟨反⟩【晴朗】qíng lǎng　天氣～｜～的夜
空繁星點點。

陰毒 yīn dú　陰險毒辣　目光～｜
這樣～的用心令人恐懼｜他用～的手
段來打擊競爭對手。

⟨同⟩【歹毒】dǎi dú

⟨同⟩【惡毒】è dú

陰間 yīn jiān　也說「陰司」、「陰
曹」。迷信以為人死後要去的地方
～並不存在。

⟨反⟩【陽間】yáng jiān　姥姥相信在～多
積德，死後到陰間能少受罪。

陰謀 yīn móu　暗中做壞事的計
謀　要～｜搞政治～｜他們的～被粉
碎了｜千萬不能讓敵人的～得逞。

⟨同⟩【詭計】guǐ jì

> 「陰謀」還作動詞，指暗中策劃做壞
> 事，如說「陰謀暴亂」、「陰謀陷害
> 無辜之人」。「詭計」指狡詐的計謀，
> 如說「施用詭計」、「詭計多端」、「揭
> 穿陰謀詭計」。

陰森 yīn sēn　（地方、氣氛、臉
色等）陰沉可怕　那片樹林十分～｜
村裏有座～的老宅子。

⟨同⟩【陰沉】yīn chén

> 「陰森」突出陰暗、恐怖，含貶義。
> 「陰沉」突出讓人感到沉重，除形容
> 天空外，還常形容人的表情、心情，

屬中性詞，如說「他的臉色十分陰
沉」。

陰文 yīn wén　刻或鑄在印章、
器物上的凹入的文字或花紋　用～篆
刻印章。

⟨反⟩【陽文】yáng wén　收藏一枚古代
～印章。

陰險 yīn xiǎn　心地詭詐　～狡
猾｜為人～｜～的用心。

⟨反⟩【憨厚】hān hòu　～老實｜他～地
呵呵笑。

陰性 yīn xìng　1. 醫學上用來表
示化驗或試驗結果正常的一種方法
你可以放心了，化驗結果都是～。

⟨反⟩【陽性】yáng xìng　～反應｜化驗
結果呈～。
2. 某些語言中名詞、代詞或形容詞在
語法範疇上的一種　了解俄語～名詞
的變格。

⟨反⟩【陽性】yáng xìng　德語名詞分為
陰性、～及中性。

銀河 yín hé　由許許多多的恆星
構成，在晴天的夜空看來像一條銀白
色的河，也叫天河　～由許多恆星構
成。

⟨同⟩【河漢】hé hàn

⟨同⟩【天河】tiān hé

⟨同⟩【星河】xīng hé

> 這幾個詞所指相同。「河漢」屬於書
> 面語。

引導 yǐn dǎo　指引；誘導　老

師的～很重要｜青少年的行為需要積極～｜家長應正確～自己的孩子。

⃝【領導】lǐng dǎo
⃝【指導】zhǐ dǎo

> 「引導」突出誘導啟發，多用於思想方面；還指走在前面帶領，如說「他引導大家參觀了這個展覽」。「領導」指帶領、指引，多用於上對下的統率；還指領導者，如說「那位領導對下屬態度十分親切」。「指導」突出指點、指示，可用於思想或行動方面，如說「在老師的悉心指導下，他的文章寫得很出色」。

引薦　yǐn jiàn　推薦　為公司～優秀人才。

⃝【舉薦】jǔ jiàn
⃝【推薦】tuī jiàn

> 「引薦」、「舉薦」的對象是人，「舉薦」帶有鄭重色彩，語意比「引薦」重。「推薦」的對象可以是人或物，如說「推薦技術人才」、「他給我推薦了幾部有趣的小說」。

引狼入室　yǐn láng rù shì　把狼引入室內。比喻把壞人引入內部　新招收的員工中有一名竟是競爭對手的商業間諜，這無異於～。

⃝【開門揖盜】kāi mén yī dào

> 「引狼入室」突出在不知情的情況下引進壞人。「開門揖盜」多比喻引入壞人來危害自己，屬於書面語。

引用　yǐn yòng　用別人現成的話語作為依據　他寫文章常～典故｜～

別人的話要明白其意思，不可斷章取義。

⃝【援用】yuán yòng
⃝【引證】yǐn zhèng

> 「引用」突出把別人說的話或文字材料拿來用。「援用」有親手引來的意思，用於引例證、條文、材料等，如說「文章大量援用了相關的法律條文」。「引證」突出把文獻、著作等用來作為印證，如說「引證統計部門發佈的數據」。

引誘　yǐn yòu　誘騙別人上鈎　他用糖果～小孩｜她用謊言～別人上當。

⃝【誘惑】yòu huò
⃝【誘導】yòu dǎo

> 「引誘」突出使用某種手段引人上當，是貶義詞。「誘惑」突出使用手段讓人認識模糊而做壞事，含貶義，如說「不准誘惑無知的孩子」；也有吸引的意思，此時不含貶義，如說「山坡上有一片誘惑人的景色」。「誘導」突出勸誘教導，含褒義，如說「積極誘導學生獨立思考」。

隱蔽　yǐn bì　借助別的事物遮掩，不使發現　～得很好｜士兵們就地～起來。

⃝【蔭蔽】yīn bì
⃝【遮蔽】zhē bì

> 「隱蔽」可用於人或物；還作形容詞，指不易被發現的，如說「他們的作案手段十分隱蔽」。「遮蔽」多用於物，如說「前面的高樓遮蔽了我們的

視線」。「蔭蔽」指暗中躲藏，可作形容詞，如說「那孩子藏得十分蔭蔽」；還有用枝葉遮蔽的意思，屬於書面語，如說「一座小屋蔭蔽在樹叢中」。

隱藏 yǐn cáng　藏在隱祕處不讓別人發現　他們~在樹林裏｜他把收據都~起來了｜他把這件事~在心裏。

🔲【藏匿】cáng nì
🔲【躲藏】duǒ cáng

「隱藏」的對象可以是人，也可以是具體或抽象的物。「藏匿」指祕密地藏於掩蔽物內，語意較重，用於人和物，強調不為人所知，屬於書面語，如說「藏匿珍貴字畫」、「那事嚇得他到處藏匿」。「躲藏」強調把身體隱蔽起來，如說「躲藏在樹後」、「捉迷藏的孩子們躲藏在房間的各個角落」。

反【暴露】bào lù　~無遺｜充分~｜最近公司~了許多問題。
反【顯露】xiǎn lù　清楚地~出來｜霧散去，城市~出原樣來。

隱晦 yǐn huì　表達不明顯的；意思不易懂的　~曲折｜文章寫得很~。

反【明顯】míng xiǎn　目標~｜沒有~的療效｜近年來公司取得了~的效益。

隱瞞 yǐn mán　掩蓋真相，不使人知道　~真相｜你就不要再~了｜~身份。

🔲【隱匿】yǐn nì

「隱瞞」的對象多是抽象事物，有時用於貶義，如說「求職時她隱瞞了自己的年齡」。「隱匿」屬於書面語，如說「隱匿身份」、「隱匿錯訛」。

反【坦白】tǎn bái　~罪行｜~交代｜~從寬，抗拒從嚴。
反【暴露】bào lù　不慎~了祕密｜千萬別~身份。

隱沒 yǐn mò　一點一點地被遮住而看不見　他的背影~在人羣中｜婆娑樹影漸漸~在夜色之中。

🔲【消失】xiāo shī

「隱沒」突出看不見。「消失」強調不再存在，如說「漸漸消失」、「她從這個世界消失了」。

反【出現】chū xiàn　~新情況｜空中~一架飛機｜班裏很少~這樣的怪事。
反【浮現】fú xiàn　往事~在腦際｜孩子的臉上~出甜甜的笑容。

隱約 yǐn yuē　不明顯；模模糊糊　~的聲音｜遠處的歌聲~可聞｜我~看見河邊有人在釣魚。

🔲【朦朧】méng lóng
🔲【模糊】mó hu

「隱約」、「模糊」多指看或聽得不清楚。「朦朧」多指看得不清楚，如說「窗外一片煙霧朦朧」。「模糊」還有混淆的意思，如說「他們的說法嚴重模糊了是非的界限」。

反【明顯】míng xiǎn　他的暗示如此~，怎可能聽不懂｜很~他倆早就

認識。

英豪 yīng háo　英雄豪傑　各路
～會聚於此｜他也算得上是一代～
了。

同【豪傑】háo jié
同【俊傑】jùn jié
同【英傑】yīng jié
同【英雄】yīng xióng

> 「英豪」、「英雄」都指英雄豪傑，屬
> 於書面語。「俊傑」指特別有智慧的
> 人，如說「一代俊傑」、「識時務者
> 為俊傑」。「英雄」現多用於聲望很
> 高、對社會各界作出較大貢獻的人，
> 如說「戰鬥英雄」、「英雄好漢」、「追
> 憶英雄業績」。

英魂 yīng hún　英靈；受尊敬的
社會人物死後的靈魂　烈士們的～
永存｜他們用自己的不懈奮鬥來告慰
～。

同【英靈】yīng líng

> 「英魂」適用於烈士或生前受到敬重
> 的人物。「英靈」多用於生前十分偉
> 大或特別受到人們崇敬的人物，語
> 意比「英魂」重，如說「相信他的英
> 靈能夠看到家鄉日新月異的變化」。

英俊 yīng jùn　容貌漂亮而充滿
朝氣　長得很～｜這個少年不但～，
而且品德高尚。

同【俊秀】jùn xiù

> 「英俊」多指年輕男子長得俊秀且有
> 精神。「俊秀」突出清秀，屬於書面
> 語，如說「相貌俊秀」。

英明 yīng míng　正確而明智　～
偉大｜治國～｜～的決策指引我們前
進。

反【昏庸】hūn yōng　～的傢伙｜一輩子
～無能｜電視劇諷刺了那個～的皇帝。

英勇 yīng yǒng　有膽量，不怕
艱險　～頑強｜軍民同仇敵愾，～殺
敵。

同【勇敢】yǒng gǎn
同【勇猛】yǒng měng

> 「英勇」突出表示有英雄氣概，語意
> 較重，屬於書面語。「勇敢」突出膽
> 量大，不怕危險，多用於日常生活
> 及口語中，如說「機智勇敢」、「勇
> 敢地面對困難」。「勇猛」突出猛，
> 強調勇敢有力，氣勢強大，可用於
> 對敵鬥爭或競技比賽，如說「勇猛有
> 力」、「勇猛地衝殺」。

反【怯懦】qiè nuò　～地退縮了｜～
的孩子易被人欺。
反【膽怯】dǎn qiè　生死關頭，難免
會～｜這個女孩一點不～。

英姿 yīng zī　英俊威武的姿態　～
勃發｜他的颯爽～令很多女孩着迷。

同【雄姿】xióng zī

> 「英姿」突出外在體貌和內在的氣度
> 兼而有之，如說「英姿勃發」。「雄
> 姿」突出外在的體貌，如說「一展雄
> 姿」、「他在馬背上的雄姿給我們留
> 下了深刻的印象」。

應該 yīng gāi　理所當然　～自
己完成作業｜我們～尊老愛幼｜這些
都是你們～做的。

Y

同【應當】yīng dāng
同【理當】lǐ dāng

「應該」突出分內，強調本就需要這樣；還表示推測，如說「他才六歲就知道這麼多，長大了應該更了不起」。「應當」突出理所當然，多用於口語，如說「上課應當專心」、「我們應當加強環保意識」。「理當」強調當然如此，屬於書面語，如說「這項公益活動我理當參加」。

應屆 yīng jiè　本屆的；本期的
公司計劃招收 20 名～新人。
反【往屆】wǎng jiè　公司這次不招聘～畢業生。

鷹犬 yīng quǎn　原指打獵用的
鷹和犬，現多指走狗、爪牙　一羣可恥的～｜充當惡勢力的～｜決不能成為別人的～。
同【幫兇】bāng xiōng
同【爪牙】zhǎo yá

「鷹犬」、「爪牙」都指壞人的黨羽，比喻受驅使、當幫兇的人，屬於書面語，如說「充當惡勢力的爪牙」。「幫兇」指幫助別人做壞事的人，如說「他們這樣做無意中反成了幫兇」。

迎 yíng　1. 等候並接待　歡～辭｜
有失遠～｜除舊～新。
反【送】sòng　～行｜～客出門｜～往迎來｜千里相～，終有一別。
2. 面向着　～風而立｜迅速～頭趕上｜～面吹來一陣涼爽的風。
反【背】bèi　～水作戰｜～風而行｜新造樓房～山面水。

迎風 yíng fēng　面向着來風　～
招展｜～而上｜鮮艷的旗幟～飄揚。
反【背風】bèi fēng　～的山坡｜找個～處點火。
反【順風】shùn fēng　～車｜一路～｜～而去。

迎合 yíng hé　盡力使自己的言行
符合別人的心意　善於～｜他一味～對方的心意｜這個作家不想完全～讀者的口味。
同【投合】tóu hé
同【逢迎】féng yíng

「迎合」多含貶義。「投合」語意較輕，是中性詞，如說「投合消費者的口味」；還指合得來，如說「他們兩人相差十幾歲，卻十分投合」。「逢迎」突出巴結、奉承，是貶義詞，如說「他就喜歡在上司面前阿諛逢迎」。

迎刃而解 yíng rèn ér jiě　用
刀劈開竹子的口，下面一段就會順勢裂開。比喻主要的問題解決了，其他有關的問題也就容易解決　只要把這個問題解決了，其他一切都可～。
同【水到渠成】shuǐ dào qú chéng

「迎刃而解」突出抓住關鍵。「水到渠成」比喻一旦條件成熟，事情就自然成功了，突出條件成熟，如說「只要時機合適、方法得當，就能水到渠成地解決這個問題」。

盈 yíng　1. 獲得利潤，有餘　～
餘｜扭虧為～｜這筆買賣～利很多。
反【虧】kuī　～損｜自負盈～｜這次生意～了一萬多。

⊗【賠】péi　～錢｜～本｜炒股總是有賺有～。

「盈」強調獲得的多於支出的。

2. 多而充實，沒有空隙　充～｜車馬～門｜那伙人惡貫滿～。

⊗【虛】xū　～位以待｜乘～而入。

⊗【空】kōng　～間｜～盒子｜腦子裏～～的。

盈利 yíng lì　也寫作「贏利」。

做生意得到利潤　制定～計劃｜這筆生意～豐厚。

⊜【營利】yíng lì

⊗【虧本】kuī běn　怎麼我老是～｜這個月又～了。

⊗【賠本】péi běn　～買賣｜～生意不能做。

⊗【蝕本】shí běn　不可能～｜他又做了筆～生意。

⊗【虧損】kuī sǔn　本錢～不少｜～企業被迫倒閉｜這次我們一點兒也沒～。

「盈利」、「贏利」還可用作名詞，如說「公司的贏利大幅增加」。「營利」意為謀取利潤，只是動詞。

縈迴 yíng huí　盤旋環繞　美妙的歌聲還在耳際～｜他的話久久～在我的耳畔。

⊜【縈繞】yíng rào

「縈迴」多用於抽象事物。「縈繞」可用於抽象事物或具體事物，如說「雲霧縈繞山澗」。

營建 yíng jiàn　建造　～大型遊

樂場｜政府正在大力～連接各大城市的高速公路。

⊜【營造】yíng zào

「營建」的對象多是具體的建築物。「營造」既可用於具體的建築物、森林、道路等，如說「營造大型綠化帶」，又可用於抽象的事物，如說「營造輕鬆融洽的氛圍」。

營生 yíng shēng　謀生　他曾靠賣畫～｜祖父很小的時候就去海外～了。

⊜【謀生】móu shēng

「營生」強調從事某種活動或職業來糊口，有為維持生活而操勞的意思。「營生」讀輕聲時，意為工作、職業。「謀生」突出設法解決生計問題，多指外出尋求門路來維持生活。

營私 yíng sī　謀求私利　結黨～｜～舞弊。

⊜【徇私】xùn sī

「營私」突出謀取私利，多指為個人或小團體、小集團謀取不正當利益，一般不用於經濟活動。「徇私」突出為私情而做不合法的事，屬於書面語，如說「盡徇私而忘公益」。

⊗【奉公】fèng gōng　克己～｜～守法的人｜必須～執法。

營養 yíng yǎng　養料；養分　這些食品都很有～｜老年人要特別注意～｜這孩子好像～不良。

⊜【養分】yǎng fèn

「營養」多是維持生命所必需的，多與「不良」、「不足」、「講究」、「改善」等詞搭配。「養分」強調的是養料中的成分，多與「貯藏」、「提取」、「保存」等詞搭配，如說「吸收養分」、「養分充足」；還用於比喻，如說「要從一切優秀的文化遺產中吸取養分」。

營業 yíng yè　做生意；進行經營活動　暫停～三天。
⊠【歇業】xiē yè　關門～｜～轉產｜因經營不善～。
⊠【打烊】dǎ yàng　晚上八點～｜商店已經～了。

「營業」用於商業、服務業、交通運輸等第三產業的經營活動。「打烊」屬於方言，只用於商店晚上結束營業。

贏 yíng　1 得勝，打敗對手　取得雙～｜～得民心｜～得滿堂喝彩｜這盤棋我～了。
⊠【輸】shū　不肯認～｜連～三局｜～得心服口服｜這一戰只許贏，不許～。
⊠【敗】bài　～給對方｜反～為勝｜立於不～之地｜勝～乃兵家常事。
2. 獲利　～利｜～了不少錢。
⊠【虧】kuī　買賣～了｜這家企業～得實在沒法繼續生存了。

贏得 yíng dé　博得；得到　～勝利｜～殊榮｜精彩的演出～了全場熱烈的掌聲。
⊜【博得】bó dé

「贏得」重在贏，突出因成功而獲取，是褒義詞，對象多為抽象事物。「博得」指取得，是中性詞，如說「博得上司歡心」、「博得陣陣掌聲」、「博得觀眾的同情」。

贏餘 yíng yú　盈餘　～並不多｜這個月我們飯館～兩千元。
⊜【多餘】duō yú
⊠【虧損】kuī sǔn　小食店自開業以來一直～，快撐不下去了。

「贏餘」指收支相抵後剩下的，多用於財物、收入；還可作名詞，如說「上個月我們飯館贏餘不多」。「多餘」指超過需要的數量，可用於錢財或其他事物，適用範圍較廣，如說「他把家裏多餘的傢具送給了張小姐」。

映射 yìng shè　照射　陽光～在水面上｜他的影子～在牆上｜昏黃的燈光～在他的身上。
⊜【映照】yìng zhào
⊜【照射】zhào shè

「映射」強調物體在強光照射下顯現出形象。「映照」突出物體因照射而出現光線或色彩變化，如說「霞光映照在江面上」。「照射」突出光線直射，如說「陽光照射着大地」。

硬 yìng　1. 物體質地堅實，不容易改變形狀　～封面｜這墊子太～，怎麼能用？
⊠【軟】ruǎn　柔～｜～木塞｜在～～的沙灘上散步。

2.（態度）堅決；（意志）堅強　態度
強～｜～骨頭｜口氣很～。

（反）【軟】ruǎn　欺～怕硬｜心慈手
～｜說～話求情｜她耳根子很～。

3. 食物不易嚼碎　這餅乾很～｜老人
怎麼咬得動這種～食？

（反）【鬆】sōng　這些餅做得又～又
脆。

硬邦邦　yìng bāng bāng　形容
物體堅硬的樣子　～的土塊｜肌肉練
得～的。

（反）【軟綿綿】ruǎn miān miān　～的
手｜～的枕頭｜熟透的獼猴桃～的。

「硬邦邦」也比喻言語內容生硬，如
說「講話不要老是硬邦邦的，別人接
受不了」。「軟綿綿」可比喻言語柔
和的樣子，如說「他說起話來軟綿綿
的，讓人總提不起勁來」。

硬化　yìng huà　物體由軟逐步變
硬　橡膠～了｜預防血管～｜塑膠製
品冬天容易～。

（反）【軟化】ruǎn huà　出現骨質～｜蠟
在高溫下會～。

硬抗　yìng kàng　用強硬的態度
與對方相持相鬥　同敵人～｜決不能
～到底。

（反）【軟磨】ruǎn mó　～硬纏｜禁不起
那人的～｜用～的手段拖延時間。

硬朗　yìng lang　（老年人）身體
健壯　他的父母都還～｜這位老爺爺
身體很～。

（同）【結實】jiē shi

（同）【健壯】jiàn zhuàng

「硬朗」多用於老年人。「結實」適
用於一切人或物，如說「身體很結
實」、「房子蓋得挺結實」。「健壯」
既可指人的身體強壯，也可用於動
物，如說「體格健壯」、「健壯的馬
兒」。

應答　yìng dá　回答　～如流｜
學生們齊聲～｜他的問題，我實在無
法～。

（同）【答應】dā ying

（同）【回答】huí dá

「回答」多用於問題、疑問等。

應付　yìng fù　1. 對付　我們必
須妥善～現在的局面｜面對突發事
件，他沉着～。

（同）【對付】duì fu

2. 不認真；不懇切　他常以～的態度
對待工作｜他草草寫完作業，～了事。

（同）【敷衍】fū yǎn

「應付」還指湊合，如說「剩下的錢
還可以應付一段時間」。

應試　yìng shì　參加考試　沉着
～｜教育不應以～為主。

（反）【招考】zhāo kǎo　公開～｜～公務
員｜～人數有所減少。

「應試」指參加考試、接受考試的一
方。「招考」指實施招生、招聘考試
及考務的組織方。

應用　yìng yòng　使用　這家公
司特別重視新技術的～｜要努力將科

研成果～到生產中。
🔵【使用】shǐ yòng
🔵【運用】yùn yòng

> 「應用」突出為適應需要而用，多用於知識、技術、方法、發明等。「使用」的對象多是比較具體的人或事物，如說「我們多年來一直使用這家公司的產品」。「運用」突出根據事物特性而加以利用，對象多是觀點、方法、原則、技能等抽象事物，如說「運用能量守恆的原理」、「運用經典理論」、「正確運用標點符號」。

應戰 yìng zhàn　接受對手的挑戰並作出反應　無人～｜積極～｜大家快做好～的準備。
🔴【挑戰】tiǎo zhàn　下～書｜要學會應對各種各樣的～。

庸才 yōng cái　低能或無能的人　他是一個無所作為的～。
🔴【天才】tiān cái　發現一個～作家｜～是一分靈感加九十九分汗水。
🔴【英才】yīng cái　一輩出｜集合了一批～。

庸碌 yōng lù　平庸無志，無所作為　～無為｜～之人，得過且過。
🔵【平庸】píng yōng

> 「庸碌」突出沒有志氣、沒有作為，含有鄙視的感情色彩。「平庸」強調成績表現一般、不突出，語意比「庸碌」輕，如說「平庸無才」、「相貌平庸」。

庸俗 yōng sú　鄙俗平庸；格調

很低　～不堪｜～的習氣｜趣味比較～。
🔵【鄙俗】bǐ sú
🔵【俗氣】sú qi

> 「庸俗」突出平庸、格調不高。「鄙俗」屬書面語，突出粗俗而格調低下，如說「內容鄙俗」、「蔑視鄙俗的習氣」。「俗氣」常用於口語中，強調不高雅，語意較輕，如說「俗氣的擺設」、「這套裝束顯得俗氣」。

🔴【高雅】gāo yǎ　～脫俗｜曲調～｜氣質～，令人折服。

擁戴 yōng dài　擁護愛戴　受到～｜新的首領得到大家～。
🔵【愛戴】ài dài

> 「擁戴」的對象多是領導人物，含有敬服的意味。「愛戴」強調敬重而擁護，對象多是領袖或深受社會尊敬的人，如說「領袖深受民眾愛戴」。

擁護 yōng hù　贊成並全力支持一致～這項決議｜我們堅決～真理｜他們十分～這次經濟改革。
🔵【贊成】zàn chéng

> 「擁護」多指對領袖、黨派、政策、措施等的贊成並全力支持。「贊成」突出同意，如說「我贊成他的看法」、「對他的做法表示贊成」。

🔴【反對】fǎn duì　～浪費｜～侵犯他人隱私。

> 「擁護」的對象多為政策、方針、措施、黨派及領袖等。「反對」的對象比較寬泛。

Y

擁塞 yōng sè　堵住，使不暢通　節日的街頭十分～｜道路因為一起交通事故而～了。

同【堵塞】dǔ sè

反【暢通】chàng tōng　～無阻｜路口一定要保持～。

反【疏通】shū tōng　交警正在～擁堵的車流。

> 「擁塞」、「暢通」多用於自然情況。「疏通」強調人為進行的動作。

擁有 yōng yǒu　領有；具有　這座城市～一百萬人口｜那個國家～豐富的自然資源。

同【領有】lǐng yǒu

> 「擁有」的對象可以是土地、人口、財產等，還可以是思想、感情等抽象事物，而且往往量較大，如說「他覺得自己已擁有了全世界的愛」。「領有」指具有或佔有，對象多是土地和人口，比起「擁有」來，其對象多是指少量的或個別的，如說「本村領有千畝耕地」。

永別 yǒng bié　永遠分別　～人世｜人們希望與戰爭～。

同【永訣】yǒng jué

> 「永別」的對象可以是人或事物。「永訣」的對象多是死去的人，屬於書面語，如說「誰料上次一別，竟成永訣」。

永垂不朽 yǒng chuí bù xiǔ　（名聲、事跡、精神等）永久流傳後世，不會磨滅　英烈的精神～！

同【流芳百世】liú fāng bǎi shì

> 「永垂不朽」多用於名聲、事跡、精神，語意較重。「流芳百世」突出美好的名聲流傳在世，語意沒有「永垂不朽」重，如說「很多英雄豪傑一生追求的就是流芳百世」。

永恆 yǒng héng　永遠不發生變化　～的感情｜母愛是～的｜愛和死亡是文學～的主題。

同【永久】yǒng jiǔ

同【永遠】yǒng yuǎn

同【永世】yǒng shì

> 「永恆」、「永久」是形容詞。「永恆」常用來形容愛情、友誼、真理、回憶、追求、探索等。「永久」指時間長遠，適用範圍較廣，如說「人們永久紀念他」、「留下永久的回憶」。「永遠」、「永世」是副詞。「永遠」突出時間久，沒有終止，多修飾動作、行為、狀態等，如說「我們永遠信任你」、「我們永遠懷念他」。「永世」突出一輩子或世世代代，多與「難忘」、「不得安寧」、「不得解脫」等詞組合，如說「這件虧心事讓他永世不得安寧」。

永久 yǒng jiǔ　時間長遠的　～存在｜～的紀念｜英雄的故事～流傳。

反【暫時】zàn shí　～停電｜比分～領先｜～處於劣勢｜他只在那裏～住幾天。

永遠 yǒng yuǎn　時間一直延續不斷　～緬懷｜祝你們～有活力｜問

題不會～存在。

⟨反⟩【臨時】lín shí　這是個～措施｜因修路車輛～改道。

⟨反⟩【暫時】zàn shí　～領先｜困難只是～的｜這項工作～告一段落。

勇敢 yǒng gǎn
有膽量；不怕危險和困難　～作戰｜勤勞～｜他機智～地和歹徒周旋。

⟨同⟩【大膽】dà dǎn

「勇敢」突出有膽略、無畏懼的精神和品質，是褒義詞。「大膽」突出沒有顧慮，可用於積極或消極方面，是中性詞，如說「大膽創新」、「大膽妄為」、「那個歹徒十分大膽」。

⟨反⟩【怯懦】qiè nuò　孩子生性～｜你應克服～心理。

⟨反⟩【害怕】hài pà　～困難｜～失敗｜洪水無情，真令人～。

勇猛 yǒng měng
勇敢猛烈　～殺敵｜～的士兵｜他～地向對手發起了反擊。

⟨同⟩【驍勇】xiāo yǒng

「驍勇」屬於書面語，適用範圍比「勇猛」窄，多用於戰鬥，也用於體育比賽，如說「驍勇善戰」。

勇士 yǒng shì
有膽量的人；勇敢的人　登山～｜我一直崇敬那些無畏的～。

⟨反⟩【懦夫】nuò fū　可鄙的～行為｜在困難面前不能當～。

湧現 yǒng xiàn
（人或事物）大量出現　近年來文壇上的新人不斷～｜今年又～了一批高質量的藝術作品。

⟨同⟩【出現】chū xiàn

「湧現」突出大量產生出來。「出現」突出顯露出來、產生出來，如說「他的身影時常出現在街頭巷尾」。

用具 yòng jù
器具　學習～｜去買些廚房～吧｜這個商店專門賣縫紉～。

⟨同⟩【器具】qì jù

「用具」突出平時日常使用的各種大大小小的東西，適用範圍較寬。「器具」指日常使用的工具、儀器，如說「購置繪圖器具」、「檢修測量器具」。

用心 yòng xīn
1. 集中心力　～聽課｜他一點也不～｜老師告訴他做練習要～。

⟨同⟩【專心】zhuān xīn

2. 懷著某種念頭　～良苦｜這是別有～的謠言。

⟨同⟩【存心】cún xīn

⟨同⟩【居心】jū xīn

「用心」屬於中性詞，可與「良苦」等詞搭配，也可與「險惡」、「不良」等詞搭配。「存心」是貶義詞，如說「存心搗亂」、「存心為難」。「居心」也是貶義詞，屬於書面語，可構成「居心叵測」、「居心不良」。

幽暗 yōu àn
光線昏暗　光線～｜～的房間｜這種花只生長在～的山谷中｜他的童年是在一所～的老房子中度過的。

同【暗淡】àn dàn
同【黯淡】àn dàn
同【昏暗】hūn àn
同【陰暗】yīn àn

「暗淡」、「黯淡」指光線模糊，看不真切，屬於書面語；還指色彩不鮮艷、前途不樂觀等，如説「這件衣服色彩過於暗淡」、「他覺得前途黯淡」。「陰暗」用於環境、心理等，如説「陰暗的角落」、「陰暗的心理」。

反【明亮】míng liàng　這所教堂經建築師巧妙設計，採光度一流，室內非常～。

幽魂 yōu hún　鬼魂　一縷～｜像～一樣到處遊蕩。
同【幽靈】yōu líng

「幽魂」的書面語色彩比「幽靈」濃。

幽禁 yōu jìn　軟禁；關着，控制其活動自由　～幾天｜他被～起來了。
同【軟禁】ruǎn jìn

「幽禁」突出禁止公開活動，限制在隱蔽的處所生活。「軟禁」突出形式上寬鬆、不關押，但禁止自由行動，如説「遭受軟禁」、「被軟禁在寓所內」。

幽靜 yōu jìng　幽深寂靜　環境相當～｜她晚間常在～的小路上散步。
同【安靜】ān jìng
同【寂靜】jì jìng
反【喧鬧】xuān nào　～的市場｜這地

方過於～，不適合讀書。

幽默 yōu mò　有趣可笑且意味深長　這個人挺～的｜他的～令我們忍俊不禁｜～的語言給人們帶來歡樂。
同【滑稽】huá·jī
同【詼諧】huī xié

「幽默」不僅指有趣或可笑，還含有意味深長的意思。「滑稽」突出語言、動作有趣，逗人發笑，多用於口語，如説「滑稽可笑」、「滑稽的腔調」、「滑稽的動作」。「詼諧」強調説話風趣，帶褒義色彩，如説「語調詼諧」、「談吐詼諧」。

幽深 yōu shēn　深而寂靜　山谷～｜～的樹林中隱藏着一座小屋。
同【幽邃】yōu suì

「幽深」多指山水、樹林、宮室等深而幽靜。「幽邃」屬於書面語。

幽香 yōu xiāng　淡的香氣　～滿室｜水仙散發着～｜青草的～瀰漫在空氣中。
同【清香】qīng xiāng

「幽香」一般只用於指花草樹木的香氣，屬於書面語。「清香」突出香味清新爽神，還可用於食物，適用範圍較廣，多用於口語，如説「清香撲鼻」。

悠久 yōu jiǔ　時間久遠　歷史～｜～燦爛的民族文化。
同【長久】cháng jiǔ

Y

回【悠長】yōu cháng

> 「悠久」多形容歷史、文化、傳統、年代等抽象事物，語意比「悠長」重。「悠長」多形容聲音、歲月、歷史等，語意比「長久」重。

悠閒 yōu xián　自由、閒適、安樂　態度～｜～自得。

反【繁忙】fán máng　工作～｜～的應酬使他身心疲憊。

憂愁 yōu chóu　因為不如意的事情而發愁　這女孩總是一副～的模樣｜因為身體不好，他常常很～。

回【憂慮】yōu lǜ

> 「憂愁」突出心情苦悶，多是為眼前的事情或自己的事情而發愁。「憂慮」突出擔心思慮，多是為將來的不可知的事情或別人的事情而發愁，如說「祖父的身體愈來愈糟，大家都十分憂慮」。

反【喜悅】xǐ yuè　滿懷～｜掩飾不住內心的～。

反【歡暢】huān chàng　～的氣氛｜好友聚會，無限～。

憂患 yōu huàn　困苦患難　生於～，死於安樂｜老人飽經生活的～。

反【安樂】ān lè　～窩｜過着～的晚年生活。

憂心如焚 yōu xīn rú fén　憂愁得心裏像火燒一樣，形容非常憂慮焦急　女兒的病情令得她～｜瞧着她～的樣子，大家心情沉重。

反【喜上眉梢】xǐ shàng méi shāo　聽了這個消息，他不禁～。

優 yōu　很好的；美好的　～美｜成績～異｜價廉質～。

反【劣】liè　惡～｜處於～勢｜引入優勝～汰的競爭法則。

優待 yōu dài　好的待遇；以良好的條件對待　～俘虜｜準備給予特別～。

反【虐待】nüè dài　受～｜～囚犯｜慘遭～｜不能～老人。

優等 yōu děng　高水準；高等級　～生｜提供～原料。

反【劣等】liè děng　～民族之説純屬謬論｜進口商拒收～產品。

優點 yōu diǎn　優秀之處；長處　發揚～｜我們要學習別人身上的～｜他只看到自己的～，看不到缺點。

回【長處】cháng chu

> 「優點」與「缺點」相對，強調的是優良之處，可以描寫人或事物，多與「發揚」、「肯定」等詞搭配。「長處」與「短處」相對，含有與別人或別的事物比較的意味，如說「他的長處是善於與人溝通」。

反【缺點】quē diǎn　必須正視～｜有～就應及時改正｜粗心大意是你的～。

優厚 yōu hòu　待遇好　條件～｜這家公司為員工提供了～的待遇。

回【優裕】yōu yù

> 「優厚」突出就職部門、服務單位待

遇好。「優裕」突出生活富裕，如說
「他們過着優裕的生活」。

優良 yōu liáng　非常好　成績
～｜品德～｜我們在實驗室培育了～
的水稻品種。

同【優秀】yōu xiù

同【優異】yōu yì

> 「優良」多指品種、質量、成績、作
> 風等方面很好，不用於人。「優秀」
> 語意比「優良」重，可用於人，多形
> 容品行、才學、作品、文化等。「優
> 異」強調特別好，語義比「優秀」更
> 重，多形容成果、性能、貢獻等，
> 不用於人。

反【低劣】dī liè　質量～｜演出的水
平很～。

優美 yōu měi　美好　風景～｜
～的舞蹈｜她在舞台上的姿態十分
～。

同【幽美】yōu měi

> 「優美」可用於景色、事物或人的動
> 作，如說「風景優美」、「優美的旋
> 律」。「幽美」指景色幽靜美麗，不
> 用於器物，如說「幽美的風景令人陶
> 醉」。

優勢 yōu shì　佔據有利的形勢或
地位　～互補｜技術～｜憑藉主場～
得勝｜在經濟上佔有絕對～。

反【劣勢】liè shì　不甘處於～｜採取
積極措施，改變～地位。

優秀 yōu xiù　十分好；高於同

類的　學習～｜吸引～人才｜期待出
現～的城市雕塑。

反【平常】píng cháng　這是件十分～
的事｜我們應保持一顆～心。

反【低劣】dī liè　質量～｜人品～。

優越 yōu yuè　優勝；優良　他
因經濟條件好而產生～感｜這個城市
的地理位置非常～。

同【優勝】yōu shèng

> 「優越」突出在比較中顯得更加好，
> 多用於性質、制度、條件、環境等
> 方面，可組合成「優越感」、「優越
> 性」。「優勝」突出在比賽、較量中
> 勝過對手，屬於書面語，可組合成
> 「優勝者」。

優越感 yōu yuè gǎn　覺得有
比別人更有利的條件、地位等　強烈
的～｜心中充滿了～。

反【自卑感】zì bēi gǎn　克服～｜他
有着很深的～｜～是他前進的一大障
礙。

尤其 yóu qí　特別；格外　她喜
歡看書，～喜歡看小說｜我很想去旅
行，～想去北歐一帶。

同【特別】tè bié

> 「尤其」只表示更進一步，與對應的
> 有鋪墊作用的前句相比，或是具體
> 細化了動作對象，或是突出了動作
> 方式。在後一種情形下，「特別」可
> 以與「尤其」互換。如說「他喜歡郊
> 遊，特別（尤其）是騎自行車郊遊」。
> 「特別」前若無對應的有鋪墊作用的
> 句子，則是與眾不同、格外或特地

的意思，如說「特別的款式」、「火車跑得特別快」、「散會時，總經理特別把他留下來商談營銷策略」。「特別」還可用作形容詞，如說「特別的愛給特別的你」。

油滑　yóu huá　各方面敷衍討好，不得罪人；油腔滑調　說話~｜他為人~，你不要輕易相信他。

同【世故】shì gu

同【圓滑】yuán huá

「油滑」突出不誠懇，很會敷衍應付，是貶義詞，語意比「圓滑」重。「世故」強調為人處世老練圓滑，不得罪人，如說「他老於世故，從來都只說好話」。「圓滑」強調做事不負責任、對各方面都應付得很周到，如說「老練圓滑」、「圓滑的商販」。

油膩　yóu nì　含有過多的油脂　忌食~｜不愛吃~的菜。

反【清淡】qīng dàn　口味~｜~的蔬食｜她向來喜歡吃~的食物。

猶疑　yóu yí　猶豫　~不決｜他對這事的態度十分~。

同【遲疑】chí yí

同【躊躇】chóu chú

同【猶豫】yóu yù

「猶疑」突出有顧慮而難以決定，「遲疑」突出不能很快作出決定，兩者都有疑而不決的意思。「猶豫」指反覆比較仍不能作出決定，常說「猶豫不決」。「躊躇」指行動時不能決斷，屬於書面語；還形容得意的樣子，如說「躊躇滿志」。

反【果斷】guǒ duàn　已是分秒必爭的倒數階段，必須~地作出決定

猶豫　yóu yù　拿不定主意　~不決｜再三~｜關鍵時刻他毫不~。

同【猶疑】yóu yí

同【遲疑】chí yí

同【躊躇】chóu chú

反【果斷】guǒ duàn　處事~｜他辦事一向~利索。

遊覽　yóu lǎn　從容地行走觀看　歡迎各位來我市~｜我的夢想是~世界上所有的名勝古跡。

同【遊歷】yóu lì

「遊覽」指觀賞風景。「遊歷」強調到遠方觀賞風景名勝或考察風土人情，如說「他打算到新疆遊歷一番」。

遊刃有餘　yóu rèn yǒu yú　比喻做事熟練，輕而易舉　他對電器維修很有經驗，做起來~。

同【應付自如】yìng fù zì rú

「遊刃有餘」源於《莊子·養生主》，比喻工作熟練，解決起來不費事。「應付自如」突出從容不迫，很有辦法，如說「宴會中嘉賓來自各個行業，她都應付自如」。

遊玩　yóu wán　玩耍；遊戲　孩子們在門口~｜他們在那個城市~了三天。

同【玩耍】wán shuǎ

同【嬉戲】xī xì

同【遊戲】yóu xì

友 yǒu

1. 親近相知的人　網～｜京劇發燒～｜走親訪～｜親朋好～。

⊗【敵】dí　～友不分｜殺～立功｜不要到處樹～。

2. 關係親善的　～情｜～邦｜團結～愛，互幫互助。

⊗【敵】dí　～視｜心懷～意｜同學之間不應有～對情緒。

友愛 yǒu ài

友好親愛　姐妹倆十分～｜他們像親兄弟般～。

◎【友好】yǒu hǎo

「友愛」突出關係密切，語意較重，多用於人與人、集體與集體、民族與民族之間，適用範圍較窄；還作動詞，如說「友愛同學」。「友好」指親近和睦，適用範圍較廣，如說「友好睦鄰」、「兩國民族世代友好」；作名詞時表示好朋友，如說「生前友好」、「兩人在患難中結為友好」。

⊗【仇恨】chóu hèn　～敵人｜心中充滿～。

友好 yǒu hǎo

相處親近，關係良好　～鄰邦｜～往來｜各國應該～相處。

⊗【敵對】dí duì　～雙方｜相互～不利於矛盾的解決。

友情 yǒu qíng

朋友之間的感情　真摯的～｜我們的～比海深｜～與愛情哪個更重要？

◎【情誼】qíng yì

◎【友誼】yǒu yì

「友情」多用於個人之間。「友誼」可用於個人、民族、國家、集團之間，

且比較莊重，如說「兩國歷史上就有深厚的友誼」。「情誼」屬於書面語，如說「建立深厚的情誼」。

友人 yǒu rén

朋友　感謝～的熱情幫助｜迎接遠方的～。

◎【朋友】péng you

「友人」多用於較正式的場合。「朋友」多用於口語，如說「要信任朋友」、「多虧朋友關照」。

⊗【敵人】dí rén　對～不能手軟｜那是我們共同的～。

⊗【對頭】duì tou　冤家～｜沒想到兩人竟會成了死～。

⊗【冤家】yuān jia　～路窄｜原來還好好的，怎麼成了～？

有 yǒu

1. 領有，擁有　～朝氣｜～吃～穿｜胸～成竹｜他～很多新碟片｜這些人真～本事。

⊗【沒】méi　～機會｜心裏～轍｜她是一個～頭腦的人。

⊗【無】wú　有名～實｜～情～義｜他整天過着～憂～慮的日子。

2. 表示存在　桌上～支筆｜外面～很多人｜車到山前必～路。

⊗【沒】méi　好久～車｜他屋裏現在～人。

⊗【無】wú　平安～事｜～中生有｜世上～難事，只怕有心人。

3. 表示比較、估摸　那棵樹～三樓那麼高｜他在這兒住了～十多年了｜你能保證自己做的聖誕禮品～這麼好嗎？

⊗【沒】méi　他～妹妹那麼聰明｜她的技術～我這麼熟練。

有方 yǒu fāng

方法對板　學習～｜治家～｜我們班長人不大卻已領導～。

⊜【無方】wú fāng　管理～｜可惜他教子～。

有關 yǒu guān

有關係；涉及到　這事～名譽｜比賽成績往往與心態～｜他正在探索～網絡安全的問題。

⊜【無關】wú guān　與己～｜～緊要的事。

有愧 yǒu kuì

覺得慚愧　心中～｜～於恩師｜無功受祿，實在～。

⊜【無愧】wú kuì　問心～｜～於人｜這份榮譽你當之～。

有利 yǒu lì

有好處　抓住～條件好好發展｜這樣做～於養成好的習慣。

⊜【不利】bú lì　吸煙～健康｜凡事只彈不讚～於孩子成長。

有名 yǒu míng

有名氣；出名　赫赫～的作家｜他是位～的教授｜這首現代詩非常～｜那個人在附近很～。

⊜【出名】chū míng
⊜【聞名】wén míng
⊜【知名】zhī míng
⊜【著名】zhù míng

「有名」、「出名」都可用於口語和書面語，「聞名」、「知名」多用於書面語。「有名」突出已經產生影響。「出名」突出產生影響或有名氣，可以因為是好的事也可以因為是壞的事，如說「海內外出名」。「聞名」強調名聲在外，常和表示處所或時間的詞語組合，屬於書面語，如說「古今聞名」、「舉世聞名」、「聞名遐邇」。「著名」語意較重，強調人或事物有好名聲，為大家所熟知，用於人或事物，如說「著名學府」、「著名藝術家」、「當地的水產很著名」。「知名」一般用於人，偶爾用於事物，語意比「有名」重。

⊜【無名】wú míng　～之輩｜他甘願做～英雄｜路旁開滿了各種～的野花。

有名無實 yǒu míng wú shí

空有名聲或名義而沒有實際　很多企業中的勞動保護制度根本是～。

⊜【名存實亡】míng cún shí wáng

「有名無實」源於《國語・晉語八》「吾有卿之名，而無其實」，指名義與實際不相符合。「名存實亡」強調名義上存在，實際上已經沒有了，如說「這個演唱組合早就名存實亡了」。

有趣 yǒu qù

有趣味，能引起別人好奇的　生動～｜我真覺得這本書很～｜老師講了一個～的故事｜他們在談論一個十分～的話題。

⊜【無味】wú wèi　枯燥～｜一個很～的人｜這部電影又～又無聊，我沒看完就走了。

⊜【乏味】fá wèi　語言～｜這種故事早就聽～了。

有條不紊 yǒu tiáo bù wěn

有條理、有秩序，一點兒也不亂　別看

他沒甚麼經驗，這次班級活動，他組織得～。

回【井井有條】jǐng jǐng yǒu tiáo

> 「有條不紊」強調有條理，不紊亂。「井井有條」強調條理達到很分明的程度。

有為 yǒu wéi　有作為　奮發～｜年輕～｜你要爭取當一個～青年。

反【無為】wú wéi　他的一生碌碌無～。

> 「有為」突出實踐中有業績有發展。「無為」可指沒有作為、沒有良好的業績，也指古代道家順其自然、不必作為的處世觀念或政治思想，如說「無為而治」。

有限 yǒu xiàn　有一定的度量、限度　深知自己能力～｜應把～的資金用在刀口上｜他的水平～，無力擔當如此重任。

反【無限】wú xiàn　愛心～｜前途～光明｜生命是有限的，知識卻是～的。

有心 yǒu xīn　1. 有意；故意；成心　～搗亂｜～設置障礙｜～栽花花不發｜你這完全是在～刁難人。

回【有意】yǒu yì

回【成心】chéng xīn

回【故意】gù yì

> 「有意」指故意，如說「有意破壞」、「他有意同我過不去」；還指對某事有心思，如說「你若對此有意，請聯繫我」。「故意」強調有意識地如此做，如說「他是故意不理我」、「我們故意不告訴他」。

反【無心】wú xīn　你別介意，他倒是～｜～插柳柳成蔭。

反【無意】wú yì　～間出了差錯｜～中發現了他們的祕密。

2. 存有某種想法　～外出旅遊｜生活中應做個～人。

反【無心】wú xīn　～戀戰｜他最近～研習書法。

反【無意】wú yì　～於此｜～前往｜～與人作對｜我～參加晚會。

有形 yǒu xíng　具體存在的；一般能看到的　～資產｜盲人靠觸摸而感知～物體。

反【無形】wú xíng　～消耗｜道德是～的束縛｜這是一筆～的財富。

有益 yǒu yì　有好處；有幫助　～於素質的提高｜早睡早起對身體健康～。

反【無益】wú yì　抽煙～而有害｜遇到挫折就灰心，這～於自己能力的提高。

有意 yǒu yì　1. 故意、成心　～刁難｜他們這是～誤導｜這次活動～安排在週末。

回【存心】cún xīn

反【無心】wú xīn　常常是言者～，聽者有意。

反【無意】wú yì　～中說錯了話｜這是～中的重大發現。

2. 懷有某種想法、心思　～退居二線｜這幾天他～不回家。

反【無心】wú xīn　緊張的學習使她～練琴。

反【無意】wú yì　～與他和好｜～跟他開玩笑。

Y

有餘 yǒu yú　1. 多餘；超出所需數量　心～而力不足｜我們的時間綽綽～。

⊝【不足】bù zú　庫存～｜準備～｜睡眠嚴重～｜他明顯感到自己經驗～｜損有餘而補～。

2. 整數外還有零頭數　他大我十年～｜你在那兒二十年～了吧？

⊝【不足】bù zú　她工作還～兩年｜這家技術公司～二十人。

有緣 yǒu yuán　人與人之間必定會發生某種聯繫；有緣分的　今生～｜與大海～｜～千里來相會｜他們兩人天生～。

⊝【無緣】wú yuán　～拜識｜我與足球～｜因傷病她～參加比賽。

黝黑 yǒu hēi　很黑　小伙子皮膚～｜整個臉被曬得～。

⊝【白皙】bái xī　肌膚～｜～嬌嫩。

⊝【白淨】bái jing　長得～｜～書生。

> 「黝黑」多用於膚色。

右 yòu　1. 面朝南時西邊一方　～邊｜別向～拐｜車怎麼開得忽左忽～的？

⊝【左】zuǒ　～方｜～手｜他是一個～撇子。

2. 西面　山～。

⊝【左】zuǒ　江～。

> 「右」2 指西面，如稱山西太行山以西地方為「山右」。「左」指東面，如稱太行山以東地方為「山左」。二者屬於書面語。

幼 yòu　1. 年齡小　～苗｜～株｜

這孩子年～無知，請您多包涵些。

⊝【老】lǎo　年～多病｜這是一棟百年～屋。

⊝【長】zhǎng　年～為尊｜哥哥比弟弟～兩歲。

2. 小孩子；兒童　尊老愛～｜長～和睦。

⊝【老】lǎo　敬～｜扶～攜幼｜使～有所養。

幼稚 yòu zhì　年幼無知或想法簡單、經驗不足的　生性～｜他的行為很～｜他都已經三十歲了，還像小孩一樣～。

◎【天真】tiān zhēn

> 「幼稚」突出缺乏經驗，考慮問題不成熟，可用於人或作品等。「天真」突出不成熟，頭腦簡單，多用於人和人的想法；還指人心地單純，性情直率，此時不含貶義，如說「他那天真爛漫的笑語，令所有人都感到快樂」。

⊝【成熟】chéng shú　～老練｜意見還不～｜思想不斷～｜年紀不大，卻很～穩重。

⊝【老練】lǎo liàn　辦事相當～｜他做事～沉着。

誘餌 yòu ěr　比喻引人上鈎的圈套　以錢財為～｜花言巧語是騙子的～，你千萬不要上鈎。

◎【釣餌】diào ěr

> 「誘餌」原指捕捉動物時用作引誘的食物，多比喻引人上鈎的圈套。「釣餌」多用本意，指釣魚時引魚上鈎的食物，如說「他帶着自製的釣餌去釣魚了」。

誘惑 yòu huò

使用某種手段，迷惑別人　他抵制住了名利的～｜對孩子來說，各色糖果充滿了～。

同【引誘】yǐn yòu

「誘惑」強調有魅力，能使對方喜愛；還指吸引，如說「山坡上有一片誘惑人的風景」。「引誘」指引導或指使他人做壞事，如說「他受壞人引誘而走上了犯罪道路」。

誘騙 yòu piàn

誘惑欺騙　這個小孩被人販子～到了外地。

同【欺騙】qī piàn

「誘騙」突出誘惑哄騙，語意較重，只用於對別人。「欺騙」突出用假話或假的行為騙人，語意較輕，可用於對他人、自己、組織、國家等，適用範圍較廣，如說「欺騙他人」、「欺騙老實人」、「你不要再欺騙大家了」。

迂腐 yū fǔ

説話、做事守舊，不適應時代的變化　這位老先生真～｜沒想到這個年輕人做事竟如此～。

同【陳腐】chén fǔ

「迂腐」強調守舊，不合時宜，多用於人和人的思想言行。「陳腐」突出陳舊腐朽，除用於人和人的言行外，還可用於事物，如說「這篇小說內容相當陳腐」。

愉快 yú kuài

快意；心情舒暢　心情～｜令人～的音樂｜他長壽的祕訣就是保持～的心情。

同【高興】gāo xìng

同【喜悦】xǐ yuè

「愉快」可以是短時間的，也可以是較長一段時間的，而且不一定顯露在外。「高興」多是短時間的，顯露在外的。

反【不快】bú kuài　心中有些～。

反【苦惱】kǔ nǎo　你別為瑣事～｜因解決不了問題而～。

反【痛苦】tòng kǔ　～不堪｜我們有共同的歡樂和～。

反【煩惱】fán nǎo　別自尋～｜不必為區區小事而～。

逾越 yú yuè

超過去　不可～｜～人為的障礙｜他們之間存在難以～的鴻溝。

同【超越】chāo yuè

愚 yú

笨；智力低　～蠢｜大智若～｜～不可及。

同【笨】bèn

同【蠢】chǔn

同【傻】shǎ

這幾個單音節詞都有固定的搭配或使用場合，如說「愚蠢」、「蠢笨」、「蠢得不可理喻」、「傻瓜」、「傻子」、「一味傻幹」、「愚昧」、「愚鈍」。「笨」語意較重，強調反應遲鈍，理解能力差，含貶義。

愚笨 yú bèn

頭腦遲鈍，不靈活；理解力差　～無比｜這個人有點～。

同【笨拙】bèn zhuō

同【蠢笨】chǔn bèn

同【愚蠢】yú chǔn

「愚笨」強調頭腦遲鈍，反應慢，只用於人。「笨拙」強調不靈巧，多用於人或動物的行為、行動，如說「筆法笨拙」、「她肥胖的身子顯得十分笨拙」。「蠢笨」突出不靈活，如說「蠢笨無知」。「愚蠢」用於口語，指言行和意識，可用於人或動物，如說「愚蠢之極」、「這樣的想法顯得非常愚蠢」。

⊜【聰明】cōng·míng　～過人｜不要自作～｜這個問題他回答得很～。

愚蠢 yú chǔn　笨；理解能力差　～透頂｜～的行為｜這種做法太～了。

⊜【聰明】cōng·míng　機智｜～面孔笨肚腸｜～一世，糊塗一時。

愚昧 yú mèi　缺乏知識，文化落後　～落後｜這些村民十分～。
⊜【愚蠢】yú chǔn
⊜【暗昧】àn mèi

「愚昧」強調蒙昧、無知、沒有教養，與「文明」、「科學」相對，可用於個人或羣體。「愚蠢」突出蠢笨，頭腦遲鈍而不靈活，與「聰明」相對，多用於個人。「暗昧」指愚昧；另有曖昧的意思，屬於書面語。

餘 yú　多於所需數量的；多餘的　～錢｜～額｜發揮～熱。
⊜【剩】shèn
⊜【缺】quē　～貨｜～勞力｜招聘緊～人才。

予 yǔ　給　免～處分｜～以幫

助｜國家授～他英雄稱號。
⊜【奪】duó　掠～｜～人之愛｜～取他人之物。

雨季 yǔ jì　多雨的季節　黃梅～｜惱人的～｜～即將來臨，請做好準備。
⊜【旱季】hàn jì　～應多灌溉｜這裏的天氣分為雨季和～。

與 yǔ　給　贈～｜給～｜～人方便，～己方便。
⊜【取】qǔ　獲～｜巧～豪奪｜～之於民，用之於民。

寓居 yù jū　居住　～海外｜～山鄉｜老作家晚年一直～北方。
⊜【居住】jū zhù

「寓居」多指在外地居住。「居住」適用範圍較廣，突出在一個地方長期住，可住在本地或他鄉，如說「居住環境相當好」、「我們家的居住面積不是很大」。

預報 yù bào　預先報告　天氣～｜建立災害～機制｜氣象台～今晚有暴雨。
⊜【預告】yù gào

「預報」突出預先報告，多用於氣象、天文方面。「預告」突出事先通告，多用於影視或圖書的發行出版、文藝演出、體育比賽等，如說「電視節目預告」、「報上預告他的新作即將出版」。

預備 yù bèi　提前準備　～資料｜今天要早點～好晚飯。

◉【準備】zhǔn bèi

「預備」突出早早準備，強調時間性；還可指即將進入正式階段，如說「預備鈴」、「預備班」。「準備」突出目的性或針對性，多與「充分」、「認真」、「仔細」等詞搭配，如說「準備出發」、「準備去旅遊」、「請各位在會前作好充分準備」。

預定 yù dìng　預先規定或約定　~計劃｜~出發時間｜工程~七月中旬竣工。

◉【預約】yù yuē

「預定」突出「定」，指預先把事情確定下來；還有自己預先規定的意思，適用範圍比「預約」寬。「預約」突出「約」，指雙方事先說好，按約定內容行事，如說「預約會診」、「會場尚未預約」。

預感 yù gǎn　事先出現的某種感覺　不祥的~｜~情況有變｜她的~一向很準｜對於事情的結果我早有~。

◉【預見】yù jiàn
◉【預料】yù liào
◉【預示】yù shì

「預感」突出主觀感覺。「預見」突出根據事物發展規律來推想，有一定的科學性，如說「他們已經預見到了這種危險」、「以氣象信息來預見風雨的走向」；還指能預料的事或見識，如說「缺乏預見」。「預料」強調在事前的估計、推斷。「預示」突出事物本身的預先顯示，如說「幾場

大雪預示着明年將有好收成」。

預料 yù liào　預先推測　出乎~之外｜事情的結局難以~｜他的失敗在我們的~之中。

◉【意料】yì liào

「預料」強調在事前的估計、推斷，通用於口語和書面語。「意料」突出主觀推想，強調思維活動，多用於口語，如說「他的反應出乎我的意料」。

預先 yù xiān　事先；事情發生之前或結束之前　~聲明｜~通知｜已經~發出警告。

⊗【事後】shì hòu　~諸葛｜~進行討論分析｜~公司總結了這次事故的教訓。

預兆 yù zhào　事先顯現出的變化跡象　不祥的~｜地震發生前常有很多~。

◉【前兆】qián zhào
◉【先兆】xiān zhào

「預兆」多用於風、雨、雪等自然現象。「前兆」、「先兆」多用於災害、疾病等，多有一定的規律，如說「有明顯的病變先兆」、「這種寂靜是即將爆發激戰的前兆」。

遇 yù　相逢；遭遇　~難｜~刺｜不期而~｜偶然相~｜在路上~見熟人｜船在海上~到暴風雨。

◉【逢】féng
◉【遭】zāo

「遇」指一般相逢或遭遇，適用範圍較廣。「逢」指遇到，碰上，屬於書面語，如說「偶然相逢」、「每逢佳節倍思親」。「遭」突出遇到不幸或不利的事，如說「遭殃」、「慘遭毒手」、「遭水災」。

遇險 yù xiǎn　碰到危險　談談~經歷｜營救~人員。
（反）【脫險】tuō xiǎn　虎口~｜病人經搶救已~。

鬱積 yù jī　情緒積壓着，不能發出來　這口窩囊氣~已久｜怨恨在他心中~着。
（同）【鬱結】yù jié

「鬱積」含有長時間積累的意味。「鬱結」語意較重，如說「鬱結了三十多年的仇恨很難一下子消除」。

鬱悶 yù mèn　心中存有煩惱；情緒不舒暢　~不樂｜排遣胸中~｜這事讓他~了好久。
（反）【暢快】chàng kuài　~淋漓｜他的心裏特別~。
（反）【舒暢】shū chàng　~愉悅的感覺｜好天氣讓人覺得~。

冤家 yuān jiā　與自己有仇的人　~對頭｜~路窄｜不是~不碰頭。
（反）【朋友】péng you　知心~｜一羣酒肉~｜多一個~多一條路。

冤枉 yuān wang　加以不公平的待遇或加上沒有事實依據的罪名　被~｜不要~好人。

（同）【委屈】wěi qu
（同）【冤屈】yuān qū

「冤枉」指加以不公正的待遇或加上罪名等。「委屈」指受到不應有的指責、待遇或讓人受到此種對待，強調心裏難受。「冤屈」指受到不公正的對待，突出當事人有很大委屈，如說「受盡冤屈」、「冤屈無處訴說」。

淵博 yuān bó　（學識）深而且廣　知識~｜他是一個十分~的學者。
（同）【廣博】guǎng bó

「淵博」突出廣博而精深，多用在學識上。「廣博」強調廣，指範圍廣、方面多，可用於學識、閱歷或見聞等，如說「他的閱歷非常廣博，這樣的事情他早就經歷過了」。

（反）【淺薄】qiǎn bó　~無知｜他的見解相當~。
（反）【淺陋】qiǎn lòu　學識~｜這種分析顯得很~。

元旦 yuán dàn　每年的第一天　歡度~｜舉行~晚會。
（反）【除夕】chú xī　~守歲｜~夜是家人團聚的時刻。

元兇 yuán xiōng　罪魁禍首　捉拿~｜查找肇事~｜這個小煙蒂竟是森林大火的~。
（同）【首惡】shǒu è
（同）【罪魁】zuì kuí

「元兇」指引起禍患的首要人物。「首惡」指犯法集團的頭子，如說「首惡必辦」、「追究首惡」。「罪魁」指給

民眾或社會帶來深重災難、造成嚴重損害的首要人物，語意較重，多說「罪魁禍首」。

原 yuán

原來；本來　～文｜～班人馬｜洗去鉛華，顯出她的～有模樣。
圓【本】běn

「原」、「本」都有不同的搭配。「本」可說「本意並非如此」、「他本想自己一個人做的」。

原本 yuán běn

1.底本；藍本　請選用好的～翻譯｜這本清代小說的～已經無法找到。
圓【底本】dǐ běn
圓【藍本】lán běn
2.原來；開始時　他～是個老師｜他～在北京工作｜我～是不準備去那兒旅遊的。
圓【本來】běn lái
圓【原來】yuán lái

「原本」兼有本和原的意思。「本來」突出先前狀況，多用於上半句，如說「我本來準備去的，後來沒有去成」。「原來」突出先前如此而現在有所變化，如說「他原來準備來的，臨時卻改變了」。

原告 yuán gào

也稱「原告人」。法律上指提起訴訟的一方　判決～勝訴｜擔任～律師｜～已經撤訴。
圓【被告】bèi gào　～缺席｜～的代理人｜他最終走上～席。

原諒 yuán liàng

對他人的疏忽、缺失、錯誤等表示理解，不加責備或懲罰　敬請～｜～他是初犯｜～他還是個小孩｜對這種錯誤不能再～了。
圓【原宥】yuán yòu

「原諒」多用於口語。「原宥」屬於書面語，如說「懇請原宥」、「請原宥我的唐突」。

原籍 yuán jí

老家；家族前輩所屬的籍貫　～浙江｜～廣東。
圓【寄籍】jì jí　～山西｜～他鄉。
圓【客籍】kè jí　～香港。

原形 yuán xíng

本來的面目　～畢露｜陰謀得逞，他馬上現出了～。
圓【真相】zhēn xiàng

「原形」指本來的面貌，區別於現在的面貌，是貶義詞。「真相」突出事物的真實情況，區別於表面的或虛假的情況，一般不用於人，如說「事實真相」、「真相大白」、「弄清問題的真相」。

原因 yuán yīn

引起事件發生或造成某個結果的根由　分析失利的～｜事故發生的～尚在調查中。
圓【根由】gēn yóu
圓【來由】lái yóu
圓【因由】yīn yóu
圓【緣故】yuán gù
圓【緣由】yuán yóu

「原因」與「結果」相對，可用於重大事物或一般事物。「根由」、「來由」、「緣由」強調從根源來看原因，

「緣由」、「緣故」多用於一般事物。「根由」屬於書面語。

〈反〉【結果】jié guǒ   ～真出乎意料｜最後的～可想而知。

原則 yuán zé   説話、辦事的準則   遵守辦事準～｜不能如此不講～｜這是我做事的～｜他這個人一向堅持～。

〈同〉【準繩】zhǔn shéng
〈同〉【準則】zhǔn zé

「原則」突出作為依據的標準。「準繩」、「準則」突出作為依據的模式或規範，屬於書面語。「準則」有較鄭重的色彩，多用於組織紀律、倫理道德、外交條款、思想理論等方面，如說「制訂準則」、「對方違背了準則」、「遵守國際關係準則」。「準繩」原指測定平直程度的器具，比喻言論、行為等依據的原則或標準，如說「必須以法律為準繩」。

原裝 yuán zhuāng   生產廠家自行裝配好出廠的電器等商品   ～電腦｜～空調｜這相機是日本～的。
〈反〉【組裝】zǔ zhuāng   散件～｜自己～了一台電腦｜這種音響設備都是～的。

「原裝」多指原廠家完整裝配的商品。「組裝」多指在原廠家以外的地方或部門裝配的，也指自行將散件裝配成整機。

援救 yuán jiù   幫助別人解脱痛苦或脱離危險   緊急～｜消防隊員衝入火中～被困的居民。
〈同〉【解救】jiě jiù
〈同〉【挽救】wǎn jiù
〈同〉【拯救】zhěng jiù

援用 yuán yòng   引用   ～統計數據｜這部著作～了很多外語資料。
〈同〉【引用】yǐn yòng
〈同〉【援引】yuán yǐn
〈同〉【徵引】zhēng yǐn

「援用」多用於例證、條文、材料等。「引用」突出把別人說的話拿來用，如「他寫文章常常引用典故」。「援引」突出引用具體的話語、條文或例證，如說「援引有關條例」。「徵引」多指大量引用、引證並作分析，是有選擇的使用，如說「大量徵引」、「徵引史料」。

援助 yuán zhù   支援；幫助   國際～｜～災區｜這個國際組織的宗旨就是～貧困地區的人民。
〈同〉【支援】zhī yuán
〈同〉【贊助】zàn zhù

「援助」多用於國家、集體之間。「支援」可用於國家、集體之間或個人之間，如說「支援兄弟單位」、「他們在關鍵的時候都來支援我」。「贊助」原指支持、聲援，現多指用財物進行幫助，如說「贊助單位」、「這項目由商業機構贊助」。

圓 yuán   從中心點到周緣距離等長的形狀   ～月｜畫一個～。
〈反〉【方】fāng   ～桌｜～形盒子。

圓滿 yuán mǎn　完滿　展覽～結束｜這次會談的結果很～。
圓【美滿】měi mǎn
圓【完滿】wán mǎn

「圓滿」突出完備周全，多形容會議、會談、展覽等進行順利，令人滿意。「美滿」突出美好、完美，多用於家庭生活，如說「這對夫妻日子過得十分美滿」。

遠 yuǎn　1. 時間或空間相隔長的　～古｜雖～猶近｜那個地方離這非常～。
反【近】jìn　～期｜遠～聞名｜遠親不如～鄰。
2.（血緣）關係間隔大的　～房親戚｜他們的關係很～。
反【近】jìn　～親不得結婚。
3. 不靠近　敬而～之｜全身～禍之道｜君子～庖廚｜你趕快～離這個是非之地吧！
反【近】jìn　～朱者赤，～墨者黑。

遠大 yuǎn dà　長遠而廣闊的　目標～｜～的前程｜從小樹立～理想。
反【短淺】duǎn qiǎn　目光過於～。

遠郊 yuǎn jiāo　離市區遠的郊區　～曠野｜去～度假｜這條線路連接市區與～。
反【近郊】jìn jiāo　遷居～｜住在～｜下星期學生會組織去～踏青。

遠景 yuǎn jǐng　將來的景象　美好的～｜這計劃的～很誘人｜專家們預備制訂城區～規劃，正在廣泛聽取意見。
圓【前景】qián jǐng

「遠景」突出指較遠的將來可能出現的景象，其時間比「前景」遠。「前景」指就要出現的景象，多比喻未來、前程，如說「豐收前景」、「瞻望前景」、「前景不容樂觀」。

遠眺 yuǎn tiào　往遠處看　登高～｜極目～。
圓【遠望】yuǎn wàng

遠洋 yuǎn yáng　距大陸比較遠的大海　～航行｜～水域｜海軍要逐步具備～作戰能力。
反【近海】jìn hǎi　～作業｜嚴禁在～捕撈。

怨 yuàn　不如意時產生的仇恨心理　抱～｜不計恩～｜他對此～氣衝天。
反【德】dé　以～報怨｜感恩戴～。
反【恩】ēn　～重如山｜大～不言謝｜過去的～怨一筆勾銷。

怨恨 yuàn hèn　心中懷有的強烈不滿和仇恨　他以～的眼神瞪着她｜這兩個家族之間充滿了～。
圓【怨尤】yuàn yóu

「怨恨」強調責怪、憤恨，語意較重。「怨尤」屬於書面語。

反【恩德】ēn dé　難忘老師的～。

怨言 yuàn yán　怨恨不滿的話　毫無～｜滿腹～｜員工們對他的領導方式～不少。
圓【牢騷】láo·sāo

「怨言」突出指因事情不如意而抱怨

Y

別人的話，語意較重。「牢騷」指煩悶不滿的情緒，如說「發牢騷」、「不知為何他牢騷那麼多」；還作動詞，如說「牢騷了大半天」、「你別整天牢騷個不停」。

願望 yuàn wàng　盼望能達到某種目的的想法　～終於實現了｜當飛行員是他從小的～。

同【希望】xī wàng
同【心願】xīn yuàn

「願望」的主體可以是集體或個人。「希望」的主體除集體和個人外，還可以是事物、世界、人間等範疇，如說「毫無希望」、「這個世界充滿了希望」。「心願」強調内心的深沉的想法，含有盼望了很久的意味，語意比「願望」重。

約定 yuē dìng　經過商量而確定　他倆～明天去打保齡球｜我們～明早在商場碰頭。

同【商定】shāng dìng

「約定」突出事先相約，多用於日常生活。「商定」突出經過協商後定下來，有鄭重色彩，多用於正式場合，如說「商定採用第一套方案」。

約束 yuē shù　限制言行，使不越出範圍　受到～｜自我～｜加強～｜父母對他～得太緊了｜這個老師對學生的行為完全不加～。

同【束縛】shù fù
同【管束】guǎn shù

「約束」多指紀律、法規、制度等對人的限制，一般是正常的和必要的，可以是外來制約，也可以是自己對自己。「束縛」多指舊禮教、陳腐觀念、迷信等對人的限制，對人、對事會產生較大負面影響，多含貶義，如說「衝破傳統觀念的束縛」。「管束」突出管，多用於長輩對晚輩、上級對下級、老師對學生等，不用於對自己，如說「必須嚴加管束」。

反【放任】fàng rèn　～自流｜對孩子不可～不管。

悅耳 yuè ěr　聲音動聽　～動聽｜婉轉～的鳥鳴｜聆聽～的樂曲。

反【刺耳】cì ěr　汽笛聲嘈雜～｜外面傳來～的叫罵聲。

「刺耳」突出説話尖酸刻薄，令人不快，也指聲音嘈雜。

悅目 yuè mù　形象、色彩等美好，看起來舒服　賞心～｜窗台上的一盆蘭花十分～｜今天她的衣着十分鮮豔～。

同【順眼】shùn yǎn

「悅目」屬於書面語。「順眼」多用於口語，如說「這種打扮讓人看着不順眼」。

反【刺目】cì mù　～的陽光｜大廳裏的燈光太～了。
反【刺眼】cì yǎn　～的打扮｜這個廣告做得太～。
反【扎眼】zhā yǎn　一身～的裝束｜他的一舉一動十分～。

閱歷 yuè lì　1. 親身經歷　～過

不少艱辛的事｜年輕人應該多出去～
一番。
🔵【經歷】jīng lì
2. 親自經歷得來的知識　～比較豐
富｜他的人生～很深。
🔵【經歷】jīng lì

「閱歷」屬於書面語。「經歷」突出
親身所遭受，如說「經歷過那場災
害」、「回憶那段難忘的經歷」。

允諾 yǔn nuò　答應；承諾　欣
然～｜不要輕易～。
🔴【推託】tuī tuō　一再～｜他這完全
是藉故～。

允許 yǔn xǔ　同意；許可　未經
～，不得入內｜他決不～孩子做這種
事｜誰～你這樣做的？
🔵【答應】dā ying
🔵【容許】róng xǔ
🔵【許可】xǔ kě
🔵【准許】zhǔn xǔ

「允許」指一般的答應、應允，語意
較輕。「答應」多用於口語，如說「他
最終還是答應了我的請求」、「我從
來就沒答應過這樣的事」；也指應聲
回答，如說「我喊了半天，他也不答
應一下」。「容許」突出容忍、許可，
語意較重，如說「只容許一個人進
去」、「我們決不容許他為非作歹」。
「許可」多用於組織對個人、上級對
下級，如說「想創業辦公司，必須得
到有關部門許可」。「准許」多用於
上級對下級，語氣鄭重，如說「准許
營業」、「獲得准許」、「上級已准
許他去分公司工作」。

🔴【禁止】jìn zhǐ　嚴令～｜閒雜人員
～入內｜公共場所～吸煙。
🔴【制止】zhì zhǐ　～混亂｜堅決～這
種不良行為。

「禁止」多用於一些公共禁令。「制
止」突出強迫使停止。

運動 yùn dòng　體育活動　喜歡
～｜～使人健康｜學校每年都要舉行
～會。
🔵【活動】huó dòng

「運動」多指體育鍛煉或競賽。「活
動」的範圍較廣，可以是與身體有
關的，如說「活動手腳」、「活動活
動筋骨」，也可以是有組織的社會
事宜，如說「文化活動」、「娛樂活
動」、「開展募捐活動」。

運行 yùn xíng　往復地運轉　～
軌跡｜監測衛星～情況。
🔵【運轉】yùn zhuǎn

「運行」多指星球、車船等有規律地
運轉。「運轉」可用於星球，但不
用於車船，如說「月亮繞着地球運
轉」；還可指機械轉動或機構進行工
作，如說「每分鐘運轉 3000 次」、
「這台設備目前運轉正常」、「新辦
網路公司開始運轉」。

蘊藏 yùn cáng　蓄積而沒有顯露
出來或沒有被發掘　地下～豐富的
煤炭資源｜～着巨大的發展空間｜她
的心中～着對兒子濃濃的愛。
🔵【儲藏】chǔ cáng

Y

「蘊藏」適用範圍較廣，可用於礦藏資源、感情、力量等，強調深藏在裏面，屬於書面語。「儲藏」多用於礦藏資源、糧食、水等具體物品，如說「探明儲藏量」、「此地鐵礦儲藏很豐富」；還有存放、保藏的意思，如說「儲藏糧食」。

⊗【開採】kāi cǎi　～礦產｜～地下水資源。

「蘊藏」的對象可以是具體資源，也可以是由資源引申出來的潛在的能量或力量。「開採」的對象只能是具體資源。

蘊含 yùn hán　包含　他的話～着很深的哲理｜這篇文章很短，卻～着豐富的內容。
⊜【包含】bāo hán

「蘊含」也寫作「蘊涵」，多用於抽象事物。「包含」強調裏面含有，如說「包含矛盾」、「機票不包含保險費用」。

Z

雜亂 zá luàn　多而亂,沒有秩序或條理　顯得～無章｜東西～地堆放在一起｜這篇文章內容～,重點很不突出。
圓【混雜】hùn zá
圓【蕪雜】wú zá

> 「雜亂」突出物品、文章內容、方法、步驟等多而沒有條理。「混雜」強調品質不一的東西或人混合在一起,如說「人員混雜」、「龍蛇混雜」。「蕪雜」指草長得多而亂,也指文章內容多而亂,屬於書面語,如說「蕪雜的田園」、「文章內容蕪雜」。

反【整齊】zhěng qí　～劃一｜～的隊伍｜所有物品都擺放得～有序。
反【井然】jǐng rán　條理～｜這裏一切～有序。

雜色 zá sè　多種顏色混合在一起　～絲線｜他家養了一條～卷毛狗。
反【正色】zhèng sè　花無～鳥無名。

> 「雜色」指多種顏色。「正色」指純正單一的顏色,如青、黃、紅、白、黑等。

災害 zāi hài　旱、澇、蟲、冰雹、地震、颶風、戰爭等造成的禍害　發生洪澇～｜此地飽受～之苦｜必須提高抵禦～的能力。
圓【災荒】zāi huāng
圓【災禍】zāi huò
圓【災難】zāi nàn

> 「災害」多指自然現象和人類行為對生物及生存環境造成的一定規模的禍害。「災荒」多指因災害造成土地荒蕪、農作物歉收等,如說「鬧災荒」、「幫助村民渡過災荒」。「災禍」突出自然的或人為的禍害,如說「避免災禍」、「災禍深重」。「災難」指天災人禍所造成的嚴重損失,如說「遭受災難」、「經歷了一次次災難」。

在行 zài háng　對某行某業的事情十分懂行,很有經驗　做菜她很～｜做生意我比較～｜料理家務我可不～。
反【外行】wài háng　別説～話｜都甚麼年代了,竟然對電腦還是～。

在逃 zài táo　正逃亡在外　緊急通緝～犯罪嫌疑人｜不論～抑或在朝,他始終關心社會的發展。
反【在押】zài yā　～候審｜此案的犯人已～。

> 「在逃」用於犯罪嫌疑人或正在服刑的罪犯。「在押」用於案件正在審理的犯罪嫌疑人或已經結案處理的犯人。

在野 zài yě　處在不執政的地位　～黨這次贏得了發展機會。
反【在朝】zài cháo　～理政｜～多年。
反【執政】zhí zhèng　～黨｜清廉～｜提高～能力。

> 以上三個詞都用於政治團體或個人。

在職 zài zhí　正擔任職務　裁減～人員｜～期間表現出色。

（反）【離職】lí zhí　～賦閒｜他交上了～申請。

（反）【辭職】cí zhí　引咎～｜他表示不會～｜一度有很多文人～去經商。

> 「在職」用於正在崗位上擔任職務的。「辭職」用於當事人主動辭去擔負的工作。

暫時 zàn shí

短時間之內　～停止開放｜困難只是～的｜這自行車我～借用一下｜黑暗只是～的，黎明很快就會到來。

（同）【臨時】lín shí

> 「暫時」強調短時間，多與「現象」、「情況」、「困難」等詞搭配。「臨時」突出短時間或非正式，多與「借用」、「徵用」、「機構」、「措施」等詞搭配，如說「臨時徵用」、「臨時改道」；還指接近事情發生的時候，如說「臨時抱佛腳」、「臨時乾着急」。

（反）【永久】yǒng jiǔ　～的懷念｜尋求～和平。

（反）【永遠】yǒng yuǎn　～的紀念｜～活在親人心中｜～不要放棄理想。

贊成 zàn chéng

同意別人的意見或做法　我不～他的看法｜對他的做法表示～｜～這個方案的請舉手。

（同）【贊同】zàn tóng
（同）【同意】tóng yì
（同）【讚許】zàn xǔ

> 「贊成」強調同意別人的主張或行為。「贊同」強調同意別人的意見、主張、理論，並參與其中，如說「贊同搬遷」、「不贊同這種做法」、「大

家都贊同他們的設想」。「同意」突出對某種主張表示相同的意見或表示准許，如說「同意請假」、「表示同意」。「讚許」含有讚賞意味，指認為很好並加以肯定，如說「得到眾人的讚許」、「露出讚許的神情」。

（反）【反對】fǎn duì　大家都堅決～這種做法｜他的言辭遭到了強烈～。

贊同 zàn tóng

贊成　一致表示～｜～對方的意見｜員工們一致～這項改革。

（同）【贊成】zàn chéng
（同）【同意】tóng yì

（反）【反對】fǎn duì　～戰爭｜～無效｜他還持～意見。

讚美 zàn měi

稱讚；頌揚　～大好河山｜～英雄們的業績｜～秋天的景色｜～勤勞的農民。

（同）【讚賞】zàn shǎng
（同）【讚歎】zàn tàn
（同）【讚譽】zàn yù

> 「讚美」突出稱讚、誇獎、頌揚，可用於人或事物，多與「思想」、「品德」、「精神」、「生活」、「技藝」、「風格」等詞搭配。「讚賞」突出賞識，多用於人的精神、行為、技藝、才能、作品等方面，如說「讚賞的眼光」、「讚賞他的氣魄」。「讚歎」突出十分讚許、佩服，多與「令」、「發出」、「引起」等詞搭配，如說「他們的刻苦精神讓人讚歎」、「令人讚歎」、「發自內心的讚歎」。「讚譽」突出稱讚並給予好評，多與「贏得」、「獲得」、「受到」等詞搭配，屬於書面語。

讚許 zàn xǔ　讚揚；稱讚　～助人為樂的精神｜他的事跡受到普遍～。

⊗【非難】fēi nàn　一再遭到～｜那幾個人藉故～，弄得她很尷尬。

讚揚 zàn yáng　説對方的優點並加以頌揚　大加～｜先進人物｜他常常受到老師的～。

⊗【批評】pī píng　嚴厲～｜～不良風氣｜臨陣脱逃的行為。

⊗【譴責】qiǎn zé　受到輿論的～｜一輩子受良心～。

⊗【指責】zhǐ zé　橫加～｜不要無故～他人｜大家～他不愛護公物。

贓官 zāng guān　有貪污受賄行為的官員　懲治～污吏｜法律讓～無處可逃。

◉【貪官】tān guān

⊗【清官】qīng guān　為民請命的～｜社會需要～。

葬送 zàng sòng　喪失；失掉　他的前程就這樣被～了｜不幸的婚姻～了她的幸福。

◉【斷送】duàn sòng

「葬送」突出喪失、失掉，對象多是生命、前途、事業、婚姻、幸福等抽象事物，適用範圍較廣。「斷送」指喪失或毀滅生命、前途等，語意較重，如說「白白斷送了性命」、「他險些斷送了自己的前途」。

遭逢 zāo féng　碰上；遇到　～盛世｜～災難｜～不幸｜亂世。

◉【遭遇】zāo yù

「遭逢」多表示遇到、碰上大的事情或時運，可以是好的或不好的，屬於書面語。「遭遇」強調遇到不幸的或不順利的事，如說「遭遇災難」、「遭遇反抗」、「遭遇敵機」、「敍述不幸的遭遇」。

遭受 zāo shòu　受到（不幸或損害）　～磨難｜～損失｜～自然災害｜～慘痛失敗｜～沉重打擊｜～嚴重破壞｜～惡意排擠。

◉【蒙受】méng shòu

「遭受」突出遭遇到，屬於書面語，對象多是不幸或不好的事物。「蒙受」指承受到好的或不好的事，語意較重，如說「蒙受不白之冤」、「蒙受恩惠」。

遭罪 zāo zuì　受到痛苦、磨難等；受罪　這樣熬着，簡直是～｜碰到這樣的人，真是～。

⊗【享福】xiǎng fú　她真不懂得～｜該您～了。

糟 zāo　（事情）很壞；（情況）極差　這次我考～了｜老人目前身體狀況比較～。

⊗【好】hǎo　心情很～｜～戲連台｜公園的環境非常～。

糟糕 zāo gāo　情況很不好　天氣很～｜表現十分～｜當地的交通狀況～極了。

⊗【優異】yōu yì　祝賀你們取得～的成績。

⊗【優良】yōu liáng　品質～｜保持～

Z

傳統｜他們終於培育出了～的水稻品種。

⟨反⟩【良好】liáng hǎo　治安～｜病人心態～｜發展勢頭～｜為孩子創造～的環境。

糟踐 zāo jian　糟蹋；損傷或損害　他老是～別人｜這麼好的東西，可別～了。

◉【糟蹋】zāo·tà

> 「糟踐」屬於口語。「糟蹋」也寫作「糟踏」，對象可以是具體事物或抽象事物，如說「糟蹋名聲」、「糟蹋糧食」；用於人時表示侮辱、蹂躪，如說「不准糟蹋婦女」。

糟粕 zāo pò　原指製酒、做豆腐等剩下的渣滓。現多比喻粗劣無用的東西　去除～｜分清精華與～。

⟨反⟩【精華】jīng huá　汲取～｜這些都是古典文學的～所在｜展覽會集中了各地工藝品的～。

> 「精華」也寫作「菁華」，指事物最精美、最要緊的部分。

糟蹋 zāo·tà　也寫作「糟踏」。浪費或損壞　～糧食｜別～自己的身子｜媒體的報道把整場演唱會給～了。

⟨反⟩【愛惜】ài xī　～生命｜應懂得～時間｜～一草一木。

> 「糟蹋」強調破壞或丟棄可用的或有價值的東西。

早 zǎo　1. 時間在先的一段　～期｜

儘～解決。

⟨反⟩【晚】wǎn　～清時期｜～年生活｜～秋時節天氣轉涼。

2. 比一定的時間靠前　～熟｜～產兒｜宜～不宜遲｜現在時間還～呢。

⟨反⟩【晚】wǎn　～婚｜車已經～點了｜今年的春天來得較～。

⟨反⟩【遲】chí　姍姍來～｜～到的祝福｜這封信來得太～了｜他經常睡得很～。

3. 早晨，日出後的一段時間　清～｜～點｜從～到晚｜～鍛煉，身體好。

⟨反⟩【晚】wǎn　～會｜道個～安｜每天早～要在此跟鄰居見面。

早退 zǎo tuì　在規定結束的時間之前離開　無故～｜他經常開會～｜上班時間不得隨意～。

⟨反⟩【遲到】chí dào　上課別～｜你不要再～了。

> 「早退」、「遲到」用於規定時間的學習、工作或會議等。

早先 zǎo xiān　從前；以前　～的事已不記得了｜市場商品比～豐富多了｜現在的生活比～好多了。

⟨反⟩【新近】xīn jìn　～才有的現象｜～變化很多｜他家～才搬到這裏。

皂 zào　黑色　～衣～靴｜別不分青紅～白。

⟨反⟩【白】bái　～雪｜潔～無瑕｜天上飄着朵朵～雲。

造訪 zào fǎng　拜訪　專程～｜登門～｜細雨綿綿的春日，我們～了這座水鄉小鎮。

同【拜訪】bài fǎng

「造訪」的對象可以是人或地方，屬於書面語。「拜訪」的對象是主體所尊敬的人，如說「屆時前往拜訪」、「拜訪當地名流」。

造謠 zào yáo　故意捏造，以迷惑他人　~滋事｜~惑眾｜不許~｜污衊他人。

反【闢謠】pì yáo　公開~｜登報~｜應及時~，以正視聽。

「造謠」突出故意捏造事實以達到惡劣的目的。

責備 zé bèi　批評指摘　你別~他們｜對孩子不要一味地~｜他一改以往的態度，是因為受到了良心的~。

同【責怪】zé guài
同【責難】zé nàn
同【指責】zhǐ zé
同【指摘】zhǐ zhāi

「責備」突出批評指責，多用於對他人，也可用於對自己。「責怪」除批評指責外，還突出埋怨的意思，語意較輕，用於對自己或別人。「責難」突出非難，語意較重，如說「備受責難」。「指責」重在指出錯誤，進行批評，語意比「責備」重，如說「發生事故後他一再指責對方」。「指摘」突出故意找毛病，如說「別隨意指摘」、「指摘文章中的錯處」。

反【稱讚】chēng zàn　~好人好事｜大家都~他辦事果斷。
反【原諒】yuán liàng　敬希~｜請求大家的~｜發誓一輩子都不~他。

責罰 zé fá　處罰　他已經受到了應有的~｜犯錯誤的人應該受到~｜因這樣的小事~他，恐怕不合適吧。

同【懲辦】chéng bàn
同【懲處】chéng chǔ
同【懲罰】chéng fá
同【懲治】chéng zhì
同【處罰】chǔ fá
同【處分】chǔ fèn

「責罰」多用於一般的錯誤或輕微的罪行。「懲辦」突出治罪，如說「對搶劫者必須嚴加懲辦」。「懲處」語意比「懲辦」輕，如說「給以適當懲處」。「懲罰」多指在經濟上、政治上給予責罰。「懲治」用法同「懲辦」，但語意比「懲辦」輕，比「懲罰」重。「處罰」突出具體進行處分，如說「由他們執行處罰」、「我這是為了處罰你」。「處分」指各種處理決定，程度有輕有重，如說「遭終身停賽的處分」、「他因考試作弊被處分」。

反【獎勵】jiǎng lì　受到~｜~優秀學生｜給予精神和物質~。
反【獎賞】jiǎng shǎng　~功臣｜孩子得到了~。
反【嘉獎】jiā jiǎng　通令~｜~有功的人員。

責罵 zé mà　用嚴厲的話責備　遭到~｜無端~｜他沒~，只是皺了皺眉頭。

同【斥罵】chì mà
同【叱罵】chì mà

「責罵」突出用嚴厲的話責備。「斥罵」語意較重，對象多是人或動物，

如說「她像對一條狗似的斥罵他」。「叱罵」突出大聲訓斥，語意比「斥罵」更重，如說「眾人厲聲叱罵那個歹徒」。

憎恨 zēng hèn　仇恨厭惡　無比～｜～賣國賊｜我最～逢迎拍馬的人。
反【熱愛】rè ài　～家鄉｜～新技術｜對事業充滿～之情。

憎惡 zēng wù　極為厭惡、憎恨　令人～｜他一貫～不誠實的行為。
反【愛好】ài hào　～集郵｜～古典音樂｜～旅遊和上網。
反【愛慕】ài mù　～虛榮｜令人～｜小說中的男主人公對那位女演員～已久。

增 zēng　添加；使多起來　信心倍～｜～強體質｜他們的房產不斷～值。
反【減】jiǎn　～少｜～肥｜費用有增無～｜應當給學生～壓。
反【刪】shān　～改｜～繁就簡｜文字～掉不少。
反【損】sǔn　～兵折將｜略有增～｜～益相抵。

增產 zēng chǎn　增加生產　年年～｜～節約｜～增收。
反【減產】jiǎn chǎn　糧食～｜特大洪水造成當地大幅度～。

增光 zēng guāng　添加光彩或光榮　為家人～｜為學校～。
反【玷污】diàn wū　～門風｜不許～

莊嚴的國旗。
反【減色】jiǎn sè　少了他的節目，晚會大為～。

增加 zēng jiā　在原有的基礎上加多　～收入｜～密度｜～抵抗力｜今年的學生比去年～了兩倍。
同【添加】tiān jiā
同【增添】zēng tiān

「增加」突出數量加多或加強，多與「消費」、「費用」、「收入」、「面積」、「體積」、「長度」、「數量」、「重量」、「設備」、「信心」、「食欲」等詞搭配。「添加」強調在原有基礎上加多一些，多與「衣物」、「物資」、「設備」、「材料」、「力量」等詞搭配，如說「添加設備」、「添加防腐劑」。「增添」突出添上、補充，對象多是抽象事物，如說「增添光彩」、「增添春色」、「我這次給您增添了許多麻煩」。

反【減少】jiǎn shǎo　～浪費｜～投資風險｜～煩瑣的手續。
反【縮減】suō jiǎn　～規模｜～不必要的開支。
反【削減】xuē jiǎn　～經費｜人數大幅度～。

增強 zēng qiáng　增進；加強　～信心｜～體質｜～抵抗力｜這些書～了他的想像力，把他帶入一個嶄新的境界。
同【加強】jiā qiáng

「增強」強調在原有基礎上增加、促進，多與「勇氣」、「信心」、「決心」、「體質」、「責任心」、「免疫

力」、「安全感」、「責任感」等詞搭
配。「加強」指在原有基礎上增加某
種力量，使更有力或更有效，多與
「力量」、「團結」、「領導」、「信
心」、「管理」、「友誼」、「效果」、
「工事」、「警戒」、「戰鬥力」等詞
搭配。

⊜【減弱】jiǎn ruò　風力～｜學習興
趣有所～｜對此動議的支持力度逐漸
～。

⊜【削弱】xuē ruò　戰敗國的實力有
所～｜對教育的重視程度不能～。

⊜【減輕】jiǎn qīng　～疼痛｜家長
負擔｜設法～學生的壓力。

增添 zēng tiān　增加，使多起
來　～煩惱｜～設備｜企業～了新的
活力。

⊜【裁減】cái jiǎn　～機構多餘人
員｜實施～計劃。

⊜【削減】xuē jiǎn　～預算｜～原油
產量｜大幅度～出口份額。

「增添」強調有所添補。

增長 zēng zhǎng　提高數量、
程度　～才幹｜～見識｜經濟～是社
會穩定的重要因素。

⊜【下降】xià jiàng　體重～｜視力不
斷～｜購買力有所～。

扎眼 zhā yǎn　1.（火焰、光線
等）刺眼而讓人不舒服　燈光十分
～｜這布料的花色非常～。

⊜【刺眼】cì yǎn

「扎眼」突出光線太強或色彩對比不
協調而使人感覺不舒服。「刺眼」指

光線過強使眼睛不舒服或過於引人
注意而使人感覺不順眼，如說「刺眼
的燈火久久不熄」、「紅上衣配綠褲
子顯得特別刺眼」。

2. 惹人注意　她今天那身打扮實在
～｜他個子奇高，走在人羣中非常～。

⊜【刺眼】cì yǎn

詐騙 zhà piàn　訛詐騙取　～犯｜
～錢財｜這個團伙～了大量錢財。

⊜【欺騙】qī piàn

「詐騙」突出詐騙，語意較重，主體是
個人或團伙，對象多是財物。「欺騙」
突出用虛假的言行使人上當，主體
多為個人，如說「他欺騙了你」、「我
不能忍受你欺騙我」。

摘 zhāi　取下　～帽子｜～下眼
鏡｜～下耳環｜你快把壞燈泡～下
來。

⊜【戴】dài　張冠李～｜～上眼鏡｜
孩子們都～着帽子。

「摘」可用於取下戴着、掛着的物件，
也可用於取下植株上的花、葉、果
子等，如說「禁止摘花」。「戴」指
把小件東西安放在頭、臉、頸、胸、
臂、手等部位。

窄 zhǎi　1. 橫向距離較小（與「寬」
相對）　冤家路～｜這條路很～。

⊜【狹】xiá

⊜【寬】kuān　～敞｜～銀幕｜門前
有條很～的馬路。

⊜【廣】guǎng　～場｜～闊｜這裏地
～人稀。

Z

2.（心胸）不開朗；（氣量）小　心眼兒比較～｜此人眼光淺，心胸～，不堪重用。

同【狹】xiá

反【寬】kuān　待人要～厚｜做人要～大為懷。

3.（生活）不寬裕　生活有點～巴巴的｜這幾年他的日子過得挺～的。

同【緊】jǐn

反【寬】kuān　～裕｜我手頭比過去～多了。

> 「窄1」突出橫向的距離小，適用範圍較廣。「狹」突出空間小或心胸不寬，與「廣」相對，適用範圍較小，如說「狹小」、「狹路相逢」。「緊」表示手頭錢款不多，如說「剛開始工作時我手頭一直很緊」、「我們近來日子過得有些緊」。

沾染 zhān rǎn　由於多次接觸而受到不良影響　～不良風氣｜不小心～了灰塵。

反【戒除】jiè chú　～煙癮｜下決心～壞習慣。

> 「沾染」還可用於染上髒物等。「沾染」、「戒除」的對象均是不良事物。

展開 zhǎn kāi　大規模地進行（運動、活動）　～討論｜～大搜捕｜～了一場辯論｜～激烈的比賽。

同【開展】kāi zhǎn

> 「展開」突出大規模或者大力進行。「開展」重在運動、活動由小向大發展，如說「大力開展植樹造林運動」、「積極推動環保運動的開展」。

展示 zhǎn shì　清楚地擺出來或表現出來　～成果｜將風采～在眾人面前｜這部科幻電影向人們～了人類未來生活的圖景。

同【顯示】xiǎn shì

同【展現】zhǎn xiàn

> 「展示」突出讓人們看見並明白，對象是造型、服裝、畫卷、全貌或前途、精神等。「顯示」指表現出來，如說「顯示國力」、「顯示才華」、「圖像顯示得不清楚」。「展現」突出將景象清楚地表現出來，如說「一望無際的平原展現在我們面前」、「小說很好地展現了人物的精神面貌」。

展望 zhǎn wàng　看遠方；看將來　～前景｜～未來｜經濟局勢～。

反【回顧】huí gù　～十多年的經歷｜好友們在一起～校園生活。

反【回想】huí xiǎng　～當年｜～往事，心潮起伏。

嶄新 zhǎn xīn　全新的　～的面貌｜～的傢具｜高科技的應用，使我們進入了一個～的時代。

同【簇新】cù xīn

> 「嶄新」突出非常新，可以形容具體事物，如服裝、傢具、機器、武器、建築物；或抽象事物，如世界、內容、形勢、思想、局面、面貌、姿態、生活、形象等。「簇新」指全新、新極了，多用於服飾，如說「簇新的服裝」。

反【陳舊】chén jiù　題材過於～｜設施比較～｜應該拋棄～的觀念。

輾轉 zhǎn zhuǎn　也寫作「展轉」。不是直接地；經過別人的手或經過別的地方　～流傳｜那本書～多人才到我手中｜這幅古畫～海外，終於回到了祖國。

（反）【直接】zhí jiē　你～跟他聯繫｜東西不要～交給他｜有問題可以～找負責人。

佔據 zhàn jù　用強力得到或保持住　～制高點｜～了有利地形｜這家大公司的產品，～了大半個市場。

（同）【盤踞】pán jù

（同）【佔領】zhàn lǐng

（同）【霸佔】bà zhàn

> 「佔據」突出用強力、武力奪取或保持住地方、場所、位置等。「盤踞」也寫作「盤據」，重在用武力或權勢非法佔領、霸佔，是貶義詞，如說「盤踞一方」、「那座山上盤踞着一窩土匪」。「佔領」突出用武裝力量取得，對象多是陣地、地方或是別國的領土，如說「佔領陣地」、「佔領小國的領土」，也用於抽象事物，如說「佔領思想陣地」、「佔領市場」。「霸佔」突出倚仗權勢強行佔為己有，是貶義詞，對象多是土地、財物、人等，如說「霸佔民女」、「霸佔他人財產」。

站 zhàn　雙腳着地或踏在其他物體上，身體保持垂直　你不要～起來｜交警在十字路口指揮車輛。

（反）【坐】zuò　請～穩了｜～立不安｜咱們～下來談。

戰 zhàn　戰爭；戰鬥　停～｜～

無不勝｜兵法云知己知彼，百～不殆。

（反）【和】hé　講～｜你主戰還是主～？

戰場 zhàn chǎng　兩軍交戰的地方，常用於比喻　商場猶如～｜他在～上表現得很勇敢。

（同）【疆場】jiāng chǎng

（同）【沙場】shā chǎng

（同）【戰地】zhàn dì

> 「戰場」適用範圍較廣。「疆場」重在兩軍交戰的戰場，無比喻義，屬於書面語，如說「馳騁疆場」、「浴血疆場」。「沙場」指廣闊的沙地，多指交戰的地方，無比喻義，屬於書面語，如說「沙場點兵」、「久經沙場的老將」。「戰地」重在兩軍交戰的具體地區，可用於比喻，如說「戰地醫院」、「戰地重逢」、「參賽隊均已抵達戰地」。

戰抖 zhàn dǒu　發抖　渾身不斷地～｜他看到這種慘象，禁不住～起來。

（同）【顫抖】chàn dǒu

（同）【打顫】dǎ chàn

（同）【哆嗦】duō suo

（同）【發抖】fā dǒu

（同）【戰慄】zhàn lì

> 「戰抖」突出因害怕或寒冷而身子發抖、哆嗦，屬於書面語。「顫抖」突出抖動，用於人因受驚、痛苦、激動時身體、聲音不由自主地抖動，如說「興奮得手都顫抖了起來」。「哆嗦」突出因外界刺激而身體顫動，適用範圍較廣，如說「冷得直哆嗦」、

Z

「孩子還在那裏哆嗦」；也作名詞，如說「打了一個哆嗦」。「發抖」用於因害怕、生氣或受冷而身體顫動，如說「他還躲在一邊發抖」。「戰慄」用於驚恐害怕而哆嗦，語意較重，屬於書面語，如說「全身戰慄不已」。

戰火 zhàn huǒ　指戰爭或戰事　～紛飛｜點燃～｜歷經～洗禮｜～已經蔓延到全國。

圓【烽火】fēng huǒ

圓【烽煙】fēng yān

「戰火」突出戰爭或戰事的破壞作用及其帶來的禍害。「烽火」原指古代邊防報警點的煙火，比喻戰事，語意較重，如說「烽火連綿」、「烽火重燃」。「烽煙」原指古代邊防報警的狼煙，喻指戰火或戰爭開始，如說「烽煙四起」、「烽煙彌漫」。

戰士 zhàn shì　軍隊最基層的成員　老～｜新入伍的～。

圓【兵士】bīng shì

圓【士兵】shì bīng

「戰士」指士兵、軍人；也可指其他行業的積極奉獻者，如說「白衣戰士」、「鋼鐵戰士」。「士兵」與「軍官」相對，包括一般的兵和軍士（高於兵、低於尉官的軍人）。「兵士」即士兵。

戰線 zhàn xiàn　軍隊作戰時的接觸地帶　拉長～｜縮短～。

圓【陣線】zhèn xiàn

「戰線」指戰鬥發生的地方；也用於其他領域，如說「文藝戰線」、「思想戰線」、「體育戰線」。「陣線」指擺成戰鬥陣勢的地方，多比喻鬥爭營壘，如說「革命陣線」、「組成聯合陣線」。

戰爭 zhàn zhēng　軍事鬥爭　正義～｜發動～｜反對侵略～。

反【和平】hé píng　～共處｜維護～｜從事～事業。

張口結舌 zhāng kǒu jié shé　張着嘴巴卻講不出話來，比喻害怕或理虧　見了那個來人，他緊張得～。

圓【目瞪口呆】mù dèng kǒu dāi

「張口結舌」強調說不出話來。「目瞪口呆」強調受到驚嚇而愣住的樣子，如說「一聽到這個消息，他立刻目瞪口呆」。

張望 zhāng wàng　向四周或遠處看　四處～｜在窗戶前～｜向門外探頭～。

圓【觀望】guān wàng

「張望」指有意識地看，期盼看到新的情況。「觀望」突出眺望、觀看，有觀賞或隨便瞧瞧的意思；還指猶豫地看着事態發展，如說「徘徊觀望」、「大家還在觀望事態的變化」。

長 zhǎng　1. 年齡相對較大的；輩分高的　～輩｜師～｜～幼有序｜他～我兩歲。

反【幼】yòu　～兒｜～苗｜年～無知的孩子｜～小的心靈需要呵護。

㊛【少】shào　男女老～｜青春年～。

2. 增長　助～｜有～進｜吃一塹，～
一智｜聽他談話真是～了見識。

㊛【消】xiāo　此～彼長｜煙～雲散｜
身體一天天～瘦。

㊛【滅】miè　～絕｜自生自～｜長他
人志氣，～自己威風。

長輩 zhǎng bèi　輩分大的人　尊
敬～｜他是我的～。

㊛【晚輩】wǎn bèi　愛護～｜做～的
理應孝敬долгот长辈。

㊛【小輩】xiǎo bèi　～的心願｜當～
的豈敢落後？

㊛【後輩】hòu bèi　關懷～｜請師長
們多多提攜～。

長進 zhǎng jìn　有進步　技藝大
有～｜工作有了～｜在學問上～不
少。

㊐【出息】chū xi

「長進」強調客觀上有進步，側重知
識與技能。「出息」指有發展前途或
志氣，如說「這孩子出息了」、「他
比以往出息多了」。

掌握 zhǎng wò　主持；控制住
～政權｜～原則｜～命運｜～規律｜
請你～好時間。

㊐【把握】bǎ wò

㊐【控制】kòng zhì

「掌握」指能夠控制住某些比較大的
事物，也用於比較具體的事物，如
說「掌握小組會議」、「掌握住方向
盤」。「把握」突出抓住某種具體事
物或方向、機會等，如說「把握住機

會」、「把握方向盤」、「作品密切
把握了時代的脈搏」。「控制」突出
用力量、權勢、意志等掌握、限制，
對象可以是他人或自己，還可以是
國家、政權、局勢、會議、地區、
速度、感情等，如說「控制事態發
展」、「無法控制住局面」、「盡力
控制住自己的感情」。

漲 zhǎng　水位、物價的提高或升
高　～價｜水～船高｜股價上～｜水
位暴～。

㊛【跌】diē　直線下～｜金價～了百
分之一點一。

㊛【落】luò　潮起潮～｜物價下～｜
太陽每天東升西～。

漲潮 zhǎng cháo　潮水上升　海
水～｜～時間到了。

㊛【落潮】luò cháo　～時分｜觀錢塘
江口漲潮～。

㊛【退潮】tuì cháo　～後海灘上留下
許多貝殼。

脹 zhàng　由小變大；膨起　膨
～｜氣球～破了。

㊛【縮】suō　～小｜熱脹冷～｜這布
料不會～水。

障礙 zhàng ài　1. 構成阻礙的東
西　掃清～｜排除～｜設置～。

㊐【阻礙】zǔ ài

2. 擋住道路，使不能順利通過　～物。

㊐【阻礙】zǔ ài

「障礙」作動詞時，重在阻隔、遮擋，
使不能順利進行或通過，多用於事
物的運動發展或人的視線，常與「設

Z

置」、「製造」、「排除」、「掃除」、「克服」、「掃清」等詞搭配；作名詞時，可組合成「社會障礙」、「思想障礙」、「心理障礙」、「語言障礙」。「阻礙」強調阻擋限制，使不能順利通過或發展，對象是交通、道路、生產或事物的發展，如說「阻礙前進」、「阻礙交通」、「毫無阻礙」、「隊伍受到地形的阻礙」。

招標 zhāo biāo　工程建設或進行大宗貿易時，事先公佈標準和要求，接受方以公佈的要求承包或買入　～公告｜決定向社會公開～。
⊗【投標】tóu biāo　～成功｜公司打算～｜正在選擇～對象。

招待 zhāo dài　歡迎、接待賓客　～老同學｜熱情～客人。
◎【接待】jiē dài
◎【款待】kuǎn dài

「招待」表示歡迎並給以應有的待遇，對象是賓客。「接待」是一般的應接，對象可以是賓客、顧客、遊客、來訪者等，如說「接待來賓」。「款待」突出盛情待客，語意較重，有尊敬、客氣的意味，屬於書面語，如說「款待貴賓」、「對貴方的熱情款待表示衷心的感謝」。

招架 zhāo jià　抵擋；應付　難於～｜～不了｜突然來了這麼多客人，他真有點～不住。
◎【抵擋】dǐ dǎng

「招架」多用於否定。「抵擋」強調在受到侵害時加以抵抗，語意較重，

屬於書面語，如說「抵擋酷暑」、「孩子常常會抵擋不住糖果的誘惑」。

招考 zhāo kǎo　學校或有關企業公開讓人來參加考試　～新生｜～信息｜～公務員。
⊗【應試】yìng shì　報名～｜研究～心理。
⊗【應考】yìng kǎo　積極～｜那人根本不符合～條件。

招徠 zhāo lái　在營業中竭力吸引（顧客或觀者）　～客人｜千方百計～回頭客。
◎【招攬】zhāo lǎn

「招攬」指店方為爭取顧客或生意，引顧客到自己這方面來，適用範圍較廣，如說「招攬生意」、「用商品優惠來招攬客人」。

招惹 zhāo rě　（言語、行動）引出（是非、麻煩等）　～是非｜～麻煩｜這些事情都是他～出來的。
◎【招引】zhāo yǐn

「招惹」突出引出麻煩等不利的事，多與「是非」、「麻煩」、「苦惱」、「注意」、「懷疑」、「猜忌」、「憎恨」等詞搭配，可以是有意或無意的，也可拆開使用，如說「招風惹雨」、「招是惹非」、「我招誰惹誰了」。「招引」突出有意用動作、聲響或色香味等吸引，如說「招引顧客」、「招引眾人注意」、「招引來一個過路人」。

招聘 zhāo pìn　公開向社會上聘

請　～啟事｜～管理員｜據説這次～
條件相當嚴格。

反【解雇】jiě gù　遭到～｜～不稱職
者｜不得無故～工作人員。

反【應聘】yìng pìn　～技術職位｜請
注明～字樣｜前來～的人相當多。

> 「招聘」指用公告的方式聘請工作人
> 員。「解雇」指解除原有職務，不再
> 聘用。「應聘」指前來謀職。

招認 zhāo rèn　承認犯罪事實　對
所犯罪行一一～｜～犯罪經過。

同【供認】gòng rèn

> 「招認」指罪犯或犯罪嫌疑人承認、
> 交待自己的罪行。「供認」指被告人
> 或受到指責的人承認所做的事情，
> 語意比「招認」輕，如説「他終於全
> 都供認了」、「那人對所做的事供認
> 不諱」。

昭雪 zhāo xuě　洗雪；清洗（冤
枉）　平反～｜多年冤屈終於得到～。

反【蒙受】méng shòu　他～了天大的
冤屈。

朝 zhāo　早晨　～陽｜～令夕
改｜學本領不是一～一夕能成的。

同【晨】chén

> 「朝」指清晨很短的一段時間，一般
> 不與「晨」互換，如説「朝三暮四」、
> 「朝秦暮楚」、「朝發夕至」、「朝令
> 夕改」、「只爭朝夕」。「晨」指早上
> 太陽升起前後的一段時間，可組合
> 成「清晨」、「凌晨」、「晨曦」、「寥
> 若晨星」等。

反【暮】mù　～色｜～靄沉沉｜朝三
～四｜晨鐘～鼓。

反【夕】xī　～陽西下｜危在旦～｜朝
發～至。

朝氣 zhāo qì　積極向上的勇於
進取的精神面貌　充滿～｜年輕人～
蓬勃。

反【暮氣】mù qì　別整天～沉沉｜一
掃昔日～，精神煥發。

朝霞 zhāo xiá　東方日出時的雲
彩　～滿天｜燦爛的～。

反【晚霞】wǎn xiá　身披～歸來｜～
慢慢地消散。

朝陽 zhāo yáng　剛剛升起的太
陽　迎着～前進｜一輪～冉冉升起。

反【夕陽】xī yáng　～漸漸隱沒｜～
西下，斷腸人在天涯。

着慌 zháo huāng　不沉着；心
中慌亂　遇到意外別～｜他一點兒也
不～。

反【鎮靜】zhèn jìng　～自若｜他處事
～得很。

反【鎮定】zhèn dìng　神色～｜他是
故作～｜緊急關頭他竭力～。

着急 zháo jí　急躁不安；發急　你
別～，再慢慢想一想｜他丟了鑰匙，
心裏～得很。

同【焦急】jiāo jí

> 「着急」語意較輕，多與「有些」、「有
> 點兒」等表示程度較輕的詞搭配，也
> 可用「不」、「別」否定，多用於口
> 語。「焦急」表示非常急躁不安，語

Z

意較重，一般不用於否定，如說「非常焦急」、「特別焦急」、「顯得焦急萬分」。

反【篤定】dǔ dìng　神態～｜他總是顯得很～的樣子。

着迷 zháo mí　因過於愛好而被吸引　足球讓很多人～｜他們幾個對歌星很～｜那是個動人的故事，學生們聽得都～了。

同【入迷】rù mí

> 「着迷」突出對人或事物迷戀難捨。「入迷」突出非常喜歡某種事物，到了沉迷的程度，不用於人，如說「看書很入迷」、「想得都入迷了」、「她入迷地聽着那首醉人的歌」。

爪牙 zhǎo yá　比喻壞人的黨羽　在內部安插～｜抓獲販毒集團的～。

同【幫兇】bāng xiōng
同【鷹犬】yīng quǎn

> 「爪牙」指服從壞人的命令、從屬於壞人或不良集團的作惡的人。「幫兇」指幫助壞人行兇或作惡的人，如說「充當販毒集團的幫兇」。「鷹犬」比喻受主子豢養、驅使，並幫助主子行兇作惡的人，一般從屬於主要的行兇作惡者，屬於書面語，如說「充當鷹犬」、「淪為犯罪集團的鷹犬」。

召喚 zhào huàn　1. 叫人來　時代在～年輕人｜新的任務又在～我們了。

同【號召】hào zhào

同【呼喚】hū huàn
2. 召喚的內容　服從～｜她聽見了媽媽的～。

同【號召】hào zhào

> 「召喚」多用於抽象事物；用於人或具體事物時，目的是具體的、一般性的，屬於書面語。「號召」強調叫大家一起來做某件事，如說「回應政府號召」、「號召全校師生參加環保活動」。「呼喚」多用於抽象事物，突出強烈感情的表達，如說「勝利在呼喚我們」；還指叫喊，用於人，如說「他大聲呼喚戰友的名字」。

照顧 zhào gù　照料；加以優待　熱心～病人｜～全局利益｜應～老弱病殘和孕婦。

同【關照】guān zhào
同【照料】zhào liào
同【照應】zhào ying

> 「照顧」多用於口語。「關照」突出給以照顧或全面安排，如說「我出差時請你多關照部門的事」；還指口頭通知，如說「請關照她下午可能有雨」。「照料」突出關心、料理，語意較輕，如說「悉心照料」、「這事就由你照料了」。「照應」多用於需要關心幫助的人，如說「空中服務員把乘客照應得很好」；用於事物時指看管，如說「他沒照應好行李」。

照管 zhào guǎn　照看；管理　～孩子｜～家務｜請你～好機器設備｜你必須～好那件事。

同【看管】kān guǎn
同【照看】zhào kàn

「照管」突出照料、管理,強調負有責任,對象是人、動物、物品或事情。「看管」突出看守、管理,對象一般是人、動物或物品,如說「看管好病人」、「看管好小孩」、「看管村裏的牲口」;還指對犯法、犯罪的人進行管理和約束,如說「看管好犯人」。「照看」突出照料,如說「由張先生照看那幾台機器」。

照舊 zhào jiù
跟原先一樣　一切~|地址~|他~在做那份工作。

⑩【依舊】yī jiù

「照舊」表示與原來情況一樣,沒有變化。「依舊」屬於書面語,如說「風光依舊」、「依舊光采奪人」。

照射 zhào shè
光線射在物體上　直線~|陽光~着大地。

⑩【映射】yìng shè
⑩【映照】yìng zhào
⑩【照耀】zhào yào

「照射」突出光線直射人體或物體。「映射」突出因較強的光線照射而顯現出物體的形象,如說「陽光映射在水面上」、「他的影子映射在牆面上」。「映照」突出發光物體映現在被照的物體上,如說「霞光映照在廣闊的水面」。「照耀」突出光線把物體照亮,可用於比喻,突出帶來光明、幸福、溫暖,屬於書面語,如說「幸福的光輝照耀在孩子們臉上」。

照應 zhào yìng
互相配合;呼應　互相~|前後~|各個環節還缺乏~。

⑩【呼應】hū yìng

「照應」突出互相配合。「呼應」強調一呼一應,互相聯繫,如說「遙相呼應」、「文章首尾呼應得非常好」。

遮蔽 zhē bì
某一物體擋住另一物體,使後者不顯露　那草堆~了視線|繁茂的枝葉將樹幹上的鳥巢~住了。

⑩【覆蓋】fù gài
⑩【掩蓋】yǎn gài
⑩【遮蓋】zhē gài
⑩【遮掩】zhē yǎn

「遮蔽」強調擋住,對象是人或事物,屬於書面語。「覆蓋」突出遮住、蓋住,使不顯露在外,如說「積雪覆蓋大地」、「樹陰覆蓋了整個道路」。「掩蓋」強調遮住,使不顯露、不被發現,多與「矛盾」、「實質」、「傾向」、「痛苦」、「罪惡」等詞搭配。「遮蓋」突出從上面遮住;另外表示掩蓋、隱瞞,如說「遮蓋真相」、「錯誤是遮蓋不住的」。「遮掩」強調因遮蔽而看不清楚,如說「遠山被雲霧遮掩,變得朦朦朧朧的」;還指掩飾,如說「別一再遮掩事實」。

遮蓋 zhē gài
1. 從上面蓋住,使不露出來　流沙~了商隊的腳印|路全被大雪~了。

⑤【裸露】luǒ lù　全身~|~的巖石|~的雙腳早就凍壞了。

2. 瞞着,不讓別人知道　~事實真相|錯誤是~不住的。

⑤【揭露】jiē lù　~醜聞|~問題的本質|陰謀終於被~出來。

Z

反【暴露】bào lù　～目標｜～無遺｜黑社會內幕全然～。

反【揭穿】jiē chuān　～他的老底｜謊言被徹底～｜～騙人的鬼把戲。

折服 zhé fú　信服　令人～｜為之～｜大家都被其精彩的演講所～。

同【服氣】fú qì

同【信服】xìn fú

「折服」語意較重，多用於被動形式；還指說服、使屈服，屬於書面語，如說「折服他人」、「困難折服不了我們」。「服氣」多用於口語，如說「心裏不服氣」。「信服」突出客體因有聲望或論斷正確、道理充分而使主體相信並佩服，如說「充分的論證讓人信服」。

這 zhè　指代近處的人或物　～棵樹｜～個孩子很好學｜～本書我看了愛不釋手。

反【那】nà　～條河｜～幢房子｜我根本不認識～個人。

珍寶 zhēn bǎo　珠玉寶石，泛指價值極高的物品　如獲～｜挖掘地下～。

同【瑰寶】guī bǎo

「珍寶」是珠寶玉石的總稱，泛指有價值的具體的東西。「瑰寶」突出珍貴，多用於美麗而珍奇的東西，如說「剪紙藝術是中國民間文化的瑰寶」、「石窟中的雕刻是藝術的瑰寶」。

珍貴 zhēn guì　寶貴而有價值的

～文物｜～的鏡頭｜～的禮物｜～的藥材｜～的歷史資料。

同【寶貴】bǎo guì

「珍貴」多指物體的價值貴重，也指意義深刻，如說「珍貴的紀念品」、「珍貴的歷史文獻」。「寶貴」多指因為少而價值高，強調值得重視，如說「寶貴的時間」、「寶貴的生命」、「獲得了寶貴的經驗」。

珍惜 zhēn xī　特別看重，十分愛惜　～生命｜～時光｜～機會｜～真摯的情誼。

同【愛惜】ài xī

「珍惜」突出因特別看重而愛護，語意較重，除用於具體事物及時間外，還用於抽象事物，如說「珍惜幸福」、「珍惜健康」、「珍惜榮譽」。「愛惜」重在因重視而愛護，不浪費，多用於具體的事物及時間，用於人時多指身體，如說「愛惜生命」、「請愛惜自己」。

反【浪費】làng fèi　～資源｜提倡節約，反對～｜心血都白白～了。

反【糟蹋】zāo·tà　任意～｜不能～糧食｜別～自己的身體。

珍重 zhēn zhòng　1.非常愛惜　～友誼｜～優良傳統｜～人才。

同【珍愛】zhēn ài

2.注意；保重　互道～｜分手時說一聲～。

同【保重】bǎo zhòng

「珍重」強調看重，對象是重要或難得的事物。「珍愛」強調有深厚感情

而喜愛，重在愛護、喜愛，如說「深受祖父珍愛」、「十分珍愛自己的收藏」。「保重」多用於身體，如說「請多保重」、「千萬保重貴體」。

真 zhēn

1. 符合事實的；不假的　～跡｜～相｜～憑實據｜去偽存～｜～金不怕火煉。

◎【實】shí

「真」與「假」、「偽」相對。「實」與「虛」相對，如說「心眼很實」、「實話實說」、「實事求是」。

◎【假】jiǎ　～貨｜以～亂真｜說～話的人是靠不住的。

◎【偽】wěi　～鈔｜～造歷史｜那人簡直是個～君子。

◎【贋】yàn　～品｜這是一枚～幣。

2. 誠懇的　～誠｜～心實意｜～情實感。

◎【虛】xū　～偽｜～假｜對人不能～情假意。

真誠 zhēn chéng

感情或行為真實、不虛假　態度～｜～奉獻｜～的心意｜～地幫助他人。

◎【真摯】zhēn zhì

「真誠」突出誠懇、不虛偽、心地好，用於人的感情或態度、行為。「真摯」突出懇切、不虛假，多指感情，適用範圍較窄，如說「真摯的愛」、「真摯的友情」。

◎【虛偽】xū wěi　～小人｜這樣說顯得非常～｜別相信這個～的人。

◎【虛假】xū jiǎ　～報表｜提供～財務證明｜做學問不能有半點～。

真跡 zhēn jì

出自書畫家本人的書畫作品　～早已失傳｜這幅畫肯定是明人的～。

◎【贋品】yàn pǐn　有的～足以亂真｜經鑒定，這些畫都是～。

「真跡」區別於他人臨摹或偽造的字畫。「贋品」指偽造的文物或藝術品。

真理 zhēn lǐ

符合客觀事物及其規律的道理　實踐是檢驗～的唯一標準。

◎【謬誤】miù wù　及時修正～｜這本書裏的～太多。

◎【謬論】miù lùn　嚴厲駁斥那些～。

◎【歪理】wāi lǐ　你這套～到哪兒也行不通。

真切 zhēn qiè

真實確切　聽得～｜因為太遠，看不～｜我還～地記得當年的一切。

◎【逼真】bī zhēn

◎【真確】zhēn què

「真切」突出清楚、切實，一點也不模糊，多用於文藝描寫；還指真摯懇切，如說「真切的友情」。「逼真」突出清晰、確實或極像真的，如說「看得逼真」、「一個逼真的場景」。「真確」強調確實，不含糊，多用於消息、情況等，可以構成「千真萬確」。

◎【模糊】mó hu　～一片｜故事還沒講完，她早已淚眼～了。

真實 zhēn shí

不假；符合事實　～可靠｜～記錄｜～的情況。

◎【實在】shí zài

Z

「真實」突出與客觀事實相符合，與「虛假」相對。「實在」強調誠實、不虛假，多用於為人，如說「心眼兒實在」、「實在的本事」；還作副詞，表示的確，如說「實在喜歡這個地方」、「展品的造型實在漂亮」。

反【虛假】xū jiǎ　科學來不得半點～。

真相 zhēn xiàng　事情的真實情況　～大白｜不明～。
同【原形】yuán xíng

「真相」多指事情，區別於表面的或虛假的情況。「原形」多指人或物的本來面貌，區別於現在的面貌，如說「現出原形」、「原形畢露」。

反【假相】jiǎ xiàng　製造～｜別被～迷惑｜這只是～而已。

真摯 zhēn zhì　感情真實懇切　感情～｜他們之間建立了～的友誼。
同【誠摯】chéng zhì
同【真誠】zhēn chéng
同【誠懇】chéng kě
反【虛偽】xū wěi　為人～｜「貓哭老鼠」就是批評那種～的人。

偵察 zhēn chá　暗中調查敵方的軍事狀況　高空～｜～兵力部署｜～敵軍陣地的火力配備。
同【偵查】zhēn chá

「偵察」用於為弄清敵方軍事力量、地形等進行祕密察看活動。「偵查」用於警察、司法等方面調查錯失及罪行，旨在取證或確立案情，如說「立案偵查」、「批准偵查」、「警方正對此進行跟蹤偵查」。

縝密 zhěn mì　周密　～研究｜～調查｜～分析。
同【嚴密】yán mì
同【周密】zhōu mì

「縝密」突出細緻，多用於思想及工作，屬於書面語。「嚴密」突出沒有疏漏，多用於組織、體系、邏輯、文章結構、語言表達或防範性動作，如說「消息封鎖得很嚴密」、「嚴密注視形勢的發展」。「周密」突出考慮得全面、完備、細密，多用於計劃、調查等，如說「十分周密的計劃」、「方案考慮得相當周密」。

振奮 zhèn fèn　（精神）振作奮發　精神～｜這是一個～人心的好消息。
同【興奮】xīng fèn

「振奮」突出精神煥發、鬥志旺盛，語意比「興奮」重；還指使精神煥發，如說「振奮人心」。「興奮」語意較輕，如說「過分興奮」、「興奮得跳了起來」；還指大腦皮層的神經活動之一，如組成「興奮劑」。

反【萎靡】wěi mǐ　～不振｜精神～｜近日他一直很～。
反【低沉】dī chén　情緒～｜士氣～｜這個消息令大家心情～壓抑。

「萎靡」也寫作「委靡」。

振作 zhèn zuò　很有精神，情緒高漲　～起來｜～精神｜愈是有困難大家愈是要～。
同【抖擻】dǒu sǒu
同【發奮】fā fèn

「振作」突出使精神旺盛、情緒高漲，多與「精神」、「情緒」、「鬥志」、「士氣」等詞搭配。「抖擻」只與「精神」搭配，如說「抖擻精神」、「精神抖擻地走上講台來」。「發奮」強調鼓起信心、勇氣，積極上進，如說「發奮圖強」、「發奮努力」。

(反)【頹廢】tuí fèi　他意志消沉，表現得十分～｜情緒～｜徹底改變～的生活方式。

(反)【沮喪】jǔ sàng　不必～｜～萬分｜神情～｜失敗的經歷讓我感到特別～。

震盪 zhèn dàng　震動；動盪　社會～｜世界為之～｜車身不停地～｜人們的喝彩聲似乎把夜幕都～得抖動起來了。

(同)【振盪】zhèn dàng
(同)【震動】zhèn dòng
(同)【震撼】zhèn hàn
(同)【振動】zhèn dòng

「震盪」指持續地劇烈搖晃；也指引起重大反響。「振盪」義同「振動」，指物體通過一個中心位置不斷作往復運動，像鐘擺運動。「震動」指受外力影響的比較強烈的往復運動，動作可以是短促而頻繁的或一次性的；還指因重大的事情或消息而使人心情不平靜，如說「震動世界」、「引起全國震動」。「震撼」突出劇烈地大幅度地震動；或指引起巨大的反應，語意比「震盪」重，如說「震撼人心」。

震怒 zhèn nù　特別憤怒　極為～｜全國為之～。

(同)【盛怒】shèng nù

「震怒」表示異常憤怒並顯示出令人害怕的威勢，語意較重。「盛怒」形容憤怒到極點，表示非常激動或怒氣衝衝，如說「引得人們盛怒起來」。

鎮定 zhèn dìng　不慌不亂　故作～｜他遇事一貫～自若。

(反)【慌亂】huāng luàn　一片～｜她心中一點也不～。

(反)【驚慌】jīng huāng　～失措｜她～地站在那裏，不知所措。

鎮靜 zhèn jìng　情緒穩定或平靜　沒想到災難面前，他表現得如此～｜請各位～，別慌。

(同)【沉着】chén zhuó
(同)【冷靜】lěng jìng

「鎮靜」突出人的情緒平靜、穩定，遇事不慌亂、不緊張、不激動。「沉着」突出性格沉穩，表示態度從容、不慌張，如說「沉着的臉色」、「表情沉着」、「沉着的目光」。「冷靜」重在性情，指人遇事頭腦清醒、有理智，能控制自己的感情或行為，不感情用事，如說「頭腦冷靜」、「冷靜的表情」。

(反)【慌張】huāng zhāng　孩子一臉～的樣子。

(反)【慌忙】huāng máng　小偷～把贓物丟棄｜～中一再出錯。

(反)【發慌】fā huāng　心裏～｜沉住氣，別～。

(反)【興奮】xīng fèn　無比～｜他正處於～狀態。

Z

鎮壓 zhèn yā　以強力打擊和抑制另一方,不讓進行某種活動　～惡勢力｜遊行遭到～。
⃝【反抗】fǎn kàng　奮起～｜堅決～｜哪裏有壓迫,哪裏就有～。

「鎮壓」多用於政治方面。

爭 zhēng　盡力獲得;不相讓而力求取得　～先恐後｜分秒必～｜～名奪利｜力～上游｜討論時同學們都～着發言。
⃝【讓】ràng　謙～｜禮～再三｜他總是～着朋友們｜你應主動把座位～給老人。

爭辯 zhēng biàn　爭論;辯論　～一番｜互相～｜發生激烈～｜這是無可～的事實。
⃝【辯論】biàn lùn
⃝【爭論】zhēng lùn
⃝【爭吵】zhēng chǎo

「爭辯」突出進行爭論、辯解,力爭讓人相信自己。「辯論」重在擺事實、講道理,多用於原則性問題,並要在最後有個結論,如說「進行辯論」、「展開辯論」。「爭論」突出互不相讓,各執己見,多沒有結論,如說「已經爭論了好久了」、「你們別在這裏爭論不休」。「爭吵」突出吵,多因意見不合而大聲爭辯,氣氛比較激烈,如說「爭吵不休」、「互相爭吵」。

爭持 zhēng chí　互相爭執,相持不下　雙方為了一點小事～不下｜～了半天,還是不能解決問題。
⃝【爭執】zhēng zhí

「爭持」突出爭執而相持不下,往往形成對峙。「爭執」強調各執己見而不肯相讓,語意較重,多帶有偏見,如說「他倆一再為此爭執」、「他和幾個人又爭執起來了」;還作名詞,如說「平息兩派的爭執」。

爭奪 zhēng duó　互相爭着獲得　互相～｜～球賽冠軍｜～決賽權｜商家們激烈地～市場。
⃝【謙讓】qiān ràng　過於～｜這個職務你最合適,就不要～了。

爭光 zhēng guāng　爭得光彩或榮耀　為國家～｜努力為家鄉父老～。
⃝【抹黑】mǒ hēi　別給親人～｜他要往我們臉上～,休想!
⃝【丟假】diū jiǎ　當眾～｜害怕給大家～。

爭執 zhēng zhí　因意見不同而互相爭論,不肯相讓　兩人～不下｜雙方在看法上發生了～。
⃝【和解】hé jiě　雙方已經～｜尋求～的途徑。

征程 zhēng chéng　征途　萬里～｜艱難的～。
⃝【征途】zhēng tú

「征程」多用於抽象事物,帶有神聖的目的或使命。「征途」可用於抽象事物或具體的行程、路途,如說「踏上征途」、「艱難的征途」。

征服 zhēng fú　使用武力,迫使

對方屈服　～敵人｜～鄰國｜～宇宙｜～海洋｜～困難。

📄【降服】xiáng fú

📄【降伏】xiáng fú

📄【馴服】xùn fú

📄【制服】zhì fú

> 「征服」指用武力或其他力量使別的國家、民族、地區或敵對的軍隊屈服或屈從；比喻義可用於自然、人心、疾病等，不用於動物。「降服」指投降屈服，如說「繳械降服」、「經過激戰敵人終於降服了」。「降伏」指制服、使對方馴服，如說「怎麼連小毛驢也降伏不了」。「馴服」指用具有威懾性的力量使之順從，對象多是動物。「制服」也寫作「制伏」，突出用強力壓制使對象屈服、馴服，適用範圍較廣，語意較輕。

掙扎　zhēng zhá　勉強用力支撐

垂死～｜拚命～｜在死亡線上苦苦～。

📄【反抗】fǎn kàng

> 「掙扎」突出人或動物的具體動作；也比喻在極困難情況下盡最大努力。「反抗」指因不堪忍受而奮力反對、抗爭，如說「反抗暴政」、「反抗侵略者」、「具有強烈的反抗精神」。

睜　zhēng　眼睛張開

～着眼睛｜風沙打得眼睛也～不開。

🔄【閉】bì　～上眼｜～目養神｜眼睛半睜半～着。

蒸發　zhēng fā　液體表面因受熱

緩慢地轉化成為氣體　水分大量～。

🔄【凝結】níng jié　蒸氣遇冷～成水｜池面上～了一層薄薄的冰。

> 「蒸發」也比喻人一下子消失，如說「他好像從人間蒸發了一樣」。「凝結」也可用於比喻，如說「他們十分珍惜鮮血凝結成的戰鬥友誼」。

蒸蒸日上　zhēng zhēng rì shàng

形容不斷發展進步，愈來愈興旺　祝貴公司事業～｜這本雜誌的發行量～。

🔄【江河日下】jiāng hé rì xià　他的地位可謂～｜股市～的趨勢已無可挽回。

徵稅　zhēng shuì　稅務部門依照

法規收取稅款　依法～｜～是稅務機關的職責。

🔄【納稅】nà shuì　主動～｜依法～是公民的義務。

徵引　zhēng yǐn　引用；引證　書

中～了許多珍貴的史料。

📄【援引】yuán yǐn

> 「徵引」多指大量引用、引證並作分析，一般是有選擇地使用。「援引」多指引用具體的話語、條文或例證，如說「援引條例」、「援引例證」、「文章多處援引了作者的原話」。

拯救　zhěng jiù　從危難中救出來

～人類｜～危局｜～靈魂｜～瀕危動物｜～災民。

📄【解救】jiě jiù

📄【挽救】wǎn jiù

📄【援救】yuán jiù

Z

「拯救」突出救助，使之脫離危難、困境，可用於人、動物或緊急事態。「解救」突出使脫離危險，只用於人，如說「解救被拐賣兒童」。「挽救」強調使從危險中恢復過來，如說「挽救生命」、「挽救失足青年」、「不可挽救」。「援救」突出支援救助，多指有組織地、較大規模地以具體的人力、物力、財力等，從道義上、經濟上、軍事上、政治上給予支援、救助，使之脫離危難或困境，如說「前往援救」、「援救遇險船員」。

（反）【陷害】xiàn hài　～好人｜～無辜。
（反）【迫害】pò hài　慘遭～｜在集中營被～致死。
（反）【誣害】wū hài　～忠良｜你不能～好人。

整 zhěng　1. 不零散的　～套傢具｜～箱裝運｜現在是北京時間十一點～。
（反）【零】líng　批發～售｜化整為～｜車上恕不找～。
2. 完好無缺　～件｜～本書｜～個社會都來關心環保問題。
（反）【碎】suì　破～｜～片｜殘磚～瓦｜小心，那玻璃已～了。

整飭 zhěng chì　整頓，使有條理　～紀律｜～陣容。
（同）【整頓】zhěng dùn

「整飭」用於紀律、機構等，屬於書面語。「整頓」強調使紊亂的整齊起來、使不健全的健全起來，多用於紀律、作風等，如說「整頓作風」、「整頓隊伍」、「整頓秩序」。

整機 zhěng jī　裝配齊全的機器或設備　～搬運｜購買～｜～安裝完畢。
（反）【零件】líng jiàn　備用～｜少了一個～｜製造電器～。

整潔 zhěng jié　整齊潔淨　衣着～｜房間收拾得很～｜喜歡在～的教室裏學習。
（反）【邋遢】lā·tā　～的街面｜他是個不修邊幅的～鬼。

整理 zhěng lǐ　收拾，使變得有條理有秩序　～行裝｜～資料｜～房間。
（同）【拾掇】shí duo
（同）【收拾】shōu shi

「整理」強調通過清理使整齊有序，多用於行裝、隊伍、房間、材料等具體東西或思路、文化遺產等抽象事物。「拾掇」突出把分散的東西聚到一起，用於具體事物，如說「拾掇碗筷」、「拾掇衣物」。「收拾」重在把雜亂不整齊的整理成有條理的，用於具體事物或局勢等，如說「收拾屋子」、「收拾殘局」。「拾掇」、「收拾」還指修理或懲治，如說「他會自己拾掇（收拾）電視機」、「過會兒再來拾掇（收拾）你」。

整齊 zhěng qí　1. 大小、長短、高低、程度等基本一致　麥苗長得很～｜他們幾個的水平比較～。
（反）【參差】cēn cī　隊伍～不齊｜竹圍～錯落的佈局別有情趣。
2. 有條理有秩序；不亂的　小房間佈置得非常～。

⊗【紛亂】fēn luàn　～的城市｜～的頭髮顧不得梳理。

⊗【凌亂】líng luàn　～的步伐｜室內東西～。

⊗【雜亂】zá luàn　物品堆放得實在過於～。

整體 zhěng tǐ

個體的總和或事物的全部　～構思｜不可分割的～｜提高～文化素質｜要從～上考慮問題。

⊗【部分】bù fen　～人的意見｜這只是我們生活的一～。

⊗【局部】jú bù　～利益｜～地區有小雨｜～應該服從整體｜病人要實施～麻醉。

⊗【片段】piàn duàn　生活～｜精彩～重播｜選取小說～作為課文。

正 zhèng

1. 方向、位置垂直對準　～北｜歪打～着｜帽子沒戴～｜書要放～了看。

⊗【歪】wāi　～斜｜圖片掛～了｜大樹被風吹～了。

⊗【斜】xié　雨後復～陽｜別～着眼看人。

2. 位置居中　～房｜～院。

⊗【偏】piān　～東｜～後了一點｜勁很大，可惜球踢～了。

⊗【側】cè　兩～｜這裏是～門｜他～着身子擠了進去。

3. 次序從上到下的或從前往後的　畫兒只能～着掛上去。

⊗【倒】dào　～懸｜報紙拿～了｜他是～數第一名。

4. 扁平物體的主要一面　紙的～反顏色不同｜這種布料不分～反都可用。

⊗【反】fǎn　衣服別～着穿。

5. 大於零的　負負得～。

⊗【負】fù　～數。

6. 失去電子的　～電荷。

⊗【負】fù　～極｜～離子。

7. 主要；重要的　～文｜不務～業｜言歸～傳。

⊗【副】fù　～本｜～手｜～刊｜發展～業生產。

8. 正確的；正直的；合乎規矩的　～派｜～道｜改邪歸～｜為人公～。

⊗【邪】xié　～惡｜心生～念｜批評歪風～氣。

⊗【誤】wù　～區｜辨別正～｜你們別在那裏～導遊客。

⊗【歪】wāi　～理｜走～路｜別搞門邪道。

9. 準時　～點發車。

⊗【誤】wù　～時｜～車｜可千萬別～了點。

正版 zhèng bǎn

通過合法正當渠道出版的發行物　～書籍｜使用～軟件｜請認明～商標。

⊗【盜版】dào bǎn　～猖獗｜嚴厲打擊～行為。

正本 zhèng běn

1. 多本相同圖書中為主的一本　圖書館～概不外借。

⊗【副本】fù běn　本書備有多冊～。

> 「正本」多用於圖書館、藏書室的藏書。

2. 文件或文書正式的一份　～存檔｜公證書～由我保存。

⊗【副本】fù běn　～備用｜裁決書的～｜～人手一冊。

Z

正比 zhèng bǐ 　一方隨另一方的變化而發生相應的變化　慣性與質量成~。

⊗【反比】fǎn bǐ 　速度與時間成~。

正常 zhèng cháng 　符合一般情況和規律的　~現象｜隊員們發揮得不太~。

⊗【反常】fǎn cháng 　行為~｜最近氣候很~。

⊗【失常】shī cháng 　精神~｜水平發揮~。

⊗【異常】yì cháng 　透視未見~｜有~情況發生。

「正常」可以是具體的或抽象的事物，適用範圍較廣。

正道 zhèng dào 　正路；正確的人生道路　走~｜人間~｜引人走向~。

◎【正路】zhèng lù

「正道」指做人做事的正確途徑；還指正確的道理，如說「老老實實工作才是正道」。「正路」與「邪路」相對，指正當的路途，如說「做人要走正路」、「教育青少年走正路」。

⊗【邪道】xié dào 　歪門~｜父母擔心孩子走~。

⊗【歧途】qí tú 　誤入~｜家庭不幸的孩子容易走上~。

正點 zhèng diǎn 　交通工具按規定時間出發或抵達　列車~到達｜飛機~起飛。

⊗【晚點】wǎn diǎn 　最近飛機常~｜火車已~一個多小時了。

⊗【誤點】wù diǎn 　因故~｜他趕飛機~了。

正規 zhèng guī 　符合規定或標準的　~部隊｜~手續｜~渠道。

◎【正軌】zhèng guǐ

「正規」指符合規定或公認的標準，作形容詞。「正軌」作名詞，指正常的發展道路，如說「納入正軌」、「公司運作已走上正軌」。

正好 zhèng hǎo 　很巧　錢~夠用｜不多不少，~十個人｜來了~，就不用特地通知了｜你來得~，咱們一起去吧。

◎【正巧】zhèng qiǎo

「正好」強調時間、數量、程度、體積等恰好或完全合適。「正巧」突出情況恰巧合適、符合需要，語意較重，如說「你來得正巧」、「他倆正巧在路上遇見」。

正路 zhèng lù 　正道　走~｜用誠實勞動換取報酬才是~。

◎【正道】zhèng dào

⊗【邪路】xié lù 　把他從~上拉回來｜被引上~｜生怕孩子走~。

正經 zhèng jing 　端莊正派　別假~｜咱們是在談~話題。

◎【正派】zhèng pài

「正經」強調態度嚴肅，不是鬧着玩，否定形式是「沒正經」；有時強調品行作風端正、光明磊落，否定形式是「假正經」、「不正經」，多用於

口語。「正派」突出規矩、嚴肅、光明磊落，多指思想、品行、作風等，用於人或黨派、集團等，如說「為人正派」、「作風正派」、「做人要做正派人」。

正面 zhèng miàn　1. 物體靠前的一面　～效果圖｜樓房從～看確實很漂亮。
⊘【側面】cè miàn　從～觀察｜山牆的～有條小小的裂縫。
⊘【背面】bèi miàn　請看～還有字｜大山～有條河。
2. 扁平物經常使用的一面或向外的一面　～可以寫上名字｜地址請寫在紙的～。
⊘【反面】fǎn miàn　布料～｜名片～沒有英文。
⊘【背面】bèi miàn　鏡子～｜請在單據的～簽字。
3. 良好的、積極向上的一面　～人物｜以～教育為主｜要多從～領會。
⊘【反面】fǎn miàn　～教材｜充當～角色｜別從～去理解。
⊘【負面】fù miàn　～效應｜產生～影響｜媒體宣傳起了～作用。

正品 zhèng pǐn　合格的產品　保證都是～｜～銷路通暢。
⊘【次品】cì pǐn　庫存～全都銷毀。

正氣 zhèng qì　正派的風氣或精神　一身～｜浩然～｜大力弘揚民族～。
⊘【邪氣】xié qì　歪風～｜那人一臉～，看上去就不像好人｜～壓不倒正氣。

正確 zhèng què　符合實際的或公認為對的　回答～｜觀點～無誤｜～的人生態度｜實踐證明這種方法是～的。
⊘【錯誤】cuò wù　～思想｜～百出｜發表～言論｜應及時改正～。
⊘【謬誤】miù wù　糾正～｜真理總是在同～的鬥爭中發展的。

正式 zhèng shì　屬於長期的、合乎某種手續或者要求的　～錄取｜～任命｜這是～文件。
⊘【臨時】lín shí　～客車｜借住～房屋｜批准～佔用道路｜你應刪除電腦上那些～文件。

正事 zhèng shì　要緊的事；正當而有益的事　討論～｜商量～｜學生的～是學習。
⊘【閒事】xián shì　別管～｜少攬～｜狗拿耗子多管～。
⊘【瑣事】suǒ shì　忙於～｜纏身～｜你別再為～分心。

正視 zhèng shì　嚴肅認真地對待，不迴避事實，不敷衍了事　～現實｜～自己的缺點｜敢於～自身的不足。
⊘【無視】wú shì　～法紀｜～他人的規勸｜不能～民眾的利益。

正統 zhèng tǒng　一脈相傳或直接繼承的系統　～學說｜儒家～觀念。
⊘【異端】yì duān　視為～｜～邪說。

「正統」多指思想、教義、學派等自創建以來的嫡傳體系。

Z

正文 zhèng wén　著作的主要內容　～都用大字｜請仔細閱讀～部分。

⊛【註解】zhù jiě　正文在前，～在附錄部分。

⊛【註釋】zhù shì　請仔細查看文章後附的～。

正直 zhèng zhí　公正坦率　為人～｜～的言論｜他可是個～的人。

◉【耿直】gěng zhí

「正直」強調公正、坦率、剛直，能主持公道。「耿直」也寫作「梗直」、「鯁直」，突出性格直爽、磊落，不畏權勢、秉公無私，屬於書面語，如說「脾氣耿直」、「耿直的個性」。

⊛【邪惡】xié è　～勢力｜～念頭。

正職 zhèng zhí　某一範圍內為主的職位　～空缺｜被提升為～｜他擔任～已經多年。

⊛【副職】fù zhí　已經配備了～。

掙脫 zhèng tuō　用力擺脫束縛　～鎖鏈｜奮力～｜～綁着的繩索。

◉【擺脫】bǎi tuō

「掙脫」多用於擺脫繩子、枷鎖等捆綁物；也用於無形的束縛。「擺脫」突出甩開，用於外在的某種牽制、束縛和面臨的困境等，如說「擺脫困境」、「必須迅速擺脫跟蹤者」。

鄭重 zhèng zhòng　正式而嚴肅認真地　～其事｜～表態｜～宣佈｜～地提出要求。

◉【認真】rèn zhēn

◉【莊重】zhuāng zhòng

「鄭重」突出嚴肅認真，用於人的神情、態度、言辭，也用於某種場合。「認真」強調不馬虎、一絲不苟的態度，如說「認真學習」、「態度很認真」、「辦事相當認真」。「莊重」突出端莊、持重、不輕浮，用於人的神態、舉止、言語等，還比喻事物，屬於書面語，如說「舉止莊重」、「莊重的場合」、「說話時語氣相當莊重」。

⊛【輕率】qīng shuài　這事千萬不能～處理｜怎能～作出決議？

⊛【隨便】suí biàn　～找個人去吧｜她～講講而已，你可別當真！

支 zhī　1. 從整體中分出的一部分　～脈｜～流｜～隊。

⊛【主】zhǔ　～流｜～線。

⊛【總】zǒng　～部｜～店｜～公司。

2. 付出　～付｜～出｜體力不斷透～。

⊛【收】shōu　～錢｜～取備金｜～支保持平衡。

支撐 zhī chēng　撐起；勉強地擔當　他扶着桌子～着站起來｜那時全家的生活全由他一人～。

◉【支持】zhī chí

「支撐」突出用力撐住，頂住困難，語意較重，多與「身體」、「精神」、「生活」、「局面」、「場面」、「門戶」等詞搭配。「支持」強調維持，多用於身體、精神、生活等；還表示鼓勵、贊同、幫助，如說「全力支持他們」、「支持畢業生自主創業」。

支持 zhī chí　贊同，並予以幫助、鼓勵　大力～｜互相～｜方案得到眾人～｜學生開展科技創新活動。

⟨反⟩【反對】fǎn duì　～侵略｜～專制主義｜一個人說了算。

⟨反⟩【抵制】dǐ zhì　～假貨｜～盜版物｜自覺～不良風氣。

支出 zhī chū　1. 付出錢款　大量～｜每個月～的水電費就是一大筆錢。

⟨反⟩【收入】shōu rù　剛～的錢｜今天才～一筆款子。

2. 付出的錢款　收入大於～。

⟨反⟩【收入】shōu rù　財政～｜～可觀｜沒收非法～。

支付 zhī fù　付出　～工資｜～旅費｜用信用卡～。

⟨反⟩【領取】lǐng qǔ　～獎品｜～失物｜～薪水。

支流 zhī liú　1. 匯入主河道的河流　大河～眾多｜～已進入枯水期｜長江的～縱橫交錯。

⟨反⟩【幹流】gàn liú　小河經過本村注入～水道。

⟨反⟩【主流】zhǔ liú　～流量很大｜及時疏浚～航道。

2. 比喻事物發展中的次要方面　分清事情的主流和～。

⟨反⟩【主流】zhǔ liú　時代～｜這是社會的～意見。

支配 zhī pèi　擺佈、左右、操縱　自由～｜自己～的時間並不多｜部門可～的資金還有一些。

⟨同⟩【安排】ān pái

⟨同⟩【操縱】cāo zòng

> 「支配」重在安排或起引導、控制作用。「安排」重在有條理、分先後主次、輕重緩急地處置人員、事物，一般不用於自己，也不用於具體動作，如說「安排時間」、「安排住所」、「安排來客的食宿」。「操縱」突出用不正當手段控制，多是幕後的隱蔽活動，含貶義；還指用技能、技巧管理和使用儀器、機械等，如說「操縱機械」、「操縱儀器」、「無線操縱」。

支援 zhī yuán　支持和援助　～災區建設｜～前線｜～受災地區三萬斤糧食。

⟨同⟩【聲援】shēng yuán

⟨同⟩【支持】zhī chí

⟨同⟩【援助】yuán zhù

> 「支援」重在用具體的人力、物力、財力或其他實際行動給予幫助。「聲援」突出公開發表言論，從道義上給予支持和幫助，如說「積極聲援」、「全力聲援」。「支持」突出在精神上、道義上給予同情、鼓勵或贊助，如說「支持邊疆建設」、「支持學生的創新活動」、「得到政府的大力支持」；還指維持，如說「支持着艱難的生活」、「累得精神體力都快支持不住了」。「援助」強調從各方面以實際行動給予幫助，如說「道義援助」、「援助受災的國家」。

知道 zhī·dào　了解；對事實或道理有認識　～鑰匙放在哪嗎｜他不～這個祕密｜我也～那件事的內幕。

Z

圊【曉得】xiǎo de

圊【知曉】zhī xiǎo

圊【了解】liǎo jiě

「知道」適用範圍較廣。「曉得」重在明白、知道，南方人多用且用於口語，如說「我曉得了，你放心吧」。「知曉」屬於書面語，如說「少有知曉」、「全然不知曉」。「了解」強調知道得很清楚，如說「了解程序」、「了解其內容」、「不了解詳情」；還指打聽、調查，如說「到現場了解實際情況」、「你去向路人了解一下」。

知名 zhī míng　非常有名　～人士｜～球星｜～企業家。

圊【出名】chū míng

圊【聞名】wén míng

圊【有名】yǒu míng

圊【著名】zhù míng

「知名」突出有名、著名，一般用於人，語意比「有名」重。「出名」突出產生影響或有名氣，可以是因好的事或不好的事，如說「在當地相當出名」。「聞名」強調名聲在外，屬於書面語，如說「遠近聞名」、「古今聞名」、「聞名於世」、「舉世聞名」、「聞名遐邇」。「有名」突出已經產生影響，如說「赫赫有名」、「有名的演員」、「那個人在附近很有名」。「著名」強調人或事物有好名聲，為大家所熟知，用於人或事物，如說「著名學府」、「以出產瓷器著名」、「當地的水果非常著名」、「邀請著名畫家來此獻藝」。

反【無名】wú míng　～小卒｜甘願做～英雄｜他在一個～小鎮安家。

直 zhí　1. 與地面垂直　～立｜～升飛機。

反【橫】héng　～臥｜～穿馬路｜渡大江｜劃了一道～線。

2. 從上到下的；從前到後的　～行書寫｜～向丈量。

反【橫】héng　～竿｜就是前面的～馬路｜請大家排成～隊。

3. 漢字的一種筆畫，也稱為「豎」　先橫後～。

反【橫】héng　三～一豎｜寫字要～平豎直。

4. 不彎曲　筆～｜心～口快｜馬路又平又～｜你幫我把這條鐵絲拉～。

反【曲】qū　扭～｜～徑通幽｜～項向天歌。

反【彎】wān　樹枝被大雪壓～了。

5. 正義的；有道理的　理～氣壯。

反【曲】qū　弄清是非～直。

直達 zhí dá　中途不經轉換而直接到達目的地　～快車｜這列火車從上海～北京。

反【中轉】zhōng zhuǎn　建立～碼頭｜辦理～手續。

「直達」用於乘坐交通工具，指中途不必轉換。「中轉」指不能直接到達目的地，需要中途換乘。

直接 zhí jiē　不通過媒介　～聯繫｜取得～經驗｜他沒有～回答問題｜電輻射會～影響身體健康。

反【間接】jiàn jiē　～原因｜～感染｜～了解情況。

直截 zhí jié　說話、做事簡單爽快　～提問｜～了當｜你有甚麼話請

~說。

（反）【婉轉】wǎn zhuǎn　~打聽｜~地
提出建議。

（反）【委婉】wěi wǎn　~地提出批評｜
那姑娘講話總是比較~。

直率 zhí shuài　性格直爽　性格

~｜為人相當~｜~地回答了他。

（同）【爽快】shuǎng kuai

（同）【直爽】zhí shuǎng

「直率」指性格、性情直接、坦白，
屬於書面語。「爽快」突出言語、行
動直截了當，如說「你是個爽快人，
有甚麼事就直說」。「直爽」突出爽
快，心底坦白，言行沒有顧忌，如
說「我可是個直爽人，說話從來不會
拐彎抹角」。

直言 zhí yán　説話直率，沒有

顧慮　~不諱｜~上書｜請恕我~。

（反）【婉言】wǎn yán　~勸告｜她~謝
絕了朋友的好意。

執拗 zhí niù　固執任性，聽不進

別人的意見　脾性~｜性格過於~。

（同）【固執】gù zhi

（同）【執着】zhí zhuó

「執拗」突出不願意聽別人的意見，
任性、不隨和，是貶義詞。「固執」
強調一味堅持自己的意見和做法，
不願變通，含貶義，如說「性情固
執」、「固執的脾氣」。「執着」突出
對某事堅持而不放棄，如說「執着追
求」、「執着於事業」、「不要執着
於生活瑣事」。

（反）【隨和】suí hé　待人~｜脾氣非常

~｜他是一個相當~的人。

執行 zhí xíng　實施；正式或具

體實行　~命令｜按期~｜強制~｜
~政策。

（同）【履行】lǚ xíng

（同）【施行】shī xíng

「執行」指按命令或規定去做。「履
行」突出按照承諾的或應該做的去
做，如說「履行諾言」、「履行誓
言」、「履行合同」、「履行協定」、
「履行有關手續」。「施行」強調過
程，指用行動來實現，如說「施行手
術」、「按第一套方案施行」；還指
法令、規章等開始生效，如說「本法
令自即日起施行」。

職業 zhí yè　專門從事某事　~

演員｜世界~圍棋賽｜他的~是推銷
產品。

（反）【業餘】yè yú　~愛好｜~歌手｜
參加~文藝活動。

止 zhǐ　1. 停　令行禁~｜遊人~

步｜學無~境。

（反）【行】xíng　不准通~｜日~千
里｜請走~人橫道。

2. 結束　截~｜花展從一號至十號
~。

（反）【起】qǐ　~訖｜他宣佈從今天~戒
煙。

止境 zhǐ jìng　最後的地方　學無

~｜永無~。

（同）【盡頭】jìn tóu

「止境」指事物不再發展並且完結了

的地方，用於抽象事物，多用於否定形式。「盡頭」指到達的最後點，也指邊際，多用於具體事物或苦難、研究等，如說「田野的盡頭」、「苦難的盡頭」、「望不到路的盡頭」。

指出 zhǐ chū　指點説明　～缺點｜～優劣｜發現問題要及時～。
同【表明】biǎo míng

「指出」突出指點出來，讓人知道。「表明」指清楚地表示出來、明白地顯示出來，多用於抽象事物，如說「表明態度」、「表明決心」、「表明自己的願望」。

指導 zhǐ dǎo　指點教導　～課外活動的開展｜專家～科學種田｜教練～球員訓練｜老師～學生進行社會調查。
同【領導】lǐng dǎo
同【引導】yǐn dǎo

「指導」突出上級、長輩、師長等進行指點教導。「領導」突出統率、帶領，對象多是運動、戰爭、工作、事業等，如說「領導軍隊戰場殺敵」。「引導」突出誘導引領，如說「積極引導健康消費」、「引導學生正確使用網路」。

指點 zhǐ diǎn　點明；指明　～江山｜～操作技巧｜在導師～下完成論文｜經高手～，終於解決了電腦故障。
同【指導】zhǐ dǎo
同【指引】zhǐ yǐn

「指點」突出指點出來讓人知道、明白。「指導」重在指點教導，如說「指導科學種田」、「悉心指導學生做實驗」。「指引」重在指出方向、目標並引導前進，如說「引導車輛前行」、「對孩子的興趣要積極引導」。

指派 zhǐ pài　指使派遣；調動（某人去做某事）　受～外出｜上級～他到該地區調研。
同【指使】zhǐ shǐ

「指派」用於上級、長輩或有權勢的人分派任務，公開指定別人進行某種活動。「指使」指暗中投意叫別人進行不正當的活動，含貶義，如說「指使會計做假賬」、「指使屬下到會場搗亂」、「指使別人作偽證」。

指正 zhǐ zhèng　指出錯誤，使改正　請給予～｜對論文中不合適的論證作了～。
同【斧削】fǔ xuē
同【斧正】fǔ zhèng
同【教正】jiào zhèng

「指正」用於請別人批評自己的作品或工作。「斧正」、「教正」、「斧削」都作敬辭，多用於請對方改正文字，屬於書面語，如說「敬希教正」、「請予教正」、「勞您斧削拙文」、「請老師多加斧正」。

志願 zhì yuàn　自己願意　～加入｜～報考｜徵求～者｜～捐獻骨髓｜～去偏遠山區當一名教師。
同【自願】zì yuàn

「志願」有莊重的色彩，指一種自發的志向和願望，多用於重大的行為或事情，不與「不」搭配；還指決心，如說「立下宏大志願」。「自願」強調的是自覺自願，如「出於自願」、「自覺自願」、「投票選舉要自願」、「參加集體活動要自願」。

治本 zhì běn　從根本上進行有效處理　治病要～｜扶貧要用～的方法｜解決這個問題的關鍵是～。

⟨反⟩【治標】zhì biāo　～治本要兼顧｜～無法解決根本問題｜頭痛醫頭、腳痛醫腳是～的方法。

「治標」指只從事物的表面上進行處理。

治療 zhì liáo　診治並消除疾病　～病患｜藥物～｜針灸～｜隔離～｜採用保守～方案。

⟨同⟩【醫治】yī zhì

「治療」重在用藥物、手術等方法消除疾病。「醫治」突出治，如說「應及時醫治」、「醫治過程記載得非常詳細」。

治世 zhì shì　太平而安定的世道　～能臣｜百姓期待太平～。

⟨反⟩【亂世】luàn shì　生逢～｜～出英雄。

制訂 zhì dìng　擬定　～方案｜～學習計劃｜～長遠發展規劃｜～合同草案。

⟨同⟩【制定】zhì dìng

「制訂」突出創擬定，有起草擬定的意思，不指完成。「制定」突出確定下來並成為方案，突出制訂妥當，對象多是事關重大的路線、方針、政策、法律等，如說「制定憲法」、「制定大綱」、「制定行動方案」。

制止 zhì zhǐ　強使停下；不允許繼續　～騷亂｜對不良現象要及時～｜～他說下去。

⟨同⟩【遏止】è zhǐ
⟨同⟩【抑制】yì zhì

「制止」含有用強力使停止或不發生的意思。「遏止」突出用力阻擋住，使不再發生，多用於否定式，如說「遏止不住」、「無法遏止的激情」、「不能遏止的力量」。「抑制」指控制住、壓下去，不使發作，如說「抑制自己的感情」、「抑制住自己的衝動」、「強烈抑制自己的願望」。

⟨反⟩【允許】yǔn xǔ　未經主人～，不可入內｜～大家持不同意見。

桎梏 zhì gù　腳鐐和手銬，比喻束縛人或事物的東西　精神～｜打破～。

⟨同⟩【枷鎖】jiā suǒ

「桎梏」語意較重，多用於比喻，屬於書面語。「枷鎖」指套在脖子上的刑具和鎖鏈，比喻所受的壓迫和束縛，如說「掙脫枷鎖，追求自由」。

致使 zhì shǐ　使得　摔跤～骨折｜愛拖拉的個性～他總是遲到。

⟨同⟩【以致】yǐ zhì

Z

「致使」強調因某種原因而使得出現後面的結果，屬於書面語。「以致」導致的結果多是人們認為不好的或不希望出現的，如說「由於準備不足，以致出現混亂的局面」。

秩序 zhì xù　有條有理的情況　～井然｜遵守～｜會場～相當亂｜維持好車站～｜保持良好教學～。

同【次序】cì xù

「秩序」重在有條理、不混亂。「次序」突出事物在時間和空間上排列的先後順序，如說「別顛倒次序」、「按照次序入場」。

智 zhì　聰明；有見識　鬥～｜～勇雙全｜～者千慮必有一失。

反【愚】yú　～不可及｜大智若～｜～者千慮必有一得。

置辦 zhì bàn　購進；買入　～設備｜～傢具｜剛～了一台液晶螢幕的電腦。

同【購置】gòu zhì

同【置備】zhì bèi

「置辦」重在採買，對象可以是大型的設備、傢具或普通的用品，適用範圍較寬。「購置」多指購買長期使用的耐用器物，屬於書面語，如說「為了擴大生產，工廠專門購置了一批新設備」。「置備」的對象多是設備、用具等，屬於書面語，如說「置備過冬物品」、「置備嫁妝」。

滯銷 zhì xiāo　商品無銷路或難以售出　商品大量～｜因～而積壓｜想辦法解決～問題。

反【暢銷】chàng xiāo　新產品正～｜這本小說～海內外。

質 zhì　事物的根本特性　以～取勝｜食品變～了｜注意～的變化。

反【量】liàng　～還顯得不足｜注意～的積累｜已超標，質還難說。

質變 zhì biàn　事物在主要性質方面發生的變化　發生～｜由量變到～｜～是根本的變化。

反【量變】liàng biàn　～是質變發生的前提。

質樸 zhì pǔ　樸實　為人～｜語言～。

同【淳樸】chún pǔ

同【樸實】pǔ shí

同【樸素】pǔ sù

「質樸」強調不華麗，用於人的品質、感情、言談、作風及語言文字等。「淳樸」也寫作「純樸」，突出純潔、樸實，讓人信任，如說「外貌淳樸」、「淳樸的民風」、「淳樸的話語」。「樸實」強調本質上實在，很踏實，如說「樸實淳厚」、「為人樸實大方」、「文章風格樸實」。「樸素」突出外表上自然而不華麗，如說「樸素無華」、「樸素大方」；還指生活節約、不奢侈，如說「艱苦樸素」。

反【浮華】fú huá　文風～｜～的裝飾品｜他喜歡～的生活。

擲 zhì　扔；投出　～標槍｜～鐵餅｜～手榴彈。

同【扔】rēng
同【投】tóu

「擲」屬書面語，動作力度較大，多用於體育運動，還說「擲地有聲」。「扔」強調使東西離開手；還指隨意丟棄，多用於口語，如說「扔得一地都是」、「東西別扔向窗外」。「投」強調向一定目標扔出，如說「投得很高」、「投得比較準」。

中 zhōng 1. 在範圍內；裏面　水~撈月｜無~生有｜那人外強~乾，你別怕他。
反【外】wài　國~｜山~有山｜置身事~。
2. 中國　~餐｜~西合璧｜~醫很神奇｜那個外國人喜歡~文。
反【外】wài　對~貿易｜古今中~｜身居海~。
反【西】xī　~餐｜身着~服｜他是一位學貫中~的大家。
反【洋】yáng　~裝｜~為中用｜來人是一位~老闆。

中斷 zhōng duàn　進行過程中停止或斷絕　~學業｜電話突然~｜兩國外交關係宣告~。
同【中止】zhōng zhǐ
反【持續】chí xù　~繁榮｜大盤~走強｜連日來~高溫。
反【繼續】jì xù　~努力｜~研究｜~完成前人未盡的事業。
反【連續】lián xù　~作戰｜~三次奪冠｜媒體對此事進行~報道。

中間 zhōng jiān　在事物中心的位置或兩事物之間　比賽~休息十五分鐘｜兩棵樹~豎着一塊警示牌。
同【當中】dāng zhōng

「中間」用於空間，指事物的中心位置或兩事物之間。「當中」表示空間上大體居於正中的位置，如說「東西放在房間當中」；還指之內，如說「同學當中我比較羨慕小明的動手能力」。

反【兩頭】liǎng tóu　抓~｜來往於城市~｜這東西中間粗~尖。
反【旁邊】páng biān　站在~看了一會兒｜你把東西放在~｜馬路~停着許多汽車。

中心 zhōng xīn　事物的最主要部分　~工作｜~任務｜~問題。
同【核心】hé xīn

「中心」指主要部分；還指重要處所或起重要作用的人，如說「操場中心」、「文化中心」、「信息中心」、「以那兩人為中心」。「核心」突出起主導、骨幹作用，如說「核心工事」、「核心人物」、「核心力量」、「核心部門」。

中央 zhōng yāng 1. 中心地方　院子~｜湖~有個小亭子｜這個座位處於劇場~。
反【邊緣】biān yuán　~地帶｜居住在城市~。

「邊緣」還可用於比喻，如說「處於破產的邊緣」、「掙扎在生死的邊緣」。

2. 專指國家政權的最高一級　~政府｜~集權｜從~到地方層層治理。

Z

反【地方】dì fāng　～自治｜交由～管理｜～與中央要保持一致。

忠 zhōng　赤誠；盡心竭力　盡～報國｜～心耿耿｜～孝不能兩全。
反【奸】jiān　～臣｜～佞小人。

忠誠 zhōng chéng　誠懇而盡心盡力　～之心｜他對待朋友很～｜一輩子～於教育事業。
反【奸詐】jiān zhà　為人～｜要時刻提防～的小人。

「忠誠」用於對待國家、人民、事業及受尊敬的人等。

忠告 zhōng gào　真誠地勸告　一再～｜不聽～｜你應該～他幾句。
反【唆使】suō shǐ　～他人作惡｜不要聽別人的～。

忠厚 zhōng hòu　厚道　～老實｜待人～｜他是一位～長者。
反【奸詐】jiān zhà　沒有人喜歡跟～的人來往。
反【狡猾】jiǎo huá　陰險～｜他像狐狸一樣～｜罪犯再～，也難逃法律的制裁。
反【刻薄】kè bó　待人不要太～｜她說話一貫尖酸～。

「忠厚」突出人的性格或為人忠實厚道。

忠良 zhōng liáng　忠誠正直，特指忠誠正直的人　一代～｜陷害～｜～之士。
反【奸佞】jiān nìng　～專權｜剷除～

小人｜～當道，國家不幸。

忠言 zhōng yán　真誠勸告的話　聽取～｜～逆耳利於行。
反【讒言】chán yán　進～｜你別聽信她的～。

終 zhōng　1. 結束　劇～｜告～｜自始至～。
反【始】shǐ　善～善終｜千里之行，～於足下。
2. 最後的；結尾的　～審｜到達～點｜年～考核｜就要進行期～考試了。
同【末】mò

「終」強調時間的最後、末了，強調時間段上最後的一個點。「末」指最後時期，多指一段時間；還指事物的盡頭，如說「春末」、「末班車」、「清末民初」。

反【初】chū　月～｜～來乍到｜和好如～｜明年～他將前往西部地區工作。

終場 zhōng chǎng　結束　～落幕｜戲～了｜～前又進了一個球。
反【開場】kāi chǎng　～白｜～戲｜～不利。

「終場」多用於藝術表演或體育比賽。

終點 zhōng diǎn　1. 一段路程的結束處，也指賽跑的結束點　～衝刺｜奮力奔向～｜總算到了～。
反【起點】qǐ diǎn　站立在跑道的～。
2. 事情的結束　生命的～｜到了人生的～。

Z

⟨反⟩【起點】qǐ diǎn　不要讓孩子輸在～上｜城市發展要立足高～。

終歸 zhōng guī　畢竟；到底　事情～會解決的｜這事～有一些困難｜寬容一些～不錯｜事情的真相～會弄清楚的。

⟨同⟩【畢竟】bì jìng

⟨同⟩【究竟】jiū jìng

⟨同⟩【到底】dào dǐ

⟨同⟩【終究】zhōng jiū

⟨同⟩【總歸】zǒng guī

「終歸」多強調最後的結果一定如此，屬於書面語。「畢竟」突出最終結果仍然不改變，不用於疑問句，如說「烏雲畢竟遮不住太陽」。「究竟」多用於疑問句，追究事情真實情況，如說「究竟弄清楚了沒有」、「這究竟是甚麼東西」、「你究竟用了多少錢」；還作名詞，指底細，如說「去問個究竟」、「一定要查個究竟」。「到底」突出進一步追究，用於疑問句，如說「到底來了多少人」；還表示最後出現某種結果，如說「薑到底還是老的辣」、「我到底沒弄明白是怎麼回事」。「終究」指結果是確定的，強調肯定語氣，如說「能力終究有限」、「地球終究是要轉動的」。「總歸」指最後，用法同「終歸」，如說「這事總歸會解決的」。

終了 zhōng liǎo　結束某種狀態或某項事情　學期～｜舞會～｜演習～。

⟨同⟩【結束】jié shù

⟨同⟩【完畢】wán bì

⟨同⟩【完結】wán jié

「終了」指時期結束，告一段落，屬於書面語。「結束」指全部終止，不再繼續，如說「這個學期結束了」。「完畢」重在事情、活動已經進行完了，如說「演示完畢」、「報告完畢」。「完結」指事情的終結、了結，如說「蓄水工程即將完結」。

⟨反⟩【開始】kāi shǐ　比賽剛～｜～的時候不太習慣。

終年 zhōng nián　一年到頭　～勞累｜山上～積雪。

⟨同⟩【長年】cháng nián

⟨同⟩【常年】cháng nián

「終年」指自始至終的一年、全年；還指人去世時的年歲，如說「終年七十九歲」。「長年」指一年到頭，如說「長年臥牀不起」、「長年累月的辛苦勞作」。「常年」指長期、多年不變，如說「山上常年有野獸出沒」。

終身 zhōng shēn　一輩子　～大事｜～伴侶｜這事關係大家的～幸福。

⟨同⟩【終生】zhōng shēng

⟨同⟩【畢生】bì shēng

⟨同⟩【一生】yì shēng

「終身」多用於與自身有關的、切身的事情，如婚姻、友誼、職業等；還指不變的、永久性的，如說「實行終身制」、「擔當終身教授」。「終生」強調從生到死的全部時間，多用於與事業有關的方面，如說「奮鬥終生」、「終生難忘」、「終生忙碌」、「實現終生的奮鬥目標」。「畢生」強

Z

調從生到死不間斷的過程，屬於書面語，如說「畢生的心血」、「畢生為之奮鬥」。

鍾愛 zhōng ài　格外喜歡　～藝術｜～子孫｜～自己的事業。

同【寵愛】chǒng ài

同【溺愛】nì ài

「鍾愛」指在子女或其他晚輩中特別喜愛某一個人，也用於對事物的摯愛。「寵愛」突出過分喜愛而有所放縱，用於上對下，有嬌縱偏愛的意思，只用於人，如說「備受寵愛」、「別過分寵愛子女」。「溺愛」用於對自己的後代，如說「不要一味溺愛孩子」、「過於溺愛會造成孩子太嬌氣」。

中選 zhòng xuǎn　被選上　設計方案～｜這次選舉他沒～。

反【落選】luò xuǎn　選拔賽他～了｜很遺憾，你～了。

重 zhòng　1. 分量大；不輕的　笨～｜行李較～｜～於泰山｜紅木傢具很～。

同【沉】chén

「重」突出物體的實際重量大；也可比喻抽象事物，如說「情深意重」、「她心理負擔太重」。「沉」指實際分量多，多形容具體物品，用於口語，如說「這捆書真沉」、「這包還真有點兒沉」。

反【輕】qīng　～舟｜體重很～｜～於鴻毛｜～裝上陣。

2. 程度深的　病情加～｜老人語～心

長地告誡青年。

反【輕】qīng　～微勞動｜撞得不～。

3. 聲音響　～音｜～～的歎息聲。

反【輕】qīng　～聲～氣｜～言細語｜她說話很～。

4. 看重　～用｜～義輕財｜～理輕文｜改變～男輕女的現象。

反【輕】qīng　～敵｜～描淡寫｜～慢失禮｜你們可別把她看～了。

反【薄】bó　厚此～彼｜厚古～今的觀念不可取。

重量 zhòng liàng　東西重的實際程度；分量　身體～超標了｜我真掂不出這台筆記本電腦的～。

同【分量】fèn liàng

「重量」指具體物體所受重力的大小。「分量」指物體所受重力的多少，多用於不很重不很大的物品，如說「不清楚這包的分量」；還用於文章、話語等抽象事物，表示重要性或價值等，如說「話說很有些分量」、「那位年輕學者的論文顯示了這一課題的分量」。

重視 zhòng shì　注重；很認真地看待　～學習｜值得～｜被人們～｜～民眾利益｜～環境保護。

同【注重】zhù zhòng

「重視」多指因人或事物本身優秀或作用重要而看重並認真對待，可用於被動形式。「注重」多用於考慮問題時對某一方面特別注意、特別重視，只用主動形式，如說「十分注重形象」、「注重內在的思想」、「注重實際」。

反【忽視】hū shì　～細節｜這個問題不容～｜別～了自己的健康。

反【輕視】qīng shì　～對手｜受到他人～｜不應～孩子提出的意見。

反【小視】xiǎo shì　環境對孩子的影響不可～｜鍛煉對身體健康的作用～不得。

重要 zhòng yào

意義重大、很有作用及影響　～事件｜起到～作用｜尋找～文件｜～人物｜這件事十分～。

同【主要】zhǔ yào

同【首要】shǒu yào

「重要」突出指人物、事情或任務有重大意義、重大作用或影響，與「一般」相對。「主要」指在一組事物中基本的、起決定作用的方面，與「次要」相對，前面不能用「不」修飾，如說「主要經驗」、「主要目標」、「如何處理這件事主要看他的表現」、「這是最主要的任務」。「首要」強調擺在第一位的、最要緊的，與「次要」相對，如說「首要任務是做好安全防範工作」。

眾 zhòng

數量很多；很多人　～口一辭｜深孚～望｜～所周知的事｜～人拾柴火焰高。

反【寡】guǎ　孤～｜～不敵眾｜孤陋～聞｜～廉鮮恥｜他這人一向沉默～言。

「眾」多用於人。

周到 zhōu·dào

不疏忽；全面而沒有疏漏　服務～｜他想得十分～。

同【周全】zhōu quán

「周到」強調各個方面都照顧到、不疏忽。「周全」突出全面而沒有遺漏或缺憾，如說「敘述得很周全」、「禮數相當周全」、「照顧得還不周全」。

周遊 zhōu yóu

到各地遊覽　～世界｜～列國。

同【漫遊】màn yóu

「周遊」範圍較大，強調遊遍，多用於有目的的遊歷、觀光、考察等。「漫遊」突出隨意性，指無拘無束地走動、遊玩、欣賞風景等，如說「漫遊世界」。

咒罵 zhòu mà

用惡毒的話語罵不停地～｜～是解決不了問題的。

同【詛咒】zǔ zhòu

同【謾罵】màn mà

「咒罵」強調詛咒、辱罵，可以是出聲的或不出聲的，一般有明確的對象。「詛咒」指希望自己所恨的人遇到災禍，可以在心裏罵，也可以出聲，語意較重，對象是確指的，如說「大聲詛咒」、「暗暗詛咒」。「謾罵」突出用輕慢、嘲諷的口吻辱罵，多是出聲的，如說「肆意謾罵」、「兩人當街互相謾罵」。

晝 zhòu

白天　白～｜～長夜短｜～夜兼程。

反【夜】yè　曉行～宿｜～不閉戶｜他喜歡在～深人靜的時候看書。

侏儒 zhū rú

身材特別矮小的人～症｜別做說話的巨人，行動的～。

反【巨人】jù rén　籃球～｜他長得像～一樣。

逐步 zhú bù　一步一步地　～提高｜～深入｜～加強｜難點～解決｜工作～開展了起來｜～認識到事情的艱難。

同【漸漸】jiàn jiàn

同【逐漸】zhú jiàn

「逐步」強調依次慢慢增減，突出有步驟，有明顯的階段性。「漸漸」強調程度、數量或情況隨着時間的推移慢慢發生變化，如說「速度漸漸放慢」、「天氣漸漸冷了」。「逐漸」指慢慢增減，屬於書面語，如說「面貌正逐漸改變」、「當地政府正逐漸增加教育投資」。

逐漸 zhú jiàn　慢慢地；一點點地　影響～擴大｜事業正～發展｜人們的心態在～改變。

同【逐步】zhú bù

同【漸漸】jiàn jiàn

反【陡然】dǒu rán　～醒悟｜氣温～下降｜兩國之間的衝突～升級。

反【驟然】zhòu rán　～下起陣雨。

主 zhǔ　1. 接待或招待別人的一方　客隨～便｜進了門，～客分別落座。

反【賓】bīn　喧～奪主｜～客盈門｜～主揮手告別。

反【客】kè　座上～｜反～為主｜來了一位不速之～。

2. 佔有奴隸或僱用僕人的人　僱～｜奴隸～｜一僕二～。

反【奴】nú　家～｜～顏婢膝。

反【僕】pú　主～｜忠誠的奴～。

3. 起最重要作用的　～力｜～次不分｜社會的～流意識。

反【次】cì　～要｜主～分明。

反【從】cóng　～犯｜不甘～屬地位。

反【支】zhī　～流｜～脈｜這只是一條～線。

主場 zhǔ chǎng　主客場賽制中某運動隊所在城市（或所在地）的賽場　～失利，壓力太大｜每個球隊都希望在～得分。

反【客場】kè chǎng　本隊～告負｜我們要爭取在～獲勝。

足球、籃球等比賽採取的主客場賽制，對方球隊的所在地是本方的客場。

主動 zhǔ dòng　1. 不因外力推動而自己作主的積極行動　～要求｜積極～｜～申請｜贏得～權｜～出擊｜～坦白。

同【自動】zì dòng

「主動」強調人自覺自願地行動，強調做事有自覺性，與「被動」相對。「自動」強調自己去做而不靠外力發動，如說「自動退出」、「自動來幫忙」；還指天然的或不用人力的機械運作，如說「自動燃燒」、「自動控制」。

反【被動】bèi dòng　～吸煙｜～接受幫助｜工作要主動，不要～。

2. 處於會造成有利局面的地位　爭取～｜處於～地位｜我們已經掌握了～權。

反【被動】bèi dòng　陷於～｜設法扭轉～局面。

主犯 zhǔ fàn　主要的罪犯或嫌疑人　嚴懲~｜~已經被捉拿歸案。
⊘【從犯】cóng fàn　~若干名｜那人可能只是個~。

主幹 zhǔ gàn　植物主要的身幹　大樹的~相當粗。
⊘【枝葉】zhī yè　~茂密。

> 「主幹」也比喻主要的、起決定作用的力量，如說「青年教師是教育界的主幹」。

主攻 zhǔ gōng　主要攻擊的力量；主要發動進攻的人　擔任~｜我隊~不幸受傷退場。
⊘【助攻】zhù gōng　~應該積極配合主攻。

> 軍事上的「主攻」指主要攻擊力量，各類競賽中的「主攻」指發起進攻的主力隊員。

主觀 zhǔ guān　1. 屬於認識的主體，相對於客觀而言　~願望｜~意識。
⊘【客觀】kè guān　~存在｜尊重~事實｜不要一味強調~原因。
2. 根據自己的認知對事物作判斷，而不求符合實際狀況　~片面｜僅憑~猜想。
⊘【客觀】kè guān　~反映情況｜~地評價他們的成績。

主見 zhǔ jiàn　自己的確定的看法　缺乏~｜一時沒了~｜那人很有~。
◎【主意】zhǔ yi
◎【主張】zhǔ zhāng

> 「主見」突出對事情的獨立見解，多用於個人。「主意」指心中已經確定的意見及辦法，如說「大家七嘴八舌，他倒拿不定主意了」；還指辦法，如說「出主意」、「餿主意」、「就他的主意最多」。「主張」突出具體的見解，如說「自作主張」、「這兩種主張都有可取之處」；還指提議、提出，如說「我主張明天啟程」、「大家主張協商解決爭端」。

主角 zhǔ jué　1. 藝術表演中的主要角色或主要演員　男~｜擔任~｜她一心想當影片~。
⊘【配角】pèi jué　~演得也不錯｜主角常因~而生輝。
2. 比喻事情中的核心人物　在工作上她是我們中的~。
⊘【配角】pèi jué　他在工作中甘當~。

> 「主角」用於一般的工作或生活。

主謀 zhǔ móu　主要謀劃者或指揮者　他是這件事的~｜應當追究~的責任。
⊘【脅從】xié cóng　~已經全部捉拿歸案。

> 「主謀」、「脅從」均用於貶義。

主要 zhǔ yào　最為重要的　~人員｜~方面。
⊘【次要】cì yào　形式是~的｜這屬於~問題。

主張 zhǔ zhāng　1. 堅持某種意見及看法　極力~｜~和平解決邊界

Z

爭端。

⑤【反對】fǎn duì　～擅自處理｜大家一致～他提出的方案。

2. 對事物所抱持的意見　各有～。

⑤【意見】yì·jiàn

⑤【主意】zhǔ yi

主旨 zhǔ zhǐ　主要意思　～不明｜～有點含糊不清。

⑤【宗旨】zōng zhǐ

> 「主旨」指主要意思，多用於文章、話語等，屬於書面語。「宗旨」多指政黨、組織或活動的主要目的或意圖，如說「奮鬥的宗旨」、「環保協會以大力宣揚環保知識為宗旨」。

主子 zhǔ zi　1. 舊時奴僕對主人的稱呼　～說了算｜奴才給～請安。

⑤【奴才】nú cai　～告退｜～隨時聽候吩咐。

2. 比喻事情的操縱者、主使者　這是你～指使的吧。

⑤【嘍囉】lóu luo　充當～｜他有一大幫～。

> 「嘍囉」也寫作「嘍羅」，指追隨惡人的人。

囑咐 zhǔ·fù　關照對方（如何去做）　再三～｜老師一再～學生路上小心｜他一再～我要愛惜自己的身體。

⑤【叮嚀】dīng níng

⑤【叮囑】dīng zhǔ

⑤【吩咐】fēn·fù

> 「囑咐」強調告訴、使注意，語氣比

較委婉，有勸勉的意思。「叮嚀」也作「丁寧」，突出反覆多次告訴對方，屬於書面語，如說「千叮嚀萬囑咐，就是一句話：注意安全」。「叮囑」強調再三告訴對方記住並照着做，語氣比「叮嚀」重，屬於書面語，如說「出門時父親再次叮囑我要注意身體健康」。「吩咐」多用於口語，如說「他臨走時吩咐我照看好家」；還指口頭指派、命令，如說「接下來做甚麼，請您吩咐」。

矚目 zhǔ mù　注目；集中注視　萬眾～｜世人～的盛會。

⑤【注目】zhù mù

> 「矚目」的對象多是重大、重要的事物，屬於書面語。「注目」指集中目光，把視線或注意力集中在某人或某事物上，對象多是眼前很突出的人、物或事情，如說「引人注目」。

助 zhù　幫助；協助　～戰｜～陣｜～跑｜～攻｜～人為樂｜鼓掌～威。

⑤【幫】bāng

> 「助」屬於書面語。「幫」和「助」的不同主要在搭配上，「幫」可單用，多用於口語，如說「幫他做事」、「幫老師整理練習材料」。

助興 zhù xìng　幫助添加一些樂趣　以歌舞～｜你快來段～表演｜會後有歌舞～。

⑤【掃興】sǎo xìng　令人～｜說～的話｜大家不歡而散，覺得很～。

「助興」也可以説成「助助興」、「助一助興」等。

注意 zhù yì　非常關注；集中思想　請～安全｜～互相掩護｜～個人衛生｜上課要～認真聽講。

- 【當心】dāng xīn
- 【留神】liú shén
- 【留心】liú xīn
- 【留意】liú yì

「注意」突出把精力或意志放到某一方面，語意較重。「當心」重在小心，多用於口語，如説「走路請慢點兒，當心地上滑」。「留神」強調密切注意、謹慎防備，避免出錯或引出麻煩事，多用於口語，如説「腳下留神」、「下雨天你得留神」。「留心」指留心、注意，也指當心，與「忽略」、「不顧」相對，如説「多留心周圍的事物」、「這事就靠你多留心了」。「留意」突出關注或倍加小心地注意，如説「留意佈告中的信息」、「請留意市場上新投放的手機」。

- 【忽略】hū lüè　別～了那些細節｜小數點後的數目可以～不計。

祝福 zhù fú　願他人幸福平安　生日～｜請你們倆接受我誠摯的～。

- 【詛咒】zǔ zhòu　惡毒的～｜～他人是極不道德的。

祝賀 zhù hè　慶賀　～華誕｜～成功｜值得～｜致以熱烈的～。

- 【恭喜】gōng xǐ

「祝賀」適用範圍較廣，用於各種祝

賀場合。「恭喜」重在祝賀別人的喜事，多用於口語，如説「恭喜發財」、「恭喜高升」。

貯藏 zhù cáng　儲存；保藏　～糧食｜～草料｜掌握蔬菜～保鮮技術。

- 【儲藏】chǔ cáng

「貯藏」強調貯備、保藏，含有保藏好物品、使其不壞的意思。「儲藏」突出保藏，如説「儲藏禦寒物品」、「螞蟻儲藏糧食過冬」。

註解 zhù jiě　1. 解釋文章字句的文字　這本古書的～淺顯易懂｜查找～後才算弄明白。

- 【註釋】zhù shì
- 【正文】zhèng wén　～部分用的是大字｜此書～其實內容不多，不過很難懂。

2. 對不明白的地方作文字解釋　～古書。

- 【註釋】zhù shì

「註解」着重解釋，可以是對具體詞句內容的解釋，也可泛指解釋。「註釋」突出對具體詞句的內容加以解釋，屬於書面語，如説「仔細閲讀註釋」、「註釋可以集中放在正文之後」。

註釋 zhù shì　解釋文章字句的文字　～簡略｜文後略加～｜請參看～部分。

- 【正文】zhèng wén　～全部使用的是宋體字。

Z

「**註釋**」指對字的意義或詞句的內容加以解釋。

註銷 zhù xiāo　除去已登記的事項　～學籍｜這筆賬上月已經～了。
反【登記】dēng jì　～在冊｜辦理入住～手續。

著名 zhù míng　名氣大的　～品牌｜～的風景區｜報考～的綜合性大學｜～畫家徐悲鴻擅長畫馬。
同【出名】chū míng
同【有名】yǒu míng
同【知名】zhī míng
反【無名】wú míng　～小卒｜～之輩，不足掛齒｜他甘願做～英雄。

「**著名**」強調突出、顯著，用於人或事物。

著述 zhù shù　1. 寫作；書面發表意見等　勤奮～｜多年來專心～，成果豐碩。
同【著作】zhù zuò
2. 著述的成果　～甚豐｜～不多。
同【著作】zhù zuò

「**著述**」指書面寫作，屬於書面語。「**著作**」指寫作各類書籍、文章或進行整理編輯，如說「著作多年，成果豐富」。

築 zhù　建築；修築　～堤｜～壩｜～起堅固工事。
同【建】jiàn
同【修】xiū

「**築**」突出建造，多用於修建路、牆、房屋等，屬於書面語。「建」多用於較大的工程，如說「建廠房」、「擴建門面」、「建大樓」；還指設立、成立，如說「建國」、「建軍」。「修」突出興建，可搭配成「修鐵路」、「修地鐵」、「修水庫」等；還指修理、整治，如說「修自行車」、「修橋鋪路」。

抓 zhuā　捉拿；捕獲　～壞人｜～小偷｜～住逃犯｜～小雞。
同【捕】bǔ
同【逮】dǎi
同【捉】zhuō

「**抓**」的對象是人或動物；還用於思想、運動、思路等，如說「抓住一瞬即逝的靈感」。「捕」用於人時指逮捕，對象是罪犯或犯罪嫌疑人；用於動物時指捕捉，如說「捕魚」、「捕麻雀」。「逮」多用於動物，指捉，如說「貓逮老鼠」；用人時表示被發現，如說「終於讓我逮到你了」；還用於機會等抽象事物，如說「逮住一個千載難逢的機會」。「捉」用於人時表示捉拿，對象是逃跑的人或壞人，如說「捉姦」、「捉強盜」、「捉住小偷」；用於動物時指用手或器具抓，也可以是動物對動物，如說「捉小雞」、「貓捉老鼠」。

反【放】fàng　～虎歸山｜把人質～了回去。

抓緊 zhuā jǐn　握得很牢。多指辦事不鬆懈　～時間｜～開展工作｜～把事情處理完畢。
反【放鬆】fàng sōng　～警惕｜～學

習，就會落後｜不能～對企業的管理。

專長 zhuān cháng
特長　學有～｜發揮各自的～｜他的～是研究古文字。

同【特長】tè cháng

「專長」指個人的專業技能或學問。「特長」指特別擅長的技能或特有的工作經驗，如說「他的特長是彈鋼琴」。

專程 zhuān chéng
特地為某事而到某地　～送達｜～前去慰問災民。

反【趁便】chèn biàn　～回鄉探親｜你回家時，～給我帶個口信。

反【順便】shùn biàn　～把他也叫來｜我路過這兒，～來看看你們。

專斷 zhuān duàn
應該商量而不商量，獨自做出決定　蠻橫～｜個人～作風。

同【獨斷】dú duàn

「專斷」指一貫不民主，自己專權，不容別人參與，語意較重，多用於作風方面。「獨斷」指不徵求、不採納別人的意見，如說「他總是一個人獨斷專行，有事也不和人商量」。

專橫 zhuān hèng
專斷強橫　～跋扈｜～無禮｜為人十分～。

同【跋扈】bá hù

「專橫」突出獨斷專行、恣意妄為。「跋扈」用於當權者或其他有權勢的人，指暴戾、強橫、胡作非為，語意較重，如說「舉動跋扈得很」。

專任 zhuān rèn
專門任某職　～公司會計｜學校聘請她當～地理教師。

反【兼任】jiān rèn　班長～課代表｜這個職務由他～。

專心 zhuān xīn
注意力完全集中在某方面　～致志｜～一意｜～讀書。

同【入神】rù shén

「專心」突出人的精神專一、全神貫注，用於學習、工作、研究等，如說「專心致志」、「專心學習」。「入神」指對眼前的事物發生濃厚的興趣而注意力高度集中，如說「想得入神」、「入神地看着那幅畫」。

反【分心】fēn xīn　小孩子容易～｜開車時千萬不能～。

專業 zhuān yè
專門從事某事的；以某事為職業的　學習～知識｜請教～人士｜先生從事音樂～幾十年，桃李滿天下。

反【業餘】yè yú　～演出｜～球隊｜怎麼還停留在～水平？

專職 zhuān zhí
由專人擔任的職務　擔任～司機｜他是～營銷員｜學校沒設～學生會主席。

反【兼職】jiān zhí　擔任～教師｜他假日在外～。

專制 zhuān zhì
1.（君主）獨自掌握政權　君主～｜推翻～政體。

反【民主】mín zhǔ　～制度｜～選舉。

2. 憑自己的意志獨斷專行　反對～作風。

Z

反【民主】mín zhǔ 　～討論｜發揚
～｜積極推動～化進程。

轉變 zhuǎn biàn　由一種情況變
到另一種情況　～觀念｜態度～｜～
作風。

同【改變】gǎi biàn

同【轉化】zhuǎn huà

> 「轉變」多用於向好的方面逐漸變
> 化，多與「思想」、「立場」、「觀
> 念」、「作風」、「風氣」等詞搭配。
> 「改變」強調變化比較明顯而迅速，
> 多是人為的，可用於向好的方面或
> 向壞的方面，如說「改變方向」、「態
> 度有所改變」；還指改變更動，如說
> 「改變程序」、「改變策略」。「轉化」
> 指矛盾的雙方向着和自己相反的方
> 向、相對立的方面變動，多用於本
> 質、性質、力量、思想等，如說「事
> 態的性質向好的方向轉化」、「轉化
> 為新的矛盾」。

轉瞬 zhuǎn shùn　轉眼；很快　～
即逝｜～間就到了畢業的時候了。

同【轉眼】zhuǎn yǎn

> 「轉瞬」強調時間飛快流逝，屬於書
> 面語。「轉眼」指一剎那的時間，有
> 形象色彩，如說「剛才還在，轉眼就
> 不見了」。

賺 zhuàn　做生意盈利　～錢養
家｜這筆生意根本沒～。

反【賠】péi 　一本｜買賣～了｜年終
結賬，還是～了。

莊嚴 zhuāng yán　鄭重而嚴肅

雄偉～｜～肅穆｜在～的國旗下宣
誓。

同【威嚴】wēi yán

同【嚴肅】yán sù

同【鄭重】zhèng zhòng

同【莊重】zhuāng zhòng

> 「莊嚴」可用於人的態度、舉止或建
> 築物、場面、景物、環境、氣氛等，
> 屬於書面語。「威嚴」強調有威力而
> 又嚴肅，多用於人的神態、聲音或
> 其他事物，如說「威嚴的儀仗隊」、
> 「發出威嚴的聲音」。「嚴肅」突出不
> 隨便、讓人敬長，多形容人的神情
> 或氣氛、場合等，如說「態度嚴肅」、
> 「嚴肅聲明自己的立場」。「莊重」指
> 嚴肅而不輕浮，有鄭重的色彩，屬
> 於書面語，如說「莊重宣佈」、「神
> 態莊重」、「莊重的舉止」。

莊重 zhuāng zhòng　穩重嚴肅
態度～｜～的儀表｜正式場合你得～
點兒。

反【輕浮】qīng fú 　為人～｜最看不慣
這種～樣子。

反【輕佻】qīng tiāo 　言語～｜舉止別
那麼～。

> 「莊重」用於言語、舉止穩重而不輕
> 浮、不隨便。

裝 zhuāng　1. 把零部件組成整體
或進行固定　～在一起｜～上罩殼｜
機器已全部～配好了。

反【拆】chāi 　～除｜～下窗子｜快把
這架子～去。

反【卸】xiè 　拆～｜～去螺絲｜～下
機器零件。

2. 把東西放進(運輸工具)　～船｜
迅速～車｜及時～運。
(反)【卸】xiè　～貨｜這批貨物正在裝
～。

裝扮 zhuāng bàn　打扮　細心
～｜簡單～一下｜～得很漂亮。
(同)【打扮】dǎ ban
(同)【裝束】zhuāng shù

> 「裝扮」指在原有基礎上打扮得漂亮
> 一些；還指化裝，如說「他裝扮成老
> 人混進去了」。「打扮」指讓容貌、
> 衣着好看，也指裝飾，如說「打扮得
> 比較樸素」、「春天把田野打扮得五
> 彩繽紛」。「裝束」指具體着衣着，如
> 「裝束入時」、「裝束一新」。

裝備 zhuāng bèi　1. 配備　～武
器｜～一台電腦｜～通訊器材。
(同)【配備】pèi bèi
2. 配備的人員、物資等　增加～｜新
式～。
(同)【配備】pèi bèi

> 「裝備」多用於武、軍裝、器材、技
> 術力量等，不用於人，亦是名詞。
> 「配備」突出按需要配置，可用於物
> 資和人，如說「配備新式武器」、「配
> 備專職秘書」、「配備技術骨幹」。

裝點 zhuāng diǎn　裝飾　～門
面｜將新房間～一下。
(同)【點綴】diǎn zhuì

> 「裝點」突出美化、裝飾，可以是自
> 然形成的或人為的，可用於景物或
> 其他方面。「點綴」重在襯托、映照，

多是自然形成的，用於景物，如說
「白雲點綴着藍天」、「幾束鮮花點
綴了會場」。

裝潢 zhuāng huáng　裝飾使美
觀　建築｜室內～｜從事～工程｜
精心鑽研～技藝。
(同)【裝飾】zhuāng shì

> 「裝潢」多用於建築物，突出在物體
> 表面加上裝飾性的東西，使之美觀，
> 不用於人。「裝飾」突出在身體或物
> 體表面加上附屬的東西，使之美觀，
> 如說「注重裝飾」、「裝飾品」。

裝配 zhuāng pèi　組合零件成為
整體　電腦已經～好了。
(反)【拆卸】chāi xiè　～汽車｜他們負
責～工作。

裝置 zhuāng zhì　安裝　～空調｜
～進口設備。
(同)【安裝】ān zhuāng

> 「裝置」多指安裝機器、儀器等構
> 造較複雜並具有某種獨立功能的設
> 備；也可用作名詞，指構成的物件。
> 「安裝」多用於按照一定的方法、規
> 格等把機械或器材(成套)的固定在
> 一定的地方，可用於機器、儀器等
> 設備或電話、門窗等，如說「自行安
> 裝」、「安裝電話」、「安裝監控器」。

壯大 zhuàng dà　變強，使有力
量　～隊伍｜力量日益～。
(反)【削弱】xuē ruò　～實力｜影響力
逐漸～。

Z

壯實 zhuàng shi　健壯　身體～｜長得～有力。

(反)【瘦弱】shòu ruò　～多病｜～的人更要加強鍛煉。

狀況 zhuàng kuàng　情形　學習～｜身體～｜了解環境～。

(同)【情況】qíng kuàng

「狀況」突出事物所呈現的狀態，形成這種狀態的時間一般比較長，一般不指具體事情。「情況」泛指事物發生、存在、變化的各種狀態，形成這種狀態的時間可長可短，可用於具體或抽象的事情，如說「情況還比較好」、「我不了解那裏的情況」。

狀態 zhuàng tài　人或事物表現出來的樣子　緊急～｜液體～｜病人已進入昏迷～。

(同)【形態】xíng tài

「狀態」用於人或事物，指某一段時間內表現出來的樣子。「形態」突出事物的長期的穩定的形狀或表現，如說「觀念形態」、「社會形態」、「意識形態」。

追查 zhuī chá　事後調查原因、責任或經過　～原因｜～責任｜～肇事者。

(同)【追究】zhuī jiū

「追查」指依照事情發生的經過進行調查，旨在弄清原因或責任。「追究」指查究事情的根由、原因、責任等，強調查清楚後作處理，如說「暫不追究」、「追究事故責任人」。

追問 zhuī wèn　追根究底地查問　～下落｜～根由。

(同)【詰問】jié wèn

「追問」重在查問根本，適用範圍較廣。「詰問」重在責問，多用責備的口氣，語意較重，屬於書面語，如說「厲聲詰問」、「反覆詰問想要的答案」。

追憶 zhuī yì　回想　～童年往事｜～似水年華。

(反)【展望】zhǎn wàng　～前程｜～美好的未來。

准許 zhǔn xǔ　允許；同意　請求～｜～營業｜獲得～。

(同)【答應】dā ying
(同)【容許】róng xǔ
(同)【許可】xǔ kě
(同)【允許】yǔn xǔ

「准許」用於人或組織同意別人的要求。「答應」指一般的同意，如說「他答應帶新款機來」、「我根本就沒答應過這件事」。「容許」突出容忍、許可某種情況或現象存在，如說「只容許一個人進去」、「不容許在此設攤」。「許可」指人或組織允許、同意別人的要求，也可指時間、條件、環境、政策等允許，如說「得到經營許可」、「經過許可」、「一般不許可這樣」。「允許」用於答應某種要求或做法，如說「允許進入」、「允許照相」、「未經允許不得擅自翻動」。

準備 zhǔn bèi　事先安排；打算　～出發｜～考試｜～去旅遊｜做好心

理～。

◉【預備】yù bèi

> 「準備」、「預備」都指事先進行安排或設計好具體做法。如説：「週末你預備去哪兒玩」、「做好露營的預備工作。」

準點 zhǔn diǎn

準時；與預定的時間相符　～發車｜旅行團～啟程｜飛機～到達。

⊘【誤點】wù diǎn　火車～兩小時。

準確 zhǔn què

1. 沒有錯誤；結果完全符合實際或預期　運算～無誤｜射手～地擊中目標｜～率高達百分之百。

◉【精確】jīng què

> 「準確」指行動的結果完全符合實際或預期，適用範圍較廣。「精確」指非常準確，語意較重，如説「精確計算火箭運行軌道」、「計算結果精確到小數點後三位」。

⊘【錯誤】cuò wù　～百出｜～估計形勢｜犯了～就要改正。

2. 明確，沒有疑問　～表達｜他的説明很～｜請給大家一個～的答覆。

⊘【粗略】cū lüè　～地統計｜～地介紹一下｜我們現在只能做一個～的估計。

⊘【大概】dà gài　～印象｜～安排｜～情況就是這樣。

準繩 zhǔn shéng

本指測定平直程度的器具，現多用來比喻言論、行為等依據的原則或標準　以此為～｜行動的～｜必須以法律為～。

◉【原則】yuán zé
◉【準則】zhǔn zé

> 「準繩」多用於思想理論方面，用於大的事情或範圍。「原則」突出所依據的標準，適用範圍較寬，如説「不講原則」、「堅持基本原則」；還指大體上，如説「方案原則上通過了」、「原則上照此辦理」。「準則」指作為規範的依據原則，多用於組織紀律、倫理道德、外交條款、思想理論等方面，如「制訂學生行為準則」、「不可違背的準則」、「遵守國際關係準則」。

拙劣 zhuō liè

愚笨而低劣　手法～｜～的演技｜他的文筆還很～。

⊘【高明】gāo míng　見解～｜～的主意｜他的醫術相當～。

⊘【巧妙】qiǎo miào　構思～｜～的計策｜～地利用一個簡便的方法解決了大問題。

拙作 zhuō zuò

謙稱自己的文章作品　參見～｜～已完稿。

⊘【大作】dà zuò　拜讀～｜～已經收到｜您的～誰不知曉？

> 「拙作」是謙辭，用於稱自己的作品。「大作」是敬辭，用於稱對方的作品。

捉 zhuō

抓；捕　捕～｜～拿兇犯｜～襟見肘。

⊘【放】fàng　釋～｜～虎歸山｜～還人質｜你快～手。

卓見 zhuó jiàn

高明的見解　他思路開闊，常有～

㊐【淺見】qiǎn jiàn　這只是我個人的一點～。

卓越 zhuó yuè　特別出色；超過一般　～的成就｜～的理論家｜作出了～的貢獻。

㊐【傑出】jié chū

㊐【卓著】zhuó zhù

㊐【卓絕】zhuó jué

> 「卓越」突出特別優秀，超過一般，多與「成就」、「貢獻」、「見解」、「才能」、「表演」、「品質」等詞搭配。「傑出」指才能、成就出眾，多用於人或作品，如說「成就傑出」、「引進傑出人才」。「卓著」着重於顯著、突出，不直接形容人，如說「才華卓著」、「成效卓著」。「卓絕」指達到極點，如說「英勇卓絕」、「艱苦卓絕的戰鬥」。

着落 zhuó luò　下落；結果　到處尋找仍無～｜他走後一直沒有～｜失散的家人已有～。

㊐【下落】xià luò

> 「着落」多用於人；還指可依靠或指望的來源，如說「那事總算有了着落」、「這個項目的經費終於有了着落」。「下落」適用範圍較廣，可用於人和物，如說「下落不明」、「打聽同學的下落」、「不知道他的下落」；還指下降，如說「樹葉緩慢下落」。

着實 zhuó shí　真的；確實　～喜歡｜她～被牆角竄出來的貓嚇了一跳。

㊐【的確】dí què

㊐【確實】què shí

㊐【委實】wěi shí

> 「着實」只作副詞，強調真實性，語意較重。「的確」突出對事物的真實性的肯定，如說「小説的確感人」、「這個殺毒軟件的確很有用」。「確實」可作副詞、形容詞，語意較輕，如說「數據確實可信」、「我確實不知此事」、「在那裏我確實沒見過她」；還表示完全符合實際情況，可信不虛假，如說「演出確實精彩得很」。「委實」指對情況的認定或對估計的確認，屬於書面語，如說「委實不易」、「判斷委實有誤」。

着手 zhuó shǒu　動手（做）　～改制｜～研究｜～調查｜～處理。

㊐【動手】dòng shǒu

㊐【入手】rù shǒu

㊐【下手】xià shǒu

> 「着手」強調開始做，多用於比較抽象或大型的事務。「動手」強調具體開始做，如說「動手解決問題」、「儘快動手制訂方案」；還指用手接觸，如說「只許眼看，不許動手」；還指打人，如說「可以爭論，但不准動手」。「入手」突出以某方面為突破口開始活動或工作，如說「從字母入手學發音」、「從現場實際調查入手」。「下手」強調選擇適合的時機、條件、地方開始進行，如說「伺機下手」、「先下手為強」、「趁四處無人時下手」、「這些事還真無從下手」。

濁 zhuó　不乾淨；有雜質　污～｜～氣下沉｜河水渾～不清。

【反】【清】qīng　～澈見底｜空氣～新｜水至～則無魚。

姿勢 zī shì　身體或身體的某個部位呈現出來的樣子　～優雅｜奇怪的～｜你拿筆的～不正確｜他打字的～跟別人有些不同。
【同】【姿態】zī tài

「姿勢」表示人的具體動作的樣子。「姿態」強調身體形態或情態，如說「姿態優美」；還指人的氣度、態度，如說「做出謙讓的姿態」、「他在這件事上保持了高姿態」。

滋生 zī shēng　也寫作「孳生」。繁殖　消滅蚊蠅～地｜加強措施，防止細菌～。
【同】【繁殖】fán zhí

「滋生」多指細菌或害蟲類的生長；還指引起、發生，如說「滋生事端」（這時不能寫為「孳生」）。「繁殖」泛指生物產生新個體，如說「繁殖後代」、「細胞在不斷繁殖」。

滋潤 zī rùn　富含水分的；不乾燥的　雨露～｜雨後的空氣很～。
【反】【枯槁】kū gǎo　草木～｜禾苗～。
【反】【枯萎】kū wěi　莊稼～｜荷葉完全～了。
【反】【枯黃】kū huáng　落葉～一片｜秋天樹葉逐漸～。

滋事 zī shì　製造麻煩；搗亂　造謠～｜聚眾～。
【同】【惹事】rě shì
【同】【生事】shēng shì

「滋事」突出故意製造事端，語意較重，屬於書面語。「惹事」強調招惹是非、惹出麻煩，多用於口語，如說「你別淨在這裏惹事」。「生事」突出製造糾紛或事端，語意較重，如說「造謠生事」、「這人脾氣不好，容易生事」。

滋味 zī wèi　味道　這藥～太苦｜你做的菜～真不錯。
【同】【味道】wèi dao

「滋味」指人的味覺能感覺到的味兒；還比喻人的感受如說：「他這樣說讓人感到真不是滋味」。「味道」指所能感覺到的味兒；還指某種含蓄的意思、意味或趣味，如說「味道並不好」、「心裏有說不出的味道」、「這類電視節目還是蠻有味道的」。

資料 zī liào　用來作為依據的材料　統計～｜缺少複習～｜複印圖書～｜搶救珍貴的文物～。
【同】【材料】cái liào

「資料」指可作為參考依據的文字記錄或實物；還指人們生活、生產中必需的東西，如說「生產資料」。「材料」指寫作用的素材或整理出來的文字，如說「寫作材料」、「印發宣傳材料」；還指生產物質產品的素材，如說「建築材料」、「裝潢材料」、「紡織材料」；也比喻適合做某事的人，如說「他根本不是當會計的材料」。

資質 zī zhì　人的素質　～很好｜～不凡｜～極高。

囿【天分】tiān fèn
囿【天賦】tiān fù
囿【天資】tiān zī

「資質」突出智力、感覺等各方面具有的綜合水平，屬於書面語。「天分」強調先天的智力，多用於口語，如說「天分很高」、「從小就有藝術天分」。「天賦」突出自然賦予的、生來就有的智力素質，屬於書面語，如說「具有音樂天賦」。「天資」指先天的智力水平，屬於書面語，如說「天資聰穎」。

仔細 zǐ xì　　細心；心思細密　～研究｜～推敲｜～檢查｜～作了記錄｜～聽取匯報。
囿【細心】xì xīn
囿【細緻】xì zhì

「仔細」突出態度認真，不放過細小的地方，與「馬虎」相對。「細心」突出用心細密、不疏忽，與「粗心」相對，多用於辦具體事情，如說「細心操作」、「細心製作」、「細心照料病人」、「她辦事特別細心」。「細緻」指做事、考慮問題認真、細而周到；也指物品細而精緻，與「粗糙」相對，如說「工作細緻」、「她做甚麼都很細緻」、「這工藝品做得相當細緻」。

囿【馬虎】mǎ hu　　～行事｜工作態度～｜做事千萬不能～大意。

姊 zǐ　　姐姐　～妹倆｜長～如母｜她們親如～妹。
囿【妹】mèi　師兄～｜姐姐總是讓着小～。

自傲 zì ào　　自高自大；驕傲　過於～｜居功～｜那人太～了｜～心理實在要不得。
囿【自負】zì fù
囿【自大】zì dà

「自傲」用於自以為比別人好而傲氣十足，是貶義詞。「自負」強調自以為了不起，如說「為人不能那麼自負」。「自大」指自以為了不起，多用於口語，如說「自高自大」、「驕傲自大」、「夜郎自大」。

自卑 zì bēi　　覺得自己不如別人　你不必～｜～是一種心理問題｜不要因為自身的缺陷而感到～。
囿【自大】zì dà　自高～｜他一向狂妄～。
囿【自負】zì fù　　～輕狂｜這個人十分的～。
囿【自滿】zì mǎn　驕傲～｜克服～情緒｜他虛心好學，從不～。
囿【自豪】zì háo　他今日的成就足以令父母～。

「自豪」無貶義。

自卑感 zì bēi gǎn　　自己輕視自己或感到自己卑微渺小的心理狀態　產生～｜他的～很強｜我相信～是完全可以消除的。
囿【優越感】yōu yuè gǎn　她一向具有強烈的～。

自大 zì dà　　自以為自己了不起　夜郎～｜做人不能驕傲～。
囿【自負】zì fù
囿【自滿】zì mǎn

（反）【自卑】zì bēi 不必～｜～心理｜你何必為貧窮而～。

（反）【謙遜】qiān xùn ～待人｜為人～有禮。

（反）【謙虛】qiān xū ～謹慎｜這孩子～而好學。

（反）【虛心】xū xīn ～求教｜～使人進步｜～學習別人的長處。

自費 zì fèi 費用由個人自理 ～留學｜孩子看病完全是～。

（反）【公費】gōng fèi ～醫療｜～留學｜～旅遊。

自封 zì fēng 自己給自己加以某種稱號 ～為王｜～為專家。

（同）【自命】zì mìng

「自封」含貶義；還指限制，如說「故步自封」。「自命」指原來自己不具有某種品格或身份卻以為自己具有，含貶義，如說「自命不凡」、「他的缺點就是自命清高」。

自負 zì fù 十分驕傲；自己以為了不起 他的才氣使他十分～。

（同）【自大】zì dà

（同）【自滿】zì mǎn

（反）【自卑】zì bēi 時而自負，時而～。

自豪 zì háo 因自己或與自己有關的民族、國家、集團、個人取得成就而感到光榮 充滿～感｜以此～。

（同）【驕傲】jiāo ào

「自豪」突出具有好傳統或優良成績而引以為榮，用於褒義。「驕傲」強調感到非常了不起，可以是因為重大事情，也可以是因為一般事情，如說「她為自己的女兒感到驕傲」；還指自以為了不起，用於貶義，如說「防止驕傲自滿」。

自己 zì jǐ 名詞或代詞，指本身 靠～努力｜請你～保重｜你要經常督促～｜這事由他～來處理吧。

（同）【本人】běn rén

「自己」強調不是由於外力。「本人」強調說話人本身，或指當事人或前面提到的人，如說「本人並不姓章」、「必須本人親自到場」、「這事得她本人同意才行」。

（反）【別人】bié ren 你別一直依靠～｜把方便讓給～｜你不要去管～的事情。

（反）【他人】tā rén 關心～｜～無權過問此事。

（反）【外人】wài rén ～不得干涉｜我又不是甚麼～。

（反）【旁人】páng rén 這不關～的事｜別把責任推給～。

自覺 zì jué 自己明白了道理而有所覺悟 ～讓座｜大家應該～地遵守社會公德。

（反）【盲目】máng mù ～施工｜避免～樂觀｜你們這樣做實在太～了。

自誇 zì kuā 在別人面前誇耀自己 自賣～｜不要老是～。

（同）【自詡】zì xǔ

「自誇」突出誇大其辭並吹噓自己。「自詡」強調炫耀自己，屬於書面語，如說「自詡為才子」、「自詡字寫得好」、「他竟然以天才自詡」。

Z

自滿 zì mǎn

對自己的成績很滿足　～心理｜切忌驕傲～｜他虛心好學，從不～。

同【自負】zì fù

反【謙虛】qiān xū　態度～｜～謹慎，戒驕戒躁。

反【謙遜】qiān xùn　～有禮｜她為人十分～。

反【虛心】xū xīn　～向內行人求教。

> 「自滿」與「自負」均用於貶義。

自命不凡 zì mìng bù fán

自以為有某種品格、身份等，很不平凡　他常常～｜你可別這樣～，會吃虧。

反【自慚形穢】zì cán xíng huì　她像醜小鴨一樣～｜與她相比，我～。

> 「自命不凡」用於貶義，指過高地估計自己的情況，自以為勝人一籌。

自強不息 zì qiáng bù xī

自己努力向上，永不懈怠　發揚～的精神｜我們的校訓是～｜做人應當努力追求，～。

反【自暴自棄】zì bào zì qì　千萬不能～｜～是軟弱的一種表現。

自然 zì rán

1. 天然存在或發展的　回歸～｜觀賞～風光｜違背～規律｜人人都要愛護大～。

反【人工】rén gōng　～呼吸｜進行～降雨｜～防護林。

反【人造】rén zào　～革｜～棉｜～衛星｜～纖維。

2. 自由發展，不經人力干預　聽其～｜～生長。

反【人為】rén wéi　事在～｜這很明顯是～的破壞｜～干預加速了生存環境的惡化。

3. 理所當然地　功到～成｜心靜～涼。

反【未必】wèi bì　事情～如此｜她～喜歡這種式樣。

自然 zì rán

不勉強；不侷促；不呆板　態度非常～｜表現得極為～。

同【大方】dà fang

> 「自然」突出不勉強、不侷促，多用於態度、神情、動作、行為等。「大方」突出言行不拘束，如說「舉止大方」；還指不吝嗇或樣式、顏色不俗氣，如說「出手大方」、「這種款式相當大方」。

反【呆板】dāi bǎn　動作～｜他樣子～，腦子卻很靈活。

反【生硬】shēng yìng　態度過於～｜這篇文章寫得很～｜～的說教常常缺乏人文關懷。

反【做作】zuò zuo　～的表情｜他的表演太～了。

反【窘迫】jiǒng pò　出現這個令人～的場面，誰都沒想到。

反【尷尬】gān gà　面露～之色。

自如 zì rú

不拘束；比較隨意　神態～。

同【自若】zì ruò

> 「自如」突出自然而隨意；還指行動或操作很熟練，如說「運用自如」、「應付自如」。「自若」強調跟平常一樣，屬於書面語，如說「談笑自若」、「鎮定自若」。

自殺 zì shā

自己殺死自己　畏

罪～｜這是一起～事件｜他的～毫無
價值。

⓪【他殺】tā shā　此案屬於～｜警方
說不排除～的可能。

自身 zì shēn　自己　加強～修
養｜提高～免疫力｜能管住～就不錯
了｜提高～的業務素質｜泥菩薩過
江，～難保。

⊜【本身】běn shēn

> 「自身」強調非別人或別的事物。「本
> 身」強調不涉及別的，多用於集團、
> 單位或事物，如說「事故責任在企業
> 本身」、「生活本身充滿哲理」。

自食其力 zì shí qí lì　憑自己
的勞動養活自己　～，奮發圖強｜做
一個～的人。

⓪【不勞而獲】bù láo ér huò　～是可
恥的。

自私 zì sī　只考慮自己的利益　極
端～｜別太～了｜這是～自利的行為。

⓪【無私】wú sī　～奉獻｜大公～｜
他是一個～忘我的人。

自由 zì yóu　不受拘束；不受限
制　～發言｜～辯論。

⊜【逍遙】xiāo yáo

⊜【自在】zì zai

> 「自由」突出言論、行為等無拘無束。
> 「逍遙」強調沒有拘束，屬於書面語，
> 如說「逍遙法外」、「逍遙自在」。
> 「自在」強調不受任何拘束，感覺很
> 隨意，如說「安閒自在」、「優雅自
> 在」、「自由自在」。

自願 zì yuàn　自己心中情願　自
覺～｜大家～參加綠化活動。

⓪【被迫】bèi pò　他這完全是～的｜
～答應對方的要求。

⓪【勉強】miǎn qiǎng　你別去～他。

⓪【強迫】qiǎng pò　～命令｜個人意
見不要～別人接受。

⓪【強制】qiáng zhì　～執行｜一系列
～性措施。

綜合 zōng hé　歸結事物的各個
部分、各種屬性，使合成一個統一的
整體　～觀察｜～運用｜～研究。

⊜【概括】gài kuò

> 「綜合」指分析之後組合成為一個統
> 一的整體，與「分析」相對。「概括」
> 指總括，突出將各種情況作總體的
> 歸納，如說「作全面概括」、「我來
> 概括一下大家的意思」。

⓪【分析】fēn xī　逐一～｜～問題｜
～當前國際形勢。

蹤跡 zōng jì　行動過後留下的痕
跡　尋找遺留的～｜他們根本沒留下
一點兒～。

⊜【蹤影】zōng yǐng

> 「蹤跡」指行動留下的痕跡，用於人
> 或動物，多指實際的痕跡。「蹤影」
> 指形影和行動留下的痕跡，借指尋
> 找等待的對象，多用於否定，如說
> 「毫無蹤影」、「都三天了，還是不
> 見蹤影」。

總 zǒng　1. 集中在一起　～的來
說｜力量的～和。

⓪【分】fēn　～流｜～家｜～頭行動。

Z

2. 包含全部的；主要的；領導的 ～部｜～司令｜他被任命為執行～裁。
〔反〕【分】fēn ～院｜～鏡頭拍攝｜這是一家～公司。

總計 zǒng jì 合在一起算 ～有三十人｜錢包裏～才兩百塊，怎麼夠用？
〔同〕【共計】gòng jì
〔同〕【合計】hé jì

> 「總計」突出數量的整體性，指總括起來計算。「共計」、「合計」都強調加起來一起計算，如說「去年和今年共計來了 25 人」。

縱 zòng 1.南北方向的；同地平面垂直的 ～貫南北｜鐵路網～橫交錯。
〔反〕【橫】héng ～貫東西｜這條大河～貫全省。
2. 與物體長的一邊平行 ～剖｜～切面。
〔反〕【橫】héng ～截面｜過馬路要走人行～道。
3. 從前到後的 大廳～深很長。
〔反〕【橫】héng 房屋～寬三米。
4. 釋放 欲擒故～｜～虎歸山，後患無窮。
〔反〕【擒】qín ～獲｜生～｜活捉｜～賊先～王。
〔反〕【囚】qiú ～禁。
〔反〕【關】guān ～押罪犯｜鳥兒～在籠子裏。

縱貫 zòng guàn 從南到北 鐵路～南北。
〔反〕【橫亙】héng gèn 山脈～東西｜～數千里的崑崙山。

縱情 zòng qíng 盡情放縱 ～享樂｜～高歌｜人們～歡呼。
〔同〕【盡情】jìn qíng

> 「縱情」突出不受約束，用於表示歡快、興奮等情感的動作、行為，屬於書面語；也用於貶義，如說「你們切不可縱情吃喝」。「盡情」突出儘量抒發感情、不作節制，可以是歡快的或悲憤、不滿的，如說「盡情歡唱」、「盡情暢飲」、「盡情發泄」。

縱容 zòng róng 對錯誤的行為不加制止，任其發展 ～錯誤行為｜不能～不良現象蔓延。
〔同〕【放縱】fàng zòng

> 「縱容」突出對壞人壞事姑息遷就，任其發展，語意較重，多用於他人，偶爾用於自己。「放縱」突出行為不加約束，可用於他人或自己，如說「放縱自我」、「放縱不管」；還指不守規矩、沒有禮貌、不檢點等，如說「驕奢放縱」、「言行舉止過於放縱」。

〔反〕【節制】jié zhì 他瘋玩起來就毫無～。
〔反〕【約束】yuē shù 我們之間是君子協定，全靠自律～。

縱使 zòng shǐ 即使 ～困難再大，也要按時完成｜～取得了很大的成就，也應謙虛謹慎｜～有千難萬險，也要去嘗試一下。
〔同〕【即便】jí biàn
〔同〕【即使】jí shǐ

> 「縱使」屬於書面語。以上三個詞都表示不讓步，如說「即便你去也沒用」、「即使不能達標也不放棄努力」。

走狗 zǒu gǒu　原指獵狗，現多比喻受人豢養而助其作惡的壞人　充當～｜這就是～的下場。

同【走卒】zǒu zú

「走狗」具有形象色彩，帶有輕蔑的意味。「走卒」本指舊時官府的差役，多指為主子所驅使、幫主子作惡的人，屬於書面語，如說「充當走卒」。

走漏 zǒu lòu　事先把消息、情況傳出去　～風聲｜消息已經～。

同【透漏】tòu lòu

同【透露】tòu lù

同【泄露】xiè lòu

同【泄漏】xiè lòu

「走漏」指把不該傳出去的祕密、情報、信息等預先傳出，多是有意的。「透漏」可以是有意的或無意的，如說「無意中透漏了行動計劃」。「透露」突出顯露出來，多指有意把消息、意思等告訴別人，如說「消息是他透露出來的」、「我給你透露個內部消息」。「泄露」和「泄漏」，指不該讓別人知道的事情讓別人知道了，如說「泄露祕密」、「千萬不能泄露」、「這件事可不准泄露出去」；還指氣體、液體等漏出，如說「天然氣泄露」。

走神 zǒu shén　注意力不集中　這幾天看書老是～｜你開車可不能～。

反【專注】zhuān zhù　神情～｜她做事特別～。

反【專心】zhuān xīn　～一意｜～致志地搞科研。

反【凝神】níng shén　～思索｜屏氣～地觀看驚險的特技表演。

走運 zǒu yùn　運氣好，凡事符合心願　祝你～｜你真～，好事都讓你趕上了。

反【背運】bèi yùn　最近做事總～。

反【倒楣】dǎo méi　今天真～｜人～了，就會頭頭碰着黑。

奏效 zòu xiào　產生期望的效果　此藥～迅速｜不是說了就能～的｜使用這種方法，定能很快～。

同【見效】jiàn xiào

「奏效」強調達到預期的效果，屬於書面語。「見效」表示發生效力，多用於口語，如說「這藥見效比較慢」。

反【失效】shī xiào　這證件已經～｜及時銷毀已經～的藥品。

足夠 zú gòu　達到所需的數量或程度　～的資料｜食品～了｜對彼此有～的認識｜我們有～的時間準備。

反【缺少】quē shǎo　～時代氣息｜他們夫妻之間～溝通｜目前我們正～人手。

反【欠缺】qiàn quē　這方面的經驗我很～｜～的地方請繼續努力。

反【短少】duǎn shǎo　～的是燃料。

足跡 zú jì　腳印；印跡　雪地上留下了一串清晰的～｜大江南北都留下了勘探隊員的～。

同【腳印】jiǎo yìn

「足跡」突出虛指的行蹤；也可實指人或動物留下的痕跡，屬於書面語。「腳印」實指腳踏過留下的痕跡，如說「根據腳印判斷那人的去向」，還用「一步一個腳印」來比喻作風踏實。

Z

阻斷 zǔ duàn

阻隔，斷絕　大雪～了交通｜距離～不了他倆的感情。

⊗【疏通】shū tōng　～來往車輛｜這件事你得從中～一下。

阻攔 zǔ lán

阻止　～不住｜～那些人進入｜～此項工作的展開｜我被他們～在大門外。

◎【攔擋】lán dǎng
◎【攔截】lán jié
◎【攔阻】lán zǔ
◎【阻截】zǔ jié
◎【阻撓】zǔ náo
◎【阻遏】zǔ è
◎【阻止】zǔ zhǐ

「阻攔」突出攔住，不讓其有所行動，用於具體可見的行動。「攔阻」強調設置路障，使不得前進，多用於去路、行動、軍隊、敵人等。「攔擋」突出不讓通過或使之中途停止，如說「路上有障礙物攔擋」、「走在路上碰到了攔擋物」。「攔截」、「攔阻」、「阻截」都突出造成某種障礙在中途擋住，使無法通過，如說「攔截走私貨」、「快到半路上將他們攔阻下來」。「阻撓」突出竭力擾亂，不讓成功，對象多是正面的、積極的、重大的事物或行動，如說「阻撓工作的開展」、「阻撓談判的進行」。「阻遏」強調阻擋或阻止，多用於抽象事物，屬於書面語，如說「衰退之勢受到阻遏」。「阻止」指使停止，對象多是他人的具體行動，如說「砍伐森林的行為必須加以阻止」、「阻止這種荒唐的做法」、「應阻止他們野蠻施工」。

阻力 zǔ lì

1. 妨礙物體運動的力　減少～｜找準～點。

⊗【動力】dòng lì　開發新～設備｜利用流水作為～。

2. 比喻困難或不能順利發展的力量　衝破～｜克服種種～，盡力完成任務。

⊗【動力】dòng lì　～十足｜失去了前進的～。

阻塞 zǔ sè

有障礙而使通道被塞住　線路～｜交通～｜會場人頭攢動，通道完全被～了。

◎【閉塞】bì sè
◎【堵塞】dǔ sè
◎【梗塞】gěng sè

「阻塞」突出堵住而不通，多用於通道因障礙物而不能通過；還可用於言論，如說「阻塞言路」。「閉塞」突出閉而不通暢，指無法與外界溝通或信息不暢；還指地方偏僻、交通不便、風氣不開或消息不靈通，如說「當地相當閉塞」。「堵塞」可用於具體或抽象事物，如說「堵塞鼠洞」、「堵塞工作中的漏洞」。「梗塞」指通道因障礙物填滿而不通，如說「造成下水道梗塞」；還指局部血管堵塞，血流停止，如說「心肌梗塞」。

⊗【疏通】shū tōng　～河道｜警察及時～人流。

⊗【疏導】shū dǎo　決定採取～的治理方法。

阻止 zǔ zhǐ

使不能前進或停止行動　別～他｜沒有人能夠～歷史的車輪。

⊗【促進】cù jìn　起到～作用｜～兩國的友好往來。

祖先 zǔ xiān

一個民族或家族的上一輩，特指年代比較久遠的　～的基業｜～留下的遺產。

同【先人】xiān rén

「祖先」可指一個家族的上代，也可指一個民族的上代或全人類的上代，一般年代比較久遠。「先人」泛指一個家族的上代，特指已死的父輩，如說「追念先人」、「繼承先人遺風」。

組成 zǔ chéng

把部分、個體合為一個整體　～新俱樂部｜～一個大公司｜學生興趣小組由十五個人～。

同【組織】zǔ zhī

「組成」指把個體或部分合成一個整體。「組織」突出安排相關的事情或活動，使有一定系統性或整體性，如說「組織討論會」、「組織春遊」、「組織參觀科技館」；還指系統、配合關係、機構或集體，如說「組織鬆散」、「婦女聯合組織」、「世界衛生組織」。

組裝 zǔ zhuāng

組合零部件，使符合整體要求　他想自己～一台電腦｜這種音響設備都是～的。

反【拆卸】chāi xiè　～違規建築｜限於規定日期內～完畢。

詛咒 zǔ zhòu

祈望他人遭遇不幸　百般～｜遭到～。

反【祝福】zhù fú　致以誠摯的～｜希望得到大家的～。

鑽研 zuān yán

深入研究　～業務知識｜刻苦～先進技術。

同【研究】yán jiū

「鑽研」突出竭力地、深入地研究，多是個人對科學、業務、技術、理論、學問的研究，不用於對人或動植物的研究。「研究」泛指探求事物的真相、性質、規律等，對象廣泛，如說「研究歷史」、「研究氣象」、「進行深入研究」、「加強調查研究」。

嘴笨 zuǐ bèn

不擅長言辭　這孩子～｜～心不笨｜那小伙子實在～得很。

反【嘴巧】zuǐ qiǎo　這姑娘就憑着～把買賣做成了。

罪 zuì

過失；違法的行為　無～｜將功贖～｜～不可赦｜他真是～有應得。

反【功】gōng　論～行賞｜豐～偉績｜居～自傲｜他為公司立下了汗馬之～。

罪惡 zuì è

罪過惡行；嚴重犯法的行為　～極大｜～滔天｜～深重｜從事～勾當。

同【罪過】zuì guo
同【罪孽】zuì niè
同【罪行】zuì xíng
同【罪狀】zuì zhuàng

「罪惡」指嚴重損害他人利益的犯罪作惡行為，程度較重。「罪過」指過失、過錯，如說「掩飾罪過」、「犯有罪過」、「彌補罪過」；還用作自謙辭，表示不敢當，如說「讓您親自拿來，真是罪過」。「罪孽」指應

Z

該受到報應的罪惡，多指不可饒恕的過失，如說「罪孽深重」。「罪行」突出犯罪的行為，語意比「罪過」重，比「罪惡」輕，如說「罪行累累」、「犯下滔天罪行」。「罪狀」突出犯罪的具體事實，如說「歷數罪狀」、「一一羅列罪狀」。

罪過 zuì guo　過錯　犯下不可饒恕的～。
〔反〕【功績】gōng jì　不朽～｜～可載入史冊。

罪魁 zuì kuí　犯罪作惡的首要分子　～禍首｜擒獲犯罪團伙的～。
〔同〕【首惡】shǒu è
〔同〕【元兇】yuán xiōng

「罪魁」指給百姓或社會帶來深重災難、造成嚴重損害的首要人物，語意較重，多與「禍首」連用。「首惡」指作惡犯法集團的頭子，如說「首惡必辦」、「追究首惡」。「元兇」指作惡犯罪集團的主要或首要人物，如說「擒獲陰謀集團的元兇」。

〔反〕【從犯】cóng fàn　～可輕判。
〔反〕【幫兇】bāng xiōng　無恥～｜你竟然充當～！

醉 zuì　因飲酒過量而神志糊塗的狀態　喝～了｜～生夢死｜他常常～得不省人事。
〔反〕【醒】xǐng　酒後～來｜他酒醉還未～。

尊 zūn　有較高的地位或輩分的　～貴｜敬重～長｜～卑有別是舊思想。

〔反〕【卑】bēi　～職｜自～｜門第～微｜位～不忘憂國。

尊崇 zūn chóng　極為尊敬並很崇拜　他是一位受到～的學者。
〔同〕【尊敬】zūn jìng
〔同〕【尊重】zūn zhòng
〔同〕【崇敬】chóng jìng
〔同〕【崇尚】chóng shàng
〔同〕【敬重】jìng zhòng

「尊崇」的對象多是有巨大貢獻的人或被認為了不起的事物，屬於書面語。「尊敬」突出重視而恭敬地對待，多用於下對上、幼對長，如說「尊敬教師」、「尊敬長輩」。「尊重」突出重視而不輕看，與「輕蔑」相對，如說「尊重歷史」、「尊重客觀規律」、「尊重他人的勞動」。「崇敬」突出推崇尊敬，對象是人或人的品質，如說「英雄們的高尚品質為人所崇敬」、「懷着崇敬的心情走上前去獻花」。「崇尚」重在尊重並推崇，對象多是精神或風尚、風氣等，如說「崇尚真理」、「崇尚儉樸」、「崇尚科學」。「敬重」指恭敬尊重，對象多是人或者人的品格、為人等，如說「他的人格受到學生敬重」。

尊貴 zūn guì　高貴；使人尊敬　地位～｜～的來賓。
〔反〕【卑賤】bēi jiàn　出身～｜一個～的奴婢。
〔反〕【卑微】bēi wēi　他雖官職～，卻盡心盡力。
〔反〕【低微】dī wēi　身份～｜門第～。

「尊貴」多指人的身份和地位值得尊敬。

尊重 zūn zhòng　1. 懷有敬意地對待別人　～老人｜學會～他人｜人與人之間要互相～。

⓪【鄙視】bǐ shì　～不道德的行為。

⓪【輕慢】qīng màn　態度～｜待人～無禮。

⓪【蔑視】miè shì　她臉上露出了～的神情。

2. 嚴肅認真對待　～事實｜～消費者的權益｜～各民族的風俗習慣。

⓪【輕視】qīng shì　不應～傳統｜不要～這次教訓。

「尊重」的對象可以是人或事物。

遵從 zūn cóng　遵照並聽從　～上級指示｜～大會的決議｜～多數人的決定。

⓪【服從】fú cóng
⓪【聽從】tīng cóng

「遵從」不但表示要按照做，還突出服從。「服從」強調遵照，如說「服從命令」、「服從安排」。「聽從」多與「命令」、「吩咐」、「安排」、「教導」等詞搭配。

⓪【違拗】wéi ào　有意～｜她不想～父母的意願。

⓪【違背】wéi bèi　～常情｜這樣做～自然規律。

⓪【違抗】wéi kàng　～命令｜軍令如山，不得～。

遵守 zūn shǒu　按照規定去做；不違背共同的規定　～時間｜～紀律｜自覺～交通規則。

⓪【恪守】kè shǒu

「遵守」強調按照已確定或有章可循的紀律、制度去做，多與「秩序」、「紀律」、「規定」、「公德」等詞搭配。「恪守」指嚴格遵守，屬於書面語，如說「恪守約定」、「恪守諾言」、「恪守祕密」。

⓪【違背】wéi bèi　～意願｜～誓言｜～紀律應受到處罰。

⓪【違反】wéi fǎn　擅自～協定｜～校紀校規。

⓪【違犯】wéi fàn　～憲法｜～法律。

遵循 zūn xún　遵照；依照　～原則｜～經濟規律。

⓪【按照】àn zhào
⓪【遵守】zūn shǒu
⓪【遵照】zūn zhào

「遵循」強調按照客觀規律或已有的規定做，不背離要求，對象多是路線、方針、政策、原則、客觀規律、基本理論等，屬於書面語。「按照」突出依照着做，如說「按照計劃施工」、「按照合同規定辦」、「按照政策開展工作」。「遵守」強調不違背要求，多與「規定」、「法律」、「協定」、「諾言」等詞搭配。「遵照」突出遵從依照，屬於書面語，如說「遵照上級指示執行」、「遵照合同規定備好貨」。

⓪【違背】wéi bèi　～民意｜～上級指示｜～初衷。

琢磨 zuó mo　思索；考慮　～了好久才決定｜～了半天還定不下來｜對他的話我～了半天才明白。

⓪【揣摩】chuǎi mó

Z

同【推敲】tuī qiāo

同【斟酌】zhēn zhuó

> 「琢磨」強調反覆思索考慮。「揣摩」突出猜想推測，屬於書面語，如說「反覆揣摩他的動機」。「推敲」突出反覆考慮後進行選擇，多用於詩文的字詞語句或具體事情，屬於書面語，如說「推敲字句」、「這種説法根本經不起推敲」。「斟酌」突出慎重考慮、反覆比較，如說「斟酌字句」、「這事讓我再斟酌一下」。

左 zuǒ　1. 面向東時靠北的一邊　～方｜～腳｜～右為難｜到了前面再向～拐。

反【右】yòu　～手｜～方｜向～轉｜他沒站在～邊。

2. 指東面　江～｜山～。

反【右】yòu　山～。

> 「左」可指東面，如舊稱太行山以東地方為「山左」，稱太行山以西地方為「山右」。

坐 zuò　臀部安放在物體表面把上體支撐起來的姿勢　～姿不正確｜別老～享其成｜我們～下來談吧。

反【立】lì　站～｜～正｜全體起～。

反【臥】wò　～倒｜～牀不起｜他每天練習仰～起坐。

反【站】zhàn　～直了｜請～起來｜警察～在路口指揮交通。

作壁上觀 zuò bì shàng guān　人家交戰，自己站在營壘上觀看。比喻坐觀成敗，不給予幫助　對兩方的爭鬥他不介入，～｜～是暫時的，他最終會出來收拾殘局。

反【置身其中】zhì shēn qí zhōng　他口才極佳，講起故事來，聽眾猶如～。

作廢 zuò fèi　廢棄；失去效用而成為廢品　過期～｜宣佈合同～｜～的材料不能再用。

反【有效】yǒu xiào　～期一年｜這種藥果然～。

作祟 zuò suì　作怪　我估計，有人在中間～。

同【作怪】zuò guài

> 「作祟」原指鬼神跟人為難，現多比喻壞人或壞思想在搗亂，妨礙事情的順利進行，屬於書面語。如說「他在暗中作祟」。「作怪」指人裝神弄鬼，從中搗亂，如說「此事有人在暗中作怪」、「又是新病毒在作怪」。

做客 zuò kè　去別人家或別的地方成為客人　去親戚家～｜她常喜歡去～。

反【做東】zuò dōng　輪流～｜今天由我～。

> 「做東」指以主人身份請客。

做作 zuò zuo　裝出某種神態、表情　你看他～的樣子｜她在舞台上過於～｜這種腔調格外～。

反【自然】zì ran　動作～｜態度很～｜這個姑娘～大方，討人喜歡。

> 「做作」強調表情、腔調的造作不自然，讓人覺得彆扭，不舒服。

Z